失信

公共卫生体系的崩溃

LAURIE GARRETT

BETRAYAL OF TRUST

THE COLLAPSE OF GLOBAL PUBLIC HEALTH

[美] 劳丽·加勒特 著
张帆 赵观音 赵婵娟 颜时姣 陈娇 译

国际文化出版公司
· 北京 ·

图书在版编目（CIP）数据

失信 ：公共卫生体系的崩溃 /（美）劳丽·加勒特著 ；张帆等译．-- 北京 ：国际文化出版公司，2021.6
ISBN 978-7-5125-1262-7

Ⅰ．①失… Ⅱ．①劳… ②张… Ⅲ．①报告文学－美国－现代 Ⅳ．①I712.55

中国版本图书馆 CIP 数据核字(2020)第 210939 号

北京市版权局著作权合同登记号 图字 01-2021-2223 号

失信：公共卫生体系的崩溃

作　　者　〔美〕劳丽·加勒特
译　　者　张　帆　赵观音　赵婵娟　颜时姣　陈　娇
总 策 划　鲁良洪
统筹监制　杨婷婷
责任编辑　侯娟雅
品质总监　张震宇
出版发行　国际文化出版公司
经　　销　国文润华文化传媒（北京）有限责任公司
印　　刷　三河市华晨印务有限公司
开　　本　710 毫米 ×1000 毫米　16 开
　　　　　41.75 印张　802 千字
版　　次　2021 年 6 月第 1 版
　　　　　2021 年 6 月第 1 次印刷
书　　号　ISBN 978-7-5125-1262-7
定　　价　98.00 元

国际文化出版公司
北京朝阳区东土城路乙 9 号　邮编：100013
总编室：（010）64271551　传真：（010）64271578
销售热线：（010）64271187
传真：（010）64271187-800
E-mail：icpc@95777.sina.net

专家推荐

普利策奖获奖者劳丽·加勒特，是全球知名的卫生防疫科学记者，拥有了不起的文笔，在《失信：全球公共卫生体系的崩溃》一书中，她非常严谨地采用发生在印度的鼠疫、发生在扎伊尔的埃博拉等五个典型案例，生动讲述了全球公共卫生的历史经验与教训，内容丰满而真实。她用专业的知识，科学的逻辑，生动的语言，栩栩如生地再现了一幕幕抗击疫病的故事和应对突发事件的场景，希望能借此提醒人们，人类还将不断受到病原微生物的挑战，我们需要做好充分准备。该书在西方出版发行多年，被《出版人周刊》誉为卫生防疫领域像《寂静的春天》一样的巨著。

面对突如其来的全球新冠肺炎疫情，各国反应不同，疫情结果也大不相同。一直令全球仰慕的欧美等发达国家，也出现了从“失信”到“失控”，结果确实触目惊心。此次应对新冠肺炎疫情所表现出的全球“惨败”局面，显然说明人们并没有对加勒特在书中敲响的警钟予以重视。在2020年抗击新冠疫情中，我们严格遵循了急性传染病的防控原则，及时与世界卫生组织以及其他国家分享疫情信息、防控实践经验，迅速稳定了疫情，并努力使得经济生产和社会活动基本得到恢复。

只有及时、公开、透明地分享信息，加强国际合作，才有可能赢得这场人类与新冠病毒的博弈。在全球新冠肺炎大流行这个特殊的时刻，张帆教授等人翻译出版《失信：全球公共卫生体系的崩溃》中文版，希望能帮助我国公共卫生领域的专业人士和其他感兴趣的读者，了解人类过去应对重大传染病的经验和教训，对我们处理好当前和今后的重大疫情有所帮助，也将有利于人们更深入、更广泛地理解公共卫生的科学和逻辑。

中国疾病预防控制中心流行病学首席专家 吴尊友

吴尊友

推荐与评论

比肩雷切尔·卡森的《寂静的春天》的巨著。

——《出版人周刊》

加勒特用通俗易懂的语言和极其敏锐的智慧，记录了美国、非洲、印度、俄罗斯以及世界各地公共卫生能力和责任的衰退，以及贫富之间的鸿沟和日益加剧的不平等……如果获得医疗保健是所有人的权利，而不是少数人的特权，那么任何负责任的公民、卫生专家和维权人士都必须认真对待全球公共卫生。这是他们的一本“必读书”。向加勒特致敬，她提出的诊断和拉响的警报既出色又有先见之明。

——詹姆斯·奥宾斯基（Dr. James Orbinski）
1999 年诺贝尔和平奖获得者

劳丽·加勒特以其同情心和敏锐的洞察力，提醒我们，“一个国家的健康状况不是孤立的，而是与其他国家的状况息息相关的，这个观点不是空洞的说辞，而是流行病学科学事实”。

——乔舒亚·莱德伯格（Professor Joshua Lederberg）
1958 年诺贝尔生理学或医学奖获得者

普利策奖得主、科学记者加勒特将注意力转移到世界公共卫生的可怕状况上，重申了她在极为成功的《逼近的瘟疫》一书中所发出的行动呼吁。这本书完全适合普通读者和专家阅读，强烈推荐。

——《图书馆杂志》

本书是一部“IMAX 电影”合集，有五个巨大的屏幕，依次播放，呈现出不断变化的公共卫生体系的“影像”。其中，加勒特对美国的观察是最令人不安的，尽管美国拥有很强的科学能力，但公共卫生事业在美国得到的支持却十分不稳定，资金也不足。加勒特的职业是记者，但她亦不失学者本色。

——菲茨休·穆兰博士（Dr. Fitzhugh Mullan），《纽约时报》

这部轰动一时的畅销书的鲜明的核心思想是：如果要避免美国或其他任何地方的居民遭受新的或致命的流行病侵扰，公共卫生体系必将陷入困境。但是，世界各国维护公共卫生的举措都远远不够，哪怕是在发达国家，情况也在不断恶化。而在这些国家中，抗生素和20世纪初期发明的其他药物，曾经承诺可以消除对人类生命造成严重威胁的传染病。

——威廉·麦克尼尔（William H. McNeill），《芝加哥论坛报》

加勒特在这本引人注目、阐述论证都十分充分的书里，详细描述了世界公共卫生系统是如此严重地缺乏应对流行病暴发的准备……加勒特在阐述濒临危机的公共卫生状况方面做得非常出色。

——凯瑟琳·安斯特（Catherine Arnst），《商业周刊》

在《失信》中，加勒特的主题是公共卫生本身：许多发展中国家的公共卫生基础设施严重不足，而发达国家对公共卫生事业的忽视同样令人震惊。

——《书单》杂志星级评论

目录

致谢

要完成一部这样的著作，必然会欠下一堆人情债。五年前，在构思《失信：全球公共卫生体系的崩溃》之初，正当我不知从何着手之际，很多人无私地伸出援手，向我施以建议、协助和支持，直到成书。感激之情激荡在胸怀！

在此，我要特别对两个同事群体表达我最衷心的感谢，没有他们，就不会有这本书的面世。首先，我很荣幸从1988年开始在《每日新闻》编辑部工作，在当时的总编托尼·马洛及其管理团队成员夏洛特·豪尔和霍华德·施耐德的带领和指点下，我的事业蓬勃发展。我也很幸运能有支持我的责任编辑和同事们，他们是：莱斯·佩妮、莱格·盖尔、梅西·凯曼、德勒·欧洛杰、提姆·菲尔普斯、罗伯特·库奇、里奇利·奥克斯、维奥雷尔·弗朗雷斯、德尔西亚·里克斯、乔伊·多尔曼，以及在华盛顿公园大道2号和《每日新闻》图书馆的其他同事们。当然，还有每当我为《每日新闻》问题和洛杉矶方面叫板时，一直与我并肩作战的雷！

在《每日新闻》工作期间，我——以及我的读者——享有独特机遇，能获取一些全球公共卫生事件的第一手资料，比如印度和中非的鼠疫、西伯利亚的期望寿命下降、华盛顿和日内瓦的政策辩论，以及在纽约贝尔维尤医院病房里垂死的结核病人。我知道，以英语为母语的国家里，很少有新闻机构能像《每日新闻》一样，在全球范围内广泛派驻记者追踪公共卫生事件。我也很感谢《每日新闻》的读者，他们多年来一直对我们的报道给予肯定并积极传播，尽管我们报道的是与他们毫不相干的远在他国的陌生人为生存而挣扎的故事。而很多新闻机构却误以为美国人没有恻隐之心，认为他们对乌干达患有艾滋病的工人、乌克兰的妓女和印度的货车司机等这些底层小人物的艰辛生活毫无阅读兴趣，甚至漠不关心。感谢《每日新闻》及其读者们，力证了这些看法的无知和误解！

其次，我要衷心感谢本书的幕后功臣——三位才华横溢而勤勉的女士：艾米·本杰明、吉尔·哈努曼和艾迪·葛威尼斯。由于近十年来长期使用电脑，技术又不娴熟，我的肌肉拉伤反复发作，断断续续折磨着我，打字是不可能的了。哈努曼和本杰明就是我的手指。一路走来，她们给予我很多无价的启发，单把她们归为打字员就太屈才了，称其为具有敏锐洞察力和旺盛精力的编辑都毫不为过。尽管有时会有分歧，但我仍然感谢她们二位在此书撰写过程中坚持不懈地突破自我。在本书最后的攻坚阶段，凯西·戴尔蒙德也施以援手，在此一并表示感谢。

葛威尼斯曾与我共事制作广播纪录片，后来离职攻读图书管理的学位，并成为国内顶尖的档案管理研究者。她在百忙中还帮我为本书充分挖掘档案信息。不得不承认，美国公共卫生相关的档案陈旧混乱，若没有她孜孜不倦地查阅资料，第四章中的大部分数据还是尘封于世。同时，葛威尼斯也想借此机会对协助她的同仁表达谢意，尤其是：明尼苏达州卫生署的布迪·弗格森，加州大学伯克利分校公共卫生学院以及生物科学与自然资源图书馆的咨询员们，都市研究所、美国疾病预防控制中心（Centers for Disease Control and Prevention，CDC）的桑迪·史密斯。

我要同时感谢以上三位女士的家人及亲友，感谢他们没有抱怨我过多占用她们的时间。我还要感谢联邦快递，确保了我们往返于纽约、奥克兰、门多西诺、西雅图和博尔德等地的几乎所有行李都能按时送达。

我要感谢部分机构和个人，给我们的研究提供了特别帮助，如纽约医学科学院、纽约州和纽约市卫生署、世界卫生组织、美国疾病预防控制中心、国立卫生研究院艾滋病研究中心和联合国艾滋病规划署等。我还想特别感谢彼得·皮奥特、戴维·黑曼、温蒂·韦希海默、马格达泽塔·格勒姆斯卡、安东尼·福奇、比尔·保罗、吉姆·莱杜克、吉姆·休斯和鲍勃·霍华德等同事。

还有很多人为我提供了在互联网安全中心和韩国国家情报院工作时的方便，对第三章和第五章的成稿助益极大，出于保护原因这里就不列名感谢了。我还要感谢身处美国的默里·费什巴赫，美国全球健康联盟的吉姆·史密斯，及其同事——《科学》杂志社的理查德·斯通，英国急救医学协会的罗伯特·施泰因格拉斯，科尼岛医院的雷吉娜·纳波利塔诺和霍华德·科恩，波士顿儿童医院的艾德·奥卢尔克、莱尔·康拉德和艾利克斯·谢洛科夫。我要感谢国外卓越的同行为我提供了翻译协助：第比利斯的伊拉克利·戈戈里什维利、塔林的卡琳·科尔杜、圣彼得堡的艾琳娜·弗洛娃、基辅的瓦蒂姆·贝洛戈洛文、布拉格的佩特拉·法兰克娃，以及许多没法一一列名感谢的其他人。在这些地区的专业同行中，尤其要感谢无国界医生组织的布里格·赖利、奥德萨瘟疫站的尤里·博先科、亚特兰大－第比利斯卫生合作署的阿尔齐·科巴拉泽、圣彼得堡卫生部的维克多·阿法纳西、药物滥用预防中心的格里戈·里拉蒂舍夫、联合国儿童基金会的阿拉·索洛维奥瓦、伊万诺夫研究所的爱德华·科伦贝格、人口与人类生态学中心的鲍里斯·里维奇、美国工业卫生协会的索纳·斯特巴诺娃、美国国际开发署莫斯科分局的艾琳娜·古雷维治、莫斯科公共卫生中心的尤里·科马洛夫和美国工业卫生协会在莫斯科和基辅的同仁。

我要特别感谢孟买的苏巴斯·希拉。

我要对刚果民主共和国的几位科学家、医生和翻译们，尤其是谭峰·穆言贝博士表达深深的感激。但考虑到当下刚果内战的局势，恐怕此时我的一番美言会给他带来更多的伤害。我勇敢的朋友，希望扎伊尔将迎来和平和正义，祝你好运！

当然，还要感谢本书在亥伯龙出版社编辑期间来自利·哈勃的大力帮助。

感谢我的家人和密友乔舒亚·莱德伯格、佩奇·汉博格、史蒂夫·沃林斯基、菲尔·李、迈克尔·埃德富、玛丽·威尔森、道格·福斯特、D. A. 亨德森、乔恩·科恩、艾德·伯克律师、前实习生罗伯特·斯塔克曼、约翰·默里等人，你们给我灵感和鼓励，感谢你们与我分享对本书的看法和反馈。

最后，要特别感谢我的好友和代理人夏洛特·希迪，没有他不知疲倦的支持和帮助，就不会有本书的成型。夏洛特，你那些不缓不急的电话，真的帮我度过了这个宏大工程的决胜时刻！

序言

作为一名从事艾滋病和相关传染病诊治的研究者和专科医生，我的日常工作就是尽力避免无数的疾病在免疫力低下人群、器官移植受者、老年人和注射吸毒者人群中暴发。我曾在西北大学医学院主持过若干科研项目，意在运用复杂的技术研究病原体躲过正常宿主防御的机制。尽管困难重重，充满挑战，但好在先进的技术和团队精神让这些研究得到了一些可喜的成果。在研究过程中，我遇到的挫折通常不是什么生死攸关的大事，而是诸如有的同事抗生素使用不当、实验室检测报告发得太慢甚至我的手机没电这种倒霉事。

然而，发达国家、发展中国家、欠发达国家的同行可能就没有这么轻松了，他们每天要面对世界上主要的微生物杀手，如急性呼吸道传染病、腹泻性疾病、结核、疟疾、麻疹、百日咳、乙肝、丙肝、新生儿破伤风、艾滋病和登革热等传染病的病原。最关键的是，他们从事这些工作却不具备诊治这些疾病的必要条件。患者数量之庞大、诊疗设备之老化及医疗资源之匮乏，使这些身处发展中国家和欠发达国家的英勇的医务人员无法充分发挥他们应有的主观能动性。我的“挫折”和他们相比，微不足道。当我们享有种种“特权”时，他们可能还在生死线上挣扎，在我们的时代存在着这样的矛盾和差距真是让人唏嘘不已。

解决发展中国家和欠发达国家这些突出问题的唯一途径，便是构筑行之有效的公共卫生体系，通过该体系来监测国民的健康状况，识别自然环境和社区环境中存在的问题，并通过公共卫生措施来解决这些问题，包括卫生服务可及性是否存在贫富差别等问题。

其他国家的公共卫生状况对我们自身影响的重要性，可能并不显而易见。我们有时甚至会忘记自己祖辈们成长、生活年代的状况。在那个年代，传染病是一个可怕的存在；在那个年代，救活新生儿是一项伟大成就；在那个年代，生孩子是过鬼门关。而现在，我们几乎都忘却了那个时代。我们生活舒适，根本不会顾及千里之外其他地区人们的幸福健康。但事实却是，我们祖先经历过的种种危难，从未离我们远去！

今天的我们，一方面得到了完善的医疗服务和公共卫生体系的庇护，另一方面，正是因为现行的医疗服务和公共卫生措施看起来管用，才导致了自满和官僚主义的冷漠，引发了各种生物危机。在我们生活的世界里，新发人类病原体不时出现，与此同时，被认为已经消灭了的传染病也卷土重来。现在说我们对这些疾病有免疫力还为时过早。

至少在一些富足国家，公共卫生和临床医学的进步，已经显著地降低了新生儿死亡率，提高了期望寿命。但历史上，公共卫生措施使用不当导致不可预知的灾难也屡见不鲜。1924 年，法国科学家艾伯特·卡尔美和卡米拉·介林研制出了一种结核疫苗，并被广泛应用于发展中国家。然而正是这种疫苗，与德国吕贝克 77 名新生儿的死亡相关，甚至出现了疫苗接种者再也无法接受结核菌素皮试的现象。减少儿童对环境中常见微生物的暴露、使用净水系统以及改善环境卫生，实际上也使得有些人变得更为脆弱，如小儿麻痹症的出现就是因为儿童并没有及早获得免疫力。

一些病原微生物耐药性的复苏和传播，意味着另一个对我们生命健康的持续威胁。微生物拥有着强大的基因突变能力，能在极短时间内以指数级的速度迅速繁殖，对它们来说，短短几分钟就相当于数年。自然选择保留下了适应能力最强的微生物，助长了它们的迅速进化。这一过程的必然结果，就是使病原微生物更快地适应环境，也进一步导致某些病原微生物在短时间内具备了耐药性。即便是现在，这些持续进化的微生物也可以丝毫不被察觉地进入新宿主体内，尤其在临床干预，比如药物治疗或疫苗诱导的免疫还不能完全发挥作用时。广泛耐药菌和结核分枝杆菌的弹性突变株就是通过这个过程进化并盛行的，也与对抗生素使用规范的忽视、过量使用以及滥用抗生素有关。在尚未被掌控的生物恐怖主义世界里，毫无疑问，微生物正在以人类无法完全理解的方式回应着这个世界。这些致病菌一度被控制，但现如今的复苏和耐药株的广泛传播，向我们展示出了微生物强悍的生命力和繁衍能力，也说明了想要筑起持久防御微生物的安全屏障困难重重。

未来，公共卫生的工作任务仍将是致力于全球健康水平的提升，它所面临的挑战，将是如何在不断变化的全球局势中不断调整改进公共卫生措施，借此改善环境、改变人们的行为。即便在现代医学家们的帮助下，生活在工业化社会的人们，仍可能会在突发重大公共卫生灾难面前被搞得措手不及。我们需要发展新型持久的全球合作伙伴关系，商议和制定主观能动性强的综合措施，重塑预防和治疗传染性疾病的公共卫生政策。而不应由于政治家们不明白公共卫生与临床医学的差异，去削弱甚至终结国家医疗卫生服务政策。

如果执政者有意愿改变，局势仍可能扭转。

劳丽·加勒特曾写过一本颇具煽动性的关于公共卫生全球挑战的专著。如果发达国家和发展中国家在卫生健康方面长期分布不均，甚至差距越来越悬殊的话，公共卫生与疾病预防控制在期望寿命上的收益将不再具有公平性，全球公共卫生灾难将逐渐凸显出来。劳丽·加勒特这本书带领我们走进印度最贫穷的地区，在那里，尽管有现行的防治措施和能负担得起的治疗药物，肺鼠疫仍然卷土重来，而且还消除不尽。在扎伊尔（今刚果民主共和国），埃博拉出血热的暴发严重扰乱了当地的生态系统。本来应该救死扶伤的医疗机构反而变成了公共卫生灾难的梦魇，成为埃博拉出血热聚集性发病的场所。过去在苏联部分地区，政治经济环境的动荡、营养不良的恶化、酒精消费的增加、对医疗系统混乱的放任导致了结核杆菌的复苏，以及人们期望寿命的急剧下降。随着苏联的解体，贫穷和免疫力低下的人们被冷酷的强权压迫，生活变成了陀思妥耶夫斯基式的噩梦。在美国，因为缺乏能有效监管和保证食品和饮用水安全的管理人员，公共卫生体系只能勉强应付人民群众面临的健康威胁。劳丽·加勒特对这个问题剖析的贡献是不可磨灭的。

阿尔伯特·史怀哲曾说过："人类不会发现自己塑造出来的魔鬼。"我们要对自己的行为负责。这是一个令人不安的信号，同时也为全面危机的暴发敲响了警钟，人类到了该做点什么的时刻了！劳丽·加勒特的呼吁值得我们重视，她给了我们一个不容忽视的警告。我们的后人可能会认为20世纪后半叶是一场酝酿已久的暴风雨来临前的间歇期。

史蒂文·沃林斯基医学博士
西北大学医学院医学教授

前言

在疾病发生之前，行动起来
不再拖延。

——奥维德，公元前 43 年至公元 17 年

当我不在某个遥远的大陆旅行时，我每天至少经过一次布鲁克林大桥。通常我都很匆忙，赶往办公室或去赴约。我的速度一般很快，只有偶尔看到一群目瞪口呆的游客时，才会放慢脚步。当然，有时我也会被第二故乡的美丽所征服，被她令人叹为观止的天空景色和历史悠久的港口所征服，就像那些有时我不屑的游客一样，驻足凝视。在那些时刻，当我凝视着华尔街、渡轮大厦、埃利斯岛和自由女神像时，我的想象总是往回追溯，回到 19 世纪中叶，那时，我脚下的这座桥还不存在。在我的脑海里，这个港口异常拥挤，甲板挨着甲板，停满了快艇和帆船，它们装载着来自世界各地的货物。我能听到装卸工人和船长的喊叫声。我还能看到著名的布鲁克林记者沃尔特·惠特曼，他从布鲁克林老鹰办公室（离我的家只有几个街区）跨过东河，从一艘船跳到另一艘船，来到繁华的曼哈顿南街海港。几乎整个纽约市都集中在曼哈顿岛的那一小片土地上，由港口、哈德逊河和命名有误的东河组成的三角地带——实际上根本没有河流，那只是一个潮汐盆地。

在地球上，很少有地方的民众能像纽约人那样，以如此疯狂的速度在时间上快速前进。没时间看了。进步：这是每一代新移民都念叨的曼哈顿口头禅。并非所有的进步都是以深思熟虑和明智的方式取得的。事实上，很多时候都是灾难倒逼的，因为灾难带来了长期被忽视的或偶然的变化。毫无疑问，纽约人的健康问题就属于这种情况，多数是受人们生活方式的影响。不管他们自己的命运多么悲惨，移民都期盼着子孙后代的命运会更好，这就是进步。

只要我在桥上停留足够长的时间，放慢想象，这些旧时的景象似乎触手可及。从这个最佳视角，我可以看到纽约市曾经的一切，那时只有不到一半的孩子能在 18 岁生日蛋糕上吹灭蜡烛。我看到眼前的加弗纳斯岛，想象着在炎热、潮湿的夏季里，快艇被隔离在那里，而曼哈顿的民众则畏缩着，害怕霍乱、天花或黄热病又一次毁灭性地流行。在市政厅附近昏暗的办公室里，科学家们尽

职尽责地记录着死亡人数，利用最新的技术来统计，看看与去年相比，今年纽约死于瘟疫的人数是减少了还是增加了。世界各地的进步就像风吹帆或马拉车一样，徐徐前进。即使如此，在不可阻挡的前进过程中，还是有微生物被传播到新大陆，造成了诸如美洲原住民的灭绝，或是天花传入地球上每一个小生境等毁灭性的结果。

在这个由移民、本土主义者和逃亡奴隶组成的城市里，现代公共卫生诞生了。当然，构成公共卫生核心的科学和政策要素也在伦敦、巴黎、柏林和波士顿兴起。但正是在20世纪初的纽约市，一群卫生工作者、细菌致病论狂热者和进步的政治领袖们创建了世界上第一个公共卫生基础设施。新阿姆斯特丹和后来的纽约城从一开始就是一个全球贸易站，其生存依赖于多语言和多样化的人口。当其他殖民地前哨也运送货物时，纽约通过向来自世界各地的船只和移民开放港口，超越了殖民地的竞争。在开放港口的同时，纽约也向世界开放了自己，疾病乘虚而入。从17世纪初开始，这座城市就只有两种选择：封闭自己，承受经济上的痛苦；或者，向世界敞开怀抱，同时在城市内部建立卫生系统来控制疾病。两百年来，纽约人与流行病和瘟疫做斗争，在错误中学习如何创造一个巨型都市，至少从疾病的角度来看，纽约是安全的。人口统计、洁净的水、巴氏消毒牛奶、大规模疫苗接种、危险性较低的工作场所、公共下水道——这些都是纽约市公共卫生系统的标志，都在一步一步艰难地实现着。

20世纪90年代中期，我写了《逼近的瘟疫》[1]，这本书描述了传染病的重新出现。当时我很清楚，唯一能有效阻止微生物和具有威胁的病原体的堤坝就是公共卫生基础设施。

当然，21世纪的基础设施若要有效，就不能再局限于纽约市、洛杉矶或整个美利坚合众国：它必须是全球性的。如果能把地球生态圈中的疾病限制在某个远离乡镇、城市和郊区的地方，那么一个世纪后，在20世纪初确保纽约人长寿的措施就可以在全球范围内实施。这样的全球公共卫生基础设施，不仅必须包括20世纪在地球上富裕地区存在的疾病预防和监测的基本要素，而且还必须包括能够应对全球挑战的新战略和战术。

为了防止科学家们所设想的即将到来的鼠疫大流行，全世界的制药厂、实验室、政府和卫生力量将必须前所未有地动员起来。这一目标不可能是技术上的快速解决办法。相反，社会需要瞄准一个复杂得多的难以捉摸的目标，它不仅包括科学劳动的成果，还包括政治、社会学、经济学，甚至宗教学、哲学和心理学的因素。

《逼近的瘟疫》一书出版时，我被要求解决问题的人们所淹没。作为一名记者，我感到很不自在：我的角色不是解决社会的困境，而是描述它们。但作为一个全球公民，我感到绝望。我确实可以看到解决方案，但它们不适合整齐的声音片段或文字。有些答案似乎太复杂，我觉得无法解释。

我需要知道更多。

首先，我必须了解什么是公共卫生基础设施。我需要看到公共卫生的行动。我需要完全理解这样的基础设施是如何工作的——或者说，通常情况下，是如何失败的。

但这样的基础设施要有多强？为了避免疾病，需要多少纳税人的钱或国际援助？为弱势群体提供保障的纽约市或任何其他社会健康安全网，有多脆弱？

为了回答这些问题，我于 1997 年前往苏联地区，穿越 12 个时区——从西欧到东西伯利亚——进行了 4 个月的旅行。我目睹了无数的流行病，预期寿命的下降，医院连最基本的用品都没有，医生靠当出租车司机谋生，新的健康危机激增。非常明显的是，公共卫生基础设施的复原力不是很强——面对社会压力和经济困难时，它很快就垮了，对人类健康的影响立竿见影。

同样明显的是，过去的苏联领导人对公共健康有一些怪异的概念，这些概念是基于意识形态对生物学的曲解。他们拒绝一切生物决定论的观念，把那些试图证明进化是真实的，生命始于遗传分子 DNA 和 RNA 的遗传学家送进监狱和行刑队。约瑟夫·斯大林统治时期对进化论的坚决反对使苏联科学家和医生智力残缺——在苏共垮台 10 年后，这种残缺仍然困扰着那片地区的公共卫生。

为了寻找公共卫生问题的答案，我还在撒哈拉以南的非洲和印度四处游历，那里的公共卫生危机比比皆是。非洲在经济上追赶世界其他地区的努力在几个国家取得了成功，公共卫生状况经常得到改善，但并非总是得到改善。但正如扎伊尔的埃博拉疫情所反映的那样，一旦出现一个不稳定因素，在腐败的社会就不可避免地会带来公共卫生灾难。许多苏联时期的国家同扎伊尔和其他非洲国家一样，都有根深蒂固的腐败现象，这些腐败现象耗尽了其社会部门的生命血液，就像寄生虫从受感染儿童的肠子中吸取生命的精华一样。耐药结核病和艾滋病病毒的流行进一步耗尽了非洲脆弱的经济，逆转了他们的进步和发展进程，并占用了他们所有的公共卫生资源。在非洲饱受困扰的城市里，每一个被填满的墓地都预示着劳动力的又一次流失和社会的又一次倒退。

进步，是一种如此难以捉摸的追求。

以印度为例，经济发展带来了公共卫生状况的恶化。联邦政府急于将日益增长的财富用于核武器和军费投入，放弃了对其 10 亿公民健康的所有责任。将公共卫生的政府职责移交给了各邦，而这些邦大多缺乏资源和政治意愿来做更多有意义的事，反而成了臃肿、腐败、效率低下的官僚机构。在20世纪末，印度没有真正的国家公共卫生基础设施：没有监测系统，没有报告机制，几乎没有健康统计登记体系。

但是，美国的公共卫生在20世纪肯定见证了大胆的进步：当我每天站在我心爱的布鲁克林大桥上时，不正是在注视着一个个比他们的曾祖父母那代人健康得多的人民吗？

为了理解为什么美国的公共卫生领导人在20世纪90年代感到担忧、愤世嫉俗，甚至被围困，我把重点放在了纽约市、洛杉矶郡和明尼苏达州人民的健康历史上。选择纽约市是因为她是现代公共卫生的发源地。

洛杉矶郡是我和我祖上四代人成长的地方。20世纪初，当我的祖母伊夫琳·麦肯齐·加勒特在洛杉矶克拉拉·巴顿医院担任公共卫生护士时，该地区有87.5万居民，这些人——加利福尼亚人和墨西哥人——的需求基本上都得到了满足。虽然猩红热、麻疹和其他传染病仍然时有发生，夺走了数百人的生命，但那里地广人稀，气候温和，就业率高，保证了市民的寿命相对较长。

然而，当我完成大学和研究生院的学业时，洛杉矶郡以1980年的750万人口而自豪，尖锐的政治、文化和经济分歧使民众分裂。来自其他国家的说西班牙语的移民源源不断地拥入加州南部，为加州提供了大量廉价的劳动力。但是对于洛杉矶郡来说，这个地区的公共卫生需求很大，新的拉美裔人口只会加剧种族和经济上的紧张关系，而他们与非洲裔美国人的关系本来就很紧张。在20世纪80年代早期的航空航天业繁荣时期，对于那些有幸在相关经济部门工作的人来说，资金流动的速度比洛杉矶的水还要快。在疯狂的房地产投机中，购买经济适用房的机会第一次达到了危机的程度。公众不满、反抗，政府冻结了财产税。

到了20世纪90年代，洛杉矶郡人口突破1000万，种族和阶级紧张关系终于爆发了，该郡不得不用日益减少的财产税收入来支付公共卫生费用。到2001年，洛杉矶郡人口即将达到1100万，其中一半是说西班牙语的拉美裔，该地区的公共卫生需求将日益反映出新移民所在地区的需求，如墨西哥以及中美洲、美洲中南半岛地区。

根据美国宪法，加利福尼亚州将公共卫生的责任下放到郡一级，庞大的洛杉矶郡在努力完成任务。但在20世纪90年代，洛杉矶郡这样做差点破产，21世纪初，这个郡支付医疗费用的能力变得很脆弱。

迈入千禧年的明尼苏达州是一个富有、健康、活泼的大草原州。二战后，它建立了美国最强大的公共卫生基础设施。1997年，明尼苏达州是世界上寿命最长的十大地区之一，他们的公共卫生系统受到国际社会的赞赏。但在20世纪90年代末，政治风向发生了变化，明尼苏达州的社会制度开始瓦解。

一个健全的公共卫生体系对社会稳定至关重要，反之，在政治或社会不稳定的情况下，公共卫生体系可能会倾覆。两者相互影响：广泛的政治混乱或反政府主义可能削弱公共卫生系统，公民健康危机可能会使政府垮台。

2000年，老牌超级大国的健康受到威胁。在世界上大多数人口居住的贫穷国家，每一次改善健康状况的努力似乎都在欠发达的海岸地区遭遇打击。1996年，加拿大科学家约瑟夫·德科萨斯在温哥华艾滋病研究人员的一次会议上谴责这种落后。[2] 德科萨斯空手握着一杯想象中的水，冷酷地说："如果艾滋病的解决办法是给世界上的每个人带来一杯干净的水，遗憾的是我们将无法做到这一点，因为我们没有办法给儿童提供干净的饮用水，去阻止他们因腹泻而死亡。"

在这个千年，我们竟然还无法给世界上的穷人们带来干净的水、食物或提供生命援助。

1997年，每天晚上都有2亿多印度人饿着肚子上床睡觉，官方称他们有营养不良——包括了全国一半的儿童。在中国，营养不良的儿童比例不大——1/5——但中国的人口基数大。与约2500万巴基斯坦人、1500万巴西人和1/3以上的非洲人一样[3]，在刚果民主共和国（前扎伊尔）和中部非洲，一半人口营养不良。20世纪90年代，全球每天都有近8亿人在挨饿，总人口大约是美国人口的2.5倍。[4]

难怪艾滋病研究人员抱怨说，要研制出一种可行的艾滋病疫苗似乎是不可能的：既有100%的疗效、100%的安全性，在热带高温下的稳定性，又价格低廉到1剂不到1美元。即使在这样的价格下，对于世界上的穷人来说，疫苗也像德科萨斯那杯干净的水一样难以获得。当科学在寻找技术解决方案时，真正阻碍世界大部分地区发展的是基础太差。

虽然东欧20世纪90年代的经济复苏之路崎岖不平，但在德国东部和波兰、捷克共和国等国家确实取得了进步。在这10年间，人均收入几乎翻了一番。苏联时期的斯拉夫国家、波罗的海国家和中亚国家，财富集中在当时的政党领导人、罪犯和银行家手中，使民众陷入绝望。2000年，俄罗斯被列为外国投资风险最大的经济体。[5]

在新千年，公共卫生的进步与经济息息相关。只要人民因疾病而衰弱，国家就不可能进步，它们缺乏建设卫生基础设施的财政能力。尽管如此，乐观主义者还是对世界银行给予公共卫生的坚定承诺感到满意。世界银行在全球范围内日益认识到，卫生状况好的国家，其发展速度要快于那些受疾病困扰的国家。这是世界卫生组织总干事格罗・哈莱姆・布伦特兰在1999年提出来的。

但在新世纪，在公共卫生的使命上，专家意见不一。在西方主要公共卫生学院中，几乎没有任何院长对其目标和使命的定义达成一致。1998年，加州大学伯克利分校挑选了一位生物技术高管担任院长，而当年，哈佛大学则挑选了一位与最古老，甚至是最传统的疾病——结核病做斗争的专家当领导。学术界出现了分歧，并且随着分歧逐步扩大，技术专家和健康管理者与传统的疾病预防和流行病学倡导者之间产生了矛盾。

不管学术研究的使命如何定位，到20世纪90年代，公共卫生作为一门学科显然正在发生根本性的变化。无论是在开罗开办计划生育诊所、在斯里兰卡进口和分销抗生素、在莫斯科开展饮用水监测，还是在美国进行数十亿美元的全民医疗保险项目，其政治影响力都在减弱，成本效益已成为当今的口号。在当下，仅仅证明某项干预措施预防了疾病并拯救了生命已经不够：必须以负担得起的方式做公共卫生。

如果一个纵火犯点燃了一座办公楼，消防部门和警察的作用是显而易见的。当他们完成自己的工作——扑灭大火，逮捕纵火犯——社会会承认他们的成就，并为之喝彩。正因为如此，削减警察或消防部门的预算在政治上是困难的，甚至是不可能的，除非是在政府破产的时候。[6]

相比之下，如果那栋办公楼里的员工都很强壮、健康、长寿，那就几乎不可能证明当地公共卫生官员的努力是负责任而有效的。

公共卫生的作用都是靠负面影响来证明的。在最好的情况下，什么也不会发生：没有流行病，食品和水很安全，公民对影响其健康的个人习惯了如指掌，儿童接受了免疫接种，空气是可呼吸的，工厂遵守安全规范，疾病或预期寿命方面几乎没有阶级差异，很少有公民在染上酒精或麻醉成瘾时得不到治疗。在这些领域没有失败的情况下，面临预算危机的政治家，或者急于扩大地方和地区权力的独裁者，可能会觉得削减政府公共卫生预算是正当的。即使出现流行病，如艾滋病、埃博拉、肺鼠疫或耐药结核病，当权者们往往也不会受到威胁，因为他们通常比受威胁的公民富裕得多，而且可以享受精英医疗保险。

而公共卫生倡导者，由于担心他们的工作或项目被砍掉，可能会被迫屈从于政治的异想天开，出现从发出科学的声音转向支持意识形态或宗教的趋势。

到20世纪末，属于公共卫生范畴的活动已相当广泛。1988年，美国医学研究所还在为公共卫生的定义而苦苦挣扎，其委员会的结论是："将公共卫生的使命定义为实现社会利益，确保人民健康。"[7]

美国医学研究所委员会在报告里试图证明其过于宽泛的定义是合理的：

> 今天，知识和价值观仍然是形成公共卫生实践的决定性因素，但它们融合得不像以前那么和谐了。从表面上看，人们似乎对公共卫生的总体任务达成了广泛一致的意见，这反映在委员会受到的评论中：“公共卫生所做的事情有利于所有人”或“公共卫生预防疾病和教育人民”。但是，在如何把广泛的声明转化为有效的行动方面，几乎找不到达成一致的意见。无论是公共卫生方案的制定者还是受益者，都没有共同的意识，即公民应该期望得到什么样的服务，而且服务的形式和强度因地而异。[8]

换句话说，除了保证人们的健康之外，对于什么是“公共健康”并没有一致意见。由于缺乏对这一学科的统一定义，可以想象公共卫生倡导者为守住其预算和政策的努力会何其艰难。20 世纪 80 年代，国际移民组织发现，除了提供临床医疗保健外，每个州在所有公共卫生领域都失去了资金和人力支持。饮用水和食品质量控制、环境和职业卫生、实验室和疾病控制等重要服务，都被削减了经费和人手。[9]

就连享有盛誉的美国医学研究所也发现很难区分医学和公共卫生。从传统来说，这两者几乎无法利益共存，甚至经常发生利益冲突，20 世纪后半叶的政治压力使这两者之间的界限变得越来越模糊不清。在美国，“公共卫生”已经错误地变成了为穷人提供药品的同义词。在千禧年，很少有美国人认为“公共卫生”是一个符合他们利益的体系，相反，它被视为政府对穷人的施舍。

1990 年，当国会和白宫着手偿还国债时，公共卫生遭受了损失，联邦资金的损失波及社区诊所。在克林顿政府的第一个任期内，他试图建立一个新的国家医疗体系，这个体系与公共卫生紧密相连，能够覆盖当时 3700 万没有保险的美国人。由于无法与国会和医疗保险行业找到共同点，白宫惨败。

在这个十年期结束时，还有超过 4400 万的美国人没有保险，国家没有统一的医疗保险系统，没有保险的人数以每月 10 万人的速度继续膨胀。[10]

代替国家医疗基础设施的是公共卫生和治疗药物，由营利性保险公司、医师组织、各郡州和联邦保险机构、健康维护组织和健康管理计划等组成的联合体提供。随着时间的流逝，人们越来越难弄清究竟是谁在保护公众的健康。[11]虽然在 1994 年至 1998 年间，联邦和一些州的总体卫生预算有所增加，但大部分资金直接用于提供医疗服务，大多数重要的公共卫生项目遭受重创。[12]

1998 年，在健康维护组织和健康管理计划中注册人数最多的州，其安全网最薄弱。例如，在全国健康维护组织注册率领先的加利福尼亚州，每 4 个公民中就有 1 个没有保险，该州最大的郡卫生系统屡次面临破产。

健康管理的观念在欧洲、拉丁美洲和发展中国家也有追随者。健康管理的倡导者们在俄罗斯、波罗的海、东欧和高加索地区游行，宣扬成本控制和团队管理的好处。长期以来，西欧各国一直是高福利的公费医疗体制，如今，它们纷纷投身于管理式医疗奇迹，希望借此缩减预算，这是新全球资本主义的一个关键组成部分。

而曾经代表全球卫生良知的世界卫生组织，在20世纪90年代迷失了方向，士气低落，腐败的流言四起，缺乏领导力，举步维艰。其他国际机构——特别是世界银行和联合国儿童基金会——挺身而出。1997 年，世界银行成为世界上最大的公共卫生的资金提供者，为主要在发展中国家运行的项目提供了价值 135 亿美元的资金。[13]

“世界的健康状况正处于十字路口”，一个权威国际卫生领导小组写道[14]：“半个世纪以来，大多数国家的健康状况都取得了令人印象深刻的进步。然而，不健康的原因并不是一成不变的——人类的进步改变了这些原因。过去 10 年，全球卫生面临的挑战发生了深刻变化；在一个日益复杂和相互依存的世界上，持续存在的问题又伴随着新的灾难。一个国家的健康状况不是孤立的，而是与其他国家的状况息息相关的，这个观点不是空洞的说辞，而是流行病学科学事实。”

现在是面对现实的时候了：虽然人类健康状况数据逐渐改善，但逆转的威胁甚至是现实依然存在。

这给我们留下一个悬而未决的问题：什么是公共卫生？

治病的药、CT 扫描、心脏直视手术、荷尔蒙治疗、光纤可视化——这些都是医学上的大福音，但它们不是公共卫生。也许令人惊讶的是，它们并没有对公众健康的巨大改善做出贡献。即使是疫苗和抗生素——这两者都是现代公共卫生的重要法宝——对以群体为基础改善诸如预期寿命、婴儿死亡率和传染病死亡率等公共卫生关键指标情况的贡献也相对较小。

来自英格兰、威尔士和瑞典的统计数据显示，在 1700 年，这些国家的男性平均寿命只有 27 到 30 岁。到 1971 年，男性的预期寿命达到了 75 岁。超过一半的改善发生在 1900 年之前；甚至 20 世纪预期寿命的大部分增长，都是由于 1936 年以前的情况造成的。总的来说，86% 的预期寿命增长是由于传染病的减少。[15] 而传染病死亡人数的减少主要发生在抗生素时代之前。例如，在英国，采用抗生素治疗的 1838 年至 1949 年间，肺结核死亡人数从每百万人近 4000 人下降到每百万人 500 人，下降了 87%。1949 年至 1969 年间，肺结核死亡率仅再下降 4000 万例，降至每百万人 460 人，即 9%。

美国的情况也是如此，自18世纪以来，美国人均寿命的增长只有不到4%可归功于20世纪医疗服务的进步。[16]

1700年至1900年间，美国和西欧的预期寿命显著提高，同时婴儿死亡率明显下降，究竟是哪些因素造成的，这是一个颇有争议的学术问题。以下一系列措施是关键：营养，住房，城市污水和供水系统，政府流行病控制措施，沼泽排水和河流控制工程，道路建设，公共教育和扫盲，围生期护理，家庭规模变小，以及社会生活和工作标准的全面提升。在20世纪初，消除城市中拥挤的、缺乏管道和厕所设施的贫民窟明显改善了成千上万的美国人和欧洲人的健康。

21世纪的关键困境在于国家内部和国家之间的贫富差距加大。富裕国家，21世纪的股票市场对生物技术和基于蛋白质的公共卫生充满热情，这是未来疾病预防的宝典。但1890年至1920年间曾在纽约市公共卫生领域率先取得的核心进展，在世界上许多地方，在一个世纪后仍未站稳脚跟。饮用水仍然受到污染；人类排泄物未经处理被倾倒；儿童没有接种疫苗，营养不良；卫生消毒在医院被忽视，珍贵的抗生素在世界各地的黑市上像糖果一样被分发。

第一次世界大战前，纽约公共卫生先驱赫尔曼·比格斯和他的同事在纽约市证明，公共卫生不仅与有组织的医学没有多大关系，而且可能常常与医生对立。他们反对将个人健康置于公众利益之上的项目。比格斯与医生们在结核病病人的命名问题上争论不休，例如，医生们希望有钱的客户享有自由裁量权，而比格斯则要求所有纽约人都享有安全；公共卫生代表社区进行斗争，特别关注该社区中最贫穷、处境最不利的人，因为疾病通常是在贫穷的条件下发生的。

公共卫生不是一种意识形态、宗教或政治观点——事实上，历史表明，每当这些力量干扰或影响公共卫生活动时，民众的福祉通常会被普遍恶化。正如美国先驱者所设想的那样，公共卫生是一个切实可行的系统或基础设施，根植于两个基本的科学信条：细菌致病论，以及这样一种认识，即在社会最薄弱的部分预防疾病，就能确保社会中最强大（和最富有）的人得到保护。

随着传染病在富裕的国家变得不那么令人关注，在20世纪中叶，公共卫生领导人努力将这些基本原则及其所依据的基础设施应用于非微生物性的集体卫生问题，如癌症和心脏病。这种转变并不容易，而且在某些领域显然是失败的。当疾病的起因——罪魁祸首——是外在的具有威胁性的类似于一种神秘微生物引起的恐惧时，公共卫生畅通无阻。在19世纪90年代的纽约市，细菌对所有社会阶层和种族群体来说都是非常可怕的，因此很容易推动社区范围内解决方案的实施和对公共卫生的支持。同样，在20世纪下半叶，由于人们将烟草业和排污者定性为社区癌症威胁的来源、将快餐分销商定性为心脏病的推动者、将发射辐射者定性为婴儿畸形的制造者，公共卫生因此受益。

但是，无论是科学上还是政治上，这种联系都不如美国的比格斯、法国的路易·巴斯德和他们同时代的人在细菌和传染病之间的联系那么紧密。

因此，在20世纪后期，富裕世界的公共卫生努力维持着尊重、资金和自我定义。

一百年前，纽约市出现了“公共卫生”的宝贵概念，这并非巧合，因为纽约是19世纪和20世纪全球化的世界中心。比格斯时代的公共卫生领袖们并不是一成不变的进步人士——事实上，许多人都是彻头彻尾的偏执狂，但他们很实际。他们明白，纽约市的经济是靠全球主义兴旺起来的，如此庞大的经济范围必然会带来风险。这些风险中最主要的是携带微生物的移民、旅行者和来自世界各地的货物。当移民住进没有厕所和自来水的可怕又拥挤的公寓时，社区面临的风险就更大了，因为即使是罕见和潜伏的疾病也可能在这种环境中扩散为可怕的流行病。因此，他们推论说，满足这些公寓居民的健康需求符合整个社区的利益，为儿童提供牛奶，为所有人提供疾病监测和流行病控制，食品检查，纯净水，清洁街道，缩短和保障安全的工作时间，以及改善住房。

在21世纪新全球化的经济中，对于旅行者或商业发展来说，地球上任何地方都不是太遥远，太有异国情调或太令人望而生畏。整个世界正在变成纽约城——讲着各种语言的、喋喋不休的商人、艺术家，社会阶层、宗教以及紧张的关系。

甚至仇恨和社区冲突也已全球化。一群相距甚远的人可能在自己的地盘上互相开战，或者经常选择万里之外的地标物作为恐怖主义武器的目标。亚洲的恩怨可能会在巴黎、柏林和芝加哥的一系列爆炸事件中上演。20世纪90年代，美国政府还对恐怖主义念念不忘，他们认识到不仅有外国势力，而且还有有能力和有意对无辜平民使用致命武力的国内势力。在所有的选择中，最致命的——可怕得无法形容——是故意释放超级细菌的幽灵，它将席卷全球，在人为的流行病中夺去成千上万人的生命。

美国政府再一次求助于技术来寻求答案，希望能够发明某种装置，在这种生物恐怖主义武器被释放之前就能感知到它们。公共卫生——防止自然或人为流行病的有效保护——再一次被忽视了。

如果有一天早上，有人在中央车站释放了炭疽病毒，在整个纽约市，谁会是第一个意识到发生了如此卑鄙行为的人呢？当然，既不会是什么神话般的感官仪器装置，也不会是挥舞着这个仪器的执法人员。第一个意识到的将会是公共卫生基础设施体系的工作人员，他们会因医院报告从布鲁克林到布朗克斯出现了异常病例而警觉。

如果没有这样一个体系，纽约市将注定会发生炭疽疫情，用数百万美元的高科技军事力量和联邦调查局的干预都无法遏制。这座城市的救世主只能是她的公共卫生战士。

站在布鲁克林大桥上，我可以看到一架接一架的喷气式飞机从约翰·肯尼迪国际机场掠过。轮船不见了，新全球主义在空中飘荡。时间崩塌了，几天之内就能给每个社区带来风险或机遇。明天，也许就是几小时之内，到了 2050 年，也许将是分分钟的事。这就是进步。

无论是在洛杉矶这样的郡、明尼苏达这样的繁荣州，还是像俄罗斯联邦那样的前超级大国，公共卫生面临的挑战从来没有像现在这样巨大。现在挑战是一个接一个地来。社区扩大了，地球村的成员有 60 亿人，其中超过 50 亿居住在类似 19 世纪 90 年代纽约市的公寓中。

2000 年，对世界上的大多数人来说，纽约在一战前制定的公共卫生要素从未存在过：以安全的饮用水、食品、住房、排污设施和医院为要素的进步从未到来。政府和人民之间，在追求人人享有健康方面从未建立起必要的信任。在世界其他地区——特别是苏联地区——这种信任很久以前就被背弃了。

是的，20 世纪发明的科学和医疗工具将成为 21 世纪全球公共卫生努力的重要基础，基于改变人类和微生物基因的大胆创新也将成为重要基础。但对群体健康至关重要的是古老的、非技术的因素：清洁的水，充足的、有营养的、未受污染的食物，体面的住房，科学的排水和垃圾处理，对流行病进行的正确的社会和医学控制，广泛或普遍可以获得的妇幼保健服务，洁净的空气，向受过充分教育、能够在日常生活中理解和使用这些信息的群体提供的个人健康需要的知识；最后，医疗保健系统还有一个要遵循医学基本准则——“不伤害”。

在比格斯和巴斯德的时代，公共卫生是局部的，只要有足够的政治支持，就容易管理。其公共卫生基础设施首先提供了全社区的疾病预防。

现在，社区就是全世界。当鼠疫袭击苏拉特，埃博拉袭击基奎特，结核病席卷西伯利亚监狱，艾滋病“征服”了一代非洲人时，世界如果坐视不理，社会就会变得焦虑不安。虽然其他国家会感同身受，但他们担心“那边”的东西会被传到“这里”。更糟糕的是，当他们咬一口“那边”种植的香蕉时，社区会集体担心：我在吃什么微生物或杀虫剂吗？

公共卫生需要——也必须——全球预防。

现在，这将是真正的进步。

第一章 污秽和衰变

肺鼠疫在印度暴发及全球应对不力

这个小镇就像一座鬼城，没有就业机会；
人们变得暴躁，生活无法继续。
这个小镇就像一座鬼城，一座鬼城；
这个小镇就像一座鬼城，一座鬼城；
这个小镇就像一座鬼城，一座鬼城。

——特种乐队，《鬼城》，1981 年

成千上万的人，争先恐后地挤上火车。只有上的，没有下的。

在一列缓慢驶入苏拉特的老式印度火车上，乘客们等不及列车入站，就开始从行囊中翻找出破布或围巾来掩住口鼻。操着印地语、泰米尔语、旁遮普语、孟加拉语和英语的母亲们无视孩子们抗议的恸哭，厉声斥责道："听话，必须戴着，它会保护你！"

这些顶着临时口罩的孩子们，睁大了原本黯淡的小眼睛，随着列车缓慢地进了站，车厢里乱糟糟的乘客也安静了下来。

车上唯一的一位西方女乘客收好行李，顶着其他乘客讶异的目光，离开了车厢，步入 9 月火热的苏拉特。到处是戴口罩的苏拉特人，有的怀抱婴儿，有的拎着大包小包，用手肘挤开一条上车的路，吆喝着，你争我抢地纷纷落座。只要能离开这座被雨季浸透了的城市，就算没有坐票，他们也愿意如释重负地站上几个小时。

只为逃离这场鼠疫。

印度的铁路系统日渐庞大，从喜马拉雅山脉延伸至斯里兰卡，得益于此，将近 50 万人在不到一个星期的时间内从苏拉特逃离，造成了当时罕见的人口大迁徙景象。苏拉特的珠宝和纺织行业往常至少有 60 万的从业者和商人，如今人去楼空。苏拉特 220 万总人口中只有不到一半滞留下来。别说 500 美元的机票，这些古吉拉特邦低种姓穷人连 70 卢比（约 2.5 美元）的最便宜的火车票也买不起。

随着火车离站，轰鸣声渐渐消散，车厢里弥漫着一股冰冷的沉默，只能偶尔听到沿途的三轮车鸣。4 节带有红十字和“事故医疗救助”标志的车厢留了下来。车厢周围的地面上用滴滴涕（DDT）杀虫剂粉画出了厚厚的白色边界线。

被广大印度教徒视为神物的牛群在到处觅食，翻捡着散落在街道上的垃圾。马路上，以往会充斥着钻石抛光机和近 30 万个动力织布机喧嚣刺耳的轰鸣声，现在却变得静悄悄。药店、私人诊所和私立医院的门口松松垮垮地钉着密封木板。滞留在城中的居民用破布或口罩紧紧掩着口鼻，行色匆匆。

只有在威德路上的妓女们不惧袒露她们的面容和身体，在妓院的阳台上招揽着过往的客人。尽管鼠疫横行，这个地方也可能有顾客光顾。

“来得太突然了，就像晴天霹雳一样！”古吉拉特邦卫生部门负责人说道，“真希望没有如此严重的恐慌。”

不幸的是，苏拉特已经被恐慌控制，成了一座鬼城。旅游业萧条，一座崭新的假日酒店空空荡荡，旅客可以任意挑选房间，只是农民们担心到疫区送货有风险，酒店的食物稍显短缺。如果旅客想请包着头巾的锡克教门童帮忙叫三轮车前往市区，即使开出当地人一个月收入的天价，也要花点时间。

在这个城市，到处是脏兮兮裸露着的下水道、密密麻麻摇摇欲坠的老屋和四处游荡的牲畜，一群衣衫褴褛的苏拉特贫民晃着木棍边跑边大声叫喊：“鼠疫！鼠疫！鼠疫！”生怕全世界听不到一样。这些贫民跑得尘土飞扬，然后紧紧围成一圈，紧盯着地面。原来在人们脚下惊慌乱窜的是一只棕色的老鼠，咕噜噜的眼睛在耀眼的阳光下闪闪发光。

有个贫民不依不饶地挥舞着木棍驱赶着老鼠，嘴里呢喃着：“鼠疫，鼠疫！”这群威德路贫民如此恐惧，以至于没有人敢出手攻击那只老鼠，生怕“鼠急跳墙”，给攻击者一口致命的回击。过了一会儿，那只啮齿动物顺着一个垃圾遍地的山坡逃走了，消失在一个洒满滴滴涕的洞里。

那些人看起来很不好意思。当被告知携带鼠疫耶尔森菌的跳蚤通常栖息在黑老鼠身上时，这群人感觉他们的男子气概复燃，每个人都挺起胸膛，坚定地发誓要杀死他见到的第一只黑老鼠。[1]

1994 年 9 月，瘟疫的恐慌席卷了整个印度，人们都在埋怨肮脏的苏拉特。《电讯报》曾这样写道：“苏拉特可能是印度同规模城市中最古老、最不宜居、最难以管理的一个了。”[2] 老牌印度主流媒体《加尔各答报》也评价苏拉特“管理失控，社会堕落和市政基础设施崩溃”。

没有什么比全世界都在关注印度的老鼠和他们繁华都市里的垃圾更让这个国家的文人墨客们感到羞耻的了。当政客们对苏拉特的地方政府指指点点时，这个国家的知识精英们抓住了时机，以此抨击印度经济和政治的基本制度。这种观点的典型代表是尼克希尔·查克拉瓦蒂，他指出，在殖民主义的几十年里，这个幅员辽阔的国家一直被强大的联邦政府统治。[3]但是自从独立以来，中央集权的联邦政府已经削弱，地方政府接管了印度生活的方方面面，继而带来了灾难性的后果。

“简而言之，一个可怕的社会阴暗面出现在所有的大都市了。鼠疫风险通过成堆的垃圾传播，老鼠在这些垃圾堆上茁壮成长。”查克拉瓦蒂写道，“来到我们最好的市中心，你会发现垃圾成堆已经成为一个普遍现象。”在加尔各答，垃圾堆积如山，市政局都来不及清理。在孟买，超级富豪的社区里可能好一些，但在人口稠密的地区情况也是一团糟。

“如何实现全球化、如何融入世界潮流是当下最时髦的谈资。但是，如果我们的市政当局和地区委员会处于不作为状态，并不可避免地把城市变为流行病的滋生地，我们还能创造什么样的经济奇迹呢？”

1994 年，印度的知识分子像 19 世纪晚期的美国和欧洲知识分子一样，迫切需要卫生设施和健康保障，他们将瘟疫和社会中一切可以想象得到的失败都归咎于卫生设施的缺乏。

迪克西特在一篇文章中绝望地写道：“这场危机应该促使我们反思流行病对经济和社会的影响。说到危机，有时人们会陷入迷信的恐惧，甚至是对印度命运的灵学妄想症！”[4]

但瘟疫妄想症关注的焦点并不像灵学那样玄幻，而是充斥着印度大街小巷的世俗，还有实实在在的让人五官不愉悦的污物，这些污物早已成为印度城市景观中独一无二的、最具辨识度的特征。

《今日印度》曾这样写道：“这就像中世纪的诅咒降临在我们身上。但是这个诅咒是我们自己造成的。我们是自己命运的终结者，因为我们是污秽的创造者。[5]正如所有取得进步的社会一样，反对肮脏和疾病的公众舆论浪潮一直是基础改革的支柱，因为它是反地方腐败和反宿命论的同步剧变。归根结底，一个国家的国民健康也是它的财富。这个国家在企业家精神、经济现代化、科学技术等领域都发生了巨大的变化。但是，除非这种集体的进步伴随着一种更清洁、更卫生的生活愿景，否则印度在国际社会的眼中永远不可能成为一个现代化国家。没有人愿意在黑暗时代投资。”

因此，在疫情暴发的第 4 周，全国各城市都燃起了大火，空气中弥漫着燃烧的垃圾散发出的腐烂气味。白天，成群的工人把肮脏的垃圾堆积如山，把汽油浇在垃圾山上，希望用这些火堆把印度从瘟疫带到进步的道路上。孟买的市政官员雇用了来自最南端的泰米尔纳德邦的伊鲁拉部落的人，在这座约 1400 万人口的城市里捕鼠，真是别开生面的景象。这座城市人口稠密，平均每平方千米居住着5万人。伊鲁拉部落的人以捕捉啮齿动物的技能而闻名，几个世纪以来，他们一直吃老鼠，这是他们日常蛋白质的主要来源。孟买市政局告诉伊鲁拉，他们可以想吃什么就吃什么，而且因此还能得到一笔钱。

虽然苏拉特的四害让人嗤之以鼻，但是，需要澄清的是，这个城市的恶臭、垃圾和啮齿动物泛滥对印度瘟疫的开始和传播几乎不起任何决定性作用。尽管苏拉特的瘟疫的确引发了一场迟到已久的城市美化运动，但这里可怕的居住环境、人们的恐慌和失能的医疗卫生服务才是瘟疫的始作俑者，而不是这些可怜的小黑鼠。

这场瘟疫并非起源于苏拉特，而古吉拉特邦长满跳蚤的老鼠也不是瘟疫传播的主要原因。

确切地说，这场疫情开始于印度东南部地区距离苏拉特千里之外的马哈拉施特拉邦的一个农村地区，而马哈拉施特拉邦的首府是孟买。

1993年9月30日，马哈拉施特拉邦东部城市拉图尔曾发生了6.4级的地震，这个震级虽然不足以掀翻洛杉矶那些建得很好的高速公路立交桥，但足以夷平比德和奥斯马纳巴德地区的泥砖房屋，况且地震发生时，村民们正在睡觉，成千上万的房屋被夷为平地。拉图尔周围有大约1万个村庄被毁，100万所房屋倒塌，1万多人就此丧命。

接下来的几天里，高达5级的余震撼动了奥斯马纳巴德和比德地区，导致大批幸存者选择逃离。比德的农民很务实，他们匆匆忙忙地收割庄稼，等到把食物锁在任何在地震中幸存下来的建筑物里，才安心离开这个地区。

1994年，世界银行援助了大约3000万美元，帮助印度政府在拉图尔地震原址建造了一批安置房屋，村民们在这一年的夏天陆续回到他们的家乡。[6]

20世纪80年代，在确信鼠疫耶尔森菌已经从印度消失后的30多年来，印度没有再出现过鼠疫病例。印度政府一个接一个地关闭了他们的鼠疫监测站，停止寻找病例，最终甚至停止了对老鼠和跳蚤的抽检。

1994年8月26日，来自比德附近马马拉村的矢下朗格回到了他在地震中被毁的家。他打开密封了几个月的大门，这个地方是他在11个月前，逃离地震之前匆忙放置收获谷物的储藏室。他一进门便被一团黑跳蚤压垮了，它们似乎迫不及待地从破旧的储藏室里跳出来，咬着他的每一寸肌肤，以至于当他往下看时，脚下的地面似乎都在动。

在他的脚下，这个马马拉男人的周围，到处都是黑色的老鼠，密密麻麻的硕鼠靠储存的粮食维生。一周内，这个马马拉人的经历在一个又一个村庄重复上演，在拉图尔外的比德，地震难民回到他们的村庄，要求政府建造新的房屋，并取回他们储存的粮食。

鼠疫耶尔森菌是一种细菌，它可以在休眠状态下在土壤中存活很长一段时间。随着监测项目的取消，印度官方监测鼠疫的能力逐渐丧失。1966 年卡纳塔克邦官方报道了最后一例人感染耶尔森菌病例，随后，1987 年马哈拉施特拉邦取消了鼠疫公共卫生项目。

这种细菌还可以隐藏在跳蚤的肠道内，它们对跳蚤无害，悄悄繁殖，并将其后代传给跳蚤的下一代。

但当条件变化时，尽管这种变化直到 20 世纪末都没人能解释清楚，触发了细菌 DNA 里的一种信号基因，这种名为 hms（关于血红素存储）的基因开启，导致蛋白质分泌，基本上把鼠疫杆菌群从跳蚤肠道的有益共生菌变成了入侵昆虫前肠的超级危险菌群。因此，菌群阻碍了食物的移动，跳蚤们就会开始变得饥饿。[7]

饥饿下的跳蚤只能改变它们的饮食习惯，变得很疯狂、更有攻击性，可能会进攻任何温血动物，靠吸取血液为生。老鼠，尤其是黑鼠，是主要的攻击目标。而老鼠身上的跳蚤被皮毛保护，活动能力很强，寄生在这种四处乱窜的啮齿动物身上，不需要消耗任何能量。

当人类接近老鼠时，携带瘟疫的跳蚤能够跳跃的距离比它们自身的长度要远几个数量级，它们可以落在人的皮肤上直接享用 37℃的鲜血。[8]

鼠疫耶尔森菌在它的基因库里还有其他诡计。这种细菌有大量的特殊基因——至少有 20 个——它们赋予了这种生物对人类和其他动物细胞的独特能力。一旦耶尔森菌接触到人类细胞，这些基因就会启动，产生一系列致命的化学物质。

第一组被释放的化学物质在人体细胞的保护膜上钻一个微小的孔[9]，然后另一组基因编码的蛋白质变成一个运输管，把耶尔森菌产生的化学物质送入受害细胞。这些化学物质迅速使受害细胞丧失正常的生理能力。

与此同时，耶尔森菌还会向周围环境分泌一组蛋白质，阻止人体免疫系统进行防御。强大的巨噬细胞，即可吞噬入侵微生物的巨型免疫细胞，在耶尔森菌毒性化学物质的作用下变得无能为力。这种惊人而复杂的攻击系统得益于这些基因和它们所编码的蛋白质，并非起源于细菌本身，这些基因是动物基因，几千年前通过不为人知的方式被窃取，然后被细菌有效地用于伤害动物。因此，这种原本是动物细胞内良性的蛋白质系统，被演变成了微生物世界中最复杂、最有效的进攻性武器之一。

如果耶尔森菌侵入人类的皮肤细胞和淋巴系统，就会导致淋巴腺鼠疫。随着耶尔森菌菌落的生长，淋巴结会肿大，通常会肿得特别大，皮肤上会长出畸形的脓包，渗出黄色黏稠的液体。

在马哈拉施特拉邦比德地区周围的村庄，有人在1994年8月下旬开始出现这些症状。9月14日，印度联邦卫生部秘书达亚尔证实，该区马马拉村确诊4例淋巴腺鼠疫。

两天后，马哈拉施特拉邦当局宣布，马马拉村10%的人患上了淋巴腺鼠疫，印度国家传染病研究所发布了一份实验室报告，证实比德地区的这种病是由鼠疫耶尔森菌引起的。

如果在60年前，即使是少数的腺鼠疫病例也会在印度或世界其他地方引发大规模恐慌，但1994年不至于如此。毕竟，用最便宜、最简单的抗生素：四环素和强力霉素（多西环素）就能击败耶尔森菌。如果在疾病的最初阶段使用，或仅仅在怀疑接触了受感染的跳蚤之后使用，这些药物通常是100%有效的。

然而，一旦病情进展，治疗就变得越来越困难。耶尔森菌会进入血液，引起败血症，破坏心脏和肝脏。它也可以在肺里繁殖，导致肺鼠疫。这是耶尔森菌病最具传染性和危险性的一种形式，因为一旦耶尔森菌寄生在人的肺部，就不再需要啮齿动物或跳蚤来传播，随着宿主一次次的呼吸和咳嗽，飞沫微粒足以使细菌从一个人传到另一个人。

由于未经治疗或处理不当，这次的耶尔森菌病轻而易举地夺走了50%感染者的生命。因此，在20世纪末，这场不那么容易控制的肺鼠疫后来蔓延成了世界上任何一个国家都无法阻止的一场淋巴腺鼠疫的暴发。

1994年9月16日，比德地区的卫生局局长蒂瓦里告诉当地记者，没有必要恐慌。他坚持说，“救兵，已经在路上了。”马哈拉施特拉邦卫生厅厅长苏巴什·萨伦克则进一步坚称，所有比德地区的鼠疫报告都存在“严重夸大”事实的情况。但他承认，耶尔森菌可能是在长时间沉寂之后才出现的，因为他说，这些细菌“可以在土壤中存活10到15年”。

孟买哈弗肯研究所的耶姆尔博士认为，该地区的地震破坏了长期隐藏着耶尔森菌的生态平衡，把深层的土壤翻了出来。他还表示，地震过后老鼠没有了天敌，靠着村民争先恐后、慌乱收割留下的粮食储备，种群数量不断增长。它们的新鲜血液吸引了跳蚤，进而使得这种虫子的数量激增。因此，他认为，在马马拉这种仅有375口人的小村庄里发生的疫情，也完全有可能会发生在整个地震灾区。

地震破坏了灾区的医疗卫生基础设施，诊所被夷为平地，医生和护士被迫离开家园。所以地方当局没有能力诊断和治疗所有的淋巴腺鼠疫患者。

与此同时，1994 年也发生了人们记忆中最猛烈的强降雨，使得问题进一步恶化。道路被冲毁，即使是很短的距离也变成了艰难的漫途。有记者曾试图从孟买出发去拉图尔，仅 400 千米的路程，但在经历了长达 14 小时的躲避大象、柴油卡车、圣牛挡路和逼仄的小路的痛苦煎熬之后，还是放弃了。

但事实上，无论耶尔森菌出现在哪里，印度都会遇到类似危机，因为该国的公共卫生基础设施已经超出了负荷。在经济增长破纪录的时期，印度大幅削减公共卫生支出，将责任从联邦政府转移到邦一级，似乎对人民健康的所有需求都置之不理。到 1992 年，包括医疗服务在内的国家公共卫生支出仅占国家预算的 0.04%，还不到十年前的 1/10。

面对如此糟糕的情况，1992 年至 1993 年的印度国家预算中，公共支出仍然减少了 20%。几乎没有地方政府通过增加地方公共卫生支出来补偿国家公共卫生预算的短板，没有一个邦的支出增长超过 5%。

1992 年，只有 3 个国家，即巴西、墨西哥和俄罗斯联邦，背负的外债超过了印度令人震惊的 770 亿美元。[10] 外国投资者对印度的投资信心稳中有进，但即使在 20 世纪 90 年代投资额连年增加的情况下，1994 年的外商投资总额仍然低于 15 亿美元。[11] 20 世纪 90 年代早期，印度经济以每年 4% 的速度稳步增长，这对印度而言已经是神速了。但相比亚洲的其他国家，这个速度还是有些慢，巴基斯坦年增长 9%，韩国年增长 10%。[12]

尽管有着巨额的外债和相对缓慢的经济增长率，印度仍然被认为是一个有希望的金融国家，它走向市场自由化，并迅速取消了以前严格控制工业和限制外来投资的法律。据估计，1994 年印度人口为 9 亿至 9.5 亿，人均国民生产总值为每年 310 美元，印度经济的每一个部门在 20 世纪 90 年代初期的增长速度远远超过非洲、东欧或美洲大多数国家。1991 年的制造业增长值达到了惊人的 400 亿美元，是第三世界最大的制造业国家之一。因此，这个国家很容易就能偿还国债，同时还能满足年度支出的需求。

这种繁荣景象在印度西南部地区尤为明显，在那里，贸易管制的松绑激发了创业者的热情。例如，在班加罗尔，勤劳的卡纳塔克邦人创建了一个巨大的计算机软件制造帝国。孟买迅速成为印度资本主义的核心。在它的北部，苏拉特几乎在一夜之间发生了变化。

从 1971 年到 1991 年，苏拉特的人口惊人地增长了 151.61%，其中大部分是贫困的移民工人，他们在产值 6 亿美元的纺织业或产值 10 亿美元的钻石行业辛勤劳作。随着人口的增长，可怕的贫民窟数量也从 20 世纪 60 年代的 90

个增加到1994年的300个，居住着大约45万人。这些贫民窟没有正规的排污或供水系统；房屋是简陋的单间，甚至是帐篷；疟疾和肝炎盛行；而且，即使印度有一些基本的劳动和安全法规，也没有人在威德路沿线的这些企业中强制执行。

然而，吸引苏拉特实业家的恰恰是其政府的软弱，缺乏健康和卫生执法意识、没有竞争意识和热情、没有技能的劳动力，以及几乎免税的营商环境。到1994年，世界上每开采出3颗钻石，就有1颗是在苏拉特抛光的。[13]

"也许最具讽刺意味的是，"孟买保守的《商业标准》写道，"这种流行病袭击了这个国家经济最活跃的地区之一，而这个邦被认为是对商业最友好的……更重要的是，古吉拉特邦政府已经走出了一条更适应企业的道路，反过来也能够从快速工业化中获益，而这与印度其他地区的情况不同。但不知何故，人们忽略了对良好市政服务的需要。那些忙于赚钱的商人很少关心最低限度的公共服务或基本的生活质量，比如没有垃圾、蚊子、苍蝇、跳蚤和老鼠的生活。当流行病来袭时，他们就最先开着自己的豪华轿车跑掉了。今天的印度显然把自己的发展重点搞错了。"[14]

实际上，问题的关键是如何对优先解决事项进行排序。1992年，印度的军费开支是医疗费用的20倍。十年来，印度秘密地进行了大规模的、耗资巨大的核武器研制工作。公共卫生部门是所有主要支出类别中排名最低的。排在它前面的是教育，印度的教育水平非常低，只有50%的成年男性和不到1/3的女性能够上学，这不仅使印度的识字率低于全球平均水平，也低于地球上最贫穷国家的平均水平。[15]

1994年，将近1/4的印度儿童没有完成联合国儿童基金会推荐的疫苗接种，婴儿死亡率是欧美的10倍多，平均期望寿命是59岁，年出生死亡比约为3：1，使得这个国家的人口爆炸情况持续到了21世纪。[16]

与此同时，印度渴望迅速走向自由的市场经济，摆脱以前由国家管理的社会主义经济，包括医疗卫生在内的许多部门被私有化。到20世纪90年代中期，超过75%的医疗服务由个体医生提供，基本的公共卫生基础设施正在迅速消失。

印度卫生独立医疗委员会主席阿洛克·穆科帕德哈耶说："我们没有向前迈进，迎接新的卫生挑战，相反，我们正在倒退。"他注意到印度的公共卫生处于一种"渐进但必然衰退"的状态。[17]

在这样的背景下，再加上地震和强降雨，9月中旬，马哈拉施特拉邦的主要官员萨伦克和比德，以及拉图尔当地的卫生官员都在努力控制腺鼠疫的流行。一项调查显示，拉图尔鼠的数量增加了20倍，在奥斯马纳巴德也发现了类似的啮齿动物数量激增。通过对当地档案的梳理发现，有人在 8 月 5 日就提交了第一个关于跳蚤泛滥的投诉，但没有得到重视，而第一个人感染鼠疫病例发生在 8 月 26 日。更令人不安的是向媒体公布的国家鼠疫数据：尽管印度在 1966 年至 1988 年间没有发现人感染鼠疫病例，但耶尔森菌在 1989 年卷土重来，出现了 3 例人感染鼠疫病例，1991 年有 50 例，1992 年全国有 135 例。

基于印度有鼠疫的历史，病例上升趋势被忽视似乎是一个重大失误。1895 年，加尔各答暴发了瘟疫，后来蔓延至印度各地肆虐，直到 1918 年，超过 1000 万人死亡。[18] 在那之后，耶尔森菌在印度流行了 50 年，在 1919 年至 1968 年间夺去了 250 多万人的生命。

然而，各邦政府多年来都忽视了鼠疫监测。在马哈拉施特拉邦暴发疫情之际，官员们继续淡化事情的严重性，向媒体宣告一切都在掌控之中。

只有一个关键人物的头脑保持着清醒，他就是远在班加罗尔的鼠疫监测中心的萨玛勒·比斯瓦斯博士。他在调查了马哈拉施特拉邦比德地区的情况后说道：“那里的条件非常容易引发肺鼠疫的流行。”然而他的警告被忽略了。

彼时，马哈拉施特拉邦的 6 个地区已经确诊了 317 例腺鼠疫病例。尽管包括印度卫生部部长尚卡拉纳德在内的官员们仍然坚持认为“没有必要担心”，但孟买的报纸却开始指责马哈拉施特拉邦沙拉德·帕瓦尔省长领导下的政府疏于管理。

马哈拉施特拉邦的萨伦克坚持声称：“既然事情已经发生了，就不要担心。这不是中世纪，我们有琳琅满目的抗生素，我们有农药，我们有监测。我向你保证，马哈拉施特拉邦不会有一个人死亡，不会的。”

但是鼠疫已经蔓延开来，并正在悄悄地席卷西北 600 千米外的苏拉特，造成致命的影响。

肮脏的苏拉特在 1994 年的强降雨中摇摇欲坠。连续 87 天的大雨倾盆而下，降雨量达到了 205.7 厘米。塔普提河暴涨，洪水越过河岸，淹没了城市里的贫民区。臭气熏天的威德路边，是苏拉特最恶劣的贫民窟，塔普提河的洪水涨势凶猛，8 月底淹到了屋顶。成千上万的苏拉特人在 8 月初逃离，在城市里没被水淹的地区寻找住处。当时，常常能看到十来个人挤在只能容纳四个人居住的小屋里，或者看到农民工睡在他们白天辛勤劳作的织布机和钻石抛光机之间的地板上。

即使在旱季，威德路的路况也是非常糟糕的。这里的大多数居民都是外来务工人员，其中 10% 到 20% 来自马哈拉施特拉邦的比德和拉图尔地区。他们挤在房间里住着，150 个人共用一个厕所，下水道是露天的，臭气熏天。

8月是雨季，塔普提河的洪水直到9月上旬才从威德路退去。仿佛是为了验证象神的奇迹，9月10日雨停了，塔普提河的水退到河堤以下，苏拉特的泥土在9月15日开始变干。恰逢象神节的到来，为洪水退去的狂欢庆祝更添一桩喜事。

象神甘尼什，象征着对逆境的不屈服，是穷人和弱势群体最崇拜的英雄之一。传说甘尼什幼年与母亲失散多年，几经周折终于与母亲团聚，不禁上前拥抱亲吻她，被继父看到产生了误解，继父勃然大怒，抓起剑，砍下了甘尼什的头。

“你做了什么！”母亲叫道，“你杀了我的儿子！”

羞愧难当的继父疯狂地寻找让甘尼什起死回生的方法。他看到一头路过的大象，砍下了它的头，把它放在了甘尼什的脖子上。从此，甘尼什成为最伟大的印度神之一，象征着欢乐、财富和对贫苦大众的悲悯。

按照习俗，9月18日是人们欢度象神节的日子。邻里之间相互竞争，每家每户都试图让自家的象头雕像超越对方。人们抬着这些雕像载歌载舞，游行数小时后，就会把它们扔进塔普提河。

数周的强降雨让塔普提河的大部分河堤变得不稳定，平时分散的民众在节日当天的游行中聚集起来，拥挤在狭小的空间里。他们高举着象神，象神的四臂和象鼻向群众挥手。

游行人群中至少有一个来自马哈拉施特拉邦的人。有个鼠疫携带者，他的感染没有被治愈，细菌进入了他的肺部，他一边庆祝一边咳嗽。结果可想而知。

3天后，7人由于发烧伴肺炎症状，前往苏拉特市立医院急诊室向普拉迪普·古普塔医生和他的工作人员寻求帮助。

“到12点30分，我们发现有7人被收治，”三天后，疲惫不堪的古普塔回忆道，“两个已经死了。他们都患有双侧肺炎，痰中有血。而且他们的病史很短——肯定不到4天。随后其他人陆陆续续被收治，到星期四（9月22日）上午11点，我们医院有13人被确诊，其中7人死亡。”

第一波就诊的这些病人全部来自威德路的贫民窟。

就在遥远的马哈拉施特拉邦马马拉村里的矢下朗格染上腺鼠疫6周后，联邦政府坚持声称印度只有不到70人患了鼠疫，而且都是容易治疗的那种。

古普塔是一位年轻、精力充沛的市立医院的医生，他敏锐地察觉到那些死者和垂死的病人可能是肺鼠疫的受害者，他只从教科书上见过这种疾病。他把他的怀疑告诉了上级帕玛尔医生。帕玛尔医生在显微镜下观察了死者的痰标本。作为苏拉特医学院的一名医学教授，当市立医院的医生发现令人困惑的传染病病例时，他通常是被咨询的对象。

“我在9月20日确诊了第1个病例，”帕玛尔医生回忆说，“这名病人因疟疾突然发作而入院。我给病人做了X光检查，结果显示是双侧肺炎。我们将该病例视为肺鼠疫进行了治疗，因为在比德地区报告了一些腺鼠疫病例。病人的症状在6小时内进展迅速，他痰中有血，很快出现呼吸衰竭，并发双侧肺炎，所以我们怀疑是肺鼠疫。”

帕玛尔医生的首例患者是来自马哈拉施特拉邦的一名35岁移民工人。

“他在一家私立医院做了X光检查，”古普塔谈到这位患者时说，“那是晚上8点，一切看起来完全正常。他在半夜突发高烧，一小时后照了X光片，我们看到了肺鼠疫的明显迹象，病情发展迅猛，当天晚上他就去世了。表明病菌具有强毒性。”

“你害怕吗？”一位访客问道。

“当然！”古普塔大声说，他的声音被戴了3层的口罩掩盖了，其中1层是用来保护工人免受化学品伤害的那种口罩。

“当然！”他重复道，浑身发抖。

9月20日，帕玛尔和古普塔把他们的新上司，最近被任命为市立医院医疗主管的迪沙·沙阿逼到了墙角。这个常年浸淫在权力旋涡的中年人不敢怠慢，想亲眼看看实验室的检查结果。在显微镜下检查了病人的涂片样本后，他说：“是的，看起来像肺鼠疫。”

沙阿下令将涂片送到新德里的国家传染病中心，并与当地政府取得联系。但私下里，令他感到困扰的是，苏拉特的暴发似乎有些奇怪。第一，城里没有死于瘟疫的老鼠；第二，第一批病例都是成年男性；第三，早期没有儿科病例，这些都与以往的经验有所不同。

“太令人惊讶了，”沙阿告诉他的员工，“没有通过老鼠，而是直接以肺炎的形式在这个城市里传播的。有从比德来的人吗？有可能。”

“天哪，也许，”他打了个冷战，继续说，“耶尔森菌已经变异了。”

帕玛尔教授还对苏拉特此次疫情中出现的反常现象表示担忧。他告诉沙阿，如果没有该市137名私人医生的帮助，“这场疫情将像野火一样蔓延。这是黑死病。”

这些公立医院的医生得到了古吉拉特邦卫生厅厅长苏巴什·谢拉德的全力支持，他们尽最大努力镇定地传播疫情暴发的消息，希望从古吉拉特邦的私人医生那里寻求帮助。

但接下来发生的事让他们措手不及。

私人医生们惊慌失措。80%的人逃离城市，关闭诊所和医院，抛弃病人。

那些医生眼里的恐惧被民众看到了，在文盲占绝大多数的低层老百姓中迅速流传出即将有一场灭顶之灾的流言。苏拉特的中产阶级则小心翼翼地收拾行囊，溜出了城。

随后，9 月 22 日，苏拉蒂和孟买的报纸打出了醒目的头条标题："苏拉特热！"

"昨晚这里发生了一场神秘的热病，恐怕已有 80 多人死亡，"当天早上孟买报纸上一篇文章的开头这样写道，"该市一位私人医生马亨德拉·甘地已经证实 45 人死亡，并表示死亡人数可能超过 80 人。"[19]

这只是个开始，一系列被严重夸大的报道紧随其后冲击了世界媒体，其中大多数依赖于恐慌的私人医生提供的信息。9 月 22 日，在印度广受欢迎的英国广播公司（BBC）回应了这些报道，称苏拉特暴发了一场神秘且致命的传染病。

全民大逃亡拉开了序幕。

在英国广播公司播出这则消息后的半天时间里，预计有 10 万印度人登上火车，前往印度内陆的任何其他地方。苏拉特就业率高，吸引了远至孟加拉国、泰米尔纳德邦、德里、北方邦、旁遮普甚至尼泊尔的工人。现在他们匆忙逃回家园，可能还携带着可传染的病菌。

9 月 23 日，星期五，又有大约 30 万用手帕包着脸的苏拉特人在排队等火车。彼时，市立医院已经有 31 人死于肺鼠疫，病房里挤满了鼠疫患者。政府官员宣布苏拉特为"鬼城"，包括古吉拉特邦和马哈拉施特拉邦在内的 5 个邦进入突发公共卫生应急状态。

印度各地的新闻报道铺天盖地，从《印度时报》当天平静的头条新闻（"疾病是有传染性的，但可以治愈"），到《印度日报》声称超过 250 名苏拉特人死亡，1 万人感染了鼠疫。一则报道称，古吉拉特邦卡塔尔村已经有一半人死了，全都是鼠疫病人。还有一种说法是，"所有的苏拉特人都被感染了"。

孟买陷入了疯狂。大部分苏拉特人都逃到了这座印度南部的阿拉伯海大都市，当地的广播、电视和报纸上充斥着死老鼠和城里居民的传言：前一天晚上，在孟买郊区的博里维利和达达尔，有 8 人死于鼠疫。

彼时，这场疫情唯一明显的受害者就是真相本身。错误的信息、政府的搪塞和媒体的狂热传播比比皆是，以至于从喜马拉雅山到果阿岛的印度人几乎都相信瘟疫就在他们中间。与狂热的传言相比，后来的现实令人失望地平淡无奇，大多数病人都躺在苏拉特的市立医院里，至少一开始还是这样。

但是印度联邦政府没有采取任何措施来减缓苏拉特的人口撤离，也没有向陷入困境的市立医院医务人员提供任何具体的援助。在孟买那头的马哈拉施特拉邦，政府同样缺乏明确的战略对策。成群结队的苏拉特人从孟买的几个火车站拥出，很快就消失在这个人口稠密的大都市的郊区和贫民窟里。

印度独特的医学人文背景进一步助长了民众歇斯底里的恐慌情绪。在20世纪末，世界上很少有社会像印度那样具有如此复杂的文化。外界看到的印度，就像一个洋葱：一层一层剥开的过程中会让你哀叹哭泣，但在剥到核心时，却发现了另一个洋葱。印度的各个宗教都要求其信徒做出无私的奉献，这影响着他们生活的方方面面。印度的民主进程不得不避免让任何特定的宗教观点占据主导地位。若未能实现这种微妙的平衡，通常会导致大量暴力事件的发生。

医学和健康，在西方传统中，主要是建立在科学理论的基础上，这不仅需要理论从逻辑上证明，还需要实践的验证。人体是一套具体的由分子和组织构成的体系，疾病可以通过对宿主实施干预被逆转，这些干预设法修复失灵的系统或消灭入侵的微生物。

西医在印度被广泛应用，印度医学协会遵循着西医的科学理论，这也大致反映了英国的专业标准。

但在印度法律下，在官方的、平等的基础上，有阿育吠陀印度草药、顺势疗法、瑜伽及许多其他的传统医学，它们的本质通常是从精神的角度来看待人体及其疾病。1994年，在西医的对抗疗法下，四环素可以很容易治疗鼠疫，但这类抗生素在阿育吠陀或其他古老的印度疗法中几乎或根本用不到。

由此造成的结果便是，几乎任何人都可以“悬壶济世”，宣称自己是医生，因而这个国家的医疗服务提供者只是一群令人难以信服的怪人和利用他人的江湖骗子的混合体。在印度，超过75%的医疗服务是由“私人医生”提供的，其中大多数人缺乏诊治的严格培训，他们很可能会为患者提供在西医盛行国家被视为非法的治疗。1994年，新的自由市场氛围主导着医疗领域，这只会加剧矛盾，使没有任何正规医学培训的江湖郎中与花了10多年时间积极研究西医的合法医生形成了对立的两派。

这种竞争非常激烈，其中最残酷的竞争发生在印度一些大城市。各路从事传统医疗保健的医生们追逐着不断壮大的中产阶级的内心、思想和金钱。到1994年，当一名整日谴责政府愚昧和腐败的反政府医生，看起来是一件很有魅力的事。当时很流行把大多数政府的公共卫生声明当作谎言。医生之间的竞争也常常与这种反体制的主题相呼应，使得这些最不靠谱的“医生”反倒成为中上层社会的时髦。

事实上，当时的印度卫生部部长尚卡拉纳德自己也并非医生，而是一位商人，他在担任石油部部长期间曾因处理公共资金不当而被指控。转到卫生部继任后，他和卫生部的前任部长都支持一种新的医学模式：每天用自己的尿液来治疗癌症或艾滋病。[20]

因此，从苏拉特疫情暴发的第一刻起，印度公众就被至少与事实一样多的错误信息所淹没。尽管人们很容易将报道缺乏准确性和充斥着无关的黄色新闻归咎于媒体，但印度的医疗卫生机构也必须承担相应的责任。事实证明，真实与虚幻、准确与夸大之间的信息分裂，在随后几天里给印度带来了灾难性的后果。[21]

但是在苏拉特，几乎没有市民会被误导，因为几乎整个医疗行业，除了当地医院的护士和医生，都已经逃离了疫情的樊笼。

有这样一个例外：9 月 22 日，一个周四的上午，拉尔吉巴·帕特尔医生焦虑地在市立医院的大厅里踱来踱去，心烦意乱。他的妻子杜尔加·瓦提德里在前一天的傍晚开始流鼻涕。帕特尔说，症状看起来很轻微，但随着夜幕降临，症状迅速加重，她的喉咙痛得厉害，已经无法吞咽。

"然后我发现她有一个严重的问题，"帕特尔已经无计可施，他回忆说，"她胸痛，还呕吐。我带她去了一家私人医院接受治疗。但是医院关闭了。当时她正在吐血。所以我就把她带到这儿来了。"28 岁的瓦提德里刚躺在医院瘟疫病房的床上，帕特尔 7 岁的儿子和 22 岁的弟弟也染上了这种疾病。

"作为一名医生，我对康复很有信心，"帕特尔说，"但当我看到它的恐怖症状时，我吓坏了。"

帕特尔的家人要过几周才能康复，不过谢天谢地，他们都能活到给大家讲述 1994 年那场瘟疫故事的那一天。

在整个医院里，心绪不宁的家属们都描述着类似的症状，都是以呕吐、呼吸困难、胸痛、胃痛和发高烧为特征的突发性疾病。他们戴着口罩说话，小心翼翼地避开精疲力竭的医护人员。为数不多的睡眠不足的医护人员，偶尔也会有情绪暴发的时候。

沿着通往瘟疫病房的走廊，蒙面的低种姓妇女穿着色彩鲜艳的纱丽，拖着地板，擦着墙壁，仿佛这样的清洁能防止耶尔森菌在医院里传播。这间病房被一幅长帘隔开了一半，里面有大约 80 张病床，生锈的铁框上白漆已经剥落。女病人在帘子的左边，男病人在右边。所有的床位都满了，还有病人躺在轮床上。尽管人群拥挤，但几乎没有声音，因为大多数病人都病得说不出话，甚至不能呻吟。

在厚厚的隔离门后面，是两个封闭的房间，里面是最危险的病人——那些通过血液和痰液能传播耶尔森菌的病人。满怀担忧的古普塔医生仍然一次戴着 3 个口罩，在病人中走动，检查他们的抗生素、发烧和疼痛情况。他在病床之间蹒跚而行，他已经连续3天没觉睡了。

接下来的周五，印度开始为此次疫情付出最终且巨大的代价。联合国安理会要求对印度的鼠疫防控措施进行全面评估，与此同时，一些国家暗中威胁要抵制印度商品。这使得瘟疫终于被印度总理纳拉辛哈·拉奥提上了议事日程。他派卫生部秘书达亚尔前往苏拉特。达亚尔头发花白，戴着眼镜，是卫生部的最高官员之一。他于周五上午飞抵苏拉特，当天下午返回德里，他告诉记者和总理拉奥，44名苏拉特人死于肺鼠疫，另有174人正在接受治疗。

达亚尔说："受疫情影响地区的局势已经得到了很好的控制。"他还说，苏拉特卫生官员已经开始在全市范围内挨家挨户地进行调查，以主动寻找更多的病例。[22]

但达亚尔的声明并没有消除公众和世界的恐慌。整个印度都觉得危机四伏，四环素的销量猛增，药品供应也迅速减少。为了确保有足够的药物用于治疗真正需要的病人，印度食品和药品管理局不得不储备起四环素来。

周六上午的报纸头条明确告知印度人，拉奥政府已经正式宣布苏拉特"被瘟疫袭击"，并且把军方的快速行动部队派遣到了当地，实施隔离措施，阻止大批潜在的鼠疫携带者去往这个国家的其他地方。

当身着蓝色迷彩战斗装备的快速行动部队于周六下午抵达时，苏拉特已经撤离了3/4的人口，也就是大约45到60万人。批评人士抨击印度联邦政府没有及早采取行动。铁路局也迫于舆论压力，开始封锁苏拉特，除了卸下医疗用品外，拒绝列车在苏拉特停留。

国际社会开始关注。世界卫生组织称印度的疫情是几十年来最严重的。世界各地的权威人士呼吁向民众提供有关鼠疫的专业知识和建议。

迎接他们的是一阵尴尬的沉默。印度并不是唯一一个中止鼠疫监测项目的国家，印度相信耶尔森菌不再构成威胁。在苏联解体3年后，曾经庞大的鼠疫防疫设施陷入了彻底的混乱，不再有欧洲科学家研究耶尔森菌。美国疾病预防控制中心更是尴尬得透不过气来，因为他们承认，当时只有一名员工——科罗拉多州柯林斯堡的一名兼职科学家——精通鼠疫。但没有足够的鼠疫疫苗库存，也不可能在半年时间内生产出任何疫苗。

世界卫生组织时任总干事中岛宏博士对此保持缄默。面对印度的灾难，每个国家只能自己决定如何应对。机场开始对入境的印度飞机进行检查，有关出台更多限制性政策的传言也不绝于耳。在德里，官员们认为，只要瘟疫仍局限在偏远的比德和苏拉特市，这种激烈的国际反应就能被阻止。

但，偏偏不这么走运。

周末，德里和巴罗达出现了疑似鼠疫病例。一名鼠疫疑似病人从医院逃了出去，引发了人们对首都破旧贫民窟的疯狂搜索。最后也没有找到。

随着国际压力的增加，卫生部部长尚卡拉纳德本人于周六前往苏拉特。在德里官员的陪同下，尚卡拉纳德考察了市立医院，却被一群愤怒的苏拉特人和记者团团围住，他们要求印度联邦政府告诉民众将采取什么措施来拯救这座城市。尚卡拉纳德毫不服软，他愤怒地向暴民大喊大叫，命令军队保护他，然后逃离了这座城市。

与此同时，被遗弃的苏拉特在来不及打扫的垃圾、饥肠辘辘中垂死的动物和腐烂食物的恶臭中摇摇欲坠。留在苏拉特的工人实在太少了，无法维持企业运转。这个在脏乱差中追逐商业利润的城市里，至少有 4.5 万套钻石抛光设备闲置着，那么基本的民用需求得不到满足也就不足为奇了。

周一早上，局势失去了控制。全国范围内使用四环素的现象非常普遍，以至于世界卫生组织发出警告说，印度可能会出现各种对四环素具有耐药性的微生物。仅古吉拉特邦就发放了 1000 多万剂这种药物。[23]

“我们正在努力，”古吉拉特邦卫生厅厅长苏巴什·沙拉德抱怨道，“我们告诉民众，只有那些接触过已知鼠疫病例的人才应该服用四环素，除非有症状。这将是政府的常态，我们对此非常清楚。”

沙拉德在苏拉特的市立医院里设立了一个指挥所，昼夜不停地协调应对鼠疫的紧急情况，他拍了拍上衣口袋：“我的四环素在口袋里，还没吃。”

但是公众仍然无视政府的公告。一周之内，苏拉特的四环素消耗了 1500 万剂。报纸上全是包括美国和欧洲制造商在内的制药公司广告，不仅四环素，而且还有一大堆的抗生素、清洁剂、杀虫剂和老鼠药广告，住在离苏拉特千里之外的印度人都会争相购买这些东西。[24]

接下来的星期二是印度的世界旅游日，印度的旅游人数出现 10 多年来最大幅度的下降。原定于 10 月前往印度的旅行团有 20% 被取消。已经在印度的游客缩短了他们的行程，纷纷逃离。泰姬陵、果阿海滩、斋浦尔“粉红之城”和菩提伽耶的山佛等往常极其拥挤的地标性建筑都门可罗雀。受影响最严重的是那些迎合高端游客和商务旅行者的度假胜地和酒店，突然间空无一人。[25]

当经济部部长们为如何最好地弥补这些损失而绞尽脑汁时，边远地区的 10 个邦相继宣布，他们都发现了疑似鼠疫病例。

灾难性的后果便是：彻底的经济崩溃。9 月 28 日，星期三，海湾国家（科威特、沙特阿拉伯、卡塔尔、阿曼和阿联酋）禁止所有来自印度的航班、货物和公民入境。巴基斯坦和斯里兰卡 —— 都与印度积怨已深 —— 立即效仿。

孟买股市暴跌，经历了自1989年拉吉夫·甘地遇刺事件以来的最大单日跌幅。海湾国家与印度之间的年贸易额以往高达30亿美元。此外，约有40万印度人在海湾地区工作，给家里汇钱以维持家里的生计。这种现金流戛然而止，因为海湾国家禁止了所有进出印度的邮政通信——这一举动肯定不会对控制瘟疫有任何医学上的帮助，但却成功地打击了印度教主导的印度经济。海湾和印度之间的航班取消了，这些航班以往每天运载1.2万名乘客。所有印度生产的货物和电子产品都在伊斯兰国家的抵制中被禁止入境。

两天之内，其他重要的贸易伙伴和主要的游客来源国都关闭了与印度的所有联系：俄罗斯联邦、中国、埃及、马来西亚和孟加拉国。其他大部分没有完全禁止印度人员、航班和货物往来的国家，仍坚持对印度来的旅客进行检查。

9月29日，诺贝尔奖得主特蕾莎修女被迫在罗马的达·芬奇机场接受体检。她计划乘机与教皇约翰·保罗二世会面，在飞机起飞时，这位瘦小的修女对其他乘客笑了笑，告诉他们不必担心瘟疫。

除了发布新闻稿外，世界卫生组织几乎没有采取任何行动来制止这种对印度的国际污名化："没有必要害怕或恐慌……这是一种可以治疗的疾病，印度采取的措施完全足以应对。"世界卫生组织已跨越了健康的公共卫生和全球化的恐慌之间原有的合理界限，他们没有采取什么行动来减缓人们的恐慌情绪，也没有遏制来自印度宿敌伊斯兰国家的抵制声音。14世纪以来，国际社会在恐惧的重压下摇摇欲坠，几乎没有权威的声音试图提醒惊恐的人类，科学早已征服了耶尔森鼠疫菌。

包括该国驻联合国代表在内的印度内阁于9月29日匆忙开会。彼时，印度已有1463例鼠疫疑似病例，47人死亡——这些死亡病例全部发生在苏拉特。仅苏拉特市立医院就收治了659例鼠疫疑似病例。报告疑似病例的地区包括德里、西孟加拉邦、拉贾斯坦邦、马哈拉施特拉邦和古吉拉特邦——几乎覆盖了整个印度。在德里，鼠疫疑似病例已将全印度医学科学研究所的床位占满，恐慌导致所有公立学校关闭。地方政府表示，德里有2人死于鼠疫，孟买有1人死于鼠疫。

部长们向印度全国发出保证："印度将在3周内摆脱瘟疫。"

但这仍然挡不住疫情对经济的重创。孟买股市在单日交易中又下跌了77.3点。然而，没有发现鼠疫病例的地区也面临毁灭。例如，印度南部的喀拉拉邦，每年10月都来的旅游团纷纷取消了行程。[26]

欧洲和北美仍然保持着与印度的贸易和人员往来，但乘客被要求接受体检。10月1日，印度航空公司101航班上的一名印度乘客因疑似感染鼠疫，[27]在伦敦希思罗机场被扣留。英国早就不用隔离这种操作了，机场也不再设有隔离室。所以这名男子在机场一间没有窗户的房间里被锁了好几小时，有关部门四处紧急寻找合适的隔离设施。这名男子的隔离事件引发了新德里和英国下议院的政治抗议。五小时后，这名男子（后被证实并非鼠疫病例）被一辆特殊的密闭的传染病专用救护车从希思罗机场转运到北威克公园医院隔离，在那里等待血液和痰液标本的化验结果。[28] 伦敦的印度侨民谴责英国的这种行为是种族主义。不管事实真相如何，从医学角度来看，采取这种极端措施确实说不过去。即使这个不幸的乘客真的感染了细菌，给他的同行乘客分发抗生素也是很好的预防措施，而不是强制监禁。

在华盛顿，这场瘟疫引起了相当大的关注和舆论热度。虽然美国国务院多次呼吁民众保持冷静，人们仍然担心鼠疫携带者可能会隐藏在城市中心得不到治疗，从而引发这种可治愈传染病在美国的暴发。鼠疫很容易用抗生素治疗，但官员们对美国急诊室的医生能否正确诊断这种像肺炎的疾病、使用适当的治疗和预防措施缺乏信心。一项快速调查结果显示，90% 以上来自印度的航班，无论是直飞还是途经某个欧洲城市中转后抵达美国，都降落在纽约市的约翰·肯尼迪国际机场。每天大约有2000到3000名来自印度的乘客抵达该机场，其中许多人是居住在纽约的大约 10 万印度移民的亲属。

9 月 27 日，美国疾病预防控制中心和纽约卫生局制定了一项措施，旨在迅速检测鼠疫病例、防止其在纽约传播。[29] 这项由疾控中心和纽约政府一起酝酿的措施，同时在纽约以外的其他 6 个城市实施，为控制入境旅客流量，来自印度内陆的旅客只能通过这些城市的口岸入境。

美国疾病预防控制中心开通了鼠疫咨询热线，在 9 月 27 日至 10 月 31 日间共接到 2692 个咨询电话，打电话的都是忧心忡忡的市民，有些甚至歇斯底里。

在纽约，疫情防控责任落在了该市传染病部门的新主管玛塞尔·雷顿博士的身上。年轻的雷顿一头卷发，头脑冷静，受到国内同行的普遍尊敬。

早在一个月前（1994 年 8 月 27 日），雷顿就收到了疾控中心关于印度马哈拉施特拉邦比德地区暴发腺鼠疫的通报。作为纽约市卫生局传染病防治科室负责人，雷顿经常收到这类不寻常疫情暴发的通报。大多数海外报道只引起了一小部分人的关注，对纽约没有构成真正的威胁。

但到了 9 月，随着苏拉特肺鼠疫病例的蔓延，美国人的担忧加剧。雷顿特别关注疾病预防控制中心的消息，“印度没有对（航空公司）出发乘客进行筛查”，这意味着将由乘客目的地所在当局来确定谁是可能的鼠疫携带者。

雷顿和同事们准备开展一项雄心勃勃的监测计划，对每天降落在纽约肯尼迪机场的来自印度的31架航班进行监控，与此同时，向纽约大都会的医务人员发出警报。卫生专员玛格丽特·汉伯格博士会见了鲁道夫·朱利安尼市长，汉伯格使纽约市长确信，尽管印度离纽约很遥远，但纽约市仍然存在卫生安全隐患，因为肯尼迪机场是美国主要的入境口岸，接待来自印度内陆的游客和移民。朱利安尼问为什么不能简单地完全禁止来自印度的飞机进入，汉伯格列举了医学和逻辑上的原因，采用如此敏感的政治措施会导致安全问题：因为据估计，疫区苏拉特市已有50万居民逃离了他们的城市，涌向了亚欧大陆的各个地方——不仅仅是印度；实际上，大多数来自印度的乘客在法兰克福、阿姆斯特丹、巴黎和伦敦转机，而不是直接从印度过来，他们仍然会以这样或那样的方式进入美国。此外，汉伯格提醒市长，鼠疫是完全可以用现代抗生素治愈的。朱利安尼这才对汉伯格所在的卫生部门表示支持。

9月27日，雷顿的监测计划开始实施生效。她与疾控中心位于科罗拉多州柯林斯堡的瘟疫实验室的科学家们密切合作，制定了一个三管齐下的战略。首先，她的工作人员开始向纽约大都会的医务人员发出警报。一份详细描述鼠疫症状和体征的特别简报，传真到市内102家医院的急诊室和感染控制办公室，以及邻近的威斯切斯特、萨福克和拿骚郡的数十家医院。此外，向在纽约市行医的2万名医生发送了疫情通报，10月8日在皇后区举办的印度节庆祝活动上分发一份印地语传单。

纽约防控的关键是在肯尼迪机场采取的措施。疾控中心向所有航空公司发放了有关鼠疫的小册子，航空公司工作人员预计会最先发现鼠疫的症状。疾控中心同样通知了移民局以及美国海关的代表，因为那些机构的雇员——非医务人员——会日常接触所有国际旅客。因此，发现可能的鼠疫病例的责任落在了私人航空公司、移民局、海关和美国政府的雇员身上：他们均没有经过医学训练。

“如果有可疑病例，纽约市医务人员会来到跑道上，”莱顿后来解释道，“将疑似乘客带走。其他乘客将继续留在飞机上，直到确认该乘客是否患病。”

根据美国法律，如果在这样的航班上确诊了鼠疫病例，同机的所有乘客都将被要求接受检查，向卫生专员提供有关他们未来目的地的详细信息，保证一周内的随访监测能找得到人。

雷顿说：“如果在乘客下飞机之前没有查出鼠疫病人，那么再回头找到这些人将会是一个很大的问题。”

在一架从印度起飞的飞机上确实发现了1例鼠疫疑似病例，雷顿的方案得到了有效实施。但其余9例疑似病例都是在乘客下飞机后才发现的；其中2个疑似病例分别被敏锐的肯尼迪机场的票务代理和纽约地区的急诊室医生发现。

一名海关工作人员刚刚检查完一名印度旅客的行李，抬头就看到红色液体从这位旅客的嘴里滴落下来。海关工作人员惊慌失措，确信这名印度人在流血，于是向机场的卫生官员发出了鼠疫警报。事后发现，这位印度旅客只是在嚼槟榔，槟榔会分泌出鲜红色的汁液，把嘴和牙齿染成火红色。

但是其他鼠疫疑似患者就没那么幸运了——他们本身都患有严重的疾病；其中1人死于疟疾，还有2人得了疟疾，4人是病毒感染，1人患有慢性肝病，最后1人是得了伤寒。

汉伯格说，幸运的是，这些疑似病例中没有一例被确诊鼠疫，因为这些对疑似病例的处置措施暴露出美国疾病安全网存在若干缺陷，其中一些可能很难纠正。

洛克菲勒大学的诺贝尔奖得主乔舒亚·莱德伯格表示，这主要是因为来自海外的信息大多是模糊且互相矛盾的。这种现象很普遍，贫穷国家发生的疫情得不到充分的描述，甚至被误解。在印度的鼠疫病例中，直到来年的2月份，即疫情暴发近6个月后，实验室才证实鼠疫耶尔森菌是疫情的起因。海外诊断的不确定性让雷顿和她的同事们感到紧张。她问道，如果他们的整个警报系统针对的是错误的病原体，而其他疾病却不知不觉地溜进了肯尼迪机场，那该怎么办？如果印度错了，不是耶尔森菌的问题，当雷顿所有的资源都被分散，一些危险的病毒溜进了纽约，那该怎么办？

指出一个贫穷国家的失败轻而易举，但美国在这方面做得又怎样呢？疾控中心的鲁思·伯克尔曼、吉姆·休斯和格兰特·坎贝尔回顾后承认美国也存在严重的缺陷，美国医生很多时候无法鉴别鼠疫和其他疾病。大多数美国的医学院早已不对普通医学生进行公共卫生和传染病的培训，而仅仅面向未来的专科医生开设相关的选修课或高级课程。在美国，临床医学和公共卫生之间的联系是微乎其微的。而且，从识别出纽约市可能出现的病例到隔离这些患者之间有很长的时间差，因此有可能使大量的人暴露在被传染的风险中。

对纽约市来说，控制传播和追踪继发性病例（尤其是已经下飞机的旅客）是一项艰巨的任务。

“我们的底牌是有一个庞大的协作体系，可以识别飞机上的每个人，”雷顿说，“但大多数未被发现的潜在病例已经出现在社区里了。”乘客下飞机后，哪怕是只发现一例真正的鼠疫病例，也会严重占用该市的卫生资源，并迫使汉伯格从其他项目中抽调人员。如果有多个病例，或者这种疾病是病毒性的（无法治疗），这种情况会迅速耗尽卫生部门的资源。在纽约，情况并非总是如此：

在20世纪早期，鼠疫的控制已经成为常规，并且取得了成功。

在全国范围内，美国公共卫生安全网发现了13例与印度疫情有关的鼠疫疑似病例：纽约市10例，纽约州的奥尔巴尼1例，美国的其他地方还有2例。疾控中心的官员们坚称，尽管纽约市卫生局可能不堪重负，但它确实是美国最警觉、最高效的地方机构。

休斯和坎贝尔得出结论说，美国公共卫生系统对海外暴发的疫情早已失去了警惕，印度最近发生的瘟疫就是一个明显的例子，忽视全球微生物威胁，将付出高昂的代价。[30]

但这些结论都是事后得出的。在1994年10月的第一个星期里，世界上每个国家都进入不同程度的鼠疫警戒状态，印度成为众矢之的。

10月，整个印度突然进入了高度紧张的卫生应急状态。抓老鼠、清洗街道、集中焚烧垃圾，到处散发出呛人口鼻的腐臭味，弥漫着雾霾。单是苏拉特，在接下来的几周内就烧掉了3000吨垃圾，并撒播了数百磅可能根本不需使用的滴滴涕杀虫剂（因为苏拉特没有鼠患和携带细菌的跳蚤）。在新德里，有人在圣雄甘地的巨型雕像的嘴巴上戴了一个巨大的外科口罩。在马哈拉施特拉邦塔那镇，一名惊恐万状的男子指责那些从古吉拉特邦来到他所在村庄的人是瘟疫的携带者，10月2日晚上他甚至谋杀了这3个来访者，其中最年轻的是一个年仅7岁的女孩。

自一个月前苏拉特暴发这场瘟疫以来，孟买股市持续暴跌，累计下跌了213点，跌幅达总市值的5%。股市动荡反映出商界对政府在危机中的应对治理能力感到日益不安。

“不论是在印度国内还是国外，人们都处在恐慌崩溃的边缘，”《印度时报》甚至抱怨道，“反而我们的国家和国家领导人似乎都很淡定。难道不应该反过来吗？坦率地说：印度的未来岌岌可危。”[31]

10月2日，新德里联邦官员公布了令人震惊的最新鼠疫病例数据：据称，全国共有4059例，其中古吉拉特邦1297例，马哈拉施特拉邦2105例。公布这些数据的同时，联邦官员再次呼吁国际社会保持冷静。

但阿曼以撤侨做出了回应，当时在孟买的所有阿曼公民都被紧急撤离。截至10月4日，周二，官方公布的鼠疫疑似病例为4780例，死亡人数为48人。在旧德里，一名5岁的儿童被证实死于鼠疫。

随后，一场知识分子之间的口诛笔伐暴发了，印度一些顶尖的生物学家和医生相互对立，加剧了积怨已深的相互怀疑和仇恨。

首先，印度国立传染病研究所——位于新德里的大型联邦研究中心——

储存着来自该国鼠疫疑似病人的生物样本。但是全印度医学科学研究所也有部分生物样本。两所研究机构在一场看似奇怪的地盘争夺战中陷入了尴尬。全印度医学科学研究所拿到的是在德里发现的疑似病例生物样本，并拒绝与国立传染病研究所共享这些血液及唾液样本，理由是这些珍贵的样本应该被保管在该所的实验室里，如果需要，国立传染病研究所的微生物学家应该前往全印度医学科学研究所作研究，而非要求把样本运去他们那儿。

国立传染病研究所坚持认为自己才应该是所有耶尔森菌样品的存储中心。同时这种不合时宜的自大还导致该所拒绝了美国疾控中心、伦敦卫生和热带医学院以及乌克兰敖德萨的鼠疫实验室提供的技术援助。[32]

国立传染病研究所临时设立了一个鼠疫实验室，建在一座旧煤渣砌块建筑的顶楼上。10 月，新德里酷热难耐，人畜共患病部的实验人员在简陋的条件下昼夜不停地工作。那些训练有素的微生物学家，其中一些人曾在西方最好的大学里学习过，使用的设备可能只在美国高中的教学实验室里才能找到。他们穿戴着塑料防护装备、手套和护目镜，汗流浃背地工作，没有空调可以减轻他们的不适。痰和血的样本在热带高温下的实验室里被炙烤着。

在鼠疫控制室，杰恩博士和一组流行病学家努力从全国各个角落蜂拥而至的鼠疫病例报告中追踪线索。杰恩已经严重睡眠不足，他对接二连三的电话、工作人员的询问和官方的干扰都很紧张。这位精疲力竭的流行病学家刚说完一句话，另一个问题就冒了出来。对每一个人，他似乎都做出了身体上本能的反应，向后退缩，眯起眼睛，从头到脚紧张不安。卫生部官员每小时都会向杰恩抛出一个关键问题：“这是鼠疫耶尔森菌引起的疫情吗？所有这些全国范围内的疾病都是由鼠疫引起的吗？”

“我们还没有做过分子流行病学研究。”杰恩气急败坏地说。他告诉人们，在苏拉特暴发的疫情中，对疫情防控至关重要的流行病学调查工作还没有启动。“不能因为实验室发现这种细菌的形态与鼠疫杆菌相似就说这是鼠疫。他们没说这是瘟疫，只说是类似。最根本的问题是，在这个关头，我不可能说这是或者不是鼠疫，这还有待进一步证实。”

但是在新德里的传染病医院里，泰瓦里医生已疲于应对鼠疫疑似病例。在他接诊的 749 人中，大多数只是单纯的忧虑者或患有其他较轻传染病的人。泰瓦里把这些病人安置在医院的普通病房里。

但泰瓦里确信有几例是由鼠疫耶尔森菌引起的。实验室诊断后来也证实了这一点。

泰瓦里坚称：“我们有 3 个确诊病例，都没有在那个（瘟疫）时期离开德里的历史。他们都来自德里的贫民窟，没有鼠疫患者接触史。这是肺鼠疫。我们还有 13 个疑似患者需要做进一步调查。”

其中 1 个确诊病例是 4 岁的维贾伊·库马尔，他高烧持续 4 天不退，呼吸困难，颈部剧痛。口罩上边，露出消瘦的库马尔闪烁着的那双过分惊恐的大眼睛。

瘟疫隔离病房里，库马尔的旁边躺着 22 岁的哈里什。5 天来，他一直发烧，咳嗽不止。哈里什戴着口罩，保护着来病房的访客，还不时咳嗽几声。

“我突然就发烧了，”他用印地语说，“我也不记得周围有谁生病了。”

大厅对面，和空无一人的瘟疫病房形成鲜明对比的是另外一个拥挤的病房，泰瓦里医生称之为“恐瘟病房”，“病人们”拒绝离开，因为他们相信自己确实患有这种可怕的疾病。

一群年轻的同事也加入了泰瓦里的阵营，他们坚持认为对鼠疫的恐惧是“愚蠢的”，而且严重扭曲了事实。

对于这些瘟疫，全球必须有一个统一的政策。迪内什·古普塔医生大声疾呼，他的声音盖过了其他医师的声音：“不要下禁令！不要关闭国界！”

当德里传染病医院和苏拉特市立医院的工作人员十分肯定他们手上有实验室确诊的耶尔森菌感染病例时，国立传染病研究所却犹豫不决，他们无法提供确切的流行病学或实验室证据。在全印度医学科学研究所，他们仍然抓着样本不放，也无法解决这一争议。他们的精力被拴在研究所内部蔓延的戊型肝炎暴发上，当时已有 60 名员工死亡。

在苏拉特，4 名私人医生于 10 月 1 日宣布，他们有证据证明该市没有耶尔森菌感染。他们说，这种流行病是由“汉坦病毒”引起的，有时也被称为“汉塔病毒”，是一种通常在啮齿类动物间传播的病原体。这份声明引起了市立医院勤勤恳恳的医生们的愤怒，他们在 10 月 3 日提供了一笔可观的奖金给任何能够证明他们误诊了耶尔森菌感染的人。

这 4 位关键人物（比平·德赛、苏迪尔·玛法迪亚、纳内什·帕里赫和巴望·米斯崔）不得不放弃他们的“汉坦病毒”理论，因为有压倒性的证据表明，这些病人在接受抗生素治疗后恢复了健康，而抗生素只对细菌有效。10 月 6 日，这伙人又提出了一个新的假设：不是鼠疫，是类鼻疽。他们承认：“我们没有任何病人或他的痰液用于提取标本作为证据，但我们要求有关医生研究这一理论，并为苏拉特、古吉拉特邦和全国提供正确的疾病诊疗方案。”

另一群来自马哈拉施特拉邦普纳的医学院医生说，他们所称的淋巴腺鼠疫病例实际上是由伯克霍尔德菌引起的，这种细菌很少会让本来健康的人生病。[33]

来自全印度医学科学研究所的科学家们最终也趟了这浑水。他们在 10 月下旬宣布："从病人身上培养鼠疫耶尔森菌的尝试失败了，尽管它不是一种很难生长的微生物。"

他们接着指出，汉坦病毒、类鼻疽病或另一种细菌——钩端螺旋体病——都有可能是这起瘟疫的病因。然而，他们没有注意到一个关键细节：他们并没有从手里的样本中分离出任何一种上述微生物。

在更深入地研究了各种可能性之后，最初提出伯克霍尔德菌是罪魁祸首的普纳地区的医生们改变了他们的猜想，这些医生支持假单胞菌才是这场疫情的病原体的观点。他们声称已经从30%被诊断为腺鼠疫的病人的淋巴结中培养出了导致类鼻疽的细菌。

这场斗争在医学上和政治上都利害攸关。如果这些批评和猜忌是正确的，那么苏拉特的医生——政府雇员——就犯了可耻的错误，给国家带来了耻辱和经济损失。如果这些批评是不正确的，那么联邦政府就可以宣称自己在提醒全世界注意这种流行病方面做得很好，并摆脱政府在应对疫情时由于公共卫生失败所遭受的指责。无论发生哪种情况，市立医院的医生们都在忙着与疫情做斗争，无暇反驳，加之在政府等级体系中地位太低——以至于他们不能有效地介入这场争论。德里的科学家们似乎无法变出令人信服的数据，就无法迅速将这场争论扼杀在萌芽状态。

类鼻疽是一种在印度内陆罕见的疾病，更常见于东南亚地区。细菌通常通过接触受污染的水经由皮肤伤口传播。即使在东南亚，也没有关于类鼻疽流行的报道。这种微生物从未被发现在人与人之间传播。而大多数假单胞菌携带者从未发病，而是成了这种通常无害细菌的终生携带者。因此，在遭受地震破坏的农村地区，30%的居民的淋巴结里都有这种微生物，这似乎并不奇怪。但从已知的人类类鼻疽病例来看，如果超过10%的农村人口因暴露于这种病原体而出现类似腺鼠疫的急性症状，那将是医学奇闻了。

兔热病是另一种可能的解释，它是一种更严重的细菌性疾病，其症状更类似于肺鼠疫，包括发烧和淋巴结肿大。但大多数兔热病患者也出现了严重的皮肤溃疡，这在比德或苏拉特患者中没有出现。此外，这种细菌并不是印度内陆所特有的，通常由蜱类携带，而这些蜱类只在更寒冷的气候条件下才会被发现，比如北美平原和俄罗斯大草原。

"我希望这些所谓的资深科学家能有时间和国立传染病研究所实验室谈谈，"卫生部秘书达亚尔恼怒地说。"在比德，这无疑是一场鼠疫。我们在患者血清中发现了抗体。毫无疑问，这是腺鼠疫——症状很明显。我们已经培养了血液样本！我们已经分离出了细菌！的确，分子流行病学还没有研究出来。

但是结合所有现有证据——痰液、血液、高滴度、抗体反应——我们强烈认为这就是鼠疫杆菌。”

但是，除了政府的声明，印度老百姓几乎什么都愿意相信。在孟买，街头巷尾开始流传巴基斯坦的阴谋论。

“看看谁是第一个呼吁抵制印度的人，”他们会意地告诉来访者，“巴基斯坦！没有瘟疫。这都是巴基斯坦用来搞垮我们经济的弥天大谎！”

相反，在加尔各答，老百姓谈论更多的是政府的掩盖行为：“每天都有成千上万的人死于鼠疫，但他们却瞒报！现在他们说这是别的东西引起的，一派胡言。”

随着这种不信任和猜忌与日俱增，国立传染病研究所的信誉不断下降，越来越多的国家和地区对印度采取惩罚性行动。荷兰皇家航空公司的飞机在印度降落时，机舱里洒得到处都是杀虫剂；朝鲜拒绝给予曾停靠印度水域的任何国籍船只停泊权；苏丹将所有来自印度的旅客隔离监禁 6 天；中国大陆这段时间禁止所有印度人入境；中国香港通知所有印度人，他们将面临 2 天的强制隔离或立即驱逐出境；乌克兰派武警将 100 名来自印度的乘客拦住，不让他们下飞机。

世界对这种完全可以预防和治愈的细菌性疾病表现得那么不理智，最大的威胁反而来自人类历史的集体记忆。印度国内的反应自然是混乱、矛盾和不充分的。然而，世界卫生组织直到 10 月 7 日才代表印度采取强有力的行动。当天上午，世界卫生组织总干事中岛宏与印度政府随行人员飞往苏拉特，在市立医院视察病例，然后返回新德里召开新闻发布会。引用《国际卫生条例》第 11 条第 3 款，中岛说他是应海湾国家的要求来评估印度疫情的。

中岛说着印度记者很难听懂的带有浓重日本口音的英语，批评苏拉特“所谓的疑似病例和确诊病例之间有很大的差距”，并补充，确实有大量的肺鼠疫病例。然后他又加了一句令人费解的话：“我想说，今天苏拉特确实发生了瘟疫。但如果你比较一下确诊病例的数量——192 例——在一个有 180 万人口的城市里，我们不能说这是流行。因此我更愿意说苏拉特发生了鼠疫，而非鼠疫流行。”

中岛一讲话，紧张的气氛就在记者中传开了，他们开始窃窃私语。由于不知道印度媒体骚动不安的原因，中岛还在紧张地继续讲着，他的口音越来越重，媒体也越来越感到费解。

“至于实验室部分，”中岛一开始讲话就显得很慌张，“国立传染病研究所的研究技术很强，但是工作条件很差，所以我建议卫生部部长为他们提供更好的工作条件。实验室工作量已经开始饱和了，我有点担心国立传染病研究所不能继续胜任此次疫情的检测工作了。”

世界卫生组织总干事严厉谴责苏拉特实验室设施的质量，建议开展大规模流行病学调查和啮齿类动物监测，并呼吁印度政府积极开展相关科学研究。

关于国际社会对印度的抵制，中岛闪烁其词。他说，世界卫生组织的官方政策不建议采取这样的行动，但《国际卫生条例》第 7 条规定，只有当疫情稳定时间达到病原体的平均潜伏期的 2 倍时，才能宣布疫情结束，鼠疫的潜伏期为 12 天。因此，印度的鼠疫流行疫情——尽管连他自己都拒绝承认这是流行——将正式持续到 11 月。

新闻发布会的现场沸腾了。

“你像恺撒一样到这里来宣判吗！”一位记者喊道。

“你的结论太草率了！”另一个喊道。

“关于这次对印度的抵制，你会对海湾国家说些什么？”另一个问道，“印度没有鼠疫？”

“你是个骗子！”记者们齐声喊道。现场一度失控，紧张的世界卫生组织总干事及其随从只能在一片混乱中匆忙离去。

又过了 2 周，印度的国际困境才算结束。但那时，疫情暴发的代价可谓是灾难性的。西雅图华盛顿大学的安·玛丽·金博尔博士估计，仅旅游业和贸易损失就高达 13 亿美元。[34] 这个数字与其他渠道发布的旅游和贸易损失预估数字相近。[35] 但是，已发布的对印度疫情造成损失的估计数据中，没有一项考虑到苏拉特长达 2 周的纺织和钻石企业停工的损失、马哈拉施特拉邦农业生产的损失、抗生素的恐慌性购买支出，以及直接产生的医疗费用。

当然，如果把这些因素考虑在内，粗略估计接近 20 亿美元才似乎合理。但是对于最终造成 56 人死亡，不到 6500 人感染，可被抗生素治愈的传染病而言，这样的代价实在太大了。[36]

在所有的鼠疫病区关闭、最后一只携带耶尔森菌的老鼠被消灭之后，印度仍在为其疫情付出着政治代价。这是政府对公共卫生不够重视酿成的后果。

由于缺乏快速、明确的证据证实鼠疫杆菌对有基础疾病患者和临终病人的感染力有多强，而且对两起独立的淋巴腺疾病和肺疾病暴发疫情也缺乏明确的流行病学解释，这就给了阴谋论、被害妄想症和反政府情绪等可乘之机。虽然美国疾控中心最终被邀请对现存的苏拉特生物样本进行检测，并确认了耶尔森菌的存在，但大部分从 9 月份最初的病例中提取的痰和血液样本都被销毁了，原因是苏拉特或德里缺乏处理和冷藏设备。因此，无法将每个病例的症状与耶尔森菌感染的实验室证据相匹配。这就为那些带有阴谋论色彩、别有用心的解释留下了很大的想象空间。

美国疾控中心对苏拉特的菌株进行了全基因分析，得出的结论是：这是一种以前从未见过的耶尔森菌菌株。巴黎的巴斯德研究所和俄罗斯的斯塔夫罗波尔鼠疫实验室的科学家们也得出了类似的结论。尽管该机构只是简单地表示，新发现的菌株与他们档案中的任何菌株记录都不匹配，但这一发现又引发了新一轮阴谋论。特别是《印度斯坦时报》称：这是在哈萨克斯坦实验室制造的新型生物武器，卖给了一个名为“阿查斯”的克什米尔反叛组织云云。[37]这足以促使国防部声称要封存所有剩余鼠疫样本，并永远不得用于公共卫生的科学研究。

在 1995 年中出现“阿查斯”阴谋论之前，世界卫生组织和印度政府曾请求美国疾控中心提供流行病学援助。1994 年 11 月的最后 2 周，美国官方唯一的鼠疫专家大卫·丹尼斯博士带领一个流调小组，对苏拉特、德里和比德地区的病例进行了流行病学调查。他们的结论是，这次疫情是真实存在的，但无法从大多数样本中分离出耶尔森菌，部分原因是给病人大量使用抗生素的情况很普遍，所以可能已经销毁了细菌学证据。然而，1995 年 3 月，在美国疾控中心的协助下，印度国立传染病研究所公布了在比德和苏拉特的样本中发现鼠疫耶尔森菌的确凿证据。几个月后，伦敦的中央公共卫生实验室的研究人员也发表了证据，证明导致类鼻疽病的微生物绝对不存在于此次疫情患者体内，彻底驳斥了 1994 年 10 月普纳地区那帮医生们的说法。

就在此次印度疫情准备盖棺定论之时，美国、法国和俄罗斯研究机构的聚合酶链反应（PCR）基因测序报告公布的结果又直接把矛头指向了美国。PCR 测序结果显示，该菌株的毒力相对较低，并且含有一组独特的基因，这在鼠疫中是从未见过的。虽然这些基因的作用尚不清楚，但也不足以构成让人担忧的理由。俄罗斯方面的测序结果显示，该菌株对现有的各种抗生素高度敏感。在上述报告发布的几天内，美国驻新德里大使馆被包围了，因为当地科学家和记者声称，苏拉特耶尔森菌神秘的基因片段可能是被人工植入的。他们说，这是基因工程的产物。这些工程师要么是美国人，要么，换一种说法，是在美国政府的授意下工作的哈萨克斯坦科学家。美国驻印度大使弗兰克·威斯纳甚至受到了人身攻击，被指责策划了整个计划。

这种逻辑带有很浓重的阴谋论色彩，并最终偏执地把矛头指向了美国。[38]

这个逻辑忽略了微生物进化的基本规律，显然是漏洞百出的，但这并没有改变什么。阴谋论者坚持认为，只有美国政府拥有足够的技术来制造这种超级细菌。1995 年的夏天，一些印度媒体声称，美国正在进行一项大规模的生物武器战计划。为了证明这项指控，他们指出当年美国国会拨出 3 亿美元用于生产防御性生物武器，如研发相关疫苗。

这场愈演愈烈的外交危机提醒人们关注一个对公共卫生来说至关重要且前所未见的问题：生物武器技术。20 世纪 80 年代的技术飞跃，使得恐怖主义在 20 世纪 90 年代以之前无法想象的新形式出现成为可能。各国政府必须将自然发生的微生物事件与人为事件区分开来。这让美国陷入了一个特别危险的两难境地，因为美国专家是世界上为数不多的既能制造如此可怕的生化武器，又能证明疫情是否是人为造成的科学家。在苏拉特菌株的案例中，印度方面指控这种基因改造细菌要么是在美国军方的旧杜格威试验场制造的，要么是俄罗斯生物学家马丁内夫斯基博士在哈萨克斯坦的实验室里制造的。印度媒体称，美国国防部部长威廉·佩里曾访问过他的实验室，现如今马丁内夫斯基就职于美国国防部，专门研究如何制造进攻性生化武器。

那么，这么做的动机是什么？所谓的生化武器是如何到达苏拉特的？有人说，美国在苏拉特饲养豚鼠，在该市测试新的生物感应装置。但在苏拉特，人们从来没有见过这样的装置，它们尺寸巨大，不可能不被注意到，但却没有任何蛛丝马迹被提及。还有人说，披露这些信息的不是别人，正是美国疾控中心的大卫·丹尼斯，就是他，在疫情开始两个月后，应印度政府的要求，带领一个小组前往苏拉特开展调查。

美国驻印度的威斯纳大使在这场阴谋中扮演的角色也得到了“证明”，因为他在与中国和印度的条约谈判中发挥了关键作用，试图说服这两个大国签署《禁止生物武器公约》（1972 年）。用阴谋论的逻辑，表面上他试图促成和平，背地里一定是一个可怕阴谋的主谋，要给印度带来灾难。

这些无中生有的指控令美国非常难堪，而且很容易将人们对印度政府失败政策和疏忽大意的愤怒转嫁到美国身上。当鼠疫首次在苏拉特暴发时，印度媒体曾大声疾呼政府缺乏必要的公共卫生服务、卫生环境极差、缺乏对鼠疫的监测，以及政府反应迟缓。现在，随着全国大选的临近，拉奥在他自己的国会党内部也非常不受欢迎，很容易顺水推舟把矛头转向另一个国家。

但印度公共卫生当局还是有很多问题需要回答。

“让我们的国家吸取些教训吧！第一个教训：发展经济的同时要保证对人民健康有足够的投入。”雅各布·约翰博士说[39]，“第二个教训：传染病是影响发病率和死亡率的主要因素。消息灵通的游客来印度前都会接种日本脑炎、甲型肝炎、伤寒和疟疾的疫苗；他们随身携带了治疗贾第虫病和霍乱的药物。有些人甚至会带几剂狂犬疫苗。难道我们希望这些富有的游客冒着健康风险来印度旅游吗？第三个教训：传染病必须通过实验室方法诊断，而不是通过政府法令。第四个教训：所有地区都应该有微生物实验室和微生物学家。第五个教训：

应该持续监测疾病的发生和死亡，以便了解疾病的流行趋势。”

一位名叫维克·昌德的印度裔学者感到最可怕的事情是，瘟疫期间有大批医生离开了苏拉特。[40]

引发民众对印度应对本次鼠疫疫情不力最广泛批评的是贫富悬殊问题，印度穷人的健康状况和医疗保健与国内一小撮富裕的高种姓精英之间存在着巨大差距。官方公布的数据显示，印度5岁以下儿童中有53%是低体重和生长迟缓，其中21%是严重的营养不良[41]，显然老百姓基本的卫生需求没有得到保障。也许最能清晰说明这个国家公共卫生薄弱的地方在于艾滋病疫情的暴发。世界银行认识到，印度具备迅速传播这种几乎100%致命的病毒所必需的一切社会条件，因此在1992年向印度提供了8400万美元，用于预防艾滋病。6年后，印度当局仍在盘算着该如何使用这笔钱，而联合国艾滋病规划署确信，当时印度的艾滋病病毒感染者人数已经超过了墨西哥、美国和加拿大的总和。1998年世界银行悲观估计，由于印度控制不力，未能在20世纪90年代初艾滋病病毒主要通过妓女和静脉吸毒者传播时作出迅速反应，导致到2000年，因艾滋病发病和死亡，造成了高达110亿美元的直接医疗费用支出和劳动力损失，约占国内生产总值的5%。[42]到1999年，联合国艾滋病规划署确信有150多万印度人感染了艾滋病。与鼠疫一样，在印度，艾滋病病毒主要在最贫困的民众中传播。批评人士指责说，这一事实充分说明了印度的公共卫生应对能力明显不足，无论是艾滋病还是鼠疫。

《柳叶刀》杂志在一篇社论中写道：“在印度或世界其他任何地方，成为富人并染上瘟疫的机会，就像鼠蚤从贫民窟的栖息地跳到富人有远程电子保护的环境一样渺茫。”“贫民窟的环境和五星级的舒适家居之间相差了一个光年。”[43]

英国的医学杂志将鼠疫列为一种贫困病，并得出结论：这种自然界的报复发生在印度——实际上是在整个地球——正在走向自由市场经济的时候，究竟是一种巧合，还是一种报应？鼠疫的暴发意味着，穷人的存在非但没有被社会边缘化，反而突然冲击了富人的意识和生活。

印度国内的批评人士不太可能痛批国际社会，而是更倾向于将愤怒直接对准本国的经济精英和无能的领导人。

例如，埃斯瓦尔·克里希南说：“如果印度能买得起航空母舰的话，那它完全可以养得起更多流行病学家和他们所需的资源。这只是一个孰轻孰重的问题。”[44]

1994年11月，孟买的报界用大量篇幅剖析马哈拉施特拉邦对比德和苏拉特疫情的反应，绘制出来的景象并不美丽。公共卫生官员被点名批评玩忽职守、愚蠢和懒惰。但印度媒体自身也很难脱罪，因为一些名声不太好的媒体肆意夸大了最初的鼠疫威胁，激起了全国的恐慌，几个月后，又大肆渲染了阴谋论。

与此同时，苏拉特可怜的妇女们，一只手抓着她们的纱丽，另一只手徒手在路边撒上白色的滴滴涕粉。在一片空地上，卡姆利什·帕特尔监管着另一组妇女，她们奉命将裸露的双手伸进一堆堆腐烂的垃圾中，将动物尸体和残骸翻出来扔进火堆。

在印度，穷人一如既往地自己照顾自己。在11月1日的前4天，世界卫生组织最终建议解除针对印度采取的所有贸易抵制和旅行限制。已经有12天没有死亡病例，疫情已经正式结束了。

两个多月来，世界卫生组织一直默许印度被当作国际社会的弃儿。

就在世界卫生组织发表声明前不久，在疫情明显得到控制的情况下，一位疲惫不堪的记者登上了英国航空公司从孟买飞往伦敦的飞机。机舱里到处散发着杀虫剂的气味，更多的消毒剂被喷到已经就座的乘客身上和他们的随身行李上。

长达数小时的浓重化学气味提醒着乘客，英国很担心他们把携带了耶尔森菌的跳蚤带入境，这会让人觉得非常不快。

飞机在伦敦郊外降落后，停在跑道外，没有停在机舱口。乘客被要求不能离开座位。两个穿着制服的公共卫生人员登上了飞机，旁边是一位60多岁健壮丰满的金发女医生。

“有人觉得不舒服吗？”她一边缓慢地在过道穿行一边喊道，仔细地打量着每一位乘客。“有人发烧吗？嗯？头痛吗？说胡话吗？请说出来呀！发烧？”

孟买一个衣着讲究的商人被医生叫醒后说：“只有傻瓜才会这样回答。”于是旅客们都哄堂大笑起来。很明显，飞机上的人都不相信这些措施能阻止瘟疫的发生。

1994年印度暴发鼠疫期间，政府当局、学术界、医学界和全球民众对公共卫生的基本信任已被各种可能的方式所破坏。印度公民愿意相信他们的政府——地方政府和联邦政府——会对疾病危机做出迅速反应，得出合理的科学结论，并迅速采取行动，既阻止了疾病的暴发，又平息了恐慌。但，印度当局未能及时做出令人信服的诊断，未能帮助苏拉特受困的鼠疫救援人员，未能安抚公众，未能在疫情暴发时提供准确的信息。在猎人和驯兽师准备去寻找瘟疫这只老虎之前，这只老虎早已逃出了笼子，对全国造成了严重的破坏。

全球权威机构也未能及时应对。世界卫生组织作为科学理性的发声者，其唯一真正作用在于其发声能够超越国际政治，及时为全球社会提供足以信任的指导。但，世界卫生组织的新闻稿和声明软弱无力、姗姗来迟，而且受到政治因素的掣肘。世界卫生组织在有政治动机的印度敌对国的挟制下，只会谴责所有形式的国际恐慌和对印度进行惩罚。世界卫生组织拖拖拉拉，似乎在为一些愚蠢的行为保驾护航，比如海湾国家联合抵制“携带”瘟疫的物品入境，而这些物品清单里竟然有印度邮票、印度橙子、马德拉斯丝绸和班加罗尔电脑芯片等，简直荒谬至极。

在鼠疫的预防和治疗技术已经很成熟并在全球推广了数十年之后，“鼠疫”这个词仍然让人心生恐惧。人类不需要什么新技术来征服鼠疫耶尔森菌，只需实施非常基本的公共卫生措施即可。然而，世界卫生组织和世界各地的卫生当局并没有意识到，“鼠疫”这个词所引起的是来自记忆深处的历史性影响。也许在他们的办公室里，他们通过电话与来自世界各地的同行聊天，否认了有关耶尔森菌的流言，因为他们自己知道这是一种可控的、无害的病原体。但他们没有意识到，这种能轻易用现代医疗技术和药物控制的病原体所引发的恐慌，可不是能用技术或轻蔑的方式来解决的。

最终，正是这种恐慌在鼠疫暴发期间造成了巨大损失。在随后几个月里，恐慌让位给它的近亲——阴谋论。由于缺乏明确、及时、经过科学验证的公共卫生声明，对疾病流行的隐晦解释总是容易被别有用心的人放大解读。阴谋论轻松攻破了卫生当局理应在民众中建立起来的公信力。

这种公信力将很快在地球上另一个遥远的地方再次受到考验。

第二章　兰达 - 兰达

埃博拉病毒在扎伊尔的流行
证明公共卫生受到腐败的威胁

> 人总是保持警觉，以防范那些能窃取灵魂的东西，或者所谓的兰达 - 兰达——那些造成各种厄运、疾病甚至死亡的东西。在这种情况下，死亡就是那个光顾我们的冷静的小偷。
>
> ——基巴里 · 恩桑加和伦加兹 · 穆拉拉[1]

> 我们是第一批迎接新生命到来的人，从来不相信有如此强大的疾病。但现在的事实是：我们失去了曾经一起工作的兄弟姐妹。我以我们祖先的名义呼吁：把这个邪恶灵魂从我们中间除掉吧，否则我们将无法安居乐业。
>
> ——特维拉 · 西恩图，基奎特第二妇产医院护士长[2]

夜晚的空气像往常一样，弥漫着由木头、蜡、丙烷或廉价汽油等燃料燃烧的炉火的气味。蒙博托大道旁的几个备有发电机或是满电汽车电池的酒吧里，回荡着变调而过度失真的 1995 年的兰巴音乐。完全放大的瞳孔，在一片漆黑里中艰难地辨认着由数百万只飞舞的萤火虫尾光勾勒的形状；轻柔的脚步声，暴露了无月之夜人眼无法看见的行踪——这里虽然人头攒动，但黝黑的皮肤将人们隐入无灯的夜色中。

远处传来一个妇女的尖叫声："阿菲瓦卡！有人死了！有人死了！他是我丈夫！他是我丈夫！"

她继续仰天长号，用基孔戈语详述刚刚逝去之人的美德，她那凄厉的哭喊声，感染了身旁的亲属，他们跟着哭喊了起来。

"有人死了！有人死了！他是我的父亲！"

"有人死了！有人死了！他是我的儿子！"

在基奎特的泥泞小径上，人们停下脚步，转过耳朵，探听最新的兰达 - 兰达疫情消息和受害者的名字。在一个还未通电，更没有报纸、广播、电视和电话等传播媒介的城市里，这样的深夜叫喊声，就成了当地的新闻广播。人们刚要迈开脚步继续行程，这座未能通电却情感触电的城市对面，便传来了另一个声音：

“有人死了！”

兰达－兰达。一种叫作病毒的外来物种，一种叫埃博拉的东西。这东西让基奎特大约40万人感到前所未有的恐惧。恐惧对他们来说并不陌生：他们不是在蒙博托·塞塞·塞科暴政下生活了30多年吗？他们对疟疾、麻疹、艾滋病、结核病和营养不良等引发的死亡，不是习以为常了吗？

但这次的兰达－兰达不同寻常，它比夺去基奎特孩子和年轻人性命的其他疾病更可怕。人一旦感染，便会很快死去——他们先是出现流血症状，接着是长时间打嗝、在极度痛苦中大叫，甚至发疯，在惊恐的尖叫声中冒出一些逻辑混乱的妖言魔语，整个人好像中了邪一样。

祖先传下来的古老仪式中，有专门用来驱邪逐魔的——一般来说能够起效。但这次却毫不起作用，兰达－兰达的魔力太强了。这肯定是一个极其邪恶的人所为。[3]谁是撒旦教的有力源泉？

谣言四起，到处传播，但人们只敢交头接耳地传递消息，以免被邪魔监听到。只有充满耶稣力量的基督教领袖，才敢大声谴责邪魔。五旬节派传教士埃洛伊·穆伦加蒙古宣称，这是撒旦在作祟，上帝允许撒旦在注定要毁灭的基奎特自由游荡，以示惩罚。传教士宣称，基奎特已经成为一个现代的所多玛，到处都是妓女、腐败、私生子、被遗弃的年老父母和其他罪孽。

人们也从西非浸信会听说过撒旦的恶作剧。当西非浸信会的教徒染上这种奇怪的新疾病并死亡时，他们的领袖就宣布基奎特已经被上帝无视了。在缺乏真正信徒的大核心的情况下，撒旦甚至可以声讨一小撮虔诚的信徒。由于他的同胞也病了，上帝教会大会的库特萨·马耶勒牧师得出了类似的结论：这是上帝对基奎特罪行的惩罚。

只有天主教会的主教接受了外界的结论，即不存在兰达－兰达，那只是一种可怕的病毒，通过亲人之间的接触而传播：比如丈夫在生病发烧的妻子额头上轻吻、孩子手洗了生病兄弟睡过的血迹斑斑的床单、母亲用勺子喂她神志不清的儿子、悲痛的家庭成员虔诚地冲洗他们失血过多而逝去亲人的尸体上的血汗等。

那不是兰达－兰达，而是一种致命的瘟疫，通过人们之间友善的和表达爱意的行为进行传播。

这种病毒是以扎伊尔北部的埃博拉河命名的，这条河流经扬布库，靠近1976年埃博拉病毒首次流行的地点。[4]尽管那次疫情的死亡人数不到400人，主要是村民和天主教比利时传教士，但1995年被派往该地区征服神秘疫情的国际科学小组成员，仍然对埃博拉感到敬畏。在1976年疫情暴发后的数年中，在这些国际科学小组成员与其他公共卫生官员的会面中，扬布库疫情幸存者将这种致命的丝状病毒列为一个令人异常恐惧的特殊类别：一小群出血热病毒，包括马尔堡氏病以及其他一些疾病，其中大多数仅在20世纪的最后30年才被发现。

埃博拉病毒在西方人士中引起的恐惧，在很大程度上是一个谜：根据经典的欧洲和美国传统，凡事只要能够被解释，即使它依然危险甚至致命，也不再会令人感到恐惧。解释行为减少了西方世界的恐慌。但是，在扎伊尔发现的特殊病毒最后一次暴发已经过去19年时间了，西方科学仍然无法回答有关埃博拉病毒的最基本问题：它来自何方？当不感染人类物种时，它通常生活在哪些动物或植物物种中？它究竟是如何在人与人之间传播的？不管在什么情况下，它都可以通过空气传播、感染没有与患者进行身体接触的人吗？病毒到底有多致命？在1995年，医生们是否掌握了任何有效药物或治疗方法？

在20世纪结束时，这些问题在很大程度上仍是迷雾重重。而且，在对难以捉摸的埃博拉病毒缺乏明确认识的情况下，公共卫生能采取的应对措施，还是依赖于百年来科学家、医生和护士在疫情期间所采用的传统方法。

在扎伊尔，埃博拉引发恐慌的原因完全不同。对基奎特人民来说，一个事件本身的真相或原因是否能够被解释，并不会让他们感到惊慌失措或引发恐慌，因为30多年来日益残暴的独裁统治，使扎伊尔人几乎失去了对个人命运的掌控意识。他们生活中的重大冲击，很少涉及由他们个人原因导致的，或其他完全可解释的情况，而很可能是缘于独裁者前一天在遥远的首都金沙萨所说的一句不经意的话。再说，兰达 - 兰达是一个万能解释，可以用来解读生活中神秘的恐怖、死亡、痛苦和创伤等现象。

仅仅是疾病，并不能成为扎伊尔人集体恐惧的根源。联合国儿童基金会将扎伊尔的儿童死亡率列为第12位，这意味着世界上只有11个国家5岁以下儿童死亡率比扎伊尔高。扎伊尔每年出生的婴儿数仅过200万，其中44.2万婴儿没能活到5岁生日。[5] 按照严格的医学定义，美国近一半的儿童营养不良，其中45%的儿童发育迟缓。儿童死亡的主要原因是疟疾（由于寄生虫的抗药性而增加）、营养不良、麻疹和艾滋病病毒。

如果一个孩子活到5岁，大概率来说，他或她会进入青春期。那么接下来，他或她将面临一系列新的威胁：艾滋病、肺结核、谋杀、产妇分娩死亡，[6] 或者疟疾发作频繁，梅毒、淋病和衣原体病的痛苦也很频繁。以独裁者蒙博托的名字命名的基奎特大道主干道两旁，到处都是土屋药店，提供各种各样的药品，从蛇油到过时的抗生素，再到一长串各种疾病的治疗药物，这些疾病已经被认为是赤道区生活的正常组成部分。

不，死亡和疾病本身，并不是基奎特人面对埃博拉时产生严重恐惧的原因。

这种恐惧，是疾病本身及其迅速发展到死亡所引起的。

“我敢说，任何见过埃博拉病例的人，都永远不会忘记它。”让－雅克·穆延贝·坦富姆博士说。1976年9月，穆延贝第一次遇到埃博拉病毒，他曾赤手空拳地为那些浑身是血的病人治疗。[7]穆延贝回忆道：“我以前从未见过注射部位血液持续流动，”他形容埃博拉“很奇怪，这种发热对抗生素或抗疟药都没有反应”。

穆延贝是以科学家和医生的身份发言的，他在细节上发现了与西方同行类似的担忧。但在基奎特的中心市场，这个销售各种热带雨林肉类和植物的场所，埃博拉引发了不同的担忧。

“我现在的大部分时间都在祈祷，为的是得到上帝的保护。”鱼贩基吉拉姆加一边说，一边把手掌直立在文身的脸颊旁，抬眼望着云雾缭绕的白昼。她坚称，那些死去的人“是被毒死的。我不知道是谁下的毒。这让我害怕”。

布丽吉特·姆瓦兰加伤心地重新布置了她的烟熏毛毛虫货品，它们松脆可口，通常卖得很快。但现在几乎没有人买，她说，因为“每个人都害怕。我很害怕”。

往常熙熙攘攘的市场出奇地安静，往日特有的顾客蜂拥而至的热闹早晨也消失了。卖糖的帕斯卡林向同行挥手示意，他们都和她一样，把货物摆放在用木箱子临时搭建的桌子上，挪动起来比较麻烦。这个丰满的女人因为幽默风趣和善于营造愉快的氛围，通常会吸引很多人围在她周围。但现在帕斯卡林很冷静，她说，“打招呼是被禁止的。我不跟人打招呼，也不喜欢和别人一起吃饭或分享食物。”

帕斯卡林平时热爱交际的行为因为埃博拉疫情而受到了限制，她说，埃博拉“迅速地”杀死了她的好朋友威利·恩登巴，基奎特综合医院的一名护士。

就在帕斯卡林说话的时候，年轻的花生摊摊主布丽吉特悲伤地点点头，然后列出了一份名单，名单上的人都是突然死于这种可怕疾病的。当被问及如何应对恐惧时，信奉天主教的布丽吉特低头看着自己的脚，低声说：“我只能祈祷。”

扎伊尔首府金沙萨距离被隔离的班顿杜省很远，只能乘坐包机，或在坑坑洼洼的蒙博托公路上驱车三天半才能到达。在它为数不多的几家酒店的屋顶上，点缀着便携式卫星天线，酒店的套房里住满了临时新闻机构，会说多种语言的人找到了为媒体翻译的现成工作，手机在走廊里嗡嗡作响。一群惊魂未定的记者在金沙萨安营扎寨，他们中的大多数人在前几周目睹了卢旺达内战的恐怖。在这场非洲最残酷的冲突中，来自世界各地的媒体队伍，以同样无畏的冒险精神，在人类与微生物战斗的前线大声疾呼，争相获取新闻。即便记者们害怕病毒，他们也没表现出来，毕竟错过发稿的最佳时机或被竞争对手打败，才是他们最关心的问题。

在离媒体营地不远的地方，还有一群狂热的人，他们聚集在卫生部秘书长隆扬格拉·邦彭达的周围。这些官僚、将军以及独裁者的骨干们一边努力猜测着蒙博托的奇思妙想，一边努力防范首都出现恐慌情况。政府官员们很清楚洲际酒店顶上的卫星天线的威力，所以他们在维护扎伊尔石油和钻石储备的同时，也要竭力维护国家的面子。

在金沙萨，准确揣摩独裁者的旨意是一门艺术。如果蒙博托被激怒，无论在政治上还是在物质存在上，都没有人能存活很长时间。但这位65岁的独裁者几乎没有提供任何指导。事实上，他已经很少踏足首都，而是更喜欢待在金沙萨东北约750千米的巴多利特，享受安全和不受干扰的生活。在那里陪伴他的，是“人民革命运动”的亲信和7万强力扎伊尔军队的领导人们。阿谀奉承的人向他们“民主选举的领袖”鞠躬，这位领袖坐在王座上，手握传统上授予部落首领的权杖，身穿皇家豹皮。蒙博托从1964年起就大权在握，但他一直戴着深色墨镜，从不展示其真实面目。

在那之前，扎伊尔被称为比（利时）属刚果，遭受了近400年的残酷殖民主义、奴隶制和剥削。尽管刚果的面积是小国比利时的77倍，但从1876年到1908年，刚果一直由一位在布鲁塞尔登基的白人国王统治。从1908年开始，这个非洲最大的国家由比利时议会控制，直到1960年。那年，刚果出现了一位大胆的领导人，名叫帕特里斯·卢蒙巴，卢蒙巴支持非洲民族主义和模糊的社会主义理想，他上任仅几个月，就对西方国家继续攫取刚果丰富的自然资源的特权产生了威胁，这些资源包括用于生产核武器的钴和铀。

美国中央情报局局长艾伦·杜勒斯确信，卢蒙巴将为苏联打开非洲之门，于是下令暗杀这位刚果国家元首。[8]促使杜勒斯做出这一决定的，是中央情报局刚果站站长劳伦斯·德弗林从利奥波德维尔（金沙萨的殖民地名）发来的一系列电报。在一份关键的电报中，德弗林声称“大使馆和电台情报确信，刚果正开展着典型的共产党接管政府的行动……不管卢蒙巴是否真的是共产党，还是在玩共产党游戏来帮助他巩固自己的力量，刚果的反西方势力都在迅速增强。对于西方国家来说，想要采取行动避免另一个古巴的出现，所剩的时间已经不多了。”

根据杜勒斯和艾森豪威尔总统国家安全委员会的直接命令，中情局在金沙萨制造了暴力骚乱，伺机暗杀卢蒙巴，并选定 31 岁的约瑟夫·蒙博托上校为继承人。

使用中央情报局研制的生物武器杀害卢蒙巴的两次企图均告失败。中央情报局故意泄露了谋杀卢蒙巴的消息，迫使这位合法当选的国家元首逃离首都，前往遥远的卢姆布姆巴什。在中央情报局的协助下，蒙博托的军队于 1961 年 1 月 13 日包围并杀害了手无寸铁的卢蒙巴，并将他的尸体放在一辆汽车的后备厢里，就像黑手党对待在黑帮厮杀中被消灭的敌人一样。

蒙博托夺取了政权，但立即遭到加丹加省和沙巴省武装力量的抵制。为确保蒙博托政权在 1961 至 1967 年的动荡岁月中存活下来，中央情报局从古巴空运来一批反共雇佣兵，在以色列训练了一支由 243 名扎伊尔士兵组成的精锐部队，偶尔还会空降美国特种部队进入战事激烈地区。比利时也大力支持蒙博托上台，派遣突击队带领蒙博托的部队镇压加丹加省的叛乱。

从一开始，蒙博托就被证明是一个老谋深算的领导人。从外表上看，他穿上了所有传统的非洲民族主义的外衣。他一副传统酋长的装束，混搭着他自己独特的商务夹克——一种令人窒息的介于印度尼赫鲁夹克、中国毛式夹克和欧洲商务厚西装之间的杂糅风格。这个国家的名字被改成了扎伊尔，这完全是班图语名字的混合体。1971 年，所有扎伊尔人都被勒令更改自己的名字，取消使用了两个多世纪的基督教称谓。新领导人把自己的名字从约瑟夫改成了 Seko Kuku Ngbendu Wa Za Banga，即“战胜一切障碍的无敌战士”。

蒙博托的民族主义外表愚弄了许多泛非主义者，他们认为蒙博托与非洲大陆同时代的人物，如加纳的恩克鲁玛、南非的曼德拉和坦桑尼亚的尼雷尔不相上下。

1961 年，身患癌症的阿尔及利亚知识分子弗兰兹·法农在病榻上预言说：“我们的错误是认为（西方）敌人已经失去了好斗性和危害性。如果卢蒙巴挡路，卢蒙巴就消失了……让我们确保永远不要忘记这一点：我们每个人的命运，都是和刚果捆绑在一起的。”

在整个 19 世纪七八十年代，蒙博托俨然是一个欧洲和美国的现成盟友的形象。他把自己的国家建成一个军事集结地和训练场，为非洲各国当局提供帮助，打击那些一心要推翻政府的叛乱部队和被认为敌视南非种族隔离状况的南非游击队阵线：比如与安哥拉人民解放运动作战的安哥拉部队、与雇佣军和南非特种部队作战的纳米比亚西南非洲人民组织、莫桑比克反殖民主义组织莫桑比克解放阵线（Partido Frelimo），以及古巴军队在非洲的所有部署等。不过所有这些组织或势力，最终都在各自的国家取得了权力——有些政权一直持续到 20 世纪末——这表明，西方阵营的“扎伊尔战略”是失败的。

尽管如此，“扎伊尔战略”的实施还是贯穿了整个冷战时期，并在 20 世纪 80 年代运转良好。直到克林顿入主白宫，蒙博托才从与西方结盟的暖风中感到了丝丝寒意。

蒙博托乐意充当西方反苏利益在非洲的代理人，作为交换，这位独裁者获得了巨大的权力和个人财富。从 1963 年到 1984 年，法国、比利时、南非和美国向这位独裁者提供了数量惊人的援助——通常是以零利息、无附加条件贷款的形式——以及直接的军事援助。[9]

对这位独裁者来说，比军事支持更有价值的，也许是西方愿意无视蒙博托的淫秽贪婪和腐败。当西方政府将大量现金投进扎伊尔国库时，每个人都知道蒙博托政权无法提供合法的票据，因为这些资金几乎没被用于他们指定的项目。通用电气建造的刚果河大坝，其产能足以满足撒哈拉以南非洲所有地区的电力需求，但由于美国援外维护资金神秘地消失，从未进入电力局的银行账户，大坝宣告破产。道路建设从未启动，医院和学校逐渐被毁，蒙博托统治下的刚果，相较比利时殖民时期，医疗卫生和教育状况更加糟糕。全国仅有 42% 的人能够获得接近安全标准的饮用水，仅有 15% 的人口能够获得公共卫生和垃圾处理服务。整个国家的设施——从电话到机场——没有一样能可靠地运行。农业生产很差，食品的分配情况则更糟糕。在一个几乎完全缺乏基础设施的国家里，4230 万扎伊尔人生活在水深火热之中，却不能有任何抱怨，否则就会受到残酷的镇压、遭受酷刑和军事打击。

与此同时，北美和欧洲的公司经常向蒙博托及其亲信支付巨额“费用”，以换取扎伊尔的真正财富：钴（占世界储量的 60%，是一种战略金属）、铜、镉、金、银、铀、锡、锗、锌、锰、石油、钻石、象牙和橡胶。[10] 虽然扎伊尔的人均收入停滞不前达 20 年之久，每年从未超过 180 美元，但蒙博托却成了世界上最富有的人之一，是比利时境内最大物业的所有者，是法国和瑞士房地产业的主要投资人。

据估计，早在 1977 年，经过仅仅 12 年的贪腐和敛财，蒙博托就积累了 50 亿美元的个人财富——与扎伊尔的官方外债数额相当。蒙博托为了确保亲信们的忠诚以及个人安全，允许贪污腐化流向一小群混混，这些混混大多住在他附近的巴多利特。例如：他的叔叔利托去世时，就留下了超过 10 亿美元的资产；1977 年，因为试图将价值 600 万美元的钻石走私到比利时，他的第二任妻子被比利时逮捕。

到埃博拉袭击基奎特时，独裁者和他的朋友们已经从扎伊尔人身上盗走了至少110亿美元的财富。[11] 自1991年以来，国家银行一直关闭，当士兵们得知支付给他们的货币没有价值后，他们洗劫了金沙萨。银行里没有现金，也没有合法的货币兑换。黑市是扎伊尔唯一的货币系统，在那里，一张100美元的钞票可以换来两个约12千克重的背包，里面装满了100扎币和500扎币的钞票，每个背包上都印有该国最大的小偷蒙博托的肖像。即使按照这样的汇率，也很难看出扎伊尔纸币的价值，因为一箱汽油需要超过2.5厘米厚的500扎币大钞，而扎伊尔最高面值的纸币就是500扎币。对于那些熟悉发展中国家货币危机的经验丰富的旅行者来说，到扎伊尔旅行是一个“有趣的货币”挑战，它挑战了旅行者的口袋、钱包和钱袋所能提供的空间。扎伊尔商人交易时通常携带足足30厘米厚的100和500扎币现钞，用橡皮筋捆成捆，每捆是5000或20000扎币，付款方式通常是按捆付款。只有最微不足道的商品——比如布丽吉特·姆瓦兰加的烟熏毛毛虫面包——才能用面值100或500的钞票购买。

正是在这种弥漫全国的腐败行为和货币欺诈的氛围中，埃博拉病毒在1976年突发后，蛰伏了19年，终于在1995年大行其道。当埃博拉在基奎特再次浮出水面时，这个国家的公共卫生和医疗基础设施已名存实亡：每2.4万人才配备一张病床，全国人口中18岁以下人口占大多数，几乎没有避孕套和避孕药具，等等。艾滋病病毒肆虐，估计有10%的成年人患上了艾滋病。跨国项目SIDA曾是全非洲最具生产力的艾滋病研究中心，但在1991年军人暴乱期间，该项目的设备被洗劫一空，项目被迫关闭。

最重要的是，扎伊尔的公务员，包括95%以上的医生和护士，自1991年暴乱以来一直没有工资。独裁者年事已高，自鸣得意，甚至不再假装保持国家现金储备来支持公务员的薪水：到1995年，蒙博托和他的亲信们公然地榨取每一分外汇，并直接存入他们的个人银行账户。

1995年，如果一个扎伊尔人生病，他或她的家人有三个选择：无视病痛，祈祷这个人能以某种方式应付过去；背负或以其他方式运送病人到教会医院，并在那里乞求免费治疗；或者，大多数情况下，把病人送到扎伊尔的政府诊所或医院。在外国资助的教会医院里，受过西方训练的医生使用合理的设备和药物为病人提供良好的护理。但在民间诊所，那里根本没有X光机、实验室检验、CT扫描或血压仪等医疗设施或器械，或者早已破损失效，甚至连温度计都供不应求，医生或护士只能“判”断而非“诊”断。

诊断结果一出来，政府的医疗保健人员就会告诉病人家属需要做些什么来确保病人康复，家属就会举全家之力，从家里和当地的商店搜寻所列必需品：床单、麻醉剂、无菌设备、抗生素、食物、绷带，等等。通常情况下，无菌设备是最低优先事项，而且坦率地说，这是难以获得的。相比之下，黑市和私人药房里倒是堆满了各式各样的药品，甚至是最先进的广谱抗生素。

黑市和私人药房的市场供应非常充足，因为医院和诊所里的医生和护士们没有工资收入或其他谋生手段，为了养家糊口，他们干脆把运到医疗机构的医疗用品都卖掉。这些用品要么是卫生部提供的，更多的则是国外非政府慈善机构和宗教组织捐赠的。自 1991 年以来，从乳胶手套到 X 光胶片等一切可以出售的东西，都从扎伊尔的医院和诊所里消失了，到 1995 年，扎伊尔人已经极不情愿用他们的个人物品和服务，来换取医疗用品和保健工作人员的服务。[12]

有两件事是清楚的：埃博拉之所以在基奎特蔓延，是因为公共卫生最基本、最重要的要素根本不存在，而在基奎特——实际上在整个扎伊尔——这些紧急情况并未得到解决，因为蒙博托·塞塞·塞科及其亲信 30 年来一直在掠夺国家的金库。埃博拉之所以在扎伊尔阴魂不散，是因为腐败和政治镇压。这种病毒没有神秘的力量，也没有异常的传染性。几个世纪以来，埃博拉一直潜伏在非洲中部的丛林中，它的出现需要人类最大的恶习的特别帮助：贪婪、腐败、傲慢、暴政和冷酷无情。1995 年在扎伊尔发生的事情，与其说是当时全世界流行媒体广泛描述的热带雨林恐怖事件，不如说是对扎伊尔民众健康的可耻漠视甚至是蔑视的必然结果。

加斯帕德·门加·基塔姆巴拉是一名 43 岁的木炭匠，是“耶和华见证人”成员，还是丈夫以及 5 个小孩的父亲。这些都是他的生命统计数据，加上他住在恩达拉大道附近的一间简陋的泥砖房里，房子位于一条充满危险的陡峭的泥泞小路旁，这条小路时而被雨林植被吞没，时而在赤道季风期间变成瀑布。所有人都说门加是一个勤劳的人，是一个虔诚的耶和华见证人基督徒，也是一个慈爱的父亲。

门加身体强壮，肌肉发达，说明他从事的是强度很大的体力工作。木炭的制造和运输都是一项艰苦的劳动密集型工作，且现金收入低。门加经常骑自行车或步行去雨林，这片雨林覆盖了现代基奎特的大部分地区，直到 20 世纪 70 年代，之后每年，因为基奎特人对柴火的需求很大，雨林越退越远。经过 20 年的砍伐，森林的外围距离步行要一整天多时间，而去到门加劳作的中心密集地区，则需要 3 天的时间。

到了那里后，门加就会扎营，挖大坑，用砍伐的树木填满坑，然后把木头点燃，轻轻埋起来，让阴燃的热气把树烧成大块的木炭。经过两星期这样的劳作，门加将把沉重的货物拖回基奎特，卖给缺乏燃料的邻居。

以相对体面的价格出售木炭从来都不是难事，因为基奎特几乎没有其他的烹饪燃料来源。丙烷和汽油要贵得多，而且供应如此短缺，以至于停在路边等待加油的车辆经常排成长龙。大多数所谓的加油站，只不过是一些板条木箱，上面杂乱地摆放着装有汽油的瓶子和塑料罐，通常需要30个这样的瓶子才能加满1个汽车油箱。毫不奇怪，基奎特几乎没有汽车或卡车，大多数人——包括门加——都是用头顶的方式来搬运物品。

1994年12月，门加在森林深处扎营，离吕韦米河不远。那里绿树成荫，充满了新翻土壤和芬芳花朵的气息。蝴蝶在太阳穿透的区域里翩翩起舞。茂密的灌木丛中长出了爬满藤本植物的高大树木。在有些地方，一种被当地人称为“Quatre-Vingt”（法语“80”）的植物扼制了所有其他植物的生长，留下了一片片除了杂草之外什么都不长的地块。没有人知道“80”是从何而来的，但它的名字象征着1980年，这一年外来的异族植物突然在班顿杜省遍地开花。这种高大的杂草挤掉了所有本地生长的植物，就像葛根很久以前占领了美国南部深处无人照料的地区一样。曾经多样化、充满可食用动植物的生长被有毒的“80”取代，[13] 只要有高高的杂草生长，班顿杜野生生物就被迫迁到别处，挤在越来越少的适合本地植物生长的地方。

门加以他自己微不足道的方式为该地区的森林砍伐贡献力量。他每推倒一棵树，就为“80”这种机会主义植物创造了一个生长空间。[14] 这种可怕的杂草使木薯、玉米作物以及森林的生长感到窒息。这只是班顿杜当地人口增长到1995年的数量以来，班顿杜森林所经历的一长串生态变化中的一个。拥有40万居民的所谓的基奎特市，不过是一个巨大的村庄，因为它连一点城市基础设施都没有。缺少的一个关键元素是就业——基奎特没有工业或大型企业。如果人们留在他们的村庄里，他们可能会靠土地为生，种植木薯、树薯和玉米。但是在基奎特，他们的乡村风格的荆树小屋一个挨着一个，没有任何地方可以种植。在没有城市雇主的情况下，基奎特人别无选择，只能黎明起身，长途跋涉到森林里狩猎野生动物，寻找毛毛虫、蛇、草药和其他可出售的物品。每年，人们在森林的边缘砍伐和推进，使他们的任务变得越来越困难，也延长了他们周期性长途跋涉的距离。

少数足智多谋的幸运儿声称对这些砍伐出来的土地拥有所有权，他们种植了小块的玉米或木薯。他们每天都与入侵的“80”杂草做斗争，但通常只能从适当大小的土地上勉强维持生计。加斯帕德·门加也有这样一块土地，位于他通往热带雨林的路线上。这块土地不是经济收入的来源，而是庞大而饥饿的门加家族的三餐保障。

对门加来说，长途跋涉到森林意味着远离家人以及数小时孤独的工作。工地的周围都是巨大的黑红蚂蚁、疟疾蚊子、毒蛇、比人手还大的蜘蛛、飞鼠、猫鼬、小羚羊、蝙蝠，偶尔还有猴子。他抓到什么就吃什么，晚上就睡在一个临时搭建的小屋里，毫无疑问，他还要忍受虫子的不断折磨。

1994 年圣诞节后不久，门加又载满新一批木炭，赶回基奎特。没有人知道发烧、喉咙痛、疲劳和肌肉酸痛是什么时候第一次袭击了这个勤奋的男人。不管门加的病有多重，他别无选择，只能向基奎特挺进，因为沿途既没有避难所，也没有医疗救助。

当门加到达他位于恩达拉大道的简陋的家里时，他已经筋疲力尽，发着高烧。他的妻子贝贝・安藤照顾他，并嘘声赶走了他们最小的两个儿子——7 岁的尤多和 2 岁的迈克尔。但到了 1995 年 1 月 6 日，门加的发烧温度猛增，还出现了血性腹泻。安藤被吓坏了，带着门加去了当地的一家诊所，在那里他开始吐血，变得特别虚弱，不能下地走路。诊所将门加转到基奎特综合医院，将他安置在 3 号病房。门加的医生对他的病情迅速恶化感到很震惊，然后判断他可能患上了志贺氏菌引起的痢疾，给他注射了医院存有的抗生素。

1 月 13 日，加斯帕德・门加去世，家人把他的尸体带回了家。在那里，安藤和加斯帕德的弟弟皮埃尔和比洛洛仔细耐心地冲洗这个死去的男人，给他穿上做礼拜的衣服。来自遥远村庄的门加家族成员来到开棺葬礼上，按照当地天主教徒的习惯，抚摸或亲吻加斯帕德的遗体，以便让加斯帕德迅速进入天堂。通过哀悼的照片可以看出，这个家庭对失去亲人深感悲痛，其中一些人甚至趴在加斯帕德的遗体上悲痛不已。

几天后，加斯帕德的弟弟比洛洛病倒了，他的家人发现，他呈现的症状和加斯帕德的是一样的。2 月 3 日，他在基奎特综合医院急诊室去世。

贝贝・安藤感觉到，自己也因为某种可怕的兰达－兰达而病倒，于是把孩子们和他们的姑妈玛丽・约瑟恩・塞克一起送到恩多博村的祖父母那里去照顾。然后她也开始出现肛门和鼻子流血不止的症状。在当地的一家诊所，她被误诊为疟疾，当她吐血时，被误诊为肺炎。和她之前死去的丈夫、弟弟一样，贝贝・安藤在基奎特综合医院的急诊室去世。

与此同时，在一天车程之外的恩多博村，贝贝・安藤的小儿子迈克尔・杰克逊・门加（以家族最喜爱的流行歌星的名字命名）病倒了，出现了门加家族很熟悉的一系列症状：头痛、发烧、疲劳、抑郁、厌食、肌肉疼痛、胃痛剧烈、无法吞咽、腹泻带血、鼻子流血、呕吐物带血、打嗝、眼睛发红、尿液发红。总之，他在 2 月 11 日失血过多而死。5 天后，他的哥哥尤多也跟着离世了。

恩多博是遭受门加家族悲剧影响的 6 个村庄之一。这些村庄位于基奎特的克维鲁河对岸，由一条蜘蛛网般的土路连接起来，四轮驱动车辆几乎无法通行。在有些路段，道路仅仅是一米宽的小路，是在热带草原的草丛中踏出的，是人脚一步步踏出来的。

每个村庄都有自己的特点，一般都听酋长号令。恩多博的酋长桑图是一个白胡子、秃顶的男人，虽然他可能还不到 50 岁，但看上去显老。当参观者到达时，桑图竭力让恩多博情绪失控的小孩们安静下来，这些孩子的人数是大人的 15 倍之多，桑图只有猛烈挥动他的棍子，并时不时戳戳他们的后背，才能维持表面上的秩序。

在村子的中心有一座巨大的长方形茅草建筑，迈克尔·杰克逊、尤多，他们的姑姑玛丽·约瑟恩，以及他们的三个姐妹伦扎、阿辛塔和吉泽尔，在加斯帕德的葬礼后都与祖父母住在这里。到 3 月 1 日，祖父母都死于埃博拉。[15]

在恩多博，没有人明白击倒门加亲属的可怕的兰达－兰达。几个月后，遥远的基奎特人才给出说明。对于村长桑图和在这片土地上情绪失控上蹿下跳的孩子们来说，门加家族的苦难只是萦绕在他们生活中的死亡人数的一个更神秘更可怕的版本。毕竟，有些孩子是艾滋病孤儿，只是艾滋病致死缓慢，而这个兰达－兰达在一个星期的时间里就可以摧毁人的身心。因此，村民们要求将他们一家的尸体埋葬在小镇外，这样他们晚上睡觉时，可怕的兰达－兰达就无法接近他们。

在统计门加事件死亡人数时，基奎特和各个村庄共有 23 人参加过加斯帕德葬礼或因照料过加斯帕德而接触了埃博拉，其中有 16 人死于这种疾病。令人惊讶的是，每一个出现症状的门加家族的人最终都死了——令人震惊的 100% 的死亡率。同样令人惊讶的是，有几个门加家族的人显然从未患上这种疾病。例如，26 岁的皮埃尔给他哥哥洗了身体，他不知道他哥哥的身体被充满病毒的血液和体液浸透了。他还照料着另一个垂死的哥哥比洛洛和嫂子贝贝·安藤。皮埃尔说，他从未出现过头痛症状。皮埃尔和加斯帕德的父亲英诺森都参加过几次葬礼，最令人吃惊的是年老无辜的英诺森，他长期患肺结核，是个体弱多病的患者，他帮助安葬了 3 个儿子、3 个儿媳和几个孙子孙女，但他从未感染埃博拉病毒。

同样，伦扎、阿辛塔和吉泽尔也触摸过她们父亲的尸体，照顾过她们奄奄一息的兄弟——尤多和迈克尔·杰克逊。当男孩们去世后，姐妹们准备将尸体埋葬在恩多博。当她们的祖父母先后感染埃博拉病毒时，这 3 个小女孩再次暴露在病毒之下。但是她们从未生过病。姆贝洛家族的成员也没有感染病毒，他们一直帮助这 3 个小孤儿，并埋葬了在恩多博去世的所有门加家族的人。

门加的祖父母辈去世后，埃博拉病毒感染的情况就在恩多博村停了下来。为什么呢？没人知道。但是，恩多博与可怕病毒的对抗早已结束，人们才知道他们的悲剧根源，或者全世界都知道埃博拉病毒已经在扎伊尔暴发。

加斯帕德葬礼后，门加的亲戚们居住的其他村庄也出现了类似的情况。例如，在整洁有序的金普图·恩塞克村，35 岁的罗马涅·毛田 —— 加斯帕德兄弟尼科·门加的妻子 —— 和她的 2 个年幼的孩子于 2 月中旬去世。尽管村民们帮助照料过患病的 3 人，并掩埋了他们的尸体，但金普图·恩塞克没有其他居民感染病毒。到 3 月份，这些村庄与病毒的斗争结束了。几个月后，当埃博拉在基奎特肆虐时，金普图·恩塞克的人民不会受到病毒和恐慌的影响。尽管该地区大部分地区都感到恐惧，但金普图·恩塞克的居民仍然用手掌向上的手势表达友善，并向陌生人致以姆博特式的问候。

到 3 月中旬，这一死亡周期已经过去，恩多博、金普图·恩塞克、恩卡拉、穆科洛、布伦加和伊库比等村庄得以恢复正常的生活。

然而在基奎特的情况并非如此。在这些村庄里，只有朋友和亲戚的帮助才能获得医疗服务，埃博拉病毒未能超越最初的感染链，但在基奎特，公共卫生系统一团糟，但医疗诊所很多，病毒将觅得好机会。

加斯帕德、比洛洛、和贝贝·安藤都死在基奎特综合医院破旧的急诊室里。加斯帕德的姑姑罗莎莉·桑德拉拉也在 1995 年 2 月 14 日去世。

可从后巷进入的一条宽阔的土路与通往基奎特的紧急斜坡通道相接。生锈、沉重的钢轮床覆盖着薄薄的、破旧的塑料垫，散布在该区域周围，有些躺在医院地面的杂草和泥泞之中，或暴露在赤道高温和倾盆大雨下，而另一些则在顶部通往急诊室的煤渣块绿松石游廊入口下方的坡道上。随便哪一天，都有数十名病人亲属在这个区域焦虑地来回走动，或坐或躺在轮床上，等待生病亲属的消息。

在急诊室入口处，一个“讨人厌”的病房职员用他的桌子充当障碍物，阻止焦虑的家属们聚集在已经非常拥挤的医疗区域。当腾出一张急诊床并允许另一名患者进入时，他会很尽责地用刚果语和法语的混合语体将患者的名字和症状输入到他的日志中。为了躲避热带雨水，病人通常躺在阳台的水泥地上等着看医生，他们病得很重。其中多数是营养不良的孩子，准确来说是蹒跚学步的孩子，他们的眼睛从发烧的头上空洞地凝视着。疟疾、麻疹、细菌感染和脑膜炎是他们的天敌。

体弱的成年人也是这些微生物病菌的主要受害者，这些微生物使他们因患上肺结核而咳出不同程度的血，因罹患艾滋病多年而双腿瘦弱无力，因疟疾而发热接近40度，也许最常见的还是神秘的兰达－兰达，让人突然感到疲劳、发烧、头痛和不适。

这些病人可以等，病房职员是这样被告知的。第一优先者是相对罕见的外伤病例或流血的事故受害者，第二优先的是发烧的婴儿，因为基奎特的每个人都看到过小孩子死得有多快，前一天看起来很正常的婴儿，第二天就可能变成了尸体。

在阴暗的急诊室里，白天的阳光间接照射着医生和护士的活动空间，而晚上只有煤油灯。急诊室两边靠墙排列着用了几十年的钢架床，中间留有一条狭窄的过道。这个地方太拥挤了，以至于医护人员在病人中间穿行时，彼此之间都磕磕碰碰。大多数病人在疼痛或发烧中注视着静脉输液瓶，病人都是通过循环使用的针头进行静脉输液，随着盐水、抗生素或抗疟药等静静地流入病人血液中的，还有针头上可能残留的未知微生物。

隔壁小房间里有个输液台，斜对着东边的窗户。当疟疾寄生虫侵入患者的每一个红细胞时，就意味着他时日不多了。如果患者不能立即获得数百万健康的富含氧气的红细胞，眨眼间就会死亡。当然，这些"神药"必须来自一个基因匹配的亲属，否则患者的免疫系统会发生排斥反应，很快就会因过敏反应而死亡。

5岁以下的孩子常常躺在输血台上接受父母或兄妹的血液。输液台布满了干涸的血迹和铁锈，仿佛中世纪的刑架。虽然这是一个短期治疗的场所，但旧钢板也是一个日常的感染源，在这里，艾滋病、乙型肝炎病毒、恶性疟原虫和其他各种微生物，通过未经消毒的针头或直接从受污染的捐献者的血液中传输。

由于几乎完全缺乏资源，医务人员尽了最大努力。当发电机工作时，注射器和外科用品可以高压消毒；少量的乳胶手套在使用一天后被清洗和回收；医院实验室进行快速检测，以确定输血的血型是否匹配，但是他们缺乏能够快速检测血液中艾滋病病毒、肝炎或其他病原感染的试剂盒。

外科手术室的供应也同样缺乏。四五十年前欧洲手术室中使用的那种巨大的圆形高架灯隐约可见于手术台上，但由于"电"是一种珍贵的商品，因此很少供电。通常是阳光透过无遮蔽的窗户照进来，引导着外科医生的手。薄薄的卫生贴面保护了患者、护士、麻醉师和外科医生免受细菌侵害——布绑面罩、回收乳胶手套和棉质手术服，这些物品以及手术设备每天都会就地取水冲洗。医院没有自来水，也没有消毒液体，取而代之的是医生在盛有河水的浴盆中擦洗，一般无法获得可以提供一定卫生条件的肥皂。无法发电，手术器械就靠木柴或炭火进行水煮消毒——因此，班顿杜森林既为消毒提供了燃料，也为基奎特大部分地区的兰达－兰达微生物提供了避难所。

住院的病人最后只能住在指定的一层煤渣砖病房里，躺在光秃秃的钢架床上。只有一块薄薄的塑料垫挡住他们的身体，使他们不受伸出来的钢铁伤害。所有的生活用品，如食物和枕头、床单，都是由亲属提供的。病房是根据基奎特最大的健康需求规划的。最大的病房是儿科，那里的母亲经常和生病的孩子睡在一起。当青少年面临死亡时，新生儿在医院最密集的产科病房出生，在那里，准妈妈们常常不得不共用一张双人床，彼此头挨着脚斜躺在陌生人旁边，为她们的新生儿争抢空间。婴儿是由不戴手套的助产士接生的，他们在产妇和新生儿的血液中辛勤工作，当他们切开会阴、剪断脐带、进行剖宫产或纠正臀位分娩时，给他们提供工作照明的，通常只有一盏微弱闪烁的煤油灯。

在医院的另一边，独立于医院其他部分的区域，是结核病和艾滋病病区，艾滋病和结核病成人患者在那里备受煎熬。

在连接凉亭的长长的蓝色露天走廊尽头，有两个小房间，分别是医院的实验室和统计室。实验室里有两个只能在阳光下使用的光学显微镜，技术人员在其中一个显微镜前弯着腰工作，实验样品放在没有电源的冰箱中，用碎布或棉球塞住的玻璃管放在架子上等待分析。就像大多数医院同事的情况一样，实验室人员没有任何防护装置来防止感染，因此被污染的样本很容易溅到他们的手、眼、鼻子或血液中。

基奎特第二妇产医院的情况甚至更糟，该市的大多数婴儿都是在那里出生的。3 月 2 日，罗莎莉·圣德拉拉最好的朋友波琳·卡巴拉因血性腹泻和吐血住进了基奎特第二妇产医院。8 名护士和她的几个朋友照料着奄奄一息的卡巴拉；没过几天，他们都得了同样的病。3 月份，8 名医院员工中有 6 人死于此病。在她们去世之前——甚至在她们意识到自己生病之前——这些护士和朋友感染了更多的医院员工、家属和病人，开始了一连串的死亡，并在 4 月份从妇产医院传播到普通社区。基奎特神秘的兰达－兰达正失去控制。

与此同时，在 3 月份，基奎特综合医院的医生们都忙于处理类似志贺氏菌细菌感染的病例，而志贺氏菌是导致血性腹泻的主要原因。诚然，很少看到志贺氏菌患者同时出现吐血、流鼻血和牙龈流血，以及眼睛流血。志贺氏菌通常不会引起这样的症状。但在 1995 年，一种新型的志贺氏菌出现了。在扎伊尔遥远的东部，有一个名叫戈马的多岩石火山地区，随着成千上万逃避卢旺达内战屠杀难民的拥入，戈马成了邻国难民的避难所，他们生活在没有固定住所、食物和安全饮用水的环境中。难民中暴发了霍乱和志贺氏菌，夺走了数千人的生命。[16] 由于广泛滥用抗生素，该地区猖獗的志贺氏菌菌株对所有现有药物产生了抗药性。全世界只有一种药物对这种新的超级细菌有效果，但是它比该地区使用的任何药物都贵至少10倍。环丙沙星是一种德国制造的强力第三代抗生素，是中非志贺菌病患者最后的同时也是完全负担不起的希望。[17]

似乎合乎逻辑的结论是：基奎特综合医院和第二妇产医院的流血死亡浪潮是由新的超级志贺氏菌引起的。蒙嘎拉·基帕萨博士正是这样想的，为了确认这一猜想，这位拥有公共卫生硕士学位的年轻医学博士命令第二妇产医院实验室技术员卡莎·金福牟从几个病人身上抽取血样。[18] 如果这些样本中含有志贺氏菌，基帕萨明白必须采取步骤对基奎特的供水进行净化，以免暴发全面的痢疾流行病。

36 岁的金福牟在 4 月初完成了他的工作，从包括医院管理人员金班布（死于 27 岁）在内的几名病人身上提取了样本。然而，金福牟也感染了病毒，可能是被从金班布身上抽出的针头意外戳中，金福牟从一名医院雇员变成了病人。

4 月 10 日，金福牟被转移到基奎特综合医院，在那里，基帕萨的团队努力要弄清楚这位实验室工作人员发生了什么事。金福牟的症状与其他疑似志贺氏菌病患者的症状相同，但有两个关键的例外：他没有血性腹泻，但他确实有一个巨大的凸起和膨胀的肚子。在他的医生眼中，金福牟似乎患上了阑尾炎。

那天，他接受了由尼姆贝医生主持的阑尾切除手术。但切除他的阑尾没能改善金福牟的状况。事实上，在随后的几小时里，他变得神志不清，肚子胀得更厉害了。医生们得出结论，他们的第一次诊断是错误的：金福牟得的不是阑尾炎，而是由肠伤寒引起的消化道穿孔。

因此，金福牟在 4 月 12 日接受了第二次手术以修补他穿孔的肠子。在场的有麻醉师威利·穆巴拉、护士明文尼·拉卡莫约和弗洛勒巴修女（本加梅穷人修女会的欧洲修女）。外科医生是恩库库和布瓦卡，他们在医学生皮拉·普斯卡斯的密切关注下进行手术。当他们为病人做手术准备时，他们很清楚金福牟是他们的同仁 —— 一名医务工作者。

恩库库一切开伤口，事情就开始变得不对劲了，因为金福牟的肿胀处满是血，血喷得各处都是。当他们试图理解正在发生的事情并拯救他们的同事时，小组成员被金福牟的鲜血淋湿了。由于找不到金福牟的出血点，外科医生们别无选择，只能将这名实验室技术员的手术切口缝合起来，并将他送回病房。4 月 14 日，金福牟去世了。

在为金福牟做阑尾切除手术的同一天，尼姆贝医生还为杰拉尔丁·卡塔迪做了手术，卡塔迪是五旬节派著名牧师卡班加的妻子，卡班加是信仰福音派，或者叫“真主就是上帝”派[19]的信徒。尼姆贝在完成金福牟的阑尾切除手术后，立即对卡塔迪进行了手术。护士安娜·露西璐·曼尼卡萨和让·金安吉协助尼姆贝，而雷蒙德·卡迪玛则在手术过程中站岗。

他们都将死去：在这三次手术中，除了一个人之外，所有在场的人都会死去，遭受折磨门加部族同样的一连串血腥症状。他们首先会去旅行，然后照顾其他病人，和他们的家人待在一起。第一个生病的是尼姆贝医生，他于 4 月 20 日去世，在给金福牟和卡塔迪做完手术 10 天后。他的死因记录为病因不明。

两天后，在基奎特，医科学生普斯卡斯和擦洗护士拉卡莫约也死了。

因此，当 70 岁的弗洛勒巴修女生病时，修道院的成员们就把这位生病的修女交给其他人照顾，他们被告知要把她带到丹妮拉修女那里去。丹妮拉修女是一名护士，她在 120 千米外的摩桑哥镇的一家天主教医院工作。在美国天主教救济会的资助下，摩桑哥有 590 张床位，比基奎特综合医院更大，更干净，供应更好。

通往摩桑哥的道路状况良好，甚至大部分道路都铺好了。沿途长满了蓝花楹和棕榈树，景色十分壮丽，有青翠的山坡、高大的猴荚树、红色的黏土，还有络绎不绝的穿着五颜六色衣服的行人，他们头上顶着装满香蕉、面包果、玉米和鱼的篮子。这条公路穿过恩科河，通往广阔的草原，草原上天空蔚蓝。坐落在草原尽头的一座小山顶上的摩桑哥传教团和医院，为人们提供了来自热带酷暑的慰藉。

弗洛勒巴的姐姐很难注意到这一景象，因为弗洛勒巴已经病入膏肓。玛莉·乔邦妮看到这位意大利修女正在遭受她所见过的最严重的出血。弗洛勒巴上了年纪，大量的血从她嘴里流出。她的舌头很厚，布满了瘀斑。她的牙龈、舌头和嘴唇……都在流血。

4 月 23 日，弗洛勒巴抵达摩桑哥时，只能用单音节说话，她高烧超过 40 度。当晚，丹妮拉修女在一旁观看，弗洛勒巴修女的病情恶化了，她全身出现了红色、针尖状的血斑，同时还有一些瘀青样的斑点，表明她的皮肤下有无法控制的出血。医生在哪里注射液体或抗生素，出血就会在哪里开始，而且再也不会停止。

当时，邦纳的医疗小组已经在弗洛勒巴修女身上尝试了 5 种不同的抗生素，但完全没有效果。

第二天，4 月 24 日，由于弗洛勒巴的情况看起来毫无希望，而且还有其他急事，丹妮拉修女离开了。她只和弗洛勒巴相处了几小时。丹妮拉离开后，邦纳努力试图阻止弗洛勒巴的出血，给这位修女注射了高剂量的维生素 K 凝血剂。“这太不可思议了，”邦纳后来回忆道，“无论我们做什么，血液根本不会凝固，只是不停地流血……出血非常广泛。”

4月25日，弗洛勒巴修女不省人事，血压骤降，于上午10点去世。

邦纳在摩桑哥医院工作了10年，他惊呆了。大量的出血，且没有迹象表明弗洛勒巴修女是从基奎特综合医院的病人那里感染的，这两个问题都令人不安。邦纳和同事安妮瑟·玛扎雅和菲利普·阿卡米图纳医生讨论了这一病例，猜测弗洛勒巴修女的死亡是否是由曾在摩桑哥医院夺走4名病人生命的同一病原造成的。

阿卡米图纳是一位高个子的年轻扎伊尔医生，他提到了皮拉·奇卡平度的情况，皮拉·奇卡平度是基奎特综合医院的一名男护士学生，他在基奎特病了4天后，于4月3日抵达摩桑哥。

“他的妹夫说：‘哦，是艾滋病。’”阿卡米图纳回忆道。“但是照顾他的妹妹也出现了同样的症状。”

就在弗洛勒巴修女弥留之际，奇卡平度的妹妹死了，接着他的母亲也死了。他们与这场可怕的疾病的唯一关联就是他们都参与了对奇卡平度的照料。尽管医院尽了最大努力，奇卡平度还是在4月14日去世了（他的母亲和妹妹也很快就遭殃了）。就在皮拉·奇卡平度因失血过多而死亡的同一天，另一名来自基奎特的患病难民桑布班达·瓦格纳来了。3天后，他出现了类似的症状，然后也死了。

医生们对这些病例进行了各方面的讨论：他们之间有关联吗？是什么导致了他们的死亡？考虑到摩桑哥医院的医护人员没有手套、口罩或无菌隔离衣，医院的其他人员会受影响吗？

在弗洛勒巴修女去世前几小时，基奎特综合医院的另一名生病的护士来到这里寻求治疗，他知道在贫穷的政府医院里是不可能获得有效治疗的。25岁的埃卡拉·姆波洛出现了典型的出血症状，并在抵达后几小时就死了。他的死亡引发了另外8起病例，全部发生在摩桑哥的医务人员身上——丹妮拉修女，护理过姆波洛的恩萨卡·文山乡护士，一名实验室技术员，多名护士，加上其中一人的妻子，都在4月26日到5月11日之间迅速相继死亡。

看着文山乡的病情恶化，对医院的工作人员来说特别困难，因为病情影响到了他的大脑。他变成了一个狂野的人，神经错乱地高喊着，指责同事们的种种邪恶，疯狂地挥舞着双臂。医院的工作人员开始感到恐慌，谣言传遍了附近的村庄。

然后真正可怕的事情发生了。其中一名已故实验室技术人员的妻子也死于这种神秘疾病。她的房间被擦洗干净，床垫被清洗干净，两个多星期没有人进过房间。然后，20 岁的穆潘吉，因为不相关的原因住院，被安置在那个房间里，躺在那张被认为已清洗干净的床上。当穆潘吉出现这种可怕疾病的症状时，邦纳和她的同事们变得惊慌失措起来。

穆潘吉的情况被分析透彻。邦纳坚称，很明显这位年轻女子没有其他可能的感染源。她可能是从她的床垫上的塑料和泡沫垫上染上了这种病。死神不知怎么在其表面上存活了 15 天。

邦纳的同事们威胁着要离开医院，但顶级医生为剩下的病人建立了真正的隔离室，并亲自照顾文山乡和其他病人，从而避免了医院工作人员的弃逃。4 月底，39 岁的护士让－皮埃尔·萨布库蒂当时正在照顾文山乡，后来也去世了。“这里没有人同意处理他的尸体，”邦纳说，“后来我来处理了，戴上面具，穿上长袍，我、阿卡米图纳和玛扎亚把尸体拿去埋葬。”

当这 3 名医生把让－皮埃尔·萨布库蒂护士的尸体抬下山去墓地时，吓坏了的摩桑哥村民抱起他们的孩子逃进自己的家里，以躲避兰达－兰达。当悲伤的医生们回到医院时，工作人员宣称不会进入萨布库蒂的房间打扫。一名护士在接到去清洁病房的直接命令后辞职了，此后，3 位医生不得不亲自完成所有最悲伤的任务：将死者放入棺材，把尸体拖到墓地、埋葬，以及清理死者的房间。

5 月 11 日，恩萨卡·文山乡去世。当天下午，来自法国的短波广播报告医生，造成他们医院这么多人死亡的罪魁祸首是一种叫作“埃博拉”的病毒。

这一结论没有迅速确认。事实上，班顿杜兰达－兰达危机的原因直到 5 月份才确定，也就是第 1 例埃博拉死亡病例加斯帕德·门加死亡的 5 个月后。这一诊断既是靠科学，也是靠运气和命运。

4 月份，其他地区的医院，比如摩桑哥，都暴发了这种奇怪又可怕的疾病，而且总是从基奎特的来访者开始。死亡的几乎都是医务人员。

事实证明，一个这样的病例至关重要。在距基奎特约 180 千米的亚沙·邦咖医院，护士让·金安吉在基奎特综合医院参加了杰拉尔丁·卡塔迪的手术治疗，并在术后感染第 16 天因大量出血死亡。亚沙·邦咖的医生曾尝试对金安吉进行所有能想到的治疗，包括尝试凝血和抗生素疗法以阻止他的细菌性痢疾，并在金安吉上进行了许多血液和尿液检查——他的病历记录是最多的。

幸运的是，扎伊尔专门研究热带医学的军医孔戈洛医生恰好经过，目睹了金安吉的去世过程。孔戈洛推测，病因可能是埃博拉病毒。孔戈洛是第一个提出这一假设的人，他读了很多关于埃博拉病毒的书籍和文献，在 4 月 26 日金安吉去世后不久就提出了这一假设。

亚沙·邦咖医院没有电话，因此孔戈洛起初不可能通知政府或科学家，他们可能会去证实他这个可怕的假设。他唯一的选择，是跋涉 420 千米前往金沙萨，寻找塔姆富姆·穆延贝教授，一个亲历了 1976 年扬布库疫情暴发的著名老兵。

同时，在基奎特的奇帕萨医生非常担心。他的医院里似乎到处都是这种怪异、血腥的疾病，而且大多数病人都是他自己的团队成员。奇帕萨很绝望，他确信超级志贺氏菌已经到达基奎特，于是向在金沙萨的联合国儿童基金会和穆延贝发出请求，请他们提供更好的抗生素。

到 4 月底，穆延贝清楚地意识到扎伊尔正在发生可怕的事情。作为扎伊尔的首席科学家，穆延贝是一位很有思想、掌握多种语言的金沙萨大学病毒学家，他的热情和幽默感很好地平衡了他严肃的性格：前一分钟，穆延贝还会皱着眉头深思一个难题，下一分钟，他的眼睛就会调皮地闪闪发光，然后放声大笑。

接到奇帕萨绝望的请求后，他做的第一件事就是给阿格尼斯修女发了一封电报。阿格尼斯修女是一位天主教修女，曾在班顿杜担任药剂师。她早就退休了，现在住在比利时安特卫普郊外的一个修道院里。

一听到孔戈洛军医说亚沙·邦咖的病例可能是由他的老仇敌——埃博拉病毒引起的这个结论后，穆延贝立刻收拾行囊，匆匆登上了第一架飞往基奎特的包机。[20]

与此同时，在比利时的阿格尼斯修女却进退两难。穆延贝的电报要求她购买数千剂的环丙沙星，这是一种抗志贺氏菌的药物，其昂贵程度远远超出了她当前不良经济状况所能承担的范围。她估计，她需要超过 100 万比利时法郎（3.7 万美元）来满足穆延贝的要求，这是个天文数字。80 岁的阿格尼斯修女不知道在哪里或如何快速获得这些救命药，于是拜访了西蒙·范·聂温霍夫医生，给他看了穆延贝的信，并征求他的意见。

范·聂温霍夫曾在比利时安特卫普的热带研究所工作，并曾在扎伊尔工作过。令这位中年佛兰德科学家感到不安的，不是昂贵得几乎让人望而却步的药品要求，而是穆延贝匆忙在信上加了一个附言：这可能不是志贺氏菌，而是埃博拉。穆延贝在与孔戈洛谈话后补充了这一条，尽管这位扎伊尔病毒学家还没有检测基奎特患者的血液样本。“埃博拉”这个词让范·聂温霍夫不寒而栗，因为他的一生都受到了这种病毒的影响。当他还是一名年轻的科学家时，他就加入了 1976 年调查扬布库埃博拉疫情的国际小组。他了解穆延贝，并尊重这位扎伊尔科学家的直觉。

于是范·聂温霍夫告知阿格尼斯修女推迟寻找环丙沙星的时间。他征召了另一位参与 1976 年疫情调查的老兵——美国的大卫·海曼医生。海曼从疾病预防控制中心借调到世界卫生组织，在位于日内瓦的世界卫生组织艾滋病全球规划署工作。他的同事刚刚低声说出埃博拉这个词，海曼就想立刻收拾行囊，考虑着把世界卫生组织和疾控中心的哪些人员召入他的团队，和需要做些什么。

他说，首先他们需要实验室样本进行分析。世界卫生组织没有人愿意大声说出“埃博拉”这个词，除非他们确信该病毒在19年后再次出现。几个月前，在目睹了印度暴发鼠疫引起的全球恐慌之后，海曼意识到公共卫生的一个新时代已经来临。早在1976年，当真正的恐惧笼罩着扬布库的国际小组时，他们的恐惧还没有在媒体报道中反映出来，只有不到10家电讯社报道了这一事件，也没有广播报道。当时的科学家们只能在扎伊尔士兵和惊恐万分的扬布库人民的监视下辛勤工作。坦率地说，当时扎伊尔以外似乎没有人注意到这一事件。

时过境迁。全球媒体对印度疫情的关注如雪崩般高涨，这向海曼发出了警告。还有当时最畅销的英语书是理查德·普雷斯顿的《血疫》。《血疫》讲述了一个令人抓狂的报道——在弗吉尼亚州雷斯顿的一个猴子群体中暴发了埃博拉疫情——引起了国际关注，使公众的恐惧集中在一种鲜为人知的病毒上的故事。这本书引起了好莱坞的兴趣，当海曼从对瑞士的有利的角度思考基奎特局势时，从里约热内卢到东京的电影观众正在排队观看《极度恐慌》——达斯汀·霍夫曼主演的惊悚片，讲述的是假想的埃博拉疫情。

所以海曼很谨慎，他收拾好行囊，买好去金沙萨的车票，悄悄地将穆延贝的疑虑告知了仅有的几个同事。

与此同时，穆延贝和他的技术人员于5月1日抵达基奎特，对病人进行了检查，并采集了血液样本。根据实验室分析，他们立即排除了志贺氏菌。在离开基奎特的那天，穆延贝确信埃博拉病毒已经再次出现。他将于5月6日把样本送到安特卫普，然后再立即转到位于佐治亚州亚特兰大疾控中心的4级生物危害实验室（BL-4）。

5月9日，特殊病原体实验室主任彼得斯收到了血液样本，在不到10小时的时间里，他的团队就确认了这确实是埃博拉。在两天内，实验室不仅能够确认这是埃博拉病毒，而且基奎特的病毒株与19年前在遥远的扬布库发现的病毒株在基因上几乎完全相同。

在整个埃博拉疫情期间，仅有6名科学家组成的骨干团队将在疾控中心4级生物危害实验室中昼夜轮班工作。从5月9日开始，从基奎特和邻近村庄送来的人和动物的血液和组织样本如洪水般涌来，使该机构不堪重负。尽管许多（也许是大多数）样本的埃博拉感染呈阴性，但所有样本都必须由科学家小心谨慎处理。因为没有人确切知道病毒是如何传播的，但他们确实知道埃博拉感染是不可治愈的，因此所有的实验室工作都是由穿着全身宇航服的科学家完成的。宇航服与呼吸带相连，将新鲜空气注入防护装备。住在亚特兰大实验室外的人受到一个类似于俄罗斯套娃的系统的保护，4 级生物危害实验室在另一个更大的建筑内，而后者又在另一个建筑内。所有这些建筑都是密闭的，受到严密的安全保护，只有不到 100 人可以进入。位于最里面的安全级别最高的房间，除了十几个人和一大群用于研究的动物外，对所有人都是严令禁止入内的。

彼得斯的团队穿着宇航服小心翼翼地开展艰苦的工作。每个人都知道，科学家的任何失误都可能是致命的，并导致病原体逃脱 4 级生物危害实验室的限制，对整个社会构成重大的威胁。

疾控中心特殊病原体实验室 5 月 9 日证实基奎特综合医院的血液样本含有埃博拉出血热病毒后不久，实验室主任彼得斯就向疾控中心的高层发出警示，指出他的科研团队人数太少，工作量过大，极易累到筋疲力尽，从而可能导致严重事故。

由于 4 级生物危害实验室工作的高度技术性，该机构不可能简单地从疾控中心的其他部门抽调人员来临时增补科研团队，填补因预算削减和国会授权缩编所留下的空缺，因为预算削减和国会授权缩编，使得该实验室仅剩 7 名科学家，比以前的人员编制减少了。C. J. 彼得斯的工作人员太少了，科学家们都筋疲力尽。20 年前，美国疾控中心能够通过两个方法抽调一些实验室来应对此类危机：非 4 级生物危害实验室样本可以送往下一个安全级别的 3 级生物危害实验室（BL-3），而一些极其危险的 4 级生物危害实验室样本可以与世界上其他四个最高安全级别实验室一起分担。

但在 1995 年春天，有些 4 级生物危害实验室方案不再合理了。例如，在西伯利亚有一个 4 级生物危害实验室，是苏联科研全盛时期遗留下来的，但它的安全性与俄罗斯公共卫生和科学研究的所有其他方面一样，都严重退化了。英国的波顿唐生物战争设施曾被认为是最合适的，曾在 1976 年的埃博拉危机中发挥过作用。但是基于对生物战不断变化的政治考虑，实验室经历了几轮预算削减，波顿唐没有达到 1995 年的 4 级生物危害实验室标准。

几十年来，疾控中心的主要后援是位于巴黎的法国巴斯德研究所。但世界卫生组织官员不愿将“热”样本直接送到法国实验室，因为 1994 年秋天，一名在那里研究埃博拉污染血液的科学家感染了埃博拉，这表明那里存在安全漏洞。

这样就只剩下一个可供选择的 4 级生物危害实验室了：美军马里兰州德特里克堡实验室。在那里，由于国防部寻求减少其在国债中的份额，所以也进行了缩编和预算削减。遗憾的是，虽然疾控中心的彼得斯曾在德特里克堡实验室工作，并与那里的同事保持密切联系，但他无法说服军队设施帮助疾控中心分析埃博拉样本。[21]

与此同时，美国疾控中心也不愿将非埃博拉工作移交给两个3级生物危害实验室，因为这两个实验室已有40年历史，状况已经严重恶化。5年多以前，一个来自联邦政府以外的检查小组曾对其进行谴责并敦促整改。

设施的破损非常严重，以至于事故频发。本来导气管的功能是将生物危害物从实验室工作台输送到安全过滤器中，但实际工作时却反过来了：它们将微生物直接吹到科学家的脸上。结果，在过去的18个月中，至少有3名科学家感染他们正在研究的疾病。

1993年，美国公共卫生服务部向国会申请资金建造一个新的3级生物危害实验室，约1.1亿多美元，在此期间，国会先批拨了8800万美元。其中除100万美元外，其余全部积存在一个指定用途的联邦账户中，等待有足够的额外资金在亚特兰大地区购买土地和建造实验室。[22]

在全世界都得知基奎特埃博拉疫情暴发后不久，美国国会投票决定取消4000万美元的累积资金，并将其用于偿还退休金国债。参议院投票决定撤销该基金剩余的全部8700万美元。克林顿总统否决了这两项预算提案，希望能挽回至少4700万美元的3级生物危害实验室建设经费。

监督公共卫生服务部和疾控中心预算的国会委员会的共和党工作人员表示，公共卫生各个方面的资金状况“非常不稳定”。正如一位工作人员所说：“这都是一个移动的目标，很难预测。”[23]

在资助活动方面最奇怪的变化，也许与世界卫生组织有关。世界卫生组织长期依赖美国的慷慨援助，最初面对埃博拉危机时，美国的预算不到1万美元。但是在5月19日，一些欧洲私人公司和基金会提供了200万美元的特别援助，以支持埃博拉防控工作。对于大多数美国人和欧洲人来说，一种在遥远的非洲国家暴发的外来疾病似乎与他们毫无关系，尤其是在冷战后的国家预算危机时期。因此，传统上为此类公共卫生提供资金的政府最初在埃博拉死灰复燃的情况下都犹豫不决。

“疾控中心是唯一希望。”世界卫生组织特殊病毒司司长詹姆斯·勒杜克坚持认为，他强调了世界对美国设施的彻底的依赖。[24]

5月10日，海曼带领世界卫生组织的抗击埃博拉病毒三人小分队离开日内瓦，前往扎伊尔。同一天，美国政府正式宣布基奎特疫情为一场灾难。在接下来的5天里，来自法国、比利时、荷兰、美国、瑞典、加纳、津巴布韦和南非的更多疫情防治人员将陆续拥入扎伊尔。为所有这些外国人奠定基础的是穆延贝、奇帕萨和一个由扎伊尔医务人员组成的团队，其中包括当地医学院的学生和基奎特红十字会。这些人说着10多种不同语言，代表着3个不同大陆的文化和世界观，他们将共同面对公共卫生领域最严峻的挑战——阻止一场流行性疾病的大暴发及其引发的恐慌。在未来6周内，2793份关于埃博拉的英文媒体报道将会输入Lexis/Nexis数据库，[25]世界上每一种主要语言的媒体也都将提交关于疫情发展的每日报道。海曼的媒体预感几乎马上就被证明是正确的：公众健康的状况确实发生了改变。

但当5月10日穆延贝和海曼第一次坐在基奎特一家废弃诊所的破旧黑胶椅子上评估该市的状况，并制订公共卫生战略时，这一点并不明显。

“阿菲瓦卡！阿菲瓦卡！”，“他们死了！”哭喊声响彻基奎特的天空。在基奎特综合医院，那些没有感染埃博拉病毒的工作人员都歇斯底里、惊恐万分、悲痛欲绝。关于“死神”兰达-兰达的谣言几乎使医院关闭。基奎特人也许做得对，他们开始宁愿病在家里，也不愿死在基奎特综合医院。所以只有20名病人留医，其中大多数是埃博拉病毒患者。

镇上的人们得出结论，事实不言自明：所有死去的人都住过当地的某家医院。每一次疫情暴发，都与手术有直接或间接的关系。镇上的人说医生腐败了，医生们在杀人。对这一系列医院内的凶杀案的主要解释是——钻石。

世界上大部分的钻石都储藏于安哥拉北部和扎伊尔。为了防止偷窃，钻石工人经常要在轮班结束时脱衣搜身。工人把钻石从矿场偷运出来的唯一方法就是把它吞进肚子。有些医生更喜欢通过肠道外科手术的方式将钻石取出，而不是帮助走私者通过“自然”的方式排出，从而赚取大笔现金。

在5月的第2个星期，基奎特到处流传着这样的谣言：基奎特综合医院的医生不再满足于赚取钻石走私者支付的手术费，现在正在杀害病人，并将钻石据为己有。人们说，医院里没有兰达-兰达，有的只是贪婪。

关于钻石的说法，对那些真正见过埃博拉患者痛苦流血惨状的人来说并没有市场，但这在基奎特非常流行，它不仅严重损害了奇帕萨工作人员的信誉，也抹黑了普通医生的名声。

士气低落甚至歇斯底里的当地医护人员、充满恐慌和猜疑的公众、缺乏几乎所有必要的公共卫生和医疗资源，以及没有来自国外的资金，穆延贝和海曼面临着一个艰巨的挑战。

长途跋涉让海曼和世界卫生组织的马克·斯岑约夫斯基筋疲力尽，而目力所见则让他们震惊不已。一般不戴口罩的海曼戴上了一个严实的、毫无感情的口罩，他被恐惧压垮了，尽管以坚如磐石的冷静面对混乱的灾难是海曼惯用的方法。斯岑约夫斯基20世纪70年代曾在扎伊尔生活多年，从事世界卫生组织猴痘调查工作，他的脸色也同样苍白。就连一向开朗的穆延贝也情绪十分低落。

“到处都是血，”海曼后来回忆说，“床垫上、地板上、墙上都是血。呕吐、腹泻……我们刚到这里的时候情况真的很糟糕，犹如世界末日。到处都有人死去，妇女们都在哭，他们正在填平坟墓。我们意识到这里并不像扬布库。”

海曼和穆延贝是扬布库的老兵，他们知道，在 1976 年国际科学小组抵达扎伊尔时，最初的埃博拉疫情已经逐渐消退。1976 年，一些国际团队成员从未见过埃博拉病例，甚至包括穆延贝——他虽然第一个来到扬布库，但也是在埃博拉疫情达到顶峰之后才到达的。结果发现，在扬布库，几乎所有病例都是通过三种注射器之一传播的，这些注射器是比利时修女在一家小型教会医院里反复使用过的。当修女们死了，医院关闭后，扬布库的疫情逐渐平息。这些情况都是 1976 年国际科学小组回顾性地确定的，在修女们对他们的任务和诊所进行自我隔离后，该小组到达了扬布库。

但这一次在基奎特，海曼回忆说，“我对穆延贝说，‘我们就在水深火热中。’妇女们坐在这里，一家接着一家，哭着面对停尸房。红十字会的卡车就在这里，”几天后，他指着基奎特综合医院的人员继续说：“这些志愿者把尸体直接送到墓地，只戴着外科口罩。”

这三个人目瞪口呆地看着被埃博拉病毒污染的血液，从尸体上滴到勇敢的红十字会志愿者身上。海曼随后转向穆延贝说：“我们的首要任务是阻止疫情，其他的一切都是其次。”

海曼、斯岑约夫斯基和穆延贝立即坐下来制订他们的计划。斯岑约夫斯基的作用是最明显的，因为他在以前无数次流行病中发挥了出色作用：后勤。这位 40 多岁、健壮的美国人在闷热的、湿度 90% 的环境下快速走动，似乎不怎么冒汗，也很少弄脏他那一尘不染的钢丝框眼镜。斯岑约夫斯基是一个会多种语言的人，他出生在美国，有波兰血统，在一个四处漂泊的家庭中长大，在上大学之前就会说多种语言。他精通多种语言，包括扎伊尔方言、法语和基孔戈语，这是一笔宝贵的财富，特别是他随和的态度和处理复杂问题时的举重若轻。斯岑约夫斯基的工作是确保所有物资必须到位，卫星电话、传真机、四轮驱动车辆、安全饮用水、住房、当地地图、翻译、纸张、钢笔和食物等。每一样在基奎特都是稀缺物品。斯岑约夫斯基过去在世界各地的流行病中的出色表现，证明了这位足智多谋的世界卫生组织负责人完全能够处理好这些事情，海曼和穆延贝也是这样认为的，所以在斯岑约夫斯基负责之后，他们不再担心汽油供应减少，或者喝到会引起霍乱的饮用水，大批正在途中的科学家也不会缺乏被褥。也许缺少睡眠和巨大的压力曾经困扰了斯岑约夫斯基，但他却从来没有表现出来过。

穆延贝是扎伊尔著名的科学家，当然也是领导者。他将确定优先事项，与扎鲁瓦政府打交道，并充当抗疫团队的领头羊。

海曼几乎整个成年生活都在为疾控中心工作，但最近却遭遇了一段厄运。他被疾控中心指派到日内瓦的世界卫生组织工作，过去两年，海曼一直被安置在艾滋病项目内部一间狭小的没有窗户的办公室里。他在那里失宠了，发现自己在太多的政治争论中处于失败的一方。他的星光如此彻底地陨落，以至于亚特兰大有传言说，海曼在有资格领取巨额政府退休基金之前，他的工作就被终止了。就在得知基奎特疫情流行的前几周，海曼已经对自己的职业前途感到绝望。

但毫无疑问的是，甚至在日内瓦的诋毁者眼中，海曼是解决埃博拉问题的唯一合适人选。他虽然是美国人，但法语说得很好。这位身材修长，看上去像个孩子的科学家素有在炮火下冷静、在压力下不崩溃的名声。海曼以前曾接触过埃博拉病毒，并在扎伊尔和其他中非国家待过一段时间。后来，他接受了流行病控制和监测方面的培训。49 岁的海曼没有被迫辞去世界卫生组织的职务，这对基奎特人来说是幸运的。

在总干事中岛宏的领导下，世界卫生组织的功能遭到严重破坏，由于预算优先事项的变化、工作人员的清洗，以及日内瓦总部普遍不佳的士气的影响，很多曾经的重要事项都被搁置或废掉了。海曼并不是唯一一个地位岌岌可危的科学家。到 1995 年，世界卫生组织没有应急办公室，只有一名负责监测典型热带流行病的雇员，完全由疾控中心提供资金。疾控中心的詹姆斯·勒杜克医生于 1995 年担任该职位，主要负责监督世界卫生组织广泛分布的一系列附属监测点的实验室能力。勒杜克的工作生涯专注于研究动物和昆虫携带的微生物，如黄热病和汉坦病毒疾病，他从未有过监督应对紧急流行病的经验。

几乎所有在 20 世纪 60 年代、70 年代和 80 年代早期抗击流行病的牛仔们都早已远去，他们对中岛政权感到失望和沮丧。捐助者也放弃了世界卫生组织，不再相信这个曾经至关重要的机构有远见、意愿或资源来完成它的使命。中岛最近因试图将宗教圣像偷运出俄罗斯而被捕，并声称享有外交豁免权，因此受到了很多人的鄙夷。

于是在危机当中挥舞世界卫生组织旗帜的工作落到了一位失意的员工身上。海曼一人扮演几个角色：外交官、专员、上校和首席流行病学家。让所有医生和科学家与他们所任职的机构融为一体发挥作用，将是一个巨大的挑战。这个团队最初只有几个人，后来发展到超过 100 名科学家和志愿者。自我意识、语言差异、体制上的权力斗争，以及个人文化和科学差异，都必须小心地加以消除，个体也必须得到尊重。

海曼告诉穆延贝，最好是建立一个小型但协调良好的团队。一大群松松垮垮各自为战的科学家肯定会带来灾难。穆延贝表示同意，于是两人开始着手规划未来最关键的任务。穆延贝将动员当地志愿者并减轻非洲科学家之间的潜在竞争，这是明智的。海曼和穆延贝共同建成了一个强大的领导团队。

领导团队的第4位关键人员芭芭拉·基尔斯坦博士在团队组建完第二天从阿姆斯特丹抵达。基尔斯坦博士来自无国界医生组织，这个总部设在欧洲的人道主义组织在世界各地的数百次危机中提供了至关重要的支持，其记录可追溯到25年前。无国界医生组织是为了应对另一场非洲危机——1968年被内战蹂躏的尼日利亚的饥荒而成立的。他们的医生和志愿者被部署到世界各地，应对战争、饥荒、暴政或流行病引发的健康危机。无国界医生组织从一开始就致力于国际救济组织所不具备的原则：其工作人员在协助平民危机时不寻求政府的许可，鼓励医生公开谴责他们认为造成这类灾难的政治或经济条件；而且无国界医生组织中没有人被期望终生从事这样的工作。该组织强烈认为，职业救济工作者往往会向腐败的政府妥协太多，或利用地方灾难作为其个人声望上升的阶梯。

虽然只有三十出头，基尔斯坦却目睹了比大多数人一生所能遇见的更多的人类悲剧。就在到达基奎特的两周前，无国界医生组织的基尔斯坦结束了她在戈马难民营中与霍乱和志贺氏菌做斗争的漫长时期。和大多数受过教育的欧洲人一样，基尔斯坦会说几种语言，包括荷兰语、法语和英语。她在压力下表现得毫无幽默感，保持冷静和专注。基尔斯坦不知疲倦，就连从她身上滴下的热带汗水也没能让她慢下来。

基尔斯坦5月11日的到来，对海曼、穆延贝、斯岑约夫斯基三人组来说是一个值得高兴的事情。他们都很尊重她为之工作的组织，他们都迫切需要基尔斯坦从金沙萨用包机带来的物资、车辆和无国界医生志愿逻辑学家。一到基奎特，基尔斯坦便立即驱车前往基奎特综合医院评估情况，弄清楚无国界医生组织可以如何提供最好的帮助。

“医院的状况很糟糕，”几天后，基尔斯坦说，这是她第一次让自己放松一下，“病人的情绪比较悲伤。工作人员没有任何保护，他们也没有因为冒着生命危险而得到报酬。所以我们决定把重点放在医院卫生和建立隔离病房上。”

无国界医生组织的工作人员开始尝试修复医院古老的、长期闲置的供水系统，但几小时后就放弃了。管子被杂草堵塞，腐蚀、生锈，难以修复。于是他们转而采用B计划，在过滤缓存器上安装一个塑料雨水收集器。

在基奎特综合医院的中央院区，无国界医生组织拉起亮黄色的塑料胶带，划定了一条只有经授权的医务人员才能越过的卫生警戒线。

穆延贝命令将所有非埃博拉患者从基奎特综合医院转运走，并命令所有其他诊所或居民家中的疑似埃博拉病例都由当地红十字会收治，并立即送往3号院区，即匆忙中指定的隔离病房。

医院中心走廊的柱子上刚刚拉起了卫生警戒线，就有几十名家属聚集在走廊边上，焦急地盯着3号院区。在警戒线的一侧是停尸房，接下来的几天里，一个可怕的活动重演着：当护士把一个死去的病人抬进停尸房时，所有的家属都会紧张地看谁死了，常常会喊："是谁？"一旦知道了这个人的身份，他的家人就会开始向天堂哀号，喊道："有人死了！有人死了！"而挤在旁边的另一个家庭，还正在悼念他们刚刚去世的亲人。这种哀号会持续几小时。3号院区的工作人员和患病的埃博拉患者都能听到。基尔斯坦立刻意识到，死亡、哀号和压力已经给医护人员造成了可怕的影响，他们中的大多数人继续在医院辛勤工作，尽管他们没有工资，而且对同事的去世感到非常沮丧。医护人员很害怕，睡眠不足，悲痛不已。当地红十字会的志愿者源源不断地把病人运进来、把死者拖走埋葬。这些勇敢的基奎特人没有一个拥有保护装备，所有人都被吓坏了，筋疲力尽。至少有三人因为这个英勇行为而被感染。值得注意的是，当志愿者死去时，其他人急切地接替了他们的位置，他们所表现出的勇气让基尔斯坦和海曼感到敬佩。

但他们都没必要死。穆延贝命令所有加入无国界医生组织的志愿者立即接受控制感染的培训，而基尔斯坦确保他们每个人都穿戴上擦洗服、橡胶套鞋、长橡胶围裙、乳胶手套、护目镜、口罩和发罩。虽然研究小组不知道埃博拉病毒是否可以通过空气传播，但对他们来说，接触病人或死者的血液或体液是非常危险的。海曼和穆延贝推论说，任何在受感染的病人和医护人员之间设置屏障的措施——比如乳胶手套——都会阻断传播。

基尔斯坦也从经验中知道，精疲力竭、惊恐不安的医护人员会犯错误：针头打滑、瓶子打碎、手颤抖等，所有这些都为病毒的传播创造了机会。当她和基奎特的工作人员交谈时，她可以看出，他们早就超过了合理的睡眠剥夺和疲劳程度。所以，目前的首要任务是必须使志愿者的日常工作专业化。

更糟的是，医生和护士每天在前往医院的途中都要经过一个小墓地，那里已经挤满了同事的尸体。一排排的木制十字架坐落在杂草和猴足树之间，上面刻着基奎特埃博拉病毒受害者的名字。

基尔斯坦对海曼说："我去过很多非洲国家，然而相比之下，这令我很震惊。”这是一位刚刚在卢旺达难民营里待过的女士的有力言辞。但基尔斯坦可以清楚地看到，基奎特的感染控制做法甚至比在戈马的紧急医疗帐篷里执行得更糟糕。没有供应品，基奎特的医疗设施处于疲惫不堪的混乱状态。

奇帕萨责备基尔斯坦，敦促她看看医院的贫困状况和资源的匮乏，他抱怨道："我们唯一需要的就是我们的大脑。"

基尔斯坦回应说："那么就是你们的大脑不能正确思考，你们都需要休息。"

无国界医生在警戒线内的一小块草坪上搭起一些帐篷，为工作人员放置床和椅子。她制定了工作时间表，确保所有的医护人员都有足够的休息时间和更短的轮班时间，不许再通宵。第一次向工作人员提供了膳食和安全用水。然后，也许是至关重要的，解决薪水问题。为了使情况正常化，基尔斯坦利用无国界医生组织的资源，让3号院区的每一个人和停尸房的工作人员都成为她所在组织的雇员，他们的工作时间是有报酬的。随着例行程序的实施，出现了一种平静的正常化。因此，埃博拉病毒在医院的传播立即停止了。

同样，无国界医生组织给红十字会参与埋葬的人员也提供微薄的薪水，并帮助他们的领导人为他们艰巨的任务制定可管理的工作时间表。人们发现有卡车和一辆推土机在城镇边缘建造巨大的坟坑，用于堆放塑料包裹的尸体。

但无国界医生组织的供应是有限的，能够满足基奎特需要的防护装备和无菌设备要到5月27日才能运到，在此之间，大家都要简单地凑合着过。5月12日，星期五，基尔斯坦用她的卫星电话与布鲁塞尔的无国界医生总部通话："请送呼吸器、口罩、乳胶手套、防护服、消毒剂、医院亚麻布和塑料床垫套、塑料围裙、基本清洁用品和清洁剂、水泵和过滤器、套鞋、帐篷……"

基尔斯坦知道，能够阻止埃博拉传播的并不是科幻片中普及的高科技设备，基奎特需要的是基本的东西——肥皂、防护装备和安全用水。

从星期五下午到5月15日星期一，海曼的重要成员到达了。菲利普·卡兰是一位瑞士驻美国医生。美国疾控中心被授予3号院区的指挥权，并负责埃博拉隔离病房。比利时医生鲍勃·科勒布雷德斯接管了医院的急诊室，对新来的病人进行筛查，将所有新的埃博拉病例送往卡兰，其余病例送往替代医院。疾控中心的皮埃尔·罗林和阿里·卡恩医生与世界卫生组织吉安纳尔·罗迪尔博士合作，追踪该地区所有的埃博拉病例，并找出病毒是如何传播的。位于约翰内斯堡郊外的南非国家病毒学研究所的罗伯特·斯瓦内普尔建立了一个现场埃博拉实验室，从医院的结核病中心复刻而来。来自世界卫生组织津巴布韦办事处的兽医欧耶维尔·托莫里的任务是调查基奎特是否有任何动物携带并可能传播病毒。他的样本将被斯瓦内普尔进行迅速分析。他们的努力得到了当地一所医学院，以及美国、欧洲和非洲许多研究机构招募的数十名志愿者的支持。

海曼和穆延贝粗略统计了埃博拉死亡人数，并意识到死亡人数每天都在翻两番。在与奇帕萨的交谈中，穆延贝了解到对金福牟和卡塔迪进行埃博拉手术的传播情况，以及医务人员随后的染病情况。穆延贝在周五的统计中估计——73% 的死者是医护人员。

更令人震惊的是，穆延贝告诉海曼："这种流行病从 3 月份就开始了。"整整 3 个月，显然已经蔓延到基奎特综合医院以外。穆延贝还不知道摩桑哥和附近所有的村庄的情况（将在下星期获知），但是穆延贝已经知道基奎特的流行病比他 19 年前在扬布库看到的更具有爆炸性。虽然许多基奎特难题尚未解决，但穆延贝可以看出，在扬布库，大多数病例都是由那些重复使用的传教士注射器引起的，然而在基奎特，这种流行病正从许多不同的方向暴发出来。在扬布库，这种流行病传播链是从一个单一的茎里流出来的，沿途只有很小的分支，但是在 5 月份的基奎特，似乎有几个明显无关的暴发。他们之间的联系，以及感染这一流行病的门加家族根源等都尚待发掘。

海曼立即着手与罗林和卡恩合作，对一批医学院学生进行基本流行病学培训，并制定了监测时间表。周日和周一，小组被派往基奎特的每一个社区，挨家挨户寻找埃博拉病例。当他们返回总部时，队员们带来了活动病例的消息，并派红十字会去接病患。他们积累越来越多的数据将有助于填充穆延贝绘制的一个快速扩展的感染树，描绘出谁把埃博拉传染给了谁。这一切似乎都可以追溯到 3 月份在基奎特综合医院和妇产医院进行的手术，特别是在金福牟实验室技术中心进行的手术。应海曼的要求，草图已通过传真发给世界卫生组织和卫生部驻金沙萨办事处。

后来证明，相信金沙萨的酌处权是一个错误。

当团队互动时，他们小心翼翼地不拥抱、不握手、不分享食物或水。为了防止埃博拉病毒的传播，人们发明了一种新奇的问候方式：在问候中，朋友们用前臂的外侧相互拍打，双手小心地指向自己的胸前，手掌远离朋友；小组成员在不戴口罩或防护装备的情况下密切合作，但避免相互接触；抽取血液和组织样本时，戴好手套来处理；所有队员都只喝斯岑约夫斯基从金沙萨带来的瓶装水。

根据他们对该城市的第一次粗略检查，小组于 5 月 11 日通过卫星电话向日内瓦转送了他们的初步实地报告，此后每天都是如此。扎伊尔政府将基奎特隔离，停止了所有进出该市的贸易和运输，只有医疗用品和人员的空运除外。罐头食品、袋装米、电池、工具和其他在基奎特市场日常出售的商品几乎立刻就不见了，商店的货架也变得空荡荡的。

当时，基奎特当局已经确定了20例经实验室证实的埃博拉死亡病例和61例被认为是由埃博拉病毒引起的出血病例。还有许多疑似病例等待实验室确认。

5月13日，小组成员从摩桑哥返回，对村庄进行了一次排查，不幸的是，结果证实了穆延贝的担心是有根据的：病毒已经扩散到基奎特以外。海曼决定扩大监视网，队员们踏上了颠簸泥路的长途旅行，寻找埃博拉病例。

与此同时，基奎特综合医院急诊室的病例不断拥入，通常是由红十字会志愿者带着悲痛欲绝的亲属一起进入急诊室。比利时的科勒布雷德斯医生立刻看出，混乱的急诊室里的状况非常令人担忧。

几天后，科勒布雷德斯医生解释说："人们进进出出，埃博拉病例和其他紧急情况混杂在一起，6名急诊室护士死于埃博拉。""我说，'如果人们只是在这里闲逛，我就不能保持这里处于无菌状态。'红十字会带着所有的防护装备走开，所以我们带着保护的残留物到处跑。所有最好的设备都进了3号院区。"

科勒布雷德斯医生直到5月16日星期二才到达基奎特，他发现所有的物资都已经被卡兰3号院区或无国界医生组织认领了。急诊室的工作人员正在检查出血、神志不清的病人，甚至连保护自己的基本用品，包括口罩和手套都没有。这位身材高大、紧张不安的比利时人恳求补给，但另外的防护装备要10天后才能运到。

尽管如此，急诊室还是在基奎特给发现的每例腹泻和发烧病例做着筛查和分流的工作。科勒布雷德斯医生试图将自己和医院急诊人员的风险降到最低，但他知道他们都处于巨大的危险之中，而且他努力掩盖了在接下来的日子里会在他内心出现的恐惧。

科勒布雷德斯也许不适合做这项工作。就在疾控中心实验室确认埃博拉是基奎特危机的原因的那天，科勒布雷德斯在安特卫普参加了一位多年朋友和同事的葬礼。这是在他岳父去世之后发生的。尽管很悲伤，当科勒布雷德斯得知疾控中心的实验室结果后，他还是急忙主动投入工作。他以前从未在第三世界如此绝望的条件下工作过。但在安特卫普热带医学研究所从事艾滋病研究后，科勒布雷德斯抓住机会参与了一次伟大的冒险，并在此过程中提升了他在比利时科学界治疗幽闭恐惧症的地位。

现在他正在尽力抑制一种从他的内脏中涌出的恐惧，这种恐惧威胁着把他推到歇斯底里的边缘。当病人们来到急诊室时，科勒布雷德斯焦急地检查着他们流血的鼻子、带血的腹泻物、发烧的脸，总是小心翼翼地尽量减少他实际接触他们的次数。他制定了埃博拉病例的定义，以便在缺乏确证实验室结果的情况下诊断患者。他拼命地把注意力集中在他的任务上，不让这种可怕的情况压倒他。

然而，在经历了他所经历过的最大的压力之后，这位 47 岁的医生在几乎失眠 6 天之后，突然倒在了轮床上。他的身体是铅灰色的。他的脑子在转，挣扎着整理思绪，最后得出的诊断结果是——他精神崩溃了。

每个团队成员都是出于各自的原因来与这种臭名昭著的病毒做斗争的，他们与责任、恐惧、同情心、野心和科学好奇心等相互竞争的情绪进行了内心斗争。虽然科勒布雷德斯是唯一一个在压力下彻底崩溃的团队成员，但每个科学家都有脾气暴躁、言辞尖刻、精疲力竭或自我怀疑的时候。

5 月 14 日，星期天，23 名记者集中了他们的资源，包租了一架笨重的旧飞机，准备从金沙萨飞往基奎特。在基奎特小机场，记者们在裂开的停机坪上着陆后，立即在整个城市散开，寻找埃博拉病例和科学家。凭借老练的驻非洲记者的娴熟诡计和本能，即使不熟悉基奎特，他们也很快就找到了海曼的团队和医院的 3 号院区。

科学小组完全措手不及。他们没有人考虑过媒体，这主要是因为非洲的许多流行病和健康危机在北美、西欧或任何其他国家每年的广播新闻时间中所占的比例很少超过几分钟。在印度流行鼠疫期间，只有少数几个外国记者前往苏拉特——媒体的报道大部分来自遥远的德里的政府消息来源。科学家们推断，埃博拉肯定比瘟疫更危险。因此，似乎不太可能有更多的记者出现在基奎特，至少他们是这样想的。

当然，他们忘记了，自从《血疫》《极度恐慌》以及其他电视、电影和纪录片之后，埃博拉目前在疾病中具有一定的“威望”。公众对出血热病毒和埃博拉在微生物战士中的特殊可怕地位非常着迷。世界上的每一个主要新闻机构都要么派遣一名记者到该地点，要么就是从前往金沙萨的自由职业者那里购买报道和影片。特别是意大利媒体，由于其本国修女的死亡而充分地关注、报道。

5 月 14 日，科学家、医生和基奎特的人们在面对摄像人员、摄影师和记者时，对当时西方主要政治候选人和名人的经历有了一点了解。

另外 3 名记者已经在基奎特待了两天，向海外进行报道，没有引起埃博拉科学小组的惊愕。[26] 海曼在他的长长的任务清单上增加了新闻秘书的角色，向 3 名记者展示当地的情况，并确保他们得到记录疫情发展所需的磁带、故事和照片。

但就连海曼也被 5 月 14 日出现的另外 23 名记者和摄影师吓了一跳。当摄像机拍摄到新的墓地、红十字会收集尸体的队伍、医院和流行病指挥所时，他的情绪越来越激动。

在布鲁克林出生的阿里·卡恩站在一旁，目瞪口呆地看着摄制组拍摄他制作的图表，上面列出了死者和即将死亡的名单。

“令人发指！”卡恩哭了，“我们贴出了名单以方便我们跟踪，他们不应该公开的。病人的隐私呢？这些人享有与美国人相同的隐私权。”

卡恩是巴基斯坦移民的儿子，他非常注重礼仪，尽管基奎特天气闷热，但他总是穿着正装衬衫，打着领带。“这是对基奎特人民的尊重。”卡恩说。如果这样的着装在 1993 年调查新墨西哥州汉坦病毒流行时是合适的，那么在基奎特也应该是合理的。他希望包括记者在内的所有人都有类似的道德规范和礼仪。

因此，他义愤填膺地站在一旁，眼睁睁地看着摄影师和电视摄像人员拍摄他珍贵的死亡图表，几小时后，他又看到病人和哭泣的葬礼参与者未经他们同意被拍摄。他喊道，这样做是不对的！

卡恩开始讨厌媒体。从巴斯德研究所借调到疾控中心的法国科学家皮埃尔·罗林也是如此。

“我讨厌记者！”罗林低叱道，“我再也不会接受采访了。你们是世界上最卑鄙无耻的职业。”

对这群记者最明显的反感来自瑞士的卡兰。毫不奇怪，摄影师们想在 3 号院区内拍摄病人的照片。考虑到病房原本是作为隔离区，而且大多数病人都病得太重而无法表态是否同意，卡兰表示反对。卡兰的脾气变得暴躁起来，大声喊叫，他朝一名为路透社执行任务的女摄影师打了一拳。目击者随后坚称，双方都出手了。无论如何，摄影师显然在争吵中擦伤了膝盖，地板可能被污染了。这至少破坏了感染防范工作计划方案，不久将返回金沙萨的摄影师可能在不知情的情况下成为病毒传播的媒介。[27]（幸运的是，摄影师没有被感染，尽管当她离开基奎特时没有人知道这一点。）

被激怒的医疗队的一些成员用无线电向金沙萨报告了记者的消息，当天晚些时候，当 23 人记者小组在黄昏抵达首都时，扎伊尔士兵包围了飞机。在赤道酷热的天气下，记者们被关押在飞机内，首先被告知他们将被无限期隔离。僵持了一小时后，几个大使馆的外交官进行了干预，使扎伊尔官员相信这些记者可以安全获释。[28]

这一事件促使扎伊尔新闻部更加注意核证细节。这个可能被称为“贿赂和造谣部”更合适的机构，欢迎用金钱来换取外国人认证，而且很少向任何人——无论是外国人或本国公民——提供任何事情的准确消息，尤其是公共卫生的消息。

该部门距离金沙萨市中心有相当一段距离，位于几座已有 30 年历史的破旧政府大楼之中一栋的 19 层，那里仅剩一部功能不太完善的电梯。

虽然新闻部官员强调，从金沙萨和刚果河的窗户可以看到宏伟的全景，但正是这些办公室本身最清楚地反映了蒙博托政权的情况。墙壁和天花板上的水渍和蠕动的真菌暴露了这座建筑无法抵挡扎伊尔赤道的倾盆大雨，暴露在外的生锈的水管解释了为什么19楼的水龙头没有水流出来，坍塌的天花板说明了这座建筑的粗制滥造和维修不善。每一面墙上贴的都是独裁者蒙博托的照片，这些拍于年轻时期的照片，展示出一副威严而傲慢的样子，标志性的混搭装束——皮尔·卡丹眼镜、劳力士手表、豹皮帽和西式夹克。这些对新闻部工作人员来说毫无意义的东西，却呈现了一个现代扎伊尔完全现实的形象。

当被要求提供扎伊尔的流行病的有关数据时，新闻官员不知所措。报道真实信息不是他们的专长，欲盖弥彰才是。但是，尽管隐藏事实可能会消除国内对独裁者的批评，但这种行动却会进一步激怒外国记者。

于是疫情信息控制的工作就落到了卫生部头上。5月15日，卫生部部长姆布·穆松在该国最严重的国际性医疗灾难期间离奇出国，卫生部工作人员也蒙混过关，秘书长邦彭达在金沙萨举行的一次简报会上嘲讽了庞大的外国记者团，称他们的行动“正在将人们置于危险之中”。

“如果不能进行隔离，这个国家将被关闭，”邦彭达说，“如果你去基奎特，你就违反了隔离原则，所以我要重复一遍：如果我们必须拘留一些人，那就会是警察来拘留他们。”

与此同时，金沙萨出现了一个虚拟产业，其目标是尽可能多地获取外国记者的美元。出租车涨价；想从当地旅馆往外拨打电话也突然被要求向总机接线员行贿20美元甚至50美元；房价飞涨，当地餐馆的饭菜价格也飞涨。记者之间，尤其是电视网之间的相互竞争升级。机场官员和当地包机公司商谈，如果违反卫生警戒线，那么飞往基奎特的航班交通费和贿赂费将超过2.5万美元。随着政府的迷惑甚至是威胁，疾病和死亡的谣言在首都流行，国际媒体和当地的扎伊尔人都在努力区分事实和谣言。

蒙博托飞往金沙萨拜访美国传教士帕特·罗伯逊，[29] 数小时后返回远离基奎特危机的扎伊尔北部。蒙博托发自肺腑地感谢罗伯逊。

在谈到该国的埃博拉疫情时，蒙博托说：“我本想去基奎特，但我的医生禁止我去这个地区。一个酋长的首要责任是团结他的人民，为他的人民而坚强。我的目标是帮助人民，并与所有国际团体合作。”

说完，这位独裁者感谢了当时在基奎特辛勤工作的国际团队，并向他的政治支持者罗伯逊表达了滔滔不绝的感激之情，然后就销声匿迹了。在疫情扩散的剩余时间里，扎伊尔领导人保持隐匿状态，从未向他的人民发表过任何关心或慰问的话语。

在金沙萨巨大的贫民窟拉赛特，独裁者的短暂露面遭到公开嘲讽。当地一家颇受欢迎的报纸《萨隆戈》用一个大胆的标题问道：“埃博拉病毒——血性腹泻。谁的错？”修辞性标题的回答是：蒙博托。该报指出，这一流行病毫无疑问是政府中那些固守“旧秩序”和阻碍民主的“煽动者”造成的广泛的社会和环境“退化”的结果。随着流行病的发展，即使是在基奎特辛勤工作的科学家也得出结论——扎伊尔流行病的病因至少与生物学的病因一样，是与政治和经济相关的。威权主义和腐败可能没有催生埃博拉病毒，但它们肯定为其传播创造了极其肥沃的土壤。

距离疾控中心确认埃博拉病毒侵袭扎伊尔已有一周时间。由于逮捕了两名疑似病人，金沙萨出现病例的毫无根据的谣言终于被压制住了，这两名病人都身体状况良好，而且病毒呈阴性反应。首都街头的小贩抱怨说，由于隔离政策，他们无法从班顿杜省获得水果和蔬菜。人们沿着林荫大道和小巷拦住白皮肤记者，乞求获得疫情消息，并询问他们对政府控制埃博拉所做努力的评价。

“基奎特有足够的科学家吗？”他们问道。

“政府说的是实话吗？金沙萨真的没有埃博拉病例吗？”

“不要相信政府，它只会撒谎！”

“世界会拯救我们吗？”

很明显，政府在拉赛特或这个陷入困境的国家的任何地方，都没有一点信誉可言。民众指望着世界卫生组织和外国人，他们的存在是民众在这场正在展开的危机中所能看到的唯一安慰。

当时，已有 86 人死于实验室确诊的埃博拉病毒，还有许多其他疑似病例浮出水面或死亡。在基奎特，由于不是在医院而是在家庭中传播，新一波疫情正在席卷整个小镇。这支不断壮大的国际团队正在关注着最初主要是由医护人员引起的流行病演变成一种更为普遍的现象。

海曼的当地医学院学生和外国科学家团队发现了他所称的“热房子”，在这些房子里，整个家庭都感染了埃博拉病毒，大多数人都死了。

例如，在基奎特的一个交通不便的社区里，泥泞、车辙丛生的道路上无法行车，一位年轻妇女在她小小的门廊上慢慢地摇晃来回踱步，正在给她的婴儿哺乳。她目不转睛地盯着前方。她突然发现自己是她的孩子、十几岁的妹妹和其他 16 个孩子唯一的依靠，她惊呆了。

她说，当她的侄女 4 月份在基奎特综合医院剖宫产时，灾难就开始了。9 天后，新妈妈死于埃博拉。后来，他们的母亲曾经照顾过垂死的病人，在女儿的葬礼上突然出现了剧烈的头痛。家人急忙把她送到当地的一家诊所，一位护士诊断出这个问题是子宫倾斜，然后赤手空拳地伸进去为这位失去亲人的妇女调整子宫。

一周后，她和护士都死了，她们都是埃博拉病毒的受害者。不久之后，参加葬礼的亲戚们都死了，包括那位年轻妇女的父亲和另外两个姐妹。

“他们疯了。”幸存者说，似乎被它的神秘吓坏了。在他们接近死亡时，每个埃博拉患者都陷入了无法控制的精神崩溃。

一名国际小组成员问她能否从幸存的妇女和她现在负责的一群孤儿身上提取血样，她惊恐地跳了起来，喊道：“我的姐妹们胳膊里扎了针！阿菲瓦卡！他们死了！我妈妈有针！阿菲瓦卡！我父亲！阿菲瓦卡！不！我不要！”

对基奎特综合医院的恐惧，特别是对那里的针头和手术设备的恐惧，当然是正常的，甚至是明智的。国际小组认为，班顿杜省的几个医疗机构显然充当了埃博拉病毒传播的推波助澜者，将进入该机构的孤立病例演变成了疫情。由于医院卫生条件差，疫情加重了。因此，地方卫生机构所起的作用与它们的任务完全相反：它们不是在预防流行病，而是把以前在门加家庭内孤立存在的问题演变成了一种流行病。

但是，经过无国界医生组织的努力，到5月中旬，医院内的传染病传播已经停止，医疗小组知道埃博拉主要是在所谓的热房子内继续传播。尽管每个人都认为埃博拉病毒利用了人类的利他主义，通过基奎特人的同情心传播，但这种传播的确切生物学机制尚不清楚。

晚上，由于一天的工作筋疲力尽，情绪低落的国际医疗小组成员们聚集在基奎特为数不多的几家餐馆之一，这家餐馆位于基奎特唯一的酒店——克维鲁酒店内。克维鲁酒店是以一条将基奎特一分为二的河流命名的，直到不到十年前，这条河流还是热带雨林的边界。就像战争中的士兵一样，科学家们往往会吵闹，在这样的场合喝大量的普里莫斯啤酒。他们常常会猜测当天在调查中看到了什么。他们不可避免地被吸引到一个关键问题上：我们是否确信我们在这一流行病中采取了正确的预防措施？

吃了几顿当地的鱼、香蕉、米饭和辣椒调味的羊肉后，这些男人沉思着致命的出血热病毒的变化无常。尤其是摩桑哥的病例让他们感到困扰，因为它表明病毒可以在热带气候的露天地表上连续存活数日。但是邦纳医生的观察正确吗？这位不幸的病人感染的源头是病房本身，还是有其他的可能？他们一致认为，病毒可能是在护理这名妇女的医护人员传来的，或者在她的碟子上，或者在饮用水里。

世界卫生组织的罗迪耶表达了一个共同的担忧：如果病毒在水井或一杯水中，饮用这些水是否安全？他反思了扬布库的教训。罗迪耶回顾了 1976 年进行的实验室工作情况，认为有理由怀疑，因为最初的扬布库样品包装不当，运抵巴黎巴斯德研究所时，大多数有机体的状况已无法进行分析，原本可以让充满被病毒污染了的血液的试管保持低温的液氮早已融化，病毒在室温下已经好几天了。然而，皮埃尔·苏罗医生在从这些容器中分离活的埃博拉病毒时没有遇到任何困难。

罗迪耶总结说，这就要求科学家们对基奎特采取保守的态度，需假设病毒能在热带高温地区繁殖，并能在食物和水中生存。穆延贝一点也不喜欢这个提议：外国人采取预防措施，比如喝从金沙萨运来的瓶装水，可能是对的，但这些措施对基奎特人来说是不可能的。任何关于被病毒污染的食物或水的谈论只会加剧已经近乎歇斯底里的公众恐慌。[30]

美国德里克堡的研究人员——陆军传染病医学研究所和疾控中心正在密切研究埃博拉病毒的传播问题。或许幸运的是，出于限制恐慌的考虑，他们的发现要等到基奎特疫情结束后才能揭晓。例如，美国陆军传染病医学研究所的南希·贾克斯博士用猴子证明，吸入雾化的埃博拉病毒可能导致感染和死亡。[31]疾控中心的 4 级生物危害实验室小组在人类皮肤细胞中发现了存在埃博拉病毒的证据，这表明仅仅触摸就可能导致感染。[32]这两项发现加在一起，可能引起国际医疗小组对偶然吸入或皮肤接触和传播可怕病毒的恐惧。

然而，根据他们当时所了解的情况，研究小组认为，美国的普遍预防措施（包括护目镜和橡胶靴）对红十字会和医护人员来说可能是足够的。对于现场实验室工作人员来说，尽管天气闷热潮湿，但穿太空服被认为是明智的。

对于基奎特的居民，挨家挨户的科普教育提出了两个防护措施：不照顾高烧或腹泻的人；不参与处理死者的程序，不给死者洗头，不举行开棺丧葬仪式。他们建议，若有家庭成员生病，需有人立即去红十字会报告。在一个没有太平间和殡仪馆的城市里，这意味着家庭应该抛弃生病的亲人，允许他们的尸体被不洁地埋葬，没有天主教仪式。穆延贝坚称，尽管这些措施对家庭成员在情感上造成了痛苦，但这是最有可能成功阻止疫情发展的预防措施。

“有人死了！他是我的爸爸！”一个十几岁的女孩尖叫道。在 6 个悲伤的弟弟妹妹的簇拥下，女孩的脸上和上衣都浸透了泪水。“他是我的爸爸！”她又叫了起来，把一张死者的照片推到一个路过的陌生人手中。当她的兄弟姐妹号啕大哭，时而抽搐着跳起阵阵死亡舞时，这个心烦意乱的女孩告诉一个外国人她的家庭遭遇了什么悲剧。

“妈妈得了埃博拉，”她解释说，并把一张30多岁的丰满女人的照片递给来访者，“他们把她从我们身边夺走了，他们把她送到医院。后来爸爸病了，他们把爸爸也带走了。今天他死在那里！他死在医院里了。阿菲瓦卡！”

听到致命的“阿菲瓦卡”，其他的孩子加大了他们的哀号，一个看起来大约五岁的男孩，脸朝下倒在他们的小土院里，迷失在他的尖叫中。

“妈妈头疼，而且她发高烧，”大孩子继续说，“她还在医院。妈妈！爸爸！谁来照顾我们呢？”

几天来，孩子们自谋生路，看着源源不断的红十字会卡车从他们整洁的家驶过，驶向山顶的万人坑。每经过一辆卡车，他们都担心这辆车是否载着妈妈或爸爸。他们听说，刚才那辆可怕的卡车确实经过了，车上有用白色塑料包裹的他们父亲的尸体。

孩子们的痛苦声渐渐退去，最终被一辆红十字会大卡车深陷泥泞中的车辙的碾压声淹没在山顶上。一群穿着五颜六色的防护服的男人和女人，拿着一排装尸袋放在卡车床上，唯恐车辆的摇晃会把尸体扔到路边。这样的事情将是可怕并有失尊严的，肯定会引起人群的恐慌，他们须从安全的距离凝视着这令人遗憾的景象。卡车终于摆脱了车辙，开到了一条大约9米宽的深沟边，沟里已经堆满了泥土。两名红十字会的志愿者调整了他们齐膝高的欧式橡胶靴子，从卡车车斗里跳下，下到坑里。其他人把沉重的、不祥的白色尸袋传了下来。这边一个高的，那边一个婴儿大小的和一个中等大小的成人……是那些号啕大哭的孩子的父亲的尸体。

坑内的两名志愿者小心翼翼地接过了尸体，并将它们沿坑底并排放置，其中一些尸体仍流出富含埃博拉病毒的液体。然后，第三名男子，背着一个大的金属背包罐，跳入坑中，用喷嘴对准尸体，用杀虫剂浇他们。他们的工作几乎完成了，杀虫剂被喷洒到所有的志愿者身上，第二层泥土被添加到坑里，志愿者们返回医院寻找下一批可怕的“货物”。

7名志愿者和14名装备工人在基奎特夜以继日地劳作，找到病人——把他们送到医院——用卡车把死者拉起来埋葬。在基尔斯坦发放防护装备之前，其中3名志愿者已经死于埃博拉，还有2名志愿者正在3号院区挣扎在死亡的边缘。

红十字会秘书长卡迪亚塔·文加说：“他们是志愿者，他们是自愿这么做的。政府没有人要求他们这样做，是他们自愿为别人而死。他们会遵行神所说的去减轻痛苦。”

红十字和红新月国际委员会以及任何富裕国家的姐妹组织（如美国红十字

会）都没有向英勇的基奎特国际医疗小组提供援助。实际上，是志愿者们在当地的企业中寻求一沓沓几乎一文不值的扎伊尔货币，用来为他们的卡车和推土机购买汽油和备用轮胎。当捐款用完时，志愿者们便把手伸向自己几乎空空的口袋里。

“谁也帮不上忙，”文加说，毫不掩饰自己的愤怒，“这一切都是我们自己完成的，如果美国红十字会能看到我们在这里的处境、我们正在遭受的痛苦、我们需要资金和资源，他们应该看到我们在扎伊尔工作的条件。”

与转运病患或者尸体的严峻任务同样重要的，也许是大众科普教育，红十字会的志愿者们在社区进行了游说，对这种致命疾病发出了警告。文加说，他们的防护装备吓坏了人们。所以志愿者们穿着日常的衣服到处游说，告诉基奎特人：“看到了吗？我们和你一样！别害怕。”

但猜疑、迷信和恐惧依然存在。经历了如今已司空见惯的葬礼的人群散布了喷洒杀虫剂的消息，暗示红十字会正在向他们隐瞒一种神奇的药水。在海曼、穆延贝和他们的团队到达 10 天后，有人来到医院，报告说他的邻居刚刚死于埃博拉。因为这个名字不在任何监视名单上，卡恩和海曼跟着红十字会来到现场。

葬礼正在进行。一个年长、瘦弱的男人茫然地凝视着他已故妻子的敞开的棺材。不幸的是，他亲自照顾她，从未送她去医院治疗。像大多数基奎特人一样，这位变作鳏夫的人害怕医院。他还将妻子的遗体准备下葬，她是第二个死于埃博拉的家庭成员，第一个是他们成年的儿子。

当身着防护装备的红十字会志愿者询问是否可以移走尸体时，老人显得茫然，难以理解。他默默地点点头，当棺材被盖上，红十字会志愿者把它抬到卡车上时，一群人尖叫着哭了起来。当卡车缓缓驶离时，老人恳求海曼解释。这位棱角分明的美国人尽职尽责地用流利的法语解释了病毒是如何从一个人传播到另一个人的。然后他问老人是否愿意提供他的血液样本。当医学院学生诺伯特·拉富鲁在老人的手臂上扎了一针时，他没有退缩，也没有把目光从海曼那张故意冷淡而平静的脸上移开。

“你现在能给我一种药吗？”老人问道，他意识到自己可能被感染了。海曼伤心地摇了摇头。这个人虽然只有 50 岁，但看上去很老了。他哀怨地转向围在他身边的 100 多个哀悼者，其中一个喊道：“看看红十字！不管了！”

那些没有跟在卡车后面的志愿者们正在埋葬棺材的房子里忙着擦洗场地，并在那里喷洒杀虫剂。

“为什么喷房子？”老人问。然后，他抬起双臂，做好被喷雾的准备，乞求道："把我也喷吧！喷啊！为什么不把我喷一下呢？"

海曼耐心地解释说，杀虫剂是一种预防措施，以防昆虫携带病毒。他补充说，没人知道昆虫是否在埃博拉的传播中扮演了什么样的角色，但如果病毒已经在老人体内，这样的喷雾剂就不能保护他了。

一位美国摄影师，在没有征得允许的情况下，拍摄了这位老人目瞪口呆的脸。卡恩悄悄地诅咒那名摄影师。海曼向老人道谢。外面的人都走了，留下这位目瞪口呆的鳏夫，和一群泪流满面的朋友和家人。

对流行病控制的各种努力，民众还存在另一个误解，这使得社区里差点儿爆发一场冲突。事情的经过是这样的：一对男女开车来到班顿杜大学附近的街道，在一所房子前停下，那个精疲力竭、虚弱的女人在车里等着，而那个男人则大声喊她哥哥。没有人回应，于是男子返回去，命令女子下车。她下车后一声不响地站着，手里抓着用布条扎好的包裹，那男人却飞驰而去。她费了好大劲，一瘸一拐地走向房子，中途倒在路上。邻居们跑去帮助她，但发现她发着烧，很虚弱，神志不清。她解释说，她的丈夫在他们位于摩桑哥村的家中死于这种新疾病，现在她正在寻求哥哥的帮助。

但在情绪不断高涨的社区人群中，没有人听说过她的哥哥。她当时神志不清，应该是找错地址了。一听到"埃博拉"这个词，一个当地的少年便全力冲向红十字会。当红十字会志愿者把这名妇女抬上担架时，人们大喊大叫、争论不断。

"你为什么要把她带走？"一个女人大声说，她要求红十字会让她把这个生病的陌生人带回家，"我一定要照顾她！他们会因为这种病杀了她！每一个感染埃博拉病毒的人，他们都会永远消灭他！"

一个健壮、权威的酋长跺着脚对着他的邻居，声嘶力竭地喊道："如果有人想辩论这件事，我就告他！"

"你们在毁灭我们，"附近的另一个女人大声反驳道，"你知道这个镇子很危险！你是这个地区的头儿，保护人民是你的职责。你为什么不保护我们呢？"

"我不确定她会不会活着回来，"第一个女人尖叫着，挥舞着拳头冲着酋长，"大多数从这里被带走的人都会死！也许他是在医院里得的病呢？"

酋长向红十字会挥手示意，让他们赶快离开，然后转向指责他的人，问那个女人："你害怕去医院吗？"

"人人都在逃避，"她反驳道，"你怎么能问我这样的问题？"

当天空变暗时，邻居们互相叫喊、威胁，对于污染源，每个人都坚信必是两者之一：要么是病人和死者，因此为了社区的利益必须清除；要么是恶意的医生聚集病人，故意或无意地用病毒杀害他们。

第一个妇女继续说："因为我不是医生，所以我没有听说过任何有关这种病毒的消息。但我听说这是一种致命的病毒。所以我不敢去医院，因为我们看到了病源就在那里。"

当这一地区的争辩升级、拳头飞舞的时候，海曼和穆延贝在他们的临时办公室里连夜开会，讨论如何处理其他社区的过激行为：他们几乎把每一个生病的人都送到路边，由红十字会来收留，根本不管疾病的性质和病因。让文加感到愤怒的是，一些基奎特人趁机滥用红十字会的资源，为死于艾滋病、疟疾或其他非埃博拉原因的亲属获取免费葬礼。

在基奎特以外，出现了更大的困难。以金宾加村为例，酋长贾斯汀·蒙图努实施铁腕统治，决心用自创的公共卫生措施阻止埃博拉疫情。这位瘦高的酋长告诉一位参观者，在金宾加已经出现了一些病例，"这种疾病在基奎特被称为埃博拉。"

在金宾加，当一个村妇去基奎特照顾她生病的兄弟时，这一切似乎就开始了。"她的兄弟死于埃博拉后，"蒙图努说，"这名妇女回到了她在金宾加的家。"蒙图努在她的茅草屋里探望了这位妇女，发现她病了，就命令她立即前往她家附近的英索米村，她照办了。根据当地传统，如果妇女以任何方式使其酋长、丈夫、婆婆或长子不高兴，她们总是被命令返回出生的村庄。两天后，她在英索米去世。

在过去的 4 天里，奉蒙图努酋长的命令，把这个生病的女人抬到她父母的村子里的两个年轻人，被关进村庄的临时隔离场中。

"我听说病毒可以在 21 天内致病，"酋长准确地说，"所以他们还会在那里多待 17 天。"

蒙图努指着几百米外的一座茅草屋，威严地做着手势。一个在隔离场附近忙着敲打木薯的年轻女孩开始傻笑，大楼附近的其他孩子也是如此。蒙图努气愤地大步走向大楼，发现里面空无一人。

"他们到森林里去了。"一个村妇挑衅地告诉酋长。

"你不该让他们走，"蒙图努喊道，"如果他们死了，那是你的问题，不是我的！"

村民们打了起来，拳头飞舞，在混战中扬起了一团巨大的尘土，笼罩着这些吵闹者。酋长的儿子，一个又高又壮的年轻人，冲进尘土中，大喊："我父亲是酋长！当他叫你照顾这些孩子时，你必须照办！基奎特的人正在死亡。你必须尊重酋长，尊重所有人的生命！"

回到基奎特，国际医疗小组顽强地追踪埃博拉病例的信息，他们的监控网络现在已经牢固地建立起来了。到5月19日，在第一批队员到达后的第10天，疫情控制工作进行得很好，海曼已经开始对疫情控制感到有信心。他的“部队”已经部署完毕，所有已知的埃博拉病例都在3号院区，调查人员正在附近的村庄进行排查。因此，他说流行病学家可以回到“热房子”，从幸存者身上采集血液样本，并研究更大的科学问题。例如，他指出，人们对健康的埃博拉病毒携带者一无所知，这样的人真的存在吗？他们会把病毒传染给其他人吗？很明显，有些人在埃博拉病毒中幸存了下来，这是为什么？既然这种疾病没有治疗方法，他们是如何战胜病毒的呢？

海曼和卡恩决定回到医院里寻找流行病的起源：实验室技术员金福牟的案例。两人穿过车辆或自行车无法通行的山丘，来到了金福牟年轻漂亮的遗孀身边。这位寡妇坐在一座矮树屋外，紧挨着她的姐姐，平静地回答了科学家们的问题。她的家人没有人得了这种病，尽管他们在金福牟患病的最初几天都照顾过他。

突然寡妇的姐夫冲了进来，怒气冲冲地问卡恩和海曼在干什么。

“我们都很好，”他坚持说，“你们来这里干吗？”

海曼平静地开始回应，但姐夫打断了他，喊道:“为什么全世界都在说金福牟引发了这场流行病？我是在广播里听到的，法国广播电台和美国之声！”

海曼知道这是真的。可怜的金福牟的名字被全世界广播了。海曼知道他无法阻止这一切。他伤心地摇摇头，想取得姐夫的信任，但没用。海曼和卡恩从这次访问中除了得知他们的病人的保密性已经被出卖之外，什么也没得到。

背叛起源于金沙萨，那里的政府官员正试图消除恐慌。

在首都，到处是破旧低劣的建筑和坑坑洼洼的道路，充斥着各种谣言。区长伯纳丁·蒙古·迪亚卡宣布，应该采取一切必要措施来保护大约600万首都居民:“如果疾病蔓延到金沙萨，那将是一场灾难。”他呼吁道，并严肃地指出该市的停尸房只能容纳150具尸体。

5月16日，星期二。卫生部秘书长隆扬格拉·邦库玛·邦彭达承认了关于“至少两名埃博拉感染者在金沙萨逍遥法外”的传言，并下令军队将不惜一切代价保护这座城市。

穆延贝匆忙起草的图表，把金福牟描绘成了基奎特疫情的中心，这张图表被神秘地、匿名地散布在金沙萨各地。没有人因为它的发布而居功，但显然有人违反了公共卫生的一个基本原则：病人信息保密。穆延贝的图表记录了最初医院感染的所有病人，箭头从“金福牟”指向几个名字。几个小时之内，可怜的金福牟就成了基奎特的“伤寒玛丽”，从香港到布宜诺斯艾利斯的媒体都把他说成是非洲最近一次灾难的源头。

这给他悲痛的家人带来了灾难。邻居们攻击这位寡妇，指责她传播疾病，她被迫带着孩子逃到基奎特偏远地区她姐姐的家。在盲目的愤怒中，他的姐夫指责海曼和卡恩不仅诽谤了金福牟，而且误诊了。他声称，这名实验室技术人员不是死于埃博拉，而是死于被基奎特综合医院一名凶残的医生割破了动脉。

不会有进一步的谈话机会了，当然也不会有与金福牟接触的幸存者的血样。海曼和卡恩步履蹒跚地回到他们的车里，他们对金沙萨当局感到愤怒，他们认为是金沙萨当局向媒体公布了穆延贝的图表。卡恩在车上讥笑和咒骂着。海曼同样愤怒，但生性较少表露感情，他只是摇摇头，平静地说："我们在扬库布没有出现这种问题，没有媒体来。现在他们带着卫星来散布谣言。我们控制不了它。"

海曼开始意识到，公共卫生已经进入了一个新时代，在危机时刻，科学家的一举一动都将受到密切关注。现在和将来，电视对流行病的实况报道都是不可避免的。他思索着这对公共卫生的未来可能意味着什么，这让他深感忧虑。

与此同时，尼日利亚预防流感流行的老将、兽医欧耶维尔·托莫里，他想确定基奎特的动物并没有传播病毒。他一开始就在城市里搜寻猴子、黑猩猩和大猩猩，这些动物被当作宠物或未来可能的收入来源，饲养在全城各处的居民家中。许多动物，特别是大猩猩和黑猩猩，身体状况令人担忧，显然患有多种细菌感染。但没有动物出现埃博拉症状。

在宠物主人和疾控中心的斯科特·道威尔的协助下，托莫里冒着相当大的风险，将这些强壮的动物按住并抽取了血液样本。当然，这不是智人的近亲们所喜欢的程序；这些动物都龇牙咧嘴，随后还发生了打斗。很明显，如果其中一只动物成功地将牙齿咬进了兽医的双手，托莫里的乳胶手套将被证明是毫无用处的。幸运的是，托莫里毫发未损，带着猴子和猿猴的血样满载而归。

血样分析的任务落到了斯瓦内普尔身上，他每工作 10 分钟就必须休息一下，因为在热带地区，穿着太空服工作会产生大量汗水和造成手脚麻木。他很快排除了灵长类动物感染埃博拉病毒的可能性，并着手寻找其他可能携带埃博拉病毒的动物。这位和蔼可亲的南非人设法招募了当地的志愿者，他们帮助从基奎特的树上和教堂的钟楼上诱捕蝙蝠。在接下来的几天里，他会在前桥或姆韦姆贝森林里捕捉到数十种鸟类、蝙蝠、啮齿类动物和昆虫。

到了 5 月 20 日，疫情有所减缓但仍在继续，基奎特市市长伊格纳斯·加塔·马维塔已经完全不知所措。请愿者不断地聚集在杜维尔酒店，酒店坐落在一个杂草丛生、破败不堪的旧公园里，一层是市政厅。马维塔对国际援助深表感谢，他认为，这一流行病终于得到控制，但现在证明，对于新的问题，即使他尽最大努力也无济于事。

“这座城市正处于孤立无援的境地，”这位年轻英俊的政治家解释道，“人们很难以体面的价格买到商品。其他地区的商家都不敢来这里，而那些有货的商家都在加价。你可以想象人民是多么痛苦，因为他们是如此的贫穷。发出隔离令是好的，但是他们必须找到解决办法，否则将会产生可怕的经济后果。如果不尽快解决，世界也许有它的解决办法，但我们会挨饿……他们会在基奎特这里制造另一场危机。”

马维塔悲伤地指出，埃博拉正在制造数百名孤儿，而基奎特没有孤儿院。

“这是基奎特所面临的最大挑战。”他总结道。

就在马维塔向金沙萨的官员施加压力，要求解除对基奎特的严重隔离的同时，海曼和穆延贝感觉很快就能完成他们的首要任务——阻止疫情发展。海曼向疾控中心和世界卫生组织发出通知说，救援人员应该尽快赶到，让劳累了两星期的危机救援小组成员回家，得到应有的休息。随着新病例数量的减少，研究小组集中精力开展了两项关键的科学任务。第一项，是建立远距离监测系统，重点是绘制疫情的历史，从加斯帕德·门加开始到最后，记录清楚谁从谁那里感染了病毒，以及病毒是如何传播的。此外，该国家医疗小组将寻找未感染的埃博拉病毒携带者的证据。

托莫里、斯瓦内普尔和道威尔已经开始执行第二个任务，即寻找通常携带这种神秘病毒的任何动物、植物或昆虫。他们认为，要做到这一点，一大批生态专家将不得不对姆韦姆贝森林进行梳理，收集成千上万个样本，并通过全面分类的护理材料运回疾控中心进行 4 级生物危害实验室分析。

但是，在认真开展任何此类活动之前，基奎特迫切需要更多的物资供应，特别是医院和红十字会需要的防护装备。5 月 23 日，斯岑尼奥夫斯基似乎是第 100 万次通过卫星电话向日内瓦提出请求。但资金短缺、缺乏任何真正应急能力的世界卫生组织，只是将请求转给了北美和西欧各国政府。

5 月 26 日，随着一个新的科学小组的出发，同时在之前的 48 小时内没有出现新的埃博拉病例，海曼决定动身回家。他担心的一个问题是，重要的物资供应还没到位，如果医生在没有进行感染防护的情况下开展治疗工作，疫情可能会再次暴发，最后他们所有的不懈努力都将化为乌有。

第二天早上，海曼站在基奎特狭小的停机坪上，冒着酷热，等待一架飞往金沙萨的包机。他仰望苍穹，搜寻他经常要求的补给送来的迹象，但没有成功。他看到的唯一一架飞机，是将带他飞往金沙萨的飞机。

然而，就在海曼离开几小时后，一架巨大的“大力神”运输机笨重地降落在基奎特停机坪上，满载着来自瑞典的补给品和科学家。在急需的注射器、手套、口罩等物品中，有几种超级套装，设计上带有内置空调装置。这些都是好莱坞期待看到的装备，是在疫情接近结束时到达的。

夜晚，海曼在金沙萨的洲际酒店享受了 16 天来的第一次淋浴，以及接收到瑞典物资供应到达的消息，他用冰冷的普里莫斯啤酒庆祝。

“我们成功了！”他喜气洋洋地叫道，“我们打败了病毒！”

一个月后，美国疾控中心和世界卫生组织的报告说，在基奎特疫情期间，296 人死于埃博拉，其中 79% 的感染病例是致命的，1/3 的死者是医护人员。这种流行病在2月至6月间曾几次消长，海曼刚来的时候，它已经达到了顶峰。8 月，所有可能的潜伏期（假设最长的潜伏期为 21 天）距最后一例埃博拉病例出现，已过了很长时间，世界卫生组织正式宣布疫情结束。

世界刚刚松了一口气，病毒就在数百英里外的西非国家科特迪瓦再次出现。25 岁的贾斯特 • 谢从邻近的利比里亚前往科特迪瓦，于 1995 年 12 月 8 日病倒。迪欧 • 巴拉坎菲替耶医生曾是穆延贝在基奎特的小组成员，他在几小时内就发现贾斯特 • 谢来自利比里亚的普利波村，那里还有 3 名男子患有这种疾病。不久，在科特迪瓦首都阿比让发现了第 5 个病例，是一名同样来自普利波的妇女。[33]

科特迪瓦政府立即关闭了与利比里亚的边界，暂停了两国之间的所有贸易。而世界卫生组织的调查人员发现，自己被卷入了持续不断的内战纷争之中，因为普利波位于叛军军阀查尔斯 • 泰勒领导的利比里亚民族爱国阵线游击队控制的地区。叛军与世界卫生组织合作，允许进行调查。该小组的结论是，疫情仅限于贾斯特 • 谢的家族。

但那次事件促使人们重新审视了同一热带雨林地区此前发生的两起埃博拉事件。1994 年 11 月，加蓬森林深处的金矿营地暴发了一场小型流行病。[34] 这些营地特别偏远，位于一个叫作马科库的地区，只能乘独木舟前往。埃博拉疑似病例被用独木舟转移到加蓬一家军事医院，在那里他们立即被隔离，并由身着基本防护装备的医生和护士进行专门治疗。巴黎的巴斯德研究所对血液样本进行了分析，首批 8 例病例中有 4 例被确认为埃博拉病毒。

经过 3 年的分析，法国研究人员得出结论，有 44 人在难民营中感染了埃博拉病毒，其中 28 人死于该病。军队医院由于采取了适当的感染控制措施，阻止了病毒的进一步传播。

这次暴发引起了当地黑猩猩研究人员的兴趣，他们注意到 4200 平方千米的泰热带雨林（Tai rain forest）中的黑猩猩大量死亡，该雨林横跨利比里亚、加蓬、科特迪瓦和喀麦隆的部分地区。在采矿营地疫情暴发前几个月，由瑞士动物学研究所科学家克里斯托夫·伯施领导的一个小组，收集了 12 只黑猩猩的尸体（来自一个总量为 40 只的群体），并在尸检中发现这些动物的血液没有凝固，而且有内出血的证据。科学家们担心一种可怕的新疾病已经浮出水面。

在这些黑猩猩尸体解剖完成 8 天后，其中一位瑞士科学家病倒，被疏散到巴斯德研究所。尽管她被诊断出感染了埃博拉病毒，但她活了下来，标准的感染控制程序防止了病毒的进一步传播。然而，没有人能够确定这位科学家最初是如何被感染的，因为她在整个尸检过程中都穿着防护装备。

泰热带雨林的两次疫情引发了科学家们的广泛猜测，他们认为无论什么通常携带埃博拉病毒的生物都大量存在于该地区，并且与人类有过密切接触。他们说，这是一个激动人心的消息，因为这意味着他们可能接近了源头——埃博拉源头。

利比里亚贾斯特·谢事件发生 8 周后，埃博拉病毒再次出现，这次是在加蓬，发生在先前发生采矿营地事件的马科库地区的一个村庄。[35]偏远的马伊布特至少有 19 名村民受到感染；所有人都立即被隔离在马科库医院，那里提高了感染控制标准，以最大限度减少传播。埃博拉的诊断是由法国政府建造的当地最先进实验室——法国国际医学研究中心得出的。

一队国际知名的科学家进入加蓬，他们乘独木舟艰难地跋涉 150 千米，来到人口 150 人的偏远的马伊布特。到 2 月底，该村 1/5 的人口都疑似感染了这种可怕的病毒。

加蓬政府迅速控制了所有可能与最初的马伊布特病例有过接触的人，对他们进行观察。

在村子里，研究人员发现孩子们在 1 月 26 日发现了一只黑猩猩的尸体，而最初的 10 名死亡患者都是在那天晚上吃过黑猩猩尸体的人。加蓬政府在得知黑猩猩与疫情的关联后，在全国范围内发布广播公告，警告市民不要接触或食用死黑猩猩或死猴子。

到 2 月 19 日为止，已有 20 个病例被确诊，其中 13 例死亡。世界卫生组织成功地进行了干预，阻止了国际航空公司和邻国对加蓬实施制裁，军方对马科库地区实施了严格的隔离。由于该地区交通不便，即使是在不让媒体进入的情况下，这样的隔离措施也很容易实施。世界卫生组织正式赞扬加蓬的努力，称加蓬政府已采取一切适当措施以限制疫情暴发。

到 2 月底，有 20% 的马伊布特人患病，其中 9% 的人死亡。但是加蓬政府和当地医院迅速采取的控制措施阻止了任何进一步的传播。其中 12 名死者曾帮助屠宰并食用黑猩猩，其余的人是照顾最初一批埃博拉患者的亲属。

然后埃博拉再次在加蓬暴发，9 个月后在一个叫布埃的地区暴发。

1996 年 10 月间，包括基奎特抗疫老将 —— 罗迪埃和疾控中心迈克·瑞安医生在内的世界卫生组织团队在布埃发现了大约 50 名可疑病例和 8 例死亡病例。尽管布埃距离马科库地区相对较近，但瑞安和罗迪埃仍确信新的流行与先前的马伊布特的暴发无关。

对当地医疗记录的审查显示，在至少 10 年的时间里，居住在加蓬泰热带雨林周边的村民每年都有 3 到 9 例明确的埃博拉死亡病例。

越来越多的人怀疑这种臭名昭著的病毒的自然栖息地就在那片热带雨林里。海曼从基奎特凯旋后，一直在世界卫生组织内部筹备创建一个新的疾病部门，他开始为在泰热带雨林建设一个埃博拉监测站而寻找资金。

1996 年，布埃病毒暴发一年后，一名患病的加蓬医生飞往南非约翰内斯堡，在该市豪华郊区桑顿的一家名为“晨兴”的医院接受治疗，接诊医生是阿德里安·杜塞。病人发现自己住在一个一流医院里，设施非常先进和现代化。

医院随后没有诊断出埃博拉，但对这名加蓬人实施了隔离治疗，他在两周内完全康复。11 月 11 日，他的病例仍未得到正式诊断，然后出院了。

但是在 1997 年 11 月 2 日，晨兴医院 46 岁的护士玛丽莲·莱哈娜突然出现头痛、高烧、白细胞计数升高等症状。最初，没有人怀疑莱哈娜的病例与加蓬医生之间有联系。后来，感染控制护士格里·夏普才回忆起莱哈娜在试图将血液导管插入加蓬医生时被一根针头戳中的情景。

随着莱哈娜病情的不断恶化，她的同事们竭力想了解：是什么让她遭受病痛？又该如何治疗她呢？医院实验室检测了以前在南非见到的每一种病原体，发现莱哈娜都呈阴性。11 月 11 日，莱哈娜全身出现瘀点或针孔出血点，看起来像麻疹。实验室报告说，在莱哈娜的血液中用显微镜观察到典型的问号形式的埃博拉病毒。

当她的诊断消息在医院里传开时，一位医生大声说：“我们都要死了！”夏普动情地回忆道。恐慌开始了，不久当地的广播电台就开始传播这个消息。第二天，成百上千的家长让孩子们待在家里不上学，还有一些家长给孩子戴上口罩，同时嘱咐他们上课时要戴上口罩。约翰内斯堡体育和文化活动的出席人数锐减，甚至连非常受欢迎的橄榄球比赛，观众也寥寥无几。

莱哈娜的病引起了特别的注意，因为她的丈夫是一位著名的草地保龄球手，这项运动在南非很受欢迎。她的病情成了全国关注的焦点，约翰内斯堡最大的电台——702电台每天早上在晨兴医院现场直播。在她患病的整个过程中，当地的报纸都详细报道了她的病情，还有数千名莱哈娜的支持者写的信和祈祷文。

与此同时，杜塞和夏普开始追踪每一个与加蓬医生、莱哈娜或他们的血液和组织样本有过接触的医院工作人员。“这个数字令人难以置信，”夏普先生说，“他们每个人都接受了埃博拉抗体检测和咨询。”

与此同时，尽管莱哈娜的同事们担心会感染埃博拉病毒，但他们发现很难在照顾这位颇受欢迎的护士时一直戴着手套和口罩。许多人都承认自己脱下了防护装备，在莱哈娜的床边聊天，试图让生病的同事振作起来。同样，杜塞和夏普发现了无数医院感染控制不严的情况：实验室事故、人们在实验室吃饭或吸烟、护理病人的护士不戴手套、废物处理不当等。即使在明显危险的危机中，医护人员也发现很难坚持严格遵守感染控制指南。

幸运的是，与莱哈娜接触的360人中没有一人的埃博拉感染检测呈阳性。但在11月24日，莱哈娜去世了，她的脑部充满了被埃博拉病毒浸透的血液。

“所以即使在一流的现代化医院里，你也可能会感染埃博拉病毒。”南非卫生部传染病秘书长尼尔·卡梅伦说，“晨兴医院是非洲最好的私立医院。它比许多美国医院要好，当然比大多数城市公立医院更好。”[36]

1996年9月，当世界上大多数埃博拉病毒专家聚集在比利时安特卫普进行交流时，南非的事件还没有发生。世界卫生组织正式宣布基奎特疫情结束已有13个月，西非泰热带雨林地区至少发生了3次小规模疫情。已经有足够的时间让科学家们收集实验室和野外的数据，希望能弄清楚出血性丝状病毒的意义。扬布库疫情老兵吉多·范德格罗恩在他的热带医学研究所组织了埃博拉病毒研究国际讨论会。

几乎所有抗击埃博拉疫情的老兵都到场了——见证过扬布库的元老政治家、基奎特疫情团队，以及一群从事复杂分子生物学研究或在泰热带雨林中寻找埃博拉“蓄水池”的年轻土耳其人。一位兴奋的与会者称其为“埃博拉木材”。然而，除了穆延贝，大多数非洲埃博拉专家都“失踪”了。这位扎伊尔病毒学家痛苦地解释说，因为担心这些非洲人不会返回他们的祖国，比利时政府拒绝给他的同事颁发签证。穆延贝进一步解释说，这是比利时阻止非洲移民到它那一小块欧洲大陆去的典型做法。[37]

海曼为会议定下了基调，他告诉科学家们，没有什么可以让他们沾沾自喜的。埃博拉疫情于1995年1月在基奎特暴发，全世界直到5月9日才听说。他列举了一长串20世纪90年代的公共卫生灾难，并指出了一个一贯的趋势。

危机发生在贫穷国家，主要是由于基本的公共卫生问题。[38]直到事态发展到难以控制的地步，外部世界才知道这些问题。来自富裕世界的资源也很稀少。他说，基奎特的流行病防治工作总共花了 350 万美元，其中超过 200 万美元来自欧洲公司和人道主义援助团体，只有 100 万美元来自美国疾控中心。海曼坚持认为，“为了使世界为 21 世纪做好准备，我们需要对世界卫生组织的职能有一个全新的看法。”

如果缺乏相对独立但与卫生医疗系统相互协同运转良好的公共卫生基础设施，那么像基奎特埃博拉疫情这样的事件将会反复出现，甚至延续到 21 世纪。在 20 世纪末，世界上没有几个贫穷国家拥有真正的公共卫生基础设施。相反，他们只有一个资金不足的医疗保健系统和设在大城市的小型办公室，官僚们坐在办公室里，统计每年全国的死亡人数。

但是，公共卫生基础设施不能仅仅依靠数字。事实上，这些数字的功能，更多的是用错误的反馈为糟糕的施政辩解。

在安特卫普会议召开之时，联合国儿童基金会调查了 193 个国家和地区，其中有 92 个国家和地区，即世界上 48% 的国家和地区，用于卫生相关服务的预算不到 10%，[39]却需要为 40 多亿人提供服务。相比之下，工业化国家直接用于医疗支出的预算占总预算的 12%，美国则是 19%。

排在末位的是刚果民主共和国（前扎伊尔），其医疗支出不到预算的 1%。在全球范围内，16% 的政府将不到 5% 的预算用于保护和改善其公民的健康。

海曼警告说，埃博拉病毒和无数生物将永远是全球生态的一部分，它们总是有机会感染人类。

疾控中心的科学家指出，自 1986 年以来，出血热病毒在非洲至少暴发了 13 次，几乎每一次的首发病例都是在流行病蔓延很久之后才被发现的。她认为，更好的疾病监测至关重要。

欧盟委员会的米歇尔·普莱切特反驳说：“但是如果根本没有公共卫生系统，你就无法建立一个监测系统。”他指出，欧盟 15 个国家对基奎特病毒的暴发反应很差。普莱切特坚持认为，扎伊尔的危机是公共卫生基础设施的缺乏造成的，但欧洲未能明智地做出反应，也表明了这些富裕国家公共卫生意识的不足。例如，在疫情期间，一些欧洲政府禁止了所有非洲灵长类动物的进口，普莱切特将这一措施称为“哑巴政策”。毕竟，没有证据表明埃博拉病毒是从猴子传染给人类的，也许只有当人们吃黑猩猩的时候才会传染，而这当然是欧洲人所谴责的做法。四个国家停止了所有来自扎伊尔的航班，他认为这也是一个愚蠢的举动。没有一个欧洲国家再有一个由世界卫生组织认证的 4 级生物危害实验室，几乎所有参与基奎特疫情控制的欧洲人都是在美国疾控中心、无国界医生组织或世界卫生组织的支持下，而不是在他们自己国家的支持下完成工作的。他总结说，欧洲各国政府不想把钱花在非洲的问题上，而且缺乏明确的、有科学依据的公共卫生领导来指导其国内的埃博拉预防政策。

加州大学戴维斯分校的兽医研究员弗雷德里克·墨菲更是直言不讳："到目前为止，北美和西欧的资金只是'象征性的'。是让我们这些科学家离开政客办公室的象征性基金。谁来为疫情买单？今天，由于缺乏资金，热带疾病的基础设施还仅仅是20年前的框架。这反映了有关各方的政治敏锐性。"

"那么谁将成为世界的公共卫生医生呢？"他问道，"谁是真正的领袖？"二战后，由于非洲的殖民利益减弱，北美和欧洲对热带疾病研究和控制的承诺也随之减弱。英国、法国和美国，曾经是竞技场上明确的领导者，现在都退后了，没有任何国家或机构再为此负责。用于大多数"热带疾病"——更恰当的称谓应该是"穷国疾病"——的资金几乎消失了。墨菲哀叹缺乏强有力的领导声音。

尽管经过数百小时的研究，共收集了5万多份人体血液，以及动物、植物和姆文贝热带雨林昆虫的样本，但关于基奎特流行病的未知清单仍然是巨大的。南非的斯瓦内普尔说，传播仍然是一个悬而未决的问题，因为疾控中心小组无法解释基奎特5%的患者是如何接触到埃博拉的，这可能是空气传染吗？或者，也许是餐具和食物？为了支持后一种假设，斯瓦内普尔透露，他分析了他在基奎特综合医院收集的一套被污染的注射器。一个多月后，他收集了这些病毒，并把它们一直放在32℃的桌面上，斯瓦内普尔仍能从针头上收集到活的埃博拉病毒。

这位南非人批评了国际团队的医疗努力，指出关于埃博拉幸存者免疫反应的数据很少，"所以我们不知道什么是有效的免疫反应。"这位夸夸其谈的南非人坚称。此外，他在疫情发生后返回基奎特时发现，病人样本被贴上了错误标签，几乎所有样本都是在疫情发生的5月14日至29日期间采集的，对于门加病例或5月14日之前的任何其他感染病例，没有任何实质性证据。

墨菲还哀叹缺乏可靠的免疫学数据，他指出，"这种病毒的破坏程度和速度让人不禁要问，为什么12%的扬布库感染者能活下来，基奎特有21%？这是你所能想象的任何急性疾病中最令人难以置信的病理图像之一。"

在国际团队离开后，基奎特的医生将埃博拉幸存者的血液输入8名仍在患病的病人体内，希望这种血液能被证明是有治愈效果的。结果1例死亡、7例存活。实验成功了吗？穆延贝认为没有，他指出，另外有5个急性埃博拉病例后来接受了类似的输血，但全部死亡。因此，这7名输血的幸存者能活下来，可能是他们的状况从一开始就没那么严重。但是，由于缺乏关于基奎特病例的可靠的抗体和免疫系统数据，因此无法做出准确判断。

美国陆军传染病研究所的彼得·贾林所做的动物研究表明，一旦猴子或豚鼠出现类似埃博拉的症状，这种抗体输血就无法成功。

同样，对于难以捉摸的埃博拉源头，科学界仍然一无所知。1995 年整个夏天，研究人员都待在姆韦姆贝森林里，地毯式搜寻任何可能让加斯帕德·门加感染上病毒的东西。一位英国专家说："在门加的露营地周围，我们收集了所有爬行的东西。"来自比利时、法国、美国、英国和扎伊尔的科学家对该地区进行了调查。疾控中心和陆军传染病研究所投入了大量人力资源来分析这些样本。

疾控中心 4 级生物危害实验室的分析家汤姆·克西亚泽克说："这是一项很艰巨的工作。但到目前为止，圣杯仍在那里，有待争夺。"

私下里，几位科学家抱怨巴斯德研究所、疾控中心和陆军传染病研究所之间的地盘之争，它们都希望能争夺到圣杯。一位研究人员抱怨说，这三个研究所都在囤积他们的样品和试剂，禁止其他科学家进入。另一位抱怨说，即使他们有了某些发现，也从未与居住在埃博拉流行地区的非洲科学家分享。

然后卡尔·约翰逊医生，这位领导了扬布库国际小组的退休疾控中心官员，站起身来，接过麦克风。约翰逊以几十年突破性的出血热研究而闻名于世，他是该领域的资深政治家。现在住在蒙大拿州的博兹曼郊外，约翰逊觉得没有必要拖延时间。他列出了基奎特调查中科学失败的清单，最后对姆韦姆贝森林的搜索进行了猛烈抨击："第一，我想问你们，你们是否在任何一种假设下工作？第二，根据你们的调查，你们是否认为你甚至可以消灭任何物种，包括任何可能的传染源？"

疾控中心的保罗·赖特懊恼不已："我和卡尔也有同样的感受。事实是，我们去那里是为了尽我们最大的努力。现在看来，那恐怕只是一次钓鱼旅行。"

此外，在门加最初感染后整整 6 个月，这些小组已经在姆韦姆贝四处跋涉。赖特说，那是一个不同的季节，认为在那么晚的时候还能找到任何可能的传染源是不现实的。

疾控中心的彼得斯承认："没有太多好的计划。"

最诱人的发现不是来自非洲的心脏地带，而是来自哥本哈根丹麦皇家兽医和农业大学一位鲜为人知的植物研究人员。索本·伦兹高博士花了数年时间研究羊茅叶条病毒，这种病毒攻击欧洲和北美用来喂养牲畜的草类。他有一种预感，病毒是由一种叫作叶蝉的微小飞虫携带到草上的。于是，他培育了一批叶蝉，捣碎它们，并利用强大的电子显微镜对细胞样本进行了清洗。然而他一直没找到叶条病毒。

“但我确实发现了别的东西，”这位腼腆的丹麦科学家回忆道，“这是偶然的。我看到一些东西，看起来像是丝状病毒。事实上，我非常兴奋。”

研讨会上的埃博拉专家们都被伦兹高的照片惊呆了，大多数人都认为这种微生物与埃博拉非常相似，但并不完全相同。尽管如此，这还是引起了疾控中心的吉姆·勒杜克的注意，因为他曾参加过 1981 年的一次美国运动——扎伊尔北部军队搜寻埃博拉源头。

“村子里的每个人都在养豚鼠吃，”勒杜克回忆说，“他们给动物喂食这些满是叶蝉的草。”

1981 年，约瑟夫·麦考密克医生负责美国最高安全的特殊病原体实验室。他在疾控中心对勒杜克从扎伊尔寄来的豚鼠血液和组织样本进行了测试。

麦考密克说：“这些动物确实被检测出埃博拉病毒呈阳性。”但 15 年前用于验证埃博拉感染的测试方法经常提供假阳性的结果，因此这类发现的可靠性值得怀疑。

俄罗斯新西伯利亚国家病毒学研究中心的埃琳娜·里亚布科娃博士做了个实验，她让实验室的豚鼠感染了埃博拉病毒。刚开始，这些豚鼠似乎产生了抗体。但当她将病毒传给第 8 代豚鼠时，一种对豚鼠 100% 致命的埃博拉病毒出现了。里亚布科娃说，这可能意味着豚鼠在自然界中很少感染埃博拉病毒，尽管它们可能携带病毒。

当然，叶蝉和豚鼠的联系纯属推测，也没有人认为欧美叶蝉携带病毒，南非国家病毒学研究所的罗伯特·斯瓦内普尔只对非洲叶蝉进行了少量测试。斯瓦内普尔无法让叶蝉受到病毒感染，但他能够让 3 种只在所谓的中非埃博拉带发现的蝙蝠被病毒感染。[40]这种病毒能很快在蝙蝠体内复制，但对它们没有任何有害影响。斯瓦内普尔说，最令人不安的，是在蝙蝠的唾液腺和肺部发现了大量的埃博拉病毒，这表明埃博拉病毒可能通过呼吸途径，从有翼啮齿类动物传染给其他动物或人类。

在泰热带雨林工作的法国研究人员提供了一个完全不同的观察路线。皮埃尔·福门蒂博士当时正在研究野生黑猩猩，这些黑猩猩因埃博拉病毒而死亡。大多数黑猩猩的死亡似乎都发生在雨季，此时雄性猿类正在捕食疣猴。福门蒂说，吃猴肉的黑猩猩感染埃博拉病毒的概率是不吃猴肉的黑猩猩的 5 倍。

波士顿奥拉瓦克斯的汤姆·莫纳特博士说，他发现另一种致命的出血性病毒拉沙病毒，由西非的棕色乳鼠属携带，通过吸入受鼠尿污染的灰尘传染给人类。莫纳特在安特卫普会议上说，埃博拉之谜可能很复杂，可能涉及被动物吃掉的昆虫。这些动物反过来又被人吃掉。或者埃博拉病毒通过叮咬传染给另一种动物，而这种动物又被另一种动物或人吃掉。

“如果这不是一个复杂的故事，我会非常惊讶。”莫纳特总结道。

“是的，”斯瓦内普尔兴致勃勃地说，“但这是一个该死的迷宫！”

在1997年和1998年，研究人员继续他们在泰热带雨林的工作。他们在丛林树冠的高处架设了精心设计的观测站网络，从那里他们可以观察到黑猩猩的活动。这也许是一个遥遥无期的机会，但科学家们认为，他们可能会目睹一些事情，最终不仅能解开埃博拉之谜，还能解开更大的问题：病毒如何从一个目标物种跳到另一个目标物种，并最终传染给人类。

在5个泰热带雨林国家（中非共和国、喀麦隆、刚果、加蓬和赤道几内亚），由让-保罗・冈萨雷斯领导的巴斯德研究所团队，对各种动物以及当地俾格米部落的人进行了血液测试，以寻找埃博拉抗体的存在。近8%的乳鼠属大鼠测试呈阳性，这意味着它们曾在某个时候被感染过，携带着病毒。更引人注目的是，野猪、豚鼠和狗的抗体阳性率在16%到18%之间。

特别有趣的是对人类的研究结果，结果清楚地表明埃博拉病毒经常感染生活在泰热带雨林的人。此外，感染率似乎每年都有不同，这表明，人类暴露于病毒的概率是不确定的。例如，在1979年采集的俾格米人血液样本中，大约5%呈阳性。1985年，血液样本中，血清学呈阳性的比例达到35%。[41]

因此，在刚果盆地和泰热带雨林的人类和动物中，埃博拉疫情似乎是罕见的。但对于个体而言，因为经常接触病毒，所以可能被感染并被病毒杀死，这点超出了人们的普遍认知。

埃博拉并不是最近发现的唯一一种该地区的动物和人类具有抗体的病毒，I型和H型人类嗜T细胞病毒、马尔堡病毒、1型和2型艾滋病病毒也都存在，并感染除人类外的其他几个物种。20世纪90年代初，几个研究小组发现致病性较低的2型艾滋病病毒是一种存在于猴子体内的微生物。2型人类艾滋病病毒毒株与西非地区猴子种群中发现的其他病毒毒株非常相似，以至于科学家们得出结论，这两种灵长类动物种群正一次又一次地受到感染。[42]这意味着该地区的人们经常接触猴血，很可能是在屠宰动物或食用时感染，导致2型猴免疫缺陷病毒被一次又一次地重新引入人类种群，变成2型人类艾滋病病毒。[43]

1999年，由伯明翰阿拉巴马大学的比阿特丽斯・哈恩和巴斯德研究所的弗朗索瓦丝・巴雷・辛努西领导的两个独立的科学家小组发现，危险得多的1型艾滋病病毒可能也是如此。这种病毒仅见于生活在泰热带雨林和刚果盆地热带雨林地区的4种黑猩猩中的一种，即非洲中西部黑猩猩。根据对少数几只受感染动物的观察，这种病毒似乎对黑猩猩无害，但对95%以上受感染的人类却是致命的。

考虑到黑猩猩和人类在基因构成上只有1.5%的差异，这个结果的确令人吃惊。哈恩认为，对野生穴居虫的研究可能会揭示免疫学的秘密，这对于寻找有效的治疗方法或艾滋病疫苗至关重要。[44]

但哈恩了解到，自1991年以来，黑猩猩在该地区变得越来越稀少，它们的生态环境和生存状况都在恶化。这是一个事件的转折，不仅影响到1型艾滋病病毒的未来，而且影响到所有中非动物病毒的未来。

1991年以前，法国政府对其所有前西非殖民地的货币进行补贴，人为地提高其价值。但1991年法国取消了补贴，使非洲货币暴跌至其自然价值。一夜之间，这些国家——包括中非共和国、赤道几内亚、科特迪瓦、喀麦隆和加蓬——的资源，对欧洲投资者来说变得非常有吸引力。资源开发和运输、劳动力和货物的成本下降得如此之快，即使是相对低价值的物品，如灌木丛树，也能获得利润。到1992年，几十家欧洲公司正在以狂热的速度砍伐该地区的热带雨林。[45]

伐木工人满怀热情地在以前无法进入的热带雨林地区开凿道路。一个新的产业——丛林肉类狩猎——在整个地区兴起。这种新式狩猎活动，与传统的为生存而进行的狩猎活动在数量和形式上都有很大差异。这些新的猎人来自当地的城市，他们手持步枪和自动武器狩猎，在城市集市上出售肉食以获取丰厚的利润。由于对政治具有强大的影响力，丛林动物的实际捕杀率和其对当地生态的影响，以及被猎杀的灵长类动物的数量，都成为极具争议性的问题。[46]

当争论和丛林肉类贸易同时膨胀时，猴子和猿类疾病传染给人类的风险也在默默地发生着变化，对这些动物的捕猎和屠杀使猎人和厨师暴露在大量的灵长类动物血液中。

仅仅接触一只死黑猩猩就引发了马伊布特1996年的埃博拉疫情。对灵长类动物的捕杀升级显然增加了像艾滋病病毒、人类嗜T细胞病毒、埃博拉病毒、马尔堡病毒和猴痘病毒这些猴体内的病毒，以及以前不知道的微生物对人类的感染概率。

在扎伊尔，丛林肉类贸易的动力与其说是外国伐木作业，不如说是饥饿。例如，如果没有姆韦姆贝森林的动物肉食，基奎特的孩子们无疑会遭受更严重的营养不良。独裁者的贪婪是他们的负担，也是生态的负担。这也是他们集体愤怒的焦点，这种愤怒随着蒙博托的统治逐渐上升。

在基奎特疫情结束后不久，扎伊尔酝酿中的内战活动升温。在意识到年迈的蒙博托正在失去对扎伊尔军队的控制，并与邻国卢旺达政府达成了有利的协议后，叛军采取了大胆的行动。多年来，敌对的叛军组织从沙巴、加丹加和米通巴地区的孤立地区发动小规模战斗，与扎伊尔的部队交战。不过，在与基伍湖、坦噶尼喀湖以及卢旺达和布隆迪接壤的米通巴山区，出现了一个新的组织，即“解放刚果－扎伊尔民主力量联盟”。这是一个混合体，由许多不同的反蒙博托部队和从图西族人中选出的强硬、老练的杀手组成，这些人自他们的祖国布隆迪和卢旺达的冲突升温以来，一直流亡在扎伊尔。[47]

由长期默默无闻的叛军领袖洛朗·卡比拉领导的新运动以惊人的速度占领了扎伊尔，从该国最东部边境到大西洋沿岸的城镇。民众对独裁者的憎恨是如此之深，当扎伊尔的军队向西逃跑时，叛军几乎不必卷入真正的冲突，而只需要在政府军的仓皇撤退中打扫战利品。在欢呼雀跃的人群中，卡比拉的军队进入了从卢本巴希到姆布吉马耶的城镇。1997 年 5 月，当卡比拉的军队包围首都时，独裁者蒙博托正在法国与癌症做斗争。在统治了扎伊尔长达 31 年后，蒙博托对扎伊尔军队和民众已不再具有威慑力，意识到这一点后，跟随蒙博托贪腐政权中饱私囊的那一小撮亲信集团逃离了金沙萨，带着他们能攫取的有价值的东西躲到了欧洲的藏身之处。

卡比拉进军驻金沙萨，受到了来自拉希特犹太人区的大批欢呼人群的欢迎，也受到了早已厌倦蒙博托政权的西方官员和企业的欢呼，因为独裁者的腐败使商业往来和投资活动近乎停滞。

卡比拉控制了一个与美丽的利奥波德维尔（殖民时期金沙萨的名字）判若两处的首都。懒散的棕榈树和九重葛、整洁的林荫大道和安静的小酒馆都不见了。蒙博托执政的头几年里，外国银行、企业和外交使团的代表们曾经居住过的那些充满希望的商业建筑也不复存在。取而代之的，是恶臭、腐烂和垃圾堆，大到足以摧毁一个底盘的坑洼、满大街的乞丐、赤脚的饥饿儿童帮派，以及被雨水浸透、长满真菌的建筑物。

从林正在重新收回首都，藤本植物、霉菌、杂草和雨林灌木长满了街道和建筑物。就像 20 世纪 50 年代科幻小说中的后世界末日景象一样，人行道被侵略性的树根和杂草弄得支离破碎，树木从屋顶上长出，把整座建筑变成了一个多层的花盆，泥土随着午后的雨水翻滚在土路上，露天下水道中肉眼可见的人类排泄物使热带空气充满恶臭。

卡比拉掌权之日，扎伊尔的外债为 140 亿美元。从字面上看，国家银行金库空空如也。世界银行估计，修复该国的基本基础设施——关键道路、电话系统、发电机等——将花费 45 亿美元。1996 年和 1997 年，非洲的国内生产总值分别增长了4.6%和3.3%。但扎伊尔的经济却出现了倒退，从1990年到1995年下降了8%，仅1997年就下降了6%。[48]

6月，蒙博托在法国的病榻上去世，卡比拉在金沙萨被请愿者、外国顾问和商人包围，他们渴望达成交易，获得扎伊尔丰富的石油、矿产和宝石财富。那是一个乐观的时刻。西方领导人、世界银行和国际货币基金组织对卡比拉表示敬意，但在新领导人的意图明确之前，他们也谨慎地避免提供现金。到1997年年底，美国继续保持对卡比拉的友好合作关系，美国国务卿奥尔布赖特拜会了卡比拉，称这位新领导人是“民主的朋友”。

但卡比拉对民主的态度却并不明朗。这位身强力壮、秃顶的领导人穿着著名的蒙博托西服，有点让人琢磨不透，他拒绝透露全国大选的日期。修复扎伊尔的衰败——包括诊所、医院和公共卫生基础设施——所急需的资金，都没有从联合国机构那里得到，因为面对刚果东部发生种族灭绝的报道，卡比拉拒绝这些机构进入那里进行人权调查。

在1998年新的一年开始的时候，扎伊尔的欢欣已经消失，取而代之的是不安，人们担心一个独裁者会被另一个独裁者取代。更糟糕的是，新政府表现出来的更多的似乎是对外国人的感激，而不是对本国人民的感激。

在军事和政治混乱中，另一种猴病从热带雨林动物跃升到人类身上：猴痘。尽管1996年2月在卡塔科孔贝地区出现了首例人类感染病例，几乎正好是在埃博拉从姆韦姆贝森林蔓延一年之后，但向世界卫生组织通报情况和实地调查因战争而受到严重阻碍。一年后，世界卫生组织的科学家们才有机会亲眼看到这一问题，但由于该地区的游击队军事行动，调查被迫中止。1998年10月，世界卫生组织的科学家们返回该地区，发现这一流行病仍在蔓延，变成了很可能是已知最大的人类猴痘暴发。[49]

20世纪最大的杀手是天花病毒，在1977年被消灭之前，天花病毒夺去的生命比这个世纪所有战争的总和还要多。天花病毒只感染了人类，通过偶然接触和空气传播。

这种病毒的类型与天花十分相似，因此许多科学家对世界卫生组织关于消灭天花的声明提出了抗议，他们坚持认为，只要猴痘还存在于非洲的丛林中，天花的威胁就依然存在。[50]

新的猴痘疫情令世界卫生组织感到担忧，因为病毒似乎正在人与人之间传播，而不仅仅是猴与人之间的传播。在对整个中非热带雨林地区进行的17年的前期调查中，仅发现了476例人猴痘病例，而其中只有极少猴源传播超过二代的病例。

但在这场新的流行病中，1996 年 2 月至 1998 年 10 月间至少发生了 511 例人类感染该病的病例，其中一些病例似乎已从最初的猴源传播了 12 代以上。

虽然猴痘与天花的联系让人担心，但它对人类来说并不是一种非常危险的疾病，在最近的疫情中死亡人数没有超过 8 人。然而，它确实向世界卫生组织说明，该区域的政治和生态危机正在增加流行病发生的可能性，其影响可能远远超出已被卡比拉改名为刚果民主共和国的国家。世界卫生组织当地代表阿卜杜·穆迪医生警告说，该国的流行病数量是惊人的，信息系统正在迅速崩溃。

故事还没有结束。

到 1998 年 3 月，基奎特 40 万居民的生存条件令人吃惊地恶化了。克维鲁酒店的厨房和发电机被士兵洗劫一空，水泵、门把手、窗帘、蚊帐、床单，甚至铅笔和纸张也被抢走。基奎特的每一个行业都反映有贵重物品丢失，丢弃的啤酒罐和装运的箱子成了被偷的锅、平底锅、篮子和手提包的珍贵替代品。街道上行驶的汽车更少了，因为老旧车辆的零部件已经找不到了，士兵偷走了所有东西，从方向盘到火花塞。

1995 年，面值最大的纸币是 500 扎伊尔纸币，购买一根香蕉都需要一大沓的纸币。1998 年最大的货币面值是 50 万和 100 万扎伊尔纸币，这些纸币仍然印有蒙博托的头像。购买简单商品所需的堆叠较薄，但它仍然是大富翁货币，一文不值，可笑至极。一张面值 10 万扎伊尔的纸币等值 1.1 美元。一瓶普里默斯啤酒售价 60 万扎伊尔纸币。

与刚果民主共和国大部分地区的情况一样，连接基奎特与其他主要城市的道路在战争期间被毁。自 1995 年的埃博拉疫情隔离以来，贸易就一直没有机会恢复。对大多数现在被称为“刚果人”的贸易商来说，由于所有货物都必须通过船或空运运输，成本高得几乎令人望而却步。以基奎特为例，河运无利可图。1998 年，只有包机运送货物，付费搭便机的乘客只能坐在货物顶上，或者一边喝着空乘人员分发的可乐，一边小心翼翼地在苏联旧货机的包装箱中穿梭。

尽管军队的结构和效忠的旗帜都发生了变化，但 1998 年持有 M-16 步枪的士兵仍在与 1995 年相同的位置站岗。蒙博托大道 200 多家药店仍在营业，没有人愿意改变基奎特仅有的几条铺好的道路的名字。在基奎特市场上，随处可见走私的塑料制品和包装食品，还有从姆韦姆贝森林采集的动植物。

但在政府官员中，只有国家安全局班顿杜办公室主任马卡里奥斯·马尼卡萨的职位得以保留。其余蒙博托时代的官员都被扫地出门，取而代之的是忠于卡比拉的人。

“这个国家现在没有什么安宁。”马尼卡萨悲伤地说，他坐在一间小办公室的大木桌后面，沐浴在阳光、闷热和蚊子的笼罩下。这位安全局局长从来没有摘下他的黑墨镜，也不允许拍照，他解释说:“因为我不想让中情局知道我长什么样。如你所知，我是一名特工，必须保持秘密。”马尼卡萨先生非常重视他所在地区的安全，他认为自己的责任远远超出了通常的安全问题，如阴谋、叛军、走私和叛乱。他解释说:“这是因为我负责安全，我认为安全不仅仅是武器方面的，而是所有方面的。”

包括疾病。

1995年，马尼卡萨的妻子露西露是基奎特综合医院的一名护士。当不幸的金福牟腹部被切开时，她正在手术室里，富含埃博拉病毒的血液溅到了包括她自己在内的所有人身上。

马尼卡萨说:“她是在那个勤务兵生病后第一个手术病例中感染上这种病的。”3年后，当他回忆起那些事情时，仍然感到很僵硬。“她病了3个星期。没人能碰她，每个人都很害怕，就连我自己也是。在医院里也碰不到她。尤其是当我们得知这是一种致命的病毒时。”

露西露·马尼卡萨花了好几个星期才恢复身体健康。但是3年过去了，这位30岁的漂亮护士的情绪仍然没有完全恢复过来。由于她无法理解但却令她深感困扰的原因，露西露是唯一一个在第1组病例中幸存下来的人。1995年4月至5月间，她一直躺在3号院区里，看着身边的同事一个个死去，听着站在停尸房前悲痛欲绝的家属的哀号，她确信病毒随时也会夺走她的生命。

“整整四天，我什么都没吃。”在一个湿热的午后，露西露·马尼卡萨回忆道，当时她正在一棵树荫下放松，“我的喉咙发烫，牙龈疼痛。我大腿上有血迹，还有血性腹泻。我感到很虚弱。”

马尼卡萨拍了拍她的五彩全棉裙，摸了摸她的大腿，说:“还有一件事我不懂。我大腿上的血迹时不时就会回来。就像当你撞到什么东西的时候。很大的瘀伤。那会是什么？”

马尼卡萨的亲戚们聚集在他们家摇摇欲坠的煤渣砖房子的拐角处，凝视着前来和他们表妹说话的白人妇女。由于对基奎特的生活感到紧张，露西露每天大部分时间都远离丈夫和两个孩子，与金沙萨的亲戚住在一起。露西露解释说，虽然她想念家人，但回到基奎特和她的护理工作岗位还是让人害怕。

“上班需要勇气，”她坚持说，“条件不好！”

从基奎特坐了40分钟的飞机，露西露的安全部门负责人丈夫说，他的妻子有无比的勇气。每次她回到基奎特综合医院，他都很担心。根据双方的约定，她很少再去基奎特了。

马尼卡萨坚持说:“可以肯定的是，我们还会有另一场流行病，因为情况没有改变。”

“当国际社会做出反应时，我们很高兴。我们知道是谁来救我们的命。当时的扎伊尔，即现在的刚果，有很大一部分地区可能会被毁灭。”马尼卡萨继续说，“在那个时候，整个国际社会都被组织到基奎特来，基奎特成了世界的中心。人们相信，由于这种可怕的疾病，公共卫生设施将得到发展。一些人甚至相信这里的医院将成为全国的样板工程。医院相信，从那时起，基奎特将发展一个真正的基础卫生系统。”

马尼卡萨压低了声音，痛心疾首地吐出话来:“但是一切又回到了原点，人们依然在痛苦地寻找药物和医疗支持。一切都被遗忘了。会不会再次发生？肯定会！没有变化！”

事实并非如此。变化已经发生，不过是往更坏的方向发展。

1997 年，卡比拉任命马克・卡通加为班顿杜省省长，这意味着这位肥硕的政客和他的妻子科尔内利可以搬进基奎特的两层省长官邸，并拥有一批佣人和园丁，他们把花边桌布熨得平平整整，把色彩斑斓的热带花园打理得干干净净。他在班顿杜市有一座类似的人员配备齐全的办公豪宅。他的随行人员中有几位顾问和一位记录他一举一动的摄像师。这位政客在镜头前气喘吁吁地解释说，从长远来看，埃博拉疫情对基奎特及其邻近村庄的影响很小。他认为，由他自己策划的积极有效的政治动员，差不多可以消灭恐惧。

卡通加省长显然相信基奎特不再需要为这种紧急情况做好准备，他没收了该地区唯一的一辆救护车，给它上了漆、装上了沙发，把它征用为自己的办公用车。1998 年，曾将埃博拉患者送往基奎特综合医院的救护车，现在成了卡通加的司机驾驶的豪华轿车。

对基奎特人来说，贫穷已经成为一种永恒。一位当地的天主教修女对此做了生动的注释，她的教团找到了资源，每学期为每个家庭提供一支钢笔。兄弟姐妹在学校考试时，共用家里唯一的写字用具。

当然，正是因为基奎特综合医院完全缺乏感染控制和卫生条件，才导致了埃博拉病毒的肆虐，将社区内发生的一系列孤立病例变成了一场严重的流行病。一旦病毒进入一个连最起码的感染控制要素——肥皂和清水——都缺乏的医院，它就会像火烧干草的山坡一样，在病人和医护人员中迅速蔓延。

世界卫生组织的大卫・海曼说:“这场流行病是由不尊重最起码健康标准的医院工作人员造成的。”

这个“缺乏尊重”，主要是由于缺乏选择。

但在 1998 年，原本脆弱的基奎特卫生基础设施的状况明显更糟。

1998 年，基奎特为数不多的医疗用品比 1995 年要贵得多，因为仅存的运输方式是私人飞机网络。3 家新成立的公司凭借二战后的俄罗斯货机，每天往返基奎特运送乘客和货物。飞机上不时会有诊断肺结核的 X 光片、治疗细菌感染的抗生素、治疗疟疾的氯喹、外科手术手套或其他生死攸关的用品。

1997 年，皮乌斯·孔戈洛医生从大约 200 千米外的邦巴来到基奎特综合医院，就任新的院长。尽管同事们警告他不要去，以免在基奎特感染埃博拉病毒，但孔戈洛，这位英俊的金沙萨内科医生，还是认为这份工作虽然有一定的风险，但这是一个值得的风险。

孔戈洛之所以接受基奎特的工作，很大程度上是因为国际社会对埃博拉疫情的反应带来了大量设备。“但当我发现那里完全没有时，我感到非常惊讶。”

美国疾控中心、世界卫生组织、巴斯德研究所和无国界医生组织的科学家于 1995 年 5 月带来的所有显微镜、净水器、专用防护装备、实验室仪器、测试工具包和一些实验室设备，到 1995 年 9 月却都不见了。

到 1998 年，基奎特的基本医疗设施只有埃博拉疫情暴发前的两台显微镜，这两台显微镜只能在阳光的辅助下使用。还有一台老化的 X 光机。其中一个诊断实验室有一台有着 40 年历史的离心机，这是分析准备血液样本所必需的设备。医院古老、生锈的发电机只提供零星的电力，因此没有冰柜来存放血液和组织样本，也没有冰箱来安全储存血样或对温度敏感的药物和疫苗。除非用煤火烧开，否则医院的水是不能饮用的。夜间分娩，包括紧急剖宫产，都是在妇产科病房 3 盏煤油灯中的 1 盏的帮助下进行的。

在外科手术室，也就是 3 年前露西露·马尼卡萨感染埃博拉的同一间手术室，每一件设备都被回收利用，从手套到口罩，从手术刀到止血器。孔戈洛说:“被一个接一个地插入体内的设备通常都没有消毒过，因为我们缺乏燃料来运行发电机，因此也就没有动力来使用高压灭菌器，而高压灭菌器可以对手术器械进行加热消毒。”

在过去的 15 个月里（自内战以来），基奎特综合医院的医务人员还没有领到工资。医院院长恩杜卢不得不裁员 30%，留下 265 名医生、护士、维修工和其他必要人员。恩杜卢说，自他最后一次收到联邦政府的设备资金以来，至今已经过去 10 多年了，医院欠了很多医疗供应商的债，从技术上讲，它已经资不抵债了。

除了人员的因素，基础设施也是很差的，孔戈洛坚持说:“为了达到最低限度，我们总是不得不做一些临时的事情。有时候，我们觉得自己好像被牺牲了。”

恩杜卢以及基奎特的其他所有医护人员都坚持认为，如果埃博拉病毒当时袭击了医院，情况会更糟！因为政府没有采取任何预防措施，医院没有收到任何物资材料。

恩杜卢说，所有对 1995 年疫情做出反应的国际机构都作出了承诺，但没有一项承诺兑现。

“这是国际人士的惯常行为，”卫生部部长让－巴蒂斯特·桑吉博士不屑地说，“他们来的时候媒体有很多报道，然后他们离开的时候就好像什么都没发生一样。”[51]

但不仅仅是国际卫生机构忘记了可怜的基奎特的困境。她自己的官员、公民和医护人员似乎已经把埃博拉病毒抛在脑后，忘记了 3 年前国际医疗小组给他们的预防教训。

班顿杜大学的历史学教授恩桑加·基巴里说：“我没有注意到基奎特人有任何变化，因为基奎特人并不相信是一种病毒入侵。”基巴里 27 岁的哥哥蒙博洛死于这场流行病，他写了一本关于这场危机的历史书《基奎特的埃博拉病毒：神话、神秘还是现实？》，详细地介绍了它，他的结论是，尽管所有明显的科学证据表明埃博拉病毒导致了基奎特的灾难，但 1998 年的大多数民众仍然认为，296 人的死亡是其他原因造成的。

基巴里回忆说：“最初人们认为这是美国人做的实验。”随后兰达－兰达的概念风靡基奎特。在附近的文加，有传言说当地的一位美国传教士医生自 1960 年起就在村里经营一家医院，他能把自己变成一只河马，在克维鲁河上捕鱼，做不祥的属灵行为。由于 1995 年 1 月第一个感染埃博拉病毒的人是耶和华见证会信徒加斯帕德·门加，大多数天主教徒普遍认为，埃博拉疫情是上帝对离经叛道的信仰和行为的惩罚。

所有这些信念，再加上卫生保健系统的困境，共同促成了一个深度的后流行病疫情否认。人们重复着 1995 年造成埃博拉传播的做法，包括清洗死亡家庭成员的尸体，让自己暴露在受感染的液体中。在医院里，疫情期间所遵循的所有感染控制措施都被迅速放弃。

在基奎特医院，统计学家埃布瓦拉·丹布瓦拉发现，在疫情期间，恐惧几乎支配着所有人的行为，尤其是医护人员。近 22% 的死亡病例是医护人员，他指着一沓沓他用手辛辛苦苦绘制的图表指出，这些图表描述了这种流行病的死亡人数。但到了 1998 年，丹布瓦拉断言：“他们根本不会想到这些了，他们已经忘记了。”

除了幸存者，大多数人都把埃博拉病毒抛在脑后。像露西露·马尼卡萨一样，88 名埃博拉幸存者中的大多数人现在都通过恐惧的棱镜看待生活。在基奎特，他们成立了一个俱乐部，每月开会讨论他们对致命病毒未来卷土重来的担忧。

拉斐尔·米科洛在医院的麻风病和结核病实验室的抽屉里放了一堆他与埃博拉的相片。他于 4 月 29 日病倒，3 天前他埋葬了一位死于该病的朋友。当他痊愈后，医院的医生用他的血液作为其他埃博拉患者的抗血清。

3 年后，米科洛仍然被他与病毒的战斗所困扰。他不停地吃东西以保持强壮，而且态度紧张。尽管心存恐惧，米科洛仍继续在医院工作，从肺结核和麻风病人身上采集痰液和血样。

“我们在没有保护的情况下测试唾液。我们没有防护手套和设备，”米科洛说，他声音紧张，“我们尽一切努力不让自己站在咳嗽的病人面前。但对于麻风病人来说，却没有任何保护手段。你看，在这里洗手都很困难，因为我没有肥皂。”

当访客向米科洛提供一小瓶杀菌洗手液时，他立即抓住了它，并立即将其隐藏起来以免被同事发现。接下来的 10 分钟，米科洛在洗手液藏匿处徘徊，盯着他的同事。确定了他们并没有发现他的宝藏，米科洛咧嘴一笑。

皮埃尔·门加至今仍能回忆起 1995 年 1 月他哥哥加斯帕德的葬礼的情景。他有门加一家聚集在加斯帕德敞开的棺材周围的照片。

1998 年，在他所有的兄弟姐妹中，只有皮埃尔还活着。他肩负着照顾一大堆孩子的责任——他自己的孩子，加斯帕德的，还有其他已故亲属的孩子。此外，他还要要赡养年迈的、患有结核病的父亲。总共加起来，皮埃尔一人要照顾 12 个人。

失业的皮埃尔说：“我们每天都在寻找食物和金钱。但在基奎特，大家对我们都很好。”

皮埃尔的父亲用因患风湿而变样的眼睛瞪着儿子，反驳道：“别听起来好像我们没事，我们在受苦！”

事实上，他们确实是在受苦。门加家族有 13 人，住在恩达拉路附近一个人迹罕至的沟井里，家里只有两个编条结构的房间。在这个拥挤的家里，孩子们的笑声和哭声交织回响。下大雨时，黏土场地会被洪水淹没。大雨之后，潮湿的空气中充斥着疟疾蚊子。孩子们都光着脚，衣衫褴褛。

皮埃尔未婚，既要照看所有孩子，又要为生计奔波。在埃博拉疫情期间，皮埃尔将家人死亡的悲痛放在一边，协助世界卫生组织和疾控中心进行调查。他的服务没有得到任何报酬。

“从那时候到现在，一切都没有改善，”说起基奎特和他的家庭，皮埃尔这样说，“我们又回到了过去的方式。我们在受苦。现在我们很多人都失踪了。我们只是希望国际社会能意识到我们在这里所遭受的苦难。”

在介绍他照顾的众多孩子时，这位 34 岁的年轻人显得不知所措。

“我们一直在供其中一个孩子上学，但由于学费问题，我们无法让其他孩子继续上学，否则我们将一无所有。我们想知道我们家的未来会是怎样的。”

每天早晨皮埃尔都从梦中醒来。梦里有人给了他足够的钱去创业，他盖了一座足够大的房子，让所有幸存下来的家人住得舒适，暴风雨时依然干爽，远离携带病毒的蚊虫。

他说:“这样就能消除苦难。”

与此同时，在金沙萨也很难发现有任何改善的情况。

一位西方黄金开发商说:“问题是他们被压垮了。蒙博托留下了如此大规模的灾难，面对千疮百孔的现状，他们只是不知道从何下手。”

刚果卫生部部长桑吉补充说:“基奎特公共卫生设施的危机并不比全国数百个城镇的现状更好或更糟。我们估计，解决这一问题至少需要 5.3 亿美元。我们正在努力寻找这些资金。但是你知道，整个国家预算也只是 7 亿美元！”

“很明显，”高大的中年人桑吉冷酷地说，“卫生部门必须与其他部门去争分这 7 亿美元。”而刚果，就在千禧年到来的前两年，几乎没有 20 世纪该有的必需品。大多数刚果人没有用上电、自来水和电话，也没有铺好的道路或其他生活必需品。

对于穆延贝教授而言，国家的不幸状况令人深感痛苦。在殖民时期，他在距离基奎特不远的班顿杜省长大，严格的修女们的授课以拉丁文、古典希腊文、法文和西方人文课程为特色。穆延贝是 5 个孩子的父亲，尽管不断收到来自欧洲的任职邀请，他仍然选择留在金沙萨。他利用与欧洲的联系为金沙萨的研究和临床工作提供资金，并留有后路，以备需要时可以逃离他心爱的刚果。同事之中，几乎没有一个像他这般幸运。

到 1998 年 4 月，情况也已经很不妙了，而更糟糕的是，接下来的情况很快会恶化。

5 月，反革命活动在刚果民主共和国各地暴发，因为人们对看似瘫痪的卡比拉政府的失望与日俱增。金沙萨英勇的政治活动分子承受了蒙博托统治下的殴打和监禁，却发现在“民主”气氛下情况几乎没有得到任何改善。反对派政党虽然在官方上是合法的，但却受到严重的骚扰甚至恐吓，以至于当地报纸称这一时期为黑暗时期。

1998年8月，反叛军包围了刚果的主要城市，包括首都。随之而来的是外国人的大量出走，导致所有的采矿、石油和一般大型企业的运作都停止了。甚至在卡比拉自己的队伍中也出现了不同意见，因为他的军队中分裂出来的派系夺取了飞机、机场和一些城镇。

到8月底，卡比拉的联盟已经瓦解。实际上，他的统治只延伸到金沙萨以外几千米的地方。本已难堪的经济再次陷入困境，所有外国投资者都消失了。扎伊尔-刚果民主共和国战争有扩大的危险，从非洲各地招来敌人。安哥拉现在支持卡比拉。乌干达和卢旺达已经改变了他们的忠诚态度，支持以前属于卡比拉联盟的图西族持不同政见者。津巴布韦向金沙萨派出军事“顾问”。纳米比亚空运了21吨的军事装备，也支持卡比拉。叛军切断了金沙萨的水电供应。

南非总统纳尔逊·曼德拉呼吁和平解决。但他被无视了。

到1998年9月，至少有5个非洲国家的军队聚集在刚果民主共和国的境内，与卡比拉政府的士兵或叛军并肩作战。该国的整个东部都在叛军、卢旺达、乌干达的控制之下。

到了10月，由于外国军队的支援，卡比拉似乎把叛军远远地赶回了扎伊尔东部，并控制住了局面。这花费了政府50亿美元，使国家的债务接近200亿美元。[52]战利品归胜利者，所有支持卡比拉的每一个国家都宣称拥有刚果的各种石油、矿产和宝石储备。

在20世纪的最后一年，非洲的军队正在动员起来，以决定非洲大陆这个庞大的赤道国家的命运。

1998年11月13日，武装士兵奉卡比拉之命，进入卫生部部长桑吉的办公室。桑吉因表现不够团结而被免职。同时因为公开对新独裁者无意举行选举或建立民主表示了关注，桑吉被捕，使国家和基奎特人民失去了任何卫生系统的领导。

西方人士在讨论看似难以解决的非洲问题时，通常会表现得对此嗤之以鼻，但埃博拉对公共卫生的影响，远远超出了他们的认知。如果不采取行动，这种公共卫生危机就会重演，不仅在刚果盆地，也会在有类似社会和生态环境的其他地方重演。

很明显，基奎特的疫情暴发在医院里。当地医院发挥了音响功放系统般的功能，输入的是微弱的个体病例，输出的却是汹涌澎湃的流行病暴发。

在埃博拉疫情暴发的高峰期，没有什么比乳胶手套和基本防护装备更重要的了，再配以头脑清醒的规划，就能控制住疫情。那些在北美和欧洲受到青睐的高科技工具不仅在基奎特案例中毫无用处，而且从长远来看，它们甚至可能被证明是有害的。如果说1998年基奎特士气低落的医生们因为买不起乳胶手套而在恐惧中辛苦工作的话，那么如果埃博拉疫情的控制需要更昂贵的物品，比如瑞典志愿者带来的带空调的太空服（虽然为时已晚），他们的恐慌状态只会进一步加剧。

在基奎特或地球上任何其他孤立、贫穷的地区，高科技解决方案也不太可能加速对此类危机的诊断和警示。如果基奎特综合医院有一部价值1万美元的卫星电话，一旦发生另一场流行病，它就可以打电话给日内瓦的大卫·海曼，那么它现在可能就不会再拥有这个设备了。更有可能的是，这款奇特的手机早就被“解放”给了某个目前正在为扎伊尔的未来而战的将军了。又或者，它会被班顿杜省省长抓在手里，坐进那部从基奎特综合医院“解放”出来的救护车，往外拨打电话。

第三章 资产阶级生理学

苏联解体后公共卫生的坍塌

此时，莫斯科已成为一座空城。人还是有的，五十分之一的居民还留在城里，但街道已经空了。

它被遗弃了，就像一个衰败的、失去了蜂后的蜂巢……

几乎所有的蜜蜂都死了，只是它们并未意识到，还待在它们守卫过却已不复存在的圣地。它们散发着死亡和腐败的气息。但有几只还能动，它们立起来、无力地飞着，落在敌人的手上，却没有勇气一刺敌人而后死去；其余的都死了，像鱼鳞一样被刷到一边。养蜂人关上隔板，用粉笔在蜂箱上做一个标记，然后找个时间把它毁掉。

——列夫·托尔斯泰，《战争与和平》[1]

要么社会主义者战胜虱子，要么虱子战胜社会主义！

——约瑟夫·斯大林

公共卫生状况严重恶化，乍一看令人难以置信。没有一个国家在和平时期表现出如此突然的变化。

——弗拉基米尔·什科尔尼科夫，莫斯科流行病学家，1994 年

我们所面临的是前所未有的、巨大的挑战！

——俄罗斯医学科学院的格拉西缅科医生在杜马的演讲，1997 年 5 月

1982 年的秋天，75 岁的勃列日涅夫去世时，他的心血管系统已经快不行了。勃列日涅夫曾任苏联主席和总理长达 18 年，而他的血管却被粥样硬化斑块堵住了，导致血液几乎无法流通。他腹部的主动脉膨胀成了一个巨大的动脉瘤。在经历过无数次心脏病发作后，他的心脏伤痕累累，节律紊乱，挣扎了多年后最终还是放弃了跳动。苏维埃社会主义共和国联盟的领导人倒下了，这位无所不能的领导人死于长达几十年的暴饮暴食和烟瘾。

此后不到两年，他的继任者尤里·安德罗波夫也殒命了。这位曾经令人敬畏的克格勃（情报机构，全称苏联国家安全委员会）领导人，因总是戴着一副

深色眼镜而闻名。1984年冬天，他被埋葬在克格勃创始人费利克斯•捷尔任斯基的旁边。官方消息称安德罗波夫死于肾衰竭，实际上，他和勃列日涅夫一样，让他殒命的是糟糕的饮食习惯、吸烟和酗酒。

13个月后，73岁的康斯坦丁•契尔年科也被埋葬在红场。多年的吸烟史和大量饮用伏特加让他倒下了，致命的病因还有肺气肿和肝硬化。

1985年3月，政治局最终放弃了把曾在斯大林影响下工作过的人推上权力宝座的做法，转向了米哈伊尔•戈尔巴乔夫，54岁的他相对年轻一些。

这是巨大变革的开始。

戈尔巴乔夫是苏联第一位能在其政治生涯中幸存下来的领导人，他没有死在办公室或被迫离开，没有因为致命的身体或精神疾病而残废。自公元913年以来，这种事情在俄罗斯历史上还未曾发生过。

戈尔巴乔夫的身体健康状况预示着苏联领导人的地位提高了，但苏联民众的健康水平却没有相应提高。事实上，苏联解体标志着工业化世界和平时期最令人震惊的公共卫生崩溃的开始。对欧洲-斯拉夫体系来说，这将是自14世纪黑死病以来，在没有战争的情况下最彻底的逆转。

一

> 然后，“人口统计学”这个可怕的词出现了，很明显，今天的俄罗斯正处于人口灾难的前夕：死亡率超过出生率，预期寿命急剧下降，自杀人数不断上升，每100例活产就有240例流产。
>
> ——安德烈·托诺夫，1997年[2]

有一件值得苏联夸耀的事，那就是他们的医疗体系。

在莫斯科执行的一系列大胆的五年计划中，苏联和东欧国家在共产主义世界宣布了一个接一个战胜疾病的胜利。到1970年，苏联将男性的预期寿命从1917年十月革命前的38岁提高到65岁，女性的预期寿命从43岁提高到74岁。婴儿死亡率从1917年的每1000名婴儿有250名死亡，下降到1970年的每1000名婴儿有20名死亡。

在全球范围内，这被宣传为人性关怀的具体表现，而这些成就是由庞大的公共卫生基础设施支撑起来的，所以苏联可以宣称其人均医生、护士和医院床位数量比世界上任何国家都多。[3]然而，1991年，苏联解体后不到一年，曾横跨12个时区的庞大的世界就突然暴发了一系列流行病，这令全球卫生机构都感到震惊。[4]

在此期间白喉感染了20万人，造成5000人死亡；脊髓灰质炎在1991年侵袭阿塞拜疆，1993 年侵袭乌兹别克斯坦，1995 年侵袭车臣；肝炎突然变得很普遍，以至于被认为是地方性疾病，而不是流行病。1995 年，流感肆虐导致乌克兰政府关闭了一个多星期；1996 年塔吉克斯坦有 2 万人感染伤寒，然后继续在当地流行；从 1993 年至 1998 年，圣彼得堡 4 次应对霍乱和痢疾的双重流行。艾滋病呈指数级增长，预计到 2001 年仅乌克兰就将有 2 万例艾滋病病人；肺结核、梅毒和淋病紧随其后。根据国际标准，酗酒、吸毒和自杀在 1995 年都已达到流行的程度。

甚至儿童腮腺炎也成为一个主要问题，仅从 1992 年到 1994 年患病率就上升了 30%。

预期寿命下降——例如，从 1992 到 1993 年，男性的预期寿命下降了 3 年。突然之间，在苏联解体 8 年后，人类所知的最庞大的医疗体系也开始陷入混乱。[5] 以往的“人性关怀”转眼变成了衰颓之象。

在莫斯科，康斯坦丁就是这一景象的具体体现。康斯坦丁是一名身体消瘦的苏联士兵，在俄罗斯监狱里感染，最后死于耐药性结核，结核菌侵袭了他的肺部、肝脏、肾脏和心脏。在第比利斯，年仅 15 岁的伊拉克里·谢罗德佐尔和他的母亲挤在一个橙色的电暖器旁，身体虚弱的他感染了耐药性食肉链球菌，这种病菌无情地摧毁了他的身体。

在乌克兰，一个可以公开出售毒品的社区里，数百名青少年和年轻人明目张胆地蹲在冰冷的公园里，共用针头注射毒品。在敖德萨的街道上，一个 14 岁的漂亮妓女笑着说她总是使用避孕套，然后向附近的朋友眨眼会意。

在基辅的一家艾滋病诊所，可以看到苏联卫生保健的另一面。[6] 一名护士给一名艾滋病阳性的男子采血时，没有戴乳胶防护手套，用裸露的食指在注射部位加压。这种情况在格鲁吉亚第比利斯的集市上随处可见。在那里，没有接受过医学培训的经济学学生戈加在一个露天摊位上出售抗生素，指导顾客该吃什么药、怎么吃。

在格鲁吉亚茨欣瓦利共和医院空荡荡的儿科病房里，当被问及病人的情况时，一个护士像抱着婴儿一样拿着一份病历，一脸鄙夷地问：“你不觉得冷吗？”“我们让病人回家了。不管他们的病情有多严重，待在家里都比待在这个没有暖气的地方更安全。”在医院的顶楼，正在做一台疝气手术。护士用手泵动着呼吸器，麻醉剂滴在病人脸旁的布上。外科医生快速工作，因为发电机只给电灯供电 15 分钟。

随着 20 世纪的结束，这场公共卫生灾难的严重程度在苏联和东欧集团国家中各不相同。但不可否认的是，这是一场严重的地区性灾难。[7]

俄罗斯人口与人类生态学中心的流行病学家弗拉基米尔·什科尔尼科夫和法国国家地理研究所的弗朗斯·梅塞尔在1997年给俄罗斯的一份报告中说："和平时期没有任何国家出现过如此突然的变化。"[8]

1970年，苏联的卫生成就深深地触动了他们的科学家，他们预测到2000年仅俄罗斯就将有1.6亿人口。但，事实是俄罗斯人口在20世纪90年代迅速减少，预计到2010年将下降到1.26亿～1.4亿，这是自1917年十月革命前夕以来的最低水平。[9]

但预言家们被愚弄了。1999年，俄罗斯的谋杀率有所下降，但早死率持续攀升。悲观的预测者在2000年修订的预测中表示，到2050年，俄罗斯的人口可能只有8000万～9000万，或许是两个多世纪以来最少的。如果这个糟糕的预言被证明是正确的，那么俄罗斯的人口将在短短60年内减少，比北半球任何一个社会在人类历史上所知的减少都要多，包括在战争时期。[10]美国人口统计学家默里·费什巴赫预测，到2016年，俄罗斯的人口减幅将达到1700万。[11]

1917年在符拉迪沃斯托克和圣彼得堡出生的男性平均预期寿命为38岁。他们最有可能的死因是该地区频繁暴发的一系列传染病中的任何一种。在炎热的夏天，蚊子传播疟疾、黄热病和脑炎，蜱虫传播出血热，老鼠传播黑死病。在寒冷的冬天，流感、细菌性肺炎、猩红热、斑疹伤寒、肺结核和许多其他疾病席卷了高加索地区的高山小屋、圣彼得堡的豪宅和大草原上的小屋。

而由于在苏联时代建立了大量的公共卫生基础设施，提供了住房，改善了营养，在十月革命年代出生的男孩的孙辈几乎可以活两倍长的时间：1970年出生的俄罗斯男孩平均预期寿命为65岁。

但到了1993年，当第一代后苏联时代的俄罗斯男孩出生时，预期寿命已骤降至58岁。而且这一数字还在不断下降，1998年秋天预期寿命为57岁，到了圣诞节却只有56岁。[12]

对苏联公共卫生规划人员来说这是完全不可想象的。他们有着像十字军一样的狂热追求，梦想着一个没有疾病的工人阶级当家做主的国家。

"曾经有过广泛的、不可思议的流行病。"谢尔盖·波佐罗夫斯基于1997年担任加马利亚研究所所长，该研究所被认为是俄罗斯最负盛名的医学研究中心。"接下来发生了第一次世界大战和美国内战，到20世纪20年代末，数以百万计的人死于传染病，尤其是斑疹伤寒。所以统治者（斯大林）提出了一个雄辩的口号：'要么社会主义者战胜虱子，要么虱子战胜社会主义。'"

波佐罗夫斯基笑着承认，斯大林的命令得到了有力的执行，但"并不是用民主的方式来完成的"。当时还没有发明斑疹伤寒疫苗，也没有能杀死携带致命细菌昆虫的有效杀虱剂。因此，在斯大林的命令下，苏联的每一个男人、女人和孩子都被命令去澡堂洗澡，他们的衣服和床单都要除虱，有些被感染的房子被烧成灰烬。

第一次席卷苏联的公共卫生运动缺乏科学技巧，但热情和强制行动弥补了这一点。这次运动取得了惊人的成功，成了国际宣传的热点。当斑疹伤寒在许多资本主义国家肆虐的时候，共产主义者却可以宣称无产阶级的胜利。

斯大林脸上布满了可怕的伤疤，是他童年时期与天花做斗争的印记[13]，他决定与传染病斗争，全力以赴打造斯大林式的新型公共卫生机构。

他建立了一个庞大的卫生防疫站网络体系，几乎覆盖了全国每一个村庄。20 世纪 20 年代，苏联各地都建立了医学院和卫生培训中心，为强大的卫生防疫站培养专家。卫生防疫站拥有类似于克格勃的权力，可以监管医生，发现医学和政治上的不正当行为。卫生防疫站围捕传染病携带者，将他们从社区中找出来隔离，直到他们痊愈或死亡。那些患有诸如肺结核、梅毒、淋病和酗酒等所谓社会疾病的人被公开点名，在工厂和学校受到谴责，还要列出所有可能与他们有过亲密接触的人的名单。

随着预防和疫苗的发展，大众要接受卫生防疫站安排的免疫接种。卫生防疫站的领导者一直都是忠诚的共产党员，而热心的共青团志愿者则通常被安排去团结无产阶级，以实施最新的公共卫生干预措施。

随着时间的推移，卫生防疫站、医院和诊所的系统变得非常庞大，成为全国三大就业渠道之一。

在诸如加马利亚这样的实验室里，工作重点是发明和大量生产抗毒素、疫苗，以及抗生素。二战后，这些实验室的角色转向了所谓的大型生物防御工厂——相当于苏联的制药厂——大量生产供卫生防疫站使用的材料。

在赫鲁晓夫统治的 20 世纪 50 年代，最负盛名的生物医学实验室，如加马利亚，像革命前一样变成了基础研究中心。科学家们在一个复杂的等级体系中工作，学术人员（相当于高级博士）位居顶层。对他们来说，生活是美好的。他们的办公室常常被装修得富丽堂皇；国家雇人给他们提供餐食和茶水服务，给他们提供司机和免费的汽车。

此外，卫生防疫站还建立了 5 个鼠疫实验室，专门用于控制和最终消灭鼠疫耶尔森菌及其鼠蚤携带者。

到 1970 年，中央政治局正式设定的目标是彻底消灭苏联的所有传染病。

“当我们开始着手时，我们意识到这些任务很难甚至不可能完成，”波佐罗夫斯基承认，“但在一段时间内，这个目标是鼓舞人心的。”

一种又一种直到最近还在摧残着苏联人民的疾病几乎被征服了：白喉、天花、霍乱、疟疾、肺结核、斑疹伤寒、小儿麻痹症、伤寒、百日咳、麻疹、蜱传脑炎、破伤风——这些疾病都在卫生防疫站的控制之下。尽管他们使用的方法对部分人来说有点压抑，甚至是残忍，但是奏效了。“难道这不是重要的吗？”波佐罗夫斯基说。

“然后到了1991年，”波佐罗夫斯基说到这里，身体明显下沉，神情沮丧，“这一变化不仅导致了政治的崩溃，也导致了公共卫生、医疗保健和医学科学的崩溃。”

首先，华沙条约国家和波罗的海国家摆脱了苏联的影响，推翻了他们的旧统治者。后来苏联解体，前社会主义共和国分裂成了15个独立的国家。成千上万的科学家离开莫斯科和西伯利亚的实验室，回到了自己的祖国。

“从1993年开始，国家（俄罗斯）停止资助所有的研究补贴。”波佐罗夫斯基说，“从1994年起，国家停止资助该研究所的日常开支，但是薪水照常支付。这是一份可笑的薪水——一个实验室的负责人每月收入不到100美元……但到了1996年，我们看到了更多的变化——根本没有薪水。”

波佐罗夫斯基叹了口气，几乎说不出话来：“我觉得自己就像一个墓地的守夜人。”

但真正的守墓者是那些统计该地区人口的人们，他们统计的是苏联解体后发生的严酷变化。波佐罗夫斯基也被包含在这些数据里。他在接待美国客人的几周后去世，波佐罗夫斯基的一位同事坚称他死于“心碎”。

在俄罗斯、乌克兰、摩尔达维亚和其他苏联流行病学家的统计表中，没有“心碎”的分类，但有“死于心血管疾病”的类别，该数值1991年以后在从波兰格但斯克的造船厂到符拉迪沃斯托克的港口激增。政治体制的转变似乎使群众的心都“碎”了。

俄罗斯杜马医学科学院的格拉西缅科医生用异常强烈的语言总结了这一情况：“我们想让每个人都明白……这个国家的安全受到了威胁。”[14]

格拉西缅科列出一系列戏剧性的统计结果：他表示，在1992年，俄罗斯的死亡率是出生率的1.6倍，约有300万年轻人直接死于卫生保健危机，大约是阿富汗[15]与车臣战争死亡人数总和的10倍。他还说，在过去的几年里，有1/3的新兵由于健康原因而不能进入军队，而早在1985年，这一数据是1/20。

“换句话说，这种情况是灾难性的，”他说，“如果不改变，只有54%的16岁青少年（男性）能活到领取养老金的年龄。这比一百年前的俄罗斯还要糟糕。”

格拉西缅科将矛头指向了俄罗斯的医疗体系，将部分责任归咎于国家：“俄罗斯宪法第41条规定联邦要保障人民的健康，为人民提供医疗服务。”他继续说，“是，在联邦的医院里，病人们如果不做手术，他们就会死，而手术费高达5000万卢布！但是，数以百万计的公民哪有这么多钱呢？尤其是当他们的工资被拖欠的时候。此外，1996年联邦医院只收到了46%的预算拨款。这处于金融缺血和财政梗死之间啊！”

委员会呈给总统叶利钦的一份报告中阐述了1997年的女性、家庭和民主问题。公共卫生专家表示，俄罗斯的早死率在1991年和1996年之间可怕地增加了126%，最突出的原因是酒精相关、事故、自杀、创伤、呼吸道感染、常见传染病、中毒、他杀和车祸的死亡。[16]

1990年至1994年，俄罗斯男性平均预期寿命减少了6年；1998年俄罗斯－美国联合研究发现妇女平均预期寿命减少了3年。[17]在此期间，男性的死亡率翻了一番。

俄罗斯流行病学家弗拉基米尔·什科尔尼科夫和法国科学家法朗士·梅尔和雅克·瓦林合作进行了一系列研究，旨在了解俄罗斯这些统计数据的严重性，以及寿命大降是何时开始的。[18]他们发现，俄罗斯公共卫生的瓦解实际上早在1966年的苏联时期就已经开始了，当时的统计人员通过一系列干净利落的会计手段掩盖了部分事实。例如，统计学家改变了卫生领域的目标，根据研究对象的年龄调整数据，这种方式在西方被认为是完全不可取的。[19]

然而，俄罗斯－法国联合团队宣称1991年之后急剧瓦解的公共卫生系统是实打实的，并“明确表示医疗保健系统不会使心血管疾病的死亡率发生任何增长，还会遏制诸如酗酒、药物滥用和肺结核等‘人为疾病’的高涨”。

当研究人员将俄罗斯的死亡趋势与法国、英格兰和威尔士的死亡趋势进行比较时发现，无论是通过预防还是通过治疗来控制心脏病，结果显然都失败了。在欧洲地区心脏病死亡率比原来的概率下降了50%的时期，俄罗斯的心脏病死亡率却从1970年的3倍上升到1995年的5倍。而且，这些激增的死亡率从未在官方数据表中出现过。

不过，费什巴赫已经发现了这个问题。随着世界步入千禧年，费什巴赫度过了他人生的第70个年头，他整个职业生涯的大部分时间都致力于在“可恶的谎言”中寻找真相，这些“谎言”发生在苏联管理混乱期间以及1991年解体后的俄罗斯，其中有些还标上了统计数据。从1956年开始，费什巴赫先在美国人口普查局工作，后来在华盛顿的乔治敦大学担任教授，他先后发现了一个又一个隐藏在苏联数据中的可怕的谣言、搪塞或欺骗。他对这种探究着了迷，他渴望掌控一个信息领域，就像他无止境地寻找稀有的邮票和无名的岩石一样。[20]费什巴赫能说一口流利的俄语，自1973年以来，他就一直在苏联进行数据搜集之旅。费什巴赫在搜索数据的征程中顽强坚持，严谨无误。

早在苏联解体之前，费什巴赫就发现了克里姆林宫富有创造力的会计师们隐瞒公共健康问题的证据。例如，1964 年整个苏联的成年人早死率开始上升，从每年每 1000 名成年人有 6.9 人死亡上升到 1980 年的每 1000 名成年人有 10.3 人死亡。到 1980 年，他发现，苏联男性和女性之间的预期寿命差距已经超过 11 年——这已经是世界上最大的性别寿命差值。在 1979 年的数据中，他发现苏联儿童的麻疹发病率是当时美国儿童的 15 倍，伤寒发病率是美国的 29 倍。

1980 年，费什巴赫发现苏联利用两种创造性的统计方法来掩盖婴儿死亡率的飙升。首先，从 1975 年开始，他们干脆停止公布任何婴儿死亡数据，将婴儿死亡数归入死亡儿童这一范围更广的类别。后来，在 1976 年前后，苏联人将"婴儿"重新定义为出生时成熟的新生儿（怀孕 28 周后），体重超过 1000 克，身长超过 35 厘米，出生后至少存活 7 天。因此，所有的早产儿都被干净利落地从记录中抹去，排除了占美国和西欧婴儿死亡率大部分的婴儿群体。

这位在布朗克斯出生的犹太裔乌克兰移民的儿子，发现了更多显示整个勃列日涅夫时期公共卫生状况恶化的迹象，包括该地区的儿童重度营养不良，公立医院医疗设备和用品极度短缺，到 1978 年成人酒精相关死亡率是美国的 100 倍，以及人群中越来越严重的心血管疾病问题。

随着戈尔巴乔夫时代的到来，"开放"给费什巴赫带来了机会。虽然"真理"并没有立即浮出水面，但"开放"为俄罗斯同事提供了接触的机会和诱人的线索，从而显现出了"真理"。

随后，他在冗长的捏造的数据报表中看到了疑点，这促使费什巴赫发问："既然这么糟糕，为什么不是所有人都死了？"

费什巴赫自答："我的感觉是，他们已经死了。"

当大多数西方人——包括几十年来一直依赖费什巴赫研究结果的美国政府雇员——都在庆祝苏联的终结时，这位戴着眼镜的乔治敦大学教授却宣布灾难已经降临。[21] 相应的变化是他办公室突然出现的海量数据，这些数据成山地堆积着，几乎要触到天花板。令人感到不可思议的是，若是有一位访客催促寻找证据，费什巴赫能够立即从一堆看似乱七八糟的证据中找到并提取出来，而不会把整个数据文件堆弄倒。和其他事情一样，费什巴赫所看到的秩序对于普通人来说似乎是一片混乱。他在苏联废墟中看到的秩序是灾难性的。

"你可以看看这些数字。看到了吗？"他朝这张报表挥了一拳，问道，"你能从这些数字中得出什么结论呢？不管他们说得有多么夸张，你面临着的都是一场灾难！"

费什巴赫面对着成堆的严峻数据。“看这个。在美国每年大概有 200 到 400 人死于酒精中毒，对吧？好，看这个。1994 年，5 万俄罗斯人因此而死亡，对吧？好，接着是梅毒。难以置信！从 1990 年到 1994 年，10 到 14 岁的俄罗斯女孩感染的人数增加了 30 倍。看到了吗？再看看这个。你看，上面写着——这是官方文件——你看，上面写道：‘38% 的婴儿出生时是正常的。’这是什么意思？这意味着，在 1991 年出生的俄罗斯婴儿中，有 62% 是异常的。”

根据费什巴赫对俄罗斯人口数据的分析，1992 年标志着一个明显的转折，历史上很少有文明国家能从中恢复过来。这一年，俄罗斯联邦的死亡人数超过了出生人数。从那以后，差距逐年扩大。[22] 到了 2000 年 1 月，俄罗斯的死亡率是其出生率的 2.5 倍，在某些地区，死亡率竟是出生率的 4 倍。

费什巴赫预测，未来需要特别关注的主要是 15 至 50 岁过早死亡的男性。这些人是富有生产力的劳动力，是该地区未来一代的父辈。在 20 世纪 90 年代这些男性的死亡率是同龄女性的 4 倍，费什巴赫问：“男人在哪里？”他预测，俄罗斯男性和女性之间的预期寿命差，将从 1996 年的 13.1 岁扩大到 2010 年的 17 岁。[23] 考虑到大多数死亡都发生在适婚男性身上，费什巴赫预测，随着女性找不到伴侣、几乎停止生育，第二次大危机已迫在眉睫。在这种情况下，即使是最严峻的 2010 年人口预测——即俄罗斯人口将回落到 1917 年的水平——也将无法达到。

1994 年，联合国儿童基金会谴责该区域性局势为“一场意想不到的、影响未知的和解决办法不确定的社会危机……1989 年至 1993 年间积累的‘超额死亡率’比 1929 年至 1933 年北美‘大萧条’造成的‘超额死亡率’要高得多。[24] 整个 1989 年至 1993 年间死亡人数约达 80 万，这一数字清楚地表明了当前危机的严重性。”[25]

为什么会发生这样的噩梦呢？为什么世界上最大的公共卫生网络完全崩溃了？

二

俄罗斯内政部今天表示，今年约有 4.3 万人死于饮用劣质伏特加。

——法新社，1997 年 11 月 28 日

生活水平和前政治、行政制度的废除息息相关，最近与酗酒共同上升的犯罪率，是全面经济改革和随之而来的较低生活水平以及废除前政治和行政制度的后果。

——什科尔尼科夫、梅斯和韦林，1996 年[26]

喝酒是俄罗斯人的快乐。我们缺之不可。

——基辅的弗拉基米尔，俄罗斯国家创始人，公元10世纪

在莫斯科一个寒冷、潮湿的夜晚，身子骨结实的保镖手持自动武器，充当哨兵，盯着这座漂亮的18世纪建筑的入口。直到不久前，这座建筑还是作家协会的驻地，曾被苏联著名作家马克西姆·高尔基使用。

这是莫斯科人熟知的“格里博耶多夫宅邸”，是以其原贵族主人的姓氏而命名的，它是苏联时代所有作家的重要场所。在这里人们各抒己见：这位作家值得去克里米亚做一次免费演讲；这位“人民公敌”的作者值得去一趟古拉格！在这里，无产阶级的公仆——所谓无阶级社会的声音——享用着其他苏联公民鲜能品尝的珍贵食物。[27]

随着苏联和共产党的垮台，国家不再资助富丽堂皇的作家餐厅，所以一家私人公司接管了这里。到20世纪90年代末，这个曾为政治正确的作家们提供服务的餐厅，变成了莫斯科最优雅的餐厅，有穿着正式晚礼服的服务员、闪闪发光的水晶吊灯、钢琴演奏家、充足的白鲸鱼子酱、供应最好的俄罗斯伏特加、格鲁吉亚葡萄酒和亚美尼亚干邑白兰地。

当法国大使馆的工作人员在高尔基曾经居住的楼上房间里举行私人聚会时，用餐者在大厅里安静地享用着美食，一边啜饮着伏特加，一边听着才华横溢的钢琴演奏家演奏轻快的肖邦乐曲。

有一组用餐者显得格格不入。这四人身穿黑色高领毛衣和古驰皮衣，表明他们是黑帮分子，陪伴着一个身着氨纶服装的年轻女人。这些人喝得很凶，每喝一轮烈性的俄罗斯伏特加酒和格鲁吉亚的胡椒酒，他们的语言就变得更粗俗。这群人的胖头儿以一种夸张的姿态从口袋里掏出一叠五厘米厚的百元美钞，在空中挥舞着，让所有人都看到，并叫嚷着要结账。一位胆战心惊的服务员送来了账单，并告诉他们外币付款是违法的。

黑帮头子瞥了那张账单一眼，便冷笑起来，黑帮分子把服务员按在地上，用握紧的拳头和尖利的叉子向可怜的服务员打去，动作快得简直看不到细节。没有发出什么声音，因为喝醉酒的暴徒都是专业人员，所有服务员立刻惊呆了。那位钢琴演奏家一直在演奏，没有漏掉一个音符，这家豪华餐厅的大多数顾客似乎都不知道发生了什么。

一群服务员显然已经习惯了这种醉酒后的闹事，他们组成了一个“人楔子”，一头扎进纷乱中，救出失去知觉的同事，然后回到厨房。暴徒们追赶着，厨房的门上了闩。

“我们的甜点就吃这么多吧。”少数几个注意到这场纷乱的就餐者嘟囔道。钢琴演奏家无缝切换到科尔·波特的曲子，暴徒们得意扬扬，又给自己倒了一杯白兰地，放声大笑。服务员领班悄悄走到那个强壮的暴徒头目跟前，低声说着代表餐馆谈判的立场。突然——砰！他也倒在地板上，被狠狠地打了一顿。当他向后退爬出去时，那个至今未弹错乐谱的钢琴师开始冒汗了，她的眼睛因恐惧而睁得大大的。然而，大多数顾客却对此毫不知情。

一个得意扬扬的暴徒把酒盘推到他们的桌子上，暴徒五人组高高兴兴地给自己上了一杯法国陈年干邑。工作人员为了安全，待在上锁的门后。那位钢琴家演奏了格什温的《蓝色狂想曲》。

一名在餐厅外站岗的保安走了进来，故意装作若无其事的样子，移动着他那魁梧的、肌肉发达的身躯。他穿着一套西装，在他那令人印象深刻的肌肉组织挤压下，西装的接缝处似乎要裂开了：他就是俄罗斯的阿诺德·施瓦辛格。暴徒们认出了同行，顿时僵住了，互相交换了几句话后站起身，朝餐馆的出口走去。似乎和平就在眼前。

但突然间，站在餐厅门口钢琴演奏家背后的黑帮头目迅速转身，在保安的脸颊上来回拍打。不出一秒，保安就把一支自动手枪放在了黑帮分子的左太阳穴上。一名黑帮头目立即把胳膊搭在头目的肩上，用手枪指着保安。

钢琴演奏家停止弹奏格什温，爬出火力射程。一些用餐者最终注意到了这场不断升级的对峙，他们安静地把椅子移出了战线，注视着事态的发展。几秒钟过去了，两个人都没有放下武器。服务员们从厨房里探出头来，集体屏住了呼吸。

突然，一名巴拉莱卡演奏者在为楼上的法国大使馆表演时，向人群喊道：“嘿！嘿！嘿！”迎接他的是来自法国观众的热烈跺脚和欢呼。这是一场经典的旅游表演，就是西方游客看过不止一次的日瓦戈医生似的那种表演。保安和暴徒们止住了一波笑声，找到了一个互相保全面子的退让方式，放下了武器。谈判开始了，黑帮头目放开了他的搭档，拉着他的女朋友，然后又回去品尝另一轮白兰地。

当服务员们回到他们的餐桌前时，至少有两起谋杀案的原因被弄清楚了。暴徒们似乎不喜欢这家餐厅美元兑换卢布的汇率。他们愿意在数十名证人面前，为了一场不到 10 美元的纠纷而杀人。

在整个苏联地区，谋杀、自杀、车祸和酒精中毒事件的发生数量都创下了历史纪录，不论是优雅的干邑白兰地、普通的伏特加酒还是更常见的廉价劣质私酒都起到了推波助澜的作用。

在西伯利亚乌兰乌德外，城市垃圾堆的下风处建了一个村庄。52 名成年人和8名儿童生活在一片10层楼高、散发着恶臭的垃圾堆形成的人工森林里。这群流浪的西伯利亚人在地上挖了一些洞，大约3.66米深、3.05米宽，即使是在被冰雪覆盖的严冬，他们也只能生活在那里。

木梁支撑着他们的地下房屋，房屋里排列着从附近的垃圾堆里捡来的物品。这些居民没有自来水、电、暖气，也没有新鲜的食物，营地的非官方领导人尼古拉·康斯坦丁诺维奇说。大多数人被骗出了自己在城里的房子，在房产私有化的时候被劝说卖掉房子，但他们太过天真，急于赚快钱，没有意识到自己房子的真正价值。康斯坦丁诺维奇解释说，乌兰乌德人无法用他们得到的微薄的钱买新房子，最终无家可归。

70岁的亚历山大突然把头探出地面，看到陌生人就躲回他的小屋里。康斯坦丁诺维奇消除了亚历山大对警察到访的恐惧，这位上了年纪的退休老人出现在人群中，呼吸中带有浓重的暮色之光，向来访者打招呼。

“我们从来没有想过会在这里结束一生，”亚历山大说，“我们本应生活在工人的天堂里。好吧，我是一个工人——但我的天堂在哪里？”

白天，孩子们的工作是在臭气熏天的垃圾堆里寻找可出售的物品，他们要从生活在那里的凶恶老鼠的爪子里抢东西，并拿去兑换成现金。这是一项令人厌恶的任务，亚历山大流着泪说：“这太让我心碎了。”但孩子们每天都会乖乖地拎着装满东西的袋子回来。

然后，成年人轮流乘坐巴士进入城市，寻找食物——包括赖以生存的面包和酒精。

“不要把我们想得那么坏，”亚历山大的邻居——中年的莉娜哭喊道，她的脸因为多年的酗酒而变得通红，“我们住在地下，但我们不是杀人犯。我们只能喝酒了。”

早上9点，沉闷的莫斯科，34岁无家可归的尼古拉·叶利扎罗夫正在排队等待领取工作许可证，他是有犯罪前科的人。12个月以来，他每个工作日都在排队等待领取工作许可证。一天，他在宿醉中迷了路，昏躺在莫斯科的某个地方，结果被抢劫了。窃贼抢走了叶利扎罗夫最值钱的东西——莫斯科的居住证和工作许可证。叶利扎罗夫的蓝眼睛流着泪，说：“没有这些，我没法有一个家，我也没法找一份工作。自那（抢劫案）以后，我就一直在跟该死的官僚主义打交道。”

无论他前一晚上在怎样的破房子里瑟瑟发抖，在喝下一瓶高度的伏特加后，叶利扎罗夫都会再次排队“与官僚主义打交道”，乞求新的证件。

在莫斯科普希金广场地铁站，一个中年醉汉试图闯入一个只能出不能进的旋转门，他被门撞了出来，头朝下地摔在铺着瓷砖的地板上。他半昏迷地躺了几分钟，这时一群14岁左右的男孩正喝着高度鸡尾酒，大声地嘲笑着这个“肮脏的老醉鬼”，踢向那个倒在地上的人。醉汉不清楚发生了什么，挣扎着爬了起来。男孩们站在一边，笑喊着：“来吧，老头儿，你能行的，走！”醉汉再一次向那个错误的方向走去，又碰壁了，而且又一次撞到了头。男孩们围住他，准备再来一场嘲弄，但当他们意识到这一次醉汉真的失去了知觉时，就没了兴趣。

到了20世纪90年代中期，公共场合的醉酒已经变得很普遍，以至于让人们不确定什么是现实：是清醒的眼睛所看到的稳定，还是熙熙攘攘的行人所看到的摇摆不定、模糊不清？从波希米亚到符拉迪沃斯托克，在满目疮痍的老工业城市里，失业的人不再憧憬自己的未来，他们每天生活在酒精营造的世界里，得过且过。

酒精引发的暴力和自我毁灭在东欧国家并不罕见。但1991年之后，情况变得更加极端和危险。正如人工流产和其他基本公共卫生指标的情况一样，从苏联时代开始，酗酒及其相关伤害的增加已成为一种趋势，这种趋势在1991年之后愈加明显。

例如，1999年在俄罗斯出生的婴儿刚刚超过120万，而死亡人数却超过了210万。任何一个死亡人数比出生人数大得多的国家，其人口出生率必定会大幅下降。人口减少的部分原因是出生率的急剧下降，而惊人的人流率又反过来促进了该地区人口的减少。

这一趋势始于20世纪70年代末，很大程度上是因为苏联制造的避孕用品质量很差。避孕套[28]、子宫帽和其他安全的避孕方法实际上是没有用的，苏联生产的避孕药比西方生产的药品含有更高的激素水平，因此而导致了更多可怕的副作用（包括心脏衰竭）。

所以苏联和东欧的妇女接受人流作为她们控制生育的主要方式。在苏联国家经营的诊所里，每年人流的数量持续上升，1988年达到了722.8万例，即每有1个新生儿就有1.2例正式登记的人工流产。[29]

1995年，位于第比利斯的卓达尼亚人类生殖研究所进行的一项调查显示，格鲁吉亚妇女在26岁之前平均经历了10至12次人流，危险的非法人流手术量比官方登记的正规医院人流手术量多出2倍。尽管格鲁吉亚经济稍有改善，人流率随之下降，但该研究所发现，仅1996年，这个550万人口的国家就有2.5万例合法人流和至少5万例非法人流。

阿奇尔·霍马苏里泽断言：“我遇到过经历了30多次人流手术的妇女。我所见过的最高龄的是一位69岁的妇女，她告诉我她流产了60次。”作为格鲁吉亚和苏联计划生育方面的主要专家，霍马苏里泽负责向日内瓦的世界卫生组织提交生育率和人流数据。在20世纪80年代末，世界卫生组织的计算程序拒绝了他的报告，因为一名妇女人流次数超过20次的数据超出了程序编制的范围。

霍马苏里泽解释说，尽管这些数字可能令人震惊，但他理解和同情这些妇女，有两个原因：首先，“我对她们的存在感到惊讶。她们如何工作、如何拥有性生活？为什么她们不讨厌自己的性伴侣？我还是不明白——不仅是格鲁吉亚女性，俄罗斯女性也是如此。我深表同情。”

霍马苏里泽解释说，她们的生活不仅充满了经济困难，而且还充斥着暴力、经常喝醉的男人。她们告诉霍马苏里泽，女性的性行为往往不是出于自己的意愿，而且即使在双方情愿的情况下，性行为也很少是愉快的。在俄罗斯、爱沙尼亚和乌克兰，当被问及她们是如何忍受像妓女一样的残酷生活时，她们通常会说：“婚姻本身不是比这更糟糕嘛。”

虽然也有些女性是重度酗酒者，但在某些地区，酗酒者绝大多数都是男性。伏特加酒在俄罗斯的消费水平，促使男人对他们的妻子、女友、孩子犯下令人震惊的暴行，甚至导致他们的自杀。

在米哈伊尔·戈尔巴乔夫领导苏联的6年里，保守估计，他挽救了该地区50多万人的生命——但这并不是由于他做出的任何军事或政治决定。

1983年，戈尔巴乔夫得知苏联人平均每年消耗3升纯乙醇，他非常震惊，于是利用镇压手段，发动了一场全面的反酗酒战争。仓库被毁，非法卖家被判入狱，伏特加的价格被人为抬高，警察可以自由逮捕公然喝酒的人。

但在1988年，运动失败了，戈尔巴乔夫成为自己政治改革的意外受害者。一夜之间，酒精重新夺回了高地，以至于极具民族主义色彩的总统候选人弗拉基米尔·日里诺夫斯基筹集了竞选资金，销售自己品牌的伏特加，并在标签上把自己打扮成弗拉基米尔·列宁。

据估计，戈尔巴乔夫在3年内挽救了60万人的生命，1988年，酒精中毒、肝硬化和酒精引发的暴力事件的总死亡率降至179人/10万人，这是1965年以来从未出现过的。[30]

但在苏联解体后，人均酒精消费量跃升了600%，与酒精相关的死亡率也随之上升。1995年的政府数据显示，每10万人中有近500人死于酒精中毒，而1995年美国与酒精有关的死亡率仅为77/10万人。[31]1989年至1993年，俄罗斯的酒精性精神病病例增加了550%。

地区性暴力，尤其是针对女性的暴力，随着男性酗酒的增加而增加。根据联合国儿童基金会 1999 年的数据，该地区多达 10% 的妇女指出，她们至少遭受过一次严重到需要住院治疗的殴打，约 20% 的已婚妇女抱怨经常遭受殴打。

据估计，俄罗斯 80% 的男性都是酒鬼，1999 年，他们平均每天喝 600 克酒，也就是每周喝大约 3 升伏特加。俄罗斯男性酒精中毒的死亡率大约是美国的 200 倍。[32]

费什巴赫认为，俄罗斯人不仅比过去喝得更多，而且还喝得更危险。在莫斯科市场上销售的伏特加或威士忌可以是任何东西，从 100 度纯伏特加到“劣质私酿酒”、剃须水，甚至是常见的航空燃料。而且大部分的酒都是装在可打开的、不密封的瓶子里出售的，这使得饮酒者会一口气喝完所有的酒。

“不仅是摄入量高，也确实如此，”费什巴赫表示，“他们喝酒的方式是这样的：每天早上在办公室休息时间开始，一直到晚上都在喝伏特加。”

在该地区，工作时喝酒是一种社会各阶层的习惯，甚至在卫生保健工作者中也是如此。

在莫斯科的一家医院里，一名访客被邀请参加周日上午 10 点医生们举行的一场白兰地派对。在北极城市塔尔纳赫，四名心内科医生在午餐时间喝下了一瓶香槟和几轮白兰地——他们说，这是休息时间的常规。在基辅一家医院的医生休息室里，外科医生们一边做手术，一边喝着伏特加来放松自己。波希米亚的一名私人医生自豪地展示了他办公室里摆着的品种繁多的酒，大多数都是作为支付医疗服务的报酬而得到的。

尽管还没有达到后苏联时代的水平，这种形式的滥饮在该地区也具有历史意义。“俄罗斯人喝酒，本质上是为了忘却自己，消除生活的单调，让自己暖和起来，”在勃列日涅夫时代，亨德里克·史密斯写道，“酒精能使他们逃避现实，热切地拥抱酒精。”[33]

两条俄罗斯习俗加重了这个问题：一是伏特加酒瓶一旦打开就必须喝完；第二，一小杯伏特加必须一口喝完。在男性群体中，违反任何一条习俗都会被认为是对主人的无礼和侮辱，而且是缺乏男子气概的表现。

鲍里斯·洛格纳博士是爱沙尼亚最大的毒物控制中心的负责人，该中心位于爱沙尼亚首都塔林。在戈尔巴乔夫竞选期间，洛格纳说，这个国家每年大约有 120 人死于酒精中毒。1995 年，仅塔林就有 400 人死于酒精中毒。

洛格纳表示：“这里没有全国性的酒精政策。”他的言论招来了整个苏联阵营的抱怨，“正如你所看到的，到处都可以买到酒——甚至在夜间的加油站也是如此。越来越多的人去加油站是为了喝酒而不是去加满他们的油箱。”

问题开始出现：从 1991 年到 1997 年，因与酒精有关的犯罪而被捕的青少年人数增加了2倍多，而许多健康专家认为与酒精直接相关的自杀率也在上升。[34]

青少年和成年人一样，酒精对他们来说是一种很容易获得的、合法的、非常便宜的生活方式。

像苏连红金牌伏特加这种出口品质的伏特加，在莫斯科或基辅的售价约为每升30美元，因此几乎没有一个当地人会把钱浪费在这种产品上。大多数伏特加每升售价不到8美元，在街边的小摊上有些甚至卖1美元。

加州兰德公司联合莫斯科人口与人类生态学中心共同发布的一份报告中表明[35]：1990年12月至1994年12月，所有商品和服务的消费者价格指数（俄罗斯）增加了2020倍，食品增加了2154倍，但酒精饮料只增加了653倍。这意味着，在此期间，酒精的价格与其他的产品相比便宜了3倍。[36]

根据俄罗斯卫生部的数据，1996年，成年人每年的酒精摄入量为18升纯酒精，相当于38升100度的伏特加酒。这相当于每周喝一瓶半烈性伏特加的量。该区域其他国家的比率也一样高：例如，爱沙尼亚每年是16.5升；乌克兰每年是17升。[37]

尽管情况已经很严重了，但在俄罗斯、白俄罗斯、乌克兰和其他相邻地区很快就变得更糟了。1998年秋天，俄罗斯总统叶利钦宣布，俄罗斯全国的年平均纯乙醇摄入量已经超过了25升。按照年龄进行分层，这意味着俄罗斯成年人平均每周喝3瓶烈性伏特加。

另一个可怕的现象是因成人酒精摄入量上升而出现的趋势——虐待和遗弃儿童。

在乌克兰敖德萨的亚历山大神父儿童危机中心，几十个衣衫褴褛的孩子住在一起，他们被父母抛弃，或是从贫困和酗酒的家庭中逃脱出来。例如，小米沙已经在亚历山大神父的避难所——一所由幼儿园改造而成的简陋的宿舍里住了两个月。他炫耀着他的耳洞，交谈时心不在焉地抓挠他的头，可能是因为他的头皮里有虱子。这个有着一双蓝色眼睛、金色头发的14岁男孩因为他的硬汉派头而受到其他孩子的崇拜。当他试图解释为什么他现在无家可归时，他失去了冷静。

“我父母酗酒。他们羞辱我，打我。关键是他们不喜欢我，”米沙声音沙哑地说，泪水打湿了他粉红色的脸颊，“连我奶奶都不喜欢我。我经常饿着肚子去上学。”

米沙的故事在从布拉格到符拉迪沃斯托克的上千个酗酒和吸毒家庭中不断上演。例如，彼得在他10岁的时候离开了他的3个兄弟姐妹，搬到了亚历山大的避难所，因为他的父母酗酒，他们的孩子也酗酒，最后他发现：“没有东西吃了。”

安德烈 11 岁，他的继父在酒后狂怒之下毒死了他的母亲，接着他被送进了治疗中心。现在他的继父被警方通缉，安德烈在这个世上无依无靠。

天主教神父亚历山大说，自 1988 年以来，敖德萨被遗弃的儿童数量增加了 20 倍。对于那些仍有父母和家庭的人来说，酒精和贫困往往使他们更愿意选择被遗弃。

“现在，有些住在家里的孩子，他们营养不良的情况甚至比街上流浪的孩子更严重。”亚历山大神父说，“我认识一些男孩子，冬天他们不能上学，因为他们没有鞋穿。所以他们把脚包在塑料袋里。每天只吃一顿饭，做清洁工养活自己。”

亚历山大神父 18 岁的时候，他做了个不同寻常的举动，接受了天主教的洗礼，并接受了神职人员的训练 —— 这在苏联时期被认为是政治性自杀。他在波兰、布鲁塞尔和罗马学习，最终回到这里，为无家可归的弃儿们建立了这个摇摇欲坠的家。胖胖的、长着大胡子、健谈的亚历山大神父在敖德萨的政治体系中几乎没有朋友，并且被警察公然憎恨，警察们对大多数天主教神职人员抱着怀疑的态度。

他声称，如果没有他，像米沙、彼得和安德烈这样的孩子将无处可去。

1997 年，莫斯科人权研究中心估计，俄罗斯有 100 万无家可归的儿童；但官方说是 70 万。没有人知道还有多少孩子虽然家里有父母，但由于父母酗酒，这些孩子在很大程度上只能靠自己生存。在俄罗斯，人们创造了一个词来形容这些孩子 —— 迷失的一代。

在莫斯科，萨帕 · 库利亚诺夫经营着一家由慈善机构资助的儿童庇护所，其中大约 92% 的儿童来自吸毒或酗酒的家庭。45 岁的库利亚诺夫性格温和，他说，自苏联解体以来，他目睹了被遗弃和被虐待儿童的“雪崩”景象。

库利亚诺夫说：“的确，苏联时期的开放程度较低，这个问题以前就存在。但我绝对相信，由于社会变革，这其中大部分都是新问题…… 当改革开始时，所有旧关系链和纽带都破裂了。家庭必须面对这些问题。一些家庭开始借酒消愁，孩子们不得不学着靠自己过生活。”

库利亚诺夫中心的大多数儿童都有被父母虐待的典型症状：尿床、在睡梦中哭喊、做噩梦、不能直接回答问题。例如，8 岁的卡蒂亚勇敢地靠近一个陌生人，用令人心碎的温暖微笑回应并爬进他的怀里。但当被问及父母的名字或下落时，她无法回答。当被问到这个问题时，卡蒂亚的脸被一条蓝色的俄罗斯围巾围起来，露出天使般无辜的表情，但她对过往所能回忆起的只是：“我在家读书，读了一年级。”

她什么也不记得了，当被问到“你的家在哪里”时，她茫然地盯着陌生人的眼睛。

当被要求讲述自己的故事时，11 岁的万尼亚不情愿地从高处跳到地板上，缩成一团，坐在自己的脚后跟上，穿着条纹衬衫的手臂紧紧地抱住膝盖。万尼亚无法控制他脸上因紧张而不由自主的抽搐、眨眼和脸颊上突然泛起的涟漪。抽搐是他唯一的动静，除此之外，他几乎无动于衷，麻木而不带任何感情。

万尼亚毫无感情地解释说，在 9 岁的时候，他父母酗酒的问题越来越严重。他的父亲——万尼亚说他讨厌父亲——多次殴打他和他的母亲。而他的母亲则在当地小摊借酒消愁，酗酒把她逼疯了，加剧了家里的暴力。

一天，父亲施暴了整整一晚后，万尼亚的母亲把孩子的所有东西都装进一个小袋子里，把她自己的东西放在一个大袋子里，然后说："我们要走了。"她拖着小万尼亚来到莫斯科西端的白俄罗斯火车站。万尼亚从未到过那里，他盯着那些似乎住在车站里的陌生移民。有来自高加索的所谓黑人，有来自南西伯利亚和中亚的东方人，还有来自西伯利亚的白人……太挤了，万尼亚和他母亲几乎挤不过去。

然后发生了这一幕：当一辆火车即将离开车站时，万尼亚的母亲松开了他的手，跳上了即将离开的火车，再也没有回头看一眼。

"我在火车站把她弄丢了。"万尼亚责怪着自己。这就是库利亚诺夫所说的典型遗弃案例。万尼亚在莫斯科的街道上游荡了整整一年，这是他生命的第 10 个年头，他向别人乞讨食物，睡在电话亭里。他发现了数百个同样被遗弃的孩子，他们组成了一个团伙，互相保护，对抗街上的老流氓。

现在，万尼亚唯一的情感时刻来了，当他想到其他流浪街头的人，他说："我希望他们能来这里。"

库利亚诺夫中心是整个莫斯科仅有的 5 个中心之一，该地区别的城市都没有，只有苏联时期的孤儿院。这些孤儿院经常虐待被遗弃和"有缺陷"的孩子——这些孩子生来就有这样或那样的残疾。库利亚诺夫试图为孩子们建立一个西式的儿童之家网络，专注于俄罗斯家庭的重建和团聚。1993 年以前，这些活动，甚至是庇护所，在俄罗斯都是非法的；1996 年以前，在任何情况下将儿童从父母身边带走都是非法的，即使有证据显示孩子因受到危及生命的殴打而住院，但只要幸存下来了，就会被送回施暴者的家中。

库利亚诺夫坐在办公室里的一张桌子前，桌上摆满了被虐待和被忽视的儿童的照片。他说，这些东西在这些受虐儿童的家中是找不到的。当他们到达庇护所时，大多数孩子才得到了他们人生中的第一件玩具。

他说："过去我们的许多开支都由国家支付，没有这种极端的情况，人们在收入上更加平等，”45岁的库里亚诺夫轻柔地继续说，“我在一个安全的社会中长大。放学后，我们去少先队俱乐部上课和运动，都是免费的。但是现在没有少先队俱乐部，没有少先队员，没有木偶剧……”

“所以现在孩子们从形形色色的小偷和毒贩等罪犯那里获得乐趣。”库利亚诺夫说。

在新西伯利亚，888俱乐部是一个时髦的绿洲，充满了具有讽刺意味的带有苏联时期特征的纪念品，以庸俗的方式展示着一个空的但真实的核弹外壳，上面涂着一颗明亮的红星和CCCP（斯拉夫语“苏联”的意思）。年轻的艺术家和大学知识分子在迷宫般的夜总会里挤作一团，喝酒、抽烟、讨论他们的未来。

“我只是一个在生活中摸爬滚打的普通人，”20岁的DJ塞西自豪地说，“我不碰毒品，但我选择伏特加，我是个酒鬼！”

费奥多尔整理了他的黑色摩托车皮夹克，谴责莫斯科（西伯利亚人经常这样做），并宣称，“海洛因是一种美国毒品！我们的毒品不同。我们吸毒是为了伪装——我们只是假装放弃。”

尽管如此，他还是举起伏特加酒，对22岁的谢尔盖低声说着话。常年竞选总统的日里诺夫斯基正试图用伏特加赢得年轻人的支持——他可能会成功。

谢尔盖摇了摇头，提醒费奥多尔，他们都曾尝试过注射鸦片提取物和安非他命。这群年轻人暂时安静了一会儿，只有背景摇滚乐声和他们吸美国香烟时发出的轻柔吮吸声。

“什么是俄国人？”他们被问道。

“喝酒，”18岁的亚历克斯回答，“还有孤独，没有人比俄国人更孤独了。”

后来，当讨论转向酒精对他们未来的影响时，谢尔盖脱口说出了他的过去：“我试过自杀。”他说着，拉起黑色皮袖，露出手腕裂开的伤疤。

“我也是！”亚历克斯说，展示他脸上类似的伤疤。很快，另外五个年轻人都卷起袖子，兴奋地比较自杀方式和伤疤，令记者惊讶不已。

然后谢尔盖再次大声说话，他抓住一个游客的手，举到他的太阳穴，这时人群安静了下来。“喏，摸摸这个，”他一边说，一边用手勾勒出子弹的轮廓，这颗子弹是他在试图打爆自己的脑袋时留下的，“我认为自杀是最好的药物。”

心理学家安娜·特伦捷娃说新西伯利亚的年轻人所表达的情感是整个地区的典型表现。她说，莫斯科有个叫“NAN”（不酗酒、不吸毒）的反毒品组织，她作为该组织的工作人员，每天都看到有年轻男女前来，就像在888俱乐部一样。

她说，这些年轻男女的主要问题“与自我认知和身份认同有关”，她补充说，“他们认为自己除了酒什么都没有”。

“什么是自我？”她问道，“我和我们的界限在哪里？这是个新颖的问题。（苏联）政府过去常常决定这些事情。一个人的自我价值没有得到支持，个人主义和个人反思不受鼓励，甚至会遭到惩罚。”

特伦捷娃的工作人员刚刚在莫斯科的大学里完成了一项调查，结果令人吃惊：100% 的学生尝试过毒品；所有人都喝烈酒，其中一半人说他们经常使用海洛因、其他麻醉剂或安非他命。在调查反馈中，大多数年轻莫斯科人说他们看不到其他的选择，除了醉生梦死，没有其他的方式来面对每一天。

在 888 俱乐部，谢尔盖换了张桌子，“扑通”一声倒在一个播放摇滚乐的扬声器下面。这是谢尔盖见到来访的外国人后的第一次微笑，因为听到了他最喜欢的曲子——《天堂里的革命》。

三

没有不能适应的环境，尤其是当他看到周围的人也这样生活。

——列夫·托尔斯泰，《安娜·卡列尼娜》

在安加拉河边有一个突出的白色混凝土音乐台，数十名青少年正在跳舞，他们穿着模仿美国摇滚视频的服装。一首电子流行歌曲的背景音乐歌词唱道：“我们开始吧，我们开始吧！这是天堂里的革命！”

这一天是五一劳动节，是很多国家的传统节日。但是今天，青少年庆祝的是冬天的结束。他们对政治一点也不关心。伊尔库茨克的西伯利亚青少年调情、嬉闹、昂首阔步——世界各地的青少年都是如此——其中一个穿着一件正品耐克夹克衫和用美国国旗做的裤子，一条腿穿的是星星，另一条腿穿的是红白相间的条纹。

他们是不受苏联社会限制的第一代青少年，看起来很健康。但按他们父母的话来说，在他们年轻的外表下隐藏着上一代遗留下来的癌症、基因突变、免疫缺陷疾病等定时炸弹。他们说，这些年轻人是被损坏的物品，在自然环境与厌世社会环境的双重破坏下，他们的基因水平就被削弱了。

“俄罗斯的基因库已经被摧毁。”伊尔库茨克联邦医科大学的院长阿斯克德·迈博罗达博士解释道，“我们被削弱了，基因被破坏了……你不能对俄罗斯人民期望太多——不要对我们要求太多。”

这是一种不和谐的观点。但从华沙到萨哈林，许多医生和家长都认同这种观点，他们认为切尔诺贝利综合征是大规模精神综合征的一个例子。从苏联各小城市的医生到该地区最繁华城市的医学专家，没有一个人知道这一观点是基于事实还是基于全地区的无助感所引发的恐惧。

当然，坊间有强有力的证据表明，癌症与切尔诺贝利核电站爆炸之间存在关联。还有同样有力的坊间证据表明，在诺里尔斯克和摩尔曼斯克这样的主要矿业中心，对土地的无限开采导致了当地癌症、心血管疾病等发病率的上升。

但是，很少有专业的、计划周密的普通人口研究能够从历史或科学的角度来看待这些联系。事实上，在苏联时期，大多数重要的工业中心、核电站和军事设施甚至不显示在官方地图上，大约 70 座城市被完全列为国家机密，它们的名字都受到克格勃的监护。在另外 60 多座生产化学武器的城市，公开任何有关当地污染的科学信息都是违法的。同样，研究苏联核电或武器工业对环境的影响，甚至提出“将核废料倾倒在哪里”这样的问题都是违法的。[38]

因此，在 1991 年以前，苏联没有合法的毒理学、环境科学、人类环境流行病学或肿瘤流行病学的学术部门，没有受过训练的科学家能够筛选证据、区分事实和假象。

苏联政府第一次试图解决污染问题是在 1988 年。当时的苏联领导人是米哈伊尔·戈尔巴乔夫，他在对全国发表的令人震惊的讲话中说，有 5000 万苏联公民生活在 102 座城市，这些城市的空气污染超过了苏联健康标准的 10 倍以上。

从那以后的几年里，叶利钦政府认定，仅俄罗斯就至少有 200 座城市由于有毒的空气和（或）水的污染而对“人类健康构成了生态危险”。

这些可怕的生态真相，直到 1994 年俄罗斯颁布《国家保密法》——其中第 7 条要求公布过期的环境数据——才开始被真正揭露出来。

结果整个地区都发出了惊恐的喘息声，医务人员也借此把所有的公共卫生危机——甚至是令人震惊的地区人口统计数据——都归咎于污染和辐射。

切尔诺贝利事件就是一个很好的例子。谁也不知道暴露在切尔诺贝利核熔毁下的精确人数，大多数莫斯科的官方数字是不到 1 万人死亡，然而乌克兰人说，他们有 3400 多万同胞暴露在辐射之下。从 1986 年 4 月 26 日当天切尔诺贝利事件发生的细节，到后来有多少乌克兰人、白俄罗斯人、俄罗斯人和摩尔达维亚人因此染病——没有一个准确的答案。

“爆炸发生多年后，医生会告诉家长，他们孩子的每一种疾病都与切尔诺贝利事件有关，”精神病学家塞缅·格鲁兹曼解释说。他是乌克兰-美国联合研究切尔诺贝利相关儿童健康项目的成员，“但事实并非如此。这只是对切尔诺贝利事件发生时我们听到的所有谎言的一种夸大反应。”

1986 年 4 月 26 日发生的切尔诺贝利核电站灾难，被列为历史上最大的民用核污染事件。放射性物质覆盖了乌克兰 1700 万英亩（约 688 公顷）的土地，然后向西北方向移动，覆盖了白俄罗斯、圣彼得堡和俄罗斯西部、波兰东部、德国东部、波罗的海国家和斯堪的纳维亚半岛。

当然，受灾最严重的是切尔诺贝利核电站周围 30 千米的圆形区域，这里至今仍被官方称为异化地带。

在 21 世纪初，这个隔离区被安全警戒线包围着，除了切尔诺贝利的员工和政府批准的访客外，其他人都无法进入。这里犹如鬼城。1986 年 4 月，超过 13.5 万名原住居民逃离家园，再也没有回来，床单仍晾在晾衣绳上。11 年后，床单布片在风中飘动，证明这里曾有人类居住过。曾经耕种过的田地已经荒芜了，小松树像野草一样从马铃薯地里长出来。

在切尔诺贝利附近，30 米高的钢铁建筑看起来就像《帝国反击战》中的帝国军队巨型坦克，锈迹斑斑地矗立在原地。建筑的墙根长满了野草，曾经是钢铁起重机功能部件的钢索和滑轮在风中摇摆着，发出“吱吱嘎嘎”的声音。地面是棕色的，树木稀少。

普里皮亚季曾经是切尔诺贝利核电站的主要工作场所，在发生爆炸 11 年后，这里除了几只黑乌鸦和三名懒洋洋地吸着烟的乌克兰军队警卫外，已是一片空旷。在普里皮亚季，除了乌鸦的叫声，唯一的声音是核电站反应堆发出的模糊的嗡嗡声。

切尔诺贝利信息官员米哈伊尔·博格多诺夫说，“被边缘化的工人采取抗议行动的风险正在增加，尽管（乌克兰）立法机构现在禁止员工罢工，但我认为不捣乱几乎是不可能的。很难想象一个正常、有理智的人，会愿意做对身体有害的事情。但是，他当然会为家人、孩子的开销着急，你可以说那不是应有的态度。”博格多诺夫耸耸肩膀说。

6252 名切尔诺贝利工人每天在进入大楼时，都会经过一座巨大的银制列宁半身像，然后出示安全通行证，并通过金属探测器。表情严肃的核能工作人员几乎从不说话，也没有情绪波动。来访者不允许和切尔诺贝利设施内的工作人员或在隔离区内发现的其他人交谈。

工人们知道，乌克兰时任总统列昂尼德·库奇马当时为了取悦未来的北约盟友，已经同意在 2000 年之前关闭切尔诺贝利的所有反应堆，加固目前罩住受损反应堆的混凝土石棺[39]，并从其他反应堆中移除核芯。但到了 2000 年，核电站还是没被弃用，列昂尼德·库奇马称，没有足够的证据表明切尔诺贝利核电站的工作人员患了癌症，因此没有理由立即关闭核电站。

“我的朋友在事故发生前就在这里工作了，他现在仍然很健康。”切尔诺贝利生态服务中心主任、生物学家鲍里斯·奥斯柯尔科夫用一口蹩脚的英语轻描淡写地说，“人们担心发生癌症以及和辐射相关的其他长期影响，担心免疫力下降和发病率增加——这些都没有可靠的数据证明……造成发病率增加的主要原因是事故应激的心理效应。当然，这种心理效应确实发生了，但这些病与生理因素无关。”

金发、蓄着山羊胡子的奥斯柯尔科夫认为，自1986年以来，切尔诺贝利核电站的数百名工人所提出的疾病和伤残索赔，只不过是为了提前获得养老金和病假工资的伎俩。虽然从隔离区猎杀野猪或采摘野生蘑菇是违法的，但奥斯柯尔科夫坚持认为，该地区的食物、水、土壤和空气现在是完全安全的。他手下的工作人员在报告中也这么写，所以乌克兰政府放松了对隔离区的监管，允许大约1000人回到外围地区。

但是俄罗斯塞弗特索夫生态与环境问题研究所的科学家们测量了异化带内以及俄罗斯和白俄罗斯东北100千米以外村庄的表层土壤样本，他们发现伽马射线达到每小时100到320微伦琴。[40]根据布鲁克海文国家实验室的资料，这是纽约长岛土壤辐射量的14到46倍，而这里离美国核研究设施很近。

1996年，俄罗斯环境政策中心——位于莫斯科的独立科学组织，公布了从布良斯克和白俄罗斯东部收集到的放射性污染植物和野生动物细胞突变的有力证据。

乌克兰物理学家瓦列里·库哈尔坦然承认，切尔诺贝利的生态环境将不再和从前一样。大量研究表明，在1986年的放射性灾难之后，动植物的生物多样性的总体程度没有改变，但是动植物种群的相对规模以及生态的总体平衡发生了根本性转变。在事故发生10年后，在土壤样本中发现的钚同位素的浓度，超过了1960年进行的所有核武器试验产生的钚同位素浓度的总和，某些样本的数值甚至是总和数值的89倍。[41]

无脊椎昆虫在辐射中大量死亡，一些蜘蛛和蠕虫的种类接近当地的灭绝水平。

小型哺乳动物，如田鼠、大鼠和小鼠，种群数量最初下降，然后恢复到1986年以前的水平。但这些动物食用的坚果和植物种子具有放射性，有证据表明树木和其他大型植物的光合速率下降，导致其生长受阻。

本地鱼类受到放射性核素铯^{137}的高度污染，有几种鱼类出现异常生长的迹象。青蛙和其他两栖动物也表现出类似的辐射诱发的异常，它们的免疫系统——淋巴细胞和中性粒细胞——的水平似乎减弱了。

对动植物染色体的研究发现，突变率不断上升。突变率与任何特定部位的辐射量完全相关，这验证了毒理学家所说的剂量-反应曲线。

但切尔诺贝利的奥斯柯尔科夫坚称：“所有的一切，所有的放射性尘埃现在都已沉在海底，不会造成任何问题。现在测量到辐射量是 10^{-11} 立方米 / 升的水平，所以我告诉你，这不是问题。”

精神病学家塞缅·格鲁兹曼是一名乌克兰犹太人，他研究了切尔诺贝利事件的区域性社会心理反应。他说，人们在某种程度上患上了切尔诺贝利疑病症，这完全是核当局的责任。

“前（苏联）卫生部说：‘一定量的辐射对你有好处。’缺乏准确的信息会导致焦虑，这是很自然的。”

格鲁兹曼回忆说，事故发生后多年，戈尔巴乔夫苏维埃政权拒绝将改革开放扩大到切尔诺贝利，否认有可能对健康造成广泛的有害影响。那些表示担心切尔诺贝利的致命同位素正在伤害他们的人被认为是“放射恐惧症”，这意味着他们遭受了精神性的恐吓，对由辐射引起的创伤事件感到惊恐万分。

“但是，自苏联解体以来，”格鲁兹曼继续说道，“医学专家同样也在大声疾呼：‘一切都太可怕了！走在街上的人们快死了。’当然，这些医生可以获得西方的资助和旅行。”

无论是“放射恐惧症”还是“切尔诺贝利综合征”，都在 1986 年切尔诺贝利事件后席卷了苏联和东方集团国家，并日益增长，影响着这些地区的成年人对待自己和孩子健康的态度。

例如，在新西伯利亚第三儿童传染病医院，主治医生纳塔利娅·尼基弗洛娃确信，在她诊治下的西伯利亚儿童患有因环境污染而引起的免疫紊乱。这家医院距离西伯利亚市有 30 分钟车程。尽管她根本没有白细胞的数据来证明这一点，但尼基福洛娃的工作人员在 1997 年对患病儿童的照顾方式已经和 1987 年时不同了。由驯鹿角和杜鹃花制成的西伯利亚草药代替了抗生素，将动物胸腺捣碎并注射到儿童体内。她说，在某些情况下，人们会避免接种疫苗，因为西伯利亚的孩子身体太弱，无法耐受这些为更强壮的孩子所准备的药物。尽管没有什么科学证据支持，但这种观点已被广泛接受，相隔 6000 千米的医生和父母对此几乎一致赞同。在各地发生的这种被定罪为世代破坏性的灾难事件中，唯一不同的是 1986 年的切尔诺贝利核电站事件的始作俑者：白俄罗斯和乌克兰，他们认为罪魁祸首是可怕的工业污染；在东欧，他们认为是苏联式的采矿和制造中心造成的；在莫斯科，他们又指责是空气和水损害了他们孩子的生命和健康。

污染是不可否认的。无论是生理上还是审美上，它都刺激着我们的感官。从西方人的角度来看，苏联式的工业让人想起好莱坞科幻小说中的后末世社会，充斥着污染严重的灰暗天空、灰色地带和笨重的钢筋混凝土结构。也许这让人想起19世纪80年代的美国匹兹堡、工业革命时代的伦敦，或者二战期间军事生产时期的德国鲁尔山谷，在资本主义发展的所有阶段中，为了维持巨大的生产力和利润而牺牲了人类的健康、美学和环境。苏联的规划者们显然相信两个原则：伟大和功利主义，人类健康和美学的美好之处被忽略了。在工业污秽中长大的持不同政见的俄罗斯诗人伊琳娜·拉图申斯卡娅写道："我们必须知道为什么这条河变黑了呢。"[42]

不可否认的是，环境的破坏会对感官有影响。但它会杀人吗？化学和放射性威胁真的存在吗？是否至少应对苏联地区人民健康的恶化承担部分责任？

"问题不仅在于程度和覆盖范围，还在于环境和健康信息的质量，"费什巴赫写道，[43]"比如，许多专家得出结论，有关空气污染的统计数据比实际数据低30%到50%……共产主义或许已死，但列宁的'统计不是学术的，而是实用的'的名言却流传至今。对于数据信息的索取，政府机构通常的反应是掩盖可能令人尴尬或代价高昂的信息。"

1986年，居住在距离核电站30多千米以外的居民是否因为受到切尔诺贝利辐射而广泛患病？10年后，生活在苏联西部地区的孩子们发现自己的健康状况不佳，是否也是受此影响？

癌症确实是个问题。虽然该国癌症发病率普遍低于西方国家，但癌症高发地区遍布前东欧集团和苏联。例如，在西伯利亚的工业区，成人白血病的发病率几乎是西欧的2倍（每年每10万西伯利亚人有15例白血病，而欧洲是8例）。[44]霍奇金病的发病率大约也是欧洲的2倍。[45]

"我们看到了血液肿瘤学问题——白血病和淋巴瘤，尤其在儿童中，有明显的上升趋势。"公共卫生委员会副主席塔季扬娜·博伊科博士说。从1992年到1996年，成人癌症确诊率增加了130%。[46]1996年，伊尔库茨克14岁以下儿童癌症确诊率为247.5/10万人，是美国儿童癌症确诊率的近15倍。

对博伊科而言，罪魁祸首显然是"生态灾难——毕竟，在这个地区，污染物的实际浓度比标准允许浓度高出许多倍"。

俄罗斯卫生部的官方数据[47]显示，在20世纪的最后20年里，俄罗斯被诊断出患有癌症的儿童和成年人的数量一直在缓慢而稳定地增长。从1993年到1995年，儿童癌症发病率上升了14%，成人癌症发病率上升了6%。

物理学家瓦列里·库卡的研究显示，乌克兰的成人和儿童癌症发病率也在上升，从1988年的每10万人中有300人罹患癌症上升到1994年的每10万人中有410人。

"但问题是，自1990年以来，所有健康指标都表明乌克兰的情况正在恶化。"

库卡说。传染病、心脏病、外伤、中毒、意外事故……所有疾病都在增加。

“所有这些数字——包括癌症患病率的上升——可能是环境恶化的结果，也可能是心理压力和经济、政治不稳定的结果。”库卡坚持说。他用溃疡的例子来说明他的观点：如果一个人于1999年在基辅得了消化性溃疡，那么是因为失业的压力、饮食质量下降、近期获得的细菌感染，还是因为摄入了切尔诺贝利地区生长的放射性食品呢？

“我们可以绝对肯定的一件事是，甲状腺癌是切尔诺贝利事件的后果。”库卡说。

就连莫斯科最保守的官员，以及切尔诺贝利核电站目前的运营者也一致认为，自事故发生以来，因辐射而导致的甲状腺癌，特别是儿童甲状腺癌的发病率显著上升。到1998年，乌克兰儿童甲状腺癌的发病率比事故前高出52倍；在受辐射影响最严重的白俄罗斯，是1986年水平的113倍。[48]在20世纪末，切尔诺贝利地区在甲状腺癌方面居世界首位，每3700名当地居民中就有一人被诊断出患有甲状腺癌，是1986年以前的500倍。[49]儿童各种甲状腺疾病的发病率均远高于正常水平。到1997年年底，白俄罗斯有1.5万例儿童甲状腺疾病确诊病例，乌克兰有5万例。在事故发生8年后，19.5%的白俄罗斯儿童在辐射中产生了甲状腺抗体，而生活在未受辐射地区的白俄罗斯儿童中只有3.8%产生了这种抗体。[50]

乌克兰当局估计，在事故发生时，有70万名14岁以下的儿童受到切尔诺贝利辐射，1998年有336107名儿童生活在受辐射污染的地区。精神病学家塞米恩的兄弟丹尼尔·格鲁兹曼博士和他在基辅的卡维茨基病理研究所的分子生物学家团队，使用复杂的免疫学方法研究了其中一些儿童，以寻找出现白血病、淋巴瘤以及在广岛核弹受害者中所出现的其他疾病的迹象。研究小组发现，在7250名切尔诺贝利事故受害者中，有1275名儿童患有各种血液疾病，如白细胞减少症和血小板减少症。在这些儿童中，有一半人的白细胞有明显的变化，尤其是T淋巴细胞。[51]格鲁兹曼在这些儿童的T细胞中看到了变化，而在没有受到事故影响的乌克兰其他地区的对照组儿童的T细胞中，没有发现类似变化。而这些变化与癌症患者的某些淋巴细胞的变化相关联。

格鲁兹曼对那些在事故发生后9个月内出生的孩子的研究结果也许更令人不安，这些孩子的母亲在孕期明显暴露于切尔诺贝利的辐射下，她们的孩子出生后有一半以上出现了淋巴细胞异常。

“我们还在清洁工人中看到了40例白血病患者，”在切尔诺贝利核事件发生后不久，白发苍苍的格鲁兹曼在寒冷的基辅实验室里解释道，“因此，在未来几年，我们可能会看到乳腺癌、肺癌和中枢神经系统肿瘤的增加。”

但在1996年，乌克兰生物物理研究所召开了一次所谓的放射生物学家会议，其中大多数人来自莫斯科。该论坛发表了一份声明，结论是：除了已观察到的甲状腺癌病例，切尔诺贝利事件根本没有造成长期的有害影响。他们认为这并不稀奇，因为人类可以忍受70雷姆的辐射。然而，根据美国年平均辐射暴露量计算，一个普通美国人需要1.9万年才能接受到这么大剂量的辐射。

哈佛大学的研究人员进行了一项大规模研究，得出的结论是：在辐射区域，儿童白血病的发病率比乌克兰未暴露于切尔诺贝利辐射的部分地区高出50%；辐射区域每10万人中有37.7例，对照区域每10万人中有25.4例。[52]

值得注意的是，在辐射区域的居民中，没有出生缺陷、其他类型癌症、流产数量增加或不孕症增加的证据，也没有证据表明辐射对人类免疫系统引起了广泛损害。

但还是有很多担忧。调查显示：在事故发生10年后，居住在辐射区域的成年人中，有多达一半仍在服用镇静剂。[53]他们陷入对信息和未来的两极分化矛盾中。一个极端观点来自乌克兰政府：它告诉他们，在核反应堆几乎熔毁后的第一个10年里，已经有12.5万公民死亡，他们都是未知辐射损伤的受害者；另一种极端的观点是，科学研究人员认为，只有少数经证实的死亡已经或将会发生，所有这些死亡都发生在事故覆盖范围内，或发生在顺风区域患上甲状腺癌的儿童中。[54]

关于切尔诺贝利辐射的辩论在整个地区都有响应，因为苏联国家的居民了解到，核废料只是被倾倒在当地的湖泊、海洋和垃圾堆里；丑陋的“工厂”实际上是秘密的核设施；核潜艇在波罗的海海底被废弃；在人口密集的城市里，苏联的工程师们进行了危险的放射性实验，留下的残余物在几千年里仍会释放出辐射。

受到指控的物理学家阿列克谢·亚布洛科夫说，所有这些地点都造成了整个地区的巨大放射性污染，尤其是在他深爱的俄罗斯。作为叶利钦总统的环境顾问，亚布洛科夫对那些长期保密的恐怖事件记录文件了如指掌。1992年，亚布洛科夫掉了一颗牙齿，出于好奇，对它进行了辐射测试。他惊讶地发现，那颗牙齿具有高放射性，出现几种不同同位素的痕迹。为了弄清楚辐射来自哪里，亚布洛科夫敦促他在莫斯科实验室的同事进行测试：所有人都得到了同样令人不安的结果。最后，亚布洛科夫找到了一些文件，证明了他的实验室以及莫斯科的许多其他建筑都是用混凝土建造的，其中一部分是由苏联核设施产生的废料制成的。

在为叶利钦服务3年后，亚布洛科夫因对变革遇到的障碍感到绝望而辞职。1995年之后，他在体制外工作，担任俄罗斯环境政策独立中心的主席。他说："你们的社会希望得到保护，但我们这个社会还不成熟……我们的政府没有资金来对抗污染。每一个有关新灾难事件的信息报出来都意味着需要更多的钱，所以我们的政府不想要这些信息。"

俄罗斯政府制定了一个"肮脏城市"计划——大致相当于美国"有毒废物清理超级基金"。大约有30座城市被政府认定为俄罗斯"最脏"的城市，这使得莫斯科能够筹集到的用于生态研究和清洁的微薄资金，会最优先考虑用于这些俄罗斯"最脏"的城市。此外，俄罗斯政府在20世纪90年代将200座城市列为"对人类健康构成生态威胁"的城市，原因是有毒的空气和（或）水的污染。

莫斯科人口与人类生态研究中心的鲍里斯·里维奇博士是专家小组的成员，该小组决定哪些城市应该获得这一"肮脏"的"殊荣"，以及应该采取何种科学干预措施。文件的解密和数据的积累，证实了苏联的污染程度是如此严重，以至于里维奇和他的同事们根本难以解读它对人类健康的影响。

里维奇感叹："所以我们想解决的第一个难题就是列出俄罗斯最危险的污染物。哪里的污染（环境）问题最严重？具体问题是什么？我们难以分清轻重缓急。"

里维奇说，这些努力不仅受到资金的阻碍，还受到苏联时代可怕的统计数据和缺乏经验丰富流行病学家的影响。里维奇坚持认为，关于出生缺陷、儿童哮喘、儿童畸形甚至儿童癌症发病率的旧数据库"几乎毫无用处"。

"当他们试图把（任何事情）与环境联系起来时，他们会说：'胎儿畸形的数量上升了。'我们会说，'以前没有任何统计数据！'"这些信息在十年前没有被正确地统计。而且，由于研究环境对健康损害的各个方面都触痛了苏联军事和工业规划人员的神经，在1991年之前，科学家们还没有愚蠢到涉足这个领域的研究。

西伯利亚贝加尔湖地区为这个问题提供了一个完美的例证。这个湖本身就是国家的瑰宝，其规模和风景都是罕见的。贝加尔湖深1.6千米，长636千米，供应着全世界1/5的清澈淡水。冬天的时候，这个大于比利时国土面积的湖会结冰，湖面上的冰层有一米多厚。冬季时冰块非常坚固，以至于二战期间，苏联军队惊讶于日本军队竟越过贝加尔湖进入了西伯利亚。贝加尔湖被称为"西伯利亚明珠"，在俄罗斯文化中占有特殊而珍贵的地位。

1988年，苏联领导人米哈伊尔·戈尔巴乔夫向国家民众发表了令人震惊的讲话，首次披露了苏联所掩盖的污染严重程度。他特意以俄罗斯的自然宝藏贝加尔湖作为开场白，但接着告诉震惊的苏联民众：与全国其他地区相比，包括安加拉河沿岸的7个工业城市，他们心爱的湖泊受到的破坏已经是微乎其微。安加拉河是贝加尔湖唯一流出的水域，它先流淌到伊尔库茨克州的大都市，然后向西北方向经过工业城市安加尔斯克、乌索夫耶－西比尔斯科耶、谢列木科沃、齐玛和几个较小的城市。安加拉河水从贝加尔湖出来后，越流越远，而它的污染水平也越来越高，尤其是二噁英、铅和多氯联苯——所有这些物质在西欧和美国都是受到严格管制的。

在伊尔库茨克的联邦医科大学，拉里萨·伊格纳捷娃使用质谱仪和气相色谱仪来测量该地区的二噁英。二噁英化合物通常被用作杀虫剂，也是纸浆和纸张加工的副产品，被认为具有高度的致癌性、致畸性和诱变性，使这些化学物质成为当时所观察到的癌症或出生缺陷增加的罪魁祸首。

伊格纳捷娃在很多地方都发现了二噁英：当地的食物、水、土壤和污水中。当地生产的黄油、牛奶以及河岸土壤、排入安加拉的污水和伊尔库茨克的饮用水中含量最高。[55]

伊格纳捷娃发现，四氯二苯并二噁英的水平较低，在某些情况下符合美国安全标准。伊格纳捷娃的同事们给她起了个“二噁英女士”的绰号，她坚信二噁英会对“人体免疫系统产生显著影响”。

西伯利亚科学院在安加尔斯克研究站的毒理学家妮娜·伊万诺娃·莫托洛娃对此并不信服。虽然她相当肯定安加拉河工业城市居民的健康已受到严重损害，但她不认为像二噁英这样的异化物是主要问题。她说，是整体的污染负担加上社会压力导致了人们的死亡。

安加尔斯克周围的针叶林被酸雨侵蚀了。没有了灌木和绿色植物为垂死的树木提供保护床，树干上覆盖着黑色的污物，越来越多，不仅在树干上，还覆盖了树枝和叶芽。树木被污染的重负压弯了，倾斜成令人伤心的角度，最终倒下了。

当人走进这座城市时会发现，天空变了，蓝色消失了，变成了灰色，弥漫着薄雾，日落时则是一片朱红。

这座城市被炼油厂和能源生产工厂包围着。巨大的锈迹斑斑的输油管在这片土地上纵横交错着，将石油产品从一家工厂运送到另一家工厂。

人口28万的安加尔斯克市中心被街道一分为二，就像苏联的每个城市一样，街道都是以卡尔·马克思和弗拉基米尔·列宁的名字命名的。在必不可少的列宁雕像旁边有一个标志：“于胜利中诞生的安加斯克城！”从标志后面传来了美国迪斯科音乐。安加尔斯克的街道两旁是一排排混凝土公寓楼，每一栋都一模一样，营造出一种视觉麻木的景观。在20世纪90年代，这很难理解，但在30年前，当共青团志愿者在安加尔斯克建造公寓和工厂时，能够在这座城市生活和工作是一项巨大的荣誉。

城市周边到处都是硕大的钢铁厂和工厂，大多数都是第二次世界大战期间或之后不久建的。当一些地下管道泄漏时，地面到处在冒烟或者燃烧，泄露的内容物在寒冷的西伯利亚空气中自燃。到处都是废弃的机器、油桶、化学容器和垃圾。莫托洛娃说，这里的空气质量经常超过俄罗斯所有的空气污染标准，土壤也被重金属和铅严重污染。

在某种程度上，这个城市的每个人都与化工或石油工业有关。所有的工厂都将废物倾倒在冰冷又湍急的安加拉河中，将污染物带到了整个西伯利亚，莫托洛娃介绍说。

1973 年，当莫托洛娃搬到安加斯克时，她发现这座城市受到了严重的污染，作为一名环境健康科学家，她一直忙着穿梭于工厂和污染场所之间。

“我在 70 年代受到的污染剂量足以影响我的身体，”莫托洛娃说。尽管只有 40 多岁，蓝眼睛的莫托洛娃却沉重地倚靠在一根拐杖上，艰难地移动着，路上的行人也都愿意帮忙，“因为我参观过很多被污染的地方，我得了一种罕见的疾病。我的中枢神经系统出了问题。”

莫托洛娃患有网织细胞增多症，这是一种严重的、罕见的免疫系统疾病，预后不佳，甚至可能致命。这种综合征通常出现在老年妇女身上，其病因尚不清楚。她坚持说：“我去过的那些糟糕的地方让我患上了这种病。”

当莫托洛娃带着她的访客参观这个不堪入目的城市时，她紧张地避免与路过的行人和车上的乘客有眼神接触。随着这些过时的工厂破产，苏联所有老工业城市的失业率都在上升。人民愤怒了，他们憎恨任何可能使他们的经济状况进一步恶化的外部调查——即便是为了改善民众的健康。

到 20 世纪 90 年代末，曾是无产阶级国家明星城市的安加斯克和西伯利亚的其他数十个工业城市成了公众健康担忧的焦点。在最令人恐惧的地方中，最受人瞩目的是诺里尔斯克，它是地球上污染最严重的地方。

从空中俯瞰，西伯利亚北部冰天雪地，皑皑白雪中点缀着一片片茂密的松林，呈现出一幅令人惊叹的景象，直到飞机靠近诺里尔斯克。

一股巧克力棕色的气流盘旋在城市上空，周围有一圈直径约 80 千米的区域。从空中看，白色的风景呈现出一种暗沉的、灰绿色的色调，甚至有些地方的雪是乌黑的。这是一个被毁坏的地区——那些烟囱每年喷出 204.1 万吨的固体颗粒物。

当这些颗粒物飘落下来接触到人体时，会出现三种引起警觉的感官变化：嘴里的金属味，让人想起吮吸硬币的感觉；喉咙后部的烧灼感，会反射性地引起喉部和食道的紧缩；眼睫毛上的沙砾很快就会聚集起来，在眼睑上形成硬块，而眼睛不习惯异物，会不停地流泪。

欢迎来到地球上污染最严重的地方，诺里尔斯克，位于北极圈向北 200 千米处，这里一年有四个月没有阳光，人口约 28 万。

诺里尔斯克一度是苏联的摇钱树，拥有全球逾 1/3 的镍储量、1/5 的铂储量、1/2 的钯储量，以及各占 10% 的铜和钴储量。它有丰富的高级煤，是仅次于南非的世界第二大钻石生产地区，并含有大量的黄金和紫水晶。[56]

但是，伴随着这些天然财富甜头的是沉重的代价：除了空气中的颗粒物，该地区的采矿和加工作业产生了 2800 万吨固体废物，其中至少有 1000 万吨按照俄罗斯政府的标准来说是有毒的。每年，每平方千米大约有 5500 吨的黑色固体颗粒落在诺里尔斯克的大地上，给大地盖上一层 2.5 厘米厚的木炭灰。据估计，诺里尔斯克的工业废水覆盖了超过 1 万平方米的北极地区。

污染并没有就此停止。诺里尔斯克每年向地球大气层排放令人震惊的污物量，包括 210 万吨二氧化硫、180 万吨铜氧化物、1200 吨镍、1010 万吨一氧化碳、1900 万吨氮氧化物、4370 万吨铅、3000 万吨的硫化氢、10 万吨硫酸和 0.3 万吨氯代烃。[57]

风把有毒的充满重金属的灰尘 —— 30% 的铁氧化物 —— 吹到城市周围的黑渣山上，形成可见的云。当没有风的时候，比如在隆冬，污染物就像一件又脏又湿的羊毛大衣一样，沉重地笼罩着这个没有阳光的城市。[58]

在这座城市主要的林荫大道 —— 列宁斯基远景大道上，周日晚间的行人络绎不绝。人们穿着貂皮大衣，戴着帽子，沿着林荫大道散步，走过 17 个街区，然后转过身来。在这条颇受欢迎的人行道上，他们穿着最漂亮的衣服，许多妇女在婴儿车后散步，穿着高跟鞋小心翼翼，以免摔倒在结冰的人行道上；人们用皮带牵着纯种狗；孩子们漫不经心地把足球扔来扔去，就像他们缓慢漫步的父母一样；成群的朋友相互问候，谈论天气、孩子的成绩、彼此的衣着，也许还有运动。

更引人注目的是，这些在诺里尔斯克街头散步的人似乎没有意识到，他们每走一步，他们的脚就会踩进几厘米厚的黑色金属垃圾中。行人踩在工业废料上，发出“嘎吱嘎吱”的刺耳声音。他们的貂皮大衣和宠物随着他们的活动而变黑，积累了碳、铁、铜、铅、镍和其他污染物层。人行道的两边都立着一排排的黑雪，诺里尔斯克的居民似乎也没有注意到这一点。唯一让那些反对宪法的人恼火的是最近在人行道上出现的金属售货亭，这迫使人们偶尔绕道而行。出售各种商品的售货亭意味着，资本主义已经来到了诺里尔斯克。

毫无疑问，诺里尔斯克有着苏联旧贵族的印记，他们称之为“雪中珍珠”。尽管沙皇彼得大帝在18世纪50年代就知道了诺里尔斯克惊人的矿产财富，但这座城市直到1935年才被斯大林下令建设而落成。在此之前，该地区居住着游牧的萨满教部落——埃文斯、通古斯、恩加那桑、多尔干和涅涅茨——他们在泰梅尔半岛上放牧驯鹿、捕捉鱼类和动物。

1939年至1953年，奴隶劳工在北极荒原辛勤劳作，建立了莫斯科权贵阶层梦想的“珍珠”，他们大多数人因涉嫌违反意识形态的行为或思想而被拘留。[59]

据估计，在古拉格集中营的鼎盛时期，有10万名政治奴隶在诺里尔斯克辛勤劳作，每年有1/4的人死去，但很快就会有新的异见诗人、知识分子、民族主义者和劳工组织者又被关进来。为了把理性的、高技能的人引诱到黑暗、致命的冰冻和可怕的污染中去，莫斯科的权术贵族们在“无阶级社会”中创造了第二个阶级，这个阶级由享有特权的科学家、工程师、矿工和工业人员组成，他们享有其他无产阶级所没有的某些机会。某些城市，如诺里尔斯克，被认定为A级，这意味着他们的商店拥有所有商品的最高优先权。诺里尔斯克的居民很满意，因为他们可以花国家的钱在整个苏联度假，在其他地方的市场上他们看到空空的货架，上面没有他们在家里就能买到的玩具、西红柿和电视机。A级城市的工人是苏联收入最高的公民。

在诺里尔斯克1月的寒冷黑暗中，无论情况多么糟糕，工人们总能得到安慰，因为他们知道自己比奴隶们优越——奴隶们在他们周围辛勤劳作，然后死去。俄罗斯诗人加利奇对诺里尔斯克和其他集中营城市的阶级制度进行了精辟的总结：

> 我们挖掘，我们辛勤劳作，
> 我们咬着铁，
> 我们用自己的胸膛
> 堵住冲锋枪口。
> 而你，开车经过，
> 在你的“胜利牌”汽车上
> 对我们喊：
> “做好自己的事吧。”
> 我们废寝忘食，
> 而你，让我们
> 从胜利走到胜利。
> 与此同时，你

把“胜利牌”换成“伏尔加”，
后来
你把“伏尔加”换成“齐姆斯”，
再后来
你把“齐姆斯”换成“柴卡斯”，
接着
你又把“柴卡斯”换成“齐尔斯”。
我们把自己累垮了，
我们挖，我们装，
你让我们
从胜利走到胜利，
祝酒大喊
为胜利干杯。[60]

到20世纪90年代，诺里尔斯克的丑陋历史，包括壮观的施密特山集中营公墓，都已广为人知。[61]几乎每个居民都拼命地想要离开这个只有乘飞机才能逃离的“孤岛”。但他们被困住了。工资下降了（如果曾有过工资的话）。航空公司再也不是免费向诺里尔斯克工人提供机票的国有企业，想要在20世纪90年代末撤离诺里尔斯克就需要大笔的钱——比现在任何人赚的钱都要多。

科姆索莫尔斯基煤矿的负责人汉比·高治耶夫说：“这是一个经济集中营。”

偏执狂会强迫自己否认：害怕失业，害怕在寒冷的北极小屋中被冻住。自己骗自己有助于避免抱怨。

但随着民众了解到长期以来保密的公共卫生真相，就越来越难被否认了。

虽然很难得到精确的分析数据，但很明显，这种无处不在的污染与国际上的高流产率、肺癌、各种慢性呼吸道疾病、心血管疾病、过敏和皮肤病有关。例如，在邻近塔尔纳赫的一家医院，从1993年到1998年，90%的住院病人都患有肺病，“该地区住院的儿童几乎100%都有过敏和皮肤问题。”诺里尔斯克环境保护委员会副主席弗拉基米尔·科舒巴洛夫说。

“肺癌是诺里尔斯克的头号杀手，心血管疾病位居第二。毫无疑问，我们知道诺里尔斯克的预期寿命是全俄罗斯最低的。”

诺里尔斯克的婴儿平均每年患1.7次呼吸道疾病。诺里尔斯克地区的母亲生下有先天性缺陷婴儿的概率是泰梅尔半岛其他地区的3倍，是普通俄罗斯母亲的10倍。[62]

在诺里尔斯克城外，沿着连接城市与邻近的矿山、冶炼厂、铸造厂和工人定居点的路边，泄露的污染管道使永久冻土层正在消失。在一些地区，几百米高的蒸汽喷泉从泄漏的管道中喷出。矿渣堆、废弃的汽车、钢铁机械和一袋袋神秘的垃圾覆盖着这片岌岌可危的永久冻土。有些地方的永久冻土层已经完全消失了，所有的冰早已融化，取而代之的是红色的、腐烂的液体湖泊，就像某种有机物质一样，自发地冒泡，喷出令人作呕的、腐烂的蒸汽喷泉。

出生于圣彼得堡的鲍里斯在诺里尔斯克开始了他的铁炉工头生涯，一路晋升，最终登上联合企业康比纳特的最高职位之一。作为一名犹太人，鲍里斯如果没有在苏联时期成为一名虔诚的共产党员，就不可能有这样的成就。国家安全委员会早已不复存在，苏联也不复存在，昔日的权贵们也不复存在，鲍里斯仍然心有余悸——或许更甚，他害怕这家联合企业。

1992年至1994年，叶利钦政府出售了大部分旧的国营工业。一个由银行和投资公司组成的财团，与俄罗斯第二大银行进出口银行合作，买下了康比纳特-诺里尔斯克-耐克尔51%的股份，并在第一年就与俄罗斯政府分享了价值约24亿美元的采矿金属销售额，俄罗斯政府保留了康比纳特49%的股份。但是在1994年年底，诺里尔斯克最大的涡轮发动机发生了爆炸，造成几名工人死亡，使大多数市民陷入了漫长的、可怕的、没有暖气的冬天。[63]

在诺里尔斯克的居民中流传着这样的谣言：黑帮买通了几个原来的合伙人，派出暴徒来提高生产力。对于像鲍里斯这样的人来说，这意味着曾经让他们害怕的克格勃间谍所在地，现在变成了以残暴著称的暴徒公司。

难怪诺里尔斯克变成了一个偏执狂的孤岛。父母把孩子从陌生人身边拉开；当外国人上车时，公交车上的乘客匆忙地走到车的另一端；工人和市长都拒绝跟别人说起他们的处境……

尽管诺里尔斯克经常因为相对较低的平均期望寿命而闻名，但由于康比纳特的退休政策，这一点很难得到证实。矿山工厂的生活非常艰苦，男人45岁可以退休，女人40岁就可以领取全部的养老金。

“男人工作是倒班制，有时会待在家里，这样日复一日过了很多年。然后退休就去了‘大陆’，死了。但谁在乎呢？谁会指责诺里尔斯克？”科舒巴洛夫耸耸肩说。

“所以数据很难获得，因为通常工人退休后会离开诺里尔斯克，在其他地方死去。”科姆索莫尔斯基煤矿总工程师亚历山大·博罗代说。这可以解释为什么诺里尔斯克的墓地中很少有45岁以上死者的坟墓，以及为什么他在诺里尔斯克被认为是“老人”，55 岁的博罗代说。

“对我们来说，诺里尔斯克是一个信息黑洞。”俄罗斯政府科学家鲍里斯·里维奇说。莫斯科曾多次提出将诺里尔斯克定为“污染城市”，所以该地区有资格获得专项的清理基金和科学研究基金。但是康比纳特企业拒绝了这一指示和莫斯科提出的科学研究。

或许男性的平均预期寿命低于 40 岁是真的。这不会让马丁·路德·金博士感到惊讶。第二医疗卫生部门主任医师尼古拉·巴甫洛夫博士在距离诺里尔斯克 35 千米的卫星城塔尔纳赫。诺里尔斯克、康比纳特的两个矿山以及 7 万人常住在塔尔纳赫。

巴甫洛夫说，塔尔纳赫成年人肺部疾病的发病率是俄罗斯平均水平的 3 倍。在过去的 6 年里，310 个床位的医院共收治了 1207 名肺病患者，占住院病人总数的 90%。其中 231 人死于恶性肺癌。其他是肺气肿、肺结核、肺炎、慢性支气管炎和急性哮喘。

身高接近 2 米、满头白发的巴甫洛夫在医院嘈杂拥挤的走廊里踱来踱去，他已经听惯了刺耳的咳嗽声和呼吸声。巴甫洛夫说，国家不再给医院补贴，企业也不管，这些发不出工资的医院工作人员只能直接跟病人要钱，让病人每次接受治疗都得自己买药、食物、床单、注射器等。

巴甫洛夫最近记录了耐药结核病例的惊人增长，在短短两年内增加了一倍多。他没有资金来支持自己的科学研究，但他有一个假设：污染严重破坏了塔尔纳赫 7 万名居民的肺，任何外来游客带来的结核杆菌都会迅速传播。巴甫洛夫说，1997 年，将近 2% 的人口患有活动性肺结核。他所在的医院没有抗结核药物。

“在冬天，当上呼吸道感染暴发时，这里就会有很多人排队等候。”巴甫洛夫指出，“这让我们的外科医生忙得不可开交，打开肺结核的胸腔，切除癌变的肺，切断（气管）旁路……”这样病人就可以呼吸了。

巴甫洛夫认为，塔尔纳赫的未来可能是“缓慢地死亡”。

有一件事是肯定的：矿山和工厂的工作条件极其危险。

从诺里尔斯克往下走就是纳德日达的大型矿石加工厂，在这里，10 层楼高的熔炉将铜、镍和钴加热到 1100℃至 1400℃。成千上万的工人用朱砂辛勤劳作，他们面前是灼热的熔矿，背后是零下 40℃的严寒。

“你永远不会知道那是什么感觉。”负责人鲍里斯说，这会“让你的心脏感到困惑”，因为员工身体的一半暴露在寒冷、零度以下的空气中，这表明他们需要快速泵血；另一半是滚烫的，告诉心脏要慢下来。

斯维尔德洛夫斯克医学院对访客进行的一项研究显示，即使与诺里尔斯克的其他居民相比，矿山中的工人患心血管疾病和肺癌的可能性也更大。对工作空间空气的测量显示，他们吸入了每平方米 19.2 微克的镍，以及 134 微克的钴水平，分别是俄罗斯正常水平的 20 倍和 135 倍。

这项研究于 1990 年完成，但从未由康比纳特官方发布过。最近由康比纳特资助的对诺里尔斯克周围 5.3 万平方千米的北极地区进行的环境调查结果也并未发布。地质学家尤里·梅尔尼科夫和谢尔盖·斯尼萨尔都是 30 岁，他们领导了一个 7 人小组，在这片广袤的地区收集了 1 万份样本，勇敢地面对北极所有的气候条件。通过从永久冻土层中抽取合适深度的岩心样本，斯尼萨尔和梅尔尼科夫将当代的污染水平与 200 年前进行比较。

在距离诺里尔斯克最远的地区，梅尔尼科夫说，“当代的雪样本含有的钴是 200 年前的 18 倍，铜是 6 倍，镍是 11 倍，钡是 14.5 倍，锌是 3.2 倍”。来自康比纳特烟囱的酸雨已经摧毁了 90% 的原始树木。

苔藓和地衣中的重金属含量已经达到了 1917 年十月革命前的 12 倍，一半的植物死了。

梅尔尼科夫总结说：“我们发现保护了冻土表面多年的植物寿命在下降，所以存在雪崩的危险。”

三天后，梅尔尼科夫和斯尼萨尔将他们未发表的发现告诉了访客，康比纳特切断了他们所有的资金，并命令这些年轻的科学家不要说话。康比纳特的代表拒绝讨论任何与健康或环境有关的问题。

根据俄罗斯卫生部的数据，1994 年在诺里尔斯克过早死亡的相对危险度是 85。在排名第 4 的安加尔斯克，这个数字是 15。除了诺里尔斯克，没有一个城市的数值超过 22。

诺里尔斯克处于苏联生态遗留问题的最末端，从东柏林一直到太平洋都能感受到这种遗留问题。在捷克共和国的波希米亚，50 年的露天开采和煤炭冶炼摧毁了曾经是整个中欧哈布斯堡王朝和贵族们首选的度假胜地。柏林墙的倒塌让西德人震惊地看到了他们东部同胞的工业污秽和腐烂的空气。中亚国家乌兹别克斯坦和哈萨克斯坦正在遭受列宁发起的一项疯狂的灌溉计划，为了给棉花田提供水源，他们抽干了广阔的内陆咸海，结果由于环境粉尘导致了喉部癌症发病率的上升。[64] 随处可见的视觉和生理上的污秽冲击着感官。

但这是该地区人口结构发生根本性转变的原因吗？

专家们对此表示强烈反对。

当叶利钦的前顾问亚布洛科夫被问到这个问题时，他明显变得很激动。这位满头白发、满脸胡须的俄罗斯人轻蔑地说，尽管有可靠的数据，但诺里尔斯克的疾病和死亡“显然是污染造成的”。

“看，”他一边说，一边用手指向空中，“14%的俄罗斯儿童符合小学健康儿童标准。为什么？”

“我个人经历过高水平的辐射暴露——为什么？没人知道是怎么回事。有可能某个地方的管道释放出了辐射。在莫斯科，每年平均有70个地方被发现存在危险水平的辐射。这太不可思议了，”物理学家亚布洛科夫疯狂地打着手势说，“即使是在莫斯科，也没有人能感到安全。”

动物学家玛丽亚·切尔卡索娃同意亚布洛科夫的观点。作为莫斯科独立生态项目中心的负责人，切尔卡索娃引用了与亚布洛科夫相同的数据。她主要关注的是火箭和导弹发射，以及作为催化剂的d-甲基肼燃料。

切尔卡索娃表示：“全世界都应该致力于开发安全的火箭燃料。”她坚称，俄罗斯和中亚各地的儿童都因接触导弹燃料而死亡。这位55岁的鸟类学家说，导致该地区死亡率上升的其他关键因素是二噁英、铅、二氯二苯三氯乙烷，以及环境破坏导致的免疫系统普遍受到抑制。

环境问题的关键是流行病学调查，如果真的有开展的话也是做得很差。1991年之后，由于当地工业经济的崩溃，整个地区的污染都显著改善。因此，就在该区域经历死亡和健康危机最急剧增加的时期，环境中的污染量反而减少了。

鲍里斯·里维奇认为，毫无疑问，生态灾难在人类疾病中扮演着重要角色，在俄罗斯，环境污染引发了哮喘[65]、与铅有关的儿童健康问题[66]、二噁英的影响[67]。但他发现，大多数人断言污染是该地区人口转变的直接原因，“完全是胡扯！”

贝德里奇·摩尔丹是苏联解体后捷克共和国的第一任环境部部长。他的国家经历了同样的辩论，也许比东边的邻近国家还早三年开始。捷克公众担忧的焦点是波希米亚工业。

“1990年，当我还是部长的时候去了那里。令我惊讶的是，有这样一句口号：孩子们学会的头三个词是‘妈妈’‘爸爸’和‘转型’。”捷克革命刚刚过去两个月，民众就指责摩尔丹在清理环境方面做得不够，他意识到民众集体恐慌的程度。在苏联政府数十年的谎言和掩盖之后，波希米亚人突然意识到他们的空气、水和食物里都有什么。

摩尔丹回忆说，他仔细研究了所有可用的数据，发现“大部分都是垃圾！真的！你简直不敢相信”。

最终，蓝眼睛、银发的摩尔丹得出结论：“波希米亚人的预期寿命比捷克人的平均寿命低5年左右，原因有很多，包括但不限于环境问题。”

在捷克革命6年后，这个国家的人口逐渐回到原来的水平，即使在波希米亚，人们的预期寿命延长了，公共卫生状况也改善了[68]，“但没有人会说是因为我们的环境改善了那么多”。

摩尔丹穿着随意，坐在一间井然有序的办公室里，从地板到天花板整齐地摆放着书籍和科学期刊。他从哲学的角度看待这个问题，他解释说，经过几十年的苏联统治，人们已经没有了个人责任感。因为在极权主义时期，他们对自己的命运几乎没有控制力，进入新社会后，人们无法想象他们自己的那些行为——饮酒、吸烟、醉后驾驶——竟然是健康的关键因素。

“我对波希米亚的那些人说，‘瞧，你们什么也没做，也没把这里清理干净。你只需要等待政府完成所有的事情。但如果你不承担一些责任，这个地方看起来就会像俄罗斯。”

“记得在 1987 年——也许是 1988 年——我遇到了一位年轻的俄罗斯同事。我们讨论了政治演变，这是我最喜欢的话题。他说，‘我觉得你有了希望，苏联统治了你四十年，你还可以恢复。可是 70 年的统治——我们永远也恢复不了！’那个人的话我永远也忘不了。”

四

> 现在的俄罗斯当局向人民提供了什么？“支持叶利钦，你会像美国人一样生活！”怎么可能？俄罗斯的一切看起来都不像“美国”（或法国或瑞典），而是像伊迪·阿明总统治下的乌干达？
>
> ——安德烈·托诺夫，1997 年[69]

从联合国儿童基金会的角度来看，苏联和东欧集团国家的公共卫生危机可归结为一件事：历史。

联合国儿童基金会在 1997 年的报告中写道：“人们希望，随着独裁主义的消失和需求主导的市场经济的引入，儿童的需求将在短期内得到更好的满足，但这种希望在很大程度上遭到了挫折。”[70]制度变化过于巨大和突然，对经济产生了不利影响；民族自豪感增强，民族冲突爆发导致了紧张局势的加剧，在少数情况下还导致了战争。儿童再次成为巨大历史变革的受害者。

“随之而来的是一场严重的区域经济危机，甚至影响到了转型最成功的国家。此外，这种转变也是以市场力量为基础的，市场力量可以释放强大的主观能量，但也需要社会价值观念和社会机构的支持，以实现平衡发展。随着社会规范和制度的崩溃，价值观被侵蚀，新的价值观需要时间来扎根，这也需要法律、执法部门对共同利益的认可和支持。”随着该地区出现人口噩梦，联合国儿童基金会从儿童的角度看问题，感受到公共卫生系统已经崩溃，因为社会本身已经失去了社会基础。联合国儿童基金会认为，经济危机不仅将个人推到了崩溃的边缘，也导致了社会凝聚力的消失。

换句话说，变革正在杀人。

另一方面，世界银行在其 1996 年的《世界发展报告》中辩称，问题不是变化太多，而是没有发生足够的变化。那些以最快速度向市场经济过渡的社会，例如捷克共和国和波兰，遭受了最短暂的人口灾难。根据世界银行的说法，公共卫生灾难仍在继续，各国政府一只脚踩在旧的苏联体系上，另一只脚踩在资本主义体系上。

“在过渡期间，健康发生了什么变化？”世界银行分析师问道，“我们得出了两个结论：快速改革不一定有害于健康指标，但缓慢改革或缺乏改革难以阻止长期恶化。”

1993 年，似乎整个地区都处于公共卫生的炼狱。但到了 1996 年，波兰、捷克共和国、斯洛伐克和匈牙利的人口灾难似乎已经触底，并逐渐走向复苏。世界银行的分析人士认为，这证明人们确实能够忍受经济改革的“休克疗法”，从长远来看，还能从这些严厉措施中受益。

从成立之初起，苏联的经济就由莫斯科的共产党领导决定，他们几乎将整个民族从一个地方迁徙到另一个地方，在人口稠密的草原中开办工业，要求在冰冷的气候中种植玉米，从相距千里的厂家千辛万苦地采购各种零部件。效率低下就是游戏规则和代价。

当苏联解体时，工业也随之衰落，因为其早已过时的生产要素现在位于不同的国家。一夜之间，数以百万计的工人失去了工作，居住在东欧集团国家和苏联地区的大多数人陷入了贫困——根据联合国儿童基金会的数据，其中大约 25% 的人在苏联解体后的 18 个月内生活在极度贫困之中。

1995 年，俄罗斯有 4500 万人，即总人口的 1/3，收入低于基本生活水平，这意味着他们只能依靠自己的智慧和农村的土地生存，或者根本无法生存。那些真正有薪工作的人在 1996 年的平均工资也是微不足道，每月 153 美元，比 1992 年低 10%。[71] 世界银行和国际货币基金组织把俄罗斯加入资本主义阵营后，史无前例地想要拯救俄罗斯，打破了最高贷款记录。到 1996 年，国际货币基金组织已向俄罗斯联邦提供了 120 多亿美元的贷款，其中大部分被叶利钦政府用来支付车臣战争的费用，后来人们发现，这些钱被叶利钦家族及其亲信中饱私囊。[72]

然而，在 1997 年，出现了一些关于经济复苏的讨论。1997 年伊始，俄罗斯的贸易平衡和工业生产水平都稳稳地保持住平衡了，因此在几个金融时刻，俄罗斯看上去很有希望。

然而，这些积极的指标掩盖了一幅令人沮丧的图景：财富集中在精英寡头手中。这幅图景将对公共卫生产生深远的区域性影响。从 1991 年后的混乱中崛起的被认为是自由市场的凤凰，他们被称为“新洛克菲勒”，抢购了去国有化的产业，建立了区域银行体系，在能源和电信行业形成了垄断，对曾经占主导地位的无产阶级毫不关心，关闭了低效的产业，并创建了遍布 12 个时区的经济鬼城。在某些情况下，他们与政府监管者和暴徒的亲密关系非常明显，让人想起 20 世纪 20 年代芝加哥的阿尔·卡彭。许多人可能想成为约翰·D. 洛克菲勒，但实际上更容易让人联想到的是他的家族。[73]

对于普通乌克兰人、格鲁吉亚人和西伯利亚人来说，财富集中在腐败的手中意味着灾难。当贪婪的人接管了工业，他们不仅解雇了 1/3 以上的劳动力，而且停止给那些实际上还在工作的人发工资。数以千万计的工人连续数年每天都赶着去上班，在越来越不安全的、陈旧的工厂里辛苦劳作，希望有一天会出现奇迹，能拿到几个月的欠薪。补发薪水偶尔也会发生，给老无产阶级们一点甜头，让他们在整个萧条的 20 世纪 90 年代艰难地维持生产。

当人们开始意识到他们的前途掌握在暴徒手中时，绝望和沮丧笼罩了整个社会。例如，俄罗斯内政部估计，到 1997 年中期，4 万家前国有企业和 500 家银行被暴徒控制，贫富差距达到了自沙皇时代以来前所未有的水平。

一个接一个的政府服务系统崩溃了，因为这些流氓企业成了税收违规者，他们否认在莫斯科、基辅、巴库和特比西的价值数十亿美元的收入，这些收入本来应该用来经营医院、为学校老师付费、修公路和满足该地区民众的公共卫生需求。

当大多数人的困境恶化时，该地区原本心智正常的普通人就会做出疯狂的举动。1997 年的一个春日，莫斯科人伊琳娜·斯米诺瓦把她 6 岁的女儿迪娜从四楼的一间公寓的窗户扔了出去，自己也跟着摔死了。《共青团真理报》5 月 23 日报道称，斯米诺瓦是当周第三个自杀的莫斯科母亲，她的孩子也在挨饿。几周后，亚历山大·捷列霍夫上校在莫斯科地铁站里坐了下来，然后自焚。同一周，在 4800 千米以外的地方，列兵谢尔盖·波利安斯基在执勤时用枪指着自己的嘴，把自己的脑袋炸飞了。[74] 到处都有一群群拿不到工资的工人举行绝食抗议，希望抗议活动能促使政府采取行动，但都是徒劳的。

反应形式多种多样，触及了该地区古老的底线——反犹太主义。普通公民和政客将该地区的噩梦归咎于“犹太人”，当然，他们确实是这样认为的：在每个腐败的强盗和银行家的背后，都隐藏着一个巨大的犹太复国主义的阴谋。[75]

尽管这一切都已经很糟糕，但很快就变得越来越糟。1998 年 4 月 13 日，国际货币基金组织经过几个月的讨价还价，最终批准向俄罗斯提供 226 亿美元的贷款，其中 48 亿美元将立即用于支持岌岌可危的卢布。

但到了 1998 年 8 月 1 日，俄罗斯央行每天都要拿出 5 亿美元，以防止卢布崩溃。尽管政府声称这些努力保持了货币的稳定，但黑市的卢布交易疯狂，每周购买 1 美元通货膨胀所需的卢布数量超过 30%。由于可预见的灾难，精明的投资者将他们的资本以每月超过 20 亿美元的速度转移出了这个国家。在之后的几天里，叶利钦政府继续紧张地实施救助，直到 8 月 13 日，西方亿万富翁、货币投机者索罗斯说，卢布一文不值。

俄罗斯股市暴跌[76]，卢布的价值一落千丈。随之而来的就是严重的通货膨胀，食品价格被推升至俄罗斯前所未有的水平。牛肉的单日成本猛增了 85%，牛奶的成本猛增了 60%。早已绝望的民众陷入了对食物的疯狂争夺战。

到 1998 年年底，俄罗斯的政治和经济形势混乱，国家欠了 170 亿美元贷款，但中央银行只有 123 亿美元，当地粮食市场出现恶性通货膨胀，莫斯科股市与美元相比失去了 100% 以上的价值，国家资本耗费速度估计为 30 亿美元 / 月。

一名杜马成员表示[77]："没有政府的每一天都离深渊更近一点。"在 1997 年年初的一段时间里，俄罗斯似乎有可能随波兰和捷克共和国的步伐，走向稳定和自由市场的成功。但现在很明显，它正走在通往地狱的高速公路上，而且把邻居们也拖下了水。

1999 年，没有哪个国家欠世界投资者和国际货币基金组织的钱比俄罗斯多，而政府却还想要更多。"俄罗斯熊"以俄罗斯、乌克兰和白俄罗斯等核武器国家政治动荡为由在四处乞讨，这是西方国家畏惧的备用战斗力。

同年，许多西方著名经济学家和政治家公开表示，如果来自西方的贷款停止流动，对俄罗斯、乌克兰、摩尔多瓦、白俄罗斯和该地区的其他国家最有利。[78]

然而，不稳定的威胁似乎太真实了，因为在 1999 年夏天，恐怖袭击的爆炸杀死了大约 300 名莫斯科人，促使车臣的战争死灰复燃。数十亿美元的外国援助资金被耗尽，鲜血四溅，但这场战争在俄罗斯人当中却非常受欢迎，他们支持强有力的爱国行动，以防止国家的地理和军事影响力进一步受到侵蚀。2000 年 3 月，叶利钦指定的继承人——苏联国家安全委员会特工普京当选为俄罗斯总统。

彼时，俄罗斯及其盟国乌克兰和白俄罗斯的经济总量仅占全球商品贸易总量的 1%，国内通货膨胀率超过了国内生产总值（GDP）的增长率。鲍里斯·别列佐夫斯基一人控制了该地区的大部分财富和资产。2000 年，有影响力的瑞士国际管理发展研究所，将曾经令人畏惧的俄罗斯超级大国评为世界上最没有竞争力的大型经济体，远远落后于捷克共和国、南非、斯洛文尼亚、墨西哥和印度等同样也陷入困境的经济体。[79]

在不久的将来，该地区可能会出现内战、广泛的无政府状态、市场经济的缓慢稳定、俄罗斯分裂成多达 10 个不同国家、军事政变、斯大林式苏维埃政治在整个地区范围内的复出以及一段无尽的“混乱”。[80]

所有这些对公共卫生而言当然是痛苦的。到 1998 年年底，至少有 4400 万俄罗斯人，也就是每 3 个俄罗斯人中就有 1 人每月的生活费低于 32 美元。在乌克兰，情况也非常糟糕，以至于政府无法提供这样的统计数据。在白俄罗斯，政府可能有这些可怕的数字，但拒绝提供。

俄罗斯儿童首当其冲，变成了一个庞大的孤儿亚群体。在这个冰雪覆盖的国家，他们靠小聪明生活在街头。俄罗斯儿童心理学家和精神病学家协会在 1998 年 11 月估计，被遗弃的孤儿数量突然暴涨，从 1990 年的几乎为零增加到 200 万。这些被抛弃的孩子年自杀率达到了惊人的 10%。[81] 联合国儿童基金会估计，自 1989 年以来，该地区弃儿的比率增加了 33%，19 岁以下儿童的自杀率增加了 1 倍多，儿童入学率下降了 10% 以上。[82]

1998 年末，北卡罗来纳大学进行的一项调查显示，100% 的俄罗斯儿童都患有缺铁症，大多数儿童在糟糕的饮食中只能满足每日最低需要量的 3% 到 4%。[83] 当俄罗斯人在为 1998 年寒冷的冬天做准备时，莫斯科的一家民意调查机构向他们提出了问题，问他们如何才能生存下去。44% 的人说，他们希望靠自己夏天在花园种植的蔬菜为生；12% 的人计划在西伯利亚苔原和针叶林以狩猎为生。[84] 到 1999 年，俄罗斯增长最快的职业是“偷菜人”——从陌生人的菜园里偷菜。[85]

虽然饥饿在该地区的孕妇和儿童中并不常见，但营养不良却很普遍。根据联合国儿童基金会的数据，在格鲁吉亚，母亲和孩子的平均每日热量消耗从 1980 年的 2790 卡下降到了 1995 年的 1940 卡：下降了 30%。1996 年，俄罗斯人摄入的热量平均减少了 21%，乌克兰人平均减少了 23%。1998 年卢布崩溃后，热量消耗进一步下降。

没有什么比营养不良更能有效地削弱免疫系统和整体健康的了，特别是如果家庭出于经济原因，用廉价的脂肪和淀粉代替更昂贵的蛋白质和新鲜蔬菜的话。

联合国儿童基金会的数据显示，1997 年格鲁吉亚家庭的乳制品消费量仅为 1980 年的 1/3，肉类、家禽和鱼类消费量几乎是 1980 年的 4 倍。乌克兰、俄罗斯、爱沙尼亚和亚美尼亚的蛋白质消费量下降了几乎同样多。

美国疾控中心和世界卫生组织认为，苏联存在令人震惊的微量营养素缺乏问题，如碘、钾、钙、铁缺乏，他们将该地区大规模出现的智商下降、贫血、发育不良和其他发育缺陷等问题归咎于此。[86] 部分微量营养素的缺乏也可能使儿童更容易受到污染和辐射的影响。

美俄两国政府高级科学家于 1996 年进行的一项联合健康研究得出的结论是，俄罗斯 60%的领土上缺乏氟化物，占该国儿童牙齿蛀牙发病人群的 85%。

当这些国家都是苏联集团的一部分时，诸如碘和铁补充剂之类的东西是供应充足的，它们可以被这个广阔地区的一个地方运到另一个地方。然而，1991 年以后，贫困的格鲁吉亚很难找到现金储备来购买碘盐，乌克兰人民不得不弃用氟化物。

俄罗斯分析人士里维奇最后说，很明显，现代俄罗斯和苏联其他国家的孩子确实不如十年前的同龄人健康。但是，造成他们身体虚弱的原因肯定比公众认为的要复杂得多。污染和辐射也发挥了作用，但压力、经济和饮食也是相关的原因。

“任何使用免疫系统测量的流行病学研究都可以看到俄罗斯儿童健康状况的变化。”里维奇总结道。

“但就分析的质量和数量以及发生的原因而言，我们必须说所有这些都是不清楚的。”

我们可能永远不可能以事后经验的方式说明区域范围的营养不良对 20 世纪 90 年代的人口和公共卫生灾难造成了多大的影响，这当然没有帮助。在苏联时期，人们有钱，但杂货店的货架上却空空如也。

但在苏联解体后，情况发生了 180 度的大转变。突然之间，水果、蔬菜和肉类市场在西伯利亚最偏远的地区也出现了，在那里可以看到尼加拉瓜的香蕉、荷兰的西红柿和佛罗里达的橙子。但这时大多数人能做的就是观望。食品市场变得有点像博物馆，人们在里面闲逛，他们的口袋里没有钱。

在走访该地区的市场时你会发现，甚至连最基本的食物都被剥夺了。

1992 年，在乌克兰首都基辅的日特尼市场，镶着金牙的农民加琳娜平均每天能卖出 200 千克土豆。加琳娜说，她仍然有能力每周给她 5 岁的儿子迪玛买一次鸡肉，因为她自己不吃。

上了年纪的巴布什卡人多年来一直在自己的村子里制作奶酪，然后在日特尼市场出售。

“没有顾客，在这里待了一整天！然后把所有的奶酪都带回家，因为卖不出去。”没有牙齿的老人卡蒂娅哭着说。

哥里是约瑟夫·斯大林的出生地，一座拥有 16 万居民的山区城市，三层楼高的威严的“父亲”（人们这样称呼斯大林）雕像俯瞰着整个城市，还有一座供奉着斯大林的大理石小屋，据说斯大林就是在那里面出生的。

距离斯大林“神社”约 1.6 千米的地方，有一处破败的建筑群，20 世纪 90 年代中期的内战后这里布满了弹孔，是该地区的主要医院。

儿科医生塔姆里科·伊卢里兹边说边强忍着眼泪，“跟 10 到 15 年前相比，我们看到儿童的健康状况在恶化。我们无法做神经学检查，但孩子们不由自主地颤抖，头部耷拉着，显然这些儿童的神经系统状况不好。”

在她照顾的 10 个新生儿后面，还躺着两个婴儿，他们被紧紧地裹在羊毛里，抵御着冰冷的室温。

伊卢里兹的老板诺里·乔哈兹博士说，这里的婴儿出生时缺氧、中枢神经系统对外界条件准备不足……他们的母亲说没有问题，但实际上他们并不好，因为食物对他们来说不够好。90% 的女人说她们在吃，但是她们吃的是什么呢？脂肪和面包。

在中央医院没有暖气的走廊里，昏暗的阳光照射下，院长绝望地扭着双手，说：“上帝保佑我们远离这样的环境！我们正在目睹这个国家的生态灭绝。”

五

> 进步一词永远是我青年时代政治演讲中的关键词之一：看看我们在一个贫穷的农民国家取得了什么进步；我们建了多少条柏油马路、多少工厂！看看你的生活如何改善！你再也不会挨饿了，你的孩子上学并穿上了合适的鞋子，每个人都用上了电。不再有结核病或其他可怕疾病的流行！那不是进步吗？共产主义为您带来了这一切。
>
> ——斯拉文卡·德拉库利，1997 年[87]

从 1990 年开始，当白喉这一古老的祸害横扫苏联时，它的发展速度让国际卫生官员感到震惊和恐惧。毕竟，白喉是一种完全可以通过疫苗预防的疾病。20 世纪 90 年代，北美、西欧和日本的白喉发病率仅为每年 1 至 2 例。

当白喉棒状杆菌感染人类时，病程主要取决于两个因素：细菌定植的位置和驻留在较大的细菌内的噬菌体是哪一种基因亚型。前者决定了一个人在不管有没有治疗的情况下免疫系统迅速控制疾病的可能性；后者是白喉毒力的关键，因为潜伏在白喉细菌内部的棒状噬菌体会释放出致命的毒力。如果最毒的噬菌体存在于流行的细菌中，抗生素将无法有效治疗，急性白喉病例将需要抗毒素治疗。

在大多数病例中，白喉棒状杆菌感染了鼻、口和喉咙的黏膜，在患者的咽喉后部形成典型的白色膜团，导致患者呕吐、吞咽困难和呼吸困难。在更严重的病例中，这些细菌进入患者的心脏、大脑或神经系统，会杀死10%的感染者。

1994年，苏联地区的白喉发病率从每10万人1例发展到在塔吉克斯坦每10万人31.8例——这是自20世纪50年代以来世界上最高的水平。俄罗斯是第二高，每10万人中有26.6人感染白喉，一年就有4万多例，几乎是美国白喉发病率的30倍。每一个苏联和东欧集团国家，以及芬兰和德国都报告了病例。

“这是自第二次世界大战以来欧洲面临的最大公共卫生威胁，”世界卫生组织公共卫生司司长乔·阿斯瓦尔博士说。联合国儿童基金会的理查德·里德补充说：“这一疾病给世界上许多地区的人们带来了危险，但他们可能认为自己不会得白喉这样的病。”[88]

世界卫生组织的研究人员与莫斯科的同事一起追溯了这种流行病的历史，得出的结论是，它来源于苏联与阿富汗的长期战争。在20世纪80年代，阿富汗经历了白喉流行，涉及近1.4万例白喉病例。从1988年开始，大约10万名苏联士兵离开阿富汗，返回各自的家园或军队基地。未经证实的逸闻认为俄罗斯第一例成人白喉病例来自1990年年初位于莫斯科的一个军营内。

他们发现，大多数病例涉及之前接种过疫苗的成年人，这让人们担心，在苏联感染了20万人、导致5000人死亡的流行病，可能会感染全球已接种疫苗的成年人。苏联上一次经历如此严重的白喉流行是在1955年，当时发生了10.4万例白喉病例，那是在苏联开始实施大规模免疫规划的3年前。而现在，世界面临的是一种新的具有耐药性的疾病，还是其他因素在起作用？[89]

事实上，专家们发现，确实还有其他因素在起作用。

美国疾病预控中心1995年的一项研究发现，几乎所有这些病例都发生在少数几种人身上，要么是没有接种过疫苗就自然暴露的，要么是接种了20世纪50年代苏联制造的白喉类毒素不足的疫苗。报告接着说，即使这个群体没有得到适当的保护，可能也不足以感染白喉病，除非20世纪80年代末和90年代未接种疫苗的儿童疾病水平高到足以构成流行的威胁。

尽管苏联在20世纪50年代犯了错误，但是，将这些成年人置于危险之中的，却是20世纪80年代和90年代预防接种体系的崩溃。

这种崩溃是由两个关键因素造成的：第一，在以意识形态为主导的苏联时代，即使接受过训练的免疫学家也令人惊讶地缺乏专业知识，当时西方医学杂志——实际上是任何以西方为基础的科学——都被禁止；其次，在该地区兴起了一种神秘的免疫学理论，列举了数百个不接种疫苗的“好”理由。

这一理论与西方所有的科学经验背道而驰，它认为疫苗引发的反应可能会对“虚弱”的儿童造成危险。因此，因任何原因生病的孩子（包括单纯的感冒），白细胞计数比正常值低 5%，或有家族病史的孩子，都将受到伤害，而不是得到保护。

20 世纪 80 年代，疫苗覆盖率非常低。例如，在 1983 年的莫斯科，只有 40% 的儿童完全免疫。俄罗斯卫生部主要健康智库的亚历克斯·萨维尼赫说，到 1992 年，莫斯科的疫苗接种率降到了糟糕的 34%。位于日内瓦的世界卫生组织新兴疾病司的尤金·蒂科米罗夫说：“强调俄罗斯（或苏联地区）儿童免疫功能受到抑制、不能耐受疫苗是毫无意义的，但事实就是如此。”

到 1997 年，至少在美国和欧洲卫生机构的帮助下，白喉疫情似乎在俄罗斯已基本得到控制，但引发白喉疫情的态度和条件依然存在，并引发了其他可怕的疾病。

疫苗专家罗伯特·施泰因格拉斯曾是美国国际开发署资助的控制白喉流行病运动的技术官员，他警告说，百日咳席卷该地区“只是时间问题”，这是因为，苏联人没有像西方国家那样，将百日咳疫苗和白喉疫苗结合到破伤风疫苗中。

相反，接种百日咳是单独开展的，而且免疫接种率在整个地区差异很大。

当施泰因格拉斯和他的美国同事在 1992 年第一次评估疫苗接种情况时，他们震惊了。他们发现，在一些地区，儿童的免疫接种率在 20 世纪 80 年代下降到低于撒哈拉以南非洲许多国家的水平，而疫苗提供的基本要求，如冷链运输和储藏经常被忽视。

“他们不知道如何管理疫苗的库存，不知道如何管理冷链，而现在每个非洲国家都明白这一点。”

情况并非一直如此。在苏联卫生防疫站的鼎盛时期，一个月就有 2.8 亿人排队接种疫苗。

“这是一个意识形态问题。”施泰因格拉斯解释道，“人们被告知‘你要在这一天来防疫站接种’，这是定期的。”

“和蔼的俄罗斯儿科医生甚至试图让苏联儿童免于接种疫苗。”俄罗斯卫生部首席儿科医生塔托琴科讽刺地说，在 1978 年和 1979 年，苏联官员提出了一长串的“禁忌”，告诉医生避免为患有任何使白细胞计数略有下降的疾病的儿童接种疫苗——不管是真实的还是想象的。尽管西欧和美国的儿科医生认为没有必要采取这样极端的预防措施。

塔托琴科和其他人说，部分原因是西方医学期刊在苏联被禁了 50 多年，因此缺乏对照研究或大量数据，苏联的免疫学“科学研究”以及儿科实践仍在故步自封。

塔托琴科说，到20世纪80年代中期，苏联各地的儿科医生都被训练得相信“俄罗斯的孩子很脆弱”。这并不意味着（这个孩子）是病态的，但这也不是他本应该成为的样子。这种信念最终导致了免疫学的“弱孩子”理论，在21世纪的黎明，它仍然是死亡率和疾病率的主要贡献者，接近第三世界的水平。

此外，不够健全的科学理论和实践基础疫苗接种的概念，在20世纪80年代为政治狂人和伪科学家打开了一扇门，比如82岁的鲍里斯·尼基丁，一个留着胡子、戴眼镜的工程师，自称儿童养育专家，被称为俄罗斯的“本杰明·斯波克博士”。然而，这两位高阅读量和有影响力的作者之间有一个关键的区别：尼基丁缺乏医学训练，并且以反对科学为荣。

在莫斯科郊外的布尔什沃地区，尼基丁与妻子、7个成年子女和15个孙辈住在在莫斯科郊区的一栋三层楼高的蓝色木屋里。所有人都光着脚，即使是在俄罗斯难受的冬天，孙辈们在阴冷的日子里也只穿着内衣到处跑。

这都是尼基丁学说的一部分，该学说认为大多数的衣服、食物、水的处理和医疗干预都削弱了儿童的体力。

“大自然，”他在一个春天的下午对访客说，“形成了自然免疫力，因此在儿童发育中设计了一个特定阶段。这种自然机制被称为儿童感染。

“所以社会的免疫接种是一个巨大的医学错误。”

在黄昏的寒冷中，尼基丁和他赤裸的孙女在户外玩耍，他解释说：“动物都是光着脚的，它们没有流感或其他呼吸道疾病。”

事实上，动物确实患有流感或其他呼吸道疾病。但事实似乎并不妨碍尼基丁的“哲学”：“你的免疫力会下降。我不知道是怎么回事，但我看到了这种关系。我们必须锻炼我们的肌肉……连医生都看到了！但是他们不知道你也可以训练你的免疫系统。”

按照尼基丁的学说，训练是指生病或接触病原体。事实上，尼基丁说他很高兴卫生防疫站自1991年以来已经失去了强制免疫的合法权力，这让他从“疫苗学家的魔爪”下“拯救”了他的两个孙子。

但在被反复问及白喉疫情时，他拒绝置评，并转换了话题。

记者鲍里斯·乌姆诺夫——这一悲惨学说历史上的另一个关键人物——也拒绝讨论白喉的流行。1988年[90]，乌姆诺夫在《共青团真理报》上发表了一篇被广泛引用的文章，宣称坚决反对接种疫苗。当时在莫斯科特列塞耶娃国家医疗制剂研究所工作的病毒学家加琳娜·彼得罗夫纳·切尔文斯卡娅博士也如是说，俄罗斯生产的白喉和百日咳疫苗中含有危险的毒性。

由于乌姆诺夫发表的论著[91]被苏联各地的年轻人广泛阅读，其影响非常深远：父母开始尽可能避免给孩子接种疫苗，儿科医生也在犹豫切尔文斯卡娅可能是对的，没有积极地向烦躁的父母推广疫苗。

切尔文斯卡娅声称，在疫苗中发现的硫化物（虽然不是杀虫剂，但她称之为硫化物）和汞盐是有毒的。尽管世界卫生组织的一项研究对此提出了质疑，她和有影响力的乌姆诺夫到90年代中期继续在俄罗斯大多数主流报纸和杂志上发起运动，建议停止使用疫苗。

在其他苏联国家也出现了类似的声音。

以哈萨克斯坦为例。1996年，雷莎·萨迪科夫娜因其在医疗方面的贡献获得了全国最高荣誉奖。在颁奖典礼上，她认为疫苗接种计划正在杀死患有“艾滋病、肿瘤或血癌”的儿童。整个儿童肿瘤科已经人满为患，这就是接种疫苗的后果。

1996年，76岁的雷莎·萨迪科夫娜在接受“和平与文化”荣誉称号时表示，疫苗是导致人类基因库解体的原因。

“作为一名科学家，我想提出一个问题：哪个目标更困难？是为了保护儿童不受传染病的侵害，但同时也为他们带来了罹患疾病和20世纪瘟疫（艾滋病和癌症）的风险？因此，孩子出生时就不健康，这是代代相传的。但是，现在是时候考虑一下，也许自然选择比破坏我们人类的基因组并导致突变要好，而突变的后果是不可预测的。”[92]

像尼基丁、切尔文斯卡娅和萨迪科夫娜这样的声音，在苏联解体后的媒体中得到了广泛的传播，而像塔托琴科这样的疫苗接种支持者却几乎没有得到任何支持的声音。塔托琴科坚持说，他经常与俄罗斯记者争论，但他意识到他们是在寻找耸人听闻的角度。施泰因格拉斯和塔托琴科联手向该地区的儿科医生和医学院传播逆向信息运动。[93]但是做起来很难，旧观念很难改变。

例如，在爱沙尼亚，图马特雷博士解释说：“儿童免疫接种率低的原因很简单：全国95%的医生都在塔尔图大学接受过培训。负责小儿科的（苏联）教授教导说，疫苗是危险的。他说婴儿需要在没有疫苗的情况下生长。”

根据世界卫生组织的数据，到1991年，只有60%的俄罗斯5岁以下儿童接种了三剂白喉、百日咳和破伤风疫苗，这是确保免疫所必需的——尽管世界卫生组织的专家认为预防传染病需要95%的疫苗覆盖率。反对接种疫苗的情绪甚至蔓延到了柏林墙两边的德国，在那里，1997年有近1/4的成年人没有接种完整剂量的，或者根本没有接种白喉疫苗。[94]

统计数据显示，这只是故事的一部分。1991年俄罗斯麻疹疫苗覆盖率只有

78%，脊髓灰质炎疫苗覆盖率只有 71%，而且几乎没有女孩接种过风疹疫苗。[95]

白喉流行最早于 1987 年在苏联出现，当时确诊病例数达到 2000 例。然后在 1990 年，从阿富汗归来的士兵们显然带回来了这种会传播的细菌。1991 年，当莫斯科向世界卫生组织和美国寻求帮助时，白喉患者的人数已经超过了 1.2 万人。布什政府同意提供援助，在 1992 年和 1993 年向俄罗斯、乌克兰、格鲁吉亚和其他苏联国家派遣了科学小组。[96]

西方研究人员的发现令人震惊。首先，他们自己的疫苗库存（实际上是全球供应量）极低。

西方人了解到，在苏联国家，数以百万计的儿童接受了不适当的成人剂量注射，这些儿童的白喉发病率是适当剂量注射的儿童的 5 倍。他们发现，正如施泰因格拉斯所指出的，苏联同行对疫苗学最基本的原则一无所知，即在运输和储存过程中保持疫苗冷藏的必要性。[97]

更令人震惊的是当地的死亡率。到 1994 年，白喉已经进入了苏联集团的每个国家，虽然俄罗斯的死亡率仅略高于正常水平，占所有活跃病例的 2.8%，但是在立陶宛和土库曼斯坦，所有白喉病例中有令人震惊的 23% 被证明是致命的。[98]

在两年的努力和分发了 3000 多万剂疫苗之后，国际小组在 1996 年中期为 70% 的乌克兰人接种了疫苗，使白喉发病率下降了 30%。但由于该国近 1/3 的儿童和成年人仍未接种疫苗，情况仍然危急。

基辅格罗马舍夫斯基流行病学和传染病研究所的阿拉·谢尔比斯卡博士说，在 1970 年代，苏联儿科医生的所有反疫苗情绪出现之前，乌克兰的 5200 万人平均每年有 7 个白喉病例。她说，到 1990 年，这个数字已经上升到 200 人，到 1992 年，每 10 万乌克兰人（或近 5 万人）就有 1 人患白喉病——这是自沙皇时代以来从未见过的水平。

“粉碎”反疫苗运动的驱动力可能不是白喉，而是脊髓灰质炎，它也在该地区死灰复燃。脊髓灰质炎病毒对儿童的麻痹作用和这种微生物的高传染性使这种疾病特别令人担忧。此外，世界卫生组织在苏联的大力支持下，很久以前就制定了到 2000 年在全球彻底根除脊髓灰质炎的目标。因此，脊髓灰质炎在苏联社会主义共和国的任何形式的回归，都是对卫生防疫部门的一记真正的耳光。

在 1959 年至 1991 年，东部集团和苏联使用的所有脊髓灰质炎疫苗的供应都由位于莫斯科的脊髓灰质炎和病毒性脑炎研究所生产。就像预防甲状腺肿大的碘、净水用的氯和牙科护理用的氟化物一样，随着苏联的解体，脊髓灰质炎疫苗的供应突然消失了。到 1992 年中期，除俄罗斯联邦外的每一个苏联加盟共和国都用尽了最后的脊髓灰质炎疫苗库存。

1991年年底，在塔吉克斯坦出现了一种毒性最强的I型脊髓灰质炎病毒。这种情况持续了4年，直到1995年年底，塔吉克斯坦公共卫生领导人都没有能力开展有效的全国脊髓灰质炎疫苗运动。[99]

1992年，塔吉克斯坦脊髓灰质炎病毒蔓延到乌克兰，又感染了数千人，造成了少数瘫痪病例。

第二年，另一种毒性较弱的III型脊髓灰质炎病毒在乌兹别克斯坦出现，那里的疫苗供应早已枯竭，成千上万的青少年没有接种疫苗。在1993年至1994年间，估计有14.6万名儿童受到感染，相当于疫区4岁以下儿童的1/3以上。[100]

这些脊髓灰质炎的暴发，就像更大规模的白喉流行病一样，是通过欧洲和北美政府资助的大规模疫苗接种运动才得到控制的。

然而，在饱受战争蹂躏的车臣，儿童免疫接种的所有努力在1992年完全停止。1995年，III型脊髓灰质炎病毒进入车臣，造成流行。到目前为止，在疫区的所有5岁以下儿童中，绝大多数感染了这种病毒，其中154人因此而瘫痪。

由于担心车臣的小儿麻痹症疫情可能会迅速蔓延到俄罗斯各地，卫生部传染病司司长根纳季·奥尼申科携带疫苗飞往车臣首都格罗兹尼。他身材高大、魅力十足，有着一双锐利的蓝眼睛。然而，在苏联解体后的俄罗斯，他发现了一件令人不快的事——连医学专家都不知道免疫有多重要。在花了相当多的时间与俄罗斯医生争论，以提高白喉的免疫率和阻止细菌的流行之后，奥尼申科已经没有心情讨论小儿麻痹症了。尽管正在经历一场血腥的内战，他还是计划直接进入格罗兹尼，开始为他见到的每一个小孩接种疫苗。

但是车臣领导人有其他的想法。争夺车臣控制权的几个团伙之一绑架了奥尼申科，并将他作为人质和宝贵的脊髓灰质炎疫苗扣押了几个月。最终被释放后，奥尼申科身心俱疲，而他带来的脊髓灰质炎疫苗也早已变成无用的废液。

战争结束后，车臣恢复了疫苗接种，在1996年的最后几周结束了脊髓灰质炎的暴发。

我们就此学到了公共卫生的经验教训：首先，在世界上任何一个角落，免疫率不应低于95%的水平，否则就会造成一些地方易受攻击，潜伏的微生物很快就会出现在这些地方。不能把疫苗供应短缺、局部战争和现金流问题当作借口，因为微生物增长的速度是非常惊人的，而且最终应对要比持续的免疫运动昂贵得多。令人欣慰的是，白喉和脊髓灰质炎事件也表明，大规模免疫接种起了作用，阻止了疫情的暴发，并迅速将流行控制住。简而言之，疫苗仍然是公共卫生工具箱中非常有效的元素。

遗憾的是，抗生素却不是如此。

每一个见到伊拉克里·谢罗兹勒的人都会感到非常震惊，因为他已经15岁了，但他看起来又小又虚弱，像个10或11岁的小学生。

伊拉克里和他的母亲罗维纳是内战难民，他们住在一间没有电灯的单间公寓里，因为他们买不起灯泡。这个小公寓在一个巨大的酒店里，酒店被格鲁吉亚政府改造成了内战难民紧急避难所。冰冷的大厅里没有灯泡，楼梯间里回荡着政治辩论的声音，这是一个阴冷的环境。那天的雨冷得刺骨，母亲和儿子挤在地板上一个橘红色的钢制电子线圈旁（这是他们唯一的热源），在黑暗中轻声交谈。

生病后身体虚弱的伊拉克里说起话来很吃力。他的母亲是个失业的寡妇，说话很快。伊拉克里正在慢慢死于链球菌，一种让美国人像听到“青霉素”一样，可能会停下来思考的微生物。

“他没有父亲，”罗维纳告诉一个访客，“也许美国可以帮助他。”

类似的求助呼声在整个苏联地区都得到了响应，那里滥用抗生素的现象猖獗，医院卫生设施陈旧，导致了越来越多致命、耐药的细菌菌株出现。

尽管导致抗生素灾难的因素早在1991年苏联解体之前就已经存在，但随之而来的经济混乱使情况急剧恶化。随着该地区细菌变异和传播速度的加快，西欧邻国和美国、加拿大等移民目的地开始担心超级细菌的传播。

在格鲁吉亚，伊拉克里卷起他的裤腿，艰难地站起来，罗维纳用力地帮他支撑着。男孩两条腿前面都有一个大的伤口，露出恶臭的被感染的肌肉组织和胫骨。伊拉克里只能站立短暂的时间，让访客快速一瞥他的骨髓炎——链球菌侵蚀肌肉和骨头的情况。从1月份开始，伊拉克里先后出现了发高烧、心跳加速、严重虚弱的症状，链球菌逐渐侵入了他的心脏、血液、肌肉和骨骼。

1月，母亲和孩子都去了共和医院，这是位于第比利斯市中心的一个巨大的、日益衰颓的医疗机构，在那里，伊拉克里因为当时的一种常规感染而住院：他被注射了青霉素。然而，经过几天的治疗，男孩的情况却突然急转直下。

因为格鲁吉亚的每一种微生物现在都对青霉素产生了抗药性，小儿外科医师戈戈里什维利说，他没有治疗这名年轻患者的好办法。“人们用青霉素来治疗一切——甚至坏心情。现在对于败血症、脑膜炎等，青霉素都不起作用了，所以我们开始尝试头孢菌素。”

头孢菌素是一种新型抗生素，价格昂贵，使用复杂。2月，医生告诉罗维纳，她必须给小伊拉克里买头孢菌素，而在格鲁吉亚，头孢菌素的价格是青霉素的10倍。为了买药——即使是在黑市上讨价还价——罗维纳卖掉一切，只留了两套衣服，一套冬天穿，一套夏天穿；她卖掉了作为难民收到的紧急救济食品，以及除了她死去丈夫的遗像以外的所有纪念品；她甚至卖掉了在丈夫下葬前从他手指上取下的结婚戒指。

然而，一周之后，伊拉克里的体温再次升高。医生说伊拉克里感染的链球菌可能对这种治疗也有抗药性——尽管他们不确定，因为医院没有办法检测这种细菌。

在整个苏联地区，实验室的基本能力已然丧失，这既有财政原因，也因为苏联政权的医生从未接受过与微生物学同行一起工作的培训。医院中存在的实验室与其说是为了帮助诊断和治疗，不如说是为了监督卫生防疫部分的日常工作，而这些做法最终对患者的健康没有多大帮助。

由于没有进行任何实验室检验，没有人知道最初使伊拉克里患上轻度疾病的细菌，是否与住院治疗三周后威胁他生命的细菌是否是同一种。但是考虑到苏联时期医院的条件，伊拉克里很有可能是在他寻求避难的地方感染上了这种致命链球菌：共和医院。

在格鲁吉亚的医院里，戈戈里什维利说："你可以忘记环丙沙星了。人们把它当作早茶来喝。多西环素——人们在黑市上买它用来治疗性病，所以现在也没用了。"他说，阿莫西林也一样，但四环素仍然有效。

治疗伊拉克里的医生告诉罗维纳去筹更多的钱，买第三代头孢菌素。当罗维纳发现一周的药，再加上注射针和帮助他身体恢复的维生素，要花费 300 多美元时，她吓坏了。

许多人站出来帮忙。"难民委员会的负责人为孩子的抗生素筹集了资金。"罗维纳说；为伊拉克里包扎感染伤口的外科医生免除了人工费用；住院三周不收取任何住院费用；朋友们把捐赠的饭菜送到床边。

但这还不够。尽管男孩在最初的治疗后病情有了短暂的好转，并于 3 月返回家中，但罗维纳无法无限期地坚持让他治疗。到了 4 月，母子俩挤在冰冷的房间里，别无选择，只能眼睁睁地看着链球菌重新出现。[101]

在阿富汗－苏联战争期间，成百上千的格鲁吉亚逃兵聚集在逃兵集市上，戈加向罗维纳这样的客户出售抗生素。作为一名没有接受过医学培训的经济学学生，戈加教客户如何使用这些药物，以及针对他们的疾病应该服用哪些药物——如果有人问他，他也很乐意诊断。戈加的摊位上有各种各样的商品，从乌克兰的输液包、土耳其的注射器和静脉盐水，到印度生产的避孕套，从保加利亚生产的卡那霉素，再到带有西方人道主义组织标志的过期抗结核病药物。

"官方药店必须纳税、支付租金，等等。"戈加解释说，"所以他们的价格要高出2倍。我这里的药品供应量要大得多，任何药品都不会在桌子上待两天以上。我们的营业额很大。”

“逃兵集市”，以及遍布苏联各地的数百个类似的集市里，到处都是这种临时的、非法的药店。在乌克兰首都基辅的一个类似的摊位上，一名前学校教师诊断出一名老年妇女患有关节炎，并向她出售了大量类固醇药物，这名不知所措的妇女被建议自杀一死了之。在西伯利亚城市伊尔库茨克，一名家庭主妇在公共市场上被诊断出了疾病，并免费开了抗生素。

当庸医和商人对疫苗接种发出警告并助长了对抗生素的广泛滥用时，传染病造成的死亡人数在急剧上升。[102]

风湿热在乌克兰西部肆虐，比如在利沃夫乡村地区。这是由A型链球菌感染引起的一种感染性心脏病，通常会导致生长发育迟缓和严重的终身心脏病。

“问题非常严重，”利沃夫研究所的首席统计学家米拉斯拉瓦·斯特劳克用一种坚毅而沙哑的声音解释道，“大约19%的病人变成了残疾人。”

1994年，斯特劳克开始意识到医生们给青少年的心脏病诊断太多了。当她把这些数字加起来的时候发现，似乎15到17岁的青少年中几乎每100个人里就有1个人患有严重的心脏病，这在表面上是解释不通的。然后，在1995年，她收到了710个青少年“心脏缺陷”的报告——这个数字太高了，不可能是正常的。

斯特劳克在细致入微的研究中发现，乌克兰西部地区的链球菌正在广泛传播，但尚未被发现，这引发了惊人的风湿热发病率。她发现，1996年，青少年的风湿热发病率为7.1‰，成年人为9.3‰。

1995年，美国的风湿热发病率约为每260万美国人就有1例，全国共有112例。

斯特劳克说：“到1996年年底，我们在利沃夫发现了2万多起病例。有1500名儿童、800名青少年和1.8万名成年人。”

她还说，美国捐赠的抗生素在治疗A型链球菌感染方面比当地可获得的药物有效得多，由此她初步得出结论，利沃夫菌株对一线的、负担得起的药物具有耐药性，但她还并不确定。

“在苏联只有一个在圣彼得堡的实验室可以识别A型链球菌。这就是为什么乌克兰各地没有实验室可以识别这种链球菌，并向我们提供有关其毒性的数据……要建立这样一个实验室，我们需要供应品、试剂，不幸的是，目前的经济状况阻止了我们。”

因此，风湿热继续在利沃夫郊区蔓延。

此时，世界卫生组织日内瓦总部的玛丽亚·内拉博士正为东部地区更为基本的公共卫生危机——水源——而苦恼。内拉在她的监测网络中发现，在苏联，霍乱、伤寒、细菌性痢疾等疾病的暴发都是完全可以通过适当的水源和污水处理设施来预防的。内拉认为，现代世界本不必流行任何这些疾病，因为治疗既便宜又高效。

因此，东部无法控制这种疾病的暴发让内拉感到震惊。从1992年开始，她和世界卫生组织的其他技术专家经常东行，希望能查明疾病暴发和治疗失败的原因。

“（1995年）我们在乌克兰基辅举办了一次研讨会，很难说服（公共卫生）老领导层，”内拉回忆说，“他们想要召集军队，包围霍乱暴发的整个地区，走到边境，把人们包围起来，迫使他们住进医院。然后他们想让病人在医院里待到他们连续三次大便呈霍乱弧菌阴性（一般在住院15到18天之后）。”

这是苏联的旧模式——卫生防疫站模式：军队和警察介入，强迫群众服从，强制执行一种治疗方案，这种方案不仅对国家来说极其昂贵，而且对受影响的民众个人来说是一种冒犯。

与此同时，更简单、更便宜的解决方案被忽略了。例如，1994年，当一场霍乱在罗马尼亚暴发，持续了2年，导致成千上万的罗马尼亚人严重腹泻时，内拉和她的办公室同僚被该国的公共卫生应对措施惊呆了：

“在罗马尼亚，他们注射了各种大剂量的抗生素来治疗霍乱。他们不明白霍乱弧菌对抗生素没有反应。”内拉说，她的脸上流露出坦率的惊讶。他们想要电泳和淀粉样蛋白分析设备，这些设备昂贵且完全没有必要。当内拉的团队仔细解释说，世界范围内的霍乱最简单的治疗方法是口服补液疗法——服用一种由干净的水和盐组成的混合物，可以阻止霍乱引起的致命脱水——罗马尼亚公共卫生官员对世界卫生组织专家进行了严厉批评：“不要带着你的非洲穷人指南来这里——霍乱指南是为非洲人制定的。我们是欧洲人！”

但世界卫生组织的结论是，一些苏联占主导地位的国家，特别是乌克兰，“卫生状况比非洲还糟。”内拉说。

世界卫生组织的水务工程师发现，苏联的城市规划者在该地区的所有地方，都把饮用水和污水管道捆绑在一起，一个压在另一个上面，埋在该地区人口密集的城市下面。这些管道通常是用钢铁制成的，在经历了数十年的寒冬之后，它们被包裹在冰里，然后在夏季解冻，铁锈侵蚀了管道。多年来，人们几乎没有注意到污水管道的维护，到20世纪90年代，污水管道通常直接泄漏到饮用水运输管道。

结果，圣彼得堡、第比利斯、布加勒斯特、杜尚别、基辅和莫斯科等地的居民实际上是饮用了他们自己的垃圾并用之来盥洗。由于氯的生产和分配存在问题，导致其严重短缺，明显加剧了这一灾难，也进一步造成这些地区的铁和碘等微量元素的缺乏。

一连串的腹泻传染病接踵而来，由于污水的泄漏，由蚊子传播的疟疾和脑炎等疾病也登门造访。[103]

1995 年年底，俄罗斯环境部得出结论，该国一半的饮用水供应是不安全的，原因要么是严重的工业污染，要么是生物污染。由于没有资金来改善这种状况，到 20 世纪末，俄罗斯大部分地区的水质只比世纪初略有好转。[104]

“如果一个国家的空气和水受到污染，这个国家怎么能感到安全呢？一半的人喝的水不符合基本标准？”俄罗斯医学科学院的格拉西缅科在 1997 年这样问道。[105]

伤寒流行是饮用水危机一个特别重要的例子。通过受污染的水源传播，伤寒沙门氏菌很容易污染水源，在水安全性降低的条件下乘虚而入，制造灾难。1996 年 1 月，在塔吉克斯坦首都杜尚别诊断出几例伤寒病例。到 1997 年中期，首都的医院每天诊断出 200 个新病例，该市 60 万居民中有 10% 的人是活动性病例，甚至没有人能计算出城外的伤寒发病率 —— 部分原因是这个国家正在进行的内战。

除了被侵蚀的水和下水道系统，大规模的、构思拙劣的苏联水利工程也增加了人类水传播疾病的发病率。

在一间小办公室里，苏联瘟疫实验室的生态系统专家伊万·鲁西耶夫带着一位来访者站在一堵布满地图的墙前，指着第聂伯河说：“苏联原本计划把淡水从这里的北方河流转移到南方，将多瑙河的水注入第聂伯河。总体规划的第一阶段是这里 —— 萨斯莱克湖。”

鲁西耶夫解释说，整个乌克兰南部都是沼泽状的三角洲河口，一直延伸到黑海。苏联人想把河水引入三角洲地区进行灌溉。淡水被倒入了含盐的萨斯莱克湖，这实际上是一个黑海河口。

这个计划是一场灾难。误入歧途的苏联工程师最终错误地计算了萨斯莱克湖咸水和淡水的比例，使三角洲地区泛滥了过量的咸水，导致 6 万公顷土地被毁，庄稼无法生长。他们把萨斯莱克湖变成了一个巨大的蓝藻（绿藻）池塘，各种蚊子和致病微生物在这里繁衍生息。在勃列日涅夫时代的二十年里，苏联的规划者们忽视了不断上升的疾病发病率，拒绝承认他们对环境的彻底破坏。最终在 1985 年，他们在德涅斯特河上修建了一座大坝，希望能改善现状。但这完全切断了三角洲的淡水供应，使该地区变成了盐渍月球景观。

与此同时，萨斯莱克湖和乌克兰其他类似被迫改变的湖泊滋生了霍乱弧菌，这些弧菌在新的藻类群落中大量繁殖。大坝严重减缓了水流速度，也让湖水变成了细菌炖锅，尤其是在夏天，当水温达到 16℃时，湖里会散发出典型的有机恶臭。湖水还培育了携带疟疾、西尼罗河病毒和辛德比斯病毒的蚊子。减缓的河流也不再能冲掉由上游城市倾倒的成吨未经处理的人类垃圾。

当所有这些水到达敖德萨和克里米亚海港时，水里的微生物污染已经非常严重，以至于当地的水，如果不经煮沸饮用，肯定会导致痢疾。

“当局尽了最大努力，但所有事情都在财务上磕磕绊绊，”鲁西耶夫耸耸肩说。但随后他补充了自己的声明：“但我告诉他们，我们不仅在财务上有问题，我们的大脑也有问题。当问题出现时，你需要想想这条河。它是 1000 万人的水源！”

还有什么比水更基本的公共卫生要素呢？免疫？还是安全充足的食物供应？还是消灭耐抗生素的微生物？

然而，在每一个这样的要素中，苏联领导人都失败了，他们在一个又一个设计和执行得很糟糕的计划中跌跌撞撞地前进。1991 年之后，在这些领域发生的一切，只是共产主义纸牌屋的倒塌，而不是曾经牢固的公共卫生体系的毁灭。

六

> 当一场长期的、顽固的、激烈的斗争进行时，往往过一段时间，就会出现争论的中心点和根本点，从而决定运动的最终结果，与之相比，斗争的一切小插曲都逐渐退居幕后。
>
> ——列宁，《进一步，退两步》，1904 年

康斯坦丁，一个骨瘦如柴、卧床不起的 39 岁苏联士兵，躺在莫斯科结核病研究中心奄奄一息。耐药性结核病已经侵袭了他的肺、肝、肾和心脏。

不过，他还是得意地笑着说，他很欣赏这种情况的讽刺意味。“这就像一个笑话，”他那虚弱的嗓音不时被一阵咳嗽打断，“一个特别的俄罗斯笑话。”

在康斯坦丁的处境中很难看出幽默。一天 24 小时，静脉点滴将“抗生素鸡尾酒”注入他的体内。尽管沐浴在温暖的阳光下，康斯坦丁还是戴着一顶羊毛针织帽，穿了两件毛衣，躺在层层毛毯下，还在发抖。他苍白的脸和深陷的眼睛透露出身处的危险，一个医生低声说，这个人几乎没有希望了，因为身体的每个重要器官都充满了肺结核细菌。

然而，康斯坦丁在他的困境中看到了讽刺，在几次咳嗽之间，他的肺似乎

要从保护他的胸腔中震出。他继续说道，对于一个俄罗斯人来说，讽刺就是一个笑话，俄罗斯的一个笑话。

“我都参加了，”康斯坦丁说，“共青团，共产党，阿富汗战争……”

康斯坦丁曾在阿富汗战争中担任情报官员，后来因创伤后应激障碍回到莫斯科。1991年，就在苏联解体前夕，他被解职。1993年，莫斯科广播电台宣布，共产主义者和其他反叶利钦力量的“大杂烩”占领了俄罗斯白宫，康斯坦丁抓起了他带回家的阿富汗步枪，尽职尽责地加固了路障。

“1993年，我积极参与了政治动乱，支持政变。”康斯坦丁回忆道。

但叛乱失败了，一年后康斯坦丁因叛国罪被捕。他没有经过审判或正式判决就被送到布蒂尔卡监狱，他回忆说：“1995年我得了肺结核。”

在那之后的几个月里，随着他从一个监狱转移到另一个监狱，健康状况不断恶化，他的药物治疗不断中断和改变。最后，在1997年1月，一名法官第一次审查了他的案件，裁定由于政变发生时他没有参军，不可能犯叛国罪。3年之后，康斯坦丁第一次获得了自由。

但是这种免罪并不能带来什么安慰。“原则上，”康斯坦丁以俄国人的坚忍精神说，“我被判了死刑。矛盾之处在于，大多数人都像我一样在等待法院的判决，甚至还没有被判刑。我记得有几个在监狱里的人死于肺结核，从来没有上过法庭。”

米里安漫步在莫斯科结核病疗养院的大厅里，感到无聊但又疲惫不堪。这个骨瘦如柴、面色苍白的格鲁吉亚人在1993年的监狱里也感染了肺结核，当时他被关在臭名昭著的马特洛什卡亚·蒂希纳监狱里。4年后的今天，他仍然在与现在已经蔓延到肺部的耐多药微生物做斗争。米里安因抢劫被捕，在一间30平方米的牢房里服刑3年，里面住着100多名囚犯，他轻声说道。当时，每个囚犯都只有不到0.5平方米的空间，也就相当于一块0.3米见方的私人草皮。为了坐下或睡觉，这些人轮流着，米里安说，他们轮流像沙丁鱼一样挤在一起站8小时，而其他人则躺下睡觉。

俄罗斯监狱的人满为患是1991年后的危机造成的，因为这个新生国家需要建立一个司法体系。在过去，仅仅是苏联国家安全委员会的密谈，没有证据的支持，就足以使一个人被判终身监禁；而现在，法官被要求公正地监督审判，在审判中，检察官和辩护律师就现有证据的价值进行辩论。但俄罗斯很少有这样的法官和律师，因为在面临起诉时，法律辩护的概念早就被模糊了。当这个国家在努力创造一套法律体系的时候，许多人已被先行关进了监狱，其中大多数人从未被正式起诉过。1991年之后，俄罗斯的犯罪率不断上升，未被起诉的囚犯人数也不断增加，1996 年达到了 50 万人。[106] 而且俄罗斯并不是唯一如此的国家：整个地区都在努力建立司法系统，而未经审判的囚犯人数却在增加。

1996 年 10 月被释放后，米里安被转移到莫斯科疗养院。

将近一年后，他被结核杆菌困在那里。

当被问及为什么他的结核病被证明无法治愈时，25 岁的米里安耸了耸肩："我记得在布蒂尔卡监狱，我们每天会收到不同的药片。不同的人，一直在变。"

根据结核病专家的说法，在俄罗斯监狱系统待上三年 —— 1997 年在俄罗斯每 148 名居民中就有 1 人住在这里 —— 就相当于被结核病判了死刑。世界卫生专家认为，除非俄罗斯阻止结核病在监狱系统的猖獗蔓延，否则在整个社会控制结核病是不可能的。

"控制俄罗斯结核病流行最简单的方法就是关注囚犯，"无国界医生组织的蒂娜医生说，"治愈他们。停止结核病的反复发作。"

多达 100 万人挤在监狱里，人满为患。根据独立的监狱改革中心提供的照片文件，在莫斯科的马特洛什卡亚·蒂希纳审前拘留中心，每 35 个牢房有 140 名囚犯，每个囚犯的"空间"为 0.1 平方米。到 1995 年夏天，人们实际上已经"死"于缺氧，因为每个牢房里装的人实在是太多了。[107]

"我们现在知道，估计有 50% 的（俄罗斯）囚犯患有结核病，"费什巴赫说，"我们现在还了解到，大约有 85 万到 100 万人在监狱里。"

因此，推断有多达 50 万俄罗斯囚犯患有结核病似乎是合乎逻辑的，这一比例是普通人口患病率的 40 倍。事实上，世界卫生组织一份未发表的部门备忘录验证了这种说法：备忘录指出，仅在西伯利亚监狱，每年每 10 万名囚犯中有超过 6500 新病例，为 20 世纪下半叶世界上任何风险人群感染率的最高纪录。

苏联时期，位于苏联南部高加索山脉地区的格鲁吉亚，在 20 世纪 90 年代末，曾试图用一种西方认可的战略来应对结核病的流行，制止结核病流行的关键是在格鲁吉亚监狱中消灭这种疾病。

格鲁吉亚国家结核病服务中心主任乔治·纳西耶维利博士正在对这一问题发起双管齐下的攻击，重点是格鲁吉亚的城市中心。根据世界卫生组织 DOTS（直接观察治疗系统）的方法，纳西耶维利试图重建格鲁吉亚已被摧毁的结核病门诊诊所网络，并从这些诊所向确定的结核病病例和携带者分发适当的抗生素。但他知道，除非首先从国家的监狱中消灭结核病，否则就不可能阻止结核病在普通人群中的传播。

据格鲁吉亚全国监禁委员会主席吉维·克瓦雷拉什维利说，尽管与邻国俄罗斯相比，格鲁吉亚每年死于结核病的囚犯人数微不足道，但结核病是导致囚犯死亡的主要原因，超过了暴力和心脏病。

为了解决监狱中的结核病问题，克瓦雷拉什维利的医务人员定期对监狱人群进行检查，寻找明显患病的男性，然后给他们进行胸部 X 光检查。确诊的结核病患者被分开：急性结核病患者被送往一个特殊的收容区，慢性结核病患者被送往另一个收容区。所有患者每天接受 DOTS 抗生素治疗，包括 4 种药物。此外，结核病囚犯被给予特殊的、高营养的饮食和羊毛毯。

克瓦雷拉什维利说，由于这个项目的实施，结核病死亡率在 2 年内下降了 50%。

正常情况下，这是值得高兴的，但是因为不可靠的苏联时代的记录和 1991 年后的混乱和内战期间不存在的记录，克瓦雷拉什维利对解释结核病趋势持谨慎态度，无论是在监狱里还是在监狱外。尽管如此，他仍然相信格鲁吉亚的结核病状况已经开始好转。

玛雅·沙拉吉兹博士则不太确定。她私人资助的格鲁吉亚基金会在该国偏远的萨加雷霍地区调查和治疗结核病。医疗小组在每个村庄都发现了隐藏的病例——由于这样或那样的原因，这些人从未因导致他们虚弱和咳嗽的结核病而寻求医疗帮助。

“格鲁吉亚人对得结核病感到羞耻。”沙拉吉兹在第比利斯的家中吃下午茶点时解释说。他们确实在试图保守秘密。

例如，在南奥塞梯，4 名肺结核患者挤在一所被炸毁的医院里，试图从混凝土地板上焖烧的原木中吸收热量。他们是前茨欣瓦利市医院仅有的病人，该市人口为 4.2 万。来自无国界医生组织的志愿者在现场建了一个厕所，并将玻璃装到结核病病房的窗户上。但是病人们在以前的手术室里劈木头和家具，为微弱的火光添薪。他们实际上是在战争留下的瓦砾堆里扎营。

无国界医生组织的护士让-吕克·塞吉说，南奥塞梯的人们对结核病的态度是“坚决否认”，他们在黑市上买抗生素就吃，直到钱花光为止。从不寻求医疗救助。在这个过程中，他们“培育”出了耐药结核菌菌株。而且即使家庭成员死于结核病，亲属也拒绝接受检测。

混乱已经成为乌克兰卫生系统的常态，儿童结核病的患病率创了新高，这是该国自 20 世纪 50 年代开始使用基于抗生素的公共卫生方法以来没有过的。

“形势太可怕了。太可怕了。”维多利亚·科斯特罗米拉，基辅肺科研究所儿科服务主任说，“患结核病的儿童不仅比我们过去看到的要多得多，而且还患上了我们以前从未见过的结核病。”

科斯特罗米拉说，在 1990 年到 1996 年间，乌克兰 15 岁以下儿童中被诊断出的结核病病例数量翻了一番，由于诊断能力下降到几乎为零，已不可能估计出该病的真实发病率。

更多的乌克兰儿童肺结核病例被证明是易死亡的。例如，在1992年以前，乌克兰没有与结核相关的脑膜炎病例。而到1996年，30个这样的病例中就24名儿童死亡。

她说，科斯特罗米拉的研究所只有四种一线抗生素，它们的效用每天都在下降。因为在这个拥有5200万人口的苏联国家，一线的结核病药房已经没有钱了。

在苏联完好的时候，莫斯科为特定的产品建立了单一的生产中心，并将产品运往这个幅员辽阔的国家：氯、疫苗、碘。过去，抗生素的原材料在一个地区生产，然后在另一个地区包装成有用的药物。几乎是在1991年苏联解体后，生产链就立即崩溃。结果，在结核病治疗方面，乌克兰不得不进口所有抗生素；这个国家没有制造任何东西。这就意味着1997年科斯特罗米拉和她的病人所需要的基本药物要比1987年贵10到100倍。

一旦这些虚弱的患有结核病的孩子们到了研究所，对他们的照顾——包括吃饭——都是免费的。对于这个大国的焦虑的家庭来说，只能通过当地的结核病诊所得到诊断，并找到前往基辅的资源，才有可能进入研究所。

“我们曾经人满为患，”科斯特罗米拉谈到她的研究所时说，该研究所是在苏联政权时期建立的，为全国各地结核病诊所的病人提供诊断服务。“现在病人来不起这里了。”

1996年8月，加琳娜设法把她的孙子简亚带到了研究所。加琳娜说，他们住的地方离基辅只有15千米，所以旅途并不困难。

在一个阴冷的日子里，她和她的孙子静静地躺在医院的床上，房间里还有另外三个孩子。为了节省医院的电费，医院的灯都是关着的，而且也没有暖气。在傍晚的昏暗中，加琳娜慢慢地给这个5岁的小男孩念着书。当他咳嗽时，她就停顿一下，而他因为患有支气管感染，经常咳嗽。

但最让世界卫生组织和西方公共卫生专家担心的是俄罗斯失控的结核病流行。20世纪90年代末，耐多药结核病流行，在拥挤的监狱人群中蔓延，遍及整个国家，其发病率在当时的世界其他任何地方都是前所未见的。

监狱治疗的选择是有限的。尽管俄罗斯内政部在自己的医疗机构向囚犯提供结核病治疗，但俄罗斯各地的卫生官员抱怨说，这种治疗弊大于利。这是因为每次只给囚犯一到两种抗生素仍是常规做法，而不是世界卫生组织建议的四五种。而且这些药往往是“有啥用啥”，因为卫生部官员没有给这项工作分配多少资金。此外，囚犯经常在监狱之间转移，这意味着他们经常经历促使耐药性出现的治疗变化。一旦刑满释放，95%的人就完全脱离了公共卫生系统。

结果当时的卫生部结核病服务部主任阿列克谢·普里马克博士说，在俄罗斯，大约 80% 被感染的前囚犯携带有耐药菌株，其中一半人将在出狱数月后死于与结核病相关的症状。

一直以来，结核病的治疗简单而直接。在苏联，每一个男人和小孩每年都必须接受一次胸部 X 光检查。任何可疑的 X 光片都被送到卫生防疫部门，把疑似结核病携带者都带来，并强制进行痰检。如果被证实已感染，患者将被送往疗养院数月，甚至数年，与朋友或家人隔离，直到多次痰检结果呈阴性。这是针对婴儿、年龄较大的儿童和成年人所有年龄段人群的政策。在疗养院期间，苏联的结核病患者会接受 1 到 2 种高剂量的抗生素治疗。

但随着这个共产主义国家的崩溃，没有人有权力将俄罗斯或格鲁吉亚的公民强行隔离起来。结果，所有公共卫生结核病控制措施都崩溃了，因为在苏联时期，这些措施都依赖于国家对公民进行筛查和治疗的权力。

因此，官员们说，到 1997 年，俄罗斯的抗生素整体耐药率为 23.4%，2 种抗生素耐药率为 21%，3 种抗生素的耐药率为 19.4%，4 种及以上抗生素的耐药率为 6.4%。

在监狱中，结核病和耐药结核病的发病率继续上升。例如，在托木斯克中央监狱，结核病发病率为 7000/10 万人，是西伯利亚结核病发病率的 10 倍。[108] 俄罗斯其他监狱的估计率从 2481/10 万人至 7000/10 万人不等。

监狱系统每天都在把需要昂贵治疗费用的、耐多药的结核病患者送入困境中的国家公共卫生网络。1997 年，一份泄露给国外访客的内政部备忘录中有这样几行令人不安的话：

“到 2000 年，结核病的发病率将比现在增加 50 倍，死亡率将增加 70 倍，儿童死亡人数预计将增加 90 倍。”

费什巴赫对该声明的解释如下：“根据这些数字，2000 年俄罗斯的结核病死亡人数将达到大约 175 万，而我估计心脏病和癌症死亡人数将达到大约 150 万。这说明了公共卫生状况的一些不寻常之处。”[109]

与此同时，俄罗斯监狱的状况只会随着时间的推移而恶化。[110] 随着 1998 年卢布的崩溃，政府服务出现了紧缩，这预示着食物短缺，据报道，一些俄罗斯监狱出现了饥荒。[111] 到 1998 年年底，叶利钦政府意识到监禁，甚至在没有起诉的情况下拘役，也等于是判了死刑，他颁布了一波又一波的赦免令，释放了那些没有重大暴力罪行的囚犯。数万名患有结核病的前囚犯被释放，投入不堪重负的医疗系统的怀抱。

俄罗斯的每一家结核病医院和疗养院都人满为患：有些已经开出了候诊名

单。员工拿不到工资，碰上幸运的能拿到的话，工资也很低。公共卫生系统与结核病相关的设备，如腹腔镜和X光设备，只有不到一半能够正常工作。愿意在这些设施中不带防护装备工作而危害自己健康的医生和护士越来越少：到1997年，全国近一半的医生和护士已经辞职。谁又能责怪他们呢：受雇于结核病系统医护人员的死亡率是普通人群的10倍。[112]

最令人担忧的是俄罗斯东西伯利亚地区，结核病发病率一直高于莫斯科和乌拉尔山脉以西地区。

62岁的加琳娜·杜加洛娃博士是俄罗斯南部布里亚特州结核病控制部门的负责人，她必须徒步走下一段破旧的木楼梯，去外面的厕所。结核病总药房，包括这个总人口115万人的地方所有行政办公室和实验室，没有自来水，没有污水处理系统，没有暖气，没有实验室用品，抗生素稀缺用品，没有现代的胸部X光设备，没有为工作人员和医师提供防护口罩和手套，并且没有钱支付工作人员的报酬。它位于一栋拥有150年历史的木制建筑内，该建筑向一侧倾斜得很厉害，屋顶上有许多缝隙，并且正在下沉。

这个半自治的布里亚特共和国位于西伯利亚，距离蒙古边境仅240多千米。该国有大量的结核病，没有足够的资金来处理。

“这就像种族灭绝，”杜加洛娃宣称，“（这是）一场大屠杀，我们会死去。”

尽管直到最近她还是苏联共产党的重要成员，杜加洛娃承认，席卷人民的戏剧性的结核病流行开始于苏联时期，并自1991年以来不断恶化。

杜加洛娃是生活在这个多山共和国的26万布里亚特人中的一员——高颧骨的佛教徒（或者虔诚的共产主义者，无神论者）自豪地宣布自己是成吉思汗的后人。也许是基因的原因，尽管没有人确定，布里亚特人和西伯利亚的其他原住居民特别容易感染结核分枝杆菌。1996年，每10万布里亚特人中约有211人患有活动性、有症状的结核病，是他们的俄罗斯裔邻居的两倍。

对于布里亚特卫生部部长布莱尔·巴尔日罗夫来说，他的蒙古族人民对结核病的特殊易感性是一个巨大悲痛的焦点。他希望将践行了17个世纪的藏医经验和苏联式的结核病控制方法结合起来，能够很快消除结核病危机。但是在他手下的医疗工作者中，几乎没有人接受过这两种传统医学的培训，无法在这个35.4万平方千米的国土上寻找结核病病例。

这是乌兰乌德的爱国日，乌兰市的人口都涌进了普洛沙德·索维托夫，这是一个通过乌利萨·列宁娜大道进入的中心广场，乌利萨·列宁娜大道是一条宽阔的林荫大道。尽管天气依然寒冷，但当庆祝者游行经过两层楼高的黑色列宁头像时，阳光沐浴着他们。身着制服的俄罗斯陆军士兵和水手们立正站着，哥萨克军团中的共产党员挥舞着红旗、戴着勋章的二战老兵列队走过。

因此，当布里亚特的结核病官员杜加洛娃和她的政治领导人在寻找遏制该地区迅速扩大的结核病灾难的方法时，[113]他们赞成回到旧的苏联方法，这并不令人惊讶。在乌兰乌德，每一个被发现患有结核病的人，都被杜加洛娃带到当时算是结核病疗养院的小木屋里。其中一个是儿科病房，孩子被留在这里治疗——强行与父母分开——年龄从 12 个月到 14 岁不等。15 个月大的小米沙已经在病房里煎熬了 3 个月，在婴儿发育的关键几周，他得了肺结核，与慈爱的父母分开了。

漂亮、金发的塔季扬娜，头发紧紧地编成辫子，玩着她的"娃娃"，一个叫杜尔玛的婴儿。在一年多的时间里，塔季扬娜一直住在这个小木屋里，和其他孩子一起，和杜加洛娃疗养院里垂死的婴儿玩耍。

杜加洛娃没有耐药实验室检测试剂盒，没有医学微生物学能力，更糟的是，还没有药物选择。她只是不停地给病人服用她能找到的抗生素，通常是每天一到两种，希望婴儿和成人能应付过去。她承认，效果并不令人满意。

但是，杜加洛娃坚持认为，当建造了 6 年的包含 200 个床位的混凝土疗养院竣工时，情况将会更好。结核病局局长带着她的访客们来到这座大厦，这座大厦必须每天 24 小时由武装人员把守，这些人会向想要行窃的人开枪。这座 900 平方米的 6 层建筑曾是杜加洛娃的骄傲，尽管所有的窗户都破了，楼梯栏杆生锈了，整个建筑似乎要坍塌了。

然而，杜加洛娃反复强调，这里总有一天会成为疗养院，将阻止布里亚特的结核病流行。

虽然布里亚特共和国的情况可能是世界上最糟糕的——尤其是在布里亚特民族中——但在苏联的一些结核病流行地区，特定风险群体中的发病率甚至更高。世界卫生组织的官员将这种情况描述为"18 世纪的缩影"，并正在尽其所能向该地区的政府施压，要求它们不仅要在这一问题上投入更多资金，而且要改变应对结核病控制的方式。

一些国家政府，特别是格鲁吉亚、亚美尼亚、阿塞拜疆和吉尔吉斯共和国的政府，正在听取意见，并为了遵守世界卫生组织的指导方针而从根本上改变它们的结核病控制策略。但乌克兰、白俄罗斯和俄罗斯等大国，以及波罗的海国家和中亚地区的大部分国家，仍然顽固地坚持苏联时期的结核病治疗方法。

纽约市在 1991 年结核病暴发的经历中吸取了教训，受到不负责任的治疗、抗生素使用不当的影响，出现了耐多药菌株的细菌，和一个独特脆弱人群——艾滋病住院患者，这些人缺乏免疫抵御感染的能力。经过几个月的摸索，该市采用了施蒂布洛模式，建立了一个直接观察的治疗系统——DOTS——每天监测城市确诊的结核病患者的药物依从性，并且成功了。

世界卫生组织由此在全世界大力推广直接督导下的短程化疗方法。官员们说，无论在什么地方适当实施，结核病发病率都会显著下降。[114]

俄罗斯、乌克兰、白俄罗斯以及苏联大部分地区都严格地坚持使用这种方法。20 世纪 90 年代结核病得到了控制，就像 50 年代赫鲁晓夫用铁腕统治这个幅员辽阔的国家时一样。

一个由医生、护士和肺结核专家组成的庞大疗养院系统（肺结核专科在西方已经不存在了），加上一个规模更大的门诊筛查诊所网络，对人口进行监测，每年对每个公民进行胸部 X 光检查。结果呈阳性的人都接受了皮肤和培养测试——实验室化验。如果其中任何一种检测结果呈阳性，患者将被解雇 2 年，强制在疗养院隔离至少 1 年，并接受 1 到 2 种抗生素的大量注射治疗。患者的所有家庭成员和同事也将接受测试，以确保患者的结核病为公众所知。如果他们中的任何一个被证明是阳性，他们也会被退学或被解雇 2 年。如果 1 年后治疗成功，病人将得到一份临时工作，不涉及与食品或公众接触。如果治疗没有成功，病人身体的感染部分就会被手术切除。20% 到 25% 的结核病患者接受了肺部部分切除或全切手术。

由于财政紧张，这种高度劳动密集型、压制性的结核病控制方法得以实施。但是，很少有结核病防治部门能够负担得起常规 X 光检查，并追踪每个受感染患者的所有家庭和社会接触者，或进行适当的药物治疗。

而那些负责的人，比如俄罗斯卫生部的阿列克谢·普里马克博士说，结核病死亡人数的上升不是因为结核病控制方法的失败，而是因为旧模式的资金不足。

世界卫生组织全球结核病项目副主任理查德·班加纳坚持认为，这一切的根本原因是这些庞大、笨重的老医院和机构的生存斗争。“他们现在为免费的东西向病人收费，当钱用完时就把他们赶出医院。”这就是结核病死灰复燃的原因，俄罗斯卫生部部长没有看到这一点，“结核病是长着翅膀的埃博拉病毒。”

在普里马克的敦促下，1996 年卫生部成功游说国会通过结核病五年计划。从 1997 年开始拨出 30 亿美元（18 万亿卢布）用于改善现有的结核病基础设施。然而，政府实际上只提供了 30% 的拨款，但在疾病上的花费增加了 1 倍多。普里马克警告说，如果叶利钦的人没有拿出这笔钱，“到 2002 年，俄罗斯官方每年的新病例达到 20 万，儿童的发病率将增加 100%。”

事实上，普里马克推荐的防控措施到 1996 年无法治愈至少 24.9 万个结核病病例。虽然这是一种毫无意义的威胁，但在政治上是有效的。

这激怒了西欧人，他们确信俄罗斯的抗药细菌正在跨越他们的边境。到1998年，世界卫生组织哥本哈根办事处已经记录了俄罗斯所有结核病病例的25%与多重耐药菌有关。

“结核病就在我们（欧洲）的家门口，比以往任何时候都更可怕。”世界卫生组织结核病项目主任高田新总结说。

事实上，它已经越过了欧洲的门槛，在俄罗斯和波罗的海国家发现的各种形式的结核病突然出现在整个斯堪的纳维亚地区。位于哥本哈根的史丹顿血清研究所的尼尔斯·佩德森博士说，在1996年至1999年瑞典、丹麦和挪威记录的所有结核病例中，一半以上是在来自波罗的海国家和俄罗斯的移民中发现的。世界卫生组织声称，到2000年，在俄罗斯产生的耐药结核菌菌株将在整个北欧出现。

然而，普里马克和俄罗斯政府拒绝让步。随后就爆发了公开的公共卫生战争，西方和共产主义政策相互对立，这场战争可能导致数万人丧生，并在整个欧洲传播无法治疗的结核病。

在旧的苏联结核病体系中，也有持不同意见的声音。最响亮和最有影响力的是普里马克的老师，俄罗斯最大的结核病临床研究中心主任亚历山大·霍缅科，该中心属于俄罗斯科学院，他们庞大的结核病设施不受卫生部和普里马克的影响。这对曾经的师生在一场关乎俄罗斯结核病流行命运的斗争中站在了对立阵营，但毫无疑问，获胜者会影响各国的结核病防治方法和卫生机构的态度，不仅是莫斯科，还有基辅、明斯克、阿拉木图和其他苏联国家的首都都会受到影响。1965年至1970年在日内瓦担任苏联驻世界卫生组织代表的霍缅科赞成直接督导下的短程化疗方法。

自1990年以来，霍缅科观察到整个苏联地区的结核病发病率每年以10%到15%的速度上升。他目睹了财政的崩溃，作为全国收入最高的结核病医生之一，他的月收入已经跌到400美元。他断言，更令人担忧的是耐药性的显著增强。

在他的指导下，位于莫斯科东北部的伊凡诺沃州正在尝试直接督导下的短程化疗方法，自1995年以来，该地区的结核病发病率已经降低了8%。作为正在进行的实验的一部分，伊凡诺沃结核病医院的实验室能力得到了极大的改善，并对该地区患者的痰标本进行了药物敏感性测试。超过一半的标本（58.1%）含有对一种或多种抗生素有部分耐药性的分枝杆菌。伊凡诺沃每8名患者中就有1名携带多重耐药结核病菌株。

在霍缅科位于莫斯科的治疗中心，大多数病人都患有耐药结核病，这也是他们从符拉迪沃斯托克远道而来，寻找可能挽救生命最后一搏的原因之一。

例如，1996年，宝琳娜·马哈切拉带着她21岁的儿子库巴诺夫从里海沿岸多山的俄罗斯达吉斯坦远道而来。1996 年 3 月，怀有奥运梦想的举重冠军库巴诺夫感到疲惫和虚弱 —— 他家乡马哈奇卡拉的医生诊断他患有肺结核。那时，这名年轻的男子双肺里已经布满了结核杆菌，X 光检查发现他的双肺都已受到损害。

“他在家里待了一个半月，看起来一切正常。”宝琳娜个子不高，这位黑发白肤的中年女子回忆道。宝琳娜是一名医生 —— 尽管不是结核病专家 —— 她相信用 4 种抗生素在家治疗就足够了。

但她不知道库巴诺夫感染了耐药结核病，同时也没有人会知道，因为达吉斯坦没有一家医院有做痰标本药物敏感性试验的设备。更糟糕的是，这位年轻的黑眼睛男子对唯一一种能有效治疗其肺结核的药物产生了肝脏毒性反应。

1996 年 8 月，库巴诺夫在达吉斯坦住院，病情严重。当医生将他的治疗方案从 4 种基本药物改为昂贵的头孢菌素后，他对这种药物产生了严重的过敏反应。就在那时，宝琳娜决定是时候把家里的钱都集中起来，把儿子带到莫斯科，交给那位著名的霍缅科医生。

“那时，他已经对所有可用的药物都产生了耐药性。”宝琳娜说。X 光片显示他的两个肺已经完全被感染了。霍缅科的手下感到别无选择了 —— 11 月，病人被送入了手术室。

当外科医生打开库巴诺夫的肺时，他们惊呆了。他的左肺里有一个“巨大的空洞”，一位外科医生回忆道，这个空洞里面布满了结核杆菌。除了右肺下叶，其他部位都被感染了，外科医生切除了他肺腔和右肺的一半。

130 天以来，库巴诺夫仅存的肺部组织一直处于瘫痪状态，他的生命只剩下呼吸机维持和宝琳娜的祈祷。他的体重从 84 千克降到 53 千克，病情起伏，霍缅科的同事们每天都担心这个年轻人会死去。

但在 1996 年莫斯科最糟糕的冬天，库巴诺夫的肺又开始自动工作了。当他恢复了一些体力后，医生们注意到，只有他那已经被手术切除了一半的残余的右肺在工作，X 光片显示结核病再次夺去了他的左肺。

因此,5 月 14 日，库巴诺夫的整个左肺被手术切除，只剩下 25% 的肺活量。

1997 年春天，库巴诺夫昏迷不醒地躺在重症监护病房的一间单独的房间里，通过气管上一个直径 1 厘米的洞呼吸。这个洞每天都被涂上翡翠色的消毒剂，访客们惊恐地望着它。当吸入足够多的空气后，库巴诺夫就用纱布盖住这个令人不安的洞。如果呼吸变得特别困难，医生就直接将呼吸管插入洞内。

库巴诺夫试图说话，但他的喉部鼓不出足够的空气来发出清晰的声音。宝琳娜特意俯下身，把耳朵直接贴在他的气管孔上，她的嘴吸入了儿子呼出的气体。她和工作人员每天都要这样做很多次，没有人戴面具，因为防护装备供应不足，只能在侵入性操作和外科手术中使用。

“医生们非常热情，但他们没有足够的钱和药物。”宝琳娜说。

“这是真的，”一位医生补充道，“他能活下来全靠他的亲戚们。”

自从 1996 年 3 月库巴诺夫被诊断出肺结核以来，马哈切拉家族已经在买药上花费了 8000 万卢布（约合 1.4 万美元），在检查上花费了 5500 万卢布（约合 4000 美元）。宝琳娜不记得自己在莫斯科住院和住房上花了多少钱——也许还有 4000 美元。即使是一个美国家庭，也很难筹集到 2 万美元的现金，对于达吉斯坦来说，这几乎是不可想象的。这个典型的达吉斯坦家庭有受雇的农户，每年的收入约为 2400 美元。库巴诺夫的结核病不仅破坏了他一半的肺，也使马哈切拉一家破产，而且使整个家族背负着债务回到了达吉斯坦。

采用如此强效的治疗措施——以及患者庞大的费用支出——对该地区的大多数结核病患者来说都是不可能做到的。布里亚特的杜加洛娃说，大多数人“失业、无家可归、贫穷”。正是由于患者和结核病治疗系统的贫困，杜加洛娃站在普里马克一边反对直接督导下的短程化疗，而不是霍缅科一边。

“好吧，它更便宜、更划算。也许其他地区一直都有水果和蔬菜，但这里没有。如果有这些药那还好，但他们没有呀。我们连维生素都没有好吧！”

杜加洛娃是如何治疗结核病的？袋装注射用异烟肼粉末，但他们以胶囊形式口服。施蒂布洛分析后说，苏联制造的旧供应品“就像沙子一样”。她还有另外两种基本的抗生素，偶尔还有第三种。药物供应总在变，所以病人很少能完成一个稳定一致的疗程。专家说，用药一致性是避免产生耐药菌株的关键。

杜加洛娃承认：“我们不会中断治疗，但我们可能只会使用一种药物。”

在布里亚特疗养院，三个木屋里挤满了病人，尽管房间在冬天非常寒冷，杜加洛娃宣称：“至少还有自来水。”在儿童病房和成人病房之间，晾衣绳拉得很长；孩子们手洗过的床单在凛冽的山风中飘动。

在成人病房里，病床紧密地摆放在一起，胖胖的杜加洛娃无法在病床之间穿行。医院不提供睡衣和床单，成年病人必须自己带来。餐厅里有三个热盘子和几张桌子。“我想回家。”63 岁的病人叶卡特琳娜·切尔尼克在看到杜加洛娃时喊道。

在重症监护室里——这样命名并不是由于有更高级的技术，而是因为病人都病得很重——4 个男人躺在床上一动不动，他们餐桌边的饭菜也没有动过。其中 3 人为晚期肺结核患者，1 名患者为结核性脑膜炎。

“他们都会死的，”杜加洛娃低声说，“这些类型的结核病我从来没有见过，甚至在50年代也没见过。当然，我们不可能治好他们。我们想给他们使用4种药物联合用药和一些蛋白质补充营养，但我们没有钱，他们也没有钱。他们因此被判了死刑。”

一名主管护士一直在偷听杜加洛娃的谈话。听到主治医生严肃的宣告，她默默地低下头，在嘴和鼻子上缠了一团纱布，踮着脚尖走到一个21岁男人的床边。杜加洛娃面无表情地看着护士轻轻地抚摸着被红色毯子勾勒出的瘦骨嶙峋的身体。

在万里之外的爱沙尼亚塔尔图，爱沙尼亚呼吸医学学会主席海因特·西奥斯图谴责了这种“过时的、僵化的和人员过剩的做法。在苏联的结核病体系中，党在所有地方都占主导地位”。

西奥斯图热情地欢迎访客来到他舒适的家中，他提供茶饮，并通过家庭幻灯片展示数据。退休后，西奥斯图花了几十年的时间来改变苏联对结核病的看法。当他1953年开始工作时，爱沙尼亚每10万人中就有417人患有结核病。通过对苏联通用的治疗方法和他自己独特的有本地特色的直接督导下的短程化疗方法进行综合，1992年，西奥斯图成功地将当地的结核病发病率降至21/10万人的最低水平。但是也是从那时起，肺结核的发病率又开始回升了，达到了44.5/10万人的原发性病例。

“在俄罗斯，他们没有提供真实的数据，”西奥斯图说，“但我这些数据是真实的。”这表明，尽管公共卫生事业的发展在爱沙尼亚共产主义垮台后有所停滞，但没有发生俄罗斯那样崩溃级的悲剧。

尽管如此，西奥斯图继续说，几乎20%的爱沙尼亚结核病病例是耐药的，结核病患者的平均年龄已经下降，从1981年的55至60岁，降到了1996年的30岁。“这个年龄段都是生产劳动力啊！”他指出。令人遗憾的是，西奥斯图在与爱沙尼亚政客的合作中没有取得多大进展，因为官员们总是会指着白俄罗斯和俄罗斯的结核病数据说：“看，我们的情况没那么糟。”

“但我对他们说，‘不要拿我们自己和俄罗斯相比——我们已经脱离了俄罗斯！’”西奥斯图说，并指出芬兰的肺结核发病率只有爱沙尼亚的1/5。[115]

“我们的政客们就是不明白，”西奥斯图一边摇头一边说，“我们必须有钱建造设施来进行直接督导下的短程化疗。如果我们不这样做，我们将无法控制结核病。”

该地区的很多事情都取决于俄罗斯。如果这个庞大的国家不改变其结核病公共卫生政策，其他苏联国家的政治家可能就不会支持直接督导下的短程化疗和世界卫生组织的政策。

意识到这一点后，维克多·阿帕纳西耶夫在1997年准备向莫斯科开战。这位圣彼得堡的医生正在玩一场高风险的游戏，但他说，很多的生命危在旦夕。

阿帕纳西耶夫是列宁格勒州（今彼得格勒）结核病服务部门的负责人，他已经厌倦了遵守卫生部的规定，厌倦了看着结核病死亡人数不断往上涨。他不顾国家结核病局局长阿列克谢·普里马克的命令，而是支持世界卫生组织和西欧国家的建议，他决定用直接督导下的短程化疗来治疗他的病人。

“毫无疑问，在我们州长的支持下，我们将开展直接督导下的短程化疗，”40多岁的健壮的阿帕纳西耶夫宣称，“尽一切努力！”

自1991年苏联解体以来，列宁格勒的结核病发病率翻了一番，微生物产生了抗生素耐药性，死亡率飙升，用于结核病治疗的钱也用完了。员工们已经很久没有拿到全额工资了，以至于大部分病人的护理工作都是由靠微薄的养老金生活的退休医务人员来承担的。

1996年，阿帕纳西耶夫下令对圣彼得堡1160名患者的痰样本进行耐药性检测——几乎每一个样本中都含有对该市现有的一种或多种药物完全耐药的微生物。[116]

“耐药性是我们最大的恐惧。如果你在美国面临这个问题或许还好一点，那么，在这里呢？”阿帕纳西耶夫呼吁，“这是我们要进行直接督导下短程化疗的又一个理由。”

阿帕纳西耶夫和他的助手塔蒂亚娜·杜卢巴瓦博士成功地从列宁格勒州新当选的州长那里获得了财政和政治上的支持，并希望从附近忧心忡忡的瑞典得到更多的资金援助。

有了充裕的资金，阿帕纳西耶夫希望购买足够的抗生素，使所有结核病患者都能接受门诊治疗，每天服用5种药物，由一名负责观察的护士或结核病官员进行确认。这对充满活力的搭档，杜卢巴瓦和阿帕纳西耶夫二人组，想要摆脱老式的苏联治疗方法——大量X射线检查，强制甚至监禁结核病患者，每天注射2到3种药物进行长时间的治疗。

“我不满意现状——我们现在使用3种药物，仍然有活动性结核病，”阿帕纳西耶夫说，“是的，我们看到死亡率下降了，但我们的发病率却上升了……从流行病学的角度来看，这很可怕，因为它增加了结核病传播的机会。”

但是，放弃强势的普里马克所青睐的苏联治疗模式会带来巨大的风险，可能会使圣彼得堡本已不存在的防控经费预算进一步受到限制。

“我们的处境非常艰难，”杜卢巴瓦解释说，“但我们必须有勇气……正如哲学家们所说，你不可能两次踏入同一条河流。我们不能像20世纪30年代那样继续工作，情况已经发生改变。”

1996 年秋天，美国亿万富翁、金融家乔治·索罗斯向曼哈顿的公共卫生研究所捐资 1230 万美元设立一项基金，旨在为遏制俄罗斯的结核病危机提供技术援助和指导。公共卫生研究所与无国界医生组织和梅林集团合作，在西伯利亚的托木斯克监狱开展了一项直接督导下的短程化疗试点项目，结果证明，采用适当的抗生素治疗比传统的苏联疗法治愈率可提高 1 倍多，一年为该监狱节约 200 万美元的医疗成本。

公共卫生研究所还在俄罗斯各地举办培训班，向微生物学家演示如何对结核病样本进行耐药性检测。

但是托木斯克监狱的成功仍然不足以说服普里马克和俄罗斯结核病机构，亚历克斯·戈德法布在 1998 年说，“这是一个恶性循环。这不仅是对直接督导下的短程化疗的抵制，也是被严重的经济危机影响的结果。所有人最关心的是保住工作。但我们可以说托木斯克试点把成本降低了大约 50%，可以用这些钱支付拖欠的工资。”

但托木斯克的医生们仍然反对，因为他们认为，“重新构建结核病服务体系意味着不发工资了”。

然而，当其他结核病控制官员开始效仿霍缅科和阿帕纳西耶夫的做法，公然反对普里马克的政策时，俄罗斯反直接督导下短程化疗法的决心开始出现裂痕。随着 1998 年 8 月经济危机的出现，旧体制出现了更多的裂痕，西方直接对叶利钦总统施加压力，使裂痕进一步扩大。[117]

1998 年年底，这些组织发起了一项耗资 1 亿美元的运动，以应对俄罗斯的耐药结核病。1998 年 10 月 28 日，白宫召开了一次会议，资本主义世界一些最有权势的领导人参加了这次会议，重点讨论了俄罗斯的结核病问题。[118]

会议最关心的是俄罗斯采取直接督导下的短程化疗战略，建立耐药实验室，并解决监狱里的结核病问题。尽管有这样的国际压力、资金支持和专业知识的支撑，俄罗斯的疫情仍在继续扩大。1999 年年初，国际红十字会发布了一份公告：“在白俄罗斯、摩尔多瓦、俄罗斯和乌克兰，每 25 分钟就有 1 人死于严重的结核病病发。”

随着 21 世纪的到来，结核病在苏联国家肆虐，失去了控制，耐药超级菌株在整个地区广泛出现。即使在伊凡诺沃——世界卫生组织在那里执行了其直接督导下的短程化疗试验项目——耐药结核病发病率自 1996 年以来也增加了 2 倍多，超过所有确诊结核病病例的 10%。[119] 在克麦罗沃，欧洲人在西伯利亚监狱尝试直接督导下的短程化疗疗法，1999 年的耐药率超过 20%。

结核病一度被认为是全球公共卫生的胜利，但这时却成了世界的一大耻辱，所有的控制系统都崩溃了。哈佛大学结核病专家保罗·法默博士指出，全球化的经济“缓解了公共卫生现实政治中软弱无力的相对主义，给我们留下了双重标准的治疗方法”。对受感染的富人立即进行多种药物联合治疗，对穷人进行不充分的治疗。后者导致耐药微生物的出现，进而危及整个世界，无论贫穷还是富有。

七

哦，不。
他们走了，把我的家命名为
圣彼得堡。
这是怎么了?
我曾经的朋友都去了哪里?
这一切都错了，我感觉迷失了
就像我不属于这里。
给我回来，
还我列宁格勒。

——列宁格勒，《牛仔》[120]

我喜欢埃德加·爱伦·坡，他的诗是关于死亡的。活得快，死得早。

——阿鲁兹兰·库尔琴科，27岁，在敖德萨注射海洛因后

肺结核、白喉、伤寒、霍乱、酗酒、营养不良——所有这些疾病都在1991年后恶化，但其实在这之前就已经出现了。苏联的公共卫生基础设施对每一种疾病都有相应的规章制度，但这些设施能否有效地控制这些疾病则是另一回事。不过，无论如何，这些疾病都很常见，预防和治疗方法也很常见。

但后苏联时代的新公共卫生灾难却并非如此。

第一个新灾难出现在戈尔巴乔夫时代，但直到叶利钦时代才达到灾难性的程度。

他的幻灯片是手工制作的，业余而生疏。他的声音颤抖着。他用颤抖的双手紧握文件，手里拿着的笔记在会议扩音器里发出颤动的噪音。1986年，在巴黎举行的第二届国际艾滋病大会上，维克多·赫达诺夫博士并没有被正式邀请发言，但他显然是最令人震惊的演讲者。

这位年迈的俄罗斯科学家穿着他那件老土的西装、破旧的鞋子，甚至在讲

话之前就在时尚的巴黎人群中“脱颖而出”。发表简短的演讲后，约有 5000 名艾滋病专家的大厅沸腾了，因为赫达诺夫公开反对苏联当局，他透露，莫斯科声称没有任何艾滋病病毒感染者或艾滋病病例的报道是不真实的，并且病毒的小规模暴发正在其广袤国土的各个地方出现。

尽管当时的观众明白赫达诺夫的行为是勇敢的，但几乎没有人知道这位科学家到底是谁，更少有人知道这位德高望重的老学者回到莫斯科后发生了什么。

1986 年，有一个消息来源说，72 岁的维克多·米哈伊洛维奇·赫达诺夫从巴黎回国后，苏联秘密警察部队克格勃“无情地追捕着他”。作为苏联最杰出的病毒学家之一，他的地位并不能保护他。赫达诺夫是位于莫斯科的伊万诺夫斯基病毒实验室负责人，尽管身为著名的苏联科学院成员，他曾因第一个研发出麻疹活疫苗而被苏联授予 4 项荣誉奖励，但所有这些成就都没能保护他，赫达诺夫被以“破坏”罪名追捕。

“他被指责为美国中央情报局的间谍，”伊万诺夫斯基实验室的爱德华·卡拉莫夫博士痛苦地回忆道，“他在离开巴黎不到一年后就去世了，尽管他年事已高，我毫不怀疑是巫师作法让他中风的。”

在巴黎会议后不久，克格勃和苏联科学界的高层领导人发起了一场运动，这是一个教科书式的例子，阐述在旧政权下，知识分子的声音是如何被压制的。这场运动始于苏联科学期刊上一系列未署名的文章，质疑赫达诺夫作为一名科学家的可信度，以及他作为一名苏联公民的忠诚。卡拉莫夫说，其中很多文章的作者曾被赫达诺夫认为是他最好的朋友们。

赫达诺夫最危险的敌人将被证明是和蔼可亲的苏联医学科学院的领导人，以及 1991 年后俄罗斯医学科学院的负责人瓦伦汀·波克罗夫斯基博士。波克罗夫斯基看起来很乐观，喜欢喝伏特加酒，乐于拥抱来访者。一些消息来源坚称，他与克格勃关系非常密切。

波克罗夫斯基在学院内部成立了一个委员会，调查对赫达诺夫的指控，这些指控大多以未署名信件的形式提交。委员会召见了赫达诺夫，让他在周二上午出面为自己辩护——这一命令让这位资深科学家感到震惊，于是他向朋友波克罗夫斯基寻求解释，波克罗夫斯基催促他尽快离开。

周一晚上，赫达诺夫中风了，卡拉莫夫坚持说，在委员会之前，“有 5 个电话催促他离开”。尽管他中风了，赫达诺夫还是出现在委员会面前，“他们把他撕成了碎片。”卡拉莫夫说。

几天后，73 岁的赫达诺夫去世。

几周后，瓦伦汀·波克罗夫斯基的儿子瓦迪姆被任命为莫斯科一个新的艾滋病病毒实验室和临床中心的负责人。20 世纪 90 年代，该机构被称为俄罗斯艾滋病中心，仍然由瓦迪姆·波克罗夫斯基领导。

在俄罗斯医学科学院的一次招待会上，瓦伦汀喝了几杯伏特加之后，谴责了似乎正在引发俄罗斯艾滋病流行的社会变化，称其为“狂野脱缰的民主之舞”。

他的儿子瓦迪姆对来访者说，除非社会主义统治体系复活，否则什么也阻止不了艾滋病的大灾难。

列宁格勒共和国传染病医院位于俄罗斯 450 万人口的圣彼得堡附近的乡下，在这里，人们可以在救世军祈祷会上再次看到苏联时期艾滋病在俄罗斯暴发的悲惨历史。

一个 10 岁的女孩在祈祷时，端庄地低下头，头发上戴着一个粉红色的大蝴蝶结。坐在她旁边的是一个 9 岁的小女孩，她的头发上插满了精心缠绕在一起的人造花，她不耐烦地在座位上动来动去。在他们对面，两个 20 多岁的彪形大汉正在啃着免费的饭，心不在焉地听别人念圣经。

总共有近 30 人围坐在一张大午餐桌旁。他们的年龄从 6 岁到 50 岁不等，代表了俄罗斯社会的各个阶层，他们都感染了艾滋病病毒。

“看见那边的小米沙了吗？那个 12 岁的男孩。”32 岁的救世军志愿者斯维特丽娜耳语道，她也是艾滋病病毒携带者，“他说，‘没关系，我长大后会结婚，艾滋病病毒也会消失。’”

房间里的一些成年人，比如斯维特丽娜，通过异性性行为感染了艾滋病病毒。其他人可能大部分都是通过与吸毒者共用受污染的针头而感染的。还有一个叫尼古拉的是通过同性性行为感染病毒的。

但这些儿童，都是在俄罗斯的医院里，在一系列在医疗系统内被称为“埃利斯塔事件”被感染的。

埃利斯塔的悲剧对许多人来说意味着基本卫生保健体系的重大破坏。几个月来在俄罗斯、格鲁吉亚和乌克兰进行的访谈中，许多人都言辞激烈地说要避免做小手术和看牙医，因为害怕通过重复使用或受污染的器械感染艾滋病。他们也害怕在苏联时期对艾滋病患者实施的镇压措施，包括军事隔离。[121] 医生们讲述了他们在护理高风险病人时所面临的危险。

这一系列被称为“埃利斯塔事件”的悲剧事件始于 1982 年，当时一名在非洲工作的水手在不知情的情况下感染了艾滋病病毒，他把病毒传给了他的妻子，而妻子接着又传染给了腹中的胎儿。

1988 年 5 月，这个孩子因为各种各样的顽固性感染而住进了埃利斯塔的儿科医院，所有的感染都没有明显的原因。孩子不久就死了，仍然没有得到诊断。与此同时，孩子 23 岁的母亲，开始出现同一类型的异常感染。

这位母亲去了莫斯科接受治疗，在那里她遇到了一名有类似症状的妇女，她也在埃利斯塔失去了一个孩子。当两个母亲比较病历后发现，她们的孩子同时在新生儿病房出现了相同类型的感染。在母亲们的坚持下，医生最终根据这些巧合所提示的信息，给两位母亲都做了艾滋病病毒检测，最终确定该国的第一次艾滋病暴发已经开始。[122] 后来，俄罗斯和联合国的一项联合调查发现，到 1994 年最后一名母亲和她的孩子被感染时，大约有 250 个病例是通过医院用回收的注射器和导管进行注射而被感染的，而这些母亲是通过母乳喂养婴儿而感染的。

在苏联的医疗体系中，健康的婴儿，或者那些小病小恙的婴儿，每年都要接受多达 300 次的维生素和抗生素注射，给他们注射用的针是在一整天里被一个又一个病人反复使用过的。病得很重的婴儿通常会植入回收利用的、消毒不好的导管。

“一开始只有一个病例。”联合国艾滋病规划署的萨拉丁·奥斯曼诺夫说，“但可怕的医疗行为足以引起疫情暴发。”

疫情并没有在埃利斯塔结束。在诊断结果明确之前，一些艾滋病病毒阳性的婴儿被送往俄罗斯城市顿河畔的罗斯托夫、伏尔加格勒和斯塔夫罗波尔的其他医院治疗。这些机构的医生重复同样的医疗手段，也在他们的儿科病房内传播病毒。[123]

在埃利斯塔事件之后，苏联当局惊慌失措，采取强制性的艾滋病病毒检测，其检测范围达到了在其他地方闻所未闻的水平，并允许医生在未经病人同意的情况下进行筛查。

当然，他们可以利用这种检测来隔离个体感染。但是，由于感染率仍然很低，苏联没有感到压力，没有采取措施控制感染，以确保提供足够的无菌注射器和防护设备，更不用说对护理人员进行广泛的再培训了。

相反，苏联领导人建立了隔离和研究艾滋病病毒感染者的中心，这些人就像那些聚集在圣彼得堡祈祷的人一样，面临着监禁一样的生活和无聊的未来。追踪苏联艾滋病病毒感染病例的工作落在了防疫站的肩上，该机构以典型的苏联方式执行了这项任务。没有人有权拒绝艾滋病病毒检测，也没有哪个国家像苏联那样进行了如此多的非自愿筛查。从莫斯科发现首例艾滋病病例的那一刻起，随着 1989 年“埃利斯塔事件”的发生，艾滋病病毒检测以惊人的速度进行。1987 年至 1995 年间，仅俄罗斯就有 165470049 人接受了国家规定的测试。尚不清楚接受检测的非俄罗斯籍苏联人的数量，但肯定会大幅高于 1.65 亿人因该病而产生的死亡人数。[124] 俄罗斯的检测在 1992 年达到峰值，当时有 2440 万人，即每 6.8 名公民中就有 1 人接受了国家筛查。

但是，就像防疫站采用的许多公共卫生方法一样，这是一个极其低效的策略。1987 年至 1991 年间，俄罗斯做了大约 7200 万例艾滋病病毒检测，从中筛出 522 例感染病例；其中一半以上来自埃利斯塔事件。为了进行所有这些检测 —— 俄罗斯每确诊 1 例病例就要做 13.8 万份检测 —— 苏联必须在莫斯科维持一个庞大的中央实验室，专门制造检测试剂盒，并每年检测数百万份血液样本。此外，防疫站的现场工作人员必须收集所有这些血液样本，并将它们运往莫斯科。大多数测试是对献血者、孕妇、囚犯和出国旅行的苏联人进行的，这些测试在重新入境时是强制性的。

1996 年，俄罗斯在这项检测上花费了 175 万美元。但是，1997 年开年的时候，艾滋病防治预算较少，全国范围内从事该项工作的医生和护士没有报酬，医院的药品货架也空空如也。俄罗斯根本没有能力支付每年 1 万到 4 万美元的费用，以符合美国标准的方式治疗艾滋病患者，或者继续一项耗资近 200 万美元的检测项目，甚至没有财力购买电视广告时间在全国电视上宣传艾滋病教育。

同样的政策，包括广泛的、昂贵的非自愿测试，是整个苏联的规则。

切尔诺贝利核事故发生时，19 岁的乌克兰人斯维特丽娜住在核电站附近，暴露在大量放射性尘埃中，她立即患上了辐射病。4 年来，乌克兰的医生给斯维特丽娜输血，希望能补充因辐射而死亡的红细胞和白细胞。

1993 年，当时住在基辅的斯维特丽娜的艾滋病病毒检测呈阳性，引起了负责苏联血液供应的官员们的恐慌。成千上万在切尔诺贝利事件后的献血的人被重新检测，疯狂地寻找斯维特丽娜的艾滋病病毒来源。

但她知道不是来自血液。

“我知道是谁传染给我的，”斯维特丽娜回忆说，“他来自意大利，已经去世了。他的姐姐从意大利给我写信，告诉我他死于艾滋病。我意识到自己有危险，于是寻求了医疗救助。”

尽管如此，苏联公共卫生官员坚持要重新测试乌克兰的血液供应。斯维特丽娜已经因为切尔诺贝利事故遭受了多年的苦难，她被送往圣彼得堡外的共和国传染病医院，在那里度过了 20 世纪 90 年代剩下的时间。她的乌克兰家人被允许探病，但在后苏联时期，从基辅到这里的长途跋涉非常昂贵。斯维特丽娜很快意识到，埃利斯塔事件的幸存者和少数从其他来源感染艾滋病病毒的成年人是她仅有的伙伴。她看着这些瘦小的埃利斯塔儿童长大成人 —— 有 80 个孩子已经死亡 —— 她开始充当他们的代理阿姨和临时保姆。

“孩子们很可爱，”斯维特丽娜告诉来访者，“他们的母亲在这些男孩女孩之间相亲，所以有一天，艾滋病病毒阳性的孩子可以长大并结婚。”

斯维特丽娜把声音压低得像耳语：“大多数孩子不知道自己的诊断结果。”

自1989年以来，除了摇摇欲坠的医院、医院的工作人员，以及从窗户可以看到的远处的乡间田野和河流之外，这些孩子们（大多数刚出生不久）就再也不知道其他的世界了。1993年到1995年，这些年轻人的生活稍有起色，当时医院里挤满了数以千计的白喉患者。但是，自从那次流行病结束后，共和国医院的走廊变得安静了，在这个可悲的隔离“殖民地”里，仅有的新成员是吸毒者和他们的孩子，他们中的大多数都来自加里宁格勒。他们都是艾滋病病毒阳性。

27岁的尼古拉·内德泽尔斯基英俊潇洒，1991年在莫斯科被诊断出艾滋病病毒阳性。

“这是我的俄罗斯伴侣传染给我的。”身为同性恋的尼古拉说。尼古拉能言善辩，接受过欧洲艾滋病活动人士的教育，他每天都会去一些隔离中心，比如圣彼得堡的隔离中心，游说政府推行人道主义政策。1997年，他也是全俄罗斯仅有的接受过最先进的联合药物治疗的艾滋病患者之一——这是他频繁前往洛杉矶和巴黎的结果。他希望俄罗斯所有艾滋病患者都能得到这种延长生命的药物，但由于苏联那套法律仍然用于俄罗斯，只有被感染，莫斯科居民才能获得哪怕一种这样的治疗药物。在莫斯科和圣彼得堡以外的地方，没有人能得到西欧常见的鸡尾酒疗法（抗逆转录疗法，HAART）的全套药物。

1995年，尼古拉被他的艾滋病患者朋友们选中，在巴黎艾滋病问题首脑会议上向国际社会提出申诉。他直言不讳地告诉大会：“在俄罗斯，这仍然是一种政治疾病。与治疗和预防有关的一切都是政治性的。社会大众会质疑，‘为什么要把钱花在妓女、同性恋和吸毒者身上？为什么我们要提供联合治疗？如果我们不这么做，他们会死得更快。’”

尼古拉的讲话在俄罗斯电视台播出。

“当我母亲在电视上看到我的演讲时，她说：‘我很高兴你出生在这个时代，要是在过去，你会被抓去古拉格监狱。’”尼古拉回忆道。

然而，从某种意义上说，古拉格监狱仍然在接收俄罗斯的艾滋病患者，因为这个国家的法律禁止他们大部分人的性活动，把受感染的吸毒者关押在结核病肆虐的监狱系统中，并极大地限制了他们接受治疗的机会。[125]

俄罗斯卫生部艾滋病控制中心主任米哈伊尔·伊万诺维奇·纳尔科维奇说，回顾埃利斯塔和圣彼得堡“殖民地”的悲剧，“这教会了我们很多东西，如果没有那场悲剧，我不知道在苏联的医院里还会有多少人被感染”。

苏联解体后，每一个新的独立国家都勉强应付了一段时间，极大地忽视了艾滋病病毒，而倾向于更直接的公共卫生危机，如白喉和结核病。如果不是因为埃利斯塔和罗马尼亚的儿童病例，该地区的艾滋病病毒感染率在全球范围内几乎可以忽略不计。即使算上这大约 2300 个病例，俄罗斯、格鲁吉亚、立陶宛、波兰和其他任何前社会主义国家也没有陷入明显的艾滋病病毒危机。

直到 1996 年。

“那一年情况变得更糟。”纳尔科维奇坚持说。实际上，那是在 1995 年 5 月的某个时候。

“很明显，它是从乌克兰传到俄罗斯的。”瓦伦汀·波克罗夫斯基补充道，“问题是它是如何从乌克兰传到白俄罗斯，又从白俄罗斯传到俄罗斯的？这是一种艾滋病 A 亚型病毒，而不是我们以前看到的 B 亚型病毒，所以我们知道它是新的。可是它是从哪儿来的呢？”

“从哪里来”可能永远都搞不清楚，纳尔科维奇反驳说，但是“怎么来”却非常明显。它与毒品滥用有关：1995 年 5 月至 1996 年间，发现感染艾滋病病毒的俄罗斯静脉吸毒者人数增加了近 100 倍。在东欧、白俄罗斯，最重要的是乌克兰毒品使用激增的背后，是俄罗斯人的毒品狂热危机。

那是周一晚上 7 点，阿图尔准备走马灯似的穿过敖德萨最大的毒品区巴勒莫。和朋友奥列格计划获得足够的罂粟杆和必要的溶剂，能够煮出一批足以让两个人兴奋的“香肠”。

这位精力充沛的——或许是超级艺术爱好者在寒风和大雾中，将自己的外套拉得高高的，一直朝前走，来到这座乌克兰城市铁轨附近的一幢大型混凝土公寓楼。在静脉注射麻醉剂两年之后，21 岁的他确切地知道该去哪里。

阿图尔飞快地穿过浓密的、刺骨的雾气，进入一幢看起来很像苏联公共住房的建筑，爬上十层满是尿的楼梯，因为他知道电梯坏了。阿图尔在顶楼上喘着气，拉开夹克拉链，拿出一个空的塑料水瓶和 8 格里夫纳（乌克兰币，大约 5.5 美元）。他走近一个特别建造的钢制结构的密室，这个密室将后面的公寓与外界隔离开来。在钢铁密室的一侧有两个镂空的洞：阿图尔通过一个 5 厘米 ×5 厘米大小的洞将钱递进去，再将他的空瓶子放入另一个稍高的槽中。他按下一个很大的蜂鸣器，然后等待。

一只手出现了，取出了钱和瓶子。5 分钟后，一扇钢门打开了，露出里面的钢罩子，里面还有一扇门——原来是为 10A 公寓设计的。一个上了年纪的吉卜赛女人，穿着一件飘逸的多彩裙子和同样色彩斑斓但又撞色的丝质上衣，静静地把已经装满的瓶子还给阿图尔，连同一个装满了醋酸酐的注射器，也从笼子的栏杆里递了出去。随着铁栅栏连续不断地砰然关上，阿图尔嗅了嗅瓶子里的东西，确定这就是他所期待的油漆清除剂的味道。

10分钟后，阿图尔爬上一辆拉达老爷车的后座，向奥列格点了点头，然后他们俩开车经过一条坑坑洼洼的路来到了被称为巴勒莫的社区。吉卜赛人选的道路崎岖不平，阿图尔解释说，这样警察就不会突然袭击。大概开到离巴勒莫还有一半路程的地方，路就没法走了，那里有上万吉卜赛人和他们的“奴隶”——沉溺于毒品的乌克兰青少年，无偿为他们工作来维持日常的吸毒。

“我们要走过去。”奥列格宣布，下车消失在浓密的、冰冷的雾中。阿图尔跟在后面，他们俩就像当地瘾君子所说的那样“走钢丝”，沿着吉卜赛堡垒之间蜿蜒曲折的小巷快速前行。每个加固的房屋周围都有又高又厚的墙壁，上面有些一只手大小的洞，这些洞是为交换毒品和现金而设计的。

这是晚餐时间，黑暗，没有月亮。很少人在户外。阿图尔和奥列格走过时，两个穿着鲜艳的吉卜赛姑娘轻蔑地望着他们的眼睛；一个穿着时髦的吉卜赛人在擦拭他1996年的宝马轿车；一位中年妇女从大门里探出她的头巾，向她的德国牧羊犬大声发出命令，狗跑向相反的方向，尾巴夹在两腿之间。

奥列格和阿图尔在一座堡垒般的房子前停了下来，这里播放着喧闹的劲舞音乐，电子流行音乐回荡在邻居的墙上。这两个人互相耳语着，然后奥列格决定留下来，让阿图尔单独去找他们喜欢的经销商。

从那座房子出来，穿过泥泞的马路，阿图尔走到一扇约2.5米高的铁门前，大声喊道：“卢巴！卢巴！”中年的卢巴从房子里走出来，闪亮的五颜六色的衣服在夜晚的空气中飘扬，她凝视着阿图尔。他们聊了几句，但她把阿图尔赶走了。他被难住了。

一辆崭新的1997年福特车从相反的方向开过来，司机走了出来，他也把卢巴叫出来。当司机把钱递给吉卜赛人时，阿图尔再次向她索要罂粟杆。卢巴告诉他不行——她认不出他的短发和深色牛仔裤。阿图尔看起来像个警察。

突然，土路对面的房子里恼人的音乐停了。一个戴着索尼随身听的14岁男孩走出家门，认出了奥列格，用俄语对卢巴喊道：“他们是好人，我认识。”

卢巴点点头，消失在她的房子里，然后带着两个包裹回来了。她把一根卖给了阿图尔，但当她把另一根递给司机时，狡猾的德国牧羊犬出现了，扑向卢巴伸出的手，偷走了罂粟梗。一瞬间，这只狡猾的狗消失在邻居的房子里。

阿图尔和奥列格现在拿到了原料，心里很着急，赶紧跑回车里。

晚上8点，他们来到奥列格祖母的公寓，奥列格把她称为巴布什卡。

“别担心，巴布什卡，”奥列格说，“不会有什么坏事发生的。”祖母别无选择，就让两个年轻人进了她的小公寓，但马上给奥列格的母亲斯维特丽娜打了电话。

阿图尔在厨房开始工作了，他脱下衬衫说："这里会变热，你一会儿就知道了。"奥列格正安抚着祖母，他的姨妈和母亲几乎立刻就出现在他面前，而阿图尔则擦拭着一套烹饪锅和一台用钢制的绞肉机。

阿图尔在巴布什卡不到10平方米的厨房里努力干活，厨房里有剥落的白色天花板和墙壁、不平整的石灰绿色油毡地板、四个煤气炉、水槽、单人餐桌和迷你冰箱。在客厅里，奥列格安慰着他那漂亮的金发母亲，母亲透明的蓝眼睛里噙满了泪水。他向斯维特丽娜保证，他不会注射阿图尔在厨房里制作的毒品——"如果我再堕落就会死掉。"他告诉母亲。去年，斯维特丽娜的父亲和丈夫都死于心脏病，她承认阿图尔试图戒毒。但她母亲并不相信。

"我两年前就知道他已经上瘾三年了，"斯维特丽娜一边紧张地拽着衣服和手指一边解释道，"当时不明显。他设法使自己保持镇定，所以我看不出来。他大学毕业，享有很高的职位。"

奥列格点头："对，我有一份好工作，一个月500美元。在敖德萨，年龄比我大得多的男人的平均工资不到我的一半。而且我结婚了。"

奥列格避开他母亲发红的眼睛，悄无声息地溜进厨房，看着阿图尔，尽管夜晚的空气寒冷，阿图尔的汗水仍在滴落。"如果你有一个聪明的儿子，让人痛彻心扉的是，他却变成了瘾君子……"斯维特丽娜低声说，她的声音在"瘾君子"这个词上中断了。

厨房里充满了强烈的恶臭，化学雾霾让房间里的每个人都在喘气，他们的眼睛都在流泪。奥列格打开窗户，在厨房入口处挂了一条毯子，防止雾霾逸出进入狭小公寓的其他地方，然后把斯维特丽娜送到客厅。

9点46分，整个过程完成了，成果就是鸦片提取物，称为"切尔尼"，足以让人成瘾。

在家人的敦促下，奥列格发誓说，他制作这个混合物只是为了向客人演示如何制作切尔尼，他"证明"自己不再是一个瘾君子，并把最后的毒品倒进厨房的水池里。阿图尔静静地看着，紧张的脸上没有任何表情。一阵冷风吹进厨房，驱散了令人作呕的雾霾。奥列格的眼里充满了泪水，不知道他是后悔倒了鸦片剂，还是仅仅对气体的恶臭做出了反应。

几天后，敖德萨的4月初还很寒冷，空气仍然潮湿，一个游客穿过铁轨，在一个小山上逗留了一会儿，俯瞰着一片广阔的草地，再往远处就是巴勒莫。一群青少年川流不息地从他们身边走过，他们的脚步加快了，眼睛望着巴勒莫，向空旷的田野走去。很容易就能看出哪个孩子使用切尔尼的时间最长，因为他们不再有足够的衣服和鞋子来抵御早春的寒冷，同时他们无法控制地颤抖。那些新加入鸦片世界的人，他们的冬衣和靴子还没卖出几块钱；也许，这足够再来一曲《欢乐合唱团》了。

萨沙是一名苍白、瘦削的 20 岁工人，他在血管里注射了两年的鸦片混合物，现在已经不能满足于此了。“即便如此，”他说，“我无法放弃。总是有什么东西把我拉回到这里来。”

他停了一会儿，看着一群吸毒的青少年匆匆穿过巴勒莫。“不过也没关系。”他补充道，“我是艾滋病病毒阳性患者。不管是毒品还是艾滋病，很快我就会死去。”

和萨沙一起长大的许多朋友都已经去世了 —— 死于吸毒过量、酗酒、与毒品有关的暴力、肺结核、艾滋病和自杀等。现在轮到他了。

专家们说，1991 年苏联解体时，像乌克兰毒枭卡拉巴斯这样的人开始在整个地区崛起 —— 匪徒们利用这一历史性变革所造成的动荡，把目标对准了像萨沙这样被疏远的一代年轻男女。毒品突然变得便宜而唾手可得，卖淫变成了一个巨大的地区性产业，第三世界范围内地区性艾滋病流行的形成也就有了条件。

“这不仅仅是一次大暴发。”阿拉·索洛维奥瓦博士是在基辅为联合国儿童基金会工作的乌克兰人，他说，“这是一枚原子弹。”

1996 年，乌克兰登记了大约 7000 例新发艾滋病病例。一个国际机构预测，到2001年，他们将会有2万例艾滋病病例，可能有25万的艾滋病累积感染病例，在那之后，每年将会有 4000 例新发艾滋病病例。对于一个在 1994 年之前只记录了 214 例艾滋病累积病例的国家来说，是一个惊人的数字。

联合国艾滋病规划署的流行病学家路易斯·洛雷斯做出了这一世纪之最的预测。

直到 1996 年中，健康专家在敖德萨开始了解在城市以及乌克兰的其他地区，艾滋病“炸弹”爆炸得如此显著。当时，敖德萨的律师谢尔盖·米诺夫等志愿者在敖德萨开设了一家针头交换中心，并开始询问年轻人的生活习惯。米诺夫解释说，他们发现这“简直是一场噩梦”。几乎所有的吸毒者都说，他们经常共用针头和注射器，而且他们通常会在第一次注射后把自己的一些血液抽到注射器里，以便把剩下的毒品冲洗出来。

米诺夫说，很明显，巴勒莫的吉卜赛人和该地区其他地方的有组织的黑帮正在出售罂粟秸秆，而且已经被病毒污染了。这是因为这些毒品是大批量生产的，然后由年轻的吸毒者进行毒效检测，这些吸毒者用这些危及生命的测试换取免费的毒品。为了测试这些样本，这些被称为“奴隶”的吸毒者反复将他们的个人注射器浸在大罐子里，并经常将注射器拉进和拉出几次。

最后，米诺夫说，当地吸毒者说毒品供应商命令吉卜赛儿童收集用过的注射器，供应商将用来注入麻醉药，然后重新在市场上流通。

米诺夫说，当他和其他志愿者在瘾君子中散布消息说，他想和“吉卜赛男爵”谈谈时，这种做法就停止了。“吉卜赛男爵”在敖德萨领导着罂粟秸秆交易。

他说，几周过去了，1996 年冬天的一个早晨，两辆大型豪华轿车开到了米诺夫的公寓大楼，保镖们跳了出来，那个衣着华丽的毒枭敲了敲米诺夫的门，米诺夫告诉他，出售受污染的鸦片和注射器是“糟糕的生意”，因为这会迅速杀死他的客户。

米诺夫曾发誓要为毒枭的身份保密，毒枭觉得这个律师的话很有道理，就答应不让孩子们收集二手毒品注射器了。

这是“原子弹”战争中的一个小胜利。

但是，巴勒莫前面的射击场被用过的注射器覆盖，绝望的青少年瘾君子经常从地上拔出一个完整的注射器，如果需要的话，可以进行快速的毒品注射。

在射击场上，年轻人三五成群地挤在一起，试图找到未塌陷的静脉，以便互相注射。痛苦写在他们扭曲的脸上，他们互相戳针，不顾一切地想让毒品进入他们的血液。鸦片药剂的黏稠度如此之高，以至于使用者需要 10 毫升甚至 20 毫升的针头——这远远超过北美或西欧注射海洛因用的 1 毫升注射器的容量。

1997 年 1 月，米诺夫和一家名为“信任场”的小型戒毒诊所的工作人员收集了在敖德萨射击场发现的数千支注射器：其中足足有 1/3 被检测出艾滋病病毒阳性。

“这是一次爆炸性的暴发，”在敖德萨工作的联合国艾滋病规划署流行病学家格里戈里·巴夫斯基说。“我们每个月都会发现 600 例新发艾滋病病例……在敖德萨，我们登记在册的有 3000 名吸毒者。实际数字是这个的 10 倍。”

米诺夫打断：“这个城市有 110 万人口。想想吧——在 110 万人中，肯定有 3 万人吸毒。”

巴夫斯基绘制了一张图表，展示了敖德萨自 1995 年出现首例艾滋病病例以来不断上升的艾滋病死亡人数。他画了一些虚线，一直延伸到 2012 年，他说：“在 15 年内，整个敖德萨人们的感染率可能高达 70%。”

联合国儿童基金会的索洛维奥瓦是一位漂亮、热情的金发女郎。她说，1995 年春季的血液检测结果显示，敖德萨静脉注射毒品的人群中，有近 3/4 的人是艾滋病病毒阳性。就连她也很难相信这些数据，因为她无法相信病毒在不到 6 个月的时间里就席卷了整个社区。对吸毒者的调查表明，几乎所有人的年龄都在 30 岁以下，高中毕业、无业。

早在 1995 年，索洛维奥瓦参加了联合国儿童基金会的一个区域会议，在会议上她恳求她的联合国同事为她所预见的艾滋病危机投入资金和人力。

政策制订者说：“哦，整个乌克兰只有 300 个病例？我们有更多的心血管疾病，癌症……艾滋病病毒不是问题。”

第二年，索洛维奥瓦再次提交了她的请求，直接向联合国儿童基金会首席卡罗尔・贝拉米申辩。那时，索洛维奥瓦的数据显示，基辅和敖德萨的病例突然激增，“就像一颗炸弹爆炸了。他们说，‘天哪，真的是这样吗？’”索洛维奥瓦回忆道。

索洛维奥瓦开始工作，发现该地区没有一个政府机构有任何处理艾滋病病毒的公共卫生策略。她说，“这种流行病的传播速度在整个欧洲是最快的。”

即使在瘟疫实验室，那里曾经是萨内普在乌克兰工作的战斗堡垒，列夫・莫吉列夫斯基和埃琳娜・尤戈罗娃博士认为，青少年中的艾滋病病毒感染病例数量巨大。

“我们的主要任务是拯救年轻一代，”莫吉列夫斯基严厉地说，“如果我们设法让他们脱离黑手党的控制，我们将赢得这场战斗。”

精神病学家帕维尔・伯尔尼说，要在这一地区制止黑手党、吉卜赛团伙和其他毒品贩子是很难的，也许是不可能的。34 岁的伯尔尼长着一头长发，相貌英俊。他是东欧毒品滥用问题的主要专家之一，也是捷克政府反毒品委员会的主席。伯尔尼坚持认为，不管是什么因素促使该地区的年轻人走向毒品成瘾的生活——他感到其中涉及的问题相当复杂，但该地区政府面临的真正危机是这种杀手级产品的价格低廉和唾手可及。几乎毫无例外，即使在西伯利亚的农村地区或冰冷的北极圈内，也可以轻松、公开地购买麻醉品。强大的黑帮和吉卜赛人网络与来自尼日利亚、阿富汗、巴基斯坦和亚洲金三角的传统毒品贩子合作，穿越了铁幕后那个千疮百孔的边界。

伯尔尼说：“如果你关注那些经济稳定的国家（例如美国），你会发现近年来吸毒人数几乎没有增加。但是这些新兴的经济体是有组织犯罪的绝佳机会，他们将价格压低到入门级。”

按照市场普遍的规则，毒贩以不到纽约市同等毒品价格 1/10 的极低价格出售从生鸦片到海洛因的各种毒品，在该地区创造了客户群体。

最便宜的被称为“葡萄酒”，是一种过敏药的提取物，被制成强力的致幻剂，在莫斯科只卖 3 美元。

“葡萄酒”的卖家是年迈的奶奶们，她们有免费的抗过敏药，作为俄罗斯人微薄养老金的一种补充，国家给患有过敏症或花粉热的老年人免费发药。这些妇女进行化学提取，然后把这种令人上瘾的混合物卖给青少年——利润比总成本高出200%。

“葡萄酒”的主要销售点是卢比扬卡广场，就在俄罗斯警察总部（前身为克格勃）的街对面。

这些毒品的低成本和可及性，解释了为什么失业的年轻人可以一直负担得起——即使是使用顶级海洛因。

年轻人渴望注射致命的毒品，伯尔尼用流利的英语说，“这与信息量过大和对某些价值和能力日益增长的需求有关。看看今天的青少年，想要建立自己的事业并对社会有价值，就意味着你必须完成很多非常困难的任务。很多年轻人说，‘我们做不到！我们不能满足这个要求。我们不能被计算在内，这毫无道理。’技术文化的出现没有道理可言，你是在太空的某个地方翱翔。这不是一种理解的方式，这只是一种感觉。作为一名精神科医生，我认为这是一种与真实感受的分离。这是老一辈人——父母——无法理解的。”

毒品使用激增最明显的地区，是在二战刚结束后苏联把自己建成超级大国时建立起来的工业区。20世纪六七十年代，数百万人移居到这些地区，大部分是自愿的；报酬不错，莫斯科把它的顶级工业中心作为运送新鲜食品、衣服、电视和消费品的最高优先区。在其他地区物资极度匮乏的时期，新西伯利亚、诺里夫斯克、克麦罗沃或纳尔瓦的工人们在2月份都能吃到热带水果。

但随着苏联的解体，出现了一种艰难的转型经济，过去陈旧、低效的工厂被关闭。这种新的开放使得电视图像和杂志能够向那些惊愕的居民们展示，他们凄凉的生活与那些有能力购买西方梦想的莫斯科人之间的反差是多么可怕。曾经的精英阶层，丑陋、肮脏的城市变成了充满失望、嫉妒、失业、酗酒和毒品的肮脏中心。

例如，在爱沙尼亚，俄罗斯人在古老的中世纪村庄纳尔瓦建造了一座重工业之城，距离俄罗斯的西北边境仅一步之遥。1991年以前，纳尔瓦的平均人口为8.1万人，其中大多数是俄罗斯人，他们的工作地位高于爱沙尼亚本地人。这是一个繁荣的城市。

但是到1998年，只有7.5万人留在纳尔瓦，几乎所有的水泥、纺织品和金属工厂都关闭了，39%的人口失业。这座城市与芬兰的赫尔辛基位于同一纬度，一年之中有三个月没有阳光，这期间一直被埋在雪里。

“民主是好的，但如果你有年轻人可以做的事情，那就更好了。”纳尔瓦副市长维克多·维沃抱怨道。这位身材魁梧的爱沙尼亚裔俄罗斯人估计，在纳尔瓦有3000名年轻人吸毒成瘾，大约每5名居民中就有1名年龄在14到25岁之间的年轻人是瘾君子。

按照纳尔瓦医院的主任奥列夫·西兰的说法，纳尔瓦的乙肝和丙肝发病率从1992年到1996年间增长了400%。维沃对该市静脉吸毒者数量的估计持怀疑态度——他说，这个数字远远超过3000人。也许更像是1万人，或者说是这个被毒品围困的城市里每7.5个居民中就有1个吸毒。

爱沙尼亚的艾滋病病毒感染率仍然很低，但是年迈的流行病学家列塔迈博士不敢相信肝炎的现状，她在塔林的梅里梅萨传染病医院工作。她说，1990年，爱沙尼亚的乙型肝炎发病率为6.9/10万人，丙型肝炎为2.6/10万人。到1996年，乙型肝炎的发病率高达24.5/10万人，而丙型肝炎的发病率则增加了1倍。

医院的两层楼满是肝炎患者，他们都是静脉吸毒者。

在莫斯科第17号戒毒医院，副院长塔蒂亚娜·李森科每天都要去看那些吸毒成瘾的男孩。现在，他们成群结队地来到这里，年轻的身体被毒品和肝炎所毒害。这家在莫斯科拥有3300个床位的医院已经人满为患，她与从敖德萨到符拉迪沃斯托克的其他医生一样，不知道该怎么办。自1982年第17号戒毒医院开业以来，李森科一直是防疫站设在这个庞大医院里的代表，在苏联时期，她的工作相当简单。戒毒学或涉及毒品成瘾性疾病的医学学科具有非凡的力量，可以找到吸毒者并将其关进17号医院（有时长达数年）。李森科从来不需求助于劝导、美沙酮（1991年之后在大多数地区仍然是非法的）、行为矫正，或者是其他一长串西方医生使用的治疗麻醉品和安非他命成瘾者的策略中的任何一种。直到1991年，李森科和数百名像她一样的医护人员只需要报警把吸毒者关起来。病人们被关起来后，恍然大悟、后悔不已，接受了政治再教育，要么认识到自己的错误，要么被送进监狱。就这么简单。

但是在1991年共产主义统治崩溃之后，戒毒学家们不知道该怎么办。

联合国艾滋病规划署驻莫斯科代表兹德内克·耶泽克说："据俄罗斯内政部估计，大约有200万静脉吸毒者，30万长期吸毒者。10%到15%的俄罗斯人有静脉注射毒品的经历。"

曾在全世界为联合国工作的白发捷克科学家耶泽克震惊不已。他发现公共卫生官员们现在完全沉迷于苏联的旧思维方式，完全无法掌握如何在新的民主社会体系中遏制肝炎和艾滋病病毒的流行。

耶泽克拿了一堆图表和表格，告诉来访者，这些表格之前已经陆续给政府官员看过了，但通常都没有任何效果。例如，一份图表显示，1995年，俄罗斯已知的艾滋病病毒病例中只有0.3%是静脉吸毒者。但到1996年12月，耶泽克说，“所有艾滋病病毒感染者中有61.2%是静脉吸毒者。要绘制这个群体的增长率，我们必须使用对数表。”

5月，俄罗斯医学科学院的格拉西缅科博士宣布，新发艾滋病病毒病例在1995年至1996年间增长了8倍，达到1500例左右，卫生部表示，预计20世纪结束时将感染80万人，占20世纪预计人口的5%。相比之下，在1979年至1999年之间，只有0.3%到0.5%的美国人口感染了艾滋病病毒。

与乌克兰一样，艾滋病病毒的迅速蔓延也发生在俄罗斯。就在几年前，该国卫生官员还以国家强制进行的详尽的艾滋病病毒检测为依据，将该国列为“无艾滋病区”。联合国艾滋病规划署主任彼得·皮奥特博士坚持道。“我们看到了16年前在北美看到的同样的潜力，这让我们担心我们真的没有从错误中吸取教训。”

白俄罗斯国家流行病学家弗拉基米尔·叶里明举了一个令人毛骨悚然的例子：经济萧条的工业城市斯韦特洛戈尔斯克，人口为7.2万，直到1997年1月都没有发现艾滋病病毒病例。然后，突然间，出现了800名年轻的吸毒者，叶里明估计，在这个肮脏的城市里，每9个居民中就有1个感染了艾滋病病毒。[126]

更糟糕的是，日内瓦联合国艾滋病规划署的科学家们发现了10种已知的艾滋病病毒亚型中的8种，它们分布在从白俄罗斯到符拉迪沃斯托克，从北部的波罗的海国家到多瑙河和第聂伯河沿岸的东欧国家等广泛区域。这反过来又引起了人们的担忧，人们担心在这个人来人往的地区，这种疾病会在基因上重组，形成新的形式。

艾滋病病毒是世界上变异最快的病毒之一，它对目标人群的变化反应迅速。例如，世界上大多数受感染的吸毒者和男同性恋者携带的是艾滋病病毒的B亚型，而非洲和亚洲的妓女主要携带的是C、D、A和E亚型。

但是，世界上只有一小部分艾滋病患者进入了社会圈子，从而得以接触到迥然不同的艾滋病病毒亚型，因此，在20世纪90年代，几乎没有人同时在体内携带两种或两种以上的亚型。当这种超级感染发生时，艾滋病病毒就有了一个绝佳的机会：它可以将RNA的基因片段从一种亚型转移到另一种亚型，创造出新的基因形式，包括能够感染更广泛的细胞类型、战胜某些药物或导致更严重的疾病。

不出所料，1997年俄罗斯加里宁格勒确实出现了一种新的艾滋病病毒。新菌株是B和A亚型病毒的混合体。A亚型与之前在敖德萨静脉吸毒者中发现的毒株完全相同；B亚型的起源尚不清楚。这种新病毒包含了这两个亚型的遗传能力。[127]

日内瓦联合国艾滋病规划署的病毒学家萨拉丁·奥斯曼诺夫说："这简直令人难以置信。现在看来，东方将成为过去15年来全世界艾滋病病毒所有危险因素的大熔炉：亚型、性、静脉注射吸毒者、医院传播。"

所有这些病毒的多样性意味着艾滋病病毒曾数次从世界各地进入该地区。奥斯曼诺夫说，该地区至少发生了5次流行，反映了5个不同的时间和地点，在那里引入了特定的菌株。

令人怀疑的是，这5种是否会继续发展？专家说，很明显，除了由毒品主导的主要疫情之外，还有一种迅速发展的异性恋主导的疫情，这种流行可能在任何地区都有爆炸性，包括泰国，该国的感染率从1989年的少数病例上升到1991年妓女中有70%的感染率。

"你真的需要了解欧盟东部的性网络的本质，从而来了解该地区的潜在的趋势。"联合国艾滋病规划署的路易斯·洛雷斯说，"很明显，多个性伴侣的比例比西欧要高。虽然没有人知道性工作者的人数，但这个数字很大，而且还在增长。"

他补充说："这一切都是动态的，目前的形势很难预测。"[128]

耶泽克说，尽管有这些可怕的信息，政府官员仍然拒绝采取适当的措施来减缓艾滋病病毒在静脉吸毒者中的传播。

耶泽克解释道："在苏联时期，官方不允许吸毒。所以这些人都在地下。如果人们生活在地下，你就无法接触到他们，无法教育他们。"

该地区最强大的反艾滋病项目是在捷克共和国的布拉格，由玛丽·布鲁德科娃博士管理着的一个国家艾滋病实验室，该实验室收集并分析了自愿在保密或匿名环境下提供样本的人的血液。这些感染者得到了免费的治疗、咨询和安全性行为教育。

与此同时，在总统瓦茨拉夫·哈维尔的支持下，街头艾滋病教育通过针具交换中心开展，学校课程中也加入了安全性行为教育。

自1997年中期以来，捷克共和国只确诊了318名艾滋病病毒感染者，其中95人已经患上了艾滋病。布鲁德科娃用"警惕，但不是恐慌"来形容该国对艾滋病的情绪。

格鲁吉亚政府由于内战后的经济绝望而资金极度匮乏，在规模上无法与捷克政府相比，但至少在意图上采取了类似的做法。滕吉夫·采尔兹瓦泽领导了这个高加索国家的反艾滋病工作，他通过首都第比利斯的一个小实验室进行协调。

采尔兹瓦泽自豪地说，该教育和自愿测试计划是与布鲁克林下州医疗中心的杰克·德霍维茨博士合作完成的，他指出："这是一个非常文明的计划。"

但是，在这个饱受战争折磨的国家，还有其他问题，像采尔兹瓦泽这样的医生必须应对，其中包括可能有问题的公共血液供应。例如，在第比利斯，只有不到一半的血液制品是已经完成针对艾滋病病毒或肝炎筛查的血清或血浆。

据采尔兹瓦泽的工作人员称，1996 年，在 5 万名血库献血者中，只有 1.7 万名接受了检测，而全国紧急献血中，至少有一半根本没有接受艾滋病病毒或其他任何病毒的检测。全国只有 3% 的献血者接受了乙肝和丙肝筛查。

“过去我们有血库，”采尔兹瓦泽说，“但现在没有了。”

格鲁吉亚的血库实际上是令人遗憾的事情：采尔兹瓦泽说大约有 5%的捐赠血液是乙型肝炎阳性，而同样百分比的人携带丙型肝炎。但是他承认，很少进行丙型肝炎检测，“没人知道真正的情况”。

西方大使馆的消息人士警告说，格鲁吉亚的血液供应绝对不安全，并敦促他们进行紧急操作程序，可能需要在国外输血。

原因是显而易见的。内战期间，格鲁吉亚的中央血库系统在 1992 年至 1995 年几近崩溃。取而代之的是医院银行和献血诊所的混乱杂物间，所有这些都由有偿捐助者提供，有助于吸引需要快速现金的酗酒者和吸毒者。第比利斯有一家这样的诊所，只有断断续续的电力供应，以确保所有放满全血的 3 台冰箱和 2 台血浆的小冰柜安全。血库主任贝拉·克瓦坎蒂瓦德承认，大部分血液是由专业献血员“捐赠”的，他们在医生允许的情况下频频出场，以一袋血来换取 12 拉里（约合 9.60 美元），转身就去买一瓶酒或一剂毒品。

有两个这样的献血员，尤里·内万多夫斯基和维克多·雅科夫列夫，当他们把手臂伸进玻璃墙的一个入口时，身上散发着浓烈的酒味。在隔离墙的另一边，一个护士抽了他们的血。然后，他们把拉里装进口袋，踉踉跄跄地走去找格鲁吉亚的烈酒。

虽然该地区的其他一些国家有更好的血库系统，但只有少数国家有资源对献血者进行乙肝和丙肝、艾滋病病毒或任何其他危险病毒的普遍筛查。考虑到这些病毒在静脉注射吸毒人群中发生的惊人暴发，以及当地付钱给提供血液或血浆的献血者的做法，这似乎是一枚非同寻常的地区性公共卫生定时炸弹。

这种可能性在俄罗斯是最可怕的。这个幅员辽阔的国家横跨 11 个时区，肝炎正从默默无闻发展成为一种全面流行的疾病。在短期内治疗费用是最低的，因为没有几家俄罗斯医院可以治疗这种需要营养支持和丙种球蛋白注射，以增强免疫功能的病毒性肝炎病人。然而，十年之后，随着晚期肝硬化和肝癌病例的出现，俄罗斯和其他东方国家将面临艰难的经济选择。

在美国，如果监督器官捐赠优先事项的地方委员会愿意将宝贵的器官移植给病毒感染的受者，那肝炎晚期病人可以成为抗病毒和癌症化疗或肝脏移植的优先候选人。但是这种手术非常昂贵，需要先进的医疗技术。一个6个月的丙型肝炎抗病毒化疗疗程要花费20万美元，但在所有病例中完全有效的还不到20%。[129]

虽然俄罗斯的医疗体系在2007年之前已经发展到足以应付此类情况，但除了最富有的患者（自费）外，其他任何人都无法负担得起治疗费用。

据卫生部称，1996年，俄罗斯官方的混合型肝炎发病率为每10万名成年人26.7例、每10万名儿童5.9例。这是1992年官方记录肝炎病例数据的2倍。

但在俄罗斯医学科学院于1996年年底向鲍里斯·叶利钦总统提交的一份报告中，肝炎的死亡人数似乎更为严峻，并被描述为“不利”。[130]报告指出，在1995年，有超过5.2万名俄罗斯人因病毒性肝炎住院，主要是乙型和丙型，仅乙型肝炎的发病率就高达36/10万人。据说混合型肝炎的发病率还要高得多，但由于对丙型至庚型等其他肝炎进行的检测很少，因此无法给出可靠的数字估计。

1991年苏联解体时，俄罗斯只有不到6%的肝炎病例是因静脉注射毒品引起的。然而，到1995年，莫斯科所有肝炎住院患者中有21%是吸毒者，圣彼得堡的这一比例为40%。

肝炎病毒感染的漏报是一个严重的问题，两个因素加剧了这一问题的发生：缺乏适当的实验室检测工具以进行诊断，以及患者在感染达到急性期之前未寻求医疗帮助。通常情况下，年轻的吸毒者对自己的健康需求毫不知情，在他们开始治疗的时候，黄疸已经变成了淡黄色，并已发生了严重的肝硬化。由于大多数非甲型肝炎感染数周甚至数年无症状，因此报告的住院人数仅占实际病毒感染的一小部分。在俄罗斯的任何地方，科学家都没有对吸毒的成年人和青少年进行系统的筛查，以确定真实的感染率。

公共卫生委员会副主席塔蒂亚娜·博伊科博士说，在西伯利亚南部的新西伯利亚，正式登记的乙型和丙型肝炎病例数猛增，1997年接近180/10万例。新西伯利亚医院传染病专家叶夫根尼·博沙洛夫博士对住院的纳科马尼进行病毒检测时说，“这已经是无处不在，像是普通感冒了。自1995年以来，我们已经看到了5倍的增长。”

一旦这些病毒进入医院——例如通过吸毒的肝硬化患者——如果不采取适当的预防措施，它们可能以惊人的速度传播到普通人群。这就是为什么当博沙洛夫在新西伯利亚医院被问及患肝炎的风险时，他喊道：“缺物资！缺物资！我们没有乳胶手套、注射器，什么都没有。”

在敖德萨的大型州立医院，瓦西里·戈古连科博士同样对院内感染感到不安，特别是因为他说：“不到一滴的血液暴露量就可以使我们（医护人员）被感染。每毫升血液仅需10^{-9}病毒即可引起丙型肝炎感染。”

高级护士莱拉·布林查克表示，医院外科的护士们公开的抱怨声不断，因为在乌克兰，医护人员罢工是非法的。他们希望政府支付乙肝疫苗的费用，这需要花费 20 格里夫纳，相当于一名护士每月工资的 15%。

由于害怕治疗毒瘾患者，敖德萨传染病医院的工作人员的工作几乎瘫痪。康斯坦丁·塞维茨基说，“因为我们没有经济能力为员工购买手套。”

医护人员也担心他们的病人，因为他们负担不起常规的肝炎血液检测。在肿瘤学和放射学研究所，格里高利·克林尤克博士会做任何必要的事情来保护正在接受他的癌症治疗的 40 名儿童——包括定期给白血病和淋巴瘤患者提供自己的几品脱不含肝炎病毒的血液。这位敬业的年轻医生说，他不得不给自己和护士们放血，“因为不幸的是，近几个月来，机构没有找到资助来进行肝炎检测”，即使是艾滋病病毒检测也只能在“血液捐赠者有症状”的情况下进行。[131]

在基辅的一家诊所里，从事电视维修工作的亚历山大在一座经过改造的 17 世纪乌克兰修道院中。这座修道院是乌克兰主要的艾滋病医院。这位已经是 3 个孩子父亲的 46 岁“老人”把他的房间称为“笼子”，但他说他很感激工作人员的好意。

其中一名护士——一位治疗艾滋病患者有两年以上经验的妇女——把亚历山大的袖子卷起来，抽了他的血液样本。虽然她没有戴防护性的乳胶手套，但她依然用食指按压，在取出针后注射。然后，她仍然赤手空拳，将血液注入试管中，再手动从中取出针头。当她的上司阿拉·伏克医生后来被问及此事时，她断然否认任何员工曾进行过与血液有关的没有适当预防措施的程序的事情。访客说这些事件是有目击者并被拍了照的，但她坚持否认。

在苏联的各个地区，艾滋病病毒的感染率都在急剧上升，但医疗机构似乎已经落伍了。虽然担心自己的安全，但很多人被发现还是照样不穿防护服，进行直接接触病人血液的手术。

与此同时，一些人继续要求获得不必经病人同意就可进行艾滋病病毒检测以降低个人风险的权利，并拒绝照顾那些被感染的人。这是一个美国护士、医生和牙医都非常熟悉的讨论，他们在十多年前都面对同样的问题并进行了辩论。

在圣彼得堡，一个清爽的 6 月早晨。阿扎·拉赫马诺娃是该市的首席感染学家，她在博特金传染病医院的众多建筑间穿梭，赶往神经外科研究所。这位矮胖的女人气喘吁吁地回忆道，一个月前，“外科医生做了脑部手术之后才发现病人是来自加里宁格勒的艾滋病病毒阳性吸毒者。但外科医生手术时没有戴手套！他们声称大脑是一个精细的结构，手套会妨碍他们的工作。我告诉他们这是犯罪！”

拉赫玛诺娃消失在神经外科大楼里，在那里她将传递一个令人遗憾的消息：在手术室里的 6 名外科医生和护士在第一轮检测中，发现了一些试验性的艾滋病病毒阳性结果。这些检测将不得不重复进行，可能在未来几个月里会重复几次。

拉赫马诺娃刚从艾滋病病房回来，她在那里给病人发了药，具有讽刺意味的是，即使在北美传染病的中心——纽约，治疗措施也不过如此。对于 28 岁的科斯塔，她建议在他的蛋白酶抑制剂联合治疗中加入合成代谢类固醇，以增强他的新陈代谢。

“有道理。”她突然说。拉赫玛诺娃在隔壁房间里踱来踱去，旁边是一个留胡子的长发男人，他坐在床沿上，慢慢地尝试将食物舀进嘴里。

“怎么样？”拉赫玛诺娃问道。帖木儿·诺维科夫抬起头，他的眼睛盯着距离医生所在位置只有几英寸的地方。当诺维科夫小心翼翼地把罗宋汤放在一边时，他微笑着说：“我可以吞下这些药片——这并不太难。”

诺维科夫是一位艺术家，最近一次机会性的病毒感染侵袭了他的大脑，导致了脑炎，并因此失去了视力。现在，他卖掉自己的画作，用来支付蛋白酶抑制剂的费用。蛋白酶抑制剂已经帮助他恢复了一部分体重和行走能力。

当拉赫马诺娃和她的工作人员从一个房间走到另一个房间进行查房时，他们知道什么时候需要戴手套，什么时候不需要。

但是，除了少数几家专门从事艾滋病治疗的综合医院之外，无知仍然占据着主导地位。例如，在基辅的艾滋病诊所，38 岁的邮递员维克多已经得艾滋病 3 年了。他不会接受齐多夫定治疗——这是乌克兰唯一的治疗方法。相反，他看的是一位颇受欢迎的基辅医生，“发明了一种仪器来测量我身体里的生物电流。她用一块锡给电流充电，我们称之为子弹。子弹可以对抗我的负生物电流。”

维克多打开衬衫，露出一块贴在他胸前的子弹形状的锡。

在敖德萨，堕胎是首选的节育方式，医生通过在医院以外的地方实施手术来赚取额外的收入。著名产科医生伊戈尔·博伊琴科说：“在这种情况下，医生不知道病人是艾滋病病毒阳性。她可能会和下一个堕胎的女人一起使用同一批工具和方法。”

苏联艾滋病病毒感染人数以惊人的速度上升，东欧国家政府发现自己处于独特的地位，采取公共卫生行动的时间不多了，只有这样才可能阻止医疗灾难的发生。尽管有着近 20 年来自世界各地与艾滋病斗争的鲜活的历史和经验，各国政府还是无法达成一致的行动方案，他们愿意采取一些措施，但缺乏资金支持，并且在以现代公共卫生方法解决医疗问题方面没有任何经验。

在一些地方，例如波罗的海国家爱沙尼亚，自由和坦率的讨论被认为是遏止艾滋病病毒浪潮的理想办法。但在苏联的许多其他地区，顶尖的艾滋病医生和政治家声称，只有回到对社会的极权控制，才能阻止这种病毒。

“在我看来，有必要重新引入社会主义制度，”瓦迪姆·波克罗夫斯基在他位于莫斯科的艾滋病病毒研究和临床护理机构对一名来访者说，“这种社会主义的机制更容易为俄罗斯人所接受——所谓的民主在目前是不现实的。为社会工作的意识对年轻人来说是非常重要的。现在他们不理解，结果就是吸毒成瘾、卖淫，等等。”

尽管这听起来可能有些极端，但波克罗夫斯基反映了俄罗斯和乌克兰公共卫生精英中流行的一种情绪——他们中的大多数人在苏联时期进入了科学和医学领域的顶级圈子，当时只有加入共产党的人才能获得这样的地位。这些领导人审视了苏联解体后的国家，看到了无法无天——很容易被微生物钻空子的无政府状态。他们说，看到了一种需要用典型的苏联式手段来控制的混乱状态：秘密警察、少先队员和其他青年组织，大型监狱和严厉的惩罚。

俄罗斯卫生部官员别拉耶夫指出，“国际社会迫使我们遵守人权概念”，国家被迫放弃了十年来控制艾滋病病毒的方法。现在很难相信俄罗斯会遵循美国人权人士倡导的艾滋病防控措施。

“在美国有超过 50 万的艾滋病病例，这对我们可不是一个好的示范！”别拉耶夫坚持道。

到 1998 年年底，俄罗斯卫生部不得不承认两件事：几乎所有的新发艾滋病病毒病例都发生在年轻的静脉吸毒者身上，同时注射毒品和安非他命的人数急剧增加。卫生部的奥尼申科说，自 1996 年 1 月以来确诊的所有新发艾滋病病毒病例中，有 90% 是静脉吸毒者。在 1998 年年初，俄罗斯有 100 万静脉吸毒者。在俄罗斯抽查的地方，1998 年全国静脉吸毒者中有 20% 至 70% 是艾滋病病毒阳性，这表明，假设上述所有数字都相当准确，那么俄罗斯有 20 万到 70 万静脉吸毒者携带艾滋病病毒。考虑到俄罗斯的感染率在 1996 年之前一直是世界上最低的，这些数字如果准确的话，说明了这是大流行中最迅速演变的传染病之一，而且代价高昂。几乎所有这些人都是年轻的成年人，如果他们身体健康，就会成为 21 世纪早期俄罗斯经济发展的支柱。

截至 1998 年年底，东欧和中亚有 27 万人感染了艾滋病。这当然是一个保守的猜测，可能是一个严重低估的数据。考虑到该地区静脉吸毒者的明显感染率，很难想象艾滋病病毒感染人数会如此一般。截至 1997 年 12 月底，7% 的俄罗斯军人艾滋病病毒检测呈阳性。这大约是 10.5 万名男性，比联合国艾滋病规划署估计的超了1/3。[132] 在21世纪初，1990年代中期在敖德萨和加里宁格勒出现的吸毒行为和艾滋病病毒传播模式在各地重复出现。结果，在莫斯科、圣彼得堡、伊尔库茨克、克拉斯诺亚尔斯克，以及散布在爱沙尼亚和立陶宛等波罗的海国家和西伯利亚的一些前哨站，由于共用麻醉针而点燃了艾滋病病毒的野火。在这些热点地区的青少年和年轻人中成瘾率高达50%很常见，统计人员很难在2000年之前校准艾滋病病毒的爆炸性传播。[133]

20世纪90年代末，该地区的艾滋病病毒流行似乎走了十年前泰国悲惨模式的老路。1988年，在这个东南亚国家的所有人群中，艾滋病病毒感染率都很低，只有不到3%的人被检测出感染。然而，在1989年年初，对曼谷静脉吸毒者的调查出现了不祥的征兆，超过1/3的人检测呈阳性。11个月后，半数人被感染。到1991年年底，全国的静脉吸毒者都被感染了，只有不到15%的人逃过了艾滋病病毒的毒手。

在静脉注射毒品流行之后仅仅几个月，妓女和男性嫖客身上的艾滋病病毒数量激增。1989年中期，泰国全国只有不到4%的人检测结果呈阳性；12个月后，妓女的感染率为10%。6个月后，在旅游胜地清迈，高达70%的妓女被感染。到1991年年底，90%以上的底层妓女——那些每天为5个以上的顾客提供服务的妓女——在全国范围内被广泛感染。到1992年，艾滋病病毒已彻底蔓延到普通人群，2000年的预期寿命预计将平均下降30岁，预计人口将出现萎缩，比没有艾滋病病毒的情况下将减少2500万泰国人。

所有这一切都发生在仅仅两年半的时间里。[134]

要使东欧的艾滋病病毒流行遵循这一悲剧性的模式，整个区域的青少年人口中要么存在高度的滥交，要么存在大量的卖淫活动。

虽然苏联解体在该地区的大多数国家可能并没有标志着真正民主的崛起，但它确实在年轻人中间带来了一种更自由的氛围。随之而来的是青少年和后青少年时期滥交的增加。由于没有现成的避孕套，或者男性不愿意使用这种保护措施，这种60年代式的自由恋爱氛围在面对90年代的艾滋病大流行时显得令人揪心。

但在该地区的每个国家，性传播疾病的数据追踪都是错误的：性别不同步。在同年龄组中，女性的患病率远远高于男性。这是因为越来越多的女孩不再与男友发生性关系，而是与有钱的成年男性发生性关系；而且是有偿的性行为。

以雅罗米尔·吉拉瑟克博士为例，他已经无计可施了。他竭尽全力阻止妓女、皮条客和他们的德国顾客占领他的捷克小镇，但根据苏联解体后捷克新宪法，任何禁止卖淫的企图都是对人权的非法侵犯。

因此吉拉瑟克和他的波希米亚小村庄杜比的同胞被迫对乌克兰、斯洛伐克、俄罗斯、保加利亚、罗马尼亚和吉卜赛女孩熟视无睹，这些女孩半裸地站在 E-55 高速公路的玻璃小棚里，摇摆着一个闻所未闻的节奏，向过往的宝马、奥迪和梅赛德斯的驾驶员展示她们的“商品”。

杜比距离德国边境只有 12 千米，离德累斯顿不远。20 世纪 90 年代，E-55 公路上到处都是妓院、脱衣舞夜总会、街头妓女，公园里到处都是丢弃的内衣，学校操场上到处都是用东德方言写的性传单。

40 多岁的吉拉瑟克并不是一个拘谨的人。他的办公室里到处都是裸体的美女，他眨了眨眼睛说，医生知道如何玩得开心。吉拉瑟克是一名中年男子，头发日渐稀疏，戴着金属丝镶边眼镜。他坐在一份巨大的挂历前说话，挂历上是 6 月小姐——一个赤裸的金发女郎，身上挂着纵横交错的弹壳，手里拿着 AK-47 步枪。他说，他反对这个新的但已经非常庞大的卖淫业，是出于一种医生的反对。

吉拉瑟克解释说：“我们看到梅毒、淋病，很快又是艾滋病。从 1989 年开始，这里的皮条客就开始用一辆车载着两三个女孩。后来他们就在高速公路附近买了房子……一年前的情况是，一个个女孩沿着高速公路排起了长队（有几千米长）。德国人开车经过，选择了某一个。他们在这些房子里、在森林里、车里、任何地方做爱。有时当地人也会参与，但公司是由外国人经营的。他们不为妓女提供医疗保健。他们遍布捷克共和国，遍布东欧，事实上，当一个妓女生病的时候，他们就会替换掉她。就是如此。”

自从 1989 年捷克斯洛伐克的天鹅绒革命、1990 年柏林墙的倒塌，以及 1991 年苏联的解体以来，这个广阔的地区从一个受严格控制的经营方式变成了数十亿美元的产业，跨国企业由复杂的有组织的犯罪集团控制，这些集团将成千上万的妇女从最贫穷的前社会主义国家运送到富裕的西欧和中东边境的富裕地区，其中有很多是女孩和男孩。这些行动的规模令人震惊。这是一种全球性的性传播疾病。

自 1991 年以来，国际移民组织一直在努力追踪联合国在东欧的妇女走私活动。国际移民组织的马克·格拉米尼亚说，贩卖妇女的规模如此之大，而且迅速扩大，以至于该机构只能提供大致的估计。

“这些（苏联）妇女是新的商品，”格拉米尼亚解释说，“这是一种新的奴役形式。我想说，这完全是在遵循我们在印度看到的模式。这些妇女得到了一份合同——一份伪造的合同——在西欧从事合法的工作。这个人贩子从她的银行账户中收取费用，或者从她未来的收入中扣除她的机票和住宿费用。当她到达目的地时，走私者没收了她的护照、回家的机票、身份证件，并告诉她必须做妓女，直到她赚回她的债务。当然，她从来没有达到目的。”

格拉米尼亚说，到1995年，大约50万东欧和苏联地区的妇女以这种方式被偷运到西欧，被迫卖淫。此后，这一行动的规模不断扩大，每年有多达30万名妇女被贩卖到西欧，其中大部分来自俄罗斯和乌克兰。到1998年年初，“奴隶买卖”在西欧每年净赚至少200亿美元，而在中东和亚洲每年净赚的数目更是不计其数。没有人知道有多少妇女从这个地区被走私到亚洲，或者是从西方进入中东。但是有可能的是，这些偷运行动的总规模几乎与西欧走私企业（合法的）的规模相当。[135]

在国际层面，格拉米尼亚指出，参与贩运妇女和女童的犯罪集团也是毒品和武器走私的主要参与者。有些交易是由有几十年历史的黑手党处理的，但也有“新的俄罗斯黑帮”。他们正在进行财务投资。

吉拉瑟克说：“一名黑手党男子告诉我们，女孩被买来当奴隶，她们挣的每一分钱都被剥削了，还要被殴打。身份证件被拿走了，没有保镖在旁，她们哪儿也去不了。”该地区的每一位波希米亚官员和医生都证实，95%以上的波希米亚妓女都不是捷克人，而是被有组织的犯罪分子以虚假的借口引诱到该地区的比如所谓的迪斯科舞厅工作。这些妇女来自乌克兰、俄罗斯、白俄罗斯、斯洛伐克、保加利亚和罗马尼亚，用最常用的词来描述她们的困境，就是“奴隶”。

卖淫集团似乎不受监管，不受警方控制。例如，在小小的杜比，20多家妓院中有2家位于警察局的两侧。穿着热裤和高跟鞋的吉卜赛和俄罗斯妇女一天24小时在警察的眼皮底下招停汽车。妓女也在当地的学校和公园从事卖淫活动，这激怒了无助的父母。

“自1985年以来，梅毒增加了千倍。”乌兹提纳拉班中央医院的压力山大·莫洛克医生说。乌斯蒂也是波希米亚小镇，距离杜比约有20分钟车程。莫洛克是该市性传播疾病的临床专家。

“68%的梅毒患者是15到24岁的女性。我们经常在晚期妊娠妇女中发现梅毒。它们在怀孕后期出现，这时什么都做不了。在1995年以前，我们从未患过梅毒，但现在我们确实在这里看到了先天性梅毒。在一个案例中，婴儿当场死亡。但正常情况下，孩子看起来很健康，但血清学检查呈阳性……通常这些孩子会失去跟进的机会而得不到治疗。另一种主要的性病——淋病，也在上升，但我们看到了一个悖论，淋病发病率似乎随着梅毒的上升而下降，这是因为全科医生只治疗淋病而不报告病例。”莫洛克解释说。

梅毒更难诊断和治疗——它需要更广泛的抗生素治疗——所以患者通常

寻求诊所或医院的帮助，最终成为登记病例。相比之下，淋病只需要注射一针青霉素就可以治愈。因此，有隐私意识的人们为他们的淋病寻求谨慎的治疗，可悲的是这种疾病没有得到应有的报道。[136]

更糟糕的是，广泛的自我药物治疗或医生滥用抗生素，导致了淋病球菌的突变株耐药。

莫洛克说："实际上，现在对青霉素的耐药性已经成为常态。"他指出，在1991年之前，波希米亚没有耐药性淋病。吉拉瑟克说，在杜比只有三名医生有执照，没有人会治疗妓女。因此，他得出结论，皮条客通过黑市供应商获得青霉素和其他抗生素。

捷克政府1992年对性工作者进行的一项调查显示，30%的性工作者携带梅毒或淋病。莫洛克说，自那以后，这一比例翻了一番，但皮条客禁止这些女性参与此类研究。

莫洛克是一个胖胖的中年人，稀疏的黑发，脸上洋溢着温暖和真诚。他透露，1996年捷克共和国报告的所有女性梅毒病例中，68%来自他的家乡乌斯蒂区。说到这里，莫洛克摇了摇头。

莫洛克说："在妓女中进行的调查显示，这些女性被皮条客强迫不能使用避孕套，因为这样她们会挣更多的钱。"

在波希米亚采访妓女是不可能的，因为没有人会说话。甚至拍照都会招致抗议和威胁。吉拉瑟克说，1996年在E-55上拍照的一名德国摄影师遭到枪击，但没有受伤。

妇科医生帕夫拉·维塔法斯科娃在布拉格的"无风险的快乐"组织工作。她说，布拉格的感染率不像波希米亚那么高，但也在稳步攀升。更糟糕的是，即使是她的组织也无法通过皮条客和黑手党来教育和检测妓女。

维塔法斯科娃说："女孩们经常挨打。皮条客不想让我们跟他们说话。有些人只有16岁。在主火车站附近有一个区域，那里有许多无家可归的妇女。他们经常从斯洛伐克来找工作，但是找不到工作。女孩们生病了，无家可归。他们在厕所做爱。有时只是为了一碗汤。我们发现一名斯洛伐克女子患有二期梅毒。"

该地区公共卫生研究所的首席流行病学家约瑟夫·特马尔博士在1997年发现证据表明，"放荡不羁的性病流行似乎已经远远超出了卖淫圈，并影响到所有性活跃的年轻人。我们看到寻求性病咨询和治疗的人数在增加，其中大多数是青少年和非常年轻的成年人。"

"我们确实看到了吸毒者和妓女之间的联系，"特马尔说，"对女孩来说，吸毒和卖淫是一个严重的问题。一些女孩说她们只有在毒品的刺激下才会卖淫。花500德国马克，你可以从土耳其商人那里买到一个（奴隶）女孩，皮条客买下女孩，然后强迫她们永远做妓女。这些女孩吸毒，她们没有证件。”

捷克全国梅毒患病率从1986年的50/10万人上升到1996年的320/10万人。博胡玛·克里兹是国家流行病学和微生物学中心的负责人，该中心相当于捷克的疾控中心。1995年，捷克共和国的首例先天性梅毒病例被写进了公共卫生记录。“糟糕！”克里兹喊道。

俄罗斯的每一个城市都出现了规模可观的卖淫街或社区，那里有年轻妓女、女皮条客和男匪徒组成的复杂网络，为当地和出差的商业客户提供服务。

在莫斯科红场前的一个冰冷的夜晚，漂亮的乌拉以她十几岁的魅力吸引了顾客。身穿黑色外套，黑色紧身漆皮裤子，高跟靴子和荧光粉马海毛紧身毛衣的乌拉看起来像是美国郊区的少年女王。她说她18岁，但是她撒谎能力很差，说的时候脸红了。她看起来不超过15岁。乌拉说，1996年夏天，她离开距莫斯科东北约800千米的寒冷的锡克特夫卡，以改善自己的生活。

现在她站在旅行者酒店前，向在她旁边的驾车男人们招揽生意。当他们找到乌拉严厉的35岁“妈咪”(她的皮条客）的那一刻起，就商讨了地方和价格，那是乌拉下一小时工作的细节。如果男人给的价格合适，乌拉可以拿走50%的提成，在酒店或莫斯科迪斯科舞厅做爱1小时，要价150至200美元。她的女皮条客坚持让女孩们用亲切的俄语称呼她为“妈咪”，她的收入则占了另一半。一个典型的莫斯科大夜总会每晚有10到20个女孩工作，有时候一个晚上能赚到超过5000美元。但是，在这样一个沉闷的冬夜里，即使是“妈咪”都必须努力争取足够的顾客来支付她的开销：贿赂酒店，并向坐在暴躁的梅赛德斯车上的当地暴徒支付报酬，这些暴徒会帮忙把那些行为古怪的顾客或没钱付账的嫖客暴打一顿。

几个街区之外，玛丽娜在俄罗斯杜马立法大楼前为她的6个姑娘拉皮条。这位蓝眼睛的褐发女郎已经做好了御寒的准备——毕竟，她并没有出卖自己的身体。玛丽娜说，她去年遇到了“一些财务问题”，所以在1997年冬天，24岁的她当起了“妈咪”。十几个皮条客在男人靠边停车的时候和玛丽娜抢生意。身着迷彩服的杜马保安人员只是看着，什么也没做。

“杜马就在街对面。如果他们什么都做不了，我们又能做什么呢？自从1980年奥运会举办以来，情况就一直是这样。现在更加开放了。人们曾经害怕，但现在我们有了民主。”

她的小伙伴——也叫萨沙——笑着说：“这就是你们的民主！”

莫斯科的卖淫活动并不隐蔽。女孩们，她们的”妈咪“，还有那些保护她们的暴徒，在高速公路上，在火车站里，在国家神圣的红场和杜马前，在迪斯科舞厅和赌场里，在酒店的酒吧里，日夜都可以看到。在莫斯科最高档的夜总会，高级妓女一晚的“娱乐”收费为1500美元。另一端是莫斯科环城公路沿线的妇女，她们每晚只要50美元，甚至更低，这些女孩是非法移民，无家可归，她们为了能吃得起火车站2美元的街边餐不得不出卖自己的身体。[137]

白天，在莫斯科拥挤不堪的街道上，被遗弃或离家出走的孩子们在车流里乱窜，兜售妓女小册子和“热辣性爱”的传单。10岁的小女孩娜塔莎说她住在大街上，显然已经几天没洗澡了，她在普希金广场周围的汽车中跑来跑去，叫卖一本介绍莫斯科妓女的书。[138]

“给我5万卢布（约合8美元），”娜塔莎要求道，“它会告诉你地址、价格，等等。”

一个像费金一样的教唆犯在人行道上偷偷摸摸地走着，对娜塔莎和其他几个显然无家可归的小女孩大喊大叫：“快点！多卖点！当心警察！”

娜塔莎惊恐地看了那人一眼，说她怕警察，之后就从契诃夫地铁站的楼梯上冲下来。

小娜塔莎显然不识字，但如果她能够认字的话，她就会知道这本是由爱德华·马克西莫夫斯基撰写《反妓院指南》。马克西莫夫斯基在令人沮丧的页面中详细介绍了莫斯科性工作者的恐怖生活，强调了是胁迫和恐惧把女性带入了卖淫行业并被迫继续这种生活，尽管这对妇女的健康和福祉造成了明显威胁。例如，马克西莫夫斯基写道：“1993年春天，莫斯科河冰融化时，发现了6具女性尸体。这是对所有女孩的警告：这就是试图逃离的命运。”[139]

交警经常坐在“妈咪”中间执法，他们指挥交通和开停车罚单，很少逮捕妓女，从不殴打来访者。1997年9月是莫斯科建城850周年，市长将最明目张胆的红场卖淫活动区从市中心迁出。尽管这暂时减少了肉体交易对莫斯科的视觉冲击，但并未影响该行业对健康的影响。当然，妓女只流离失所了几个星期。

据卫生部统计，1988年，俄罗斯登记在册的梅毒病例总数为5704例。1996年登记的病例达到惊人的386935例，在8年内增加了68倍。[140]根据1996年[141]英俄联合分析报告显示，苏联追踪并强制登记已确诊梅毒病例的所有性伴侣的系统实际上已经崩溃，其他医疗系统也一样。此外，在俄罗斯的许多地方，被称为“皮肤性病学服务处”的机构已经没有资金购买药物，现在向患者收取高达300美元的28天梅毒疗程费用。

越来越多的梅毒患者不想让自己的名字出现在名单上，同时又缺乏支付国家医生的资金，因此他们要么转入地下接受治疗，要么根本得不到治疗。即使在最好的条件下，梅毒也很难在女性身上被诊断出来，因为感染隐藏在她们的生殖道深处，可能潜伏多年，传染给她的胎儿和性伴侣，然后在女性身上引起明显的难以治疗的症状。随着俄罗斯旧的梅毒筛查系统的恶化，妇女健康和一般公共卫生的风险都在上升。

但是，即使是正式报告的病例数量（严重被少报）也令人不寒而栗。

1995 年，全国 18 至 19 岁男性和女性的梅毒患病率分别为 359/10 万人和 922/10 万人。[142]（通过比较，该年龄段的美国男性 / 女性梅毒综合感染率为 13. 7/10 万人。）

1996 年全国梅毒患病率为 221. 9/10 万人，是美国的 37 倍。莫斯科的人口规模与纽约相当，官方报告的梅毒病例有 2 万例。当年美国人口为 2. 6 亿，全国的梅毒病例不到 1. 7 万例。

当人口统计学家研究梅毒的数据时，最让他们感到困扰的是梅毒病例的上升曲线是如何急剧上升的 —— 几乎呈 90° 角。1994 年全国发病率为 81. 7/10 万人，到 1995 年为 172/10 万人，1996 年达到 221. 9/10 万人，1997 年梅毒发病率达到 330/10 万人，俄罗斯的梅毒发病率跻身世界前十。甚至在莫斯科以外的地区，发病率也在飙升。例如，伊尔库茨克的官方数据显示，在西伯利亚中型城市伊尔库茨克，从 1995 年到 1996 年，梅毒报告病例上升了 78%，每 10 万人中有 422 人感染梅毒。

联合国艾滋病规划署的官员们在瑞士日内瓦的办公室里紧张地观察着这一情况，他们确信俄罗斯的官方数字将梅毒的真实发病率低估了 10% 至 20%。到 1998 年，联合国艾滋病规划署遗憾地报告说，每 400 个俄罗斯人中就有一个人患有梅毒，这种疾病的发病率是西欧的 500 倍，自 1991 年以来，先天性梅毒的发病率上升了 30 倍。[143] 他们在其他苏联国家，特别是乌克兰，也看到了同样令人不安的性病趋势。[144]

在乌克兰，性病流行是由于 13 至 21 岁年轻人的活跃的性活动造成的。尽管自 1990 年以来，30 岁以上的乌克兰人梅毒发病率稳步上升，但仍低于 180/10 万人。然而，在青少年中，这个率就像坐着火箭飞向月球一样飙升，尤其是女孩。

根据乌克兰卫生部的数据，14 岁及以下的女孩每 10 万人中约有 600 人感染梅毒。自 1993 年以来，15 至 16 岁的女孩感染梅毒的比率在每 10 万人 1550 至 2000 例之间波动。这就意味着，在乌克兰，每 56 个甜美的女孩中就有 1 个不仅在性方面很活跃，而且在与足够多的男性伴侣的交往中感染了梅毒。1995 年，青少年男女的梅毒和淋病合并发病率估计为 4500/10 万人。但到目前为止，大多数青少年梅毒患者仍是女性。

“我总是让我的顾客使用避孕套。”一个穿着热裤、及膝长靴和毛皮短上衣的14岁女孩说。她笑着，向另一个在敖德萨爱乐音乐厅前工作的十几岁的妓女会心一笑。女孩们都声称使用避孕套，但事实是，她们只是向那些拒绝使用避孕套的顾客收取更高的费用。

这名不愿透露姓名的穿着热裤的女孩，是一个有组织的队伍中的一员，这个队伍由50名妓女组成，她们在庄严的“爱乐乐团”前招揽顾客，“快速性交”收费50美元，整晚调情收费100美元。根据为联合国艾滋病规划署和敖德萨州立大学制定性交易计划的心理学家瓦莱丽·基诺夫的说法，在敖德萨充满活力的性产业复杂的等级结构中，“爱乐乐团”的女孩属于中产阶级。在敖德萨寒冷的冬季，大约有2000名女孩做妓女。但到了夏天，这个海滨城市成了乌克兰的热门度假胜地，妓女的数量增加了1倍多。

基诺夫发现了6个不同社会阶层的妓女。大多数是年龄在11至17岁之间的年轻女孩，每周放学后都要在街道上做2到3次他所谓的“混乱的妓女”。她们通常每周赚39到50美元，还使用避孕套。

第二组的平均年龄为26岁，通过女性皮条客工作，往往有稳定的客户。基诺夫说，在他的3年研究（1994年—1997年）中，2/3的这些女性至少有一种性病。

最滥交的群体被称为“安抚者”，他们往往聚集在工厂和大型工作场所周围，每周为20至40名客户提供服务。这个群体的平均年龄是19岁，几乎所有人都在某一年患上了性病。

幸运的女孩可以按自己的方式行事：要么是混迹于高档的“爱乐”人群中，要么是顶级应召女郎，为在敖德萨的伦敦斯卡亚和其他所有精英酒店里经营业务的黑帮成员辛苦工作。

但基诺夫说，“最脆弱的群体却也是最庞大的，占敖德萨性工作者的一半以上。她们在特定的街道上工作，平均年龄为18岁。她们最有可能被打，被强奸，被虐待。她们买不起安全套（每个只要25美分左右），当你和她们谈论‘安全性行为’时，她们认为安全意味着避免挨打。她们完全不知道你在跟她们说性病和艾滋病。”

这些人中有一半注射了当地的鸦片制剂，近年来这些妓女的平均年龄一直在下降。

“去年夏天我看到这群体中有9到10岁的少年在工作，”基诺夫说，“一些七八岁儿童甚至为了大约2美元在学校的角落与成年男性速战速决。”

这一地区的性传播疾病暴发令人震惊[145]，145个国家的政府和联合国机构都没有制定公共卫生战略来解决这一问题。1998年，莫斯科医学院的流行病学家尼古拉·布里科说："莫斯科的形势严峻。在过去的7年里，俄罗斯联邦的梅毒发病率增加了50倍。儿童和青少年梅毒病例增加了40倍，先天性梅毒病例增加了30倍，这引起了特别的焦虑。"

1998年，在16至20岁的女孩中，梅毒的最高发病率在某些情况下是美国发病率的2000倍。白俄罗斯卫生部的巴拉巴诺夫说："不幸的是，我们的政府没有足够的财政、技术或人力资源来独自抗击性病流行。所以我们认为国际社会的援助至关重要。"

20世纪90年代末，在联合国艾滋病规划署的日内瓦总部，公共卫生专家们正忙着制定策略，防止由妓女引发的流行性病和静脉吸毒者中迅速蔓延的艾滋病病毒或肝炎危机不可避免地结合在一起。梅毒的发病率高得惊人，主要集中在14至20岁的女孩身上，而艾滋病病毒或肝炎的发病率在同年龄段的男孩和女孩中也在飙升，一场艾滋病灾难似乎是不可避免的。

德国科学家卡尔·德尼在他小小的联合国艾滋病规划署办公室，尝试协调横跨12个时区的预防工作。德尼睡眼惺忪、身体抽搐，很明显是睡眠不足，他声音里的急切表明他真的很焦虑。

"他们（苏联国家）对开展工作、行动和咨询一无所知。他们只会说'信息！信息！'当我说，信息并不足以改变行为时，他们说'好吧，那还有什么？'可以想象，他们根本没办法开展任何工作。"

他们为什么会这样？在防疫站的鼎盛时期，"开展工作"包括强行召集公众并使所有人接受并认为这是值得干预的。戒毒学家只接受了囚禁患者的培训，培训了性病学家如何最大限度地培养羞耻感，以限制疾病的传播。同伴教育、说服和不带评判的行为干预等公共卫生干预技能在该地区无迹可寻。

"他们让我去找那里的人，但就是找不到，"德尼大声说，"那里有几百万妓女，也没有一个可以接近妓女的项目。"

在非洲从事这类工作多年后，德尼对东欧的困境感到震惊：他在非洲国家开展防止毒品和性病危机项目时，都没有遇到过如此严重的公共卫生技能限制和社会障碍。

"我认为我们在这里有一个机会之窗，我仍然希望我们能够防止流行病的发生。这是非常新颖的，"德尼说。然后他垂下肩膀，总结道，"但我担心不会真能成功。"几个月后，德尼对形势感到心烦意乱，离开了联合国艾滋病规划署，成立了一个私人组织，专门培训俄罗斯人和其他苏联人的公共卫生技能。

巴西研究员路易斯·洛雷斯在戴尼的大厅里设有一个办公室，尽管他在拉丁美洲预防艾滋病方面遇到了严峻的挫折，但他和德尼一样，也认为苏联国家是令人沮丧的挑战。

“首先，”洛雷斯指着散布在他那堆满数据的办公桌上的图表说，“看看经济学。例如乌克兰。1992年，乌克兰的‘人类发展指数’得分为60。”这是联合国开发计划署编制的一项指标，得分越高，表明在社会和经济发展以及基础设施建设的各个方面，进步越大。“一年后，也就是1993年，这个数字降到了19，在1994年降到了17。”

洛雷斯继续说，现在再加上25万静脉吸毒者和数百万少年妓女，很明显，到2001年乌克兰将有2万名艾滋病患者。

联合国艾滋病规划署主任，比利时的彼得·皮奥特，是个医生，自20世纪80年代初艾滋病病毒首次出现以来就一直在与之斗争。他目睹了流行病在一个又一个国家的演变。他从经验中知道，只有一件事可以避免苏联地区的灾难——“政治领导”。

皮奥特总结说：“从根本上说，世界各地的问题都在于公共卫生领导。没有领导和政治承诺，‘预防艾滋病’是不可能的。”因此，在1997年末，皮奥特前往该地区，会见了叶利钦和其他苏联国家的领导人。他参加了达沃斯经济峰会和1998年的八国集团会议。他恳求世界上最有权势的政治领袖们，请他们在前铁幕国家的土地上画一条线，说：“不再有艾滋病病毒。”

在八国集团会议上，叶利钦、跨国公司领导人、世界银行以及所有新独立国家的领导人都点头同意，发布了大胆的决议，并书面支持皮奥特在联合国艾滋病规划署的工作。

但具体来说，他们什么也没做。

八

> 俄罗斯的特点是大多数人都接受这样一个事实，保障工资少得可怜，保障药品糟糕透顶。那些不习惯在自由条件下生活的人，都在怀念他们失去的东西。
>
> ——安德烈·辛亚夫斯基[146]

20世纪90年代突然面临那些传染病灾难，医生们不能再像十年前那样自以为是了。在苏联时期，医疗护理被外包给独特的专业中心；酗酒者和吸毒者被送到戒毒所；结核病患者到疗养院；传染病病人则到那些位于农村地区的传染病诊所就诊，以保证那里病人的病菌不会引起城市传染病。甚至普通的感冒和轻微的流感病例都被隔离在隔离设施内，工人们不必在生病的时候辛苦地工作，但在痊愈之前都要与家人相隔两地。这样一来，苏联公共卫生规划人员就相信风险被隔离了，因而传播风险有限——整个社会不需要害怕梅毒、结核病或白喉，因为所有的携带者都被例行地聚集起来、安置在隔离设施中。

这是一个与苏联政治控制有很多共同点的系统。持有异端思想的人同样被聚集起来，关进集中营，以免他们的颠覆性思想污染大众。在近 70 年的时间里，它一直是起作用的。

但到了 20 世纪 80 年代，早在苏联解体之前，医院就面临着医生们知之甚少的新威胁：有抗生素耐药性的细菌、无法治疗的耐多药的结核病、乙型肝炎和丙型肝炎。1991 年之后，这一趋势加速，增加了许多曾经受到控制的古老传染病和人类新的灾难——艾滋病。这些微生物并不尊重医院的隔离系统：传染病并不会顺从医生的要求只在指定的设施中出现。而且病人越来越不愿服从于隔离系统，他们更愿意待在家里有亲人陪着，而不是在医学隔离集中营熬上几个月，甚至几年时间——尤其是设施的资金有所减少，住院治疗经常性要面对无聊、冰冷的房间，每天无所事事，也基本没什么吃的。

因此，20 世纪 90 年代表明，该地区需要一种公共卫生休克疗法，在这种疗法中，防疫站要么消失，要么转变为一种极为有益的流行病服务和监测服务。其中，隔离病人和疾病的概念被抛弃，取而代之的是所有卫生保健设施中严格的、全面的感染控制标准，其中假定每个病人都可能是一个微生物携带者，因此预防措施需要标准化和普及化。例如，在 1999 年，当某地区正遭受无明显症状也可能被具有传染性微生物引起的严重流行病侵袭的时候，所有急诊室的医生都能够在不戴防护手套、长袍、护目镜或眼镜的情况下自信地治疗任何病人。

新时代还表明，迫切需要减少患者住院的时间，以降低成本和风险。如果病人在医疗设施中待的时间短一些，他们最终会活得更久，因为他们在那里会接触到其他病人携带的细菌和病毒。

社区公共卫生的形象需要马上改变，从苏联的家长式作风变为一个新模式，承认个人有权利拒绝接种疫苗，会筹资用于修复供水系统，会坚持适当使用抗生素，会提供静脉吸毒者康复服务，会通过宣传避孕套提升安全性行为，会提供其他保护社会的预防干预措施。个人拥有的拒绝权利再也不能被国家力量所压倒，只有借助说服、同伴教育、健康营销和常识的力量才行。

但改造整个庞大的基础设施并非易事。虽然苏联已经不复存在，但它的公共卫生机构和官员们仍然存在。

该系统在1999年大部分还是按照1937年最初设计的模式执行，其工作原理是这样的：医学生和未来的流行病学家从18岁开始在不同的机构接受培训，很少相互交流。一旦这些流行病学家出师，他们就会加入防疫站，在那里，他们被训练得“像警察一样来到医院，带来悲伤”，在俄罗斯训练过，就职于华盛顿特区的美国国际卫生联盟的埃琳娜·布尔甘斯卡娅说：“因此，医生们学会了把流行病学家视为威胁。”

“对感染的监测根本不是基于实验室，”布尔甘斯卡娅说，“它是被动的。他们（防疫站）会等待医生报告（在医院获得的）医院病例。但在旧制度下，如果医生与感染有任何关系，他们就会受到惩罚。所以，作为一名医生，一般只有疯了才会报告病例。”

在约瑟夫·斯大林的统治下，苏联的每一个系统都必须由共产党控制的平行机构进行监控。对于医疗系统来说，这个机构就是防疫站。作为一名医院管理人员，能否生存完全取决于能否向防疫站提供乐观的报告，而不是在你的心脏手术后病房暴发耐抗生素葡萄球菌感染后上报消息。

更糟糕的是，防疫站的整个处置流程是基于错误的生物学理论进行的。它的“感染”概念是一种环境概念，与古希腊的“瘴气”（意思是“糟糕的空气”）并没有太大的不同。细菌在空气中四处传播，肮脏的环境导致疾病的发生。苏联的医院被要求花费大量人力去刮墙上、天花板和地板上的任何薄膜或污物来采样。医院微生物实验室投入了70%到90%的资源来仔细检查这些样本的细菌污染。

如果发现有污染物，防疫站就会冲进来，有人可能会因此下台。

如果疾病在医院里传播，就会引发一场疯狂的混乱，防疫站就会四处搜寻导致细菌传播的肮脏墙壁或地板。

如果患者对一线治疗没有反应，那么治疗通常遵循一个经验过程：A计划没起作用，转到B计划。很少有病人的样本被送到实验室，并被要求找出A计划失败的原因。

“事实上，（在苏联）没有人是诊断、管理和预防院内感染的临床专家。”波士顿儿童医院的传染病专家埃德·奥鲁克在20世纪90年代穿梭于俄罗斯和其他苏联国家之间，试图传播西式感染控制的福音。

“我们在这里谈论抗生素的滥用，但我们这里，通常是使用强效药物来治疗简单的感染，”奥鲁克说，他也在哈佛医学院任教，“而在那里，他们只是简单地把一个加到另一个上面，没有任何特别的理由……当病人病情恶化时，他们只需要在治疗方案中加入另一种药物。”

奥鲁克的主要信息是，如果按照苏联政权时期所教导的方式，每个人都停止使用抗生素，并改善医院卫生条件，那么更多的病人将会从简单的细菌疾病中存活下来，医院内患此类疾病的人将会更少，这既可以拯救生命也能省下金钱。

没有办法量化俄罗斯或任何其他苏联国家的医院感染和抗生素耐药性的程度。第一是院内感染无法量化，因为斯大林时代的感染控制体系太严苛，以至于医生很少报告病例。第二是耐药性无法量化，因为很少有临床实验室有足够的供应或技术来进行药物敏感性检测。

然而，很明显，耐药微生物的传播正以惊人的速度进行着，而伊拉克里的悲剧故事——被链球菌感染的格鲁吉亚青少年——每天都在变得越来越普遍。

在莫斯科的俄罗斯卫生部中央微生物实验室，尼娜·塞米娜和维克多·马雷耶夫博士对来自俄罗斯各地病人的细菌样本进行了筛选。他们的方法能够确定存在哪些种类的突变微生物，但不能确定它们导致人类疾病的频率。尽管存在缺陷，但他们已经发现了令人不安的证据，表明抗生素耐药性正在迅速扩大。

自 1993 年以来，莫斯科的科学家们发现了新的耐药菌株，包括葡萄球菌、克雷伯氏菌、肺炎球菌、伤寒沙门氏菌（伤寒的起因）、志贺氏菌（痢疾）和霍乱。到 1994 年，送到他们实验室的所有葡萄球菌样本中，超过 10% 是耐甲氧西林的，3% 的肺炎球菌是耐青霉素的。

马雷耶夫说:“现在这正成为一场真正的危机。”

在乌克兰，情况也差不多。基辅的格罗马舍夫斯基流行病学和传染病研究所的安纳托利·夏皮罗说。“我们的医生，也许这是他们教育的一个缺陷，但他们的第一个想法不是去实验室。他们只是开处方，看看会发生什么……现在乌克兰充斥着新的西方抗生素；医生们不了解——头孢菌素之类的东西。”

夏皮罗说，在乌克兰各地，链球菌和假单胞菌产生了广泛的多药耐药性。氨苄西林（氨苄西林）不再对肠球菌有效。每增加一层抗生素耐药性，细菌的治疗就会变得更困难，也更昂贵。随着医生们将他们的武器从简单的青霉素升级到强大的广谱抗生素，这有点像从一个专家狙击手开始，最终使用全面的空中战略轰炸行动。附带的损害，以被破坏的胃、肠、肝、肾和其他器官的形式增加，往往与其他药物一样必须由医生管理。在乌克兰这样的国家，医生对这种抗生素附带的伤害并不熟悉，也不知道如何治疗。1991 年以后，尽管各种各样的替代抗生素随处可见，但病人还是不得不花钱买抗生素，而且人们几乎没有人拥有现金。结果，许多细菌感染无法治愈。

新西伯利亚州立医院的微生物学家维拉·伊莉娜从 1994 年开始跟踪西伯利亚的抗生素耐药性。当时，该地区的儿童突然出现了许多无法治疗的感染，她说，“这是一个真正的问题。我们乞求人道主义援助。”

美国默克、夏普和多美制药公司为细菌敏感性测定提供了实验室耗材，伊莉娜发现，整个医院（实际上是整个西伯利亚）的葡萄球菌都对甲氧西林（一种重要的抗生素）耐药。她还发现有证据表明，链球菌不仅对第三代头孢菌素（罗维纳在格鲁吉亚为可怜的伊拉克人求的药）具有抵抗力，而且还对更昂贵的新型第四代头孢菌素具有抵抗力，这些药在 1993 年前西伯利亚也没有。

那时，她开始在新西伯利亚医院四处搜寻，试图找到这些新的致命微生物的来源。她寻找了受感染患者之间的联系，并注意到那些具有耐药菌株的患者往往在烧伤病房的机械呼吸器上花费了很长时间，他们也许是新生儿重症监护室的婴儿。

但在 1997 年春天，她的调查陷入了停滞，因为她没钱买培养基来完成她的研究。

米哈伊尔·严博士说，这是一个完美的案例，它说明了苏联地区的医学界在 20 世纪 90 年代遭受的苦难，因为他们在过去的 7 个世纪中一直与科学界隔绝。毕竟，众所周知，烧伤科、新生儿 ICU 和机械呼吸机是医院感染的主要来源。但这并不是因为那里在“生长”某种微生物，而是因为这三个地点的患者和设备都需要与医生、护士、勤杂工和家属们无手套接触。

布里亚特共和国乌兰乌德的流行病学家米哈伊尔·严解释说：“我们与国际经验的联系非常有限。世界卫生组织的公报、医学期刊、科学书籍，我们从来没有见过。我们不知道其他地方是怎么运作的。根本无从得知。”

信息差距有多严重？以洗手为例。

从世界上大多数地方的最贫困到最富裕的医院，医生和护士都明白，在接触任何患者或会与患者接触的设备之前，必须用消毒肥皂彻底擦洗手和前臂。理想情况下，医疗人员最好每天戴上一次性乳胶手套来代替数百次擦洗，为每位患者或每个过程戴上不同的手套。

戴手套和擦洗的原因是，人的手是人与人之间细菌传播的主要媒介。缺乏手部清洁意识就很容易发生传播，例如，琼斯太太胳膊上的葡萄球菌会顺便到了史密斯小姐的嘴里——布朗检查了琼斯的伤口后没洗手，然后把温度计放在史密斯的舌头下面。

这似乎非常显而易见。然而，对于在旧政权下接受培训的医生和护士来说，这是一种革命性的思想。

布鲁克林科尼岛医院前执行主任霍华德·科恩说，“我无法告诉你我对他们缺乏感染控制感到多么惊讶。”他指的是敖德萨、莫斯科和基辅的医院。“在手术室里他们反复使用肥皂，反复使用毛巾。外科医生从一个病人到另一个病人间穿梭也不洗……他们认为空气中细菌孢子的感染是关键，但他们真的不知道脏手才是关键。”

在俄罗斯和乌克兰的一些手术室里，设备看起来像是从天花板上垂下来的倒置的雨伞。里面是紫外线灯。医生解释说，这种装置的设计目的是消灭“飞行”的细菌孢子，然后这些孢子“坠落”到保护伞中，让病人免于任何感染的风险。

“3 年前我第一次去那里的时候，我的第一印象是——天哪！为了太空卫星和军队，他们牺牲了所有的人。70 年来，他们牺牲了公共健康。”科尼岛医院感染控制负责人里贾纳·纳波利塔诺说。

例如，资金紧张的圣彼得堡第 17 儿童医院已经停止购买纸巾和橡胶手套。员工们没有意识到洗手的重要性，要么不洗，即使洗手（尤其是在上完厕所之后），他们每天也要和几十位同事共用擦手手巾。

在伊尔库茨克的西伯利亚地区，所有医院的感染控制工作都因“物资短缺，物资短缺，越来越严重的物资短缺”而受阻。公共卫生委员会副主席塔季扬娜·博伊科说，由于缺乏乳胶手套、纸巾、消毒剂肥皂以及导尿管等一次性设备，新生儿败血症的发病率自1995年以来增加了30%，其中大多数病例都死亡了。

在格鲁吉亚境内的奥塞梯，正在进行疝切除手术。手术室的一些工作人员没有戴口罩或手套，包括那位副手术护士。手术进行到一半时，她收集了一些血淋淋的器械，把它们放到一个装满水的洗澡盆里，这些水已经在那里放了好几小时了，没有盖盖子。她把器械浸在水里，迅速地摇了摇，然后把手术器械放回外科医生的桌子上。几秒钟之内，护士冲洗过的止血器械就进入了病人的肚子里，在外科医生做疝气手术的时候，靠这些器械在一旁托住组织器官。

纳波利塔诺说，她在该地区访问的每一家医院，都没有我们认为可以接受的防止血源性感染的措施。他们在重复使用针头，手套很少。

俄罗斯卫生部负责所有传染病问题的根纳季·奥尼申科对这个问题不以为然。他说，一些俄罗斯医院将稀缺的资源从购买乳胶手套转移到医生的工资和昂贵的高科技设备上。但俄罗斯拥有一切：“试剂、试剂盒、手套，足够我们的病人使用，我们不进口任何东西。原则上，我们是自给自足的”。

此外，奥尼申科坚持认为，抗生素耐药性在俄罗斯是一个微不足道的问题，他指出，“这里有更重要的问题需要考虑。”

然而与此相反，该地区的医院和耐药性问题非常严重，但由于苏联防疫站体系的本质，这些问题基本上没有被发现。

除了耐药细菌，巨大的、陈旧的医疗设施正在传播乙型肝炎和丙型肝炎、艾滋病病毒和其他血源性疾病。尽管与非洲的情况进行比较总是会引起苏联地区卫生服务提供者的愤怒，但人们难免会想到基奎特的埃博拉病毒暴发以及其他传染病，这些流行病是由于注射器的医学再利用和医院感染控制不力而在非洲大陆暴发的。然而，有一点不同：大多数受过训练的非洲医生都知道像样的感染控制需要什么，但他们因贫困和缺乏必要的医疗条件而力不从心。然而，在俄罗斯、土库曼斯坦、摩尔多瓦和该地区的其他地方，即使在供应充足的地方，感染也没有得到适当的控制，感染控制标准也没有得到维持。

1991 年之后，大多数医院和医生仍然固守旧的防疫站思想，但少数人开始远离它。

20 世纪 90 年代，科尼岛医院的纳波利塔诺曾在乌克兰的敖德萨州立医院待过很长时间，向那里的同行传授纽约医院感染控制标准。来自乌克兰医疗机构的工作人员在科尼岛进行了轮转，在那里他们感觉就像在家里一样，因为 45% 的病人会说俄语。在美国国际卫生联盟的赞助下，经过 4 年的这样的交流，敖德萨的首席医生瓦西里・戈古连科自豪地说，他使患者平均住院时间从 15 天缩短到 11 天，死亡率下降了 29%。[147]

美国国际卫生联盟希望敖德萨州立医院的经验能成为一个风向标，指引整个地区改革。

但是奥鲁克说，“变化不像野花一样突然出现，（因为）感染控制的整个概念是如此具有惩罚性……这里的制度仍然是找到替罪羊并惩罚他们。重点总是抓住坏人，把他扔进监狱……所以感染控制是一堆规则，不是一个思考的过程。”

布尔甘斯卡娅说，这一切都可以归结为对生物学的思考。例如，在俄罗斯，医生开出的抗生素组合处方毫无意义，因为它们针对的都是细菌的同一方面，而不是针对微生物的两三个不同的易损点。但她坚持认为，他们实际上并不了解抗生素是如何起作用的，所以这些珍贵的药物几乎被普遍滥用。

“我们计算过，如果他们改变这种做法，可以节省数百万美元，”布尔甘斯卡娅说，“同样，如果医院管理部门意识到感染控制可以提高护理质量并节省资金，那么他们或许会做出改变。他们需要的是改变做事的思考方式，以及思考该如何去做。”

苏联国家不需要把布尔甘斯卡娅的批评看作是对西方的背叛。他们只需稍微向西看看捷克人，就能清楚地理解这一原则。

捷克共和国在感染控制方面做得很好，甚至比美国和几乎所有西欧国家都做得好。

捷克共和国在苏联时期，国家的致病性致病菌中对抗生素的耐药率最低，并且在全球排名第一，几乎没有其他国家可以与之抗衡。在美国和苏联，由于广泛的耐药性而导致许多无用的抗生素在布拉格和捷克共和国的其他地区（如20年前）在1998年仍然有效。捷克医院从未出现过最令人担忧的抗生素耐药性形式，例如对万古霉素的肠球菌耐药性。

“就抵抗力量而言，我们可以说是一个岛屿，”安娜·吉德利德科夫博士说，“斯洛伐克和匈牙利，我们所有的邻国情况要差得多。而我们处于非常良好的状态。”

尽管捷克的许多卫生政策与苏联时期的法律一样，都是防疫站式的，但该国的微生物学家和医生却努力追求更科学的方法，并尽其所能追随西欧的趋势。

1968年，捷克的微生物学家们被弥漫在捷克生活中的抵抗精神所感染，他们打破了苏联的政策，建立了自己的体系。他们不知道西方在控制新的细菌感染方面做了什么，但他们意识到苏联模式是一场灾难。

由于与西方隔绝，捷克人发明了他们自己独特的制度。根据法律，所有抗生素的使用都必须经过控制微生物实验室的检测，比如在布拉格的耶德利科娃实验室。医生不能随意开这些药，因为这会导致耐药性细菌的出现。相反，他们必须将痰、血液或受感染的组织样本提交实验室进行分析，在那里可以确定感染的确切性质。

例如，如果实验室诊断出链球菌，医生会被告知：“好吧，这是链球菌。这是我们建议你使用的3种抗生素的清单。”

“建议”实际上是一项命令，布拉格的中央实验室根据观察到的细菌突变和耐药性趋势定期修改药物使用指南，该政策在该国各地通常有所不同，反映了当地细菌生态学的差异。

医院也被告知他们可以使用哪些消毒剂、哪些设备需要消毒。这也反映了微生物实验室的持续警惕性，寻找对氯漂白剂和其他防腐剂的微生物对抗性的趋势。

“我们引入了无菌控制的专门实验室，”吉德利德科夫说，“它是独一无二的。它将检测环境以及高压灭菌器和消毒机的无菌性。”

具有讽刺意味的是，在1989年成功推翻捷克独裁统治的天鹅绒革命之后，整个体系几乎崩溃了。

“一些医生认为抗生素使用政策是不民主的，”吉德利德科夫说。“这些人想要废除（微生物学）中心。但幸运的是，常识占了上风。甚至抗生素中心的反对者也开始明白细菌不承认民主。”

不久，吉德利德科夫和她的同事们面临着一个新的挑战——自由市场药物。

捷克政府正在逐步摆脱国有化的医疗体制，转向类似于美国的混合医疗体制。这意味着私人诊所、管理式医疗、健康维护组织和个人健康保险都在迅速取代这个世纪五十年来苏联模式的社会化医疗。对微生物学家来说，这是失控的信号。

在布拉格久负盛名的拥有3000个床位的大学教学医院，吉德利德科夫仍然能够指挥抗生素和感染控制工作，但她对私人医生开处方的广泛影响力正在迅速消失。

据捷克卫生部副部长米罗斯拉夫·塞巴克博士所说，出于保护病人性隐私，以及对妓女和嫖客进行非法治疗可以赚到大笔钱，捷克医生冒着失去行医执照的危险，未经微生物实验室的检测和批准就开处方。

在俄罗斯，现代科学的教训尚未渗透到大多数医疗和公共卫生设施中，当然，克里姆林宫除外。这就是为什么你永远无法说服来自得克萨斯的皮珀斯相信俄罗斯的医疗系统处于混乱状态。

“地狱，不！”得克萨斯人皮珀斯在博蒙特用他的鼻音宣布，这位60岁的美国大使馆电气工程师说，他在1997年5月9日的主要症状是“死亡”！

“我想我只有几小时了。”他回忆道。憩室炎和腹部穿孔使人们痛苦地弯下腰。但皮珀斯很幸运，作为一名美国大使馆雇员，他有资格进入全俄罗斯最先进的设施——克里姆林宫医院，也被称为莫斯科中央临床医院。

毫无疑问，在克里姆林宫的医院里，人们会有宾至如归的感觉——皮珀斯实际上就是这种感觉。皮珀斯从手术中恢复过来看到，豪华地板经过全面翻修，铺满了美国地毯，墙上贴着美国合成纤维的壁纸，漂亮的美国沙发供病人一边休息一边看电视，美国护士玛丽安·赫斯和工作人员的照料，给病人提供了一种宾至如归的感觉，还有美国杂志可供阅读。这一切太过微妙，在前厅，美国星条旗就站在俄罗斯三色旗旁边。

墙上的一块匾上写着：“在美国国际开发署和美国国际卫生联盟的支持下，伊利诺伊州芝加哥市第一卫生联盟的下列卫生保健成员为该单位提供了培训。”

俄罗斯总统鲍里斯·叶利钦就是在这里接受心脏治疗和检查的。这里70%的病人是国家杜马的代表、参议员或叶利钦内阁成员和高级职员，其余30%的患者要么是像皮珀斯这样的西方大使馆工作人员，要么是来自俄罗斯新近私有化的大公司和银行的富有高管，心脏病科主任玛丽娜·乌格留莫娃说。

乌格留莫娃说：“一部分富人可以在这里接受治疗。出于严格的安保要求，我们不希望强盗和杀手在这里接受治疗。”

换句话说，如果你有足够的钱，你就可以在美国国旗飘扬的地方受到优待——除非你的钱是明目张胆的不义之财。

克里姆林宫医院一向提供优质医疗服务。但是要进入这个设施从来都不容易：莫斯科市中心的精英大院，有着精心修剪的庭院和宽敞的建筑，周围环绕着一圈围墙；入口处有武装警卫、摄像机和封闭的车道严密监视。[148]

为客户安全考虑，这是意料之中的。20 世纪 70 年代，勃列日涅夫在这里接受了中风治疗，并于 1982 年死于心脏病。他的继任者尤里·安德罗波夫两年后因肾衰竭在克里姆林宫医院去世；他的继任者康斯坦丁·契尔年科第二年在这里接受了心脏衰竭、肝炎和其他多种健康问题的治疗，于 1985 年去世。

但到了 20 世纪 80 年代，这家医院已经变成了一个高度安全、花哨的老年护理中心，为苏联中央委员会和政治局的老年人提供服务。乌格留莫娃说，它停止了前进，因为对俄罗斯 70 多岁的老年政治家的治疗太容易预测了。

1996 年，全世界得知鲍里斯·叶利钦总统患有危及生命的心脏病。在叶利钦迫切需要的心脏四重搭桥手术中，莫斯科没有一家医院达到西方的标准。但不可想象的是，俄罗斯联邦的总统会因为寻求海外治疗而让该国伤痕累累，让引以为豪的医疗体系蒙羞。因此，美国政府不仅匆匆翻修了克里姆林宫医院的外观和设备，而且还翻修了医院员工的结构和技能。

其结果是，该设施比俄罗斯普遍可用的设施高出许多，仿佛来自另一个星球。

在神圣的克里姆林宫围墙外，该地区的医院和诊所让人从惊喜到震惊。[149]大多数公司的职员都是极少得到报酬（如果曾经有过的话）的人，各种供应都很缺乏，各种设备早已年久失修或被废弃，许多卫生设施一开始就建得很差。因此，10 多年来，医院管理人员看到的都是修补的痕迹、油漆剥落的墙壁、开裂的地板、塌陷的天花板和破碎的窗户。

值得注意的是，很少有人考虑到病人的活动能力。莫斯科的中央计划者规定，该地区的医院拥有一种尺寸的电梯，但却有另一种长度不兼容的轮床。在许多医院，病人必须由亲属带着上下楼梯，才能到达 X 光机或其他诊断和治疗设备。事实上，没有一所医院是轮椅可以通行的。床几乎都是最简单的、不可调整的。对于某些手术——特别是堕胎和分娩——麻醉和止痛药的使用最少，如果有的话。一般来说，疼痛管理并不是重点。

这种情况在 1991 年之后变得更糟，因为电梯坏了，这迫使生病的人爬楼梯才能从检查地点到达医院的病床。食物供应不足，大多数医院坦率地说，家属需要向生病的亲人提供口粮，就像他们在印度或扎伊尔那样。

旧的苏联医疗系统规模庞大，但完全缺乏效率或成本效益管理。就像 1991 年后整个地区关闭的高污染、低效率的工业一样，苏联的医疗模式根本无法适应新的现实。例如，在俄罗斯，有 10280 家医院、1601 家诊所、6107

家门诊中心和450家大学教学医院。1995年，俄罗斯人口为1.47亿，医院床位近200万张，病人与床位的比例为1∶118。1995年俄罗斯的平均住院时间为17天。

一种按服务付费的医疗形式已经出现，病人的支付能力（或物物交换）决定了他们医疗的范围和质量。对某些人来说，这是一直存在的。在苏联时期，尤其是勃列日涅夫时期，病人被期望为他们的外科医生提供私下的现金或服务，比如免费的汽车维修或鱼子酱和伏特加酒。[150]但是，1991年之后，情况急转直下，市场一片混乱，从心脏手术到更换床单，医生和护士们要求任意设定各种费用。尤里·科马罗夫指出，到20世纪90年代末，高加索地区（格鲁吉亚、亚美尼亚、阿塞拜疆）的所有医疗保健服务几乎全部由患者直接支付，每一项服务都预付现金。

科马罗夫说："我们仍然生活在无法无天的国家，仍处于泥瓦匠的阶段，建设一个我们不知道是什么的卫生保健系统。"例如，1997年俄罗斯国家卫生保健支出的80%以上都流向了医院，医院主要利用这些钱来维持其效率低下、人数过多的员工。

"我们需要改变这种情况。"科马罗夫坚持说。

在土库曼斯坦，20世纪90年代见证了卫生保健的彻底变革，卫生部的安娜格莉·盖波夫等改革者成功地推动改革，彻底取消了苏联时代的特权。从1994年到1997年，住院病人的平均住院率降低了4%，盖波夫说。全国工资单上的医生人数在慢慢减少，首先是医学院的录取变得更加困难，新医生的执照也越来越少，然后是消除重复的医疗部门。住院床位减少了1/3。国家资助的医疗保健的所有重点从医院的长期的疾病治疗转向公共卫生。

结果呢？从1990年到1997年，土库曼斯坦的孕产妇死亡率降低了10%，麻疹发病率降低了1/3，炭疽热发病率降低了60%，到1996年消灭了所有小儿麻痹症病例。

"我们非常有信心，我们走在正确的道路上。"盖波夫笑着说。

但对于人口450万的小国土库曼斯坦来说，这是一条相对容易的道路。在地理或人口障碍更大的国家，医疗改革的挑战更大。例如，哈萨克斯坦的人口分布非常分散，平均人口密度仅为每平方千米1.5人。塞米巴拉金斯克市社会事务主任巴克海特·图梅诺娃说。在不断加剧的经济混乱中，许多农村诊所变成了无法无天的实体，卫生服务提供者向病人勒索巨额金钱，或拒绝提供医疗服务。图梅诺娃说，为了扭转这一趋势，国家建立了一个竞争性招标系统，将小诊所私有化，迫使它们参与竞争。

在格鲁吉亚，医疗改革遭到了医学界的抵制，因为医疗机构意识到，当改革完成时，他们中的许多人将会失业。在 1990 年，格鲁吉亚有 3.7 万名医生和 5.5 万名护士 —— 专家们说，这足以满足这个拥有 6500 万人口的国家的公共卫生和医疗需求。但是格鲁吉亚只有 500 万公民。和所有苏联国家一样，格鲁吉亚人过度诊断疾病，住院治疗的人太多。

几十年来，格鲁吉亚的医疗系统都是建立在庞大的医疗设施的基础上，比如位于第比利斯市中心的共和中心医院。医生们说，在 20 世纪 80 年代，这栋 12 层楼高、有 2000 个床位的混凝土建筑非常拥挤，病人们常常躺在走廊两旁的轮床上。

1997 年，一位访客发现医院的所有电梯都坏了，爬了 10 层楼，水泥台阶上血腥的绷带和医疗碎屑到处乱扔，没看到一个病人。周围到处是腐烂的迹象：油毡地板上的许多条卷曲，并在自毁的波浪中起泡，在灰泥墙上开有孔，各种各样的胶带覆盖了大部分窗户的裂缝和孔，证明面对阵阵冰冷的风是顶不住的。这家已有 30 年历史的医院正摇摇欲坠。

随着苏联政府从莫斯科颁布法令，地方政府工作人员别无选择，只能服从，或者至少看起来是服从。在卫生规划方面，莫斯科的命令总是集中在两件事情上：降低各种传染病发病率百分比的目标和医院的建设。

"在过去，他们会在五年计划上写'1957 年：必须建造 1000 个新床位'。然后下一个计划就写 2000 年。这就是计划的本质，这个国家所做的一切并不是改善健康。"40 多岁的卫生部部长阿夫坦迪尔·约本纳泽说。由于政策是由追求"巨人症"驱动的，苏联把他们的医疗系统置于一个他们负担不起的螺旋式上升的轨道上。[151] 建设更多的医院床位意味着要为越来越大的医院和综合诊所配备更多训练有素的人员来照料这些床位。到 20 世纪 60 年代，医疗系统中的每个人都清楚地认识到供过于求的问题，于是苏联人就简单地扩大了需要住院治疗的医疗条件的范围，并延长了建议的住院时间。

"过去，我们生活在一个有着奇怪的医疗体系的国家，"约本纳泽笑着说，"并不都是坏的。但是我们有过多的技术和资本投资。1991 年以后，我们不得不设想国家、医疗保健和人民在我们的新社会中所起的主要作用。我们必须评估我们的资源和需求。最重要的是，我们必须将这个垂直系统转变为水平系统，在国家、管理者和员工之间建立伙伴关系。"

约本纳泽说，改革的关键是消除防疫站。取而代之的是，他希望建立一个公共卫生和疾病控制系统，这个系统显然植根于健全的科学。他梦想着去美国疾病控制和预防中心，至少在他的想象中，使用流行病学作为科学工具，为卫生政策提供数据驱动的基础。这是约本纳泽为格鲁吉亚设定的雄心勃勃的目标。

这将是一个艰难的挑战。

九

> 为了更新我们的国家机构，我们必须不惜一切代价出发。首先，学习；其次，学习；第三，学习；然后，看看学会了没有。学习不应该是一纸空文，或时尚的信仰警句（我们应该坦率承认，我们经常发生这种情况），学习应真正成为我们的一部分，实际上它应当完全成为我们社会生活的一个组成元素。
>
> ——列宁，《宁肯少些，但要好些》，1923 年 3 月 2 日

1991 年，当强硬的共产主义者发动反对苏联领导人米哈伊尔·戈尔巴乔夫的政变失败时，该国声望最高的职位是科学家。这座 20 层的白色大理石俄罗斯科学院是在那场政变发生前 4 年用阳极氧化的金铝和钛建成的，配有切割水晶灯具：它的本意是作为一个科学发现的赞歌。巨大的白色建筑在莫斯科河上投下了令人印象深刻的阴影。大楼的顶部是一个奇怪的五层楼高的金铝钛结构，在中午的阳光下闪闪发光。

但是，科学院总部屋顶上有个奇怪的、巨大的假雕塑品，那是对一个难以置信的错误的拙劣掩盖。共产党的建筑师们深信苏联的科学总有一天会统治世界，于是他们设计了一座 50 层以上的大楼，并花了一大笔钱购买了格鲁吉亚的大理石和极其昂贵的钛，以充分展示它的辉煌。但还没建到一半，工程师们就注意到大楼正在下沉。整个建筑由大理石堆砌而成，比莫斯科河垃圾填埋场所能承受的重量还要重。为了掩盖他们在设计这个巨大的烂摊子之前没有进行地质评估这一可恶的疏忽，建筑师简单地停止了施工，并创造了奇怪的铝 / 钛“雕塑”来覆盖部分建成的第 21 层到第 25 层。

苏联解体多年后，学院的总部看起来很凄凉，让人想起 1975 年左右一个废弃的美国购物中心。空荡荡的会议厅和接待区回荡着脚步声，没有更换的灯泡留下了黑暗的洞穴般的阴影，在皮革填充的门后面是数百个空办公室。

1991 年以前，苏联科学事业的规模是惊人的。

它在质量上的不足被数量所弥补。仅在俄罗斯就有 250 个民间科研机构，雇用了 6 万名科学家。在一些机构中，特别是新西伯利亚以外的机构中，科学家们常常带有一种特权的自由感，能够沉溺于那些会使任何一个苏联人都进到古拉格集中营的思想中去。[152]

但那只是曾经。

1991年后，一切都变了。

20世纪90年代后期，俄罗斯科学家的平均收入为每月50万卢布（约合88美元），他或她的全部收入也就这么多。俄罗斯国际科学技术公司众议院的鲍里斯·萨尔蒂科夫曾经是苏联社会收入最高的成员，他说，俄罗斯科学家的声望急剧下降，仅获得国民收入中位数的80%。[153]在俄罗斯，受雇的研究科学家和技术专家的人数从1985年的340万下降到了130万。在20世纪80年代，科学家被列宁勋章装点着，被誉为社会主义英雄，但是随着21世纪的到来，根据莫斯科科学研究与统计中心的数据，科学家在公众尊敬的职业中位居最低职业之列，仅比军队高1%。[154]

1991年至1996年间，至少1.5万名博士离开了俄罗斯，形成了世界历史上和平时期最大的人才流失。

俄罗斯科学的崩溃在苏联和东欧的大多数国家都有体现，只有波罗的海小国例外。甚至在苏联解体之前，东德科学家就已经清醒地意识到，他们要为与西德先进国家隔绝数十年而付出代价。1989年，在柏林墙倒塌的前几个月，铁幕减弱，约40万东德人得以访问西德，1%的德国科学家向西迁移。那些去了西方的科学家告诉国内的同事，他们发现自己的技术落后得可怜。特别是，几乎完全缺乏计算机技能和计算机驱动的研究工具的知识，使东德落后了20年。[155]柏林墙倒塌后，西德的科学家们震惊地发现，共产党完全控制了东德的科学，让教条比物理定律这样看似无可辩驳的基础更有分量。[156]

捷克斯洛伐克从1990年的天鹅绒革命中觉醒过来，意识到在1968年苏联入侵后，该国1.5万名科学家中的大部分人被恐吓或监禁。在过去的22年里，只有捷克和斯洛伐克科学家中的共产主义理论家才获得了大量的研究经费和有声望的学术地位。[157]

从1991年到1994年的内战结束后，格鲁吉亚的1万多所科学院处于一片混乱之中。几乎所有的研究机构都断电，导致所有冷冻的实验室样本都被销毁，计算机存储的信息也所剩无几。到1996年，实验室的设备、铜线、变压器甚至灯泡都被窃贼洗劫一空。[158]匈牙利的科学机构迅速缩小，因为联邦基金几乎全部消失，国家科学院被迫改组。1985年至1996年间，匈牙利流失了27%的生物学家和化学家，一些人搬到了西部，一些人别无选择，只能寻找新的谋生方式。波兰、保加利亚、罗马尼亚、拉脱维亚和立陶宛也采取了类似的做法。[159]

乌克兰受到的影响尤为严重，因为该国70%以上的科学家在1991年以前受雇于苏联军队。[160]

可悲的是，在苏联科学巨轮沉没的同时，该地区民众的健康和生存却依赖于医学思维方向上的创新、研究和方向修正。尽管资金严重短缺，但解决方案更多地依赖于政策制定者、医院管理人员、医生、护士、流行病学家和生物医学研究人员对其工作的思考方式的根本改变，而不是现金注入。

“基础研究科学已经分崩离析。甚至在（苏联解体）之前，研究的质量就非常低，”埃琳娜·布尔甘斯卡娅在1997年说，“你不能相信结果。没有病例对照研究。几乎没有合适的统计方法。研究的需求是巨大的！他们必须改变他们正在做的事情，但是他们不能仅仅基于美国或法国的数据。他们的做法必须与环境相适应。”

27岁的布尔甘斯卡娅代表了俄罗斯沦陷的悲剧。在莫斯科接受医学博士训练的美丽、精力充沛的布尔甘斯卡娅能说一口流利的英语，在美国主要大学获得了两个博士学位，她对自己的世界充满好奇，工作精力充沛，对现代科学在公共卫生中所扮演的角色有成熟的见解，雄心勃勃，风度翩翩。然而，她在美国工作，而不是在俄罗斯。她说，她不会很快回国，只会去看一看。布尔甘斯卡娅是俄罗斯的损失，也是美国的收获。

“你需要数据来确定你实践的效率和效果——这不是一个正在使用的概念。医学院的培训不包括科学的方法：假设、研究、数据驱动的解决方案。你永远不会在报告中看到分母……在苏联看来，一切都是一门‘科学’——历史是一门科学，政治是一门科学，哲学是一门科学。任何院士都是科学家。出版的东西太可怕了！”

布尔甘斯卡娅对俄罗斯科学研究的愿望清单包括建立关键实验室，以确定致病细菌对抗生素的耐药性程度，并制定适当的治疗策略。她希望能通过测试来确定该地区普遍使用的许多医疗技术是否真的有效，或者是否造成了伤害。

在莫斯科第五儿童医院，微生物学家瓦列里·斯特罗加诺夫很想回答一些布尔甘斯卡娅提出的问题。但这位34岁的科学家还有一个更基本的问题：他找不到合适的培养基来培养细菌，他甚至找不到合适的生物用品来进行简单的抗生素耐药性筛选。

“这就是为什么俄罗斯微生物学家不可能清楚地解释他们工作的结果，”斯特罗加诺夫说，“我们没有任何工具。”

在乌克兰、俄罗斯、白俄罗斯和爱沙尼亚，担心艾滋病和肝炎的医生们迫切地想要得到有关药物滥用的信息：在该地区使用的奇怪的混合物——可能包括像丙酮这样的令人毛骨悚然的化学物质——比西方流行的同类麻醉剂更容易上瘾吗？如何预防和治疗这些上瘾呢？

“吸毒者来找我们寻求帮助。他们注射的是溶解在丙酮中的海洛因和鸦片，并使用稀释剂。”爱沙尼亚塔尔图艾滋病信息和支持中心的斯维特丽娜·丹克斯说：“答案是我们不知道。和其他事情一样，我们也不知道。”

丹克斯希望看到在该地区对几种建议的方法进行更严格控制的科学测试，但这并不是该地区政府的优先事项。而且没有钱。

在过去，苏联的加马利亚研究所是该国顶级的医学科学机构。然而，1991年后，加马利亚将大部分土地和办公空间租给了三流企业家、一家啤酒厂和一个停车场，以支付税款、暖气和电费。该公司董事谢尔盖·波佐罗夫斯基说。

“过去我们的资金是有保障的。”加马利亚的科学家亨利·多尔戈夫说。“但有些工作可能不是最好的。今天我们必须为资金而竞争。我们必须学习拨款程序。我们必须学会竞争。事情就是这样。”

在莫斯科，物理学家迈克尔·阿尔菲莫夫正在竭尽全力为俄罗斯创建一个竞争性的拨款程序，其模式模仿了美国国家科学基金会从国会获得资金的方式。自 1994 年以来，说着一口流利英语的阿尔菲莫夫一直领导着俄罗斯科学联合会，并以华盛顿特区的国家科学基金会为榜样。

阿尔菲莫夫面临的主要问题是，俄罗斯立法机构不断违背其承诺的科学基金。例如，1996 年，俄罗斯科学基金会收到了 1.5 万份拨款申请，其中 3000 份被专家小组认定为值得资助。俄罗斯国家杜马承诺提供近 1 万亿卢布（2 亿美元）的资金资助，但到 1996 年 12 月，俄罗斯联邦紧急财政基金只收到 1.7 亿卢布（34 万美元）的拨款。

到 1998 年，俄罗斯在科学研究方面的支出已从 1991 年的 116 亿美元下降到 15 亿美元，这使得科学大臣迈克尔·基尔皮尼科夫说：“当今的情况对俄罗斯科学来说是最糟糕的[161]，而且，正如预测的那样，科学研究的资金仍在进一步减少，1999 年下降到仅 5 亿美元。项目的平均研究经费仅为 5000 美元。”[162]

许多外部组织，包括乔治·索罗斯的开放学会，霍华德·休斯医学研究所，美国国立卫生研究院和欧盟，都将大量资金投入该地区的科技企业中，挑选出最有前途的研究人员并提供合理规模的赠款。但是，科学家们仍然不得不在自己国家的政治经济框架内进行科学研究，这通常被证明是行不通的。

1996 年，俄罗斯科学部部长鲍里斯·萨尔季科夫说，该地区科学事业的所有缺陷的核心在于一个关键点：直到 1991 年，苏联所有科学研究的 75% 以上 —— 所有学科领域 —— 都是由苏联军队控制的。[163] 军事把科学与世界其他地方隔离开来，奖励那些具有潜在战略应用价值的企业，并建立了一个庞大的科学官僚机构，在这个机构中，萨尔季科夫说，“服从和容忍领导的观点比创作作品的自由更有价值。”

军队的主导地位，也解释了为什么苏联领导人很少资助在大学里进行的研究，而大学是西方社会关注的科学进步的关键组成部分。

考虑到某些科学研究的质量，这可能并不完全是坏事。例如，在苏联解体后的乌克兰，负责所有精神病学和心理学研究的丘普里科夫博士发表了大量研究成果，声称有色眼镜、大脑激光手术和胰岛素诱发的昏迷都可以治愈精神分裂症。一个由荷兰和加拿大精神病学家组成的独立小组判定这项工作“令人想起克格勃精神病学巡回法庭”和“直接侵犯人权”，更不用说伪科学了。[164]

这种伪劣的精神病学对公共卫生具有直接影响。随着毒品滥用、酗酒和自杀在地区激增，荒诞心理学方法的遗留问题使该行业没有足够的能力来应对这一挑战。

例如，在格鲁吉亚，该国最大的精神科服务负责人乔治·纳尼什维利悲哀地看着格鲁吉亚的男性心理健康数据，特别是40至60岁人的自杀率的上升。“当然，这是社会状况。”纳尼什维利在他黑暗、冰冷、没有暖气且不通电的办公室里讨论时惊呼道，“因为传统上父亲会照顾家庭。随着（后苏联时代的）改变，这个人不得不把食物带给他的家人，但是他做不到。这个人的反应是……自杀。”

在纳尼什维利的研究所里，一位拒绝透露名字的中年妇女正从完全的神经衰弱中恢复过来。她在格鲁吉亚奥塞梯的禁区的家被叛军占领，这使她陷入了困境。在用特比西以前的一家旅馆设置的肮脏的难民营中住了四年，甚至在三个孩子中一个孩子诊断出肾结石，另一个孩子诊断出心脏和肺部疾病的情况下，也未能使该妇女处于崩溃边缘，即使一家六口挤在37平方米的房间里也没有让她的家完全瓦解。

她说，真正摧毁她的是一起火灾。开始时，公寓楼下的难民在电炉上煮晚餐时犯了一个错误，火焰很快吞噬了她的公寓。她从二楼的窗户跳下，摔断了腿。当她看着大火吞噬了她仅有的在奥塞梯前半生的回忆——全家福、绣花衣服、一些祖传的珠宝——她的精神彻底崩溃了。

纳尼什维利说，苏联从共产主义向资本主义过渡所造成的压力正在产生如此明显的精神病学困境，可以将其比作列宁格勒综合征，这是圣彼得堡人在二战期间所经历的一种社会精神病学状态。二战时，德国军队围困这座城市一年多，数百万人因此挨饿或死亡。

这种心理负担必须由社会来承担，在很多情况下，几乎完全缺乏任何传统的心理疗法或现代精神病学药典。的确，在苏联对这一广大地区实行极权统治的鼎盛时期，精神科医生曾与克格勃和警察携手合作，证明持不同意见的人都是精神病患者，应该在西伯利亚的古拉格和精神病院度过余生。

乌克兰基辅的塞米恩·格鲁兹曼博士在西伯利亚的古拉格集中营里待了10年。他犯的什么罪？他发现，反对使用核武器的乌克兰著名将军彼得罗·格里戈伦科“是理智的，医生们犯下了不公正的行为”，格鲁兹曼回忆说。20世纪70年代，格里戈伦科因为挑战了“必胜的”核战争，被关进了疯人院。

格鲁兹曼在基辅的办公室说：“克格勃将精神病学用于政治目的。这是可行的，因为精神科医生没有得到足够的培训。”

多数精神科医生还没有准备好接受现代医疗。在（苏联时期的）乌克兰非常重要的一点是，简明扼要地解释一切，不要含糊不清。这就是为什么精神病医生不可能说“我们不知道什么是精神分裂症”的原因。我们不得不说，这是X病，它是苏联人发现的，它将永远存在吗？在20世纪中叶，西方医生意识到最好不要治疗未知疾病，而要帮助患者过正常的生活。在苏联体系中，禁止使用“心理学家”一词。而且心理学家被禁止参加治疗。

在苏联统治乌克兰的70年里，西方心理学或精神病学书籍、文章或期刊都不允许进入乌克兰。弗洛伊德和他的追随者的开创性工作因此被忽视了，20世纪70至80年代在理解大脑化学和开发可以调整特定化学失衡的药物方面的惊人革命也被忽视了。大多数精神疾病被简单地分为5类：精神病、老年痴呆、精神分裂症、神经症和智力迟钝。值得注意的是，世界上最常见的精神疾病——抑郁症却没有出现。人们认为，在共产主义制度下，唯一可能抑郁的人肯定是反共产主义者，而不是抑郁的人。

在整个苏联地区和东欧，精神病学和心理学在过去遭受了类似的命运，后来也不幸地证明了，它们无法满足后苏联时代的需求。[165]

保加利亚索菲亚医科大学的托马·托莫夫博士说，真正的问题是，“如果社会有机体生病了，如何获得自我尊重？这需要引导易化，这意味着要接受现实。”这个现实包括你曾被教导去相信的这个世界、这个你所在的地方其实都是错的，还包括知识的真相。许多精神病学家认为，这种情况会诱发出区域性大量的偏执型精神病。

即使是在波罗的海国家，这些国家仅被苏联占领了46年，并保留了强大的西方传统，精神病学的职业也受到苏联意识形态的控制，并在努力应对苏联的威胁。莱姆比特·梅海兰称其为“一个心碎的国家”。

梅海兰是爱沙尼亚著名的塔尔图大学的一名教师，她记录了这场悲剧：1988年至1994年间，这个小国的自杀率翻了一番，仅1994年就有6000人试图自杀。1996年，在爱沙尼亚有超过6万的临床抑郁症确诊病例，或者说每

25 个人中就有 1 个。在这个国家只有 53 名精神科医生有私人诊所，另有 170 名在医院里执业，而全国只有 40 名临床心理学家。[166]

1991 年以后，诸如精神病和精神分裂症等经典精神疾病的发病率并没有增加——专家们坚持认为，由于它们通常是遗传性的，因此不会出现这种情况。增长主要是在抑郁症中。毕竟，在所有可以想象的职业中，数百万的工人都在努力工作，以期有一天他们会得到报酬。没有人知道这些。俄罗斯政府只承认拖欠工资为“万亿卢布”。乌克兰人和白俄罗斯人提供的线索甚至更少。[167] 被解雇的工人占该地区潜在劳动力的 28%至 50%，根据地区不同而有差异，他们无法享受福利或失业救济。

那些精明的人得过手，在庞大的非官方经济体系中从事贸易和拉皮条、走私和小规模创业活动。例如，世界银行估计，1996 年乌克兰的非官方经济超过 100 亿美元，考虑到其官方私人资本流动净额只有 2.47 亿美元，这可能远远超过官方经济的规模。[168]

那时，生存越来越依赖于大多数在共产主义下长大的人所不具备的技能：个人主动性、货币智慧和竞争本能。那些无法应对的人遭受着精神崩溃、抑郁、酗酒、吸毒和自杀的折磨。

“我认为这是造成心理危机的主要原因，”格鲁兹曼说，“对我们来说，带着苏联的心态长大，我们没有意识到我们必须为自由付出代价。第二，普通的苏联人认为这是自己的自由，不是整个社会的自由，不是每个人的自由。第三，并不是每个人都意识到，只有非常努力地工作才能带来更好的生活。”

极权主义显然是一种可怕的镇压力量，但它也提供了可预测性和稳定性。没有惊喜。持续的检查，重复的习惯。“在旧的社会主义时代，我们不舒服，但是我们被关在一个笼子里——这个笼子保护着我们，”格鲁吉亚的纳尼什维利说，“不要认为我是共产主义者，但极权主义制度提供了稳定性。”

苏联的货架上可能没有多少钱，但每个人都有钱——只是为了防止市场上出现一些发霉的甜菜。现在，情况正好相反：在最偏远的西伯利亚边区，百事可乐和可口可乐都在争夺消费者，挪威鲑鱼与当地鲟鱼在货架上竞争。

但大多数人只能看看。他们没有足够的现金买东西。

真正的精神病学在第二次世界大战之前就消失了。[169] 在 20 世纪 60 和 70 年代，苏联精神病学家沉迷于心理研究：超感官知觉、不明飞行物的证据、心灵感应、天体生育控制、心理电子产生装置、金字塔力量和针灸的特殊用途。约瑟夫·斯大林和尼基塔·赫鲁晓夫都是心理学家。苏联海军花费了大量金钱来训练水手与潜艇船长进行心理交流，从而使莫斯科可以向舰队下达命令，而无须使用可能被北约或美国窃听者截获的无线电信号。在这一地区，杂耍风格的魔术师和苏联科学院成员完美结合了，也许根本无法察觉到他们之间有什么不同。[170]

到20世纪80年代，前十年的超心理学，再加上克格勃授予的精神科医生对苏联公民生活的非凡权力，把这一职业的许多成员推到了超乎寻常的宏伟高度。一些精神病学家，尤其是乌克兰、西伯利亚和白俄罗斯的精神病学家，开始把自己视为宗教人物。在他们周围有着各种各样的邪教组织，其特点是从中世纪的巫术和末日预言者到信仰治疗师和各种各样的伪基督教。[171]

即便是在新西伯利亚曾经享有盛誉的俄罗斯科学院临床免疫学研究所，科学家们也完全相信，压力加上污染，已经摧毁了西伯利亚人的免疫系统。但奇怪的是，他们无法为这一论断提供一丝实验室证据——没有T细胞测量、淋巴细胞计数、过敏测试结果或西方使用的其他标准工具。伪科学并非苏联精神病学所独有：所有的生物医学领域都遭受了相当多的欺骗。

在苏联解体后的几年里，这家免疫学研究所遭受了毁灭性的预算削减。例如，30岁的奇维耶塔患有慢性支气管炎和头痛长达三年之久，研究所给她注射了猪脾脏提取物，目的是提高她的抗体水平。

68岁的前古拉格法官莱昂尼德呼吸困难，他因此住在研究所，接受免疫系统治疗，包括食用研究所获得专利的西伯利亚草药面包，以及由一种含氧绿色液体制成的泡沫——瓦列里·史林斯基拒绝透露它们的名称。

“但它会让你振作起来，”史林斯基宣称，“它会提高你的免疫力。你的精神一定会轻松愉快。”

每个病人都要在苏联时代的医疗设备——高压氧舱——中度过一段时间。病人们被密封起来，俯卧在精巧的装置里，产生一种类似深海潜水的压力感。有专门为各种年龄和大小的人设计的房间，甚至新生儿也不例外。尽管没有人向前来问询的来访者提供受控的、有效的科学研究证据，但该地区所有的医生都证实，这些舱室通过未知的生物手段促进了免疫反应。

伊万·胡廷博士是俄罗斯庞大的科学侨民的一分子。他与亚特兰大的美国疾控中心合作，记录了东欧过度使用药物注射剂以及由此引起的乙型和丙型肝炎传播的情况。在罗马尼亚和摩尔多瓦，胡廷发现人们每年有4到6种注射剂，通常作为治疗剂，用于诸如发烧、瘀伤、轻度腹泻和胃痛等模糊诊断。给这些病人注射维生素补充剂和抗生素的做法缺乏科学依据。

而且是通过没消毒的针头来注射。[172]

从布达佩斯到库页岛，许多这样的注射都是“虚弱儿童”理论的一部分，这一理论在儿科医生中非常流行。总的来说，该理论认为生物——植物和人

类一样 —— 会对环境做出“反应”，最终，如果一切进展顺利，就会“适应”。但是，如果活的生物很弱，那么适应就会受到阻碍，而该地区所有的儿童都像人们普遍认为的那样，到 20 世纪 90 年代严重衰弱；因此，他们在对污染、疫苗、普通感冒和过敏等“反应”之后，就无法“适应”。

这种适应概念起源于一位不知名的乌克兰农学家特罗菲姆·丹尼索维奇·李森科的研究成果。李森科于 1889 年出生在一个贫困的农民家庭，由于 1925 年在阿塞拜疆进行一系列实验，他在布尔什维克革命后出名了。这一努力归结为一个诱人的断言：在适当的条件下，植物可以被迫适应寒冷的环境，而且高产。在随后的几年里，李森科声称已经实验性地“改造”了豌豆、大麦、小麦、大米和燕麦 —— 所有这些都能在西伯利亚茁壮成长。

一夜之间，这位农民农学家被推向苏联科学权力的巅峰，因为他实现了共产党的两个需求：一是他承诺可以增加粮食产量；二是他代表一个英勇的农民形象。当时斯大林背弃传统知识分子，需要具有新思想和创新科学思维的无产阶级领袖。[173] 马克思主义关于人类通过社会变革的可塑性的理论受到了孟德尔主义的威胁，而李森科主义又加强了这一威胁。[174] 1927 年，他在苏联生物学和医学领域取得了统治地位，这要从《真理报》上高唱李森科赞歌开始。

到 1929 年，李森科已经有足够的能力在苏联所有主要的遗传学会议上占据主导地位，在那里他坚定地推行了他的“春化”概念，即作物可以在它们通常不怎么茂盛的季节生长。

李森科毫不掩饰地将他的春化理论扩展到了人类。人类的染色体、DNA 都与后代的本质无关。李森科认为，它们仅仅是人工物品：

> 当使用诸如龙胆紫的核染料时，所有准备的物品都被龙胆紫严重染色。在去除染料的某个时刻，染色体变得可见。但是，如果继续这个过程，染色体就会消失。因此，染色体只是去除染色期间观察到的临时图片。

当李森科根据“春化”和“适应”来重塑俄罗斯遗传学时，欧洲和北美的大学生都在拜读达尔文和孟德尔的著作。[175] 西方的遗传学家对此深信不疑，但苏联并不相信。

到 1945 年，李森科已经是斯大林的宠儿，他名气非常大，获得了 8 枚列宁勋章，这是苏联的最高荣誉，他是苏维埃中央政府的副主席，苏联科学院遗传学研究所的所长，并在 1945 年获得了最高荣誉 —— 社会主义劳动英雄。[176]

随着李森科势力的壮大，苏联的合法科学家也开始感到恐惧。大清洗始于 1932 年。随着李森科从苏维埃科学的殿堂里清除出所有的“摩尔根主义者 -

孟德尔主义者”，这个国家的顶尖遗传学家一个接一个地被送往劳改营，或被草草处决。他的权力延伸到了波兰和东欧的大部分地区，在那里，那些相信染色体存在的科学家们——确切地说只是简单地相信存在着染色体——被抹杀了。[177] 李森科在他们的岗位上提拔庸医和马屁精，他们谴责当时西方生物科学前沿的每一个方面。

李森科主义对苏联医学、科学和公共卫生的负面影响怎么说都不过分。这种意识形态不仅将苏联的生物学领域带回到18世纪，而且这种信仰体系还产生了一种致命后遗症，这种后遗症将继续影响该地区的公共卫生政策，一直延续到20世纪90年代和21世纪初。

想想看：如果有人断言染色体和现代遗传学是不相关的，那就不可能理解诸如病毒、抗生素耐药性、免疫学和遗传疾病这样的东西。因此，李森科的团队坚持认为病毒是由有机物自发形成的。成群的病毒自发地变成了细菌。相反的，如果把青霉素的抗生素晶体放在培养液中，就可以自然地长出青霉菌。

20世纪60年代，李森科最终从苏联科学神坛跌落，当时苏联以外的科学家们已经描述了DNA的绝大部分生物化学和分子生物学的问题，遗传、细胞功能、突变、抗生素抗性、病毒结构、病毒导致的细胞感染、DNA质粒，蛋白质化学，激素与细胞的相互作用，以及弗朗西斯·克里克在1956年阐明的“中心法则”。其原理可简单理解为：生命归结为DNA，将其转录成RNA，然后翻译成氨基酸链，形成蛋白质。

1965年，非苏联世界的每个大学里学习生物学的学生都知道这些简单的真理。

然而，直到20世纪70年代末，在苏联或大多数东欧国家的医学院或研究生的生物课本中，上述词还没有一个出现过。20世纪80年代，李森科主义者仍然在区域科学中占有突出的地位。[178]

以李森科主义为框架去理解防疫站、苏联医院管理层和医生的公共卫生政策，豁然开朗。例如，如果墙壁上的污物可以自发产生细菌，那么成立一个像警察部队的防疫站就有意义了，他们的任务是惩罚那些没有把医院墙壁擦洗干净的医生。如果病毒是由有机物自发产生的，就不必担心重复使用的注射器。如果染色体是无关的产物，为什么要担心不适当的抗生素使用或辐射暴露呢？

李森科的遗风是致命的。[179] 当美国科学家们在为2000年“生物技术世纪”的到来做准备时，他们的苏联同行们却在奋力追赶，乞求研究资助，投身被禁已久的科学文献。[180]

“我们的生物医学确实还不错，这主要归功于李森科”，爱沙尼亚著名科学家安德·里皮玛讽刺地说，“因为禁止研究生命的分子基础，所以，生物医学研究现在在爱沙尼亚是一种时尚，因为这曾是被禁止的。”

苏联国家在20世纪90年代需要如何正确地进行科学研究，只需看看小小的爱沙尼亚就可以了。当分子生物学和遗传学研究在苏联的大部分地区还处于黑暗时期时，叛逆的爱沙尼亚人却津津有味地投身于基因工程和细胞研究。

“我们能够建立相当严肃的研究，甚至渗透到医学领域，”里皮玛自豪地说，“但你为什么要拿我们和他们（俄罗斯）相比？毕竟，我们的国家是一个被占领的国家。如果他们有伪科学，那是他们的不幸，不是我们的。”

这种背弃俄罗斯的态度在爱沙尼亚很普遍，这也解释了为什么这个小国如此迅速地挽救了它的科学事业。1991年，似乎“所有35至40岁的人都要离开爱沙尼亚”。这里的科学会像莫斯科一样崩溃。位于塔尔图的爱沙尼亚生物中心主任理查德·维勒姆斯说。

1993年末，爱沙尼亚克朗对德国马克的汇率一稳定下来，维勒姆斯和他的同事们就采取果断行动拯救科学事业。[181] 正如维勒姆斯所说，他们用可用的资金“买回”离开了的科学家，用新的实验室设备和有保障的高薪来吸引他们。他们要求瑞典皇家科学院对爱沙尼亚所有的科学领域进行公正的审查并打分，帮助这个小国找出最薄弱的地方。爱沙尼亚没有支持薄弱领域，而是投入资源加强其最强大的领域，使之与欧洲和美国的科学界竞争。

爱沙尼亚成功的关键在于它不仅愿意建立强大的部门，而且愿意撤销那些产生最差科学成果的部门。1970年，爱沙尼亚有72个研究机构；1990年，这一数字减少到47个。在1970年，任何获得爱沙尼亚科学院成员资格的人，不论其研究的质量如何，都有保证获得资助。但是在1991年7月，政府建立了一个基于研究质量的拨款和同行评审系统，就像邻近的瑞典所做的那样。

最大的赢家是包括分子生物学在内的医学领域。1990年，医学领域获得了全部资助资金的7.7%，到1995年，这一比例已经上升到16.5%，预计还会进一步上升，主要以牺牲工程学和农业科学为代价。

1996年，爱沙尼亚的人口只占苏联地区人口的0.3%，但却获得了欧盟拨给这些地区的全部赠款的14%，维勒姆斯不无自豪地说。

塔尔图大学副校长托伊沃·迈梅茨说，当时的诀窍是将这种新的科学活力转化到爱沙尼亚的医疗和公共卫生实践中去。

“这些斗争有时非常活跃，”迈梅茨笑着说，“因为医生们相当保守，固守着苏联的老路。同时问题是深刻的。医学界是相当封闭的。它不让麻烦制造者的新想法进来。”

“我带孩子去看医生的时候，我自己也有问题。”迈梅茨继续说，“他们开了一种抗生素，我问，‘你怎么知道这是正确的？’他们说，‘嗯，这就是我通常开的处方。’他们不知道从生物学角度看，这是否是合适的药物。”迈梅茨说着一口流利的英语，曾在布里丁研究 p53 致癌基因时研究过肿瘤生物学，研究该基因与人类乳头状瘤病毒感染之间的关系，这是苏联科学家无法想象的研究。

到 1999 年年底，看起来爱沙尼亚并不是唯一一个创造了科学复兴萌芽的国家。亿万富翁乔治·索罗斯投入数亿美元支持此类科学研究，希望阻止该地区人才外流。匈牙利、捷克共和国和波兰都经历过类似于爱沙尼亚研究界经历的痛苦剪枝过程，从而见证了科学的蓬勃发展。但是，这些繁荣很少，而且是孤立的，仍然被苏联时代陈旧、陈腐的辩论、效率低下、教条和意识形态所包围。[182]

十

> 怎么办？
>
> ——列宁，1902 年

最终，公众卫生的成败和对未来的希望，与一个国家的社会、政治和经济地位紧密相连。在 21 世纪前夕，苏联和东欧集团国家不稳定的未来也是息息相关，程度不一，其中问题最大的就是：俄罗斯联邦。

在世纪之交，各种预言都在努力预测俄罗斯的未来。[183] 大多数西方观察家最终同意华盛顿分析家耶金和古斯塔夫森的观点：

> 俄罗斯在 21 世纪走向资本主义的道路并没有从任何地方开始。相反，它标志着俄罗斯回到了 1917 年曾被迫放弃的征程起点。到 2010 年，后苏联时代的过渡还远未完成。与此同时，俄罗斯很可能一而再再而三地偏离正道。但一个民主的俄罗斯是可能的，一个非帝国的俄罗斯是可能的。一个资本主义的俄罗斯似乎已成定局。

俄罗斯联邦似乎也有可能脱离联邦，分裂成一些难以控制的省份，遵循车臣的路线：达吉斯坦、萨马拉、诺夫哥罗德、克拉斯诺亚尔斯克、符拉迪沃斯托克、萨拉托夫。俄罗斯联邦政府在自身腐败、无能和法治欠缺的重压下崩溃了。它早已失去了对遥远省份的控制。例如符拉迪沃斯托克在 1996 年就停止了向莫斯科缴税，而符拉迪沃斯托克的市长管理着俄罗斯最东端的太平洋岛屿，仿佛这是他的私人领地。鲍里斯·叶利钦的长期对手亚历山大·勒贝德在担任克拉斯诺亚尔斯克的州长时也有类似的倾向。[184]

地方一级通过的法律蔑视相互矛盾的联邦立法。

公共卫生法在联邦层面上是微不足道的，在地方层面上也被公然忽视。由于缺乏联邦资金来支付工资和电力等基本生活费用，几乎没有医疗政策的制定者和执行者觉得有足够的理由去效忠莫斯科，而且据预测，它还会带来更多的痛苦结局。

可悲的是，公共卫生迫切需要集中化，因为俄罗斯的任何组成部分本身都没有这个行业的基本工具：疫苗、药品、数据库、无菌医疗设备和合格的科学家。

俄罗斯的其他地区也有自身的问题，一般来说，越往西，问题就不那么严重了。但是，卢布的崩溃、俄罗斯的恶性通货膨胀、俄罗斯的内战——这些事件中的任何一个都可能使整个苏联世界产生深远的连锁反应。

任何简单的人口问题答案都是无用的。预期寿命下降和过早死亡率上升的区域性趋势，归根结底是由一系列复杂的因素造成的，既有苏联的起因，也有1991年后转型的独特之处。

在斯大林的专制统治下，苏联从一开始就把公共卫生作为一种意识形态工具。公共卫生实践的执行方式在各个方面都强调集体高于个人的重要性。有时（甚至可能是经常）公共卫生就像是国家残暴的“女主人”。当然，它的领导是虔诚的共产主义者，它的科学基础更多地建立在意识形态上，而不是任何一组实验事实上。

苏联的解体迫使其前社会主义国家加入国际社会，产生了三个影响。首先，长期封闭的出口被打开，导致了前所未有的人才外流，失去了该地区最聪明的科学和医学人才。第二，大门也向外打开，允许外部世界的渴望和罪恶进入长期封闭的社会：人们第一次意识到他们的物资相对匮乏，经历了怨恨和贪婪，并发现了毒品和其他减轻现实痛苦的方法。第三，苏维埃时代的科学、心理学、公共卫生和人权的后遗症使得专业人士和其所在的机构以及公民个人都没有了处理现实中新问题的工具：戒毒医院、结核病疗养院、防疫站、性病医院、克格勃附属的精神病院、和李森科破坏的生物学，都无法保护自由的公众。

简而言之，苏联的公共卫生基础设施需要权威体制——没有中央集权的专制体制，也没有像公共卫生机构那样的侵入性权力，这一体制的根本缺陷被可怕地暴露出来。

1991年以后，苏联地区的转变，甚至是无政府状态，当然不是在全球真空中发生的。一个新的现实同时出现在地球上的每一个国家，这是50年冷战的结束和全球化资本主义的兴起所造成的，其主要特点是“患难与共”，这种痛苦不是均衡的，美国人感受很少，欧洲人过得轻松，但是亚洲、非洲、拉丁美洲、加拿大和所有苏联国家在经济和社会上都受到损害。

然而，其全球化确实涉及共同的风险：不断升级的毒品市场有可能蔓延到其他国家；妓女奴隶市场成为性传播疾病的出口和来源；新的突变菌株的细菌，可以抨击现代医学，迅速蔓延到国家或地区边界以外；肺结核是一种全球性的传染病；疾病肆虐的地区经常使大量的人口迁徙到地球的其他地区；地球上任何地区战略的不稳定都可能对全球地缘政治产生影响。

"总而言之，那些专攻地缘政治、经济和军事的人忽视了这些问题，或者把这些问题揣入'没谁在乎'的口袋，这样做的风险是不了解正在发生的事情及其后果，"费什巴赫说[185]，"也许俄罗斯人会死亡或病入膏肓，那么就无法解决该国的经济、军事和政治问题。无论是过去的体系管理者还是现在的领导人，在指责别人的时候不应该得到任何安慰；他们都是或将是要负责任的。"

当该地区的保守派竭尽全力反对变革时，西方的机构却将他们的议程推入真空。这并不总是美丽的图画。20 世纪 90 年代，北美和欧洲的私人保险、健康管理和制药公司蜂拥至该地区，希望能抓住有利可图的交易，让新社会致力于形成健康的混合经济结构。各种政府机构从西方赶来，宣扬健康管理组织、管理式护理、全球药品专利保护和社会营销的福音。世界银行和一些联合国机构尝试了"胡萝卜加大棒"的方法，希望吸引该地区的政府采用西方的重建模式，以换取大量无息或低息的财政援助。[186] 他们取得了不同程度的成功，尤其是在全面推进以医疗保险为基础的制度方面。

"总的来说，考虑到经济改革和民主化进程的混乱本质，俄罗斯可能还没有准备好接受基于市场的保险计划。"美国公共卫生领域的一个顶级专家团队写道[187]，"当然，鉴于社会化医疗未能完成其使命，它肯定对俄罗斯的医疗决策者有说服力，使他们接受'保险'新模式。然而，许多俄罗斯人现在意识到，至少旧体制的某些部分值得保留，直到'保险'兑现它的承诺。旧体制的'保证'是由国家负担全民医疗保健。"

"实际上我们不知道要去哪里，或者发生了什么，特别是在科学领域，"莫斯科经济智库的阿列克谢·萨温克博士解释道，"我们现在有了一条拼布毯子，一床被子。每个地方政府都可以为所欲为。至于公共卫生和医疗保健，这不是一个简单的问题。我们目前没有任何标准。"

在格鲁吉亚，卫生部部长约本纳泽热情地接受了美国的公共卫生和卫生保健模式。但他承认，由于大部分资金仍流向了美国过于庞大的医院系统，格鲁吉亚公共卫生受到了忽视。约本纳泽承认，在 20 世纪 90 年代，人均公共卫生支出不到 40 美分。

约本纳泽衷心地依赖于美国顾问，笑着说："这是建立一个有市场经济关系和民主的新国家的一部分。"

这清楚地反映了美国政府在这个新独立国家的公共卫生问题上的立场。“我们在这里进行民主建设，”一位在该地区工作的美国高级官员说，“我们不关注卫生部门改革。”

这位官员还沾沾自喜地补充说，这个国家的公共卫生领导层并没有从俄罗斯那里寻找理念，而是从西方寻找。

也许。

但这些举措充其量也只能算是软弱无力的。例如世界卫生组织格鲁吉亚顾问阿基尔·洪美泽博士承认，他的国家已经开始了一场明显的美国式的公共卫生和医疗改革。

洪美泽说：“这个国家正在进步，但这只是开始。如果战争再次爆发，如果俄罗斯发生大灾难，它仍有可能倒退。记住：如果俄罗斯打喷嚏，格鲁吉亚就会感染肺炎。”

爱沙尼亚社会事务部部长扬·鲁特曼早上喝的咖啡是用美国政府的咖啡杯冲的，咖啡杯上装饰着昔日的荣耀。鲁特曼的办公室很宽敞，用木头和蜡笔装饰。自 1991 年以来，他对全国的医院实施了严格的会计和财务控制——这是第一次大多数管理人员被要求告诉政府他们是如何花钱的。

确保公共卫生正常运转的关键，是这些医院在基本的预防服务上花费了足够的资金，例如计划免疫、性病筛查、疾病监测和健康教育。尽管鲁特曼认为预防支出最终通过避免将来患上严重疾病而节省了资金，这是“显而易见”的，但他还是感到不安。他可能会看到爱沙尼亚卫生系统中出现逐利者。随着保险业的发展，越来越多的医生在寻求短期、高收益的药物，而不是缺乏利润的预防性保健措施。

在捷克共和国，钟摆在管理健康和私人保险的方向上摆动得太远了。维克多·皮亚克是全国最大的私人肺内科医生，其布拉格诊所的走廊里回荡着结核病患者的咳嗽声。在 1995 年至 1996 年间，他看到结核病病例增加了 35%，而与此同时，政府公共卫生部门记录的结核病水平仅略有上升。

“他们怎么知道？”显然是精疲力竭的皮亚克问道，“在捷克共和国，这是一个医疗保健经费分配的问题。我们的政府和卫生部门甚至没有考虑到结核病……国家应该为控制结核病提供资金，但并没有。我们现在通过保险报销获得资金，但这对结核病来说还不够……这是一个可怕的情况！”[188]

这位高高瘦瘦的医生穿着一尘不染的实验服，非常沮丧，他曾热切地拥抱新民主主义甚至是新的卫生经济，但现在，他大声疾呼：“公共卫生被推到一边，政府正在放弃它的所有责任！”

第四章　无政府状态和阶级差异
反政府主义时代的美国公共卫生基础建设

公共卫生服务是可以购买的。在一定自然条件下，社区可以决定自己的死亡率，而社会通过其政府机构采取行动的任何义务，都不比去除病因这个义务更为重要。

——赫尔曼·比格斯，纽约州卫生专员，1913 年

政府不是解决问题的方案：政府本身就是个问题。

——罗纳德·里根，总统就职演说，1981 年 1 月 20 日

公共卫生的科学研究越来越强，政治和公众的支持却没有跟上。美国的公共卫生项目和其他许多国家的情况类似，要么是没有得到改善，要么是在很多情况下，被放任自流……虽然公开抵制公共卫生的情况已经比较罕见，但是，公共卫生因受经费和规模削减而陷入绝境的情况，对此不知情的却是不少。

——丹尼尔·卡拉汉，美国哈斯廷中心主任，1998 年[1]

21 世纪初，美国的公共卫生体系一片混乱。有些人可能会说，实际上根本就没有一个完整的体系，而只是各种规划、官僚主义体制和失败经历的大杂烩。

令人难以置信的是，即使在 20 世纪 90 年代末惊人的繁荣时代，中非、印度次大陆和苏联国家的卫生机构关注的大多数问题和危机，也或多或少地在美国出现了：20 世纪 90 年代，美国公共卫生的官员们还在努力确保本国的食物安全和饮用水安全，确保艾滋病病毒和丙型肝炎等疾病没有在老百姓中泛滥、孩子们已经按计划接种疫苗……也就是说，这些世界其他国家和地区面临的重大公共卫生问题在美国同样存在。此外，美国在其独特的社会政治和经济层面还存在着其他问题。

如果说苏联国家因过分强调集体的公共卫生需要，而以牺牲个人的利益为代价，那么 20 世纪末的美国在新自由主义的重压下步履蹒跚：集体有罪，而所有公共卫生负担和责任都落在个人肩上。这是一种奇怪的范例，是一种态

度和责任感的大转变，但这种态度和责任感正是20世纪初奠定美国公共卫生的基础。1991年冷战结束，给战败方带来了公共卫生的混乱和绝望，但对获胜的美国人来说，冷战释放了一种“国家第一”的情绪，这种情绪在美国最显著、最漫长的经济繁荣时期最为盛行。

柏林墙被推倒不到十年，对美国中产阶级而言，“百万富翁”这个词已经司空见惯，纽约证券交易所的业绩在20世纪80年代攀上了难以想象的高峰。几乎没有美国民众会去真正怀疑，1991年总统乔治·布什为新世界秩序的欢呼意味着美国在全球市场的统治地位。

简而言之，如果你是一个幸运的美国人，这似乎是一个令你沾沾自喜的好时机。

19世纪和20世纪初，美国公共卫生体系的缔造者会发现，在繁荣的形势下如此强调个人主义实在令人震惊。对他们来说，社区的健康状况是衡量其成功与否的关键，而如果瘟疫和死亡已经威胁到一小部分人群，那就意味着该社区的政治和整个社会的失败。他们满怀热情，坚定信仰，在大多数地区依靠法律授权来执行他们的计划——即使这些努力需要与州长、市长或参与立法的政治家们进行斗争，1900年纽约卫生官员赫尔曼·比格斯声称：“大众媒体会支持，老百姓会支持，法院也会维护任何旨在保护公众健康的明智之举。”“法律依法赋予他们最专制的权力，能够进行最广泛的建设。按照最广义的解释，一切危害健康或危及生命的事物都被认为是卫生部门的管辖范围。法律所涉及的范围如此广泛，以至于一切不应当或不必要的影响生活舒适和愉悦的事物，以及严格意义上来说，有损健康或造成危险的事物，都可能成为卫生行政部门诉讼的对象。”[2]简而言之，如果疾病肆虐，那么目标就是利用一切必要的手段去消灭它。

让人无法置信的是，美国的公共卫生基础设施在20世纪后期遭到削弱，公共卫生医生和科学家地位低下，权威受到法律的限制，他们个人受到美国民众的蔑视。在19世纪90年代初，美国在公共卫生体系的设计和运行等方面都处于世界领先地位；到20世纪90年代，这个国家却对公共卫生事业的大部分关键问题都置之不理。

例如，美国的医院曾经是死亡陷阱，很多病人住院后比他们入院时更糟糕，19世纪末，公共卫生热心人对医院进行清洁，要求医生和护士做好消毒，从而有效地降低了死亡率。

但一百年后，尽管扎伊尔可能是唯一一个曾两次疑似在医院外引发埃博拉疫情的国家，但在一波又一波院内感染来临之前，它并不是唯一一个茫然无助的国家。在整个苏联时期，感染控制（或者说根本就没有控制）让国家始终处于一种灾难性的状态。在世界上贫穷的地区，当危险的微生物通过医生的手从一个病人传给另一个病人时，人们总是会将责任归咎于资源匮乏。而具有讽刺意味的是，医生从业前曾发誓遵守的医学准则，第一条就是不能对病人造成伤害。

但是在美国，资源匮乏既不能解释为什么院内感染像死亡黑暗骑士一样横扫全国的医院，也不能成为公共卫生官员在应对突变的、耐药的超级细菌泛滥时无能为力的借口。

即使在富裕的美国，医院也变成了让许多病人病情加重甚至得病的地方。1997 年，在美国所有平均住院时间超过一晚的病人中，有 10% 的人遭受了非病毒性的院内感染，他们是在医院里通过被污染的医疗器械或医务人员的手得病的。[3]病人的病情越严重，院内感染的可能性就越大。原因很简单，因为在重症监护病房住院的病人，例如做开胸手术的病人，比刚分娩的妇女暴露在被污染的针头、分流器、手术器械和手术操作中的潜在危险更大。在重症监护病房里，有一半的病人以这些方式被院内感染，而这些感染往往都是致命的。[4]

美国一些医院与疾控中心合作，建立了国家院内感染监测系统，这个系统的实验室数据显示，在 20 世纪 90 年代，在所有医院的普通微生物种群中，耐药微生物的比例都在稳步上升，传统疗法对这些耐药微生物都失效了。[5]爱荷华大学在欧洲、加拿大和拉丁美洲的抗菌药哨点监测系统里发现了同样的趋势，世界卫生组织的一个全球监测网络也发现了同样的趋势，发现并监测到携带耐药性基因的移动 DNA 环，这些被称为质粒的环已经在细菌间甚至在物种间共享传播了。[6]

纽约市的医院具有全美最多的耐药菌疾病和最高的死亡率，没有人能完全明确其原因。

该市卫生专员玛格丽特·汉伯格博士叹了口气说：“我们似乎在这个方面已经领先全国，但愿这是一个不切实的数字。”[7]1997 年，她的助理专员马塞勒·莱顿博士说，这座城市面临前所未有的公共卫生挑战，这可能是她的工作人员在十多年来观察到当地耐药性稳步上升的原因之一。

“纽约市每平方英里有 5.3 万人，”莱顿说，“其中大约 20 万人是艾滋病病毒携带者，1/4 的人生活在贫困线以下，130 万人没有医疗保险。”

莱顿停下来，耸了耸肩，她的身体语言在暗示：“我们能做什么？”而事实上，美国各地的公共卫生官员都陷入了困境，他们焦虑地看着死亡人数上升、病菌变异、曾经有效的药物变得毫无用处，但却对后抗生素时代的到来毫无抵抗之力，这似乎成了不可避免的事情。可以预见也是最可怕的是，医院成了全国最危险的地方。

不幸的是，这时的医院已成为医生们的“圣地”，不受公共卫生机构的控制。若是在一个世纪以前，莱顿的同行们可以进驻并关闭任何一家医院，就像关闭基奎特那家导致埃博拉病毒传播的综合医院一样。但在20世纪90年代，莱顿和她国内的同行们只能算算死亡人数并对医院发出警告；当日已非昔时了！

这些数字真的很可怕。医院内感染的主要来源之一是受污染的血管内导管，几乎所有的术后病人都配置了这种设备。如果导管被致病菌或真菌污染，就会导致血液感染或败血症。20世纪90年代，25%的这类败血症被证实是致命的，剩下那75%院内感染后侥幸活下来的病人，每人平均每年增加了约3.3万美元的医疗费用。1996年，美国估计有40万因院内感染而导致的败血症幸存者，他们的额外治疗总费用为132亿美元。[8]

最重要的是，到20世纪90年代末，每年大约有10万到15万美国人死于院内感染性疾病。在医院里，最致命的微生物是新出现的变异细菌，抗生素治疗对它们无效。

20世纪90年代，有4种常见的病原体使纽约市变得危机四伏，它们是：屎肠球菌、粪肠球菌、肺炎链球菌和金黄色葡萄球菌。肠球菌挺麻烦，会引起消化系统的问题，如腹、结直肠痉挛和疼痛等，但通常不会致命。当存在严重的精神压力或免疫缺陷的时候（大多数住院病人都有这种情况），这些细菌（尤其是肠道细菌）可能就会致命。

当然，链球菌和葡萄球菌更令人担忧。链球菌性肺炎不仅是导致耳部感染、疾病相关性耳聋、肺炎死亡的主要原因，也会引起通常所说的链球菌性咽喉炎。严重的链球菌感染可通过在脑膜组织内增殖，导致脑膜炎和危及生命的中枢神经系统感染。在前抗生素时代，30%到35%的肺炎链球菌感染是致命的。[9]

1996年，肺炎链球菌是造成美国人感染肺炎的主要致病菌，每年会导致400万成年人患病，仅门诊治疗费用，就高达每年10亿美元。并且，对于60岁以上的患者来说，尽管使用了较强效的抗生素治疗，但这种感染导致的死亡率仍有7%。[10]

金黄色葡萄球菌是伤口感染、脓毒症（毒素在血液中）、中毒性休克综合征、褥疮、骨髓炎、心内膜炎、心脏感染、疖、脓肿以及细菌引起的关节炎的主要致病菌。由于这种微生物的某些菌株会释放出强大的毒素，葡萄球菌感染可能会变得非常可怕，在几小时内就会从一个很小的、产生脓液的伤口感染升级到危及生命的毒血症和心脏骤停。在美国内战和第一次世界大战期间，成千上万的士兵正是因为葡萄球菌感染被截肢。

葡萄球菌往往聚集成密集的群体，就像葡萄树上的葡萄串。在应激状态下，有机体可以将细胞质中的水分排出，进入休眠状态，形成坚硬干燥的“葡萄干”。在“葡萄干”状态下，它们几乎无懈可击，可以在空气、水、食物、肥皂、土壤等几乎任何地方生存。虽然链球菌也是球形的，但它们不会聚集成团，更喜欢聚集成单链，长长的，就像珍珠项链一样。它们也能通过脱水进入休眠状态来应对外界刺激。

在 19 世纪末和 20 世纪初，这些微生物引起的感染问题在纽约非常严重，但随着青霉素时代的到来，这些问题也逐渐消失了。然而，它们也是第一批出现青霉素耐药的微生物。20 世纪 90 年代，汉伯格专员以及她的团队发现，这种链球菌对青霉素有耐药性，或者说完全不受青霉素的影响。[11]

1996 年，在曼哈顿的美国公共卫生协会会议上，莱顿在报告中指出，在一项对全市 73 家医院进行的调查发现，所有年龄组病人中，感染青霉素耐药链球菌的人数从 1993 年的 8% 猛增到 1995 年的 20% 以上。在 1 岁以下的儿童中，耐药链球菌的发病率最高，1995 年纽约市每 10 万名婴儿中发生了 11 例。

当时，汉伯格专员还指出，只有一种抗生素对纽约市的肺炎链球菌仍然普遍有效，那就是万古霉素，这也是治疗耐甲氧西林金黄色葡萄球菌（简称“耐甲氧金葡菌”）肺炎的唯一方法。而到 1993 年，耐甲氧金葡菌占美国所有葡萄球菌感染病例的 1/3。[12]

紧接着而来的问题是，3 种不同的普通细菌同时产生了强大的耐药性。治疗这 3 种耐药菌感染都靠万古霉素这最后的救命药。

最令人担忧的，是耐万古霉素肠球菌可能会与链球菌或葡萄球菌共享其耐药基因。20 世纪 90 年代初的体外研究表明，移动转座因子或质粒可携带耐万古霉素肠球菌抗性基因，它们在肠球菌中介导的变异也可以在链球菌或葡萄球菌中进行。[13]

值得注意的是，洛克菲勒大学的微生物学家亚历山大·托马斯说：“实际上，某些肠球菌‘对万古霉素上瘾’了，这些细菌不仅能抵抗万古霉素，它们的进化还得依赖万古霉素。”[14]

20 世纪 90 年代中期，一片恐惧的乌云笼罩在纽约市上空：在一名感染了肠球菌的住院病人体内，某些耐万古霉素肠球菌与葡萄球菌或链球菌共享其可怕的遗传机制，从而产生一种恐怖的、具有高度传染性的超级病菌。

这对公共卫生的未来来说简直是一场噩梦！

汉伯格专员焦虑地说：“我们正提心吊胆地等待着最后的结果。”1993 年，汉伯格专员的团队、托马斯、当地公共卫生研究所和医院的科学家们联合成立了抗生素耐药菌攻关小组，监测该地区耐药性病原体的发展趋势。汉伯格专员以最严厉的措辞警告该地区的医院，他们院内感染控制的标准必须提高，否则很快就会看到耐药致病菌导致的死亡率飙升。纽约州卫生厅也采取了更为严格的感染控制指南，并要求该州的每一位医院员工（从挂号员到脑外科医生）从1994年开始，每年都必须完成该州组织的感染控制培训并获得培训证书。

在第一年的院内感染控制培训班上，感染控制护理专家凯瑟琳·雅各布对来自曼哈顿哥伦比亚大学医学院的医务人员发出警告称，院内感染控制上的失误，通常是因过度适应医院环境导致的。“不是学医的人很难在晚餐时讨论直肠脓肿，”雅各布的话引来了医学生的哄堂大笑，“但我们不会，我们不会像旁人那样看待我们工作的环境，因为我们已经习惯了，看不到风险、混乱和污秽。”

然而，在控制院内顽固细菌的传播方面，主张在接触病人前洗手的塞氏手部消毒法历史悠久，这是一项一百多年前彻底改变医学的技术。但如今，葡萄球菌这样的微生物在休眠状态下也能在桌面、窗帘、衣服上生存，甚至在大桶的消毒剂中也死不了。尽管经过了严格的消毒，小心翼翼的医护人员还是有可能在白大褂擦过病人伤口或床单时接触到这些病原体，然后把它们带到下一个病人的床边。

1994年，超过1.4万种杀菌剂在美国环境保护局登记注册，但是很少有杀菌剂能杀死休眠状态下的细菌，有些细菌需要浸泡数小时才能保证被杀灭。事实上，一些细菌已经获得了额外的超能力来抵抗消毒剂和肥皂，例如，它们可以将所有含氯化合物从膜中分离出来，使所有漂白剂完全无用。

雅各布对哥伦比亚大学医学院的医务人员说，唯一能保证杀死休眠细菌的消毒剂是四级铵盐和甲醛。但是，这些化合物与癌症和出生缺陷有关，所以环保局不推荐在新生儿和儿童病房中使用它们。[15]

另一种消毒方法是用高压蒸汽、快速灭菌器、气体灭菌室和在蒸锅中烹煮。但医院也遇到了问题，因为细菌生命力强，工作人员马虎，新医疗设备极难清理。另外，一些细菌会因为适应了高温而发生突变，医院不得不延长时间或提高温度进行灭菌处理。

医院追踪感染控制失误的唯一方法，是在病情较重的病人身上监测病原体，并进行实验室分析，以确定是否还有抗生素可以杀死这些微生物。如果发现了高度耐药的细菌，就对其周围的病人进行检测。如果病人感染了同样的细菌，“这是一个明确的信号，表明该病房的感染控制的某个环节掉链子了。”雅各布一脸严肃地对焦虑的听众说。

如果这样的话，这个病房里的每一件设备、每一寸物体表面、每一台电视机、每一把椅子、床上的每一件东西，都必须用有效的消毒剂彻底清洁和消毒；患者必须接受隔离（可根据情况确定封闭式隔离或仅仅被要求待在他们自己的病房里远离其他病人），所有病房里的工作人员都必须接受检测，以明确他们的血液中是否携带了一些突变的细菌；所有工作人员的操作流程均需要通过严格检查，以防发生失误。

微生物（尤其是耐甲氧金葡菌类微生物）对消毒剂的抵抗力太强大，往往让医院别无选择，只能关闭病房，把所有有机物（如橡胶、棉花、羊毛、硅树脂、塑料）彻底清除后，再重新粉刷所有的墙壁，重新装修所有的浴室，重新在地板上铺新油毡。

只有在改造病房的艰巨任务完成，所有设备都被更换后，曾经被污染的病房才能重新开放。

医院搞这些花费巨大的工程，但还总是被病人投诉。耐药微生物的携带者往往是护士或医生，他们在不知不觉中把细菌藏在了自己的血液里，这或许对医护人员无害，但对易感染的病人却是致命的。因此，不管医院或医务人员是否意识到，采取烦琐步骤避免极度污染其实都是出于他们自己的利益需求。

这听起来很简单，但即使是在像哥伦比亚长老会医院这样的精英机构（美国最好的一批医院之一），阻止耐万古霉素肠球菌和其他耐药菌的传播也几乎是不可能的。

例如，在哥伦比亚长老会医院，护士简尼斯·施瓦德隆负责术后重症监护病人，每当把需要隔离的病人带到楼下做 CT 扫描时，他总是叹口气：“这太痛苦了！”

有个病人在肺移植手术恢复过程中感染了一种对所有抗生素都耐药的肠球菌突变细菌，出于保护其他病人的需要，将这个病人带到放射科做检查这项简单工作就变得异常艰巨——所有这个病人碰过的东西都必须在使用前后进行消毒。施瓦德隆叫来三个帮手，他们穿上从头到脚都密封的防护服，戴上乳胶手套和纱布面罩，在更换病人的床上用品之前，他们要对每一件设备、每一寸地方进行消毒。几小时后，等 CT 扫描室也消毒完毕，检查结束的病人回病房后，施瓦德隆才松了口气。做一个简单的诊断性检测通常只需两名员工花大概一小时的时间，但这次却是五名员工花了超过六小时的工作时间，还消耗了一堆昂贵的防护装备。

医院员工还只是问题的一部分。施瓦德隆还须认真观察所有进入移植病人房间的人（从家属到主治医生），提醒他们采取适当的防护措施，如果他们做不到，就得要求他们离开病房。

有些病人似乎在尽其所能地让情况变得更糟，例如哥伦比亚长老会医院有一个病人，护士们称他为“流浪者”。通常情况下，那些坚持在大厅里走来走去、在其他病房探头探脑的病人，只不过是令人讨厌而已，但这位“流浪者”已经被耐万古霉素肠球菌感染，如果在“流浪”途中，她遇到了另一个感染了变异葡萄球菌或肺炎球菌的病人，他们很容易互相感染，他们体内的细菌可以共享基因，两个病人最终都可能感染完全耐药的葡萄球菌或肺炎球菌。

在 19 世纪末，公共卫生先驱赫尔曼·比格斯所处的时代，像“流浪者”这样顽固不化、好斗的病人会受到约束、被隔离，或者为了整个社区安全而被关起来。但在 1994 年，这样的行为是不合法的。护士们对“流浪者”的唯一办法就是尽力说服——而这个病人根本不听他们的恳求，甚至她还打了护士一巴掌，因为她要吃别的病人餐盘里的食物时，这名护士试图把她推开。

到 20 世纪 90 年代，公共卫生机构的权力和权威被大幅削减，以至于汉伯格专员提出的控制措施无法包括最有可能减缓致命耐药细菌传播的三种措施。所有证据都表明，医生开的抗生素处方过多，导致了细菌耐药性增强，但多年来，美国医学会通过四处游说，剥夺了公共卫生部门制约医生不当处方行为的所有权力。理想情况下，汉伯格专员希望将万古霉素列入法定的特殊用药目录，要求医生在使用这种特殊的药物之前，必须获得卫生部的许可，这是第一个措施。这样做可能会有几年作用，但即使是这种权宜之计，汉伯格专员和她全国各地的同事们都无权实施。

第二个措施是强制隔离携带高度耐药菌株的病人，第三个措施是对医务人员进行常规检查，以确保他们不会在不知情时感染这种细菌。但在这两个方面，汉伯格专员的权力也微乎其微。事实上，在美国各地的医院里，现代版的“伤寒玛丽”医生时有出现，他们断然拒绝确定自己是不是耐药菌的携带者的检查。

纽约市的一个烧伤病房，是落基山脉东部最大的烧伤治疗中心，曾暴发了耐甲氧金葡菌感染，这对烧伤病人来说是极其危险的，因为他们的大部分身体组织都暴露在外，没有皮肤保护。整个病房的工作人员都接受了细菌检测，但有一名主治医生拒绝了，结果后来发现这些工作人员都是耐甲氧金葡菌携带者。当这名没有接受检测的医生调到另一家医院工作后，那家医院也暴发了耐甲氧金葡菌感染。但是汉伯格专员所在的卫生部门却无法采取任何法律措施来强制该医生接受检测或进行清除体内致命病菌的治疗。

20 世纪中叶，当公共卫生部门的执法权被剥夺时，没人预料到医院不仅会成为疾病治疗的中心，而且会成为产生疾病的源泉。耐万古霉素肠球菌最初于 1988 年在美国出现，当时纽约市的三家医院报告了该病例。但一项对纽约市、邻近的长岛和威彻斯特郡的24家医院的调查发现，到1994年年初，所有医院都出现了这种细菌感染。

根据美国疾控中心的数据，1989年至1993年间，全国的耐万古霉素肠球菌病例增加了20倍，1994年所有肠球菌感染中约有7.9%与突变细菌有关。而4年前这一数字为还不到1%。

从一家家医院获取耐万古霉素肠球菌感染比例的信息是极其困难的，因为没有医院希望被贴上“耐药菌中心”的标签，公共卫生部门也无权命令医院公布院内感染率。因此，汉伯格专员不得不与医院达成协议，承诺对全部资料保密，以获得真实的实验室数据。她承诺，在公开场合永远不能透露“某某医院有多少耐万古霉素肠球菌感染”，只能说“某城市总的医院感染率有多高”，这是她唯一能做的。

除了这三家医院外，纽约大都会区的几乎所有医院都拒绝向记者透露他们的工作细节，这三家医院的感染复发率也在持续攀升。[16]

曼哈顿的卡布里尼医疗中心算是非常开放的了，该医院是家私立医院，他们在1993年公布了病房从1990年至1992年间发现的全部耐万古霉素肠球菌感染病例的详细记录。在这36个月的时间里，卡布里尼医疗中心治疗了2812例肠球菌感染的病人，其中有213例耐万古霉素。更重要的是其变化趋势：1990年85%的肠球菌感染患者对万古霉素敏感，但是到1992年年底，在该医疗中心治疗的所有肠球菌感染患者中，只有25.8%仍然对万古霉素完全敏感。

洛克菲勒大学的托马斯在1995年年末说：“我们曾生活在一个生病了有药可医的时代，但这样的时代即将过去。”

1995年，美国疾控中心的专家威廉·贾维斯博士说道：“在过去20十年里，你所知道的每一种细菌耐药性都有所增加，这可能是美国面临的头号公共卫生问题。”而且，他坚持认为，如果耐万古霉素肠球菌真的与葡萄球菌或链球菌共享其抗性基因，“那将是一场灾难”。

1997年，耐甲氧西林金葡菌和耐万古霉素肠球菌的传播趋势在纽约市乃至全美国都已显著呈现。埃默里大学的路易斯·赖斯博士说：“如果想要在社区范围内控制耐药性问题，首先必须在医院里控制它，因为这里才是耐药性出现的起点。”[17]

医院越大，病房里的耐甲氧西林金葡菌和耐万古霉素肠球菌携带者就越多。1997年，床位不足200张的医院有16%的感染葡萄球菌患者同时感染耐万古霉素肠球菌，但是床位超过200张的医院有27%的患者同时感染耐万古霉素肠球菌。这意味着，在人员混杂的大型公立医院中，这种院内感染更容易被传播。

一旦这些超级病原体在医院出现，感染控制就不是解决办法了。赖斯坚持说：“我对我们有能力控制院内感染这件事并不那么乐观。”

她还说，当病房里出现耐药病原体时，加大清除力度和加强感染控制可能减缓其传播，但医院也需要采取极端手段改变医生开处方的习惯，例如，当耐万古霉素肠球菌出现时完全停止使用万古霉素。不过，她也承认，即便是这样也并不总是奏效。某医院在首次发生耐甲氧西林金葡菌暴发时迅速做出反应，下令完全停止使用甲氧西林，并要求医生给葡萄球菌患者使用莫匹罗星，但该医院一年内的耐莫匹罗星葡萄球菌感染率从 2% 上升到了 64%。

纽约的康奈尔医学中心在克雷伯氏菌感染耐药性方面也有类似的经历，更换所有抗生素只会增加耐多药克雷伯氏菌的出现。

另一方面，赖斯说，改变药物使用方式确实降低了一些其他环境下的细菌感染发病率，这表明，在医院生态系统中控制变异细菌时，“同一种方法肯定不能适用于所有情况”。

在纽约皇后医院，詹姆斯·拉哈尔医生已经发现耐药性细菌能抵抗抗生素的机制，其本质是看该细菌有多顽强，而决定其顽强程度的关键在于两个因素：质粒转座因子和细菌 DNA 的突变。拉哈尔认为，后者是最难被根除的。[18] 毕竟，质粒从病原体中弹出就像它们从微生物中弹出一样容易，这使得耐药性成为短暂的事件。但是，如果一个细菌发生了变异，染色体发生了改变，那么耐药性就不仅在这个个体中永久存在，而且在它的后代中也会永久存在。

例如，据拉哈尔所说，在他供职的医院里，对头孢他啶耐药的克雷伯氏菌感染率从 1988 年的 6% 上升到 1995 年的 37%。这些转座因子形式的耐药性已通过改变用药和采取标准的感染控制措施得到适度控制。但是在 1995 年，医院里出现了一种新的染色体耐药克雷伯氏菌菌株，它以 DNA 突变形式出现，并且在那年的圣诞节前后，医生发现这种克雷伯氏菌不仅对头孢他啶完全耐药，而且对整个头孢菌素类抗生素都有耐药性。

当时，医院下令完全停止使用头孢菌素治疗克雷伯氏菌感染。然后，奇怪的事情发生了，抗药性出现在了另一个完全不同的病原体种群中。1996 年，医院将头孢菌素的总使用量减少了 80% 以上，昂贵的替代药物亚胺培南的使用量增加了 59%。这将克雷伯氏菌的耐药性降低了近一半，但又促使了耐亚胺培南的假单胞菌出现，这是一种导致肺炎的微生物。

“所以，问题只是从一个病原体种群转移到了另一个。”拉哈尔悲伤地总结道。

随着“清理”工作的艰难进行，新的超级细菌在美国最好的医院出现了。“我想我们现在又回到了前抗生素时代。”布朗克斯爱因斯坦医学院的马修·沙夫医生说。欧文顿信托基金是一家资助医学研究的投资银行，1993年，在欧文顿信托基金举办的一次聚会开始前，沙夫说道：那些接受癌症化疗、移植手术、放疗的病人或艾滋病患者，尽管静脉注射了高剂量的抗生素，但是他们还是通常死于对其他人来说相对温和的真菌或细菌感染，葡萄球菌、脑膜炎球菌、肺炎球菌、隐孢子虫都能摧毁他们。

“在我们自身免疫力低下的情况下，即使是抗生素也不能杀死这些病原体。”沙夫补充道，即使是健康的人，也会增加患某些疾病的风险，因为它们产生了耐药性。

沙夫坚持认为，在纽约地区大型医院的癌症和艾滋病病房，这很常见。大约10%的艾滋病患者死于隐球菌（一种在鸟粪中普遍存在的真菌）感染。隐球菌一旦进入患者的大脑，就会引起脑膜炎。同样，各种各样的细菌感染在癌症淋巴瘤患者身上基本无法治愈，美国前第一夫人杰奎琳·肯尼迪·奥纳西斯就是死于这种感染。

沙夫认为，在抗生素发明之前，公共卫生领域的先驱赫尔曼·比格斯所处的时代，医生使用血清抗体至少部分解决了这个问题。在20世纪早期，医生将感染病人的细菌标本，比如可引起肺炎的肺炎球菌注射进马的体内后，马产生了对抗肺炎球菌的抗体，然后医生从马身上抽取血液，分离纯化抗体，并将产生的血清抗体注射到垂死的病人体内进行治疗。

沙夫医生说：“在当时，这种治疗方法大约对30%的患者有效。”但这也常常会产生毒性作用，因为人类对马蛋白产生了急性过敏反应，而马蛋白是血清抗体中的残余成分。

不过，在20世纪末，科学家已经掌握了在小鼠或试管中制造纯人类血清抗体的技术。所谓的单克隆抗体技术被用于其他医疗目的，沙夫医生的团队已经制造出了抗链球菌单克隆抗体，并被证明在免疫缺陷小鼠身上有效。

“我认为应该回头看看，”沙夫说必须这样做，“因为已经别无选择了。”[19]

纽约几乎没有医生愿意接受沙夫医生这个吓人的观点，在20世纪90年代末，他们认为尽管抗生素耐药问题很严重，但大多数时候会有办法解决。

纽约州参议院调查委员会在1999年年初表示，事实并非如此。[20]该委员会当时发布的一份报告结论指出，仅1995年纽约市的院内感染就已造成1020人死亡，产生了2.3亿美元的额外住院和治疗费用。该委员会由曼哈顿共和党参议员罗伊·古德曼担任主席，该结论由洛克菲勒大学诺贝尔奖得主乔舒亚·莱德伯格和托马斯博士、纽约市合作组织的威拉·阿佩尔博士以及纽约州立大学石溪分校医学中心的风湿病学家谢尔顿·布劳共同提供证据支撑。

他们提交给参议院委员会的证词和研究报告数据显示，从 1975 年到 1995 年，由于院内感染，全国住院病人的住院天数增加了 36%。报告还指出，1995 年，美国有 170 万人在医院内感染，其中 8.8 万人因此死亡，同时给美国增加了 45 亿美元的医疗成本。

此外，该报告还指责，管理式医疗下的成本控制措施使得问题更加严重，因为护理人员工作强度很大，过度疲劳以致犯错，同时更多的医院通过使用训练不足的助理护士取代熟练护士的方式来降低成本。例如，在纽约市卫生和医院集团，从 1994 年到 1999 年，护理人员仅占所有员工的 21%。

更糟糕的是，在所有此类医院内的感染中，70% 与耐药菌有关。仅在纽约市，1995 年就有 7800 名患者在住院期间感染耐药葡萄球菌，其中 1400 人死亡。

但是，只要在医院内部严格执行卫生制度，让医生少开抗生素，就可以减少大约一半的院内感染。

布劳说："大约在五年前，我在一家闻名遐迩的医院做常规的血管成形手术，在住院期间感染了耐药性葡萄球菌，那时我已濒临死亡，甚至有人要给我送终了。"布劳控诉道，他的感染是由于医生和护士接触病人和使用仪器前未洗手，再将葡萄球菌传播给病人导致的。而且，他不悦地说："下次你去医院看望亲戚的时候，你就会看到医生是不是经常洗手了。"

"这是一件令人震惊的事情，"古德曼说，"像洗手这样的基本问题竟然被医生忽视，这简直令人难以置信。"不可思议的是，我们可能会看到美国医生和西伯利亚的医生一样，省略了这些必不可少的感染控制流程。

参议院的报告还谴责了纽约的医院，报告说，医疗工作者是救死扶伤的，最重要的是绝不能造成伤害。然而，即使是最简单的卫生习惯，他们也不能始终如一地遵守，这是院内细菌感染的主要原因。从长期看，医院坚持严格的感染控制程序会得到优厚的经济回报，但是短期内的经济考虑却妨碍了感染控制程序的持续执行。[21]

40 年前，莱德伯格曾因证明细菌如何通过进化避开抗生素而获得诺贝尔奖。20 世纪 50 年代，他曾警告学术界和医疗界，如果使用不谨慎，抗生素会随着时间的推移变得不那么有效，因为病原体会发生突变。到 20 世纪 90 年代末，支持他这种预言的证据已经很多了，却几乎没有什么公共卫生行动来终结抗生素时代。莱德伯格是位彬彬有礼的绅士，他很少公开表达自己的愤怒，但对此事他非常生气，他认为解决的办法有很多，而且可以实现，但是社会政治和经济意愿的不足，成了恢复医院安全性和药物有效性合理途径的绊脚石。

"用来对付这些感染的'子弹'，我们几乎已经用完。"莱德伯格晃着长着白胡子的头，冷静地说："今天的我们比一个世纪前过得更好吗？在大多数方面，现在的情况反而更糟了。"

政府对公共卫生的投入不断下降，病原体搭着人类全球化的顺风车四处播散，管理式医疗在美国兴起，这些都让莱德伯格对未来几乎不抱希望了，他说："世界真的只是一个村庄，我们在世界任何地方对疾病放任不管，都是置自身于险境。病人正在死亡，因为我们没有起效的抗生素了。我们不可能消灭所有这些微生物，所以我们必须像移动的靶子一样学会和它们共同生活。"

莱德伯格坚持认为，如果制药行业被激发出强烈的意愿，是有可能开发出新型抗菌药物的，如果公共卫生部门有充裕的资金和赋权来控制耐药菌的传播，也是有救的。

"有人还保守地认为公共卫生会被联邦政府（白宫）冷落，实际上公共卫生早就被打入冷宫了，此时的公共卫生体系已经混乱不堪了。"莱德伯格越说越生气。

建好一个公共卫生体系花了几个世纪的时间，而将其摧毁，却只用了不到二十年的时间。美国的公共卫生基础设施曾经是全世界都羡慕的，但在 20 世纪末确实是一团糟。

一

干热的风，持续吹拂，
亡灵游走于，墓穴沿途：
灵车不绝，
悼词不息；
哦！这瘟疫，竟无迹可逐！

——菲利普·弗雷诺写于黄热病大流行时期，费城，1793 年

公共卫生——这门被誉为健康基石的学科——诞生于这样一个时代，医院已沦为垂死之人的仓库，而人类健康福祉的最大敌人就是人类自己的行为。在当时的纽约，政治腐败、奴隶制和种族主义、城市的肮脏和贫富差距，都给微生物提供了极好的传播机会，导致近一半的儿童在 12 岁之前死亡；而在中西部，无知和医疗腐败是罪魁祸首；在美国遥远的西部，因为气候限制了微生物的生长，加上当地的宗教信仰和种族偏见，以及新兴城市的发展速度超越了基础工程的发展速度，使得在整个 20 世纪，公共卫生领导人的努力都得不到公众应有的支持。

不过，公共卫生的基础就是在这样历经苦难后建立起来的。哥伦比亚长老会医院病房的护士们为了控制“流浪者”和耐万古霉素肠球菌，早在一个多世纪前就已经开发出来所需要使用的行业工具了。事实上，早在1629年，弗吉尼亚州的美国殖民者就意识到，除非他们有确切的数据铁证，否则他们无法保护人民的健康。这些记载着殖民地的重要统计数据，是依据法律，用羽毛笔尽职尽责地记录下来的铁证，如出生、死亡、疾病和婚姻等信息。

尽管殖民地领导人缺乏传染病相关理论知识，但他们也发现，当载有生病的船员和乘客的船只抵达时，当地就会发生大规模的传染病疫情。1665年大瘟疫肆虐伦敦时，美洲的港口城市就对离岸的英国船只进行了严格的隔离，就此开创了一个范本。从那以后，为了公众的健康，每个殖民地都制定了越来越严格的检疫和隔离制度，如扣留船只，甚至将船员关在近海岛屿上直到认为其安全后才解除隔离。[22]

尽管在早期已采取了公共卫生措施，但殖民地城市仍不时受到大规模传染病疫情的侵袭，现在回想起来仍感到恐惧。例如，1679年一艘满载奴隶的船带来了天花，从1689年开始，一波又一波的传染病疫情给纽约市带来了致命的打击。[23]

除了天花，纽约和其他殖民地的人们还不断遭到麻疹、猩红热、黄热病、伤寒和疟疾等疾病的侵袭，甚至导致死亡，这些病都有传染性。当时，疾病的流行和死亡的浪潮得不到合理解释，所以殖民地首领将此归咎于道德败坏的报应，各种反基督教势力也层出不穷。随后，这一宗教解释被瘴气理论所取代，该理论认为环境中存在笼罩着人类的恶臭和邪恶的力量。

除了天花肆虐，黄热病还引发了更大的恐惧，它夺去了无数人的生命，倒逼了未来几十年各种公共卫生政策的出台。引起黄热病流行的病毒毒株和当地人群的免疫水平存在差异，所以感染者的死亡率在5%至50%之间不等。

17和18世纪的美国人并不知道，黄热病病毒是通过埃及伊蚊在人群中传播的。这实际上不是一种新发传染病，但对美国印第安人和白人殖民者来说就是新的，尤其是这个病不仅仅是儿童会得，整个人群都易感。这种病毒和携带病毒的埃及伊蚊都来自西非，和天花一样，它们通过运送奴隶的船来到了美洲。[24]对黄热病的恐惧促使各国通过了新的、更为严格的隔离制度，设立了针对患病船员、乘客和奴隶的离岸隔离中心。

据估计，在1743年黄热病流行期间，5%的纽约人死于黄热病。[25]一位移民医生看到了曙光，这位来自苏格兰的卡德瓦拉德·科尔登医生发现，居住在脏水静区周围的家庭发病率也很高，两者之间存在着至关重要的联系。他推测，供水不足、城市贫困儿童的膳食不足以及遍地的污秽是导致黄热病的原因。在一系列引人瞩目的著作中[26]，科尔登在原来的瘴气致病理论基础上，衍生出一个最终被称为“卫生主义”的新概念。经过多次修改与完善，卫生主义已成为美国150多年来所有公共卫生行动的关键框架。

在纽约的实践中，科尔登的黄热病理论变成了倡导清洁用水和改善卫生条件。值得注意的是，这两者对于任何一个除了从井里取水外，几乎没有其他淡水资源的城市来说，都是艰巨的目标。而且这座城市长期以来没有做好垃圾和废物管理，医生们普遍忽视了科尔登和当时其他医学家的这些“观念”。

为了控制对经济造成毁灭性打击的天花和黄热病，纽约州议会于1796年通过了美国第一部全面的公共卫生法，并设立了州卫生专员办公室、纽约市卫生办公室、隔离传染病病人的收容所、严格的海上检疫条例，以及对不遵守检疫和卫生条例人员进行处罚的相关制度。[27]

出于对黄热病的恐惧，美国其他地方也掀起了一波类似的有组织的公共卫生浪潮。1798年，国会下令成立美国海洋健康服务机构，该机构旨在监控海员并保护美国港口免受输入性疾病的侵袭。两年后，美国的国会大厦在马里兰州和弗吉尼亚州之间的一片大沼泽上拔地而起，黄热病、天花、病毒性脑炎和其他许多疾病伴随着华盛顿哥伦比亚特区的建立迅速蔓延，导致了一场公共卫生灾难。1802年，哥伦比亚特区以纽约州为蓝本颁布了一系列公共卫生条例。

1805年，为应对又一次夏季黄热病的袭击，纽约市成立了全国第一个卫生委员会。委员会有了当时相当可观的8500美元的预算经费，并且有权采取任何必要的措施来制止黄热病，所以马上着手对这个城市进行消毒。该委员会还与美国第一位城市督查约翰·品塔尔开展合作。

品塔尔和卫生委员会都得到了纽约强势商业阶层的大力支持，但鸟尽弓藏，随着城市卫生面貌改观，黄热病消退，公共卫生措施的普及度显著减退了。到1819年，卫生委员会的经费降至区区500美元，即便如此，商界竟然还在游说取消该项预算。

纽约最富有的商界人士与市政当局在公共卫生问题上的冲突，是追求短期利益与防范对民众的长期威胁之间的典型冲突。大多数商人直接或间接地依赖于外贸和海运，他们认识到虽然诸如隔离等措施会妨碍他们的商业活动，但在传染病流行期间采取严格的卫生措施还是非常必要的。但在没有发生卫生危机的情况下，这些措施带来的对经济的负面影响，远远超过任何可能的健康益处，因此商业界对此的反对声音越来越多。

在之后的几十年里，这种商业和健康部门之间的紧张关系在美国频繁重演，成了全国性人民健康权益斗争的重要主题。

1819 年，商业部门持续施压，通过限制活动和会议的手段，最终迫使纽约卫生委员会屈服。结果不出所料，1822 年，纽约市再次暴发黄热病疫情。到了 1835 年，民主党的“坦慕尼协会”掌控了委员会。“坦慕尼协会”是一个腐败的政治组织，几乎完全代表着纽约企业的利益，与亲信为所欲为，操纵纽约州和整个国家的政治长达一个多世纪，腐败从此滋生。

1850 年，纽约市的人口死亡率（主要由传染病引起）比 1750 年的估计值高出整整 10%，[28] 公众健康每况愈下。显然，这并不是一种进步。

具有讽刺意味的是，纽约市的卫生法和卫生委员会已是全国典范。事实上，如果不是坦慕尼的腐败使得这些法律在纽约州形同虚设，如果卫生委员会中没有安置那么多笨蛋和亲信，这套机构体系其实还是合理的。因此，在对黄热病和霍乱恐惧的推动下，美国各地的城市都采纳了纽约卫生委员会制定的法律，华盛顿特区、波士顿、芝加哥、新奥尔良和其他几十个城市都在 1810 年至1840年间创建了卫生委员会，其框架体系和功能与1805年的纽约如出一辙。

在东海岸，贫困移民（主要来自爱尔兰）的浪潮[29]和整个城市的混乱，导致了公众健康水平的全面下降。传染病疫情定期席卷城市，给穷人造成巨大伤亡。[30]在美国人口密集的城市中，没有一个拥有合理的基础设施，譬如安全的用水、像样的住房、平整的街道和完善的下水道系统、充足又安全（而不是腐烂）的食物，以及有效的传染病公共卫生控制措施。1850年，美国男性的平均预期寿命是36岁，女性是 38 岁，大规模的传染病疫情是导致这一状况的原因之一，例如 1853 年，仅两个月，霍乱流行就夺去了新奥尔良 1.1 万居民的生命。不过，导致预期寿命降低的真正原因，是极高的孕产妇和婴幼儿的死亡率。

1857 年，美国 54 名孕妇中有 24 名会出现产后发热，当时的感染科医生和助产士对此茫然无知。由于产褥热，每 54 次妊娠中就有 19 次对母亲造成致命威胁。[31] 当时大多数妇女生育 6 个以上的孩子，因此，女性生育期过早死亡的风险巨大。

1850 年，在美国大城市长大的儿童，只有一半能平安活到 5 岁，很多都死于疾病或营养不良。而对于居住在那些最贫穷城市的移民和非裔美国人来说，儿童的生存率就更低了，活下来的概率只有 1/3。

美国城市社会缺失的（但很快就会出现）是中产阶级。内战之前，这个国家的大多数城市主要居住着工薪阶层、正在创业的穷人和极度贫困的人。一小群城市精英拥有巨额财富，并雇用大量仆人，他们和穷人居住在一起，但生活很少有交集。

由于缺乏强大的由平民组成的中产阶级，城市成了政治腐败的中心，公众健康状况日益恶化。

公共卫生这个主题将在美国未来的历史中形成共识，但这需要具有一定规模的中产阶级支持。在没有中产阶级的情况下，富人们独立居住，享受着高人一等的生活。他们宽敞的豪宅沿着干净的、绿树成荫的林荫大道耸立，他们的家人享受着私人的医疗、教育和文化培育体系。如果城市的精英们没有兴趣和资金投资建设这个城市，只是偶尔通过基督教徒来关注他们，那么这个城市在政治上和经济上都是贫瘠的。穷人缺乏教育、资金和能力去选择和支配一个有效力的政府。

随着城市中产阶级的崛起，美国的公共卫生状况逐渐得到改善，中产阶级通过纳税、支持环境治理、公共教育、披露和惩治腐败来管理城市，并且在城市里投资建设自己的房产。这个利益集团秉承“清洁近乎神圣”的理念来实施公共卫生举措。1820 年，这样的社会阶层实际上还不存在，直到 1850 年，美国许多东部城市开始出现中产阶级专业人士和小商人团体。内战结束后，美国的中产阶级不断壮大，到 20 世纪中叶成为城市和地区政治领域的主导力量。[32]

1842 年，两份重要文件发表，迫使城市领导人和医生基于工业化的社会背景——特别是阶级背景——来考虑健康问题。在伦敦，埃德温·查德威克博士发表了《英国劳动人民卫生状况》，这是一份引人注目的调查报告，涵盖了衡量英国生活水平的各种指标，包括每个公共厕所的使用人数，以及伦敦特定街区的异味。[33]查德威克被公认为20世纪的流行病学家，也是人口统计学家，他在这个领域特别擅长的，不仅仅是对英国污秽、贫穷和瘟疫进行简单枯燥的统计，而是将这三者紧密联系起来。这一创举贡献巨大。

查德威克呼吁建立有组织的公共卫生体系，并且他把它的使命定义为卫生清理。查德威克是一位传统的瘴气理论思想家，他认为如果一个人生活在肮脏的环境中，疾病就会一直伴随着他。因此，使英国人摆脱瘟疫和过早死亡的办法，就是彻底清洗一遍。在 19 世纪 40 年代，这是一个惊人的革命性见解。

查德威克在美国的同行是纽约人约翰·格里斯康，他在 1842 年出版了《纽约劳动人民卫生状况》，并在 1844 年出版了他的战斗檄言《卫生改革》。[34]格里斯康没有查德威克那么雄心勃勃，他不指望能清洁整个国家，只希望把纽约市清理干净就好了。

19 世纪 40 年代，纽约和大多数美国其他大城市都变得异常拥挤，肮脏不堪，又厚又臭的马粪铺满街道，死去的动物躺在那里好几天也无人清理，公寓附近的空地上堆满了垃圾，每个人，除了富人，每天都得走过这污秽之地。

1845 年，格里斯康的追随者们已经形成了一个组织松散的市民团体，自称为“纽约公共卫生者”。他们的呼声很快在美国各地蔓延，公共卫生者的队伍迅速壮大，其中包括基督教领袖、社会活动家、政治家、医生和不断壮大的中产阶级，他们的目标是清理因移民而形成的污秽。和英国的查德威克一样，美国的公共卫生者们对提高城市工人的生活水平并不是特别感兴趣。事实上，许多本土[35]的公共卫生者把贫穷之源归咎于穷人，给居住在贫民窟和廉价公寓的老百姓贴上懒惰、闲散和不道德的标签。[36]

美国早期的公共卫生者不愿意依靠政府来实现他们的清洁梦想，在19世纪40年代，大多数美国人坚决反对政府，也反对知识分子。

在19世纪的头四十年里，在美国的任何地方，医生本身都算不上是知识渊博、经验丰富的群体。本杰明·富兰克林于1765年在费城建立的医学院是美国历史最悠久的医学院，那里每年培养的医生屈指可数，而当时大多数的美国“医生”都没有接受过专业培训。1780年，纽约市大约有4000名行医的医生，其中只有400人拥有医学学位。[37]尽管在美国革命之前，纽约和波士顿就已经建立了医学院（后来被更名为哥伦比亚大学医学院和哈佛医学院），但当时很少有医生接受过这样的专业培训。[38]由于在医学院学习的时间一般只有9个月，而且，大部分时间都花在学习拉丁文和哲学上，所以即使是接受过医学院教育的人，也没有做好应对传染病的准备。1869年，哈佛大学校长曾抨击他们学校的医学教育“不比一家文凭工厂好多少”。

19世纪早期，大家都认为最好的医生在法国。[39]多年来，美国的医务人员一直忽视欧洲医学的先进性。1840年，塞氏洗手法[40]就要求医生在接触病人前，必须对手进行彻底的清洁消毒，但当时在美国并没有人这么做，直到1890年，塞氏洗手法才得以推广。而且，几十年来他们也没有跟上当时欧洲另外两个重要的进展。其一是，几乎没有美国人注意到英国议会于1848年通过了《公共卫生法案》，通过立法迫使英国的每个城镇建设供水系统、下水道和科学的排水系统，铺设主干道，这一壮举用20多年才完成了。

其二是，美国的卫生领导人也没有注意到1853年约翰·斯诺博士的重大发现，他在伦敦一个霍乱发病率特别高的社区（宽街），通过移除井口的水泵手柄（从而控制被污染的水源）就迅速减缓了该社区的霍乱流行。虽然斯诺博士对霍乱的病因不甚明了，但他认识到肮脏的水会传播霍乱。

即使早期的公共卫生者们已尽了最大的努力，真正可怕的传染病仍在持续流行，并且这仅仅只是个开端，这或许也跟19世纪50年代美国各地的反政府情绪四处蔓延有关。在罗得岛州的普罗维登斯，埃德温·斯诺博士与纽约市政府进行了长达数月的交涉，直到1850年，在他的力促下美国通过了第一部强制接种法案，该法案规定要为所有在校儿童接种天花疫苗。在美国其他地方，此类法案都要经历多年与法院的对抗后方才生效。尽管接种疫苗是一种功效显著的疾病预防策略，但对疫苗的抗药性问题，在150年后仍然是公共卫生的主题之一。

正如黄热病流行开始推动美国采取公共卫生措施一样，霍乱给人们带来的恐惧也是巨大的，它在19世纪中期成为推动变革和制造过度恐慌的一股力量。当霍乱来了的谣言四处播散时，当局就强制将霍乱患者关押在医院或拘留所里，实际上就是把生病的人——通常是来自最贫困阶层的人——关进牢房。尽管这种做法肯定违反了人权，而且对患者来说通常是致命的，但隔离措施得到了相当多的民众支持，主要是因为霍乱是一种极其可怕的传染病。

公共卫生者们没有注意到英国的约翰·斯诺博士移除宽街水井泵手柄传递出来的大量信息，他们也没有意识到霍乱的传染源可能潜伏在不干净的水中，而坚持认为污秽本身就是疾病的原因。因此，在对霍乱恐惧的驱使下，他们保持着对清洁工作的无限热情。

当公民领袖们把矛头对准肮脏的猪、泥土和马粪时，关于疾病更复杂的概念正在海外传播，大家都在谈论查尔斯·达尔文的《物种起源》。1858年，鲁道夫·菲尔绍出版了《细胞病理学》，他通过大量实验研究，证明人类疾病是在细胞层面上起作用的。1859年，克劳德·伯纳德博士在巴黎出版了第一部现代人类生理学著作。1862年，路易斯·巴斯德在法国发表了关于“细菌”存在的理论，他认为细菌是发酵的关键。但是当时的美国人关注的是内战，53.5万名阵亡士兵中大多数是疾病或糟糕的医疗卫生行为的受害者，这些措施导致大多数受伤的士兵肢体被截肢，62%的胸部受伤和87%的腹部受伤士兵死亡。[41]

除了士兵的状况，美国东北部大多数城市的公共卫生状况都有所改善，但纽约的公共卫生状况却停滞不前。在纽约市，战争加剧了移民、非裔美国人、本土主义者和政治家之间的紧张关系。在坦慕尼派势力的控制下，市政督查办公室和卫生委员会都很无能和腐败，到处都是坦慕尼派势力的马屁精。1865年战争结束时，弗朗西斯·布尔在坦慕尼协会担任纽约市督查办公室的负责人。在几个月的时间里，布尔雇用了928名公共卫生督查员，这些人都是布尔的密友，他们要么在其位不谋其政，要么利用自己的职权敲诈餐馆、面包店、屠宰场、农产品市场和私人医院的老板。而由坦慕尼派势力控制的卫生委员会同样无能和腐败。

在遥远的明尼苏达州，查尔斯·休伊特博士一直在为反腐败而孤军奋战。然而，他反腐的目标不是“老大”特威德和他带领的坦慕尼暴徒，而是这个州的医生。作为土生土长的纽约人，休伊特知道在19世纪60年代哪些是高质量的医疗服务，而哪些肯定不是。1858年，就在纽约独立成州前不久，休伊特开始为该地区绘制人口、健康和疾病的统计学图表，在实地调研过程中，他对亲眼所见的医疗卫生服务感到惊讶。

休伊特在1856年写道："理想太丰满，现实太骨感。以至于我经常在想，医生脚踏实地的医疗实践会比夸大其词的那种号称'几个世纪的联合经验'更安全、更有效。"[42]

休伊特深信，许多明尼苏达州的医生在无意中使用有毒的酊剂、药膏和药剂，进而害死了他们的病人，而医生们对病人的无能处理，加剧了天花疫情等公共卫生灾难，于是他痛斥了这种职业暴行。但是，他这样做引发了该州大多数医生的愤怒，这些医生试图用各种方式抹黑他，但休伊特的话还是引起了明尼苏达州普通民众的共鸣，他们厌倦了无德无能的医生，筹钱求医，却被医生骗人的把戏、各种无用的骗人的药和基督教的说教搞得病入膏肓。休伊特利用他的声望向明尼苏达州的政治领导人施压，要求建立卫生委员会和重要信息数据系统，用来统计追踪明尼苏达州居民的出生、死亡和疾病信息。

休伊特成了明尼苏达州卫生委员会的秘书长，并开始像政府官员一样工作。他要求医护人员勤洗手，在全州范围内接种天花疫苗，隔离天花病人。他告诉该州的政客们，如果给予他的办公室更多的立法支持，那么作为回报，他保证将阻止传染病流行和延缓疾病的发展。休伊特永远不会背叛这份承诺，但政客们往往不会信守承诺。

1877年，休伊特开始了疾病起源的探索，这一壮举让该州在大约一百年后名声大噪。[43]天花暴发时，休伊特不满足于仅仅发放宣传计划免疫的小册子，他开始寻找其暴发的源头——首发病例。这样一来，在东部地区解决这个问题之前，休伊特就发现，天花发病的理论基础不是清洁理论而是传染病理论。虽然休伊特非常支持对城市进行清洁，但他发现仅凭污秽很难解释天花为何在这个人口稀少、以农村为主的州四处传播。肯定不是！休伊特认为天花是通过某种媒介在人与人之间进行传播的。

尽管他还不知道"某种媒介"究竟是什么，但他确信只有某种可传染的、可致命的物体存在，才能解释为什么隔离能够有效地控制传染病的流行。休伊特很快就发现，1877年明尼苏达州第一例天花病例，与当时新建的一条连接圣保罗和邻近的威斯康星州的铁路线之间存在联系。他发现，该州的首发病例是一名妇女，她在威斯康星州感染了天花，要前往明尼苏达州的曼卡多，她登上了从圣保罗开往苏克斯的火车，无意中把天花传染给了火车上的其他乘客，而这些乘客又把天花带到了全州的城镇。后来休伊特在该州边境的所有火车站设立检查点，由医生检查乘客和列车工作人员是否有天花的迹象。他在短短几天内就控制住了疫情，只有 7 名明尼苏达州人因感染而死亡，这在 1877 年是一个惊人的壮举。

休伊特成功抗击天花的经验，再次严厉地鞭策了医生们。他提醒医生，当病人中出现如麻疹、猩红热或由其他微生物导致的疾病时，应接受他的传染病防控理论并开始进行本地调查。然而，在内战结束后的 19 世纪，医生们像坦慕尼协会一样经常公开蔑视公共卫生，认为这不过是好管闲事的政府和卫生清洁者的一拍即合罢了。休伊特已经因为揭露医疗不作为而被医生疏远，现在他还敢于要求医生们接受他的理论体系，即病因不明的、神秘的、具有传染性的疾病是可以预防的。明尼苏达州乃至全美各地的医生们都不愿接受这个观点，他们觉得自己对病人的诊疗自主权受到了威胁。医生们抵制休伊特和他的追随者们开展以人群为基础的相关活动，也就是说，治疗疾病的人反对那些想要预防疾病的人。[44]

治疗者和预防者之间的摩擦，准入者和卫生清洁者之间的摩擦，还有个体医生和政府监管机构之间的摩擦，都将形成美国公共卫生领域的另一个持久的主题。一个半世纪后，这种紧张局面，限制了玛格丽特·汉伯格博士在纽约控制耐抗生素疾病的能力，因为她无法改变医生的处方习惯。19 世纪 60 年代，休伊特执掌明尼苏达州公共卫生服务部门，但与医疗协会照样存在分歧。在整个美国，像休伊特这样的人，与美国医学会和个体医生进行了长达数十年的斗争。

这种关系的紧张程度在各国都有所不同，因为美国公共卫生的发展方式与欧洲国家完全不同。在欧洲，是由联邦、中央政府或皇家自上而下逐级发布各项公共卫生政策。而美国的公共卫生体系源于地方，以热衷民主为特征，所以州与州之间，甚至城市与城市之间的各项政策完全不同。在一些地区，医疗系统伴随着公共卫生体系一起发展，在大多数情况下，他们遵循各自的、通常是对立的发展路线。19 世纪的美国，不仅在公共卫生体系方面没有真正的联邦领导，而且几乎没有哪个州的法律和政策适用于所有的乡镇和城市。例如，纽约州的纽约市和马萨诸塞州的波士顿卫生体系都各不相同。

在东海岸，大城市变得越来越大、越来越拥挤，他们的公共卫生服务围绕着基本的城市服务需求来开展，如下水道和道路的铺设。在大草原上，像休伊特这样的人正在专注于检疫和传染病的控制，而在遥远的西部，公共卫生问题甚至不在其政治议程中。气候温和的北方，盎格鲁人（欧裔白人）当然比东部城市的人健康得多。在西部，他们的议程中几乎只有疯狂争夺土地，以及如何把印第安人和西班牙人后裔踢出去而让盎格鲁人或新英格兰人取而代之。1865年，当漫长的内战结束时，穷困的加利福尼亚人挤在加州的第一批贫民窟里，这些贫民窟位于切瓦士山谷。[45]

虽然这些贫民窟的情况很糟糕，但与东部城市的新贫民窟相比，他们的公共卫生问题根本没人重视。一拨又一拨的贫困移民拥入纽约后都被安置在肮脏不堪的地方，这在一个世纪后是无法想象的。事实上，到1866年，纽约工人的饮用水质量、下水道状况、当地农产品的安全性以及住房状况都比1776年更为糟糕。任何通过人类排泄物和被污染的水传播的疾病都会出现，在1866年的纽约市尤为严重。也正是在那一年，受够了的市民们绕开了坦慕尼，成立了一个新的都市卫生委员会——巴黎暴发的一场巨大的、可怕的霍乱疫情促使了这个机构的诞生。

在纽约港口的一艘船上发现了来自欧洲的霍乱后，热心的新委员会成员们立刻下令，对曼哈顿和布鲁克林的每条街道和下水道进行清理，他们还制定了其他相关措施。至关重要的是，委员会成员以利沙·哈里斯博士提出了一个大胆的传染病推论，他断言霍乱是通过接触被霍乱病人粪便污染的水而传播的。当然，他也知道约翰·斯诺在伦敦宽街做的去除水井泵手柄实验，但哈里斯走了更重要的一步，他把斯诺的研究结果同塞氏洗手观点相结合。

哈里斯告诉纽约市民，要用肥皂和清水洗手。

到夏末，虽然霍乱已经肆虐巴黎和伦敦，并在全美大流行，但纽约却几乎没有人死亡。[46]

尽管取得了这样的成功，但数十年来，受坦慕尼派控制的法官和律师照样通过各种诉讼和禁令，阻碍卫生委员会的各项工作，尽其所能地阻止隔离和其他措施的施行，其目的是阻止委员会对与坦慕尼派结盟的企业或爱尔兰移民业主开展执法。为了获得公众对他们显而易见的利己主义行动的支持，坦慕尼派将目标锁定为那些最近从爱尔兰岛过来的人，组织召集爱尔兰业主，告诉他们，这些在坊间实施的规章制度，只是有偏见地针对他们执行，隔离措施并不在黑人社区（爱尔兰移民的主要敌人）执行（当然这些都是虚假的）。

随着欧洲移民的西进，美国其他城市也出现了类似的移民与公共卫生部门之间的紧张关系。这是为了突出另一个长期存在的公共卫生主题，这个主题直到21世纪还在困扰着美国，那就是美国本土人对健康的担忧与对新移民的恐惧和怀疑之间的紧张关系。

在19世纪中期，美国本土人往往把移民看作是疾病和污秽的来源，毫不怀疑地把所有传染病都归咎于移民。因此，他们支持针对新抵达的穷人进行的卫生干预。即使卫生部门不带任何偏见地开展各项活动，政治领袖也会轻车熟路地利用对新移民的担忧，诱导其相信有其实并不存在的歧视。在整个19世纪，为了与新移民抗衡，公共卫生领导人往往站在支持本地人诉求的那边。到了20世纪，这种不平衡依然存在，例如鼓动联邦官员将海地移民划为“艾滋病高危群体”。同时，公共卫生机构也会低调处理那些影响移民健康的相关问题，如农药对墨西哥裔农场工人健康的影响、洛杉矶的拉美裔人中极高的婴儿死亡率，以及旧金山华裔中暴发的瘟疫。在整个20世纪，公共卫生领导人要在移民和美国本土人的迫切需要和相互怀疑之间小心行事，相当困难。

二

城市在健康中成长，纪念碑在阳光中建造。
他们在疾病中被摧毁；
在瘟疫中，停止努力，希望破灭。

——密尔沃基卫生专员年度报告，1911年

现在回想起来，世纪之交似乎是公共卫生事业的黄金时代，当时公共卫生接二连三地取得令人眼花缭乱的成就，未来可期。

——保罗·斯塔尔[47]

革命即将开始。明尼苏达的休伊特和纽约的赫尔曼·比格斯等人，正在孕育着真正的公共卫生体系。特别是比格斯的深刻见解，将在一个世纪后被证实如此深刻有力，将帮助纽约市的领导人克服对耐药性结核病的恐惧。

这些想法起源于遥远的欧洲，但真正的群体保护措施，却是在美国中产阶级民主的氛围中产生的。

19世纪晚期的欧洲，一场伟大的知识革命正在进行，这场革命使得疾病被重新定义为人类可能解决的问题。

随着科学步入正轨，以往的百家争鸣（自发产生机制、瘴气理论、卫生主义和传染病理论的博弈）将会得到答案，或者会有新的基调。如果公共卫生还因无知而对疾病毫无头绪，那就是傲慢和自大。

到19世纪80年代，在这场伟大革命的前夕，许多本质上非学术的手段已经极大地改善了公众健康。铺下水道、建厕所、改善饮用水质量、实施检疫政策、清洁街道、保障食品安全、建立肉类和牛奶生产标准、铺路……每项措施都产生了效果。此外，美国内战后发展起来的铁路和卡车运输网络，在很

大程度上改善了人们的饮食习惯，因为新鲜的农产品大量被运往城市中心，以大多数工薪家庭都能负担得起的价格销售。虽然许多儿童仍然缺乏蛋白质丰富的食物，饮食结构也缺乏多样化，但毫无疑问，与 20 年前相比，1875 年营养缺乏和营养不良的儿童数量明显减少了。此外，许多城市，尤其是纽约和波士顿，建立了牛奶配送站，向贫困儿童分发新鲜牛奶，仅这一点，就对城市青少年的生长发育产生了深远的影响。

尽管对许多美国城区的穷人来说，住房条件依然恶劣，但卫生工作人员正在尽最大努力改善廉租房和贫民窟周边的脏乱状况。

黄热病、天花和霍乱这三种主要是成人罹患的疾病，其死亡率因为改善洼地排水、安装窗户玻璃、修下水道、改进疫苗接种，甚至还因为营养改善而下降了。[48] 然而，这些措施的影响是有限的，在疫苗出现之前，大规模的瘟疫还是会出现，例如 1878 年密西西比河流域的黄热病造成至少 2 万人死亡。[49]

儿童时期发生高发的重大疾病，如麻疹、百日咳、白喉、伤寒和猩红热等，依然会起起伏伏地来临。直到 40 年后，这当中的每一种疾病才只会夺去少数美国人的生命了。

19 世纪 70 年代中期，美国的公共卫生者们和卫生领导人们都在疲于应对黄热病大流行。当时信息传播速度缓慢，加上以基督教道德家为主的公共卫生者历来对科学进步反应迟钝，他们最初几乎没有注意到大西洋彼岸正发生着日新月异的科学进步，但是人家的进步就在那里。

1870 年，英格兰人约瑟夫·李斯特博士于发现了防腐剂。他发现，只要在伤口或缝合处倒上石炭酸，那感染就永远不会再发生。1876 年，柏林的罗伯特·科赫博士和巴黎的路易斯·巴斯德博士便展开了一场竞赛——寻找引发疾病的各种细菌。[50]

1880 年，巴斯德发表了具有里程碑意义的《细菌致病论》，他认为所有的传染性疾病都是由微生物引起的，正如鲁道夫·菲尔绍所说的那样，这些微生物在细胞水平上对人类进行侵袭，并在人与人之间传播。

在柏林，保罗·埃尔利希做了进一步的研究，他发现在感染后存活下来的动物血液中含有某种物质，可以成功地保护其他染动物免受感染。他把疾病毒素和他新发现的物质统称为抗毒素剂。埃尔利希对抗毒素的神奇功效充满信心，称其为灵丹妙药。

从 1880 年到 1889 年，柏林和巴黎的实验室以令人眼花缭乱的速度竞相公布了一系列重大研究成果：发现了导致肺结核、霍乱和白喉的细菌[51]，研制出预防狂犬病的疫苗，发现蚊子是传播黄热病的罪魁祸首。

因此，美国最进步的公共卫生部门领导人明白了，只要能明确致病微生物是什么，那么诊断检测方法、疫苗和治疗方法的研制就会相继被发现。突然间，疫苗就有了合理的解释，这是公共卫生专家们长期以来极力主张但却一直说不清道不明的一个问题。

更为深刻的变化是，人们对疾病来源的视角从外部神秘的瘴气原理转向了微观层面。1888 年，明尼苏达州的休伊特游说州议会，为购买该地区第一台显微镜筹集资金。同样，纽约市的卫生部门领导人意识到实验室知情决策的时代已经到来，并建立了全国第一个公共卫生实验室。

为了真正掌握当时欧洲的革新技术，休伊特和他的纽约同行们远离美国，拜在伟大的科赫和巴斯德门下。

在美国各地，地方卫生部门有那么一些全心全意拥护巴斯德的细菌致病论的人，陶醉于他们在实验室有新发现的可能。因此，几乎是在一夜之间，他们改变了政府公共卫生部门的方法、政策和策略。过去的疾病预防和传染病控制措施可能是有效的（至少在某些情况下），但它们缺乏科学依据。以前，由于没有明确的理由去推行排干沼泽或为所有儿童接种疫苗这些措施，健康倡导者们别无选择，只能等待传染病暴发，并利用公众的恐慌去迫使政客和商界人士采取行动，以获得所需的法律保障和资金支持。

但是现在，细菌致病论改变了这个状况。尽管资金将继续随着政治因素和公众对传染的担忧程度而有所涨落，但对疾病预防工作的支持变得更加可持续。倡导者现在可以用他们的新实验室为某种污染或感染提供科学证据。此外，他们还可以向怀疑论者证明，一种特定的干预措施确实能够降低其所处社会环境中的细菌水平。

简而言之，公共卫生突然有了可以被论证的经验基础。

没有什么地方比在纽约更能强烈地感受到细菌致病论的影响了，在短短的几年内，这个城市从一个全美最惨的、最糟糕的大都市变成了世界各国政府公认的为公众健康积极采取行动的典范。这场变革的主要设计者是米切尔·普鲁登博士和赫尔曼·比格斯博士，他们都是细菌致病论的坚定拥护者。

1885 年，纽约成立了新的细菌学实验室，比格斯和普鲁登被格罗弗·克利夫兰总统派到该实验室工作。美国领导人们担心，每天都有源源不断的“污秽、肮脏的外国人”抵达纽约港，他们会带来各种传染病。因为大多数移民需要经过纽约港，克利夫兰总统推断，他应该在实验室里安排两名顶级的科学家。

米切尔·普鲁登毕业于耶鲁医学院，1885 年接受联邦政府任命时已经 36 岁。他出生于纽约一个非常富有的家庭，是这个社会阶层中为数不多献身科学的人之一。普鲁登在美国最好的学校接受教育，他熟知欧洲的大量科学研究成果，对巴斯德的微生物理论甚是推崇。19 世纪 80 年代早期，普鲁登在德国和奥地利最好的实验室学习，甚至在伟大的罗伯特·科赫身边工作过。

赫尔曼·比格斯比普鲁登小 10 岁，但当时在纽约医学界已经是一个了不起的人物。比格斯是当地居民，曾在贝尔维尤医院接受过医学培训。尽管他的学术经历远不如普鲁登那么深厚，但他不可思议的政治才能足以弥补他的不足。比格斯比他那个时代的任何美国人都更了解政治与公共卫生之间的密切关系，能够成功地扭转腐败、自满和任人唯亲的局面。在不到二十年的时间里，在细菌理论的支持下，比格斯将公共卫生在纽约的政治影响力和公众尊重方面的地位从底层提升到了顶层。

尽管美国的第一批细菌学实验室实际上是在其他城市（如马萨诸塞州的劳伦斯、密歇根州的安阿伯市、普罗维登斯州的罗德岛）建立起来的，但纽约市的细菌学家们重塑了实验室的实用性和权威性。普鲁登被证明是知识巨人，比格斯则是深谙世故的政治力量。[52]

1888 年，纽约市卫生局任命比格斯和普鲁登为“医学顾问”，他们成了公务员。两人立即着手制订以实验科学为基础的公共卫生措施。

很快，这对搭档就树立起实验室的规模和影响力，他们把结核病奶牛的奶分离了出来，并开始研究儿童杀手白喉病，发明了一种筛查霍乱的方法——这是第一个可以识别人类致命细菌携带者的方法。1892 年，当这种疾病在汉堡暴发[53]，并以每天夺去 3000 多人生命的凶猛势头蔓延到整个欧洲时，比格斯和普鲁登利用他们的检测和隔离手段，识别出了当年夏天从欧洲乘船抵达纽约的第一批病毒携带者。卫生部门的工作人员和志愿者们通过在每个住宅单元搜寻腹泻患者及其同伴，找到了漏掉的几个人，并在厕所里撒了大量消毒剂。

得益于这些措施，1892 年纽约市只有 9 人死于霍乱，而同时期，从符拉迪沃斯托克到里斯本再到伦敦，成千上万的人死于霍乱。

这是一个显著展示公共卫生行动力和活力的成功案例，而它是以细菌致病论为基础的。公共卫生者们和致力于实验室科学研究的比格斯、普鲁登并驾齐驱。特别是衣着光鲜亮丽的比格斯博士在一夜之间引起了轰动，还不到 30 岁就成了纽约的英雄。

1890 年到 1900 年的这 10 年被美国人称为“快乐的 90 年代”，这是一个社会变革的时代，公共卫生也从中获益。有一些变化来自日益增长的公民自豪感——新建的公园、铺好的道路、畅通的公共交通。其中有些是代表劳工和穷人利益的人民抗议行动的成果。反贫民窟运动关注的是贫民窟居民的生活，长期处在拥挤不堪的住所、环境恶劣的工作场所和学校让他们的生活变得难以忍受。此外，工会鼓动者、无政府主义者、社会主义者和共产主义者都获得了大批追随者，社会运动在工业化的东北部和中西部城市兴起。甚至在遥远的西部太平洋沿岸诸州，社会主义者和无政府主义者都被低收入劳工所拥护。

在这些全国各地、不同意识形态的运动中，最主要的诉求就是要求加强职业安全和改善住房。

当时最有影响力的社会活动家是丹麦出生的摄影师兼作家雅各布·奥古斯特·里斯。1890 年，里斯出版了他的著作《另一半怎样生活》。书中向他那些胆战心惊的读者们展示了一幅犹如地狱深渊的公寓景象，生动地描述了那些令人作呕的气味、声音和幽闭恐惧感。最糟糕的地方是被称为“肺街”的一个社区，是这个城市婴儿死亡率最高、肺结核和肺炎最密集的地方。[54] 在这个拥挤的街区居住着 4000 人，比纽约任何一个街区的平均居住人口都多 10 倍。在 19 世纪 80 年代，在这个街区居住的居民中，一共出现了 265 例肺结核，相当于每 1000 人中就有 6.6 例，这个发病率在当时可能是世界上最高的。据里斯估计，1890 年住在纽约市这种廉价公寓里的人大约有 150 万，占当时纽约市人口的 60%。[55]

在另一条社会运动战线上，许多组织要求改善妇女和儿童的相关权利，如投票权、节育权和堕胎权。例如，玛格丽特·桑格出版和分发了有关节育的小册子，她谴责那些不顾妇女生死，让她们冒着产褥热和其他孕期相关疾病的风险，生 6 个或更多孩子的行为，这些妇女的死亡人数高得惊人。[56]

所有这些社会动荡和不满都将在未来的几十年里进一步分化美国。对于不断壮大的中产阶级和东部城市土生土长的老一辈精英来说，这些社会运动让他们细思极恐，并导致了两种重要的连锁反应：反移民情绪，以及屈从于社会全面动荡和疾病蔓延而引发的改革。这些反应将继续给 21 世纪的公众健康蒙上阴影。

有些中产阶级已经接受了细菌致病论但陷入另一个极端，变成了细菌恐惧症。城市的富人们厌恶细菌，可以尽量避开这些乌七八糟的地方或逃到遥远的庄园去住。然而，中产阶级感到自己被困住了。对他们来说，从公共图书馆的书籍到随处可见的尘埃，任何东西都可能藏有致命的病菌。杀菌剂和低温保鲜盒的销量激增，连室内管道、抽水马桶和现代化厨房的安装也同样火爆。[57]

这种对细菌的恐慌和消灭病菌的坚定信念，最终使推动大型公共卫生计划的提案得到广泛支持。因为中产阶级和上层阶级相信穷人（特别是移民）是所有真正可怕的微生物灾难的根源，他们愿意为生物战争而不是阶级战争纳更多的税。公共卫生者们支持向美国城市的工人们提供一些卫生保健服务。例如，到 1890 年，纽约市近 1/4 的医疗保健服务是由财政拨款的市政医疗机构免费提供的；1887 年，艾德曼董事会同意出资在该市所有的公立学校安装厕所。但是，公共卫生者们同时强加了道德批判，公开表达了对穷人的宗教、家庭和文化生活的蔑视。

1881 年，《哈伯周刊》刊登了一幅描绘了女神许葵厄亚和戴着高帽的富人的漫画，把阶级矛盾的问题表现得淋漓尽致。在漫画中，女神许葵厄亚指着满是污秽和贫穷的街道，斥责戴着高帽的富人说："你一定认为所有污秽都堆在这些小巷里，与你无关。其实你错了，如果你不认真对待的话，很快就会看到它已经溜进了你的家。"[58] 到了 1890 年，这句话终于应验了，公共卫生革命开始了。

应富人们和中产阶级的要求，声势浩大的各种项目开展起来，特别是供水和排水工程，这些项目将大大改善公众的健康状况。[59]

在纽约市的公共卫生领域，有如此多的社会力量围绕着比格斯，他和同事们设定了彻底消除白喉和肺结核的宏伟目标。比格斯在 1893 年宣布开启"肺痨之战"，但他首先把目光投向的却是白喉，并像明尼苏达州的休伊特一样，踏上了向微生物学大师学习的欧洲之旅。这个纽约人在路易斯·巴斯德的实验室里安顿下来，在埃米尔·鲁克斯身边工作。

1894 年回到纽约后，比格斯立即着手与他的工作人员游说资金，建立白喉抗毒素生产设施。那个时候，巴黎的儿童医院刚刚开始使用白喉抗毒素，效果非常显著：儿童死亡率立即降低了 50%。比格斯抓住这一依据，在 1894 年做了一件在这之前几乎闻所未闻的事情：他召开了一场新闻发布会。在接下来的几星期里，他巧妙地说服了纽约的几家报纸支持他建立白喉抗毒素实验室。1895 年年初，比格斯的实验室得到了慈善资助，成为世界上最大的白喉抗毒素生产基地，同时还大规模生产天花和炭疽疫苗以及其他一些"灵丹妙药"。

很快，来自廉价公寓的忧心忡忡的移民母亲们出现在诊所，为她们生病的孩子索要灵丹妙药。同时，纽约市的白喉死亡率直线下降，从 1875 年高达 296/10 万人，降到 1895 年的 105/10 万人，5 年后又降至 66/10 万人。到 1912 年，纽约的白喉死亡率下降到每年 2.2/10 万人。[60] 很快，美国的所有城市都从比格斯的实验室购买抗毒素。

有了抗击白喉的成功经验，比格斯又在抗击结核病的海洋中乘风破浪，当时纽约的老百姓们正被这种疾病所困扰。在 1897 年英国医学会的一次演讲中[61]，比格斯列举了"肺痨之战"的策略、手段和遇到的偏见，并因首次清晰明确地阐述了攻克该疾病的策略而受到全世界媒体的广泛关注。他在一个大厅里发表了许多言论，那里挤满公开持怀疑态度的医生，而他那些言论，成为未来一个世纪里世界各地抗击结核病的战士们经常引用的战斗口号。时年36岁的赫尔曼·比格斯已经成为新时代公共卫生运动无可争议的领袖。他曾说：

> 美国政府是民主政府，但有时所采取的卫生措施却是专制的，卫生部门履职时颇有家长风范。我们准备在必要时采取和执行一些看似激进和武断的措施，即使这些措施看上去不是专门为公众利益而设计的，但公众愿意接受，其效果也十分有益。即使在最不了解我们文化的在外国出生的移民中，政府在卫生问题上行使专断权力时也很少或没有人表现出任何不满。公众媒体将赞同、人民将支持、法院将批准任何旨在维护公众健康的明智之举。
>
> 政府将在法律允许的范围之内，使用最专制的权力去开展最广泛的建设。按照最宽泛的解释，任何有害健康或危及生命的事物都被认为属于卫生部门的管辖范畴。这项法律的定义如此宽泛，以至于发生一切不当或不必要的干扰生活舒适度的事件，以及那些严格意义上来说对健康有害或危险的事物，都可能成为卫生委员会采取行动的对象。

这是一场宣战，不仅针对肺结核，而是针对任何妨碍公共卫生发展的团体或个人。

但是，当东部的比格斯代表公共卫生行使他的“独裁权力”时，西部各州的居民却在嘲笑或忽视女神许葵厄亚。在洛杉矶郡，波默罗伊刚刚获得卫生官员头衔，可怜的他努力去游说该郡许多城镇的领导们：“我们必须清楚地认识到疾病没有边界；农村地区的健康和社会问题与城市地区密切相关。”[62]1915年，62岁的波默罗伊（一位务实但并默默无闻的医生）进行了一项健康调查，结果显示，他所在郡的非白人人口数与纽约的常住人口数相当。例如，在墨西哥人和墨西哥裔美国人中，婴儿死亡率通常超过20%（白人为8%），1916年将达到28.5%——也就是说，近1/3的孩子在婴儿期就夭折。

从1915年全面启动以来[63]，洛杉矶开展有组织的公共卫生活动就不仅仅是一个城市而是一个郡的职能，而且从一开始，它就不是扮演如比格斯般反疾病运动的角色，而是一个服务提供者的角色。波默罗伊的团队没有采取大规模的运动，而是集中精力为洛杉矶不断发展的城镇和城市提供最基本的服务：食品和水质监测、疫苗以及医疗保健。这在当时是说得通的，因为这些才是当时急需的，而肆虐东部的传染病在气候温和的西部没有那么严重。然而，波默罗伊几乎没有得到冷漠的洛杉矶人任何的支持。[64]

人口稀少、气候宜人是波默罗伊唯一的“战友”，这使得洛杉矶的死亡率远低于美国大部分地区的水平：7.9/1000人/年。与纽约市[65]和其他人口密度相似的东部大都市相比，洛杉矶每年死亡的大多数人都是 50 岁以上的人群，10 岁以下的儿童仅占死亡人数的 14.5%，他们中大多数人死于白喉、麻疹或百日咳和天花。

波默罗伊发现，疫苗的推广经常会遇到阻力。全国最大的反疫苗运动就发生在洛杉矶，并一直在阻止对学龄儿童强制接种疫苗和尝试使用白喉抗毒素。虽然在繁荣的 20 世纪 20 年代末期，洛杉矶郡有 200 多万居民，但只有不到 10 万人享受了免费的疫苗接种计划，大多数人十分反对免疫接种。

20 世纪初，在基督教科学家[66]、细菌致病论的反对者以及反对政府干预个人事务的团体推动下，反疫苗组织在加利福尼亚州各地兴起。结果是，加州天花的发病率持续上升，而与此同时，全美国其他大部分地区的天花却消失了。

在美国其他地方，反对接种疫苗的呼声在 19 世纪 90 年代达到顶峰，但在 20 世纪 30 年代遥远的西部地区，它仍然是公共卫生的一个拦路虎——尽管最高法院 1905 年裁定，个人选择权或反对医学程序的权利至上，远远大于保护社区群体的健康需求权。[67]每当新疫苗开发面世，卫生部门努力将其添加到儿童强制免疫名单，全国范围内的反对呼声就会随之涌现。例如，1920 年纽约市通过了一项强制性的白喉疫苗接种法，20 世纪 50 年代早期进行了几轮脊髓灰质炎免疫接种之后，在同一时期引入了伤寒免疫接种，后来又推广了麻疹、风疹、百日咳、水痘和肝炎疫苗接种。

早在 1905 年，另一个重要而持久的公共卫生主题就出现了，主要来自遥远的西部地区：社区的需要与个人的权利。在 20 世纪，公共卫生领导人和法院往往会在那些经常对立的需求之间寻找适当的平衡，这种平衡通常可以反映当时国家的文化和政治立场。因为在 20 世纪初，以细菌学为理论基础的公共卫生被认为是非常强大的，疾病的形势显然是严峻和紧迫的，因此公共卫生领导人和法院都倾向于将天平向社区需要的方向倾斜。到了 20 世纪末，天平就转向了相反的方向：个人权利。

1901 年至 1930 年间，纽约市的官员经常派遣警察和热心的护士或医生到那些疑似携带疾病的人家中，通常会使用武力或威胁的方式来对付拒绝接种疫苗的人。在某些特殊情况下，当护士准备进行接种时，警察会协助其按住反抗者的手臂。

比格斯经常谈到疾病的“绝对可预防性”，他自豪地指出，世界上没有任何其他地方“像纽约市卫生委员会一样被赋予如此非凡的甚至是专断的行政权力”。[68]他正是利用这种权力搜寻结核病患者，并（必要时强行）将他们送进疗养院。他还用这种权力来发现和销毁被污染的食品和药品。[69]不接受听证，也不接受上诉，其回报是死亡率的稳步下降。[70]

为了保护纽约人的群体健康，比格斯不惜挑战法律和道德底线，其中最臭名昭著的就是爱尔兰移民厨师玛丽·梅隆的例子。1902 年，德国的科赫公司证明，健康的人可以连续数年成为伤寒沙门氏菌的传染性携带者，而这种细菌会导致伤寒热。[71] 比格斯带领一组疾病检测人员通过对一系列伤寒确诊病例和死亡病例进行研究后发现，梅隆是这些病例共同的纽带，也是实验室证实的细菌携带者。[72] 他们把她关在纽约东河的一个小岛上，直到她发誓不再做厨师，因为她从事这个职业会传播疾病。但在她获释后，梅隆以假名非法回到了厨师行业。当比格斯的工作人员追查到这个好斗且完全不合作的女人时，他们又把她流放到那个岛上，这一次是强迫她在那里度过余生。她就是人们永远铭记的“伤寒玛丽”。[73]

然而，在向西推进的过程中，人们对这种强有力的公共卫生措施越来越不满意，洛杉矶人对此表示强烈反对。值得注意的是，这种对公共卫生事业的不利形势却发生于该行业在科学和社会领域取得巨大成功的时期。

1900 年，美国公共卫生协会开始通过授予更高的学位，让这一职业变得专业化。到 1913 年巴拿马运河竣工时，美国军队实际上通过努力清除巴拿马沼泽，已经根除了运河区的疟疾和黄热病，类似的排涝运动也在北美和南美各地展开。

细菌革命如火如荼，由此激发了美国慈善家们的想象力，他们还发起了其他大胆的运动。约翰·洛克菲勒创建了一个以他的名字命名的科学基金会，并于 1906 年向钩虫宣战。[74] 10 年后，洛克菲勒基金会筹集数百万美元在巴尔的摩市建立了约翰·霍普金斯大学公共卫生学院。这是在其他慈善家出资创建哈佛大学公共卫生学院 7 年之后成立的。[75]

与此同时，钢铁大亨安德鲁·卡耐基建立了一个基金会，旨在改善当时美国 160 所医学院校的教育质量。负责此项工作的亚伯拉罕·弗莱克斯纳在 1910 年写了一篇可以说是迄今为止用英语发表的对医学教育最具影响力的控诉书，[76] 人们称之为“弗莱克斯纳报告”。报告不仅以真正可怕的细节揭示了当时医学训练的可憎之处，而且还列出了详细的整改步骤，其最终目标是将美国的医学院转变成严谨的科学研究中心。[77]

这对公共卫生保健的主要好处是，提高了改进后的医学院毕业生对细菌理论和疫苗学的信仰。医院也从 19 世纪仅仅把病人从社区隔离起来的仓库转型，变成了真正的医学治疗中心。[78]

但随着医生技能和医院质量的提高，医疗成本也随之上升。随之而来的是关于政府在提供基本公共卫生服务和医疗服务方面应该扮演什么角色的争论。当时的纽约市已经有了由财政拨款的公立医院，在西部，洛杉矶郡正在朝着成为该地区唯一的医疗服务提供者的方向发展。但是没有一个州（当然也包括美国国会）已解决支付医疗费用的责任归属问题。关于政府是否应该提供全民医疗保险的争论始于1912年，并一直持续到21世纪。

随着时间的推移，基础研究科学领域的主导者已经逐渐从欧洲转向美国。19世纪20年代，法国在医学探索方面领跑西方世界。到19世纪40年代，德国主导了医学科学领域的发展，除了巴斯德实验室外，19世纪下半叶大部分重要的医学发现都来自德国。然而，到1910年，美国的科研成果占据了主导地位，大多数最新的科研成果都诞生于纽约市的实验室。[79]一战时，美国本土免受战争之苦，一战结束的时候，美国的科学研究已处于全世界的主导地位，并在整个20世纪的大多数研究领域都持续保持领先地位。

一切似乎都对公共卫生有利。在美国，细菌理论的改革者们正处于他们的权力和威望的顶峰，似乎没有一种疾病不会被他们的科学“大刀”所征服。

直到1916年，小儿麻痹症出现了。

在40多年的时间里，实验室都无法成功分离和培育出导致小儿麻痹症的微生物。在此之前，它与天花、狂犬病和黄热病一样，都属于病毒性疾病。作为一种传染病，可以间接证明其微生物病原的存在，但这种病原一直无法被发现或解释。科学，以及随之而来的公共卫生，都遇到了严重的阻碍。

几十年后专家们才明白，正是当年公共卫生领域的蓬勃发展间接导致了小儿麻痹症的发生：微生物是古老的，但疾病不是。在公共卫生者们开始清理这些水源之前，婴儿从断奶的那一刻起就接触到微量的、免疫剂量的病毒。清洁的饮用水意味着儿童接触脊髓灰质炎病毒的机会要比之前少得多。1900年后出生在纽约、波士顿、芝加哥、巴黎和伦敦等城市的一代人几乎对这种微生物完全没有免疫能力。

当时，只要持续几天饮用水没有被充分过滤，就会引发一场传染病，而这种情况在炎热的夏季很常见，因为此时细菌繁殖和水位降低都会增加微生物的浓度。[80]

1916年6月6日，纽约市的儿科医生报告了当年的第一例小儿麻痹症病例，这是在人口稠密的海滨地区的居民中发现的。到6月底，美国各地的城市都出现了有史以来最严重的脊髓灰质炎疫情。纽约市卫生局和美国军医总署都意识到正面临着一场巨大的传染病疫情，转而采用一种新的解决办法——宣传。他们通过全国的报纸、民间组织和学校发出呼吁，敦促把好的卫生习惯作为预防小儿麻痹症的最佳手段。在 7 月 4 日独立日前夕，美国军医总署宣布“国家危在旦夕”。[81]

美国的公共卫生领导人们想尽一切办法试图控制这个儿童杀手。在纽约市，警察和护士一起挨家挨户搜索病例，所有有小儿麻痹症患儿的家庭都被隔离。

城市街区的入口处到处都钉着这样的牌子：

> 小儿麻痹症（脊髓灰质炎）
> 本市某些地区小儿麻痹症很严重，
> 本市某些街道有患儿，这条街就有。
> 请勿进入！

科学家们过了几十年后才明白，隔离对控制小儿麻痹症的流行毫无价值。孩子自己的父母、兄弟姐妹或朋友才可能是危险的传染源。只有疫苗才能预防小儿麻痹症，而这一新技术还要再过 40 年才出现。

虽然小儿麻痹症在 1917 年似乎有所减少[82]，但后来又卷土重来。而且在 1916 年至 1919 年间，小儿麻痹症还只是几个新挑战中的第一个，这些挑战严重削弱了国民对公共卫生的敬仰和信念。由于有大胆的政治策略、强有力的科学证据和同样令人印象深刻的战略规划，公共卫生的细菌理论在民众中的威信在不到二十年的时间里达到了顶峰。

但是现在，它的威望将开始螺旋式下降。

一战期间，美国男人在欧洲的战壕里深陷泥潭，而在国内，主要由基督教妇女团体领导的禁酒联盟成功地推动国会通过了美国宪法第 18 修正案。新法律禁止在全国范围内“制造、销售或运输高浓度的酒”，这反映了接受广泛宣传的中产阶级对醉鬼父亲和丈夫的道德愤慨，这些人往往来自工人阶级。

虽然禁酒的动机不是为了公共卫生，但很明显，酗酒不仅对饮酒者有害，而且可能会危害整个家庭。

广受欢迎的福音传道士比利·桑迪预言，禁酒令将会带来美好的未来：“眼泪将会远离，贫民窟很快会成为回忆。我们要把监狱变成工厂、仓库和粮仓。男人们开始行得正，女人们面带微笑，孩子们开怀大笑，地狱将永远远离我们的生活。”[83]

然而，相反的是，禁酒令引发了一场由大规模犯罪网络导致的公共卫生灾难。消费者对酒精的需求从未减少，在纽约这样的城市，禁酒令实际上增加了酒精的实际消费量和毒品的使用。当联邦当局在四处追查装满杜松子酒的卡车时，医生们却公然开起了处方，将富含吗啡、鸦片、鸦片酊、颠茄、苦艾酒、大麻和可卡因的药物作为酒精的替代品，所有这些药物都在地下酒吧公开出售和贩卖。[84]

在禁酒令生效的第一年，全美国的犯罪率上升了24%，监狱的容量达到了170%；贿赂和勒索政府官员的行为很快变得司空见惯，任何人几乎都不会感到惊讶。[85]

1919年，纽约市卫生局报告称，该市至少有10万名吸毒人员，他们主要吸食鸦片或可卡因。随后，美国步入繁荣的20年代，酗酒者和吸毒者的人数不断上升。新任命的卫生专员科普兰博士努力将所有与药物成瘾有关的事务都划归到他的部门管理，并将河滨医院改造成戒毒治疗中心。但是因为许多警察已经身陷与禁酒有关的贪污，他们与科普兰产生了分歧。到1920年，科普兰的戒毒基金已经枯竭，而病人康复率不到5%的河滨医院也被迫关闭。[86]

公共卫生领域另一个被持续争论的主题出现了：将毒品和酒精成瘾的人视为需要接受医学治疗的病人还是将其定为罪犯？尽管在未来几十年里，公共卫生偶尔会取得胜利，但美国人通常会选择对非法使用毒品者采取执法手段。1933年禁酒令废除后，人们对酗酒者的关注不再那么强烈，但对非法使用毒品的担忧在整个世纪不断加剧。[87]

尽管美国人对成瘾物质的新嗜好是很麻烦的公共卫生问题，但真正让人们对公共卫生失望的并不是鸦片和酒精，而是另一种病毒：流感病毒。猪流感于1918年夏天在堪萨斯州暴发，在18个月里环绕地球3次。[88]到1920年早期，据估计全球有2000万到2500万人死于这种病毒感染。[89]

1918年11月，美国的5323家医院全部人满为患，612251张床位几乎全部住满。在1917年大流行前夕，全国每年因流感死亡的人数为164.5/10万人。1918年，这一数据飙升至惊人的588.5/10万人，并一直保持到1921年。[90]

公共卫生部门不堪重负，几乎所有其他活动都不得不受制于流感疫情。由于流感病例实在是太多，无法进行隔离，卫生部门对此几乎无能为力，他们只能一边数着死亡人数，一边忙着收集尸体，除此之外没有别的办法。各路“神仙”趁机钻了空子：在对流感病毒缺乏清晰认知的情况下，各种各样的骗子和庸医都在出售长生不老药、口罩、蒸汽、酒精酊剂和其他数百种物品。

从纽约到洛杉矶，对当地的卫生官员来说，1918年至1919年的传染病疫情是对他们在其他方面取得成就的又一沉重打击。小儿麻痹症、药物和酒精成瘾以及流感都凸显了公共卫生人员的重大缺陷。毕竟，他们对微生物的控制力和防控疾病的社会动员力都是有限的。

在1920年的年度报告中，纽约市卫生局发布了一篇近乎悲哀的声明，这与比格斯在十年前的慷慨激昂形成了鲜明对比。声明中写道：

> 就在几年前，“安全第一”和“健康第一”的口号已经深入人心，但如今文明国家的实际状况，却很容易让人以为，人们现在的态度已经转变为同意推行“健康最后”政策了。这些观察结果与全面爆发的问题有关，人们对社会福利活动兴趣索然……这也同样反映在公共卫生迭代活动中。时代的潮流清楚地表明，在促进人类福祉的事情上，需要更加理智和积极进取的领导才能……
>
> 民众对公共卫生领导人的信任似乎都是没有根据的。在他们的集体记忆中，近期明显的疾病防控失败掩盖了之前战胜白喉、黄热病和霍乱的所有功绩。

而且越来越明显的是，即使是20世纪早期已取得的公共卫生成就，在执行力和影响力方面，全美国都不一致。波默罗伊手下的洛杉矶郡官员悄悄对比了墨西哥裔美国人和白人婴儿死亡率，两者之间有高达3倍的差异，但没有进行任何研究去解释产生这种差异的可能原因。即使是比格斯在纽约市的权威鼎盛时期，白人移民和土生土长的非裔美国人之间的预期寿命相差大约10年，但这也不过只是一组按规定逐年记录的数据，没有人去深挖其产生的原因。

一个世纪以来，英美两国以健康为导向的知识分子，一直在思考贫困与疾病之间的关系，他们推测出各种各样的结论：决定其疾病结局的要么是穷人们恶劣的生活环境，要么是家庭生活方式，要么是“家族倾向”（又名遗传因素）。[91] 在美国，移民问题给这一情况蒙上了一层疑云，土生土长的白人卫生领导人将其归咎于新到美国的贫困工人不佳的健康状况。反犹太主义、对爱尔兰和意大利的成见、反天主教以及其他带有偏见的观点也对此进行了简单的解释，尽管历史证明这些解释都是错误的。

在世纪之交，美国最富有和最贫穷公民之间存在巨大的贫富差距，这也是不容忽视的问题。[92] 1920年，收入最高的1%的美国人挣的钱比收入最低的50%的美国人挣的钱的还要多。当时的公众拥护者认为，巨大的贫困差距既是社会底层人民痛苦的根源，也是他们无法进行健康选择的原因，这一点是显而易见的。

但在20世纪，在英国和美国，大家经常会把对底层贫困人口的担忧加上一层不道德的外衣，他们认为酗酒和吸毒、性获得疾病以及精神疾病都应归咎于穷人们道德的缺失或自卑。

20世纪初的细菌理论革命者，无论他们的事业多么崇高，也无法正视种族和经济差距是健康问题的根源。随着20世纪20年代社会达尔文主义的兴起，对种族差异导致的预期寿命和健康的差异的相关解释，也从寻找道德缺陷转向了进化论和原始的遗传学。[93]

疾病的“种族免疫”概念在医生和许多公共卫生倡导者中很受欢迎，但统计学家和人口学家并不这么认为，因为他们在不同的死亡率中看到了非常不同的景象。“我认为没有任何种族对某种疾病有绝对的免疫力。”大都会人寿保险精算师路易·都柏林写道：“在对几乎所有疾病的预防或治疗护理中，黑人的死亡率都远高于白人，但这并不能说明黑人天生就更容易患上这些疾病，或者只能说明他们对这些疾病的抵抗力较低，更有可能的是由于无知、贫穷和缺乏适当的医疗卫生服务导致的。”[94]

在西部，墨西哥裔美国人、华裔美国人和白人之间的鸿沟同样巨大。20世纪初，墨西哥裔美国人已经成为该地区的主要非熟练劳动力，到1920年，在洛杉矶有多达1/3的墨西哥裔美国人的家庭没有父亲，这些平均拥有4个以上孩子的母亲们，通常在离家遥远的白人家庭里打工。[95]与白人相比，他们的死亡率要高得多，这无疑是多种因素共同作用的结果。[96]但是，在20世纪20年代，洛杉矶卫生局没有人有时间或有兴趣研究这个问题。[97]

在整个20世纪，美国公共卫生领导人们都在为种族、遗传、族裔和经济阶层的问题而斗争，他们也无法确定这些问题对个人和群体健康的影响有多大。而这场博弈，再加上整个社会排斥的卫生体系，将成为美国公共卫生的一个关键的、旷日持久的尴尬主题。

三

> 到了30年代，扩张性的时代已经结束，公共卫生的职能变得更加常规和固定。细菌学革命已经在公共服务机构中发挥了作用。不久，抗生素和其他药物的问世将使私人医生能够正常开展诊疗工作，如性病和结核病的治疗。然而，早在很久以前，人们就清楚地意识到，美国的公共卫生将退居次要地位——因为不如临床医学有威望、缺乏资助，并且无法执行更高层次的协调和指导职能，其实这些职能如果不是已从医疗保健领域排除的话，本是可以发展起来的。
>
> ——保罗·斯塔尔，1982年[98]

1929年10月29日，纽约证券交易所在经历了连续几天的暴跌后崩盘，整个世界陷入了20世纪30年代的大萧条。细菌学家、当时最著名的科学作家保罗·德·克鲁伊夫[99]，在那个黑色10月之后花了好几个月的时间游历整个国家。贫穷和疾病的残酷现状让他大开眼界，这是包括他在内的几乎所有科学家从未见过的。他几乎怒不可遏地写道：

> 我不知道为什么我花了这么长时间才明白，那些探索者辛苦劳作的动力和成果是可以被出售的；只要你能付得起，你就可以拥有生命；也就是说，如果你够精明，够狡猾，够幸运，你也能生存下来。
>
> 只是我仍然困惑，为什么这么长时间以来，我一直在为我们可怕的文明寻找借口，这太讽刺了……这是被加尔文主义的谎言统治的结果，上帝分配给了人间苦难，这些苦难其实是好的；但将奖杯颁发给探索者，对他们假笑祝贺，却将他们科研成果的真正利益分配给少数富人，然后转过脸来，不再正视千百万人的痛苦，不再正视人间隐藏的饥饿，不再正视绝对不必要的死亡。[100]

德·克鲁伊夫从一个相信科学将战胜人类最严重疾病的公共卫生倡导者，转变为该领域最尖锐的批判者。在美国前所未有的全国性贫困中，德·克鲁伊夫发现，自己多年来忽视穷人的公共卫生需求，或者更糟的是，将穷人的疾病归咎于穷人自身，现在正在逐渐削弱他曾经大声宣扬的那些成就所构建起来的威望。

在他穿越美国的旅途中，德·克鲁伊夫看到了健康问题的大杂烩。一些社区似乎没有受到大萧条的影响，而另一些社区则出现了结核病的死灰复燃，达到了他所说的“谋杀”级水平，并在儿童中造成严重的风湿热流行（1929年至1934年间，该疾病在纽约市的发病率上升了20倍）；政府削减了许多州的疫苗接种计划，导致被德·克鲁伊夫斥为“可恨”的白喉病例激增；营养不良的儿童人数也在急剧上升。

1935年，《纽约世界电讯》的一篇社论[101]这样写道：“纽约市的小学里有13.5万名学生由于营养不良而非常虚弱，他们太虚弱，以至于不能够在课堂上真正获取知识。这种情况几乎是每5个学龄期孩子中就有1个，占比18.1%。”

德·克鲁伊夫讽刺地问道：“孩子们应该吃吗？如果不应该，为什么还要让他们活着？”

然后，他又将愤怒转向了生育问题，记录下了大萧条时期严重不达标的医院里“为生命而战”的经历。[102]他认为，整个北美的医院已经没有了基本的卫生标准。母亲们再次受到产褥热的严重威胁，死亡率如此之高，只有在塞梅尔维斯关于消毒洗手的伟大发明出现之前见到过。婴儿出现“婴儿床热”是因为护士在照顾他们时不洗手就连续为多名婴儿更换尿布。梅毒和结核病的发病率急剧上升，根据美国结核病协会的数据，到 1937 年，结核病每年给美国造成 6.47 亿美元的医疗费用和相应的生产力损失。然而，医院没有足够的资金来应对这些疾病，全国各地的公共卫生部门都处于崩溃的边缘。“让我们面对现实吧，”德·克鲁伊夫说，“随着我们医院和大学的贫困程度不断加深，人们对统治者、审计人员、热衷于经济的预算平衡者越来越绝望，我们几乎不可能有足够的资金来培养新时代的应对死亡威胁的卫士。”[103]

曾被视为美国英雄的公共卫生部门的领导人，却因遭到排挤而无能为力，甚至被迫为政府和行业辩护。[104]像查尔斯·休伊特和赫尔曼·比格斯这样的科学家早已不复存在了，取而代之的都是官僚。

大萧条夺去的不仅仅是生命和经济，也敲响了公共卫生革命的丧钟。公共卫生的职能通过联邦制得以保留，并通过建立更大的国家级项目来支撑，由各级政府的工作人员组成，但这些人员往往是平庸的医生和官僚。

当 1929 年股市崩盘时，联邦政府的公共卫生部门的工作一团糟，涉及 40 个不同的机构，要对 5 个不同的内阁部长负责。全美仅有 5000 名政府公务员在参与公共卫生项目的相关工作，[105]这是一支无法与面临的挑战所抗衡的力量。

在经济崩溃后的几年里，美国人口健康的每一个关键指标都在恶化，就像六十年后苏联解体后的东欧一样。男性自杀率飙升，特别是在 50 至 64 岁的失业男性中更为突出。[106]总的来说，全美国的自杀率从 1925 年的 12/10 万人上升到 1932 年 17.4/10 万人，创下了美国的历史新高。1929 年至 1936 年间，全人群的总体预期寿命略有上升，但这个数据掩盖了 1933 年至 1936 年间预期寿命连续 5 年急剧下降的事实。

在大萧条时期，某些传染病的死亡率在全国范围内显著上升，其中包括猩红热、白喉、百日咳、麻疹、流感和肺炎。在一些地区，结核病和伤寒的死亡率在 20 世纪 30 年代也曾飙升。更糟糕的是，全美国的医院都破产了。[107]当然，医院破产的原因是因为病人都破产了，不管是公立的医疗机构还是私立医院，都无法支付其运营费用。由于口袋里没有钱，病人们不再前往久负盛名的私立医院，不得已选择在公立的医疗机构里接受免费治疗。

大萧条对美国人民的生活和健康所产生的影响之大怎么讲都不过分。大多数城市的失业率在 10% 至 40% 之间，工业中心城市的失业率最高，消费品和资本品的销售一落千丈，因为一夜之间消费市场整体消失了。农民被迫大幅降低农产品价格，以至于其收入无法负担收割和运输产品而产生的成本。1932 年，超过 25 万个农场被取消赎回权，所有的建设工程完全停工了。[108]

所有的企业都关门了。越来越多的下岗工人转而求助于救济办公室，而负责此事的市政官员将他们拒之门外，因为城市金库也空空如也。受打击最严重的是非裔美国人、墨西哥裔美国人和美洲印第安人，他们的失业率高达 60% 到 75%。同样受到冲击的还有因早期公共卫生成就而受益的老年人，1929 年，美国 65 岁以上的退休人群空前庞大，占全国人口的 5%，在经济大萧条时期，他们中没有人有养老金或收入来源。1923 年至 1932 年间，全美国有 1 万多家银行倒闭。

地方政府为这场危机尝试了各种各样的解决方案，但这些方案很少是明智的或最终有效的。

对许多家庭来说，除了自杀之外的另一种选择就是搬迁。从 1929 年至 1940 年，随着数百万人为找工作从一个地方迁移到另一个地方，美国的人口结构发生了根本性的变化。他们中的许多人由于 1935 年毁灭性的沙尘暴而去世，而沙尘暴是几十年来在阿肯色州、得克萨斯州、俄克拉荷马州和大平原过度耕作的结果。[109]

这些难民中有许多人去了加州，在那里他们非常不受欢迎。保守的加州人对土生土长的赫伯特·胡佛寄予厚望，他是第一位当选总统的西部人士。即使大萧条愈演愈烈，1932 年大多数民众领袖仍接受了胡佛提出的明智假设：政府不应该用来缓解每个居民应尽的责任和义务，也不是用来减轻私营机构对公众的责任。在未来很长一段时间里，人们都能从受加州人爱戴的总统那里听到这种观点。

西部地区正在酝酿阶级战争。“胡佛村”是一种隔板式的贫民窟，居住着大量来自沙尘暴地区的难民和流动工人。这些居民涌现在每个主要的西方城市里。劳工组织的领袖们在愤怒中找到了发泄的出口，他们既有世界产业工人联盟的无政府主义者，也有尤金·德布斯这种社会主义者。加州各地的工会成员们举行了各种形式的游行和抗议活动，反对“资本家”。

洛杉矶的领导人对日益紧张的局势做出了回应，从 1931 年开始，当地政府将大规模的墨西哥人和墨西哥裔美国人驱逐出境。[110]

在这种混乱的局势下，政府综合治理的各个方面都处于紧张状态，公共卫生也不例外。在股市崩盘前夕，郡级卫生部门有 400 名员工，10 年后仅仅多了 19 名员工，而在此期间，该部门所服务的人口从约 67.7 万人增长到约 90 万人。尽管这只是一个大概的数字，因为没有人真正知道每天到底有多少墨西哥人、“俄克拉荷马州人”或墨西哥裔美国人居住在该郡。当时需要写的各种各样的报告让他们有一种喘不过气来的感觉，就连在打字机前敲字都像是宝贵的休息时间。1930年，美国公共卫生协会对该部门的工作状况进行了评估，发现其人员“严重不足”，因为四处奔波的工作人员几乎无法满足民众最基本的健康需求。

在20世纪20年代的繁荣时期，波默罗伊博士曾计划在这个广阔的洛杉矶郡建立一个医疗诊所网络，但因遭到了当地美国医学会的强烈反对而未能实现，该协会不能接受来自政府的任何竞争。1935年，波默罗伊博士计划中涉及医疗保健体系构建的大部分内容都已经支离破碎，这个体系不仅是美国医学会攻击的对象，更重要的是，它还受到一个新兴的不断壮大的团体“红色诱饵”的影响。这个团体被该郡的精英阶层视为“具有社会主义色彩的团体”，他们为穷人提供医疗服务，就算是在大多数洛杉矶人遭受苦难急需援助的时候，也被这些追随《洛杉矶时报》号召的人指责，称“红色诱饵”滥用税收为所谓的“不值得的穷人”提供服务。[111]

在这种混乱之中，百日咳、白喉、伤寒、产褥热、母婴死亡率和肺结核发病率在大萧条期间都有所上升。[112]1934年，当小儿麻痹症在洛杉矶肆虐时，卫生部门对此竟无能为力。[113]

那种脊髓灰质炎病毒的毒株不同寻常[114]，很多病例都发生在成年人身上，很少有患者瘫痪，死亡率很低，而且大多数都是脑炎的临床表现。[115]

郡里的卫生官员们无法解释这种疾病是如何进行传播的，为什么会引起如此不寻常的症状，如何才能阻止它的传播，或者什么样的治疗会有效。[116]

到疫情最严重的时候，公共卫生当局已经完全崩溃了。由于担心感染（已经传染给了许多卫生工作者），很多公立医院的工作人员逃离了他们的工作岗位，剩下的医护人员不堪重负，担架和轮床上挤满了等待救治的病人；生病的孩子一直在街上号啕大哭，大量的患者徒劳地呼救。

多年以后，不管洛杉矶卫生部门表现出多大的诚意和谦逊，也很少能得到该地区政治领导人、医生或普通民众的认可与合作。

然而，祸不单行。1929年到1933年，没有了税收的支撑，美国各地的市、郡和州都在分崩离析。在一些地区，医生自愿为疫情防控工作提供相应的服务。但是在富兰克林·德拉诺·罗斯福总统竞选之前，美国大多数公共卫生部门要么已经像洛杉矶那样支离破碎，要么正徘徊在崩溃的边缘。[117]

而明尼苏达州是一个意义非凡的例外。在大萧条期间，该州的左翼倾向非常明显，以至于罗斯福的民主党成了被攻击的右翼。就在股市崩盘几周后，明尼苏达州人选出左翼人士弗洛伊德·奥尔森担任州长，他所在的农工党上台。该政党认为，公共卫生之类的社会项目是最应该被重视的，并把反对公共福利的言论视作某些黑暗的资本主义的阴谋。“只要我还坐在州长的位子上，”奥尔森说，“只要我能以人道主义的方式阻止它，这个州就不会再有类似的苦难。我希望废除现行的政府工作体制。”[118]为此，公共卫生项目在奥尔森执政期间得到重视，为农民和城市贫民提供的医疗和疾病控制服务得到有力推行。

即使在20世纪40年代农工党下台后，其对明尼苏达州政治和公共卫生的影响依然持续深远。六十年来，明尼苏达州因其持续增长的税收和有税收力挺的社会项目而闻名，这些社会项目包括公共卫生项目和为赤贫、弱势的明尼苏达州劳动者提供医疗服务。

在罗斯福近四届总统任期快结束时，美国的公共卫生要实行联邦制了。诚然，每个城市和州还会有自己独特的公共卫生服务和项目，但那些曾百分百依靠地方财政收入支撑的医疗卫生服务项目将转为依赖华盛顿的资金支持。美国公共卫生署的权力和影响力将随之增加。

美国公共卫生署最初是一个很小的联邦机构，其权力被严格限制，管着那些进入美国的主要港口以及全国范围内的传染病疫情，特别是纽约的埃利斯岛和旧金山的天使岛。1901年，就在鼠疫耶尔森菌袭击旧金山的唐人街之后，[119]加州的一场抗疫战改变了人们的观点。天使岛的美国公共卫生署微生物学家约瑟夫·金尤恩分析了唐人街患者和大鼠的血液标本，证实的确是鼠疫耶尔森菌。他立即向加州和联邦当局汇报。[120]

加州州长亨利·盖奇将金尤恩的发现斥为无稽之谈。共和党人盖奇绝对不会容忍疫情来阻碍加州的发展和人口扩张，所以他直接宣布在加州没有鼠疫，至少现阶段没有。

金尤恩和盖奇对峙18个月后，一个独立的审查委员会证实确有鼠疫耶尔森菌。在美国历史上，联邦卫生当局第一次在没有州领导要求或支持的情况下（但在旧金山当地卫生官员的紧急要求下）接管了传染病控制工作。[121]1912年，为了全体美国人（不仅仅是海员和移民）的健康，国会授权美国公共卫生署在地方层面进行健康干预，并授权其进行基础医学研究。[122]第一个影响较大的联邦健康法是1921年颁布的《谢泼德－唐纳法案》，该法案每年向美国公共卫生署提供一定数额的资金，用于向各州发放婴儿健康计划的补助金。这开创了一种新的筹资模式，这种模式将成为20世纪后期的主导模式：资金将通过联邦财政支出，下拨分派到各州和各个城市，用于执行由联邦卫生当局和国会政治家决定的相应政策。

与欧洲不同的是，美国的公共卫生起源于地方层面，并逐渐发展为多种不同基础体系拼凑而成的复杂体系，每个基础体系都有不同的规则和权威，因此实施这种自上而下的强制性政策就很奇怪。要制定出一刀切的卫生政策是不可能的，而且在未来几十年里，联邦政府的慷慨往往会让地方公共卫生部门非常纠结：他们想要这笔钱，但可能会对其附加的政策不认同。[123]

然而，对于在 20 世纪 20 年代能使用这笔资金的 41 个州来说，《谢泼德－唐纳法案》无疑是一个福音。[124]

1926 年，民营的由医疗和公共卫生机构组成的国家健康委员会向国会提交了一份报告，将美国的公共卫生描述为隶属于 5 个不同行政部门却没有真正主管领导的，一个软弱无力、支离破碎的体系。分布在 40 个不同机构的大约 5000 名公务员，在制定和实施各种公共卫生政策的工作中发挥了作用。美国公共卫生署并不是孤军奋战，也不是独自担责。[125]

在 1932 年的民主党提名大会上，富兰克林·罗斯福曾呼吁制定“美国新政”，对银行和金融界进行监管，同时国家伸出援助之手，帮助民众摆脱困境。1933 年上任时，罗斯福身边就迅速聚集了一群顾问，他们被媒体称为“智囊团”，并着手制订新政。国会几乎通过了白宫提交的每一项立法提案，到 1933 年年底，美国迈出了走出大萧条的建设性的第一步。[126]

新政对美国公共卫生基础设施的影响是深远和持久的。1933 年至 1938 年间，美国成立了十几个机构，每个机构都跟美国人的健康息息相关。而且这些机构中的大多数以某种形式成为美国政府的永久组成部分。[127]

没有一个州拒绝执行新政（甚至明尼苏达州也不例外），但是没有哪个州的领导比纽约市市长菲奥雷洛·拉瓜迪亚更善于利用新政。[128]

早在拉瓜迪亚当上纽约市市长之前，他就告诉罗斯福，他很乐意让总统把纽约市作为每一个新政项目实施的试验田。[129]尽管 1933 年罗斯福的总统选举结果并不确定，他依旧做出了这个承诺。

在繁荣的 20 世纪 20 年代，坦慕尼派对卫生部门有绝对控制权，最终导致了赫尔曼·比格斯于 1923 年筋疲力，尽灰心丧气地辞职。随后，弗兰克·莫纳汉在卫生部门的领导腐败透顶，全方位地破坏了那些能使纽约市成为国家公共卫生典范的项目。

但坦慕尼派的贪婪实在太过分了，即便是在极能容忍腐败的纽约市也显得太过明目张胆。1925 年，地下平民组织挖出了各种丑闻迫使莫纳汉下台。他的继任者路易斯·哈里斯随后发现了更多令人震惊的莫纳汉欺诈、要求赞助和勒索的证据。例如，一伙餐馆督察员一年就从餐馆老板那里敲诈了 300 万美元，这些老板被迫每周支付 5 美元的“保护费”；还有一笔 100 万美元的传染病防控基金也凭空消失了。

众所周知，哈里斯是个诚实的人，他随后就下令解雇和起诉了一大批人。该部门在公众中的信誉严重受损。1928 年，民营的纽约福利委员会发布了《纽约市民健康状况报告》，由此对卫生部门提出了严厉批评。[130] 报告中指出，几乎每个健康指标都是一团糟，哈里斯的前任造成的损害完全无法弥补。[131]

被称为“小花”的菲奥雷洛·拉瓜迪亚陷入了大萧条的泥潭。坦慕尼派执政 146 年，对纽约市和民主党 77 年的罪恶操纵，最终被拉瓜迪亚击败了。

拉瓜迪亚上任不到一年，与罗斯福智囊团的积极配合就有了回报，而他任期中的一个标志性的政绩就是他有能力让纽约的发展与罗斯福的新政相匹配。新政的资金主要用于消灭蚊虫和湿地排水，研究纽约日益严重的空气污染问题，以及“全面阻击性病”。

1935 年至 1937 年，纽约市卫生部门投入了一场轰轰烈烈的建设热潮，建了新实验室、诊所和办公室。所有这一切都归功于联邦资助的公共工程管理项目。拉瓜迪亚自豪地说：“我们把政治因素从卫生部门清理出去，就像我们把微生物、细菌和臭虫从我们的城市里赶出去一样。”[132]

1937 年，一项由新政资助的研究显示，在纽约和洛杉矶（尽管属于不同的体制），大萧条对非白人居民造成的损失要比白人居民大得多。纽约非裔美国人和其他有色人种的死亡率比白人男性死亡率高 473%。非白人婴儿的死亡率是白人婴儿的 2 倍。[133]

在大萧条结束后拉瓜迪亚的最后一个任期内，他清醒地意识到一个惊人的事实：即使纽约人民经历了 15 年的经济困难期，这里的医院和医生却更繁忙，以至于城市的普通工薪阶层再也负担不起医疗费。[134] 因此，拉瓜迪亚在 1944 年建立了美国第一个市政医疗保险计划，该市为年收入超过 5000 美元的工薪阶层支付一半的医疗费，为低收入者支付全部医疗费。

但早在拉瓜迪亚带领美国走上医疗保险的道路之前，美国医学会就已经在抗议中声嘶力竭了。约翰·赖斯用新政的拨款改变了纽约市的公共卫生活动。在 1938 年的部门年度报告中，赖斯明确指出公共卫生的使命已经改变。虽然梅毒、肺结核、细菌性肺炎、脑膜炎和小儿麻痹症等传染病一直在困扰和威胁着人民的健康，但是“影响死亡率的疾病”不能再占用该部门的大部分精力。相当有先见之明的赖斯说，未来的公共卫生将需要“考虑到影响公众健康和福祉的身体和精神疾患”[135]。

那时纽约市卫生局每 5 美元的开销中就有 1 美元来自联邦政府。而对比 4 年前，纽约市还没有从华盛顿得到过一分钱的公共卫生资助，这已是一个明显的改变。1940 年，该部门第一次面临经济困境时，凸显出一个不好的征兆：

白宫的政策变化已经通过华盛顿一系列新政官僚机构，沿着资金阶梯缓缓而下，拨到纽约的公共工程管理项目的资金被削减了21%，许多机构的医护人员一夜之间收入减半至兼职收入的水平。这也将被证明是美国公共卫生安全网络在未来面临的挑战。

依赖可能是一件可怕的事情，尤其是当救济金的条款完全由捐赠者决定的时候。在未来几十年里，公共卫生项目将越来越依赖华盛顿的慷慨程度，因此更容易受到远方政客一时冲动和优先事项的影响，而项目本身对这些政客几乎没有或根本没有影响力。如果没有赫尔曼·比格斯那样的政治觉悟，或者菲奥雷洛·拉瓜迪亚那样的政治支持，几乎没有哪个地方能够免受华盛顿方面的周期性变化的影响。

然而，新政对公共卫生的影响是非常积极的，而且往往其收益都来自意想不到的原因。美国印第安人的健康状况因1934年《印第安人重组法案》赋予的地权变化而有所改善。[136]新政农业计划的实施降低了农民和俄克拉荷马州农场工人的死亡率。随着田纳西谷管理局为数万户家庭供电，并允许安装冰箱，农村地区的食物中毒率有所下降。800万工人突然有了钱来养活他们的孩子，这多亏了公共工程管理项目提供的就业机会。钩虫感染率下降，因为南方家庭的收入足够给他们的孩子买鞋。

1934年的国会选举中，罗斯福的支持者在参众两院占据了很多席位，使得共和党人成了少数派。尽管罗斯福的智囊团广受欢迎，但当政府着手开展医疗保险和社会保障计划时，还是遭遇到了阻力。罗斯福的社会保障计划将覆盖每个美国人从出生到死亡的健康、医疗和养老金需求，并通过工资缴纳制度来提供资金。罗斯福设想通过建立一种体制，为失业工人提供保障，为怀孕的妇女提供产前护理，为退休人员提供生活保障。按照他的设想，每个美国人，无论种族或阶级，都将享受到美国社会保障计划的庇护。

这种设想走得太远。

南方的政治领袖们说，他们绝不会投票支持这项法案，该法案可能是从辛苦工作的白人的工资中多榨取些钱，比如拿失业救济金来支付给“在画廊前闲坐着无所事事的黑人”[137]。共和党人说，罗斯福计划公然带着社会主义色彩，必须加以阻止。

当然，美国医学会也插了一脚，其领导人反对罗斯福社会保障计划中涉及的所有医疗保险条款。[138]

面对强势反对，《社会保障法案》于1935年最终通过，但还是违背了罗斯福最初的所有设想，是一项存在严重缺陷的立法。正如美国医学会所希望的那样，它没有医疗保险条款。

这是美国历史上第二次提出基于强制保险的全民医保提案，最终宣告失败。这两次提案都是被美国医学会否决的。

保罗·德·克鲁伊夫对《社会保障法案》中达成的妥协持强烈批评态度，他最终得出的结论是，拯救美国公共卫生的唯一希望在于进一步实行联邦化，并组建一支庞大的美国公共卫生队伍。他主张创建一个与未来的美国传染病中心并无太大不同的机构。

在《生命之战》中，德·克鲁伊夫写道：

> 美国公共卫生署为什么不能被委以重任处理现在可以预防的瘟疫？为什么不能让他们打响为生命而战的人民战争？你们会听到这样的呼声：这将催生一个新的官僚机构。请大家不要忘记这一点：我们拥有由政府和全民支持的陆军和海军，来保卫我们的国家，抵御武装入侵的威胁。其实，这些也都是官方资助的官僚机构。
>
> 但是，难道就因为陆军和海军是官僚机构，我们就可以把陆军和海军移交给私人，把保卫我们国家的任务交给这些拿着镰刀和猎枪的平民吗？如果不可以的话，那么，为什么要反对组建一个机构，去对付那些长期潜伏在所有人身边，比刺客还要危险得多的健康威胁呢？
>
> 如果允许我们健康卫士存在——那我们也可以保证——他们是有能力用这笔钱来扫除那些花费我们数十亿美元都依然存在的死亡威胁，在一代人之内，我们国家的财富将不再有这种流失。[139]

四

> 当然，没有理由怀疑科学方法拥有通过发现病因和治疗手段来解决疾病的每一个具体问题的能力。无论是涉及需要克服的特定危险还是需要满足的特定要求，人类健康的所有问题都能够并最终找到解决办法。但是，解决疾病问题与创造健康和幸福不是一回事。
>
> ——伦·杜博斯，1959 年[140]

1941 年 12 月 7 日上午 7 点 55 分，日本空袭了驻扎在夏威夷的美国海军舰队，使得美国卷入第二次世界大战。

虽然国防经济创造了很多就业机会，结束了大萧条，但也使政府开支向战争前线倾斜。对美国的许多地方来说，联邦资金突然转向其他支出其结果是痛苦的，因为地方政府已经习惯了“新政”的拨款。

例如，明尼苏达州卫生部在1942年的预算为764134美元，这笔预算的60%（453496美元）来自联邦基金拨款。可是，当年大部分的联邦捐款突然被华盛顿转移到战争中去了。此外，数以万计的公共卫生专业人员、医生和护士都被征召参加战争，从而消耗了为国民健康服务的非常重要的专业人员。

另一方面，战争推动了公共卫生方面的重要研究，为控制虫媒传染病（特别是斑疹伤寒、黄热病和疟疾）、细菌感染和性病制定了大胆的新计划。到20世纪40年代末，美国人的关注点从微生物转向两大慢性杀手：心血管疾病和癌症。与这种转变相对应的是，美国人对生理致病环境的看法也发生了逐步转变，曾被认为不断威胁健康的细菌瘴气环境，似乎开始变得可控，甚至恭顺于人类。

到1941年，罗斯福新政极大地改善了国民的健康状况。在大萧条中期，人均医疗支出迅速下降了120%，1941年已低于危机前的水平，跌至近4000美元。白人的预期寿命从1934年极低的61.1岁，到1941年达到64.8岁，净增长了3.7岁。在此期间，非白人美国人的预期寿命增加了2岁，从1934年的51.8岁上升到1941年的53.8岁。[141]产生这一现象的一个明显的原因是食物保障，1941年，美国人终于能够像1929年股市崩盘前一样衣食无忧了。肺结核、猩红热、伤寒和疟疾的死亡率都有显著改善，后两种疾病的死亡率降低了一半。[142]

珍珠港事件后，地方当局面临的挑战是，在战时居民减少以及在新的与战争有关的健康危机的情况下，如何维持1941年时的健康美景。所有这一切都发生在巨大的社会运动和动荡时期。

美国女性填补了男性应征入伍后空缺的就业岗位，南方移民到西部和中西部的军事生产中心工作，成了工业劳动主力军，其社会角色也在发生变化。经济财富是紧随军工发展之后的，二战期间政府支出和金融增长的最大受益者是洛杉矶郡[143]，加州190亿美元中的大部分军火合同都流向了洛杉矶。在战争结束时，洛杉矶已经是美国第二大工业中心，拥有全世界最庞大、最现代化的工业基础设施。[144]

从1940年到1945年，加利福尼亚州的人口增长了135%，从6982000人增加到9491000人，这些增加的人口主要集中居住在洛杉矶郡。[145]

1943年7月26日，蓬勃发展、勤劳、动荡不安的大都市洛杉矶经历了“黑色星期一”。这是该地区空气严重污染的第4天，也是洛杉矶有史以来最严重的一次。正如《洛杉矶时报》所描述的:“整个闹市区被低空的刺鼻雾霾所笼罩,昨天早上,卫生局和警方开始调查,以确定导致数千洛杉矶人眼睛和鼻子过敏以及喉咙发炎的‘毒气’的来源。在商业区的一些地段,能见度降低到不到三个街区。”

人们发明了一个词来描述那片阴霾:雾霾。尽管到了20世纪50年代,从里约到纽约的沿线城市都被雾霾笼罩,但洛杉矶是第一个持续遭受袭击的城市。在“好天气”时,这些令人作呕的物质会被来自太平洋的风吹去东边,但在“黑色星期一”,连续几天没有刮风,雾霾因此在城市上空形成了褐色的一氧化碳层、臭氧层和工业废水层。

3年后,当雾霾几乎成为洛杉矶永久的特征时,艾德·安斯沃斯在《洛杉矶时报》上写道:“最近的大雨洗刷了洛杉矶曾经闻名的空气,让南加州人看到了一个被称为‘太阳’的稀罕物……1943年,笼罩在洛杉矶上空的‘雾霾’一直顽固地存在,令人恼火,从那以后,通过肉眼几乎就再也看不到太阳了。”[146]

在长滩油田附近,这种特殊的雾霾经常散发出硫黄和甲烷的气味,当地居民开始谈论“臭鸡蛋日”。往东到丰塔纳附近,钢铁厂周围的居民喉咙里隐约有金属的味道。在美丽的圣加布里埃尔山谷的帕萨迪纳市和圣马力诺市,这里的人们通过眼睛感觉到了雾霾的到来,眼睛经常无法控制地流泪。在户外跑步和嬉闹的孩子们很快就感觉到肺部疼痛和剧烈的头痛。

自19世纪90年代盎格鲁房地产开发商向中西部潜在的买家大肆宣传以来,洛杉矶一直以疯狂的快速发展的形象展现。该郡几乎没有考虑过这样一个现实:它坐落在一个盆地里,长期受到周期性的空气倒流的影响。

1941年,洛杉矶不再拥有“大红铁路网络”[147],取而代之的是纵横交错的高速公路、林荫大道和州际公路,每天都有成千上万的汽车穿梭其间。早在汽车真正在美国其他地方扎根之前,洛杉矶就已经有了汽车通勤文化。

“黑色星期一”和随后的“战时雾霾”是工业化和汽车尾气排放的综合结果。而且,对于一直人手不足、饱受争议的郡卫生局来说,雾霾是一场噩梦,把卫生局逼到了极限。

到战争结束时,洛杉矶郡已有超过400万居民,占地4000平方英里。在它下属的45个城市中,有40个不仅与郡卫生局签订了公共卫生合同,而且还签订了医疗服务合同。

1945年接任洛杉矶郡的卫生官员罗伊·吉尔伯特明确表示,公共卫生的首要任务仍然是控制传染病。由于无法获得用于解决雾霾问题的专项资金,又缺乏确凿的科学证据来证明这些明显的刺激性气体将导致一场公共卫生危机,吉尔伯特干脆将“空气污染”添加到卫生局下属的公共卫生部门的一长串职责清单中。

1947年，也就是出现“黑色星期一”的4年后，加州颁布了第一部旨在通过降低空气污染来减少健康风险的立法。该法律赋予卫生部门发布雾霾预警日的权利。在污染严重的日子里，洛杉矶郡卫生局会发布警告，要求居民避免开车，尽量待在室内，并禁止儿童在户外奔跑和玩耍；在洛杉矶的一些学校，雾霾警报导致校长禁止开展任何形式的学生运动；在休息期间，孩子们被告知待在室内。[148] 由于无力控制雾霾的来源，又缺乏空气污染测量研究的资金，卫生部门也别无他法。

在接下来的十年里，世界各地的研究人员将对雾霾进行分析，并得出一致结论：雾霾中含有一系列被认为对人类健康有害的化学物质，如环烃、碳氧化物、一氧化二氮、二氧化硫、苯并芘、臭氧和铅等。如果雾霾的某些成分被证明会在实验动物身上引发癌症，公众对雾霾的焦虑程度就会加剧。但是，想要有效地减少雾霾来源，那还需要几十年的时间。与此同时，公共卫生部门的领导们对此却束手无策。他们深信，正如哥伦比亚大学的乔治·罗森在1958年所写的那样，“现代工业社会的空气已是致癌物的海洋，被各种各样的废物所污染，变得浑浊不清。在这样的环境中，几乎不可能避免与致癌物的日常接触。然而，一直存在的困难至今都在阻碍我们针对新问题开展全面的流行病学研究和寻找解决问题的技术方案。”[149]

直到1956年加州才制定空气污染标准，到1959年汽车尾气才被南加州空气污染控制委员会正式指定为雾霾的主要来源。在接下来的十年里，污染控制官员、汽油经销商和汽车制造商将围绕汽车引擎设计、燃料和排放标准展开争论。[150] 值得注意的是，在这场抗击雾霾的斗争中，公共卫生领导人最终发挥的作用相对较小，主要是通过联邦一级的政策和监管行动来展开博弈的。

就像化学污染和雾霾等问题要在经历了十多年后，才引发了公众健康和对癌症越来越多的关注，战后对心脏病发病率不断上升的关注和担忧也有一段时间的滞后。

在战争年代，明尼苏达州相对来说还是一个干净的州，虽然非常寒冷，但几乎所有传染病的发病率都在继续下降。战时明尼苏达州的心脏病死亡率发生了最大的变化。当日本袭击珍珠港时，明尼苏达州人心脏病的死亡率约为每270/10万人，到1947年战争结束，军队返回家园时，心血管疾病的死亡率飙升，达到309.7/10万人。这是明尼苏达州有史以来心脏病发病率增幅最大的一次。[151]

该州卫生部长期以来一直承认心脏病是该州人群的头号杀手，但却没有采取任何措施来控制它。这种不作为的部分原因是，和美国其他地方的卫生部一样，明尼苏达州卫生部是建立在传染病防控模型的基础上的，对如何解决慢性病的问题几乎一无所知；此外，当时大多数医生认为心脏病和脑卒中是老年人不可避免的慢性病，其实他们错了，45 到 54 岁的中年男性因这两类疾病而死亡的人数急剧上升就表明了这一点。[152]

当时，该州的公共卫生领导人对吸烟、不良饮食和缺乏锻炼在心脏病发病中的相关作用知之甚少。明尼苏达州是美国生活方式彻底改变的先锋，在这种改变中，许多因素相互作用，从而增加了心血管疾病的风险。农业机械化使这里的农民久坐不动；汽车的普及也使大多数人久坐不动了；饮食结构也在发生改变，超市为了提高销售额，开始提供高脂肪、高糖和高盐的加工食品。以前需要在家里辛辛苦苦准备的款待，一下子变得轻松了。

在第二次世界大战的战场上，成千上万的男人养成了一根接一根地抽烟的习惯。20 世纪年代，香烟销量飙升，吸烟突然成为社会普遍接受的事实，从办公室到教堂，从学校到电影院，从医院候诊室到医生办公室，到处都可以吸烟。所有的媒体，甚至是《美国医学会杂志》和许多其他主要的医学出版物，都刊登了香烟广告。事实上，20 世纪 40 年代的公共卫生领导人认为没有理由攻击美国人对香烟的迷恋。

在战争年代，在所有为官兵提供补给和集结场所的城市，公共卫生领域最大的恐慌是不断上升的性病发病率。以纽约为例，抗击淋病和梅毒的行动消耗了该市绝大部分的传染病防控的资源，只留下很少的资金或医务人员来对付结核病和儿童疾病这两大顽疾。

在全国范围内，梅毒和淋病的发病率自世纪之交以来一直在稳步上升，没有任何公共卫生机构能制定出控制性病的有效策略。[153]第一次世界大战结束时，全美国梅毒发病率平均为 113/10 万人，到二战结束时，梅毒的平均发病率已达到 450/10 万人，其中军人的发病率最高。

自 1900 年以来，尽管全国范围内淋病的发病率有所波动，但总体呈上升趋势。在大萧条中期，每 10 万美国人平均有 121 例淋病患者，1941 年，这一比率上升到 146.7/10 万人，1944 年达到 236.5/10 万人。[154]

从最早的有组织的公共卫生机构开始，美国人就一直没有能力同时应对三个可怕的因素：性、疾病和死亡。在殖民时期和后期的美国，即使不是性传播疾病也被传统地加上道德的枷锁。[155]整个社会对性病患者的歧视在美国远比在欧洲更为极端，这反映了美国人对基督教道德主义的普遍偏爱。这种歧视直接导致的结果是，梅毒和淋病患者更有可能隐瞒他们的疾病，直到疾病达到生理上非常明显的、完全无法治愈的第三阶段。而且，因为要隐瞒性病的事实，就要求一个人的行为不能有任何改变，以免配偶质疑其为什么不再同意性交。因此，羞耻感助长了淋病和梅毒的传播。[156]

在20世纪30年代，美国各地的医院都有拒绝治疗性病的规定，其理由是性病患者是不道德的。同时，好像所谓的道德缺失本身是具有传染性的。[157]即使是一向坚决反对由政府出面提供医疗卫生服务的美国医学会，也没有对建立公共卫生性病门诊部表示反对，这些门诊部与医院分开，由政府的医生和护士负责。

美国国会于1935年通过了《性病法案》，授权美国公共卫生署对梅毒和淋病开展研究。此前一年，纽约州卫生专员托马斯·帕兰博士因在广播中说了“梅毒”这个词被哥伦比亚广播公司禁言，此后不久，罗斯福任命帕兰为首席医官，《纽约客》认为他上任的主要原因之一是能治理性病。

多年来，梅毒和淋病在非裔美国男性中发病率最高，这一事实强化了白人的种族主义者对黑人中一些性行为的歧视。由于围绕性病有种族成见和道德歧视，非裔美国人憎恨任何人在他们的社区讨论梅毒和淋病。

全世界梅毒发病率最高的地方之一是亚拉巴马州的梅肯郡，1932年，美国公共卫生署的塔利亚费罗·克拉克博士发现，在这个地区，35%的黑人有梅毒，但其中90%的病人没有接受治疗。

美国公共卫生署资助了在亚拉巴马州的梅肯郡进行的一项梅毒研究，这项研究由克拉克主持，在塔斯基吉大学开展。[158]根据最初的研究设计，塔斯基吉大学招募了400名黑人进行测试和医学观察，其中已经患有和没有患梅毒的黑人各200名。整个研究过程不提供任何治疗，否则将会干扰两个研究目标：在没有治疗的情况下确定该疾病的长期病程，并注意该疾病在黑人中的特点（医生们普遍错误地认为黑人对疾病的反应与白人不同）。尽管这项研究是由白人医生发起的，但在过去的四十年里，非裔护士和医生也参与了这项工作。

为了让病人参与这项研究，研究人员没有告诉病人他患有梅毒，相反，塔斯基吉大学医院的工作人员告诉他们得的是“坏血病”。多年来，免费交通、餐食、非梅毒外的小病医疗和丧葬保险等优惠措施保障了他们的持续参与。最初只想设计一项6个月的研究，但塔斯基吉大学实验室的研究将持续到1972年。在那段时间里，梅肯郡的病人和他们的家人一直没有被告知得了梅毒，1943年美国公共卫生署的研究人员发现青霉素可以治疗梅毒时，也没有向他们提供青霉素。几十年来，美国公共卫生署一直在继续这项研究，外审专家也一直在批准这项研究的执行，直到1972年美联社的一名记者偶然发现了还有这样一项研究，随之而来的是媒体关注。因此，参与研究的病人查理·波拉德得知自己被骗了，即将死于梅毒。他聘请了著名的民权律师弗雷德·格雷，该律师于1974年代表所有梅肯郡病人对美国公共卫生署提起了集体诉讼。经过庭外和解，每个幸存者仅得到了微不足道的3.7万美元赔偿。

当时，所有参与研究的志愿者中，72人已死亡，剩下的大多数人正处于严重的三期梅毒：大脑和心脏的感染和衰竭，以及皮肤、口腔和生殖器的损伤。这其中30人直接死于梅毒，至少70多人死于与性病感染相关的并发症。他们从来没有意识到自己携带了一种传染病，到1974年，病人已经把梅毒传染给了22位妻子，而这些妻子们又把梅毒传染给了17个孩子，孩子又继续往下传染给了2个孙辈。

在公共卫生领域和非裔美国人社区，人们一直在批判塔斯基吉大学研究的做法，本已不堪重负的信任危机继续加大。最终，这种分歧越来越大，以至于在20世纪90年代，美国政府所有的公共卫生声明和项目都被所有社会阶层的非裔美国人敌视，甚至是公然蔑视。[159]

塔斯基吉大学研究被证明是美国公共卫生领域研究失败的一个极端案例。在整个20世纪，美国白人和非白人在预期寿命、健康状况、婴儿死亡率和获得医疗保健的机会方面仍然存在显著差异。公共卫生领导人在这些问题上一如既往地表现出极大的无能、狡辩、公然的种族主义，甚至是无知。到20世纪60年代，公共卫生（政府和学术界）和少数族裔社区之间的鸿沟剧增。

由于塔斯基吉大学项目的研究对象是文盲，他们从未意识到自己从1936年开始遭受的症状跟当时美国军医署在全国范围内散发的传单和告示上出现的症状相同。这也是为什么他们不能像大多数美国人那样，了解到可以治愈他们“坏血病”的两个具有里程碑意义的医学发现。

1937年，美国公共卫生署的医生约翰·马奥尼在斯坦顿岛的实验室工作时，发现磺胺类药物可以杀死淋病细菌。早在5年前，苏格兰科学家亚历山大·弗莱明发现了一种名为青霉素的磺胺化合物。在实验室测试中，它被证明对多种细菌都非常有效。

1943年，马奥尼证实了青霉素和其他磺胺类抗生素也能杀死像梅毒这样难对付的螺旋体细菌。这一发现为公共卫生领域打开了一扇新的大门。民用和军用医生立即意识到，如果可以对患者承诺这些抗生素将会治疗令人难以启齿的淋病和梅毒，并鼓励他们说出自己的性伴侣，那么就有可能治愈所有的病例，从而有效阻止性病的传播。

所有人都说，青霉素似乎是埃尔利希早在六十年前就许诺过的人们期待已久的灵丹妙药。即使是梅毒和淋病的晚期患者，小剂量的青霉素也能将其奇迹般地治愈。当药品供应短缺时，军医们发现，即使是用药患者尿液中排出的无法测量到的药物剂量，也可以用来治愈另一个病人。[160]

在马奥尼发现青霉素在梅毒治疗中的显著作用后的几个月内，纽约市卫生局在贝尔维尤医院开设了一个专门的性病病房，向全市的医生和医院免费发放青霉素。该市还制定了性接触者追溯政策，要求所有梅毒和淋病患者说出最近性接触者的姓名，随后对这些人进行追踪、询问和治疗。如果是因为不知道联系人的全名，或是因为此人拒绝接受治疗，必要的时候，纽约警察局会派警察协助相关工作。比格斯五十年前的老一套伤寒防治策略在性病防治工作中又重新流行起来。

1943 年以后，美国各地都采用了类似的措施，梅毒发病率从 1943 年的 447/10 万人下降到 1950 年的 154/10 万人。到 1970 年，美国的梅毒发病率为 43/10 万人。[161]

然而，淋病的发病率变化无常。与梅毒不同的是，只需注射一次剂量的青霉素就能治愈淋病，而那些想要保护隐私又能负担得起看私人医生费用的患者，则可以不受到公共卫生部门的监管。随着私人医生对这种新抗生素的广泛滥用，耐青霉素的淋病菌株很快就出现了，这进一步限制了该疾病防治工作的成功。[162] 在 20 世纪 50 年代，淋病发病率下降到 129/10 万人，但到了 1970 年，这一比率将超过 1947 年 284/10 万人 [163]，达到历史最高水平。

抗生素的问世使防治结核病的公共卫生手段也发生了类似的转变。1944 年，明尼苏达州的梅奥诊所成功地使用链霉素治愈了一组罹患结核病的病人，公共卫生领导人立即认识到接触者追踪策略也可以应用于结核病的防控。[164] 到 1970 年，美国的结核病发病率将比 1944 年的水平下降 91%。[165]

抗生素革命对链球菌肺炎和伤寒等细菌性疾病的主要影响是立即降低其死亡率，有时候死亡率已接近零。从 1936 年到 1945 年，全国的肺炎死亡率下降至不到 1%，下降了 40%。虽然卫生部门在持续跟踪细菌性疾病，并分发可用的疫苗，抗生素达到了药物控制作用。医生手里掌握着抗生素，从公共卫生部门手中夺取了细菌领域的权威，即使在传染病流行期间，他们再也不会放弃自己的权力。在未来的几十年里，这将被证明是一个严重的问题，因为这些老杀手的耐抗生素菌株出现了。

1943 年，甚至在马奥尼证明青霉素可以治疗梅毒之前，已经有超过 3600 种抗生素处于产品研发阶段。这个数字在下一个十年将增加 10 倍。公众对“灵丹妙药”的兴奋程度如此之高，以至于这些产品中的大多数在经过少量测试后就被引入临床使用，其直接导致的后果是副作用往往很严重，使用剂量不确定。因此，抗生素的使用实际上增加了全国的住院率，因为医生通常提醒病人，这些富有奇效的药物只有在医生严密的监督下才能使用。战争期间，平民入院人数激增，从 1941 年的约 1050 万人增加到 1946 年的 1400 万人，而且大部分是病人主动申请入院治疗。因此，抗生素革命增强了医院的力量，也将整个公共卫生领域从家庭或社区层面转移到了完全由医生控制的医疗机构环境中。[166]

1945 年 5 月，德国投降，同年春天，太平洋战争升级。7 月 16 日，也就是罗斯福去世 4 个月后，一个物理学家团队在新墨西哥州的阿拉莫戈多成功试爆了世界上第一颗原子弹。哈里·杜鲁门总统的政府内阁就使用这种新型武器的问题进行了为期三周的讨论。然后，当年 8 月 6 日，“埃诺拉·盖伊”号载着原子弹投到了日本的广岛市。3 天后，第二颗原子弹落在了长崎。

日本于 1945 年 8 月 15 日投降，第二次世界大战结束。

在战胜日本后的九个月内，美国历史上最大婴儿潮中的第一批孩子出生了，[167] 到 1964 年婴儿潮结束时，美国妇女已经生下了 7640 万个婴儿，美国人口超过了 1.05 亿。

此时的美国经济也蓬勃发展。国民生产总值从 1939 年的 1000 亿美元增加到 1945 年的 2120 亿美元。虽然美国人可能会对杜鲁门总统的表现吹毛求疵，但他们在战争结束时仍是满腔热情的爱国主义者，并为美国政府感到自豪。联邦制为他们提供了较好的服务，带领国家走出大萧条，并在世界各地的战场上取得胜利，同时通过战后显著的繁荣来回报美国公民。

杜鲁门总统早在两年前就向国会提交了一份全面的健康计划，现在似乎是重新考虑执行该计划的大好时机，但这个计划却在国会中遭到搁置。

不过，1946 年，共和党在全国选举中获得了国会的控制权，共和党参议员罗伯特·塔夫特接管了卫生委员会。塔夫特明确表示，公共卫生应该按照每个州认为合适的方式分配给穷人，无论附加条件是什么，穷人应该接受他们分到的一切。就是这样。

还有一些共和党人更为极端，他们指责“社会化医疗”是莫斯科主导的共产主义计划的一部分。当时国际上和美国国内都在冷战阶段，公共卫生也因此陷入夹缝之中。

国会没有通过杜鲁门的计划，而是于 1946 年通过了《希尔 - 伯顿法案》，该法案是由美国医学会主导的。在未来的 30 年里，联邦政府将花费 40 多亿美元用于支持医院的现代化建设。到 1966 年，大约有 4700 所医院利用希尔 - 伯顿基金建成或修缮。[168] 并且与法案中美国医学会另一个方面的意图相一致，新型医院强调医学高科技方法的应用。

杜鲁门和艾森豪威尔政府废止或取缔了大多数使用联邦资金却公然带有种族歧视的项目，而罗斯福也禁止了部队向带有种族偏见的制造商那里购买任何产品。尽管如此，希尔－伯顿基金会的资金还是被用来在南方修建了 89 家实行种族隔离的医院，这些医疗机构禁止非裔美国人进入。而且，一些由希尔－伯顿基金会资助的北方医院也制定了种族隔离的政策。因此，尽管那些北方医院所在的地区有大量非裔美国人，但医院的非裔病人占比不到 1%。[169] 越来越多的公共卫生责任和医学治疗功能从小的城市诊所和私人医生那里转移到了新医院。毫不意外的是，医疗费用增加了。[170]

希尔－伯顿给美国医疗机构的权力分布带来了重大的变化，并为 40 年后的紧张局势埋下了伏笔。随着医院权力的增强和医疗技术的发展，除了乡村医生外，医院和所有人的关系都变得至关重要。随着时间的推移，这种和谐关系越来越难。

到 1960 年，与公共卫生最密切相关的医疗领域，如家庭医生、儿科、传染病、内科、医疗社会工作等的地位大幅下降，获得的报酬和声望也降低了。相反，那些与以医院为基础、与临床治疗护理联系最紧密的学科地位上升到了顶端，如外科、肿瘤学、心脏病学等。在那些声望更高的学科里，医生和护士的职能在战后变得越来越专业化。

与医院实力的增长相匹配的是个人医疗保险的兴起，这种保险是美国人通过工会和大雇主之间的集体谈判而衍生出来的。[171]1945 年，美国人口中只有不到 20% 的人享受任何形式的医疗保险，这其中大部分人因此而享受到的保障是有限的，他们无法支付住院期间的主要费用。然而，到 1960 年，大约 25% 的医院费用将由保险支付。[172] 在《希尔－伯顿法案》通过后，医院费用推动整体医疗成本的加速上升。

商业健康保险的主要驱动力是美国的保险公司。随着美国最大的几家公司向需要医疗保险的劳工做出让步，美国的参保人数有所上升。

但这种发展的内在原因是对社会权力的偏见。那些依靠组织的劳动者，或在最关键的行业中工作的人，能够从他们的雇主那里得到更好的健康规划。因此，到 20 世纪 70 年代，医疗保险将被推荐给那些经济状况最好的工人，以便他们在必要时购买自己的医疗保险。最贫穷的工人则没有医疗保险。[173] 商业保险将对医院的财政和权力产生积极的影响，因为它随时可以偿还医院费用，但实际上对公共卫生发展和贫困病人的保健几乎不起任何作用。[174]

宾夕法尼亚大学的历史学家罗斯玛丽·史蒂文斯说："第三方保险直接激励人们在医院内部而不是医院外部接受治疗。"[175]

当然，这一趋势并没有立即使美国的公共卫生事业变得无关紧要。在疫情防控、性病监测、结核病相关工作、贫困妇女产前筛查等几乎没有利润的方面，相关的服务仍将继续保留在政府和慈善机构的手中。但是，随着时间的推移，公共卫生项目的管理者看到他们的声望持续下降、工资相对降低、医疗设施老化、公共卫生机构的医疗技术水平不如当地的医院，他们的服务群体也从全人群转移到了社会人群中最贫困和与社会疏远的那部分。随着战后岁月的流逝，公共卫生领域与治疗医学领域相比，其报酬将变得非常微薄，以至于其专业人员很可能要么是高度积极的利他主义者，要么是平庸的科学家、医生和护士。

加剧这种公共和私人医疗服务之间紧张关系的，是美国人生活方式的重大变化，其特征是一种新型社区的创建，它是基于文化背景和物理距离而建立起来的，在城市和乡村生活之间的一种中间状态：郊区。随着生育高峰的到来，加上退伍军人的补贴，数以百万计的年轻家庭开始寻找出路，以摆脱拥挤、污染严重的城市生活。

在战后蓬勃发展的经济形势下，1948 年至 1958 年间，郊区修建了 1100 万套住房。在那些年里，全美国 83% 的人口流动和增长都流向了那些在郊区新修建的社区，这些社区的人口一般不到 5 万人。[176]希尔－伯顿基金会的大部分建设资金用于建造郊区医院。

美国的郊区化一直持续到 20 世纪 80 年代，它对公共卫生的影响是多方面的。

首先，郊区化带动了汽车文化，数百万辆通勤汽车造成的空气污染是郊区化的直接衍生物。汽车文化又带来了社区凝聚力的缺失。全国各地住在郊区的美国人开始经历洛杉矶人早就经历过的社交孤独和默默无闻。社区高度私密、缺失凝聚力，以及对城市的反感，这些因素结合在一起，使公共卫生部门很难接触到郊区居民。

其次，被白人中产阶级抛弃的城市状况迅速恶化。如果没有中产阶级和职员阶级的税收基础，像纽约、芝加哥、匹兹堡、底特律等大城市中心就无法维持它们的公共基础设施。这种现状又促使更多的人逃离城市。

早在 1949 年，这种影响就非常明显，许多美国城市的市中心突然出现了贫民窟。国会看到了这个现象，批准拨款在最近出现的城市贫民区建造 81 万套公共住房。但到了 1955 年，1/4 的公共住房计划都没有完成，许多所谓的城市改造项目变成了妨碍市容区和犯罪中心。到了 20 世纪 60 年代，"这些项目正如其名，与美国大多数城市的功能退化社区，无形中进行了种族分层，从而形成爆炸性的反政府情绪，这种结果几乎让公共卫生官员无法理解。”

第二次世界大战后，城市公共卫生仍然面临着一些典型的挑战，尽管情况每况愈下。

纽约市一直是美国和世界其他地区之间主要的微生物连接点。20 世纪 40 年代，移民不再从欧洲大量拥入，而是从热带地区拥入，在那里有一群新的携带微生物的旅行者。1948 年，纽约市成为加勒比人，尤其是波多黎各人的第一大移民目的地。[177]

1947 年冬末，一名游客把天花从墨西哥城带到了纽约。[178]

尤金·勒巴到达纽约市时感到身体不适，但他还是住进了当地的一家旅馆，开始旅行。[179]不到一星期，勒巴就死于天花。

纽约市自 1902 年以来就没有再暴发过天花疫情，当年有 310 人死于天花。当时几乎没有医生或护士曾见过天花病例，卫生部的实验室不得不向军方求助，因为实验室已经没有可用来诊断天花的试剂了。

待勒巴的诊断得到证实后，卫生专员伊斯雷尔·温斯坦博士下令，卫生部下属的实验室每天 24 小时不停地生产疫苗。他们的目标是生产出足够多的疫苗为整个纽约市的人进行免疫接种，这一决定是有理由的，因为不确定之前接种的疫苗能继续提供多长时间的保护。他同时下令对其他天花病例进行严密监控。任务非常艰巨，因为勒巴之前在这个城市旅游了好几天，并且曾去两家医院就诊。

几乎每一个警察局、公立医院、儿童健康诊所、工会大厅、大公司和学校等都成了疫苗接种中心，公共卫生的护士志愿者们在城市的每一个社区里挨家挨户上门宣传，3000 名来自红十字会和其他各种组织的志愿者被召集起来提供相应服务。

到 4 月 20 日，超过 600 万的纽约人已经接种了疫苗，卫生部门完全有理由夸耀自己执行了世界上最大规模的快速免疫接种运动，并将一场可能致命的传染病控制在了 11 例新发病例、2 例死亡的良好局面。无论如何，这都是一次真正的公共卫生的胜利。[180]

但就在一种病毒被击溃的同时，另一种病毒又浮出水面——仅仅一年后，小儿麻痹症暴发了。1948 年的这次暴发是自 1916 年美国第一次暴发以来经历的最严重的一次，而且持续了多年。到 1950 年，大约有 3.2 万人感染了这种疾病，急性脊髓灰质炎是美国最可怕的传染病。[181]

罗斯福的朋友巴兹尔·奥康纳于 1938 年创立了国家小儿麻痹症基金会，在 20 世纪 50 年代发起了一场“畸形儿基金”慈善运动，为小儿麻痹症的研究筹集资金。全国近2/3的人参与了捐款。

这个基金会成立的目标是研究公共卫生，而不是提供治疗性医疗服务。奥康纳和他的同事希望通过研发疫苗来消除脊髓灰质炎对整个社会的威胁，而不是资助治疗方法方面的研究。

但是对这种病毒的研究异常艰难，直到1949年，哈佛医学院的约翰·恩德斯博士和他以前的两个博士研究生托马斯·韦勒和弗雷德里克·罗宾斯终于有了重大的发现，并发明了一种大规模生产脊髓灰质炎病毒的简单方法。因为他们的这一突破，这三人同时获得了1954年诺贝尔医学及生理学奖。[182]

匹兹堡大学的乔纳斯·索尔克博士利用这一发现，开始研制脊髓灰质炎疫苗。到1953年，索尔克的灭活病毒疫苗终于研制成功了。但事实证明，其研发成功的关键在于添加了纽约公共卫生研究所朱尔斯·弗罗因德博士研发的一种佐剂（一种潜在的增效剂）。[183]

1953年，纽约市卫生专员利昂娜·鲍姆加特纳博士宣布发现了纽约人为之骄傲的佐剂，并宣布纽约将成为人类第一个大规模使用索尔克疫苗的试验场。1953年秋天，超过8万名6岁至8岁的纽约小学生卷起袖子，他们要么注射了索尔克的疫苗，要么注射了安慰剂。1954年和1955年，全国成千上万的儿童被招募为脊髓灰质炎疫苗的先驱者，自愿充当疫苗试验的小白鼠。[184]尽管索尔克疫苗研究陷入了政治、伦理以及生产和分配的种种混乱之中，但排队接种脊髓灰质炎疫苗的学童从未少过。[185]父母们对小儿麻痹症的恐惧已远远超过了对试验危险性的恐惧。

1955年4月12日，这一天是特意选定的，因为这一天是小儿麻痹症患者富兰克林·德拉诺·罗斯福去世10周年纪念日。乔纳斯·索尔克在这一天宣布了脊髓灰质炎疫苗是安全和有效的。全国人民为之欢欣鼓舞，几乎和10年前宣布二战胜利一样欢呼雀跃。教堂的钟声从东海岸传到西海岸。当洛杉矶的通勤者们从汽车收音机里听到这个消息时，成千上万的人自发地按喇叭，将车停在封闭的高速公路上欢呼。全国各地的学校都举行庆祝大会，世界各地的新闻媒体也都兴高采烈地传播这个消息。

在那一刻，几乎没有人怀疑索尔克的疫苗是公共卫生领域的伟大胜利之一。疫苗成功带来了希望，类似的技术可以用于开发针对其他致命疾病的疫苗。

1955年春天，索尔克疫苗开始被广泛应用，小儿麻痹症在北美消失了。但是，索尔克在科学领域的主要竞争对手阿尔伯特·萨宾有预见性地警告说："公共卫生领域的每个人都知道，当你开始给数百万儿童接种某种制剂时，你的问题才刚刚开始。"[186]

事实上真有不少问题。索尔克疫苗的制造商之一，加利福尼亚的卡特实验室，由于其未能充分灭活用于制造疫苗的病毒，从而导致220名接种的儿童患上小儿麻痹症，并在全国范围内引发了一场丑闻，几乎抹杀了全国公共卫生努力刚刚获得的政治支持。

最终将小儿麻痹症在美国的发病率降至零的是沙宾的口服疫苗，1961年开始被广泛使用。萨宾一直认为，注射疫苗可以保护个人，但不能降低社区脊髓灰质炎病毒的整体水平。因此，他说，小儿麻痹症的风险将继续存在，一旦群体免疫减弱，它将重新构成公共卫生威胁。由于没有人知道索尔克的疫苗能让人对病毒保持多长时间的免疫力，所以萨宾的观点令人担忧。

同时，他有充足的科学理由坚持口服疫苗。在自然感染的过程中，脊髓灰质炎病毒通过饮用水进入体内，从肠道被吸收进入血液，最终进入中枢神经系统。索尔克注射的疫苗会消灭血液中的病毒，但只要病毒还残留在胃肠道中，它们就可以自由繁殖，并通过粪便回到自然界中。因此，某一特定社区内脊髓灰质炎病毒的数量可能不会因该人群使用索尔克疫苗而有所减少。

萨宾发明了使脊髓灰质炎病毒以缺损的、非致命的形式存活的方法。这些减毒病毒与弗氏佐剂和无害的液体混合，可以被咽下去。而且，因为它们是活病毒，减毒后的脊髓灰质炎病毒进入肠道后会刺激局部，产生免疫反应。

从1961年开始，这种新型疫苗开始滴入全国各地的学童口中。尽管口服沙宾疫苗依然存在得脊髓灰质炎的微小风险[187]，但口服配方与索尔克的注射配方相比有两个明显的优点：它消除了生活环境中的脊髓灰质炎病毒，同时也消除了注射针头传播疾病的风险。

自世纪之交以来，针和注射器一直是医疗和公共卫生实践的主要工具，但众所周知，它们也能够携带和传播疾病。早在1933年，奥马哈的内科医生奥利弗·尼克姆就发现了内布拉斯加疟疾传播的本地病例，是因为这些人为了注射毒品而共用注射器。[188]到20世纪40年代中期，医学文献中充斥着关于医院里病人之间重复使用针头而导致肝炎、疟疾[189]和黄疸[190]的病例报告，其他疾病如细菌性脑膜炎和结核，也可通过使用医疗和公共卫生设备和重复使用注射器进行传播。[191]

医生们对重复使用注射器的各种消毒方法进行了广泛的争论，结果清楚地表明，只有高温高压灭菌法才能达到消毒目的。[192]然而，在20世纪五六十年代，好心的医生、护士和公共卫生官员优先考虑的是传染病防疫，经常一次给注射器内安放几倍剂量的疫苗，然后使用同一个注射器依次在几个人身上进行注射。在医院里，重复使用注射器，尤其是用于麻醉滴液和常规注射，是一种常见的做法。

澳大利亚医生报告说，1949 年在墨尔本附近的白喉免疫接种的活动中，53 人重复使用注射器接种，其中 8 人因此患上了小儿麻痹症。[193] 德国和荷兰的医生也公布了一些其他小范围暴发的疾病，这些疾病也是因为在疫苗接种中重复使用注射器引起的。[194]

尽管如此，在研发脊髓灰质炎疫苗成功所引发的强烈刺激下，1963 年研发出了麻疹疫苗，1969 年开发了风疹和腮腺炎疫苗。很少有公共卫生卫士、医生或公众对注射器问题进行过思考。多年后，这一疏漏再次困扰着美国和全球公共卫生领导人，人们再次指控在大规模疫苗接种活动中重复使用注射器的行为，尤其是在发展中国家，这一做法传播了小儿麻痹症[195]、埃博拉病毒[196]、丙型肝炎病毒[197]和人类免疫缺陷病毒等所有疾病[198]。

然而，在 20 世纪五六十年代，全世界都热衷于疫苗学，它确实挽救了大量的生命。1985 年，美国疾控中心估算，1968 年推出的麻疹、腮腺炎和风疹三联疫苗（麻风腮），保护了美国 2.46 万名儿童不得这几种病，同时每年为国家节省 13.855 亿美元的直接或间接医疗费用和生产成本（成本数据值以 1983 年的美元价值计算）[199]。到 1990 年，在北美、日本和西方国家，疫苗可预防的儿童感染（比格斯时代的那些感染）只导致不到 0.1% 的死亡。[200]

二战刚刚结束，美国的政治和公共卫生领导人就开始热情地展现他们的成就。在杜鲁门政府的大力支持下，1946 年联合国成立，两年后成立了卫生委员会，即世界卫生组织。杜鲁门总统在 1949 年的就职演说中宣布：“美国外交政策的一个重要特点就是着手实施一项大胆的新计划，使我们的科学和工业进步所带来的好处惠及不发达地区，以促进这些地区环境的改善和经济的增长。”到 1953 年，以传染病中心的科学家为主要代表的美国科学家团队参与了 38 个国家的公共卫生工作。

可以肯定的是，长期以来，美国的健康卫士们一直在海外开展工作。但在 20 世纪 50 年代，有两种新的驱动力在强力推动此项工作。首先，公共卫生领域的领导人对他们在疫苗开发、抗生素、水卫生、下水道设计、医院建设、蚊虫控制和消灭结核病方面取得的成就感到自豪。其次，专注于冷战的政治家们认为，拯救儿童的生命是在不结盟的第三世界国家赢得盟友的有力途径。1955 年，冷战时期的反共产主义运动如火如荼，保守派乐于强调是资本主义的美国而不是苏联首先战胜了小儿麻痹症。值得注意的是，考虑到俄罗斯人民糟糕的健康状况，西方领导人在 20 世纪 50 年代时认为，40 年后如果苏联正如他们声称的那样，创造了一个公共健康和科学的天堂，那有可能让资本主义的美国在全球蒙羞。

跨过冷战的阻碍后，1950 年，世界卫生组织在世界卫生大会宣布，该机构成立的意图就是平衡超级大国和最贫穷国家的卫生资源，在必要时将向世界上最穷的国家输送卫生资源。公共卫生官员长期以来一直申明:“经济发展与健康是密不可分和相辅相成的，一个社会的文化、经济发展和公民的健康状况，是相互依存的。”

对于大多数在贫穷的国家做义工的美国科学家、医生和护士来说，激励他们的动力不是冷战的政治，而是一种不亚于当年赫尔曼·比格斯在世纪之交的纽约市的工作热情，同时，他们坚信公共卫生的使命和他们所掌握的科学工具的可靠性。

冷战在 1949 年升级，当时美国成立了北大西洋公约组织[201]，该组织是西欧对抗苏联的安全结盟。当年，苏联成功地试射了一枚原子弹，使其成为美国的军事对手。美国和苏联都开始研制一种更致命的武器——氢弹。[202]

美国政府和许多公民变得极度偏执，正如当时大多数美国人所不知道的苏联政府一样。在 20 世纪 40 年代后期和 50 年代，一场可怕的所谓“红色恐怖”影响了美国生活的各个方面，它是由著名的反共产主义者参议员约瑟夫·麦卡锡、众议员理查德·尼克松、众议院反美活动委员会及专栏作家德鲁·皮尔森和沃尔特·温切尔煽动起来的。1953 年，二战英雄艾森豪威尔将军入主白宫时，全国各地被怀疑是“共产主义者”的人都被从政府的各个部门除名了。

在这样的氛围下，美国政府运作的大多数海外项目都必然陷入冷战政治。在世界卫生组织的会议上，美国和苏联代表就谁的国民拥有更健康的生活方式展开了辩论。双方都指责对方在其世界卫生组织代表团中有中情局或克格勃机构的情报人员。

即使是在国内发表的有关国际问题的公共卫生评论也会使演讲者陷入困境。一个典型的例子，是莱纳斯·鲍林和爱德华·特勒就苏联、美国、法国等国的武器设计者进行的数百次地面核弹试验所产生的放射性尘埃对公众健康的影响展开辩论。

在广岛事件后的十年里，美国人对原子弹的印象各不相同，而且总体上是混乱不清的。坦白地说，他们既不懂这种武器的物理原理，也不懂其可怕的威力，几乎没有人意识到辐射的风险。[203]

三十年来，莱纳斯·鲍林一直是世界上最顶尖的蛋白质化学家之一，他在加州理工学院的实验室里研究蛋白质结构的问题。20 世纪 40 年代，鲍林决定攻克当时美国生物学家面临的最有趣的难题之一，即蛋白质和遗传之间的神秘关系。他们知道在某个地方有一个缺失的环节，尽管苏联的李森科幻想其并非如此。

20 世纪 40 年代，纽约市哥伦比亚大学的化学家埃德温·沙戈夫发现，在人类细胞中，DNA 本质上是一种以单糖和磷酸盐为骨架，由四种核苷酸组合后形成的化合物。1949 年沙戈夫代码发布，这些化合物内部以及化合物与化合物之间存在精确不变的比率。[204] 沙戈夫代码一经发布，立即在鲍林和他的许多竞争对手中引起轰动，他们都在追求遗传学的圣杯。

1951 年，鲍林在他的实验室里模拟了人类蛋白质的一个关键结构模型，称之为阿尔法螺旋体。但是直到 1953 年，英国牛津大学的两位年轻科学家才真正搞明白这个问题。美国人詹姆斯·沃森和英国人弗朗西斯·克里克破译了鲍林的阿尔法螺旋体和沙戈夫代码之间的关系，最终发现了 DNA 的结构。

1956 年，克里克发表了他所谓的“中心法则”，这是地球上所有生命的基础，阐述了 DNA 和蛋白质之间的精确关系。克里克的中心法则激发了全世界（除信息被禁止的苏联外）成千上万名科学家的灵感，引发了一系列的发明热潮，这触发了 20 世纪后期和 21 世纪早期的生物学革命。

早在 DNA 结构被阐明之前，研究人员就已经证明，人类染色体暴露于各种辐射下都可能受到不可逆的损伤。一旦确定了 DNA 的结构，鲍林就很清楚这种损伤是如何发生的。[205]

1948 年在其自由党妻子艾娃·海伦的敦促下，鲍林开始公开反对当时在洛杉矶的学校和学院进行的反共清洗和对美国科学家的所有镇压。[206] 他为自己的直言不讳付出了高昂代价，失去了所有联邦研究资助，受到《洛杉矶时报》和其他数十家新闻媒体的严厉抨击，1951 年差点失去加州理工学院的工作。

对于鲍林和其他反对原子弹的生物学家来说，原子弹爆炸后报告的相关疾病才是他们发声的动机。爆炸释放出的伽马射线破坏了细胞分裂，人体在暴露后相关的每一项功能都会在数月内恶化：头发脱落、血液变稀、免疫系统崩溃、皮肤剥落、表面的伤口溃烂成无法治愈的伤口。

物理学家爱德华·泰勒是匈牙利裔犹太移民，他曾在设计投放在广岛的原子弹“胖子”中扮演了重要角色。1948 年，苏联接管匈牙利，泰勒在感情上深受打击。和大多数参与曼哈顿计划的人一样，他最初赞成制造原子弹，以阻止希特勒并拯救欧洲的犹太人。第二次世界大战后，泰勒所鄙视的正是斯大林，而匈牙利人认为打败苏联需要更强大的武器。泰勒完全相信，如果没有他所说的超级炸弹，美国将会被共产主义统治，而他，一个直言不讳的反斯大林主义者，就会被扔进位于怀俄明州或蒙大拿州某个地方的苏联古拉格集中营。[207] 因此，泰勒带领团队设计了热核氢弹。

1954 年 3 月 1 日，泰勒的第一颗超级炸弹被扔在太平洋中部的珊瑚环礁比基尼岛上。它的威力是“胖子”的 750 倍，在方圆约 180 平方千米的范围内散布着带有放射性的比基尼岛碎片。

6 个月后，苏联试验了第一颗氢弹，令人难以置信地是，他们把氢弹投到了一个名叫托特斯科耶的西伯利亚俄罗斯人居住的村庄里，这个村庄离莫斯科仅仅 1000 千米。[208]

在苏联核爆之后，几届美国政府延续了一种幻想——公众能在核战争中幸存于难。这给陷入困境的卫生部门增加了额外负担。例如，他们不得不教 20 世纪五六十年代的小学生如何“躲起来”，老师发出信号说一颗苏联制造的氢弹“已经落下”，学生就立即躲到课桌下面，小心地遮住眼睛，以免弄瞎眼睛。一些卫生部门不得不承担起防辐射和民防职责。纽约成立了一个医疗应急部门来计划应对核袭击，同时指定数百个地铁站作为防空洞。就像在德国轰炸伦敦期间一样，当时许多家庭接到指示，要求建造独立的防空洞，所以英国家庭挖了地下室。美国原子能委员会指示，在这些庇护所内，应备足够一家人生活一年的食品和日用品。

鲍林和其他数百名科学家对此深表怀疑。他们认为，美国政府故意制造可以在核战争中生存的假象，是在破坏公众至关重要的公共卫生信任。他们认为，核辐射会使任何一个爆炸地点在几十年甚至几百年后都无法居住。

炸弹制造者当然知道这是事实，尽管他们如果要公开真相还需要几十年的时间。在 1940 年曼哈顿计划的一份内部备忘录中，科学家们告知罗斯福政府，“由于放射性物质随风扩散，炸弹可能无法避免不造成大量平民死亡，可能使这个国家不适合采用该类武器……”[209]。

1954 年年底，刚刚获得诺贝尔化学奖的鲍林开始了世界巡回演讲，提醒人们低水平辐射对人体细胞将产生的影响。美国原子能委员会的立场是，无论核弹爆炸到底产生多大的辐射，原子能机构一贯的原则是低估其辐射量，称其只会增加自然本底辐射，使大气承受的核辐射负担仅比自然本底辐射水平高 1%。

熟悉核辐射沉降物的科学家几乎都不相信美国原子能委员会的数据。但鲍林并没有就此进行争论，他只是说，好吧，我们假设就只有 1%。据估计，每年有 150 万婴儿出生时由于本底辐射而造成基因缺陷；辐射每增加 1%，每年就会多产生 1.5 万名遭受这种突变的婴儿。

鲍林宣称，核辐射沉降物是一场公共卫生灾难，而美国政府的说法恰恰相反，这是在背叛自己的公民。鲍林坚持认为，原子弹释放出的锶-90 会聚集在正处于生长发育阶段儿童的骨骼中，而碘-131会聚集在人的甲状腺中，导致甲状腺癌和甲状腺功能障碍。鲍林的这一观点让他的整个余生都在联邦调查局的严密监视之下度过。1958 年，鲍林仍旧坚持他的反核运动，在全国电视上与泰勒辩论核辐射问题，他还前往苏联，要求苏联也停止地面爆炸试验。

1961 年，新上任的总统约翰·肯尼迪邀请鲍林到白宫，并向其承诺支持禁止核试验[210]。美国和苏联于 1963 年 8 月 5 日正式签署地面核试验禁令。两个月后，莱纳斯·鲍林又接到了斯德哥尔摩打来的电话，这次他被授予诺贝尔和平奖。

从现有的公共记录中可以清楚地看到[211]，美国原子能委员会自始至终都清楚，任何方式使用核武器的行为都将造成公共卫生灾难[212]。然而，艾森豪威尔政府以国家安全的名义，对美国原子能委员会和国防部进行的所有辐射研究都对公众进行了保密和误导。1955 年，第一座核电站的建立，将核研究这层面纱延伸到民用领域。

近四十年来，所有关于辐射对公众健康影响的信息都有严重的偏倚。美国原子能委员会及其下属的核管理委员会将隐藏如山的数据，进行混淆或歪曲后再进行发布。政府和民用核工业和核电站的雇员将被迫签署保密协议，违反这些协议将构成以叛国罪或间谍罪起诉的依据。独立研究低水平电离辐射对人类健康影响的科学家会受到诋毁，他们的声誉也会受损。而且，说实话，他们的研究经常被证明是不可靠的，因为他们几乎无法获取到美国原子能委员会的关键数据。

在 20 世纪剩余的时间里，美国公众对一切放射性物质表现出极度的恐惧，但又欣然接受发射微波的烤箱和手机以及核威慑的概念。公共卫生科学在诸如安全暴露剂量、累积剂量效应、辐射剂量阈值理论、核电站的相对安全性、不同类型和波长的辐射所造成的不同损害或处理，和储存废核废料的适当方法等基本概念上，基本上找不到合理的定义，甚至无法达成共识。

20 世纪 90 年代，克林顿政府最终解密了美国原子能委员会和核管理委员会的许多旧文件，犹如打开了一扇可怕的人体试验的窗户，这些试验大多是由在美国主要的教学医院工作的善良的平民医生承担的，他们基本上不清楚自己行为的风险和道德问题。[213] 针对一些公共卫生问题所开展的试验和对结果的掩盖无疑是不道德的。[214] 这些恐怖的真相只有在美国的主要竞争对手苏联解体后才能被揭露。到 20 世纪末，公共卫生辐射场仍将是高度极化和矛盾的话题。[215]

公共卫生领域的辐射研究以及政府的信誉和政策是冷战的主要受害者。[216]

虽然纽约市卫生专员约翰·马奥尼撰写社论谴责他认为纽约人表现出的对

民防的冷漠态度，但到1952年，显然很少有人认为他的谴责是正确的，或者相信他们可以通过住在地铁隧道里，在氢弹袭击中幸存下来[217]。马奥尼的员工们也在反思，他们不再相信那些见不得光的信息，同时也厌倦了为微薄的薪酬而承担巨大的责任。

纽约市卫生部门员工的工资十年来没有任何增长，在这段时间里，他们在私营医疗机构同行们的收入增长速度，远远超过了通货膨胀率或美国平均工资的增长速度。但纽约市的税收收缴基数仍在向郊区转移，人们期望纽约市的税务部门用更少的钱做更多的事。1952年，美国公共卫生协会评估了纽约市政府部门的政绩："纽约市卫生部曾是市政事务中的杰出代者。它是全国最好的卫生部门之一，但现在不是了。"[218]

这一批评在纽约媒体上的广泛传播引起了公众的关注，并在1953年的选举中把公共卫生的坚定支持者小罗伯特·瓦格纳推上了市长的位置。他任命利昂娜·鲍姆加特纳为卫生专员，这位能言善辩的医生直接向公众寻求支持。她打破常规，每周通过电台发表健康报告——自赫尔曼·比格斯以来，纽约人从没有听到过卫生领导人在公共媒体进行如此热情洋溢的报告。

鲍姆加特纳懂得"公共关系"这一新概念的含义。她意识到，公共卫生项目不能再简单一味地要求或期待民众的支持，尤其要考虑到面临来自医院和私人医疗机构的竞争。凭借其非凡的先见之明，1954年，鲍姆加特纳决定，未来接触美国人的最佳方式将是通过一种被称为"电视"的新技术。

一夜之间，美国变成了一个拥有大量电视机的国家[219]。随着时间的推移，美国人会把越来越多的时间花在被贬低者称为"电子管笨蛋"的东西上，观众的集体消费行为反映出电视广告的猛烈冲击。同时，美国人的热量摄入总量增加，运动水平下降了。[220]

1955年，也就是鲍姆加特纳的电视节目播出一年后，她每周的节目在全国有500万观众。[221]事实证明，她是一位非常老练的公共卫生宣传人员。1954年，她所在部门的预算是1840万美元。6年后，这个数字变成了3070万美元。鲍姆加特纳把她的整个部门都变成了公共卫生理念的传播者。他们每年举办约2500次讲座和演讲，共拍了数十部电影，每周还在电台发表演讲。她组织了一个由50人组成的完整的健康教育部门来筹划这些庞大的公关活动。[222]

20世纪50年代，传染病对死亡率的影响逐渐减弱，取而代之的是癌症、心脏病和意外事故，美国人的健康状况发生了巨大的转变。在1957年，鲍姆加特纳的部门认识到，"公共卫生领域和卫生部门的工作是不断变化的，因为健康问题的性质在持续变化。一个问题解决了，另一个问题又会冒出来。"[223]

在鲍姆加特纳和她在美国各地城市的同行们面临的“新”问题中，最麻烦的是海洛因的问题。海洛因于1898年由德国拜耳制药公司发明，在美国合法和非法使用了几十年，但直到1948年毒贩将海洛因充斥纽约街头才成为主要问题。从1948年到1960年，这座城市和美国大多数其他中心城市遭受了一波又一波的被公共卫生官员、警察和媒体称之为的“毒品流行病”的冲击。[224]使用海洛因的人越来越多，致使15岁到29岁的年轻人染上了肝炎，其中大多数是男性，这主要是通过共用针头和注射器吸毒引起的传播。

纽约市几乎不知道该如何处理那些对海洛因上瘾的人。尽管长期以来一直将海洛因问题定为犯罪行为，但卫生部门还是尽力为海洛因吸食者提供一种不用被关在监狱里就能彻底戒掉毒瘾的替代疗法。但是，正如鲍姆加特纳在1960年向纽约市政府提交的报告中所说，“人们逐步认识到，应该把吸毒者看作是病人，而不仅仅是罪犯。”但是，由于麻醉剂成瘾者的生理基础和治疗方法都尚不明确，因此，对成瘾者的治疗方案显然是治标不治本且相对无效的。[225]

20世纪50年代中期到世纪末的调查结果显示，美国海洛因成瘾者的人数在30万到150万之间。[226]一些执法人员和政治领导人描绘了一幅吸食海洛因时的可怕画面，他们关注的并不是“瘾君子”自己生活的噩梦，而是他们所谓的反社会甚至是恶魔的行为。[227]游荡在城市街道上的精神错乱的海洛因瘾君子进一步把中产阶级推向了郊区。尽管在美国吸食海洛因的人群中，白人的数量一直占主导地位，但在中产阶级的想象中，黑人是更危险的吸毒者。

的确，吸食海洛因的人居住地确实相对集中，而且在美国日益破败的非裔美国人聚居区更为明显。

二战之后，非裔美国人向北方和西方迁移的步伐加快了，但当南部非裔美国人抵达波士顿、纽约、芝加哥、洛杉矶、底特律和其他城市时，他们发现，住房成本超过了他们有限的收入，因房产导致的不同阶层人群的隔离是一个明显的城市现象。[228]虽然在艾森豪威尔、肯尼迪和约翰逊执政期，一派欣欣向荣，整个国家的经济都在增长，但在20世纪五六十年代，超过一半的非裔美国人生活在贫困中，其中一个关键原因是工作歧视，同时学校里严格的种族隔离制度迫使大多数非裔美国人只能接受二流的教育。[229]

20世纪50年代，非裔美国人发起了一系列法律维权活动，并发起了一系列自发的、精心策划的抗议活动，这些活动后来被称为民权运动。1956年，亚拉巴马州蒙哥马利市的牧师马丁·路德·金成为该运动的领袖。那首古老的福音歌曲敦促人们“再坚持一会儿，一切都会好起来”。这首歌确定了20世纪50年代民权运动坚定力量的精神。但到了20世纪60年代，非裔美国人，尤其是年轻的城市居民，变得更加目中无人和叛逆。一百年前，南方白人从美国分离出来组成一个致力于使奴隶制永久化的联邦政府；一百年后，北方的一些非裔美国领导人呼吁黑人应站起来进行一场革命。[230]

作家詹姆斯·鲍德温在1961年1月说："在这个国家，作为一个黑人，要想有相对清醒的头脑，就得时刻处于愤怒之中。"[231]

深刻的种族分歧在医疗和公共卫生系统中产生了深远的影响。由于白人医院的急诊室拒绝为黑人提供治疗，数十名，也许是数百名黑人（尽管没有人统计具体数字）因此而死亡。[232]其中最著名的案例是布鲁斯歌手贝西·史密斯之死。为了让有资质的黑人护士和医生在纽瓦克市医院获得行医的权利，全国有色人种促进会的律师瑟古德·马歇尔不得不起诉新泽西州。直到1940年，美国医学会在所有非裔美国人名字旁边都用缩写"Col."标明，表示他们是"有色人种"的医生。

到20世纪50年代末，艾森豪威尔政府已向大多数州明确要求，任何由联邦政府出资的医院都不能因为病人的肤色而拒绝医疗服务。然而，一种新的隔离形式出现了，黑人病人被享有声望的医疗机构拒之门外，直接转到市、郡办的公立医院去，而这些医院除了最穷的白人外谁都不愿意去。[233]

20世纪50年代的公共卫生部门通常都是白人，或者有部分黑人雇员，但他们也只是从事最低层的工作。如纽约的鲍姆加特纳这样最有善意的白人领导人，对他们在哈莱姆、纽约东部和南布朗克斯等黑人贫民区的努力所受到的敌意感到困惑，尽管十年来美国公共卫生协会一直在支持全黑人成立的国家医学会关于终止在健康和医疗实践中各种歧视的呼吁。

1961年，联邦政府资助的医院反复指控肯尼迪总统的卫生教育和福利部存在种族歧视行为，[234]但是政府授权卫生教育和福利部通过切断带有歧视性的医疗机构资金资助的立法提案被参议院小组评议委员会搁置。因此，卫生教育和福利部只是对投诉进行了分类，并向违规医院发了函。民权领袖会议称卫生教育和福利部的不作为"不仅仅是沉默，更是对延续歧视性做法的助纣为虐"。[235]

1963年6月，肯尼迪总统终于推出了他的《民权法案》第六章，其中规定，提供联邦资金将以非歧视的做法作为交换条件。这个时期，越来越多的人支持马丁·路德·金博士，同时全国人民对南部白人尤其是他们的政治领袖的可耻行为非常愤怒，这使得政治舆论转向支持肯尼迪的民权立法。改变的时机似乎终于要成熟了。

但是在1963年11月22日，肯尼迪总统在达拉斯的竞选活动中遇刺身亡。

在肯尼迪遇刺事件发生5天后，约翰逊总统在国会参众两院联席会议上说："没有哪篇悼词或纪念演讲，能比尽早通过《民权法案》更能表达对肯尼迪总统的缅怀之情了，他为此奋斗了这么长时间。在这个国家，关于平等权利的讨论已经够多了。我们已经谈了一百多年了。现在是书写下一章并把它写入法律文书的时候了。"[236]

约翰逊政府的卫生教育和福利部秘书安东尼·切莱布里兹马上被隔离医院这个热门话题所困扰。然而，他没有采取任何行动，只是希望最高法院能通过审理西姆金斯上诉科恩一案来解决这个问题。这个案件是一名黑人男子指控北卡罗来纳州科恩纪念医院存在种族歧视问题。[237]但是在1964年3月2日，高级法院维持了下级法院对医院有利的判决。

在约翰逊的敦促下，副总统休伯特·汉弗莱在自由派同僚中争取了他们对《民权法案》的支持，[238]声援西姆金斯上诉案，宣称："医疗机构的种族歧视至少在一定程度上导致了这样一个事实：在北卡罗来纳州，黑人婴儿死亡率是白人的2倍，而其产妇死亡率是白人的5倍。"

1964年6月10日，在两党支持下，约翰逊的《民权法案》在参众两院获得通过。《民权法案》第六章消除了医学和公共卫生实践中所有法律形式下的种族歧视。

亚利桑那州参议员巴里·戈德华特对该法案表示强烈反对，他表示这预示着战场将发生改变，[239]同时，该法案标志着民权运动的新方向，该法案被通过后将改变政治氛围，让公开支持种族隔离的人成为政治上的弃权派。当时，由戈德华特领导的共和党极端保守派新策略的主要方向是，抨击联邦当局强加的社会自由化法律。

1964年，约翰逊总统推动通过了另外两项对公共卫生产生深远影响的重大举措："反贫困战争"计划和"医疗保险"计划。林登·约翰逊的总体目标是，通过类似于罗斯福新政的联邦政府来推动创建他所谓的"伟大社会"。然而，一个关键的区别在于，当年罗斯福是在美国经济极度匮乏的时期推行大规模的联邦开支项目，而林登·约翰逊却希望在大部分美国人享受富庶的时期来推行同样水平的社会项目。这就很难打动美国人。

当约翰逊宣布向贫困宣战时，美国有2100万人生活在政府划定的贫困线以下。处于社会最底层的是"伟大社会"计划中所针对的三种社会群体：65岁以上的老人，由于经济大萧条而一贫如洗，他们几乎没有积蓄来安度晚年；非裔美国人；以及单亲妈妈。作为"伟大社会"计划的一部分，约翰逊推行的补救计划包括医疗保险、医疗补助和有子女需要抚养家庭的援助。

"伟大社会"计划的最终效果是建立了一个联邦体系，旨在为美国的穷人、老人、儿童和移民提供一个加入美国主流社会的机会。约翰逊的目的是通过这些项目的阶梯作用，让所有人都富裕起来，但这最终的提升将取决于个人。约翰逊政府从未想过要建立一个免费的施舍制度，或者把联邦政府变成一个福利国家。如果不是约翰逊无可救药地卷入了越南战争，他的计划无疑会取得更大的成功。[240]

战争开支造成了巨大的财政赤字，耗尽了约翰逊原本希望用于国内项目的资金。军费开支从1965年496亿美元的曾经历史最高水平上升到1968年的805亿美元。美国财政部拿不出那么多钱来，这让美国陷入了债务的恶性循环。

“我从一开始就知道，”约翰逊后来告诉作家多丽丝·克恩斯·古德温[241]，“不管我决定走哪条路，都注定会被钉死在十字架上。如果我因卷入世界另一边的战争而被迫放弃我真正爱的‘伟大社会’计划，那么我将失去这里的一切，包括我所有的项目、我所有用来帮助那些饥民和无家可归的人的希冀、我所有的梦想。”

除了1964年的《民权法案》，约翰逊的确把自己的大部分梦想都输给了那场战争。他所设想“伟大社会”的每一项计划最终都是由国会以一种设计者都无法识别的形式颁布的。因此最终制定的计划存在严重缺陷，这些错误将对美国的公共卫生产生深远影响。尤其是医疗保险和医疗补助制度，将彻底重塑美国的医疗保健和公共卫生体系。最终的结果也不可能像约翰逊当初预想的那样。

当国会和政府在争论这些社会项目的细节时，这个国家正在分崩离析，暴动、示威、代沟、种族冲突和劳工斗争在社会的每一个角落中爆发。

约翰逊是华盛顿和美国人民之间所谓的信誉鸿沟的主要受害者，但是每一位国会议员也都感受到来自公众多个方面的不信任和攻击的刺痛：越南战争需要上会，这助长了已经活跃的学生运动，数以百万计的大学生变成了愤怒的抗议者。虽然《民权法案》获得通过，但非裔美国人在城市贫民区的生活却每况愈下，从而引发了爆炸性的骚乱。许多工薪阶层的美国白人与激进分子为了保护工作和生活方式免受嬉皮士和非裔美国人的威胁而进行了大量抗争。这个国家被撕裂，却并没有陷入深思；20世纪60年代被证明是一个过激的，而不是一个善于思考的时代。

因此，国会通过了一项旨在解决美国重大危机，如医疗保健的缺乏和根深蒂固的贫困问题的法案，但这项法案是以零敲碎打的方式通过的，反映了强大的游说团体和利益集团的博弈，目标是消除贫困和增加获得医疗卫生服务的机会。但很少有政治领导人会退一步反思怎么做、为什么做，缺乏一个前瞻性的全面规划。

从 1900 年到 1940 年，美国女性的平均预期寿命从 48.3 岁上升到 65.2 岁，累计增长 16.9 年；男性平均预期寿命从 46.3 岁提高到 60.8 岁，累计增长 14.5 岁。这些惊人的成就是在细菌理论革命之后、现代疫苗或抗生素发展之前取得的。这些成就的获得早于大多数心脏病和癌症的现代治疗方法，当时还没有外科肿瘤切除术。而且，当时在全国范围内也没有庞大的医院网络。

也许更引人注目的是，这些成就是在一个三次拒绝建立全民医疗保健体系的国家取得的，同时，他们经常拒绝为美国 20 世纪的第三代穷人和有色人种提供医疗卫生服务。早在 1911 年，当英国建立国家强制医疗保险制度时，美国选民就表示，他们希望获得某种由政府确保的公平的医疗卫生服务。[242] 在 1919 年，加州人甚至投票赞成这个理念。但是，美国医学会使用了当时带有贬损意味的“社会化医疗”[243] 平息了这一说法，也磨灭了随后旨在创建全民医疗保险的所有努力。

因此，取得巨大成就的不是药物，而是大规模公共卫生行动努力的结果，这些努力试图通过社区干预来预防传染病。早在 1900 年，赫尔曼·比格斯就已证明，此类干预措施节约了成本，因此这不仅仅是人道主义政策的问题，还具有合理的经济学意义。[244] 其基本理念侧重于集体的作用，即个人的健康将通过提高整个社区的健康水平而得到保护。产生这些成就的另外的一些原因是经济状况改善和生活水平提高，以及人群营养状况的普遍提高。[245]

相比之下，从 1940 年到 1965 年（当时国会正在讨论联邦医疗保险制度），女性的预期寿命从 65.2 岁上升到 73.7 岁，只增加了 8.5 岁；男性预期寿命从 60.8 岁增加到 66.8 岁，净增长仅为 6 岁。[246] 也许更重要的是美国人 60 岁后平均剩余预期寿命的趋势。1900 年，美国 60 岁的女性剩余预期寿命为 24.4 岁，预期寿命为 84 岁；60 岁男性的剩余预期寿命为 23.1 岁，预期寿命为 83 岁。

到 1940 年，60 岁美国人的平均剩余预期寿命女性为 33.3 岁，男性为 30 岁。研究取得了重大进展，老年女性的寿命增加了 8.9 岁，男性增加了 6.9 岁。到 1965 年，老年女性又延长了 4.2 岁，而男性只延长了 1.7 岁。[247]

随着传染病的威胁日益减弱，面对这种明显的转变，需要提出的问题是，以人群为基础的情况下，采取什么样的战略才可以很好地应对新时代的挑战？医疗保险的目标是什么——是为了提高美国人的平均预期寿命，还是为了提高那些剩余预期寿命的生活质量？让所有美国老年人都能享受现代医疗服务？增加付费医疗消费群体的规模？提高美国医院的地位和规模？很少有医生会免费为老年患者提供服务，是否要给医生提供补偿？

这些问题从来没有真正被提出或回答过。相反，政治领导人只是考虑了当时的文化趋势，并想当然地认为每个人想要的和需要的只是更多的医疗服务。

1965 年，大部分美国人都清楚，他们会比自己的父母或祖父母更健康。他们长得更高，更强壮，很少为会担心患上传染病；做爱时不用担心会死于梅毒；在公共泳池游泳时不用考虑会得小儿麻痹症；而且有丰富多样的食物可供选择；几乎每天都有新药或新疫苗被发现。在电视上，医生被描绘成无所不能的可以拯救和治愈世界的天才。总的来说，1965 年，生活在美国的人们对新技术非常乐观，甚至持信奉和崇拜的态度。

对美国人来说，诸如贫困、种族主义、共产主义威胁、越南战争、学生骚乱之类的社会问题，似乎既复杂又有争议，在这些问题上几乎无法达成社会共识。然而，科学和技术提供了解决方案、策略甚至是奇迹，特别是在医学方面。美国人几乎毫无疑问地相信，把钱花在大牌的药品上是值得的。打个比方说，人类的身体是一台偶尔会坏的机器，或者会随着年龄的增长而机能退化，而足够的药物可以治愈它。

因此，在大众看来，医疗保险、医疗补助和政府支持的任何其他健康项目的目标应该是双重的：加快医学发展的步伐，并尽快让所有美国人都能看到这些研究的成果；扩展那些用于修复损坏的人类机器的工具箱，并建设更多更好的身体修理店。

这种观点很好地服务于医生和医院，这样能帮助他们在尽可能少的监管机构和政府“瞎管”的情况下工作。医生们希望制订护理标准，而医院则坚持应该控制成本。这实际上是医疗行业的自我监管政策。

“这种政策……对某些新药、设备、诊断或治疗手段有助于健康的可能性都非常敏感，”经济学家罗伯特·埃文斯和格雷戈里·斯托达特写道[248]，“缺乏医疗干预可能会危及人的健康，但这只是引起政策密切关注的表象，至少也是为了获得干预支持的充分理由。与此同时，极度糟糕的事实却是，人们正在受苦受难，甚至是濒临死亡，在某些情况下，这是由一些与医疗服务没有直接联系的进程造成的，这一惊人事实既没有引起反驳，也没有得到回应。”

公共卫生的声音（与有组织的医学相比）相对较弱，他们主张对国家健康采取一种不那么简单的、更全球化的方法。他们无法预见医疗模式最终是如何把医疗卫生服务成本推高到三十年后几乎没有美国人能负担得起的地步，但他们正在将美国人口健康问题的变化情况制成表格。正如纽约的鲍姆加特纳所说，他们认识到，技术、意识形态和社会变革给人类带来了新的威胁和问题。很明显，人类未来的大部分疾病都是自己造成的。

“因此，人类健康的目标是不断变化的。随着技术变革的步伐不断加快和人类愿望的不断延伸，卫生领域的变化可能会比过去来得更快。”[249]

毫无疑问，健康转型正在进行，但从什么开始转型，又向什么转型，为什么转型？20世纪上半叶国民健康方面所取得的许多成就和胜利在20世纪60年代仍是无法解释的。例如，为什么结核病发病率在1920年到1945年间持续下降？也就是说，抗生素发现之前，在社会改革使结核病初步减少的时期，影响就已经产生了。[250]1918年毁灭性的猪流感从何而来？未来出现类似毁灭性传染病大流行的可能性有多大？[251]贫困和疾病之间究竟是什么关系？

尽管传染病专家雷内·杜博斯受聘于哈佛医学院，这是美国医学卫生领域的堡垒，但他对建立大规模的医疗系统就可以解决人们的健康需求或人群健康根本问题的观点嗤之以鼻。他在1961年出版的经典著作《健康的海市蜃楼》[252]中写道：“现代美国人自诩拥有世界上最高的生活水平，其实美国人收入的10%必须用于医疗，而且建造医院的速度不够快，以至于无法接纳所有的病人。他们被鼓励去相信金钱可以研发出治疗心脏病、癌症和精神疾病的药物，但是他没有努力去思考，更不用说去纠正因对日常生活方式的不善管理导致这些疾病高发的行为。”[253]

因此，到20世纪60年代中期，美国仍然没有完善其医疗政策，尽管它确实有医疗保健。医疗保险和医疗补助计划的净效应将是推动越来越多的人进入医疗保健领域，但这总是在没有任何明确的政策将这类医疗卫生服务置于更大的背景之下进行考虑。这样导致的结果将是，公共卫生的能力和影响力将继续减弱，而针对个人医疗卫生服务的能力和影响力将增加。

几十年来——事实上，是自威廉·佩蒂·格兰特1662年为伦敦写下《死亡率清单》以来——公共卫生倡导者注意到社会经济状况与健康之间存在着密切的关系。二战后，美国公民健康状况的改变在某种程度上模糊了其人口学特征，因为癌症和心脏病最初似乎在各个社会阶层中都有发生，甚至可能略微向更富裕的美国人群倾斜。然而，到60年代中期，大多数慢性病也显示出社会梯度，给最贫穷的美国人带来了极大的痛苦。

把“向贫困开战”项目同联邦医疗保险和医疗补助计划结合起来，创造出一种提高美国人健康和福祉的单一战略途径，也许是明智的。[254]

1965年的医疗保险法案由两部分组成，它将医疗保险计划的管理权置于社会保障局之下，而不是在卫生教育和福利部之下。根据第一部分，医院被允许指定第三方机构或非政府组织来监督其预算，并与社会保障局协商。几乎全国所有的医院都将这个私营的非营利组织命名为“蓝方”——蓝十字和蓝盾保险公司。第二部分则阐明了医生有权决定适当的治疗，也通过“蓝方”，与社会保障局结算。

联邦政府放弃了大部分限价权，允许医院和“蓝方”制订自己的成本和价格表。它还允许医院将资产成本纳入患者医疗费用评估。这种资产成本可能包括医院建筑物的折旧，在许多情况下，联邦政府根据《希尔－伯顿法案》支付了折旧。这就像给美国的每一家医院提供一大笔抵押品，用来建造更多的病房、购买更多的设备、雇用更多的医生。一夜之间，这些大型医院将较小的社区和社区中心推入默默无闻或被遗忘的境地。

1966 财年——联邦实行医疗保险计划的第一年，预计覆盖 1900 万 65 岁以上的美国人，而预算仅为 65 亿美元。这当然无法覆盖所有老年人的医疗需求。事实上，医疗保险项下的扣除额非常多，而且这一数字还在持续增长，到 1974 年，医疗保险支付后，美国老年人的自付费用与 1964 年开始推行医疗保险之前一样多。[255]

医疗补助计划为贫困单亲家庭提供了类似的医疗保障，由各州管理，最初的目的是让联邦基金与地方基金配套使用，以保证广泛的覆盖面。而实际上，从一开始，较穷的和不太舍得花钱的州就很少或不提供相应的配套经费。而且，在医疗补助制度下，全国范围内各州提供的医疗质量也有很大的差异。在许多州，医疗补助计划是由财政和福利办公室管理的，社会福利部门提供卫生服务。这预示着美国公共卫生计划的未来将面临严重的危险，美国公共卫生项目将作为被福利保障和“联邦救济”全面否决的一部分而受到打击。

医疗保险和医疗补助计划最直接影响的是病人的就诊行为。1966 年，在这些措施生效之前，穷人和非裔美国人很少去看病。生活在贫困线以上的人看病频率比穷人高 20%，白人看医生的频率比非裔美国人多 2%。1966 年以后，这一切彻底改变了。到了 20 世纪 70 年代初，穷人和非裔美国人看医生的频率实际上已经超过了富裕的白人。[256]

那么，如果衡量健康的真正标准取决于看病的机会和医疗卫生服务利用的程度，那么约翰逊时代的医疗保险或医疗补助计划就取得了不错的效果。

但早在 1967 年，也就是项目开始一年后，在市中心地区工作的医生们就意识到，医疗补助不过是一个在破旧的公立医院里提供二流医疗的融资系统。由于州政府通常只提供很少的配套资金给医疗补助计划，所以不能给医务人员提供足够的报酬，病人更向往私立医院和优质医院。[257]

相比之下，医疗保险对医院和医生都极具吸引力，因为《医疗保险法案》把他们和“蓝方”一起置于成本控制的主导地位。1960 年，美国医院的资产总额为 108 亿美元。医疗保险实施 4 年后，医院资产增加了 1 倍多，达到 267

亿美元。到 1977 年，这一数字已达到 611 亿美元。在短短 17 年的时间里，医院的资产增长了 6 倍，这对任何行业来说都是令人钦佩的。而且医院在很大程度上是通过花美国政府的钱而不是他们自己的钱来实现这一目标的，这对医院来说简直是太棒了。[258] 毫不奇怪，医院和“蓝方”一贯认为社会保障局提供的资金不足，1966 年至 1976 年间，他们将患者的人均住院费用翻了一番。医院收入也翻了一番，而且耗费的时间很短：从 1965 年至 1969 年，仅 4 年时间里，所有基本医疗操作的费用也都增加了。[259]

医疗保险推动了医疗费用的增长，因为“蓝方”和社会保障局不但接受了不断膨胀的账单，并且照单支付了。由于老年人是社会上最需要医疗服务的群体，而且需要最耗钱的治疗，因此医疗保险的客户立即占到了所有住院病人的 75% 以上。医院相应提高了目标，允许医院以同样的价格向非医疗保险客户开出同样的账单。当被问及这个问题时，医院经常会声称，医疗保险和私人保险支付了更多的账单并掩盖了医疗补助病人的费用。

1970 年，城市公立医院已经成为破旧的救济所，病人都挤在走廊的轮床上。这些医院显然一直都是美国穷人的医疗卫生服务提供者，并不意外的是，也为非裔美国人和墨西哥裔美国人提供医疗卫生服务。20 年前的种族隔离导致了现在医疗补助和医疗保险制度的意外结局：卫生和医疗服务出现了明显的种族差异。[260] 卫生系统中存在的种族差异反映了整个社会种族隔离的状况还在普遍恶化。

举一个例子：1960 年洛杉矶郡人口普查时 [261] 发现，全郡大约有 20 万套不合格或不适合居住的住房，其中大部分位于洛杉矶中南部的非裔聚集区和洛杉矶东部的拉美裔聚集区。[262] 在全国范围内，尽管当地经济增长显著，但估计仍有 23 万家庭生活在贫困线以下。在洛杉矶中南部和东部的贫民窟，每一项公共卫生指标都远远低于该郡其他地区。郡婴儿死亡率为 19.6/1000 活产婴儿，在瓦茨地区为 33.3/1000 活产婴儿。全国孕产妇死亡率为 4.5/1 万人，洛杉矶东部地区为 7.3/1 万人。[263]

在 20 世纪 60 年代中期，洛杉矶的拉美裔患肺结核的比率是白人的 5 倍，非裔则是白人的 7 倍；35 岁前人群的早死风险是全国平均水平的 4 倍。美国公共卫生协会的一项评估发现，约 50% 的贫困儿童没有完全接种天花和麻疹疫苗，64% 的人从未看过牙医。[264]1964 年，洛杉矶每 4 个婴儿中就有 1 个是在这种贫困家庭出生的，其中 26% 的母亲没有接受过产前护理，80% 的母亲是在该郡两家公立医院里分娩的。

尽管洛杉矶没有黑人歧视法，但该郡仍是全国种族隔离第二严重的大都市，仅次于芝加哥。[265]

1965年8月11日，这是一个非常炎热、雾霾笼罩的日子，一群白人警察和一名被指控酒后驾车的黑人发生了口角。当警察挥舞警棍时，司机的支持者拥上街头。不到几分钟，一场混战就开始了，一小时后整个街区发生了骚乱。[266]瓦茨地区的暴力和纵火袭击持续了5天。根据官方的说法，这是美国历史上最严重的一次骚乱，[267]也是一个可怕的预兆。

洛杉矶的政治领导人经历了一段时间的自我反省和对政府部门的内部审查。1966年至1972年，包括洛杉矶郡卫生局在内的大多数大型郡级机构都接受了外部审查。洛杉矶郡的治理已经呈现出一种不同于其他地方的风格和模式，至少在法律上是允许这样的。所有权力都掌握在郡监事会的5名成员手中。该委员会监督的年度预算超过了包括马萨诸塞州、新泽西州和宾夕法尼亚州在内的42个州的预算，[268]主要来自财产税和各种联邦补贴。监察员们公开开会，但很少有民众或记者参加他们的听证会或跟踪他们的活动。[269]他们的活动所受到的监督是如此琐碎，以至于监察员们很少因为健康或死亡以外的其他理由而被迫辞职。[270]

洛杉矶是全美国第二大接受福利资助的地方政府，仅次于纽约市。该郡有加州医保，也就是州版的医疗补助计划，拥有比其他任何地方都多的公共财政医疗保险，当然，除纽约市外。根据美国公共卫生协会的数据[271]，该郡的卫生系统“缺乏弹性……烦琐，墨守成规，无法满足民众当前或未来的卫生需求”。这个部门充斥着“难以接近”以及“复杂的结构布局和政治管辖权”。员工严重短缺，“有些要求……完全无法满足”。该部门甚至“不提供个性化服务”，并且“远离公众服务”。

但公共卫生协会的监督人员也表示理解。他们发现，该郡2000名雇员面临着严峻的挑战：空气污染，上班路途较远，交通不便，大多数的医疗卫生任务都集中在郡办的两家医院，员工士气低落，工作人员流动较大，缺乏西班牙语交流技能，治理结构烦琐，成本上升。

与全国的情况一样，在联邦医疗保险和医疗补助制度颁布以后，洛杉矶医院的使用率和医疗成本大幅上升。1961年到1965年，洛杉矶医院的费用每年上涨约6%。1966年开始实施联邦医疗保险制度以后，在接下来的十年里，医院的医疗费用每年上涨16%。1966年至1968年间，医生的诊疗费用翻了一番。费用增加的主要原因是由于价格上涨，而不是由于提供了更好的服务。[272]

全郡有大量的医生以及745家医院和诊所，但几乎都集中在洛杉矶较为富裕、白人较多的地区。这样一来，就只剩下几家基督教慈善医院和两家庞大的郡办医疗机构（洛杉矶南加州大学医疗中心和哈伯总医院）来满足瓦茨地区的非裔、洛杉矶东部巴里奥斯的西班牙裔和市中心贫民区的贫困白人的所有需求。

洛杉矶出现了两种情况，这两种情况很快也会出现在每个有大量穷人的美国社区：大多数贫穷患者来到急诊室寻求非紧急医疗服务，急诊室里大部分儿科患者都是私人医生都很容易处理的小问题。就像为两家已经人满为患的医院建立了医疗保险和医疗补助计划后一样，急诊室的访问量也急剧上升，在第一年就增加了 16%。超过一半的增长都是因为非紧急医疗。同样，儿童诊所也挤满了“加州医保”的患者，其中大多数人都患有常见的非急性的儿童感染。这一趋势反映出贫困社区缺乏私人医生或较小的医疗诊所。[273]

1967 年，尽管该郡的预算超过了 10 亿美元，但卫生部公共卫生项目仅占预算的 1.6%，为 1639 万美元。[274] 卫生部门 1/4 的资金来自该郡以外，因此其在政治上和财政上都很容易受到遥远的华盛顿或萨克拉门托的任何公共卫生和医疗政策变化的影响。

除了其他公共卫生支出的沉重负担，1969 年，洛杉矶还在努力应对寻求郡政府帮助的精神病患者数量突然激增的情况。那一年，卫生部发布指导方针要求关闭精神病院，通过以社区为基础的小型门诊中心对病人进行药物治疗，批准其出院后并随访，只有在极端情况下，病人才应该住在医疗机构里。大多数州效仿联邦政府的做法，迅速关闭了这一类机构。1969 年 7 月，《加州精神卫生法》生效，将照顾精神病患者的所有财政资助和社会责任从州转移到郡。

洛杉矶郡不堪重负。该郡在精神卫生方面的支出增加了 2 倍，1970 年约为 4800 万美元。[275] 尽管政府在 1970 年提供了财政支持以缓和过渡，但很快就发现与精神病人有关的暴力事件和住院治疗费用都有所增加。

在未来的几年里，洛杉矶郡的城市和美国其他的城市一样，街道上到处都是无家可归的精神病患者，他们被家庭遗弃，无法获得政府的支持，也无法应对亲属的虐待或暴力。

在努力应对这些新挑战的同时，洛杉矶也正处于大规模的淋病流行之中，淋病在当地的发病率几乎是全国平均水平的 2 倍。[276]

当盘尼西林（青霉素）的发明提供了人们渴望已久的灵丹妙药时，控制心血管疾病的任务对公众健康的影响比任何人想象的都要复杂得多。到 1975 年，淋病已成为国家最常见的和花费最多的传染病；到 1980 年，美国每年报告的淋病活跃期病例将有 250 万。[277] 几个重合的因素是造成这种现象的原因：公共卫生当局一直低估了美国人的性行为数量，因此在制定计划时，其目标就是十分错误的，忽视了大多数白人、中产阶级的成年人和青少年的性需求。[278] 青春期后性活动增加的两个原因是：20 世纪 60 年代中期被广泛使用的避孕药大大减少了对性交会导致意外怀孕的担忧；抗生素革命让年轻的美国人认识到，性病不再是潜在的致命疾病。

此外，一场始于 1964 年通过的《民权法案》的权利革命，引发了激进的文化变革。在 20 世纪 60 年代余下的时间里，美国最高法院裁决了大量支持个人和团体权利的法律案件，给予《权利法案》和《宪法》关键权利条款比任何其他法院都更大的权重。有影响力的知识分子在包含种族、性、劳动和学生小群体的更大的社会体系中扩展了权利的概念。[279]

事实上，性权利是公开的，也是所谓的反主流文化。20 世纪 60 年代末的嬉皮士，以及 70 年代末摒弃了耻辱感的男同性恋都在倡导性权利。从 1960 年到 1971 年，旧金山的性病发病率总报告病例数从 3869 例上升到 17928 例，几乎所有的增长都发生在男同性恋者身上。[280]即使在像明尼苏达州这样相对保守的州，性传播疾病的发病率在 20 世纪 60 年代也有所上升，并且在接下来的十年里还在继续上升。[281]

尽管美国青少年和年轻人的性行为很活跃，但这个国家显然还没有做好公开讨论性的准备，公共卫生官员通常只能把自己的职能局限在制作性病纪录片供学校统一观看以及统计这些可怕的数字，暂时还没有明确的国家策略来解决这个问题。[282]

1968 年夏天，年轻人的抗议活动震撼了整个国家，问题主要集中在反对越南战争上。来自明尼苏达州的“快乐勇士”——副总统休伯特·汉弗莱，与加州共和党人理查德·米尔豪斯·尼克松进行了一场孤注一掷的竞选。几乎没有什么国内问题，当然也没有健康问题在竞选活动中占有突出位置。11 月，尼克松仅以 50 万张选票击败汉弗莱，占所有选票的 0.7%。

1969 年 1 月尼克松宣誓就任总统时，美国的两极分化程度比 20 世纪的任何时候都要严重。他呼吁“绝大多数沉默的”美国人支持他的政策。越南战争仍在继续，全国紧张局势加剧。新的公共卫生问题开始成为美国争论的焦点。随着微生物瘴气的问题似乎已得到解决，美国人开始关注他们周围的化学性瘴气。在 20 世纪 70 年代，当安全的水、健康的空气和天然食品这些术语被使用时，它们并不是指没有细菌，而是指没有被污染。

1962 年，一位来自纽约长岛的沉默寡言、谦逊的海洋生物学家出版了她的标志性著作《寂静的春天》，首次将美国人的注意力集中到环境上。[283]她的证据表明，杀虫剂作为潜在的致癌物对人类健康产生影响；鸟类蛋壳变薄，导致一些鸟类种群显著减少，这些都令公众尤为震惊。事实证明，雷切尔·卡森的担忧被迅速扩散出去，成为整整一代美国人极大的焦虑之源。卡森写道：“目前杀虫剂的流行完全没有考虑到生态环境中最基本的因素。化学武器像穴居人的棍棒一样粗糙，向生命的组织投掷化学弹药，这种组织一方面脆弱易碎，另一方面却具有不可思议的坚韧和弹性，能够以意想不到的方式进行反击。”

20世纪60年代末和70年代初，健康和环境问题融入美国的公众舆论，并因此催生了相应的政府监管、学术探讨、商业和政治活动的新领域。到1974年8月8日尼克松政府结束时，美国的环保运动已是声势浩大，至少有6个联邦机构已经感受到它对政府的影响。[284]它影响了公共卫生领域的许多方面，并在较小程度上影响了医学领域，包括毒理学、流行病学、卫生统计学、肿瘤学和职业卫生等。环境保护主义者的想法会对公共健康产生两极分化和激进的影响，最终促使该领域的许多领导人与企业利益发生冲突。虽然公共卫生一直以来都是穷人的声音，但现在主要代表中产阶级选民的污染企业也加入了美国的抗议大军。

20世纪70年代的每一天，都有一种化学物质被发现，另一种污染物被命名。公众的恐慌日益加剧，最终导致公共卫生的公信力受到大规模的有力的攻击。

早在公众开始关注癌症之前，美国癌症的死亡率就一直在稳步攀升。1900年，每10万美国人中就有64人死于癌症；到1940年，这一比率几乎翻了一番，达到120.3/10万人；1950年，达到140/10万人；1969年，美国每年的癌症死亡率是160/10万人。[285]虽然死于心脏病的人还要多得多（1969年，每10万人中有500人死于心脏病），但癌症还是引起了人们的特别关注。1900年，每25个美国人中只有1个死于癌症。到1969年每7个人就有1个，自二战以来，癌症和心脏病的发病率和死亡率都在攀升。

然而，导致死亡率上升的主要原因并不是某种神秘的环境污染。早在20世纪70年代之前，人们就认识并命名了“吸烟”。1956年，国家卫生研究所副所长卢瑟·特里博士对当时大量的证据表明吸烟会增加肺癌的风险留下了深刻印象，他呼吁全国“戒烟”。

特里于1961年出任卫生局局长，他发起了一项积极的行动来对抗香烟在疾病中所扮演的角色。他任命了一个蓝丝带烟草研究小组，并于1964年1月，在一个电视直播的只有站位的新闻发布会上宣布了该小组的结论：“吸烟与男性肺癌存在因果关系。吸烟对健康的影响远远超过所有其他危险因素。吸烟对女性影响的数据虽然没有那么广泛，但也指向了同样的方向。”[286]

这份报告立即在医学界和国会引起了轰动。[287]在特里的敦促下，约翰逊政府下令在每包香烟上都印上健康警示。

烟草制造业发动了一场声势浩大的“公共卫生运动”，声援身体健康的从事烟草种植业的国会议员，烟草制造业者称，这些人的健康受到反烟草法的威胁。

烟草业秘密资助成立了烟草研究所，这是一个半独立的研究机构，数十年来发表的研究报告，都声称吸烟很少或几乎不会对人体造成不良影响。其实，该研究所不仅发现了吸烟的不良影响，还有人体对烟草兴奋剂尼古丁的强烈成瘾反应，这些都没有被披露。大约过了三十年后，该研究所的隐匿文件才问世。[288]

在 20 世纪 70 年代，许多公共健康倡导者和他们的律师倾向于淡化烟草对癌症和心脏病的影响。[289] 他们这样做不是因为他们不相信烟草致癌的证据，而是因为化学工业界的反应。化学工业界一贯地在提及因接触他们的产品而导致癌症的病患时，也说成是因吸烟导致的。烟草业和化学工业界都不够坦诚。

尽管吸烟及其对公共健康的影响日益成为政治党派争论的问题，但从来没有一个好的理由来解释。从左翼自由主义到极端保守主义的外科医生们一直遵循卢瑟·特里的先例来攻击烟草业。事实上，最响亮的声音来自被罗纳德·里根任命担任卫生与公共服务部部长的埃弗雷特·库普博士，他是一个臭名昭著的社会保守派，曾是 20 世纪 80 年代美国极右势力的宠儿。但他有很强的公共卫生的良知，是烟草业的死敌。他问道：“虽然吸烟和十几种或更多严重的、使人衰弱的、筋疲力尽的、花费昂贵又难以启齿的疾病的关联还没有证据支撑，但烟草业怎么敢对他们之间已存在的明确联系置之不理？产生这一联系的机制是什么？答案是事实就是如此。烟草业声称不用对任何人负责，他们的游说团体极其强大。”[290]

国会山的烟草的保护者大部分是共和党人和南部民主党人，他们以两个理由反对与吸烟有关的公共卫生措施：一是为烟农和烟草业雇员提供工作保护；二是冷静地反对任何束缚自由企业发展的条例，包括旨在每年挽救数万人生命的卫生法。政客们对他们坚定支持烟草的第三个原因就没那么公开了：钱。1969 年至 1999 年，烟草业每年在广告上的花费在 5 亿到 10 亿美元之间，并为竞选提供了慷慨的捐款。相比之下，在 20 世纪六七十年代，公共卫生领域的广告资源少之又少，而且很少有像纽约的鲍姆加特纳那样的领导人欣赏麦迪逊大道的力量。即使在 20 世纪 80 年代中期，联邦政府在反吸烟广告上的花费每年也不过 7000 万美元，而相比之下每年的烟草广告费用就超过了 9 亿美元。[291]

1964 年，军医处处长特里引用了 7000 多项研究来证明烟草与人类疾病的发病率和死亡率之间存在关联。到 1988 年，卫生与公共服务部部长库普通过堆积成山的 6 万多份研究报告，证明了烟草与吸烟者和所谓的被动吸烟者身上的几十种疾病之间的联系。被动吸烟者指的是那些与吸烟者共同乘坐飞机、共用办公室和在家里，一起吸入了他们之前的焦油、尼古丁、一氧化碳和其他有害化学物质的人。这些研究清楚地解释了烟草为什么以及如何发挥其致命作用。

尽管烟草燃烧的生化效应很差，但若没有尼古丁，它们对公众健康的影响肯定是微乎其微的。如果没有尼古丁的成瘾性，很少有初学吸烟的人会上瘾。吸烟者感受到的即时愉悦刺激是尼古丁附着在大脑神经细胞突触上的受体而产生的结果。通常情况下，这些突触受体被最关键的神经递质乙酰胆碱用来传递信息，这些信息是大脑思考的本质。尼古丁与乙酰胆碱竞争使这些受体饱和，从而让吸烟者有愉悦的感觉。尼古丁还会与控制肾上腺素释放的激素受体结合，肾上腺素是人体中最强大的化学物质之一。当肾上腺素涌进血液时，这种刺激对吸烟者已经不堪重负的心脏来说是极其危险的，但矛盾的是，吸烟者却能因此感受到更多的快乐。人体对神经刺激的感觉是容易成瘾的。大脑需要的尼古丁越来越多，吸烟者吸烟的时间就会越长，大脑在生理上的变化就越大，对尼古丁刺激的适应就会非常彻底，以至于没有它大脑就不能正常工作。[292]

“这就是我们真正在谈论的，不是吸烟，不是烟草，而是尼古丁上瘾。”大多数吸烟者都是瘾君子，库普补充说，“烟草公司是推动者。”[293]

据估计，在20世纪的后半叶，吸烟在美国每年造成40万人死亡，共导致500万年潜在寿命年的丧失。[294]1964年军医处处长的报告发表后，研究人员确定了一长串癌症清单，以及其他与吸烟或常年与吸烟者同住的相关其他疾病。[295]据美国公共卫生协会估计，吸烟导致了美国近1/3的癌症患者死亡（近90%的肺癌死亡），以及每5个人就有1个人死于心血管疾病。[296]

尽管用于提高公众意识的预算相对较少，公共卫生领导人还是试图通过健康教育来抵制麦迪逊大道的香烟宣传活动。健康教育的主要场所在学校。但早期的活动严重低估了尼古丁上瘾的威力。最有健康意识的烟民听从教育警示戒烟了。几项法律措施最终在减少美国烟民数量方面发挥关键作用：联邦通信委员会禁止烟草产品的广播广告；大多数地方和州政府最终禁止在公共场所吸烟；政府对香烟征收重税。在20世纪的最后几年，死于癌症的终身烟民的家人提起的诉讼，惊人地赢得了针对烟草巨头的数百万美元的官司，并且通过法律，打开了烟草研究所长期收集的秘密数据的大门。

1964年至1989年，美国烟民的数量从40%下降到29%。大多数戒烟者都是白人中产阶级成年人。超过1/3仍在吸烟的人是非裔美国人和美洲印第安人。[297]

20世纪70年代，烟草对公共卫生和医药行业都发起了独特的挑战。公共卫生还没有找到有效的方法来改变人类的行为，而他们的行为导致的可怕结果发生在未来，而且是不确定的。动员500万人在面临迫在眉睫的威胁时采取具体行动是一回事，比如接种天花疫苗。让同样的500万人改变他们大多数人觉得相当愉悦的行为，尤其是当一个人面临不良后果的可能性相对较低的时候，却是另一回事。然而，新的公共卫生时代需要的正是这种干预。注射海洛因、滥用处方药、传播性病的行为、日常饮用蒸馏酒和吸烟，这些都是20世纪70年代美国人生活方式的特征，出于健康考虑，这些特征都需要改变。很少有公共卫生领导人清楚为什么这些行为在社会上如此普遍，也不知道如何改变它们。

环境保护局、职业安全与健康管理局和国家职业安全与健康研究所在这种文化和政治的乌烟瘴气中应运而生。1970年，国会通过了设立这些机构的法律。美国环保署的重要指导性法律《联邦杀虫剂、杀菌剂和灭鼠剂法案》赋予了该机构全国性的化学制剂的监管权力。随着1970年《清洁空气法》的通过，环境保护局也被授权制订国家环境污染标准。

美国环保署是由国会组织的，既是一个公共卫生机构，也是一个环境保护机构。有时候其职责是相互矛盾的，因为一项标准的制订，可能适合这项职能却不适合另一项。它被设计成既是研究机构又是监管机构，这将使环境保护局处于一种尴尬的境地，它用自己的研究来决定并执行可能使行业损失数百万美元的法规。

相比之下，职业安全与健康管理局只负责制订和执行工作场所的安全法规。国家职业安全与健康研究所是一个独立的研究机构，它旨在为职业安全与健康管理局政策决策的制订提供数据支撑。

与历史更悠久的美国食品药品监督管理局一样，职业安全与健康管理局和环境保护局都是监管机构，基本上可以对提交其审查的任何药物、化学品或危险品做出以下四种批复：下令其进行更多研究，禁止使用该化合物或危险品，限制在特定的情况或剂量下使用该化合物或危险品 / 机器 / 工具，或者根本不批复。

公共卫生倡导者有理由把重点放在所有这些机构上，因为使用杀虫剂、空气和水污染物、药品、石油化学品以及这些机构管辖范围内的大多数其他项目，都涉及明显的健康问题。但是，许多其他利益集团也有理由密切关注职业安全与健康管理局、环境保护局和食品药品监督管理局，包括有组织的劳工，受影响的行业，农民，环保人士，有组织的医药、研究型科学家和疾病相关组织，如美国癌症协会。他们的需求和利益经常发生冲突，难以实现联盟和妥协，但最终这三家机构都会被利益集团的律师压垮。更糟糕的是，大多数州设立了相应的机构，制订各自的监管和执行标准。虽然这些标准在法律上不可能比联邦政府制定的标准更弱，但它们可以更严格。

尽管杀虫剂、污染物和药物在很多方面让公众担忧，但当时最大的恐惧是癌症。而且，要无可辩驳地证明任何指定的药物或化学物质在以指定的方式或剂量下使用时是否会致癌，是极其困难的。

在所有关注这一问题的机构中，食品药品监督管理局的指导原则是最严格也是最不可行的：1958 年制订的《德莱尼修正案》就是最好的例子。纽约民主党人詹姆斯·德莱尼领导了调查食品和化妆品中化学物质使用问题的众议院特别委员会，该委员会在 20 世纪 50 年代曾举行过听证会，听证会在很大程度上受到了国家癌症研究所的威廉·休珀博士证词的严重影响。

休珀率先使用实验室小鼠和大鼠来测试各种化合物的致癌作用。在 20 世纪 50 年代，他证实了与 β- 萘胺类似的各种化学物质可能会导致啮齿动物发生肿瘤。[298] 然而，他在超出了他数据的基础上进行推断，其结论是美国人被化学和辐射致癌物所包围，这些致癌物将导致大规模的癌症流行。他错误地认为 90% 的人类癌症是由环境和职业性致癌物引起的。当休珀在德莱尼的委员会面前陈述时，他坚持说，致癌物暴露没有安全值。

因此，在 1958 年德莱尼委员会通过的立法中，食品药品监督管理局被要求下令禁止在人类或实验动物的食品中添加任何可能导致癌症的食品添加剂或化合物。《德莱尼修正案》的相关条款明确指出，食品中的致癌物没有安全限度。

1970 年，随着《德莱尼修正案》的出台，[299] 食品药品监督管理局在执法过程中发现三个问题。首先，许多没有任何添加剂的食物被发现含有强致癌物，例如烧烤肉类产生的焦油和花生酱中的黄曲霉毒素。第二，许多工业界人士攻击实验室啮齿动物研究与人类接触潜在致癌物的相关性。第三，法律上最困难的一点，是没有人知道如何根据新技术来解释《德莱尼修正案》。1958 年该法案颁布时，科学家们测量出潜在致癌物的含量是百万分之几，但到 1970 年，新技术可以检测出十亿分之几的化学物质，在某些情况下，是万亿分之几。这种含量的化学物质对人类健康还有危害吗？

环保署和职业安全与健康管理局认为，对于大多数化合物来说，确实存在可以容忍的或是安全的暴露水平。他们设定了法律上的限制（在美国环境保护局称为“安全值”），这些成了可执行的显性标准。例如，消费者可以购买表面上残留 X 量马拉硫磷的水果。公共供水可能含有 Y 水平的甲苯。在整个 20 世纪 70 年代，不同的利益集团在联邦和州两级就这些容忍度和标准展开了斗争。由于需要取悦的选民太多，环境保护局、职业安全与健康管理局和食品药品监督管理局将会变得越来越不公平，时而像围城中的城堡，时而像愤怒的警察。很少有哪个利益集团会对决策所依据的科学质量标准或所有争论的结果感到满意。[300] 也没有人能说公众的健康在多大程度上受益于三合会的监管。

批评人士一致认为，最大的赢家是律师，因为大多数环境保护局和职业安全与健康管理局的问题最终都是通过诉讼解决的。

1990年，卫生与公共服务部回顾了20年来的环境卫生工作，得出结论：“我们刚刚开始了解暴露于环境因素所造成的各种健康影响……在数千种常用化学物质中，只有一小部分被充分检测出致癌物或致癌的能力。很少有人评估过对关键器官的影响，如神经系统、免疫系统和生殖系统。目前，人们对化学混合物知之甚少，而这些致癌物大多数正是以化学物质的形式呈现给人类的。”[301]

美国卫生与公共服务部做评估的时候，民族情绪以及美国公共卫生的推力有了一百八十度大改变。到1990年，美国将以更加个性化的方式看待世界，公共卫生领域会将其优先事项从事物外部问题转向个人生活方式和选择的问题。

在20世纪六七十年代，食品药品监督管理局的工作喜忧参半。第一次挑战始于20世纪50年代，在1962年取得了积极成果。一种在英国、加拿大和澳大利亚普遍使用的药物正在等待美国的销售许可证。据说这种药物非常有效，但食品药品监督管理局内部的一些研究人员对未经进一步临床审查就批准孕妇使用这种药物持保留态度。参议员埃斯特·凯弗弗在国会就药品欺诈问题举行听证会，食品药品监督管理局领导层意识到，自该机构成立以来，立法者首次对他们的活动进行了严格审查。因此，审批程度更加谨慎似乎是明智的。

这后来被证明是一个明智的决定。正在接受调查的英国药物是沙利度胺，其目的是防止流产，并建议所有35岁以上或曾有过自然流产经历的孕妇服用。在国会听证会上，食品药品监督管理局的领导人宣布，他们经过调查后否决了制药公司沙利度胺在美国的销售许可，因为它会导致严重的先天缺陷。食品药品监督管理局可以理直气壮地说，他们的谨慎让成千上万的美国婴儿避免了这样的命运，凯弗弗委员会于1962年开始动议修订在1938年颁布的《食品和药物法案》，以提高公众对食品药品监督管理局的信任。该机构被赋予权力规定实验性药物的临床试验条款，并以此作为药品许可的一个条件，确定该产品是否真如制造商所宣传的那样。

就在新法律生效之前，一种由西尔列制药公司生产的口服避孕药 Enovid 勉强通过了药物审批。1962年年初，食品药品监督管理局已经收到了超过132例服用该避孕药的妇女出现严重健康问题的报告。1963年，食品药品监督管理局的调查人员得出结论，这种避孕药对35岁以上的女性显然是危险的。在严重的行业压力下，委员会在6周后撤回了这一要求。

在20世纪60年代中期，世界卫生组织还调查了当时全球关于口服避孕药导致死亡和心脏损伤的指控。在参与限制人口增长的其他联合国机构的压力下，世界卫生组织提出了异议，但并没有对口服避孕药提出谴责。然而，1968 年，英国邓禄普药物安全委员会发布了一份具有里程碑意义的报告，报告显示，口服避孕药导致血液凝块形成，阻塞了循环系统，对心血管系统造成了一系列损害。

纽约市自由撰稿人、调查记者芭芭拉·西曼对与口服避孕药有关的健康结果以及食品药品监督管理局明显的迟滞表现很感兴趣。她在 1969 年出版的《医生对口服避孕药的指控》一书中，提出对该产品、药品生产商和食品药品监督管理局的有力控诉。20 世纪 70 年代，它成为女权主义者的战斗口号，她们认为，政府背叛了女性的信任：她们的性别健康需求没有得到与男性同等程度的审查和考虑。

当西曼的书出版时，美国大约有 800 万妇女正在服用避孕药。

随着越来越多的证据表明，[302] 避孕药的主要激素黄体酮和雌激素，会引起一系列广泛的疾病，在整个 20 世纪七八十年代，药品生产商逐渐降低了激素的剂量。食品药品监督管理局唯一的行动是在 1968 年命令生产商在药品包装上注明明显的风险警示。生产商们主动调整药品剂量使避孕药更加安全，由这种避孕药引起的死亡变得极为罕见。[303]

在 20 世纪 70 年代，随着美国对沙利度胺、二乙烯雌芪甾醇或己烯雌酚（DES）的替代药物的披露越来越多，女性找到更多质疑食品药品监督管理局的理由。DES 的作用也是为了防止高危妊娠的流产，该药物从 20 世纪 50 年代初就开始上市，到 1958 年，它在妇产科中广受欢迎。1958 年至 1965 年，美国有一半的孕妇服用了 DES。[304]

1962 年沙利度胺事件后，食品药品监督管理局决定使用当时的新权力来重新审查已经获批的 4000 多种药物的安全性和有效性，其中包括 DES。该报告于 1967 年发布，认为 DES“可能有效”且“无害”。

然后在 1971 年，有证据表明那些在怀孕期间服用 DES 的年轻女性身上发现极其罕见的阴道癌。[305]“DES 婴儿”的问题更是爆炸性的。1971 年秋天，国会的一个小组委员会就 DES 举行了听证会，每天都有新的发现，DES 被用于家畜；因为它是脂溶性的，可在动物和人体内存留多年，并引发疾病；高剂量的 DES 作为一种“事后”避孕药在密歇根州的科德进行了实验，以测试避孕效果。

整个过程中，食品药品监督管理局都没有采取任何行动。食药监局专员查尔斯·爱德华兹令人难以置信地告诉小组委员会，他们需要更多的数据。在国会的指责下，食品药品监督管理局在 1971 年向所有医生发出了警告信。在里根政府时期，尽管当时有明确的证据表明，雌激素类药物会导致服用过 DES 母亲的后代患上乳腺癌和睾丸癌，但在食品药品监督管理局的批准下，DES 仍然可以在市场上销售。

食品药品监督管理局在 20 世纪七八十年代对 DES 采取了渐进的行动，因为越来越多的证据表明 DES 男婴和女婴患阴道癌、乳腺癌以及生殖器发育异常的风险在增加。食品药品监督管理局因此发出警告，要求其更改标签，并向医生发送最新的警报。但该机构并没有真正发出警报或直接说“不要使用这种药物”。因此，直到 20 世纪 80 年代，医生们还会继续开“事后避孕药”。1988 年，制造商礼来公司改变了推荐的用途，并承认了 DES 的危险性。[306]

据估计，到 1990 年，大约有 200 万婴儿潮一代在子宫内接触过 DES。无论以何种标准衡量，DES 都是一场公共卫生灾难，食品药品监督管理局的不作为助长了这场灾难。政策分析师戴安娜・达顿总结道：“回顾 DES 的历史，我们不可能不被监管机构（尤其是食品药品监督管理局）一贯的、常常是公然的失职所打击。”[307]

为了应对公众对癌症日益增长的焦虑，理查德・尼克松总统更倾向于采用治疗性而非调理性的解决方案。他深信，一场资金充足、全力以赴的“抗癌战争”将带来科学上的突破，从而降低甚至消除美国的癌症死亡率。在他执政期间，美国国家癌症研究所的研究预算大幅度增加。

尼克松对越南采取了非常激进的军事政策，扩大了战争的范围，并在和平谈判中拒绝向北越政府做出让步。他在国内政策上的立场体现了进步和传统相结合的政策举措，而且处理经济问题显然也不是他的强项。[308]

失业率从 1968 年尼克松当选时的 3.6% 攀升至 1970 年的 4.9%。1971 年，美国出现了自 1893 年以来的首次贸易逆差。华尔街为政府的财政政策创造了一个术语：滞胀。1971 年到 1973 年，美元兑日元和德国马克的汇率持续下降。尼克松以价格控制作为回应。但这些都是无用的。1973 年，由于生产力下降，通货膨胀迅速上升，经济陷入困境。到 1974 年，失业率达到 14 年来的最高点，超过 7%。1973 年至 1974 年，石油输出国组织（OPEC）对美国实施了石油禁运。

在尼克松政府的剩余时间里，以及在福特和卡特执政期间，美国经济遭遇了两位数的通货膨胀，生产力出现负增长，失业率居高不下。

有非常令人担忧的迹象表明，在如此大的经济和政府压力下，公共卫生正在背弃他的许多核心责任。

1970 年全国麻疹发病率上升，这说明儿童疫苗接种率下降。当年，超过 4.7 万名儿童感染了麻疹，是 1963 年首次大规模投入使用麻疹疫苗时的 2 倍。1971 年又发现了 7.5 万例麻疹病例。虽然这些数字远低于美国在 20 世纪 50

年代疫苗问世前每年50万例的发病率，但令人遗憾的是，有证据表明，许多美国人在获得常规儿科护理方面又遇到了障碍。

1971年冬天，理查德·尼克松竞选连任的活动已经开始，他在国会发表的演讲让每一位政治家、健康规划师和医疗机构都措手不及。人们最不希望听到像理查德·米尔豪斯·尼克松这样的保守派人士呼吁建立国民健康保险制度。

尼克松提出了一系列法案，旨在彻底改革所有美国公民获得医疗保健的途径。他告诉国会，由于医疗开支的惊人增长，有必要进行一次彻底的改革。"对越来越多的美国人来说，医疗费用变得令人望而却步。即使是那些能够支付得起大部分医疗费用的人，也可能会因为灾难性的医疗支出而一贫如洗。"[309]

几小时之内，国会山的每个人都在与各种与健康有关的阵营结盟或组建利益共同体，并制定替代的健康计划提案。距离第一次总统初选只有11个月了，尼克松的医疗保健计划仍是一个不稳定的提议，其细节将在接下来的三年里发生变化，并成了激烈辩论和权力斗争的催化剂。这是20世纪内美国政治领导人第五次试图全面解决美国的卫生政策问题。可悲的是，公共卫生将再次被证明在自杜鲁门执政以来首次认真重新审视国家卫生保健问题时仍是一个非常次要的角色。而且，和往常一样，美国医学会和美国医院协会将试图阻止国会和总统为建立一个全国性的医疗保健融资体系所做的一切努力，他们特别反对任何要求他们向美国穷人提供医疗卫生服务的条款。但这一次，他们的声音将被其他持不同议题选民的声音所掩盖，这些选民包括有组织的劳工、企业雇主和保险公司。

哈佛大学卫生经济学家拉什·费恩在1970年提出[310]，在停滞25年后，卫生医疗重新走上舞台的中心，其原因有三个方面。首先，是医疗成本的增加。1965年，美国在医疗保健方面总共花费了390亿美元，到1969年，这一支出已超过600亿美元。

第二个原因是医疗补助。政府资助穷人医疗保健的成本飞涨，其速度甚至超过了整个医药行业已经高得离谱的通货膨胀率。公共卫生总支出从1950年的31亿美元跃升至1969年的226亿美元，当时2/3的卫生支出来自非政府金库（私人保险，病人自己的钱包）。到1969年，大约60%的医疗支出是由联邦政府或州政府提供。费恩说，如果这一趋势继续下去，美国最终将建立一个由政府出资的全国医疗保健体系，不管它是否打算让美国医学会称之为"社会化医疗"。

第三个原因是，许多州长和州立法机构感到财政拮据，已经在考虑用一度激进的办法解决卫生筹资危机。尼克松和国会只是在国家层面进行讨论，而这些讨论已经在地方层面进行了好几年。

自杜鲁门时代以来，竞技场和参赛选手都发生了变化，选手的相对实力也发生了变化。美国公共卫生协会及其在地方层面的支持者发现，他们在唱着一首几乎无人聆听的悲歌。参议员爱德华·肯尼迪的医疗安全提案最能满足公众健康利益，该提案得到了美国劳联－产联和工会组织的大力支持。医疗保障通过工资扣除、通货膨胀上限、雇主供款和联邦分配给地方政府的筹资体系为所有美国人提供保险。[311]

尼克松的计划还打算通过一种完全不同的机制推动美国实现全民医保。它是以明尼苏达州和加利福尼亚州已经建立的系统为模型的，保罗·埃尔伍德博士称之为“健康维护组织”。美国康复研究所的执行主任埃尔伍德是全国健康维护组织的头号支持者，作为一名顽固的共和党人，他得到了尼克松政府的支持。埃尔伍德认为，传统的医疗服务费和标准医疗保险费“不正当地”奖励了医生和护士，因为他们忽视了所有的预防保健和过度使用医疗资源，这些资源不仅费用昂贵，而且可能不会延长病人的生命。埃尔伍德说，健康维护组织的做法正好相反。

尽管这些组织不叫健康维护组织，但 1906 年左右，第一个这样的卫生组织出现在华盛顿州，服务于木材行业。两位医生想出了一个方案，让木材工人每个月预付 50 美分，作为交换，他们可以得到任何他们需要的医疗服务。到 1920 年，在俄勒冈州和华盛顿州已经有几十个这样的预付医疗费用团体，它们通常是围绕特定的工作群体而组织起来的。在大萧条时期，绝望的医生和病人自然会被这个想法所吸引，于是出现了更多的预付费体系。

无论在哪里出现这样的预付计划，都会遭到美国医学会的坚决反对，该协会将参与其中的医生赶出协会，并向各州施加压力，要求吊销这些医生的行医执照。在美国医学会看来，任何对病人预置医疗费用的制度都将对私人医生构成不公平竞争，并将压低价格。[312]

从 20 世纪 30 年代起就在洛杉矶和北加州向公众提供医疗服务的健康维护组织，1971 年已成为拥有 460 万名成员的美国最大的健康维护组织。[313] 在 1970 年，美国大约有 30 家健康维护组织在运作。没有人有数据能够证明，无论是在医疗费用还是医疗质量方面，此类系统都优于收费医疗。尽管如此，尼克松最初的复杂计划包括申请 2300 万美元的种子资金和另外 3 亿美元的贷款担保，以促进创建更多的健康维护组织，从而满足 90% 人口的健康需求。

尼克松的计划和肯尼迪的医疗保障提案最终都在国会遭遇失败。1971 年和 1972 年，他们参加了总统竞选活动，与保险业[314]、美国医学会[315]、美国医院协会[316]和其他许多机构合作的立法者提出了不少于四个替代方案。

而最应该出席的患者缺席辩论。

竞选活动直到1973年才结束。1973年至1974年的水门事件使尼克松政府陷入瘫痪，以至于无法为总统的医疗改革方案辩护。国会最终通过了一项包含了尼克松的部分设想的法案：给予健康维护组织适度的支持，刺激了该领域的一些发展。但到1985年，全国只有323个健康维护组织，这与尼克松预想的1600个相去甚远。[327]最后，1973年至1974年的经济大滑坡再次扼杀了国会试图制定一项为美国人提供全面医疗保健计划的所有希望，因为根本没有钱花。

为了减缓医疗费用的增长，联邦政府对医院和医生的费用都设置了通胀上限。政府开始逐步淘汰希尔－伯顿医院（该医院于1976年停止营业），并允许医院将强制性慈善工作从占病人总量的5%降低到仅占3%。尽管癌症和心脏病的研究预算有所增加，但美国国立卫生研究院（NIH）关于全科医学和传染病的研究基金被削减了数百万美元。作为公共卫生的标志，为卫生服务不足的地区提供预防保健服务的社区卫生中心已经关闭。对科学、医学教育和高级培训的大部分补贴都被削减到了最低限度。一些医疗费用从联邦政府资助资金中转移，病人们可能会拿到更多的账单。[328]

美国最终在医疗卫生方面走上了一条与尼克松在1971年发起的医疗改革几乎完全相反的轨道。现在的道路不是强调集体健康和疾病预防，而是进一步实现医疗化和个体化。可悲的是，后来的数据显示，美国正因此退出自比格斯时代以来健康状况改善最大的时期。从1968年LBJ的项目全面展开到1975年将这些项目预算削减到最低限度，美国的总体年死亡率下降了14%。[319]每一项健康指标都有显著改善：心血管疾病死亡率下降23%，婴儿死亡率下降38%，孕产妇死亡率惊人地下降了71%。

这是一场积极的反贫困和扩大穷人医疗服务遗留问题的战争。当时，美国医学会和美国医院协会谴责其为“受管制的”时期，这是一个暗语，指的是崛起的政治巨星、加州州长罗纳德·里根的新右翼圈子里意味着“非常糟糕”，甚至是“社会主义”。

这个国家的新气氛的特点，是在卫生保健体系的结构和筹资方面存在着强烈的区域差异。针对全国许多地区的穷人、没有保险的农村居民和住在城市贫民区的人的医疗卫生服务将大大减少。

尼克松总统的总体卫生计划可能出了差错，但他对公共卫生一个关键领域“使用非法药物”方面产生了显著而持久的影响。1968年竞选期间，理查德·尼克松在迪斯尼乐园发表了一篇关于毒品滥用的重要演讲。[320]“当我审视这个国家的问题时，”他说，“我看到一个特别突出的问题——毒品的问题。”他断言，毒品“就像前些年的瘟疫和传染病一样，是现代年轻人的祸根”。

这位共和党候选人坚持认为，解决办法是增加警察、联邦调查局、特种部队和海关人员。尼克松所担心的毒品如大麻、迷幻药、海洛因、安非他命等问题，在他的演讲中被描述为嬉皮士、激进分子和非裔之间的问题[321]。尼克松的助手霍尔德曼在1969年出版的日记中指出，总统“强调了你必须面对这样一个事实，那就是整个问题实际上都是黑人的问题”，关键是要设计出一种系统来识别出这一点，同时又不显得那么重要。[322]

一系列的执法法案构成了政府禁毒战争的基础。关键因素是执法援助局的预算增加了8倍，该局为地方警察部门提供培训和相关服务；新的权力机构被授权在必要时关闭美国边境，以切断毒品交易，它比联邦麻醉品和危险毒品管理局拥有更大的权力。

在1971年的时候，美国的非法毒品交易总额估计有20亿美元，由于大约有4000万吸食大麻的人，因此，大麻构成了这个市场的大部分。相比之下，吸食海洛因的人数被认为是相当少的，不到3‰。[323]多年来，大多数毒品的相对使用率和与之相关的死亡率保持相当稳定。[324]

按人均计算，市中心地区的毒品使用量比白人聚居区高，不过，即使是修缮整齐的郊区，也有大量毒品和海洛因过量使用的情况。[325]这不是巧合。20世纪50年代、60年代和70年代，把加工过的海洛因带入美国的黑手党贩毒集团，故意把目标对准非裔和拉美裔城市社区。此外，1969年，世界上最便宜的高纯度海洛因在西贡街头出售。在越战中，非裔和西班牙裔男性不成比例地在越南服兵役，据估计，多达20%的越战老兵回家后都染上了毒瘾。[326]

然而，尼克松政府的禁毒战争并不仅限于执法部门。指导管理的观点是对疾病传染模型的适应。尼克松的工作人员认为，吸食海洛因的人犯罪是为了获得毒品，而犯罪猖獗的社区变成了允许吸毒的环境。因此，海洛因使用者必须戒除毒瘾，以防止药物滥用的传染蔓延。[327]因此，在1971年，政府拨款在全国范围内建立美沙酮治疗和咨询治疗中心，由白宫内部的一个特别行动办公室领导。[328]然而，考虑到当时经济形势的严峻，政府从1973年开始逐步取消了联邦政府对美沙酮和治疗中心的支持，打算交由各州来承担。结果是，很少有州有能力或愿意承担这一责任，到1980年，治疗项目会严重恶化，甚至消失。在全国范围内，支持监禁吸毒者的人比支持治疗的人要多得多。

纽约市是世界上第一个向海洛因成瘾者提供免费美沙酮的城市。这个计划是在1963年由卫生部医生文森特·多尔首创。40年后，他的基本店面诊所模式仍然是海洛因成瘾化学治疗的基础。

非美沙酮治疗模式是建立在团体支持和大量咨询的基础上的，它起源于洛杉矶郡，来自圣莫尼卡的私人资助的锡南浓中心。尽管锡南浓方法在未来的几年里会经历许多改进，但它本质上仍然会是四十年后非化学处理模式的基础。

1974 年 8 月尼克松辞职后，治疗努力背后的大部分资金和精力都消失了。联邦政府再也不会在毒瘾公共卫生方面扮演如此积极的角色。[329]

副总统杰拉尔德·福特是密歇根州共和党人，他接管了白宫，并担任总统直到 1977 年 1 月。在他短暂的任期内，出现了一些新的令人吃惊的传染病问题。[330]

1975 年大多数美国人都开始关注慢性疾病，这是亚特兰大疾病控制中心的黄金时代。在世界各地，美国疾控中心都留下了自己的印迹，尤其是在拉丁美洲抗击疟疾、天花、黄热病和新近发现的出血热疾病的斗争中。疾控中心成功的关键是流行病情报局，它是该机构的亚历山大·兰缪尔博士的智慧结晶。它吸引了世界顶级传染病专家参与科学和先进的危机干预培训。美国疾控中心随后派遣这些年轻的新兵去处理从加州到加尔各答的微生物暴发。兰缪尔指导了整整一代环境信息系统官员，到 20 世纪 70 年代中期，他们已经在世界各地扑灭了多次传染病疫情。

1976 年，美国庆祝疾控中心成立 200 周年，这一年被证明是疾控中心有史以来最繁忙、政治上最热的一年：一种神秘的致命病毒在扎伊尔北部和苏丹南部极其偏远的地区出现。扎伊尔政府——美国冷战时期的一个重要盟友，要求美国疾控中心协助。疾病控制中心的卡尔·约翰逊博士领导了一个国际团队，对首次有记录的埃博拉病毒流行进行了干预。[331] 一群美国退伍军人在费城庆祝 200 周年纪念日时遭遇了一种此前不为人知的疾病，其中许多人因此死亡。1976 年至 1977 年的大部分时间里，疾控中心的实验室资源都被这种疾病控制占用了。该机构开始担心 1918 年的致命流感——猪流感卷土重来，并可能夺去数百万人的生命。

可悲的是，军团病和猪流感恐慌引发的惨败将在 1976 年和 1977 年成为公众关注的焦点，以至于美国几乎没有人会记得疾控中心和世界卫生组织取得了 20 世纪最伟大的公共卫生胜利：他们消灭了天花。[332]

这一胜利并没有让疾控中心在美国家喻户晓。更确切地说，这是丑闻，美国在 1976 年深陷丑闻，还因为刚刚经历了水门事件的惨败和越南战争的可悲结局。

就猪流感而言，美国疾控中心和美国军队，似乎对 1976 年冬季袭击新泽西一个军事基地的一种新型流感造成的一人死亡和少数继发病例反应过度。而白宫，就其本身而言，跳过证据，把国家送进一场真正的公共卫生惨败，[333]猪流感事件三个最重要的结果证明了美国疫苗系统的不完善；公众对疾控中心失去信心，更普遍的是对公共卫生领导人失去信心，以及在 20 世纪余下的时间里阻碍疫苗研发的保险遗留问题。

考虑到这一点，美国疾控中心告诉原美国卫生教育和福利部秘书长福雷斯特·马修斯，如果猪流感的这种毒株和 1918 年至 1919 年在世界范围内导致 2500 多万人死亡的猪流感一样致命，今天的传染病疫情会不会更糟？毕竟，我们全球航空旅行的人和地球上生存的人都比那时候多多了。[334]

福特总统不得不根据“如果”做出一个命令性的决定。他选择了快速生产疫苗和大规模对美国人进行免疫接种。

就在那时，美国疫苗生产系统的局限性暴露了出来。曾经，为了应对这样的危机，赫尔曼·比格斯和利昂娜·鲍姆加特纳可以命令纽约市的实验室大规模生产疫苗；曾经，杜鲁门和艾森豪威尔能够动员制造商为美国士兵大规模生产疫苗；曾经，乔纳斯·索尔克发现了疫苗，几个月后，数百万的孩子就开始注射脊髓灰质炎疫苗。

但到了 1976 年，疫苗行业开始萎缩，因为制药公司发现，药丸和药物的利润要高得多。几起诉讼，特别是与卡特实验室脊髓灰质炎事件有关的诉讼，使制药业不寒而栗。那些仍然拥有疫苗生产设施的公司不愿在没有诉讼保护的情况下仓促行事。私人保险公司也不愿为他们提供保险。

福特总统要求国会通过一项法案，让联邦政府对疫苗负责。这实际上是把原美国卫生教育和福利部放在了赔偿制药公司的位置上。

美国疾控中心的目标是 10 月份流感季节开始之前，在 9 月份赶紧为美国人接种 1 亿剂疫苗，但制药公司很难实现这一目标。一家公司还误解了指令，生产了错误的疫苗。

随着疫苗的出现，持怀疑态度的人吸引了大量媒体关注，他们争论说，根本没有猪流感，疫苗是危险的，或者整个努力都是一种财政上的浪费。接着，一些接种者患上了格林－巴利综合征，这是一种可能与疫苗有关的神经系统疾病，[335]公众对免疫接种运动置之不理了。

等到尘埃落定，前乔治亚州州长吉米·卡特就任总统时，原美国卫生教育和福利部被与疫苗有关的各种问题的指控淹没了，而且传染病疫情还没有出现。

三十年后，猪流感的惨败仍然在疫苗行业和公共卫生领域引起共鸣。这将使国会在未来不愿考虑为拯救生命的疫苗承担任何责任，并且通常对联邦政府参与疫苗生产感到不安。[336]

20 世纪三次最具破坏性的流感大流行让公共卫生官员措手不及。1918 年至1919年的传染病疫情给美国带来的损失，最乐观的估计是至少60万人死亡，1000 亿美元的医疗费用和生产力损失。1957 年的一场流感夺去了 7 万美国人的生命，造成 40 亿美元的损失。1968 年在香港首先暴发的流行性感冒在美国出现后，造成近 3.5 万人死亡，损失 30 亿美元。[337] 到 1976 年，世界卫生组织建立了一个国际流感监测网络。它的目标是尽早发现新的流感毒株，让疫苗生产商有足够的时间生产新的安全产品。

猪流感的惨败加剧了业界对安全和诉讼的担忧[338]，并给世界卫生组织监测网络带来了额外的压力。但是，世界卫生组织网络有许多局限性，在整个世纪中，它将持续易受意外事件的影响。在亚洲，监测方面存在重大差距。[339] 而且，即使到 20 世纪末，有关流感的许多知识仍然缺乏，其中包括如何预测哪一种特定的病毒毒株可能具有流行的潜力[340]。

由于没有显著的方法使流感预测更确定，从而延长首次发现和全面流行之间的准备时间，公共卫生的焦点将在 20 世纪余下的时间里完全集中在疫苗开发方面。[341] 然而，世界上只有 3 个国家具备大规模生产流感疫苗的能力：俄罗斯、法国和美国。（另外有几个国家也有少量的疫苗生产能力。）到 1990 年，俄罗斯的系统会恶化到几乎没有外人相信其产品的可靠性和安全性的地步。如果出现紧急情况，即使是疫苗生产能力私有化的法国和美国，也无法满足本国人民的免疫需求。

1976 年猪流感的惨败确实唤醒了美国公共卫生领导人，让他们谦卑了一些，并让他们认识到公共卫生安全网的弱点。尽管 1976 年后每年都进行监测和接种疫苗，流感仍是 20 世纪余下时间的主要杀手。每年大约有 10 万美国人死于流感或细菌性肺炎，其中大部分是老年人。细菌性肺炎是流感的机会性伴侣。在美国，每年有 1800 万到 4200 万的人因流感接受门诊治疗，另外有 2100 万到 5000 万的人在家里受苦，也不去看医生。[342] 但是如果没有每年的疫苗接种工作，这些数字会更糟。美国疾控中心的研究表明，每年的大规模疫苗接种使老年美国人的流感发病率降低了 31% 至 45%，即使在最终袭击美国的流感毒株与疫苗所针对的毒株仅有微弱相似之处的年份也是如此。

1995 年，经过多年的审查和规划，食品药品监督管理局的彼得•帕特里亚卡下了个结论，对于一场真正具有破坏性的流感大流行，在加强公共卫生防范方面几乎无能为力。“我们不是在谈论来自外太空的仙女座菌株，”美国食品药品监督管理局计划人员警告说，“我们实际上是在谈论一个很可能发生的事件。”[343]

沃尔特•道德尔博士是当时疾控中心的关键人物，也是建议进行大规模疫苗接种的人之一，回想猪流感的惨败，他说："1976年是在大流行中寻找疫苗……这确实是下一次大流行的预演。对我来说，最大的教训是……是否有必要更清楚地把科学决策过程与政治决策过程分开……所有重大的纲领性决策都是政治性的。"[344]

在1976年7月美国内战期间，军团病暴发。[345]同年，在持续了4天的200周年纪念时，美国退伍军人协会的成员们在费城的宾馆里嬉戏。几天之内，一些军团成员和他们的妻子就会生病：到夏末，他们中的182人出现了同样神秘疾病的症状，29人死于该病。

由于疾控中心无法立即解释这些死亡的原因，各种各样的理论出现了，有些是合理的，但也有许多令人发指。几个月过去了，退伍军人的疑惑依然没有答案，国会议员们变得焦躁不安，召开听证会谴责疾控中心。公众倾向于从阴谋论角度考虑问题。由于公共卫生机构在处理猪流感问题上已经受到攻击，退伍军人的神秘行为进一步加深了公众的怀疑。往好里说，疾病控制中心无能；往坏里说，有一些邪恶的事情正在发生。

当然，这样的指控是非常不公平的。疾控中心面临着一种未知的微生物，这种微生物属于一种以前被认为不是特别致病的细菌。它的传播方式很蹊跷，以前没有疾病以这种方式传播。这样的新奇事物很少能被迅速分析出来。1977年1月，疾控中心宣布罪魁祸首是一种他们称之为军团菌的细菌，通过空调系统传播。事实证明，军团菌是一种浮垢细菌，生长在空气和非盐水界面处形成的生物膜中。空调、淋浴器、喷雾器、加湿器以及类似的喷洒潮湿空气的设备都充斥着生物膜，如果设备没有定期清洗和过滤，这些污垢层就会生长，成为军团病菌的滋生地。

一发现这种病菌，美国疾控中心和国家公共卫生机构就开始对既往神秘的肺炎暴发中保存下来的人体样本进行了检测。结果证明，在1976年，美国有235人在两个不同的地方患上了军团病。此后数年，新发现的病例数量一直在上升，1994年达到1615例。[346]

疾控中心宣布发现军团病后两天，吉米·卡特就任美国第39任总统。他接手的这个国家仍在遭受滞胀之苦，对其政治领导人感到失望。当时的国债为美国历史上最高——660亿美元。

在某些地方，特别是纽约市，经济形势远比尼克松时期的滞胀严重。1977年的纽约离宣布破产只有一步之遥。

纽约市的一切都恶化了。城市街道上到处都是未收的垃圾；雪灾过后，扫雪机迟迟不清理无法通行的街道；整个社区都被黑帮统治着。公共卫生实验室也同样分崩离析，老化的设备无法修理，如果真坏了，也无法更换。基本的生物和化学用品采购不足。由于长期停滞不前的工资水平被不断上升的通货膨胀弄得荒谬可笑，员工们纷纷离开了这个体系，而替换人员的水平非常低，以至于部门中许多敬业的高级专业人员厌恶地辞职了。公共卫生诊所变得破旧不堪，只有最穷困的纽约人才会跨过他们这个门槛。

同在 1976 年，在吉米·卡特入主白宫后，埃德·科赫当选纽约市市长。

卡特政府除了鄙视科赫和他处理纽约市事务的方式外别无其他。白宫直接与纽约州州长休·凯里和纽约市政援助公司负责人费利克斯·罗哈廷展开合作，提供任何它认为可能帮助纽约市摆脱近乎正式破产状态的援助。但由于科赫和卡特之间的不和，纽约郡疲软的公共卫生系统几乎没有得到联邦政府的资助或支持。[347] 最后在科赫和罗哈廷应对金融灾难的同时，全国性的滞胀也有所缓解，到 1980 年，纽约市开始在漫长黑暗的财政阴霾隧道的尽头看到曙光。

1979 年 3 月 28 日，宾夕法尼亚州哈里斯堡（距纽约市仅 160 多千米）外的一座核电站差点熔毁。反应堆的一次事故导致核电站关闭。其核心过热，[348] 放射性尘埃被释放。这是美国历史上最严重的核事故。

整个东北地区的卫生部门接到了大量问询，焦虑的居民相信自己遭受了危险的辐射。在三里岛事故发生后的几天里，美国人听到了各种各样的所谓公共卫生专家的说法，从确定该事件将导致美国未来癌症和出生缺陷率大幅上升，到“没有真正的事故”。因为这场由鲍林和特勒在几十年前开始的辩论在科学上或政治上都没有得到解决，美国人只能根据自己的喜好来恐慌或打哈欠。美国核管理委员会、环境保护局、白宫、卫生教育和福利部以及全国各地的公共卫生部门都试图让公众平静下来。但不信任度很高，可信度很低。许多美国人不相信核管理委员会最基本的信息，比如事故中释放的辐射量和辐射类型的细节。如果这些数据是不可信的，那么随后所有有关人类接触辐射和健康影响的假设都是可疑的。[349]

多年以后，关于三里岛的大多数健康相关的细节仍然模糊不清。宾夕法尼亚州州长理查德·索恩伯勒从一开始就抱怨说，他无法从运行该反应堆的美特公司得到任何直接的答案。同年晚些时候，在国会作证时，美特公司的管理人员被发现在关键细节上撒了谎：在独立调查人员到达现场时，本该安装在核电站内外的关键辐射探测器要么从未安装，要么已经丢失。在核管理委员会的听证会上，核电站的一些工程师承认在事故前（核电站）就发生了一系列故障，并承认在三里岛核电站发生过辐射泄漏。

当事故首次发生时，美特公司的管理人员告诉媒体，一团放射性尘埃已经释放了出来，以每小时40拉德（辐射吸收剂量的专用单位）的速度向当地城镇扩散。我们永远不知道这到底有多准确，也几乎没人知道这是什么意思。即使是一个物理学家也很难计算出40拉德的辐射能与人体所受辐射的雷姆数（辐射剂量）、每个人所受辐射的剂量以及相关风险之间是如何转化的。我们只能说——也是索恩伯勒州长说的——辐射很大，很危险。索恩伯勒命令居住在工厂附近的3500名儿童和孕妇撤离；随之而来的是20万宾夕法尼亚市民的恐慌。

多年以后，当大多数美国人早已忘记三里岛的灾难时，科学家们仍在争论到底有多少人因此而患上癌症。事故发生10年后，清理费用已超过12亿美元，而且还没有结束。受污染的工厂及其核废料要到2020年才进行最后的埋葬和清理。[350]在1999年4月10日，三里岛被以1亿美元的价格卖给了英国的阿摩根公司。

就像1976年猪流感的惨败一样，美国人收到的关于三里岛对健康影响的混杂信息，严重破坏了他们对政府卫生官员的信任。尽管他们肯定不是这次事故的责任人，而且，鉴于美国原子能委员会和美国核管理委员会在冷战期间的掩盖，很难将他们对辐射风险的不确定归咎于他们，但公共卫生仍然被波及从而遭受了损失。

与此同时，能源危机从尼克松政府时期的石油输出国组织禁运开始，一直延续到卡特的总统任期，加剧了经济困境，推动了核能等替代能源的开发。不断加剧的中东紧张局势只会使局势进一步恶化，最终注定吉米·卡特只能担任一届总统[351]。

从历史上看，这种经济紧张时期是发起有争议的政策操作的危险时期。然而，卡特总统就像他的前任总统尼克松一样，确信美国的医疗体系已经失控。像他遭遇同一问题的前任一样，卡特从未质疑过“健康就是好的医疗”这一基本前提。公共卫生的基本原则与医学的基本原则之间没有争议。与杜鲁门、约翰逊和尼克松一样，卡特着手扩大所有医疗服务的覆盖面，同时控制医疗费用：[352]

> 虽然美国的医疗技术是世界上最好的，但在我们这个国家有一个令人憎恶的医疗服务的制度，对穷人特别是工作的穷人严重不平等，许多医院和一些医生以病人的脆弱性为食来牟取暴利。为了巨大的利润，人们建造了不必要的医院设施；空床和未充分利用的设备的成本，由公众通过提高税收来支付医疗补助和医疗保险，再加上更高额的医院账单和私人护理的保险费。对过高成本的正常竞争几乎都不限制。
>
> 很少有美国人意识到我们每年为这种低效率付出了多少。1978年进行

的主要研究显示，每人每年的医疗费用几乎有1000美元，而这些费用每6年就翻一番！

卡特政府的计划是要求建立联邦医疗标准，这将构成雇主可以向雇员提供的最低法律福利。联邦补贴将帮助小企业支付员工的这些费用。雇主们会去找保险公司，如果保险公司必须提供至少符合联邦最低标准的医疗服务的话。卡特认为，竞争将迫使供应商在他们的套餐中，以同样的最低价格加入额外的优惠。

就在1979年卡特的法案提出前不久，参议员爱德华·肯尼迪召开了一场新闻发布会，谴责了白宫的计划。肯尼迪仍然坚持他的加拿大式健康安全的梦想。反对肯尼迪的是卡特的左翼和代表了穷人选区和工会的人。但几天后，卡特的计划还是在国会夭折，不是因为肯尼迪的反对，而是因为卡特的右翼精心策划的攻击。卡特坚持认为，他的计划“在头五年内将为美国人民节省500多亿美元——这是在让医院可以自由地以比当前通货膨胀率快50%的速度提高价格之后”。[353]

卡特的计划——以及肯尼迪的计划——正迎头撞上美国医疗保健的一个新趋势：关于健康的辩论的道德中心已经转移。这十年初始的时候，很少有政治或医学领袖敢公开挑战自罗斯福时代以来指导医疗改革辩论的基本原则——获得医疗服务和医生独立。罗斯福新政的基本前提是，除非所有美国人都能享受包括医疗保健在内的繁荣成果，否则美国无法从大萧条中复苏。然而，在卡特政府末期，“关于扩大医疗保健的普遍假设被推翻了：现在的需要是抑制它对资源明显贪得无厌的胃口。在很短的时间内，美国的医学似乎从顽固的短缺变成了无法抑制的过剩，”医学史学家保罗·斯塔尔写道，[354]“从来没有刚好充足，很短的时间内不断上涨的成本使医疗保健受到更严格的审查，联邦政府作为医疗服务的主要买家，以前所未有的方式进行干预。”

医疗步入了商业化时代。

医疗问题始终在国会辩论的边缘地带游走。这使得卡特和肯尼迪的计划变得无关紧要。当保守资本主义的主要平台《财富》杂志在1970年开始对医药进行猛烈抨击时，任何预测过企业未来的人都应该已预料到它的到来。《财富》杂志认为，美国的医疗体系一团糟，“杂乱无章”，“质量低劣，浪费药品，资金分配不均”。[355]

多年来，医生不仅可以支配他们的收费，还可以支配消费者的需求。不是病人或保险公司，而是医生才能说“让我们给胆囊再做一次检查”。医生可以以他（她）花了多少时间研究检查结果和治疗病人来决定收多少钱。从经济学家的角度来看，这是疯狂的。这意味着消费者不能像消费者一样行事：不能四处购物，不能选择不购买，也不能选择在其他地方购买。医生引发了需求。换句话说，供应商操纵了需求。[356] 在医疗保险法案的第二部分实施之后，这一事态就完全失控。[357] 这构成了市场失灵，因为没有真正的竞争，消费者不能“用脚和薪水投票”，选择不接受治疗。

20 世纪六七十年代，美国政府试图通过放宽外国医生的移民程序来创造更多的医生间竞争机会。医生与病人的比例也从 1960 年的每 10 万美国人中有 136 名医生，上升到 1980 年的每 10 万人中有 197 名医生，再到 1990 年每 10 万人中有 245 名医生。医生数量的增加确实提高了医疗质量，尤其是对公立医院的患者而言，缩短了急诊室和门诊的等待时间，但这完全没能降低成本。这些移民医生很快就学会了当地医生的工作方式，并据此制定了价格。

1970 年，纽约州的卫生部门试图控制由医生引起的通货膨胀，他们说：“好吧，我们将为每次医疗补助计划报销 8 美元。就是这样。问题解决。”人们非常有信心，这将把成本控制在一个合理的水平。但 6 个月后，医生的费用暴涨，国家多花了 20%。为什么？医生们被迫将每次就诊的费用控制在 8 美元，他们将每位患者的平均时间缩短至 5 分钟，在每个工作日里塞入更多病例，并收取更高的费用。

当然，在经济学家看来，医生只是一个非理性系统的一部分。美国国家卫生统计中心 1976 年的一项研究发现 [358]，美国 1972 年的医生总成本为 169 亿美元，医院总收入为 342 亿美元，制药公司的收入增加了 56 亿美元，总金额约为 1330 亿美元，占美国国民生产总值的 8.6%。在国会讨论卡特和肯尼迪的计划期间，成本进一步飙升，到 1980 年，这一数字为 2490 亿美元，占国民生产总值的 9.5%。到 1981 年，医疗支出为 2866 亿美元，占国民生产总值的 9.8%。[359] 尼克松政府时期，美国人每年为医疗支出 358 美元（其中公共卫生支出仅为几美元），福特总统时期为 604 美元，卡特将白宫交给里根时，人均医疗支出为每年 1225 美元。[360]

华盛顿特区国家卫生统计中心的多萝西·赖斯说，她发现了美国医疗支出的其他主要趋势。例如，她注意到，在 1950 年，几乎 2/3 的医疗费用是由病人自掏腰包支付的——只有 9% 由保险支付，22% 由联邦和地方政府补贴。到卡特政府末期，将近 1/3 的医疗费用是自掏腰包的，私人保险公司支付了 26.2% 的费用，而且，最关键的是，政府出了最大的份额，达 40.4%[361]。

赖斯的数据证实，卫生保健支出的增加几乎完全是物价上涨的结果，而物价上涨又是医生收费、医院人员工资上涨和高科技检测费用上涨的结果。赖斯认为，后者受到了太多的指责和关注。医生和医院是定价的关键。[362]

到 1980 年，很明显，联邦医疗保险制度将美国的医疗资源转向了最不可能影响公众健康的方向：增加生命最后几天的支出。在美国，预期寿命最显著的增长发生在 1800 年至 1930 年间，那一时期婴儿和儿童死亡率稳步下降——例如，在此之前纽约市每年的死亡人数中有一半是 15 岁以下的儿童，到 1980 年，公共卫生干预措施和生活水平的提高使儿童死亡率下降到每年总死亡率的 5% 以下。

但是到 1980 年，医疗保险支付了大部分的治疗费用，使通常不可避免的死亡延长了几天，也许几个月。例如，赖斯发现，女性（年龄在 6 个月到 64 岁之间）平均每年在医疗保健上花费 431 美元，其中大约一半用于肠道、消化系统和妇产科问题。相比之下，平均年龄在 65 岁或以上的女性每年在医疗保健上的花费为 1707 美元，其中一半用于心血管治疗、中风、心脏病发作、高血压等。这种模式与男性非常相似。

当医院里挤满了垂危的老人时，死亡本身就变得不那么庄严和私密了。[363] 因此，"老年医保计划"总体上推高了美国医疗保健的成本[364]，对垂死的老年病人的不体面治疗推动了"老年医保计划"的螺旋式上升。

这一观察结果所蕴含的伦理意义，是国会、卡特或整个国家都无法否认的：谁又能阻止自己的母亲或祖父拥有每一个可以想象得到的机会，来尽可能地让他们过上更长寿、无痛苦的生活呢？即使现代医学能够实现这一希望的概率不到 10%，个人对治疗的需求似乎是不可否认的，这甚至是道德上的强制要求。因此，如果从人口的角度来看，这似乎不过是对资源的非理性浪费，但没有哪个政客敢悄声说"拔掉插头"。

但到了 20 世纪 70 年代末，企业看到了这种不合理体制的盈利潜力，开始收购和整合连锁医院。到 1990 年，美国最负盛名的医院中，超过 40% 将由投资者拥有。与此同时，大雇主对不断增加的医疗费用感到恐慌。《财富》500 强企业倾向于提供与企业界的成本控制管理风格类似的医疗保健计划，目标是有效的卫生管理。这样做的目的是为了防止成本失控的同时不妨碍老人们进行心脏移植手术。

事实将证明，这既是一项不可能完成的任务，也是一项对公共卫生几乎没有影响的任务。事实上，时间会证明，这种医疗管理方法往往与公共卫生的基本迫切需要背道而驰。

正是在这种医疗费用不断变化和对此担忧的氛围中，卡特的计划在国会失败了，这让卡特痛苦和沮丧。失败加剧了白宫和国会之间的紧张关系和相互的不尊重。“在最后的决战中，”卡特控诉，[365]“国会满脑子都是钱，从接受活动捐款到医疗行业资助……仅美国医学会就给每位投票反对提案的众议院平均捐了8000美元以上。一共有202名议员投票反对！而那50名投票赞同的议员接受的捐款额超过这个平均数的2倍，其中48人投票支持医疗行业。他们赢了，美国人民输了。争取医疗公平是我的主要努力目标之一，也是我最大的失望之一。”[366]

但是卡特政府的原美国卫生教育和福利部，确实为公共卫生采取了两项重要措施。第一个目标的受众是难民，第二个目标的受众是所有美国人。

从1975年到1980年，美国接收了来自东南亚的90万难民。所谓的船民从越南、老挝和柬埔寨涌出，逃离共产主义、战败或是对他们过去与美国军队的合作的报复。许多人在抵达美国之前，被关在泰国和亚洲邻国肮脏、疾病肆虐的营地里数月。此外，作为卡特对全球人权呼吁的一部分，大约12.5万古巴人和1.5万海地人在他任职期间获得了美国的合法居留权。

卡特政府在原美国卫生教育和福利部内设立了难民健康办公室，它的目的是对入境移民进行一系列传染病的筛查，并作为他们进入主流医疗体系的文化桥梁。许多东南亚移民此前从未去过医院或接受过对抗疗法医学检查。难民工作的主要公共卫生目的，是防止将结核病引入移民定居的社区。被发现患有结核病的难民被注射抗生素以清理肺部，使其不再具有传染性。

第二项倡议——《健康美国人》于1979年和1980年出版。这份两卷本的报告是首席医官朱利叶斯·里士满的创意，他认为现在是开启“第二次公共卫生革命”的时候了（第一次是20世纪初的细菌学革命）。在里士满看来，新的公共卫生目标与个人行为有关：饮食、吸烟、滥用药物、锻炼、事故和安全。在约瑟夫·卡利法诺的领导下，原美国卫生教育和福利部的《健康美国人》为美国制定了精确的1990年目标，[367]其中包括婴儿死亡率降低35%，总死亡率降低25%，65岁以上的人因疾病卧床的天数减少20%。如果来实现这些宏伟目标的战略规划在报告中显得软弱无力或含糊不清，就会有人提出反对意见。

毕竟，持续多年后，美国公共卫生终于有了一些实际的目标。

五

钱少得不值一提。
我得不到贷款延期。
钱少得不值一提。
哦，钱，钱，钱！

我们在讨论经济政策，
哦，上帝，给项目拨点儿吧。
他们正在国会山
通过各种经费提案。
经费实在太紧了，
削减！

——纯红乐队，1988 年[368]

在过去的十五年里，在一个保守的政府时期，这些公共卫生报告都强调了个人的责任，这仅仅是一个巧合吗？这些都是“责怪受害者”的方法。这显然比资助公共卫生要便宜得多。

——威廉·麦克比斯，美国公共卫生协会执行主任[369]

1981 年 1 月 20 日，罗纳德·威尔逊·里根宣誓就任美国第 40 任总统。在那天的演讲中，里根宣称：“政府不是我们问题的解决者，政府就是问题本身。”

他为自己的领导定下了基调，也为 20 世纪 80 年代（及以后）的美国定下了基调，他继续说道：“我的意图是限制联邦机构的规模和影响，并要求承认授予联邦政府的权力与保留给各州或人民的权力之间的区别。我们所有人都需要被提醒，联邦政府并没有创建各州；各州创建了联邦政府。”[370]

这位前加州州长反映了在他的家乡——新右派的诞生地——相当受欢迎的观点。里根以惊人的压倒性优势横扫全国大选，是新右派的偶像和梦想家。在行动和言辞上，里根反映了 1964 年亚利桑那州参议员巴里·戈德华特在和约翰逊的失败竞选中最初提出的议程。但是，里根补充了对保守派和宗教激进主义的基督教价值观额外的重视，对堕胎持坚决反对态度。对戈德华特来说，时机还不成熟，但对里根来说，时机绝对成熟了。

1978 年，加州选民以 2∶1 的优势通过了第 13 号提案。它将税率下调至 1%，并冻结了 1978 年的税率水平，只有当房产出售并因此重新估价时，税收才会增加。然而，拥有房产的业主或投资者再也不必支付比 1978 年更高的税了。洛杉矶郡的五名监督员，以及该州其他所有地方的管理机构，失去了他们增加收入的主要来源——啪！——就像这样。而且，多亏了通货膨胀和第 13 号提案，加利福尼亚州的任何一个郡似乎都再也没有足够的钱支付学校、医院、公共医疗、治安官、监狱以及建筑和道路维护的费用了。

当里根大力支持这项法案时，许多加州人对此并不在意。在他 1980 年的竞选活动，他在全州巡回演讲。相反，当政府官员在财政痛苦中尖叫时，大多数选民，只是把它当作多年来的由政府资助的用以博取选票的地方工程的小料。

1980 年，洛杉矶郡的官方人口是 7477657。来自墨西哥和中美洲的未登记移民的账外数字表明人口普查数据为 780 万到 800 万之间。洛杉矶郡里已没有多少空地了。

洛杉矶居民最大的公共健康问题是他们对汽车的绝对依赖，这里每年死于车祸的人数高达惊人的 1043.2/10 万人，全州的这一数字为 949.6/10 万人，而 1980 年全美国机动车死亡率仅为 24/10 万人。[371]

此外，由于该地区汽车供过于求，1980 年，洛杉矶郡遭受了 181 天的雾霾天，超过了联邦空气安全标准，洛杉矶郡或一年中的一半时间都超过了联邦空气安全标准。

郡卫生部门膨胀成了一个官僚机构，雇用了近 2.5 万人。然而，从它自己的数据来看，这个庞大的部门并没有做得很好，要实现 1990 年联邦健康人民的目标还要面临很大的压力。

从 1971 年到 1981 年，洛杉矶人口至少增加了 50 万。然而，白人人口却在减少，[372] 从 1960 年到 1980 年，由于出生率下降和从东部和中西部到洛杉矶的移民数量显著减少，白人人口减少了 10%。相比之下，拉美裔和非裔美国人的数量则有所上升，这些人加起来占洛杉矶总人口的 40% 以上，人口统计学家预测，到 1990 年，白人将占少数 [373]。

但卫生部显然还没有想出办法，让大多数非白人也能达到白人的健康标准。

例如，洛杉矶郡的总体婴儿死亡率在 1980 年低于全国平均水平（每 1000 名活产婴儿中有 11.9 名死亡，而全国平均为 12.5 名）。但是，婴儿平均死亡率低掩盖了显著的种族差异和明显的公共卫生失败。白人和亚裔洛杉矶人的婴儿平均死亡率呈下降趋势，分别为 10.8‰和 6.2‰。相比之下，拉美裔美国人的婴儿平均死亡率为 15.4‰，真正可怕的是洛杉矶非裔人口中的婴儿平均死亡率，为 21.4‰，是白人的 2 倍，是亚裔的 3 倍多。

婴儿死亡率巨大差异的关键是，洛杉矶的非裔美国妇女生下低体重儿或体重不足 2500 克的严重早产儿的可能性是其他种族的 2 倍多。[374] 出生时体重过轻的婴儿死亡、智力发育迟缓、重要器官功能障碍，以及几乎所有已知的危及新生儿生命的疾病的风险都很高。导致新生儿体重偏低的因素是众所周知的，包括母亲年龄（小于 18 岁）、母亲饮食不良、缺乏产前保健和母亲酗酒。所有这些因素都是公共卫生行动的目标。

从数字上看：1980 年洛杉矶非裔美国人的婴儿死亡率与 1994 年苏联格鲁吉

亚共和国在苏联解体后的婴儿死亡率相当，远高于工业化国家每1000名活产婴儿中17人的平均死亡率。[375]尽管洛杉矶79%的完成率在儿童免疫接种中[376]约等于1980年的世界平均水平，它依然不仅远远低于西欧当年平均90%的免疫接种率，而且也低于亚洲和拉丁美洲大部分地区的疫苗接种率。[377]

1980年，洛杉矶郡也是美国淋病率最高发的郡之一，达683.7/10万人，而美国平均淋病率为443.3/10万人。洛杉矶的梅毒率从1970年的16.6/10万人上升到1980年的27.8/10万人，几乎是美国平均水平的3倍。乙型肝炎的流行率也远高于全国平均水平——在洛杉矶，每10万人中有12.2人患乙型肝炎，而在整个美国，每10万人中有8.4人患乙型肝炎。洛杉矶的非裔患淋病和梅毒的比率更惊人，远远超过该郡本已糟糕透顶的总体率：淋病率为2068.6/10万人；梅毒率为160.1/10万人。[378]

洛杉矶的种族差异继续对该郡人口的健康产生显著影响。1980年，白人更可能有工作，受过良好教育，并且有机会进入该郡192家私立医院和数百家诊所中的一家。相比之下，非裔美国人和拉美裔美国人更易失业或从事收入最低的工作，并且依靠郡卫生部门运营的七家医院之一，来获得医疗保障。

在第13号提案通过后，当这个郡的5名主管人员在考虑如何支付账单时，卫生部门越来越依赖于来自医疗保险、加州医保（加州医疗补助计划）和许多州医疗项目的外部收入来承担成本。[379]即使有了这些收入，也没有足够的钱支付洛杉矶郡卫生部的巨额预算。1981年，管理人员决定削减开支，解雇了1200名卫生部门员工，关闭了8个社区卫生中心。预算削减还迫使7家大型郡医院和诊所削减服务。

然而，这还远远不足以平衡预算，尤其是考虑到洛杉矶郡在犯罪控制方面支出的增加。因此，郡医院悄悄提高了加州医保和老年医保的收费标准。当时，洛杉矶郡的公共卫生系统非常脆弱，如果华盛顿或萨克拉门托的拨款下降，这个郡的医疗系统就会崩溃。

当时，美国刚刚选出了一位总统，他公开宣称自己的首要任务是削减政府开支。

1981年2月5日，里根总统向全国发表讲话，会议的主题是美国经济滞胀的糟糕状况。在他的竞选活动中，里根曾谈及供应经济学，这一观点是他从芝加哥大学经济学家米尔顿·弗里德曼的著作中借鉴的。这个概念可以归结为减少政府开支，消除国家的预算赤字，对工业减税以刺激疲软的国家生产力，对公民减税以增强他们的消费能力。在他的两届任期内，里根实际上主要通过增加军费开支使联邦政府开支突破1万亿美元大关。[380]里根总统任期结束时的预算赤字为2000亿美元，人均债务接近1.3万美元（相比之下，当理查德·尼克松于1969年就职时，预算赤字为250亿美元）。[381]

然而，1981年2月的那个晚上，罗纳德·里根告诉美国人，他们正处于“自大萧条以来最糟糕的经济混乱中……是时候尝试一些不同的东西了，这就是我们要做的。”

里根接着说，他的经济顾问委员会正在制定一项预算削减计划，该计划将“几乎影响到政府的每一个部门”。[382]里根计划废除民主党人肯尼迪、约翰逊，特别是卡特创立的所有国内项目。

对于那些关心健康的人来说，在接下来的7个月里，他们都屏住了呼吸，等着听哪个联邦计划会面临着重大的财政削减。

1981年8月，哥伦比亚大学卫生政策学者伊莱·金兹伯格所说的“二战以来美国卫生系统可能出现的最大动荡”开始了。[383]8月13日，里根签署了综合和解法案，该法案要求在3年多的时间里将联邦预算削减1305亿美元，同期税收收入减少7870亿美元。5周后，他要求从1982年的预算中再削减130亿美元。到10月，56%的美国选民表示反对里根政府的预算计划。

为时已晚。球已经滚下了国会山，此事已尘埃落定，无法阻止。

里根政府1981年、1982年和1983年的削减预算和减税政策对公众健康产生了深远的影响。美国公共卫生的每一个方面都感到了压力。

首先，税法的改变，加上各种社会福利的减少，使美国的财富从社会上最贫穷的人急剧转移到最富有的人。加州大学的政治经济学家詹姆斯·萨维奇将这一影响总结如下：“这项1982财政年度削减预算的法案，使该财政年度内的总贫困率增加了2%，儿童贫困率增加了2.9%。儿童贫困增加的主要原因是预算削减，它导致49.3万个家庭从儿童部执行的有抚养儿童家庭援助计划中被剔除出去。”[384]

当贫富差距扩大时，公众的健康状况往往会恶化，尤其1981年至1985年间这种情况相当严重。例如，到1985年4月15日，美国最贫困的家庭，即每年生活费不足1万美元的家庭，收入比1982年减少了2490美元。与此同时，年收入4万至8万美元的中产阶级收入增加了8620美元，年收入超过8万美元的富裕家庭收入增加24270美元。换句话说，最穷的美国人在3年内损失了9%的财富，而最富有的人则增加了9%。

到1982年中期，美国失业率为10.8%，达到大萧条后的最高水平。

在削减预算时，许多美国卫生与公共服务部（原美国卫生教育和福利部）项目被大幅削减或取消。公共卫生服务医院、公共卫生服务队（部署在农村和内城地区的医生）以及联邦政府为文职海员提供的医疗补贴全部撤销。

总的来说，从 1981 年到 1983 年通过的法案，削减了卫生与公共服务部 25% 的预算（尽管有些削减直到 1985 年才逐步实施）。服务对象中选民少的印第安人卫生服务署和难民健康办公室受到的影响最大。

自 1492 年哥伦布登陆多米尼加以来，美洲原住民的健康状况一直是北美地区最差的。一波又一波的欧洲瘟疫消灭了 90% 以上的原始人口，导致许多部落灭绝。在印第安之战中战败后遭受的贫困、被迫迁移和人道主义危机，使大多数印第安人极易患肺结核、性病、糖尿病、心脏病和酗酒。

1955 年，国会创建了印第安人卫生服务署，将其置于美国卫生教育和福利部之下。仅在 5 年内，印第安人卫生服务署就使印第安人的婴儿死亡率降低了 25%，结核病死亡率降低了 50%。但到了 20 世纪 80 年代，印第安人的失业率超过了 40%，至少有 1/3 的印第安人家庭生活在贫困线以下。居住在保留地或保留地附近的 110 万部落居民中，有整整 2/3 的人没有医疗保险，印第安人卫生服务署是他们唯一的医疗服务提供者。

里根政府对印第安人卫生服务署的削减既有直接的，也有间接的。[385] 由于在这些保留区工作的大多数医生都是公共卫生服务队的成员，取消该组织意味着印第安人卫生服务署的诊所和医院立即人手不足。一些行政上的削减是由当地部落政府承担的：在大多数情况下，削减有子女家庭补助计划和医疗补助金，对那些没有资格接受印第安人卫生服务署服务的美国原住民来说，打击很大。

在 1988 年里根政府下台的时候，美国原住民中 1/3 的死亡都发生在 45 岁以下的人身上，他们死于酒精中毒相关疾病的可能性比其他美国人高出 438%，死于肺结核的可能性增加了 400%，死于糖尿病的可能性增加了 155%，死于各种事故的可能性增加了 131%。[386]

在里根的第二个任期内，随着预算削减的影响对卫生与公共服务部的冲击越来越大，该部门被迫以一种缩小印第安人卫生服务署服务对象范围的方式来重新定义“印第安人”。到 1987 年，只有居住在保留地或其附近的联邦承认的部落的成员，才能享受印第安人卫生服务署的服务，这一重新定义使约 200 万美国印第安人中的近一半无法享受印第安人卫生服务署的服务了。[387]

减薪和医院状况恶化促使许多医生从印第安人卫生服务署离职，该机构被迫雇用有重罪记录的医生，甚至包括一名因杀人被通缉的男子。[388] 随着印第安人意识到医院和诊所的设施和员工素质变差了，印第安人卫生服务署医院和诊所的入院率直线下降。1978 年，就诊人数为 112203 人；到 1986 年，这一数字跌至 96886 人。[389] 从 1970 年至 1986 年间，在印第安人卫生服务署和部落的医疗机构中，每天就诊人数下降约1000人。

1987年，在新墨西哥州的盖洛普，印第安人卫生服务署医院的儿科医生加里·埃斯科德洛在无菌室里给来访者展示设备，病人都耐心地坐在硬塑料椅子上等待。一列火车驶过，埃斯科德洛只能靠喊才能盖过火车的轰鸣，喊声都快把房子抬起来了。

“这看起来像个汽车站。”来访者说。

“不要抱怨了，”埃斯科德洛耸了耸肩说，“这不是一个等待的好地方，不过你好歹可以坐下来。很多时候你会看到大家都站着，因为这里太挤了。不要抱怨，把工作做完就好了。”

埃斯科德洛的一名同事和另一名护士正忙着缝合一名趴在地上的纳瓦霍人，那人的衣服和身体都浸在新鲜的红色血液中。

“严重的撕裂伤。”来访者说，他注意到病人的胸部心脏的那侧被切开，一直切到背部中间。

“是啊，没错。”埃斯科德洛说，他俯身检查正在进行的缝合工作，“事情是这样的，他在过马路的时候被一辆小货车的后视镜撞翻了，不巧又撞上了一辆从反方向驶来的货车，使他失去了重心，并且被撞飞出去。”

事故发生时，伤者和小货车司机都喝醉了。

同年晚些时候，在阿尔布开克，纳瓦霍国家卫生服务中心的本·穆内塔博士承认，在他的服务对象中，“酗酒的确是一个问题”。而且，把钱花在一项旨在解决酗酒问题根源的公共卫生运动上，要比花在缝合车祸创伤患者身上少得多。但是健康教育的预算被砍了。

现年33岁，毕业于斯坦福大学的腼腆的穆内塔说，帮助人们戒酒已经够难的了，但现在又出现了新的问题。梅毒、淋病、嗜血杆菌流感、肺结核和一种新型病毒——艾滋病病毒都对纳瓦霍人造成了巨大的健康损失。

“不同的部落都经历过不同的传染病，这些传染病已经消灭了90%的部落。”穆内塔用近乎耳语的声音回忆道，“很多传统治疗师都觉得这样的疾病存在，会破坏事情的秩序。”这种紊乱是由于从大自然中获取了太多的东西，破坏了世界上的丛林和其他生态系统。哪里有疾病，哪里就会有平衡的缺失，这是大自然以自己的方式告诉我们，我们并不像自己想象得那么伟大。”

与此同时，在亚利桑那州迪法恩斯堡的印第安人卫生服务署医院，剥落的油漆和墙上的洞生动地说明了这里所发生的混乱。

“是的，我们让它过去吧，”一位医生耸了耸肩，“但是再也没有钱了。”

1983年，一家新型现代化的印第安人卫生服务署医院在纳瓦霍族中部的亚利桑那州的钦勒开业。它是由卡特政府提供的资金建造的，并在里根对印第安人卫生服务署削减计划之前开放。钦勒医院与福特迪法恩斯医院和盖洛普医院完全不同，干净、通风、现代化、舒适。但预算削减的影响也可以在那里看到：产科病房里的大多数母亲没有接受任何产前护理，因为产科护士的家访服务预算被削减了，结果导致超过一半的新生儿是高危人群。对于因难产而导致残疾的婴儿，钦勒医院的医生必须进行分诊，首先处理危及生命的问题，将较轻的病例列入三到四个月的等候名单上。

在华盛顿，印第安人卫生服务署主任埃弗雷特·罗迪斯博士表示，预算削减“绝对”迫使医疗机构进行了分诊和定量配给。1987 年的预算只给他留了给美洲印第安人人均每年 600 美元的治疗费用。

“将这 600 美元与美国其余人口人均医疗保健支出约 1400 美元进行比较，是不是公平显而易见。”罗迪斯面无表情地说。他还说，大约 30% 的印第安人的健康需求没有得到满足，这个数字只适用于在保留地的印第安人。对于城市中的印第安人来说，罗迪斯说，“这是百分之百无法满足的需求。”[390]

难民健康中心的情况要糟糕得多，到 1987 年，那里已经不承担任何业务，所有部门都关了。由于联邦政府资助的难民诊所不再运营，约 90 万中南半岛人、数千名古巴人和海地人仅仅加入了医疗补助病人的行列。尤其是难民结核病筛查，这是一个关键的公共卫生损失，很快就会困扰这个国家。

而且，多亏里根政府的另一套全面改革，为新近被剥夺医疗权利的人提供医疗服务的工作被交到各州和郡的手中。这是因为，在 1982 年的国情咨文演讲之后，里根兑现了他的承诺，“以简单、大胆的一击”将价值数十亿美元的联邦项目移交给各州。里根说，这是“新联邦制”。

“政府，”里根说，“不是解决问题，而是发补贴。”

总统说，政府——至少是联邦政府——是坏的。项目应该放在更负责任的地方上去处理。如果当地人不想为他们买单，好吧，这就是民主。“与此同时，”政治历史学家卢·坎农[391]写道，“教育和公共卫生等重大社会问题成为里根政府的当务之急。里根对复杂的监管改革不感兴趣，他也没有把限制经济竞争的监管，与旨在执行保护环境或美国人健康和安全的法律的监管区别开来。

里根政府试图将大多数针对穷人需求的公共卫生项目转移到各州。那些停留在联邦一级的项目被标记为缩减规模（如美国疾控中心），削弱其监管权力（如食品药品监督管理局、环境保护局和职业安全与健康管理局）或成本控制（医疗保险）。[392]

1981 年 10 月，里根政府宣布了最初的计划，要求大幅削减医疗补助和医疗保险支出。25 个联邦医疗项目被指定合并成两个巨大的州整体拨款。所有这些项目的总预算将从1981年的19亿美元降至1982年的14亿美元。其中一项整体拨款将把10项预防保健服务合并成一项2.42亿美元的工作。第二笔拨款用于向穷人提供医疗保健服务，这将把15个联邦项目合并成一项总额11.38亿美元的计划。每个州在这两笔大额赠款中所占的份额将与它们以前从联邦政府获得的卫生基金成一定比例。从本质上讲，这笔大额赠款将进入各州州长办公室，在联邦计划的设计、各州自身的法律约束和健康限制的范围内，按他们的意愿发放。

国会通过了一项略为经过修改的拨款计划，国会向4个州，而不是2个拨款，将现有的联邦项目并入初级保健（1983财政年度基金2.46亿美元），妇幼保健（3.475亿美元），酒精、药物滥用和精神健康（4.32亿美元），预防保健（8150万美元）。最后一类包括最传统的公共卫生活动，这意味着公共卫生仅占卫生预算的7%。

在里根的计划下，各州和郡要管理医疗补助、亚太财经与发展中心和几十个具体的公共卫生项目。如果发现联邦资金不足，各州将弥补差额，前提是它们的有限预算允许。[393]关键问题是自罗斯福时代以来，联邦政府越来越鼓励国家依赖国会这样的项目：平均状态已经从1978年接收联邦政府不到其公共卫生预算的1%到1950年的超过35%。此外，在过去的几十年里，各州已经改变了他们自己的支出重点，这时平均每个州在地方项目上的支出还不到公共卫生预算的5%。[394]更糟糕的是，到1978年，当地卫生部门平均只有1%的收入是当地来源，比如城市税收或向医疗补助病人收取的费用。大多数地方卫生部门已经对郡财产税或联邦政府的钱上瘾了。[395]

“大多数地方政府的第一个问题是联邦政府的开支削减有多少会被州政府增加的拨款所抵消。大多数州给出的答案都不是地方政府想要听到的。”北卡罗来纳大学的分析家们在1982年总结道。[396]

撇开严重的经济困难不谈，许多州的立法机构和州长对某些计划（如计划生育和性病教育）有政治上或意识形态上的反对，并且拒绝根据联邦政府的指导方针来实施这些计划。[397]

根据1981年的综合预算协调法案，医疗补助在1982年削减了3%，1983年削减了4%，1984年削减了4.5%。考虑到整个国家正处于通货膨胀时期，而医疗保健是经济中通货膨胀最快的部门，按实际价值计算，这些削减相当于医疗补助支出削减了18%以上。为了让补偿的痛苦对各州来说稍微不那么可恶，政府重新定义了医疗补助的资格，排除了所有的双亲家庭，并通过其他机制将100万人从医疗补助名单中剔除。[398]医疗补助从来没有覆盖过美国所有生活在贫困线以下的人——现在覆盖的人数会更少。在尼克松执政期间，美国近一半的贫困人口没有资格获得医疗救助。[399]

在医疗保险方面，白宫和卫生与公共服务部试图通过建立“疾病诊断相关分组法”来削减开支，这代表了一种对医疗费用和账单进行分类的新方法。疾病诊断相关分组法通过诊断项目（比如高血压或糖尿病）来集中计费。任何治疗或服务的账单，如果不在该诊断的预定覆盖项目列表中，将不予报销。到20世纪80年代末和90年代初，疾病诊断相关分组法系统让美国各地的医院财务叫苦连天。

首先，医院的住院率大幅下降（从1984年占床位总数的78%下降到1993年的62%），因为疾病诊断相关分组法对病人可以在医院里待的时间设置了严格的限制。传统上服务于贫困病人的医院（农村设施、市中心医院、公立医院）急需现金，因为他们已经习惯了通过向医疗保险多收费来支付治疗贫困病人的费用，比如，将这些成本转嫁出去，并迫使联邦政府通过后门融资来满足穷人的需求，而疾病诊断相关分组法使得这种借壳融资成为不可能。

结果是医院关闭。根据政府会计师事务所的数据，从1980年到1991年，有309家农村医院和294家城市医院倒闭。对于那些仍然营业的医院，医疗保险的损失——未披露的支出——到1987年占所有成本的12%。

公立医院尤其受到疾病诊断相关分组法的沉重打击。他们的床位都满了，候诊室里挤满了人，大多数都是没人要的病人：医疗补助受惠者，未参保者和参保者。随着这些病人人数的增加，地方政府的债务也随之增加。各市和郡被迫支付联邦政府、各州和私人保险公司不愿支付的费用。例如，在1991年，全国100家公立医院中有66家收入为122亿美元，但仍欠150亿美元。[400]

在纽约市，公立医院在1988年的状况是如此糟糕，以至于它们已经变得相当危险。病人无助地躺在床上时被抢劫；吸毒者洗劫药品货架；无家可归的人搬进来，混在病人中间，有时还从医院食堂和病人的餐盘里扒窃食物。工资下降如此之快，以至于缺乏训练的护士和医生都是从海外招聘的，由于语言和文化上对病人需求的误解，导致了灾难。成千上万的巴氏涂片被过度加班的工作人员“丢失”了，他们只是让样本和文书堆积起来，同时告诉医生他们的病人“很好”。结果，一些妇女从未被告知她们有宫颈癌前病变。到里根任期结束时，一些医生认为在这些医院工作是一种良心的问题，是一种慈善荣誉的勋章。[401]

纽约市的问题因穷人几乎完全缺乏初级保健选择而加剧。在公立医院接受治疗的所有患者中，至少有1/6本可以在门诊就得到更好的处理。[402]同样，根据美国医院协会的数据，从1985年到1990年，全国范围内，公立医院和市中心医院的急诊病人增加了24%。[403]

具有讽刺意味的是，疾病诊断相关分组法未能控制成本。许多私立医院想出了为不恰当的诊断开票的办法，从而绕过了医疗体系，成本继续上升。[404]创业医学的大门大开。这是生存的问题。医院开始越来越像公司一样运作——形成连锁，取消"效率低下的部门"，与其他设施合并，开设"收件箱诊疗"。中心，也就是设在购物中心里的小诊所。[405]

即使有疾病诊断相关分组法的限制，这些私立医院在里根的第二个任期内也获得了创纪录的利润。如何做到的？1982年，里根推动国会通过了《税收公平与财政责任法案》，它允许医院从医疗保险和医疗补助病人身上赚取利润，而治疗医疗保险病人的任何损失都可以在医院的税收中一笔勾销。这种税收优惠对公立医院没有什么价值，但却是巨大的私有化优惠。此外，如果一家医院设法以低于疾病诊断相关分组法费用的价格治疗一位医保患者，《税收公平和财政责任法案》允许它保留差额。

结果，医院所在的地区都是富有的医保病人，

像迈阿密、图森、棕榈泉等大部分阳光地带的城市都获得了巨额利润，提高了美国医疗的整体费用。[406]

与此同时，里根政府削减了医疗补助名单，各州进一步削减。没有保险的人越来越多，那些有保险的人共同支付金额也在激增。事实证明，所有这一切都深深困扰着那些为穷人辩护的人，而不是整个社会。

威斯康星大学伦理学家丹尼尔·威克勒认为，在医疗保健的竞技场上，市场的力量逐渐占了上风，这是一种症状，而不是一种疾病。威克勒认为，"个人对健康负责"运动是道德疾病。十多年来，赫尔曼·比格斯所推崇的公共或集体健康模式，已经微妙地向一种偏向个人主义的模式让步，在这种模式下，每个人都要对自己的健康状况负责。这种新观点来自两个方向：左翼的"新时代"思想和右翼的道德主义。威克勒说。[407]

在新时代的观点中，个人被鼓励从整体上看待他们的生活，把注意力放在所有可能有助于他们的身体和"精神"健康的因素上，例如饮食、健康、冥想、积极的态度以及吸烟、喝酒、吸毒的习惯。

威克勒坚持认为，右翼出现了一种家长式的道德主义，谴责吸烟者、饮酒者、肥胖者和厌恶运动的人在道德上软弱无力，给社会带来了负担。这种负担将以账单的形式出现，社会最终将为治疗由"不良"行为引起的疾病买单。

威克勒认为，在这两种情况下，结果都是一种"受害者有罪"的观点，免除了政府和雇主为整个社会提供健康（包括药物和公共卫生）的道德责任。

“‘受害者有罪’的观点带有阶级偏见和种族主义的色彩：用一个瘾君子的精神状态和无法抗拒的冲动来解释他糟糕的饮食是一回事，把各种各样的生活方式因素归咎于像‘贫民窟生活’这样没有区别的因素，那就是另一回事了。”威克勒坚持说。

因此，在里根执政期间，三个关键的公共卫生主题并行发展：出现了新的对健康的传染性威胁；没有医疗保险的美国人数量激增；以及对疾病的个人责任感，而不是集体责任感的增强。

然而，在1978年，有2500万美国人既负担不起商业医疗保险又没有资格享受医疗补助或医疗保险计划，另有1600万美国人在那一年的某一段时间没有保险。[408]到1984年，没有保险的人数已增加到3000万，由于商业的和政府的医疗保险所要求的共同付款和免赔额较高，出现了一个新阶层：保险不足人群。这些人无法支付任何保额不足部分的医疗费用，无论是是医疗保险还是医疗补助都没法覆盖。据估计，这个群体有5570万人。[409]这些数字还会继续增加。[410]

在里根时代使未参保人数激增之前，就有充分的证据表明，缺乏保险会导致公众健康状况恶化。例如，美国疾控中心在1978年发现，有保险的儿童比没有保险的儿童更有可能获得充分的免疫保护。[411]

20世纪80年代，保险缺口进一步扩大，因为更多的美国人在糟糕的经济形势下失去了工作，而各州无法弥补因执行里根地区分类财政补贴计划而产生的缺口。

比如在洛杉矶郡，医疗保险计划收入的下降已经造成了痛苦，尽管政府的军火合同推动了该地区的财政繁荣。但加州立法机构无法或不愿拿出资金来抵消联邦医疗补助计划的削减，于是1982年裁定27万没有子女的贫困成年人不能再享受“加州医保”，州政府决定由各郡自己想办法接管这些病人，这意味着从1983年1月1日起，洛杉矶郡要接收8.7万名贫困患者。

洛杉矶郡没有这笔经费。在6个月的时间里，加州大学洛杉矶分校的妮可·鲁里医生跟踪了186名新近失去加州医保的病人，将他们的健康状况与200名仍然符合加州医保条件的病人进行了比较。在观察期内，继续享受加州医保的200人几乎没有变化。但没有保险的人血压平均升高了10毫米汞柱，鲁里发现，“这个差异非常显著，在临床上很有意义……这种增长会使你死于心脏病的概率增加40%。”[412]

这样的病人确实死了一个。她患有高血压多年，现在既看不起病，又买不起药，还患有致命的脑出血。鲁里观察到在没有保险的那组里有两例死亡，她将其归咎于缺乏医疗卫生服务，另外还有几个癫痫发作和得其他疾病的病人是由于无法再接受治疗。[413]

虽然没有保险的人数在增加，但越来越多的证据表明，癌症和心脏病预防与饮食和锻炼有关。这导致并推动了威克勒所称的“个人责任运动”。

在东非工作的英国医生丹尼斯·博基特发现了一种淋巴瘤，这种病以他的名字命名。他还发现了高纤维饮食与降低小肠癌和结肠癌发病率之间的关系。

博基特在1981年谈到癌症预防时说：“想象一下水龙头不断流出水，脸盆满了会溢出来。现在问题是，我们如何保持地板干燥？可以拖地而不是关水龙头。多年来我一直在拖地，医生们会因拖地受到褒奖。我在非洲拖地多年，没有什么效果。我认为对于癌症，最好是关掉水龙头。当然，拖地也能发财，医院的停车场里停满了林肯车。”[414]

博基特确信大多数癌症是可以预防的，他说，水龙头可以关上。

“看这里，如果我们改变饮食方式，可以减少1/3的癌症。如果不吸烟，你的体重会下降1/3。关掉水龙头，就是这样，”博基特坚持说。他传递的信息最终非常明确：多吃纤维，少吃脂肪[415]。“为了避免癌症，你必须做的就是恢复到你祖先时期的饮食结构。就这么简单。”博基特总结道，他指的是史前饮食（批评家指出，在史前时代，我们的祖先很少能活到患癌症的那一天）。

在马里兰州贝塞斯达的国家癌症研究所，文森特·德·维塔博士关注的是治疗，而不是预防。在他的监督下，预算的增长速度超过了大多数恶性肿瘤的增长速度，这要归功于尼克松政府时期开始的持续的抗癌战争。德·维塔在1981年预测说，50%的癌症将在10年内变得可治愈。[416]

的确，国家癌症研究所注意到与耐药肿瘤相关的新问题——癌细胞变异成能够在强大的化疗药物存在下并茁壮成长的形式。这对治疗来说是个坏消息；但在过去的5年里，国家癌症研究所已经意识到大多数癌症的根源在于基因，这一事实在预防肿瘤发展方面可能是一个非常好的消息。

德·维塔对博基特关闭水龙头的前景不以为然，也不愿在饮食问题上采取强硬的公共卫生立场，比如脂肪、胡萝卜素、人造雌激素以及其他被发现与癌症促进或预防有关的因素。[417]他忙于一场智能革命，这场革命在分子水平上解决癌症问题。1975年，随着基因工程技术的发展，科学家们开始研究DNA和RNA，观察是哪些变化促使了细胞的转化。在短短5年时间里，大量致癌基因在人类DNA中被发现，开启或关闭开关，一旦被触发，就会促使细胞疯狂生长，最终导致癌症。[418]在1981年，这些分子水平的观察和博基特人群水平的宏观发现之间的任何关联都是纯理论的。

但到了20世纪80年代中期，发现的速度大大加快，把两个看似毫不相关的层面拉得更近了。科学家发现，一些致癌基因的开关对特定的致癌物或病毒极其敏感。例如，博基特淋巴瘤通常是由 EB 病毒引起的。香烟雾霾中的化学物质解除了肺细胞对致癌基因的控制。其他癌基因似乎易受雌激素、雄激素和其他激素的影响。

此外，在食用大量腌制或烧烤食品的人群中，也观察到较高的特定癌症发病率，对腌制食物和焦油的化学分析多了起来。[419]流行病学家也声称观察到大量饮用咖啡的人、酗酒者和食用大量饱和脂肪（如黄油和培根）的人癌症发病率更高。[420]

然而，一些公共卫生倡导者、保险公司和医生抢在这些数据发布之前，在这些支持他们提出建议的科学证据明确之前，就告诉美国人应该吃什么不应该吃什么。在 20 世纪 80 年代“受害者有罪”的氛围中，饮食戒律似乎是从美国西奈山传下来的。但与摩西碑文不同的是，关于饮食和癌症的宣言经常被修改，公众被告知“这不是我们的意思——我们想说的是……”。纤维和结肠癌[421]，高脂饮食和乳腺癌[422]，咖啡因和癌症[423]，酒精和乳腺癌[424]——支持所有这些理论的纸牌屋在 20 世纪 90 年代末倒塌。事实上，即使博基特声称高纤维饮食和降低癌症风险之间的联系，在 2000 年也被证明是完全错误的。

在 20 世纪 80 年代，最强烈的个人责任信息来自美国癌症协会和外科医生库普关于香烟的信息，以及来自美国心脏病协会的信息，这两个组织都攻击烟草和胆固醇。

事实上，在二战后开始流行的美国心脏病在 1980 年已经减少了；从 1970 年至 1985 年，死于心脏病的人数下降了 48%。[425]每一个西方工业化社会和日本都目睹了同样的趋势；从 1945 年至 1970 年，心脏病和心脏病死亡人数激增，随后显著下降。在全国范围内，从 1969 年至 1990 年，每 10 万人中有 2.6 人死于心血管疾病。[426]

心脏病发病率和死亡率提高的原因有很多，但其最主要的病因是难以确定的。不管原因是什么，它早在 20 世纪 60 年代就已经存在，在 70 年代才产生如此强大的影响。在此期间，美国男性吸烟人数下降，但女性吸烟人数上升。考虑到心脏病发病率在男性和女性中都有所下降，这使得人们很难将这一下降归咎于不吸烟。这种影响也不可能是人口统计学上的，因为美国的人口变化实际上应该会增加心脏病的发病率。人口在不断增长、老龄化，在种族上变得更加多样化，这反映出那些可能面临风险的人拥有更广泛的基因库。这也很难归功于饮食，因为美国人在 20 世纪 60 年代吃了大量的高脂肪食物。

20 世纪七八十年代，心脏病发病率的改善并不是普遍现象。例如，在 20 世纪80年代的大部分时间里，非裔美国成年人的高血压发病率远高于白人，心血管疾病死亡率也高于白人。非裔美国人出生时的预期寿命在里根执政期间实际上下降了。[427] 20世纪80年代，美国心脏病协会和许多医疗卫生团体发起了“个人责任”的攻势，倡导把主要与降低胆固醇水平有关的饮食和锻炼主题带回家。[428]

20世纪80年代，世界各地的研究人员都发现了心脏病和胆固醇之间显著而复杂的关系。他们发现，死于心脏病的男性更有可能食用富含脂肪的食物，尤其是高胆固醇动物脂肪。到20世纪80年代中期，已有足够的胆固醇证据，促使高层提出强有力的饮食建议。政府报告、食谱和膳食指南都劝美国人听取博基特的建议：少吃脂肪，多吃鱼；不要吃黄油、鸡蛋和培根；避免奶油；吃大量的燕麦；增加碳水化合物的总摄入量，同时降低饮食中的蛋白质含量。[429]

在很大程度上，美国人得到了某种信息。美国人减少了他们饮食中含有脂肪和胆固醇的比例，但总体上增加了他们的总热量摄入。20世纪80年代中期，大约有1/3的美国成年人体重超标；到90年代末，这一比例已上升至50%。[430]

公共卫生倡导者从未提出过一套统一明确的饮食建议。事实上，在20世纪八九十年代的每一周似乎都有新的证据表明吃鱼可以保护心脏——不，等等，不是所有的鱼。也许是这种鱼。别管鱼了。还是燕麦好——嗯，也许吧。20世纪70年代，美国公众充斥着关于“当周致癌物”的可疑公共卫生信息。到20世纪80年代，正是《每周膳食推荐》引起了公众的困惑和不满。

然而，1989年，美国心脏病协会很少理会公众质疑，把协会的图标放在产品上作为其认可“对心脏有益”的标记，其目的是为消费者提供一个公共健康购物指南。美国心脏病协会自信地认为，科学证据是可靠和充分的，足以保证该协会的信誉与特定产品的担保。

但是在1989年美国心脏病协会年会上，心脏病学家和科学家们在这个问题上也并没有形成特别统一的战线。从事胆固醇化学研究的科学家警告说，这种方法过于简单。来自西雅图华盛顿大学的艾伦·查特警告说：“这还不是很清楚。我认为医生应该密切关注这项研究，但还没有做好广泛应用的准备。”[431]

加州大学旧金山分校的迪安·欧尼斯博士认为，公众对胆固醇的关注是危险的，因为它给美国人提供了一种错误的安全感。为了真正保护自己免受心脏病的侵害，欧尼斯认为，“你需要彻底改变生活方式。单靠改变饮食结构是不行的。”

药物治疗提供了一个更简单的解决方案。在不改变饮食或生活方式的情况下，抗胆固醇药物可以使胆固醇水平在一年内降低30%。在1989年美国心脏病协会的一次内科医生会议上，在听一场描述这种药物功效的演讲时，听众呼喊：“我看，最好的公共卫生措施就是将这些药物放在公共饮用水中！”

这样的主题既不是真正的公共卫生，也不属于现实的范畴，公共卫生倡导者反而诉诸劝诫和责骂，家长式地严厉谴责美国人没有正确饮食。而人们面对的是虚假的、昂贵的、铺天盖地的广告，这些广告致力于说服国民考虑其他选择：一把叉子上满是“美味、润泽的巧克力蛋糕”，这画面充满整个电视屏幕。当叉子缩回来时，少了一口。你会被诱惑吗？

生物伦理学家丹尼尔·卡拉汉写道[432]：“在公共卫生和个人责任以及市场责任之间，即将出现一场巨大的斗争，或者说已经出现。市场能够而且已经超过了‘遗传学医学’和公共卫生。它设置了舞台和社会背景，因此有一个命令和仍在上升的权力。我心中的终极斗争是在公共卫生的人口视角和市场的个人主义视角之间进行的。”

保险公司和（美国）医疗保险组织都很清楚市场的力量，它们变得更加激进。如果让他们所有的客户都按照“对心脏有益”的饮食可以降低心脏手术的费用，那么推广预防的原则才有意义。

这当然具有很好的商业意义。[433]

也许还要有良好的公共卫生意识。1950 年，美国经年龄调整的全国年死亡率为 841/10 万人，其中 48% 的死亡是由于心血管疾病。1990 年，经年龄调整的死亡率为 520/10 万人，其中 34% 的人死于心血管疾病。因此，40 年来，全国的死亡率直线下降，心脏病死亡率下降了 14% 是主要原因。[434]但是，美国人的饮食变化——从高脂肪和中等热量摄入到低脂肪但高得多的总热量消耗——是心脏健康状况改善的原因吗？换句话说，它能被认为是公共卫生的胜利吗？这是否意味着，更强调个人责任（以及在没有责任的情况下，更强调负罪感）将会导致人口健康状况的更大改善？

怀疑者提出了三条理由。首先，“心脏病流行”的下降早于全国性的反胆固醇运动；第二，在同一时期，美国烟民的数量急剧下降，烟草对心脏的有害影响至少与对低密度脂蛋白胆固醇的害处一样大；第三，在 20 世纪 90 年代，许多 20 世纪 80 年代“对心脏有益”的信息将被进一步的科学证据所推翻。

例如：人造黄油可能含有危险的反式脂肪酸，这种脂肪酸不是通过提高低密度脂蛋白水平，而是通过降低高密度脂蛋白水平来增加心脏风险；维生素 E 对心脏的好处是微乎其微的，也许根本不存在；[435]鸡蛋所含的胆固醇比预想的要少，而且风险也小得多；富含叶酸和 B 族维生素的饮食对心脏的好处如此之大，甚至超过了摄入适量红肉这样“罪恶”的食物。[436]

公众应该因为学界的混乱不清而受指责吗？

对饮食的关注可能被错误地认为是一种公共健康的努力。也许更合适的是，它是医学的一个组成部分，以机械论的观点来看待阻塞的、癌变的人体。此外，一个人的营养需求以及他或她如何理解这些需求，可能无法通过对社会的大规模呼吁得到很好的解决。考虑到美国人肥胖呈增长的趋势，饮食信息的解释和实施似乎是一个复杂的问题。

在里根时代，医疗保险普及度下降，个人责任运动兴起，公共卫生项目由于负担增加（责任从联邦转移到州和地方）和预算减少而变得非常紧张。

新的公共卫生挑战迫在眉睫：中毒性休克综合征、食源性和耐抗生素疾病、艾滋病病毒和快克可卡因。

中毒性休克综合征揭示了一种新的脆弱性，这种脆弱性显然与个人责任、保险或任何健康主题无关但在议程中，它与新产品设计、新出现的疾病和公共卫生安全网的失效有关。[437]

20 世纪 70 年代中期，出现了一种金黄色葡萄球菌，它携带着一种异常强大的毒素的基因。这种细菌的剂量小到几乎无法测量，它能从根本上扰乱人体免疫系统，从而导致休克，死亡。这种新型葡萄球菌的出现与卫生棉条的新颖产品设计相吻合，这种卫生棉条可以在女性月经周期内在阴道内停留 6 小时或更长时间。与食品和药品相比，食品药品监督管理局对产品（卫生棉条）几乎没有行使什么监管权，因此该局在批准这些产品时没有经过太多审查。

事实证明，这些高吸水性的卫生棉条提供了理想的生态环境，可以让新的剧毒葡萄球菌茁壮成长。从 1975 年的少数女性开始，到 1980 年的暴发，整个北美（以及其他任何有售美国生产的卫生棉条的地方）都有女性感染并死于中毒性休克综合征。

美国疾控中心、食品药品监督管理局、卫生棉条行业以及各种私人研究人员，都陷入了与卫生棉条相关的葡萄球菌死亡在全国范围内流行的原因的争论之中。尤其是一种卫生棉条产品似乎与更多的病例有关，因此食品药品监督管理局以信赖为目标，将其推出市场。

事实证明，中毒性休克综合征并不是由任何卫生棉条引起的，而是由细菌引起的。这个难题最终不是由联邦公共卫生机构或监管机构解决的，而是由明尼苏达州卫生部门和明尼苏达大学的一位科学家解决的。两位研究人员是关键——国家流行病学家迈克尔·奥斯特霍尔姆博士和大学微生物学家帕特里克·施利弗。

这对搭档之所以能够破解毒休克病例，是因为明尼苏达州可以说拥有全美最好的卫生监测系统，为奥斯特霍尔姆提供了一个了解不断演变的传染病的理想窗口。明尼苏达人还有其他的优势：地方学者和公共卫生科学家之间的良好合作，一个优秀的州级卫生实验室网络，一个强有力的全州范围的基础设施，以及明尼苏达州女性人口中很少有可能使诊断复杂化的混杂的健康问题[438]。

在20世纪80年代，明尼苏达人是所有美国人中最健康的，也是全世界最健康的人群之一。[439] 当美国其他地区的社会福利和公共卫生支出几乎都在下降时，明尼苏达却慷慨地支持这些项目，这为明尼苏达人非凡的集体健康状况提供了一种解释。从1980年到1993年，明尼苏达州的卫生支出增加了90%，公共卫生支出始终保持在卫生总预算的3%左右。卫生保健、医疗保健、疗养院和其他卫生机构的开支增加，足以确保每个明尼苏达人都能获得医疗服务。明尼苏达州为所有没有保险的儿童提供关照，并为所有贫困的成年人提供医疗援助。[440]

在全国经济不景气的情况下，明尼苏达州1985年的失业率为12.6%，而全国的失业率为14%。明尼苏达州的大多数成年人都完成了高中学业，并上过大学或职业学校课程，这使他们成为美国受教育程度最高的人群之一。大多数明尼苏达人有着相似的文化和社会价值观，因为超过96%的人口是白人，超过90%的白人人口是德国或斯堪的纳维亚移民的后裔。大多数明尼苏达人所共有的一项重要价值观是集体、解决问题和承诺。这为支持把全体人民看作是一个整体的社会方案提供了一个理想的文化环境。

1968年，明尼苏达州卫生部门的预算严重依赖联邦资金。该部门从州和地方财政收入每得到1美元，就会相应从联邦政府得到1.3美元。[441] 到1985年，当里根政府的削减和整笔拨款的影响愈加明显的时候，州和联邦政府对预算的贡献就更接近了。[442] 到20世纪90年代末，州和地方的贡献已超过联邦，从联邦得到每1美元州和地方要贡献1.12美元。[443]

尽管预算紧张，在奥斯特霍尔姆手下工作的疾病调查员从1980年的28人增加到1990年的144人。这是因为别无选择——传染病突然在这个原本非常健康的州全面暴发。除了中毒性休克综合征的流行外，奥斯特霍尔姆的工作人员在1981年至1987年期间忙于处理不寻常的疫情。

例如，1986年，蓝氏贾第鞭毛虫腹泻在明尼苏达州的一个乡村社区暴发。几个月的调查揭示了原生动物传播的一种非常复杂的模式，涉及一个儿童保健中心、一个疗养院和食物。[444]

1981年至1987年间，国家流行病学小组还调查了儿童保健中心发生的多起与呼吸、腹泻和水痘有关的疫情（到1985年，该州近一半的学龄前儿童都在这样的中心——这一稳步增长的趋势反映出明尼苏达州全职母亲队伍的不断壮大）。[445] 并且这个团队证实了另一个新的、危险的微生物正在儿童保健中心传播——大肠杆菌0157：H7。

大肠杆菌是人类最古老的微生物之一，也是引起腹泻的细菌之一。通常，大肠杆菌感染只对婴儿有危险，因为人们很快就对这种细菌产生了免疫力。每个成年人的肠道通常都有小群的细菌，由免疫系统控制。

但是在 1982 年出现了一种新的大肠杆菌，命名为 0157：H7。它含有一种罕见的毒素，可导致溶血性尿毒综合征，即血性腹泻。[446]20 世纪 80 年代，美国各地暴发了大肠杆菌 0157：H7 疫情。他们其中至少有 19 例是特别严重的疾病，导致 24% 的感染者住院，1% 的人死亡。被到 20 世纪 80 年代末，美国疾控中心每年收到 2 万份大肠杆菌 0157：H7 病例报告，这种新的微生物将成为美国和加拿大血性腹泻的主要原因。[447]

奥斯特霍尔姆和疾控中心的一项回溯性研究发现，在 1979 年至 1988 年间，共有 117 例溶血性尿毒症患者。大多数病例都是散发的，或者看似彼此无关，但每一组或每一起病例都与一家儿童护理中心有关。奥斯特霍尔姆的团队发现，这些散发病例都有汉堡肉的食用史。[448]这种细菌不仅具有耐药性，而且使用药物会导致其释放出更多的致命毒素。药物治疗实际上会加速死亡。

到 20 世纪 90 年代中期，美国已经向世界各国输出了大肠杆菌，无论是牛肉还是通过接触牛粪而被致命细菌污染的食物都是如此。输出细菌的媒介物包括意大利腊肠、牛肉干、鹿肉、巴氏杀菌奶、土豆、莴苣、苹果汁、苜蓿芽和萝卜苗。[449]

令迈克尔·奥斯特霍尔姆这位顽强的科学家感到烦恼的是，明尼苏达州与食品相关的疾病暴发数量正在增加，而且更重要的是，由于食品生产和营销的复杂性日益增加，追踪这些疾病的难度也越来越大。大肠杆菌生长在牛的胃肠道中，但不可能追踪任何特定批次的肉类到特定的原始污染点，因为到了 20 世纪 80 年代，汉堡生产行业已经将数百头牛的肉合并成单一批次。

在奥斯特霍尔姆看来，联邦安全机构显然无法处理这个问题。

奥斯特霍尔姆总结说："我们的公共卫生基础设施严重不足。"他意识到，仅仅在明尼苏达州努力工作已经不够了，他必须寻求时间和资源，在全国范围内开始发动。

在洛杉矶郡，雪莉·法宁博士也得出了同样的结论。1985 年，她所在的郡卫生局传染病科因利斯特菌食物中毒事件而不堪重负。经过仔细的调查工作，她的工作人员将疫情的暴发追溯到销售给该郡不断增长的拉美裔人口的墨西哥奶酪。一些儿童最终向公众讲述了如何接触到被污染的奶酪产品，虽然可以用抗生素治疗利斯特菌，但由于洛杉矶正在发生人口结构的根本性变化，这些工作变得更加困难。

“谁会想到，”率真、直言不讳的法宁在 1985 年说，“我们将要应对一场由萨尔瓦多好战者们经常食用的墨西哥奶酪引发的传染病疫情。”

世界正在变小，公共卫生风险出现了新的模式。

里根总统上任后不久，下令采取秘密和公开相结合的方式，支持整个中美洲的亲美力量：尼加拉瓜的反桑地诺反政府武装以及危地马拉、洪都拉斯和萨尔瓦多政府。

随着残酷的战争和镇压的蔓延，成千上万的中美洲人逃往美国，大多数人非法定居在佛罗里达、得克萨斯、亚利桑那和加利福尼亚。从 1981 年到 1988 年，洛杉矶郡接纳的非法移民数量最多，据各种估计，非法移民总数在 35 万到 50 万之间（到 1991 年，战争基本结束，这些难民很少返回中美洲）。

在那些年里，抵达洛杉矶的大多数萨尔瓦多人都受到了精神创伤，害怕被遣返回他们认为肯定会遭到死亡或酷刑的地方。与洛杉矶的墨西哥人和奇卡诺人不同，萨尔瓦多人低调行事，努力保持低调，远离任何与政府有关的人，除了紧急情况外，他们甚至回避医疗保健系统。由于他们没有资格申请加州医保，该郡别无选择，只能为他们提供免费医疗，对州或联邦政府的报销不抱希望。

这大大加剧了洛杉矶的局势，郡卫生部门已经列出了一系列可怕的问题。到 1984 年，监事会已经开始抵押政府大楼以筹集工资。因为病人负担的增加，医疗保险和加州医保的收入也在减少。

在里根就职仅仅 5 个月后，纽约、洛杉矶和华盛顿特区的医生们就发布了关于男同性恋者和静脉吸毒者离奇死亡的消息。寄生虫肺炎、曾经罕见的皮肤肿瘤、通常只在老年男性身上出现的淋巴瘤类型——突然之间，原本健康的年轻男性因为这些疾病出现在医院，并在那里死亡。

当然，这是 20 世纪由艾滋病病毒引起的第二大传染病疫情的开始（仅次于 1918 年的流感）。到 20 世纪末，也就是第一例病例被报告的 19 年后，全世界有超过 3400 万人感染艾滋病病毒。他们中至少有一半人会发展为艾滋病的晚期综合征，即获得性免疫缺陷病，并且至少有 1200 万人会死于这种疾病。它会蔓延到地球的每一个角落，与公共卫生努力和对有效治疗方法或疫苗的科学追求相抗衡。

没有比这更好的证据表明需要一种新的全球性的公共卫生方法。但是，当第一批患有艾滋病的静脉注射吸毒者踉踉跄跄地走进纽约市公立医院，当最初几个生病的男同性恋者向旧金山和洛杉矶的医生求助时，公共卫生部门的回应非常糟糕，甚至根本不回应。

尽管美国疾控中心、旧金山、纽约、洛杉矶以及美国其他地方和欧洲的少数流行病学家、科学家和医生努力了解这种新的威胁，但他们的努力被政府忽视或断然拒绝。

在政府的最高层，里根政府似乎完全无法摆脱这样一个事实，即大多数首批艾滋病患者都是男同性恋者。这是第一个在白宫以克里斯汀宗教激进主义为竞选纲领的政府，里根的选民是狂热的反同性恋者。根据他的私人医生的说法，里根认为艾滋病就像麻疹一样：一种正在传播但很快就会消失的病毒，不需要人类做任何特别的努力。这是对麻疹——一种通过积极的公共卫生努力控制的病毒——的错误理解。更糟的是，这是对艾滋病病毒的一种危险的错误看法。[450]

从记录上看，里根似乎从未完全明白，在他的任期内，一场真正的不治之症正在蔓延。虽然他的许多助手确实意识到疫情的规模，但他们同意道德多数派牧师杰里·福尔韦尔的评估，认为这种疾病是上帝对不道德、罪恶的同性恋行为的惩罚。一些国会议员同意这一观点，并公开反对众议院或参议院通过的几乎每一项公共卫生援助立法。

在卫生与公共服务部，医学化的公共卫生观点在里根时代占主导地位。因此，为了应对艾滋病，传统的公共卫生措施被摒弃，取而代之的是一种完全不可接受的观念，即实验室科学将迅速解决问题——到世纪之交，这个问题仍未实现。

卫生与公共服务部部长埃弗雷特·库普是最直言不讳的，通常他也是唯一支持用公共卫生方法应对艾滋病危机的领导。他认识到，在缺乏科学的灵丹妙药解决方案下，迫切需要进行公共教育。有了关于病毒如何传播以及个人如何最好地保护自己的准确信息，库普推断，美国人民将做出正确的选择。但是信息必须相当明确才能有用，必须建议有性行为的成年人使用避孕套。

推广安全套的想法在白宫和共和党内部都是一种诅咒。纵观美国历史，无论何时道德问题都在妨碍公众健康。在性传播疾病和药物滥用问题方面尤其如此。到艾滋病病毒在美国出现的时候，淋病、衣原体、梅毒、乙型肝炎和其他性传播疾病的发病率几十年都在上升。美国人反对在学校里进行性教育，反对讨论避孕套的使用，反对关于节育的教育，尤其是对青少年的教育。

1986年10月22日，在美国历史上最大的公共卫生邮件中，库普向1.07亿美国家庭发表了关于艾滋病的卫生部部长报告。尽管报告中很少出现许多艾滋病活动人士倡导同性恋的详细讨论，但它仍然受到道德多数派、生命权利运动以及共和党右翼势力的严厉抨击——这一切解释了它对婚前和婚外性行为和同性恋的罪行的支持。

现在回想起来，库普的邮件更值得注意的不是它的内容，而是它发生在传染病被发现的五年之后和在发现艾滋病病毒的两年多之后，这证明了这种疾病是可以传染的。显然，华盛顿在每一项与艾滋病病毒有关的公共卫生措施上都拖拖拉拉：基础研究的资助、公共教育、立反歧视法保护受感染者，以及医疗保险的覆盖。

因为几乎所有的受害者都是年轻人或他们的孩子，所以在里根政府在医疗保险、医疗补助和特殊公共卫生项目上的改革生效后，艾滋病病毒袭击了最可能不在医疗保险安全网范围内的人口群体。

艾滋病活动者大多是二三十岁的白人男同性恋者，他们把寻求治愈艾滋病的方法和反歧视立法作为他们的首要任务。随着艾滋病病毒病例和死亡人数的上升，以及许多人在没有得到有质量护理的情况下死亡，美国疾控中心的詹姆斯·柯伦呼吁："人力资源部门要关爱那些已经被感染的人。"[451]但是，全美国的医生和牙医都拒绝治疗艾滋病病人，理由是这些人对医生也造成了威胁。同样是这些医疗服务提供者，也愿意为那些带有传染性微生物（如乙型肝炎和耐药葡萄球菌和链球菌）的病人提供服务，但对艾滋病的恐惧促使他们打破了医生职业道德的所有基本原则。

从公共卫生的角度来看，20世纪80年代艾滋病的首要任务应该是：第一，确定疾病的原因；第二，确定这种微生物是如何在人与人之间传播的；第三，停止传播；第四，积极开展研究，寻求治疗方法和疫苗。[452]

记录显示，第一项任务（确定病因）和第二项任务（传播方式）的完成非常迅速，这在很大程度上是得益于美国联邦机构的努力。疾控中心与旧金山、洛杉矶和纽约的流行病学专家密切合作，迅速查明了艾滋病传播的途径，并证明这种疾病是由某种形式的传染性微生物引起的。1981年5月，一种新的致命疾病在男同性恋者中出现，在这之后的几个月里，疾病控制中心的柯伦团队就确定了它是通过肛门和阴道性交、被污染的静脉注射针和被污染的血液传播的。后来在该病的流行病学介绍中，他们特别提出母婴传播。疾控中心在1982年说，其底线是接触受污染的血液。

即使没有发现艾滋病病毒，基于这些观察的适当的公共卫生措施（第三点）也会涉及对每个美国人进行普及教育：如何避免血液接触和采取具体步骤来减少这种风险：筛查美国血液供应，为医院和诊所工作人员准备基本的防护装备，向有性生活的成年人推广使用避孕套，确保所有注射品——医用药物或非法药物——都使用无菌针头和无菌注射器，避免或坚决警告人们抵制一种社会环境，即鼓励人们暴露在血液接触的风险下的行为。

虽然这张清单看起来很合理，但每一项措施的实施都遇到了政治、社会、经济和公民自由意志主义的阻碍。事实上，到20世纪末，血液与血液接触的事件在美国社会仍将司空见惯，一些可能减轻艾滋病接触的措施仍将受阻。在某些情况下，正确的法律也许确实已经通过，适当的公共卫生措施也已经采取，但那只是在拖延和争论很久之后才发生的事。[453]

美国最负盛名的医学机构医学研究所发布了从备忘录到大部头的各种文件——语气哀怨，近乎恳求——以寻求对这一传染病可行的公共卫生对策。[454]1988年，该研究所敦促“联邦政府带头制定一项全面和协调一致的国家计划，为艾滋病病毒感染者和艾滋病患者提供资助”。研究所坚称“目前的资金不足以采取公共卫生措施遏制疫情”，谴责“联邦政府在减少静脉吸毒者间艾滋病病毒传播方面的努力严重不足……”

在这些声明发布的时候，大约有8万美国人感染了艾滋病，4.5万人死于这种疾病。关闭众所周知的“包门”已经太迟了：简单的公共卫生措施已不再足够。

出了什么问题？

对同性恋者和注射吸毒者的偏见蒙蔽了公众、政界人士和医学界，更可悲的是，许多公共卫生领导人在采取有效行动可能产生深远影响的情况下，忽视了应对艾滋病的紧迫性：从1981年5月到1984年年底。疾控中心以及纽约市、旧金山和其他遭受重创的城市的卫生领导人表达了他们的担忧，并试图采取适当措施，但遭到了复杂和势不可挡的社区抵抗的阻挠。从右翼来看，他们面临着明显的敌意。他们从大多数层级的政府那里得到的只是耸肩和怠慢。在血液制品和相关设备行业，人们听到了政府干预和经济困境的呼声。[455]

公共卫生领导人也没有得到美国主流社会的太多支持，美国主流社会仍然可悲地对艾滋病一无所知，并对其抱有可怕的偏见。1988年《纽约时报》和哥伦比亚广播公司联合进行的一项民意调查发现，超过75%的受访者“不同情艾滋病患者中的同性恋者”。令人震惊的是，有19%的人说，不管艾滋病患者是如何感染的，他们都不同情他们，即使这些人是婴儿或输血受体。[456]

公共卫生领导人如何应对公众这样的敌意？总的来说，通过确认患有艾滋病或感染艾滋病病毒风险最高的美国人的群体，在某种程度上，采取的做法只会分散国家对所涉及的主要健康问题的注意力。[457]对受感染个人的所有疾病监测和识别均保密或匿名，以保护个人不受社会歧视。艾滋病感染从未被报道过；只有全面暴发的艾滋病病例才会被追踪，因为保护表面上健康的艾滋病病毒阳性公民的自由显然是合理的。

因此，在任何特定时刻，没有人真正知道这场公共卫生灾难的规模有多大，它在哪些地方、哪些社区传播，是否有任何公共卫生干预措施真正延缓这场灾难的蔓延，或者这类项目是否会失败，花在这些项目上的数百万美元是否会浪费掉。从定义上讲，公共卫生领导人得到的关于疫情的印象已经过时了。20 世纪八九十年代，由于政治和技术的限制，流行病学家被迫使用低效率工具来解读传染病的细微差别；它非常原始。

它还为基于政治和情感问题以及科学的政策决策打开了大门。例如，直到 1986 年，纽约市的卫生政策部门仍不告诉献血的人他们的血液样本检测出艾滋病病毒阳性。

“我们不应该把检测结果告诉那些验血的人。”乔伊斯·盖诺在 1985 年告诉血库官员，“在我们知道这一发现的重要性之前，我们应该克制自己。”

在美国的其他地方，一些公共卫生官员公然对献血者撒谎，告诉那些艾滋病病毒检测呈阳性的人，他们的血液因为有肝炎病毒而不合格。有些人甚至到 1986 年还拒绝验血。[458]

直到 1989 年，食品药品监督管理局才制定了全国统一的血液制品政策，但通用的检测参数（无论是个人还是捐献的血液和血浆）全国永远也不会统一。因此，每个州都自行制定政策，决定是自愿接受检测还是根据法律授权，测试呈阳性的个人是否会被告知，在什么情况下这些可怕的信息会被传播出去；如何追踪或编纂艾滋病病毒阳性个体的身份，以及将会有什么系统来追踪那些发展到艾滋病或死亡的人的名字。它演变成一个充满流行病学缺陷和政策混乱的大杂烩体系。

在同性恋活动人士声音响亮、组织良好的州，限制公民自由主义的措施实施起来最艰难。但在同性恋活动人士很少的州，对公民自由主义的保护又通常要弱得多。例如，杰西·赫尔姆斯的家乡北卡罗来纳州记录了所有艾滋病病毒感染者及其性伴侣的姓名。这意味着在艾滋病病毒阳性人口最少的州最容易追踪正在蔓延的传染病疫情。

这意味着那时在艾滋病病毒滋生地——纽约、洛杉矶、旧金山、华盛顿、纽瓦克、迈阿密、芝加哥——工作的公共卫生当局，主要在黑暗中摸索[459]。例如，在 1984 年，所有这些城市都激烈地争论是否要关闭同性恋性俱乐部和澡堂，以最大限度地减少艾滋病病毒的传播。当时，柯伦的疾控中心工作人员得到的数据是，全国范围内有 6122 例病例和 2800 例死亡。总的来看，柯伦在 1984 年总结道：“据估计，美国有 20 万到 30 万人接触过这种病毒。”[460] 虽然当时发现了艾滋病病毒，但艾滋病病毒血液检测还没有被广泛采用，流行病学家必须凭直觉做估算，经常面对来自他们力图保护的同性恋社区的公开敌意。

当大家还在争论澡堂的问题时，加州大学旧金山分校的流行病学家安德鲁·莫斯告诉该市卫生专员以及后来的最高法院："我们希望看到的是，这种增长将继续下去，直到这种疾病感染者数量达到饱和——也就是说，直到大多数易感染这种疾病的人受到感染——到那时，我们将看到新病例的数量逐渐减少。"[461]

莫斯非常有先见之明，他说："关于艾滋病的公共卫生政策应该强调至少两个其他因素：第一个是让人们清楚地知道这种疾病真正可怕的本质是什么，它是多么严肃和严重的疾病；第二个是尝试支持稳定的一夫一妻制生活方式，也就是说，通过改变生活方式，从有大量性伴侣转变为更接近稳定的一夫一妻制生活方式，来减少传播。"

公共卫生专员默文·西尔弗曼博士决定关闭该市的澡堂，高等法院的福吉·罗伊·旺德支持他的决定。在纽约市，卫生专员斯蒂芬·约瑟夫博士面临着类似的艰难决定，并得出了类似的结论。

结果两人都面临着被赶下台的命运。

西尔弗曼遭到了同性恋活动人士的攻击，他们认为他的行为具有歧视性和恐同性恋性，市长戴安·范斯坦也认为他行动太慢，没有采取足够严厉的措施。西尔弗曼被要求辞职。约瑟夫幸免于活动人士的攻击，但科赫市长几乎没有为他的卫生专员辩护。

在纽约，关于如何限制艾滋病病毒在同性恋群体中的传播的辩论最终在州一级裁决。[462]1985 年 10 月 24 日，经过数月的听证会和辩论，国家卫生专员大卫·阿克塞尔罗德博士给州长马里奥·科莫发了一份备忘录："我认为，建立允许、促进和（或）鼓励性接触的场所，会产生血与血或精液与血接触的场所，是对公共卫生的严重威胁，必须加以禁止……它适用于任何有危险的异性恋或同性性行为的场所。"[463]

自由民主党州长科莫遵照阿克塞尔罗德的建议，关闭了性游戏室和澡堂，并声明："在科学家们找到治愈艾滋病的方法之前，健康教育是我们唯一的疫苗。"[464]

这最终把美国带到了公共卫生的第四步：建立充满活力的研究机构。人们有一种极大的迷信，认为科学确实会找到治愈艾滋病的方法，它只是需要一些推动。国立卫生研究院的许多顶级科学家，尤其是国家癌症研究所的科学家，都表示非常乐观。更实际的科学家，如国家过敏和传染病研究所主任安东尼·福奇博士和他的团队，极力避免使用"治愈"这个词。他们认为给予公众"科学确实能够治愈藏在人类 DNA 内的病毒引起的疾病"的希望是非常不诚实的。怎样才能在不破坏个体基因的情况下去除这种微生物呢？

然而，艾滋病运动的重点是寻找治愈方法。在美国，估计有 70 万到 100 万感染了艾滋病病毒的男性和女性，他们意识到自己的时间不多了，艾滋病活动人士的队伍不断壮大，武装力量也在增强。只要全力以赴，就一定能找到治疗方法。他们攻击制药公司、食品药品管理局、美国国立卫生研究院、白宫、人类健康研究所——被认为在治疗艾滋病方面最拖延的机构。[465]

这在传染病中是第一次：病人活得足够长，并且很有组织性的来制定相关的公共卫生议程。考虑到他们的生命危在旦夕，议程的第一项就是医疗目标，传统的公共卫生目标远远落在第二位。

有一个可能的例外：针具交换项目。努力推动政府为注射吸毒者提供无菌注射器，或至少使其合法化，是行动主义和来自公共卫生界的压力的主要焦点，这种压力从里根总统的第二个任期，一直持续到布什总统和整个克林顿政府。例如，到 1988 年，纽约市大约 38% 的注射毒品使用者是艾滋病病毒阳性，很明显，注射毒品者的感染率很快就会超过男同性恋者。此外，由于许多使用注射毒品的妇女从事卖淫工作，人们非常担心艾滋病病毒会通过她们进入更广泛的异性恋社会。[466] 许多健康倡导者认为提供干净的针头是减缓这波传染病疫情的关键。可以通过简单的分配注射器或街道交换项目（注射器使用者以使用过的注射器交换无菌注射器），非处方销售注射器合法化、合法化的药物使用用具，或者以上所有方法来提供针头。[467]

在这些方法中，针具交换是目前最受关注的，也面临着重大的公共卫生障碍。首先，它不仅会在里根政府时期遭到国会的反对，也会遭到布什和克林顿政府的反对。[468] 许多州议会和州长同样不愿意以任何方式削弱他们对非法吸毒者活动的限制。

第二个障碍是，注射吸毒人群中已经出现很高的艾滋病病毒感染率。[469] 从 1981 年到 1984 年，当艾滋病病毒在该社区的发病率仍可控制时，针头交换可能会产生巨大的影响。但在里根的第二个任期内，许多城市报告的注射毒品者中艾滋病病毒感染率为 35% 到 60%。[470]

另一个障碍是美沙酮和治疗危机。

1982 年 6 月，里根发表了他的“向毒品宣战”演说，宣称：“我们要取下飘扬在禁毒工作上空的投降旗帜。我们正在升起一面战旗。”[471]

里根的策略是尼克松时代策略的一百八十度大转变。他旨在减少美国毒品问题需求方，对美沙酮或其他的治疗方案的庄严承诺已经不复存在。促进了供给侧经济的里根支持全面打击毒品供应，对毒品的公共卫生影响没有特别的区别。尼克松很清楚地把海洛因作为目标，因为他的政府认为海洛因对公众健康和犯罪后果最大，然而，里根倾向于打击一切毒品，从对公众健康有巨大影响的海洛因、甲基苯丙胺、大麻、迷幻药和大麻，到酒精和烟草这些对公众健康影响最小的毒品，都一视同仁。

1984 年，国会通过了政府的综合犯罪法案，授予联邦调查局和地方警察部门史无前例的查禁毒品的权力。事实上，该法案是在里根和布什政府时期实施的，它赋予政府搜查和扣押的权力，这是大宪章时代以来在美国、殖民时期的美国或英国从未使用过的。[472] 各种各样的机构，洛杉矶治安部门、纽约警察局、美国林务局、移民归化局和联邦调查局被授予对私人财产进行军事攻击和突击搜查的权力，其依据仅仅是怀疑那里有几株大麻植物或几瓶可卡因。[473]

与此同时，已经严重缺乏资金的治疗项目也被大幅削减。在里根执政期间，美国与毒品有关的死亡人数翻了一番，原因依次是艾滋病、自杀和吸毒过量。[474] 1982 年，白宫完全取消了对美沙酮项目的联邦拨款，取而代之的是另一项整体拨款项目：各州得到了大幅削减的资金，用于他们认为合适的药物滥用的教育、预防和治疗计划。此外，美国国立卫生研究院的药物滥用研究拨款被削减了 15%。[475] 里根的“毒品特使”卡尔顿·特纳支持“毒品上瘾的入门理论”，该理论认为大麻是所有瘾君子第一次通过的大门。他认为，关上这扇门，像街头美沙酮诊所这样的肮脏交易就会消失，因为不再会有新的海洛因成瘾者。

所以治疗项目——美沙酮和所有其他类型的药物——从 1982 年起，在里根和布什执政期间，预算都在稳步缩减。就像艾滋病病毒感染注射人群一样，有两种方法可以逃避它，警察加大了对吸毒者的打击力度，使得携带无菌针头成为一个非常危险的提议，而通过治疗摆脱药物也不过是一个白日梦。在里根政府执政的最后一年，估计全国有 6.7 万名吸毒者在治疗中心的等待治疗的名单上，每 5 个寻求治疗的吸毒者中只有 1 个能够真正落实治疗计划。[476] 医学研究所估计，到 1989 年为止，有 1450 万美国人需要因可卡因、海洛因、安非他命或其他非法化合物进行药物滥用治疗，其中 460 万人由于严重滥用药物“明确和可能需要”治疗。[477]

当纽约市所有新诊断出的艾滋病病毒病例中有 44% 是注射吸毒者时，纽约科学院发出了一份前所未有的警告声明。[478] 声明指出，纽约市有 242 家提供各种成瘾治疗的店面和诊所，其中大多数资金不足，只有少数人向他们的客户提供任何形式的艾滋病预防服务。

公共卫生的悲剧在于药物滥用治疗项目的成功。事实证明，它们比换针的效果更好。大量研究表明，无论提供治疗方案的类型是什么，或对于任何药物成瘾的人，只要有一个解决问题的环境，就能成功地让 40%~50% 的戒毒者在一次性戒断毒品，累犯率为20%~30%。第二次治疗成功率更高，再犯罪率更低。海洛因项目的第一次戒断成功率为74%。这些努力是非常具有成本效益性的。[479]如果把艾滋病病毒和通过污染的针头传播的其他传染病的社会成本计算在内，治疗的成本效益就接近每花费1美元就能节省50美元。[480]

但在里根政府时期，一种似乎与任何治疗尝试都背道而驰的可卡因浮出水面：快克（又称霹雳可卡因）。可卡因的结晶石在点燃和吸食时会发出啪的一声，就是所谓的“快克”声，这是一种营销策略——一种非常成功的策略。在20世纪70年代迪斯科的鼎盛时期，粉末可卡因在电影明星、顶级运动员、摇滚音乐家和年轻的追星族中风靡一时。那个时候，吸食可卡因的人通常是中产阶级或富人、白人、城市居民或郊区居民，受过大学教育。粉末形式的可卡因非常昂贵。使用者发现，他们可以通过吸食纯可卡因来增加摄入量，而纯可卡因是用气枪点燃的：这一过程被称为“精炼”。但是，精炼不但很昂贵，而且很危险，当名人理查德·普赖尔意外自焚时，美国人才意识到那有多危险。

到1981年里根就任总统时，可卡因的使用已经逐渐减少，大多数美国人既负担不起也不感兴趣。然而，加州大学伯克利分校的特洛伊·达斯特认为，当里根政府在1982年开始以大麻为目标开始禁毒战时，毒品的街头经济在一夜之间发生了变化。达斯特是一位毒品使用的社会经济学专家，他发现因为执法部门对大麻种植者和供应商的打击不断升级，使得这种毒品的价格从1980年的每盎司80美元上涨到1990年的每盎司250到300美元。[481]

吸毒者从街头、大学和高中无法找到获取毒品的途径。1984年，毒贩们发明了便宜的5美元毒品[482]——快克，它不过是20世纪70年代让许多股票经纪人和电影明星破产的可卡因晶体的廉价版。从化学角度看，它是同样的物质，只是纯度较低，可能被严重掺假。达斯特认为，毒枭之所以能够用可卡因充斥美国城市的街道，正是因为正在进行这场禁毒战，许多学者同意他的观点。[483]

可卡因使用增加的一个重要指标是急诊室的入院数据。1977年，全国急诊室病例中只有1%与吸食可卡因有关，这个数字在1986年达到了5%（政府对医院的全面调查显示，严重的与毒品有关的紧急情况，包括任何麻醉品或兴奋剂，在里根禁毒战期间急剧增加，与毒品有关的死亡人数也急剧增加[484]）。

快克的出现与非裔和拉美裔美国人社区的严重经济萧条同时发生。里根经济政策让大多数不富裕的美国人付出了代价，但它最严重的削减是在市中心地区。1981年，20至24岁白人男性的失业率超过11%，而非裔美国人的失业率为24.4%。在这个国家不断膨胀的人口中，非裔占了绝大多数，他们无家可归，只能在街头、政府庇护所、铁路沿线以及其他任何他们可以找到过夜避难所的地方生存。1982 年，纽约市无家可归的人中有 64%~73% 是非裔美国人，10%~15% 是白人。[485] 大多数无家可归的人都是失业者。成千上万迷失的灵魂游荡在南布朗克斯、哈莱姆、布朗斯维尔和贝德福德 - 施托伊弗桑特等地的半废弃的月球景观中。消防站已经不复存在，地狱吞没一个又一个住房或贫民窟。[486]

非裔和拉美裔居民挤在已经稠密的周边社区，把哈莱姆区和布鲁克林区的部分地区变成了与肺区人口密度和贫困程度相似的“肺区”，雅各·里斯曾戏剧化地描述了 19 世纪晚期的结核病。

对于那些社区的许多年轻人来说，改善生活的选择似乎很少。快克背后的商业利益找到了一大批热切的年轻人，对他们来说，种族主义、糟糕的教育和缺乏自尊造成了他们与主流社会的严重疏远。兜售快克为他们打开了一扇通向无比的财富、尊重和权力的门。[487]

到 1985 年年底，国家药物滥用研究所称，美国有 500 万可卡因使用者，其中 1/6 生活在纽约市。美国至少有 2200 万人尝试过快克或可卡因。[488] 然而，在 1985 年，快克还没有征服纽约或其他任何地方。事实上，纽约市吸食可卡因的人数很少，占该市吸食可卡因总人数的 6%，据该城市健康部门的首席流行病学家布兰奇·弗兰克博士说。然而，到 1988 年，纽约市使用的所有可卡因中有 66% 是吸食可卡因，11% 是注射。

1986 年，两位著名的运动员（莱恩·拜厄斯和唐·罗杰斯）死于快克过量，使得大众媒体突然间充斥着关于“新药流行”的耸人听闻的故事。媒体以警察和里根政府官员为主要消息来源，将毒品问题描述成一场席卷美国的灾难性“瘟疫”，并夺走了美国青少年的生命。这不是真实情况，也永远不会发生。

随之而来的是媒体的疯狂报道，其中使用快克的程度及其危险性被严重夸大。[489] 快克和可卡因使用者的形象就像恶魔一样。据说，这种毒品是世界上最容易上瘾的东西，它将使用者推到了前所未有的暴力高度，说吸了毒片的妇女会生下上瘾的孩子，甚至畸形的婴儿。

美国的禁毒战预算从 1981 年的不到 20 亿美元飙升到 1993 年的 120 多亿美元。1981 年至 1992 年间，美国缉毒局的预算翻了两番 [490]。在政客们寻求“严厉打击毒品”的同时，国家、州和地方各级相继签署了相关法律。1986 年，国会通过了《反毒品滥用法案》，这一法案增加了毒品相关罪行的强制性判决。如前所述，国会批准了每一项增加执法资金的要求。

在州一级，反毒品的愤怒似乎没有止境。例如，明尼苏达州在 1988 年通过了一项法律，对拥有可卡因的人处以 25 倍于拥有等量粉末可卡因的罚款。[491] 虽然明尼苏达州的人口中 96% 以上是白人，但根据新法律，在 1988 年和 1989 年因持有可卡因而被捕的大多数是非裔美国人。

尽管明尼苏达州的法律在法庭上被推翻[492]，但它强调了美国应对毒品问题的一个基本方面，即种族问题。毒品战已变成对年轻的有色人种男性罪犯的战争。[493]

明尼苏达州的做法只是反映了一种全国的趋势。在里根的禁毒战开始后，美国监狱中非裔囚犯的比例从1960年的37%上升到1989年的47%，而且还在继续上升。拉美裔在美国服刑人员中的比例也从1960年的区区2%上升到里根总统任期结束时的近14%。

在副总统乔治·布什以700万民众选票和314张选举人团选票（538张中的426张）的优势当选总统后[494]，情况变得非常非常糟糕。在就职9个月后，布什发表了他的第一次全国演讲来解决"美国的头号问题"。这个问题不是失业率（约为6%），也不是100亿美元的巨额贸易逆差，而是快克！

布什总统拿着一个装满冰晶颗粒的袋子对着镜头说，袋子里装着快克，这是"几天前在白宫对街的一个公园里被发现的"。[495]

布什说，毒品正在把美国的城市变成了屠杀场，这里儿童杀儿童。他提出的解决方案基本上是采取了里根的禁毒战争，该战争主要集中在大麻上，将预算翻了一番，并将全部执法力量集中在小规模的可卡因贩子和吸食者身上。

公共卫生解决方案到毒品问题——不管这些问题可能被夸大了多少——完全被忽视了。与所有证据相反，公众的看法是犯罪在增加；在大家的心目中，作恶者都长着一张黑黑的可卡因头目的脸。这种看法得到了迎合。布什任命保守的威廉·贝尼特为他的"禁毒沙皇"。贝尼特认为，可卡因是如此容易上瘾，并在使用者中产生如此暴力的行为，因此，阻止毒品引起的恐慌浪潮的唯一希望就是大规模逮捕。

布什执政时期（1989—1992），在州和联邦层面，90%的毒品案件是非裔或拉美裔美国人犯下的。[496]尤其是非裔美国人，他们是执法的目标：尽管1992年他们只占美国总人口的7%，但囚犯中一半都是非裔美国人。[497]警察部队明确以贫民区和贫民窟为目标执行禁毒任务。[498]缉毒局没有对大学、硅谷、高级时装模特的聚会场所、曼哈顿的私人白人俱乐部或马里布最新的时髦电影明星俱乐部发动重炮袭击，尽管吸毒是所有这些场所的显著特征。

毒品政策基金会指出："在过去十年的公共政策辩论中，一种极其令人不安的趋势是，人们倾向于把少数族裔社区面临的问题的原因归结为黑人自身的失败和不足。"[499]从政策分析家的观点来看，黑人社区的贫困和绝望的根源似乎嵌套在一套自暴自弃和破坏性行为的病理中，这是一种黑人群体前所未有的顽固性和发病率。

“这种观点的拥护者是种族主义者和偏执狂吗？这些持相同观点的人都是右翼保守派吗？不。研究型大学里受人尊敬的学者接受了这一观点。主流黑人媒体欣然接受自助的说法。黑人教堂，尤其是20世纪80年代兴起的宗教激进主义的教堂，毫不犹豫地采取了这一立场。”

批评者认为，这是受害者的另一种观点：如果非裔美国人因为与毒品有关的犯罪而更频繁地被逮捕和监禁，这一定表明了一种内在的、集体的性格、基因、社区结构或家庭的弱点。事实上，布什政府的最终目标并不是毒品，而是道德和家庭价值的恶化，而这据说是毒品滥用的根本原因。[500]

然而，与毒品有关的暴力是毒贩和帮派之间地盘之争的结果。无毒片暴力故意针对普通公民的社区很少。[501]在里根和布什执政期间，大多数可卡因使用者是白人，但被捕的绝大多数是黑人。到1993年，有400万美国人，其中大多数是非裔美国人，由于毒品犯罪而失去了选举权。[502]

为了证明扫毒行动甚至呼吁枪击或斩首可卡因吸食者是正当的[503]，政客和执法官员们引用了有关可卡因和快克生理效应的科学论文。

“与普通的可卡因相比，快克绝对是一种独特的化合物，”哈佛医学院的精神病学家斯科特·卢卡斯说，“它的营销做得很好，而且很便宜。像可卡因这样的毒品，能很快引起深刻的变化，比其他任何毒品更容易使人上瘾。”[504]

但是，任何形式的可卡因都具有很强的成瘾性。它不需要烟熏。对可卡因使用情况的动物研究展现了一幅可怕的画面，展示了这种毒品强大的影响力。

1985年，蒙特利尔康考迪亚大学的迈克尔·博扎里和罗伊·怀斯在大鼠身上比较可卡因和海洛因使用的研究结果震惊了医学界。海洛因或可卡因被放入装在小杠杆上的水瓶中。通过按压控制杆，老鼠可以获得更多分配给它的药物。能够获得海洛因的老鼠很快就养成了一种习惯，持续服用相同数量的毒品，正常饮食，保持整洁。虽然它们不那么活跃，但海洛因成瘾的老鼠基本上是健康的。

相比之下，有机会获得可卡因的老鼠不停地去取药，一半的老鼠死于可卡因过量。它们大多数变得自我毁灭，停止规律饮食，体重下降了1/3，许多发生了抽搐。大鼠的健康状况和外观恶化，行为完全不稳定。

研究人员因此得出结论：“可卡因是一种比海洛因毒性大得多的化合物。”[505]

布什执政期间，一个新层面的所谓的快克健康影响浮出水面——“快克婴儿”。研究人员声称，有证据表明，吸食快克的母亲（在这些研究中，所有母亲都是非裔美国人或西班牙裔）所生的婴儿更有可能发育迟缓、异常，并表现出可卡因成瘾的迹象。但是，美国这些毒品暴露研究中很少考虑到婴儿死亡率和出生结局的种族差异，没有控制种族因素的影响。科学家们声称有“快克婴儿”而没有“可卡因婴儿”，这种说法如履薄冰，站不住脚。这些研究不会随着时间的推移而持续下去，而且，如果考虑到种族因素，使用快克的母亲与使用可卡因的母亲所生的婴儿之间不会存在真正的差异。但是“快克婴儿”的神话在布什执政期间非常盛行，并引发了诸如强制实施绝育和带走婴儿等令人生疑的反对“快克妇女”的法律行动。[506]

国家刑事司法委员会和许多地方卫生部门倾向于采用公共卫生方法来解决毒品问题。在他们的模型中，对可卡因的危害进行认真的公众教育、大量的治疗中心和在市中心地区增加就业机会是最强有力的解决方案。[507]

1989 年，纽约市市长科赫提出了一项 12 亿美元的 5 年计划，为居住在五个行政区的每一位可霹雳卡因和可卡因使用者提供治疗。然而，卫生专员约瑟夫争辩说，除非在可卡因中发现与美沙酮相当的物质，否则治疗将是极其困难的。[508]

由于没有针对被大肆宣传的毒品问题的快速医疗解决方案，纽约和大多数其他大城市效仿白宫的做法，以军事化的方式侵入“毒品泛滥的社区”。

纽约市 1988 年的谋杀率急剧上升，比前一年增加了 13%，大部分的超额杀人案件都与毒品地盘之争有关。[509] 谋杀升级发生在纽约市历史上最严厉的警察镇压期间，在被逮捕的非裔和拉美裔人中，有 48% 的人最终服了刑，而在被逮捕的白人中，这一比例仅为 18%。[510]

毒品照卖，科赫提出的 12 亿美元的治疗计划从未实现。

曼哈顿区长丁金斯在 1989 年的选举中击败了科赫，成为纽约市历史上第一位非裔市长。丁金斯立即下令减少警察活动，增加公共卫生措施。但他两样都失败了。对于毒品，警方只有一种心态：逮捕尽可能多的小毒贩。丁金斯下令将重点转移到逮捕主要的可卡因供应商，但是许多纽约警察不能或不愿遵守，街道上仍然充斥着可卡因。[511]

洛杉矶的做法与纽约类似，几乎忽视了毒品使用的公共卫生问题，而倾向于警方对涉嫌毒贩和吸毒者的攻击。[512] 就连开明的市和郡官员也赞成采取强有力的警察行动来打击犯罪团伙和打击毒品走私。洛杉矶警察局局长达里尔参议院委员会在 1990 年提出，“经常吸毒者应该被带走枪毙”。[513]

遗憾的是，快克确实至少在三个方面代表了一场公共卫生灾难。

首先，警察对毒品的激烈斗争迫使吸毒者进入破旧不堪甚至令人厌恶的废弃“毒品屋”，吸毒者和毒品贩子聚集在那里，由站在附近监视警察和卧底的儿童保护。因为可卡因有一种壮阳的作用，可以增强使用者的性欲，所以“快克聚集地”的设置也促进了性行为的交换。此外，那些极度渴望可卡因的女性卖淫以换取毒品。

其结果是，美国异性恋者感染艾滋病病毒和其他性传播疾病的发病率大幅上升。[514]

此外，在美国的一些地区，快克是注射可卡因的替代品，而与海洛因不同的是，快克需要在一天内反复注射。在可卡因吸毒场所，吸毒者们经常共用注射器，导致了艾滋病的传播。[515]

也许最重要的是，反毒品战争把全国 1/4 的非裔美国青年送进了监狱，不管他们喜欢与否，他们在行为上都是“同性恋”。“鸡奸”和强奸在监狱里司空见惯。

一旦被释放，这些年轻男性中的大多数人就会回到异性恋的生活中，通常是回到等待他们的妻子或女朋友身边。大量的监禁非裔和拉美裔创造了一种独特的艾滋病病毒扩增系统，由于在监狱里避孕套被正式宣布为非法，所以艾滋病通过强迫同性恋活动或监狱的环境中被传播。随着非裔男性在监狱环境中进进出出，艾滋病病毒在非裔美国人中迅速传播。到 1998 年，艾滋病成为 25 岁到 44 岁的非裔男女的头号死因，美国疾控中心估计大约有 10 万非裔美国人感染了艾滋病病毒。那一年，尽管非裔只占美国人口的 13%，但他们占疾控中心报告的所有新发艾滋病病例的 48%。[516]

20 世纪 90 年代初，当公共卫生官员向非裔美国人社区发出警告，并对他们进行艾滋病风险教育时，他们被这种敌意和怀疑震惊了。塔斯基吉、反毒品战争、种族隔离医院 —— 这些遗留下来的问题在黑人社区建立了一座反对有组织的医药和政府卫生当局的怨恨之山。许多非裔美国人领袖宣称艾滋病病毒是种族主义阴谋，声称这种病毒是专门为杀死他们的种族成员而制造的。尽管杰出的非裔美国公共卫生领导人试图反驳这些观点，但在社区中有一种压倒一切的感觉，即他们队伍中艾滋病发病率的飙升绝不是巧合。这必须是经过深思熟虑的。他们是受害者。

到 20 世纪末，随着 21 世纪即将到来，公共卫生仍需努力获得非裔美国人的信任。尽管卫生局局长和疾控中心艾滋病项目的负责人都是非裔美国人，但这仍是一个巨大的挑战。怀疑情绪高涨。

几十年来未能满足美国少数民族特别是非裔美国人的需要，现在正在破坏艾滋病预防、药物滥用教育和其他重要的公共卫生努力。

来自加拿大的健康分析师团队写道：“越来越多的医疗系统关注大多数人没有或无法补救的问题，在这个过程里，从缓解这些问题中获得资源，可能会发现他们的支持者正在流失（这是有充分理由的）。”[517] 他们的评论集中在加拿大的失败上，但是他们也可以把评论应用到他们的南部边境。由于没有任何意识到他们与更大的社区的健康有利害关系，也没有任何意识到社区关心他们的健康——被边缘化的人口没有理由为了更大的利益而进行合作。分析人士丹尼尔·卡拉汉称公共健康的首要原则是："良好的公共健康能够而且必将提高人们的整体健康状况，但它不一定对我个人有帮助……一般的公共卫生项目对大众有好处，但对个人可能没有好处，除非是间接的。"[518]

卡拉汉认为，如果个人无法感知个人或社区对公共卫生目标的兴趣，那些被疏远的群体就会像对其他政府机构（如警察局、联邦调查局、中央情报局和军队）一样，对卫生和医疗机构持鄙视和敌意的态度。

布什执政期间，美国出现了两个死灰复燃的人类宿敌，这种见解的正确性变得非常明显。但令人遗憾的是，这种正确性被忽视了。这两种疾病在美国早已被认为是被击败的，对它们的控制被标记为公共卫生胜利的经典案例。在1990年至1993年间，这两种情况在四面楚歌的纽约市最为突出。

第一个宿敌是麻疹。

由于在20世纪六七十年代开展了非常有效的儿童疫苗接种运动，每年的麻疹接种人数已从20多万的典型水平下降到不足1000人。

但是，从1989年到1991年，美国经历了一场比当时西半球、欧洲和大多数亚洲国家都要严重的麻疹疫情，只有撒哈拉以南的非洲地区（以及向外界隐瞒真相的苏联）可以与美国的疫情规模相媲美。至少有55467名青少年感染了麻疹，其中11251人病情严重，需要住院治疗。共有136名儿童死亡。[519]

科赫执政期间，在伍德罗·迈耶斯博士担任纽约市卫生专员，丁金斯是市长的时候，这种传染病在首先在纽约出现，然后在全国范围内传播起来。对这两位非裔美国人领导人来说，很显然，大多数麻疹病例和死亡病例都发生在他们自己的黑人社区，波多黎各人和纽约其他拉美裔人中也有少数病例和死亡病例。大多数感染麻疹的年轻人来自贫困家庭，缺乏充分的卫生保健，没有接种疫苗。

联邦支持的为穷人建立的医疗保健被大幅消减，加上医疗整体补助款转向美国，意味着纽约更少的孩子能看医生，以及与前里根时代相比，接种麻疹疫苗和其他致命疾病疫苗的可能性更小了。纽约资金不足的医疗补助系统只给医生报销2美元麻疹疫苗。这既不能支付疫苗的费用（超过10美元），也不能支付医生的时间和开销（平均每次50美元）。

研究人员得出结论："因此，纽约的医疗补助儿童接种疫苗，很可能给医疗机构造成了强制性的财政损失，从而促使他们不去接种疫苗。"[520]

纽约市5岁以下的医疗保险儿童中，约有20%没有接种疫苗，相比之下，只有10%的穷人到市政府开设的公共卫生诊所求医，而父母拥有私人医疗保险的儿童中，只有不到5%的人没有接种疫苗。

1990年和1991年，同样的模式在美国各地以较不极端的形式出现。公共卫生官员找到提高免疫接种率的方法，通过大型的免费疫苗接种项目以及针对儿科医生和初级保健医生的大量宣传，全国的麻疹流行消失了。到1992年，美国的麻疹病例已经下降到2234例，到1997年，这个数字下降到138例。

1997年的麻疹病例中有66%是白人儿童，他们中的大多数来自有全面保险的家庭。这将是20世纪90年代婴儿潮一代父母中出现的一种新的反对接种疫苗的情绪的一部分，他们错误地认为接种疫苗的风险大于疾病造成的危险。[521]

在白人社区，特别是在西方国家，未能给儿童完全接种疫苗主要是父母有意识的决定的结果。而在少数民族社区的情况正好相反，通常是因为缺乏卫生保健的机会。因此，1995年全国免疫利率排名垫底的地区是，富裕的加州圣地亚哥和圣克拉拉郡，以及底特律、纽瓦克、芝加哥等内地城市的贫困地区。[522]1997年，美国60%~70%的儿童麻疹、百日咳、破伤风病例发生在未接种疫苗的白人儿童中。[523]

1999年，美国疾控中心的结论是“1998年报告的（麻疹）病例大多数是输入性（病毒），包括输入后发生的麻疹本地病例”。[524]这意味着只要美国的接种率下降，只要麻疹继续在其他国家流行，那美国还可能像1989年至1991年那样再次发生麻疹流行。

在全球旅行的时代，美国对这种病毒的防御与联合国儿童基金会正在进行的全球儿童疫苗接种运动密切相关。如果该机构90%的全球免疫的崇高目标能够实现，美国也许能够放松对麻疹的警惕。在此之前，任何未来儿童免疫接种率的降低肯定会导致另一场传染病疫情。

1992年美国百日咳发病率飙升时，麻疹的流行才刚刚停止，超过一半的病例发生在未接种疫苗的儿童中。1976年，美国的百日咳病例达到了历史最高水平，报道的病例不到1000例。但此后，疫苗接种率下降，百日咳病例数量上升，1993年，美国有4989个病例，其中2218个是婴儿。这是自1967年以来美国发生的百日咳最多病例。[525]

虽然这些传染病得到了控制，但其他传染病也会随之而来。与其他工业化国家相比，美国的疫苗接种率仍然很低。[526]

然而，布什政府在1990年和1991年的国际视野并不包括卫生方面，诸如美国在世界范围内争取到2000年在地球儿童中实现90%的疫苗接种率的竞赛中所处的位置之类的问题，从来没有在总统的雷达屏幕上登记过。

随着1989年柏林墙的倒塌和1990年苏联即将解体，布什所说的“世界新秩序”真正引起了人们的注意。这是一个新的现实政治，1990年秋，美国政府部署了自二战以来规模最大的联军，为对伊拉克开战做准备。[527]

批评人士指责说，新的世界秩序不过是布什对几十年前的现状的追求和对国内外权力结构的维护。[528]在国内，布什在健康、药物、艾滋病和环境问题上的政策可以被称为“里根精简版”，在四年的总统任期内，他多次行使白宫否决权来阻挠任何医疗努力，这些努力可能会增加堕胎或计划生育的机会，强制要求任何类型的医疗福利，或使联邦政府重新参与地方公共卫生。在1990年的国情咨文中，布什发誓要控制迅速膨胀的医疗费用。但对于解决方案，他只提供了一个反解决方案：他的工作人员解释说：“我们所要做的就是表明民主党人支持医药社会化而我们不支持。”[529]

在布什的白宫任期内，预算赤字从国民生产总值的22%上升到25%，超过了1.5万亿美元。尽管像他的前任一样，布什声称反对“大政府”，但他的政府在联邦法律中增加了比他之前任何时候都多的条例——仅1991年就增加了6.8万条。执法支出增加了20%。这些资金没有用于基本公共卫生项目，里根的医保和冻结赠款计划仍然存在。

因此，资金匮乏的纽约市继续在许多负担的重压下挣扎：毒品、麻疹、警察镇压、种族差异和日益恶化的城市基础设施。然后，从1989年开始，纽约所有的问题都集中在州监狱和城市拥挤的监狱里。

在缉毒行动中被逮捕的非裔和拉美裔美国人挤满了监狱，监狱里人满为患。警惕的公共卫生研究人员注意到，在如此拥挤的环境中，结核病正在迅速蔓延，对艾滋病病毒阳性的囚犯尤其危险。[530]1900年至1975年间，全国和纽约州的肺结核发病率稳步下降。但在1975年之后，结核病开始缓慢复苏，从1980年到1989年，结核病报告的数量急剧上升。

“我们应该敲响警钟，”美国国立卫生研究院的斯登·韦尔蒙德博士在1990年美国科学促进会的一次会议上说，“这需要立即关注……艾滋病病毒流行与结核病病例数量的增加之间存在关联。我们应该警惕地对人们进行筛查……并全力支持公共卫生部门提供资源，跟进结核病个案。”

韦尔蒙德直言不讳地补充道：“任何人都不应该死于结核病。结核病患者的死亡是卫生保健系统失败的标志。”这确实是失败的——尤其是纽约市，1990年，全国1/5的结核病病例出现在该市。[531]

1991年，当一名纽约州监狱看守死于结核病时，梦游般的公共卫生当局醒了过来。纽约公共卫生研究所的实验室工作表明，危险的耐抗生素结核分枝杆菌菌株在监狱和街道上传播。一种被称为“W”的病毒对如此多的药物产生了抗药性，以至于根本无法治疗。

这让医学回到了19世纪。

随着危机浮出水面，纽约市卫生专员迈耶斯在短暂任职后辞职，他显然是被工作压得喘不过气来。接替他的是37岁的玛格丽特·汉伯格博士，汉伯格是有史以来最年轻的专员，也是第三位女性专员。虽然她没有公共卫生学位，但汉伯格是唯一有资格应对城市严峻挑战的城市。玛格丽特·汉伯格曾在哈佛大学医学院接受培训，在艾滋病流行的早期阶段，她曾在美国国家过敏和传染病研究所主任安东尼·福奇博士手下工作，并因大力倡导艾滋病病毒研究而获得声誉。

1991年6月，汉伯格刚踏入破旧不堪的卫生局总部的大门，她的同事们就表达了对担心纽约市正处于全面暴发肺结核疫情边缘的担忧。

但是，自20世纪初以来，还没有人在美国战胜过结核病的流行，大多数当代医生从未诊断过结核病，也从未面临过从病人身上感染结核病的个人威胁。汉伯格向美国疾控中心寻求帮助。她转向历史，阅读赫尔曼·比格斯的结核病控制论文。1914年，比格斯的一句名言引起了她的共鸣：“公共卫生服务是可以购买的。在自然条件允许的限度内，社区可以决定自己的死亡率。”

在结核病卷土重来的那些年里，国家在结核病控制方面的支出稳步下降。尽管疾控中心一直在请求大量的结核病基金，但在里根和布什执政期间，白宫只提供了该机构所需资金的不到1/3。[532]纽约市在1988年的开支不到200万美元，其中只有大约20万美元来自联邦政府。按照这样的支出水平，该市几乎无法为结核病办公室配备人手，更不用说积极追踪和治疗结核病带菌者了。

到1992年年初，汉伯格的工作人员在疾病控制中心托马斯·弗里登博士的协助下，得出的结论是该市的疫情演变如下：首先，20世纪70年代末，纽约从濒临破产的边缘摇摇欲坠的时候，在该市最贫困的社区，未经治疗的病例没有引起人们的注意。然后，卫生系统日益加剧的种族隔离，再加上吸毒和无家可归，导致治疗项目的退出率惊人。例如，到1989年，在哈莱姆医院接受治疗的所有结核病患者中，有88%在治愈之前就消失了。这些病人一旦感觉好些就停止使用抗生素——在细菌完全从他们的系统中消失之前——从而导致耐药结核病菌株的出现。当疾病复发时，病人会再次来拿更多的抗生素，感觉好些，就会再次消失。就这样一次一次循环，到1990年，纽约市所有活动性结核病例中至少有1/3具有耐药性。那时，反毒品战争已经全面展开，大约1/4的非裔美国青年男子曾在该市的莱克岛或一所州立监狱待过一段时间。在这些密集拥挤的细胞中，顽固的结核病患者（其中55%是非裔美国人，45%无家可归）不知不觉地将他们的结核病传染给了家人和熟人伴侣。当被感染的囚犯被释放到街上后，他们又把疾病传染给家人和熟人。

这个循环出现于20世纪80年代末，与此同时，艾滋病病毒在少数民族社区和监狱也出现了。在1992年，纽约所有医院的艾滋病病房都曾出现过无家可归的人、有前科的人、高度社会疏离的人、同性恋艾滋病患者和不断恶化的公共卫生基础设施，结果是爆炸性的。在纽约市的3家医院，结核病像野火一样在艾滋病病毒病房蔓延，85%的艾滋病患者死于结核病，速度之快令人恐惧。大多数人在不到8周的时间内死亡——非艾滋病病毒感染者通常感染结核病数年。对医院员工的测试显示，在这些病房中，多达一半的医生和护士被感染，一些人病倒了，一些人失去生命了。

“如果我不觉得这很震撼，那我就是傻瓜了。”1992年3月，汉伯格在她简陋的城市办公室里对一名访客说，“这里很多人晚上都睡不着觉”。[533]

1992年，美国疾控中心与纽约市卫生局联合进行的研究显示，纽约市3811例确诊的活动性结核病病例中，39%携带有耐药菌株。即使是最先进的实验室，也要花6周甚至更长的时间才能确定各种菌株对哪种药物会有反应。调查发现了医院感染控制实践中不可思议的失误，包括允许耐多药结核病患者在走廊里闲逛。

在公共卫生研究所，一场基因噩梦被揭开：可怕的W系结核病菌株几乎可以抵抗所有可用药物，但它不是本土产生的。相反，它起源于苏联末期的俄罗斯。早在1988年，纽约市结核病例的1/4是在外国出生的人。[534]

到20世纪90年代末，世界将面临大规模的结核病大流行，耐药菌株的微生物从地球的一个角落蔓延到另一个角落。全世界有20%的结核病会产生一定程度的耐药性，1999年死于结核病的人数比1899年还要多。世界卫生组织预测，到2020年，全球将有4800万活动性结核病例，比1998年的水平增加了41%，这已经构成了世界历史上最大的病例负担。[535]这些全球病例都对美国人构成持续的威胁——在千禧年，任何一种结核毒株都能远抵堪萨斯州或爱达荷州。事实上，自从里根取消了难民医疗服务后，就没有任何保护措施来防止外来移民的到来。

到1997年，汉伯格的部门将纽约市的传染病疫情规模降低了54.6%，将耐多药结核病的发病率降低了87.3%。尽管结核病仍将是纽约城多年来的一个严重问题，但一场重大传染病疫情的威胁已经过去——至少当时是这样。这一成就的成本是惊人的，很轻易地达到了10亿美元。

捷克科学家卡莉·斯蒂布洛的直接观察治疗方法（DOT）是关键：迫使患者不仅开始多药治疗，而且要坚持18个月，直到所有分枝杆菌从他们体内清除。纽约市的卫生部门雇用了大批的DOT工作人员，他们每天追踪一长串肺结核病人，包括无家可归的人，并对他们进行监视，以确保他们按时服药。

为了控制结核病在纽约监狱的传播，在该市的里克岛监狱建造了一个价值数百万美元的隔离设施和筛查中心。每个囚犯在进入监狱之前都要进行X光检查和筛查，活跃的结核病患者会被安置在医疗隔离病房。

汉伯格不能像一个世纪前的比格斯那样，简单地挥挥手就下令采取这些措施，她需要考虑公民自由问题，她的部门的法律权力多年来已经被削弱（就像他们在全国范围内的大多数对应机构一样）。在实施DOT疗法之前，包括强迫病人服药，隔离和限制不听话的病人，汉伯格的法律部门不得不反复推敲每一项措施。[536]授权最终被批准了，但是有一些令人焦虑的法律延迟。终于，在1995年，纽约市共有96%的结核病患者成功地接受了DOT疗法。[537]

1995年之后的防控策略将是不仅在纽约，而是在全国范围内监测结核病，并维持结核病防治体系。在过去，各种疾病被成功地控制了，所以常常导致立大功的基础设施在控制后反而崩溃。现在全球的人员流动导致新的结核菌菌株（以及其他微生物）将不断在美国出现，给公共卫生带来新的挑战。

事实上，1995年，一种可怕的新型肺结核病毒就在田纳西州出现了。

明尼苏达州的迈克尔·奥斯特霍尔姆在1997年于旧金山举行的美国传染病学会年会上说："我无法告诉你这种高传染性结核病的潜在危险有多大。"美国疾控中心的官员在会上详细描述了令人不寒而栗的情况：在实验室培养的结核菌中，这种具有超级传染性的结核菌的生长速度比普通的结核菌快1000倍，而且它在人与人之间传播，而人与人之间的接触仅是偶然的接触，比如在户外排队买汉堡这样的时刻。[538]

美国疾控中心一个由圣德拉·瓦尔瓦博士领导的团队发现，最初的病例是田纳西州农村的一名41岁男性。这名男性在1994年感染了致命的结核病，并在不知情的情况下传染给了82%跟他共享空间的人，这些人来自他工作的地方、家庭和社区。另一名具有相同结核菌菌株的男子无意中感染了他94%的同事、朋友和邻居。参与治疗这些病例的13名医护人员中有8人被感染。幸运的是，它很容易用抗生素治疗，至少到目前为止是这样。

相比之下，在纽约市肆虐的耐药结核病W系菌株传播缓慢，感染了高度脆弱的个体，没有证据表明它可以在随意的环境中传播，比如地铁的车厢里。[539]

汉伯格专员通过追溯纽约的结核病、艾滋病、麻疹和其他公共卫生危机事件，发现了一条主线：传染病已卷土重来。她确信，曾经被征服的微生物威胁正在卷土重来，伴随而来的是以前从未折磨过人类的新灾祸。影响汉伯格想法的是她的老朋友，诺贝尔奖获得者乔舒亚·莱德伯格，在细菌耐药性方面的不懈工作，令他对微生物的进化能力多了一分尊重，在20世纪60年代和70年代医学乐观主义的鼎盛时期，莱德伯格就曾警告说，微生物总是潜伏在人类环境中，随时准备抓住任何机会繁殖和传播。

1989年，在洛克菲勒大学的一次鸡尾酒会上，病毒学家、资历较低的教师斯蒂芬·莫尔斯恭恭敬敬地与资深人物莱德伯格进行了接触。莫尔斯问道，这是他的想象，还是说艾滋病病毒是一大堆新病原体中最成功的一种？莱德伯格说自己确实也有过类似的想法。得到莱德伯格的认可后，莫尔斯更加大胆地提出了自己的观点：我们需要开个会，他争辩道。我们需要召集世界上每一类病毒制剂的专家，让他们一起来回答这个问题。

莱德伯格毫不犹豫地同意了。1989年5月，在纽约科学院和美国国立卫生研究院的赞助下，莫尔斯召开了会议。三天来，病毒学专家们评估了越来越多的证据，证明微生物对人类的危害越来越大，他们的集体关注与日俱增。[540]休息时间，科学家们躲到会议旅馆的屋顶上喝热咖啡，可以清楚地看到白宫和参议院。当时，参议院正在审问奥利弗·诺斯上校和其他前里根政府内部人士，他们涉嫌策划了一项复杂的“伊朗门”计划，用美国武器交换人质。对全国大多数人来说，那桩丑闻是当时最紧迫的问题。但是在相距不到一里的地方，一小群科学家正在认真地质疑人类的生存问题。[541]

1989年的“新发病毒”会议是第二阶段一个重新评价的公共卫生过程，在此前一年，医学研究所发布了《公共卫生的未来》，[542]这个阶段就此拉开序幕。在采访了350多名公共卫生专家，调查了每个州的卫生服务状况，对比了美国和加拿大的经验后，美国医学研究所在1988年将公共卫生描述为一种被背叛的“政府责任”，只留下了一个“破碎的愿景”，并下结论称：

> 正如本报告所述，我们在公共卫生方面的有效行动力现状引起了全国的关注，有必要就此改进。委员会认为，我们在全国范围内放松了对公共卫生的警觉性，结果是对公众的健康产生不必要的威胁。
>
> 美国公共卫生机构承载着不可能完成的责任。既要满足全体人民的基本卫生需求，同时又要避免即将发生的灾难，并向那些被卫生系统其他部门拒绝的人提供个人卫生保健。令人惊奇的不是美国的公共卫生存在问题，而是他们把工作做得这么好，而得到的却这么少。

医学研究所委员会发现，公共卫生机构之间完全没有共同的使命：没有公共卫生的共同定义，也没有就其职责清单达成一致意见，在州与州之间甚至在州与郡之间都不存在。更糟糕的是，“在太多地方，没有卫生部门。也许这个地区偶尔会有巡回的公共卫生护士到访 —— 也许不会。”

然而在 1988 年，而不是 1888 年，国际移民组织得出结论，美国大部分地区还没有达到赫尔曼·比格斯在一个世纪前就设定的公共卫生标准：

> 关于公共卫生任务缺乏协议也反映在一些国家将传统的公共卫生职能，例如水和空气污染控制，转移到环境服务部门，这些部门很少注意污染物对健康的影响……
>
> 现有服务和组织安排的极端多样性表明，当代公共卫生的定义不是由公共卫生专业人员知道如何做来定义，而是由某一特定地区的政治制度决定什么是适当的或可行的。
>
> 专业知识和政治之间的紧张关系在整个国家的公共卫生系统中随处可见。（公共卫生专业人员的）目标是使准确的数据和专业判断对决策的影响最大化 —— 使决策尽可能全面和客观。
>
> 然而，美国政治的动态使得履行这一承诺变得困难。与其他领域一样，公共卫生领域的公共决策受到危机、热点问题和有组织的利益集团的关注的驱动。做决定很大程度上是基于竞争、讨价还价和影响力，而不是综合分析……
>
> 政治的影响在公共卫生官员的快速更替中显而易见（国家官员的平均任期现在只有 2 年）：市场向政治任命的转变，而不是向高级卫生机构的职业专业人员的转变；在州卫生委员会逐渐消失的过程中，在仅仅 25 年的时间里，州卫生委员会减少了一半（从几乎所有的州减少到只有 24 个州）。

公共卫生所服务的大众认为，公共卫生不过是一堆官僚机构，他们用表格和繁文缛节骚扰公司、医院、小企业和学校。任何真正“重要”的东西 —— 比如医疗 —— 都被从公共卫生部门拿走，交到“更有商业头脑”的机构手中。国际移民组织发现，随着他们的地位和权威的下降，公共卫生官员几乎没有为自己或自己的使命辩护。报告哀叹道，“许多与我们交谈的公共卫生专业人士似乎将政治视为理想的理性决策过程的污染物，而不是民主治理的基本要素。”

公共健康的最大紧张来自它的倡导者和有组织的医学之间的关系，这“一直是不稳定的”，但是到 1988 年，这个报告总结的结果是，充满了“对抗和怀疑”。[543]

一些观察人士，如社会学家劳伦斯·韦斯，将公共卫生的糟糕状况全部归咎于医学。“事实上，”韦斯认为，“公共卫生通常在地方和州一级制度化，甚至在国家一级，是一个在强加角色阴影下的苍白演员。医学的实践，曾经在公共卫生的领导下显著地指导，完全地支配了卫生保健领域，压倒了一个瘦弱的公共卫生部门。”[544]

韦斯继续说：“与医学相比，公共卫生的‘劣势’，使公共卫生处于州与州之间的无政府状态，分散在一些联邦机构中。今天，这个国家的公共卫生机构几乎不能对20世纪末的传染病做出反应，例如结核病、艾滋病和麻疹，更不用说在卫生保健规划和改革中发挥领导作用了。”[545]

在医学研究所发布报告的时候，有2200万美国人没有医疗保险，3880万美国人的医疗保险很差，他们无法轻易获得医疗保健；4300万人没有初级保健医生或常规诊所来监督他们的医疗。全国几乎所有为穷人和保险不足的人提供的医疗保健都是由全国10%的医院提供的，其中大多数医院都是由地方政府经营的。[546]

国际移民组织的报告并非没有遭到批评[547]，它被公共健康倡导者普遍接受，被认为是对他们悲惨状况的准确描述。[548]

在布什总统任期内唯一提出的健康倡议是《健康美国2000》，即他的政府在1990年对未来目标的规划。这份报告在规模和范围上都很庞大，详细列出了卡特政府为《健康美国1990》设定目标的完成情况（几乎没有完成的），并为美国公共卫生制定了未来的战略。[549]尽管《健康美国2000》那么宏大，但它没有提及医疗保健的可及性危机、越来越多的美国人缺乏保险，以及未来医疗保险和医疗补助计划的筹资问题。在1990年的美国公共卫生协会年会上，该组织的执行主任威廉·麦克比斯尖锐地抨击了里根和布什政府，抨击了《健康美国2000》和国家对公共卫生的承诺状况。[550]

“政府在解决实施过程中遇到的棘手问题时表现出的怯懦，使《健康美国2000》的作用大打折扣。在这份长达672页的报告中，没有一处写到要增加资金投入……照这样来看，或许《健康美国2000》是个好东西，但它空洞无物。”纽约麦迪逊广场花园聚集了大约6000名公共卫生专业人员，麦克比斯在雷鸣般的掌声中大声说道。

“我们想要的”，麦克比斯继续说，“是一个可以实现设定目标的行动计划。但这份文件似乎是给我们描绘了一幅‘翡翠之城’的美图，却从来没有给我们展示出一条‘康庄大道’——目标本身应该得到更多措施来保证执行。”

麦克比斯谴责了共和党在白宫的三个任期，他认为，这三个任期见证了“政府从公共卫生领域的大范围撤退”和“对美国公共卫生基础设施的支持的忽视”。他指责福特、里根、布什时代“继续侵蚀这个国家的地方公共卫生支持”。

麦克比斯坚持认为，尤其令人恼火的是保守的布什政府、撒切尔政府，他们和加拿大的莫罗尼政府都强调“个人责任”和“个人健康促进”。

“在过去15年里，国家预防行动强调个人责任，与此同时，保守派政府也在寻求减少公共支出，将医疗服务私有化，甚至商业化，例如在加拿大、美国和英国，这是巧合吗？”在一个医疗成本不断上涨、预算吃紧的时代，政府通过宣扬改变个人生活方式来‘指责受害者’，似乎既便宜又有利。采取‘健康的公共政策’，做出‘正确的选择，简单的选择’，肯定会要求更高。短期来看，为卫生服务项目提供充足资金的成本显然也更高。”

麦克比斯在美国公共卫生协会会议上告诉记者，布什政府“允许意识形态干扰政策”，特别是反对一切形式的计划生育、枪支管制和性疾病教育。

在1990年的会议上，公共卫生领导人谴责了上百万美国人没有医疗保险以及毒品泛滥的现象，他们重申了美国公共卫生协会主席麦伦·阿鲁肯的观点：“健康是一个国家生存的底线。现在的美国是一个病态的国家。”

在弹劾布什政府的辩论中，卫生部部长助理詹姆斯·梅森博士回击那些政敌时说：“并非所有美国人都能平等地享有医疗保健，但这亦非坏事，你们、我、总统和国会都心知肚明，公众应该享受他们需要的而非必须人人平等的卫生服务。我们必须有成本效益理念……我不建议联邦政府像白月光一样到处撒钱来解决每一个公共健康问题。”

随后，双方围绕公共卫生和医疗保健的各个方面展开了激烈辩论。

这场辩论一直持续到健康成为美国政治的头号议题，并在1993年将名不见经传的阿肯色州州长威廉·杰斐逊·克林顿送入白宫出任总统——这是自吉米·卡特以来第一位担任这一职位的民主党人。海湾战争结束后的1992年至1993年，围绕美国未来健康状况的辩论一直占据着政治舞台的主导地位，到1994年才羞辱地退出政治舞台。许多卫生难题曾在1992年被短暂地聚焦，然后很快分崩离析，此后依旧维持原貌。

随着争论的展开，一些公共卫生官员提议由公共卫生机构管控美国的医疗行业，让公共卫生委员会和公民委员会负责医疗保险行业、医院、医生和整个医疗保健基础设施的管理。[551]许多人赞成建立社区医联体，将医药、政府公共卫生、地方行政机构和地方私营企业都关联起来，使这些部门能够共同确定他们的目标和战略，保障民众的健康。[552]

许多公共卫生倡导者第一次在经济学家中找到了盟友，他们认为，疾病预防措施总是比医疗诊治更具成本效益。这一立场也得到了世界银行和世界卫生组织的大力支持。

计算疾病成本和通过预防疾病实现成本节约的关键是经济学家计算的伤疾调整生命年（DALYs）。它代表了一种基于经验的方法来描述死亡以及急、慢性疾病对社会的影响。DALYs 的计算包括患病的个人、治疗疾病的费用、因病误工的损失、对家庭的影响、传染的可能性以及其他问题。总之，这些因素构成了疾病的全部成本。[553]

全球经济分析显示，无论是从个体角度还是从社会角度，公共卫生干预——干净的水、安全的食物、疫苗接种、计划生育、性传播疾病的预防——远比大部分医疗诊治措施更具成本效益。[554]

当然，到 1992 年，当医疗支出问题在美国成为总统选举辩论的首要议题时，曾一度被扭曲为成本效益最低的一项国民支出。那一年，在美国所有个人和公共卫生支出中，只有不到 1% 直接用于公共卫生，99% 是用于医疗诊治的。1992 年，当关于健康的争论达到沸点时，没有医疗保险的美国人超过了 3700 万，占总人口的 15%。65 岁以下美国人每年的医疗支出平均为 2349 美元，而 65 岁及以上的美国人每年的医疗支出更是达到了惊人的 9125 美元。[555] 在布什政府的整个执政期间，情况不断恶化，没有任何迹象表明总统试图解决不断上升的医疗费用和没有医疗保险民众的越来越多的问题。[556]

准确统计没有医疗保险和低医疗保险的人数已经成为压倒一切的问题，以至于美国数百名学者和政府的人口统计学家几乎无暇顾及其他问题。受整体经济的急剧变化影响，利率极其不稳定。传统上来看，大多数保险与就业挂钩，成千上万的美国人可能会在随时一天突然没有了医疗保险，因为他们可能会在一夜之间就失业了[557]。工人们自己负担不起私人医疗保险。专家们看到了这一趋势，也算出来一些数字，但是事态千变万化，以至估计没有保险的美国人口数量和医疗保健的总费用都变得越来越混乱。[558]

城市研究所的经济学家凯西·斯沃茨认为，在 1990 年，无医保人口很难用 3700 万这个数字来估计。她估计，其中 29% 的人口收入低于国家贫困线，但其余人的收入远远高于贫困线：18% 的人收入是贫困线的 2 倍多，22% 的人收入是贫困线的 3 倍多。（1990 年，四口之家的贫困线定为年收入低于 1.4 万美元。）

斯沃茨说，尽管在布什执政期间，美国没有医疗保险的人群确实大到囊括了许多中产阶级家庭，但有 1/3 的穷人有医疗保险，他们没有资格获得医疗补助，也不可能购买商业保险。

最令人担忧的是，美国50%的未参保人口年龄在新生儿至24岁之间，26%是17岁以下的少年儿童。在没有保险的成年人中，除了120万人之外，其余都有工作，但他们赚得不多。

斯沃茨发现，当某人在申请购买保险之前被诊断出患有癌症、心脏病，或清单上其他数以百计的慢性病时，就被保险公司定义为“医学上不予保险的个人”，而这种情况有明显上升趋势。他认为，如果把全美没有保险和低保险的人数加在一起，就超过8000万了，占全国人口的1/4以上。另外30%的人口由医疗保险、医疗补助项目或其他政府项目覆盖，只剩下45%的人口完全由某种形式的商业保险覆盖。

换句话说，美国12%的国民生产总值被花在一个没有充分满足基本公共卫生需求的体系上，完全不能满足1/4人口的医疗需求。国家为此在医疗诊治上花费了8320亿美元的代价。

有批评者指出：一个国家在医疗诊治上花费太多，以至于不能或不愿在其他增进健康的活动上投入足够的资金，可能会导致人口健康水平的降低。[559]

在为临终病人做终末手术上花费这么多钱，肯定会在别的地方投入减少。即使美国很富有，资源也不是无限的。[560]

与此同时，还有新的花销出现。据估计，1991年，美国每年在艾滋病前期治疗上花费了大约6亿美元，在艾滋病护理上花费超过15亿美元。[561]

1971年至1987年，有一项长达25年的调查针对参保和未参保的美国民众进行了随访追踪，结果发现：没有医疗保险对个体的健康有不利影响。在这项研究中，保险状况比社会阶层更能有效预测期望寿命。研究人员说，研究结果“与研究假设一致，即没有医疗保险与较高的死亡率有因果关系，因为医疗资源的可获得性和医疗质量均降低……研究结果支持了对全民健康投保的政策必要性，以减少医疗诊治的财政负担和过早死亡的风险”。[562]

与加拿大和西欧国家不同，美国不再把健康视为个人的“权利”或政府的义务，而是一种“商品”或“产品”，就像汉堡包或房屋一样，可以买卖。健康是一个“市场”，病人、医生、医院、制药公司和保险公司可以在健康市场上买卖交易，这被标榜为“自由商业行为”——但事实并非如此。

简而言之，在一个真正自由的健康市场中，如果没有数百种不同形式的政府监管，只有健康或富有的人才会用“成本效益”来衡量保险购买行为，而每年将有数以百万计的没有保险的人未经治疗而死亡。用经济学家的话说，医疗保健永远不可能在一个真正不受监管的市场中发挥作用，因为没有一个标准的供求规则适用于医疗“产品”。医疗保险市场开始变味，例如选择投保对象不再以“保障”其健康为目的，而是为了“确保”其不会发生获得赔偿的风险。供应方操纵和控制着需求：只有那些可为凯迪拉克级别高质量的医疗保险买单的非常富有的客户，才会真正要求享受某些医疗服务，而且是有选择性的。

大多数公共健康倡导者认为，尽管自古以来人们都给自己的医生付钱，但将健康作为一种商业行为是不道德的。这些批评家认为医疗市场的概念是一种新的、美国式的概念。

例如，加拿大人罗伯特·埃文斯表示：“每个社会都面临着遏制医疗保健扩张压力的问题。美国的医疗体系已经失去了控制，因为它缺乏稳健的结构体系——全民医保和政治问责制——而这些特征在其他国家都有一定程度的体现。然而，从长远来看，医疗保健可能对我们未来创造财富的能力构成更大的威胁，而财富显然与人口健康息息相关。这可能会阻碍我们社会的成长与发展。”[563]

多数加拿大学者同意埃文斯的看法，对美国的卫生困境持悲观看法，即美国南部对“医疗”关注得太多，而对“健康”关注得太少。他们认为，美利坚合众国似乎已经变成了一个由一群容易上当受骗的傻瓜组成的国家，资本家把每一件小玩意儿都挨家挨户卖给他们，而他们从来不问“我需要这个东西吗？”。[564]

这并不是加拿大对美国固有的印象。加州政治学家迈克尔·里根说：“公益是非竞争性的，你消费它并不妨碍我也使用它。国防就是一个典型的例子。即使是比尔·盖茨也不能私下购买国防武装，而当政府投入国防建设时，每个人都会受益。灭蚊也是如此。国防和灭蚊还有一个共同的特点：它们是无差别对待的。虽然你是纳税人而我不是，但国防都会一样地保护我们。但蚊子不知道谁缴纳了部分减免税、谁没有缴纳，所以‘搭便车者’就和真正纳税的好市民一样从灭蚊行动中获益，逃过了蚊子的叮咬。

“医疗服务是公共产品吗？不。那它是什么？

“医疗服务是一件成分复杂的商品。它具有私人利益的竞争性和排他性。但是由于美国社会普遍认为每个人都应该得到必要的医疗服务，所以对这种像出售其他商品一样简单地出售医疗服务的做法也存在看法和争议。”[565]

在 1992 年的时候，美国公民可能还没有准备好照搬加拿大的国家卫生系统模式，[566]但是他们显然已经厌倦了现有不成体系的医疗卫生服务，并准备考虑改革。一项民意调查显示，医疗改革话题中占上风的，已从里根总统第一个任期内的自由放任主义，转变成只要政府能覆盖所有医疗支出，他们也愿意每年交不超过 1000 美元的额外联邦税。[567]公众的态度有了明显转变，医改的时机终于成熟了。75% 的美国选民认为健康是决定他们在 1992 年投票选择时“非常重要”的因素。[568]

另一个明显的转变是公众对贫困和健康之间联系的看法。1982年，当被问及是否赞同“穷人能够得到必要的医疗服务”这一说法时，有48%的人表示赞同；但在1992年年底，只有26%的人赞同。大多数人认为，为穷人提供医疗服务的责任完全在于联邦政府，然而，到1991年年底，对美国医疗体系的满意度已经下降到糟糕的6%。整整42%的人准备放弃现行糟糕的医疗服务体系，从头再来，搞一个类似联邦政府资助的全民医保之类的东西。[569]

大多数研究者的结论是，即使比尔·克林顿本人没有授权实施，但医疗改革还是获得了全美国人民的绝对支持。[570]

六

> 很难相信，如果美国的医疗支出不是这样明显受制于市场正在进行的变化，根本不要指望有任何改进。美国人民和国会将继续坚守他们的反政府偏见，并为缺乏全民医保和过高的医疗支出付出双重代价。我们可以决定继续像这样置之不理，但不能在全国医疗改革问题上不采取新的措施，而这种措施可能导致又出现新的问题。[571]
>
> ——伊莱·金兹伯格，哥伦比亚大学，1996年

> 影响人类能力的一些最重要因素可能很难做到一次次有选择性地卖给某人。尤其是当我们考虑到所谓的公共产品时，我们面对的是整体消费而不是个体消费。
>
> 这尤其适用于环境保护、流行病学和公共卫生保健等领域。我可能愿意为消除疟疾的社会项目纳税，但我不愿意以购买“个人商品”（例如一个苹果或一件衬衫）的形式用我的那部分税来获得这种保护。社会项目是一个“公共产品”——没有疟疾的环境——我们必须一起消费。[572]
>
> ——阿马蒂亚·森，1998年诺贝尔经济学奖得主

1993年，比尔·克林顿就任总统几天后，就任命律师希拉里·罗德姆·克林顿领导医疗改革工作。希拉里是克林顿的妻子，第一夫人。她的丈夫给了她100天的期限，让她制订出一项全面改革美国医疗体系的战略，其中有两个关键目标：控制成本和全民覆盖。

希拉里组织了一个由500名顾问组成的委员会，在几个月的时间里召开了几次秘密会议。值得注意的是，保险行业和健康管理公司人员都不在其列。委员会的大部分成员都来自学术界，也有一些重要的基金会和智库成员。委员会

可能会采用行动的谣言传播起来，给健康产业的公司总部敲响了警钟。

随后，激进的游说活动在全美铺开，上到国会下到家庭，为白宫计划的失败奠定了基础。1993 年，各个利益集团的说客以空前的数量拥入国会大厅，甚至那些受了他们资助的可怜的公共卫生倡导者也被拉了进去。[573]

他们认为，如果目标是改善美国人民的健康，那么明智的做法是首先审视公共卫生行动与医疗诊疗活动谁更重要。但提高美国人的健康水平并不是这些利益集团的目标。在白宫，共和党和民主党掌权的国会，甚至游说者和利益集团的政客，其目标是如何支付医疗费用，换句话说，是如何控制医疗成本。

公共卫生领域代表人物菲利斯・弗里曼和安东尼・罗宾斯问道："为什么有关医改的大讨论忽视了公共卫生？每个美国公民都要购买医疗保险，相当于从保险中购买医疗服务，避免因病致贫。正如美国目前所争论的，医疗改革的最终目的是为避免疾病而购买保险。这种对疾病保障的狭隘关注错过了改善健康的机会，但它完美地迎合了公众的关注点。"[574]

谁能指责公民首先顾虑而且最担心的是要支付医疗账单？但是，政府的责任——它与公民的社会契约的一部分——是超越个人需要而考虑整体需要。弗里曼和罗宾斯认为，1993 年至 1994 年华盛顿提出的任何改革建议都不会被公众所接受。

20 世纪 90 年代，许多经济学家认为，只要疾病治疗在地位和资金上优先于疾病预防，任何财政或监管计划都无法控制成本。因此，本想着控制成本，但忽视了公共卫生，华盛顿就永远不可能实现其成本控制的期望。[575]专家强调，在以临床诊疗为驱动的医疗体系里想要控制成本，唯一可能的方法，就是能均衡掉贫富差距和社会地位的悬殊，让所有人都有机会公平地享受卫生服务，比如，还没来得及匹配的乳腺癌骨髓移植，或第三次肝脏移植。[576]但事实上，对 20 世纪 90 年代的美国人来说，只要公平分配卫生资源的苗头一出现——并非镜中花，更像是艰难的现实——就足以引起政客们的本能抵触，他们经常把联邦资金预算从公共卫生转到医疗上。这完全是胡闹。

"公共卫生从业人员对当前国家医改的辩论应该保持适度的怀疑，同时通过国家和地方卫生机构组成的多样化和复杂的卫生系统，加强合理设计，优先考虑提供公共卫生与环境卫生的保护服务。"拉里・高登曾发出警告，[577]"我们应该以公众与环境健康与保护的名义来规范理解、解释、促进、推销、交易、售卖、建议、倡导和传播改善公共卫生服务的真实需求。"

1994 年，当国会就医疗改革展开辩论时，美国几乎每一个公共卫生部门都备受煎熬。调查显示，多年来不断减少的资金和不断增加的卫生保健负担，严重削弱了大部分国家公共卫生服务的能力和表现。更糟糕的是，公共卫生部门已经将卫生服务的范围扩展到无所不管，从安全带的使用到未成年怀孕咨询、艾滋病病毒预防、家庭暴力干预、难民筛查、酗酒干预等一系列问题，要做的事太多，导致稀释和淡化了公共卫生的主要使命。20 世纪 90 年代的美国，没有一家公共卫生部门敢说他们成功地满足了社区的需求，因为他们确实也没有做到。[578]

1992 年，明尼苏达州的奥斯特霍尔姆成为国家和地区流行病学委员会主席。在这种情况下，他对全美 50 个州和美国属地的卫生部门进行了调查，以了解美国公共卫生基础设施的状况。

他的发现令人不寒而栗。

这些州和地区在疾病监测上的花费加起来只有 7400 万美元，其中一半以上用于艾滋病和性传播疾病的监测。全国用于监测耐药细菌和病毒的开支仅为 55455 美元。各州和地区为监测所有疾病（结核、性病和艾滋病病毒除外），花费了 11559055 美元。

各郡和市的大部分非艾滋病监测资金完全来自地方税收。这意味着，用于保护消费者不受污染食品、儿童不受学校传染病影响、家庭不受细菌污染水影响的大部分美国资源，都受制于地方政府的突发奇想和税率。

全国只有 1608 人在州和地方从事疾病监测工作，其中一半是由联邦的“软钱”（捐款或临时项目基金）资助的。

真正令人震惊的是：12 个州的地方工作人员中，没有人负责监测食品或饮用水中的致病微生物。奥斯特霍尔姆说，有 34 个州雇用了食品或饮用水监测的专业人员，每 100 万居民雇用 0.01 到 0.9 名监测人员。只有 5 个州每 100 万居民拥有 1 名及以上的食品或饮用水监测人员。[579]

全国各地的公共卫生实验室的状况也同样糟糕，大多数实验室人员的配备和供应都很差，在发生哪怕是很小的细菌流行时，他们都无法处理样本。[580]

奥斯特霍尔姆说，更糟糕的是，被他称为“几乎不存在”的国家疾病监测系统正面临着汉伯格、莱德伯格和莫尔斯警告过的新型微生物的出现。仅 1990 年至 1993 年间，他在明尼苏达州的手下就处理了多起单纯疱疹病毒[581]、沙门氏菌食物中毒[582]、志贺氏菌腹泻[583]、乙型和丙型肝炎[584]、麻疹[585]暴发病例。

就在 1992 年大选的前三周，医学研究所发布了具有里程碑意义的《新发传染病》报告。[586]受莱德伯格和莫尔斯 1988 年举办的病毒会议的启发，该研究所研究了从病毒到寄生虫的所有传染病，得出的结论是：“威胁人类健康的微生物病原体的种类比以往任何时候都要多。”

该研究所认为，美国对新的微生物威胁毫无防备，因为美国“没有全面的国家系统来检测传染病的暴发”。

许多关键因素（大多数是全球性的）共同造成了对公共卫生的新威胁：人类和动物旅行、食品和植物的国际运输、城市化的加剧、安全饮用水的缺乏、糟糕的卫生基础设施等。这一责任本应由美国的卫生基础设施来承担，而这些基础设施甚至已不再能够满足其传统的工作负担。

医学研究所的报告向公共卫生领域泼了一桶冷水，唤醒了他们，却让其在贫穷、冰冷的大环境中瑟瑟发抖，无法集中精力来解决这个问题。直到1994年，在印度发生肺鼠疫和1995年在扎伊尔基奎特暴发埃博拉病毒之后，新发疾病才撼动了政府和公众。这两个事件都发生在一系列可怕和致命的新发疾病相关的电影、书籍和电视新闻专题中，特别是理查德·普雷斯顿的著作《血疫：埃博拉的故事》和达斯汀·霍夫曼主演的电影《极度恐慌》。

为了回应科学家的关注，以及出于博人眼球的动机，克林顿政府于1994年发布了一项行动计划，以应对新发和再次出现的疾病威胁。[587] 该计划的要点是呼吁整个美国以及海外，特别是发展中国家，大力监测疾病流行趋势。当然，考虑到奥斯特霍尔姆对美国各州和地方监测能力令人遗憾的调查结果、多年来公共卫生预算的削减以及国会对外国援助的持续紧张（旨在预防全球传染病的援助），这将是一个不可能实现的计划。

基奎特暴发埃博拉疫情之后，世界卫生组织在其历史上第一次努力为传染病疫情创造快速反应能力，并对自身进行了重组，以更好地体现其在再次出现的微生物疾病控制中的地位和重要性。

在华盛顿，白宫向每个联邦机构发布了行政命令，审查医学研究所和疾控中心对新发疾病的关注，同时考虑一个关键问题：这是否构成国家安全威胁？1994年7月，副国务卿蒂莫西·沃斯宣布了政府范围内的调查结果：新发传染病代表着“国家安全威胁……不论是全世界还是美国本土，我们再次输掉了与传染病的战斗。这些疾病没有国界。”

一旦任何受关注的问题被列入对美国国家安全有威胁的官方清单，整个政府的各部门就有义务设立专门处理这一问题的办公室。突然之间，一个被忽视的公共健康问题在克林顿政府内部被提升到与全球变暖、国际武器销售、全球毒品贸易、人权和军事（政治）不稳定同等的地位。新发疾病瞬间成了国家战略问题，之前从未引起任何关注的诸如西伯利亚的耐多药结核病、撒哈拉以南非洲的艾滋病传播、南美登革热病毒的扩散等事件，引起了国务院、中央情报局、国家安全委员会、国防部、商务部、联邦应急管理局等的高度关注。其中一些机构是有直接关联的：如果美国军队正在某个地方参战时，突然有成千上万的人死于某种疾病——就像第一次世界大战期间的流感那样——国家的安全将会受到威胁，因为士兵们无法在前线战斗。安全专家注意到，实际上没有办法区分究竟是自然形成的新发疾病威胁，还是作为生物战媒介故意释放出来的病原体威胁。[588]

和托马斯·荷马-迪克森、保罗·肯尼迪和塞缪尔·亨廷顿等专家一致，分析人士习惯于从这些陷入新发疾病问题的地缘政治角度思考问题，以此界定国家安全威胁，诸如环境恶化、资源匮乏、宗教冲突等问题，每个问题都可能导致国际局势、国内和地方局势的不稳定。[589]

新发疾病及其安全争论的要点在于，全球化和人类对未开发生态环境的入侵，为病原微生物的出现和传播提供了前所未有的机会，这些微生物可能对人类、农作物或家畜产生破坏性影响。[590]这类事件在形式上是不可预测的，必须提高全球警惕，以便在紧急情况导致疾病流行之前尽早发现。这需要全球合作和共识，微生物在21世纪远不像在20世纪中叶那样仅局限于某个特定的国家或区域，它们可以自由地跨越国际边界。

正如艾滋病病毒对非洲大部分地区造成的灾难性影响所证明的那样，传染病可能造成政治上的不稳定和经济上的破坏。全球疾病预防既是必要的，也是成本效益最高的举措。[591]

1995年，副国务卿沃斯向克林顿总统做了被称为“CISET报告”的汇报，[592]从上述角度阐述了:“努力构建一个全球监测和反应系统是符合美国国家安全和外交政策目标的重要举措。”

该报告指出，为避免任何新的微生物威胁，每年用于传染病预防的费用已经直接和间接地花了美国1200多亿美元，其中至少10%的财政负担是1980年以来新发微生物问题出现后造成的。报告指出，1977年至1994年间出现了大约29种以前不为人知的人类疾病病原体，而且疾病出现的速度正在加快。

“既没有万能药，也没有万能的补救措施。”莱德伯格在1995年7月25日的信息系统技术研究小组会议上说，“这是一个如何亡羊补牢，巩固强化现有公共卫生体系结构的问题，它已经千疮百孔。坏消息是，要付出一定的代价……一大笔钱。”[593]

根据CISET报告，准确地说，大约每年需要花费5亿美元，用于挽救美国薄弱的公共卫生监测和实验室系统，并在非洲、亚洲、苏联地区和拉丁美洲等关键地区也加强这样的能力。

不论是在白宫、在世界卫生组织执行办公室还是在其他国家（特别是英国、加拿大、澳大利亚、德国、约旦、巴西、埃及和以色列）的政府最高层，尽管 CISET 报告提升他们对新发疾病的关注，但一提到美国政府的财政预算，这些计划就不得不胎死腹中。

正如莱德伯格所预测的那样，“如果国会大厅里没有一个拥护者，我认为这份报告不太可能得到适当的关注。”[594]

问题到底在哪里？克林顿的医疗改革计划已经被国会否决了，总统自己因为性、管理和房产丑遭受围攻并被削权。当时，政府正试图消除在里根和布什执政时期累积的巨额国家赤字，反联邦制的狂热正席卷全国。[595]

1993 年 10 月，当罗德姆·克林顿的医疗改革方案最终到达国会时，掷地有声——整整 1300 页。它既沉重又难以理解，即使是专门从事医疗问题研究的国会工作人员也搞不懂其中的奥妙。以这种形式向怀有敌意的国会提交任何提案，都是一个令人震惊的错误，而且由于几个月来在拟定方案过程中，排除了那些可能从医疗改革中获得或失去最多资金的行业代表，情况严重恶化。

更糟糕的是，当医疗保险行业打电视广告，警告观众，克林顿政府“将把政府的药灌入你们的喉咙”时，白宫对此几乎完全沉默，这进一步反映了政府应对的无能。该广告称，这种限量供应的医疗体系会使医疗质量变得糟糕，病人没有选择权，大多数指定的治疗都无效，所有这些都是由成本控制的需求驱动的。事实证明，这正是美国所求，但是以私有化的形式。结果不难预测，克林顿夫妇将会失败，而健康产业将会获胜——广告中所设想的恐怖将会被私营企业在美国重演。

白宫那份搞砸了的提案招致了国会的强烈反对，以至于许多政客在它被公布之前就宣布了它的夭折。然而，国会预算办公室审查了这项被称为“健康安全法案”的提案，并得出结论，克林顿的计划非常复杂，但可以奏效。如果这项计划成功的话，由于医疗费用的控制，将在未来几年为美国节省数十亿美元。[596]

但共和党人宣称，该计划不过是民主党人对“大政府项目”[597]的懦弱嗜好的又一个例子。他们的失败将会影响国会对 20 世纪 90 年代以后几乎所有与健康有关提案的态度。在 21 世纪，美国将面临一个没有任何连贯性的医疗保健系统、公共卫生基础设施因缺乏资金而举步维艰的局面。就连人们寄予厚望的 5 亿美元新发疾病项目也未能实现。[598]

在给国家医疗系统做大手术的努力失败后，克林顿政府用了接下来的 6 年时间为这个病态的体系亡羊补牢。[599]

1993 年 11 月和 1994 年 11 月，共和党在选举中大获全胜，控制了 30 个州的参众两院和州长席位。纽特·金里奇是乔治亚州的保守派，也是新右翼纲领《与美国的契约》一书的主要作者，他成为第104届国会的众议院议长。大萧条以来美国人所熟知的联邦制已经消亡，取而代之的是更多的整笔拨款，就像里根一样，公共卫生和福利项目的支出由各州自行决定，新一届国会将里根奉为偶像，而金里奇则是他的代言人。

“国会正在做的是把以前集中的东西归还给我们，”弗吉尼亚大学政府事务专家玛莎·德西克指出，“在全国上下都在努力应对紧缩政策的时候，国会却在行使其历史性的选择权，将事务留给各州，从而减轻自己做出艰难财政和政策选择的负担。”[600]

例如，1995年，共和党占主导地位的国会向亚利桑那州州长费伏·森明顿提供了一揽子拨款。这位保守派共和党人说：“非常感谢，我打算怎么用这笔钱是我的事情了，不要妨碍我。”他将亚利桑那州的警察、监狱和高速公路开支分别提高了18%、15%和8%。削减了5%的教育经费，减少了17%对穷人的援助，大幅削减了43%公共卫生开支，这一举措令人瞠目结舌。他的立法机关，也是共和党控制的，否决了为15万亚利桑那州穷人提供医疗保健的资助，取消了“妇女、婴儿和儿童营养计划”，并削减了数百名儿童的福利。[601]

在大多数州，削减的幅度更大，在几年的时间里还在逐步加剧，相当于对公共卫生的严重破坏。

“公众健康的科学依据越来越充分，但政治和公众的支持却没有跟上。”黑斯廷斯研究所的分析人士丹尼尔·卡拉汉说，“美国的公共卫生项目——和其他许多国家的情况类似——要么没有得到改善，要么在很多情况下被默认萎缩……从1981年到1993年，公共卫生项目的资金占美国卫生保健预算的比例下降了25%。1992年，22个州的医疗机构削减了资金，另外33个州的卫生机构削减了服务。从那时起，一切都没有改善……如此公然抵制公共卫生保健确实不多见。公共卫生受到了千刀万斧的削减，有些人注意到了，有些人却没有。”[602]

无论是大规模的还是渐进式的削减，在1994年改革失败后，公共卫生方面传来的消息似乎越来越常严峻。1992年到1994年，美国人民已经做好了彻底改变的准备，他们已经听命于让市场而不是政府来决定健康的命运。这种情况不太可能改变。除非没有保险的美国人超过6500万，否则就会出现“灾难性的社会事件，比如1930年代的大萧条或另一次世界大战”。一场艾滋病的流行无法比拟的疾病大流行也可能加速公众情绪的变化。为了实现长期寻求的卫生保健目标，肯定会付出很高的代价。[603]

布卢门特尔认为，除非发生这样的惨剧或医疗保健市场彻底失败，否则美国人在 21 世纪中叶之前不太可能再次接受全民医疗保健的概念。[604]

事实上，《全民医保法案》早在 1948 年就被国会通过，民主党在 1996 年首次放弃了在党内政纲上对全民医保的呼吁。即使是长期支持全民医保的国会议员，如加州众议员亨利·韦克斯曼和参议员爱德华·肯尼迪，在这个问题上也一直保持沉默。[605] 美国卫生与公共服务部在这样一个充满敌意的环境中努力确定自己的角色，于是，精简和“再造”成了该部门的工作重点。[606]

1994 年之后最明显的变化是没有医疗保险的美国人继续增加，达到 4430 万，即每 6 个美国人中就有 1 个没有医疗保险。到 1998 年，甚至有 1220 万年收入超过 5 万美元的家庭都没有医疗保险。[607]

第二个主要变化涉及雇主，他们的雇员保险费用在 1980 年至 1992 年间膨胀了 218%。雇主们倒是继续给雇员买保险，但是条件越来越严格。[608]

考虑到工会的相对弱势，以及许多经济部门根本就没有工会，研究者们认为在这个问题上不太可能发生罢工，更有可能出现的是这样一个恶性循环：更多没有保险的美国人陷入债务中，试图支付自己的保费和免赔额度，可能在患病后过早返回工作岗位，结果是变得更加不健康。

华盛顿的内部人士几乎没有出流露任何悲悯之情。共和党领导层不再插手医疗保健拨款，而是将资金转移到各州。因此，如果罗德岛州的民众想要全民医疗保健，好吧，他们可以去找州政府。

但他们能吗？ 1997 年兰德公司的一项调查发现，在 50 个州中，只有少数州能够维持税收增长，而增税是提供全民医保的必须条件。没有实质的联邦援助，扩大获得医疗服务的可能性似乎很小 —— 事实上，更有可能的后果是美国各州无保险人数继续增加。[609]

公共卫生应该做些什么？如果在灾难或财政崩溃发生之前，美国不太可能对其卫生目标进行另一次根本性的重新评估，它如何能够生存？许多人认为，如果你不能打败他们，在三百年的战斗之后，最好加入他们 —— 现在是公共卫生与临床医学合作的时候了。其目的是使健康管理倾向于强调预防医学，促进免疫等服务，并允许医生在私营企业开展公共卫生服务活动。[610]

历史经验已经证明，医疗卫生私有化不能保证饮用水安全，不能阻止空气污染，不能鼓励使用避孕套，不能确保药物和替代疗法如他们所声称的那样有效……简而言之，凡是在公共卫生那些涉及集体而非个人福祉的基本方面，根本不适合与私营企业协作，想都不用想了。

这让人想起了女神许葵厄亚和帕纳刻亚的故事：在希腊神话中，阿斯克勒庇俄斯神有两个女儿。帕纳刻亚是一位医生，她发明了各种各样的疾病治疗方法。另一个女儿许葵厄亚教会了希腊人用明智的方式生活，这样他们就可以保持健康，而不需要帕纳刻亚的治疗。这两个女儿的名字流传至今。许葵厄亚在英语中就是“卫生”的意思，即使是20世纪90年代的小学生也知道，注意卫生就会促进健康。随着时间的推移，帕纳刻亚慢慢变成了一个令人渴望却徒劳无功的梦想——一种万灵药，或者一种普遍的治疗方法。

许葵厄亚的现代追随者是公共卫生的实践者。帕纳刻亚的追随者是医学临床专家。正如姐妹会的神话争斗一样，两千多年以后，她们的信徒也可能还是看彼此不顺眼。

然而，到了20世纪90年代末，人们应该不会清楚帕纳刻亚和许葵厄亚在美国是否都能过得很好。

在洛杉矶肯定不会好到哪里去。

当发展停滞和衰退使美国其他地区的生活变糟时，由于有数十亿美元稳定的国防合同收入，洛杉矶却是一派繁荣。但在柏林墙倒塌和苏联解体后，五角大楼的“甜心老爹”却对加州不理不睬。20世纪90年代初，当东部和“铁锈地带”慢慢开始财政复苏时，洛杉矶陷入了自大萧条以来最严重的衰退。到1993年2月，加州的失业率超过了10%，预算赤字达到了历史最高的150亿美元。[611]

从1992年开始，洛杉矶郡遭受了一系列的“连环暴击”：在一桩非裔美国人罗德尼·金被残忍殴打的案件中，一个全由白人组成的陪审团宣布四名白人警察无罪，当时这名黑人摩托车骑手被怀疑酒驾，被警察拖下车殴打，暴行被录像了。在判决宣布后的几秒钟内，洛杉矶中南部爆发了骚乱，并蔓延到全市。3天后骚乱结束时，约有53人死亡，2000人住院治疗，1500栋建筑被夷为灰烬，财产损失估计达10亿美元。[612]

然后，在1992年4月，暴乱6个月后，旱季结束时，洛杉矶再次被大火吞没——大火从10月中旬持续燃烧到了11月初，炎热的圣塔安娜风席卷了全郡的灌木丛，摧毁了价值约14亿美元的房屋和财产。

大火过后，这个郡好不容易清理干净。但在1994年1月17日，一场里氏6.8级的地震又袭击了它。据统计，地震造成61人丧生，超过9300人住院，4.5万套公寓和房屋变成了危房，以及立交桥倒塌导致3条主要的高速公路都不可用。最后，州长皮特·威尔逊宣布灾难造成价值150亿~300亿美元的财产损失。

洛杉矶被震得支离破碎，当地民众对这场悲剧中看似神秘的部分感到疑惑，在洛杉矶历史上，移民的流动方向第一次发生了逆转。

1995年夏，洛杉矶正处于美国历史上最动荡的市政破产的边缘。到11月1日，该郡政府才不得不削减超过20亿美元的预算，否则将被迫拖欠所有贷款，面临财政崩溃。第13号提案明确指出，该郡无法通过提高财产税来弥补巨额赤字。尽管郡政府的预算除了医疗保健之外还包括许多其他的模块，但医疗保健这块蛋糕是最大的，而且在政治上比其他任何一块都更脆弱。

1995年9月，洛杉矶出现了严重的问题，以至于郡医学会宣布“这个郡的天要塌下来了！”自二战结束以来，洛杉矶郡的面貌和未来都将发生巨大的变化。[613]

新千年，促使洛杉矶的地位大大下降的核心危机问题，也可能在美国其他主要州、郡出现，包括纽约的萨福克、纳索和韦斯切斯特，佛罗里达州的戴德，伊利诺伊州的库克，得克萨斯州的达拉斯－沃斯堡，马萨诸塞州的波士顿，还有哥伦比亚特区。助长这些危机的是囊中羞涩的地方医疗系统——不但无法为穷人和没有医疗保险的人群提供服务，反而还得出钱修复这个系统。应对危机的重担压在了地方财政的肩上。

1995年6月20日，洛杉矶的5名主管人员被该郡行政长官萨莉·里德的一份预算备忘录“震惊了”。里德说，该郡1995年至1996年的预算收入为131亿美元，但实际收入可能不超过111亿美元。全郡20%的劳动力将被解雇，6家郡医院中的几家将会永久关闭。“会有痛苦的结果，”里德宣称，“结构性预算赤字增长得如此之快，任何试图通过非永久性调整来解决赤字的做法都是极其危险的……债券评级机构和投资界已经表达了他们对郡级预算的担忧，因为他们也没有有效的对策来解决收入和支出之间的不平衡。”[614]

什么是里德所谓的“有效”解决方案？加州大学洛杉矶分校医学中心被要求立即关闭。这家医学中心业务量达到每年37.23万住院天数和87.13万门诊人次，都将转移到其他医疗机构，其中主要是私营机构。它的第一个诊所可以追溯到1879年，曾是世界上最大的医疗机构，培养的医生和护士比任何其他医疗机构都多。

加州大学洛杉矶分校医学中心在1995年曾是洛杉矶975万居民的主要健康和医疗服务的提供者。这些居民中约有75万人没有登记在册，410万人处于医疗赤贫状态（没有医保）。[615]到1995年为止，洛杉矶的未参保率和本州保率都是全国最高的。[616]

里德要求关闭加州大学洛杉矶分校医学中心的呼吁立即引发了该郡2.2万名持照医生、洛杉矶医疗协会和私立医院系统的抗议。不管是公立还是私人医生都哭诉着说，不能将如此多病人的负担转嫁给他们。

“我们说过，突然关闭急症是个坏主意，”健康特别工作组负责人、前加州议员伯特·马戈林匆忙地向一名记者解释说[617]，“因为这是不可逆转的。你永远不可能重新开放洛杉矶南加州大学医院或任何其他郡医院，因为一旦申请重新开放，将不得不满足新的防震法规，而新医院不可能承受这不菲的造价。因此，一旦封闭就是永久的，不可逆转的。”[618]

特别小组提出来一个马戈林认为稍微不那么令人不悦的方案：关闭该郡45家公共卫生诊所中的11家。

8月下旬，该郡监事会任命马戈林为“卫生特使”，使卫生危机特别工作组成为政府的永久构成部分，并要求私营企业在9月1日前提交将该郡部分公共卫生系统私有化的提案。步伐疯狂——因为宣布破产的最后期限是10月1日，正是该郡新财政年度的开始。

“我们对这个郡的长期愿景是建立在医院资金充足的假设之上的，”疲惫的马戈林解释道，“我们希望最终将资金从医院转移到以社区为基础的初级保健。但与此同时，我们不得不削减公共卫生系统的开支。这意味着更少的肺结核筛查，更少的传染病控制——尽管传播的威胁依然真实存在。向穷人和没有保险的人提供的初级保健将显著减少，因此，他们患病和传播疾病的风险更大，当人们想到这一点时肯定会感到害怕。但是有保险的人不会担忧，他们会说：‘不会发生在我身上。’当然，他们错了。因为当我们失去公共卫生安全网的时候，当你谈论医疗保健系统、创伤治疗、911急救系统的崩溃时，根本没有假象和自满的空间！”

卫生服务部主任罗伯特·盖茨说得更直白：“我不敢保证在目前的趋势中，不会有人因为这些削减而失去生命。”

在洛杉矶哈德逊综合健康诊所的候诊室里，没有医保的寡妇玛丽·科尔曼说，这里即将关闭的提议对她来说将是“灾难性的”，“我想我只会更虚弱吧？”而正在接受治疗的埃德娜·汉弗莱说，她负担不起私人护理中心扣除保险后的自费部分，所以十年来，她一直是坐两小时的公交车到这里接受治疗。这位非裔美国老奶奶“完全不知道”，如果诊所关闭了，她该去哪里。前农场工人路易斯·费拉尔用西班牙语结束了这场令人沮丧的讨论，他说：“如果诊所关闭，我真的不知道该如何解决我的看病问题。我要去哪里看病？如果我们继续纳税，他们为什么不给我们提供服务呢？政府想和人民撇清关系。”

哈德逊诊所的行政主管南希·德尔加多在描述最近公布裁员名单以及该诊所停止服务后病人的悲惨前景时，悲伤地摇了摇头，说：“我一直在肯尼亚的医疗服务行业工作，我真想知道美国什么时候也和肯尼亚或扎伊尔一样。”[619]

造成洛杉矶灾难的复杂决策过程，在全国各地都有发生，只是形式没那么戏剧化。专家表示，洛杉矶只是第一个到达灾难边缘的城市，因为它面临着最极端的情况。更糟糕的还在后面，洛杉矶在 1995 年经历的危机还没有反映出削减医疗保险和其他医疗服务的严重影响，当时华盛顿对此还正在辩论。这些削减加在一起预计至少会使洛杉矶额外获得 15 亿美元，相当于该郡未来 5 年的地方财政收入。这个郡正迫切需要这笔钱来填补财政赤字。[620]

盖茨说：“几年前，当我们第一次看到这种情况发生时，加州存在巨大的资金缺口。但那时我们可以向联邦政府申请新的资金来源。而现在，这只金鹅已经停止下蛋了。1994 的选举后，州议会和国会都摆出了与以往不同的态度。就在不久前，克林顿还在谈论全民医疗保健，而现在我们竟落得如此境地。”

盖茨垂头丧气，精疲力竭，已经失去了与既定局势抗争的勇气：他已于 1995 年 11 月 1 日递交辞呈并已生效。他叹息着说：“归根结底，人们似乎不太关心穷人的医疗保健。他们所说的在联邦层面上做的每一件事，比如削减贫民医保，只会加剧现有的问题。人们甚至还没有考虑到这一点。”

泽夫·雅罗斯拉夫斯基是管理委员会的委员，他代表了盖茨口中“不关心穷人”的大多数富裕居民。作为一名新当选的自由民主党人，他把大部分责任都推到了自己的同事身上。

雅罗斯拉夫斯基坚持说：“我认为洛杉矶郡能够而且应该预见到这一切的到来。他们应该知道的。但郡里的官员们却否认这一点。现在有人到处发表高论，说联邦政府害了我们。没人要搞砸什么，我们是自作自受。”[621]

7 月，雅罗斯拉夫斯基和同事格洛丽亚·莫利纳前往华盛顿，恳求国会和白宫拯救洛杉矶。尽管他们在白宫受到了热情的接待，但国会似乎对美国最大城市的困境毫无兴趣。

“令我们惊讶的是，立法者对他们的行为在当地造成的后果知之甚少。这简直令人难以置信。我们正处在连环效应的第一波影响中。”雅罗斯拉夫斯基叹息道，“国会还会带来三到四波更厉害的招，例如切断拨款、削减贫民医保，等等。这真的很可怕。想想看，这仅仅是最容易的部分！”

最直接的影响，便是预计有 1.5 万名流落街头的无家可归者，或洛杉矶贫民区单身公寓里的底层贫民，将会失去唯一能去看病的政府指定的诊所。这个贫民区在市中心的东部，自 1920 年以来就有了，只是一个面积不大的街区，散布着草屋、帐篷、纸箱屋子以及被占用的废旧汽车。其中部是怀恩加特中心，一家私人资助的单身公寓和无家可归者服务中心。在这个中心里，有一个由郡政府资助的医疗诊所，计划在 9 月 15 日左右关闭。据怀恩加特中心的主任保罗·泰佩尔称，随着这家诊所关闭的还有怀恩加特中心里面配套开展的一些有关结核病和艾滋病的业务。这些病人大多有毒品、酒精和（或）精神疾病问题，在其他诊所或医院是非常不受欢迎的。

32 岁的马修（他拒绝透露自己的姓）在搬到怀恩加特中心之前，已经在洛杉矶的街道上流浪了很多年，他自己也承认有“严重的态度问题，曾非常刻薄”。诊所的工作人员发现马修患有肺结核，当时他正在接受脚部感染的治疗。医生立即给他开了抗生素，告诉他必须连续 18 个月每天服药。

有一天下午，马修沿着贫民窟散步。“我没少给他们添麻烦。”他回忆说，“但渐渐地，他们说服了我，我开始服用那些药物。现在我要感谢他们救了我的命。”

当被问到 9 月 15 日之后他会去哪里买结核病药物时，这个被吓到的年轻人停下了脚步，思考着这个问题。“我不知道，”他说，“这是个好问题。”

就在马修说话的当儿，另一个流浪汉慢吞吞地走过来，从纸袋里掏出一个瓶子，喝了一大口，问我们在讨论什么。当被告知该郡正面临破产，并可能很快关闭其公共卫生设施时，他喊道：“郡里没有钱了？不可能！有人把钱放进了他们的口袋。他们要关闭这个地方吗？不！肯定有人从中捞了一笔。”

和许多怀恩加特的居民一样，这位匿名的街头流浪客也是艾滋病病毒阳性。他的医疗需求在很大程度上得到了联邦瑞恩·怀特法案基金的资助，该基金旨在减轻纽约和洛杉矶等艾滋病重灾区的医疗负担。但国会拒绝从瑞安·怀特基金里拨 3100 万美元给洛杉矶，除非该郡在 10 月 1 日前配套 5700 万美元的等额拨款，否则国会拒绝给这笔钱。郡里似乎谁也不知道这些钱该从哪里去找。

自 1989 年以来，洛杉矶的肺结核和艾滋病发病率持续上升，[622] 当地经历了几次涉及沙门氏菌和李斯特菌等大规模的食品污染事件，也经历了大规模的麻疹流行。当 1995 年的预算之战打响时，鼠疫病例才刚刚在这个郡东北部的山区出现。[623]

二十年来，控制全郡传染病的责任落在了雪莉·法宁博士的肩上。多年来，她一直眼睁睁地看着自己的预算和权力被纳入政治上更强大国土安全部的医院服务部门之下。她现在必须弄清楚如何在一个不再为最贫穷居民提供初级卫生保健的地方预防疾病的流行。

“我认为有些东西完全失去了控制，”稳健的法宁惊呼道。她说：“我们正面临公共卫生支出削减 20% 以上，但是在过去两年中，我们已经损失了一半以上的资产。所以真正的削减是 50% 到 70%。1973 年，我们有 100 名地方卫生官员 —— 都是医生，今天只剩下 14 人了。而这些人必须要服务一个面积超过 10.36 万平方千米的郡。即使在关闭 45 家诊所中的 34 家之前，我们也没法为社区提供足够的服务。如果再削减开支，我们就得卷起铺盖走人，把公众的健康抛之脑后。”

这时洛杉矶5岁以下儿童的疫苗接种率仅为58%，但法宁预测在未来3年内，即使是这一惊人的比例，也会有令人沮丧的下降。因此，她认为，儿童麻疹、百日咳和白喉等传染病可能会暴发。例如，1990年，洛杉矶5岁以下儿童的疫苗接种率下降到42%，直接后果是，洛杉矶暴发了麻疹疫情，导致1700名儿童住院，40人死亡。结核病也会激增，耐药结核病菌株的出现也会激增——尤其是当更多的洛杉矶穷人自己在黑市买抗生素自己治病的时候。

法宁还预见到艾滋病教育工作的失败，不安全性行为增加了，其结果是各种性传播疾病的发病率增加。最后，由移民或流动人口带来的微生物会被忽视，因为法宁预测，疾病监测能力将几乎完全崩溃。因此，该郡可能会暴发霍乱、汉坦病毒、黄热病，甚至出血热。

“我认为我们将要面对的结局是不可想象和不可避免的。”法宁总结道。怀特纪念医院也很担心，但不是担心那些负担不起的病人。怀特镇距离洛杉矶南加州大学只有不到一千米，位于洛杉矶的拉美裔贫民聚居区，它是由基督教会组织的一家非营利慈善机构，有377张床位，每月接待3000名急诊室病人，其中很多是当地帮派暴力的受害者。它的重症监护室和新生儿病房已经满负荷运转，这座82年的大楼里65%的床位住满患者——在一个大多数私立医院只有45%床位使用率的城市里，这样的使用率是异乎寻常地高。[624]

怀特医院的首席执行官贝丝·扎卡里夜以继日地工作，试图找到解决办法，以防止附近的诊所和加州大学洛杉矶分校的一些部门关闭后，大量患者可能会淹没她所在的医院。

“想不出如何量化医院接待病人的潜力。”稍显疲惫的扎卡里说。

所有这一切对于加州大学洛杉矶分校和南加州大学来说都是艰难的，这两所大学加起来培养了比密西西比河以西任何一所医学院都多的西部医生。南加州大学的学生在加州大学洛杉矶分校医学中心接受培训，加州大学洛杉矶分校的学生在长滩医院实习。早在金融危机爆发之前，这两所医学院就一直难以收回成本，因为多年来，它们的研究和培训费用一直被保险公司高额账单所抵消。然而，到1995年，全郡一半的参保人员都参加了卫生保健组织，其中大部分人在恺撒医疗机构接受治疗，卫生保健组织拒绝支付医学院的账单，如果郡里再不帮加州大学洛杉矶分校和南加州大学管管医院的事，那么学校自己肯定无法补上这个缺口。事实上，作为加州大学体系的一部分，萨克拉门托正要削减洛杉矶分校的经费，立法者正在酝酿削减高等教育预算。

使加州危机更加复杂的是第187号提案，该提案于1994年被投票通过正式立法。其目标是不为所有非法移民提供社会服务，以此来减轻纳税人的负担。实际上，它只适用于来自墨西哥和中美洲的西班牙语移民。其主要策略是拒绝为拉美裔人提供所有急诊服务，除非是生死攸关的，以此来降低公共卫生成本。当第187号提案在全民投票中获得通过时，医生和公共卫生工作者大声疾呼：拒绝必要的治疗将违反希波克拉底誓言。他们质问，如何知道说西班牙语的人是合法移民还是非法移民？需要证据吗？如果病人昏迷不醒，我们会在他找到证明文件之前不给他治疗吗？

到1995年夏天，第187号提案导致的结果已经很明显，不但省不了钱，反而为洛杉矶带来了新的更大的开支。原因有二：首先，私人医院以提案为借口，拒绝为没有保险的病人提供医疗服务，把大多数说西班牙语的人扔进了郡政府运营的医院。其次，由于担心法案通过后的法律后果，这些移民自己也远离了医院和诊所，直到他们的情况变得非常糟糕。儿童疫苗接种率下降，灾难性疾病的发生率上升。

1995年，第187号提案面临的挑战，是继续按州法院的决议来执行及其结果的不确定性，使得洛杉矶3351242名拉美裔洛杉矶人的健康状况处于不稳定状态，其中54%的人既不是美国公民也不是合法移民。从1994年到20世纪末，洛杉矶的拉美裔美国人对这一威胁的反应是，甚至连为孩子提供的“加州医保”等合法服务都不愿享受。[625]

尽管上述挑战于1998年催生了一项决议，该决议支持为所有移民提供基本的医疗保健，但这并没有解决第187号提案里强调的所有问题。1996年，国会下令将所有非美国籍公民排除在医疗补助计划之外，即使他们是合法居民和给美国纳税的人。尽管这一限制会因1999年的法院介入而有所松口，但向美国的拉美裔传达的信息是，他们在美国的医疗体系中不受欢迎。到1997年，拉美裔比美国其他任何群体更有可能缺乏医疗保险，他们没有固定的医生，只能跑到公立医院的急诊室去看病，并可能延迟治疗，直到病入膏肓。[626]20世纪末，私人的“联合基金”认为加州40%的拉美裔人口缺乏任何形式的健康保险，全国未投保的人口中有25%是拉美裔。总的来说，到2000年，无论西班牙裔生活在哪里或工作在哪里，他们缺少健康保险的可能性要比别的美国人高出2倍。[627]

10月1日是破产最后期限，在这之前两周，卫生特使马戈林于下令向卫生局的5200名雇员发出裁员通知。同时，民主党人莫利纳和雅罗斯拉夫斯基加大了对白宫的施压力度。当时的国际服务雇员工会主席约翰·斯威尼也一起助力，发挥了相当大的影响力，他向克林顿保证，无论民主党是否使公共卫生在洛杉矶消失，工会都不会忘记。[628]

时间一分一秒地过去，整个郡政府的紧张局势都在加剧。萨克拉门托的共和党领导人不再回复惊慌失措的电话。地区银行对洛杉矶债券的价值进行了新的评估。监事会和马戈林连夜加班，拼命寻找拯救公共卫生和公立医院的方法。

9 月 22 日，在只剩 8 天的时候，克林顿总统终于伸出了援手。他宣布该郡是医疗补助示范区，联邦将下拨 3.64 亿美元的基金资助。用克林顿的话来说，要将其打造成“全国的典范”。这笔钱将在5年内（截至2000年9月30日）用于重建整个洛杉矶郡的公共卫生和医疗保健系统，并根据联邦、州和郡卫生当局联合制定的战略方案进行调整。[629]

但这笔援助并没有结束勒紧裤腰带的日子。在联邦资金到位 1 年后，又有 3900 名郡卫生工作人员被降职或解雇，这无疑是美国历史上对公立医院和卫生保健最彻底的重组。在接下来的 4 年里，这个郡不得不完成卫生服务结构转型，并且希望在不危及 160 万医疗补助受助人、70 万医疗保险投保人和 310 万无保险人的健康的前提下能做到这一点。

到 1996 年，该郡未参保居民的比例全国最高，其中 31% 是 65 岁以下。此外，估计至少有 70 万黑户居民在郡公立医院和诊所看病。尽管第 187 号提案开始执行了，但 1995 年到 1996 年，拥入公立医院的非法西班牙移民还是暴增，[630] 关键原因是洛杉矶和墨西哥边境缓冲地带的两个郡发生了骚乱。圣迭戈郡干脆放弃提供医疗保健的业务，转而选择将郡基金转移到私立医院，希望它们能够承担给穷人看病的负担。1994 年，奥兰治郡正式破产，两年后，该郡关闭了大部分公共卫生和医院设施，以维持偿债能力。因此，穷人 —— 不管他们是否是合法的美国居民 —— 纷纷北上洛杉矶郡寻求医疗救助。在医学中心，常常要排 10 到 15 个小时的队等待治疗，不管是喉咙痛还是严重的创伤。

与此同时，郡政府官员回望 1995 年 9 月那段疯狂的日子，将其视为一场噩梦。他们称之为“核熔毁”“神经崩溃”或“濒死体验”。监督员雅罗斯拉夫斯基的助手乔尔 · 贝尔曼把从 1995 年夏天到 1996 年夏天的这段时间总结为“一场被华盛顿的神助攻所避免的真正的灾难”。[631]

1996 年 8 月，刚掌舵 4 个月的洛杉矶郡卫生服务主任马克 · 斐努凯恩博士对洛杉矶的任务和未来充满热情。“毫无疑问，洛杉矶不仅是克林顿政府的实验室，也是其他各种实体的实验室 —— 如教学医院、公共卫生学院、保险公司、全国各地的地方政府领导人等。”斐努凯恩在一个凉爽的夏末对一位访客说，“15 年后，人们会问：‘那些年你在哪里？’洛杉矶会成功的，它是公共卫生实验室。我们拥有全世界最具竞争力的医院管理环境。是时候开创新时期了。当你把洛杉矶和纽约的情况相对比时，就十分鲜明了。美国有公共卫生的双子塔，一个是纽约市，正在被拆解；[632] 另一个就是洛杉矶。然而，我们已决定重建。我在纽约看到了资产被整体抛售，与我们在这里所做的形成了鲜明的对比。我认为，公共卫生领域的许多人都在左顾右盼，观望着这两个城市目前的情况。”斐努凯恩总结道。显然，他对洛杉矶更优越的解决方案感到满意。

克林顿政府给洛杉矶发了一大笔钱，但没有拯救她。相反，华盛顿的解决方案给洛杉矶带来了很高的风险，如果不迅速实施彻底的重组和成本节约措施，洛杉矶肯定会在 2001 年破产。看似神奇的 3.64 亿美元联邦基金是通过提前加载联邦医疗补助的预期收入而加持的。政府是根据 1994 年当地的病人负载量，来估计在接下来的 5 年里给洛杉矶拨多少医疗补助基金，并在 1995 年 10 月以巨额支出的形式把其中大部分资金都拨出去了。当然，这意味着在接下来的 4 年里，洛杉矶每年得到的钱会大幅减少。1995 年 10 月，通过裁员和削减开支，加上白宫的拨款，使该郡的医疗服务债务从 6.55 亿美元顿时减少到 710 万美元，这个数字起码还可以承受。

至少，缓解了燃眉之急。

但是，如果洛杉矶希望继续避免破产，更大幅的削减开支 —— 削骨疗伤直到削到卫生局的骨髓里 —— 还是必要的。[633]

“这个郡面临着巨大的挑战。”主管雅罗斯拉夫斯基承认，“我们与克林顿政府建立了良好的伙伴关系，但是他们并没有在我们需要的时候施以援手。打个比方，洛杉矶郡课像正在贝蒂 • 福特中心接受戒断治疗一样，上了长期过度消费的瘾，克林顿政府就像是这个诊所的工作人员。从组织上和政治上的目的来说，我们都应该靠自己不断去克服这种过度消费的瘾，重振士气，让支持者确信我们不会重蹈覆辙。”

雅罗斯拉夫斯基很清楚，通过这次破产危机，他和他的民主党同伴已经把洛杉矶置于显微镜之下来观察。“看，这些大香蕉是洛杉矶和纽约，”他解释说，“当洛杉矶打个喷嚏，美国其他郡都会感冒。我们所做的，将会影响到这个国家的其他地方。不幸的是，对于我们来说，这种重组的例子并不多，所以，我们在书写历史。”

雅罗斯拉夫斯基坚持认为：“对于纽约或洛杉矶这样的郡来说，真正的问题是这个国家认为它该对公民负有怎样的责任。我们欠人民什么？从全国范围看，我们只不过是在重新布置泰坦尼克号上的椅子。而联邦层面（在医疗补助、医疗保险和医院改善基金方面）产生了政策变化，他们要求各郡所做的，是用更少的钱向更多人提供更多的医疗保健。”

这简直是无稽之谈。

洛杉矶将其卫生工作重点从个人住院和临床治疗转移到疾病控制预防。这意味着进一步减少该郡管理的医院床位数量，并将数千名医生和护士从治疗机构转到初级保健和公共卫生诊所。假定由于适当的初级和预防性干预措施，3级疾病预防的负担将大大减轻。当需要进行手术或重症监护时，他们希望病人能被私立医院接收。急救和创伤护理属于例外，这仍旧是郡政府的责任。

从短期来看，洛杉矶将会损失一大笔钱，因为放弃了为联邦和地方医保的病人提供昂贵的 3 级护理的责任，确实存在风险。开胸手术、骨科治疗和重症监护等费用是困境中洛杉矶的一项重要收入来源，占了州和联邦政府数亿美元的收入。但是，维持日渐老化臃肿的医院帝国以提供这样的医疗服务，显然是在榨干整个郡的血。

斐努凯恩希望阳光普照的洛杉矶人民不要再沉浸在联邦和地方医保的虚假光环中，而要从长远的角度来看待通过预防来控制医疗成本的问题——这才是公共健康的本质。他认为，如果洛杉矶需要昂贵的 3 级医疗的患者变少，从长远来看，每个人都会省钱。

斐努凯恩坚持说："我们必须反思，住院治疗不是收入来源，而是未能阻止住院治疗的失败。"他还说："我上任的第一天就宣布，我不会减少公共卫生费用。政府职能里有什么事是别人做不到的？答案是公共卫生……我向公共卫生官员们提出了挑战：在三年内，希望能够让我们拥有美国最好的公共卫生系统。"

但经过多年被强大的公立医院系统当作可怜的继子对待后，洛杉矶郡的公共卫生部门处境堪忧。20 年来，医院管理人员设法在公共卫生预算上进行了"偷偷摸摸的削减"，部门主管乔纳森·弗里德曼如是说。[634]

但在公共卫生挑战方面可没有这样的"削减"：1996 年，50 多年来第一次，洛杉矶出现了 1 例本土的霍乱病例。这个病人是一名无家可归的男子，他已经在该郡居住了 10 年，没有离开过该地区。他的病被检测出与当地供水系统存在危险的微生物污染有关。此外，据弗里德曼说，洛杉矶至少有 5 万名 5 岁以下的儿童没有接种疫苗，这是一个危险的"传染病蓄水池"。

自 1995 年 10 月以来，所有公共卫生和医院设施的等待时间都有所增加。根据洛杉矶警察局时任局长约翰逊的说法，非紧急情况下的等待时间通常超过 6 个月。约翰逊说："在马丁·路德·金纪念医院的神经科，挂号已经排到了 16 个月以后。羚羊谷诊所的儿科预约要等上 110 周。难怪人们不给孩子打疫苗。"

再举个例子，玛丽·阿伯特博士是洛杉矶市中心哈德逊综合健康诊所的新任医务部主任。1995 年 10 月，尽管诊所没有按原定计划完全停摆，但有 10% 的医生被遣散。而且，剩下的员工中，约有一半辞职或调任。顶岗的新人来自加州大学洛杉矶分校医学中心部分被勒令关闭的诊所，患者也被转移到了这里。

他说 :“1995 年 5 月，我们每月接待 1200 到 1400 名病人。现在每月 2600 人。” 1996 年末，哈德逊综合健康诊所的走廊和大厅里挤满了焦虑的病人和家属，大多数人都说西班牙语。这些急症患者平均要等两个半小时，而之前的等待时间是 30 分钟。

对哈德逊综合健康诊所的主管卡罗琳·克拉克来说，这一变化令人心碎。克拉克在离诊所只有几个街区的地方长大，十多年来，她一直致力于诊所的日常运营。“人们错误地认为选民不会支持关闭这个中心。我以为会有来自社区的抗议。” 她说。

但是，当克拉克在 1995 年 9 月指示她的工作人员和病人说诊所可能会被关闭时，大家的反应是沉默的。尽管由于白宫的医疗补助豁免政策，这个诊所的存在时间被暂时延长了，但克拉克得到了一个教训：不要指望洛杉矶人民会为穷人的健康挺身而出。

约翰斯顿呼应克拉克的观点说:“我很担心公众的情绪。公众不想照顾穷人……难以想象一个医生会板着脸说:‘不管你等了多长时间，都没关系。’但这似乎就是现实，因为诊所里可能有全郡一半的人口。”

加州大学洛杉矶分校健康政策研究中心的迈克尔·库西诺正在收拾行囊。他多年来从事洛杉矶医疗卫生服务研究，现在加入了斐努凯恩的员工队伍，希望能带领该郡渡过难关。他最担心的，是新建立的公共医疗管理体系可能会破坏穷人目前运行良好的医疗服务系统。

“我们必须确保管理式医疗不会扼杀整个体系，” 库西诺说。他列举了几个例子：是否会因为等待时间过长无法进行心脏手术而导致不必要的心脏病发作？在分发药物的诊所减少的情况下，基本的结核病控制服务能否继续运行？如果基础设施崩溃，该郡如何跟踪疾病流行趋势，阻止潜在的传染病，并让所有儿童接种疫苗？

1996 年年底洛杉矶郡公共卫生试点被许多医生公开反对，认为会破坏现有的穷人创伤救助体系，[635] 个人的健康状况被作为成本控制的牺牲品，或者在 2000 年联邦救助结束后，缺乏足够的资金维护整个系统的运营。[636]

为了实现 1995 年与白宫达成的协议，洛杉矶郡必须在 5 年的医疗补助示范项目结束前，将住院病人的总负担减少 30%，并将预防性门诊服务增加 50%。1999 年年初，进度令人焦灼，但是雅罗斯拉夫斯基和同事们相信，当联邦政府的慷慨在2000年9月30日之后消失的时候，会有一个幸存的系统。当倒计时在2000年继续的时候，他们仍然如此心存侥幸，这个郡的未来似乎相当有保障。总体经济已从衰退中反弹，进入全面繁荣，萨克拉门托的新领导层以更宽容的态度看待这个郡的财政和公共卫生困境。大幅削减和重组使卫生预算十多年来首次走出赤字。

当联邦支票停止支付时，郡官员说，很欣慰的是，至少在大灾难来临之前，郡政府的生计仍然可以维持。[637]

在遥远的明尼苏达州，洛杉矶危机令迈克尔·奥斯特霍尔姆忧心忡忡。他有理由相信，美国公共卫生基础设施的任何环节存在薄弱之处都会危及整个系统。奥斯特霍尔姆坚持认为，公共卫生监测的效果取决于其最薄弱的环节，他于1995年在华盛顿召开的信息系统研究和技术信息网会议上强调了这些薄弱环节。美国有1600多名全职或兼职监测人员，以保护全国2.5亿人口免受微生物污染，这意味着每16.25万美国居民只有一名监测人员。

奥斯特霍尔姆坚持认为，在明尼苏达州，最大的问题是食物和“候鸟”——当地对明尼苏达州人的俚语称呼——通常这些人在墨西哥边境以南等温暖的地方度假，从而逃离北极圈的严寒。因此，一些微生物经常会搭载明尼苏达人回程的“便车”，一路北上。明尼苏达州的食品也越来越多地来自遥远的地方，根本谈不上什么安全标准。

奥斯特霍尔姆告诉CISET报告的听众说：“我们州长向州议员们提供了从哥斯达黎加运来的菠萝，结果我们这里暴发了大肠杆菌感染疫情。”从1994年7月到9月，超过27万美国人因为食用了明尼苏达州生产的被污染的冰激凌而腹泻，这表明食品污染不仅仅是一种进口现象。但令奥斯特霍尔姆担心的是，到20世纪90年代中期，美国消费的农产品中有70%是进口的，主要来自墨西哥、中美洲、智利、阿根廷和巴西。这是一个危险的趋势吗？也许吧，奥斯特霍尔姆总结道。此外，他还担忧地指出，他在明尼苏达州的团队查阅了3000名年龄在1到40岁之间当地居民的就诊记录，1994年因非意外原因过早死亡的病例中，“有10%无法确定其死因。我们最好的猜测是，即使不是全部，它大部分也是由传染病造成的。”[638]

但令人惊奇的是，在20世纪90年代中期，明尼苏达人仍然是世界上最健康的人群之一。洛杉矶和纽约在灾难和健康危机中苦苦挣扎，20%的人口没有医保，而1995年，明尼苏达只有9%的人没有保险医保，2/3的人有商业医保或是卫生维护组织登记在册（明尼苏达州是全国卫生维护组织登记人数最多的州，覆盖了近一半的人口）。政府的总负担（包括贫民医保和无保险的人）仅占该州总人口的34%——这比其他人口密集、高度城市化的州所面临的政府负担相比好了太多。[639]

到20世纪90年代末，明尼苏达州的人口只有472.55万，全州的健康安全网络只需要覆盖洛杉矶郡或纽约市一半的人口。当洛杉矶艰难地走出衰退，摆脱由暴乱和自然灾害引发的财政灾难时，明尼苏达州却经历了完全相反的遭遇：好事太多了。明尼苏达州的失业率是全国最低的（1996年为4%，1999年为2.2%），经济蓬勃发展，该州的公司甚至面临人手短缺问题，超过40%的公司在招聘方面遇到了麻烦，其中短缺最严重的是卫生部门，私立医院和医学研究所给高级护士、医生和科学家提供了很高的薪水，甚至给股票期权，但仍然无法填补空缺。[640]

在这种情况下，公共卫生面临两难的困境。首先，20世纪90年代，明尼苏达州各地的关键卫生职位空缺，到21世纪初，这一短缺变得更加严重。这意味着医生、护士和实验室科学家的数量相对减少了，而那些有工作的人没有那么多时间填写公共卫生记录和协助奥斯特霍尔姆的调查。

与此同时，随着私营企业的工资飞涨，奥斯特霍尔姆和他的员工发现他们在公共政府部门的工资在下降：州立法机关冻结了他们本已少得可怜的工资长达8年（1990年至1997年），而经济却增长了14%。到1997年，奥斯特霍尔姆手下的资深科学家年收入比爱荷华州初级公共卫生官员的年收入少1.5万美元，仅为他们私营企业同事的10%。他的大多数员工都在艰难地偿还住房抵押贷款和支付基本的家庭开支。而且由于奥斯特霍尔姆的工作人员多年来在著名医学期刊上发表的学术论文比美国其他任何地区流行病学家小组都要多，因此很容易在其他地方找到报酬高得多的工作。正如明尼苏达州参议院健康和家庭安全委员会主席约翰·霍廷格回忆的那样，奥斯特霍尔姆每年都请求提高工资，但直到1997年年底，这些请求均被立法机关拒绝了。

霍廷格说："迈克尔是我们政府中不可或缺的四人之一，他公开宣布自己将离职，因为他手下的高级职员实在无法抵挡市场高薪的诱惑。"每次他提出涨薪请求时，得到的敷衍回复总是："我们会打破常规，给他们应得的。"[641]

奥斯特霍尔姆以自己的工作为"要挟"，为那些与他并肩作战的员工争取到了加薪。但是，当这笔钱在1998年兑现时，却显得那么微不足道，甚至丢人。让奥斯特霍尔姆感到不快的是，他的首席科学家克雷格·海德伯格博士，曾在明尼苏达州指挥过100多起与食品有关的流行病学调查，州立法机构给他加薪后，他全年总收入只有6.2万美元。

奥斯特霍尔姆在1997年末对他的同事们说："有时我觉得咱们是试图靠瓶

瓶罐罐和绳子来操纵奥黑尔国际机场的指挥塔。[642]我们传染病防控预算的94%是来自明尼苏达州的软性资金（捐款和临时项目基金）。"

与此同时，奥斯特霍尔姆继续说，全球化给北部地区带来了创纪录的疾病发生频率。侵入性的A型链球菌，俗称"食肉细菌"，在1992年突然出现，此后发病率持续上升，1996年每10万明尼苏达州人就有3.2人感染它。1996年，该州记录了140例这种可怕的疾病：25%的患者死亡。同年，一位来自海外的访客将麻疹带到了明尼苏达州。1986年至1996年间，结核病病例数量有所增加——到1996年，80%的病例发生在外国人或旅行者中，他们最初在其他国家感染了结核病，但在定居于明尼苏达后被诊断出结核病。

奥斯特霍尔姆还看到了其他各种令人担忧的变化，包括该州儿童沙门氏菌感染越来越多。他发些孩子们从进口的宠物鬣蜥身上感染了这种细菌。最初看起来很奇怪，直到他了解到在1987年到1997年间，进口到美国的鬣蜥数量增加了30倍。他惊讶地发现，在1996年的8个月时间里，仅通过迈阿密港就合法进口了近88.5万只奇异的两栖动物、爬行动物和啮齿动物。还有几十个其他的进口地点，联邦当局估计这些动物只有18%被合法带入美国。大部分的珍奇动物贸易来自南美洲的热带雨林。"那些活的动物身上有什么微生物？"奥斯特霍尔姆大声地说。

但奥斯特霍尔姆继续坚持认为，关注与食物有关的疾病是"新的国家趋势"，他收集的相关信息每年都在增加。在1997年美国传染病学会的会议上，他对同行们说："去年急诊的首要原因是胃肠道问题和腹泻。去年食源性疾病导致2亿病例。在明尼苏达州，1990年至1996年间发生了122起食源性疾病暴发事件，其中37%与新鲜农产品有关。"

他坚持认为，随着进口食品的消费增加，所有明尼苏达人现在都应该在家里遵循曾经对游客的经典警告：把食物煮熟、削皮，否则就不要吃！

奥斯特霍尔姆说："今天，你不需要离开家就能感染旅行者腹泻。"这位明尼苏达流行病学家在发表公开演讲时，用一张明尼阿波里斯市一家超市的海报说明了这一点：在一张巨大的横幅下，展示着世界各地的食物，一排排整齐堆放的木瓜、杧果、猕猴桃、瓜类、浆果和奇异的蔬菜，吸引着明尼苏达州被大雪困住的购物者。1996年，奥斯特霍尔姆的团队对明尼苏达州人类疾病中涉及的570个0157：H7大肠杆菌和沙门氏菌（属于变形菌门肠杆菌科）样本进行了详细的实验室分析。他发现仅在这4种细菌中就存在181种完全不同的菌株。1997年，该实验室研究了同样的4个菌种，发现了206个菌株。奥斯特霍尔姆认为，这就是全球化的证据，因为在20世纪90年代，来自世界各地的变化正在影响着明尼苏达人。[643]

20 年前，奥斯特霍尔姆和其他 49 个州的同行几乎没怎么处理过食物相关疾病暴发。他们仅发现了几起孤立的食物中毒，通常与不适当的蛋黄酱储存、剩余的食物变坏，或加工不良的罐头食品有关。然而，到了 20 世纪 90 年代后期，新鲜食物也出现了问题。例如，1998 年 6 月 2 日，有 152 人在一家餐馆吃了用进口生菜制作的沙拉后，患上了急性弯曲杆菌腹泻病；那年 8 月，210 名明尼苏达州人因食用了含有被污染欧芹的餐馆食品而患上了危险的志贺氏菌感染，导致肠胃疼痛和腹泻。1998 年的前 10 个月，海德伯格的食品小组在该州调查了 32 起这样的疾病，而这些仅仅是其中的 2 起。

对奥斯特霍尔姆来说，比疾病暴发的数量和涉及菌株的巨大多样性更令人不安的，是微生物对现有抗生素的耐药性不断增加。例如，1998 年，他的实验室研究发现，沙门氏菌和志贺氏菌对氨苄西林、氯霉素、环丙沙星、四环素、甲氧苄氨嘧啶（TMP/SMX）或这些药物的组合比 1995 年细菌的更有可能产生耐药性。[644]

奥斯特霍尔姆坚持认为："这是一场正在酝酿中的慢性灾难！"

到 1998 年秋天，奥斯特霍尔姆开始认真地反省。14 年来，他为明尼苏达州人民每周工作 60 小时。

他累坏了。他的整个部门都筋疲力尽且薪水微薄，不被重视。11 月的选举结果更是致命的一击。

一个多世纪以来，明尼苏达州人民选出了一些进步的政府和个人，让他们在美国的任何地方就职，但他们突然在政治版图上出现了曲折，不仅令奥斯特霍尔姆震惊，也令整个国家震惊。按照他们的传统倾向，他们选举出了足够多的中间路线的民主党人来控制州参议院，但那一年选民们却将该州的众议院拱手让给了共和党的右翼势力——纽特·金里奇。这使得立法机构陷入了看似不可行的失衡状态。为了不把事情弄得更糟，选民们把州长的职位给了第三方候选人。

但不是随意的第三方候选人。明尼苏达州的选民中，至少有 37% 的人选择了身高 1.93 米的前职业摔跤手、改革派杰西·文图拉。

文图拉发誓要缩减政府规模，将该州 33 亿美元预算盈余的大部分或全部直接返还给纳税人，起草了一部类似于加州 13 号法案的财产税法律，"让政府给纳税人减负"。[645]

在区分政府和选举人以及政府应该为谁服务的问题上，明尼苏达州的政治领导层反映出了一种可以追溯到戈德华特的美国思维理念。这不是反联邦制度，有点像反政府的意识形态，很大程度上把明尼苏达州变成了很多“非裔美国人、美洲印第安人、移民者、可怜的白人垃圾”梦寐以求的天堂，所以很多这样的人纷至沓来。

自 1969 年以来，满头白发的唐·萨缪尔森一直担任州参议院中最有权势的职位——先是拨款委员会主席，然后是健康与家庭安全委员会主席。萨缪尔森说，在更好的早些时候，预算制定是一个讨价还价的过程，从公共卫生开始，参议员们就“心照不宣”地达成一致，比如儿童免疫和传染病控制等服务。政客们先把这一大块馅饼切开，才开始就剩下的部分讨价还价。这样的模式运行了 30 多年。

“但现在不是了，”这位眼神忧伤的政客说，“现在，每次我在国会提出医疗预算的时候，媒体和其他参议员都说，如果通过，福利预算将增加 18%。我说，这不是福利！这是健康！真烦人！”

“反对福利和社会服务的反应是强大而复杂的，”明尼苏达州众议员李·格林菲尔德说，“在这个国家，已经从公益分配转向了个人权利斗争。当大家都这样做的时候，建立公共卫生保护就变得更加困难。”

在该州的生命统计办公室，主任约翰·奥斯瓦尔德简洁地总结了现在的困境：“本地区全民健康指标一片利好，但是白人和少数民族之间的差异是全国最严重的。”[646]

州人口统计学家汤姆·吉拉斯皮同意奥斯瓦尔德的评估，他指出，在 1998 年约 470 万明尼苏达人中，只有 37.8 万是少数族裔，他们的健康状况——就像他们的收入和被捕率一样——远比白人差得多。例如，1995 年白种明尼苏达人的婴儿死亡率是 6‰，而非裔的这个数字几乎是其 3 倍，17.6‰；[647] 非裔和印第安人死于受伤、凶杀、自杀、肝硬化、中风或糖尿病的风险更高。[648]

1999 年，全州的少数民族人口仍然只占人口的一小部分，但在明尼阿波利斯，1/3 的人口是非裔、印第安人、西班牙裔或亚裔。在那个城市，“白人和黑人之间的健康差异是整个国家最大的。”明尼苏达大学首席健康官爱德华·埃林格认为这是由于典型的公共健康问题导致的，而不是医疗保健。经济、住房、交通、冒险、生活方式的选择，所有这些被忽视了的公共健康问题。

埃林格认为，通过指出种族差异和人们的需求，“公共卫生正在成为我们卫生保健系统的良心……公共卫生等于社会公正，我真的相信。亚里士多德说，如果差异是压倒性的，要么必须消除这些差异，要么必须消除民主。”

但是，解决这种差异并不是一件简单的事情，尤其是在双子城（位于美国明尼苏达州东南部的明尼阿波利斯与圣保罗市)。该州的多数少数民族人口居住在明尼阿波利斯或圣保罗。这里聚居着明尼苏达州的大部分轻罪和暴力罪犯、青少年怀孕人口、艾滋病人口、注射吸毒者。在这个前所未有的繁荣时期，双子城的白人居民感到了威胁，他们认为自己焦虑的根源是有色人种，他们经常把有色人种归类为靠政府福利生活的罪犯。

霍廷格参议员认为，明尼苏达州的政治在20世纪80年代开始发生变化，因为该州的面貌开始发生变化，犯罪率上升。就在那时，当地媒体和政客开始关注犯罪率的问题。

“现在在明尼苏达州，”疲惫不堪的霍廷格说，“没有多少人同情那些有需要的人。至少，不是在政府的意义上。个人责任只是个口号，以此作为拉票的借口，忘记了分担和供给饥饿的人……我看到明尼苏达州的政见发生了重大转变。这里传统的地方自治没有被很好地表达出来。关于政府和公共服务的辩论是一边倒的，政府的责任太多了，没人能说出个人在政府眼里的价值。”

1998年，霍廷格亲眼见证了“政府”这个词是如何变化的。他曾发起过一项法案，创建了儿童疫苗接种登记系统，这样公共卫生工作者就可以提醒父母给孩子接种疫苗，这在纽约和洛杉矶是一个大问题，当时只有不到一半的5岁儿童在他们开始上幼儿园的时候完全免疫。该提案被斥为“政府登记簿”，在参议院被否决。霍廷格认为，舆论已经完全偏离了社区意识，这将从政治上扼杀明尼苏达州的公共卫生事业。

“下一次如果在明尼苏达州发生脑膜炎流行，几个孩子死亡，又没有足够的公共卫生人员来迅速阻止它，那么公众的看法就会改变。”霍廷格预测，“只有当需要帮助的人与我们不一样时，我们可能会置之不理，但当人们看到像自己一样的人需要帮助时，他们就会伸出援手。”

1998年，一个由美国传统基金会的肯尼斯·海瑟夫博士领导的私人政策小组起草了一份改革明尼苏达州公共卫生系统的总体计划。这个计划反映了政策组对全国的总体规划。[649]这个保守派智囊团计划的主要内容，是要求许多公共卫生活动私有化，征收费用而不是税收，如支付安全饮用水的检测费用等。该计划主张，由当地卫生机构收集的数据应该外包给明尼苏达大学进行分析。污染分析也应该在委托第三方的基础上进行，国家应该取消大部分实验室和员工，然后由地方和联邦税收覆盖。

流行病学，就像奥斯特霍尔姆的小组所做的工作一样，“需要保持政府的职能，但可能有一部分要被私有化，”小组的副主席伊丽莎白·夸姆·伯恩说，“当然，这部分必须是可以私有化的。”

许多公共卫生教育也可以私有化，夸姆·伯恩认为：艾滋病宣传单、少女怀孕教育、疫苗接种宣传单——所有这些东西都可以外包给私人公司，而目前负责生产和分发这些东西的政府雇员可能会被解雇。

“这是基于市场的哲学和实用性。”她坚持道。该计划进一步建议将全州的所有公共卫生实验室合并为一个中心设施。在超负荷的时候，比如在传染病流行的时候，这个中心机构可以把工作外包给私人的、盈利性的实验室。因此，夸姆·伯恩解释说，公共卫生系统将是其现有系统的精简版，其几乎所有的活动，从向穷人提供初级保健到传染病控制的部分或全部由私人承包商处理。其余受雇于国家的公共卫生工作人员将是监督员，他们将保证数据和私营公司所采取行动的可靠性。

“公共卫生官员可能会受到一些挑战，”夸姆·伯恩说，“但强大的公共基础设施是我们明尼苏达州健康状况良好的部分原因。”

这样的观点震惊了奥斯特霍尔姆：“公共卫生必须是一项政府活动，因为它是由人民供养且为人民服务的。”他坚持说，当然，他耸耸肩承认，一些政府机构的工作做得很糟糕，“当我看到现在食品安全机构发生的事情，我无法相信政府的无能是多么令人尴尬。我觉得有时候我们只是尸体的搬运工而已。”

但奥斯特霍尔姆接着说，尽管一些州和联邦公共卫生机构受到限制，“你不能指望一家私营公司去防控疾病的暴发——不能……如果企业自身行为不轨，又该怎么办呢？”

奥斯特霍尔姆想知道，如果食品、水、医疗基础设施、空气、学龄儿童健康——这些公共健康的所有关键方面都由没有问责制、需要从过程中获利，而且可能存在利益冲突的私营公司来处理，公众怎么会感到安全呢？例如，如果明尼阿波利斯市的一家冰激凌制造商通过分发受沙门氏菌污染的产品，导致了数千起食物中毒事件，那么一家私人调查公司会不会与肇事者达成协议，以掩盖污染事件？由于这样的私人公司不能合法地执行法律，他们是否有可能通过“帮助”违法者“合法化”来获取利润？奥斯特霍尔姆坚持认为，无论这样一个私有化的公共卫生系统是否藐视法律，人们都会降低其可信度，公众的信任也会降低。

1999 年，坐落在明尼阿波利斯市一幢砖砌的平房里的卫生部门传染病实验室有 27 名科学家和技术人员，他们年平均处理 25 万个组织、血液、食物和水的样本。

“绝对不能搞（实验室工作）私有化，”实验室主任诺姆·克劳奇坚决表示，“如果沿着这条错误路线走下去，将失去公共卫生基础设施。谁来付钱？

这里面不会有利润……我们需要有驱动力。一个私营企业的实验室怎么能期盼在疾病流行中赚钱呢？”

克劳奇和微生物学家约翰·贝瑟建立了一个实验室，能够对几次同时发生的小型疫情或一场大规模的传染病疫情做出反应，只有最高安全级别的 4 级生物危害除外。4 级生物危害是具有高度传染性且无法治愈的疾病，例如埃博拉病毒。如果这样的恐怖明尼苏达州出现，将由亚特兰大的疾病控制中心实验室处理。除此之外，贝瑟微笑着说："我们准备好了！"

但是实验室和相关部门会持续这种备战状态吗？

私有化公共卫生言论没有在明尼苏达州议会获得完全支持，但财政削减来了。在 1999 年年初，疾病预防控制部门主任阿吉·莱塞通知萨缪尔森的参议院委员会，国务院今年面临 500 万美元的预算缺口，2000 年至 2005 年预期会有更大的问题。她说，关键原因是国会逐步减少了用于艾滋病预防和一系列核心公共卫生活动的整体拨款和特别基金。几十年来，明尼苏达州越来越依赖这些联邦基金，如果政府不买单，这些项目就会分崩离析。

在财政紧张和公众认可度下降的情况下，公共卫生部门员工的士气在 1998 年一落千丈。选举结束后，当文图拉表示他对公共卫生的评价很低时，支持率直线下降。当被问及他会为那些失业的青春期母亲所生孩子的健康做些什么时，这位新州长说，这些年轻妈妈应该和父母住在一起，政府没有责任为这些孩子提供健康服务。后来，他又补充说，他反对国家资助的儿童公共卫生项目。

这些乱象促使奥斯特霍尔姆和他的工作人员开始占卜自己的前途。圣诞节前，奥斯特霍尔姆、海德伯格和大多数参与疾病控制和预防的高层人员决定放弃。1999 年年初，他们一个接一个地离开明尼苏达州卫生部，到大学和私营企业工作。1999 年 2 月 1 日，奥斯特霍尔姆离开了他指挥了 14 年的小办公室，创建了感染控制咨询网络——一家为食品制造商和需要咨询和建议的城市提供疾病干预服务的私人公司。

对他们每一个人来说，辞去公职的决定都是令人痛苦的：他们是公共卫生的狂热爱好者，是真正的信仰者。但是，当你付出了巨大的个人牺牲并为之服务的人，却不相信你的使命，你就很难忽视个人的疲惫和经济压力。

在告别派对的三周前，看着曾经一起奋战的员工，奥斯特霍尔姆叹了口气，"公共卫生服务与全世界紧密关联，牵一发而动全身。一夜之间，明尼苏达州就从一个国际知名示范变成了一个普通的州。这就是它的脆弱之处。公民的健康不应该仅仅依赖于个人的意志。"

这不仅仅是因为像公共卫生服务这样的部门在为其使命努力寻找支持时遇

到了困难，而是全新的挑战，这种挑战还在不断扩大。全球化和微生物进化在20世纪末给公共卫生工作者带来了他们完全没有应对过的困难和复杂性。奥斯特霍尔姆最担心的是国家的粮食供应，但在水、医院和美国社会的许多其他生态环境中，也出现了新的、意想不到的公共卫生威胁。

1999年末，疾控中心证实，奥斯特霍尔姆在年初发出的关于食物中毒的警告是正确的，他得出的结论是，这类疾病在美国已经成为一个非常严重的问题，每年有7600万居民遭受食物中毒，其中32.5万人感染严重，需要住院治疗；每年有5000名美国人死于食用受污染的食物。

美国卫生与公共服务部部长唐娜·沙拉拉说："尽管美国的食品供应仍然是世界上最安全的供应之一，但以上新发现进一步证实了我们一直以来的担忧：食源性疾病讲给公众健康带来巨大的负担。"[650]

橙汁和苜蓿芽被沙门氏菌污染；英国的肉类被一种叫作朊病毒的奇异病原体污染，这种病原体会导致一种通常被称为疯牛病的疾病；在冷冻草莓中发现了甲型肝炎病毒……名单还很长。

处理这些食物中毒的成本很高。1997年，美国疾控中心估计美国有3300万起食物中毒事件，算上伤残调整寿命年，总成本达349亿美元。[651]当食物中毒事件在1999年翻了1倍多，达到7600万起的时候，每年的花费超过了500亿美元。

有些食品问题是国内产生的，但大部分是进口的——奥斯特霍尔姆所言的"世界食物"。20世纪90年代，美国的胡萝卜疫情与秘鲁进口的胡萝卜有关；墨西的哥葱、香瓜和草莓，中国的蘑菇，以色列的零食和危地马拉的覆盆子。到1996年，在美国消费的某些农产品中，有50%以上是在国外种植的。[652]

退休的食品药品监督管理局专员大卫·凯斯勒博士说，美国食品检测系统的设计初衷并不是为了成为一个全球安全网。食品药品监督管理局已跟不上当前形势的发展了。

事实上，随着食品进口率在20世纪90年代暴涨（从每年不到200亿美元到1997年超过500亿美元），食品药品监督管理局经历了十年的预算削减和国会授权的行业放松管制，减少了食品检验测试，从1990年的4万件左右下降到1997年的1.5万件左右。食品加速拥入美国，部分原因是美国在北美自由贸易协定和世界贸易组织谈判的条件下做出让步，解除了对进口的保护主义禁令。美国不可能在不面临严重贸易和外交后果的情况下重新启动旧的食品进口壁垒。

到1999年，食品太多，公共卫生系统中检测的人太少。他们说，这就像给分散在全国各地的几十个人每人提供了一个装满水的套管，从这个套管中提取整个太平洋的微生物含量。除非在种植这些食品的国家执行统一的食品安全法，否则在21世纪，美国的胃肠疾病和死亡人数还会上升。

然而，当作物生长在与植物原产地完全不同的生态环境中时，总是会有出乎意料的事情发生，即使是自发的监察员也无法预料到。

环孢菌病就是如此。

1977年，人们第一次在巴布亚新几内亚发现并命名了环孢虫。这是一种寄生虫，它将卵产在水中，然后被植物或被动物吸收。虫卵一旦进入动物体内，就会发育成一种有机体，引起高度刺激性的肠道感染。这就会导致腹泻，而腹泻又会排出虫卵，环孢虫就这样重复生命周期。它们最喜欢的栖息地是动物小肠的上皮细胞。

1990年，佛罗里达的专家们发现了一次罕见的腹泻暴发，经过3年艰苦的实验室工作，专家们终于从患者样本中分离出了环孢菌。1995年6月，佛罗里达州又发生了一起环孢菌病；同月，纽约北部威彻斯特郡一个乡村俱乐部举行的婚礼上，1/3的客人因此病病倒了。[653]

1996年5月，纽约市医院出现了不寻常的腹泻病例。卫生部的马塞拉・莱顿下令进行环孢菌试验。到1996年6月11日，她的部门已经确认了161起环孢菌感染病例，于是展开全面寻找感染源。

莱顿惊讶于这样一个事实：与病人的面谈过程中，男性患者中大多是中产阶级白人，病情较轻。这很奇怪，因为在莱顿的经历中大多数传染病的暴发都出现在贫穷的社区。

她的部门进行了一项病例对照研究，将环孢菌病患者与他们社交圈中没有患病的人进行了配对分析。果然，环孢菌病患者比非环孢菌病患者更可能最近曾在聚会上或在提供覆盆子或草莓酱甜点的餐馆里就餐。在提供这种甜点的婚礼上，多达80%的宾客都感染了环孢菌病。

很快，美国各地的公共卫生部门都在热议这一消息，并在食用草莓或覆盆子甜点的人群中发现了类似的腹泻患者人群。截至7月，美国疾控中心的报告显示，全国有55个这样的感染人群，涉及1500多例实验室确诊的环孢菌感染病例。疾控中心在6月下旬宣布，初步调查发现感染源来自加州的草莓。这对加州农业的影响是直接而深远的，导致价值超过2000万美元的浆果因卖不出去而腐烂。

然而，进一步的调查显示，72%的环孢菌病患者食用的是生长在危地马拉的覆盆子，而不是草莓。

危地马拉本地不生长类似的浆果，覆盆子自然生长在更恶劣的气候条件下，冬天下雪、夏天很热那种，这与危地马拉的自然条件不相符。

1987 年，国际食品公司首次将覆盆子引入危地马拉，在冬天和早春季节开始种植覆盆子。1996 年，危地马拉的 5 个大型农场向美国东海岸出口了 16.2 万株覆盆子。危地马拉的调查人员发现，当地种植覆盆子是用含粪便的水灌溉的，由于危地马拉属于亚热带气候，为粪便中的环孢菌生长提供了完美的条件。

1997 年，美国其他环孢菌暴发事件均与危地马拉和墨西哥种植的覆盆子、生菜和罗勒香蒜沙拉酱有关。在阻止植物吸收环孢虫（无法被冲洗掉）的努力失败后，危地马拉和墨西哥当局勉强同意不再出口这些产品。到 1999 年，墨西哥和危地马拉环孢虫传播链的精确生态学仍然是一个谜。

另一种类似的生物是隐孢子虫，它们在美国的水源中出现的频率越来越高。最大的一次暴发是在 1993 年，密尔沃基的 20 万居民出现了隐孢子虫引起的腹泻，4000 多人住院，100 多人死亡。随后，在纽约市、华盛顿特区和其他美国大都市暴发的禽流感促使卫生部门在夏季发布警告，要求人们在喝水之前一定要烧开。[654]

自二战以来，美国当局对饮用水安全一直不怎么担忧，但是，即使有氯化消毒和过滤系统，隐孢子虫还是得以在饮用水中大量繁殖。1995 年，美国微生物学会在厄瓜多尔的瓜亚基尔召开了一次国际会议，以评估全球饮水供应的安全，他们的结论令人震惊。[655]

该会议报告指出："在过去的一个世纪里，人口的增长给发达国家和发展中国家的水资源都带来了巨大的压力。这些压力包括来自家庭、工业和农业废物的直接污染，以及气候变化和生态失调造成的间接影响。其结果是水资源变成了一种被污染的、越来越稀缺的全球资源，这反过来又导致了全球范围内由水传播的疾病暴发的增加。"[656]

在世界范围内，像大肠杆菌和军团菌这样的经水传播病原体变得耐氯。环孢虫和隐孢子虫等寄生虫已经能够抵抗化学治疗。耐抗生素的细菌菌株，尤其是霍乱，出现在拉丁美洲、亚洲和非洲的饮用水供应中。专家们的结论是，即使是世界上最富裕的国家也没有对这些方面的发展做好准备，需要开发新的或增强的过滤系统来保护饮用水供应。此外，基于总"大肠菌群"（或大肠杆菌样）生物污染的标准水安全监测发现不了隐孢子虫和环孢菌等新的威胁。

美国 1995 年至 1996 年有 13 个州暴发了 22 起饮水传播疾病，涉及 2567 人，无人死亡；[657] 其中 7 起疫情是由于工业化学品污染造成的，其余是微生物引起的。这些暴发没有涉及不合标准的社区供水系统，相反，尽管有最先进的过滤系统，疫情还是发生了。[658]

在美国风靡一时的家用滤水器几乎没有起到保护作用，有些只能去除氯的味道。只有非常昂贵的系统才能有效地去除微生物。[659] 尽管瓶装水在美国非常流行，但一般也是从自来水中提取的。即使是真正的泉水可能也不会更安全——谁知道呢？在美国，商业瓶装水受到的监督和详细审查比大多数社区自来水要少。[660]

氯的问题给公共卫生带来了一个“有趣”的难题。一方面，氯显然是最有效的饮用水消毒方法，特别是加上过滤机制。20 世纪 90 年代，氯化消毒的缺乏导致了拉丁美洲和苏联地区的霍乱暴发。但是，环保主义者从两个方面对氯的使用提出了质疑：首先，它是一种非常温和的致癌物质；第二，地球大气中的游离氯离子可能会削弱臭氧层空洞。[661]

随着越来越多的微生物获得耐氯能力，争论的复杂性也随之增加。显然，饮用水安全将成为 21 世纪的一个主要难题。

到 20 世纪末，微生物对氯和药物的耐药性在各个方面都是问题，特别是用于治疗细菌感染的抗生素。耐药菌株出现的原因有很多[662]，从家畜（禽）不适当使用抗生素到医院内超级细菌的产生。随着时间的推移，人类活动形成了一个错综复杂的网络，直接促进了细菌的进化，从而产生了对珍贵抗生素的耐药性。

总的来说，国际上的趋势是医院的感染控制措施越来越松散，微生物对消毒剂的耐药性越来越强，从而使微生物在医院内迅速传播。[663] 由于抗生素在世界范围内被过度、错误地使用，以及在所有常见感染中有近一半被预先用于治疗病毒感染而非细菌感染，使得这些微生物获得了耐药能力。此外，出于对诉讼和其他困难的担心，美国医生开出了药效强、作用范围广的抗生素，而四环素或青霉素等更便宜、更单效的药物备受冷落。广谱药物的使用促进了更广泛的耐药性。[664] 抗生素在畜牧业的广泛使用为超级细菌的进化提供了进一步的动力。

对于家畜（禽），抗生素的主要用途不是疾病治疗，相反，由于人们还不清楚的原因，这些药物起到了促进其生长的作用，鸡、火鸡、牛、猪——所有家畜、家禽都是用抗生素喂养的——成年后，这些动物的体型要比未使用抗生素的同类大 3%~4%。这为使用这些药物提供了强大的动机，对于一些农民和牧场主来说，4% 可能是他们的利润边际。

然而，早在 1969 年，英国的斯旺委员会就建议全面禁止使用具有治疗意义的抗生素作为动物生长促进剂，理由是这些动物体内获得耐药性的细菌会传播给人类。[665] 不幸的是，这份报告在美国基本上被忽视了。1970 年，英国禁止使用人类治疗性抗生素作为生长促进剂，几年后欧盟也开始效仿。然而，在美国，使得细菌获得耐药性的抗生素或相关化合物，仍然被允许用于农业。

到20世纪90年代中期，美国和全球的抗生素生产和使用主要与牲畜管理有关，农场主眼里的灵丹妙药，在人类医疗和公共卫生中的使用仅占某些抗生素使用的0.01%~10%（因药物类别不同而不同）。[666]

刚上市的新药被用于牲畜时，市场上几乎没有买不到。不久，耐药微生物在动物体内出现，并传播给人类。[667]在动物和人类体内中，生长促进剂和抗生素耐药性之间的联系已被证实。[668]

最根本的问题是无论这种药物被称为抗生素还是生长促进剂，都是大约250种抗菌剂中的一种，它们以6种不同的方式攻击细菌目标。如果一种细菌对一种特定的抗生素产生了耐药性，那么它实际上对所有依赖同一攻击机制的抗生素都会不敏感。[669]更糟的是，抵抗抗生素攻击细菌的6种（只有6种）方法中的一种或多种能力，可以通过遗传环（又称为转座子）从一种微生物转移到另一种微生物。这些遗传信息片段是一个巨大的DNA和RNA库的一部分，当微生物在周围环境中游动时，很容易从这个库中借用和分享信息。一种原本对人类无害的微生物可以通过在鸡等动物中的生长促进剂而获得耐药性，然后将其耐药性通过转座子在食用未煮熟的鸡或鸡蛋的人的肠道中与遇到的人类病原体共享。[670]

美国医学研究所1998年发布了一份关于抗生素耐药灾难性规模的报告，宣称耐药性的范围和微生物获得这种能力的速度都在加快。“耐药细菌产生对美国社会和个人每年至少产生40亿到50亿美元的成本，”该报告称，“在1992年，大约1.9万人是直接由院内感染（耐药疾病）引起的死亡，这已成为美国人口死因的第11顺位。”[671]

1998年，90%的葡萄球菌感染涉及对青霉素和所有相关化合物完全耐药的细菌。（40年前，所有葡萄球菌感染都可以用中等剂量的廉价青霉素类药物治愈。）同样，40%的肺炎球菌（细菌性肺炎和耳部感染的主要原因）对青霉素耐药。

1/5的葡萄球菌感染涉及所谓的耐甲氧西林金葡菌菌株，也就是说，它们对甲氧西林有耐药性。耐甲氧西林金葡菌菌株只能用最后一种昂贵的抗生素万古霉素来治疗，因此，每个病例的平均治疗费用从2.77万美元提高到3.14万美元，葡萄球菌的死亡率从8%提高到17%。[672]

亚特兰大国家传染病中心主任吉姆·休斯博士说：“在致病病原体中获得耐药性的速度相当快！看看耐甲氧西林金葡菌、耐万古霉素的肠球菌、日本的金黄色葡萄球菌，它们对万古霉素的敏感性降低了，这些都是真正的警钟。”[673]

根据国际移民组织的报告，“抗生素耐药性的问题超出了科学和公共卫生领域，进入了一个具有相当大的法律和监管挑战的领域。全球化使微生物能够在世界各地自由流动，但使一项连贯的公共卫生应对措施全球化的努力受到国家边界和主权概念的限制。”

这项任务是艰巨的，特别是考虑到富裕国家几乎完全缺乏替代药物，而在世界最贫穷的国家又几乎完全缺乏用于耐药性检测的实验室设备。尽管如此，国际移民组织希望建立一个全球监测网络，在每个国家的实验室中发现耐药菌株。该报告呼吁开展大规模教育运动，以减少医生处方和病人对抗生素的需求。

国际移民组织的报告紧随世界卫生组织 1997 年和美国微生物学会 1995 年发布的研究和决议。这两份报告得出的结论与美国国际移民组织通过的结论相似[674]，都强调了这个问题的全球性。美国公共卫生界将很难赶上欧洲同行，而欧洲同行反过来又发现很难 —— 也许不可能 —— 赶上进化中的微生物。但至少他们在努力。例如，在 1997 年，欧盟禁止了所有家畜（禽）使用阿伏帕星，它的化学成分几乎与万古霉素相同。果然，到 1999 年年初，从证明对万古霉素有耐药性的动物身上分离出的肠球菌百分比已从 14.6% 下降到 8%。[675] 作为一项普遍原则，欧盟国家一直坚持 1969 年斯旺委员会的建议，即人类治疗药物不能用作牲畜生长促进剂。

1999 年，美国食品药品监督管理局小心翼翼地涉足这些领域，建议美国应该采用类似于欧洲的抗生素使用标准。食品药品监督管理局的领导们引用了奥斯特霍尔姆的明尼苏达团队在 1996 年所做的工作结论，该结论表明给鸡使用氟喹诺酮类生长促进剂会导致产生耐药的弯曲杆菌，当这种细菌进入人体后，会引发耐药的肠道感染。研究小组发现，到 1988 年，在双子城超市出售的所有随机挑选的鸡肉样本中，约有 88% 被弯曲杆菌污染；超市每 5 只鸡中就有 1 只带有耐药性细菌。[676]

尽管情况很糟糕，但涉及耐药微生物的食物获得性细菌感染很少是致命的。但当这些超级细菌在医院里出现的时候，致命感染就暴发了。

1997 年 4 月，玛格丽特·汉伯格博士辞去纽约市卫生专员一职。在经历了该市的结核病、艾滋病和耐药性细菌传染病之后，汉伯格在朱利安尼政府中坚持了两年，因为她的工作人员以及卫生选区的社区代表都请求她不要离开。[677]
但是，作为纽约市最后一位民主党高层官员，汉伯格与共和党市长之间的矛盾实在是太多了。两年来，她一直在努力保护卫生部的预算，而市长却下令削减每一个卫生项目的开支。尽管纽约市的经济蓬勃发展，犯罪率也创下历史新低，但朱利安尼还是大幅削减了该市的大部分社会部门开支，并增加了警察开支。在他的领导下，公共卫生研究所的实验室租赁谈判破裂，迫使纽约的核心实验室迁出纽约，迁往新泽西州哈德逊河对岸租金更低的地方。

汉伯格自动退出后，朱利安尼就马上合并了精神卫生和公共卫生服务，并任命前精神卫生研究所主任尼尔·科恩博士全权负责。市长还成立了一个应急办公室，授权处理包括传染病在内的许多城市危机。[678]

到 1997 年，纽约州有 310 万没有医疗保险的居民，另外 490 万人享受医疗补助或医疗保险。因此，该州 43% 的人口要么没有医疗保险，要么由联邦政府投保[679]，只有不到一半的人口有私人保险[680]。

共和党州长乔治·帕塔基说医疗补助是“浪费”，尽管有越来越多无医保的纽约人，纽约州依然把对穷人的卫生保健支出由 1999 年的 2.66 亿美元做了削减（全面下调到了 95 亿美元），[681] 在克林顿第二个任期，对医院医生、医疗补助和医疗保险报销率进一步下调，纽约的医学界预测 2005 年将为几家医院敲响丧钟。[682]

这些医院并没有得到政府的同情，因为 1997 年纽约市的医疗设施总共盈利 7.39 亿美元，比前一年增长了 42%，如果说医院曾经有过可以负担得起一点慈善行为的时候，那就是 1997 年，但医院的管理人员还是向市长哭穷。[683]

痛苦是有原因的，但不是医院的收入。汉伯格担忧已久的事情终于应验：耐药性以新的形式出现了。首先，20 世纪 90 年代中期，在东海岸的患者中发现肺炎链球菌菌株对头孢噻肟表现出越来越强的耐药性，这加大了最后使用万古霉素治疗急性链球菌感染的压力。[684] 自 1993 年以来，纽约市青霉素耐药的发生率增加了 1 倍多，大部分临床病例发生在 4 岁以下的儿童身上。[685]

同时，金黄色葡萄球菌对甲氧西林的耐药性逐渐增强，万古霉素的最后使用压力也随之增加。在 20 世纪 90 年代中期，纽约市的耐甲氧西林金葡菌仍然是本章开头所详述的令人生畏的医院问题，占美国所有严重的院内感染的 12%。

1997 年，一个法国医疗小组在一名 2 岁的癌症患者身上检测到了一种耐甲氧西林金葡菌，发现它对万古霉素有耐药性。[686] 令人吃惊的是，这个女孩以前从未接受过万古霉素的治疗。在日本，一个四个月大的男婴刚刚从最近的手术缝合线上感染了耐甲氧西林金葡菌，对男孩伤口中发现的葡萄球菌的分析表明，它也有万古霉素的耐药性。[687]

同年，美国出现了 3 例这样的耐药葡萄球菌病例。第 1 例涉及一名患有小细胞癌和慢性糖尿病的密歇根男子，所有能想到的药物都给了他，包括大剂量的万古霉素，但他在 1998 年 1 月死于心脏葡萄球菌感染。第 2 例患者也是一名糖尿病患者，在新泽西州死于葡萄球菌感染。正如在法国和日本的情况一样，这两个人的感染不仅具有万古霉素耐药性，而且具有以前未见过的遗传形式。[688]

第 3 个病例出现在纽约市外的联合医院医疗中心。纽约州卫生部的科学家们在病人所在的医院进行了彻底搜查，寻找这种新细菌的来源。虽然他们发现了一个携带耐甲氧西林金葡菌的病人和一个医生，但是他们的菌株是不同的。因此，当这个人在 1998 年 3 月死于无法治愈的葡萄球菌感染时，这种超级细菌的起源仍然是个谜。[689]

这些新的微生物被命名为万古霉素不敏感金黄色葡萄球菌。美国疾控中心很痛苦地注意到，所有新的超级细菌对万古霉素仍有一定的脆弱性；这对死亡的病人来说是一个小小的安慰。

随着 1998 年和 1999 年纽约市和其他地方出现的类似情况，公共卫生界的焦虑情绪大幅上升。瑞士研究员弗朗西斯・沃德沃格博士发现导管中的塑料材料实际上增加了在该位点生长的葡萄球菌获得强大耐药性的可能性。[690] 在洛克菲勒大学，专家检测到从城市医院的病人身上提取的特殊耐甲氧西林金葡菌菌株，这些菌株已经进化出了开关机制，在万古霉素的压力环境下开启，将万古霉素分子无害地结合到它们的细胞壁上，使药物失效，[691] 被称之为万古霉素中度耐药金黄色葡萄球菌。治疗受这种细菌感染婴儿的日本研究小组使用复杂的方法，在耐甲氧西林金葡菌样本中检测出这些易转变的细菌，发现日本 9% 的耐甲氧西林金葡菌能够转变成这种微生物。

“前景是严峻的。”沃德沃格总结说，[692]“在我看来，万古霉素中度耐药金黄色葡萄球菌的这些案例，像是一部死亡预言的编年史。微生物世界的适应潜力是这样的，每引入一种新的抗生素，很快就会进化出几种逃逸机制。抗生素的作用和对这些药物的耐药性就像光和影一样联系在一起：一个没有另一个就不存在。四十年来，认为万古霉素可以作为这一法则例外的想法是天真的。万古霉素耐药性是可预测的，因为金黄色葡萄球菌已经被耐万古霉素的肠球菌和耐万古霉素的凝固酶阴性葡萄球菌包围，而且肠球菌耐万古霉素的基因已经在体外转移为金黄色葡萄球菌。现在，我们可能需要恺撒大帝的战略力量来指挥一场反对滥用抗生素的大战”。[693]

在明尼苏达州和北达科他州，到 20 世纪末又发生了一起致命事件，4 名儿童死于社区（而不是医院）获得性耐甲氧西林金葡菌。[694]

经过细心的调查 [695] 会发现，这些儿童中没有一个曾住院或接受过甲氧西林治疗。他们从别人那里感染了耐甲氧西林金葡菌菌株，但来源无法确定。令人担忧的是，在溯源过程中，在这些州有 200 多人被确诊携带相同耐甲氧西林金葡菌菌株。这些病例分布在一个很大的区域，彼此之间没有明显的直接或间接联系，这意味着耐甲氧西林金葡菌在美国环境中比任何人想象的都要普遍得多。[696]

1998 年，耐万古霉素肺炎链球菌在世界各地出现，引发严重的脑膜炎和肺炎。[697] 这种耐药性是由于一种使万古霉素无效的染色体而不是转座子机制造成的。对来自孟菲斯和斯德哥尔摩的病人临床样本的调查显示，这种细菌惊人地普遍。[698]

新的超级细菌无疑起源于医院，但它们已经进入了美国的学校、日托中心、餐馆、机场，甚至进入了社区。正如莱德伯格所预测的那样，医疗机构缺乏感染控制已导致公共卫生危机，这个危机很可能会演变成致命的灾难。[699]

与这幅可怕的细菌版图形成鲜明对比的是，到 20 世纪 90 年代末，纽约市和美国其他艾滋病高发地区出现了一些好消息：艾滋病病毒感染者的死亡率大幅下降。[700] 更少的艾滋病病毒感染者发展成艾滋病患者。这意味着免疫系统受损的纽约人数量减少了，使得结核病和其他易传播的耐药微生物的管理更容易了 —— 至少在理论上是这样。

从 1997 年到 1998 年，美国艾滋病死亡率下降了 20%（病死数从 21222 例下降到 17047 例）。在此之前，1996 年至 1997 年，艾滋病死亡率下降了 42%。[701]1998 年，全国艾滋病死亡率下降到 4.6/10 万人，比 1995 年下降了 70%。1995 年，艾滋病病毒是美国第 8 大致死原因，而到 1998 年，它甚至没到前 15。[702]

20 世纪 90 年代，全美国梅毒发病率急剧下降，以致疾控中心预测美国将在 2005 年消灭梅毒。到 1998 年，全美国的梅毒发病率仅为每 10 万人中有 2.6 例，其中一半以上的梅毒病例只发生在 28 个城市（纽约不在其中，但洛杉矶在）。梅毒发病率在巴尔的摩、芝加哥、孟菲斯、纳什维尔、菲尼克斯和底特律的非裔美国人群中最高。[703]

综合起来，这些结果表明美国在控制性传播疾病方面取得了一系列重大公共卫生成就。

“不管美国艾滋病死亡数减少了多少都是好消息，”疾控中心的杰弗里·科普兰博士说，“我们应该充分认识到公共卫生取得的巨大成就，这一成就，通过与艾滋病相关的死亡人数从 1995 年的每年 5 万人降到现在每年不到 2 万人，就足以说明。”[704]

但这真的是公共卫生的胜利，而不是医疗保健的胜利吗？是的，死于艾滋病的美国人越来越少，但新感染艾滋病病毒的人并没有下降。从 1996 年开始，一套创新的鸡尾酒疗法的广泛使用成功地降低了死亡率，这种疗法遏制了病毒，但却付出了巨大的代价。这种疗法的药物，加上必要的医疗监督和检测，每年成功治疗的病人（或保险公司，或政府）花费超 2 万美元。

怀疑论者问道，20 世纪末的艾滋病病毒状况是否构成了一个严重的公共卫生挑战，而不是一个胜利？

在国际上，艾滋病病毒继续肆虐且趋于失控，截至 1998 年 12 月，已有 4730 万人感染，其中 3340 万人至 1999 年还活着。在美国，只有不到 5% 活着的患者能负担得起鸡尾酒疗法的药物，这已被证明对死亡率有显著影响，可延长寿命。在过去的 18 年里，累计有 1390 万人死于艾滋病，超过了 1346 年到 1350 年间欧洲的黑死病死亡人数 900 万到 1100 万人之间。到 1999 年，艾滋病已成为非洲的头号杀手，已超过了非洲大陆上的肺结核、麻疹、疟疾和其他热带疾病。在 10 个非洲国家中，超过 10% 的人口（所有年龄段的人口加起来）是艾滋病病毒阳性。在全球范围内，艾滋病病毒是 1998 年第 4 大杀手和第 1 大传染病。[705]

鉴于越来越多的证据表明，艾滋病病毒在美国同性恋人群中发现之前的几十年就起源于非洲，[706] 看似谨慎的假设是，如果没有可负担的、有效的治疗方法或疫苗用于这个被围困的非洲大陆，这种病毒今后将在美国、加拿大和欧洲反复传播。因此，在全球化的时代，认为地球上某个地方艾滋病死亡人数的减少预示着公共卫生胜利的到来是毫无道理的。[707]

但哪怕是美国，也不容对艾滋病的形势乐观。1997 年，疾控中心对几个城市的男同性恋者进行的一项调查发现，[708] 新感染的比率仍然非常高：尽管有大量的安全性行为教育，每年仍有 6% 的男同性恋新被感染。更令人担忧的是美国 15 岁到 22 岁的男同性恋者的血清转化率：1998 年，这个群体中有 7% 的人已经被发现感染，而每年有 3% 的人被认为是新感染的。美国疾控中心在几个城市进行的调查显示 [709]，近一半的年轻男同性恋者承认，在 1998 年的前 6 个月里，他们至少有过一次没有使用安全套的性行为。[710]

20 世纪 90 年代末，全国每年至少有 4 万人感染艾滋病病毒。这只是 20 世纪 80 年代初期每年 15 万人的一小部分，但当时没有人意识到艾滋病病毒的存在。19 年后，付出了数亿美元在艾滋病教育上面之后，成千上万的美国人仍在冒险进行性行为。

问题出在流行的谬论，谬论说：艾滋病已经结束了。

而事实是，美国艾滋病病毒呈阳性的人数每天都在增加。[711] 而且几乎不可能预测哪些感染者会保持健康和强壮、哪些会死亡。双胞胎兄弟埃里克和詹姆斯就证明了这一点 [712]。

1987 年，26 岁的埃里克死于艾滋病。那时，大多数艾滋病患者确诊后死亡，因为治疗充其量不过是一场空谈。他的死亡促使他的孪生兄弟詹姆斯加入了 ACT UP 民间抗艾组织。在某种程度上，多亏了詹姆斯和他的同伴们经常发出的激进的呐喊，艾滋病研究在 20 世纪 90 年代加快了步伐，美国食品药品监督管理局加快了对新药的批准，一系列看起来不可思议的新颖疗法在 1996 年进入了当地药店。将 3 种或 3 种以上不同的药物混合服用，这种被称为新型抗艾滋病鸡尾酒疗法，或称高效抗逆转录病毒疗法，为艾滋病严峻的历史首次带来了真正的希望。

35 岁的詹姆斯是纽约常春藤联盟的一员，他在 1996 年年初加入了鸡尾酒疗法的行列。几个月后，詹姆斯的挚爱史蒂夫也开始了鸡尾酒疗法。很明显，他们中的一个将会成为科学记分牌上的成功者，而另一个则不是。在史蒂夫日渐恢复的同时，詹姆斯病情加重，并于 1998 年两次因艾滋病相关疾病住院治疗。

那年 9 月，詹姆斯自己很哀怨，昏昏沉沉的。两天后，他因败血症住院治疗。三天后，他死了。史蒂夫仍然很健康。

当有超过 250 种不同的鸡尾酒疗法药物可用，并且许多美国人和欧洲人宣布这种传染病已经结束时，詹姆斯去世了。尽管数以千计像詹姆斯一样的人仍然遭受和死于艾滋病，在西欧和北美较富裕的国家，艾滋病的急迫感在鸡尾酒疗法之后消失了，艾滋病紧急护理设施关闭，艾滋病病毒阳性的人开始担心他们的退休基金，同性恋者和他们医生的集会上不再弥漫着阴郁。

当时被称为蛋白酶抑制剂的关键药物阻断了艾滋病病毒将其后代包装成可存活的感染形式的功能。单独使用蛋白酶抑制剂被证明是有害的：它们是有毒的制剂，艾滋病病毒会迅速变异并产生抗药性。但是，当与针对病毒不同生命周期的其他种类的抗艾滋病病毒药物联合使用时，蛋白酶抑制剂似乎在少数病人中观察到待许可药物研究引起了奇迹般的结果。[713]

1996 年 11 月 10 日，就在詹姆斯开始鸡尾酒疗法的 6 个月后，艾滋病病毒阳性的作家安德鲁·苏利文在《纽约时报》杂志上发表了一篇题为“当瘟疫结束时：传染病控制的曙光”的有争议的文章，同时在《新闻周刊》刊登了一篇封面故事，标题是“艾滋病的终结？”。1996 年，《科学》杂志在结束语中宣布鸡尾酒疗法为“年度突破”，《时代》杂志把鸡尾酒疗法的关键人物何大一博士评为年度“风云人物”。按照美国媒体通常的标准，一场革命正式宣告开始了。

但如果是这样，史蒂夫说，它残酷地绕开了詹姆斯和其他成千上万接受了鸡尾酒疗法的美国人。在 1996 年中期激动人心的日子里开始接受鸡尾酒疗法治疗的人，到 1998 年年底，超过 1/3 治疗失败。[714]

詹姆斯去世几周后，史蒂夫情绪激动地谈起了失去爱人和与艾滋病相关的新现实。“我是受过训练的科学家，”史蒂夫说，“所以我总是在寻找证据。是的，情况有所改变，但人们仍在死去。另一个亲密朋友一周前去世了。我不相信这个鸡尾酒疗法能让我坚持到 70 岁。现在我 41 岁了，我想我可以活到 50 岁。可是天知道这些药物对我们有什么影响。我们将来是否都需要肝脏移植？”

史蒂夫意识到，任何采取鸡尾酒疗法超过 18 个月的人都生活在不确定的边缘地带。医生和病人每天都在与病毒进行创造性的斗争，没有长期的经验或目标来引导他们非同寻常的复杂的计划。虽然一些人宣布胜利了，但大多数艾滋病病毒专家和经验丰富的艾滋病活动人士认识到了真相：鸡尾酒疗法是在争取时间，它既不能治愈，甚至也不能提供一个可长期维持的模式。

然而，在意识到这一点之前，曾有一段幸福的时期。在 1996 年夏天于温哥华召开的国际艾滋病会议上，有传闻说艾滋病患者采用了后来被称为鸡尾酒疗法的早期形式获得了康复。来自世界各地的顶尖艾滋病病毒研究人员聚集在一起，谨慎地讨论一种新的可能性：根除。如果根除能实现，鸡尾酒疗法将代表医学和公共卫生的胜利。[715]

在这一喜讯的推动下，成千上万的欧洲人和北美人在温哥华会议后不久就开始采用鸡尾酒疗法。总的来说，两年后，当国际艾滋病组织在日内瓦再次召开会议时，结果看起来仍是好的，因为艾滋病死亡人数被证实有大幅度的下降。[716]

到 20 世纪 90 年代末，一些科学家开始盲目乐观。“即使你找了一个对鸡尾酒疗法有成功反应的人，”尼尔·纳撒森博士说[717]，“我的感觉是，不可能让一个人一辈子都用鸡尾酒疗法……我不认为仅凭药物本身会像胰岛素对糖尿病一样管用。”[718]1998 年，纳撒森接管了美国国立卫生研究院艾滋病研究办公室，负责每年 170 万美元的科学预算。正当人们开始对鸡尾酒疗法产生怀疑时，他走到了舵前。

“我的观点是，1997 年没有死去的人，都不是被治愈，只是被推迟了死亡，”纳撒森说，他很清楚自己的评论的严重性，“我没听到多少乐观的声音……我担心死亡率可能会开始回升。死亡率从图表上看似乎将要下降为零，这可以用来证明我们应该减少我们的研究。这将是一个灾难性的信息。”

纳撒森说，这是灾难性的，因为他预见到，很快就会需要对艾滋病采取全新的治疗策略，但大约 25 家公司正在开发的大部分药物都瞄准了 50 亿美元的美国市场艾滋病市场只不过是基本的鸡尾酒疗法主题的变体。从 2005 年直到 2020 年之前[719]，没有一种药能够以全新的靶向方式治疗艾滋病病毒，也没有一种疫苗能够进入市场。“在接下来的几年里，”纳撒森认为，“我们唯一能期待的就是在相同的药物主题上进行改进。”

“我认为，我们离治愈疾病的距离可能就像我们离疫苗的距离一样遥远。”葛兰素威康制药公司负责艾滋病治疗开发的副总裁彼得·扬说，[720]他脑海中浮现的画面是“许多人正在填沙袋”，以支撑日渐衰弱的鸡尾酒疗法大坝。

新增艾滋病病例源源不断地流入一大群感染者——这群人在1996年的鸡尾酒疗法革命之前是不存在的。然而，这些药物创造了一个大坝，将艾滋病病毒流保存在一个不断扩大的池子里，而不是让它们流向艾滋病和最终的死亡。

扬遗憾地总结说：“如果你试图绘制出艾滋病病毒感染者的预后曲线，很明显，我们还没有到可以说我们已经把曲线拉平的地步。也许我们改变了流向大坝的水流速度。但这项工作仍在进行中。”

许多研究人员——包括1996年根除假说的发起者——在四年后说，在明显成功的鸡尾酒疗法患者体内，隐藏的艾滋病病毒蓄积很大，而且寿命很长。何大一认为，患者必须服用25至30年的高难度药物，才能消除这些隐藏的病毒。一些科学家把这个数字进一步推演到40至50年。[721]

不管数字是多少，时间都太长了。鸡尾酒疗法药物涉及复杂和困难的治疗方案，昂贵且难以服用，而且越来越多地被认为会引起一系列严重的甚至危及生命的副作用。[722]1999年年初市场上至少有250种不同的药物组合，许多新的鸡尾酒疗法药物计划在未来获得美国食品药品监督管理局的批准，医生需要跟踪一长串的“应该做什么”和“不应该做什么”的清单。[723]而对病人来说，接受鸡尾酒疗法治疗可能成为一项全职工作：有些药物必须一天服用6次，有些1次，有些2次；有些人必须在饱腹时进食，有些人则必须在进食前进食。所有管理良好的艾滋病患者还服用了大量预防药物，以防止常见的机会性感染。[724]

艾滋病病毒对抗病毒药物产生耐药性的方式，与细菌对抗生素产生耐药性的方式大致相同：通过利用人类对药物的不当使用。但是艾滋病病毒产生耐药性的速度比细菌要快几个数量级。[725]在任何药物的使用中，如果中断之后再重新使用，就会使艾滋病病毒有机会变异和克隆出大量具有耐药性的病毒。在鸡尾酒疗法的例子中，非常短暂的中断，大约几天的时间，就足以把耐药性转移到致命的病毒上。作为回应，制药公司开发了使医生可以在病人的病毒样本上进行常规测试的快速耐药性测试，例如，如果一个病人被发现有抗英地那韦的艾滋病病毒突变，医生可能会给病人换上有不同蛋白酶抑制剂的鸡尾酒疗法药物。

直到病毒对所有蛋白酶抑制剂都产生耐药性。[726]

时间本身可能最终冲毁鸡尾酒疗法的大坝。每次患者更换鸡尾酒药物时，耐药菌株似乎出现得更快，并且他们可能会将这些耐药菌株传给他们的性伴侣或共用针头的伙伴[727]。最终，就像纽约的詹姆斯一样，病人将会用尽所有有效的选择。

一些医生对鸡尾酒疗法治疗失败的策略是，给病人提供极其复杂的鸡尾酒疗法，多达 8 种抗病毒药物，每年的费用超过 6 万美元。曼哈顿艾滋病专家霍华德·格罗斯曼博士对此表示:“这种疗法居然被广泛接受了。这很不可思议。”

直到 2000 年，这种格罗斯曼口中的“超级鸡尾酒疗法”，在那些因出现耐药性导致标准治疗失败的患者中，仍然用得非常普遍。

当像格罗斯曼这样的医生冒险进入更广阔的艾滋病治疗领域时，大量的鸡尾酒疗法实验在没有任何指导数据的情况下就已经开始了。没有人在跟踪记录。事实上，大多数艾滋病服务组织确信“瘟疫已经结束”的说法有效，20 世纪 90 年代末，他们都看到了捐款的减少。所以他们削减了有关政策和研究人员。整个美国的急性艾滋病护理机构都关闭了，过去在一个提供相关统计信息的平台监控病人的治疗结果的由科学家、医生和护士组成的团队被拆散了。

1998 年，在作为极少数设备保存完好的地方之一的阿拉巴马大学伯明翰分校，在迈克尔·萨格博士的监督下，他们对 1500 多名患者进行了最先进的研究和护理。

到 1998 年年底，萨格博士庞大的数据库出现了令人心碎的数字。[728] 他注意到，1997 年 5 月是他的监控人口中艾滋病和死亡人数的最低点，“但从那时起，死亡率明显上升。他们不是死于传统意义上的艾滋病。我不知道他们死于什么，但他们正在死去。他们就这么白白死掉了。”

这一数据赶上了“治愈”和“根除”这两个流行词——到 1999 年年初，这两个概念都消失了。新的流行词是“缓解”，来自医学的另一个令人沮丧的领域——癌症治疗。到 2000 年，甚至这个词也从艾滋病病毒词典中消失了。

在芝加哥的西北大学，斯蒂芬·沃林斯基博士分析了在他治疗最成功的病人身上发现的病毒基因。他的发现是非常糟糕的：病毒总是存在，而且似乎随着时间的推移会发生变异。

“病毒还没有消失——它还在那里很多年。所以问题是，这是一个进化的问题吗？是否存在正在进行的复制？为什么我们总是看到（病毒）RNA？病毒告诉了我一些东西，但我还没有聪明到能看到它，”沃林斯基耸耸肩，“天要塌下来吗？”

“会吗？”他被反问道。

“我希望我知道。”他做出结论。换句话说，免疫缺陷病毒是否与后来被称为耐甲氧西林金葡菌、耐万古霉素肠球菌等细菌一样，也同样经历着公共卫生的悲惨境遇？

宾夕法尼亚州西点市默克研究实验室的负责人埃米利奥·埃米尼曾经很看好鸡尾酒疗法，在1999年，她也同意这一观点，即艾滋病病毒在看似有效治疗的患者中的复制和变异是“毫无疑问”的。1999年，艾滋病病毒科学家们达成了一个共识：艾滋病病毒会繁殖和变异，定期出现。

“我们从一开始就说这是一种令人讨厌的小病毒，”埃米尼坚持说，“我的基本希望是，我们最终能够在这里真正地注射一种疫苗。”

与此同时，同性恋作家、纽约著名活动家米开朗琪罗·希诺里尔说，在少数人的科学圈子之外，一种大规模的否定已经开始。“人们感到愤怒……愤怒于我说艾滋病没有消失。人们指责我制造恐慌，歇斯底里。人们羞于谈论药物对他们不起作用的事实，甚至羞于谈论他们的爱人最近死于艾滋病。因为那种失败感。”

到1999年年底，越来越多的证据表明，这种对希诺里尔所宣称的事实的否认导致了同性恋群体中不安全性行为的复苏，对公共健康构成了潜在的威胁。

美国疾控中心的研究人员首次开发出一种测试方法，让公共卫生部门有机会像对付梅毒那样对付艾滋病。这项测试让研究人员能够分辨出谁是最近感染了这种病毒的人，谁是携带艾滋病病毒多年的人。在这项被称为失谐酶联免疫吸附试验的测试[729]之前，公共卫生工作者无法追踪艾滋病病毒在其社区的传播，因为对任何人来说，想起他们一生中所有性伴侣的名字和地址都太难了。但是失谐酶联免疫吸附试验能够识别出新近感染的个体[730]——那些在过去120天内感染了艾滋病病毒的个体，因为几乎每个人都记得他们在过去的四个月里和谁发生过性关系。

有了这样的详细资料，公共卫生当局就可以追踪那些可能在传播艾滋病病毒的人，从而阻断病毒的传播链。当时的想法，是用多年来治疗淋病和梅毒的方法来治疗艾滋病病毒。

“这非常简单。”旧金山的威利·麦克法兰德博士说。

公共卫生部说：“当听到这个消息时，我们欣喜若狂，因为这开启了回答我们以前从未解决过的问题的可能性。”

1999年，旧金山是世界上唯一一个常规使用失谐酶联免疫吸附试验的城市。在对成千上万的北加利福尼亚人进行了大约9个月的观察之后，麦克法兰德和他的同事们彻底地相信它是一种有用的研究工具。[731]

每年约有9000名旧金山人在城市诊所接受艾滋病病毒检测，麦克法兰德在邻近的阿拉米达、马林和圣马特奥郡的同事也在1999年的合作研究中开展了数量有限的失谐酶联免疫吸附试验。麦克法兰德说，他们的发现“让我们大吃一惊”。尽管进行了数千次艾滋病病毒检测，但没有一个妇女在最近的艾滋病病毒检测中呈阳性，没有一个。在北加州，除了那些同性恋者，没有一个注射吸毒者在最近的感染检测中呈阳性。旧金山所有新感染的人都是男同性恋，大多数是 30 多岁的白人。

麦克法兰德想更多地了解这些男人，尤其是他们的伴侣。但与纽约和其他十几个州不同的是，加州没有关于追踪艾滋病病毒接触者的法律。根据麦克法兰德的说法，任何试图从这个州的大部分同性恋、男性艾滋病病毒感染者口中获取伴侣信息的行为，都会被辱骂为“性警察”！

“这引发了很多问题——政治问题，以及对‘伤寒玛丽’的记忆。”麦克法兰德说，“我们对来自这种绰号的巨大阻力感到困惑。破坏我们所有努力的是社区的抵抗。”

1998 年，艾滋病服务组织“男同健康危机组织”在曼哈顿对 7000 名男同进行了一项调查，结果发现，80% 的男同性恋者在过去三年内接受过艾滋病病毒检测：13% 的人是艾滋病病毒阳性。这一感染率与 1980 年纽约市同性恋社区 50% 的艾滋病病毒阳性率相去甚远。这是好消息。坏消息是，39% 的受访者承认在过去一年内有过无保护措施（没戴避孕套）的肛交。[732]

原因是什么？男同健康危机组织的主任乔舒亚·利普斯曼说：“现在人们错误地认为艾滋病已经没有了，因为鸡尾酒疗法成功了。所以公众错误地以为你吃了一片药就没事了。”

五年前，艾滋病的肆虐在视觉上是显而易见的，甚至对于漫步在城市中心的同性恋普通观察者来说也是如此。沿着街道，在咖啡馆里，你可以看到年轻人痛苦地把他们虚弱的身体靠在朋友身上，靠在拐杖上，靠在门框上。对于未受感染的男同性恋者来说，每天都有明显的迹象提醒他们在没有乳胶保护的情况下发生性行为的固有危险。然而，自 1996 年以来，随着鸡尾酒疗法的广泛使用，同性恋社区发生了彻底的变化。这些人都是外表健康、肌肉发达的男性——不管他们是不是艾滋病病毒阳性者——他们在当地的健身房锻炼，服用生长激素和睾丸素，看起来更像阿诺德·施瓦辛格，而不是那些倚在死亡之门上的简图人物。

“我确实认为对死亡和艾滋病恐惧的减少导致了对感染艾滋病病毒恐惧的减少。”米切尔·卡茨说，他是旧金山公共卫生署的主任，他本人也是同性恋。

与此同时，在全国 26 个城市进行的一项调查显示，男同性恋者的淋病发病率在 1993 年至 1996 年间上升了 74%。华盛顿州西雅图市报告称，自 1996 年以来，该市男同性恋者的梅毒病例增加了 60%，淋病病例增加了 76%。1998

年，在芝加哥北部的一个同性恋社区，原本已经从同性恋人群中消失的梅毒突然重现，而在芝加哥同性恋者中，淋病的发病率增加了 1 倍。[733]

根据纽约市卫生局的数据，纽约市的淋病发病率并没有上升，但是梅毒的发病率却上升了。总体而言（在所有人群中，包括同性恋和异性恋），1998 年纽约市约有 80 例活动性梅毒病例。截至 1999 年年中，个案数目远超 1998 年，该局预测这一年的个案数目会超过 100 例。[734]

旧金山卫生部门表示，该市令人不安的趋势更加明显。1994 年，在被诊断出淋病的男同性恋者中，只有不到 1% 的人同时感染了艾滋病病毒。麦克法兰德说，1998 年，患有淋病的艾滋病病毒阳性男同性恋人数上升到 16%，这意味着该市更多的艾滋病病毒阳性者和艾滋病病毒阴性者在没有安全套的情况下发生性行为。

加州大学旧金山分校的金伯利·佩奇-沙弗博士和当地艾滋病防治项目的丹·沃尔费勒在 1994 年至 1997 年间对 21857 名同性恋男子进行了调查，他们发现，承认不戴安全套发生性行为的男同性恋者数量持续上升，直到 1997 年，这一数字达到了受访者的 1/3。[735]

加州大学旧金山分校另一项由科学家罗恩·斯托尔主持的研究[736]发现，到 1997 年年底，自 1993 年以来被反复询问的 500 多名男性中，有整整一半的人都在没有保护措施的状态下性交。“这项研究值得注意的是，这是艾滋病史上首次出现不安全性行为大幅增加的情况。”斯托尔解释说，“这是新情况。在过去的两年里，这个数字增长了 50%。大约一半的行为是无保护的肛交，在这种情况下，男性要么知道他们的伴侣（艾滋病病毒）阳性，要么不知道。”

卡茨说：“人们应该对不安全性行为感到懊悔。可现在的问题是，有小部分人说：‘是的，我做了，但不后悔。’”

加州大学旧金山分校医学社会学研究生迈克尔·斯凯茨说，这被称为“光背”[737]。斯凯茨在全国范围内，采访了 826 名同性恋者，大多数是白人，平均年龄是 36 岁，他们认为自己是“光背”；他们知道疾控中心和男同性恋者健康危机、遏制艾滋项目等组织对艾滋病患者所说的一切，但他们还是拒绝采取保护措施，称公共卫生官员和著名的同性恋领导者为“安全性行为警察”和“避孕套警察”。斯凯茨说，这些公共卫生“不法行为”，受欢迎程度却正在迅速增加。

“如果没有互联网，这一切都不会发生。”斯凯茨继续说，“‘光背’诞生于美国在线。互联网具有匿名性，男同性恋者能够诚实地说出他们想要什么，并相互联系。”在互联网上，斯凯茨发现了 150 多个专门用于“光背”备份的列表服务器。

1999 年，罗恩·斯托尔说，“10 万美元的问题”是同性恋文化是否已经进入了一个全新的范式，要求对疾病预防采取截然不同的方法？[738]那么疾控中心的失谐酶联免疫吸附试验接触追踪计划该如何实现呢？斯凯茨预想，“如果真的对男同性恋者进行接触追踪，那他们与公共卫生之间将会爆发战争。”

随着20世纪接近尾声，艾滋病病毒似乎真会步耐甲氧西林金葡菌、耐万古霉素肠球菌、耐多药结核病和饮用水中耐氯微生物的老路。

3个不同的研究小组在1999年发表了证据，证明艾滋病病毒的耐药菌株正在美国和欧洲的性行为活跃的人群中传播。[739]由于这3个研究小组都发现了在过去18个月内出现的高度耐多药病毒，人们担心，观察员们正在目睹一种趋势的开始，这种趋势可能会使抗艾滋病病毒治疗在未来毫无用处。[740]

1999年在亚特兰大举行的全国艾滋病预防会议上，疾控中心主任将鸡尾酒疗法说成是“巨大的公共卫生成就”，并补充说：“我认为，当人们可以活得更长时，这将是公共卫生的胜利。”

但是，结核病的抗生素治疗和艾滋病的鸡尾酒疗法之间存在着巨大的差异。如果使用得当，抗生素是可治愈结核病的，从而减少传染性结核病人群的规模；与此相反，鸡尾酒疗法既不能治愈艾滋病，也大大增加了居住在渗漏的鸡尾酒疗法大坝后面的美国和欧洲艾滋病病毒携带者的数量，在那里，他们可以将艾滋病病毒传播给他们的性伴侣，在某些情况下，还会将变异的、高度耐药的艾滋病病毒传给他们。

托马斯·杰斐逊大学的艾滋病专家罗杰·波默兰茨说：“显然，鸡尾酒疗法对医学来说是一大福音，然而，对于公共卫生来说，这是一个挑战，也许是一个障碍。”

在2000年的最初几个月，克林顿总统似乎解决了争论，宣布全球艾滋病大流行是美国的国家安全威胁。

因此，20世纪的美国公共卫生以一种令人困惑的、不祥的调子结束了。人类的宿敌——微生物世界，正在制造那么多新挑战，以至于科学家和医生们都难以追踪。全球化为美国打开了奇妙的经济和文化的新视野，但也让它更容易受到微生物威胁。越来越多的老年人拥向肿瘤科和心脏病科病房，而与此同时，美国的医疗融资体系却在寻找新颖、有创意的方式来拒绝接受这类医疗服务。越来越多的美国人脱离了医疗体系，得不到医疗保险和医疗服务。在政治上，许多美国人谴责任何带有“政府”味道的东西，从而削弱了对公共卫生的支持。

可怕的是，医院在极短的时间内就从受人尊敬的医学堡垒转变成了传播耐药致命微生物的财务管理中心。严苛的疾控中心感染控制标准，加上减少的导管和其他侵入性装置的使用，使得 1999 年美国顶级医院的院内感染率下降，但医疗设施中的细菌传播仍使美国约 4.4 万至 9.8 万人丧生，当年损失高达 290 亿美元。[741]

简单的细菌感染已变得异常复杂，医院、医生和公共卫生领导人勇敢地尝试限制抗生素耐药的出现和传播，但针对无处不在的细菌，他们发现，到 2000 年，尽管药物使用了五十年，但他们几乎不知道如何在重症监护病房这样复杂的美国生态系统中保持其效力。[742] 毫不奇怪，新的葡萄球菌和能够抵抗万古霉素这种最后防线药物的链球菌继续在美国各地出现。[743]

尽管到 2000 年，美国的许多主要健康威胁都来自国外，但美国的公共卫生基础设施根本没有准备好应对这些外部威胁。传统上忽视公共卫生的机构，如美国中央情报局 [744] 和战略与国际研究所 [745]，到 2000 年，比大多数公共卫生机构更加积极和焦虑地处理有关全球化传染病的问题。

20 世纪末，美国公共卫生在解决预期寿命和其他基本健康指标的种族差距方面上所做的微薄努力也受到了阻碍。1980 年在美国出生的白人男婴平均预期寿命比同年出生的非裔美国婴儿长 7 年，到 1990 年，预期寿命差距略微扩大：7.3 年。而在 1996 年，这个差距是整整 8 年。[746] 尽管拉美裔和非裔美国人在相关政府领导工作岗位上的地位更加突出，但少数族裔社区公共卫生的糟糕记录在 20 世纪 90 年代并没有得到很大改善。

以纽约市为例，1998 年，非裔美国人聚居的哈莱姆区的总体死亡率居首位，不仅传染病死亡率居首，癌症和心脏病的死亡率也居首。哈莱姆区和该市较富裕的白人聚居区之间的死亡差距约为 30%。[747]

2000 年，如何预防慢性病 —— 癌症、心脏病 —— 继续困扰着美国公共卫生领导人，部分原因是关于饮食和行为问题的科学发现相互矛盾。但是，即使在预防和治疗的科学中似乎是很明确的发现，也终会失败。位居榜首的是高血压和肥胖症，在 20 世纪 90 年代，这两种疾病在美国人中急剧上升。例如，在 1999 年明尼苏达州的一项调查中，超过一半的被测成年人患有高血压（其中 39% 的人不知道，只有 16.6% 的人正在接受各种治疗）。[748]

虽然医疗保健并不是公共卫生的同义词，但到 2000 年，美国的医疗服务缺乏和保险公司对医疗服务的限制明显影响了预期寿命，全国卫生保健联盟宣布，致命误诊率在 20 世纪 90 年代飙升，接近 1997 年全部死亡人数的 35%。据估计，在 20 世纪 90 年代末，每年有 18 万美国人死于未经治疗或医疗护理不当。[749] 威斯康星大学的一项研究发现，在 20 世纪 90 年代，一些强行规定的早出院政策使婴儿死亡率增加了 2 倍。[750]

1999 年年底，哈佛大学和北卡罗来纳大学的一个研究小组调查了美国公共卫生系统的状况，分析人员向美国每个地方的公共卫生领导人发放了详细的调查问卷，要求他们对各自部门和服务的绩效进行评估。平均而言，受访者给自己的打分是 35 分（满分为 100 分）。

换句话说，到 20 世纪末，公共卫生领导人自己说，他们只完成了保护美国人民健康所必需的 1/3 的职能。[751]

古希腊的阿斯克勒庇俄斯会如何看待 2000 年美国的医疗卫生体系——它久负盛名的教学医院？伴随着心脏监测器的“哔哔”声和急救铃声，阿斯克勒庇俄斯在大街小巷里游荡。他可能会转向女儿帕纳刻亚和许葵厄亚。

“这个烂摊子该怎么收场？”阿斯克勒庇俄斯可能会问。

帕纳刻亚将目光投向了大量的高科技设备，病人们被连接在这些设备上，他们收到的药物清单也很长。她也会发现在放满灵丹妙药的圣殿里，疾病仍在传播，让人不知所措。

“妹妹，”帕纳刻亚绝望地问，“你有答案吗？”

许葵厄亚悲伤地摇着头，低声说：“这些受苦的灵魂，他们大多数人，从一开始就不该属于这里。”

第五章 生物战

生物恐怖主义威胁与公共卫生

难道不能设法把天花传染给那些心怀不满的印第安部落吗?

——1763 年 7 月，英国驻美洲殖民地总司令杰弗里·阿默斯特爵士提及庞蒂亚克起义时这样写道。[1] 两周前，天花病毒已经蔓延到了印第安部落的肖尼族和德拉瓦族。

700 多名黑人感染了天花，我要把他们派到叛军的种植园去。

——1781 年 7 月 13 日，英国将军亚历山大·莱斯利在美国独立战争期间，写下了用天花对付乔治·华盛顿将军支持者的计划。

明艳的阳光、晶莹的雪花，掩盖了危机四伏的日子。

1999 年 1 月，清晨，美国明尼阿波利斯市寒风刺骨，气温只有 -10℃，这足以让任何准备不足的傻瓜在远离庇护所的情况下暴毙街头。

透过鸽子笼似的政府办公室玻璃隔板，迈克尔·奥斯特霍尔姆打量着刚进门的员工们。他们正大步走向各自的隔间，边走边脱去身上层层厚重的毛料衣物。有个人透过热气腾腾的玻璃也看到了奥斯特霍尔姆，向他挥手道早安。奥斯特霍尔姆是个典型的明尼苏达人，他高兴地挥手回应道:“天气够冷吧？”

“是的，这个周末冰钓会很不错。”这位年轻的州卫生工作人员开玩笑说。大家都知道，他很喜欢在明尼苏达州数百个冰湖边的帐篷里待一天，就像他喜欢在市区歌舞厅与“火箭女郎”共舞一样。

两道 45 厘米宽的玻璃缝隙给奥斯特霍尔姆带来了几缕冬日阳光，透过缝隙还能瞥见雪花飘洒，落在光秃秃的树上。在白色的薄板石墙上，挂着州卫生部一些让人记忆犹新的旧标识，上面写着“此处有天花”。奥斯特霍尔姆的精神异常好，因为他刚刚接到一个非常重要的电话。

迈克尔·奥斯特霍尔姆是美国明尼苏达州研究西伯利亚问题的流行病学家，即将受邀参与某个中东国家的政治事件，并在其中扮演重要的角色，不过目前他对相关情况还几乎一无所知。他刚刚被约旦国王召见，要去向国王汇报一个困扰他多日的问题：生物恐怖主义。

1999 年 1 月 5 日，当奥斯特霍尔姆的手下——一群异常敏锐的疾病侦探们——忙着追踪新一轮李斯特氏菌引起的食物中毒事件时，他在办公室给华盛顿打了个电话，从国务院和国家安全委员会那里得到了这次去约旦会面的详细计划。

约旦哈希姆王国是一个地处沙漠的小国家，但其领导人侯赛因国王拥有超凡的全球战略眼光，使这个小国的规模和经济影响力得到了空前发展。他 17 岁即位，是 20 世纪后期在位时间最长的约旦国家元首。但现在，他的生命危在旦夕。就在 5 天前，侯赛因国王还没有完成最后一轮骨髓移植手术，就匆匆离开了那个他在那儿接受了 6 个月癌症治疗的梅奥诊所。他在出生于美国的努尔王后和 18 岁的哈姆扎王子的陪同下，突然出人意料地离开了梅奥。这引起了人们的恐慌，并引发了政治阴谋的传言。现在，随着癌细胞遍布全身，这位 63 岁的君主突然对生物恐怖主义产生了兴趣。圣诞节前不久，奥斯特霍尔姆在梅奥诊所见到了刚刚成年的哈姆扎王子，并与他开始了一场关于致命微生物而非肿瘤细胞的谈话。这位年轻的王子已被英国著名的桑赫斯特皇家军事学校录取，他对这位精力充沛的瑞典裔美国人印象深刻。

在那次匆忙的会面后不久，国王和他的家人便很快离开了美国，他们先到了伦敦。约旦皇室家族在离白金汉宫不远的地方有一套布置得很雅致的房子。就连奥斯特霍尔姆也不知道国王在伦敦，为了准备与国王会面，他正在搜集有关约旦安曼的信息，从他在美国明尼苏达所处的位置来看，他几乎无法想象这是一座沙漠城市。尽管那个地方似乎遥不可及，但那里的人却并不陌生，毕竟生物恐怖主义这个问题已困扰奥斯特霍尔姆近 6 年。

当奥斯特霍尔姆准备拜见侯赛因时，他向一位来访者解释说，自己对生物恐怖主义的兴趣始于 1993 年 5 月 11 日，具体时间是下午 1 点整，地点在疾控中心 A 礼堂。他之所以记得这些细节，是因为对这位地方流行病学家而言，这一刻是他此前从未经历过的茅塞顿开时刻。那次会议的主题是在全球消灭了天花之后，该如何销毁实验室中库存的天花病毒。在会议讨论中，根据叛逃到美国和英国的苏联科学家提供的信息，有关苏联生物武器计划的机密信息得以披露——苏联科学家已经研制出了一种由天花病毒制成的大规模杀伤性武器。

“我心想，天哪！仅在这个世纪，就有 5 亿人死于天花，而人类所有因战争而死亡的人数加起来，也只有 3.2 亿人。”奥斯特霍尔姆回忆道。

像大多数美国生物学家和医生一样，奥斯特霍尔姆一直认为生物武器是科幻小说里的胡说八道或偏执的阴谋幻想。他以前从来没有想过会有人真的把细菌当作武器来使用。那次会议彻底让他震惊了，不因为别的，只因他一生都认为是荒谬之谈的生物武器，居然是真实存在的。

在那次具有里程碑意义的疾控中心会议之后，奥斯特霍尔姆与菲利普·拉塞尔将军喝了几杯。拉塞尔将军是军队里级别最高的生物学家，他透露了更多令人担忧的细节：不仅仅是天花，不仅仅是俄罗斯人，不仅仅是那些拥有生化武器的好战国家。拉塞尔还告诉奥斯特霍尔姆，这些恐怖事件已经蔓延到政治狂热分子、武装恐怖分子、宗教狂热分子和美国极端右翼民兵之中。

“这仿佛打开了另一个世界的大门。”奥斯特霍尔姆说。在接下来的 3 年里，奥斯特霍尔姆担任了军事和外交事务秘密委员会的文职顾问，委员会设在华盛顿，其工作重点是研究生物战和恐怖主义问题。他攒了大量经常往返于首都和明尼阿波利斯之间的飞行里程，每当有新的机密曝光，他的焦虑就会增加不少。他没法告诉明尼阿波利斯办公室里同事们任何事情——甚至他在华盛顿委员会的名字都是保密的。

奥斯特霍尔姆说：“越深入研究这个问题，我就越意识到我们真的一无所知。”[2]这件事快把他逼疯了。

1996 年，奥斯特霍尔姆认识到，对付生物恐怖主义事件唯一有效的办法就是公共卫生，“但与此同时，我却看到我们国家的公共卫生基础设施状况正在恶化。”

他从不拐弯抹角，在这些会议上很快就把自己的想法说了出来。在华盛顿，勇敢的奥斯特霍尔姆遭到了攻击。他越是在保密会议上大声疾呼，让大家措手不及，就越是被指责哗众取宠，企图在首都炫耀自己的自负。一位纽约市官员私下指责奥斯特霍尔姆只是为了沽名钓誉，而不是为了保护公众。

奥斯特霍尔姆进行了反击，他说：“我看到了‘两个敌人’，一个是行凶者，而另一个本该对此做出反应的人却对此视而不见……现在我们在公共卫生方面缺少足够的主导权，无法阻止生物恐怖主义‘核爆’。”

1996 年年底，奥斯特霍尔姆向副总统戈尔做了工作汇报。多年的联邦调查局的委员会工作和无数的保密会议，使奥斯特霍尔姆确信是时候采取措施了。他找到亨德森博士——一位公共卫生领域最受尊敬的发言人之一，敦促身边这位最可靠的专家大胆发声。这位资深科学家在约翰·霍普金斯大学公共卫生学院主持了一个名为“平民生物防御研究中心”的项目。因此，亨德森参加的保密会议比奥斯特霍尔姆还多。

回想起这些，1 月的一个早晨，奥斯特霍尔姆给亨德森打了个电话。亨德森在生物恐怖主义问题上充当了某种导师的角色，奥斯特霍尔姆向他请教该如何向约旦国王汇报。

一个星期后，这位明尼苏达人坐在了约旦王室的豪宅里。侯赛因国王、努尔王后和他们的儿子哈姆扎以及国王的安全主管聆听并积极参与了长达数小时的讨论。奥斯特霍尔姆对侯赛因国王的活力和敏锐的才智印象深刻，他认为有关侯赛因国王垂死的谣言被严重夸大了。在离开王室的时候，奥斯特霍尔姆非常确信地意识到，出于某些原因，侯赛因国王非常担忧很有可能有人在他的王国或动荡的中东地区使用生物武器。

国王告诉奥斯特霍尔姆，他想主持一次世界领导人会议，讨论生物恐怖主义，奥斯特霍尔姆由此对这位约旦领导人感到敬畏。

约旦只有82250人的武装部队和35000人的预备役部队，却要抵御来自四面八方的威胁。与它邻国的军队相比，这是一支微不足道的军队。在北部，叙利亚每年花费30多亿美元建立超过30.6万人的武装力量，拥有39.2万预备役人员，部署战略导弹、坦克和飞机等装备，所有这些都在叙以战争和漫长的黎巴嫩内战中得到了很好的检验。南边是哈希姆人古老的部落宿敌——沙特王室，由一支训练有素达5万之众的沙特军队保护着，其中包括20个空军基地，装备着全球市场上最昂贵的高科技飞机、导弹和侦察设备。约旦以西是以色列，是该地区唯一一个近几十年来与哈希姆王国交战的国家。以色列的军费每年超过80亿美元，拥有14万人的常备军，有着经验丰富的战斗人员和高度复杂的空中和陆地战略能力，是中东地区最重要的战略力量。

然而，最令侯赛因国王忧心的，还是东部侧翼集结的强军和国内叛乱分子。东部是萨达姆·侯赛因统治下的伊拉克，拥有约45万常规军、久经沙场的战斗机飞行员、雄心勃勃的飞毛腿导弹计划以及每年超过50亿美元的军费开支。

在国内，侯赛因国王一直受到刺客、恐怖分子、未遂政变和宗教狂热分子的困扰，这些人很容易从约旦好战地区的敌人那里获得政治和财政支持。甚至在他自己的军队中也有1200人的巴勒斯坦分支，他们宣誓效忠的不是国王，而是巴勒斯坦解放组织领导人亚西尔·阿拉法特。约旦的大多数人口是巴勒斯坦人，其中大多数人认为自己是来自以色列占领的巴勒斯坦的难民。在侯赛因国王执政期间，巴解组织和其他巴勒斯坦组织曾无数次利用约旦作为对以色列进行突然袭击的场所，在王国内进行暴力示威，甚至企图推翻国王的统治。据说侯赛因国王躲过了50多次暗杀，其中30次是哈希姆政府公开承认的。

国王和奥斯特霍尔姆在伦敦会面时，并没有讨论这些问题，但这些问题无疑是他对生物恐怖主义拥有狂热兴趣的背景。会议结束时，国王、王后和王子亲切对奥斯特霍尔姆表示了感谢，然后各自回到自己的房间。第二天，侯赛因国王便驾驶自己的喷气式飞机返回安曼。

7 天后，也就是 1 月 26 日，国王宣布他不会传位于弟弟哈桑王储，这一消息震惊了全世界，因为 34 年前国王就承诺会让哈桑王储继位。相反，以前默默无闻的国王之子——阿卜杜拉王子将接管国家，他是约旦的军事领袖，时年 37 岁。就像莎士比亚在宫斗剧中描写的一样，国王给哈桑王储写了一封长信解释这一变局。在这封长达 14 页的信中详细讨论的问题之一就是细菌战。国王警告哈桑和约旦人民，故意煽动流行病传播具有严重危害。侯赛因将生物武器描述为无国籍恐怖分子或流氓国家可怕的新资源，呼应了他在与奥斯特霍尔姆会谈时了解到的教训。侯赛因国王意识到他的信将在约旦报纸上发表，并引起整个阿拉伯世界的共鸣，他严厉地警告说，在这个人造流行病的世界里，不可能有赢家。

在写完这封信的几小时后，奄奄一息的国王登上了他的飞机，在美国的保护下，由空军护送回梅奥诊所。第二天，阿卜杜拉王子宣誓就职。

然后，国王驾崩了。

奥斯特霍尔姆永远也不会知道，这场他与皇室的讨论，对国王做出令人震惊的决定起到了怎样的作用。这场讨论的 12 小时后，国王就做出了令人震惊的决定。在国王的信中，奥斯特霍尔姆看到了一些自己的观点，也是他上次在伦敦对王室提出的问题的回应：新的科学技术使操纵基因和制造超级细菌变得相当简单，而民用生物武器防御系统根本不存在。这个明尼苏达人在国际政局风云突变的时刻，证实了自己的信念，即他在一年前坚持将生物恐怖主义问题列入公众关注的议程是正确的。

几个月来，他一直缠着亨德森，促使这位年长的科学家向媒体透露在华盛顿的保密会议上都听到了什么。第一次试水是在 1997 年 9 月美国传染病学会的会议上[3]，亨德森小心翼翼地将自己的言论限制在已公开发表的信息之内，不过，他提到了华盛顿保密会议，这引发了更大的担忧。亨德森坚信历史轮回，他简要回顾了 20 世纪下半叶天花和炭疽暴发所造成的破坏和带来的恐怖。考虑到他所描述事态实在太可怕，他故意保持了学术长文的冗长乏味，漠然的语气与他先前的言论形成鲜明对比，："生物武器的幽灵就像核冬天的幽灵一样可怕。"这指的是使用核武器会让世界进入冰川时代，几乎会毁灭地球上的所有生命。

然而，奥斯特霍尔姆并不满足，他还想从导师亨德森那里获取更多信息。6 个月后，在亚特兰大的一次大型公开会议上，他的想法得到了满足。

亨德森认为现在是以奥斯特霍尔姆希望的方式说出他的想法的时候了。坦率地说，很难想象那个身形高大、虎背熊腰、有着男中音声色的人会这样做。他一出现就主导了话题，气压全场。

消灭天花可能是20世纪最引人注目的公共卫生的胜利，亨德森在其中发挥了领导性的作用。每当他走进办公室，同事们便纷纷让道。亨德森自己也承认，在1977年人类战胜天花病毒之前，时任世界卫生组织官员的他就已经违反了联合国官方手册中的所有规定，但是他坚信自己必须这样做。毕竟，他们是在为战胜一种病毒而战，这种病毒在20世纪杀死的人比所有战争加起来还要多。

消灭天花的全球运动，最初于1958年在莫斯科宣布启动，这毕竟是苏联的倡议。20世纪70年代冷战时期，亨德森跨越各国之间的隔阂，使得军方和公共卫生人员之间的公开合作成为可能。尽管会令人不安，但苏联人对引起天花的两种病毒亚型有着深刻的认识。因此，在莫斯科与西方资本主义国家之间几乎所有联系渠道都关闭的时候，亨德森越过柏林墙，努力促进建立公共卫生联盟。

当所有自然界中能引起人类天花的踪迹都被彻底消灭后，亨德森不得不同意世界卫生组织的要求，将剩余的实验室病毒样本上交。其中一个样本保存在位于乔治亚州亚特兰大的美国疾控中心最高安全级别的实验室冷藏库里。另一个样本被隔离冷冻在莫斯科的一个实验室里，亨德森知道，这个实验室不太安全。他不太喜欢莫斯科的环境，但仍做出了妥协：毕竟，所有其他已知的实验室天花样本都按计划立即销毁了，世界卫生组织计划将全球安全关注限定在这两个地点，这在1977年似乎是合理的。

当然，亨德森当时并不知道勃列日涅夫对此类病毒还有其他的计划——事实上，是针对数百种不同的致命病原体。20年后，西方的军事和情报专家也承认，当时他们对勃列日涅夫所谓的生物制备计划一无所知，直到天花双边协议达成至少10年后才有所了解。他们不知道勃列日涅夫钳制美国核威慑力量的伟大计划，也不知道他会断然违背1973年与美国总统尼克松签署的《禁止生物武器公约》。

他们甚至不知道，到1977年，苏联已经很顺利地建成了47个生物武器实验室和试验场，在跨越至少10个时区的实验基地中雇用了超过5万名科学家、技术人员和后勤人员。最重要的是，他们对这些西伯利亚的秘密实验室一无所知。

直到1998年，苏联解体7年后，亨德森才知道了一些有关生物制剂的事实。他承认，要从科幻小说中甄别事实，要确定哪位前生物制剂科学家可信，都是“极其困难的”。他们可能都把情况夸大了，或者，他们可能隐藏了大量至关重要的信息——亨德森毫不夸张地说，这些信息关系到人类的存亡。

当亨德森在电视上看到1993年鲍里斯·叶利钦政府和一个由持不同政见

者组成的松散联盟对峙的报道时，他意识到，当一个政治狂人或团体有可能染指莫斯科病毒时，那将是极其可怕的，从相对温和的国家下议院杜马成员到愤怒的去过阿富汗的退伍军人，都有可能为共产党重新掌权而触发这一危机。和大多数非俄罗斯人一样，亨德森也不知道接下来会发生什么。9 月 21 日，美国电视网打趣地说，鲍里斯・叶利钦颁布了一项改革法令，大多数俄罗斯国家下议院杜马成员对此表示反对。但随着时间的推移，对峙不断升级，亨德森对莫斯科储存的天花病毒安全越来越担心。[4]

亨德森后来回忆，“我了解到，他们派了士兵去保卫病毒研究所，在那个时候，把天花从那里清除出去似乎是合乎逻辑的。”但是，当俄罗斯天花储存库的守护者们受到严密盘问时，他们似乎“在那之前就已”秘密地将其转移到了距离西伯利亚中部新西伯利亚大约一小时车程之外的前生物制备中心。亨德森惊呆了，因为俄罗斯人从来没有报备世界卫生组织致命微生物样品已经被重新安置，没有任何国际代表见过新的储存库，也无法保证天花储存库的安全性。

亨德森回忆说，“当美国情报官员问我为什么俄罗斯人未经世界卫生组织许可就把天花病毒样本转移了，我回答，我们也从未收到过他们要求转移的请求啊，他们就这么搬走了。”

在叶利钦与白宫对峙 4 年后，亨德森仍然不确定俄罗斯所有致命的天花病毒样品都放在了哪里。

他们都进了新西伯利亚的生物制剂冷冻室了吗？还是多年来被秘密地分散在其他生物实验室里，一次转移一个？假定俄罗斯人从样品中提取了这种可怕的病毒，或者苏联人已克隆并大量生产这种病毒，这种猜想合理吗？种种不确定性，加上听到的机密情报，让亨德森非常非常紧张。

“直到最近，关于生物恐怖主义的话题在医学文献或相关的公共媒体中依然很少被讨论或报道。”亨德森紧张的情绪开始稍微舒缓。他于 1998 年 3 月在亚特兰大举行的 6000 名专业人士参加的会议上发表讲话，这是首届关于新发疾病和传染病的国际会议。[5]他着装严肃，黑白格子夹克、笔挺的白衬衣、黑色背带裤和领带。当他走上讲台时，观众席上静悄悄的，这是一个不寻常的场合：军人、学者、研究人员、美国政府科学家、来自世界各地的研究人员以及媒体聚集一堂。亨德森漫不经心地用手指梳理了一下白发，调整了一下他的钢圈眼镜。

“直到最近，我个人还对公开这一事件持怀疑态度，因为我担心这会诱使一些极端分子进行危险的、可能是灾难性的实验。”[6]亨德森接着说，“然而，过去一年半内发生的事件清楚地表明，能够制造生物武器的人已经设想到了每一步。”

近期发生的事件令美国、欧洲国家和联合国对生物武器的担忧升级，包括联合国观察员在伊拉克的调查结果。最近的生物技术革新简化了对微生物的基因编辑操作，俄罗斯的生物制剂计划目标越来越明晰，一系列证据表明之前一些科学家可能已经把他们的专业知识和科研产出投入到了国际军火市场。尽管之前专家们已经知道了这些令人担忧的事情，但那都是碎片化的，直到1997年，整个事件浮出水面之后，西方军事、情报和一些科学界人士才对这种威胁有了全面的认识。

20世纪90年代末，所有领域的专家都相信生物武器是一种真实存在的威胁了。与亨德森一样，莱德伯格也是该问题科学顾问专家中的一员。他说，之前有几个错误的假设使世界各国领导人不再关注可用于制造武器的病毒、细菌和生物毒素。莱德伯格认为，最重要的是，所幸至今还没有人研制出广岛原子弹那样杀伤级别的生物武器。

莱德伯格认为，在这种情况下，人们很容易以其他理由忽视对生物武器的警惕：只要你愿意，生物炸弹更有可能杀死他们自己的同事或盟友，而不是敌人；绝不可能将生物制品武器化，让其通过导弹或局部发射装置打入敌军；假如说已发明和提供了足够的疫苗和药物来对抗这类武器的影响，或者这些武器都部署好了，那么任何使用这种武器的国家或组织都会受到世界其他国家的厌恶和道义上的谴责，因此，即使对亡命之徒来说，使用生物武器也是一种糟糕的选择。[7]

“以上每一个论点都是站不住脚的。”亨德森坚持认为，“我们现在知道，有些国家和持不同政见的团体有动机、有能力，也有选择地培养了一些最危险的病原体，并将它们作为恐怖主义或战争的黑手。”

在引起注意的公共卫生专家面前，亨德森提出了细菌恐怖主义的可能性，并示意他们应参与到以前主要由军方和警方主导的秘密任务中来。他知道他这么说是有风险的，因为军队和警察很少与做公共卫生的专业人员有交集，他们是两个完全不同的圈子。

但是美国疾控中心的斯科特·利利布里奇博士没有这么保守，他明确表示生物武器就是一个公共卫生问题，他说：“我非常担心……这些别有用心的人将利用我们公共卫生系统中的漏洞。”地方实验室能力的匮乏可能导致微生物分离培养无法及时确认，战备工作必须有公共卫生领域的全方位加盟。[8]

1995年3月20日在东京发生的事件引发了公共卫生、军事和情报领域的首次恐慌。

那是个交通高峰时段，成千上万的日本上班族登上了东京庞大的地铁系统。其中3条极其拥挤的地铁线路穿过东京西部和北部的居民区，尤其是浅草和青山，它们汇聚在该市霞关政府中心。上午8点上班高峰期，这些列车被大量赶着上班的公务员挤得水泄不通，他们的上班时间是上午8点30分。[9]

上午8点09分，在霞关地铁站（丸之内线、千代田线和日比谷线的换乘站），一枚小型炸弹爆炸了，释放出一种名为沙林的致命神经毒气。[10]

4分钟后，另一枚炸弹又在繁忙的霞关地铁站爆炸。至少有3名乘客在地铁上额外携带了装有神经毒气的塑料袋，他们同时将塑料袋戳开。这些简单的炸弹释放出一种看不见的化学物质——甲氟膦酸异丙酯，数百名乘客跪倒在地，伴随着恶心、口鼻出血、头痛、严重的化学性焦虑、咳嗽等症状，还有3例肺水肿。东京消防部门迅速赶到现场，作出紧急反应；他们当中许多人自己也中了这种气体的毒。

数百名通勤者蹒跚着走出霞关地铁站，前往当地医院。

最终，有5510人在沙林毒气袭击中受伤，其中约100人需要住院治疗，13人死亡。

日本警方很快发现罪魁祸首是一个奇怪的宗教——奥姆真理教，“奥姆真理”类似于佛教梵语“Om”符号和至高无上的真理。[11]这个宗教的领袖是麻原彰晃，一位40岁、开着劳斯莱斯、留着长发、蓄着胡子的大师。奥姆真理教的使命是为了实现世界末日，他们把自己置于对幸存者的统治之上。虽然许多文化中的宗教信仰长期以来都热衷于预测世界末日，但奥姆真理教却意欲加快末日的到来。

随后数年的警方调查和法庭记录显示，奥姆真理教是一个庞大的组织，在日本、俄罗斯、欧洲和美国至少有4万信徒。日本警方很快发现霞关地铁站袭击事件只是一次试投：该组织储存了非常多的沙林，足以在未来的袭击中杀死420万人。此外，1995年3月沙林毒气袭击之前，至少发生过两次毒气袭击、几次肉毒杆菌毒素袭击，还有人试图用炭疽杆菌杀死日本领导人，试图获取和培养Q热病贝氏柯克斯体和可怕的埃博拉病毒。[12]

拜其经营的一家电脑软件公司所赐，这个邪教组织获得了20亿美元的财政收入，并从中获得了最好的专业智囊，其中包括前克格勃特工和俄罗斯军事顾问。1991年，邪教组织成员甚至向俄罗斯国防部部长格拉霍乔夫和叶利钦总统顾问委员会成员奥列格·罗博夫征求意见。该组织利用乌克兰和俄罗斯的黑帮分子作为中间人，与苏联军事人员就购买核武器材料进行谈判。即使是无政府主义者和强烈反日的朝鲜政府也曾向这个邪教提供武器和建议。

奥姆真理教的活动向一度持怀疑态度的国家安全部门证明，大规模杀伤性武器，特别是生化武器，能够而且正在由不受政府控制的团体研发。[13]

东京袭击事件发生几天后，一个秘密的国家安全论坛在白宫召开，出席的有比尔·克林顿总统、副总统阿尔·戈尔、几位内阁成员，以及一批经过挑选的科学家、国防官员和紧急事务机构官员。华盛顿当代研究所副所长肯尼斯·阿德尔曼在会上问乔舒亚·莱德伯格，有没有技术上的“补救措施”可以防止美国的生物和化学武器攻击，比如金属探测器在消除机场和商用飞机上的恐怖袭击方面发挥了积极作用。

莱德伯格在比较了核、化学和生物攻击的预防方法之后，做出谨慎回应：“在很大程度上，我们在核领域的安全基石不是探测和预防，而是所谓的威慑。就像玩游戏时有一个神风特攻队，就会逼得其他玩家走投无路、狗急跳墙，这时整个游戏也就没得玩了。”

莱德伯格讨论了侦测落入恐怖分子或无赖国家之手的核装置的方法，他指出：“在核领域尚有一些可侦测的空间。”

但是，他又不免担忧地补充：“但在化学和生物领域就要困难得多——几乎是不可能的。”如果奥姆真理教式的袭击在美国发生，一个关键的反应机构将是联邦应急准备办公室和国家灾难医疗系统办公室，其执行长弗兰克·扬博士听取了莱德伯格的推测，莱德伯格认为如果纽约市地铁系统遭受一次有效的生物攻击，“有可能造成6000人死亡，10万人处于危险，而地方当局根本无法应对这类事件。”

“完全正确！”弗兰克·扬博士冷静地回答。

1993年，国会技术评估办公室曾在一个现在已经普遍应用的场景中虚拟过这种噩梦般的景象：一架装有100千克炭疽孢子的喷粉机，在被发现并迫降之前以交叉状的方式飞过白宫、国会山、五角大楼和华盛顿大部分地区，[14]那么在接下来的几天和几周内，将会有300万人死亡。

奥姆真理教袭击事件敲响了警钟，让官员们意识到，曾经不可想象的事情不仅有可能发生，甚至有很大可能发生。这已不再是科幻小说。

克林顿总统向与会者保证他将设法让本已羸弱的《禁止生物和毒素武器公约》(1972）变得强硬起来，但实际上并没有取得让人满意的结果，因为没人知道如何让违反该公约的行为变得有迹可循。[15]

第一次尝试真正强硬地执行条约是针对伊拉克的萨达姆·侯赛因政权，这次行动清楚地表明，以现有的技术和外交手段很难控制一个政府使用或威胁使用生物武器，这几乎是不可能的。

1990年8月2日，估计有54.5万伊拉克军队和坦克向邻国科威特进军，夺取了科威特的石油储备，并实行了戒严。[16]7 个月后，由美国总统布什领导的约 69 万参战人员组成的联军，对当时拥有 100 万军队的伊拉克发动了一场海陆空战争，俘虏了 17.5 万名伊拉克士兵，造成约 8.5 万人伤亡。战败国伊拉克的领导人被迫签署了一项条约，其中包括保证立即销毁伊拉克所有化学和生物武器及库存。这至少在技术上使联合国观察员能够最大限度地调查伊拉克的武器，这是《禁止生物和毒素武器公约》所允许的。

但第二年，也就是 1992 年 7 月 5 日，伊拉克拒绝联合国观察员进入一个疑似生化武器储存地点。国际紧张局势加剧，美国对伊拉克实施贸易制裁。3 周后，巴格达屈服，允许联合国检查有争议的地点，但未发现可疑的生化武器。某些观察员声称伊拉克在玩躲猫猫游戏，已把武器从一个地方转移到了另一个地方，隐藏了罪证。

联合国这样怀疑并非空穴来风。早在 1989 年，伊拉克空军就成功地发射了第一个 3 级火箭，这种火箭具有运载弹道导弹的能力。伊拉克每年花费 50 亿美元的军费用于购买高科技设备。1990 年 4 月，萨达姆·侯赛因曾大张旗鼓地宣布，他的部队已经研制出了可装载在导弹上的化学武器，安装在改装过的远程飞毛腿导弹上。他宣称：“我向上帝发誓，如果以色列试图对伊拉克发动任何攻击，我们的炮火将吞噬半个以色列。”[17]

萨达姆·侯赛因很少会在没有付诸行动的情况下对伊朗实施政治或军事威胁：20 世纪 80 年代，侯赛因摧毁了他威胁过的每一个伊朗城镇和村庄。[18] 随后，持续了 8 年的两伊战争充满血腥，夺去了约 24 万伊朗平民和军人的生命。[19]

其中不少是伊拉克化学武器的受害者，这是在战争的头几天造成的。伊朗声称，1984 年、1986 年和 1987 年，联合国观察员至少在部分现场找到证据，证实伊拉克曾用飞机和火箭投放过芥子气和一种叫“塔崩”（二甲氨基氰膦酸乙酯）的神经毒气。[20] 据估计，在战争期间接触过这些化学物质的所有伊朗人的 5% 已死亡，但具体死亡人数还不清楚。[21]

1988 年伊拉克签署停火协议后不久，萨达姆·侯赛因将注意力重新集中到伊拉克的库尔德少数民族身上。1988 年 3 月 19 日，伊拉克空军袭击了库尔德人聚居的哈拉比亚村，几乎杀死了村里所有的居民。尽管国际观察员在几天内没有获悉这次袭击，也没有到达事发地点，但西方情报专家得出结论，库尔德人是氰化物和芥子气的受害者。[22]

此后，伊拉克自己也承认，已开始了前所未有的化学武器建设。1996 年，萨达姆·侯赛因政府承认当时已经开始了生物武器的生产。[23]

20 世纪 80 年代末，在美国、日本、奥地利、英国、瑞士、荷兰和德国的私人供应商和技术人员的支持下，萨达姆对如何获取和研发生化武器进行了全面的研究。在萨迈拉、法利耶、穆萨纳和巴格达郊外都建立了巨大的化工厂。此外，伊拉克还与阿根廷和埃及合作，开发了能够向远距离目标发射生化武器的“秃鹰”导弹。伊拉克还改装了几枚飞毛腿导弹，使其具有非常强大的远程能力，能够打击以色列境内的任意目标。

在沙漠风暴行动结束后的几年里，伊拉克和联合国调查员玩起了猫捉老鼠的游戏，尽可能地隐藏化学和生物武器证据。

1994 年，德国联邦情报局发现了伊拉克获取武器和生物武器材料的复杂线索，这些武器和材料主要来自西欧。在伊拉克不顾国际制裁而非法获得的大量供应中，有 39 吨细菌生长培养基，大部分是从英国联合利华公司旗下子公司 Oxoid 购买的。[24]

亨德森坚持说：“伊拉克会把这么多培养基用于合法的医疗用途，显然是令人难以信服的。这样的声明简直违反了信誉的底线。”

伊拉克所有的医学和科学实验室此前每年消耗的培养基不到 200 千克，占进口总量的 0.5%。伊拉克从来没能说明白其中 17 吨培养基的使用情况或下落。[25]

伊拉克炭疽病毒的原种样本是 20 世纪 80 年代中期从美国模式培养物集存库购买的，当时该集存库位于马里兰州洛克维尔市。这次采购行动是在里根政府执政时期，经美国商务部批准的。

联合国观察员最终得出结论，伊拉克在沙漠风暴战争之前建造了一个令人瞠目结舌的生物武器装备库，[26]包括大约 3.6 吨炭疽、8 千克浓缩肉毒杆菌毒素以及至少 4 种其他类型的细菌、5 种病毒和 3 种其他生物毒素。就在战争爆发之前，联合国小组得出结论，伊拉克已经培养了 340 升肉毒杆菌用于生产肉毒杆菌毒素。在许多地点，特别是巴格达以南几千米的哈卡姆单细胞蛋白质厂，发现了能够容纳 1450 升生物制剂的不锈钢发酵罐。

尽管伊拉克政府最终承认了其中的一部分调查结果，但除了伊拉克军方领导层之外，没有人知道这些材料中有多少实际上被用于制造武器了。培养细菌或病毒是一回事，而弄清楚如何让它们于存活状态下在燃烧的导弹或炸弹上被打到另一个国家去是另一回事。

美国人相对了解这方面的情报最多[27]。美国特工发现，早在第一次世界大战期间，德国的实验室就在研制一种蓖麻毒素，这种毒素可以作为一对一的武器使用。在蓖麻子中发现的蓖麻毒素是一种剧毒的神经毒素，人只要摄入 180 微克这种化合物就会死亡。虽然肉毒杆菌毒素的效力是它的 300 倍，但蓖麻毒素的效力是奥姆真理教用的沙林毒气的 30 倍。就目前所知，这些早期研发的生物武器从未使用过。战争结束时，国际联盟得出结论，生物武器相对虚幻，因此不会构成严重威胁。

27年后的第二次世界大战，美国陆军坚持认为生物制品仍然不切实际，因为它们永远不可能被制造成武器。但是法国、英国和日本并不认同此观点，这3个国家在第二次世界大战期间都有大量的生物武器项目。1933年至1940年，日本在所谓的“满洲国”开发并使用了生物武器，成功地利用生物炸弹在中国引起斑疹伤寒、霍乱等瘟疫的暴发。[28]此外，战后盟军的调查发现，日本曾使用生物武器制造痢疾和副伤寒。

美国的生物武器计划始于1943年，但在战争结束前无法使任何生物制品武器化。

随着冷战的到来，美国越来越热衷于转化生物制品。20世纪50年代，科学家研制出了一种携带黄热病毒的特殊蚊子，并对其进行了测试，发明了用于释放病原体的独特炸弹，以及大型喷雾器和水底雷，在纽约、旧金山、南达科他州、明尼苏达州，以及无意中在加拿大，都进行了释放细菌的实验。[29]20世纪50年代，陆军在一艘船上做了喷洒细菌试验，导致数名旧金山人患病，据说其中一人死亡。[30]

美国最具侵略性的生物武器战是在朝鲜战争（1950—1953）期间进行的，涉及开发和使用多种细菌和携带疾病的蚊子。虽然美国参谋长联席会议给军方的科学家们开了绿灯，同意他们开发和使用任何生化武器，但整个行动对美国人民，甚至国会都是保密的。军方高层非常清楚，如果他们故意在朝鲜制造流行病，会被美国公民视为道德上应备受谴责的行为。[31]

进攻性的生物战计划在美国持续了15年，一直是秘密进行的。

到1966年，美国每年花费3800万美元开发生物武器，将炭疽热、土拉巴斯德氏菌、球芽孢杆菌和小麦致命真菌茎锈病等农业微生物制成武器。这些武器被堆放在阿肯色州派恩布拉夫市外的一块60.7平方千米的土地上，在锈蚀的金属罐里藏着成千上万吨致命细菌。与安装在美国各地发射井内导弹顶部的核武器一样，生物武器是冷战时期的产物，几乎没有科学家或军事领导人希望真正使用它们。但是，在资本主义与共产主义意识形态对峙的时代，人们已经不去思考狂热军备竞赛的理性问题。按照当时的心态，如果有流言说共产主义的朝鲜在研发生化武器，那么资本主义的美国肯定会不遗余力地研发更有技术优势的军备，即使研发的武器会导致大量平民死亡，甚至可能造成种族灭绝。

但是，对于美国来说，20世纪60年代是生物武器竞赛的一个糟糕时期（如果真的有相对“好”时期存在过的话）：广泛的反战示威活动和公众对美国军方声明真实性的质疑，使德特里克堡、麦克莱伦堡和埃德伍德议会的活动遭到了严厉的政治审查。[32]

因此，1969 年 11 月，尼克松总统宣布，美利坚合众国将放弃使用任何形式的使人死亡或丧失能力的致命生物武器，未来的细菌计划将仅用于研究生物防御以及如何控制和预防疾病的传播。[33]

美国的武器储备在接下来 5 年里被销毁，攻击性生化武器计划也戛然而止。然而，这次经历让美国人认识到，培养出数万亿的致命细菌或病毒只是一方面，而另一方面则要想办法如何把这些病原体（能保持活性、致命性，且能有效使敌军致病）送出去。[34]

同样，英国和法国的军事研究人员也放弃了生物武器的研究，不仅出于道德，也因为事实证明了很难将活的微生物真正变成武器。

因此，在 20 世纪 90 年代，当联合国观察员努力辨别伊拉克究竟研发了什么武器的时候，他们最关注而且最想搞明白的是到底哪些可能被武器化。1994 年，观察员得出结论，伊拉克的确已将肉毒杆菌毒素武器化。雷蒙德·奇林斯卡司博士说："虽然拥有几百种生物武器，但是海湾战争期间，实际上伊拉克的生物战能力相当有限，如果伊拉克真的使用了生物武器，它们的影响也将仅限于污染撞击点周围相对较小的地面区域，并使附近的人暴露在雾化的病原体或毒素中。"[35]

伊拉克人似乎是技术白痴，他们拥有大量令人畏惧的细菌，但几乎没有能力将生物武器投放到预定目标。此外，观察员后来认定，伊拉克在以色列发动的飞毛腿攻击远远偏离了目标，原因是几乎完全缺乏惯性制导系统。从战术上来看，1992 年，伊拉克要对特拉维夫进行生物轰炸不可能像在巴黎投下原子弹那样精准。

但随后几年的调查使联合国特别委员会（负责生化武器核查）确信，伊拉克政府在整个 20 世纪 90 年代都在秘密地继续开发生物制剂并将其武器化。伊拉克也有合作研发者——利比亚。奇林斯卡司博士确信，伊拉克在几个月的时间里，有能力拥有"遥控无人驾驶车辆，以及配备着坦克和喷雾器的远程战斗轰炸机和巡航导弹（程序设计是为了通过根据地面等高线进行低空飞行以避免侦察），可以攻击伊拉克边境 1000 千米范围内的居民，并在有利于成功实施生物攻击的条件下释放毒物。"

1995 年夏天，负责伊拉克生化武器行动的萨达姆的女婿侯赛因·卡迈勒·马吉德中将叛逃到约旦，遭到中央情报局、联合国特别委员会和欧洲情报专家的严密盘问。卡迈勒告诉审讯人员，伊拉克拥有大量的生物病原体制剂。

面对真相，伊拉克被迫销毁了战后的大部分储备，萨达姆也承认生产了50万升的炭疽和肉毒杆菌毒素。此外，一箱箱可恶的文件被移交给特委会。根据这些文件，特委会得出结论，伊拉克进口的细菌生长培养基超过了最初估计的39吨，专家们不得不琢磨伊拉克使用这种培养基的无数种可能性。与此同时，卡迈勒被诱回巴格达，不久就与萨达姆的另一名女婿一起被暗杀。

特委会主任理查德·巴特勒说，伊拉克承认在1992年拥有75枚装有生物或化学武器的飞毛腿导弹。巴特勒说，特委会设法销毁了其中30个，但他们不相信如伊拉克自称的那样销毁了另外45个。1997年，伊拉克越来越明显地阻挠特委会的活动。同年11月，美国克林顿总统公开宣称准备再次发动美伊战争，这将是世界历史上第一次因为生物武器问题缺乏透明度而爆发的战争。[36]

1998年2月10日，美国众议院发布了反恐和非常规战争特别工作组报告。报告称，伊拉克当时仍拥有48套飞毛腿导弹发射装置和45枚导弹，“大部分”都装载了生化武器。此外，伊拉克境内至少有8400升炭疽和数吨化学武器。国会报告进一步指出伊拉克拥有能够向欧洲和中东地区投放生化武器的舰载无人机。生化武器和导弹被藏在苏丹和利比亚，但是没被特委会发现。在苏丹的瓦乌市，伊拉克科学家再次在德国造的亚尔穆克工厂里制造和生产化学武器。报告还称，在利比亚，伊拉克制造的生化武器被安装在中程弹道导弹上，能够击中距离黎波里市3000千米以外的目标。大约12名伊拉克科学家在黎波里的卫生总实验室里制造炭疽和肉毒杆菌。[37]

尽管许多专家认为报告的大部分内容得不到证实，但已在华盛顿和美国的盟国中营造了一种紧张气氛。[38]

美国对伊拉克当局与联合国观察员之间无休止的猫捉老鼠游戏感到厌烦，终于在1998年发动了两次至关重要的军事打击。第一次打击的目标是苏丹的喀土穆州，美国声称喀土穆州是被伊拉克训练的苏丹人用来制造生物武器的巢穴。根据美国的说法，这个被指控的兵工厂同样被几星期前才轰炸了美国驻肯尼亚内罗毕和坦桑尼亚达累斯萨拉姆大使馆的恐怖分子所利用。而苏丹政府坚称，被打击的工厂是一家合法的制药企业。

1998年12月16日，当美国众议院就弹劾克林顿总统展开辩论时，美国空军发动了第二次军事打击：对伊拉克境内据称是生化武器制造和储存的地点进行了一系列轰炸。

克林顿当天在电视讲话中说：“决不能允许萨达姆·侯赛因用核武器、毒气或生物武器来威胁他的邻国或世界。我很笃定，今天如果不加以制止，萨达姆·侯赛因将再次使用这些可怕的武器。”[39]

伊拉克、利比亚和苏丹的手上到底有什么生化武器？除了他们自己没有人真正知道。伊拉克已经否认了一切，喀土穆州和黎波里市也没有人对此事发表任何看法。[40] 直到2000年中期，新的指控浮出水面，声称伊拉克正在研制一种新的病毒武器，而且是在联合国观察员的眼皮底下进行的。[41]

伊拉克局势使《禁止生物和毒素武器公约》变得弱不禁风。这是一个既没有权威又懦弱的奇葩约定，完全缺乏有效武器条约的几个关键要素：透明度、检查权、核查权和执行力。几年来，来自世界各地的生物学家陆续在日内瓦开会，目的就是寻求强化公约的方法。但正如乔舒亚·莱德伯格跟白宫说的那样，没人能否认，生化武器条约的执行比控制核武器要复杂和困难得多。制造生物炸弹太容易，而要找到它们又太难了。

反对检查绝不仅限于所谓的如伊拉克一般的“流氓”国家。在全世界范围内，制药业一致抗议那些允许外人在未经知会的情况下进入制药工厂进行检查的条款。然而，如果没有这样的检查权，就没有人能够执行公约，因为生物武器的生产场所和正规制药厂均使用同样的设备和人员。[42] 美国药物研究和制造商协会的发言人吉莉安·伍勒特说，这样的条款会对合法企业造成影响，但却找不到生物武器制造商的任何证据，因为“规则只适用于那些遵守规则的人”。

有证据表明，生物武器的生产量确实在激增，事态进一步恶化了。

分析人士布拉德·罗伯茨写道：“生物武器可能会成为下一个十年国际安全的主要问题。报告显示，有11个国家正在推行进攻性生物武器计划，而20世纪60年代只有4个国家在这么做。”[43]

亨德森在亚特兰大向他的同行发表讲话时也谈到这些外交问题。不过，他也没有公开说出他曾告诉政府官员的机密：在十年内，一场人为蓄意的流行病将不可避免地发生。在奥斯特霍尔姆的坚持下，亨德森的主要任务是尽可能地披露生物恐怖主义的细节，希望这样做能激发公众健康团体采取行动。于是亨德森的讲话转向了伊拉克已经承认的炭疽项目——通过这个项目产生的细菌足以杀死中东地区的每一个男人、女人和孩子。

亨德森在讲话中说：“伊拉克承认制造了8000升炭疽杆菌。即使只是在一个城市释放一点点也会产生深远的影响。”

他再次将亚特兰大与会听众的注意力转向历史，讲述了一个恐怖的公共卫生故事：1979年4月2日，苏联国防部在叶卡捷琳堡城外的一个设施里进行的炭疽实验不幸失败。[44] 兵工厂发生事故，释放出不知多少炭疽干孢子。事故发生地以南，大约77名当地居民出现了吸入型炭疽热的典型症状：包括肌肉疼痛、疲劳、不适、发烧和干咳。通常，暴露在炭疽热环境下1到6天就会发病。77

人中的66人，或者说83%的人，病情非常非常严重，他们有的大脑或神经系统出现感染，导致脑膜炎和癫痫；有的肺部出现感染，大量细菌在肺部聚集，导致局部出血，慢慢窒息；他们通常死于休克。国防部意识到这些病菌已经超出了可控制范围，所以开始分发预防用药，如抗生素和疫苗。当地的消防部门奉命对整个城市进行冲刷。医院、学校和餐馆都用消毒剂清洁消毒。[45]日子一天天过去，越来越多的人倒下了，风往南吹，沿途都是死亡的痕迹。在这个兵工厂东南方向50千米处也发现牲畜死亡。有些人暴露6周后才出现症状。

契卡洛夫斯基是离生物武器实验室最近的城镇，受到的打击尤其严重，约有1000人死亡——所有这些都被苏联政府掩盖了起来，直到19年后才在环保官员谢尔盖·沃尔科夫的授意下公开，[46]引起了国际关注。1997年，美国洛斯阿拉莫斯国家实验室对其中几名受害者的肺组织进行了活检分析，得出结论：实验室播散出去的致命雾霾中至少有4种不同菌株，这种混合菌株对现有的疫苗和抗生素都有耐药性。因此，国防部在事故发生后采取的行动都是徒劳的，而且几乎每一个接触过炭疽混合物的人都有可能死亡。[47]

事件发生后，苏联当局最初否认与人为炭疽有关，当地医学专家试图公布42名受害者的尸检报告，证明肺内大量出血和淋巴系统反应是由于吸入炭疽，并不是苏联当局解释的版本：意外吃了被细菌感染的羊肉。这份报告一直被压到了1993年[48]。

终于，苏联解体之后的俄罗斯新总统鲍里斯·叶利钦在1992年承认，事故是苏联大规模生物武器计划的一部分。叶利钦在1992年对美国国会的一次演讲中宣称“再也不会有谎言了”。叶利钦谴责了苏联的欺骗行为及其背后的统治理念，并发誓“这种事在我们的土地上不会再发生。”

哈佛大学的马修·梅塞尔森计算得出，导致本次俄罗斯致命事故的罪魁祸首是还不到一克的炭疽孢子，这么小的量完全可以轻松躲过监督员、机场保安或警察的检查。

亨德森回忆道：“叶卡捷琳堡事件发生后42天，病例还在接连不断被报告出来，所以我问炭疽专家，空气中还有悬浮细菌颗粒的概率是多少？他们坚信这是不可能的。从那时起，美国陆军传染病医学研究所[49]的弗里德兰德就开始做实验，让猴子暴露于低剂量炭疽。一只猴子在暴露59天后发病了。更可怕的问题是：这个暴露会不会是没有终点的。”[50]

亨德森据此推断，“假设有人往地铁里扔一点炭疽热细菌，我们什么时候才能确定重回地铁是安全的？”致命的孢子可能会在空气中飘浮多久，或者隐身于角落和缝隙中，在合适的条件下，它们可能会在若干年后复活，在空气中游荡，杀死毫无防备的受害者？

亨德森相信，即使是极少量的几乎检测不到的炭疽孢子，也会对北美、日本或欧洲城市的公共卫生产生深远的影响。虽然孢子不能人传人，但这些微生物可以在空气中传播几天也许几个月。

亨德森跟他公共卫生部门的同事们说："空气暴露三四天后，急诊室将会开始接诊一些发高烧和呼吸困难的病人，当他们发病的时候，几乎可以肯定的是，抗生素治疗已经太迟了。基本上所有人都会在 24 到 48 小时内死去。没有急诊室医生或传染病专家见过吸入性炭疽病例，检验科在实验室诊断方面几乎没有经验。因此，在最终确诊之前，可能至少要被延误 3 到 5 天。

"一旦确诊，就要考虑接下来的 6 周会面临什么情况。是否应该给那些可能暴露过的人接种疫苗？然而不幸的是，目前可用的炭疽疫苗很少……应该预防性使用抗生素吗？如果要用，该用哪些抗生素？暴露的诊断标准应该是什么？在 6 个星期内治疗大约 50 万的暴露人群需要用多大的量？炭疽孢子一直悬浮于空气中，随后被其他人吸入而导致更多的感染，这是否值得关注？是否应要求在这座城市附近的所有人，在第一次出现无论多么轻微的发烧或咳嗽这些症状时，都要向当地医生报告并进行治疗？毫无疑问，会有很多人出现发烧、咳嗽这些普通感冒的症状，尤其是冬天流感高发季。如何将这些症状与炭疽的先兆症状区分开来，后者可能在 24 到 48 小时内死亡。你能想象普通民众面对这一系列问题时的反应吗？"

一年后，来自五角大楼、其他几个联邦机构和纽约市政府的官员进行了一场炭疽恐怖主义事件演习。他们设置了这样一个场景：在交通高峰期间，有人在中央车站内放置喷雾器，释放出炭疽孢子。两周后，纽约变成了一座鬼城，因为数百万人在恐慌中逃离，抗生素供应早已耗尽，超过 100 万人死亡或生病，纽约证券交易所崩溃，法律和秩序崩溃。正如一名参与者所言，这是"一个极不可能发生的事件，后果却如此可怕，且极可能是灾难性的，因此我们必须认真对待"。

肉毒杆菌毒素的不确定性较小，人们很清楚它在小剂量下的致死能力，且易于制造。这种毒素来自一种常见的细菌——肉毒梭菌，它是一种厌氧微生物，很容易在储存于室温密封容器中的水果和蔬菜上滋生。这种毒素的确切致病性可能因不同的梭状芽孢杆菌菌株而异，但只要摄入 10 纳克这种肉毒杆菌毒素而未得到及时治疗，任何人都将必死无疑（这种物质是一种看不见的微小液滴微颗粒）。同样的剂量，吸入后会依个体体重成倍增加而致命，这是肯定的。

如果一个人暴露在纯毒素中，抗生素是没有用的。所有的药物都毫无作用。只有极少数可用的肉毒杆菌毒素血清才能预防肉毒杆菌中毒死亡。

肉毒杆菌毒素是一种蛋白质，直接附着在神经细胞表面的受体上，进入神经元。毒素一旦进入细胞，就会干扰神经细胞的生化过程，这个过程是神经细胞间传递信号的化学物质产生所必需的。由于无法传导，神经元系统就会崩溃。被肉毒杆菌毒素侵袭的结局是得病，最初看起来有点像流感，但在24到48小时内病情加重，包括头晕、说话含糊、行走困难、思维迟钝和不连贯、严重肌肉无力、无法控制地流口水和鼻涕、呼吸困难、无法吞咽和丧失食欲。最终，在2到4天内，大脑和神经系统缺乏信号，导致一个或多个关键的身体功能关闭，直至死亡。

因为肉毒杆菌毒素不是一种生物，而是一种蛋白质，所以很容易储存和雾化。小剂量毒素的杀伤力就可以很大，大约7.71千克的浓缩液体悬浮液中所含的毒素，就足以杀死方圆112.14平方千米内约一半的人口。如果目标是波斯湾的沙漠地区，那人数自然较少，但如果是香港、东京、洛杉矶、纽约或伦敦等大城市，则可能是数百万人丧生。

尽管炭疽热或肉毒杆菌的影响可能是可怕的，但面对明显情绪激动的亚特兰大听众，亨德森博士说他最担心的，是20年前被他打败的微生物——天花。亨德森认为，用军事术语来说，天花可以是大规模杀伤性武器。最令亨德森难以释怀的，是天花样本落入邪恶之手的可能性——事实上，这种情况可能已经在国际武器市场出现了。

苏联所有的天花样本是否都有登记，是否都安全地存放在西伯利亚的冷藏柜里？即使都是出于善意的猜想，亨德森说："你真的无法确定，病毒学家就是这样东掖西藏的人。很多东西都被深埋冷藏了……但无论何时，无论你做了什么，你都不能说（天花）病毒是不存在的。"

亨德森断言，只要天花样本尚存于世，尚存于任何地方的冷藏柜里，那就存在邪恶使用病毒的可能性，那就是一个严重安全隐患。然而，许多科学家反对清除一个生物物种的所有残余，即使是致命的病原体。因此，根据世界卫生组织的协议，美国和俄罗斯的样本仍被冷藏起来，保存了下来。

"毫无疑问，我希望它明天就被销毁，"亨德森坚持道。[51]

尽管恐惧，1999年4月，克林顿总统还是宣布不支持美国销毁天花病毒储备。

天花病毒是具有高度传染性的，既可以通过接触传播，也可以在封闭条件下通过空气传播。未接种疫苗的人被认为有1/3的概率死于这种疾病，大多数这种可怕病毒的幸存者的身体都留下了终生伤疤。

事实上，1999年，很少有人对人类的宿敌有特别的了解。就连亨德森也承认，这样的死亡人数估计只是他个人的猜测。亨德森想要确凿的数据，于是他给澳大利亚一位名叫弗兰克·芬纳的86岁大学教授打了电话，就此进行了交谈。

尽管年事已高，芬纳仍是一位非常多产的作家，并为澳大利亚和世界各地的许多政府委员会担任顾问。他在堪培拉大学简朴的办公室里堆满了成堆的未完成的手稿、影印的研究论文、实验室数据和他最近发表的演讲的文本，墙上排列着可说是世界上最好的天花图书馆。当与来访者交谈时，精力充沛的芬纳经常会跳起来，飞快地跑过房间，拿起一本完美的参考书或文章来支持他的陈述。芬纳在翻看手稿时，无视掉在他脸上的白发带来的不适，时不时地大叫："啊！在这里。过来看！这是血腥的事实。"

他若无其事地引导来访者了解可怕的天花病毒的有关事实——提供一些他曾在1998年支持消灭天花病毒时，向克林顿总统和澳大利亚总理约翰·霍华德提供过的细节。尽管芬纳年轻时是世界顶尖的病毒学家之一，并且已花了几十年时间研究天花，天花是他宠物级的研究对象，但他对天花的存在所带来的危险仍保持警惕。

"在伦敦，没有疫苗情况下，每年约有10%的死亡是由天花引起的，"芬纳提到了18世纪的资料文献，"被感染的成年人死亡率是25%，儿童死亡率是40%~50%。曾几何时，除非孩子们在天花中幸存下来，否则他们都不会给孩子起名字。"

疫苗接种在欧洲普及之后，1870年的普法战争回答了免疫能持续多久的问题，因为普鲁士军队给所有士兵重新接种了疫苗，但法国人没有。法国人死于天花的人数达12.5万，其中18.7%是致命的。相比之下，德国只有8463例，死亡率仅为5.4%。

芬纳瞪着他那清澈的蓝眼睛，耸了耸肩，然后说："你知道，免疫不可能持续很长时间。1980年所有疫苗接种都停止了，你不能指望今天世界上许多人仍然具有免疫力。"

当他在1998年年初与克林顿总统交谈时，芬纳告诉这位美国领导人，他应该支持消灭所有的天花病毒："你为什么不公开说你害怕生物恐怖主义？"芬纳问道，他认为这是消灭微生物最诚实的理由。

"总统说，'但你永远没法确定它已经被根除了。'"芬纳回忆道。克林顿接着说，除非每一种病毒都被彻底摧毁，否则应该留些作为研究工具保存起来，以防一场蓄意释放的灾难发生。

芬纳还是输了这场辩论。

1999年夏天，美国国会发布了一份报告，声称伊拉克和朝鲜都拥有天花病毒的秘密储备。[52] 国会的公开声明是根据一份一年前提交给克林顿总统的情报文件做出的。[53]

芬纳在与克林顿总统交谈时并不知道这份报告的存在。但这并不能动摇他的决心 —— 澳大利亚人仍然坚信，地球上的每一种天花病毒都必须被消灭。芬纳目睹了病毒对人体的危害，也知道病毒传播的速度有多快。

疾病的发展过程本身就是噩梦的来源。当旧英格兰的敌人诅咒说："愿你染上天花！"他们很清楚自己在说什么。20 世纪早期的死亡人数如此之多，美国便实施了疫苗接种计划，并在 20 世纪 90 年代消除了天花导致的疾病和死亡，得益于此，据估计 1995 年美国每天可节省的经费达 100 万美元。[54]

天花病毒进入人体肺部的细胞，然后从那里到达全身的淋巴结，这通常需要 1 到 3 周的时间。在此期间，感染者感觉良好，身体活动不受限制，还可能与数十人甚至数百人接触，进而可能将这种致命的病毒传给他人。

一旦数十亿的病毒被制造出来并通过血液传播到被感染的身体各处，就会出现发烧、肌肉疼痛、呕吐、头痛和背痛。两天后出现皮疹，从脸部和前臂一直蔓延到躯干再到生殖器和腿部。42 到 72 小时后，皮疹会爆发成明显的大疹，其中一些可能是出血性病毒。病人发病两周后，痘痂出现，在第三周脱落，在全身留下痤疮样疤痕，常常使病人严重毁容。[55]

芬纳再次提醒，自 1980 年以来，世界上没有人接种过疫苗；一些国家在 20 世纪 70 年代初停止了天花免疫计划。美国于 1972 年停止天花疫苗接种，导致两代儿童和年轻人在世纪之交容易感染病毒。亨德森总结道："我很怀疑目前是否有超过 10% 到 15% 的人群保留显著的天花免疫力。"

直到 1997 年 9 月，亨德森还把他对生化武器的讨论限制在机密的领域，因为他担心这样的信息可能会在某些领域引起恐慌，而在另一些领域也会引起邪恶的想法。

"我很担心，担心有人抄袭，"亨德森解释说。但后来奥斯特霍尔姆说服他重新考虑自己的立场，"我认为说服我的是，军方人士无法让他们的上司更严肃地对待此事。"

20 世纪 90 年代初，随着苏联生物修复计划的真实规模和范围的消息广为人知，西方情报机构 —— 尤其是伦敦和华盛顿 —— 在这个问题上首次清醒了。在此之前，西方世界没有人意识到苏联生物死亡计划的规模如此庞大。

1996 年，美国人第一次看到了令人不寒而栗的生化武器计划，而揭露这一计划的是第一个进入这个基地的美国记者。

灰霾笼罩在西伯利亚最大城市新西伯利亚的上空。在冬日的夕阳下，一座干涸的城市在其郊区展望着冒烟的烟囱和腐烂的混凝土公寓楼的城市愿景。在更远的地方，游客可以看到白桦林和松树林。在冬日的严寒中，这些树木光秃秃的，几乎没有叶子，把人带入一个既令人敬畏又满是威胁的自然环境。即使是冬末的寒气也足以提醒来客，在西伯利亚的自然环境中漫步确实是件危险的事。

在离城市大约一小时车程的地方，在一个叫作科尔索沃的高度机密小镇附近，森林被一堵约 2.5 米高的混凝土墙包围着，周围是由上百栋钢筋混凝土建筑组成的巨大建筑群。墙上有三排电线，一只鸟飞落在其中一根电线上，毫发无伤；可这电线其实电死过一些不速之客。

一名俄罗斯陆军卫兵在玻璃亭内瑟瑟发抖，他向来访者致意，并对持有效证件的维克多来访者表示欢迎。[56]

维克多——苏联最重要的病毒武器基地关闭 6 年后，破烂不堪。杂草从荒无人烟的街道裂缝中长出来，道路上的坑洞大到足以挑战四驱越野车。大多数暴露在外的钢材都布满了铁锈，几栋建筑的混凝土外墙出现了大裂缝，看起来不太美观。一些实验室和办公室看上去摇摇欲坠。

破碎的窗户没有得到修补，凛冽的西伯利亚风吹进了如今幽灵般的研究大厅。在曾经繁华的维克多小城，人们竭科学之力寻找完美的人造疾病载体，到 90 年代末，几乎完全沉寂了。只有冷风无情地敲打着破败的建筑的声音，在原本空荡荡的空气中回荡。

穿着破烂军装的俄罗斯士兵，四处游走，在漫长、寒冷、无聊的时间里无所事事，守卫着这微生物“炸药”。例如，1 号楼一排又一排的工业冷冻箱里存放着埃博拉病毒、拉萨热病毒、天花病毒、猴痘病毒、蜱传脑炎病毒、致命流感病毒、马尔堡病毒、艾滋病病毒、甲型肝炎、乙型肝炎、丙型肝炎和戊型肝炎病毒、流行性乙型脑炎病毒，以及其他几十种人类杀手病毒。天花病毒有几十种不同的毒株，其中 140 种是天然的野生毒株。有些是由维克多的生物工程师手工制作的，赋予它们更强的传染性、毒力和传播能力。

俄罗斯陆军守卫其实不完全明白 1 号楼里有什么，他们称之为“超级虫”。但他们确实知道，这些微生物非常值钱，它们的重量以不可估量的黄金数倍计算。这些年轻人，以及数以万计的同龄人，守卫着 300 多俄罗斯曾经的秘密城市、工厂和实验室，这些地方是钚生产、神经毒气制造、铀矿开采和生化武器开发的场所。

到 1996 年，200 万俄罗斯士兵，其中大多数是应征入伍的士兵，在一个充满经济困难的国家里，代表着一个组织混乱、收入不足（或无薪）、士气低落、拥有军事技能和武器的部落。尽管俄罗斯的上校和将军们为苏联全球军事力量的辉煌日子而大声疾呼，但俄罗斯的年轻士兵们只是在消磨时间，远离这个国家不断膨胀的失业名单，等待机会而不是战斗。与此同时，腐败在军队的各个层面都很猖獗。士兵们走私毒品和枪支，高级军官们则命令自己的部队为他们的情妇建造别墅，在世界武器市场上出售苏联武器，吸走数百万卢布供个人使用。叶利钦政府逮捕了一名国防部副部长和俄罗斯地面部队的领导人，但掠夺仍在继续。

俄罗斯政策专家丹尼尔·耶尔金和塔纳·古斯塔夫森指出，叶利钦试图缩减国家军队规模，结果“缔造”导致了一支令人难以置信的“高级”军事力量：这支 150 万人的军队，拥有 69 万名军官，其中 2200 人是将军。

“在许多方面，俄罗斯军队和安全警察仍是国中之国，”耶尔金和古斯塔夫森在 1995 年写道，“军队和安全部队仍然控制着大量的财产，包括公园、疗养院、别墅、住房、俱乐部、基地、学校和研究所。最近有很多指控称高级官员将这些房产出售给私人甚至自己手中。但叶利钦迄今拒绝展开调查，以避免他的高级官员陷入尴尬境地。军队和安全部队都抵制内部改革，并且这种抵制可能会随着时间的推移而增强。”[57]

1998 年 7 月初，俄罗斯最受欢迎的军事领导人列弗·罗赫林将军在度假别墅中被神秘谋杀，这引发了军队中不断上升的不满情绪。包括亚历山大·列别德将军在内的许多前将军都退出了军队，投身政坛。[58]1998 年夏天，俄罗斯股票市场崩溃，这是叶利钦掌权以来的第 6 次，他眼睁睁地看着国家的经济陷入混乱，他的支持率下降到只有 2%。也是这个夏天，俄罗斯士兵真的开始吃狗粮了：1000 吨本是为狗制作的加工过的动物器官。大多数兵营的暖气和电力都被切断，莫斯科的街道两旁站满了行乞的穿制服的士兵。1998 年 9 月，因被俄罗斯海军的贫困逼到了崩溃的边缘，一名精神失常的水手劫持了一艘核潜艇。

在这种屈辱、经济混乱和政治不稳定的气氛下，如果一小撮士兵决定走私一两个足以酿成灾难的试管以换取政治资本或大量现金，也就不足为奇了。随着俄罗斯混乱局势的持续，美国和欧洲的分析人士变得越来越焦虑，他们公开表态，担心苏联的细菌库存可能会成为影响局势平衡的因素，甚至更糟——落入政治叛徒或持不同政见的士兵之手。[59]

然而，将生化武器技术从西伯利亚实验室转移到其他交战国家的冷藏库，或者转移到俄罗斯境内的一个叛乱派系的控制之下，最好的办法不是由士兵，而是由科学家来完成。事实上，生化武器在 20 世纪 90 年代几乎是独一无二的，因为它的实质价值可能不如其背后的智慧。一个真正知道如何从基因上增强一种致命病毒并将其制成武器的科学家，不必冒着生命危险走私冷冻试管，不管这些试管多么微小方便：他的买家所需要的只是储存在他大脑里的分子生物学知识。在冷战开始的时候，核物理学家就处于这种地位。但到20世纪80年代初，生物学已经取代物理学，成为全球价值最高的知识产权。尽管俄罗斯的民用科学事业一片混乱，但没有哪个国家拥有比俄罗斯更多将微生物转化为武器知识科学家。

在1992年的一次会议上，美国总统乔治·布什告诉俄罗斯总统鲍里斯·叶利钦，美国政府已经了解了苏联的生化武器计划，并希望俄罗斯终止该项目，销毁库存。叶利钦声称，除了该计划的基本内容外，他对其他方面一无所知。他要求退休将军阿纳托利·昆泽维奇准备一份关于苏联生化武器计划的报告。同年晚些时候，昆泽维奇报告说，苏联的尝试范围异常惊人，数十种病毒被装备到导弹、火箭和空投炸弹等武器上，包括炭疽热、Q热、土拉菌病和许多病毒。多年来，这些武器在沃兹罗日杰尼耶岛进行了试验，该岛位于迅速后退的咸海中央。[60]

昆泽维奇的报告描述了一个复杂的生化武器程序网络，包括生化武器计划机构和由国防部运营的独立实验室和测试站点。除了47个生物战备场，国防部还拥有几个生化武器工厂、实验室和导弹试验场，有些甚至在人口稠密的莫斯科。苏联政府曾声称生化武器计划只不过是一个民用制药项目，国防部的生化武器计划甚至没有正式存在过，但是，据估计，1992年之前在这些工作中雇用了大约7万名科学家和技术人员。然而，到1997年，大多数人已经不在实验室、生化武器工厂或测试点了，他们去哪里了呢？

“没人知道。”卡纳特詹·阿利别科夫博士说。[61]1992年，阿利别科夫叛逃到西方，搬到弗吉尼亚，并将自己的名字美国化，成为肯·阿利贝克。这位哈萨克斯坦的生物学家于1975年开始从事生化武器研究，1987年，36岁的他从生化武器计划专家晋升为苏联项目副局长。[62]

“没人能回答”所有这些生化武器制造参与者去了哪里这个问题，阿利贝克继续说。“有些人，比如我，在美国；有些在欧洲，但是，你知道，很可能有些在中东。当有人建议你可以月赚1000美元时，对他们而言这就是一大笔钱。”

阿利贝克说在他那个时代，生化武器计划雇用了3.2万名平民和科学家，国防部的生化武器计划还有1万名军事科学家参与其中。此外，数千名测试现场工作人员在叶卡捷琳堡（1979年炭疽事故发生的地方）、基洛夫、谢尔吉耶夫镇和斯特里释放了生物炸弹样本。阿利贝克声称，该项目取得的成果包括上述的武器化，以及耐抗生素（不可治愈的）鼠疫、安装在导弹上的天花、大规模生产出的出血热病毒埃博拉、马尔堡病毒和马丘珀病毒，以及耐抗生素的炭疽病毒。

在谢尔吉耶夫镇的绝密实验室里，科学家们研究出了如何大规模生产天花病毒，且每年培养数吨天花病毒。1990 年，也就是苏联解体前一年，在维克多的实验室，阿利贝克领导的一个团队研究出了如何将天花武器化，将致命的微生物分散在气溶胶中。阿利贝克坚持说，在米哈伊尔·戈尔巴乔夫的命令下，他们每年生产 80 到 100 吨这种可怕的东西。

尽管他们的做法令人毛骨悚然，可包括阿利贝克在内的生化武器计划科学家们却坚信美国拥有可与之抗衡的生化武器，一场重大的冷战对抗是不可避免的。苏联的科学家们被克格勃灌输了偏执和虚假的“情报”，他们确信美国人很快就会释放出同样可怕的流行病武器，从符拉迪沃斯托克到列宁格勒，屠杀无辜平民。

阿利贝克是最后一批到达西方的生化武器计划叛逃者之一，但也是第一个公开揭露该项目秘密的人。阿利贝克的言论在华盛顿引起了广泛关注，并因其“夸大事实”而受到某些圈子的攻击。但是亨德森发现阿利贝克“相当令人印象深刻”，奥斯特霍尔姆说哈萨克斯坦人的信息让他做噩梦。

在伦敦的情报界，阿利贝克的说法似乎并没有太离谱。1989 年，当阿利贝克的老板弗拉基米尔·帕什尼克叛逃到英国时，英国情报部门对他进行了盘问。从帕赛尼克身上，他们了解到许多表面上合法的企业，如血浆诊所和疫苗厂，实际上是生物制药噩梦的一部分。那位俄罗斯人还透露，他曾亲自监督巡航导弹的改装，使之成为生化武器运载系统。[63]

10 年后，阿利贝克叛逃，他提供的信息使西方当局打消了苏联将放弃生化武器开发的希望。布什总统在 1993 年提交给国会的一份报告中谴责了生化武器计划，他说：“俄罗斯从苏联继承下来的进攻性生化武器计划，至少在 1992 年 3 月违反了《禁止生化武器公约》。苏联进攻性生化武器项目规模庞大，包括生产、武器化和储存。”

为什么数以万计的生物学家热衷于用生命的代价制造大规模杀伤性武器？当然有偏执狂因素——包括克格勃的误传。但是也有额外的好处，包括个人的和科学的。生化武器计划科学家们 1 月份在西伯利亚吃了西红柿，四处旅行，住了体面的公寓，这些东西都是为苏共领导们准备的，他们的孩子可以上最好的大学，而且——也许对生物学家来说最重要的是——他们可以自由开放地查阅西方科学文献，甚至参加会议。在医生被禁止阅读美国、西欧或日本医学期刊和文本的时代，生化武器计划研究人员可以研究他们喜欢的任何东西。当苏联的遗传学家、分子生物学家和农学家努力从李森科主义造成的巨大破坏中恢复过来时，生化武器科学家们却愉快地拒绝了李森科的所有愚蠢行为，贪婪地阅读了沃森、克里克、莫诺德、伯格、毕晓普、巴尔的摩和瓦穆斯的著作，并热切地学会了操纵DNA。

“有两个不同的科学世界。”阿利贝克后来解释道。“1973年，苏联签署了一项增加基因工程研究的法令。这项计划投入了大量的资金。很多工作都是秘密进行的。最后的目标是发展这些武器。平民科学家和军事科学家之间也没有任何联系。我们从零开始，但我们使用了西方获得的所有知识。一个庞大的分析系统存在只是为了分析西方的工作。”

1995年，当埃博拉病毒在基奎特爆发时，一组病媒科学家发话说，他早就研发出了疫苗，并在病媒病毒鼎盛时期对志愿者进行了测试。维克多病毒与生物技术研究中心副主任谢尔盖·涅特索夫不知道，抑或是不想说，俄罗斯人最初是从何处获得埃博拉样本的，以及他们怎样得知西方实验室未公布过的发现，但很明显，他和他实验室的同事1996年参加安特卫普的埃博拉病毒会议，推进了对埃博拉病毒的研究。[64]涅特索夫说：“储存在俄罗斯的64种埃博拉抗血清是由维克多病毒与生物技术研究中心的BL-4实验室的绵羊和山羊感染制成的。”涅特索夫称，10名志愿者服用了抗血清，没有任何不良反应。当他的一名同事被感染埃博拉病毒的猴子咬伤后，反复注射抗血清挽救了这位科学家的生命。

苏联军队的埃博拉项目甚至比生化武器计划更有野心，该项目还神秘地获得了病毒样本和未发表的美国实验室发现。在军事设施中，人们在马身上制造埃博拉抗血清，并在人身上反复试验。[65]

当苏联的顶级医生们还在擦洗他们的墙壁，对所有现代感染控制措施一无所知时，生化武器计划的科学家们已经开始着手研究分子生物学，就好像这是另一场通往月球的冷战竞赛。对于20世纪70年代一位聪明的年轻生物学家来说，生化武器计划提供了比苏联任何其他选择都要大的智力优势。作为进一步的诱惑，苏联提供了配备司机的汽车，优先获得食物供应、最先进的实验室、几乎无限的实验动物供应，以及令人惊叹的智力谜题。按照苏联的标准，这几乎是一个不可抗拒的条件。

这些都在1992年消失了。噗！没有更多的特权地位，没有更多的研究经费，不再有苏联的高薪。随着1992年末大笔一挥，叶利钦签字取消了对生化武器研究的几乎所有资助，然而这也只是试图实现的计划。[66]

突然之间，世界上出现了成千上万失业的、蒙羞的生化武器科学家。这让克里斯·豪森、丹尼斯·迪普兰蒂埃上校、亚历克西斯·谢罗科夫和他们的英国同行非常担心，他们策划了一个前所未有的三边计划，将一些生物医学人员列入美国的工资名单。从1997年开始，美国国防部和美国国家科学院开始与俄罗斯和英国的同行进行三边合作，用谢罗科夫的话说，“试图将（俄罗斯生化武器实验室）转变为和平时期的工作。”

谢罗科夫和豪森是美国国家科学院委员会的成员，该委员会策划了该计划并帮助实施。豪森解释说，他对这项工作的兴趣是“让我掌握这一出色的专业知识，把它用于改善全球健康，而不是伤害它。”

维克多病毒与生物技术研究中心和其他生化武器计划机构的一些俄罗斯科学家得到了五角大楼的资助，致力于开发针对他们创造的可怕微生物的疫苗。他们直接与美国国际开发署和疾控中心合作。根据该计划，一些俄罗斯科学家将有机会在美国的公共卫生实验室工作，而美国人将进入生物实验室。

在20世纪90年代末参观过该生化武器计划设施的美国科学家受到了相当大的冲击。实验室的简陋——甚至在某些情况下是原始的性质——表明，只要有足够的智力控制，任何设施都可以完成非常、非常危险的工作和复杂的分子生物学。

例如，在全盛时期，维克多病毒与生物技术研究中心号称拥有4000多名科学家和数千名辅助人员，都在相对较新的设施（建于1974年）中工作。20世纪70年代，这是俄罗斯最先进的人才展示平台，但到1997年，超过一半的病媒科学家和工作者离开了，那些留下来的人都是一群灰心丧气的人，在一个迅速衰败的基础设施里辛苦地工作，挣得很少甚至没有报酬。

1997年，副主任谢尔盖·涅特索夫在试图运营这家几乎没有资金支持的维克多病毒与生物技术研究中心时得了消化性溃疡。人们很难对这个机构及其科学家们产生兴趣。直到1992年该设施的存在被解密之前，没有人听说过涅特索夫这个机构的设施，也没有人听说过他们的工作。在从手术中恢复的同时，涅特索夫继续努力为摇摇欲坠的医疗机构寻找资金。

“我们正试图利用一切机会为我们的机构赚钱，”涅特索夫说，他的脸绷得紧紧的，脸色苍白，“我们试图制造伏特加，但我们无法赚钱，因为税收太高了。”

从涅特索夫立场的角度来看，维克多病毒与生物技术研究中心不得不考虑生产伏特加作为融资手段的撒手锏，是大致相当于说在新墨西哥州的洛斯阿拉莫斯国家实验室应该停止从国会获得资金，进入机器人玩具制造业以补贴其科研项目。

涅特索夫是维克多病毒与生物技术研究中心的埃博拉病毒和天花病毒专家，但溃疡手术后，就算对花园中的细菌，他都无招架之力。广泛存在的抗生素耐药性迫使他的医生开出昂贵的药物，而涅特索夫不得不自己购买这些药物。

经过几片杂草丛生的草坪和布满裂缝的人行道，在距离涅特索夫办公室一段距离之外，隐约可见 5 号楼：分子生物学。这里没有警卫把守，然而，在 11 楼，谢尔盖·谢尔库诺夫正在埋头苦干，寻找猴痘病毒的致病基因。受到美国国防部资助，谢尔库诺夫正在对天花、牛痘和猴痘病毒进行测序，“以了解这些病毒在进化上的相互关系”。

在美国疾控中心和世界卫生组织的要求下，谢尔库诺夫正在研究 1997 年在刚果爆发的猴痘的基因。

通往附近 6 号楼的入口处，用西里尔字母写着令人生畏的标识：**注意！这栋楼是在限制条件下运行的，只有那些接种了天花疫苗的人才能进入**。但是在 1997 年，并没有保安人员来执行这一规定。穿过长长的、没有电力照明的黑暗走廊，便来到无人使用的实验室，这些实验室似乎是在 1975 年的某个时间被关闭的。就像电影《阴阳魔界》中的场景一样，大多数实验室的工作似乎在实验进行到一半时便突然停止了。布满灰尘的实验室长椅上，摆满了过时的设备。

楼上，亚历山大·古斯科夫在柔和的冬日阳光下工作。他的任务是保存病媒病毒的数百个天花样本，并定期进入最大的隔离设施，以验证 20 到 50 年的冷冻病毒的活力。

生物学家瓦勒里·洛克托夫也参与了这个由美国国家科学院组织的合作项目，他领导研究的对象是一种河狸鼠，这种河狸鼠污染了当地西伯利亚河流中的所有鱼类，而且越来越多地在日本和北美的鱼类中发现。

洛克托夫说，“当地人口的 18% 到 19% 受到了感染”，这是由于食用了在新西伯利亚河流中捕获的受污染鱼类。在针对仓鼠的研究中发现，这种侥幸心理 100% 会导致肝癌。

虽然洛克托夫的工作可以在最低安全系数设施中完成，但维克多的机构是为研究生物危害 4 级（最高级别）微生物而设计的——这些微生物可以在 50% 以上概率置人于死地，不但无法治愈，而且迄今为止没有受到任何已知疫苗的影响。直到 1996 年，维克多的生物安全水平 4 级实验室都充满了各种活动，包括对埃博拉病毒和其他几种出血热病毒、脑炎病毒以及一些不同寻常的肝炎病毒的研究。

然而，一年后，生物安全 4 级实验室一片寂静，最大的动物围场的笼子也空了。尽管这给病媒病毒科学家的生活带来了经济困难，但停用他们的生物安全 4 级设备可能是一件好事。

他说：“如果我们想要达到美国的标准，就需要对设施进行现代化改造，”洛克托夫承认，并指出不祥的是，缺乏适当的废气处理过滤器来防止危险微生物的逃逸。美国科学家说，更令人不安的是这个地方的基本设计——一种巨大、笨重的工业体，有着许多苏联工厂和核电站设计中常见的缺陷。例如，巨大的管道在天花板上纵横交错，暴露的供暖和通风管道环绕着它们。最终的效果是，天花板上的钢管像意大利面一样暴露在外，一旦发生微生物泄漏，它将无法净化。

近距离观察发现，实验室中的大多数防辐射过滤器都是在1981年装配的，最初的设计目的不是用作生物控制，而是作为核辐射屏障。在一个实验室里，清洗过的乳胶手套挂在蜂房上，随时可以重复使用；大多数气闸和压力门都是沉重的铁制大门，这些门最初是为苏联核潜艇制造的。

俄罗斯科学家在研究致命微生物的时候，都辛苦地穿上太空服，这让人非常不舒服。不但如此，这些太空服还很重，洛克托夫的一个同事抱怨道，他不情愿地爬进太空服做安全程序演示。穿着厚重的橡胶和钢质防护服四处走动是很困难的，更不用说操纵装满致命病毒的微型注射器和试管了。

“我们的工作人员在使用这些设备时没有受到感染。”洛克托夫称：“但这是旧设备，很老的设备。现在我们没有资金购买新设备。这是非常危险的工作。”

在维克多巨大的1号楼里，有一排排的冷冻机，所有这些冷冻机都采用了三重冗余电源系统，据推测，即使新西伯利亚州的主电网出现故障，冷冻机的温度仍然能保持比冰低。这是一件好事，因为它们里面有上万亿活病毒和细菌，仅仅是它们的名字就会引起医学界的恐惧。如果它们能从冰冻的试管环境中逃脱，从旧的漏气的密封装置和维护不良的冷冻隔离装置中潜行，许多微生物就会拥入空气中，可能感染维克多的工作人员，并引发一场流行病。

这个巨大的噬人动物库堪比美国疾控中心在亚特兰大的致命仓库。但保护疾控中心的多重高强度的安全性措施并没有在新西伯利亚得到体现。

华盛顿战略与国际研究所的生化武器专家安东尼·科德斯曼说：“你不能排除这样的事实，即任何人都可以带着生物样本离开。”是否有人已经这样做了呢（即把微生物从带到另一个秘密的地方）？科德斯曼用经典的华盛顿口吻说：“如果政府官员可以自由证实或否认（谣言），他们可能不会证实。”但这并不意味着没有证据表明这值得担忧。

1997年11月25日，时任美国国防部长威廉·科恩在一份声明中强调了这种担忧。他说：“美国仍然关注着来自俄罗斯的生化武器技术和相关硬件的扩散威胁。俄罗斯科学家中有许多人失业或长期未领到工资，他们可能很容易被试图建立生物战项目的国家招募。通过互联网或电子邮件进行全球信息交换的便利性加速了这一过程。”

即使不考虑这些危险因素，如果设备和工作人员的士气没有得到提升，微生物泄漏也有可能发生。这是因为这些病毒和细菌不可能永远待在 1 号楼的“冰箱”里。为了保持存活，它们必须偶尔被移除、解冻并注射到动物或细胞中。这一过程被称为“传代培养”，大多数样本都多年没使用这种方法了。最终，涅特索夫和他的工作人员不得不做出选择，是放任样本继续恶化到无法使用，还是冒着自己和其他人健康和安全的风险，爬进那些旧橡胶宇航服，回到陈旧的生物安全 4 级实验室。

如果出了什么差错，科学家们可以用他们已有 30 年历史的旋转号盘电话机，通过老式的手动西伯利亚交换机，打电话给新西伯利亚求助。但是，用电脑给华盛顿发送电子邮件可能会更快。

当迪普朗捷上校和美国国家科学院在 1996 年第一次设想他们的合作尝试时，觉得资助大约 20 名研究人员就足够了。但是，迪普朗捷后来说，“当我们去参观时，那规模让我们不知所措。”

1997 年 7 月，在基洛夫的一次工作坊活动上，仅是生化武器计划的数字就把迪普朗捷震惊了：“47 个研究机构，4 万名员工[67]，9000 名科学家，11 所规模宏大的研究机构，2000 名病原体方面的专家。它就是这么大！”

显然，当时，美国、英国为生化武器计划而努力的科学家是远远不够的。资助 20 名科学家很难阻止 4 万人的活动。

关键问题是：到 1997 年，为生化武器计划辛勤工作的人已经不到 4 万了，那其他人都去了哪里？

“讨论这个话题非常困难。这是一个非常敏感的话题，”阿利贝克紧张地说，“我知道在普通房间里可以开发出什么样的武器。对我来说，我只需要一个非常简单的实验室设备，即使没有任何细胞培养所开发的任何制剂。我可以到外面去，只采集土壤样本，就可以制造武器。”

早在 1995 年夏天，西方情报来源就指责俄罗斯军方在继续使用生化武器，并协助伊朗开展类似的项目。[68] 在受到不当行为指控的情况下 —— 包括继续生产生化武器并向其他政府出售专业技术 —— 由美国国会总会计办公室资助的俄罗斯人，1999 年年初对这一指控进行了抨击，其未来似乎岌岌可危。[69] 然而，正如克林顿总统 1999 年国情咨文中所表明的那样，白宫似乎致力于这一计划，其中尖锐地提到了美俄合作防止生化武器扩散的重要性。

尽管生化武器计划向英国和美国开放了实验室，但国防部没有。亨德森就是完全相信国防部的实验室里潜藏着巨大的危险的人之一。阿利贝克也是这样想的。

1997 年春天，英国著名军事刊物《简氏防务周刊》根据英情报中心军情六处的消息来源发表声明称，俄罗斯科学家已经开发出一种对所有疫苗和抗生素都具有耐药性的炭疽基因改良菌株。从表面上看，这种说法对熟悉这种细菌的生物学家来说似乎是荒谬的。

但几周后，克里斯·豪森对生化武器计划基地进行了几次实地考察，并询问了有关所谓的炭疽超级病菌的情况。他被告知："嗯，我们这里确实有对疫苗和抗生素有抗药性的菌株。"这次考察在华盛顿谣言四起，亨德森和奥斯特霍尔姆，以及在德特里克堡生物防御实验室工作的陆军科学家们，变得越来越焦虑。他们都希望豪森听到的是夸大其词的说法，而不是事实。

然而，1998 年开放后，英国出版了波梅兰采夫和他在国家应用微生物学研究中心同事的成果，这个中心在奥博伦斯克城，是苏联生化武器计划的负责机构。[70] 奥博伦斯克团队利用先进的基因工程技术，将人类无害物种蜡样芽孢杆菌的毒力基因插入炭疽芽孢杆菌中，炭疽芽孢杆菌是引起炭疽的生物体。此外，炭疽杆菌株是为了完全抵抗抗生素而培育的。结果，它却被认为是一种全新的炭疽病，确实对青霉素和疫苗有抵抗力，并且能够以前所未见的方式在人类细胞内危险地生存。[71]

莱德伯格惊呆了。

"据我所知，这是第一个人造新病原体的例子，"这位生物界的资深政治家告诉他的同事们，"那种显而易见的秘密已经泄露了……这种工作正在悄然进行的想法才是真正笼罩在我们头上的乌云。"

美国陆军传染病医学研究院上校阿瑟·弗里德兰德发表声明称，美国军方认为俄罗斯人开发了"一种新的潜在生物战剂"。

"这种新的微生物以炭疽杆菌为基础，据报道对俄罗斯的疫苗有抗药性。"弗里德兰德继续说，"与自然产生的炭疽杆菌株相比，它可能通过不同的机制导致疾病。利用炭疽热和其他生物战剂开发基因工程新生物是一个潜在的威胁，必须仔细评估。"[72]

波梅兰采夫的研究小组仅利用基础生物学和公共卫生研究的坦诚气氛，就从西方资源中获得了他们所需要的一切。他们用来修饰炭疽杆菌的技术是从加州大学伯克利分校的细胞生物学家丹尼尔·波特诺伊发表的论文中借用的。波特诺伊研究的是另一种微生物——枯草芽孢杆菌。1990 年，他成功地迫使枯草芽孢杆菌表达来自另一种细菌——单核细胞李斯特菌——的基因，从而使该生物体具备了新能力。特别是，波特诺伊精心设计了李斯特菌基因，将红细胞破坏成枯草芽孢杆菌，制造出一种新的细菌，可以在红细胞上穿孔，并在这种微生物通常被限制的土壤环境之外存活。这是一种单纯的的研究，是西方学术研究者最倾向于进行的研究类型。波特诺伊的研究成果可以称之为“原理证明”，它表明，如果获得正确的基因蓝图，更原始的细菌有机体就拥有进行复杂活动的必要机制。[73]

波梅兰采夫的研究小组对波特诺伊的成果表示敬意：“将单核细胞增生性溶血素的结构基因克隆到一个枯草芽孢杆菌的异形突变株中，导致了一种常见的土壤细菌转化为一种寄生虫，这种寄生虫可以在哺乳动物细胞的细胞质中生长。根据这一模型，炭疽杆菌菌株获得的溶血特性可使其通过穿透宿主细胞逃避宿主免疫。这项研究提供的数据证实了这一观点：从细胞外存在到细胞内生活方式的进化飞跃，可能只需要有限数量的基因。”

换句话说，普通的细菌可以被转化成可在人体血液中繁殖的细菌。

波特诺伊惊呆了。他从未想过，他将枯草芽孢杆菌转化成一种可以在老鼠细胞内存活的细菌的工作，也适用于其他土壤生物——包括炭疽杆菌。当波特诺伊第一次听说俄罗斯的实验时，试图给它泼冷水，对波梅兰采夫发表文章的真实性提出质疑。但是，当细看报道后，波特诺伊惊恐地意识到：他自己的工作被歪曲了。“现在我感到害怕了。”他说。

波特诺伊并不是奥博伦斯克小组唯一被借鉴成果的科学家。为了完成炭疽杆菌的转化，俄罗斯人需要特殊的蜡样芽孢杆菌基因——以便将其插入到炭疽杆菌的基因组中。他们再次利用了基础生物学研究独特的开放氛围，在积极开展生物医学研究的日子里，把目光投向了德国维尔茨堡的著名生物学家韦默·戈贝尔博士。当戈贝尔被告知他的基因研究成果是如何被使用的时候，他大吃一惊。

“我和波梅兰采夫团队没有任何直接联系，”戈贝尔在电子邮件中写道，“我甚至不认识他本人。当然也有可能是我把我们多年前从蜡样芽孢杆菌中克隆出来的基因结果发给了他或者更大可能的一个与此相关的人，就像我在发表后对许多其他人的做法一样。可以确定的是，他（或另一个人）肯定也没提过想把研究成果用于炭疽杆菌。”

前生化武器计划领袖阿利贝克嘲笑西方科学的幼稚。

“我们从零开始，但我们运用了从西方获得的所有知识。”阿利贝克解释说，“而西方科学家是非常非常开放的——你只需要写一封信，便可得到你所需要的一切。”

几十年前，共享生物样本的需求催生了用于存储生物体、细胞和其他生物材料的特殊存储机构。由于在独立实验室里储存这些东西太昂贵，这些特殊存储机构便收到并保存了大量的生物研究数据和样本，并向全世界的研究人员输送他们所要求的样本。

20世纪90年代末，美国国会对此极为愤慨，尤其是他们得知弗吉尼亚州的美国模式培养物集存库中心于1995年将炭疽样本运送到伊拉克的一个实验室，并将瘟疫传送给俄亥俄州右翼狂热分子拉里·韦恩·哈里斯，这家伙在1998年年初于拉斯维加斯郊外因炭疽供应而被捕。

但美国模式培养物集存库中心主任雷蒙德·塞普拉斯博士面对记者质询时坚称："科学界有材料交换的传统，但对此我们几乎没有任何相关的文件记载。"

例如，1997年美国27个研究实验室发表了关于鼠疫耶尔森菌的研究成果，"但只有4个实验室从我们这里得到了培养物。那么，剩下的是从哪里来的呢？"

根据《世界培养物和微生物收藏名录》记载的情况，全世界共有453家这样的储藏所，其中54家出售或运输炭疽，64家出售引起伤寒的微生物，34家出售产生肉毒杆菌毒素的细菌。在15个国家有18个鼠疫细菌储存库，不仅分布在美国和欧洲，还分布在保加利亚、伊朗、土耳其、阿根廷以及其他60多个国家和地区。一些这样的微生物库通过互联网进行交易，只需要一个信用卡号码就可以在一夜之间运送微生物——不需要任何科学证明。[74] 正如开放的科学交流氛围使波梅兰采夫能够接触到波特诺伊和戈贝尔的工作一样，微生物交换一贯也只受到经销商收取的微生物价格的限制。这种开放性据说有助于公众健康，能使科学家快速获得用于研究的细菌和病毒株。

根据赛普拉斯公司的估计，99.9%此类生物的研究用途确实是为了公共卫生、基础科学或药物开发。这强调了生化武器核查和执行的关键问题：双重使用。虽然已发现的有毒气体供应或武器级浓缩钚颗粒可能没有合法的民用用途，但生产生化武器所需的设备和生物制剂本身，大体上可以用于正当的医疗和研究目的。

生化武器不同于核武器、常规武器或化学武器生产，不需要专门的设施。任何制药或医学实验室和生产现场都可能是生产源。而且生化武器可以使用标准的农业设备来分散：农药喷雾器或作物喷洒器。

因此，生产生化武器的每一步都涉及可合法使用的材料和设备，从国家安全角度来说，可以实现物资双用性。物资双用性难题是武器核查的核心障碍。

情报界的一些成员认为，炭疽杆菌已经传播到了伊拉克——这一说法永远无法证实。即使发现的是炭疽杆菌的疫苗样本和抗药性菌株，伊拉克人总是可以断言，这种菌株是在伊拉克而不是俄罗斯的土地上自然产生的。而且，不管情报人员声称掌握了涉及一两个俄罗斯科学家的任何犯罪证据，这些证据都从未公开过——事实上，如果没有可靠的消息来源，这些证据可能永远都不会公开。这些不确定因素使人们有可能将指控行为作为一种外交武器，在不提供任何证据的情况下玷污一个国家的声誉。这似乎和冷战时期的外交状况一样糟糕。

关于一种被称为“海湾战争综合征”疾病的指控，进一步强调了在战争情况下，诊断一种疾病并确定其原因的巨大困难。海湾战争期间，成千上万的盟军士兵患上了一种独特的疾病，这是否跟他们接触化学或生物物质有关？一些退伍军人团体和他们的医生给出了肯定回答，并指出许多退伍军人都有很多相同的症状。原因有很多：农药、美国军队的疫苗、燃烧的军车产生的雾霾、被炸的伊拉克化学武器库产生的烟、慢性疲劳综合征，群体性癔症。战争结束多年后，美国、加拿大和英国仍在激烈辩论“海湾战争综合征”。无法解决公众的争论——甚至无法就是否存在海湾战争综合征达成共识——说明，在任何冲突中，如果一种不寻常的或微妙的有机体被强加给作战部队，则将虚实难分。

海湾战争，再加上波梅兰采夫发明超级炭疽细菌的消息，促使美国国防部长威廉·科恩于 1998 年 5 月拨款 1.3 亿美元，为 240 万现役军人接种炭疽疫苗。但疫苗接种者声称疫苗接种导致了严重的健康问题，几乎立即就出现了耐药性，100 多名男女军人面临军事法庭的即决审判，而不是接种疫苗。随着抗议在美国士兵、水手和飞行员中蔓延，令人不安的是，美国人再也不能指望自愿接受大规模免疫接种——即使是面对可能的生物恐怖威胁。

炭疽疫苗只是美国军事人员需要接受的众多免疫接种的一种。冗长的清单包括霍乱、流行性乙型脑炎病毒、鼠疫、伤寒和黄热病疫苗。没有士兵会因为这些疫苗而冒险接受军事法庭的审判，尽管其中一些疫苗对健康的危害要大得多，或者效力要低得多。例如，世界卫生组织或美国疾控中心不再推荐霍乱疫苗，因为它实际上可能导致一些人染上霍乱，并且只能提供有限的免疫保护。美国疾控中心放弃了鼠疫疫苗，发现廉价、低风险的预防性剂量的四环素为耶尔斯尼亚病毒感染地区的个人提供了良好的保护。流行性乙型脑炎病毒疫苗在相当比例的接种者中产生了严重的过敏反应。然而，没有人对这些疫苗提出抗议。

从 1998 年 5 月到 1999 年 3 月，63 万多名美国军人接种了炭疽疫苗：其中 42 人（占 0.007%）出现了不良反应，7 人严重到需要住院治疗。所幸所有人最后都完全恢复了。[75]

然而，反武装和平组织“公民士兵”对炭疽疫苗接种运动发起了强烈抗议。该组织的律师托德·恩赛恩表示对炭疽疫苗接种存在“善意担忧”，归结起来就是，“这有什么急的？还有其他安排吗？我认为，首先，这担忧有着火药味儿，以致引人关注。霍乱，白喉，它们都没那么戏剧化。这就提出了一个问题，‘这是否意味着我会接触到炭疽热？’”[76]

通过互联网，“公民士兵”传播炭疽疫苗抗议主张，该组织的观点显然是左派的。同时，也有很多其他的政治右翼团体利用互联网来引起人们对疫苗的关注。反堕胎组织“人类生命国际”声称，这种疫苗含有人类绒毛膜促性腺激素（一种女性孕激素），所以这是一场大规模使美国士兵绝育的最高机密行动。该组织声称，这一努力的背后是世界卫生组织、世界银行、洛克菲勒基金会和福特基金会。在一个海湾战争老兵的网站上，士兵们被告知，人类的胎儿被杀死了，而他们的体液被用于炭疽疫苗中。不同的基督教激进主义者和极右组织用更阴暗的阴谋论调称，北大西洋公约组织计划给美军一种炭疽疫苗，这种疫苗会引发自身免疫反应，从而使疫苗的免疫系统对抗自己的身体，以此削弱美军以接管美国。相似的奇谈怪论，居然也得到了该国军事炭疽疫苗项目中加拿大籍反对派的支持。

美国国会的一些议员及其总会计办公室，倾向于接受炭疽疫苗中含有自体免疫诱导化合物的观点。尽管完全没有证据支持这一说法，但总会计办公室坚持认为疫苗中添加了一种名为角鲨烯（三十碳六烯）的化学物质作为佐剂，还坚持认为角鲨烯引发自身免疫反应。[77]

哥伦比亚大学的社会历史学家大卫·罗思曼从现役士兵和老兵的怀疑和抗议中得到了更大的教训——他怀疑这会使所有旨在消除生物恐怖主义的民用和军用疫苗运动都蒙上阴影。他说，第二次世界大战期间，美国人对军事和医学的结合非常热心，这一结合产生了大量用于细菌性疾病的青霉素、精细的输血程序和疟疾的氯喹预防。

然而，随着1945年后冷战的到来，美国人开始对五角大楼的医疗努力感到不安，特别是还出现了掩盖辐射危险的传言。

“在美国文化中，对疯狂危险科学家心存恐惧由来已久。我们也一直对我们的政府以及政府的理念感到焦虑，而军方又引发了更大的焦虑，”罗斯曼解释道，“然而，时至今日，所有这些都是不相关的怀疑，现在都是新的东西了。”[78]

本质上，要接受炭疽疫苗比接受被普遍谴责的霍乱疫苗更危险。美国人必须拒绝白宫、各种联邦机构、国防部和国家医学机构反复提出的相反主张。[79]罗斯曼坚持认为，这是美国人以前从未怀疑过的。

在约翰·霍普金斯大学，亨德森的平民生物防御工作小组仔细分析了有关炭疽的所有信息，然后得出结论：任何保护美国公民的计划都必须包括接种疫苗，免受恐怖分子使用这种细菌的威胁。[80]该小组的结论是，如果既不进行免疫接种，或者在接触后又不立即预防性地使用抗生素吸入炭疽孢子，80%的接触者将会死亡。该小组强烈建议紧急反应人员应接种疫苗。

尽管越来越多的证据表明炭疽病毒和其他生化武器正逐渐落入更多流氓国家手中，但军方内部的反疫苗运动显示，要让普通美国人遵守疫苗接种规定却极为困难。

在21世纪来临之际，已有下列国家拥有生化武器，这些武器是为导弹或向敌方目标发射大规模气溶胶而研制的，这些国家包括：伊拉克、伊朗、叙利亚、利比亚、中国、朝鲜、俄罗斯、以色列，可能还有苏丹、印度、巴基斯坦和哈萨克斯坦。[81]

这个名单涉及权力集团、意识形态、政治组织和地理位置。[82]

除这些国家外，许多非政府国际政治组织据说也都在开发或寻求购买生物恐怖主义武器。包括已退休的美国中央情报局局长约翰·多伊奇在内的来自欧洲和美国的情报来源都坚称情况确实如此，但出于安全原因没提供细节。[83]

除了运载能力提高了，生化武器本身的先进程度预计也将有飞跃性的提高。直到1985年，世界上所有生化武器制造者都在同一份限量的特工名单上，这些特工可以杀死成千上万的敌人并且可以用导弹或其他系统来执行任务。每个国家都知道这份清单，并储备了解毒剂和疫苗。这是一个解不开的僵局。

但正如波梅兰采夫案例所说的，20世纪90年代的生物学在知识层面上就像20世纪四五十年代的物理学，是一个成果丰富的领域。1980年看似不可能的事，到1990年就完成了，在1995年的高中生物课里也成了平淡无奇的素材。1993年，美国国会技术评估办公室预测：

> 基因工程不太可能产生比现存的多种潜效生物制剂更致命的“超级细菌”，也不太可能消除与在战争中使用微生物病原体有关的根本不确定性。不过，基因拼接技术可以使微生物在传播过程中更稳定（例如耐高温和紫外线辐射），从而促进其武器化。生物制剂也可能经过基因改造，使其更难用免疫学的方法检测出来，并且对标准疫苗或抗生素免疫。[84]

生物界的发展比美国国会技术评估办公室预测的要快得多。20世纪90年代，经过多国共同努力，人类基因组的序列得以确定，人类的所有基因都可以被识别，这一成果的效率远远超出了人们的预期。它激发了对微生物的DNA或RNA进行测序的探索。随之而来的是对人类独特目标和微生物武器的轻易识别。

在1996年的一篇社论中，英国医学周刊《柳叶刀》指出，“对带有选择性种族目标的生化武器的担忧已经慢慢浮出水面。任何在分子生物学家或传染病专家的会议上表达这种担忧的人，都有可能遭到嘲笑。但真的是这样吗？”

确定埃博拉等病毒的基因序列不再是一项了不起的成就。哈佛医学院的约翰·麦卡拉诺斯找到了在细菌中快速发现致病基因的方法。[85] 斯坦福大学的斯坦利·法尔科发明了一种方法，在病原体感染人类细胞后，观察引起伤寒的有机体中哪些基因首先被打开。[86] 这种快速而又肮脏的技术分离出了毒性基因。流感研究人员希望在1918年流感大流行之前发现一种自然出现的超级流感病毒，并对该病毒进行了测序，确定了一些关键致病基因。[87]1998年，位于贝塞斯达的弗雷德里克癌症研究中心的科学家们，从遗传学的角度，确定了炭疽热是如何杀死人体细胞的。[88]

到20世纪90年代末，相关技术和方法唾手可得，同时出现了一大批生物工程师。[89] 他们有基因图谱指导，[90] 有先例可循，还有样本数据库可用。西方军队加强了生物防御，为部队接种疫苗，储备抗毒素，储存适当的抗生素，购买生物防护服和口罩，进行生化武器的军事演习，并支持潜在生物探测设备的研究。

但保护无辜的男人、女人和儿童，则是另一回事。

“根本就没有从平民的角度来考虑这个问题，”亨德森悲叹道。

那个春天的早晨，亨德森在亚特兰大发表的演讲中警告说，没人制订总体计划去处理这么两个问题：生化武器对战区周围平民的附带影响，或者生化武器会对毫无戒心的社区造成的蓄意恐怖破坏。

亨德森说：“到目前为止，在打击平民恐怖主义方面，人们关注的焦点几乎完全集中在化学武器和爆炸武器上，而对这些武器的反应充其量只是对危险材料处理的现有协议的适度扩展。与天花或炭疽带来的生物挑战相比，化学物质的释放或大爆炸要容易应对得多。”[91] 爆炸或化学武器攻击后，最坏的影响很快就过去了，灾难的规模、伤亡人数是可以确定的，稳定和恢复也是有努力的方向。但在使用天花或炭疽后就不一样了，日复一日，新的地区可能会出现新的病例。

20世纪90年代，每次有关生物战的政策讨论，都将其与曾被认为是荒谬的核武器影响相提并论。两者的关键相似之处，是它们爆炸时或释放后的长期影响，以及几乎所有死难者都是平民。例如，国家安全分析师布拉德·罗伯茨认为，生化武器被算作是“穷人（国）对核弹的反应”，创造了非对称冲突战略的可能性。

罗伯茨写道："在这种战略中，较弱的国家寻求将自己的优势与较强国家的劣势相较量，以阻止干预或防止较强国家发挥其全部军事潜力。"[92]

罗伯茨认为，在这种情况下，生化武器相对于核武器的战略优势将通过创造所谓的"设计细菌"得到极大增强，这种细菌是为种族目标等战略优势而进行基因工程设计的。有了核武器，总是有风险，风会把放射性尘埃带到轰炸机自己的部队，没有生物能免受电离辐射的突变影响。但是，旨在利用特定基因脆弱性的生化武器可能对施暴者的部队无害，但摧毁的不仅是敌方军队，还有平民百姓。

正如作家罗伯特·赖特所言："如果有人让你猜，哪种技术会首先在一场恐怖事件中杀死10万美国人，毋庸置疑就是生物技术。"[93]

当美国海军指挥官詹姆斯·坎贝尔苦思为生化武器袭击做未雨绸缪时，他提到了"后现代恐怖分子"，其目标直指平民。坎贝尔说："大规模恐怖袭击事件频发，但却没有任何恐怖组织主动宣称负责。"例如1996年亚特兰大奥运会爆炸案，以及1998年美国驻达累斯萨拉姆和内罗毕大使馆的爆炸案。他认为，"这类事件表明，恐怖分子本应传递的信息发生了'转变'。传统的恐怖分子利用这一事件获得了'霸凌讲坛'来宣泄他们的不满，而这些沉默的恐怖分子发出了无声的信息，创造出一种压倒性的恐惧感和脆弱感。"

坎贝尔说，对大多数人来说，这似乎是难以想象的恐怖行为，而这恰恰是新的"后现代恐怖分子"可能采取的行动。坎贝尔认为，这个新的恐怖分子不受政府约束——事实上，与任何政府都没有联系——很可能是受到宗教或政治问题的强烈驱使。他们的行为造成的损害可能远超过更传统的冲突。原因是，后现代恐怖分子往往愿意采取危险的措施，乃至于自杀，甚至杀人。

在美国，参议员萨姆·纳恩是20世纪90年代最了解国防和国家安全问题的政治家。奥姆真理教在东京发动袭击后，纳恩对后现代恐怖主义表示关切，他说："美国目前乃至今后几年的首要安全挑战，是防止这些大规模杀伤性武器，无论是化学、生物还是核武器，以及制造这些武器的科学知识，流出到世界各地的流氓集团、恐怖主义集团和流氓国家。"[94]

"进入21世纪，我们很可能面临的状况，是大规模杀伤性武器不再是由士兵在战场上使用。"美国空军特瑞·梅耶中校说道，"而是由失去理智的非同族群体用来攻击人口密集的区域——这绝不是危言耸听。"[95]

1993年5月，克林顿总统在安纳波利斯海军军官学院的一次重要讲话中，呼应了这种观点，他说："这些对手可能不会入侵我们的海滩或发射轰炸机，而是试图对我们关键的军事系统和经济基地发动网络攻击……或者，他们可能会部署小型和相对廉价的大规模杀伤性武器。”

准备应付这些团体或个人使用生化武器所带来的挑战是一项巨大的任务，欧洲和美国在21世纪初才开始着手处理这一任务。

这个问问亚特兰大退休消防队长唐·海特就知道了。1996年，他负责奥运会的所有应急措施，在准备过程中，他看到联邦调查局关于恐怖活动未遂和成功的档案从未公开过。当谈到生化武器时，海特说："我们离需达到的目标还很远很远，我们在侦查方面也还差得很远。而且，作为第一应急反应团队，我们居然没有从全局出发考虑问题。"

例如，当一枚炸弹在奥运会摇滚节期间爆炸时，海特就是现场的第一批急救人员之一。

"亲爱的，让我告诉你，"海特用乔治亚州口音慢吞吞地说，"根本没人会意识到生物或化学攻击，直到看到了明显的危险征兆……我们必须要有所准备和谋划，主要也是与预防生化攻击相关的事情。首先，大多数人甚至不会认为爆炸会在美国发生吧？那我告诉你，爆炸一天有20起！"海特继续说，恐怖主义威胁和行动越来越多地涉及生化武器，"毫无疑问，这是潜在的危机。"

尽管有27个美国城市参加了20世纪90年代末国防部举办的训练演习，但美国所有的市镇对这种可能发生的情况仍然准备不足。亨德森坚持认为他们培训的重点是错误的：训练不是短期的培训，而是需要长期坚持不懈地对急诊和公共卫生人员、消防队员或警察进行系统培训。[96]

如果一个恐怖分子释放了亨德森所认为的终极武器——天花，那么，曾经普遍接种过疫苗的人群将会变得非常脆弱。20年前，美国政府储存了足够1540万人使用的疫苗，[97]而世界卫生组织在荷兰储存了50万剂疫苗。各种额外的国家储备总共增加了大约6000万剂，质量和效力各不相同。很明显，如果天花被释放，世界上的大多数人都会受到严重威胁，而且，考虑到天花30%的死亡率，将近20亿人可能会死亡。

20亿人！

1999年，随着美国已有的天花疫苗质量已经严重恶化，情况变得更加糟糕。疫苗最初由惠氏制药公司在20世纪70年代生产，以冻干晶体的形式储存在亚特兰大的美国疾控中心，按100剂的剂量分装在真空密封的玻璃管中。玻璃管管用金属夹紧的橡胶塞子进一步密封。令人沮丧的是，美国疾控中心的调查人员发现，许多玻璃管内部已经凝结，这表明橡胶塞已经腐烂，真空压力已经消失。

食品药品监督管理局表示，美国的天花疫苗供应"未能保证质量"。这只是政府和民间科学家在仔细研究美国天花疫苗储备时发现的众多问题中的第一个。之所以进行审查，是因为白宫担心，这种致命病毒的样本可能已经传播到世界卫生组织指定的两个储存库之外的地方，因此要求为美国武装部队生产更多的疫苗供应的调查人员认为，首先检查原始库存的状态是明智的——6位总统显然错误地认为这些库存可以应对不时之需，关键时刻保护国民。值得庆幸的是，这种可能性最后没发生。

结果证明，冷凝只是第一个问题。第二个问题是一种液体，或是稀释剂，在接种疫苗之前，它应该和冻干晶体混合在一起。稀释剂中有一种被称为“亮绿色”的指示剂，可以帮助接种者看到从针头中流出的液滴滴到接种者的手臂上。

但“亮绿色”已经变色，而且似乎正在迅速恶化。

还有另第三个问题：针头。天花疫苗不同于其他免疫接种，因为它不是简单的一针接种。相反，疫苗液滴必须用一种叫作分叉针的特殊工具在皮肤上划痕。美国当前这种针头的储备量还不到100万枚，而且这种针头在全世界已经停产。

不过最大的问题，是科学家们所谓的VIG，也就是天花疫苗免疫球蛋白。早在20世纪60年代，当时大量的人接种天花疫苗，其中有少数接种者——不到1%，出现严重的不良反应。对他们来说，快速注射天花疫苗免疫球蛋白是救命稻草。然而，新的麻烦又出现了。1999年，美国疾控中心的调查人员发现，该救命稻草的储存量仅够应付675例不良反应者，也就是300万人接种疫苗时会发生的此类事件的数量。而且，仅有的那几剂免疫球蛋白，似乎也受到了损害，因为它们呈现出了粉红色，而不是新鲜制造时的无色状态。

所以一旦出现紧急情况，美国人将非常容易感染天花。尽管欧洲和南非的疫苗储备没有进行类似的审查，但情况却极不乐观。美国上一次大规模紧急接种天花疫苗是在1947年，当时一名来自墨西哥的旅行者在纽约市传播了天花。当时疫苗唾手可得，635万纽约人在不到4周的时间内接种了疫苗——万一必要的话，半个世纪后的美国当局将无法重复这一壮举。1961年，在英国出现天花病例后，开展了类似的大规模疫苗接种运动：550万人在一个月内接种了疫苗。10年后，南斯拉夫出现确诊病例，该国也迅速为2000万人接种了疫苗。如果天花危机在2000年出现，这两个有效应对的壮举都将无法再上演。

在白宫的敦促下，国防部于1997年授予小型生物技术公司登坡特公司一份价值3000万美元的合同——为军队生产30万剂天花疫苗。由于接到登坡特公司的询问，美国疾控中心和食品药品监督管理局调查了旧疫苗库存的状态。在得知供应的糟糕状况后，白宫要求登坡特研究另外4000万剂量以备民用。

登坡特公司研究了这个问题后，提供了4000万剂价值10亿美元的疫苗。

“太离谱了，”亨德森大叫道。“看看美国、英国和加拿大在1974年向世界卫生组织支付的疫苗费用，每剂药的价格才0.5美分到1.7美分。现在，考虑到通货膨胀，可以是10美分，或者活见鬼，就算是1美元一剂。国防部的合同最多也只值30万，而民用疫苗最多也只用花4000万美元。”

当登坡特公司和联邦官员争论不休的时候，惠氏公司悄悄地开始生产新的疫苗稀释剂。但是没有一家公司愿意生产4000万到5000万支分叉针，而巴克斯特制药公司想弄清楚20年前生产的天花疫苗免疫球蛋白供应到底出了什么问题，也是一件很困难的事情。[98]

在美国和西欧的关键平民区大规模储存天花疫苗的价值毕竟有限，原因有两个：第一，接触后几天，才会出现天花的症状，到那时，疑似病例或已接触了成千上万甚至数百万人；第二，接种疫苗几天或几周后，个体才能产生足够的抗体以避免感染。[99]

对于其他疫苗可预防的微生物，如炭疽热，从接种到产生强大抗体之间的间隔，即使有助推器，时间可能也长得多——可长达一年。当然，如果不法分子造出了对疫苗有抗性的致命细菌，那疫苗就没有任何价值了。此外，心狠手辣的敌人可简单地尝试一系列改进的生化武器，或一开始就用混合剂，如此一来，即使是最有组织的疫苗防御也顶不住。

在美国，保护平民的联邦模式基本上是仿效军方模式。根据白宫科学专家小组1998年春季提出的建议，克林顿总统订购了价值数亿美元的疫苗储备，为国民警卫队提供了先进的生物防御训练，并根据军事反应模式加快了城市准备工作。[100]

这一策略几乎立即遭到了公共卫生倡导者的抨击。

“我是这么看的，”在参加完1998年美国参议院关于生物恐怖主义的听证会后，亨德森说，“我们的主要防御队伍是州和地方公共卫生机构、地方医生。现在，我们投了3亿美元给50多个国民警卫小分队，每个小分队22人，他们与这个问题有什么关系？为什么我们不投10亿美元来加强我们的一线防御机构？见鬼，我们连个战略价值都没有！”

在同一次参议院听证会上[101]，奥斯特霍尔姆在被问及美国城市应如何应对生物恐怖主义时，愤怒说道：“没什么比这个问题更让我害怕的了……今天，不法分子用带有天花的喷雾装置袭击了这个国家的主要建筑，它可能很快就会遍布全国。华盛顿特区的态度是防范生化袭击，但给国民警卫队拨款3亿美元对生化恐怖主义毫无帮助。关键是当地的公共卫生。”

美国疾控中心的经济学家马丁·梅尔泽解释说："我想确定的是，要做好计划、准备和预防这三项工作，到底需要投入多少钱？"

为了厘清这个问题，出生于津巴布韦的梅尔泽设想了一个只有10万人口的小城市：在一个宁静温暖的夜晚，一架作物喷粉机，装载着3种致命细菌——炭疽杆菌、布鲁氏菌和土热菌——中的1种，然后一团微生物笼罩了整个城市，每个人都暴露在致命的空气中，会发生什么？

梅尔泽发现，这种可治疗细菌性疾病带来的攻击，无论是从生命的损失还是社区的损失来看，其严重程度都取决于当局如何迅速地做出反应，以及如何迅速地向民众分发预防性抗生素以防范个体感染生病。

"延迟治疗的代价，对于炭疽病来说，也就是没做预防准备的代价，"梅尔泽解释说。"如果你等到第6天（发病后）才开始预防计划，相对从第1天开始，二者的死亡人数的数目差别是，如果第1天是5000，那第6天就是3.5万。"

梅尔泽的假设过于乐观了——医生确诊了外来疾病，采取理想的治疗方案，而医院的费用又很低。如果地方当局决定对人口使用预防性抗生素，他们可以明智地选择最理想的药物，也有现成的供应。梅尔泽也承认，这个假设"有点乐观"，尽管如此，他们却清楚地说明了拖延的代价，以及通过快速反应挽救的生命数量是巨大的。

例如，如果在梅尔泽这座有着10万人口的神秘城市，当地官员在袭击发生后的24小时内选择了正确的抗生素，并按正确剂量使用，大约有5000人会死亡，社区的医疗费用总额将是1.28亿美元。相比之下，如果当局花了6天时间才意识到发生了什么，将微生物元凶确诊为炭疽热，并开始使用适当的药物进行大规模抗生素预防，如此一来将会有近3.5万人死亡，死亡和患病的治疗费用总计将达到262亿美元。

就财政成本而言，这一差异是指数级的。若在24小时内发现炭疽热发作，并对所有暴露人群实施广泛的强力霉素（多西环素）预防，治疗、住院和因疾病或死亡而丧失的生产力损失将达37亿美元。而如果直到第6天才开始预防，那么这次袭击将会花费社区将近250亿美元，仅仅比完全不采取任何应对措施少10亿美元。

当被问及这样的袭击会给纽约等大都市及其周边郊区带来怎样的损失时，梅尔泽大声说："用气雾剂使一种病原体在1400万人口中传播有多困难？这是不可能的吗？不，只是有些难度。时间就是一个因素。让我们看看，如果只是10万人暴露在辐射中，你需要预防1400万人吗？"

梅尔泽停止了他心里的计算，得出结论：一个聪明的恐怖分子甚至不会试图感染每一个人。在一个人口稠密的大城市里，“他们到底要分散多少才能造成全面恐慌？”

那么，在更大的中心城市，跟因恐慌造成的损失如纽约股市或芝加哥大宗商品市场的崩溃相比，生物恐怖事件造成的损失可能还只是次要的。

因此，在梅尔泽看来，大小城市都应该严阵以待，储备相关抗生素、疫苗和一般医疗用品。[102]在这3种药物中，梅尔泽总结出抗生素是最关键的。稍微不那么重要的是让当地警察和军队的反应人员做好准备，遏制秩序，防止大规模歇斯底里的爆发。

“你想被吓瘫痪吗？”梅尔泽反问道，“还是想有警觉，被告知你得做好准备？我们必须准备好为大量人群提供接触后的预防。这就是生物恐怖主义所代表的挑战。”

梅尔泽首先承认他的设想没有考虑到耐药细菌或病毒。他断言，这种药剂太可怕了，以至于他都不敢想，因为致命的病毒性疾病几乎没法用现有的疫苗治疗或预防。

梅尔泽的研究，是克林顿政府决定开发用于保护平民的抗生素储备的关键影响因素之一。前纽约市卫生专员玛格丽特·汉伯格博士被任命为负责人，她在美国卫生与公共服务部工作，她的任务是确定当各种细菌制剂在美国城市被释放时，哪些抗生素能够真正挽救生命、这些药物的保质期是多长、应该如何储存，以及在危机中如何公平、快速地分配。汉伯格说，这是“一个近乎压倒性的挑战”。

亨德森断言，如果一种传染性极强的病毒被释放出来，首要的防护措施将是空气过滤隔离装置。但很少有医院有这样的设施，就像21世纪初纽约市发生的事件一样，当时超级耐药的W系结核细菌出现在几家医院的艾滋病病房里。

无论病原体是细菌还是病毒，关键是要认识到生物恐怖事件。如果海军司令坎贝尔是对的，现代生物恐怖分子就不大可能发出警告，宣称对此事负责，或以任何方式承认这一事件。[103]

这将是一个惊喜。

地方当局“可能不会意识到病毒的存在……直到潜伏期结束”，芝加哥应急响应和研究所的执行主任克拉克·斯塔顿坚持说[104]，“到那时，你也已经任由病毒扩散到了更广的范围，且可能需要更长的时间才能识别出其中的规律。”

专家们说，它将从一家医院的几例“流感”，到另一家医院的3例开始，愈演愈烈。几小时或几天之后，医护人员才开始怀疑为什么会有这么多的“流感”，而这大多数疾病都是从流感症状拥入医院开始的。最终会有人打电话给当地公共卫生部门，警告官员某种传染病正在发生，或者当局希望人们这样做。当然，1999 年夏天，纽约市爆发了一场罕见的脑炎疫情，当时只有一名医生注意到了这一点，并向卫生部发出了这样的呼吁。回顾性调查显示，在纽约人意识到这一切之前的几星期，他们就一直在生病，甚至死于脑炎。一旦这种疾病的暴发被联邦疾控中心的科学家们错误地诊断为圣路易斯型脑炎，几周过去了，加州大学欧文分校的学术研究员伊恩·利普金博士直接断定，死者是西尼罗病毒的受害者，而西尼罗病毒是一种北非微生物，此前在美洲从未见过。

随着疫情暴发，流行病学家将被派去确定病例的原因。如果生物制剂是一种相当常见的细菌，比如肉毒杆菌，那当地医院的实验室应该能够识别疫情的源头。

但是，如果是当地医生不常见到的微生物，如炭疽热、Q 热、埃博拉、天花或鼠疫出现了，当地医疗机构可能就无法诊断。这样便失去宝贵救治时间，人们就会死亡，疾病可能蔓延，当地官员只能傻傻等待亚特兰大疾控中心诊断实验室的消息。如果有任何真正危险的生物被怀疑是罪魁祸首，如天花，那所有疾控中心的分析都将在特殊病原体 BL-4 实验室进行。

1994 年夏天，马塞尔·莱顿博士开始了她作为纽约市传染病控制主管的工作，她在 1998 年对同事的一次讲话中说道：“顺便说一句，你们的部分工作应是准备好迎接生物战的到来。”[105]

莱顿接着说：“国防部称，即使有能力使 60 多名特工武器化也是很大的挑战，因为他们当中许多人治疗物资非常有限，以及还得进行样本分析和尸检。所以恐慌和恐怖是意料中的，即使是卫生服务工作者本人，也是如此。”

按照纽约市市长鲁道夫·朱利安尼的命令，像莱顿这样的市政雇员是禁止公开讨论该市应对计划细节的。应急管理办公室主任杰瑞·豪尔谈到这个话题时，语气总是干巴巴又死气沉沉的。令人担忧的是，不怀好意者总会在恐怖袭击中加以利用人们的恐惧和弱点。而莱顿在总结该市情况时说：“我们大多数人很关注目前的公共卫生系统是否有应对能力。事实是，没有。”

纽约市实际上已经接受了国防部的训练，在 1997 年和 2000 年进行了全市范围的生物恐怖主义演习，并对这个问题进行了认真的思考。1996 年，鲁道夫·朱利安尼市长创立了应急管理办公室，并任命豪尔为其负责人。豪尔是一名专业的应急管理人员和消防员，有十年企业和政府应急准备工作方面的经验。豪尔前往以色列，去了解如果特拉维夫的恐怖分子释放微生物，以色列计划如何应对。他研究了五角大楼的计划。他进行了涉及 41 家纽约市医院的演习。对于大多数公众提问，他要么拒绝置评，要么告诉公众，纽约已经做好了最坏的打算。[106] 但是在公开会议上，豪尔承认，人际传播的生物攻击会迅速淹没城市医院的急诊室，需要快速建造替代的护理设施，如果不小心处理，会引发纽约警方无法控制的普遍恐慌。[107]1999 年，在角色扮演炭疽预测中，豪尔的工作人员和纽约市警察局很快失去了对民众的控制，纽约市迅速陷入了一个歇斯底里、噩梦般的场景，这是北美地区自 1918 年流感大流行以来的恐怖场景。

奥斯特霍尔姆对豪尔的自信嗤之以鼻，二人彼此没什么好感。奥斯特霍尔姆坚持认为，纽约或任何其他城市都不能自以为已为生物攻击做好了“准备”，除非它拥有数百万剂量的疫苗和抗生素储备——没有一个城市有这样的储备。他也不确定汉伯格储备的抗生素能否被及时送达纽约或其他任何城市，并迅速分发到民众手中以避免灾难。

“假设总统要来纽约到联合国演讲，”奥斯特霍尔姆说，“他下了车，这时一架飞机沿着东河飞行。总统和街上的流浪汉呼吸着同样的空气，结果飞机喷出了炭疽毒素。谁敢说纽约已经做好了准备？”

有哪个城市能准备好接受这种恶行呢？奥斯特霍尔姆自己也承认，没有的。但如果有哪个市政当局可以为这令人憎恶的事件做好准备，那绝不是取决于警察等紧急救援人员，而是该市基本公共卫生基础设施的实力。

奥斯特霍尔姆坚持认为，豪尔和其他所有城市应急计划制定者都严重低估了这类事件会引发的恐慌程度：“我可以告诉你，当地一所高中的一个脑膜炎病例就足以引起整个社区的恐惧和恐慌……试想一下你这样告诉人们：‘这件事要展开调查 8 周，但我还不能告诉你，你是否会死。’那公众对每一个症状的感觉，不管是真实的还是想象的，他们都会想，我有症状！我要死了！”

“你不认为这是恐慌吗？那再想想吧，”奥斯特霍尔姆继续说道，“我的部分信息之所以变得尖锐，是因为这些人缺乏回应，他们想说，‘我们准备好了’。见鬼，这就像要从婴儿那里偷糖果一样。只需要问，‘那你们的疫苗在哪里？’”

如果连纽约市都没做好准备，那么纽瓦克到东汉普顿的邻近城镇和村庄，又怎么知道要如何应对这样的袭击呢？

美国陆军医疗物资司令部副司令大卫·弗兰兹上校，毕生致力于为军队准备生化武器。他坚称，美国的这种巨大脆弱性，“凸显了我们需要一个强大的技术基础，而我们在这个国家离不开这个基础。我们需要未雨绸缪……即使是一场骗局，时间线也是至关重要的。我们必须知道如何正确对待大众，防止恐慌。”

尽管国会指示军方开发该技术基地，但国防部人手不足。例如，直到 1997 年，弗兰兹管理着位于德瑞克堡内的美国陆军传染病医学研究院。这个医学研究院是美国军方唯一一个能对埃博拉和天花等超致命微生物进行安全研究的顶级机构，为生物安全 4 级的水平。该研究院负责开发和测试潜在生化武器的治疗方法和疫苗。

在 1991 年到 1998 年之间，由于预算削减，美国陆军传染病医学研究院流失了 30% 的科学家和技术人员，他们不能再提拔年轻的科学家了。

“我们正在吃老本。”美国陆军传染病医学研究院的科学家彼得·贾林说。预算状况冻结了该机构的所有科学家和医生，他们在这些级别工作多年。没人升职，也没有年轻的。新来的科学家从开始接受培训，并从底层做起，以便有朝一日接管这个国家至关重要的实验室。该研究院变成了一个实验室，挤满了年老、意志消沉，却掌握着西方大部分生物防御知识的男男女女。

弗兰兹说，如果由于生化武器使用而出现紧急情况，“我们会……从其他部门调人。”

如果在美国发生生化武器事件，那么许多联邦、州和地方机构都会做出反应，以至于很难明确谁该先被通知、谁去负责。

“我们需要一份联邦资产申请的‘接线图’，”北卡罗来纳州夏洛特市消防队长路德·芬奇说。[108]“联邦 911 号码是多少？如何激活？谁决定哪些资产花销？每个被派遣的联邦机构的职责是什么？他们是否理解他们将向当地的事故指挥官汇报任务？事故发生后，对这一切应对都不能有任何犹豫或困惑。”[109]

有趣的是，有一个联邦机构却是不该负责的，那就是卫生和公共服务部。在大多数情况下，都是执法部门在发号施令，尽管几乎可以肯定的是，联邦和地方警察部队对病毒、生物毒素或细菌几乎一无所知。执法部门往往对这种威胁反应迟缓，然后又以传统的警察方式做出反应，动用一切可用的武器或战术，却忽视了武器的科学使用。

例如，根据联邦调查局的说法，1997 年 4 月 24 日在华盛顿特区发生的事件，完全是按照书中情节进行的。但是公共卫生恐怖主义专家说，逾越节那天，在圣约之子会总部发生的事情提供了可怕的证据，表明美国对生化攻击的应对准备存在缺陷和弱点。

那是逾越节的第 3 天，除了保安人员，犹太人权组织被关闭了。在 4 月 23 日的邮件中，有一个 20.32 厘米 ×25.4 厘米的衬垫信封，24 小时都放在圣约之子会总部的收发室里。

周五早上，收发室的一名工作人员注意到，从美国邮递过来的包裹上有一种红色黏稠物质——可能是血。包裹上还写着“Yersinia”和“anthrachs”两个词。第一个词是鼠疫耶尔森菌，一种引起鼠疫的细菌；第二个词是炭疽

（anthrax）的错误拼写。

在接下来的 9 小时里，政府高官、消防局、警察、联邦调查局和哥伦比亚特区应急管理人员等包围了圣约之子会总部大楼。空调系统被关闭，收发室被指定为“热区”，华盛顿消防局局长阿尔文·卡特回忆道。

“这个地方已被封锁。有一个热区，一个暖区，一个冷区。每个区域都需要不同的保护设备。”卡特解释说，“所有平民都在冷区。”

卡特说，收发室里的所有人都被要求留在“热区”，直到“该处被净化”。可疑的生物恐怖分子包裹被放置在一个密封的危险品集装箱里，然后用汽车运到马里兰州贝塞斯达的海军医学研究所。

样品被送到实验室，实验室负责人说，“几分钟之内，我们就能确定鼠疫和炭疽的检测结果为阴性。”

当海军科学家努力确定包裹的实际内容时，华盛顿特区当局和联邦调查局采取了以下措施：对整个圣约之子会大楼和邻近建筑进行隔离；消防人员身着 A 级防护服，用氯气冲洗“热区”；华盛顿特区的大街上挂着一套被单，有可能暴露在危险中的人被要求脱掉衣服，然后接受高压消防水龙带向他们喷洒氯化水。

卡特解释说：“这就是净化的方法。”

紧急响应“进展缓慢，但每个人都想小心应对……联邦政府有一个灾难应对计划正在启动，其中有大家必须遵守行动指引方案。”一名要求匿名的联邦调查局监管特工表示，“执行这个方案的关键是当地的危险品紧急处理小组，这些消防部门组建的危险品紧急处理小组，在任何生化恐怖事件中都会发挥主导作用。”

“几乎所有优秀的地铁消防部门都有应对化学危险品的装备——这和应对生化恐怖事件的要求是一样的。”

结果是，谢天谢地，包裹里还有一个附有一张攻击者写的便条的破了的培养皿，里面除了草莓果冻外没有其他物品，便条显示“攻击者”来自“反大屠杀游说者希莱尔”。希莱尔是一个正统的犹太团体，该团体强烈反对自由犹太教。[110]

与联邦调查局的观点相反，公共卫生专家认为，面对来自化学和生物的攻击，我们应该采取不同的应对措施。[111] 他们指出，联邦调查局在圣约之子会总部事件的执行过程中有些处理不当，倘若包装中含有炭疽或鼠疫细菌的话，这些错误可能会导致疾病传播。

首先，是处理事件延误问题。根据当地接受过处理化学品或爆炸物培训的危险品紧急处理小组的命令，圣约之子会总部大楼关闭了空调系统，但那是在紧急服务人员收到可疑包裹24小时后接到了通知才这样做的。这意味着潜在的微生物可能已经在整个建筑中循环，使整个建筑而不仅仅是收发室成为“热区”。

第二个问题是实施净化程序执行问题。事件发生后，工作人员用消防水管对一名收发室工作人员、一名保安和两名应急人员进行了喷洒净化消毒。联邦调查局坚称“水中的氯能杀死一切。就算是生物性的，也会杀死，必须这样干。”

但生物学家说，一些生物如炭疽孢子，可以很好地抵抗氯滴，而强力的软管喷洒实际上可以将这些生物扩散成一团雾气，飘散到整个区域。

此外，华盛顿特区的危险品紧急处理小组和联邦调查局可以非常便利地接近海军的顶级且唯一的生物恐怖主义实验室——贝塞斯达。当被问及如果这样的事件发生在其他地方后果将如何时，一位海军耸耸肩说：“我不知道在这个国家的其他地方会发生什么。不过如果有人肯出钱，其中的一部分是可以用在其他地方的，但我不愿意在全国各地进行测试。”

换言之，美国其他地区将只能靠自己，他们无法迅速确定可疑恐怖包裹里装的到底是什么。

1997年至1999年，联邦调查局负责危险品紧急处理小组的培训工作，参加培训的是当地消防队员，培训内容为生物武器袭击发生时的即时应对措施。近7万名消防员接受了如何应对大规模杀伤性武器攻击的业务培训，其操作策略和措施与应对化学和生物攻击一样。[112]奥斯特霍尔姆却坚持认为，美国保护公民免受生化武器攻击的计划，存在根本缺陷。奥斯特霍尔姆说：“生物武器会导致自然界中存在的疾病，也在人类群体中自发发生……检测和识别病原体的研究步骤与自然发生的病原体相同。因此，对付生物恐怖主义的首要和最根本的战略，是应该发展对付所有传染病的有效手段，包括改善公共卫生基础设施和生物医学研究能力。”

早在“美国公民可能会遭受生物攻击”的说法在美国传开之前，一个邪教组织确实发动了生物恐怖袭击。而且，就如奥斯特霍尔姆说的，是当地公共卫生部门认识到所发生的事情并做出了反应。它1984年9月17日发生在俄勒冈州北部一个偏远的地方。4天后，病人出现急性胃痛、发热、寒战、头痛、血便和呕吐；截至9月24日，俄勒冈州沃斯科农村地区有超过150人严重患病。在这个人口稀少的只有2.1万人口的地区，胃肠道病例的急剧增加引起了俄勒冈州当局的注意。

截至9月底，全郡共发生急性胃肠炎751例，占总人口的9%。实验室检测显示所有的受害者都感染了伤寒沙门氏菌。

俄勒冈州卫生部门的首席流行病学家迈克尔·斯凯尔斯说：“通常情况下，

该郡每年发生的沙门氏菌病病例不超 5 例。”[113] 该事件引发了一场大规模的公共卫生调查，他补充说，因为“这是 1984 年美国最大的与食品有关的疫情”。

斯凯尔斯的团队与美国疾控中心、联邦调查局专家合作，花了 1 年时间进行深入研究，才弄清楚到底发生了什么。接着，俄勒冈人又花了 12 年时间才获得州和联邦调查人员的许可，在《美国医学杂志》上发表了相关细节。联邦政府当局担心对这一事件的详细描述极有可能在全国范围内引发类似的犯罪。

这一切都可以追溯到位于沃斯科羚羊谷附近的大泥牧场，那里的一个邪教组织计划接管着该郡的政府机构。

在20世纪80年代早期，有一位名叫巴格旺·什雷·拉杰尼什的印度古鲁，他在美国拥有大量的追随者，他们大多穿红色、橙色或紫红色的衣服，因为大师说他喜欢日出的颜色。该邪教组织买下了大泥牧场，其组织成员很快就超过了当地居民的数量。1984 年，由于对郡政府官员有很多不满，古鲁的组织推动了一次特殊的选举，该选举可能会让他们控制郡政府的事务。

随着选举的临近，一位取了个印第安名字普伽的美国护士，带领古鲁的组织在大泥牧场建立了一个生物实验室，并从当时位于马里兰州的美国菌类组织培养库订购了包括沙门氏菌在内的几种微生物样本。这个被称为毕达哥拉斯诊所的实验室，实际上已经得到了俄勒冈州卫生部门的许可。

“我是被许可的，”斯凯尔斯耸耸肩说，“其中的讽刺意味令人印象深刻。”

通过图书馆和书店里随处可见的相关书籍和医学文章，普伽的实验室培育了大量的沙门氏菌。

在郡选举的前夕，拉杰尼什的追随者们把这种细菌投放在郡内最受欢迎的 10 家餐馆的沙拉酱里，意图让怀有不同政见的选民病得无法去投票站投票。

幸运的是，这个组织缺乏足够的生物专业性和技术来培育耐药菌株，抗生素治疗对这次攻击产生的所有疾病产生了快速反应。

斯凯尔斯说，一年后，当他和联邦调查局突袭调查大泥牧场时，他们发现了“一个用于大规模生产微生物的细菌学冷冻干燥机”，还有一个图书馆，里面有诸如《无政府主义的烹饪手册》、关于制造和使用炸药的资料以及军事生物武器研究文献。

“我们对此其实也早有怀疑，毕竟这些病原体很容易就能购买到。”斯凯尔斯说，“这些案件最初是由沃斯科郡卫生部门发现的。”

“对美国社区的第一次重大生物攻击不是由走私到纽约的外国恐怖分子实施的，而是由美国社区的合法居民实施的。”斯凯尔斯总结道，“下一次发生的时候，可能会有更致命的药物……而我们的公共卫生部门却远还没有做好准备。”

如果沃斯科郡没有一个疾病预警监测系统，沙门氏菌病例的突然增加就不会引起注意，拉杰尼什组织就会阴谋得逞并逃脱惩罚，这种成功脱逃可能会让多年后奥姆真理教的攻击更加来势凶猛。如果他们下一次使用的药剂毒性更大，那时即便是斯凯尔斯的警戒小组也将不知所措，无法阻止大规模杀人事件的发生。

奥斯特霍尔姆坚持说：“我关心的是，我们如何进行确诊？除非这是一场恶作剧，否则消防部门不会参与其中。因为大多数这类被收治的病例都是未被诊断的，却突然让医生的办公室、急诊室和救护车应接不暇。”

在两个令人毛骨悚然的实景演习中，公共卫生和执法官员对生物恐怖事件的反应和表现，暴露了国家安全网络的关键性缺陷。1998 年 12 月，在斯坦福大学举行的一次生物和化学武器会议上，公共卫生官员未能在实景演习中对故意释放超级流感病毒的行为做出有效反应，也就是说，如果场景是真实的，那么几个月之内，就会有 100 万美国人死亡。

1999 年 2 月，约翰·霍普金斯大学民间生物防御研究中心在弗吉尼亚州的水晶城制订了一个更为复杂的方案。美国副总统 4 月 1 日访问了这所位于东北神话小镇的著名大学，在一间气氛紧张的房间里，挤满了公共卫生人员、军队人员和执法人员，8 小时的时间里，所有细节上演了。11 天后，一名参加了副总统演讲活动的 20 岁学生出现在大学医院的急诊室，出现了流感样的症状：高烧、肌肉疼痛、疲劳、头痛。接着，她被送回了家，带着阿司匹林和那句古训：多休息，多喝水。

两天后，这个女孩回到了医院，病情堪忧。而学校打扫卫生的看门人在副总统演讲后也出现了同样的症状。4 月 13 日晚上 6 点，医院的传染病专家非常谨慎地准备宣布一个骇人的结论：两个病人都得了天花。

自从 1977 年天花病患在全球范围内被正式根除，剩下的病毒样本应该只有在亚特兰大和西伯利亚被封存着。所以可能性只有一个：就是有人偷走了病毒的实验室样本，并由一个生物恐怖分子故意向美国副总统释放出来。

如果这种情况下继续下去，那么不到两个月，全世界就会有超过 1.5 万人死于天花，14 个国家的疫情也将失去控制。全球疫苗供应已经枯竭，生产出足够的疫苗来拯救人类需要数年时间。各国关闭边境，禁止所有美国人进入他们的国家，陷入民族主义孤立，全球经济在崩溃的边缘摇摇欲坠。美国东北部城市的情况一片混乱，国民警卫队对 200 多万居民实施了戒严。

其他国家面临着同样的境地，天花夺去许多人的生命，并引发了群体恐慌和争斗，政府权威在世界各地的城市要么是崩溃了，要么恢复了军事式的控制。

一位顶尖的天花专家在信封背面潦草地写下预测，不动声色地将其传到州长面前：在 12 个月内，全世界将有 8000 万人死亡。

加州公共卫生实验室的首席专家迈克尔·阿舍尔博士称："我们搞砸了，事情显然失控了。我们的计划都失败了。这是很残酷的现实，接下来还会发生什么呢？"

尽管北美和欧洲的大多数公众仍然对这些场景中提出的各种问题一无所知，但一小撮沉迷于互联网的极端分子、右翼民兵、心里不平衡的愤青以及后现代法西斯主义者，却认识到了生物恐怖主义的精妙之处。在互联网上，生产肉毒杆菌和炭疽的配方、教授生物毒素暗杀技术的书籍随处可见，一些私人民兵组织则接受了使用生化武器的训练。

例如，菲斯特叔叔，他自称是威斯康星州格林贝市的一个孩子的父亲。他也是《暗杀》一书的作者。[114] 这本书的封面用骷髅头和交叉的骨头作设计，内容是教导读者使用化学和生物毒药杀人的数百种方法。在他最小的儿子寻求关注的大声哭喊声中，40 岁的"菲斯特"（他拒绝透露自己的真实姓名）在电话里向一位记者吹嘘，[115] 这本书"每年能卖出 2000 册"给他想象中的那些"躲在掩体里等待世界末日到来"的人。然后"他们会走出掩体，运用这些技能"。

菲斯特的书告诉读者如何成为一个"狡猾的刽子手"，用肉毒杆菌毒素杀人，并指出"一旦这些肉毒杆菌中毒的症状出现，医学界的抗毒素就完全没用了。"

他告诉读者如何制造和使用世界上几种最致命的微生物，并暗示这些微生物是通过美国邮政运输的。人们"不该接触任何快递服务"，菲斯特说。他罗列了几十种方法，教人如何避免在受害者身上留下任何证据。

菲斯特叔叔的语气里充满挑衅："我这本书中的很多技能，可以在世界上很多地方广泛地使用。在美国？当然不会，毕竟我们还有言论自由，但世界上其他地方，满地都是鼠洞。"

而当被问及是否测试过他的"配方"，这位威斯康星暗杀活动导师便开始闪烁其词。毕竟，根据最近颁布的国会法律，这种活动是非法的。

"这么说吧，我知道这些技能是有用的，"菲斯特叔叔咯咯地笑着说，然后便推荐了他的网站，说在那里可以获得更多的"烹饪"细节。

摩托车手、前三 K 党成员、66 岁的库尔特·萨克森也有一个网站，网站里充斥着的都是与他的书《可怜的詹姆斯·邦德》（1—4 卷）。[116] 书中满是残戕、杀害和折磨受害者的方法，包括使用生物武器。在第 1 卷的导言中，萨克森告诉他的读者，"这本书就是力量"，并赞扬右翼激进分子，称他们将被他的书改变。然而，他也坚称，大多数潜在的美国恐怖分子是"一群充满仇恨的失败者"。

当被问及两次因鼠疫和炭疽而被捕的拉里·韦恩·哈里斯时，萨克森大笑说:“那个在维加斯被抓的人？好吧，跟他身份相符。他确实是临床诊断的精神错乱者。”但在1997年，哈里斯头脑清醒，并出版了一本书《细菌战：北美的主要威胁》。在这本书中，哈里斯巧妙地规避了联邦法律，通过描述他声称的外人计划对美国采取的行动，告诉读者如何制造生物炸弹。

因此，那些想要得到这些信息的人很容易就能如愿，许多美国人显然就是这样的。南方贫困法律中心在其1998年的年度报告中指出，美国有474个所谓的仇恨团体，比前一年增加了20%。最大规模时，在1998年有5万成员。[117]据一些观察员估计，1999年美国共有800个右翼民兵组织，其中一些组织主张推翻美国政府，并对携带尖端武器的成员进行严格的绿色贝雷帽（美国陆军特种部队）式训练。[118]

华盛顿特区的一位不愿透露姓名的联邦调查局特工说，每年打电话到首都宣称恐怖主义威胁的数量稳步上升，到1998年已超过每天5起。

1995年，白宫在一份未公布的关于恐怖主义的报告中预测，在无风的日子，恐怖分子只要从华盛顿特区上空从飞机上扔下100千克生物制剂，就能杀死首都数百万居民。这份报告的作者预测，一个虚拟的业余爱好者可以开发出生物武器，如果这些武器分散在纽约的地铁系统中，将会夺走成千上万人的生命。

不过，美国的激进分子和狂热分子会轻易尝试生物恐怖主义吗？执法部门的领导人认为激进的宗教崇拜和政治团体确实最有可能尝试使用生化武器，并举例加以说明：1984年，拉杰尼什组织的成员在国内制造了首例大规模生物中毒事件；1995年，俄克拉荷马城一栋被完全占领的政府办公大楼发生的一次爆炸，是由美国政治极端分子实施的。

或许，正是他们的措辞引发了最大的担忧。例如，在《投毒者手册》中，作者麦克斯韦·哈奇金森告诉读者，他们可以通过填写虚假的1040号退税申报表，往表上掺入蓖麻毒素和二甲基亚砜的混合物的方式，就可以毒害或杀害国税局的工作人员——作者声称这种混合物的致命率是100%。[119]

哈奇金森写道:“所有这些行为都可以扰乱美国国税局的运作。如果规模足够大，它将达到两个目的——一是它将使国税局更难以有效运作，从而帮助骗税者和税收抗议者；二是这也可能会促使政客们感受到纳税人的怨恨之深。”

幸运的是，哈奇金森是个糟糕的化学家：二甲基亚砜仅是一种溶剂，如果涉及一种简单的化学物质，则会通过皮肤将物质传递到血液中，像蓖麻毒素这样的蛋白质不能溶解于二甲基亚砜。

但是，哈金森的怨恨之深是不容置疑的。他建议读者将念珠浸泡在植物毒素红豆因中杀死天主教徒。这种毒素来自香豆，他在书中写道：“肉毒杆菌很有趣，很容易制造。”他敦促世界各地的生存主义者磨炼自己的技能，为世界末日的生物防御做好准备。

鉴于这一切，美国国会通过了一系列法律，旨在使任何公民或海外特工更难使用生化武器攻击美国。1991 年，美国通过了一项出口管制法，很快对伊拉克生效了，禁止美国公司与据说正在开发生物武器的国家进行贸易。1989 年，美国通过了《生物武器法案》，该法案规定，任何美国人拥有、交易、出售或制造“用作武器”的生物材料都是非法的。

在俄克拉荷马城爆炸案之后，1996 年国会通过了《反恐法案》，该法案允许联邦当局逮捕全部有开发或使用生物武器威胁的人。第二年，根据国会的命令，疾病控制和预防中心指定 24 种传染性微生物和 12 种毒素为“限制药剂”，使用或持有这些药剂需要联邦政府的许可。

国会也在寻求技术解决方案，拨款给国防部研究可以嗅出臭虫和清洁污染区域的设备。首先上线的是海军的“塔格曼”，这是一台约 136 千克重的精密基因扫描仪，可以在不到半小时的时间内识别出液体样本中是否含有几种已知的试剂。但是这个系统有很大的局限性：自重约 136 千克，很难携带。而且它也不能用于严重的生物危害 3 级或 4 级病原体，而这恰恰是最令人担忧的微生物；最重要的是，它不能分析空气样本。

国防部的高级研究计划局计划用 20 亿美元来资助那些疯狂的科学想法，这些想法如此遥远，以至于标准的民间资金来源都不会考虑它们。国防部高级研究计划局的众多项目中还包括价值 6160 万美元的生物武器防御计划，他们希望有人能开发出一种快速、廉价、安全、便携的方法，用于对空气进行采样，以检测是否存在有害的生物制剂。目前大多数正在进行的研究，都集中在细菌和病毒的独特遗传属性上。

其中一个项目是在微型芯片上培育人类神经细胞，如果神经检测到某种神经毒性物质，芯片就会变色或发光。这样的设备——如果能成功开发出来的话——可能是一种早期预警系统，能够感知诸如肉毒杆菌等神经损伤剂的存在。

有几家实验室——尤其是位于芝加哥的阿贡国家实验室——正试图开发一种芯片，这种芯片排列着成千上万个来自细菌的 DNA 片段，用作探针。阿贡实验室的目标，是设计出一种足够小的空气探测装置，以便可以手持使用，类似于警察的雷达枪。但是实验室研究主任伊莱·胡伯曼说，这种东西“距离大规模生产或广泛使用还需要几年时间”。

此外，无论是阿贡装置还是其他正在研发的装置，都没有设想过要对空气进行病毒采样；甚至连美国国防高级研究计划局资助的狂热的思考者都没有想到怎么做到这一点。

即使最简单的应对生物武器的技术要求，也让国防部的合作商感到难以企及。2000 年春天，国防部官员透露，美国军队在波斯湾所依赖的防护航天服存在缺陷，而这是士兵抵御致命微生物的基础。国防部在 20 世纪 90 年代购买的 90 万套航天服中至少有 5% 是无用的，整个库存的可靠性如何仍然存疑。[120]

如此一来，找到一种技术上的快速解决方案似乎是不可能的[121]。

因此，西方对生物恐怖主义的三种直接反应似乎存在严重缺陷：军事防御、危险物质反应和高科技传感器。

让我们假设一下，如果“红军”在 6 月 8 日上午 8 点成功地在巴黎地铁的证券交易所释放了抗药炭疽孢子，那么法国军方、巴黎警方或任何数量的高科技传感器装置将扮演什么角色？什么都不是。最重要的应对者，不是法国政府的军事或执法部门人员，而将是医生、流行病学家、救护车司机、护士和巴黎公共卫生系统的官员。正是这些人在事发几天后注意到，大量的巴黎人似乎都生病了，出现了相似的症状，通过询问和调查，他们才可能会意识到，所有生病的人通常都乘坐同一辆地铁，或者经过同一车站。

不管是否有人注意到致命的生物雾霾是在交易所地铁站开始传播——可能抓到了恐怖分子——接下来的一系列工作都是由公共卫生系统来完成的：追踪和治疗病人，决定谁应该接受预防性抗生素和分发药物，进行流行病学调查以确定新的炭疽爆发是否在人与人之间传播，以及分析该生物体，看看它有什么特别的特征，等等。

然而，类似军事行动的反应主导着政府的思维。从法律上讲，美国国防部部在国内发生生物恐怖事件时掌控指挥权，这在宪法是站不住脚的。国防部长威廉·科恩于 1999 年 2 月 1 日宣布在国防部内部成立一个特别指挥部，以协调应对国内生物攻击。[122]1995 年，一部很受欢迎的电影《极度恐慌》就描述了这样一个场景：军方宣布实行戒严，并完全控制了一座美国城市，以限制一种通过空气传播的埃博拉病毒的传播。公民自由主义者大声疾呼，如此明显违反美国宪法的行为，在好莱坞大片里是可以的，但对现实世界来说则不然。

1998 年 1 月 22 日，克林顿总统在美国国家科学院的演讲中说：“我们积极进取。与此同时，我希望你们知道，我们将继续致力于维护隐私权和其他宪法保护的权利，以及美国企业的所有权。我们绝不能以自由的名义来破坏自由，这是至关重要的。”[123]

当天，克林顿要求国会批准一项 100 亿美元的反恐计划，其中 8600 万美元用于改善公共卫生监督体系，4300 万美元用于炭疽、天花和其他潜在 BW 制剂的疫苗研究，3 亿美元用于储备基本药物和疫苗。这项支出预算是上一年反恐预算的 2 倍。[124]

在前一天接受《纽约时报》采访时，克林顿承认，“花了好几晚的时间思考这个问题，阅读了很多相关资料……例如，假设明天我们跟 1 万人在商场集会，届时有人用低空飞扬的农作物喷粉机从 61 米的高空向我们所有人喷洒生物制剂，那么，不管它有多毒，我们中的一半人会因为对这个生物制剂不甚了解而离开。要么不呼吸，要么我们得有奇迹般的抵抗力。而我们中的另一半人，得有人赶紧进行诊断，然后控制和治疗”。[125]

建立国家药品和疫苗储备的任务落到了汉伯格身上。作为美国卫生和公共服务部的卫生部助理部长，她正在尽力赶上国防部和联邦调查局的步伐。她说，公共卫生是生物恐怖主义领域的后进者，发展中的反恐基础设施也潜伏着重大危险，除了已经爆出的公民自由问题外，汉伯格还很担忧——“我们不希望公共卫生与中情局和联邦调查局的活动捆绑在一起。尤其是在全球传染病监测方面，我们公共卫生部门需要公众的信任和信心。”当地的公共卫生部门已经很难在应对虚假的生物恐怖主义事件上取得平衡，似乎声称放置或运输了含炭疽病毒的装置突然变得时髦起来。对外关系委员会的杰西卡·斯特恩统计了 1992 年以来美国发生的 47 起此类骗局。[126] 在所有 47 起案件中，当地消防和警察当局都做出了认真的反应，穿着全身防护服出现在现场，及时帮这些事件中的 2000 个受害者去污——况且斯特恩的统计其实不全面。[127]

海军部长理查德·丹泽警告说，恐慌本身正在成为新的恐怖主义工具，他补充道：“只有建立公共卫生、警察和军事资源的新联盟，我们才有希望对付这一危险的威胁。”[128]

但是汉伯格担心这些恶作剧的发生正是源于警方和联邦调查局的反应。似乎生物恐怖恶作剧吸引了一些疯子——喜欢看消防部门扑灭他们点燃的建筑物的疯子。汉伯格坚称：“收到一个信封时说‘这是炭疽毒素’，其实不需要消防部门在现场全副武装戒备，只需要谨慎地把信封送到公共卫生实验室进行适当的分析。大规模的去污和隔离只会给恶作剧者火上浇油，这在公共卫生方面完全没有必要。”

很明显，公共卫生部门、执法部门和国防部有着截然不同的优先事项。对于公共卫生来说，最重要的问题是限制疾病的传播，确定病原体，以及在可能的情况下对民众进行治疗和接种。然而，执法部门的工作是制止和解决犯罪，任何生物恐怖主义事件的现场首先是证据的来源。[129] 对联邦调查局和警方来说，应对疫情的管理将构成利益冲突，他们有权拘留证人和获取证据，实际上，他们的努力与公众健康背道而驰。[130]

国防部的主要任务是保护美国免受军事敌人的攻击，其次是保卫军队人员的健康。这个保护与对国内生化恐怖事件的干预——抑或是接受命令下采取的应对，两者之间的关系还完全不清楚。

当公共卫生需要侵入个人生活以保护更大的社区时，它会以有限的方式，并在通常非常严格的保密承诺下进行。例如，在传染病流行期间，个人可能会被要求进行血液检测和医学检查，他们的病历可能会被仔细查看。

在更长期的基础上，公共卫生通过监测疾病趋势、记录谁正在遭受或死于什么疾病来保护社区，同样，信息通常以保密或匿名的形式存储。

在全球范围内，世界卫生组织和许多其他组织对各国的疾病进行了类似的统计，监测新流行病的出现。1995 年基奎特埃博拉疫情之后，世界卫生组织寻求建立更严格的监测系统，并推动各国让本国的疫情更加开放透明。

从村庄到全球各级公共卫生的所有职能，都需维持一项重要的社会契约：个人或国家必须同意为了更大的社区的健康，公开疫情信息。反之，公共卫生当局承诺绝不滥用他们的信任，谨慎保护病人的隐私。

但是，对生物恐怖主义的恐惧，有可能摧毁这一至关重要的社会契约，因为执法部门和防务部门都不认同这一契约。公共卫生越接近这两个部门，就越会在公众眼中失去信任和信誉。[131]

一些公共卫生倡导人士认为，公共卫生职业和执法部门之间的联姻是行不通的，并谴责那些加剧生物恐怖主义担忧的行为。某个著名组织认为，“生物恐怖主义倡议项目与美国政府在冷战期间推行的民防项目非常相似……助长了核战争可存在的幻想”。[132]

对许多年长的公共卫生领导人来说，世纪之交的生物恐怖主义问题，勾起了他们对冷战时期掩盖真相和镇压科学的不悦回忆。他们警告说，正式实施这一（联姻）措施后，公共卫生就被一种偏执思维套住了。事实上，1999 年，生物学家在洛斯阿拉莫斯国家实验室被指从事中国间谍活动后，他们首次发现他们的工作受到了联邦实验室的审查。负责管理国家实验室的能源部在 1999 年采取了严厉措施，以至于美国国家科学院也发出警告称，美国科学事业的未来可能会受到威胁。尽管能源部最关心的是计算机和核机密，但生物恐怖主义的威胁，促使该机构扩大其新的安全限制，这其中就包括基础生物学研究。

位于帕洛阿托的斯坦福直线加速器中心的主任、诺贝尔奖得主伯顿·里希特在回应美国国家科学院时说：“这个名单真的有害无利。”[133]

总的来说，许多支持者认为，公共卫生在生物恐怖主义问题上所起的作用，应该与军方和执法部门平等，这样才能令人放心。或者，比后者作用更大，这样更好。

1998 年冬天，在亚特兰大的一次历史性演讲中，亨德森呼吁公共卫生部门搭乘一辆已经开动的，由国防、情报和执法部门指挥的列车。不到一年之后，虽然公共卫生部门上了车，但显然不是在列车长的位置上。一些公共卫生倡导人士高兴地透露，对生物恐怖主义的担忧可能是一个政治诱因，促使他们重新为正在崩溃的基础设施提供资金。但他们当中比较明智的人认识到，专门用于生物恐怖主义问题的资金永远不会用于梅毒监测、婴儿健康项目、艾滋病病毒咨询、移民结核病筛查或心血管疾病监测等基本项目。

奥斯特霍尔姆知道他激起了公众对先前高度机密的生化武器的恐惧感，不过，只要公共卫生的基本作用问题还没有得到解决，他就不会满意。

奥斯特霍尔尔姆解释道："我打个比方，这就像在毛伊岛驾驭巨浪。我无法跑在'数据'之前，但也等不及要采取行动了。三年来，我几乎是唯一一个反对生物恐怖主义的人。"

奥斯特霍尔姆说，他乘着毛伊岛的巨浪，梦想着严寒的风吹破他办公室的墙壁时冲浪。现在的问题，是要想法子怎样防止公共卫生被取缔。这位明尼苏达州立大学的流行病学家弓着背在电话前，身后墙上的牌匾在注视着他。

上面写着：**病菌止步于此**。

第六章 后记

公共卫生和未来全球预防措施的巨变

> 责任需要自由承载。
>
> ——阿马特亚·森，1999 年[1]

> 当我们被告知穷困的人们将一直与我们共存，那么，传染病也是一样，富人试图忽视贫富差距去控制瘟疫是徒劳的。
>
> ——保罗·法莫博士，1999 年[2]

> 从细胞和分子行为到人群的健康都有一个链条，循环往复。在链条上，个人过去和现在的社会环境，以及他们对这些环境的适应情况，构成了一系列关键的联系，我们完全理解这些联系，或者很可能在相当长的一段时间内试图理解这些联系，但是现在的研究证据不再允许任何人否认它的存在。
>
> ——罗伯特·埃文斯、莫瑞斯·巴尔、西奥多·马尔莫，《为什么有些人健康，而有些人不健康？》，1994 年[3]

1346 年，在一系列特殊的条件下以一种特殊的序列发生的黑死病，导致了可能是第一次真正意义上的全球性流行病大暴发；可能只有美洲和南极洲幸免。

该事件并不是任何黑暗的阴谋势力利用手段编造和扩散的邪恶，它仅仅是人类社会进化、气候和生态的适当组合，这种力量对欧洲、中亚、印度次大陆、中南半岛、南太平洋、中东、北非和北极的人类造成了毁灭性的打击。

对于流行病来说，时机就是一切。

几个世纪以来，鼠疫耶尔森菌无疑一直在跳蚤和啮齿动物之间传染，偶尔也会发生在人类受害者身上。但到了 14 世纪，人类已经有数百万同类分散在全球各地，其中许多人 —— 可能占人口的 1/5 —— 居住在城市和贸易聚居地。从戈壁沙漠到撒哈拉沙漠，满载货物的商队在最险恶的地形中行进。帆船把货物从一个港口运到另一个港口、从一个大陆运到另一个大陆。在这个奇妙的全球化时代中，威尼斯的厨师们发现了胡椒和肉桂的美妙之处，伦敦的裁缝们正在缝制精美的丝绸服装，而中国的皇帝们目睹了他们用来制造烟花的化学物质作为火药在西方得到有效开发。

在那个时代的早期，全球化给一部分人带来了财富和奇迹，来自遥远地方的丰富多元的思想，引发了文化和语言的交融，并且永远地改变了本地的经济、政治和冲突。

这也为鼠疫耶尔森菌创造了新的机会。1345 年到 1346 年的某个时候，蒙古的气候条件有利于大型跳蚤和老鼠的繁殖，给了耶尔森菌充足的机会在昆虫和啮齿动物之间繁殖和传播，这种气候同时也对那些沿着亚洲丝绸之路往来于蒙古及中国的马匹和骆驼队有利。

搭上这班便车的跳蚤、老鼠和耶尔森菌，在短短 18 个月之内，将黑死病散播在了世界的各个角落，并带走了数百万人的生命。

14 世纪，为应对黑死病，人们制造了一些基本的公共卫生检疫工具，制定了法律、船舶检查，创建了麻风病院和疫情期间的集体埋葬法等。在对席卷整个 14 世纪和 15 世纪灾祸的起因一无所知的情况下，人们只是粗犷地应用了这些方法，同时伴随着对那些被认为对特定疾病负有责任的人群 —— 例如欧洲的犹太人和奥斯曼帝国的异教徒 —— 的残酷镇压。

无论全球贸易走到哪里，疾病都是搭便车的旅行者，它们到处肆虐，印加人、阿兹特克人、毛利人、波利尼西亚人、俄罗斯人、老挝人、法国人和摩洛哥人都付出了巨大的代价。即便是通过英国船只间接地把易洛魁人与夏威夷人互通，通过荷兰舰队把爱尔兰人与巴布亚新几内亚人互通，这样一小部分人类的相互连接也是要付出代价的；即使14世纪超级缓慢的全球化，也付出了代价。

在 20 世纪，全球的经济和霸权是三次世界大战的诱因，其中两次是在战场上进行的，另一次是“冷”战，涉及热核武器的持续威胁。（当时只有极少数人意识到，当时的世界也在生物武器灾难的危险之中。）20 世纪的最后十年，全球权力的斗争格局已定，有赢家，也有输家。美国是大赢家，消耗掉了苏联。在一段短暂的“欧罗巴和平”之后，当世界清醒地意识到冷战遗留问题时，共产主义和资本主义之间冲突的真正代价才开始浮出水面。

随着 1989 年柏林墙的倒塌和 1991 年苏联的解体，世界各国的人民突然面临三个不可动摇的新现实。首先，资本主义市场体系是当时所有贸易和经济的基础，旧的马克思主义经济公平或分配方式已经消亡。[4] 其次，旧的联盟不再有意义，超级大国对腐败、独裁的国家领导人的保护也结束了。第三，数以亿计的人开始意识到，为冷战及冷战后全球结构调整所付出的代价的，是他们的健康和福祉。

有许多不满的声音，包括我自己也在谴责全球公共卫生状况。我们认为我们这个时代的胜利是短暂的、有局限性的，甚至是注定要失败的。然而，这一切与现实似乎明显相悖。在 20 世纪末，不仅在富裕的工业化国家，就连许多贫穷的国家，人们的预期寿命都在攀升。世界卫生组织在 1999 年预测，到 2025 年，全球平均预期寿命将从 1955 年的 48 岁提高到 73 岁。1955 年约有 2100 万儿童在 5 岁前死亡，到 1995 年，这个数字是 1100 万。[5]

然而，正是这些正面积极的总体趋势，掩盖了令卫生专家深感不安的区域和情况的逆流。结核病和艾滋病的双重流行使撒哈拉以南非洲地区经过艰苦努力取得的卫生进步在向 19 世纪前螺旋式倒退。20 世纪 90 年代该地区的预期寿命大幅下降，婴儿死亡率大幅上升。例如，到 1998 年，马拉维的平均预期寿命已经低于二战前的水平，这几乎完全是由于人类免疫缺陷病毒造成的。[6] 到 2000 年，情况变得更加严峻，以至于世界银行宣布艾滋病是其“首要任务”，世界银行行长詹姆斯·沃尔芬森郑重宣告：“任何有价值的艾滋病项目都不会因为缺乏资金而停止。”此前，公共卫生问题从未在世界银行的投资组合中获得如此突出的地位。

事实证明，贫穷国家取得的进展脆弱得可怕，它们很容易被战争、腐败、全球经济变化、新的流行病或难民流动所逆转。

在前共产主义世界，尤其是那些曾经组成苏联的国家，人们的预期寿命以如此快的速度和戏剧性的速度在倒退，已经回到了前 5 个世纪没有战争的任何时期。事实上，自 14 世纪肺鼠疫传入莫斯科以来，某些地区的经济衰退幅度之大，是和平时期所见之最。

1955 年，世界严重分裂：共产主义集团对抗资本主义西方联盟。1955 年生活在地球上的大约 25 亿人是在一个爆发式繁荣的经济环境中长大的，然而，1973 年，世界经济陷入了长达 20 年的缓慢衰退，发展中国家的感受最为强烈。到 1994 年，当全球经济开始复苏时，有 58 亿张嘴要吃饭，而其中的大多数人都营养不良。

在 20 世纪的大部分时间里，由于反对共产主义，资本主义市场经济中的富裕国家联合建立的起来贸易和货币联盟，在柏林墙倒塌后变得极具竞争性。人们不再需要担心欧洲劳动力会投奔社会主义或共产主义，因此政府发放给无产阶级的救济品已没有必要作为资本主义的诱饵。西欧经济体长期以来一直受制于国家和文化对社会福利的承诺，它们发现，在全球经济实力的激烈竞争中，本国的卫生系统负担过重。随着医疗费用的膨胀，整个欧洲的医生减少了给病人实施的手术、药物和治疗的数量。然而，国家卫生系统陷入债务，医生无法得到他们服务的全额回报，从里斯本到奥斯陆，政府对管理式医疗的呼吁产生了共鸣。随着21世纪的到来，欧洲准备合并成为一个单一的经济体，精简而强大，准备与美国、日本、中国，甚至俄罗斯，进行财政决战。

然而，俄罗斯在致力于追求一个多极化的第一世界市场经济体的过程中，被腐败、政治不稳定、资本集中化和社会服务基础设施不足所彻底拖累而导致接近崩溃，似乎不得不把自己降格为一个发展中国家。

同样的弱点长期以来被惊人的资本增长和生产力所掩盖，使得亚洲的经济强国在新千年到来的前两年就一蹶不振。1998年日本和韩国农村的金融危机，标志着自第二次世界大战以来最严重的财政和公共卫生窘境。

而世界上最贫穷的国家已经无力回天。正如坦桑尼亚前总统朱利叶斯·尼雷尔所说:“世界轻轻地打个喷嚏，我们就容易感染重度肺炎。”从1961年到1997年，世界上最富有的国家和最贫穷的国家之间的经济差距从大约12倍扩大到30倍。1994年到2000年之间，最严重的不平等现象发生了，与此同时，预期寿命和婴儿死亡率的不平等也变得最为悬殊。彼时，诺贝尔奖经济学奖得主阿马蒂亚·森已经不再孤立无援，他的声音得到了经济学家和公共卫生专家的共鸣，他们证明，国家的财富，以及财富在国家内部分配的公平程度，决定了一个国家的婴儿死亡率。他们宣称，贫穷害死婴儿。[7]

相比之下，在21世纪前夕，美国人享受了一场非凡的繁荣，他们的经济是这个星球上最强大的。虽然人为因素也困扰着美国经济，尤其是股票交易所的投资特性，但美国人有如此多的廉价食品，以至于超过一半的人口都患有肥胖症。他们过着奢侈的生活。

然而，在美国主导世界政治与经济的表象之下，却隐藏着一系列问题。1997年，大约有4340万美国人，超过总人口的15%，没有医疗保险。[8]1998年，这一数字跃升至4430万人，占总人口的16.3%。自1993年克林顿政府首次发起美国医疗改革辩论以来，没有医疗保险的人口又增加了450万，[9]其中每4个孩子就有1个没有医疗保险，另外，至少在1997年的部分时间里，有7150万美国人没有医疗保险，其中大部分人是拉美裔、非洲裔和贫穷的白人。政府的医疗补助和医疗保险这一所谓的安全网，并没有覆盖到约1/3生活在贫困线以下的美国人。由于保险把病人限制在被认为具有成本效益的诊疗活动中，在这种盈利模式下，许多参保者的治疗也被设置了限制。

美国公共卫生协会主席乔伊斯·拉肖夫博士于1991年宣布，“如果进行干预的话，65岁以下的死亡人数中，有2/3的人现在可以推迟死亡。”[10]随着时间的流逝，越来越多的美国人延误了至关重要的医疗保健需求，阻塞了公立医院的急救室，或者为了支付后期医疗费而破产。[11]

美国卫生已经到了一个关键的时刻，其严重性已体现在数据上。1997 年的研究表明，56% 没有保险的人由于缺乏资金而延误了治疗，47% 的人发现在需要的时候很难或不可能获得医疗服务。[12]

大多数有保险的美国人通过他们的雇主获得保险，这是几十年前通过工会集体谈判取得的胜利。但 20 世纪末，美国的工作场所发生了重大变化，导致数百万全职就业的美国人没有医疗保险。还有数百万人虽得到了医疗保险，但保险费是用从他们的工资中扣除的，换句话说，他们自己支付了部分或全部医疗保险。[13]

到 1998 年年底，整整 1/3 的美国人赞成对他们的医疗保健系统进行某种形式的彻底改革，这是所有主要工业化社会中最高程度的不满。[14] 1997 年，美国人在个人医疗上的平均花费是 4090 美元，德国是 2339 美元，英国只有 1347 美元。[15]

到 20 世纪 90 年代末，美国人在医疗保健上花费的每一美元几乎都是自掏腰包的，而在医疗系统之外提供的治疗则需另外付费。从针灸疗法到中药疗法，从石英睡前晶体疗法到磁石疗法，美国人对主流医学能否充分满足他们的需求缺乏信心，他们花费数十亿美元购买替代健康疗法，每年人均花费超过 2000 美元。

尽管美国公民在健康方面的支出比其他任何国家的人都多，但美国公民在预期寿命方面的改善速度却是所有工业化国家中最慢的。相比之下，1996 年出生的日本人预期寿命为 80.3 岁，自 1960 年以来增加了 12.6 岁；而 1960 年出生的美国人预期寿命为 69.7 岁，1996 年为 76.1 岁，平均寿命增加 6.4 岁。[16] 20 世纪下半叶日本民众经历了比世界任何地方都快的预期寿命增长，直接挑战了美国的健康理念。而且，日本的人均医疗支出在所有工业化国家中排名最低。在每一项重要的健康指标上，美国这个最大的健康消费国都远远落后于日本。[17]

孕产妇死亡率是另一项重要的公共健康指标，在经历了 50 年的下降之后，在美国又呈上升趋势。1987 年，美国孕产妇死亡率为 7.2/10 万人。3 年后，根据疾控中心的数据，这一比例为 10/10 万人。[18] 在全球范围内，美国的幼儿当然比中非、印度或苏联国家的同龄人生活得更好，但在联合国儿童基金会的 5 岁以下儿童死亡率排名中，远远落后于其他 29 个国家。1996 年儿童存活率较高的国家包括斯洛文尼亚（南斯拉夫战争后仅 4 年）、捷克共和国、韩国，以及整个西欧。[19] 儿童保护基金会认为，美国青少年健康状况相对较差的主要原因是贫困和缺乏医疗保险，该国一半的孩子生活在单亲家庭及 1/4 的穷人家庭，而每 24 个孩子中就有一个其母亲缺乏产前护理。[20]

21 世纪开启了市场全球化的新时代，一些人欣然接受，另一些人则感到恐惧，可以无可辩驳地预见到巨大而迅速的变化。

这对公共卫生提出了有趣而令人不安的问题和挑战。

在苏联公共卫生基础设施濒临崩溃之时，在艾滋病病毒肆虐撒哈拉以南的非洲之时，在贫穷的印度以牺牲民众健康为代价在核武器开发上花费巨资之时，在长期敌对的团体利用冷战结束时的所谓安全问题来屠杀少数民族敌人之时，公共卫生陷入了混乱。它不能履行其在20世纪的基本核心职责，即在社区一级确保公众的安全，更不能应对21世纪全球化带来的新挑战。由于对保护空气、水、食品供应和卫生系统的承诺日益减少，个别社区的安全正在受到侵蚀。在20世纪的六七十年代为北半球带来奇迹般改善的药物和杀虫剂，到世纪的最后十年已失去了效力。

但疾病的风险仍在增加。虽然艾滋病病毒在1981年才被发现，但把它看作21世纪的第一次大流行病因一点也不会唐突。它以逆转录病毒的形式从一个国家传播到另一个国家，从一个大陆传播到另一个大陆。全球化的性和毒品交易确保了艾滋病病毒的普遍性。而艾滋病病毒反过来又促进了新的突变型肺结核的全球传播；后者利用了另一种结核病导致人类健康状况的衰退。

14世纪时，全球旅行的人很少而且流动速度很慢。到17世纪，欧洲国家在国王、王后和王室授权的国会命令下，通过全球殖民和贸易来积累财富。几乎所有欧洲国家都扩张的触角伸到了地球的南部、东部和美洲，以获得更大的权力。

19世纪和20世纪初见证了权力的转移和殖民主义的结束，但贸易仍然受到冷战思维的限制，以及维持殖民企业触角所需巨大成本的阻碍。远程计算机化和苏联的垮台消除了这些障碍，第一次使世界成为亿万度假者、移民、企业家、投机者和家庭电视观众的潜在乐园。汽车由十几个不同国家生产的零件组装而成；印度人制作的软件被编入韩国、斯里兰卡、墨西哥和美国加利福尼亚生产的电脑；航空旅行变得如此普遍和受欢迎，以至于在2000年，世界上几乎所有的大型机场都在满负荷运转。

曾经国王和王后促成的全球化世界，之后由富有的实业家在维持。而21世纪，全球化将是全民的，不仅对贵族，对平民都是可以实现的。

数百万人在流动。

而地球上有数十亿人。

上万亿吨的货物、庄稼和动物在运输中。

同时，这样的流动会增加从瓜达拉哈拉到中国广州沿线每一个人的风险。

未来还潜伏着新的全球风险，可能会使公众健康付出惨痛的代价。

世界人口正在老龄化，其中最显著的是北美、西欧、日本、韩国和中国。

这将对公共卫生产生两个关键影响，首先是对经济的影响，然后是对传染病的影响。在金融方面，富裕的西方和亚洲正接近危机临界点，因为它们的国家税收和生产力基础很快就会大幅萎缩，给规模较小的年轻人口带来巨大负担。对西方国家来说，这将是婴儿潮一代退休的结果，留下年龄小得多的两代成年人来承担社会的财政负担。在日本、韩国和中国，不断下降的出生率和惊人的寿命，意味着许多亚洲人可以活到 90 多岁，但却成为家庭或国家的经济负担。

“问题”的一部分是这些人已经接受了对人口爆炸的担忧，并开始理解较小的家庭更健康，经济上更稳定。20 世纪后期，社会产生了一个新理念：有两个孩子，而不是动辄就要五六个孩子，他们生存下来，活到 30 岁以上的年龄，可以照顾年迈的父母，而父母尽量赚足够的钱，可以在退休后照顾自己。

1999 年，联合国人口基金会自豪地宣布，是的，全球人口在 20 世纪从 10 亿增长到 60 亿。但这种增长正在减缓，到 2040 年，它只能达到 75 亿，然后开始下降。[21] 如果这是真的，那就意味着明智的政府和对地球资源的谨慎管理可以让人类和自然共存，而不是对地球的生物多样性和生态完整性造成可怕的破坏。也许只是也许。[22]

但在二战到 1970 年间出生的这一代人，将在晚年付出代价，因为他们没有留下庞大的税基。例如，在美国，65 岁以上的人口从 1977 年的 2600 万增长到 1997 年的 3860 万，他们的医疗费用由联邦政府的 215 亿美元攀升到 2146 亿美元，到 2020 年，每位老人的个人医疗费用预计将从 1995 年的平均 9200 美元上升到 2.5 万美元以上。[23]在美国，将有 6930 万老年人需要医疗保险，简单的测算一下，这些老年人的护理花费将是 1.7 万亿美元。[24]

1998 年，全球 60 岁以上人口有 5.8 亿，其中 3.55 亿生活在世界最贫穷的国家。世界卫生组织预测，到 2020 年世界上将有 10 亿老年人[25]，其中 7 亿生活在发展中国家。[26]

世界银行预测，到 21 世纪中叶，生活在发展中国家的老年人数量将首次超过 15 岁以下儿童的数量。[27]

除了经济学之外，这种全球人口的根本性结构重组——从 20 世纪中叶以年轻人为主的人口结构，到不到八十年后的老龄化人口结构——提出了一个有趣而潜在危险的群体免疫问题。

随着年龄的增长，人们的免疫系统会受到侵蚀，白细胞和淋巴组织的更新速度会变慢，种类也会越来越少。因此，老年人比年轻人更容易生病。他们的免疫系统不太能够清除异常细胞，从而无法阻止肿瘤的发展。调节机制会随着年龄的增长被破坏，因此老年人也会遭受更多的自体免疫，他们的抗体会攻击骨骼（关节炎）、腺体（甲状腺肿）和重要器官，当面对微生物疾病时，衰老的防御系统更容易失效。这就是为什么流感和肺炎对老年人往往是致命的感染，而相同的微生物在年轻人身上可能只会产生几天的不适。

20 世纪，群体免疫是一个众所周知但却艰涩难懂的概念。疫苗学家早就意识到，除非跨越一个关键的免疫阈值 —— 比如，一个特定社区 90% 的人都接种了疫苗 —— 否则致病微生物将继续潜伏并杀死脆弱的个体。很少有科学家能够预测，当社会中免疫系统较弱的人群比例上升、儿童疫苗效力下降时，会发生什么情况。对此，尽管是在年轻人和儿童人群的背景之下，艾滋病病毒还是为我们提供了一些线索。在一个特定的社会中，只要艾滋病病毒阳性成年人的占比超过 10%，就会出现机会性继发传染病，尤其是结核病。

但是艾滋病病毒对年轻免疫系统的破坏并不能清楚地反映出衰老过程中会发生什么，就像所有的身体功能一样，免疫系统在每个个体中随着时间以不同的速度衰退，这通常是不可预测的。

21 世纪会发生什么流行病？中等毒性的流感毒株会夺走数百万人的生命，在老年人中传播吗？耐药细菌是否会加速出现，并容易在疗养院和老年人中心传播？没有人能从经验上预测，当老年人口在富裕国家超过 30%，在贫穷国家超过 10% 时会发生什么？根本就没有任何先例可以推导出计算结果。

对 21 世纪的公共卫生领导人来说，由于社会老龄化而导致的群体免疫力下降的前景，构成了重大挑战。为了减少传染病威胁，地方和全球的微生物监测需要比 20 世纪末得到更显著的改善；它需要更广泛地布局，以更先进的实验室能力为基础，并提高警惕。公共卫生科学家还需要更多地了解衰老的身体对疫苗的反应，或许可以为老年人制造免疫方案，就像几乎所有 20 世纪的疫苗都是专门为 12 岁以下儿童制造的一样。直到 20 世纪 90 年代，流感疫苗才被发明出来，尤其是针对老年人的疫苗。2010 年后，是否有必要，为麻疹、白喉、小儿麻痹症、百日咳和其他古老的“儿童杀手”研制专门的疫苗，以避免古老的微生物的死灰复燃？

供水也将在 21 世纪对公共卫生构成特别的挑战，因为隐孢子虫和军团菌等微生物对老年人最危险。随着全球社区中老年人数量的增加，对更加纯净的水的需求也会增加。

而预测的情况可能更糟糕：

1998 年年底，美国卫生保健融资管理局预计卫生保健费用将翻倍，从 1996 年的 1 万亿美元跃升至 2007 年的 2.1 万亿美元；这已经是一个惊人的数字。到 2007 年，世界上人均医疗支出最高的国家其人均医疗支出 —— 占个人收入的 13.6%——将飙升至 16.6%，每年的医疗费用将增加 6.5%。[28] 根据政府的预测，随着联邦和州开支的缩减，这些增加的开支负担，将直接落在每一位普通美国人的肩上。

美国人究竟应如何为他们的个人和集体健康买单？[29]1990 年，每 6 个美国人中就有 1 个（13%）生活在贫困线以下。1999 年，美国人口普查局重新定义了贫困，将四口之家的年收入从大约 1.6 万美元提高到 1.95 万美元。有了这样的定义，整整 17% 的美国人口陷入了贫困。[30]

令人担忧的贫富差距正在扩大。从 1989 年到 1998 年，美国最贫穷的 1/5 人口的实际年收入平均减少了 587 美元，而最富有的 5% 人口的实际年收入增加了 29533 美元。20 世纪 90 年代，美国家庭收入中位数增加了 600 美元，由于房地产和投资价值，家庭净值跃升了 1.19 万美元。但是债务在过去的十年中也有所上升，这使得更多的家庭濒临破产。[31] 年收入不足 8018 美元的“非常贫穷”的家庭数量在不断增加，恰如儿童保障基金会所说：“我们的亿万富翁翻了 5 倍，但同时增加的贫困儿童有 400 万之多。”[32]

这些现象的后果是贫穷的增加，社会和保健服务开支的减少，以及住房费用的增加。历史清楚地表明，强大的中产阶级对维持公共卫生至关重要，然而，大多数美国人都目睹了中产阶级的萎缩，以及社会各阶层（不断扩大的穷人阶层和不断扩大的超级富豪银行资产组合）所承受的更大的经济压力。

如果美国在 2000 年时真的如此富有，那么钱都到哪里去了呢？美国社会最富有的 5% 的人口与最贫穷人口的财富差距从 1970 年的 10 倍扩大到 1996 年的 20 倍；1998 年，企业高管的收入是办公室和工厂员工的 419 倍，而 1980 年的差距是 42 倍。[33]

福特汉姆大学的一项关键研究发现，尽管美国整体经济增长，但社会健康指数自 1973 年达到顶峰以来，一直在持续下降，[34] 该指数每年评估 16 个社会因素（如贫困儿童人数、无保险人数和平均周薪等），将它们按 0 到 100 的分级进行评分。1973 年，美国社会健康指数达到了 77.5，到 1993 年，这个数字下降到 40.6，从那以后，一直在下降。

1999 年，世界银行得出结论，20 世纪末生活在极端贫困中的人数，比二战以来任何时候都多。当然，总的来说，人口基数增加了，但与 20 世纪 50 年代以来相比，1999 年以每天不到 1 美元维生的人更多，总共 15 亿。全球贫困人口的激增在很大程度上要归功于“亚洲奇迹”的崩溃，也就是南亚和西太平洋地区的一场经济灾难。[35] 在一些亚洲国家和地区，每天生活费不足 1 美元的人口比例在一年内（1997 年至 1998 年）翻了一番。在这些国家内部，贫富差距导致了中产阶级群体的缩小或消失。[36]

以新加坡和美国为例，世界上最富有的国家，几乎都是民主国家，都有庞大的中产阶级群体，他们同最富有的公民控制着国家不到30%的财富。在最引人注目的北欧国家，最富有的1/5人口控制了不到23%的国家财富。

而在世界上较贫穷的国家，情况正好相反，超过1/3的国家财富集中在少数社会精英手中。在大多数情况下，这些数字低估了发展中国家和苏联国家财富差距的真实比例，因为它们只反映了官方经济的差异。如果把腐败和黑市经济考虑在内，那么这些国家的财富集中度就会更严重地向精英阶层——通常只向少数家庭或家族倾斜。

1996年，358名超级富豪控制的个人财富相当于世界上23亿最贫困人口的收入和资产总和。[37]比尔·盖茨、沃伦·巴菲特和保罗·艾伦这三个人在1999年总共拥有1560亿美元的财富，比43个最贫穷国家的国民生产总值加起来还要多200亿美元。[38]全球批评家指责这标志着资本的无法无天，他们说，全球化实际上是一种资本流动的方向，要把地球的财富集中在占地球人口1%的人手中。[39]不那么激进的批评者指出，需要有更强有力的国家政府和法律规则来保护市场的完整性，确保企业家和小型企业自由地进行贸易，他们认为，在21世纪的全球化社会中，限制资本的恣意妄为和垄断是更公平地分配财富的关键。[40]

尽管宏观经济受到指责，但在2000年，国与国之间的贫富差距明显在扩大。[41]

联合国开发计划署谴责了这种“危险的两极分化”，坚称这是远程办公时代造成的。[42]金融巨头摩根说，到1999年年底，只有价值1190亿美元的资本从富国流向穷国，还不到1997年从富国流向穷国总额的一半。[43]

20世纪末，对世界上主要国家的比较体现了最影响公民健康的因素。[44]中美洲小国哥斯达黎加似乎是一个相当贫穷的国家，其人均国内生产总值仅为每年2640美元，但即使热带气候下的环境中充满了寄生虫和蚊虫传播的致病隐患，也能使人民拥有显然的健康：按照从1到188的级别体系——188是最好的——小小的哥斯达黎加在儿童死亡率方面的排名是令人印象深刻的第144位，婴儿死亡率很低，12/1000活产婴儿，平均预期寿命为77岁。

相比之下，俄罗斯的人均国内生产总值几乎与哥斯达黎加相等，儿童死亡率仅排第115位，婴儿死亡率为20‰，预期寿命只有65岁。美国的人均国内生产总值令人印象深刻，每年超过2.8万美元，儿童死亡率排名第159位，婴儿死亡率为7‰，预期寿命为77岁，与哥斯达黎加相当。

这是怎么回事？为什么富裕的美国和贫穷的哥斯达黎加的公共卫生指标大

致相等，而财政上接近相等的哥斯达黎加和俄罗斯的健康状况却明显不同？答案在于其他能说明问题的数字，比如国民生产总值在卫生方面的支出比例（哥斯达黎加为 8.5%，俄罗斯为 4.8%），尽管在一个拐点之后会出现过度支出（比如美国的 14%），实际上没有提供额外的好处。传统的公共卫生支柱也很重要，比如获得安全的饮用水——几乎每个哥斯达黎加人都相信自己水龙头里的水是安全的，但只有不到一半的俄罗斯人有这样的信心。

仔细阅读数据，其还表明，成人识字率与预期寿命与婴儿死亡率的关系，比人均国内生产总值与他们的关系更密切。[45]

赞比亚和津巴布韦提供了公共卫生复杂性的显著证据。沿赞比西河长长的共同边界分隔开来的两个国家，曾被称为北罗得西亚和南罗得西亚，有着许多共同的文化。这两个国家的成人艾滋病病毒感染率都超过了 20%。仅向 1/3 的人口提供安全用水、仅将其国民生产总值的 3.3% 用于卫生保健的赞比亚，其婴儿死亡率是津巴布韦的 2 倍多，平均预期寿命为 43 岁，儿童死亡率在世界上排名仅在第 12 位。

其邻国津巴布韦，人们的健康状况也很不理想，平均寿命只有 49 岁。但它为 79% 的人口提供了安全的饮用水，医疗支出占国民生产总值的 6.2%，儿童死亡率排名第 58 位。正是艾滋病，使津巴布韦人口的预期寿命下降到 49 岁——该国主要的过早死亡人数是年轻人，而不像邻国赞比亚那样为婴幼儿。[46]

20 世纪 50 年代，著名的公共健康倡导者勒内·杜博斯告诫他的同事们要“放眼全球，立足本地”。50 年后，反过来也是明智的：全球共同努力来保护当地的公共卫生。1977 年天花的根除使全世界认识到，除非把它从地球上的每一个角落和生态裂缝中消灭，否则如此严重的全球威胁不可能在局部地区消除。当时，世界范围内的天花有反弹的迹象，但由于将全球和地方公共卫生行动结合在一起，将反弹扼杀在了萌芽状态。

如果全球公共卫生行动持续可行，那么它将构成从富国到穷国每个地区的疾病预防网络；如果印度的基础设施能够在苏拉特发挥作用，防止瘟疫蔓延到古吉拉特邦以外的地区，那么纽约市就无须担心自己无力阻止在肯尼迪机场暴发的瘟疫；如果刚果的医院是在无菌环境中，病毒无法传播，那么东京就不必担心埃博拉病毒。因此，安全既是一个地方性问题，也是一个国际性问题。在公共卫生方面，每个城市都是地球上其他大城市的“姐妹城市”。

但是，要使这样一种国际卫生系统存在，每个国家都需要有明显的政治和经济意愿。1999 年詹姆斯·沃尔芬森领导成立的世界银行和格罗·哈莱姆·布伦特兰领导的世界卫生组织斥责各国领导人，告诉他们靠富人施舍的时代已经结束了，如果一个国家政府未能真诚地努力改善其人民的健康，它就不能指望得到联合国机构或富裕的西方国家的援助。

公共卫生基础设施是非常脆弱的实体。苏联国家公共卫生的瞬间崩溃为其脆弱性提供了强有力的证据。基奎特的埃博拉病毒、曼哈顿的耐甲氧西林金葡菌，以及俄罗斯各机构的耐多药结核病，都是因在医院传播而暴发的。事实证明，维护不善的医疗基础设施在某种程度上可能比根本没有医疗系统更糟糕，更加损害公共健康。

公共卫生是政府和人民之间信任的纽带。社会民众委托政府监督和保护集体健康，作为回报，个人同意通过提供税款、接受疫苗、遵守政府公共卫生领导人制定的规则和指导方针进行合作。如果任何一方背叛了这种信任，这个体系就会像纸牌屋一样坍塌。

在 20 世纪末，许多因素导致了全世界公共卫生信任的下降，一部分与旧的保护制度的衰退有关。其他人则表示，在全球化的 21 世纪，卫生的新模式没有得到有效建立。

对标 1990 年的经典、老旧的系统，美国卫生和公众服务部当年发布了长达 675 页的《健康美国 2000》，这是美国为新千年制定的公共卫生目标。报告称，当时美国每年在吸烟相关疾病上的花费为 650 亿美元，在艾滋病治疗上的花费为 43 亿美元，在与毒品和酒精相关的疾病上的花费为 160 亿美元。[47]1990 年的报告是 1979 年发布的最初报告的更新，反映了公共卫生的步伐未能满足卡特政府期间制定的大部分卫生改善的时间表。[48]指出医疗保健支出从 1960 年国民生产总值的 5% 跃升至 1990 年的 12%，生产力损失也由于死亡和疾病而上升，官方报告估计，“仅损伤一项，现在每年就给国家造成超过 1000 亿美元的损失，癌症超过 700 亿美元，心血管疾病 1350 亿美元。”

报告详细列出了一长串美国的健康目标，其中大部分目标不是通过政府监管和购买服务来实现的，而是“健康促进”，这是公共教育的口号，旨在说服全国人民吃得越来越健康，多运动、戒烟、生更少但更健康的孩子、避免暴力行为、停止滥用酒精和药物。[49]

该报告认识到，除非当时 3100 万没有保险的美国人获得初级保健，否则它的任何目标都不可能实现。按报告规定，除非所有美国人都能负担得起定期看医生，否则《健康美国 2000》的目标是不可能实现的。

遗憾的是，《健康美国 2010》[50]草案指出，基本健康指标（如预期寿命）几乎没有改善，这反映出在改善美国人获得医疗保健方面的彻底失败。在 20 世纪 90 年代，美国白人和非白人之间的健康差距扩大了，由于疾病而失去工作和休闲时间的国人的人口数量占比从 1988 年的 18.9% 上升到 1995 年的 21.4%。报告指出，基本公共卫生信息方面存在一系列令人震惊的缺陷，接受初级保健的糖尿病患者的百分比、口腔癌的种族死亡率以及美国贫穷人口的血液胆固醇水平等数据都用“不可用”来代替，数据的缺乏反映了该报告所称的美国的主要问题是公共卫生基础设施不断下降：

> 该报告明确指出，国家公共卫生系统所依赖的基础设施需要定义、协调和加强，以实现普遍的公共卫生使命，该报告记录了国家公共卫生系统的持续恶化：卫生部门正在关闭，技术和信息系统已经过时，新出现的和耐药的疾病威胁着现有的医疗资源，严重的培训不足威胁着公共卫生工作人员应对新威胁和适应卫生保健市场变化的能力。

而联邦政府担心国家公共卫生基础设施日趋弱小。虽然公共卫生学术界进入了一个新的领域，但它远没有发挥传统的作用：根据大规模的流行病学调查（其中一些调查设计不甚理想），学者们对个人行为和健康提出了强烈建议。

一些人认为，如果健康不能由个人购买，那么整个社会可以通过非医疗干预措施来改善其地位。当然，在 20 世纪的最后 25 年里，美国在公共卫生方面取得了一些胜利，所有这些都有助于提高美国人的预期寿命。从 1970 年到 1995 年，反吸烟运动和诉讼使烟草的使用大大减少，从而使癌症死亡率每年减少 1%，这也是心脏病发病率下降的关键因素；另一个对美国心脏健康做出贡献的因素是美国饮食的改变——远离饱和脂肪；安全带和杜绝酒后驾车运动降低了车祸死亡率；20 世纪 90 年代，一场大规模的全国性运动使得青少年怀孕率从 20 世纪 80 年代中期工业化国家的最高水平下降到 1998 年经济合作与发展组织的平均水平。

然而，其中的一些成功是以信誉为代价的。当学术研究人员试图完善饮食和生活方式方面的建议时，矛盾出现了。[51] 例如，困惑的美国人担心会患心脏病，降低了自己对高脂肪食品的消费，但却增加了总热量摄入，从而增加了全国人口的肥胖率——这也是心脏病的一个诱因。

种族歧视进一步削弱了公共卫生信息的可信度，因为那些在少数民族社区最流行的疾病通常与非裔美国人、印第安人或西班牙人的饮食和行为有关。当宣教人员被视为“白人政府”的信使时，人们以怀疑甚至敌意的眼光看待他的信息。20 世纪 90 年代，臭名昭著的“塔斯基吉大学梅毒实验”绝对会困扰每一项针对非裔美国人的公共卫生努力。

20世纪80到90年代，公共卫生似乎处于一种“受害者有罪”的模式：如果疾病可以通过适当的饮食、锻炼和生活方式得到预防，那么癌症、动脉粥样硬化和其他潜在杀手的存在就表明个人行为不佳，这是不言自明的。一些保险公司采取了合乎逻辑的措施，对无视“戒烟”和“降低胆固醇”等公共健康信息的个人进行经济处罚。

但这并没有使公众重视公共卫生。

1999年3月，美国疾控中心进行了一项民意调查，结果显示，57%的受访美国人无法正确定义公共健康，即使他们能清楚地描述应该选择哪些公共健康内容。大多数人表示，他们对公共卫生系统有“负面评价”。按照他们的排名，受污染的饮用水、有毒废物、空气污染、细菌污染的食品和杀虫剂是他们最担心的健康问题。[52]

对许多美国人来说，20世纪最后10年“受害者有罪”的观点源于同一种科学，即在整个20世纪70年代，美国几乎每天都对食品、水、环境和工作场所中的致癌物质发出警告。人们在恐慌和惶恐中看到的许多化学物质，在10年后的环境报告中，却被证明只有轻微的危险。尽管如此，对环境致癌物的恐惧还是促使美国建立了一个包括环境保护局、食品药品监督管理局、职业安全与健康管理局在内的严格而又庞大的联邦监管机构，并在30年后继续吸引着公众的关注。[53]

在这种受限环境下，由于商业界对公共卫生监管计划的强烈反感，罗纳德·里根于1980年当选总统。他的两届任期标志着公共卫生监管权的取消。在8年的时间里，里根政府彻底击败了它的监管对手，以至于公共卫生被迫失败，甚至在真正威胁社区健康的问题上，其最关切的环境问题被学术界和政治活动边缘化。[54]

随着21世纪的到来，没有医疗保险的美国人越来越多，公共卫生预算大幅削减，破败的郡卫生所普遍存在反政府情绪，公立医院急诊室人满为患，关于哪些疾病最值得联邦研究经费的争论也越来越多，这些因素加在一起产生了连锁反应。

这使得公共卫生工作日益政治化，迫使其倡导者不仅要捍卫自己的政策，还要捍卫政府本身的作用。公平地说，公共卫生一直是一个非常政治化的追求，毕竟，它的预算是受政治控制的，公共卫生原则的实施总是会遇到这样或那样的利益冲突。但是现在，在世界上最富裕国家的大部分地区，公共卫生都在为自身的生存而战。

医药行业也在苦苦挣扎。1999年，一向保守的美国医学会投票支持医生工会化——这一举动与该组织的历史立场截然不同，令医疗行业瞠目结舌。美国医学会的投票反映出美国医生越来越焦虑，他们担心自身的职业不仅会让自己失去收入，还会失去尊严、权力和尊重。20世纪末，美国医生并不是一个快乐的职业，[55]其不满程度仅次于美国护士和健康消费者的焦虑。[56]

面对这种集体的焦虑，医疗保健行业的乐观主义者将世纪之交称为一个过渡期，就像很多次变革一样，在达到预想的涅槃之前，这个过渡期可能会有些不稳定。但是他们坚持认为，未来将会迎来新医学的辉煌时代，新生物工具将会发挥作用。正如抗生素战胜了困扰人类数百年的细菌疾病一样，新生物学也将战胜慢性杀手——癌症和心脏病，以及精神疾病和毒瘾。

国家癌症研究所主任理查德·克劳斯纳博士认为，21世纪“癌症不一定是美国人的主要杀手”。[57]因为科学正在进入一个“戏剧性的、难以想象的变化”的时代，在这个时代里，癌细胞，甚至癌基因，早在肿瘤形成之前就能被发现、控制或消除了。[58]

“我想情况就是这样。”显然很兴奋的克劳斯纳大声说道，“过去20年在生物学上取得的革命性突破，为在美国制定一项消灭癌症的实际战略计划创造了可能性，我们已经明确了一条道路，并正在朝着这个方向前进。”

医药行业的业内人士兰德尔·托比亚斯预测说，对于心脏病来讲，治疗创新也将迎来隧道尽头明亮的光芒。千禧年提供了“真正奇迹”般的可能性，他坚定地认为这将包括“手术的终结”。

心内直视手术和侵袭性肿瘤的终结？难道这位美国礼来制药公司的前首席执行官已经变成了一个绝望的盲目乐观者？不，托比亚斯坚定地说，因为“在不久的将来……生命科学将完成生物学上相当于把人送上月球的任务。”

克劳斯纳和托比亚斯的乐观主义的根源在于基础科学创新的三个关键领域，人类遗传学、蛋白组学和纳米技术。美国国立卫生研究院的人类基因组计划正在冲向终点，它几乎完成了所有23条人类染色体的DNA中包含的全部代码的描绘。数以百计的私人和公共实验室都在努力破译新发现的密码序列，以弄清楚到底是哪些基因编码，如何开启和关闭它们，以及哪些突变导致了特定的疾病。

下一个千年医学的圣杯（以及由此衍生的公共卫生的圣杯）是通过在基因或蛋白质水平上的干预来预防慢性病——癌症、中风、阿尔茨海默病、精神分裂症、糖尿病和其他数以百计的疾病。因为所有的生命功能和故障通常可以归结为蛋白质的相互作用，克劳斯纳坚信，“没有什么是太空星际迷航。”

例如：癌细胞的表面通常含有不同于正常细胞的蛋白质，这是某些基因表达的结果。未来，科学家们计划将微型探测器注入表面健康的人体内，这些纳米探测器将“找出癌症”。这绝对是可能的。克劳斯纳继续说道：“我们正在与国家航空和航天局合作，非常有意思。如果我们能想象信号噪声比足够大的恒星探测器，我们就能在人体中找到癌细胞。”

克劳斯纳预测，下一步是，“为什么不应用这些小分子机器？将它们送入体内寻找并消灭癌细胞。所以我可以想象在癌症发生之前治疗癌症。”在任何人长出肿瘤之前，细胞变化仍在“癌前假病变”阶段，正如克劳斯纳所说，[59]这构成了高科技的公共卫生，重点不是预防社区的致癌环境和饮食，而是预防个人体内异常细胞的出现。它将公共卫生的概念从人体之外深入到人体之内。

同样，一些遗传因素似乎在胆固醇的积累和其他易患心脏病和中风的物理来源中发挥了作用。早在 1998 年，研究人员就已经对小鼠的细胞和 DNA 进行了处理，使它们变得更瘦而不是更胖，更聪明而不是像阿尔茨海默病那样迟钝；而且没有癌症。有些老鼠经过基因改造，拥有人类免疫系统，吸毒成瘾（或不吸毒），并患有一系列人类疾病。克隆的细胞可以长成组织，也许在将来可以长成整个替代部分。需要新的心脏吗？克隆一个。或者更好的方法是，在受损的心脏中注入种子细胞，生长出替代组织，增强心脏的功能。[60]

随着人类 DNA 密码的破译，下一步就是对 DNA 的翻译。拥有 DNA 图谱是一回事，了解它所编码的信号和蛋白质是另一回事。要解开这个谜团，有两种基本方法：通过前门或后门。利用大型高速计算机“前门”，分析人员随机提取 DNA 序列，并扫描所有可用的蛋白质数据库，以寻找匹配的蛋白质。一旦找到匹配，这种特定蛋白质的 DNA 编码在人类染色体中的位置，就可能揭示出这种化合物的产生是如何被调控的 —— 是开启还是关闭的。而相邻的 DNA 序列可能包含其他在人体中执行相关功能的重要蛋白质。

“走后门”的方法是从细胞和重要的激素、受体或活化剂（如趋化因子或神经递质）开始的。科学家们使用超强力磁铁或 X 射线来梳理出这些重要蛋白质的三维结构，并操纵这些形状，来探测受体蛋白质的弯曲、折叠和目标蛋白质组的性质。这些线索将会导致化学物质的重新构建，被设计用来阻断或刺激体内的关键蛋白质。这样，我们就有可能打开或关闭激素，增强维生素的效力，阻断大脑中导致上瘾的神经细胞受体，或关闭致癌化学物质的开关。[61]

加州理工学院院长、诺贝尔奖获得者大卫 • 巴尔的摩博士预测：“在 30 到 50 年内，我们将完成这一切。我们将从药物的角度，通过持续不断的观察来评估这项研究的价值。化学是这一切的关键 —— 计算化学和结构化学是如此强大……我们每年能得到的蛋白质结构的数量将数以千计。”[62]

20世纪开始于显微镜引发的一场革命打开了人类的眼睛，让人们看到了微生物的世界。微生物理论是驱动生物学半个世纪新发现和胜利的引擎。随着1953年DNA的发现，或许更关键的是，随着20世纪70年代早期基因工程技术的发明，生物学进入了基因组时代。

随着新世纪的到来，基因组时代将接力棒传递到蛋白质组学时代，有望在药剂学和医学领域发生剧变，支持者认为，这将与巴斯德和科赫发现微生物、弗莱明发现青霉素、索尔克和萨宾发明脊髓灰质炎疫苗一样具有戏剧性。外科医生、心理学家和戒毒人员都将处于失业线上。专家们认为，21世纪的医生们将使用一种上等的新型蛋白质预防药物。[63]

"只要你愿意。"这就是行业领袖托比亚斯所说的公共卫生。葛兰素威康制药公司的副总裁艾伦·罗斯博士也同意这种说法。[64]

"人们会随身携带着如同嵌入在信用卡等磁条上的电脑医疗记录的遗传图谱去看医生，"罗斯预测说，这些卡片将代表公共卫生和医学之间的一种新的联姻，每张卡片将携带个人的整个基因图谱，"医学将转向真正的基于家庭基因的家庭医学。"

美国国立卫生研究院的马克·博古斯基预测，21世纪，医生的教科书"将是我们的基因"。

但在这些幻想得以实现之前，我们还需要面对一些严肃而清醒的公共卫生现实。[65]对美国来说，最重要的问题是种族问题，也许还有阶级问题，自内战以来，非裔美国人在预期寿命、婴儿和孕产妇死亡率以及成人过早死亡等公共卫生里程碑方面的成就，落后于所有经济阶层的白人至少十年。这并不是说他们更容易生病——尽管在某些情况下确实如此，相反，他们更容易死于疾病。美国疾控中心主任大卫·萨彻认为非裔美国人的DNA是罪魁祸首，但却几乎没有证据。相反，一系列复杂的社会和行为因素，再加上缺乏与白人同等的医疗服务，是黑人和白人健康差距的根源。

"白人和亚裔美国人与非裔美国人、美国原住民和西班牙裔美国人在健康方面存在类似的差异。"前美国卫生与公众服务部副部长菲尔·李博士坚持认为。[66]

"例如，印第安人接触到不同文化，会有什么影响？糖尿病，"李说，"并不是因为他们的基因发生了变化，而是他们的饮食发生了变化。答案是，并非改变他们的基因，而是改变他们的生活方式。"

没有人会对发现干预手段的可取性提出异议——通过基因或其他方式——来预防可怕的残疾和慢性疾病甚至死亡。但是，像基因组和蛋白质组学药物这样的高科技方法会成为全球公共卫生的核心吗？如果2020年俄罗斯的饮用水仍然受到严重污染，蛋白质组学纳米探针是否能成为明智的公共卫生干预？生物技术行业在提及其基因组创新时使用“公共卫生”一词的核心是“预防”。公共卫生领导人在20世纪90年代无法就其领域的定义达成共识，在新千年也没有做好辩论新生物学篡夺其命名的准备。以个人为基础的预防是否等同于公共卫生？

当然，无论是富国政府还是制药行业，都要投入大量资金在基因组医学上。即使是“小型”生物技术公司，到2000年，在基因和蛋白质产品的研发上也超过了10亿美元的投入。[67]对于制药巨头来说，在基因领域的研发上的数十亿美元是每年的常规开支。[68]

业界的兴奋达到了狂热的程度。投资者普遍认为，2010年的生物技术将与20世纪90年代的网络空间、互联网和计算机一样。他们认为，全球经济将从硅时代走向DNA时代。美国礼来公司前首席执行官托比亚斯笑着说：“医学领域正在发生一些真正令人惊叹的事情。”[69]

在这些激进的变化预期下，大型化学、药物和食品公司在20世纪90年代合并或形成了伙伴关系，创建了规模超过1000亿美元的控制化学、药物和食品生产的庞大公司。[70]例如，新泽西州的沃纳-兰伯特和美国家庭用品公司两家拟在1999年年底合并。在前一年，这两家公司的收入都超过了100亿美元，市场资本总额达到1500亿美元，它们是美国主要的制药和兽医产品制造商，控制了许多疫苗和生物技术附属公司，并制造了一些在美国最畅销的非处方药品和卫生产品。[71]

20世纪90年代中期，美国和日本的经济增长放缓，国会修改了之前规定药物、食品和膳食补充剂之间界限的法律。近10年来，这一界限变得如此模糊，以至于更多的美国人开始服用维生素片和转基因食品形式的“预防药物”，而不是处方的预防药物。1990年到2000年，在美国，从添加了紫锥花、维生素C和锌的橙汁，到富含维生素D和钙的牛奶等的各种膳食补充剂市场，从33亿美元飙升到140多亿美元。[72]这是个奇怪的现象，公司几乎可以不受监管地在食品中添加一长串具有生理活性的化学物质，但同样的混合化学物质若以药丸的形式销售，就需要经过食品药品监督管理局的各种测试才能获批。

哈佛大学的研究人员胡安·恩里克斯说：“20世纪90年代，第一次有了这样一种食品，据说，‘如果吃了它，就会活得更长。’那就是对心脏有益的纤维。”[73]他解释道，“我们开始了解食物的生物化学，目的是为了不让我们在生命的最后阶段花2万美元做手术。在未来的20年里，你将为保健品支付2万美元。”

长寿本身并不是富裕阶层的目标：他们希望在多活的那几十年里，自己性能力强、身材苗条、满头秀发，而且总体上更年轻。16 世纪初，胡安·庞塞·德·莱昂冒着生命危险，从西班牙航行到佛罗里达，寻找长生不老药；21 世纪的年轻人将向体内旅行，寻找他们的基因，以追求难以捉摸的永生。随着全球人口的老龄化，集体虚荣心也在增长。任何价格或利润率似乎都不会高到足以维持年轻人的虚荣心。因此，到了 20 世纪 90 年代末，最畅销的药物是那些承诺给个体一个愉快的性格（例如百忧解）、大量的头发（例如保发止），以及在性交中保持力量（例如伟哥）的药物。每一种药物上市后都大受欢迎，以极高的利润率销售（伟哥的年利润为 98%），[74] 并推高了相关制造商的股价。事实上，这些所谓的生活方式药物瞄准的是西方战后婴儿潮一代，也把他们的养老金和退休年押在了股票和基金上，其中制药公司是最受欢迎的期货投资对象之一。[75]

1998 年，仅在美国，制药业就赚取了 995 亿美元的利润，比 1997 年增长了 11%。1999 年，药品销售利润又增长了 16.6%。1993 年至 1998 年，美国用于药物的开支几乎翻了一番，从 1993 年的 506 亿美元增加到 1998 年的 934 亿美元。[76]

制药业的全球销售额也有所增长，仅在一年内（1997 年至 1998 年）就增长了 7%，使制药业成为世界上增长最快、利润最高的合法行业。[77]

飞速增长的总销售额也反映了整个制药行业惊人的净利润增长。在 1997 年到 2000 年的一段时间里，典型的财富 500 强公司的年利润增长为 4% 到 7%，平均制药公司的利润以每年 14% 到 18% 的速度增长，而且这种增长速度如果不加快的话，预计在 2000 年以后还会继续下去。[78]

其结果是药物价格的大幅上涨，因此在十年前，是医院推动了通货膨胀。到 1999 年，决策者面临的真正问题不再是保险公司、政府和个人是否能够负担得起住院费用，而是他们是否能够负担得起购买旨在防止这些住院的药品。制药公司不仅提高了新上市药物的平均价格，声称如此高的价格是补偿其研发投资的必要条件，而且还提高了老药和仿制药的价格。他们侥幸逃脱了惩罚，某些药物的价格高达每片 15 美元。[79]

消费者疯狂地寻找更便宜的药物来源，往往绕过医生和药店，从互联网或当地黑市购买，其结果是病人依从性的恶化、副作用和与药物相关死亡的增加，以及由于抗菌药物的自我治疗和随之而来耐药性的提高而造成的潜在公共卫生灾难。[80]

面对越来越多的对其高利润和高价格的批评，药品行业做出了回应，正如恩里克斯所说，未来的医疗成本不会出现净增长，而是会从住院和治疗转向预防性药物。这将使支出从 20 世纪末的常态，即一个人生命的最后十年，转向一种更平均地分配到整个生命周期的趋势。

波士顿大学的律师兼伦理学家乔治·安纳斯发现，任何关于成本转移的想法都是“可笑的”，他指出，“主要的道德陷阱将是我们将如何为此买单？有什么意义？他们说所有的费用都在前期支付——这太荒谬了！没有办法摆脱后期，”安纳斯坚持说，“除了自杀或安乐死，没有办法摆脱这最后几年真正妥协的生活。”

人总有一天会死的，安纳斯认为，很少有人能幸运地在最后几十年里都感觉很好，然后有一天突然倒地而死。大多数人——即使在基因组学的美好新世界里——也会慢慢变得不好，最终遭受病情恶化和昂贵的住院治疗。

美国国立卫生研究院的博古斯基说，在未来，每一个遥远的想法都是可能的，唯一的限制是“社会和经济”。

最成问题的是美国以外的世界。例如，假设对精神疾病的重大突破预测在北美和西欧的 4 亿到 5 亿居民身上得以实现，那么地球上其他 60 亿到 70 亿人又能得到什么呢？根据世界卫生组织首席流行病学家克里斯托弗·穆雷的计算，到 2020 年，抑郁症将跃升 10 个等级，成为世界上第二大最常见的使人衰弱的疾病，其原因是人口老龄化和社会压力。[81]

20 世纪 90 年代，美国人还在为自己的神经症和忧郁症所困扰，但在抑郁症的全球排名中，美国的排名相对较低，只有 5% 的人在他们一生中的某个时期被诊断出患有这种病。已经有药物可以显著改善美国人抑郁的生活。每年因失业或自杀导致的抑郁症和国家生产力下降的治疗费用超过 440 亿美元。[82]

但在法国，有 16.4% 的人在人生的某个阶段被诊断为抑郁症；黎巴嫩这一比例高达 19%。在许多国家，有数百万人患有未经诊断的抑郁症。穆雷预测，到 2020 年，这些抑郁症将引起关注和治疗需求。但是，像黎巴嫩、印度这样的国家怎么能负担得起每年花费 440 亿美元在疾病上呢？假设新生物学的成果在未来几十年出现，巴西、埃及、南非和泰国的精神病患者能负担得起吗？

即使在富裕国家，依然是抑郁症对穷人的影响最大——确切地说，是那些最不可能负担得起情绪起落和抗抑郁药物的人。大多数情况下，在纽约街头游荡、无家可归、对着看不见的声音喋喋不休的美国人，并不是富有、沮丧或精神错乱的美国人。如果美国的穷人负担不起精神医学创新的费用，那么世界其他地方的穷人肯定也负担不起。

20 世纪末，药物的研究和开发以狂热的速度进行。仅在美国，1998 年制药业就在研发上花费了 170 亿美元，而美国国立卫生研究院的 136 亿美元预算中，就有一部分用于研发新药；[83] 从 1975 年到 1996 年，将近 1240 种新药获得了批准，这是一个很有希望的数字。

除了 1240 种药物之外，只有 379 种介入性治疗方法用于治疗疾病状态。世界头号杀手的疾病只有 13 种，这些疾病主要集中在热带和贫穷国家。[84] 格勒诺布尔大学医院的帕特里斯·特鲁勒博士认为，“制药公司像任何私人行业一样运作，它们没有具体的社会福利使命，只响应经济需求，而不是社会或人类需求。”综上所述，在目前的情况下，热带病药物开发的前景并不乐观。利润驱动的系统并没有对热带医学的需求做出反应。[85]

这是一种立场。国际制药项目管理协会协会国际联合会主席小哈维·贝尔几乎没有异议，他断言在贫穷的世界里没有市场可言，只要有一点市场购买力存在，世界贸易组织与贸易有关的知识产权就会经常遭到当地侵犯专利的制药公司的侵犯。贝尔认为，只有强有力的专利保护，加上当地购买力的提高，才能成为针对发展中国家卫生需求的药物研究、开发和销售的真正激励因素。[86]

英国制药工业协会主任特雷弗·琼斯坚持认为，研发一种新药的平均成本为 5 亿美元，一家制药公司有望在销售的前 3 到 5 年内收回这笔投资，然后实现盈利。对每个授权产品的药物研发成本的估计相差很大，从低得令人难以置信的 1600 万美元 [87] 到 5 亿美元 [88]。无论公司在新药的研发上投入多少，琼斯坚持认为，制造商和股东都有权利期望在 3 到 5 年内获得全部回报。贝尔和琼斯巧妙地回避了这样一个问题：通过政府对基础科学的支持和对制药行业的税收减免，美国和欧洲纳税人实际上资助了多少药物研究？当这样的补贴被计入研发成本计算的时候，工业合理利润率的主张就站不住脚了。对医药行业的经济考量更具挑战性的是，越来越多的证据表明，美国市场上的药品价格明显高于欧洲和加拿大消费者的需求。到 2000 年，美国的纳税人和政界人士开始质疑，如果美国支付了全球医学研究的大部分税收支持，为什么它的消费者也要为这项科学使命的成果支付高昂的价格。

但是，药物获取问题远远超出了刚刚从研发渠道中出现的新产品。大约 150 个国家制定了基本药物清单，列出了被认为符合其药理学需求的产品。这些清单上大约 90% 的药物不再受《与贸易有关的知识产权协定》（TRIPS）或任何形式的专利保护，而最初的制造商早就收回了他们的研发投资。然而，由于全球分销问题，地方腐败将这些药品直接输送到黑市，并且成本仍然很高，这些药品在世界许多地方仍然无法获得。价格最低的药物往往无法获得，因为没有制造商有理由继续生产有价值的抗结核链霉素、5 种用于治疗非洲昏睡病的药物、用于利什曼病的寄生虫病、不间断供应的用于糖尿病治疗的廉价胰岛素，还有二战后伟大的公共卫生创新——脊髓灰质炎疫苗。[89]

对破纪录利润的追求“让你只关注富裕国家的3亿到4亿人”，但在人权层面上，这当然是不可接受的。获得诺贝尔奖的无国界医生组织的伯纳德·佩库尔坚持这么认为。[90]

“我们的任务是组织一场斗争，反对这种将药品市场减少到非常少人口的努力。我们不能接受……对世界上大多数国家来说，最基本的药物清单是20世纪50年代和60年代的药物，其中许多药物会导致抗药性。”

在佩库尔和他的无国界医生同事列举的众多疾病案例中，有一种致命的痢疾，在1994年的卢旺达内战中夺去了数百人的生命。除了环丙沙星这种药物，志贺氏菌对所有药物都产生了耐药性。环丙沙星的成本超过了无国界医生组织或其他人道主义组织的承受能力。无国界医生组织与生产商拜耳公司达成了降价协议，最终挽救了数千人的生命。但佩库尔坚持认为，拜耳为阻止非洲疫情而降价的意愿并不是标准，更常见的是，人们仅仅因为缺乏负担得起的药物而死亡。

进一步恶化的问题是贫穷，甚至欺诈性的当地药品生产通常违反国际专利法。在某些情况下，当地生产的产品和美国制造的专利产品一样好，而且当地消费者只需花费50%到90%的价格。但是在更多的情况下，这些仿冒品是不合格的，甚至是有危险的。在他们的研究中引用的最令人震惊的例子发生在1996年至1998年西非大规模脑膜炎流行期间的尼日利亚：一家尼日利亚公司伪造了巴斯德和史克必成公司产品的疫苗标签，出售了6万剂受污染的水。这些假疫苗被注射进6万名尼日利亚人体内，造成了一场公共卫生灾难，使该国的疫情持续蔓延，并导致数千人死亡。

该怎么办呢？无国界医生组织提出了一系列建议，首先是修改保护专利和药品贸易的全球条约，允许对在发展中国家销售的“潜在药物进行可行性定价”，以换取当地的专利执行。

该组织还呼吁世界卫生组织在这些问题上发挥更加积极的作用，[91]并坚持认为需要强有力的财政激励措施来推动热带疾病研究和开发工作，否则就会陷入困境。无国界医生组织得出结论，获得挽救生命的药物是一项人权。

1999年11月，当世界贸易组织在西雅图召开会议时，一群来自世界各地的抗议者同与会的政界和企业界领袖发生了冲突。持不同政见者中有公共卫生倡导人士，他们对药物定价和获得医疗保健的不平等感到愤怒。[92]5周后，比尔·克林顿总统在瑞士达沃斯举行的精英贸易论坛上发表演讲，承诺向为穷国生产药物的制药公司提供税收优惠，并呼吁降低基本药物的价格。2000年4月，当世界银行在华盛顿特区召开年会时，抗议者再次暴动，许多人谴责药物定价和不公平。在世界银行内部会议中，生死攸关的药物需求与世界大多数人口的可获得性之间的巨大差距，也成了冗长、激烈的讨论主题。

尽管制药公司对克林顿承诺的税收减免表示欢迎，但他们不愿为全球缺乏公平的药物获取途径承担任何责任。

葛兰素威康的罗斯表示：“不是制药公司在阻碍将正确的药物送到正确的病人手中。只需要这些国家维和费用的一小部分，[93]我们就可以为人们提供他们所需的所有药物。”

托比亚斯和罗斯说，抗生素就是一个例子。这些药物在世界上的每个国家都很容易买到和销售，但是所治疗的传染病仍然很猖獗。他们认为，这并不是因为药物的成本，而是因为缺乏适当的卫生服务基础设施：医生、护士、医院和诊所。[94]

不是这样的，佩库尔反驳道，他认为，耐药性微生物在富裕国家出现了，在这些国家，问题通常通过简单地转向2级或3级新药来解决——所有这些新药都更昂贵，在某些情况下，它们的成本甚至是前者的10倍以上。在市场的低端，制药公司已经停止生产盘尼西林、链霉素和氯喹等控制传染病的中坚药物。因此，世界上的穷人面临着一种挤压困境，旧药不再有销路了，20世纪60年代和70年代的中等价格药物由于耐药性正在失去效用，而超级新药则完全买不起。[95]

佩库尔坚持认为，这是一颗“定时炸弹”，不仅会在世界上最贫穷的国家爆炸，也会在欧洲和美国爆炸。这是一颗重燃传染病的定时炸弹，由于使用不当和抗生素供应不足，大多数疾病将获得惊人的耐药性能力。

加州大学旧金山分校预测，到2070年，世界将用尽所有抗菌药物的选择，因为病毒、细菌、寄生虫和真菌将进化出对人类药物库的完全抗性。值得注意的是，世界上许多顶尖的微生物学家和传染病专家都经历了这场末日般的噩梦。

尽管一些实验室正在研究杀死细菌和病毒的新方法，但大多数实验室并不认为在未来十年内会出现根本性的新方法。[96]即使这类药物最终进入市场，它们无疑也会遵循抗生素的循环模式：每一种新药的成本都远远高于前一种。而且新的药物通常毒性更强，副作用更剧烈。

“最令人担忧的是葡萄球菌，它只剩下一种药物了，”斯坦福大学的斯坦利·法尔诺说，他指的是万古霉素，“如果无法治愈，那将是毁灭性的。”

美国国家过敏症和传染病研究所的安东尼·福奇博士警告称，对多种药物具有耐药性的变异微生物，是21世纪迫在眉睫的真正危机。“比起得到一张基因卡，致命的A型流感病毒消灭所有人的可能性更大。”他宣称，对基因组的未来愿景不屑一顾。

这种潜伏的微生物威胁，以及人类明显无力应对的例子在千禧年比比皆是，其中最具潜在灾难性的是艾滋病、疟疾和结核病。根据世界卫生组织的统计，这三种疾病的病原微生物加在一起在 1998 年夺去了 500 万条生命。[97]

到 1999 年年底，艾滋病病毒已成为反对制药公司、旅行和全球公共卫生不公平现象的避雷针。对全球大流行未来的预测非常非常严峻。根据联合国艾滋病规划署的说法，这种病毒对非洲的影响已经是“灾难性的，而且情况只会恶化，除非全球领导人共同努力，在预防工作和方案上投入更多的资金，以解决艾滋病造成的众多社会和经济问题”。[98]

专家们的设想是，一些国家被世界上最新的瘟疫所毁灭，治愈病毒性疾病的希望（如果有的话）微乎其微。但在 20 世纪末，各国的看法却有很大的不同，其中一点很显著：一种有效的、负担得起的艾滋病疫苗要在世界范围内使用，还需要几十年的时间。

美国国立卫生研究院得出的结论是，艾滋病病毒疫苗是唯一能够减缓该病毒在全球看似无情的扩张的方法。到 1999 年，该机构 15 亿美元的预算中有一半直接或间接地用于寻找疫苗，艾滋病研究办公室主任尼尔·内桑森说。“我们将长期坚持下去。”他叹了口气说。但他认为，私营企业在疫苗问题上缺乏类似的长期承诺，而且“没有一家大公司认真参与疫苗开发，因为他们看不到其中的利润。”

当艾滋病在 1981 年首次出现时，全球的反应是治疗，而不是公共卫生：资源被倾斜到寻找治愈方法。15 年后，科学提出了高效抗逆转录病毒疗法（鸡尾酒疗法）。但从长远来看，这种疗法显然不是答案。它的价格标签——单是每年 1 万到 6 万美元的药物——就使世界上 90% 以上的艾滋病病毒感染者不得不退缩，1999 年联合国艾滋病规划署估计这一数字有 4000 万人。

而在北美和西欧，在 1999 年有数十万人使用抗逆转录病毒疗法，麻烦正在酝酿之中。许多患者——根据引用的研究，约有 50%——在最初的几轮治疗中失败，要么是因为他们无法忍受药物的毒副作用，要么是因为他们难以坚持每日严格的药物摄入时间表。

随着抗逆转录病毒疗法成功的案例得越来越少，预防艾滋病的倡导者们呼吁迅速开发针对艾滋病病毒的新药，这可能会使病毒可怕的变异能力相形见绌。但默克公司的副总裁埃米利奥·埃米尼表示，药物研发过程中并没有太多信息，“不可能回答”这种新型药物何时会出现：“这是混沌的暂时地带。”

“十年后，二十年后，我们会在哪里？”联合国艾滋病规划署主任彼得·皮奥特博士这样问道。“这真的，真的很难说。我们做的（预测）还没有超过 2005 年。我们已经知道，预测结是非常错误的。”[99]

当然是错误的，因为艾滋病的流行速度一直超过了最坏的情况，尤其是在非洲和亚洲。

预测者的关键问题是众所周知的钟形曲线。大多数（如果不是全部的话）流行病开始时是低水平的，然后迅速上升，造成大量的人类受害者，然后自然地回落到钟形曲线，最终在人群中永远停留在适度的地方性水平。这一下降的原因是多方面的，并且在不同的流行病中各不相同。但曲线总是存在的。

是否有证据表明艾滋病病毒呈钟形曲线，或者这种流行病会继续夺去更多的生命，使其死亡人数逐年上升，直至 21 世纪？

皮奥特认为，到 2005 年，艾滋病病毒可能会在乌干达、坦桑尼亚、赞比亚和津巴布韦等一些疫情严重的非洲国家敲响警钟。什么样的警钟呢？只有当超过 1/3 的 50 岁以下的成年人受到感染，意味着每一代人中有 1/3 的人将会死亡时，艾滋病才会达到顶峰。

“你看到的是一场现代大火。”乔治敦大学法学教授、艾滋病人权问题专家拉里·高戈斯丁说，“这是一场现代版的大瘟疫。这就是你将在所有发展中国家得到的。这将是几代人的损失。随着现代科技的发展，我们正处在 21 世纪的边缘，然而我们仍然像几十年前一样容易受到病原体的侵袭。”

“那时，我们作为国际社会的一分子，只能坐在那里哭泣，因为我们什么都做不了。现在我们站在一旁，面无表情，因为我们选择什么都不做。这清楚地反映了我们作为同一个物种，从同情到不感兴趣或利己，已经走了多远。”

皮奥特说，在一些非洲社会，达到钟形曲线顶端的水平意味着国家破产，“将家庭推向贫困和饥饿，人们最终流落街头。然后我们只能提供粮食援助，而不是投资于艾滋病预防。”

第一个达到艾滋病钟形曲线顶端的群体是旧金山的同性恋的人口，在 20 世纪 80 年代中期，当感染率超过 50% 时，钟形曲线达到顶峰。从那时起，很大程度上由于同性恋群体自身的教育运动，艾滋病感染率一直在稳步下降，但在 1998 年，仍有 20% 的旧金山剩余同性恋人口死于艾滋病。

流行病学家吉姆·陈于 1999 年退休，目前居住在加州。10 多年来，他一直在为世界卫生组织和联合国艾滋病规划署承担艾滋病病毒预测工作。他认为“在接下来的 25 年，每年还是会有 2500 万到 3000 万感染艾滋病病毒的人继续存活，希望到那时（或之前）非洲国家可以振作起来并开始显著减少年度新感染的发病率，25 到 50 年以后，当我的孙子成为父母或祖父母，全球艾滋病病毒感染的患病人数将开始下降到大约 1000 万到 2000 万。”[100]

尽管情况很严峻，但陈博士承认，拥有10亿人口的印度是一个“不确定因素”，可能会超出他所有的预测。例如，拥有140万人口的博茨瓦纳，在年轻人中有32%的感染率，也就是大约20万艾滋病病例，这是一回事；而32%的印度年轻人，也就是大约2亿人，则完全是另外一回事。皮奥特说，亚洲，特别是中国和印度，是决定地球艾滋病钟形曲线未来走向的关键所在。1999年，每5个人中就有2个人居住在这两个国家。

1998年，世界卫生组织、哈佛大学公共卫生学院和世界银行联合出版了一份题为“性和生殖的健康维度”的出版物，试图预测世界各地艾滋病病毒的钟形曲线。研究小组预测，直到2005年到2010年，非洲大部分地区的艾滋病病毒感染才会达到高峰。他们说，亚洲的疫情要到10年后才会达到顶峰。

如果这是真的——如果一个成年人的感染率超过30%就注定会形成艾滋病的钟形峰值，那么到2020年，世界上可能会有近5亿人感染艾滋病病毒和艾滋病。

一些研究表明，难以捉摸的钟形曲线可能高得难以想象。美国对非洲武装部队的国家安全分析发现，1999年士兵中的流行率高达60%，这一惊人的数字是除1918年的猪流感外的20世纪任何其他传染病都无法比拟的。[101] 根据联合国2000年3月的一项调查，在南非军队中发现的艾滋病病毒感染率高达90%，远远超过了任何流感死亡人数。

在这样一个可怕的背景下，没有人会感到惊讶，抗逆转录病毒疗法在富裕国家的出现给贫穷的艾滋病肆虐的国家带来了愤怒。即使制药公司降低了价格，他们也买不起药。各种向贫穷国家，特别是非洲国家提供艾滋病药物的捐助计划，在长期被忽视的公共卫生问题上举步维艰。毕竟，如果美国的医生发现，在不引发难以治疗的副作用和耐药性的情况下，对病人实施抗逆转录病毒疗法是极其困难的，那么像基奎特总医院这样的贫困医院怎么能做到这一点呢？这种疗法的困境证明了佩库尔和罗斯的例子：对于贫穷国家，开发出了错误的药物种类，而且，在缺乏可行的公共卫生基础设施的国家，即使是免费的药品也不能正常使用。[102]

在世界上大多数国家，从长远来看，唯一可行的艾滋病病毒解决方案是一种安全、百分之百有效的疫苗；或者一种便宜的药，只需一或很少的剂量就能完全消除感染；或者是一种非常便宜的阴道和直肠杀菌剂（每次使用不到10美分），无毒，在阻止艾滋病病毒性传播方面非常有效。在2000年，这些解决方案中没有一个是现成的。更重要的是，大型制药公司的研发项目一个也没有，这主要是因为他们对这些方案未来的盈利能力缺乏认识。

抗逆转录病毒疗法模式为制药行业打开了一扇有利可图的大门。首先，它让急性感染被当作慢性病来治疗，可以拖延几十年的治疗（和药品销售）；其次，它加剧了全球社会可接受的公共卫生差距水平，发现企业和富裕国家的政府很少受到批评，因为它们在拯救欧洲和北美公民生命的同时，却目睹了其他地方人口的消失。然后，这种治疗是基于一类称为蛋白酶抑制剂的药物，非常昂贵和难以生产；由于生产规模的巨大障碍，专利侵权被减到最低程度。还有，即使是这样昂贵的一套药物，如果紧迫感足够强，促使政府对它们进行补贴购买的话，在富裕国家也可能有利可图。比如巴西，一个发展中国家，承诺购买抗逆转录病毒药物并免费分发给所有艾滋病病毒感染者，这证明了在一场公认的国家危机中可接受的定价规模。

最后，也是最重要的一点，艾滋病病毒抗逆转录病毒疗法的模式表明，公共卫生问题可以“在可接受的范围内”临床化：公共卫生当局屈服于这种疗法模式，但事实上，它为艾滋病病毒的预防和控制提供了比解决方案更多的障碍。

疟疾早在氯喹被发明的几十年前就被临床化了。随着寄生虫获得耐药性，新的药物被使用。但这些人也遇到了阻力。到20世纪90年代末，每天约有3000名儿童死于疟疾，其中90%的儿童都生活在与艾滋病做斗争的非洲国家。这些寄生虫获得了巨大的耐药性，使得预防性治疗在热带世界的大部分地区毫无用处，同时也很危险。全球气候变化带来的变暖趋势使非洲、亚洲和拉丁美洲的高海拔地区重新成为携带疟原虫蚊子的栖息地。[103]

1998年，世界卫生组织发起了遏制疟疾运动，与联合国儿童基金会和世界银行合作，为开发新的抗疟药物寻找激励措施。尽管有一些很有潜力的药物正在研究中，但是在1999年还没有一家制药公司制定出一个内部的疟疾研究项目。[104]

结核病是公共卫生临床模式失败的最令人震惊的例子。俄罗斯及其苏联邻国灾难性的结核病流行到2000年已经失去控制，尽管通过使用抗生素对其进行了相当努力的控制。在1997年和1998年，世界卫生组织坚持现代结核病控制策略原则，反复强调该地区的政府应该采用直接观察的短期结核病治疗方法。

但是没有成功。

耐药结核病席卷了俄罗斯，甚至在顺从地遵守世界卫生组织规程的地区也是如此。[105]

在遥远的秘鲁安第斯山脉。保罗·法默和他的同事与利马最穷的社区卡拉巴亚洛的居民一起工作。他们在1997年发现，尽管这些秘鲁人在当地诊所接受了直接督导下的短程化疗，但他们中的许多人仍然患有结核病。哈佛大学的研究小组收集了结核病患者的痰样本，并将其提交给马萨诸塞州的一个实验室进行分析。在1997年给同事和金融资助者的紧急信件中，法默和他的合作伙伴描述了当时的情况：

> 我们已经确定的这些病人中，有许多被发现具有比任何其他环境中记录的更令人担忧的耐药模式。这些病人都没有接受适当的治疗，因为公共卫生计划没有提供治疗他们的耐药疾病所必需的药物。这一限制性政策与向更常见的药物敏感型结核病患者提供免费“一线”药物形成了鲜明对比。
>
> 很明显，这些贫困的病人被忽视了，同时感染了很多其他人，包括家庭成员、同事和邻居，甚至是偶然的接触者。通过对这些患者的深入访谈，我们已经能够确定贫穷的秘鲁人罹患耐药结核病的过程：在获得有效治疗方面的不平等正在产生一种恶性循环，从而导致这种致命疾病的出现和传播。[106]

法默和其他现代结核病控制策略的批评者越来越不安。他们认为，到1999年，耐多药结核病菌株已经在100多个国家出现，因为这些微生物顽固地抗拒了世界卫生组织的处方治疗。此外，大多数发展中国家缺乏能够有效分发世界卫生组织建议药物的公共卫生基础设施，特别是向其最贫穷的公民分发药物。[107]

1998年，世界卫生组织召集了世界顶级制药公司的领导人，希望获得他们的支持，以开发某种形式的药丸。单独服用这种药丸，就会对现代结核病控制策略中多种药物的复杂作用产生影响。如果能找到一种足够便宜的配方，将竞争公司生产的几种药物结合起来，那么控制结核病就会容易得多。但会议令人失望。这些公司告诉世界卫生组织，他们的目标是美国10亿美元的“大赢家”，而不是在贫穷国家可能只卖几分钱的药物。在世界任何地方的任何大型制药或生物技术公司的研究过程中都没有结核病药物，原因是，没有一家制药公司有兴趣从事任何在5年或更长时间内每年实际利润低于3.5亿美元的项目。这些公司说，即使全世界大约800万结核病患者都使用这种新型超级药片，每个人服用这种药物6个月，平均每位患者的总费用为11美元，利润数字也不会增加。[108]

尽管世界卫生组织继续宣扬其乐观的现代结核病控制策略口号，但其自身的可怕报告预测，1998年活着的2亿人最终将罹患结核病，这远远超过整个19世纪期间全世界结核病病例的估计总数。[109]

是时候盘点一下了：什么是控制结核病的适当策略？在没有新药的情况下，可以避免完全耐药的、不可治愈的肺结核带来的灾难吗？或者有效的疫苗？1999年末，美国疾控中心发布建议，其要点是取消世界卫生组织或者直接督导下的短程化疗的“一刀切”做法，转而支持在各国基础上量身定做的策略。疾控中心警告说，在缺乏强有力的公共卫生基础设施的情况下，任何战略都不会奏效。因此，美国联邦机构得出结论，洛杉矶、明尼阿波利斯、巴黎、东京和伦敦的居民要想真正确信他们的孩子不会在一个充满无法治愈的肺结核威胁的世界中成长，唯一的方法就是参与到全球对基本公共卫生的承诺中来。[110]

这份最发人深省的报告是由亿万富翁乔治·索罗斯在1999年10月赞助的。[111]来自哈佛大学的法默、纽约公共卫生研究所、索罗斯开放社会研究所的科学家以及来自世界各地的研究人员共同完成了这份大规模的报告。他们的结论是，耐多药结核病已经全球化，至少有100个国家出现了耐药菌株。这份258页的报告详细记录了控制结核病的失败以及由于不适当使用抗生素而导致耐药性的出现，令人震惊。最糟糕的例子发生在俄罗斯和苏联国家，科学家们也记录了世界各地抗生素耐药性微生物造成的可怕的死亡人数。

"消除结核病的最佳方法是为所有活动性疾病患者提供有效治疗，"该报告指出，"如果直接督导下的短程化疗在抗结核药物产生耐药性之前就已经建立起来，那么单是直接督导下的短程化疗可能就足以控制结核病了。但是，在四大洲已经发现了耐多药结核病的聚集点，而且结核分枝杆菌的传播继续迅速，尚未受到任何防治战略的挑战。"

这份报告呼吁"短程化疗+"战略方法，涉及使用的药物更多、时间更长，加上实验室监测病人的抵触和严格监督措施。据估计，每年要花费10亿美元来控制这场全球灾难。索罗斯个人已经为俄罗斯的此类努力投入了数百万美元，但还需要更多资金。

"如果不立即提供新的资金，疫情可能会变得几乎无法控制！"法默警告说。

疟疾、结核病和医院的新灾难（耐甲氧西林金葡菌、耐万古霉素肠道球菌、不敏感金黄色葡萄球菌等）[112]有一个关键的特征：所有这些疾病在某种程度上都是可以用药物治疗或预防的，而这些药物最终由于微生物污染和公共卫生不足而失败。未来几年，这个名单还会增加吗？当然，生物学家警告说。工业界会提供替代药物吗？可能不会——至少不是在一个紧迫的时间期限内。

制药公司寄希望于疫苗。他们说，用病毒或细菌的DNA制成的疫苗等创新产品将在20年内用于治疗结核病、疟疾、血吸虫病和其他疾病。而且，他们承诺，这些疫苗将是民众负担得起的。

每人每年在所有卫生保健需求上的花费，还不到10美元的撒哈拉以南非洲国家负担得起吗？

"在巴斯德发现狂犬病病因和科赫发现结核病病因的一百年后，我们到了现在这个境地，"前卫生与公众服务部助理部长李说，"然而，在科赫时代，更多的是通过社会因素来控制结核病，而不是在一个世纪后通过抗生素。”

李继续说道：“一百年后，我们可能仍然没有肺结核或疟疾的疫苗。”[113]

与此同时，随着人口密度、流动性和相对贫困的增加，这些微生物出现和传播的机会将在未来几年不断增加。

最后，他认为，新药给人类留下了一幅令人不安、自相矛盾的画面。一方面，真正的奇迹就在前面。另一方面，严峻的全球社会环境给所有的乐观主义泼了一盆冷水。

2040 年噩梦般的愿景中，“你将拥有一个几乎没有疾病和残疾的国度。还有另外一个会被疾病和残疾压倒”。

20 世纪初，西方世界融合了公民义务和公共健康的概念，战胜疾病被看作是为了共同利益的集体事业。戈斯丁叹了口气说：“现在我们结束了这个世纪，真正放弃了社会健康权，转而支持个人。”

我们哪里出了问题？集体利益感为什么消失了？从微观上看，在 21 世纪初，邻居们似乎不太愿意为了整个社区的健康而冒微小的风险或纳税。从宏观上看，2000 年的富裕世界似乎不像一个世纪前殖民主义时期的某些情况下那么愿意援助非洲、南亚、东欧和拉丁美洲的人民。为什么？

一个显而易见的答案——也许是最终答案——就是公共健康临床化方法的成功。抗生素、疫苗、抗病毒药、杀虫剂、抗寄生虫药物——这些都是最初引进时的成功。他们成功了，迫使微生物暂时撤退，让整个社会从瘟疫和儿童死亡的集体负担中解脱出来。对于能够充分享受这些恩惠的社会来说，这些真正的科学奇迹有可能使个人的整个心态从关注集体福祉转变为关注癌症、心脏病、糖尿病和无数其他非传染性慢性病杀手。

把这种想法说成是自私是不公平的。诚然，微生物导致的死亡和残疾在整个 20 世纪继续困扰着穷人，尽管有了这些巨大的进步。但对于那些幸运地在没有这种威胁的环境中长大的人来说，纯粹的实用性决定了他们的关注点发生了转变。当其他的忧虑和杀手潜伏时，没有明显感受到威胁，人们很难产生恐惧。

但是，到 20 世纪末，在全球旅行、国际经济贸易、耐药性上升和贫富差距扩大的情况下，个性化和临床化的方法不再有意义。

那什么是有意义的？世界卫生组织在 20 世纪 90 年代末被指责对全球公共卫生缺乏战略或使命感。[114] 过去几十年来，政府一直致力于诊疗服务的提供，致力于公共健康的临床化模式，而把诸如清洁饮用水、像样的初级卫生保健、安全、丰富的食品等基本问题留给了地方政府。各国政府在对其人民的责任感方面表现出了显著的差异，从斯堪的纳维亚“摇篮－坟墓”式的全覆盖卫生模式，到蒙博托的扎伊尔的严重疏忽。

1999年，世界卫生组织总干事布伦特兰为全球卫生组织制定了一项新战略，重点关注那些似乎逃避对本国人民负责的政府。[115]根据这一计划，政府和商业领袖收到警告，人口健康状况不佳会造成有害的经济后果。简而言之，这是对这些领导人贪赃枉法本性的佐证，他们认为，忽视民众的公共卫生需求最终将损害他们的财务资产负债表。

但正如列宁无疑会指出的那样，这不是一种战略，而是一种战术。尽管这可能是一种从世界强国那里获得关注和资金的聪明方法，但它并没有为这些资源的支出提供一项战略计划。

更有挑战性的任务是预测，为决策者提供人类医疗未来的一瞥，可能有助于做出艰难的决定，例如，是用稀缺的政府资金建立两个新的新生儿重症监护室、几十个农村诊所，还是建立一个大型老年医学中心？

哈佛大学公共卫生专家克里斯托弗·默里认为，令人惊讶的是，没有人真正知道世界上有多少人死于或遭受某种特定的疾病或伤害。

“如果你去世界卫生组织办公室问，有多少年轻人死于某种疾病？”默里说，“结核病、艾滋病或癌症，无论什么，当你把它们加起来，总数超过了每年死亡人数的2到3倍。”[116]

在20世纪90年代末，地球上每年大约有5000万人死亡。在官方的死亡证明中，只有1400万人的死亡是由确定原因造成的。另外还有一些人数不详的人——可能是全世界60亿人的1/4——每年都遭受某种疾病、伤害或残疾的折磨，严重到需要一天或更长的时间不去上班或上学。默里说，如果人类死亡的原因仍然不明，那么非致命疾病的负担就是一个完全的黑洞，这主要是因为“通过倡导人士的视角引起全世界的关注”。尽管每个人的意图都很好，结果却被扭曲了。我们必须尽可能地将流行病学评估与宣传工作分开。

受过良好教育、家财万贯的西方人所患的常见疾病，都有自己的说客群体，他们努力游说，希望获得医疗研究和治疗资金。这一政治努力的关键是展示了需求——而需求等于死亡人数。因此，癌症倡导组织，例如，将他们的数字四舍五入就可以声称是癌症死亡人数占世界每年死亡人数的最大百分比。

在数字游戏中，迷失的是一个最明显的事实：世界上大多数死亡和疾病发生在地球上最贫穷的公民中，而他们的最大杀手根本不会在日内瓦、华盛顿、伦敦或莫斯科有强大的宣传团体。疟疾、肺结核、营养不良——这些疾病都没有强大的游说力量。

默里领导着一个由来自世界各地的150名科学家和医生组成的团队，目的是填补巨大的数据缺口，用他的话说，就是把宣传和流行病学分开。这项工作在世界银行的指导下于1992年开始，并已扩大到包括世界卫生组织和哈佛大学公共卫生学院。到21世纪初这项工作完成时，将会出版10卷关于人类疾病负担的资料和若干报告。

这是很有争议的。[117]世界卫生组织的报告描绘了人类为防止艾滋病、肺结核和疟疾等传染病所做努力的可怕画面。他们预测，旧的灾难，包括那些当时可以用疫苗预防的疾病，将会死灰复燃。

相比之下，哈佛小组在健康方面的投资，认为未来将充斥着慢性病、精神疾病、癌症和心脏病。报告认为，到2020年，微生物将只占疾病负担的40%，大多数疾病和死亡都是由癌症、心脏病、中风、临床抑郁症和车祸造成的。

因此，报告指出，研发支出应该转向寻找便宜的方法来治疗当时昂贵的疾病，如心肌梗死、乳腺癌、急性抑郁症、创伤和中风。

默里的团队得出的结论是，推动未来卫生发展的最大力量是世界人口的老龄化。到2020年，日本、欧洲和北美的大多数人口将超过65岁。[118]

当然，预测是一项危险的工作。美国的卫生规划人员在20世纪60年代末就非常确定，到20世纪末，美国所有的死亡中有85%以上是由癌症和心脏病等慢性病引起的。1900年，每10万人中就有近800人死于传染病；到1980年，这一数字下降到每10万人中有36人。这显然证明了预测的正确性。但随后，美国的传染病死亡率再次上升，在1995年达到了每10万人中有63人死于传染病。[119]

这是一项广泛的、基本上属于机密的研究，中央情报局仔细审查了哈佛大学和世界卫生组织的预测，认为两者都捕捉到了“一些真正的趋势”，但同时也“夸大了可以实现的进展，而低估了风险”。[120]

该情报小组的结论是，最可能出现的情况是未来全球健康状况恶化，然后在21世纪中叶出现有限的改善。中情局悲观的关键是“许多发展中国家持续的贫困，微生物耐药性的增加和新替代药物的缺乏，疾病监测和控制能力的不足，以及诸如艾滋病、结核病和疟疾等主要杀手的高发病率和持续蔓延”。

1999年，世界卫生组织对全球死亡人数进行了如下分类：1998年有5390万人死亡，其中31%的人死于心血管疾病，25%的人死于传染病，13%的人死于癌症，其余的人死于意外事故、呼吸和消化系统疾病、产妇分娩死亡，还有6%的人死于“其他疾病”。[121]

对决策者来说，更好的数据将来自大大改善的疾病监测系统、生命统计报告和初级卫生基础设施。

很难逃避这个词——基础设施。根据基础设施是否存在，这种具有欺骗性的听起来很平庸的术语完全无法传达数以百万计的生命，这些生命可能长寿而健康，或短暂而悲惨。

在大萧条时期，保罗·德·克鲁伊夫是公共卫生临床化战略的忠实信仰者，他目睹了可预防和可治疗的疾病对美国贫困儿童造成的可怕死亡人数。他在1936年问道：

> 当你认为科学真的是全人类的权利，应该属于全人类，属于活着的人，也属于所有那些半死不活，还有机会活下去的人——
>
> 那么，从根本上说，还有什么比这更有希望的呢？
>
> 因为当他们知道自己所有的孩子都能过上这种坚强而美好的生活时，世界人民最终会站起来问：我们所有的孩子都能活下去吗？
>
> 如果不是，那么顶着痛苦的名义，为什么要让他们活着。[122]

将近70年后，这个问题仍然很有意义。科学确实为人类提供了一个宝库，发现了许多对公众健康有重大意义的结论。但是在20世纪末，所有的东西似乎都可以获得专利，甚至包括那些一被破译就被放在公司锁和钥匙下的致命微生物的基因组，远离了公共健康倡导者的效用。[123]

然而，德·克鲁伊夫的问题也包含了一个核心观念：民主。

如果你不相信自己有能力影响现在，你就不可能相信未来。对于那些在日常生活中感到无能为力的人来说，做出选择并采取行动来防止理论上的未来灾难或改善自己孩子或孙辈的生活，将会举步维艰。

21世纪的公共卫生将随着全球化的最终进程而兴衰。如果随着时间的推移，发现贫富差距不断扩大，中产阶级消失，国际金融无法无天，个人主义仍在抬头，那么公共卫生的基本要素将在全世界受到威胁，或许不复存在。在这种情况下，资本将远离社会服务基础设施，特别是那些满足穷人需要的基础设施。几乎没有公共卫生壁垒可以阻止疾病的全球传播，越来越多的药物将因耐药性而失效。包括世界卫生组织在内的联合国机构的资金和影响力将进一步退化。政治不稳定将助长越来越不合理的民族国家和流氓活动，其中可能包括生物恐怖主义。

未来还有另一个可能：既没有将世界置于芬芳的玫瑰之床，也没有所谓的人间地狱。

由于电影、互联网、电视和每天24小时的广播新闻在世界范围内的传播，在这个千年里，全世界的人民开始相互了解。在短期内，全球人口目睹了彼此的痛苦，并在20世纪90年代产生了强大的影响。地震、大屠杀、种族清洗、飓风、饥荒这些曾经遥远的事件充斥着客厅的电视机屏幕，从开普敦到莫斯科，都会成为头条新闻。

从长远来看，也许在更微妙的层面上，人类也开始看到行星不平等的规模。作者想起了在津巴布韦哈拉雷的一次经历，当时我正在附近的一个街区观看电影《家有恶夫》。有趣的是，贝特·米德勒和丹尼·德维托有趣的表演没有引起观众的笑声，尽管津巴布韦人确实非常喜欢这部电影。观众们并没有对米德勒的滑稽表演置之一笑，而是对银幕上展示的汽车、音响、房屋、服装、珠宝、电子设备和生活方式大声叹气。他们沉浸在一种嫉妒的幻想状态中，对他们想象的所有美国人都享受的惊人而精彩的生活羡慕不已。

在美国电影和国际发行的电视节目中，没有现代角色为他们被白喉杀死或疟疾折磨的孩子而烦恼。生活中没有这样的烦心事，取而代之的是持枪的克林特·伊斯特伍德警察，迷人的茱莉亚·罗伯茨的爱情故事，以及轻率的罗宾·威廉姆斯的冒险之旅。

在未来，面对如此明显的证据表明他们自身存在的缺陷，世界上越来越多的穷人会要求他们的政府承担责任，难道这是不可能的吗？在未来几年里，那些拒绝向选民提供干净饮用水、安全食品、充足药品和基本公共卫生的政治家和政府领导人会为这种疏忽和傲慢付出代价，这难道是一种盲目的想法吗？

人们可以希望，今后违反这种信任的行为将受到惩罚。

这是冷战后美国外交政策的精髓。例如，国际开发署将其大部分资源用于它所称的“民主建设”。

这些支持者认为，也许有一天，印度人会要求政府将其国内生产总值的5%用于非破坏性的公共卫生活动。也许有一天，扎伊尔人会停止内战和种族斗争，面对他们的国家领导人，并为他们的孩子呼吁健康。也许，那些未能将预防艾滋病病毒列为首要任务的非洲领导人，将被数百万成年艾滋病孤儿赶出办公室。或许俄罗斯选民会在21世纪的某一天开始相信投票的力量，并选择支持那些已经厌倦了意识形态和民族主义言论，而是提供社会服务具体方案的候选人。

也许——事实上，也许美国人会对自己的健康和医疗体系感到厌倦，要求对国家对人民健康的优先考虑进行早该如此的大胆重新评估。2000年，全美甚至国际上已经有类似的组织成立，要求制药和保险公司将他们的首要任务从盈利至少逐步转移到人类最迫切的公共卫生需求上来。[124]

广义的健康可能不符合每个人的权利。但公共卫生的基本要素无疑是人权。到2000年，世界上每一个政府都无可争辩地知道，未经过滤、不干净的饮用水系统可能会杀死儿童。每个政府都知道，抗生素的黑市销售助长了致命的抗药性微生物的出现。没有一位政治领袖能够令人信服地否认，在他或她的国家允许不受限制的烟草广告和销售会破坏吸烟公民的肺、心脏和其他重要器官。领导们再也不能否认，一支携带艾滋病病毒的注射器，从一个人传递到另一个人身上，就像一支携带艾滋病病毒的枪一样危险。20世纪中叶，无知或许可以保护世界各国领导人，但在千年之后，如果一个国家领导人故意回避提供安全饮用水，而倾向于军事或宏大的发展开支，那么很难躲过过失杀人的指控。最重要的是，信任和责任，才是公共卫生的支柱。

海湾战争后，美国政府要求全球对生物武器负责。美国与其欧洲盟国一道，呼吁在农用化学品、药品和石化产品的生产和分销方面完全透明。当时执政的克林顿政府认为，只有在开放和负责任的氛围中，才能有真相。

但是，无论是在巴格达还是巴尔的摩，没有一家制药或化工公司希望外界检查其工厂和业务。光是商业机密，就需要设置壁垒和阻碍透明度。美国通过典型的执法解决方案来对付这种固执，资助了高科技解决方案的研究，例如可以“嗅出”空气中有害微生物或在供水系统中发现它们的设备。

这只是公共卫生面临技术解决方案威胁的又一个例子。对这种选择给予公众信任没有明显的理由。

生物攻击发生时，或者自然界引起的大瘟疫，公众只有一个可以相信的对象，地方、国家和全球公众卫生基础设施。如果在迫切需要时不存在这种交错的系统，它将构成对民众信任的严重背叛。

要建立信任，就必须有一种社区意识。社会必须集体相信自己的未来。在这个千年里，许多人渴望连接社区，但又不得不生活在孤立、甚至敌对的氛围中。当图西人和胡图人之间互相屠杀，当塞族人和科索沃人对峙时，当非裔美国人和白人一起工作，当爱沙尼亚人和俄罗斯人争吵时，信任就消失了。

新的全球化推动了社区之间的对抗，打开了旧的伤口和历史仇恨，往往带来种族灭绝的结果。这都将取决于公共卫生，以找到途径来消除仇恨，使世界走向一个完整的社区，在这个社区中，每个成员的健康与所有其他成员的健康一同共进退。

译后记

2020年3月26日，国家疾控中心的一位老师跟我联系，问我是否有意翻译一本书，书名是《失信：全球公共卫生体系的崩溃》（以下简称《失信》），作者是普利策奖获奖者、公共卫生专家劳丽·加勒特。

2007年，劳丽·加勒特曾做过一场TED演讲，当时就职于美国对外关系委员会的加勒特发表了《关于1918年大流感启示》的报告。很神奇的是，她在13年前的演讲中就“神预言”了近几年很多由传染性疾病引发的公共卫生事件，很多情景竟然与当下社会的疫情如出一辙。看完这场演讲后，她严谨的尊重事实的态度让我们对这位公共卫生专家产生了深刻的印象。

因为《失信》这本书的内容非常契合我们的专业“公共卫生”，所以在接到翻译邀约时，我们欣然应允，几天之内团队就集结完毕。拿到书稿后我们才发现，翻译任务很重。因为这既不是一本专业书籍，也不是一部小说，作者用非常严谨的态度，通过五个典型案例生动地讲述了全球公共卫生的历史。5个丰满的真实案例，揭开了过去一个世纪人类选择性忽略的社会发展的一面：不论是发达国家、发展中国家还是欠发达国家，甚至是一些非国家形式的组织，都面临着不同程度的公共卫生危机，这样的危机不论医学发展到什么阶段都将伴随我们存在，而应对的关键并不是什么高科技、特效药，引用她演讲中的一句话：“我让你们紧张了吗？现在你可以假设，政府要做点什么了吧。”

翻译此书遇到的最大困难来自写作的历史背景。比如里面有一些史实的内容，都要查清楚。要知道美国、苏联和印度之间的关系，为什么印度疫情是恐慌，苏联又是真实的生化危机？这是否阴谋论？这些令我们抓耳挠腮，得深切查证一番，以防止在历史事件上出现硬伤。查阅资料需要花很多时间，可能翻译了一个晚上就只是为了两句话，或者只是在译注里加上一些内容。

由于作者是美国人，她浓墨重彩地对美国的公共卫生发展史做了非常详尽且客观的报道和剖析，著作中的每一个数据、每一场访谈、每一个人物、每一个故事，都标注了文献出处供读者查阅。我们翻译团队被作者的这种严谨深深打动，不敢怠慢，也会为一个人名、一个地名、一个术语的译法反复推敲。在翻译的过程中，我们经常伏案工作到凌晨欲罢不能，因为作为从事公共卫生和医学教育行业多年的专业人员，我们一旦在这个领域挖掘出一块精神宝藏，就很想赶快把它原原本本地翻译打磨出来，让它早日在国内读者面前呈放异彩。

整部作品通读下来酣畅淋漓。作者在20年前完成的这部著作，放在当下也丝毫不显过时，因为公共卫生的历史总是那么惊人地相似，书中展现的一幕幕公共卫生事件和场景总是在世界的各个角落不断重复上演。历史上，公共卫生的每一次“起”都源于对重大公共卫生事件的亡羊补牢，而每一次“落”都是世界太平鸟尽弓藏之时，执政当局的失信和普罗大众的无知，无疑起到了推波助澜的作用。于是，作为“公卫人”，我们在研读原著的时候一直在思考的问题是——到底是什么原因导致了当局的失信和大众的无知？通过不断地阅读和反思，我们几位公共卫生专业的译者才恍然大悟，这背后是一环扣一环的利益，是自然科学和人文社会的交织，是当局政权和意识形态的博弈，是东西方价值观的冲突。

同为医学，临床医学研究的是“治病”，预防医学研究的是“防病”，而公共卫生已脱离了纯医学的研究范畴，它还涉及历史学、社会学、经济学、政治学、军事学等远远超出自然科学研究领域的内涵，我们对其依然知之甚少。

“天下无病”是我们共同的理想，在为这个理想孜孜以求的征程上，就像本书中所描述的那样，在世界各地，在社会的不同时期，总有那么一群不计名利、不计生死的人在为之默默奉献。他们是与肺鼠疫和埃博拉病毒顽强抗争的临床医护，是在西伯利亚凛冽漫长的隆冬中坚定守护天花病毒库的士兵，是在美国国会上舌战群雄据理力争的疾控中心主任，是东欧剧变后为艾滋病孤儿四处奔波的孤儿院院长，是满世界斡旋调解纷争的联合国官员，是在战火中奔走以笔为枪的媒体记者……而我们，“公卫人”，也是其中不可或缺的一员，不但要学会用好专业，成为老百姓健康的守护者，还要学会讲好故事，成为当局者执政的智囊团。

翻译此书的过程也是一个不断自我学习、自我反思、自我升华的过程，获益颇多，希望读完此书的您也有与我们一样的感受！

张　帆　赵观音　赵婵娟　颜时姣　陈　娇

注释

前言

1. Published in 1994 by Farrar, Straus & Giroux, New York, and in 1995 in paperback by Viking Penguin, New York.

2. Decosas, J. Plenary address to the 11th International Conference on AIDS, Vancouver, July 1996.

3. "World hunger." *The Economist* (November 6, 1999): 108.

4. Food and Agriculture Organization. *The State of Food Insecurity in the World*. Food and Agriculture Organization, Rome, 1999.

5. "Risky economies." *The Economist* (November 13, 1999): 114.

6. 事实上，到 1998 年，美国大多数城市的暴力犯罪率已经下降到 30 多年来的最低水平，然而政客们仍然通过增加警务开支和兴建监狱来赢得公众的支持和投票。

7. Committee for the Study of the Future of Public Health."The future of public health." Washington, D.C.: National Academy Press, 1988.

8. Ibid, page 3.

9. 不光是政府财政全面削减，美国的公共卫生资金来源结构也发生了变化。作为反里根"大政府"时代的后果，公共卫生的管辖权从联邦转到了州一级。1980 年，各州获得的公共卫生资金构成情况如下：45% 来自州税收，28% 来自联邦政府，20% 来自地方（市和郡）税收。仅仅 4 年后，州税收占公共卫生预算的 54%，联邦税收占 37%，地方税收仅占 2%。

1966 年，美国国会通过了《健康伙伴关系法》，其目标是向贫困州提供资金。1982 年，国会对该方案进行了修订，改为对各州的整体拨款，用于各州自认为合适的关键公共卫生领域。随着时间的推移和 20 世纪 80 年代的经济衰退，各州越来越多地利用联邦整体拨款来偿还债务，提高长期停滞不前的工资，并挽救那些因税收损失而遭受重创的地方经济。联邦资金对各州来说就像一种上瘾的毒品，特别是在那些抗税和财政收入停滞的地方。

10. 美国国民每百万人中没有保险的人（数据来源于美国卫生和公众服务部）。

11. Callahan, D. *False Hopes: Why America's Quest for Perfect Health Is a Recipe for Failure*. New York: Simon & Schuster, 1998.

12. "Support for some public health programs increased in appropriations for FY 1997." *The Nation's Health* (November 1996): 5-6; and "Appropriations process tough on public health." *The Nation's Health* (August 1995): 1.

13. Editorial. "WHO: Where there is no vision, the people perish." *The Lancet* 1350 (1997): 749.

14. Al-Mazrou, Y., Berkley, S., Bloom, B., et al."A vital opportunity for global health." *The Lancet* 350 (1997): 750-51.

15. McKeown, T. *The Origins of Human Disease*. Oxford, U.K.: Basil Blackwell, 1988.

16. McKinley, J. B. and McKinley, S. M."The questionable contribution of medical measures to the decline of mortality in the United States in the twentieth century." In *Health and Society. The Milbank Memorial Fund Quarterly* 1977, 55: 405-28.

第一章

1. 1994年鼠疫暴发期间，本人恰巧在印度的苏拉特及其他地区，详见：Garrett, L., "Plague triggers a panic in India." *Newsday* (September 23, 1994): Al; Garrett, L., "Surge to flee plague in India." *Newsday* (September 24, 1994): A12; Garrett, L., "Plague spreads across India." *Newsday* (September 29, 1994): A6; Garett, L., "India plague under control." *Newsday* (October 3, 1994): A12; and Garrett, L., "Anatomy of a plague." *Newsday* (October 9, 1994): A26。

2. Sardesai, R., "Black death." *The Telegraph* (September 25, 1994).

3. Chakravartty, N., "The rats will play..." *Economic Times* (Bombay) (October 4, 1994).

4. Dixit, J. N., "onrtolling cisis" *Indian Express* (Bombay) (October 4, 1994): 8.

5. "Reaping a grim harvest." *India Today* (October 15, 1994): 4.

6. 地震详细报道和图片见：Nayar, R., "Latur revisited: One year later." *Sunday* (September 25, 1994): 23-38; Unhale, S., "Unending tragedy: A year after the Marathwada quake." *Frontline* (October 21, 1994): 28-30。

7. Hinnebusch, B. J., Perry, R. D., and Schwan, T. G., "Role of the Yersinia pestis hemin storage (hms) locus in the transmission of plague by fleas." *Science* 273 (1996): 367-70.

8. Brown, R., "Is behavioral thermoregulation a factor in flea-to-human transmission of Yersinia pestis?" *Lancet* 345 (1995): 931.

9. An excellent summary of the type III secretion can be found in Barinaga, M., "A shared strategy for virulence." *Science* 272 (1996): 1261-63.

10. World Bank. *World Development Report 1994: Infrastructure for Development*. New York: Oxford University Press, 1994.

11. 同年，中国吸引了近350亿美元的外商投资。

12. 从1995年到1997年，印度经济的年增长率达到了6%，但是1998年的亚洲经济崩溃给印度的经济增长踩了刹车，详见："Time to let go: A survey of India." *The Economist* (February 22, 1997), Special Supplement; and "When China and India go down together." *The Economist* (November 22, 1997): 41-44。

13. Modi, K., "Surat textile and diamond industries grind to a halt." *Business Standard* (New Delhi) (September 26, 1994): 1.

14. "The plague within." *Business Standard* (Bombay) (September 27, 1994): 11.

15. World Health Organization. *The World Health Report 1996*. Geneva, WHO, 1996.

16. Robboy, R., "IDA extends record health sector credit to India." *World Bank News* (March 28, 1996): 1-2.

17. Kumar, S., "Non governmental report spells out failings in India's health care." *Lancet* 352 (1998): 380.

18. 不同年份鼠疫死亡人数详见下表：

年份	鼠疫死亡人数
1896—1906	6032693
1907—1918	4221528
1919—1928	1702718
1929—1938	422880
1939—1948	217970
1949—1958	59056
1959—1968	678

19. "Surat 'fever' claims 45." *Mid-Day* (September 22, 1994): 1.

20. Express News Service. "Shankaranand issue hots up." *Indian Express* (October 6, 1994): l; and Press Trust of India."Plague under check, says Shankaranand." *Times of India* (September 22, 1994): 1.

21. 例如，印度维杰亚瓦达的穆素奴里·苏雷什博士坚持认为，一种名为"热解200"的顺势疗法化合物在治疗鼠疫方面优于抗生素。

22. Express News Service."Plague rages on; a death every hour in Surat." *Indian Express* (September 24, 1994): l.

23. 1995年，一种耐多药鼠疫耶尔森菌在马达加斯加的一个15岁男孩身上出现。该菌株不仅对四环素具有耐药性，而且对除甲氧苄氨嘧啶之外的所有抗耶尔森菌抗生素都具有耐药性。该病例可能与1994年9月印度暴发鼠疫的同时发生的莫桑比克小范围鼠疫暴发有关。或者，它可能是马达加斯加1995年7月至10月暴发的黑死病一部分，当时有348例病例，5人死亡。由于马达加斯加和莫桑比克都生活着许多印度人，而且两国之间的贸易和旅行频繁，因此无从得知这个男孩感染的耐药耶尔森菌是从哪里来的。详见：Rasolomaharo, M., Rasoamanana, B., Andrianirina, Z., et al, "Plague in Majunga, Madagascar." *Lancet* 345 (1995): 983-84; and Bonn, D., "Multidrug-resistant plague case causes concern." *Lancet* 350 (1997): 788。

24. 类似的风格，还有：the front page of Calcutta's *The Telegraph* for September 27, 1994, and Pfizer ads such as"Don't Get Plagued with Fear," appearing on page 19 of the *Sunday Times of India*, October 2, 1994.

25. Times of India News Service. "Rajasthan tourism affected by plague." *Sunday Times of India* (October 2, 1994): 29.

26. Mary, J., "Plague hits Kerala economy hard." *Indian Express* (September 30, 1994): 10.

27. 所有从印度飞往英国的旅客都得到了一张传单，上面写着：致印度－英国航班乘客的建议。内容如下：

> 印度古吉拉特邦和马哈拉施特拉邦最近报告暴发了鼠疫。
>
> 如果您曾在这些州旅行，或去过已知发生鼠疫病例的其他地区，那么您有感染鼠疫的风险。
>
> 如果在接下来的一周您感到以下任何一种不舒服：
>
> (1) 发热
>
> (2) 咳嗽或呼吸困难
>
> (3) 颈部、腋窝或腹股沟有轻微肿胀
>
> 请立即去看医生，并给医生出示这张传单。

随后，该通知向医生提供了详细信息，呼吁接诊后立即进行四环素治疗、实验室检验，并上报英国传染病控制办公室。

28. Press Trust of India."Indian harassed at Heathrow." *Times of India* (October 3, 1994): 1; and Agencies."U.K.-bound passengers found plague-free." *Times of India* (October 4, 1994): 13. 其他的印度旅客被拘留的案例，详见：Agencies. "China bars entry of Indian travelers." *Times of India* (October 5, 1994): 13。同一文献内还简要介绍了俄罗斯和乌克兰对印度旅客的拘留情况。

29. 本节资料的来源包括对几位关键人物的采访和他们的演讲内容，同时也包括：Mojica, B., Heffernan, R., Lowe, C., et al., "Detection of notifiable diseases through surveillance for imported plague—New York, September—October 1994." *Morbidity and Mortality Weekly*

Report 43 (1994): 805-07; and Advisory Committee on Immunization Practices (ACIP). "Prevention of Plague." *Morbidity and Mortality Weekly Report* 45 (1996): ii-15; 等。

30. 在印度瘟疫暴发两年后，美国疾控中心的一项评估发现，"指望一个有效的监测系统，能筛查所有从已知疾病暴发地区流出人员，是不现实的。由于系统内外均未发现肺鼠疫病例，因此无法评估这种监测系统的敏感性。回顾过去，输入性鼠疫病例的风险相当小，因为印度的鼠疫流行在时间和空间上是有限的，而且病例比最初预测的要少得多。世界卫生组织调查小组没有发现在苏拉特以外的大城市传播的证据。苏拉特本地大部分疑似鼠疫患者来自贫困社区，那里的居民不太可能出国旅行。另外，肺鼠疫的潜伏期短，症状比较严重，以及病情迅速恶化都大大限制了在传染期后续传播的机会。"参见 Fritz, C. L., Dennis, D. T., Tipple, M., et al., op cit。

31. Adhikari, G., "A plague upon us." *Times of India* (October 1, 1994): 16.

32. 有关实验室工作和争议的细节见：Assorted letters and authors."Plague in India." *Lancet* 345 (1995); 258-59; Altman, L. K., "Was there or wasn't there a pneumonic plague epidemic?" *New York Times* (November 15, 1994): C3; Bharadwaj, R., Kagal, A, Deshpandey, S. K., et al., "*Burkholderia pseudomallei* and Indian plague-like ilness." Lancet 346 (1995): 975; Bharadwaj, R., Kagal, A., Deshpandey, S. K., et al., "Outbreak of plague-like ilness caused by *Pseudomonas pseudomallei* in Maharashtra, India." *Lancet* 344 (1994): 1574; 等。

33. 雅各布·约翰博士，印度医学微生物学会会长，赞同另一种细菌性疾病——兔热症是罪魁祸首的观点。"我并非要在没有实验室诊断证据的前提下就断定这次流行是兔热病所致。"约翰说，"但我要说的是，这种流行病尚未得到病原学诊断，因此不能断定就是鼠疫。必须考虑其他可能的原因，例如兔热症。"约翰继续攻击苏拉特、马哈苏拉特邦的比德区以及印度其他地区当局缺乏流行病学调查工作，并强调："有人听说被确诊的病例吗？我们不认为这是鼠疫流行。"

34. Kimball, A. M. Speech to the Center for International Studies, University of Toronto, October 30, 1998.

35. "Was it the plague?" *The Economist* (November 19, 1994): 38-40.

36. 10 月 10 日，印度卫生部发布了病例分析报告：

邦 / 区	截至 10 月 9 日累计疑似病例		确诊病例	
	病例数	死亡数	10 月 8 日累计	10 月 9 日新发
安得拉邦	0	0	0	0
德里	1003	3	54	6
苏拉特	944	52	118	0
古吉拉特邦	605	0	4	3
哈里亚纳邦	17	0	1	0
中央邦	112	0	8	1
孟买	383	0	0	0
比德区	449	0	46	0
马哈拉施特拉邦	2341	0	33	2
拉贾斯坦邦	245	0	0	0
北方邦	59	0	8	2
孟加拉邦	118	0	0	0
比哈尔	3	0	0	0
卡纳塔克邦	43	0	0	2
旁遮普	22	0	0	0
合计	6344	55	272	16

37. "Were Ultras responsible for Surat plague?" *Hindustan Times* (July 9, 1995): Al.

38. 首先假定苏拉特的耶尔森菌不可能自然产生。印度国内唯一可供比较的来源是 1963 年卡纳塔克邦的最后一株耶尔森菌株，并且它没有这种新的基因序列。几位科学家——最著名的是一位来自全印度科学院的生物技术学家和一位来自印度浦那的病毒学家——声称"绝不可能是自然进化的结果"。其中一个甚至断言，目前还没有在进化过程中增加或删除基因的已知案例。

39. John, J. T., "IAMM inauguration, president's speech," op cit.

40. Chand, V. K., 1994, op cit.

41. UNICEF, Information Statistics/India. UNICEF Web site: www.unicef.org/statis/country_1page81.htmlril, 1998.

42. Kumar, S."India has the largest number of people infected with HIV." *Lancet* 353 (1999): 48.

43. "Plague in India: Time to forget the symptoms and tackle the disease," op cit.

44. Krishnan, E. Letter to *Lancet* 344 (1994): 1298.

第二章

1. Translated from "Le virus ebola à Kikwit: mythe, mysterè ou réalité." Editions Baobob, Kinshasa, Democratic Republic of Congo, 1998

2. Translated from N. Kibari and M. Lungazi, Ibid.

3. 1995 年基奎特人民对埃博拉疫情看法的描述源自本人在现场的观察，结合 1995 年 5 月、1998 年 3 月期间在当地的多次采访，以及班顿杜大学桑格教授和穆拉拉教授在 1998 年具有重大意义的著作。

4. Garret, L., "Yambuku." In *The Coming Plague. Newly Emerging Diseases in a World Out of Balance*. New York: Farrar, Straus & Giroux, 1994.

5. UNICEF. *The State of the World's Children 1998*. New York: Oxford Press, 1998。儿童死亡率最高的 11 个国家依次是尼日尔、安哥拉、塞拉利昂、阿富汗、利比里亚、几内亚比绍、马里、马拉维、莫桑比克、索马里和几内亚。1995 年，全球儿童死亡率最高的 32 个国家中，除 3 个国家外都在非洲，这 3 个国家是阿富汗、巴基斯坦和柬埔寨。

6. 在非洲，由于验尸官通常会列出导致孕产妇死亡的其他原因，因此很难估计孕产妇死亡率。一项对刚果布拉柴维尔的尸检的调查发现，当地城市的孕产妇死亡率相当高，每 25 名孕妇中就有 1 人因妊娠并发症而过早死亡。布拉柴维尔是医疗服务集中的首都，这无疑表明该国农村的孕产妇死亡率还要高得多。详见：LeCoeur, S., Pictet, G., M'Pelé, P., and Lallemont, M., "Direct estimation of maternal mortality in Africa." *Lancet* 352 (1998): 1525-26。

联合国儿童基金会估计，在刚果河流域的扎伊尔，20 世纪 90 年代末的孕产妇死亡率更高。据他们估计，每年每 10 万名孕妇中有 870 名母亲死亡，这比勒克尔对刚果该指标的估计值高出 14%。

7. Muyembe, T. Speech to the International Colloquium on Ebola Virus Research, Antwerp, September 4-7, 1996.

8. 卢蒙巴被暗杀和蒙博托上台的悲惨历史有很多记录，我建议读者参考以下几个来源：Kalb, M. G. *The Congo Cables: The Cold War in Africa—From Eisenhower to Kennedy*. New York: Macmillan, 1982; Fanon, F., *Toward the African Revolution*. New York: Grove Press, 1967; Nkrumah, K. *Africa Must Unite*. New York: International Publishers, 1963; Western

Massachusetts Association of Concerned African Scholars. *U.S. Military Involvement in Southern Africa*. Boston: South End Press, 1978; 等。

9. 美国、法国、比利时和南非的军队以及雇佣军，为蒙博托政权作战，镇压反对独裁者残暴政府的叛乱。有时，这些干预行动是由沙特和以色列的隐性政府资金资助的。从蒙博托上任的第一天起，就无法完全控制沙巴省和加丹加省，甚至连他的东翼邻国卢旺达、布隆迪和赞比亚都无法完全控制，这些地方一直以来对叛军很友好。当古巴派士兵支持安哥拉人民解放运动和埃塞俄比亚政府时，卡特政府加强了对蒙博托的支持。法国政府的立场，特别是在弗朗索瓦·米特时期，更加坚定地支持蒙博托。仅在1978年，就有1.5万法国军队在扎伊尔作战，以军团干涉的方式保卫蒙博托政权。

10. 从1997年加拿大矿业麦尔奇矿业资源公司的年度股东大会报告中，可以窥见当时蕴含在扎伊尔肥沃土壤下的巨额财富，报告指出："2800平方千米的世界上最富有的铜-钴矿储量，从20世纪初开始已经开采出超过1400万吨的铜以及56万吨的钴，扎伊尔已成为当时世界上这两大矿产资源最大的供应国。该地区还出产铀和黄金。"

这份报告仅仅单指扎伊尔的某个矿区，即使有夸大其词的成分，也不能完全概括扎伊尔全国范围内丰富的珠宝、矿物和石油储备。

11. Garrett, L., "Plague Warriors." *Vanity Fair* (August 1995): 85-161.

12. 关于本章这一节和下一节的细节，请读者参考本人当时发表在1995年3月至9月《新闻日报》上的诸多报告。此外，详见："Ebola: The beginning of the end?" *African Medical News*, Nairobi (June 1995): 1; "Return of a killer virus." *U.S. News and World Report* (April 17, 1995): 20; Altman, L. K., "New skin test will help track Ebola infection in remote areas." *New York Times* (September 19, 1995): C1; Ambassade des Etats-Unis."U.S. government donates $25,000 in emergency disaster assistance for virus outbreak in Kikwit, Zaire." Press Release, Kinshasa, May 11, 1995; 等。

13. "飞机草"是一种生长在非洲、亚洲以及拉丁美洲热带地区的草。它的来源尚不清楚。1963年，在刚果北部和尼日利亚，这种植物很被大家熟知。（参见亚当斯《非洲西部热带植物志》，第二版，1963年）正如当地原住民所说，这是一种非常有侵略性的杂草，是雏菊家族的一员。还要感谢密苏里植物园的罗伊·伽罗和夏威夷大学的克利福德·史密斯，感谢他们帮助鉴别这种植物。

14. 飞机草的拉丁名称是 Eurapatorium odoratum。

15. 夏洛特·克丽莎和奥古斯丁·比萨度是加斯帕德·门加的祖父母，当加斯帕德被选为"耶和华见证人"时，他的哥哥菲利蒙把自己的姓氏改成了尼塞克，以示他仍是天主教徒。和他的妻子玛丽霍斯·欧一样，菲利蒙死于埃博拉病毒。

16. 当时人们担心埃博拉病毒、马尔堡病毒或其他致命出血热病毒可能在戈马暴发，详见：Garrett, L., "Few drills—or skills—to foil a super plague." *Newsday* (July 31, 1994): A7; and Garett, L., "Refugee crisis worsens as aid is sent to Goma." *Newsday* (July 24, 1994): A14。

17. Pécoul, B., Chirac, P., Trouiller, P., et al. "Access to essential drugs in poor countries: A lost battle?" *Journal of the American Medical Association* 281 (1999): 361-67; and Paquet, C. and Van Soest, M., "Mortality and malnutrition among Rwandan refugees in Zaire." *Lancet* 344 (1994): 823-24.

18. 使用病人姓名是一件非常严肃的事情。显然，不论哪个国籍的患者，都有保密的隐私权。然而，我选择使用金福牟和其他埃博拉患者的名字，有两个原因：首先，这些名字大多数在疫情期间已经在世界各地广泛公开，并在扎伊尔的出版物中被全部列出；其次，使这个非洲国家的疫情和条件更具有人情味似乎也很重要。我希望通过这种举措，使富裕国家的居民可以更能体会他们非洲同胞的生存和死亡的条件。

19. 他的领袖、牧师埃洛伊·穆伦加蒙古后来宣布，基奎特是罪恶之地，上帝正以埃博拉病毒的形式对其进行报复。

20. 穆延贝是 1976 年来到扬布库的首批科学家之一，当时正值埃博拉疫情高峰期，局面不受控制。从那时起，埃博拉病毒就成了他职业生涯的主要焦点之一。

21. 后来，陆军临时向疾控中心借调了 7 名经验丰富的生物安全 4 级科学家，以补充精疲力竭的特殊病原体实验室工作人员。

22. 为了更好地了解当时疾控中心的资金问题，请参考：Cimons, M., "Budgetcutting puts disease control lab at risk." *Los Angeles Times* (May 19, 1995): A10。

23. 美国国际开发署在 1995 年 6 月 1 日同意向疾控中心提供 75 万美元的埃博拉防控援助资金。同一周内，威斯康星州民主党参议员罗素·法因戈尔德举办了一场新闻发布会，特别警告说，外国援助资金的进一步减少可能会导致贫穷国家暴发更多埃博拉和类似疾病。最终疾控中心将花费超过 100 万美元来控制埃博拉和实验室检测工作，最终大部分还是由美国国际开发署和国会买单。

24. 纽约市卫生专员玛格丽特·汉伯格博士和美国其他主要港口的卫生专员一样，担心感染埃博拉病毒的人可能会降落在美国本土。正如她 9 个月前在印度暴发肺鼠疫时所做的那样，汉伯格在纽约市启动了一套复杂的埃博拉监测系统。医生和医院接到了以下通知：如果肯尼迪国际机场或在所属医院出现疑似埃博拉病例，应第一时间将其送往市内医院两个指定隔离病房中的一个。

但汉伯格承认，纽约的监测系统存在 3 个严重缺陷。

首先，一些医院工会威胁说，如果他们的成员被命令处理埃博拉病例，他们将举行罢工。疾控中心的露丝·博克曼博士说，美国其他城市的医院工会也发出了类似的威胁。虽然代表们承认"其他工会"可能发出过这样的警告，但没有一个纽约市的工会承认他们单独发出过这样的威胁。

第二个问题是关于实验室样本的处理。汉伯格说："如果一个疑似病例出现在纽约的一家医院，我们当然希望进行常规测试，以排除其他原因——疟疾和其他病毒——导致的症状。但大家确实担心，医院的实验室无法处理可能含有埃博拉病毒的样本。"

该市的公共卫生实验室拥有 3 级生物安全设施，被指定为测试场所。

最后，汉伯格和她在芝加哥、洛杉矶和美国其他主要城市的同行得到保证，美国公共卫生服务部门正在对从扎伊尔抵达美国的航空乘客进行检查。这种筛查是所有监测措施的关键。该筛查是指航空公司员工在飞行期间对乘客进行检查，然后在乘客通过美国海关时向他们分发健康警报信息。

然而，一位记者从金沙萨直接飞过来，却自由地通过了美国移民管理局和海关，没有接受任何检查、询问，也没有收到任何人提供的健康警告通知卡。

25. Benini, A. A. and Bradford, J. K., op. cit.

26. 这些记者分别是国家公共广播电台的迈克尔·斯科勒、法国摄影师帕特里克·罗伯特和《时代》杂志的安德鲁·珀维斯。

27. 公共卫生人员与其他领域的代表之间存在着很大的摩擦，不论是记者、士兵、发展工作者还是人道主义援助提供者。在任何发生在偏远地区的疫情中，当地民众通常缺乏足够的财力去长途旅行，只有在极少数情况下，他们才可能乘飞机去伦敦、东京或奥马哈。但外国人就另当别论了。联合国工作人员、媒体、维和部队、人道主义援助派驻代表，经常乘飞机进出热点地区，发生疫情后 24 到 48 小时内返回他们的大本营。如果他们接触过埃博拉病毒（或其他传染性疾病），这些人回到自己的国家后仍会在无症状的潜伏期感染病毒。

然而，实际情况是——正如在扎伊尔发生的事件所证实的那样——不可能把意志坚定的外国人挡在疫区之外，也不可能阻止他们从疫区离开。

如何解决？理想情况下，疫情控制小组应包括联络专业人员，他们将允许其他人员以安全、合理监测的方式进入疫情监控区，小心不要使用“安全”作为拒绝进入的借口，而拒绝进入实际上是出于其他利益冲突。在基奎特，世界卫生组织或美国疾控中心从防疫活动一开始就应在现场安排新闻联络人。卢旺达难民危机期间，在戈马，每个主要组织都应有新闻和人道主义援助联络员来协调防疫活动。

在基奎特当时的情况下，缺乏媒体专家是特别令人发指的，因为该镇本身没有媒体，只能依靠法语和刚果语发表准确报告。对基奎特当地人来说，疫情信息的唯一最可靠来源是法国电台，从巴黎发出广播，并通过电池驱动的短波收音机接收。极具讽刺意味的是，法国人是反过来从大卫·海曼在基维特的防疫小组获取信息的。

在极端压力的时期，介入危机的参与者最有可能把压抑的沮丧发泄在对他们没有什么影响的目标上。例如，在基奎特，团队成员之间的摩擦必须冷静、专业地处理。当然，任何团队成员将他们的愤怒或恐惧发泄到当地的基奎人身上都是不合适的。媒体是一个安全的目标，因为很少有科学家对新闻职业有很高甚至中等的评价。

然而，无论专业人员之间有多厌恶或不信任，任何可能危及感染控制的行为都必须受到最强烈的谴责。如果其中一名记者被感染了——无论是由于个人的疏忽还是由于公共卫生工作人员的挑衅行为——都将会产生深远的全球影响。

28. 值得一问的是，如果这些记者中有一人真的携带埃博拉病毒，布拉柴维尔会发生什么。就 1995 年的疫情而言，鉴于记者在基奎特停留的时间非常短，而且他们与疫情的互动尚不深，被感染的概率几乎是没有的。但是，在扎伊尔，人民的行动受到严重限制的时候，比如在人民因害怕传播这种可怕的病毒而被拘留在国际机场的时候，与新闻媒介的明显自由行动形成了鲜明对比。拘留记者也没有任何意义。在未来的疫情中，什么是合适的政策？显然，它将取决于病毒、传播方式、新闻媒体与疫情接触的性质以及世界卫生组织的政策。

如果训练有素的媒体联络员从疫情发生的第一天就在现场，仔细地平衡报道的获取需求和疫情控制的大局需要，那么所有这些都将更容易理清，防控政策也将更具科学意义。一些确信自己最终会幸免感染的记者预订了当地船只，穿过宽广泥泞的刚果河，前往刚果首都布拉柴维尔。由于缺乏通行证，他们被困在布拉柴维尔相当长一段时间。

29. 前美国总统候选人帕特·罗伯逊医生出现在金沙萨，提供他从电视购物频道购买的医疗用品。他说，这些钱是他保守的基督教“700 俱乐部”筹集来的。在金沙萨罗伯逊啤酒厂的一个旧仓库里，堆放着用于治疗细菌性痢疾和疟疾的物资：口服补液包、葡萄糖、生理盐水、链霉素、氨苄西林、氯霉素，等等。

5 月 17 日，罗伯逊穿着沉闷的西装，静静地在仓库前踱步，等待一位老朋友。在媒体聚集的情况下，两辆黑色奔驰轿车驶近，车上载有携带自动武器的保镖。蒙博托身着法国西装，系着丝绸领带，走下豪华轿车，拥抱了他的同伴罗伯逊。两人显然很熟悉，向媒体公布了他们的计划。

罗伯逊谴责了克林顿政府的一系列行为，包括对扎伊尔政权的立场。

罗伯逊说:“我认为，蒙博托不能理解为什么美国转而反对他。他应该成为我们的朋友。我希望美国来这里投资。蒙博托总统真的不明白为什么美国转而反对他。我也不能。”

罗伯逊捐赠的医疗用品被装载到一架老的驯鹿运输机上，由两名海豹突击队老兵护送飞往基奎特。当被问及是否熟悉当地的飞行路线时，飞行员解释说，这只老“驯鹿”是罗伯逊拥有的一个小机队的一部分，用来把货物运送到这位“700俱乐部”领导人在扎伊尔和附近安哥拉的钻石采矿工厂。罗伯逊说，他正试图通过电视媒体筹集资金，重建曾经连接安哥拉钻石矿藏与该国首都罗安达的铁路线。罗伯逊在该地区产业的持股为其竞争对手的钻石和采矿运营商所熟知。一位曾在该地区进行过多次钻石和黄金挖掘的加拿大矿业高管证实，罗伯逊对中非矿业有着长期的兴趣。详见：Garrett, L., “Plague warriors,” op. cit.; and Maier, T., “Robertson's ties with Zaire leader questioned.” *Newsday* (May 21, 1995): A43。

30. 当我在基奎特的时候，基本上遵循了我在整个贫穷的热带世界所遵循的相同卫生预防措施。我用可生物降解的液体肥皂洗手，每天喝2到3升的瓶装水或自己过滤的水。我遵循古老的热带医学格言：除非你能煮、能剥、能去壳、能拆罐或能烧，否则不要吃它。我小心地不与任何人握手。在村子里吃饭时，人们会徒手从集体使用的碗或锅中取出食物，我分发一次性乳胶手套，告诉主人和其他就餐者，在疫情期间，这对我们所有人来说都是明智的预防措施。然而，令我苦恼的是，在与一位已知曾接触过埃博拉病毒的男子共进晚餐后，我意识到，乳胶手套并不能保护我不受当地食品制备过程中使用的油脂的影响，因为手套漏油。

31. Kelly, M. J., “Research on Ebola virus.” *Lancet* 347 (1996): 691; Jaax, N. K., “Author's reply.” *Lancet* 347 (1996): 691; Jaax, N., Jahrling, P., Geisbert, T., et al. “Transmission of Ebola virus (Zaire strain) to uninfected control monkeys in a biocontainment laboratory.” *Lancet* 346 (1995):1669-71; and Johnson, E., Jaax, N., White, J., et al. “Lethal experimental infections of rhesus monkeys by aerosolized Ebola virus.” *International Journal of Experimental Pathology* 76 (1995): 277-86.

贾克斯的实验设计很重要。6只恒河猴被分别放在相距约3米的笼子里。其中2只接受了干扰素喷剂，作为安慰剂控制组。另外4只接受了适量的埃博拉雾化剂（2.6log100噬斑形成单位）。实验是在动物完全麻醉并放置在密封盒子里的情况下进行的。这些雾化剂被注入盒子，猴子呼吸被污染的空气10分钟，所有4只接触埃博拉病毒的动物都被感染并在22天内死亡。批评人士质疑该实验对人体暴露的适用性，因为很少有人会在一个密闭的房间里与病人待上10分钟。他们指责说，更有问题的是，病人是否会呼出或咳出如此高剂量的病毒。

32. Zaki, S. R., Greer, P. W., Goldsmith, C. S., et al., “Ebola virus hemorrhagic fever: Immunopathological and ultrastructural study.” International Colloquium on Ebola Virus Research, September 4-7, 1996, Antwerp, Belgium; and Garret, L., “Ebola gets under people's skin.” *Newsday* (September 21, 1995): A17. 根据疾控中心彼得斯博士的说法，尸检显示，病毒聚集在患者肺部的肺泡中。这种感染肺部的病毒是否能被另一个人呼入还不清楚，彼得斯说，因为“当你咳嗽时，你是从支气管咳嗽，而不是肺泡。”

皮肤暴露的情况似乎更令人担忧，疾控中心在埃博拉患者的汗腺、巨噬细胞和皮肤树突细胞中发现了大型病毒集落。

33. “2nd Ebola fever case suspected in Liberia.” Reuters (December 11, 1995); Georges-Courbot, M. C., Lu, C. Y., Lansoud-Soukate, J., et al., “Isolation and partial molecular characterization of a strain of Ebola virus during a recent epidemic of viral hemorrhagic fever in Gabon.” *Science* 349 (1997): 181; Koffi, M., “Foreign Ebola experts enter war-ravaged Liberia.” (December 10, 1995); etc..

34. Amblard, J., Obiang, P., Edzang, S., et al., “Identification of the Ebola virus in Gabon in 1994.” *Science* 349 (1997): 181-82; Morell, V., “Chimpanzee outbreak heats up search for Ebola origin.” *Science* 268 (1995): 974-76; and Stone, R., “Ebola virus re-emerges in West

Africa." *Science* 268 (1995): 19.

35. "Neuf personnes décédés après avoir consommmé de la viande de chimpanzé." *Agence France Press* (February 10, 1996); "South African Ebola scare eases; case tied to Gabon." *New York Times* (November 19, 1996): A15; Choo, V., "Ebola fever outbreak confirmed in Gabon." *Science* 347 (1996): 528; French, H., "The hunt for the creature that Ebola calls home." *New York Times* (November 24, 1996): A3; Garrett, L., "Killer virus strikes Africa for the third time in a year." *Newsday* (February 17, 1996); A7; etc..

36. 在南非，对埃博拉和其他罕见但致命的病毒的担忧远非抽象的。南非自己也面临着可怕的疫情——埃博拉疫情仅是其中之一——而南非对非洲邻国的开放意味着这个非洲大陆最繁荣、与国际联系最紧密的国家很可能面临进一步的微生物威胁。

"我们的观点是，只要大家都遵守公共卫生措施，这对我们来说就不是真正的威胁。"南非卫生部总干事奥利弗·石萨娜博士在开普敦接受采访时说，"我们已经起草了指导方针……无论在国内什么地方，只要有传染病，人们就会立即打电话给我。我们有一支非常优秀的应急队伍。当他们听到任何消息，就会立即登上飞机，投入战斗。我们很幸运在南非得到了非常有力的帮助。"

1994 年之前，南非与非洲邻国断绝了联系。这些邻国反对南非实行种族隔离政策，使少数白人对社会各方面几乎拥有绝对控制权。但随着纳尔逊·曼德拉当选总统以及种族隔离政策的废除，南非已成为非洲大陆的宠儿，也是来自非洲各地追求财富的年轻人的首选目的地。

"过去的边界是殖民地，"南非传染病局秘书长尼尔·卡梅伦博士解释说，"这里存在着一种对移民的严重偏见，其倡导者把传染病当作人口流动的路障。"

新政府的立场是，南非有许多自己的疾病也可能向北传播。石萨娜举例说，大约有 16 万人患有活动性肺结核，每年有 1 万南非人死于肺结核。该国的艾滋病病毒（艾滋病危机）已经达到了可怕的程度，一些地区的年轻人中艾滋病病毒阳性率高达 30%。南非全国艾滋病协会的一份报告称，每天有 1500 名南非人新感染艾滋病病毒。

37. International Colloquium on Ebola Virus Research, 1996, op. cit.

38. 海曼介绍了埃博拉疫情数据：

地点	年份	病毒扩增或控制的原因	死亡人数
扬布库	1976	感染控制不力，重复使用未经消毒注射器	280
坦达拉	1977	院内感染控制得力	1
基奎特	1995	感染控制护理不力	245
麦伊宝特	1996	院内感染控制得力	21*

* 无院内获得性感染病例。

39. United Nations Childrens Fund. *The State of the World's Children*. New York: UNICEF, 1998.

40. 受感染的蝙蝠是吃昆虫的自由尾蝙蝠和安哥拉自由尾蝙蝠。沃尔伯格的分开的果蝠很容易被感染。这些动物在体内制造了数十亿的埃博拉病毒。

41. 冈萨雷斯在 1996 年的安特卫普会议上展示了这一数据。他发现：

种族	年份	埃博拉病毒抗体阳性率（%）
中非共和国俾格米人	1979	5.4
	1985	34.6
	1987	26.9
	1995	18.4
	1996	11.0

种族	年份	埃博拉病毒抗体阳性率（%）
基奎特原住民	1990	2.0
马科科、加蓬原住民	1987	21.7
中非共和国班图人	1995	14.0
非洲绿猴	1996	1.0
非洲赤猴	1996	1.0
欧邦河原住民	1996	11.3—24.6

42. For details see Garrett, L., *The Coming Plague*, op. cit., 371-80.

43. Phillips-Conroy, J. E., Jolly, C. J., Petros, B., et al. "Sexual transmission of SIV agm in wild grivet monkeys." *Journal of Medical Primatology* 23 (1994): 1-7; and Chen. Z., Telfer, P., Reed, P., et al. "First simian immunodeficiency virus from a free-ranging sooty mangabey is equidistant from SIV and HIV-2 suggesting a new subtype." *Ann. Symposium on Nonhuman Primate Models for AIDS* 10 (1994).

44. Gao, F., Bailes, E., Robertson, D. L, et al. "Origin of HIV-1 in the chimpanzee Pantroglodytes troglodytes troglodytes troglodytes." *Nature* 397 (1998): 436-41; Garrett, L.,"Save the Chimps." *Newsday* (February 1, 1999): 1; Golden, F.."The first chimpanzee." *Time* (February 8, 1999): 52-53; Gurtler, L. G., et al."HIV-1 subtype O: Epidemiology, pathogenesis, diagnosis, and perspectives of the evolution of HIV." *Archives of Virology Supplement* 11 (1996): 195-202; etc..

45. 环保组织估计，刚果盆地热带雨林、泰热带雨林的砍伐率是每年 1100 万立方米的木材。相当于整个亚洲的 9200 万木材；整个拉丁美洲的 2800 万木材。详见：World Society for Protection of Animals. "Slaughter of the Apes." London: WSPA, 1995; and McRae, M., "Road kill in Cameroon." *Natural History* 2/1997: 36-75。

46. 对整个地区的丛林肉类消费的研究表明，有蹄动物、啮齿动物，比如土拨鼠，是捕猎者的主要目标，占人类所有丛林肉消费的 58% 到 95%。此外，生活在非洲赤道雨林及其周边地区的人们所消耗的蛋白质中，丛林肉占了 75% 以上。参见：威尔基和卡朋特的“刚果盆地的野味狩猎：影响和缓解选择的评估”，《生物多样性和保护》，1999 年。这是一个比较全面的文献综述。

47. 推翻蒙博托和随后卡比拉政权的资料包括："A continent goes to war." *The Economist* (October 3, 1998): 47-49; "New Congo, same old ways." *The Economist* (May 2, 1998): 41-42; "War in the heart of Africa." *The Economist* (August 22, 1998): 35; Chiahemen, J., "Congo's Kabila sacks outspoken minister." Reuters (November 11, 1998); Duke, L., "Congolese seethe over Tutsi presence among Kabila forces." *Washington Post* (November 11, 1998): Al; Edwards, M., "Central Africa's cycle of violence." *National Geographic* (June 1997): 124-133; 等。

48. "Africa's economies." *The Economist* (September 19, 1998): 126.

49. Breman, J. G. and Henderson, D. A., "The authors' reply." *Lancet* 339 (1998): 2027; Centers for Disease Control and Prevention. "Human monkeypox—Kasai oriental, Zaire, 1996-97." *Morbidity and Mortality Weekly Report* 46 (1997): 304-7; Centers for Disease Control and Prevention."Human monkeypox—Kasai oriental, Democratic Republic of Congo, February 1996-October 1997." *Morbidity and Mortality Weekly Report* 46 (1997): 1168-71; Cohen, J., "Searching for the ghost of smallpox." Unpublished, 1998, cited by permission of the author; Hooper, C., "To the Editor." *Lancet* 339 (1998): 2027; etc..

50. 由于这些抗议活动，世界卫生组织因消灭天花而被剥夺了合乎逻辑的诺贝尔奖。10 多年来，一些科学家对中非进行了仔细研究，寻找猴痘流行的原因。当时没有发现明显的人际传播病毒的证据。

51. 这项指控不完全公平。世界卫生组织的确建立了一个监测通信网络，如果埃博拉或其他微生物再次出现，该网络可以让基奎特的医生迅速通知当局。然而，这个监测通路被局部战争打断了。

至于卫生基础设施方面，世界卫生组织本身根据联合国的授权没有参与。建设医院和供应物资是其他机构负责的问题——比如双边捐助者、人道主义组织或者世界银行。不幸的是，就在撰写本文之时，世界上没有一个富裕的团体致力于优先发展卫生基础设施。

52. "The cost of Kabila." *The Economist* (October 2, 1998): 48-9.

第三章

1. Translation by Constance Garnett, Book of the Month Club edition, 1985.

2. Sinyavsky, A., *The Russian Intelligentsia*. New York: Columbia University Press, 1997.

3. 见第 539 页表格“1989 年美国与苏联国家医疗卫生服务体系比较”。

4. 见第 540—541 页表格“地区基本指标”。

5. 见第 542—544 页表格“1958—1995 年俄国人期望寿命变化”。

6. 乌克兰政府在 1993 年将基辅的官方拼写由 Kive 改为 Kyiv。

7. 见第 545 页表格“期望寿命与经济指标”。

8. Shkolnikov, V., and Meslé, F., "Health crisis in Russia, Parts I and II." *Population and Society* 8 (1996):123-90.

9. 主要的俄国人口统计数据来源包括："Russian mortality double that in West." Russia Today Online, November 13, 1998; Belaeyev, E., *Role of Sanitation and Epidemiology Service in Maintaining the Sanitation, Epidemiology and Well-being of the Russian Federal Population*. Perm: Tyniga Publishing House, 1996; Centers for Disease Control and Prevention."Vital and health statistics: Russian Federation and United States, selected years 1980-93." U.S. Department of Health and Human Services, Washington, D.C., June 1995; 等。

10. Feshbach, M., personal communication, 2000.

11.

俄罗斯人口预测

来源：妇女、家庭和民主问题总统委员会

年份	每千人口过早死亡率			总人口数
	合计	城市	农村	
1996	15.1	14.6	16.5	147000000
1997	15.2	14.7	16.6	
1998	15.4	14.9	16.8	
1999	15.5	15.0	17.0	
2000	15.6	15.1	17.0	
2001	15.8	15.3	17.1	141600000（兰德智库）
2002	15.9	15.4	17.1	
2003	16.0	15.6	17.2	
2004	16.1	15.7	17.2	
2005	16.2	15.8	17.3	
2006	16.2	15.8	17.1	
2007	16.1	15.8	17.0	
2008	16.1	15.8	16.9	

年份	每千人口过早死亡率			总人口数
	合计	城市	农村	
2009	16.0	15.7	16.7	
2010	15.9	15.7	16.6	136000000（费什巴赫） 134000000（叶甫根尼·安德烈耶夫） 128000000（根纳季·奥尼申科）

12.

基本人口统计学指标

来源：美国人口资料局 1996 年数据

国家	人口（百万）	出生率/千人口	死亡率/千人口	人口增长率	婴儿死亡率	期望寿命		人均国民生产总值（美元）
						男性	女性	
美国	265.2	15	9	+0.6	7.5	72	79	25860
白俄罗斯	10.3	10	13	-0.3	13.0	64	74	2160
保加利亚	8.4	9	13	-0.4	15.5	68	75	1160
捷克	10.3	10	11	-0.1	7.9	70	77	3210
匈牙利	10.2	11	14	-0.3	11.5	65	74	3840
摩尔多瓦	4.3	14	12	+0.3	23.0	64	71	870
波兰	38.6	12	10	+0.2	13.5	68	76	2470
罗马尼亚	22.6	10	12	-0.2	23.9	66	73	1230
俄罗斯	147.7	9	15	-0.5	18.0	57	71	2650
斯洛伐克	5.4	12	10	+0.3	11.2	68	77	2230
乌克兰	51.1	10	15	-0.5	14.0	63	73	1570
拉脱维亚	2.5	9	16	-0.7	19.0	61	73	2290
立陶宛	3.7	12	12	-0.1	14.0	63	75	1350
爱沙尼亚	1.5	9	15	-0.5	15.0	64	75	2820
瑞典	8.8	12	11	+0.1	4.4	76	81	23630

13. 真正的约瑟夫·斯大林的照片很少。他的脸总是被修饰过，遮住了那些痘疹疤痕，使其比真实面貌要美观得多。有关苏联照片造假的细节，请参阅：King, D., *The Commissar Vanishes*. New York: Metropolitan, 1997。

14. Gerasimenko, N. F., 1997, op. cit.

15. 苏联 1979 年入侵阿富汗，战争一直持续到 1988 年。1994 年 12 月，俄罗斯坦克开进车臣，那场战争一直持续到 1996 年 11 月。据估计，有 8 万人死于车臣冲突，100 万人失去家园，大约 28 万苏联人死于阿富汗。

16. Gerasimenko, N. F., 1997, op. cit. .

17. Notzon, F. C., Komarov, Y. M., Ermakov, S. P., 1998, op. cit.

18. Meslé, F., Shkolnikov, V. M., Hertrich, V., et al., 1996, op. cit.

19. 例如，通过年龄调整死亡率对确定预期寿命至关重要。当预期寿命开始下降时，苏联人采用了这种方式，得到了更正面积极的结果。因此，他们用统计手段掩盖了令人不安的信息。婴儿死亡率数据也是如此。

20. 费什巴赫的传记很不错，详见：Murphy, C., "Watching the Russians." Atlantic Monthly (February 1983): 33-51.

21. Feshbach, M., and Friendly, A., Jr., *Ecocide in the USSR: Health and Nature under Siege*. New York: Basic Books, 1992; Feshbach, M., *Russia in Transition: Ecological Disaster*, 1995, op. cit; and Feshbach, M., ed., *Environmental and Health Atlas of Russia*, 1995, op. cit.

22. 联合国儿童基金会用另一种方法进行出生和死亡趋势的描述，将某年的出生率增加或减少的数量与1989年进行比较。因此，如果把1989的水平定为数字100，1995年的死亡率为140，那么表示1989年至1995年的年均死亡率每1000人增加了40人。儿童基金会采用该方法计算了1996年的数据，见下表：

1995—1996年间出生率与死亡率及其变化

国家	1995年	1996年死亡率变化	1995年	1996年出生率变化
捷克共和国	92.7	102.7	75.0	91.8
斯洛伐克	96.1	104.2	75.2	100.8
匈牙利	102.9	112.4	93.2	98.1
波兰	99.0	107.6	75.2	101.9
保加利亚	113.3	110.3	67.7	90.7
罗马尼亚	112.1	121.9	64.6	97.5
爱沙尼亚	119.5	119.5*	58.7	58.7*
拉脱维亚	127.0	95.0	58.9	90.9
立陶宛	118.4	110.0	73.5	92.9
白俄罗斯	128.7	112.8	65.3	91.8
摩尔多瓦	132.6	107.5	68.8	84.6
俄罗斯	138.3	100.6	64.4	93.7
乌克兰	132.8	132.8*	72.2	72.2*
亚美尼亚	111.9	100.0	59.9	89.2
阿塞拜疆	101.6	101.6*	73.5	73.5*
格鲁吉亚	89.5	89.5*	66.5	66.5*

*为没有1996年数据的情况下使用1995年的数据。

23. 见第546页表格“不同地区出生期望寿命”。

24. 根据联合国儿童基金会的报告，北美的大萧条所表现的经济变化比1989年至1993年俄罗斯和乌克兰的经济变化更为严重，当时美国的人口比1989年俄罗斯和乌克兰人口的总和还要多。然而，20世纪90年代俄罗斯和乌克兰的健康状况还不如大萧条时期，列举两个原因。首先是禁酒令，在大萧条期间，禁酒令大大减少了酒精消费；其次，抗生素的使用降低了儿童死亡率。而这些因素都没有对20世纪90年代俄罗斯或乌克兰的死亡率产生任何有益影响。

25. 联合国儿童基金会继续说：“此外，最近的死亡率、结婚率和生育率变化与战争时期通常观察到的变化情况差不多，甚至比战争时期还糟糕。”

在俄罗斯和乌克兰，1992年到1993年的“超额死亡率超过了美国在第二次世界大战期间损失的总人数，也超过了整个阿富汗战争时期的死亡人数”。

26. Shkolnikov, V., Meslé, F., and Vallin, J., 1996, op. cit.

27. 1940年，乌克兰人米哈伊尔·布尔加科夫在遭受了斯大林的愤怒，作品被完全禁止，他自己也被禁止进入权力中心格里博耶多夫的住宅后，临终前完成了自己的杰作《大师与玛格丽塔》：

> 谁会为嫉妒辩护呢？这是一种令人讨厌的情绪。不过，我们也应该考虑来访者的立场。因为他在楼上看到的还不是全部；事实上，与真相相去甚远。（格里博耶多夫）房子的整个低层都被一家餐馆占据了，真是一家餐馆！它理所当然地被认为是莫斯科最好的。不仅因为它拥有两个大房间，有拱形的天花板，装饰着淡紫色的马和亚述的鬃毛；不仅因为每张桌子上都有一盏灯，灯罩上围着一条丝绸披肩；不仅是因为街上的行人不可能获准进入那间屋子；另一个原因是，从性价比来看，格里博耶多夫餐馆以最适中、最合理的价格完胜莫斯科的任何一家餐馆。（Bulgakov, M., *The Master and Margarita*. Translated by Mirra Ginsburg. New York: Grove Weidenfeld, 1967.）

1989 年美国与苏联国家医疗卫生服务体系比较

来源：Statistical abstract of the United States 1992. "Take a number: The USSR's Constituent Republics, past and present." *Population Today* (November, 1991); and American International Health Alliance, Washington. D.C.. 1997。

1989 数据	美国	亚美尼亚	白俄罗斯	格鲁吉亚	哈萨克斯坦	吉尔吉斯斯坦	摩尔达维亚	俄罗斯	土库曼斯坦	乌克兰	乌兹别克斯坦
医生 / 万人口	26.1	42.7	40.6	58.5	40.9	36.6	40.1	47.3	35.5	43.9	35.8
护士 / 万人口	67.5	62.6	61.0	71.5	74.1	69.8	67.1	65.5	66.9	65.6	72.4
床位 / 万人口	49.0	90.2	135.4	110.0	135.6	119.3	138.7	138.7	110.6	134.7	123.1
综合医院 / 万人口	n/a	137.7	177.9	240.1	179.4	124.9	213.8	213.8	112.7	167.6	130.8
住院率（%）	14	14.7	26.9	16	25.5	24.4	24.9	24.9	21.5	26.1	25.2
床位利用率 / 年	69.6	71	82.2	58.9	82.2	84.7	80.8	80.8	80.0	85.5	84.1
平均住院天数	6.5	15.5	15.1	14.9	16	15	16.2	16.2	15	16.1	14.9
卫生支出占 GDP 百分比	11.7	2.7	2.4	3.0	3.1	3.7	2.2	2.2	3.6	2.5	4.5
人均卫生支出（$）	2556	13	15	13	13	22	14	14	11	12	12

地区基本指标

来源：世界银行、世界卫生组织、联合国儿童基金会

国家	1996年5岁以下儿童死亡率/千人	年度婴儿死亡率/千人	人均国民生产总值（美元）	1996年期望寿命	1995年成年识字率（%）	5岁以下死亡率排名（最高为1）	1993年安全饮水覆盖率（%）	1995年1岁以下儿童疫苗接种率（%）				1995年人口数（百万）
								结核	百白破	脊髓灰质炎	麻疹	
亚美尼亚	30	25	730	71	100	108	—	82	86	97	89	3.76
阿塞拜疆	44	34	480	71	100	85	—	90	95	97	99	7.42
白俄罗斯	18	14	2070	70	99	139	—	93	95	94	74	10.28
保加利亚	19	16	1330	71	98	136	—	98	100	94	93	8.40
捷克共和国	7	6	3870	73	100	164	—	96	97	98	97	10.33
爱沙尼亚	16	13	2860	69	98	145	—	99	90	93	86	1.48
格鲁吉亚	29	23	440	73	99	113	—	30	58	82	63	5.37
匈牙利	12	11	4120	69	99	152	—	100	100	100	100	10.23
哈萨克斯坦	45	38	1330	68	100	84	99	93	94	98	97	16.82
吉尔吉斯斯坦	50	39	700	68	97	80	—	90	82	81	80	4.47
拉脱维亚	20	16	2270	68	100	133	—	100	64	77	82	3.72

地区基本指标

国家	1996年5岁以下儿童死亡率/千人	年度婴儿死亡率/千人	人均国民生产总值（美元）	1996年期望寿命	1995年成年识字率（%）	5岁以下死亡率排名（最高为1）	1993年安全饮水覆盖率（%）	1995年1岁以下儿童疫苗接种率(%)				1995年人口数（百万）
								结核	百白破	脊髓灰质炎	麻疹	
立陶宛	18	14	1900	70	99	139	—	98	91	93	96	2.52
摩尔多瓦	32	26	920	68	99	102	50	50	83	81	90	4.34
波兰	14	12	2790	71	—	147	—	94	95	95	91	38.59
罗马尼亚	25	21	1480	70	98	117	—	100	98	97	94	22.68
俄罗斯	25	20	2240	65	99	117	—	97	87	97	95	147.86
斯洛伐克	11	10	2950	71	—	154	—	98	98	98	99	5.36
塔吉克斯坦	76	56	340	67	100	61	—	96	93	96	80	5.94
土库曼斯坦	78	57	920	65	98	58	91	88	80	83	66	4.16
乌克兰	24	18	1630	69	99	121	—	92	94	96	96	51.53
乌兹别克斯坦	60	46	970	68	100	71	22	95	89	99	81	23.21
世界标准	88	60	4812	63	75	—	42	—	86	89	83	—
工业化国家标准	7	6	25926	77	98	—	—	89	80	81	79	—

1958—1995 年俄国人期望寿命变化

来源：莫斯科人口统计及人类生态中心

出生年	全民期望寿命			城市居民期望寿命			农村居民期望寿命			变化	备注
	总体	男性	女性	总体	男性	女性	总体	男性	女性		
1958—59	67.9	63.0	71.5	67.9	63	71.5	67.8	62.9	71.3	—	在全国范围内引入抗生素和儿童疫苗作为医疗实践标准
1959—60	68.2	63.3	71.8	—	—	—	—	—	—	↑	
1960—61	68.5	63.5	72.1	—	—	—	—	—	—	↑	
1961—62	68.8	63.8	72.4	68.7	63.9	72.4	68.6	63.4	72.3	↑	
1962—63	68.9	63.9	72.5	68.8	64	72.4	68.7	63.4	72.5	↑	
1963—64	69.4	64.4	73.0	69.2	64.5	72.7	69.3	63.9	73.1	↑	勃列日涅夫上台
1964—65	69.6	64.6	73.3	69.5	64.7	73.0	69.4	63.8	73.5	↑	
1965—66	69.5	64.3	73.4	69.4	64.6	73.1	69.1	63.3	73.5	↓	
1966—67	69.5	64.2	73.5	69.5	64.5	73.2	69.0	63.1	73.5	—	总体下降开始
1967—68	69.3	63.9	73.5	59.4	64.3	73.3	68.9	62.8	73.6	↓	
1968—69	69.1	63.5	73.5	69.1	64.0	73.2	68.5	62.0	73.6	↓	
1969—70	68.8	63.1	73.3	69.0	63.5	73.3	68.1	62.0	73.1	↓	
1970—71	68.9	63.2	73.6	68.5	63.8	73.5	68.1	61.8	73.4	↑	
1971—72	69.0	63.2	73.6	69.3	63.9	73.7	67.9	61.4	73.3	↑	
1972—73	68.9	63.2	73.6	69.3	64.0	73.6	67.6	61.1	73.0	↓	

1958—1995 年俄国人期望寿命变化

出生年	全民期望寿命			城市居民期望寿命			农村居民期望寿命			变化	备注
	总体	男性	女性	总体	男性	女性	总体	男性	女性		
1973—74	68.9	63.2	73.6	69.4	64.1	73.7	67.4	60.6	73.1	—	
1974—75	68.6	62.8	73.4	69.2	63.8	73.6	66.8	59.7	72.8	↓	
1975—76	68.1	62.3	73.0	68.8	63.4	73.2	66.1	58.9	72.4	↓	
1976—77	68.0	62.0	73.1	68.5	63.1	73.2	65.8	58.2	72.4	↓	
1977—78	67.9	61.8	73.2	68.5	63.1	73.3	65.5	57.7	72.5	↓	
1978—79	67.7	61.7	73.1	68.2	62.5	73.2	66.3	59.6	72.6	↓	
1979—80	67.5	61.5	73.0	68.0	62.3	73.1	66.0	59.3	72.4	↓	
1980—81	67.5	61.5	73.1	68.1	62.4	73.2	66.0	59.3	72.5	↑	
1981—82	68.0	62.0	73.5	68.5	62.8	73.5	66.3	59.7	72.8	↑	
1982—83	68.3	62.3	73.6	68.7	63.1	73.7	66.5	59.8	73.0	↑	勃列日涅夫去世；安德罗波夫上台
1983—84	67.9	62.0	73.3	68.4	62.9	73.4	66.1	59.4	72.7	↓	安德罗波夫去世；契尔年科上台
1984—85	68.1	62.3	73.3	68.6	63.1	73.4	66.3	59.8	72.6	↑	契尔年科去世；戈尔巴乔夫上台
1985—86	69.3	63.8	74.0	69.6	64.5	74.0	67.9	61.8	73.6	↑	戈尔巴乔夫禁酒

1958—1995 年俄国人期望寿命变化

出生年	全民期望寿命			城市居民期望寿命			农村居民期望寿命			变化	备注
	总体	男性	女性	总体	男性	女性	总体	男性	女性		
1986—87	70.1	64.9	74.6	70.3	65.4	74.4	69.1	63.2	74.4	↑	禁酒令继续；乌克兰切尔诺贝利核事故
1987	70.2	65.0	74.6	70.4	65.4	74.5	69.1	63.2	74.5	↑	期望寿命历史高峰
1988	69.9	64.8	74.4	70.1	65.4	74.2	68.7	62.7	74.4	↓	
1989	69.6	64.2	74.5	69.9	64.8	74.5	68.5	62.6	74.2	↓	
1990	69.2	63.8	74.2	69.6	64.4	74.4	67.9	62	73.9	↓	波罗的海国家退出苏联
1991	69.0	63.5	74.3	69.4	64.1	74.3	67.7	61.7	73.9	↓	苏联解体
1992	67.9	62.0	73.8	68.2	62.5	73.8	66.9	60.7	73.5	↓	退回到 1958 年水平
1993	65.1	58.9	71.9	65.4	59.3	72.0	64.3	57.9	71.5	↓	
1994	64.1	57.4	71.0	64.3	57.7	71.0	63.4	56.9	70.9	↓	与车臣开战，高军队死亡率
1995	64.6	58.2	71.7	64.7	58.4	71.7	64.2	57.9	71.7	↓	与车臣战争结束
1996											瑞典同期男性期望寿命 76
1997		57.7	71.0							↓	美国同期男性期望寿命 72
1998		56.0								↓	
2010 预测		55.0	72.0								来源：费什巴赫

期望寿命与经济指标																	
国家	男性出生预期寿命（年）						GDP 年增长率（%）						《经济学人》新兴市场指标（%）				
	1989	1990	1992	1993	1994	1995	1989	1990	1992	1993	1994	1995	1996 年 9 月 7 日	1997 年 5 月 3 日	1998 年 1 月 17 日	1998 年 11 月 21 日	1999 年 1 月 30 日
捷克共和国	68.1	67.5	68.5	68.9	69.5	70.0	+2.4	-1.2	-6.4	-0.9	+2.6	+5.2	+4.3	+4.5	+0.8	-2.4	-2.9
斯洛伐克	66.9	66.6	66.8	68.4	68.3	68.4	+1.1	-2.5	-7.0	-4.1	+4.8	+7.4	—	+5.0	+2.0	—	—
匈牙利	65.4	65.1	64.6	64.5	64.8	65.3	+0.4	-3.3	-3.0	-0.8	+2.9	+1.5	-1.0	+2.5	+5.1	+5.1	+5.6
波兰	66.8	66.5	66.7	67.4	67.5	67.6	-0.1	-11.9	+2.6	+3.8	+5.2	+7.0	+4.0	+5.5	+6.9	+5.3	+5.0
保加利亚	68.6	68.4	67.8	67.7	67.2	67.2	-0.3	-9.1	-7.3	-1.5	+1.8	+2.5	—	-4.5	—	—	—
罗马尼亚	66.6	66.6	66.6	66.1	65.7	65.9	-5.8	-8.2	-8.8	+1.5	+3.9	+6.9	—	-3.8	—	—	—
爱沙尼亚	65.7	64.6	63.5	62.4	61.1	61.7	-1.1	-6.6	-14.1	-8.6	-2.7	+2.5	—	+4.8	—	—	—
拉脱维亚	65.3	64.2	63.3	61.6	60.7	60.8	+6.8	+2.9	-34.9	-14.9	+0.6	-1.6	—	+5.0	—	—	—
立陶宛	66.9	66.6	64.9	63.3	62.8	63.6	+1.5	-5.0	-39.3	-30.4	+1.0	+2.3	—	+5.0	—	—	—
白俄罗斯	66.8	66.3	64.9	63.8	63.5	62.9	+8.0	-3.0	-9.6	-10.6	-15.8	-10.0	—	—	—	—	—
摩尔多瓦	65.5	65.0	63.9	64.3	62.3	61.8	+9.8	-2.7	-29.1	-1.2	-31.2	-3.0	—	—	+1.0	—	—
俄罗斯	64.2	63.8	62.0	58.9	57.6	58.3	+1.6	-2.0	-14.5	-8.7	-12.6	-4.0	-6.0	+1.0	+1.0	-9.9	-9.9
乌克兰	66.0	66.0	64.0	63.5	62.8	—	+5.0	-3.6	-13.7	-14.1	-23.0	-12.0	—	-2.0	+1.5	—	—
亚美尼亚	69.0	68.4	68.9	67.9	68.1	—	+14.2	-7.4	-52.3	-14.6	+5.5	+5.2	—	—	—	—	—
阿塞拜疆	66.0	67.0	65.4	65.2	65.2	63.4	-5.8	-12.7	-22.6	-23.1	-21.9	-17.2	—	—	—	—	—
格鲁吉亚	68.1	68.7	—	—	—	—	-4.8	-12.4	-40.3	-39.4	-30.0	+2.4	—	+10.0	—	—	—
土库曼斯坦	—	—	—	—	—	—	—	—	—	—	—	—	—	—	-2.0	—	—
乌兹别克斯坦	—	—	—	—	—	—	—	—	—	—	—	—	—	—	+1.0	—	—

不同地区出生期望寿命

来源：联合国儿童基金会　　　　* 截至 1994 年的数据

国家	1980		1985		1989		1990		1991		1992		1993		1994		1995		1980-95 净增量*	
	男	女	男	女	男	女	男	女	男	女	男	女	男	女	男	女	男	女	男	女
捷克	66.8	74.0	67.3	74.7	68.1	75.4	67.5	76.0	68.2	75.7	68.5	76.1	68.9	76.6	69.5	76.6	70.0	76.9	+3.2	+2.9
斯洛伐克	—	—	—	—	66.9	75.4	66.6	75.4	66.8	75.2	66.8	75.3	68.4	76.7	68.3	76.5	68.4	76.3	+1.5	+0.9
匈牙利	65.5	72.7	65.1	73.1	65.4	73.8	65.1	73.7	65.0	73.8	64.6	73.7	64.5	73.8	64.8	74.2	65.3	74.2	-0.2	-1.5
波兰	66.9	75.4	66.9	75.3	66.8	75.5	66.5	75.5	66.1	75.3	66.7	75.7	67.4	76.0	67.5	76.1	67.6	76.4	+0.7	+1.0
斯洛文尼亚	67.4	75.2	67.9	75.9	68.8	76.7	69.4	77.3	69.5	77.4	69.4	77.3	69.4	77.3	69.6	77.4	70.3	76.8	+0.9	+1.6
阿尔巴尼亚	67.4	72.2	68.5	73.9	69.6	75.5	69.3	75.4	—	—	68.5	74.3	68.5	74.3	69.5	75.6	—	—	+1.8*	+3.4*
保加利亚	68.4	73.6	—	—	68.6	75.1	68.4	75.2	68.0	74.7	67.8	74.4	67.7	75.1	67.2	74.8	67.2	74.9	-1.2	+1.3
罗马尼亚	66.5	71.8	66.8	72.8	66.6	72.7	66.6	73.1	66.6	73.2	66.1	73.2	65.9	73.3	65.7	73.4	—	—	-0.8*	+1.6*
爱沙尼亚	64.0	74.0	65.0	75.0	65.7	74.7	64.6	74.6	64.4	74.8	63.5	74.7	62.4	73.8	61.1	73.1	61.7	74.3	-2.3	+0.3
拉脱维亚	63.6	73.9	65.5	74.5	65.3	75.2	64.2	74.6	63.8	74.8	63.3	74.8	61.6	73.8	60.7	72.9	60.8	73.1	-2.8	-0.8
立陶宛	65.0	75.0	66.0	75.0	66.9	76.3	66.6	76.2	65.3	76.1	64.9	76.0	63.3	75.0	62.8	74.9	63.6	75.2	-1.4	-0.2
白俄罗斯	65.9	75.6	66.7	75.5	66.8	76.4	66.3	75.6	65.5	75.5	64.9	75.4	63.8	74.4	63.5	75.0	62.9	74.3	-3.0	-1.3
摩尔多瓦	62.4	68.8	63.1	69.5	65.5	72.3	65.0	71.8	64.3	71.0	63.9	71.9	64.3	71.1	62.3	69.8	61.8	69.7	-0.6	-0.9
俄罗斯	61.5	73.0	63.8	74.0	64.2	74.5	63.8	74.3	63.5	74.3	62.0	73.8	58.9	71.9	57.6	71.2	58.3	71.7	-3.2	-1.3
乌克兰	64.6	74.0	66.0	74.0	66.0	75.0	66.0	75.0	66.0	75.0	64.0	74.0	63.5	73.0	62.8	73.2	—	—	-1.8*	-0.8*
亚美尼亚	69.5	75.7	70.5	75.7	69.0	74.7	68.4	75.2	68.9	75.6	68.7	75.5	67.9	74.4	68.1	74.9	—	—	-1.4*	-0.8*
阿塞拜疆	64.2	71.8	65.3	73.1	66.6	74.2	67.0	74.8	66.3	74.5	65.4	73.9	65.2	73.9	65.2	73.9	63.4	73.5	-0.8	+1.7
格鲁吉亚	67.1	74.8	67.4	73.1	68.1	76.7	68.7	76.1	—	—	—	—	—	—	—	—	—	—	—	—

28. 甚至在 20 世纪 90 年代，该地区国家的平价避孕套都是又厚又笨重的东西，男人们说，这阻断了所有的快感。因此，很少有人用。

29. Popov, A. A., "Family planning and induced abortion in post-Soviet Russia of the early 1990s: Unmet needs in information supply." Chapter 3 in DaVanzo, J., 1996, op. cit.

30. Vishnievsky, A. G., op. cit, 1996.

31. Ibid.

32. Eberstadt, N., "Russia: Too Sick to Matter?" *Foreign Affairs* (June 1999): 3-24.

33. Smith, H., *The Russians*. New York: New York Times Book Co., 1976.

34. 联合国儿童基金会最近的一份报告显示，捷克青少年男性自杀率从 1988 年的每 10 万人 11 人上升到 1995 年的每 10 万人 17.8 人。在同一时期，白俄罗斯的生育率翻了一番，从 14/10 万人上升到 28/10 万人；而在立陶宛则从 1989 年的 22.3/10 万人飙升至 35/10 万人。根据美国国家卫生统计中心的数据，1995 年，美国同一年龄段的自杀率为 17.4/10 万人。

35. DaVanzo, J., 1996, op. cit.

36. 一个引人注目的例外是盛产葡萄酒的国家格鲁吉亚，该国的蒸馏酒消费量在 1985 年至 1990 年间下降了 100%，此后一直保持稳定。格鲁吉亚卫生官员说，这反映了当地对葡萄酒的强烈偏好，因为葡萄酒的酒精含量较低，而且由于是在当地生产的，所以价格要便宜得多。

37. 相比之下，马里兰州贝塞斯达的国家药物滥用和酒精中毒研究所表示，美国成年人每年的毒品消耗量为 2.21 升，自 1981 年达到 2.7 升的峰值以来一直在稳步下降。

38. Feshbach, M., *Russia in Transition: Ecological Disaster*, 1995, op. cit.

39. 切尔诺贝利当局声称，石棺内的核材料不再有泄漏或爆炸的危险。他们甚至质疑是否有加固仓促建造的混凝土石棺的必要。

但乌克兰实质性的、独立的物理学团体以及外国专家不同意这种说法。他们表示，石棺内的物质仍有可能发生失控的连锁反应，引发灾难性的核爆炸，可能会在比 1986 年 4 月最初受影响区域更大的区域辐射放射性沉降物。石棺内有 200 吨放射性燃料，其中 135 吨有熔融熔岩的稠度。这足以造成比广岛原子弹威力更大的爆炸。

由于建筑内部的燃料压力，石棺显示出了松动的迹象。在其他反应堆中，无法解释的自动关闭和电频问题是常见的。在该灾难事件发生 10 周年之际，《科学》杂志于 1996 年 4 月 19 日发表了一些令人不安的结果。

40. 切尔诺贝利灾难对环境影响的来源包括许多采访内容，以及：Zakharov, Y. M., and Krysanov, E. Y., eds. *Consequences of the Chernobyl Catastrophe: Environmental Health*. Center for Russian Environmental Policy, Moscow,1996; and Feshbach, M., *Russia in Transition*: Ecological Disaster, 1995, op. cit。

41. 根据哈拉罗夫和克丽莎诺夫在 1996 年撰写的报告，1991 年在俄勒冈州布良斯克收集的土壤样本结果如下。注：1960 年全球 A 级测试的钚 ^{238} 沉降物为 1 贝可 / 千克。

采样地点	钚 ^{238}（贝可 / 千克）	钚 ^{239} 和钚 ^{240}（贝可 / 千克）	所有裂变产物（居里 / 平方千米）
扎博野	9.2	26.8	290
亚洛夫卡	5.5	28.6	190
斯夫雅思克	6.6	80.0	700
斯达利沃史卡夫	6.3	22.6	320
圣芭芭拉维奇	22.8	89.4	910

采样地点	钚^{238}（贝可 / 千克）	钚^{239}和钚^{240}（贝可 / 千克）	所有裂变产物（居里 / 平方千米）
邓不拉德耶维卡	19.6	24.5	360
弗耶式可夫	5.9	15.6	170
巴尔基	22.4	24.5	390
尤什皮耶	8.9	17.2	210
维普力诺	19.0	22.8	340

42. Ratushinskaya, I.,"Leningrad Triptych." In *Irina Ratushinskaya Poems*. Ann Arbor, MI: International PEN Book, 1984.

43. Feshbach, M., *Russia in Transition: Ecological Disaster*, 1995, op. cit.

44. Feshbach, M., *Environmental and Health Atlas of Russia*, 1995, op. cit.

45. Ibid.

46. 1998 年伊尔库茨克成人癌症发病率是美国的 14.5 倍。

47. 47. Feshbach, M., *Environmental and Health Atlas of Russia*, 1995, op. cit.

48. World Health Organization."Dramatic increase in thyroid cancer among children in Belarus and Ukraine after Chernobyl accident.." Press Release WHO/84, October 19, 1993.

49. Mitchell, P.,"Ukrainian thyroid -cancer rates greatly increased since Chernobyl.." *Lancet* 354 (1999): 51.

50. Pacini, F., Vorontsova, T., Molinaro, E., et al., "Prevalence of thyroid autoantibodies in children and adolescents from Belarus exposed to the Chernobyl radioactive fallout." *Lancet* 352 (1998): 763-66.

51. Gluzman, D. F.,"Leukemias and myclodysplastic syndromes following the Chernobyl accident." *Experimental Oncology* (Russian) 18 (1996): 120-27; Gluzman, D. F., Abramenko, I. V., Vasilenko, O. S., et al., "Aberrant lymphocytes and sensitivity to apoptosis at low dose radiation." Courtesy of Gluzman; Gluzman, D. F., Abramenko, I. V., Sklyarenko, L. M., et al., "Approaches to the diagnosis and studies of leukemias after the Chernobyl accident." *ematology and Transfusion* (Russian) 41 (1996): 35-39; and Gluzman, D. F., Simonet, M. L., Moutet, A., Pinchouk, L. B., "Ionizing radiation induced leukemias." *Experimental Oncology* (Russian) 16 (1994): 83-95.

52. Michielis, J., Kaletsch, U., Burkart, W., et al., "Infant leukemia after the Chernobyl accident." *Nature* 387 (1997): 246.

53. Bard, D., Verger, P., and Hubert, P., "Chernobyl, 10 years after: Health consequences." *Epid. Reviews* 19 (1997): 187-204.

54. "Chernobyl, cancer and creeping paranoia." *The Economist* (March 9, 1996): 81-82.

55. 拉里萨·克塞尼娅的研究结果如下：

来源	四氯二苯并二噁英（/ 兆）
黄油	62
牛奶	15
河岸土壤	0.133
污水	38.5
伊尔库茨克饮用水	5.5

美国对食品或乳制品中的二噁英没有允许的污染标准。根据美国环境保护局的规定，饮用水中二噁英的含量上限为 30/ 兆，因此按照美国的标准，伊尔库茨克的水似乎是安全的。但是食品药品监督管理局不允许在食品中检出二噁英，所以伊格纳季瓦发现的污染物在美国是超标的。

56. Klebnikov, P., "A company built on bones." *Forbes* (November 6, 1995)

57. Revich, B., Gervich, E., et al., "Regional and local problems of chemical contamination of the environment and health of population." 1st edition. Eurasia, Moscow, 1995.

58. Revich, B. A., "Public health and ambient air pollution in Arctic and subarctic cities of Russia." *The Science of the Total Environment* 160 (1995): 585-92.

59. 1935 年 7 月 1 日，第一批 1200 名奴隶抵达诺里尔斯克，"住"在没有暖气的小棚子里。大多数人死于 1935 年至 1936 年的冬天，为此，诺里尔斯克的第一任经理于 1935 年在卢比扬卡被以"人民敌人"的罪名处决。

诺里尔斯克的第二位经理表现得稍微好一些。作为一名苏联国家安全委员会成员，他在诺里尔斯克度过了两年时光，之后因一项旧的谋杀罪名被捕，并像他的前任一样被处决。

然而，到 1939 年，管理人员已经想出了如何在寒冷的永久冻土层上建造房屋，以及如何挖掘几英里深的矿井。奴隶们相继死去，每年冬天大概有 25% 的人死去，包括男人、女人和孩子。例如，诗人安娜•阿赫玛托娃在丈夫和孩子死后就死在了诺里尔斯克。她用自己的鲜血在军营的墙上写下了最后一首诗：

我的丈夫啊，在墓穴里。
我的儿子啊，在监狱里；
为我祈祷吧！

第二次世界大战期间，诺里尔斯克加快了为苏联军队提供武器生产所需金属的行动。在 1942 年至 1945 年的战争高峰期，2.7 万名奴隶和 5000 名"自由人"在诺里尔斯克工作。

战时奴隶大军包括 22 个国家的公民，甚至包括一名美国人。在战争即将结束时，大批德国战俘在诺里尔斯克工作并死去。

战后，诺里尔斯克的奴隶部队变成了更正规的政治犯监狱，主要由苏联诗人、知识分子和所谓的持不同政见者组成。1951 年，大约 10 万古拉格集中营的奴隶在诺里尔斯克工作。1953 年，在得知斯大林的死讯后，人数超过诺里尔斯克"自由人"的奴隶们发动起义，引发了一场持续了 5 个月的北极暴力冲突，并以苏联国家安全委员会的一系列公开处决结束。

根据赫鲁晓夫的命令，诺里尔斯克的奴隶集中营于 1954 年关闭，政治犯被转移到西伯利亚的其他地方。1957 年，诺里尔斯克正式宣布为"自由城市"，由苏联各地招募的共青团志愿者完成了建设。

没有人知道有多少奴隶在诺里尔斯克古拉格集中营死亡，因为当时的苏联共产党人没有可靠的记录。施密特山附近点缀着俄罗斯东正教的十字架，据最可靠的估计，那里有 50 万具尸体。

多尔根人、教师埃琳娜•索特尼科娃说，死者中都是北极原住民族的萨满和部落首领。"无辜的人受到了伤害，"她解释道，"那些甚至不会说俄语的人，死的时候还不知道自己被指控了什么。他们渴望拥有足够的驯鹿，或者说自己的母语，而这些都是斯大林禁止的。"

60. A. Galich, 1977.

61. 为这奇异的社交场景增添一份美妙的味道，详见：McQueen, A., "Survivors." *Granta* 64 (1999): 38-53。

62. Revich, B. A., "Public health and ambient air pollution in Arctic and subarctic cities of Russia." *The Science of the Total Environment* 160 (1995): 585-92.

63. Klebnikov, P., 1995, op. cit.

64. 这是一幅令人不安的咸海破坏场景，详见：Ellis, W. S., "A Soviet sea lies dying."

National Geographic (February 1990): 73-93。

65. Revich, B., "Child health level in Moscow as related to ambient air pollution." *The Science of the Total Environment* 148 (1994): 57-60.

66. "铅暴露及其对儿童健康的影响 —— 在别罗沃市冶金厂和圣彼得堡电池生产厂的两项研究结果"。信息源自个人交流。

67. Revich, B. A., Dvoyrin, V., et al., "Dioxins in the environment of Chapaevsk (Russia), health of its population." *Organohalogen Compounds* 30 (1996): 350-54.

68. Šrám, R., Bens, I., Binková, B., et al., "Teplice Program—The impact of air pollution on human health." *Environmental Health Perspectives* 104 (1996): 699-714; and Šrám R., "Future research directions to characterize environmental mutagens in highly polluted areas." *Environmental Health Perspectives* 104 (1996): 603 -7.

69. Sinyavsky, A., 1997, op. cit.

70. United Nations Children's Fund. *Children at Risk in Central and Eastern Europe: Perils and Promises*. UNICEF, New York, 1997: 16.

71. 这些国家的经济反弹情况详见第 551—557 页表格"各国经济反弹抽样调查数据"。数据来源：世界银行，联合国儿童基金会，世界卫生组织，年度报告，1998 年。—表示无可用数据。

72. "Russia's fear-worse factor." *The Economist* (June 1, 1996):45-46.

73. 在俄罗斯，主要人物是鲍里斯·别列佐夫斯基、米哈伊尔·霍多尔科夫斯基、弗拉基米尔·古辛斯基、里姆·瓦西廖夫、弗拉基米尔·波塔宁、亚历山大·斯莫伦斯基和卢日科夫。在乌克兰，关键人物有谢尔盖·吉普科和保罗·拉扎连科。在白俄罗斯，据称其独裁者亚历山大·卢卡申科中饱私囊。在乌兹别克斯坦，新的大人物是卡里莫夫、克库洛夫、阿里什·阿兹科杰夫、谢拉夫·拉什多夫和伊斯梅尔·尤拉贝科夫。在哈萨克斯坦，总统努尔苏丹·纳扎尔巴耶夫是最重要的政治寡头。详见 :Quinn-Judge, P., "Battle of the Bankers." *Time* (October 20, 1997): 66-68; and Blasi, J. R., Kroumava, M., and Kruse, D., *Kremlin Capitalism: The Privatization of the Russian Economy*. New York: Cornell University Press, 1997。

74. Specter, M., "Yeltsin's plan to cut military touches a nerve." *New York Times* (July 28, 1997): Al.

75. For examples, see: Slackman, M., "Fanning anti Semitic flames." *Newsday* (February 23, 1999): A18; Bohlen, C., "Russia's stubborn strains of anti Semitism." *New York Times*(March 2, 1999): Al; and Gordon, M. R., "Russian Jews turning edgy as the country' s chaos creates an ugly mood." *New York Times* (March 9, 1999): A12.

76. 看看从1998年11月16日《福布斯》上得出的数据：1997年10月至1998年10月，俄罗斯前 10 大上市公司股票市值平均下跌了 80%。备受青睐的叶利钦继任候选人、莫斯科市长尤里·卢日科夫公开表示，他支持俄罗斯拖欠价值 120 亿美元的国债，这将使西方银行陷入自 20 世纪 80 年代初巴西崩溃以来从未出现过的危机。到 1998 年秋天，西方投资者在俄罗斯的赌博中已经损失了 500 亿美元 —— 这些钱全部打了水漂。

在 8 月份的两周内，卢布对美元的汇率从 6. 5 跌至 9。有人估计，俄罗斯人民在经济危机的一瞬间失去了 80% 的个人储蓄。

那些银行业巨头呢？ 1998 年夏天，俄罗斯 20 家最大的银行中有 18 家倒闭了。

77. Powell, B., "Russian roulette." *Newsweek* (September 7, 1998): 25-31.

各国经济反弹抽样调查数据

* 原著国家一栏以英文字母顺序排序

国家*	5岁以下儿童死亡率排名	安全饮用水覆盖率（%）	1996年人均国民生产总值（美元）	日均收入低于1美元的人口率（%）	1997年婴儿死亡率	1995年成人识字率（%）	1997年出生期望寿命	1995年卫生费用支出占GDP的百分比	1997年儿童麻疹疫苗接种率（%）	1995年5岁以下儿童营养不良导致的生长迟缓率（%）	
										男性	女性
阿富汗	4	12	250	—	165	32	45	—	58	54	49
阿尔巴尼亚	89	—	820	—	34	—	71	—	95	—	—
安哥拉	3	31	270	—	170	42	47	—	82	27	23
阿根廷	118	71	8380	—	21	96	73	9.7	98	7	2
亚美尼亚	103	—	630	—	25	100	71	7.8	92	—	—
澳大利亚	181	—	28110	—	5	—	77	8.0	90	—	—
阿塞拜疆	81	—	480	—	34	100	71	6.1	—	24	23
孟加拉国	44	95	260	—	81	38	58	2.4	97	54	55
白俄罗斯	138	—	2070	2	14	99	71	6.4	98	—	—
比利时	163	—	26440	—	6	—	77	7.9	64	—	—
玻利维亚	51	63	830	7	69	83	61	7.1	98	33	26
波斯尼亚	142	—	—	—	14	—	73	—	85	—	—
博茨瓦纳	78	90	3210	33	39	70	51	2.9	79	—	—
巴西	84	76	4400	24	37	85	67	4.6	99	12	9
保加利亚	136	—	1190	3	16	98	71	6.9	93	—	—
布隆迪	17	52	170	—	106	35	47	—	—	—	—
柬埔寨	23	30	300	—	106	65	54	7.2	68	—	—

国家	5岁以下儿童死亡率排名	安全饮用水覆盖率（%）	1996年人均国民生产总值（美元）	日均收入低于1美元的人口率（%）	1997年婴儿死亡率	1995年成人识字率（%）	1997年出生期望寿命	1995年卫生费用支出占GDP的百分比	1997年儿童麻疹疫苗接种率（%）	1995年5岁以下儿童营养不良导致的生长迟缓率（%）	
										男性	女性
喀麦隆	50	50	610	—	64	63	56	1.4	43	27	25
加拿大	163	—	19020	—	6	97	79	9.2	—	—	—
中非	19	38	310	—	113	60	49	—	—	27	30
乍得	14	24	160	—	118	48	48	3.7	30	41	39
智利	146	91	4860	15	95	11	75	6.2	92	—	—
中国	80	67	750	22	80	38	70	3.8	96	32	31
哥伦比亚	103	85	2140	7	91	25	71	7.4	89	16	14
刚果	45	34	670	—	81	75	51	6.3	18	—	—
刚果共和国	11	42	130	—	128	77	53	—	20	47	44
哥斯达黎加	144	96	2640	19	12	95	77	8.5	99	6	7
科特迪瓦	27	42	660	18	90	40	51	3.5	68	25	24
克罗地亚	157	—	3800	—	8	98	72	10.1	93	—	—
古巴	159	93	1170	—	7	96	76	—	99	—	—
捷克	163	—	4740	3	6	—	73	9.1	96	2	2
丹麦	171	—	32100	—	6	99	76	6.4	84	—	—
多美尼加	75	65	1600	20	82	44	71	5.7	80	12	9
厄瓜多尔	90	68	1500	30	90	30	70	5.3	75	—	—
埃及	65	87	1080	8	51	54	66	3.7	92	26	23
萨尔瓦多	95	66	1700	—	72	31	69	5.9	97	23	24

国家	5岁以下儿童死亡率排名	安全饮用水覆盖率（%）	1996年人均国民生产总值（美元）	日均收入低于1美元的人口率（%）	1997年婴儿死亡率	1995年成人识字率（%）	1997年出生期望寿命	1995年卫生费用支出占GDP的百分比	1997年儿童麻疹疫苗接种率（%）	1995年5岁以下儿童营养不良导致的生长迟缓率（%）	
										男性	女性
厄立特里亚国	40	22	100	—	73		51	2.0	53	36	41
爱沙尼亚	144	—	3080	6	13	98	69	—	88	—	—
埃塞俄比亚	18	25	100	46	111	36	50	2.6	52	66	63
芬兰	188	—	23240	—	4	—	77	7.5	—	—	—
法国	181	—	26270	—	5	—	79	9.7	83	—	—
加蓬	29	67	3950	—	85	63	55	—	—	—	—
冈比亚	55	69	320	—	66	39	47	—	91	33	28
格鲁吉亚	109	—	850	—	23	99	73	—	95	—	—
德国	181	—	28870	—	5	5	77	10.5	—	—	—
加纳	47	65	360	—	68	65	58	1.5	59	28	24
希腊	159	—	11460	—	7	97	78	5.9	90	—	—
危地马拉	74	77	1470	—	56	43	67	3.2	74	50	49
几内亚	13	46	560	53	36	36	46	—	56	—	—
海地	34	37	310	—	92	45	54	3.6	—	32	32
洪都拉斯	81	76	660	47	36	73	70	39	89	39	40
匈牙利	149	—	4340	2	10	99	69	7.3	100	—	—
冰岛	181	—	26580	—	5	—	79	8.0	—	—	—
印度	45	81	380	53	71	52	62	5.6	81	52	52
印度尼西亚	68	75	1080	12	45	84	65	1.8	92	43	41

国家	5岁以下儿童死亡率排名	安全饮用水覆盖率（%）	1996年人均国民生产总值（美元）	日均收入低于1美元的人口率（%）	1997年婴儿死亡率	1995年成人识字率（%）	1997年出生期望寿命	1995年卫生费用支出占GDP的百分比	1997年儿童麻疹疫苗接种率（%）	1995年5岁以下儿童营养不良导致的生长迟缓率（%）	
										男性	女性
伊朗	96	90	1033	—	32	69	69	4.8	96	20	18
伊拉克	37	81	1036	—	94	58	62	—	98	—	—
爱尔兰	163	—	17110	—	6	—	77	6.4	—	—	—
以色列	171	—	15870	—	6	96	78	4.1	94	—	—
意大利	171	—	19880	—	5	98	78	7.6	75	—	—
牙买加	149	86	1600	4	10	85	75	4.9	88	—	—
日本	171	—	40940	—	4	—	80	7.2	—	—	—
哈萨克斯坦	84	93	1350	2	37	100	68	—	97	18	14
肯尼亚	55	53	320	50	57	78	54	2.6	32	35	32
朝鲜	103	81	970	—	23	—	72	—	94	—	—
韩国	171	93	10610	—	6	98	72	5.4	85	—	—
科威特	146	71	18720	19	12	79	76	—	95	—	—
吉尔吉斯斯坦	79	44	550	—	38	97	68	—	98	—	—
拉脱维亚	132	—	1300	—	16	100	68	—	97	—	—
黎巴嫩	93	94	2970	—	30	92	70	5.3	89	13	12
莱索托	31	62	660	49	95	71	59	—	53	46	41
利比里亚	6	46	490	—	157	38	50	—	—	—	—
利比亚	115	97	5540	—	22	76	65	—	92	16	14
列支敦士登	163	—	—	—	6	100	—	—	—	—	—

国家	5岁以下儿童死亡率排名	安全饮用水覆盖率（%）	1996年人均国民生产总值（美元）	日均收入低于1美元的人口率（%）	1997年婴儿死亡率	1995年成人识字率（%）	1997年出生期望寿命	1995年卫生费用支出占GDP的百分比	1997年儿童麻疹疫苗接种率（%）	1995年5岁以下儿童营养不良导致的生长迟缓率（%）	
										男性	女性
立陶宛	143	—	2280	2	13	99	70	—	96	—	—
马达加斯加	25	26	250	72	96	46	58	—	27	51	48
马拉维	8	47	180	—	135	56	41	—	87	50	47
马来西亚	149	78	4370	6	10	84	72	—	—	—	—
墨西哥	96	85	3670	15	29	90	72	4.2	97	23	23
蒙古	27	40	360	—	105	83	66	—	—	—	—
摩洛哥	67	65	1290	2	58	44	66	3.4	92	24	24
莫桑比克	10	63	80	—	130	40	47	—	70	—	—
尼泊尔	48	71	210	50	75	28	57	5.0	85	47	50
荷兰	171	—	25940	—	5	—	78	8.6	96	—	—
新西兰	163	97	15720	—	7	—	77	—	—	—	—
尼加拉瓜	71	62	380	44	42	66	68	8.6	94	25	22
挪威	188	—	34510	—	4	—	78	7.9	—	—	—
阿曼	138	85	4950	—	15	59	71	—	98	19	13
巴基斯坦	38	79	480	12	95	38	64	3.5	74	—	—
巴拿马	132	93	3080	26	18	91	74	6.7	92	—	—
巴布亚新几内亚	43	32	1150	—	79	72	58	—	—	—	—
巴拉圭	99	60	1850	—	27	92	70	5.1	61	14	14
秘鲁	72	67	2420	49	44	89	68	3.7	94	26	25

国家	5岁以下儿童死亡率排名	安全饮用水覆盖率（%）	1996年人均国民生产总值（美元）	日均收入低于1美元的人口率（%）	1997年婴儿死亡率	1995年成人识字率（%）	1997年出生期望寿命	1995年卫生费用支出占GDP的百分比	1997年儿童麻疹疫苗接种率（%）	1995年5岁以下儿童营养不良导致的生长迟缓率（%）	
										男性	女性
菲律宾	88	84	1160	29	32	95	68	—	—	—	—
波兰	149	—	3230	7	10	—	71	6.0	94	—	—
葡萄牙	159	—	10160	—	7	90	75	8.2	81	—	—
罗马尼亚	114	—	1600	18	22	98	70	—	97	8	8
俄罗斯	115	—	2410	2	20	99	65	4.8	92	12	13
卢旺达	21	—	190	46	105	61	40	—	66	50	47
沙特阿拉伯	112	95	6800	—	24	63	71	3.4	92	—	—
塞内加尔	36	63	570	54	72	33	51	—	65	24	22
塞舌尔	138	—	6850	—	14	84	71	—	100	—	—
塞拉利昂	2	34	200	—	182	31	37	3.6	28	—	—
新加坡	188	100	30550	—	4	91	77	3.5	90	—	—
索马里	9	26	110	—	125	24	49	—	—	—	—
南非	69	87	3520	24	49	82	65	7.9	75	24	22
西班牙	181	—	14350	—	5	97	78	7.7	—	—	—
斯里兰卡	136	57	740	4	17	90	73	1.9	94	23	25
苏丹	41	73	320	—	73	46	55	0.3	92	34	34
斯威士兰	52	50	1210	—	66	77	60	—	57	—	—
瑞典	188	—	25710	—	4	—	78	7.3	93	—	—
瑞士	181	—	44350	—	5	—	79	9.8	—	—	—

国家	5岁以下儿童死亡率排名	安全饮用水覆盖率（%）	1996年人均国民生产总值（美元）	日均收入低于1美元的人口率（%）	1997年婴儿死亡率	1995年成人识字率（%）	1997年出生期望寿命	1995年卫生费用支出占GDP的百分比	1997年儿童麻疹疫苗接种率（%）	1995年5岁以下儿童营养不良导致的生长迟缓率（%）	
										男性	女性
叙利亚	99	86	1160	—	27	79	69	—	93	23	18
塔吉克斯坦	61	60	340	—	56	100	67	—	95	—	—
坦桑尼亚	30	66	170	11	92	68	51	—	69	45	42
泰国	92	81	2960	2	31	52	50	5.3	—	—	—
突尼斯	99	98	1930	4	27	67	69	5.9	92	22	23
土耳其	81	49	2830	—	40	82	69	4.2	76	21	20
土库曼斯坦	59	74	940	5	57	98	65	—	100	—	—
乌干达	31	46	300	69	86	62	41	3.9	60	40	37
乌克兰	118	—	1200	—	18	99	69	—	—	—	—
阿联酋	154	97	17390	—	9	79	75	2.5	95	—	—
英国	163	—	19600	—	6	—	77	6.9	95	—	—
美国	159	—	28020	—	7	99	77	14.0	—	2	2
乌拉圭	127	—	5760	—	18	97	73	13.4	99	10	9
乌兹别克斯坦	70	90	1010	—	46	100	68	—	88	34	29
委内瑞拉	115	79	3020	12	21	91	73	7.5	68	15	12
越南	86	43	290	—	32	94	67	5.2	96	47	47
也门	49	61	380	—	76	39	58	2.5	51	36	47
南斯拉夫	127	76	—	—	18	98	72	8.3	98	—	—
赞比亚	12	38	360	85	112	78	43	3.3	69	43	42
津巴布韦	58	79	610	41	53	85	49	6.2	73	—	—

78. 克利福德·加迪和巴里·伊克斯认为，这些数字掩盖了俄罗斯的现实：国内生产总值只有 4660 亿美元，相当于美国国内生产总值的 6%，而且所有的现金交易都在迅速退化，人们更倾向于以物易物的经济方式。详见：Gaddy, C. and Ickes, B., "Russia's virtual economy." *Foreign Affairs* 77 (1998): 53-67。

79. "Competitiveness." *The Economist*, (April 22, 2000): 98; and Soros, G., "Who Lost Russia?" *The New York Review of Books* (April 13, 2000): 10-16.

80. See Yergin, D. and Gustafson, T., *Russia 2010 and What It Means for the World*. New York: Vintage Books, 1995.

81. Agence-France Presse."2 million orphans" (November 18, 1998); and Associated Press."Younger workers in Russia found more likely to be poor" (November 18, 1998).

82. Wadhams, N., "Economic crisis sending more children onto streets in Russia." Associated Press (October 13, 1998); International Youth Foundation. "Policies, programs and philanthropy for children and youth in Russia." IYF, Baltimore 1998; and Basu, S. J., " The health of street children in Moscow and St. Petersburg." Honors Thesis, Program in Human Biology, Stanford University, May 23, 1998.

83. Kohlmeir, L., Mendez, M., Shalnova, S., et al., "Deficient dietary iron intake among women and children in Russia: Evidence from the Russian Longitudinal Monitoring Survey." *American Journal of Public Health* 88 (1998): 576-80.

84. "Russia: How do they survive?" The Economist (October 3, 1998): 60-61; and Gordon, M. R., "Facing severe shortage of food, Russia seeks foreign relief aid." *New York Times* (October 10, 1998): Al.

有趣的是，捷克在该国 1993 年经济衰退最严重的时期对近 3000 个家庭进行了一项研究，以 3 至 6 岁儿童的生长发育率为评价指标，结果发现社会经济状况与儿童健康之间没有相关性。唯一与生长迟缓密切相关的因素是母亲吸烟和母亲受教育程度低。详见：Bobák, M., Bohumír, K, Leon, D. A., et al., "Socioeconomic factors and height of pre-school children in the Czech Republic." *American Journal of Public Health* 84 (1994): 1167-70。

85. Slackman, M., "Desperate Times." *Newsday* (September 5, 1999): A5.

86. See Gerasimov, G., "An overview of IDD status, control programmes, and salt supplementation in countries of Central and Eastern Europe (CEE), Commonwealth of Independent States (CIS) and Baltic States (BS)," Moscow, 1997; International Council for Control of lodine Deficiency Disorders."IDD in the former USSR." IDD Newsletter 8 (1992): 1; Ministry of Health of the Russian Federation. "Reference materials: On the problem of micronutrients malnutrition of the population of Russia for the U.S.-Russia Health Committee" (November 12, 1996); Program Against Micronutrient Malnutrition."Elimination of iodine deficiency disorders in the Republic of Georgia." Rolins School of Public Health, Emory University, Atlanta, undated; and U.S. Agency for International Development. "The problem of micronutrient malnutrition in the Russian Federation." Trip report, June 24-July 2, 1997, Moscow.

87. Drakulic, S., *Café Europa: Life After Communism*. New York: W. W. Norton, 1997.

88. 这是 1995 年 6 月 18 日在日内瓦世界卫生组织新闻发布会上发表的声明。要正确看待这些数字，在 1980 年到 1994 年的 16 年间，美国有 41 例白喉病例，没有一例病例发生了二次传播。所有的病例都是没有合理接种疫苗的儿童。详见：Bisgard, K. M., Hardy, I. R. B., Popovic, T., et al., "Respiratory diphtheria in the United States, 1980 through 1995." *American Journal of Public Health* 88 (1998): 787-91。

89. Centers for Disease Control and Prevention."Diphtheria epidemic—New Independent States of the former Soviet Union, 1990-1994." *Morbidity and Mortality Weekly Report* 44 (1995): 177-81; Efron, S., "Epidemic rages despite plea to other nations." *Los Angeles Times* (November 13, 1995): A11; Vitek, C. R. and Wharton, M., "Diphtheria in the former Soviet Union: Reemergence of a pandemic disease." *Emerging Infectious Diseases* 4 (1998):1-12; etc..

90. Umnov, B., "Who would think a shot ? From childhood we are brought up thinking vaccines are safe. But is this always true?" *Komsomolskaya Pravda* (September 15, 1988).

91. 更多关于切尔文斯卡娅的故事请参见："We don't want to 'Run with the herd' More on vaccinations." *Meditsinskii Vestnik* 8 (1994);"Experiments on 'state' children." *Rossiskaya Gazetta* (April 8, 1994); "Debilitation of the country." *Stolitsa* 17 (1993); "Universal vaccination of Russians contradicts the declaration on human rights." *Sevodnya* (February 23, 1993); Chervonskaya, G., "Medical workers don't know their figures." *Nezavisimaya Gazetta* (December 15, 1990); 等。

92. 感谢罗伯特·施泰因格拉斯的翻译。

93. Tatochenko, V. K., "Reasons for negative attitudes of physicians to vaccination in Russia." Novgorod Seminar, September 1996; Steinglass, R., "Challenges in immunization: Issues related to service delivery." Russia-USA Joint Conference on Public Health Communication, October 2-4, 1995, Moscow; and Tatochenko, V. K., "Prophylactic vaccination of children in Russia and the USA." *Meditsinskii Gazetta* (December 4, 1996).

94. Stark, K., Barg, J., Molz, B., et al., "Immunity against diphtheria in blood donors in East Berlin and West Berlin." *Lancet* 350 (1997): 932.

95. 费什巴赫认为，这可能解释了该地区先天性出生缺陷高的问题，因为孕妇在怀孕期间感染风疹病毒对胎儿的生长发育极具危险性。

从 1980 年至 1991 年苏联解体，亚洲各地的儿童免疫率急剧下降，近 40% 的俄罗斯孩子到两岁仍未接种脊髓灰质炎疫苗，29% 没有接种白喉、百日咳、破伤风（百白破）或麻疹疫苗，这两种疫苗在美国儿童入学时是要求完成的。

据联合国儿童基金会报道，乌克兰的情况更糟，该国只有 1/3 的婴儿接种了疫苗。1992 年，格鲁吉亚只有 0.5% 的婴儿接种了百白破疫苗，只有 9% 接种了麻疹疫苗。

俄罗斯第一任卫生部副部长根纳季·奥尼申科报告说，相较于 1996 年的年度报告，在 1997 年的头 7 个月里，百日咳病例增加了两倍。儿童腮腺炎的发病率在两年内上升了 30%。

96. Hardy, I. R. B., Dittman, S., and Sutter, R. W., "Current situation and control strategies for resurgence of diphtheria in newly independent states of the former Soviet Union." *Lancet* 347 (1996): 1739-44. And Vitek, C. R. and Wharton, M., "Diphtheria in the Former Soviet Union: Reemergence of a Pandemic Disease," *Emerging Infectious Diseases* 4 (1998):539-49.

97. 该使用原则指出，由于大多数疫苗是由活细菌或病毒制成的，因此在生产、运输和交付过程中的每一步都必须严格保持在冷藏状态。如果温度上升，疫苗就会失去效力或被破坏。

98. Hardy, I. R. B., Dittman, S., and Sutter, R. W., 1996, op. cit.

99. 关于脊髓灰质炎的细节详见：Oblapenko, G. and Sutter, R. W., "Status of poliomyelitis eradication in Europe and the Central Asian Republics of the former Soviet Union." *Journal of Infectious Diseases* 175 (1997): S76-S81; and Sutter, R. W., Chudaiberdiev, Y. K., Vaphakulov, S. H., et al., "A large outbreak of poliomyelitis following temporary cessation of vaccination in Samarkand, Uzbekistan, 1993-94." *Journal of Infectious Diseases* 175 (1997): S82-S85。

100. 萨特和他的乌兹别克同事得出结论："没有接种疫苗，而不是疫苗失败，似乎是造成撒马尔罕脊髓灰质炎暴发的主要原因。撒马尔罕的疫情也是一个例子，说明控制多年（地方性水平较低）的疾病，可能会突然暴发（流行）。"参考：Sutter, R. W., Chudaiberdiev, Y. K., Vaphakulov, S. H., 1997, op. cit。

101. 无法知道谢罗兹勒是否在格鲁吉亚寒冷的春天幸存下来。无法通过电话、传真或邮件联系到贫困的谢罗兹勒一家。

102. 1995 年 12 月，尽管当年的流感对美国和欧洲来说比较温和，但俄罗斯和乌克兰却遭遇了几十年来最严重的疫情。在圣诞节前的高峰时期，俄罗斯每天有 20 多万人患病，估计有 100 多万莫斯科人在圣诞节当天感染了流感。疫情在乌克兰如此严重，致使政府关闭，大多数学校和公司也因此关闭。为什么疫情如此严重？一个原因是：所有的疫苗接种运动都失败了。另一个原因是：更多的人无家可归或生活在拥挤、不卫生的环境中。

103. 疟疾的细节详见：Sharipov, A., "Malaria in Tajikistan." International Conference on Emerging Infectious Diseases, Atlanta, March 8-11, 1998。

104. 在旧的苏联体制下，所有商品的生产都是在莫斯科以外进行协调，在一个地区生产特定的零部件，然后在其他地方（通常是数千英里之外）组装。苏联解体后，原材料和商品的生产分散到不同的新国家。就消毒剂而言，例如用于净水的氯产品，1991 年陷入了一场危机：原氯在亚美尼亚生产了很长时间，但在俄罗斯中部加工成适当的化学制剂，并在分散在俄罗斯各地的许多地点装瓶。亚美尼亚的氯气厂由于缺乏来自莫斯科的旧苏联补贴而破产，生产流程的每个环节都倒闭了，因此无法获得生产可销售产品的资源。

105. Gerasimenko, N. F, 1997, op. cit.

106. 根据非政府组织莫斯科监狱改革中心的说法，犯罪和监狱人数的上升始于 20 世纪 60 年代；整个 20 世纪 70 年代，犯罪率每年增长 2. 2%。20 世纪 80 年代，犯罪率上升，以每年近 9% 的速度增长。到 20 世纪 80 年代中期，非政治犯罪活动以每年 23. 9% 的速度增长。该中心为苏联解体后的时代提供了这些惊人的数据，见下表：

苏联解体后俄罗斯的刑事司法活动

指标	1991	1992	1993	1994	1991-1994 增长率（%）
逮捕人数	251200	332600	392300	404300	+16.9
被法院判刑人数	593800	661400	792400	924600	+55.0
被判处监禁人数	207500	225900	292900	332700	+60.3
被判死刑人数	147	159	157	160	+108.9
提交给警方的犯罪报告数量	2978000	3617000	3669000	339400	+114
破获的刑事案件数目	1023000	1217000	1395000	1578000	+54.2
接受审判的人数	654800	782500	967100	1117200	+70.6
不必要审判人数百分比	2.8	3.7	5.6	7.9	+282
被法院退回作进一步调查的案件数目	109700	6600	119800	115000	+53.3
监狱囚犯的人数	680000	745000	772000	876000	1995=910000 1996=1017000

来源：Moscow Center for Prison Reform, *In Search of a Solution*, Human Rights Publishers, Moscow, 1996。

根据莫斯科中心的说法，米里亚姆对蒂什纳监狱人满为患的回忆实际上低估了问题的严重性：1995 年，一个原本可以关押 110 名囚犯的牢房竟有 460 名囚犯。

107. 关于欧洲监狱人口的数据如下：

每 10 万公民的囚犯人数

国家	1950 年前平均值	1990 年后平均值
俄罗斯	60	740
澳大利亚	53	100
英国	72	53
比利时	35	167
丹麦	47	67
荷兰	31	70
挪威	47	49
法国	47	78
瑞士	47	120
美国	55	580

108. Wares, D. F. and Clowes, C. J., "Tuberculosis in Russia." *Lancet* 350 (1997): 957.

109. Feshbach, M., "Dead Souls," 1999, op. cit.

110. Bohlen, C., "In the ruble crisis, even prisoners go hungry." *New York Times* (December 14, 1998): A3; and Stanley, A., "Russians lament the crime of punishment." *New York Times* (August 8, 1997): Al.

111. Remnick, D., "More bad news from the gulag." *The New Yorker*(February 12,1999):27-28.

112. 这些数据来自一份未发表的内政部备忘录，本人于 1997 年 6 月获得该备忘录并证实了其真实性。

113. 杜加洛娃的数据如下：

布里亚特的结核病发病率

年份	全年龄段人口发病率（/10 万人）	死亡率	14 岁以下儿童发病率（/10 万人）
1991	39. 2	5. 6	15. 3
1992	44. 2	5. 1	20. 6
1993	50. 3	7. 5	27. 8
1994	62. 5	7. 1	47. 1
1995	123. 8	9. 6	41. 2
1996	150. 2	14. 3	61. 1

乌兰乌德的预期结核病发病情况

（人口总数 360000）

年份	全年龄段人口活动性结核病例数
1997	2035
1998	2543
1999	3428
2000	4285

114. 斯蒂布洛模式的一个有趣的例外是南非，在那里直接督导下的短程化疗失败了，主要是因为紧张的医患关系。详见：Zwarenstein, M., Schoeman, J. H., Vundule, C., et al., "Randomised controlled trial of self-supervised and directly observed treatment of tuberculosis." *Lancet* (1998): 1340-43; and Garner, P., "What makes DOT work?" *Lancet* 352 (1998): 1326-27。

115. 西奥斯图提供的数据包括：

每 10 万人结核病率

年份	芬兰	爱沙尼亚	立陶宛	拉脱维亚
1990	15. 5	26. 7	39. 5	32. 5
1995	12. 9	41. 6	63. 6	60. 9
1996	11. 0	50. 7	63. 6	60. 9

116. 圣彼得堡的结核病专家提供了列宁格勒结核病发病率的数据：

	1970	1975	1980	1985	1990	1995	1996上半年
全人群发病率（/10万人）	64.2	41.8	34.5	26.9	28.7	48.0	55.4
年死亡率总百分比	3.7	5.0	5.5	7.4	7.4	14.9	11.3

1996年圣彼得堡的结核病菌耐药性测定结果

（样本量=1644）

耐药类型	耐药率（%）
链霉素，单耐药	6.2
人抑制素，单耐药	6.2
链霉素+人抑制素，联合耐药	14.7
链霉素+人抑制素+ETU+利福平	4.6
利福平，单耐药	0.4

1996年列宁格勒的耐药性测定结果

（样本量=222）

耐药类型	耐药率（%）
链霉素，单耐药	21.2
人抑制素，单耐药	10.8
链霉素+人抑制素，联合耐药	22.6

117. 1998年8月6日，索罗斯基金会、加拿大人口健康研究所和无国界医生组织联名致函叶利钦总统，敦促立即采取严厉措施，减缓耐药结核病在俄罗斯监狱的蔓延。这封信告诉叶利钦，只要这些监狱为结核杆菌的超级菌株提供滋生地，这个国家的结核病问题就永远不会结束。

118. 出席会议的有美国第一夫人希拉里·克林顿、美国卫生与公众服务部部长唐娜·沙拉拉、美国国际开发署署长布莱恩·阿特伍德、世界银行行长詹姆斯·沃尔芬森、世界卫生组织总干事格莱姆·布伦特兰和乔治·索罗斯。

119. Farmer, P., in *Sentenced to Die? The Problem of TB in Prisons in East and Central Europe and Central Asia*, ed. by Stern, V. and Jones, R., London: Prison Reform International, 1999.

120. From the CD "Go Space," Leningrad Cowboys, Megamania, Denmark, 1996.

121. Headley, D., "HIV and AIDS in Russia." Charities Aid Foundation, Kent, U.K.,

122. Pokrovsky, V., Eramova, I. J., Kuznetsova, I. I., et al., "Nosocomial transmission of human immunodeficiency virus in Elista, USSR." Provided by authors, 1998.

123. Romania's AIDS epidemic was sparked by a very similar incident, involving eventually more than 2,000 babies who were injected with HIV-contaminated, bloody needles. See Garrett, L, *The Coming Plague*, 1994, op. cit, pages 505, 612, 701, footnotes 105-7; Dressler, S., "Let the children die: AIDS in Romania." *AIDS Newsletter* (London) 11 (10) (1996); 1; and Apetrei, C., Buzdugan, I., Mitroi, I, et al., "Nosocomial HIV-transmission and primary prevention in Romania." *Lancet* 344 (1994): 1028-29.

124. Russia AIDS Centre."HIV-infection surveillance in Russia in 1987-1996 (statistics)." Russia AIDS Centre, Moscow, 1997.

125. 1991年以后，大多数苏联国家颁布了严苛的艾滋病法律，受到国际艾滋病学界的严厉谴责。从某种意义上来说，在西方术语中，什么是合适的艾滋病相关立法，参见：Gostin, L. O. and Lazzarini, Z., *Human Rights and Public Health in the AIDS Pandemic*. New York: Oxford University Press, 1997; and Mann, J., and Tarantola, D., *AIDS in the World II*. New York: Oxford University Press, 1996。

在1991年之后通过的地方性法律的样本中，有：Rich, V., "Russia' s anti-AIDS law."

Lancet 344 (1994): 1289-90; Rich, V., "Russia's law on iatrogenic HIV infection." *Lancet* 344 (1994): 1562; Freeland, C., "Russia set to impose HIV tests on foreign visitors." *Financial Times* (London) (November 11, 1995): Al; Smolskaya, T. and Chaika, N., "HIV/AIDS surveillance in northwestern Russia, St. Petersburg." Pasteur Institute, 1996; and "The law on HIV/AIDS prevention of the Republic of Georgia," enacted March 21, 1995.

126. Ernberg, G., "HIV outbreak among injecting drug users in Sveltogorsk." UNAIDS letter to Pavel Kral, July 25, 1996; van der Laan, N., "HIV crisis in Belarus 'worse than Chernobyl.'" Electronic telegraph (www.telegraph.co.uk), December 2, 1996.

加里宁格勒也发生了类似的一系列事件，截至 1996 年 1 月，那里只发现一例静脉注射吸毒者（艾滋病病毒病例）。截至 1998 年 1 月，静脉注射吸毒者中有 3245 例艾滋病病毒感染病例。

详见：Poktovsky, V., Savchenko, I. Y., Ladnaia N. N., et al., "A recent epidemic of HIV infection in Russia IVDUs." Twelfth International Conference on AIDS, Geneva, June 28-July 3, 1998.

127. Lilitsola, K., Tashkinova, I., Korovina, G., et al., "HIV-1 genetic subtype A/B recombinant strain causing an explosive IDU epidemic in Kaliningrad." Twelfth International Conference on AIDS, Geneva, June 28-July 3, 1998.

128. 如需了解更多关于苏联 HIV-1 基因多样性的资料，请参考：Kozlov, A. P., Emeljanov, A. V., Verevochkin, S. V., et al., "Characteristics of early phase of HIV/AIDS epidemic." *Russian Journal of HIV/AIDS and Related Problems* 1 (1997): 225; Nabatov, A. A., Marsharsky, A. E., Emeljanov, A. V., et al., "HIV/AIDS epidemic among IVDUs in Ukraine: Different HIV-1 subtypes in different cities." *Russian Journal of HIV/AIDS and Related Problems* 1 (1997): 253; Pashkova, T. A., Shchelkanov, M. Y., Sakhuria, I. B., et al., "Phenotypic features and AZT-susceptibility of HIV-1 isolates from Russian patients." *Russian Journal of HIV/AIDS and Related Problems* 1 (1997): 254; 等。

129. Alter, M., "Hepatitis C in the United States." Presentation to Infectious Diseases Society of America conference, San Francisco, September 15, 1997。奥尔特指出，在美国，25% 的肝脏移植是由于丙型肝炎感染而进行的；70% 的感染者在不进行肝脏移植的情况下会发展成慢性肝病。10% 的人在感染后的 13~28 年内发展成肝细胞癌。1997 年，美国 90% 的静脉吸毒者都是丙肝阳性。20 世纪 90 年代，美国总共有 400 万人因感染丙肝而患上慢性肝病，占美国人口的 1.8%。

130. Russian Academy of Medical Sciences, State Report, 1996, op. cit.

131. 戈古连科也不相信敖德萨的血库供应，因为一些接受输血的人已经患上了肝炎。因此，他也敦促他的医生和护士给病人输血，或者让病人在接受手术前储备自己的血液。基辅的官员承认，该国的血液供应没有进行过丙型肝炎的例行检测，而且乙型肝炎的检测试剂盒供应不足，因此一些病人的血液肯定没有进行适当的丙型肝炎病毒检测。

132. Zmushko, E. and Bolekhan, V. N., "HIV- infection in the Russian Federation military forces." Twelfth International Conference on AIDS, Geneva, June 28-July 3, 1998.

133. Wines, M., "Heroin Carries AIDS to a Region in Siberia," *The New York Times* (April 24, 2000): A1.

134. Garrett, L., 1994, op. cit., pages 493-98.

135. 欧洲的政府和私人机构都很缓慢地认识到这一趋势，在处理这一问题上也更加缓慢。详见：Open Society Institute."Response to the illegal trafficking of women in Europe." *The Forced Migration Monitor* 27 (1999): 1; Bohlen, C., "Exotic imports have. captured Italy's sex market." *New York Times* (July 9, 1997): A4; Specter, M., "Traffickers' new cargo: Naive Slavic women." *New York Times* (January 11, 1998): A1; "Giving the customer what he wants." *The Economist* (February 14, 1998): 21-23; Farah, D., "Russian mobs form Colombian alliances." *San Francisco Chronicle* (September 29, 1997): A1; 等。

136.

苏联和东欧国家性病估计样本

国家	年份	人口基数	梅毒	淋病	数据来源
格鲁吉亚	1990	总人口	676	2613	欧洲驻格鲁吉亚办事处
	1991	总人口	725	2261	
	1992	总人口	730	1809	
	1993	总人口	653	1562	
	1994	总人口	883	2100	
爱沙尼亚	1994	总人口		205/10 万人	爱沙尼亚赫尔辛基女执事研究所社会事务部，芬兰赫尔辛基女执事研究所，芬兰日内瓦艾滋病规划署
	1990—1994	总人口	增加 16 倍，1994=852/10 万人	翻倍，1994=3089/10 万人	
	1994	妓女	5.2% 活动性感染	16.5% 活动性感染	
立陶宛	1995	总人口	发病率 =100/10 万人，1988 年以后增加 100 倍		日内瓦联合国艾滋病规划署
乌克兰	1995	总人口	1991 年增加 5/10 万人；1995 年 118/10 万人；1996 年 124/10 万人		
乌克兰	1996	总人口	发病率：118/10 万人		世界卫生组织欧洲区域办事处
哈萨克斯坦	1996	总人口	发病率：123/10 万人		
白俄罗斯	1996	总人口	发病率：147/10 万人		
俄罗斯	1997	总人口	新确诊人数下降 6%，但总病例数 =356000		1998 年 11 月圣彼得堡第一届俄罗斯护士大会
俄罗斯	1996	莫斯科人口	89136 名活动感染者；患病率 =60.24/10 万人		莫斯科卫生局
俄罗斯	1995	总人口	256296 名活动感染者		俄罗斯卫生部
俄罗斯	1996	总人口	376084 名活动感染者		
俄罗斯	1991	总人口	发病率：7.2/10 万人		根纳季·奥尼申科
俄罗斯	1996	总人口	发病率：254.2/10 万人（阶段上涨 350%）		

国家	年份	人口基数	梅毒	淋病	数据来源
摩尔多瓦	1997	遗弃儿童	患病率：1/3		摩尔多瓦卫生部
乌克兰	1991		患病率：5/10 万人		加尔各答英国文化协会分部
	1994		患病率：65/10 万人		
	1995		患病率：118/10 万人		
	1996		患病率：124/10 万人		
乌克兰	1990		约 5/10 万人		联合国艾滋病规划署
	1991		约 10/10 万人		
	1992		约 20/10 万人		
	1993		约 40/10 万人		
	1994		约 70/10 万人		
	1995		约 120/10 万人		
乌克兰	1989	女性人口	7.6/10 万人	63.5/10 万人	联合国儿童基金会，世界卫生组织，联合国艾滋病规划署、开发计划署
	1991		8.7/10 万人	50.2/10 万人	
	1993		32.0/10 万人	71.2/10 万人	
	1995		112.6/10 万人	59.4/10 万人	
乌克兰	1989	16 岁以下女童人口	13/10 万人		
	1991		23/10 万人		
	1993		64/10 万人		
	1995		229/10 万人		
乌克兰	1991	15—17 岁儿童人群	约 400	约 2700	乌克兰艾滋病预防中心
	1992		约 500	约 3200	
	1993		约 1000	约 4300	
	1994		约 2000	约 3500	
	1995		约 3400	约 2900	
乌克兰	1991	14 岁以下儿童人群	约 50	约 525	乌克兰艾滋病预防中心
	1992		约 60	约 625	
	1993		约 100	约 650	
	1994		约 150	约 850	
	1995		约 350	约 600	
乌克兰	1989	14 岁以下女童人群		551/10 万人	联合国儿童基金会，世界卫生组织，联合国艾滋病规划署、开发计划署
	1991			506/10 万人	
	1993			602/10 万人	
	1995			588/10 万人	

国家	年份	人口基数	梅毒	淋病	数据来源
乌克兰	1989	15—16 岁女童人群		—	联合国儿童基金会，世界卫生组织，联合国艾滋病规划署、开发计划署
	1991			1568/10 万人	
	1993			2029/10 万人	
	1995			1531/10 万人	
乌克兰	1994	总人口	发病率：118/10 万人		伦敦卫生与热带医学院，艾滋病通信
哈萨克斯坦	1994	总人口	发病率：123/10 万人		
白俄罗斯	1994	总人口	147/10 万人		
摩尔多瓦	1994	总人口	172/10 万人		
俄罗斯	1994	总人口	173/10 万人（是斯堪的纳维亚同年水平的 175 倍）		
俄罗斯	1997	莫斯科人口	至少 2 万病例（同年美国病例总数不足 1.7 万）		莫斯科卫生局
俄罗斯	1996	莫斯科人口	患病率：221.9/10 万人		
俄罗斯	1995	18-19 岁女性人口	活动病例占比：922/10 万人		
俄罗斯	1996	总人口	患病率：519.7/10 万人		世界卫生组织驻莫斯科办事处
	1997		患病率：1/400；发病率 7 年上涨 50 倍		
俄罗斯	1997	儿童人口	7 年上涨 40 倍		世界卫生组织
俄罗斯	1993—1994	14 岁以下儿童人口	上涨 173%		
俄罗斯	1987	总人口		患病率：75/10 万人	伦敦大学
	1993	总人口		236/10 万人	
	1987	女性人口		在册患者 41219	
	1994	女性人口		在册患者 113684	
	1995	总人口		164.9/10 万人	
俄罗斯	1996	总人口	从 1988 年的 6234 名患者上升至 387704 名		卫生部正式注册信息
	1996	18-19 岁女性人口	患病率 1321/10 万人		
	1996	20-19 岁女性人口	患病率 919/10 万人		
	1996	18-19 岁男性人口	患病率 507/10 万人		
	1996	20-19 岁男性人口	患病率 916/10 万人		

137. Daigle, K., "Exposing the face of sex in Moscow." *The Moscow Times* (April 4, 1997): 20; 以及多处妓女街头暗访。

138. Maksimovsky, E., *Moscow Prostitutes: An anti- brothel guidebook*. Moscow: Syravnika Press, 1996.

139. 该地区有组织犯罪和卖淫之间的界限极大地限制了这些妇女获得公共卫生服务的机会。详见：Pyroyshkina, E., Presentation to the Twelfth International Conference on AIDS, Geneva, June 28-July 3, 1998; Stanley, A., "A tale of murder and sex slaves to stun Dostoyevsky." *New York Times* (August 28, 1997): A3; Stanley, A., "With prostitution booming legalization tempts Russians." *New York Times* (March 3, 1998): Al。

140. Data from the Russian Ministry of Health, 1997.

141. Gerasimenko, op. cit; Renton, A., Ward, H., and Meheus, A., "Epidemiology, control and surveillance of syphilis and gonorrhea in the Russian Federation." Report to UNAIDS, March 12, 1996; and Tichonova, L., Borsenko, K., Ward, H., et al., "Epidemics of syphilis in the Russian Federation: Trends, origins and priorities for control." *Lancet* 350 (1997): 210-13.

142. 所有数据来源于俄罗斯卫生部和莫斯科卫生局。

143. Russia Today Online. "Syphilis rise may worsen AIDS epidemic" (April 6, 1998).

144. 其他有关梅毒发病率上升的数据从独立于当地政府的机构获得，发表在《柳叶刀》杂志上，详见：S. J., "Screening for Syphilis." *Lancet* 353 (1999): 1441; and Glass, N., "Syphilis cases are increasing in Czech Republic." *Lancet* 353 (1999): 992。

145. See World Health Organization. "Task force to curb sexully transmitted disease epidemnic in Europe." Press Release EURO/03/98, Copenhagen, April 1998.

146. Sinyavsky, A., 1997, op. cit..

147. 高骨冷科的医院有 1120 张病床，其数据如下：

	1992	1993	1994	1995	1996
病床使用率	354.7	338.6	338.7	342.6	359.5
平均住院日（天）	15.0	14.1	14.0	13.8	13.1
病死率（%）	1.7	1.6	1.4	1.3	1.2
治愈和出院人数	26661	26863	27147	27606	28198

148. Associated Press. "Clinics vie for Russian health care"(February 17, 1995); Swarns, R. L., "Russia's cardiac patients, little care and grim prognosis." *New York Times* (September 24, 1996): Al; and Powell, B., "Heart to heart." *Newsweek* (September 16, 1996): 54-61.

149. Matlack, C., "Need surgery? Bring vodka and a bribe." *BusinessWeek* (March 7, 1997): 45; Spolar, C., "Polish health-care system is in critical condition." *Washington Post* (May 5, 1997): A1; Specter, M., "Citadel of Russia's wasteful health system." *New York Times* (February 4, 1998): A1; Kaplan, F., "Russian health crisis needs intensive care." *Boston Globe* (December 6, 1992): Al; Saffron, I., "New life the old way; Russia's birth houses reflect '50s." *Chicago Tribune* (May 19, 1996): 9; Simon, S., "Childbirth in Russia is miserable." *Los Angeles Times* (February 22, 1996): Al; and Bilmes, L. and Lindquist, J., "The bear has a sore head." *Financial Times* (London) (August 26, 1994): 1.

150. 在苏联时期，医疗保健质量的阶级差别非常明显。贿赂——尤其是贿赂外科医生——成为常态。在许多情况下，外科医生会直截了当地拒绝给病人手术来换取大笔现金。他们可能曾是无产阶级国家的工人，但他们现在也是熟练的专业人士，靠一种假定的腐败模式发家致富。详见：Voslensky, M., *Nomenklatura: The Soviet Class, An Insider's*

Report. Translated by Eric Nosbacher. New York: Doubleday & Co., 1984; and Smith, H., The Russians, 1973, op. cit。

151. Editorial. "Health in Russia is broke, but who is to fix it?" *Lancet* 353 (1999): 337; Burger, E. J., Field, M. G., and Twigg, J. L., "From assurance to insurance in Russian health care: The problematic transition." *American Journal of Public Health* 88 (1998): 755-58; and Sheiman, I., "Forming the system of health insurance in the Russian Federation." *Social Science and Medicine* 39 (1994): 1425-32.

152. Josephson, P. R., *New Atlantis Revisited: Akademgorodok, the Siberian City of Science*. Princeton, N.J: Princeton University Press, 1997.

153. Saltykov, B. G., "Transformation of Soviet science (1992-96)." AAAS, Seattle, February 13-18, 1997.

154. Centre of Science Research and Statistics. "Social status of scientists in Russia." *Science* 275 (1997): 485.

155. Hamer, M., "East Germany's science breaks from the state." *New Scientist* (December 9, 1989): 15.

156. Hamer, M., "Breaking walls, building bridges." *New Scientist* (January 13, 1990): 33-34.

157. Whitehead, C., "The remaking of Czechoslovakian science." *New Scientist* (March 3, 1990): 26-29.

158. Stone, R., "Civil war leaves once-proud Georgian science in tatters." *Science* 272 (1996): 1581-82.

159. Koenig, R, "Spirited academy faces painful cuts, consolidation." *Science* 277 (1997): 175; and Koenig, R., "Eastern Europe's research gamble." *Science* 283 (1999): 22-26.

160. Stone, R., "Cash-starved researchers to undergo trial by peer review." *Science* 271 (1996): 1802-3.

161. Stone, R, "New minister sets lofty goals." *Science* 282 (1998): 1979-80.

162. Holden, C., "Russia's science spending diving toward new low." *Science* 283 (1999): 31.

163. Saltykov, B., op. cit.

164. Chuprikov, A. P., Linyov, A. N., and Martsenkovsky, I. A., *Lateral Therapy*. Kyiv: Zdorovie Publishers, 1994; and Merskey, H., "The Chuprikov file: Documents evaluating the scientific work of Professor A. P. Chuprikov." Geneva Initiative on Psychiatry, Amsterdam, 1994.

165. The reader is referred for details to the Geneva Initiative's journal, *Mental Health Reforms*, published quarterly out of Amsterdam since 1996. Available from gip@euronet.nl.

166. Mehilane, L., "Mental health care reforms in the Baltic States." University of Tartu and Geneva Initiative, Amsterdam, 1996.

167. 根据世界银行的数据，1996 年俄罗斯的平均月工资约为 150 美元，比 1992 年的工资水平下降了 10%；1997 年，乌克兰的工资下降到平均每月 80 美元，积压的未付工资总额超过了该国一年的工资总额；格鲁吉亚的工资在 1985—1995 年间下降了 17%，降到每月 36 美元。

即使在 1995—1997 年间工资上涨的东欧和波罗的海等国家，也普遍以牺牲许多工作岗位为代价。通过缩小劳动力规模，新私有化的产业在国际市场上变得更有竞争力。

俄罗斯实际发放失业救济金平均每月只有 35 美元，但在莫斯科，每月需要 57 美元的生活费。而低级别工作的失业工人每月只能得到12.5美元。

168. 但是并没有人能确信知晓，因为自1991年以来政府并未公开发表相关数据。

169. 自二战以来，心理学在俄罗斯实际上已经消失了，1948年秋天，物理学受到了抨击。统计学家不敢公布中央委员会不满意的结论。可能是独裁主义者根本不允许自由科学探索的智力标准的存在。引自 Zirkle, C., ed. *Death of Science in Russia*. Philadelphia: University of Pennsylvania Press, 1949。

170. Ostrander, S. and Schroeder, L., *Psychic Discoveries Behind the Iron Curtain*. New York: Bantam Books, 1970.

171. Polavets, V. and Bilynska, M., "Psychiatry problems related to religious boom in Ukraine in late '80s- early '90s." In documents on the Abolition and Prevention of Political Abuse of Psychiatry, Geneva Initiative, August- September 1995, Amsterdam.

172. Centers for Disease Control and Prevention."Frequency of vaccine-related and therapeutic injections-Romania, 1998." *Morbidity and Mortality Weekly Report* 48 (1999): 271-74; Hutin, Y. F., Harpaz, R, Probeniuc, J., et al., "Transmission of hepatitis B virus in Moldova." Thirty-seventh meeting of the Interscience Conference on Antimicrobial Agents and Chemotherapy, Toronto, September 1997; Hutin, Y. F., Craciun, D., Ion-Nedelcu, N., et al., "Using surveillance data to monitor key aspects of the epidemiology of hepatitis B virus (HBV) infection in Romania." Thirty-sixth Annual Meeting of the Infectious Disease Society of America, Denver, November 1998; and Hutin, Y. J. F., "High frequency of therapeutic injections, Republic of Moldova." *Weekly Epidemiological Record* 11 (1999): 84-86.

173. Soyfer, V. N., "New light on the Lysenko era." *Nature* 339 (1989): 415-20; Medvedev, Z. A., *The Rise and Fall of T. D. Lysenko*. New York: Columbia University Press, 1969; Adams, M. B., "The Soviet experiment: Genetics, eugenics, and Lysenkoism, 1910-1990." *American Journal of Human Genetics* 49S (1991): 66; Shtilmark, F. R., and Sukhomirov, G. I., "On two trends ('schools) in the Soviet hunting science." *Biologicheskii* 96 (1991): 77-87; etc..

174. Malia, M., *The Soviet Tragedy: A History of Socialism in Russia, 1917-1991*. New York: The Free Press, 1994.

175. 从本质上说，李森科和他的支持者都是拉马克派共产主义者，尽管他们从未以此自称。让·巴普蒂斯特·皮埃尔·安托万·莫奈·德·拉马克是18世纪晚期的法国博物学家，他认为有机体自发地从环境中获得特性。拉马克举例说，如果把一个苹果放在一个密封的容器里，几天后就会"变成"一群虫子。他说，只要适应了一个新环境，它就会从一件事转变成另一件事。拉马克的观点早已遭到世界上大多数科学界人士的反对，不仅因为它们表面上的荒谬，还因为英国的查尔斯·达尔文和斯洛伐克的格雷戈·孟德尔在遗传学方面取得的开创性成果。

达尔文证明，物种确实随着时间进化，但不是拉马克所认为的自发进化的结果。相反，达尔文指出突变变异存在于任何种群中，并可能在强大的选择力量（如捕食或气候）的存在下占据优势，这些力量杀死了该物种更常见的遗传形式。

孟德尔在19世纪将经验主义引入遗传学，在当代著名的豌豆研究中表明，性状是以算术上可预测的方式从父母传给孩子的，有些性状是显性的，有些是隐性的。孟德尔的实验预示了后来的认识，即这些特征携带在DNA中，由染色体组成，父母双方将一组染色体传递到卵子中，从而产生具有各自祖先特征的后代。

176. 1948年8月，李森科获得了实验室科学家不寻常的特权——他在苏联中央委员会发表讲话。他的主要主张是："我们作为苏联米丘林主义者的代表，认为动植物在其发育过程中所获得的特性继承是可能和必要的。”

在李森科的演讲之后，中央委员会做了一件史无前例的事情——正式颁布了“正确的科学”的法令来支持李森科的观点。

177. Some experts maintain that every single Darwinist in the USSR died during the 1940s. See Malia, M., 1994, op. cit.

178. “Another refuge from Lysenko?” *Nature* 329 (1987): 797.

179. 1949年，泽克尔简明扼要地阐述了这一点：“当知识自由不存在时，知识诚信就成了一种负担，对科学发展产生的后果将是灾难性的。”

而早在两年前，达林顿用直白的语言总结了李森科的影响：“总而言之，经过13年的迫害，在革命中形成的俄罗斯生物研究的伟大团体已经被粉碎和破坏了……科学界从来没有像现在这样，这么多的烈士为科学事业而献身，这些人也得到了全世界的人们的尊敬和爱戴。”

180. 一些专家甚至认为，该地区日益增长的“切尔诺贝利综合征”观点是李森科主义的直接产物。马利亚称之为“形而上学的乌托邦主义”。

181. Stone, R., “Estonian researchers lead the way in science reform.” *Science* 274 (1996): 29-30; and Martinson, H., *The Reform of R & D System in Estonia*. Estonian Science Foundation, Tallinn, 1995.

182. Holden, C., “Eastern Europe's social science renaissance.” *Science* 283 (1999):1620-22.

183. See, for example, Hammond, A., *Which World? Scenarios for the 21st Century*. Washington, D.C.: Island Press, 1998; and Yergin, D. and Gustafson, T., 1995, op. cit.

184. 1999年4月的一项调查发现，如果允许，俄罗斯选民的投票倾向如下：

10.%	我们的家是俄罗斯党（切尔诺梅尔丁的党）
22.3%	共产党
6.9%	亚布洛科夫（亚夫林斯基）
11.2%	博格（极端民族主义）
4.3%	列别德

来源：*The Economist* (April 10, 1999): 48。

185. Feshbach, M., Georgetown University, 1997, op. cit.

186. See, for example: Human Resources Division, County Dept. II. “Staff appraisal report, Russian Federation, Community Social Infrastructure Project.” The World Bank, Report No.14977-RU, 1996, Washington, D.C.; World Bank.“Bank to lend over $880 million to Russia.” *World Bank News* (June 12, 1997): 1-2; Office of International and Refugee Health, Gore-Chernomyrdin Commission.“Summary documentation from the fourth meeting of the GC Health Committee.” Moscow, July 12, 1996; Rosenbaum, D. E., “Requests are to include more aid to Russia.” *New York Times* (January 19, 1996): A15; and USAID Zdrav Reform Project. “NIS strategy development: Transforming traditions into pluralism and partnerships.” U.S. Agency for International Development, 1996, Washington, D.C.

187. Burger, E. J., Field, M. G., and Twigg, J. L., 1998, op. cit.

188. 爱沙尼亚神童般的健康规划师之一、管理国家疾病保险基金的年轻的玛丽斯·杰西更直截了当地说：“我们总是把美国当作一个负面的例子。有一种信念总认为私有制是好的，公有制则不好。我们会说，‘好吧，私有制对公共卫生不太好！’”

第四章

1. Callahan, D., *False Hopes: Why America's Quest for Perfect Health is a Recipe for Failure*. New York: Simon and Schuster, 1998.

2. Caldwell, M., *The Last Crusade: The War on Consumption 1862-1954*. New York: Atheneum, 1988.

3. 医院内病毒性感染的负担难以计算。美国疾控中心确信，到1985年，血液筛查和医院基本的卫生措施已经消除了艾滋病病毒在医院内的传播。但是其他的血源性病毒，特别是乙型、丙型和丁型肝炎，以及疱疹病毒，一直在医疗场所内传播，直到20世纪90年代。

4. Blau, S. P. and Shimberg, E. F., *How to Get Out of the Hospital Alive*. New York: Macmillan, 1997.

5. Tenover, F. C. and Hughes, J. M., "The challenge of emerging infectious diseases." *Journal of the American Medical Association* 175 (1996): 300-304.

6. Jones, R. N. and Verhoef, J., Presentation to the 37th Interscience Conference on Antimicrobial Agents and Chemotherapy, Toronto, September 29, 1997.

7. 作者在20世纪90年代曾多次采访过汉堡和纽约的其他卫生专家。除非本节另有说明，个别人士的评论和意见都是从这些访谈中收集的。

8. Raad, I. and Darouchie, R. O., "Catheter related septicemia: risk reduction," *Infection and Medicine* 13 (1996): 807-812; 815-816; 823. And Raad I., "Intravascular-catheterrelated infections," *Lancet* 351 (1998): 893-898.

9. Austrian, R., "Confronting drug resistant *Pneumococci*." *Annals of Internal Medicine* 121 (1994): 807-809.

10. Gleason, P. P., Kapoor, W. M., Stone, R. A., et al., "Medical outcomes and antimicrobial costs with the use of the American Thoracic Society guidelines for outpatients with community-acquired pneumonia." *Journal of the American Medical Association* 278 (1997): 32-39.

11. Garrett, L., "Tough bugs thrive." *Newsday* (November 21, 1996): A20.

12. Patterson, J. E., "Making real sense of MRSA." *Lancet* 348 (1996): 836-837.

13. Boyce, J. M., Opal, S. M., Chow, J. W., et al., "Outbreak of multidrug-resistant *Enterococcus faecium* with transferable *vanB* class vancomycin resistance." *Journal of Clinical Microbiology* 32 (1994): 1148-1153; Fan, C., Moews, P. C., Walsh, C. T., et al., "Vancomycin resistance: Structure of D-alanine: D-alanine ligase at 2.3A resolution." *Science* 266(1994): 439-443; Gilmore, M. S. and Hoch, J. A., "A vancomycin surprise." *Nature* 399 (1999): 524-527; and Novak, R., Henriques, B., Charpentier, E., "Penicillinase resistant S. *pneumoniae* with decreased vancomycin susceptibility." *Nature* 399 (1999): 590-593.

14. Farrag, N., Eltringham, I., and Liddy, H., "Vancomycin-dependent Enterococcus faecalis." *Lancet* 348 (1996): 1581-1582.

15. Blau, S. P. and Shimberg, E. F., 1997, op. cit.; Bolognia, J. L. and Edelson, R. L., "Spread of antibiotic-resistant bacteria from acne patients to personal contacts—a problem beyond the skin?" *Lancet* 350 (1997): 972-973; Burnie, J. P. and Loudon, K. W., "Ciproloxacin-resistant *Staphylococcus epidermis* and hands." *Lancet* 349 (1997): 649; Caul, E. O.,"Small round structured viruses: Airborne transmission and hospital control." *Lancet* 343 (1994):

1240-1241; Centers for Disease Control and Prevention, "Bronchoscopy-related infections and pseudoinfections—New York, 1996 and 1998." *Mortality and Morbidity Weekly Report* 48 (1999): 557-560; Centers for Disease Control and Prevention, "Multistate outbreak of hemolysis in hemodialysis patients—Nebraska and Maryland, 1998." *Mortality and Morbidity Weekly Report* 47 (1998): 483-484; etc..

16. 哥伦比亚长老会，曼哈塞特的北岸大学医院和朗格斯兰犹太医院。详见 Lam, S., Singer, C., Tucci, V., et al., "The challenge of vancomycin-resistant enterococci: A clinical and epidemiologic study." *American Journal of Infection Control* 23 (1995): 170-180。

17. Rice, L., Presentation to the annual meeting of the Infectious Diseases Society of America, San Francisco, September 15, 1997.

18. Rahal, J., Presentation to the annual meeting of the Infectious Diseases Society of America, San Francisco, September 15, 1997.

19. 前抗生素时代的另一种杀死细菌的方法是使用噬菌体或细菌病毒。如果经过适当的培养和纯化，噬菌体对人类无害，但可以消灭特定细菌种类的所有细菌。19 世纪末，德国的保罗·埃尔利希对这种噬菌体进行了实验，称其为对抗疾病的灵丹妙药。一个世纪后，由于担心抗生素时代即将结束，格鲁吉亚第比利斯的研究人员与西方制药公司合作，在抗生素真正失效之前再次开发噬菌体技术。详见 Osborne, L., "A Stalinist antibiotic alternative," *New York Times Magazine*; 2000: February 6, 50-55。

20. Senate Committee on Investigations. *The Growing Menace of Bacterial Infections*. Albany: New York State Senate, 1999.

21. In addition to the Senate report, see Roberts, R., Tomasz, A., and Kreiswirth, B., *Antibiotic Resistance in New York City: A Growing Public Health Threat and a Proposal for Action*. New York: Bacterial Antibiotic Resistance Group, 1995.

22. For details spanning 1600 to 1776 in New York, Boston, Philadelphia, and other colonial cities, see Carlson, L. W., *A Fever in Salem*. Chicago: Ivan R. Dee Publisher, 1999; Duffy, J., *Epidemics in Colonial America*. Baton Rouge: University of Louisiana Press, 1953; Duffy, J., *A History of Public Health in New York City*. New York: Russell Sage Foundation, 1968; McKeown, T., *The Origins of Human Disease*. Cambridge, Mass.: Basil Blackwell, 1988; McKeown, T., *The Role of Medicine: Dream, Mirage, or Nemesis?* Princeton: Princeton University Press, 1979; McNeill, W. H., *Plagues and Peoples*. New York: Anchor Books, 1977; Porter, R., *The Greatest Benefit to Mankind*. New York: Harper Collins, 1997; Powell, J. M., *Bring Out Your Dead*. Philadelphia: University of Pennsylvania Press, 1949; Watts, S., *Epidemics and History*. New Haven: Yale University Press, 1998.

23.

1679—1873 年纽约市传染病数据统计表

（不含结核病）

年份	疾病名称	死亡人数	占比（%）
1679	天花	未知	—
1689	天花	未知	—
1702	黄热病	570	12
1713	麻疹	未知	—
1729	麻疹	未知	—
1731	天花	549	8
1732	黄热病	未知	—

年份	疾病名称	死亡人数	占比（%）
1743	黄热病	217	1.5
1745	天花	未知	—
1795	黄热病	750	2
1798	黄热病	＞2000	3.6
1805	黄热病	262	0.3
1810	霍乱	146	0.15
1819	黄热病	38	0.03
1822	黄热病	388	0.28
1832	霍乱	3513	1.5
1845	天花	425	0.12
1847	伤寒 / 斑疹伤寒	1396	0.35
1848—1849	霍乱	8000	1.7
1851	天花	586	0.11
1851	猩红热	627	0.12
1852	天花	516	0.1
1853	天花	681	0.1
1854	天花	624	0.01
1854	霍乱	＞450	0.08
1855	黄热病	179	0.02
1871	天花	805	0.08
1872	天花	1866	0.19
1873	白喉	1151	0.12
1874	白喉	1600	0.21
1874	天花	484	0.047
1875	天花	1280	0.12
1875	白喉	2329	0.29

数据来自多处文献资料，包括 Condran, G., "Changing patterns of epidemic disease in New York City." In D. Rosner, editor. *Hives of Sickness: Public Health and Epidemics in New York City*. New Brunswick, N.J.: Rutgers University Press, 1995; Duffy, J., *A History of Public Health in New York City, 1625-1866*. New York; Russell Sage Foundation, 1968; Duffy, J., *Epidemics in Colonial America*. Baton Rouge: Louisiana State University, 1953; Emerson, H. and Hughes, H. E., *Populations, Births, Notifiable Diseases, and Deaths, Assembled for New York City, New York, 1866-1938, from Official Records*. New York: The DeLamar Institute of Public Health, Columbia University, 1941; and Rosenwaike, I., *Population History of New York City*. New York: Syracuse University Press, 1971。

24. Duffy, J., *A History of Public Health in New York City*. New York: Russell Sage Foundation, 1968.

25. Burrows, E. G. and Wallace, M., 1999, op. cit.

26. Notably, "Account of the climate and diseases of New York." See Duffy, J., *The Sanitarians: A History ofAmerican Public Health*. Illini Books Edition. Chicago: University of Illinois Press, 1992; and Duffy, J., 1968, op. cit.

27. 在同一时期，纽约通过了严格的检疫法；开设了纽约医院；在曼哈顿比克曼和拿骚街的拐角处开设了药房，为穷人提供医疗保健服务；见证了贝尔维尤医院的开业，这家医院于 1805 年开始被市政府接管。

28.

纽约市的年平均死亡率

（每 10 万人，1804—1995 年）

年度	死亡人数	结核病	麻疹	百日咳	猩红热	白喉	伤寒	艾滋病
1804—1809	2810	580	16	50.2	10	—	—	0
1810—1814	2290	620	13.5	64.3	—	—	—	0
1815—1819	2900	650	18.2	70.5	—	—	—	0
1820—1824	2710	540	63.6	46.9	—	—	—	0
1825—1829	2880	520	45.2	56	30	—	—	0
1830—1834	3560	620	44.4	59.4	130	—	—	0
1835—1839	2760	520	72.2	53.3	100	—	1.1	0
1840—1844	2620	450	33.6	35.5	100	—	6.1	0
1845—1849	3930	500	33.9	38.5	40	—	46.3	0
1850—1854	4070	490	53.7	38	100	—	22.1	0
1855—1859	3400	450	53.7	47.5	160	fn	25.2	0
1860—1865	2970	410	27.2	26.8	130	77.2	54	0
1870	2881	551	32.1	21.6	104.9	78.4	45.4	0
1875	2940	517.2	16	38.4	49.2	296	37	0
1880	2641	503.2	40	22.8	51	190	31.6	0
1885	2555	506.6	53.4	35.1	41.6	156	30.8	0
1890	2487	407.8	48.2	32.1	26.9	111	23.2	0
1895	2318	331.4	44.4	27.7	26.2	105	18	0
1900	2067	280	24	17	13	66	21	0
1905	1831	240	13	10	12	38	16	0
1910	1601	210	16	6	20	36	12	0
1915	1460	187	12	7	5	23	6	0
1920	1290	125.6	12.9	10.8	3.9	18.4	2.4	0
1925	1140	86.6	2	4.8	1.2	10.5	3.2	0
1930	1080	73.2	2.2	1.8	0.8	2.8	0.9	0
1935	1030	59.9	1.4	2	1	0.9	0.5	0
1940	1020	48.6	＜0.05	0.7	0.2	0.1	0.2	0
1945	1040	45.1	＜0.05	0.45	0.07	0.7	0.1	0
1950	1000	29.4	2.2	＜0.05	0	0.1	＜0.05	0
1955	1040	13.8	1.8	3	0	0	0	0
1960	1110	10.4	0.25	＜0.05	＜0.05	0	0.1	0
1965	1110	7.6	＜0.05	—	—	0	0	0
1970	1120	4.9	0.2*	—	—	0	0	0
1975	1020	4.7	0.2*	—	—	0	0	0
1980	1080	2.8	0.2*	—	—	0	0	＜0.01
1985	1040	1.0	1.0*	—	—	0	0	22.2
1990	1010	1.7	1.7*	—	—	0	0	60.3
1995	970	1.2	1.2*	—	—	0	0	91.5

fn：1857 年首次报告白喉病例。

*1970、1975、1980、1985、1990、1995 年的麻疹数据仅是 5 岁以下儿童的统计数据。

注释：这个表格的汇编异常艰难，因为历史学家在许多数据点上意见不一致。已知的人口和死亡率数据的准确性每年都有所不同。不同的官方报告给出了同一年份的不同数据。因此，请注意以下几点：

（1）内战结束前的数据以五年平均数表示。

（2）1898 年，纽约市合并了五个行政区。（见注 29 表："1650—1990 年纽约市人口数"）

(3) 疾病的定义和分类随着时间的推移而改变。19 世纪以前，许多疾病都没有明确的定义。肺结核、结核病、肺痨相同。从 1870 年开始，这张表将肺部和该疾病的其他表现理行分组。伤寒和副伤寒没有特别的鉴别诊断方法，几十年来一直被一起报道。伤寒和斑疹伤寒、白喉和哮吼（儿童疾病）也是。

(4) 在 1865 年和 1890 年这两个特定的年份，人口估计值尤其令人怀疑：历史上认为人口数被低估了。(See: Rosenwaike, I., 1972, op. cit.)

(5) 儿童疾病，如麻疹和白喉，通常按年龄分组来报告。在这张表中，大部分情况下，我们对各个年龄段的报告进行了分组。

29. 1840—1860 年间，450 万欧洲贫民从美国东部港口登陆，使本来就人口稠密的居民区和贫民窟不断膨胀。这其中超过 350 万人为纽约的常住人口。下表概述了纽约市人口指数增长情况：

1650—1990 年纽约市人口数

年度	人口数	年度	人口数	年度	人口数	年度	人口数
1650	1000	1800	60489	1860	813669	1930	6930446
1698	4937	1805	75770	1865	871583	1935	7206000
1703	4375	1810	96373	1870	942292	1940	7454995
1712	5840	1814	95519	1875	1041886	1945	7648000
1723	7248	1815	93630	1880	1206299	1950	7891957
1731	8622	1816	93634	1885	1377085	1955	7843000
1737	10664	1820	123706	1890	1515302	1960	7781985
1746	11717	1825	166086	1895	1787412	1965	7839000
1749	13294	1830	202589	1900	3437202	1970	7895563
1756	13046	1835	270089	1905	4121678	1975	7896000
1770	21000	1840	312710	1910	4766883	1980	7071639
1771	21863	1845	371223	1915	5224591	1985	7197000
1786	23610	1850	515547	1920	5620048	1990	7322600
1790	33131	1855	629904	1925	6323190	1995	7542500

30. 例如，1847 年伤寒夺去了纽约市 1396 人的生命；1849 年夏天，霍乱导致 5071 人死亡（可能是 8000 人）；1851 年暴发天花和伤寒，造成 1600 人死亡；1854 年夏天，霍乱再次袭击纽约，造成 2501 人死亡。这些传染病，加上孕产妇和儿童死亡率惊人地上升，到 1855 年，纽约市人口的死亡率上升到 48/1000 人 / 年。

31. 产褥热是由多种细菌引起的产后感染。通常情况下，这些妇女是由于助产士和产科医生实行的可怕的卫生标准而感染的。

32. 许多观察人士指出，在任何通过选举或民主程序运作的社会体系中，实施公共卫生的根基是满足庞大的中产阶级的需求。公民社会的部分功能就是要让民众对其未来进行积极的投资。显然，在苏联国家、中非和印度，中产阶级几乎不存在。所有这些国家的经济和社会阶层特征与 19 世纪中期的美国城市相似。

因此，很可能会有人争辩说，在没有庞大中产阶级群体的情况下，公共卫生不可能存在于一个民主国家。当然，也可以说，没有这样的阶级力量，民主本身就不可能存在。

33. An excellent rendition of Chadwick's contributions can be found in the chapter entitled“Public Medicine” in Porter, R., *The Greatest Benefit to Mankind: A Medical History of Humanity*. New York: Norton, 1998.

34. Details can be found in Duffy, J., *The Sanitarians: A History of American Public Health*. Illini Books Edition. Chicago: University of Illinois Press, 1992.

35. “本土主义者”是指在美国本土出生的白人，他们认为自己在美国社会中的权利高于移民、非裔美国人和美国印第安人。通常，本土主义者是强烈的反犹太主义和种族主义者，将所有的社会弊病都归咎于“非本土的”。

36. 当时的欧洲，情况并不是这样。19 世纪中叶，美国人在对待公共卫生问题的态度远比欧洲人更加道德和漠不关心。例如，波特告诉我们，鲁道夫 • 维尔乔夫呼吁德国医生成为“穷人的律师”，而法国的朱尔斯 • 盖林则宣布需要他所称的“社会医学”。一般来说，与美国公共卫生领域相比，欧洲公共卫生领导人对病人的判断要少得多，而政治参与度更高。

37. 1788 年，公众对纽约医生的不信任引发了一场暴乱。在工人阶级居住的社区流传着这样的谣言：残忍的医生在月光下挖出他们亲人的尸体，然后将其切开进行医学实验和解剖学研究。一名儿童声称自己目睹了纽约医院的一名医生肢解她刚去世的母亲。受此影响，一群 5000 人左右的暴徒袭击了哥伦比亚大学和纽约医院，让惊慌失措的医生和医学院的学生四处逃散。医生们躲在城市监狱里，暴徒愤怒地冲进监狱。当地民兵为保卫被围困的医生而造成了 3 名骚乱者死亡。

38. Starr, P,, *The Social Transformation of American Medicine*. New York: Basic Books, 1982; Ludmerer, K. M., *Learning to Heal*. Baltimore: Johns Hopkins University Press, 1985; and Ludmerer, K. M., *Time to Heal*. New York: Oxford University Press, 1999.

39. 借用他以前引用过的医学教育书籍中的内容，肯尼斯 • 卢德默尔指出，早在 19 世纪 30 年代，法国的医学教师就放弃了死记硬背的方法来培训医生，转而用直接接触病人的办法来解决问题。每年从巴黎培训回来的少数美国医生知道如何检查病人，甚至有一种专注于身体特定器官的疾病感。但早在 19 世纪末，大多数美国医生不管他们受过什么样的“训练”，对人体器官与疾病之间的关系一无所知，也无法对病人进行有效检查，甚至不能正确地做出初步诊断。

40. 19 世纪 40 年代，在维也纳执业的匈牙利籍内科医生伊格纳兹 • 菲利浦 • 塞梅尔维斯进行了一项伟大的实验，将彻底改变医疗卫生的现状。在当时的整个欧洲和美国，产妇分娩后都会出现产褥热。阴道和子宫内疼痛的感染会迅速发展成败血症，而新妈妈们则会出现高烧、精神错乱、死亡。

塞梅尔维斯在他的维也纳医院指出，一些医生和护士照顾产妇出现的产褥期发热病人比其他人少。他尝试了一种实验，将产科病房一分为二，一边保持标准做法，另一边指导所有护士、医生、助产士和来访者在接触母亲或新生儿之前，用肥皂和开水用力擦洗双手和手臂。用新方法照顾的母亲没有一个死于产褥热。

随着“塞氏洗手法”一词在欧洲传播开来，医生们认为这种清洗也可以降低术后感染的发生率，肥皂块很快就出现在法国、奥地利、德国和英国的医生办公室和医院病房里。但在美国，情况并非如此。

41. Ludmerer, K. M., 1985, op. cit.

42. Quoted in Jordan, P. D., *The People's Health: A History of Public Health in Minnesota to 1948*. St. Paul: Minnesota Historical Society, 1953.

43. Jordan, P. D., *The People's Health: A History ofPublic Health in Minnesota to 1948*. St. Paul: Minnesota Historical Society, 1953.

44. 保罗 • 斯塔尔总结道 :“如果病人是传染源，预防疾病传播（公认的公共卫生功能）的一种方法是诊断和治疗病人（公认的医学功能）。对一些公共卫生官员来说，扩大公共卫生的范围以纳入更多的药物似乎是必要的和可取的，但可以想象，私人医生会认为这种扩展是一种篡夺。医生们反对为病人提供公共治疗措施，反对肺结核和性病病例的报告制度，反对公共卫生当局建立卫生中心以协调提供预防措施和医疗卫生服务。”

45. 加州人最初是在加州出生的人，他们通过墨西哥土地出让而获得加利福尼亚大牧场。20 世纪 50 年代，沃尔特·奥马利与洛杉矶市政府达成协议，将布鲁克林道奇棒球队迁往加州。国家宣布土地征用，国民警卫队用枪口威胁加州人的后裔，使切瓦士山谷成为道奇体育场的所在地。

46. There is some dispute on that figure. Duffy says six hundred died. Condran argues the total was 1,137. See Duffy, J., 1968, op. cit.; and Condran, G. A., "Changing patterns of epidemic disease in New York City." In Rosner, D., editor, *Hives of Sickness: Public Health and Epidemics in New York City*. New Brunswick, N.J.: Rutgers University Press, 1995.

47. Starr, P., 1982, op. cit.

48. 见注释 70 表格“纽约市人口死亡率”。

49. 1878 年，黄热病肆虐密西西比河谷的城镇。在受灾最严重的孟菲斯，死亡人数超过了该市人口的 10%；新奥尔良也因此损失了 5% 的人口。在这些城市里，几乎每个家庭都至少埋葬了一名亲人，多年后，这种悲痛在当地的文化中留下了令人警醒的印记。

人们所知道的处置这场传染病的唯一方法是把病人从水井附近区域转移出来，当疫情严重时，通过把惊恐的民众疏散到农村来减少整个城市的人口密度。必要时，警察、美国军事部队和当地民兵会用手枪胁迫民众进行转移，以回应市长和州长们对他们积极履行公共卫生行动的信任。可悲的是，这种行为往往使人们与传播这种疾病的蚊子有更直接的接触。

在内战结束仅仅 8 年之后，密西西比河流域的传染病造成的生命和财产损失在今天看来几乎是不可想象的。正如在哈立德·布鲁姆关于这一主题的优秀著作中所指出的那样，大部分灾难发生在最近战败的南部各州，毫无疑问，由于战争的破坏和前南部邦联政府基础设施已被损毁，这些州已经成了蚊子的滋生地。当海耶斯派遣联邦政府的官员和军队援助被围困的南部城市时，这标志着最近交战的派系之间朝着和解的方向做出了大气的姿态。

50.

1873—1905 年细菌或微生物的发现史

疾病名称	被命名的有机体或细菌	被发现的年份
回归热	回归热螺旋体	1873
炭疽	炭疽杆菌	1876
淋病	淋病微球菌	1879
疟疾	疟疾疟原虫	1880
鼻疽病	鼻疽杆菌	1882
霍乱	霍乱螺旋菌	1883
白喉	白喉杆菌	1884
霍乱	霍乱弧菌	1884
肺炎	肺炎双球菌	1884
结核病	结核杆菌	1884
伤寒	伤寒杆菌	1884
布鲁氏菌病	蜂窝状芽孢杆菌	1887
脑脊液脑膜炎	脑膜炎微球菌	1887
破伤风	破伤风杆菌	1889
流感（细菌性）	流感杆菌	1892
瘟疫	鼠疫杆菌	1894
痢疾	痢疾杆菌	1898
梅毒	梅毒螺旋体	1905

51. 在科赫具有里程碑意义的论文《结核病病原学》中，他不仅提供了结核分歧杆菌是结核病病因的证据，还指出了这种细菌（他错误地称之为病毒）的传播模式和传播控制策略。

“关于结核病病毒从病人向健康人传播的途径，毫无疑问，是由于病人咳嗽时的震动，痰中会有微小的颗粒，散落在空气中，像尘埃一样散开。现在有大量的实验表明，吸入细小弥散的肺结核痰不仅使这些动物对结核病敏感，而且绝对能够对结核杆菌产生抗药性。人类可能会是个例外，但这是不应该存在的。因此，我们可以认为，当一个健康的人意外地发现自己与患病的人近在咫尺，并吸入了空气中的痰颗粒时，他就可能会被感染。” Koch, R., “Aetiology of Tuberculosis.” Translated by Rev F. Sause. *American Veterinary Review* 13 (1889): 54-214.

52. For this section see Bates, B., *Bargaining for Life*. Philadelphia: University of Pennsylvania Press, 1992; Burrows, E. G. and Wallace, M., 1999, op. cit,; Bushel, A., *Chronology of New York City Department of Health 1655-1966*. New York City Department of Health, 1966; Caldwell, M., 1988, op. cit; Debré, P., *Louis Pasteur*. Baltimore: Johns Hopkins University Press, 1998; Dubos, R. J., *The White Plague*. New Brunswick: Rutgers University Press, 1992; Duffy, J. , *A History of Public Health in New York City: 1866-1966*. New York: Russell Sage, 1974; Duffy, J., 1992, op. cit.; Golden, J. and Rosenberg, C. E., *Pictures of Health*. Philadelphia: University of Pennsylvania Press, 1991; etc..

53. Evans, R. J., *Death in Hamburg: Society and Politics in the Cholera Years 1830-1910*. Oxford: Clarendon Press, 1987.

54. “肺街区”与凯瑟琳、樱桃街、汉密尔顿和市场街接壤。

55. 对廉价公寓的定义是：“通常是街上 4 到 6 层的砖砌建筑，一楼通常有商店……每层楼有 4 户人家，一套房间里有 1 个或 2 个深色的衣橱，衣橱所在的房间用作卧室；还有一个 3.6 米乘 3 米的客厅。楼梯经常是位于建筑中间的一个黑暗的天井处，可能没有直接的通风处，每个家庭都被隔墙隔开。通常情况下，地块的后方是另一栋 3 层楼高的建筑，两户人家在同一层楼。”

据估计，1890 年纽约市有 3.7 万幢这样的廉价公寓都集中在曼哈顿区和布朗克斯区，这些房子里住着 120 万人。因此，纽约市是北美人口密度最高的城市，每 0.4 公顷住着 522 人。那一年费城的人口密度是每 0.4 公顷 118 人，芝加哥是每 0.4 公顷 83.5 人。

56. See Sanger, M. and Russell, W., *Debate on Birth Control*. Girard Kans: Haldeman-Julius Company, 1921.

57. 这一时期标志着马桶座圈恐惧症的开始，到了 20 世纪，这一恐惧症扩展到包括小儿麻痹症以及所有性传播疾病，梅毒患者可以告诉他们的配偶，他们是在“在公共厕所感染的”。“随着 20 世纪 80 年代艾滋病的出现，对马桶座圈的恐惧涉及了艾滋病病毒感染。”

这并不是美国独有的现象。在 20 世纪 90 年代，也就是引入室内厕法的一百年后，为避免所谓的传染，大多数生活在苏联国家的家庭会故意避开使用马桶座圈而宁愿使用蹲式马桶。

58. Bellew, “Hygeia.” *Harper's Weekly*, vol. 25 (1881): 231.

59. 例如，在芝加哥进行的大规模供水和下水道工程，在凯恩的《养育和浇灌一个城市：埃利斯·西尔维斯特·切斯布罗格和芝加哥第一个卫生系统》中有描述。

60. New York City Department of Health, *Anual Report of the Department of Health of the City of New York*, 1905 (for 1870-1895), 1915 (for 1900-1915). Note that there is debate on these figures. See Free, E. and Hammonds, E. M., "Science, politics and the art of persuasion." In Rosner, D., editor, 1995, op. cit. By measurements focused on Manhattan's tenement areas, the change in diphtheria death rates was from an 1894 high of 785 deaths per 100,000 to just 300 deaths per 100,000 in 1900.

61. Delivered at the BMA's annual meeting in Montreal, Canada, Sept.3, 1897.

62. Hiscock, I. V., "A survey of public health activities in Los Angeles County, California." *American Public Health Association*, 1928.

63. 1915 年，洛杉矶郡成立了一个卫生委员会，负责整个地区的公共卫生事务，当时该郡的人口接近 70 万。尽管在 1911 年之前，美国没有一个地方有郡级卫生行政部门，但很少有像洛杉矶一样迫切需要的。

64. 十年来，在洛杉矶郡没有任何重要的医疗设施的情况下，波默罗伊的相关部门一直试图履行其职责。该郡实力雄厚的房地产开发商似乎不关心基础设施问题，如水、医院、学校和交通。1925 年，洛杉矶郡第一家医院开业时，该郡的居民人数接近 200 万。

但那都是后来的事。在波默罗伊的时代，只有 4 个分散的小诊所、1 个结核病疗养院和一个由流动的公共卫生护士和食品检查员组成的小型医疗网络。创建一个公共卫生护理专业实际上是洛杉矶因需制宜的想法。该郡负担不起同等数量的医学博士人才队伍，而且动用任何由税收支持的医生组成公共卫生队伍都会引起美国医学会的不满。详细信息，请参见 "A new kind of nurse appears." In Rosen, G., *A History of Public Health*. Baltimore: Johns Hopkins University Press, 1993。

65. 1900 年，纽约市每年约有 40% 的死亡病例涉及 5 岁以下儿童。约瑟芬・贝克在 1918 年的一项调查还发现，纽约市有 21% 的小学生营养不良。

66. 基督教堂的创始人，科学家玛丽・贝克・埃迪，1821 年生于新罕布什尔州。年轻时，她成为菲尼亚斯・帕克赫斯特・昆比的追随者，昆比是一名催眠师，使用催眠术、磁铁以及与死者灵魂交流的方法来治愈创伤。1866 年，艾迪创立了被称为基督教科学的信仰体系。

到 19 世纪 80 年代末，埃迪的追随者遍布美国、加拿大和欧洲。经她培训的治疗师承诺 "所有疾病都不用药物或仪器就能治愈。'疾病是一种信仰，而不是一种现实'——形而上学者认为这是一个显著的与医学科学相矛盾的说法。"

在整个 20 世纪，疫苗接种一直是公共卫生当局和基督教科学家之间争论的焦点。1985 年至 1994 年，美国的四次麻疹流行是在未接种疫苗的基督教科学家群体中发生的。

67. 在代表多数人的意见书中，哈兰法官说："美国宪法保障在其管辖范围内的每个人的自由，但并不赋予其在任何时候和任何情况下完全不受约束的绝对权利……这项原则承认每个人有权使用自己的财产，无论其是否可能对他人造成伤害，因此所有人的真正自由是不可能存在的。"

该案涉及一项强制要求马萨诸塞州剑桥市的所有居民接种疫苗的法令。亨宁・雅各布森拒绝了这项法令，并向最高法院提出了申诉。法院一方面裁定剑桥确实可以颁布这样的法令；但另一方面，法院回避了强制执行的问题。拒绝接种疫苗的人可能会被监禁、罚款、拘留，但不会被强制接受疫苗。

68. Winslow, C. E. A., 1929, op, cit.

69. 在整个 1902 年，24 名身穿白色制服的卫生警察在纽约市街头巡逻，搜寻违反卫生法规的人，逮捕了 304 名非法倾倒者、随地吐痰者、违反检疫条例者和 "过度拥挤者"——房东把大量移民塞进房间——食品检查员销毁了 3843 吨的农产品和肉类。

70.

纽约市人口死亡率

（单位：/10万人，1900—1950年儿童死亡的特定病因）

年份	麻疹（5岁以下）	百日咳（5岁以下）	猩红热（15岁以下）	白喉（15岁以下）
1900	187.8	141.7	81.3	413.3
1905	116.2	91.2	39.6	129.1
1910	154.8	58.0	69.4	124.8
1915	116.7	73.5	19.5	85.7
1920	131.2	109.6	13.7	64.9
1925	23.6	55.6	4.5	39.8
1930	28.7	23.3	3.4	11.7
1935	22.8	32.1	4.5	4.0
1940*	6.5	12.0	1.7	1.9
1945*	2.6	7.9	0.5	0.7
1950*	1.4	0.8	—	0.1

*1940年、1945年和1950年分别取1936—1940年、1941—1945年和1949—1951年每10万名儿童的年平均死亡人数的均值。

71.“伤寒玛丽的离奇经历”，《纽约医学院公报》第15期，1939年。1910年，英国卫生官员西奥多·汤姆森博士提出了一份更长的承运人身份的明确证明。从1896年到1909年，他所在的福克斯通地区爆发了一场传染病，汤姆森最终将其追溯至一个他称之为“N先生”的送奶工身上。尽管N先生从未患过伤寒，但他携带了这种微生物，并把它传染给了几十个与他有过接触或喝过他准备的牛奶的人。

72. 事实上，梅隆将成为一个终生的伤寒沙门氏菌携带者，正如后来的研究所揭示的那样，在所有伤寒病痊愈的人中，只有少数人会转变成伤寒沙门氏菌终身携带者。事实上，一些从未发病，但在不知情的情况下被感染这种细菌的人，也可能成为终生的携带者。即使一个世纪以后，伤寒沙门氏菌的许多令人印象深刻的传播方式仍然是未知的。在这种和许多其他情况下，公共卫生政策必然是建立在不完全已知的科学基础上的。

73. 然而，当梅隆再次被捕时，她已经在斯隆医院帮厨5个月了，她又感染了至少25人，其中2人死亡——这使得被她感染的病例总数达到51例，3人死亡。和以前一样，当卫生当局与梅隆对峙时，她逃了出来，这次逃到了附近的树林里，最终在警方的追捕下被抓获，并送往北兄弟岛的河畔医院，1938年，她在痛苦和孤独中死去。

很少有公众和媒体同情“伤寒玛丽”梅隆。“玛丽第二次被捕后的状态与第一次被捕后完全不同，”卫生侦探乔治·索帕在书中总结道，“无论是在法律方面，还是在公众同情心方面，都是如此。作为一种疾病感染的无辜受害者，她曾经拥有的所有权利，现在都失去了，她现在是一个无法声称自己清白的女人了……她是个危险人物，必须得到相应的对待。”

74. 钩虫病是由北美特有的3种寄生虫中的任何1种引起的，尤其是在亚热带生态系统中。钩虫幼虫可以通过进入赤脚的伤口来感染人体。一旦进入体内，钩虫会导致贫血、虚弱和智力低下。

1906年，当洛克菲勒运动开始时，专家们已经认识到，尽管治疗方法很糟糕，但预防措施相当简单。在大多数情况下，鞋子、袜子和长裤就足够了。钩虫是一种极度贫困带来的疾病。

75. 到1916年，美国只有不到5所公共卫生学院，但却有超过160所医学院——

这表明，治疗医学已经比全民疾病预防更有吸引力。

76. Stevens, R., *In Sickness and in Wealth: American Hospitals in the Twentieth Century*. Baltimore: Johns Hopkins University Press, 1989.

77. Ludmerer, K. M., 1985, op. cit.

78. 另一方面，这种职业的专业化强化了使医生们更加坚决地反对任何形式的干涉他们行医的行为。劳伦斯·韦斯巧妙地总结了这种紧张关系："医生、药剂师和药品制造商主要通过企业家的眼光看待公共卫生，即使在公共卫生机构和其活动发展的早期也是如此。他们是支持公共卫生工作的，因为这会促使病人和顾客来到他们的办公室求医，但当他们发现公共卫生会成为其竞争对手时，他们就背弃了。"

79. Ben-David, J., "Scientific productivity and academic organization in nineteenth century medicine." *American Sociological Review* 25 (1960): 830.

80. 成人脊髓灰质炎病例很少，大概是因为在几十年的生命中，老年人通过连续接触自然免疫。当然，在 1916 年，除了最富有的成年人以外，所有人都可能在童年时期接触过疫水，饮用的过滤水比想象中的要少。在经历了 1916 年可怕的夏天之后，富兰克林·德拉诺·罗斯福一家每个季节都离开纽约市前往坎波贝洛岛居住一段时间，希望能避免小儿麻痹症的祸害。1921 年 8 月，这位未来的总统就是在那里被一个罕见的脊髓灰质炎成人病例感染了，这使他的腿终生瘫痪。

81. For this section on polio, see New York City Department of Health, *Annual Report of the Department of Health of the City of New York for the Calendar Year 1917*. New York, 1918; Duffy, J., 1968, op. cit; Golub, E. S., 1994, op. cit.; Kraut, A. M.,"Plagues and prejudice." In Rosner, D., editor, 1995, op. cit.; and Smith, J. S., *Patenting the Sun: Polio and the Salk Vaccine*. New York: William Morrow and Company, 1990.

82. 脊髓灰质炎的流行在 1917 年减弱，可能因为它已使非免疫人群处于饱和状态了，在最脆弱的人群中引发疾病，并自动地让其他人对此免疫。在随后的几十年里，科学家们会对脊髓灰质炎的周期性特征给出许多种解释，但通常没有人认识到这一显著特征。

83. As quoted in Kyvig, D. E., *Repealing National Prohibition*. Chicago: Chicago University Press, 1979.

84. Gray, M., *Drug Crazy: How We Got into This Mess and How We Can Get Out*. New York: Random House, 1998; and Ramirez, J. S., "The tourist trade takes hold." In Beard, R. and Berkowitz, L. C., 1993, op. cit.

85. 以纽约市为例，地下酒吧每周交 400 美元保护费给地方官员，另外每周行贿 40 美元给当地的巡警。

86. Duffy, J., 1974, op. cit; and New York City Department of Health, *Annual Report of the Department of Health of the City of New York for the Calendar Year 1920*. New York, 1921.

87. 在其 1920 年的年度报告中，该部门还指出，"随着禁酒令的出台，发现了一些木材酒精中毒案件"，这为医疗和刑事当局的介入提供了明确的理由。

88. 由于在西班牙出现了一次较大规模的早期疫情，1918 年的流感被除西班牙人外的所有人都贴上了"西班牙流感"的标签。如果需要用地理名称来命名，那"堪萨斯流感"可能更合适。

89. For this section, see Beveridge, W. I. B., "The chronicle of influenza epidemics." *History and Philosophy of Life Sciences* 13 (1991): 223-35; U.S. Bureau of the Census, *Historical Statistics of the United States, Colonial Times to 1970*. Bicentennial Edition. 93rd Cong, 1st sess, H. Doc. 93-78 (Part 1); Centers for Disease Control and Prevention, "Prevention and control of influenza."

Morbidity and Mortality Weekly Reports 48 No. RR-4 (1999); Crosby, A. W., *Epidemic and Peace*, 1918. London: Greenwood Press, 1976; New York City Department of Health, *Anual Report of the Department of Health of the City of New York for the Calendar Year 1918* (see also the years 1919 and 1920). New York: 1919 (1920, 1921); etc..

90. 根据美国人口普查局的数据，各种原因对死亡率的总体影响如下：

年龄调整死亡率

（单位：/1000 人）

年份	总计	白人男女	白人男性	白人女性	非白人男女	非白人男性	非白人女性
1916	15.1	14.7	15.8	13.4	22.2	22.6	21.6
1917	15.3	14.7	16.0	13.4	23.4	24.1	22.7
1918	19.0	18.4	20.2	16.6	28.0	28.9	27.1
1919	14.0	13.4	14.1	12.8	20.5	20.3	20.8
1920	14.2	13.7	14.2	13.1	20.6	20.4	21.0
1921	12.7	12.2	12.7	11.6	18.2	18.0	18.6

91. Eyler, J. M., "The sick poor and the state." In Rosenberg, C. E. and Golden, J., editors. *Framing Disease: Studies in Cultural History*. New Brunswick, NJ.: Rutgers University Press, 1992.

92. 美国的国民生产总值从 1860 年的 160 亿美元猛增到 1890 年的 650 亿美元。到 1921 年，超过 3000 亿美元。在此期间，国家财富增长了 19 倍，但人均收入仅增长了 5.8 倍，为什么？因为富裕起来的并不是真实的美国，而只是其上层的精英阶层积累了惊人的财富。

93. Smith, D. B., *Health Care Divided: Race and Healing a Nation*. Ann Arbor: University of Michigan Press, 1999.

94. Dublin, L. I., "The health of the Negro." *Annals of the American Academy of Politics and Social Science* 140 (1928): 77-85.

95. White, R., *It's Your Misfortune and None of My Own: A New History of the American West*. Norman: University of Oklahoma Press, 1991.

96. 1925 年出生在美国的白人男性平均预期寿命是 57.6 岁；白人女性的平均预期寿命为 60.6 岁。对于当时被美国人口普查局分类的“黑人和其他人”，当年的预期寿命要低得多：男性 44.9 岁，女性 46.7 岁。当然，这一数字受到了黑人婴儿死亡率高的影响：“黑人和其他种族”的婴儿死亡率为 110.8‰，而白人婴儿的死亡率为 68.3‰。

97. 到 1920 年，公立医院是全国主要医疗服务提供者，而慈善私立医院则扮演次要角色。理论上，所有这些设施对每个人都是平等的，但事实并非如此。

亚伯拉罕·弗雷克斯纳在 1910 年发表的具有里程碑意义的医学教育报告中指出：“黑人的医疗服务永远不会完全由黑人医生来负责。然而，如果能让黑人对其身体的健康拥有强烈的责任感，他们精神和道德改善的前景将更加光明。黑人医生的执业范围将局限于他自己的种族，而优秀的黑人医生将比差的白人医生更好地照顾黑人。但是黑人的身体健康问题不仅限于黑人自己，有 1000 万黑人与 6000 万白人都在密切接触之中。黑人不仅自己患有钩虫和肺结核，他还在不经意中把这些病传染给他的白人邻居，反之亦然，也可能不幸被白人邻居传染。在对待这个问题上，虽然自我保护的分量不逊于人性，但与慈善公益性相比，个人利益还是排在第二位的。”

在提倡对非裔美国人进行高等大学培训的过程中，弗雷克斯纳是一个进步的人，在他那个时代，只有 7 所美国大学录取了非裔美国人。但是，弗雷克斯纳从未质疑当时种族隔离医疗卫生的基本理由：1920 年，在美国大部分地区，深色皮肤的美国人不仅被要求与浅肤色的美国人分开使用饮水机喝水，而且还被禁止进入同一诊所、医院或医院内的病房就诊。

当时，犹太人和天主教徒也被隔离在医疗培养系统之外，几乎没有几所主要大学会录取他们攻读高级学位。但在这些隔离墙倒塌很久之后，非裔、亚裔、美洲印第安人和墨西哥裔仍被排除在这个体系之外。

98. Starr, P., 1982, op. cit.

99. His 1920s books extolling the praises of science and public health were *Microbe Hunters, Hunger Fighters, and Men Against Death*.

100. De Kruif, P., *Why Keep Them Alive?* London: Jonathan Cape, 1936.

101. Hopkins, H. L., "Hunger is not debatable." *New York World Telegram* (July 30, 1935).

102. De Kruif, P., *The Fight for Life*. London: Jonathan Cape, 1938.

103. Ibid.

104. 在 1933 年召开的儿童健康康复大会上，时任纽约市卫生专员、明尼阿波利斯卫生学院院长哈文斯·爱默生说："社会工作者中的专业人士表达了未来经济大萧条对公共卫生影响的担忧，但没有人支持这样一种观点，即公众健康将因全球经济崩溃而受益或受损。"

105. Duffy, J., 1992, op. cit.

106. Eyer, J. and Sterling, P., "Stress-related mortality and social organization." *The Review of Radical Political Economics*, Vol. 9 (1977).

107. 22 家联邦医院关闭（联邦医院总数从 1934 年的 310 家下降到 1931 年的 288 家）；110 家州医院被关闭（从 1924 年的 632 家下降到 1937 年的 522 家）；153 家地方政府医院关闭（从 1927 年的 924 家下降到 1937 年的 871 家）。慈善私立医院也遭受了损失，关闭了 91 家，从 1926 年的 1060 家下降到 1936 年的 969 家。

108. For these and other Depression-era basic facts, see Badger, A. J., *The New Deal: The Depression Years, 1933-1940*. New York: Macmillan, 1989; Heckscher, A., *When La Guardia Was Mayor: New York's Legendary Years*. New York: W. W. Norton and Company, 1978; and McElvaine, R. S., *The Great Depression*. New York: Random House, 1984.

109. 第一次风暴发生在 1935 年 4 月，在俄克拉荷马州的农场吹走了大约 4000 万吨的表层土壤。5 月 11 日，另一次风暴又带走了 3 亿吨土壤，使 3. 32 亿英亩的大平原和得克萨斯变成了一个巨大的垃圾桶。

110. 胡佛政府支持驱逐行动，并在 1929 年至 1933 年期间派遣联邦官员到西方驱逐了 8. 2 万名墨西哥裔男子。当然，当然，这项努力失败了，所有这样的驱逐运动也都失败了：尽管 20 世纪 30 年代西方经济状况很糟糕，但墨西哥的经济更糟。在那几年里，估计有 50 万墨西哥人越过边境来到了北方，在加利福尼亚、亚利桑那、新墨西哥、得克萨斯和科罗拉多定居下来。在加州，这些移民挤进了大约 30 万名因沙尘暴而引发的难民之中，他们也成为歧视和政治冲突的目标。

111. Pomeroy, J. L., "County health administration in Los Angeles." *American Journal of Public Health* 11 (1921): 796-800; Rosen, G., "The impact of the hospital on the patient, the physician and the community." *Hospital Administration* 9 (1964): 15-33; and Rosen, G., "The first neighborhood health center movement." In Leavitt, J. W. and Numbers, R. L., 1985, op. cit.

112. 1930 年至 1934 年间，加利福尼亚州有 894 名儿童死于百日咳。

113. Dunshee, J. D. and Stevens, I. M.,"Previous history of poliomyelitis in California." *American Journal of Public Health* 24 (1934): 1197-1200.

114. 据作者所知，没有人保存 1934 年病毒的样本。因此，洛杉矶疫情期间出现的异常症状和低死亡率仍然是个谜。

115. See the following sources for further information on the 1934 outbreak: Aronowitz, R. A, "From myalgic encephalitis to yuppie fu." In Rosenberg, C. E. and Golden, J., editors, 1992, op. cit; Bower, et al., "Clinical features of poliomyelitis in Los Angeles." *American Journal of Public Health* 24 (1934): 1210; Dunshee, J. D. and Stevens, I. M., 1934, op. cit; and Stevens, I. M., "The 1934 epidemic of poliomyelitis in Southern California." *American Journal of Public Health* 24 (1934): 1213.

116. "铁肺"是1928年哈佛大学的菲利普·德林克发明的。脊髓灰质炎患者躺在一个1.8米长的钢管里，将他们的身体密封起来，呼吸泵支撑着他们瘫痪的肺辅助呼吸。到1934年，这些设备还没有运到洛杉矶，在大萧条时期，对大多数美国人来说都太贵了。但是到1940年，全国的医院都有了这种呼吸器。一排排的像棺材一样的设备摆满了大型开放式医院的病房，这一景象将成为美国脊髓灰质炎的永久遗产。

117. See Duffy's delineation, "The Great Depression and the war years," in Duffy, J., 1992, op. cit.

118. As quoted in McElvaine, R. S., 1984, op. cit.

119. 旧金山的华裔健康状况记录非常糟糕。在19世纪70年代到90年代，当美国几乎所有其他地方的死亡率和疾病发病率都在下降时，旧金山的死亡率反而上升了，主要是天花和白喉流行造成的。导致这一结果的一部分原因——也许也是最大的错误——是该市卫生部门的相关政策，他们把每一次传染病都归咎于中国移民。

唐人街就像城市中一个被隔离的小城市，除了作为被诽谤的目标外，政府部门对它几乎视而不见。可以理解的是，中国移民对这种指责感到不满，并对卫生行政部门越来越怀有敌意。到1900年，该部门的官员们开始抱怨中国移民的敌意，而唐人街的代表们则指示他们的社区不要信任政府代表。在这一背景下，残酷的反华情绪引发了针对亚洲移民的私刑和其他暴力行为。这是一种典型的社会偏见和不信任的范例，助长了疾病的传播。

120. Mullan, F., 1989, op. cit.

121. 这场传染病最终不是通过科学的干预而是通过自然的进化而结束的。1906年的旧金山大地震和大火把啮齿动物的藏身之处夷为平地，并迫使幸存的老鼠饿死。但是，野生啮齿动物会继续藏匿，鼠疫猖獗，并感染跳蚤。特别是在整个20世纪，松鼠经常成为人类疾病和死亡的孤立性淋巴腺鼠疫等导致人类死亡相关疾病的源头。因此，可以认为盖奇坚决反对灭鼠行动，使得鼠疫耶尔森菌成为加州啮齿动物中新的地方病。

122. 在美国公共卫生署内成立了两个机构，在后来的几年里，它们转型为国家卫生研究院和疾病预防控制中心。

123. See, for example, Institute of Medicine, "The disarray of public health: A threat to the health of the public." *The Future of Public Health*. Washington, D.C: National Academy Press, 1988.

124. 不幸的是，国会为该法案设定了期限，1929年，当各州突然急需联邦政府的救济时，尽管法案的最高目标是改善美国婴儿和儿童的健康和福利，《谢泼德－唐纳德法案》遭到了坚决反对。美国医学会坚决反对任何有损私人医生利益的行为，谴责这一行为是"社会主义性质的"。马萨诸塞、康涅狄格和伊利诺伊三个州宣布该法案违宪，并向联邦法院提出诉讼，并以联邦机构不能干涉一个州该如何或在什么地方花钱为由，阻止该法案的实施。这些案件在法庭上举步维艰，从未能到达美国最高法院，这反映了司法部门认为这种抗议是毫无根据的。

125. Mullan, F., 1989, op. cit。直到1930年，国会一直在辩论并成立了更多的机构。每次国会辩论都有某位有权势的议员为某个健康相关问题而愤怒起来，就这样，一个新的机构便诞生了。例如，1929 年，就在大崩盘前几周，国会成立了联邦麻醉品局来处理日益严重的毒品成瘾问题。它最后成了禁毒执法局，并以坚定的刑事定罪方法对待吸毒问题。

126. 拜哲告诉我们，“1933 年至 1937 年间，美国经济以每年 10% 的速度增长，但在 1929 年之后，即使是这样的增长也使 14% 的劳动力失业。1937 年的经济衰退使失业率迅速上升到 19%。直到 1941 年，失业率一直保持在 10% 以上。”

127. 在许多影响健康计划的新政举措中有受抚养儿童援助计划（1933 年）、土木工程管理局（1933 年）、联邦紧急救济管理局（1933 年）、国家恢复管理局（1933 年）、公共工程管理局（1933 年）、田纳西河谷管理局（1933 年）、农村电气化行政管理局（1935）、工程进度管理局（1935）、社会保障法局（1935）。在同一时期，国会还通过了一系列专门针对健康的联邦倡议。它们包括《性病法案》（1935 年）、《国家癌症法案》（1937 年）和《性病控制法案》（1938 年）。

128. 拉・瓜迪亚是美国政治史上最富色彩的人物之一，他是一位不可思议的英雄。他只有 1.55 米高，穿着长筒袜，嗓音高亢，经常会出现滑稽的言辞。作者最喜欢的一句话是：“我认为记者在歪曲事实之前应该先把事实弄清楚。”但他在 1934 年至 1945 年间担任了四届纽约市市长，他的受欢迎程度在美国独立以前或之后都没有任何主要市政政客能与之匹敌。

129. For details on the La Guardia administration, see Heckscher, A., 1978, op. cit.

130. For details, see Duffy, J., 1968, op. cit.

131. 例如，卫生部旨在防止用于救济贫困社区的食品分发系统被黑社会团伙劫持，从而变成一个残忍的牟取暴利的机构。除了可信度下降之外，部门预算也大幅下降。1927 年该预算是 6119244 美元；到 1933 年，这个数字只有 460 万美元，下降了 25%。由于政客们不太能感受到公众对支持该部门的压力，所以很容易就把这个微不足道的预算砍掉。

132. As quoted in Duffy, J., 1968, op. cit.

133. 同上。罗伯特・麦克尔瓦因认为，总的来说，新政有利于非裔美国人的健康。他指出，在 20 世纪 30 年代，他们的预期寿命提高了，文盲率从 16.4% 下降到 11.5%。（McElvaine, R. S.,1984, op. cit.）这一观点的问题在于，白人的预期寿命在 1929 年至 1940 年间也有所改善，到大萧条结束时，种族之间的差距仍然很大。1929 年，白人出生时的预期寿命（性别总和）为 58.6 岁，黑人为 46.7 岁。因此，白人的平均寿命比非裔美国人长 11.9 年。

1940 年，白人的预期寿命为 64.2 岁，黑人为 53.1 岁。所以白人比黑人多活 11.1 年。因此，差距仅缩小了 1%。（这是根据美国人口普查局的数据计算的。我不得不猜测这就是黑人的预期寿命，尽管调查局将他们列在一个名为“黑人和其他人”的类别中。）

134. 当拉瓜迪亚的卫生专员约翰・赖斯博士忙于重建公寓时，西格斯蒙德・戈德华特博士正在建设该市的医院系统，这再次得益于新政的资金，两年内，他新建了三家医院，并对几家老医院的设施进行了升级。

135. 纽约市卫生部，《纽约市卫生局年度报告》，纽约，1938 年。

136. Badger A. J., 1989, op. cit.

137. As quoted in McElvaine, R. S., 1984, op. cit.

138. Badger, A. J., 1989, op. cit,; de Kruif, P., 1938, op. cit.; McElvaine, R. S., 1984, op. cit,; and Starr, P., 1982, op. cit.

139. De Kruif, P., 1938, op. cit.

140. Dubos, R., *Mirage of Health*. Garden City, New York: Doubleday Anchor, 1961.

141. U.S. Bureau of the Census, 1976, op. cit.

142. 一些公共卫生领导人认为，他们已经把结核病发病率降到尽可能低的水平。他们认为，结核杆菌会一直存在于环境中，不可能通过当时的标准控制措施进一步加以限制。一些人对这些人的说法公开质疑，他们认为患者的识别和隔离是 1900 年以来结核病患病率下降的原因。

143. U.S. Bureau of the Census, *County Data Book*. Washington, D.C.. Government Printing Office, 1947.

144. 负责基础设施合同的主要公司是亨利·恺撒公司及其子公司永久金属公司。在战争年代，恺撒赢得了大约 25 亿美元的合同。这家公司后来又建造了加州的医疗保健基础设施，即庞大的恺撒永久医疗系统。

145. 布拉塞罗的农场工人计划从墨西哥引进了 25 万名临时农场工人。在此期间，另外还有 20 万墨西哥人非法进入加州，其中大多数人最后还是在农田里干活。

非裔美国人也受益于南加州的战争 —— 他们在国防工业部门找到了工作。1940 年至 1945 年间，大约 34 万非裔美国人迁居洛杉矶，其中大多数人定居在洛杉矶中部一个名叫瓦茨的社区。

二战期间，洛杉矶的种族紧张局势加剧，日裔和墨西哥裔美国人成为主要目标：1943 年，在南加州值班的白人士兵在切瓦士山谷闲逛，殴打附近穿着佐特西装的西班牙裔年轻人。日裔美国人，被诬陷策划间谍活动或对国家安全构成威胁，在珍珠港事件发生两个月后就被集体围捕，并被送往偏远的拘留营。

146. Ainsworth, A., 1946. As quoted in Gottlieb, R. and Wolt, I., 1977, op. cit.

147. 20 世纪初，“大红”铁路系统为洛杉矶人提供了良好的服务。但在大萧条期间，“大红”铁路系统的所有权发生了变化，其路线逐渐减少，到 1940 年，它变成了一个记忆。这场死亡的传奇是一个遗憾和复杂的故事。1947 年，美国司法部对通用汽车公司提出指控，称该公司与洛杉矶的各种房地产和铁路利益集团合谋摧毁“大红”系统，导致该地区只能使用汽车。通用汽车公司高管被判有罪，但并未受到重大处罚。

148. 20 年后，我在洛杉矶郡长大的时候，到处都是这些令人讨厌的凹坑。有前途的年轻运动员被优先分配到清晨的体育课上，以便他们在雾霾较轻的时候进行锻炼。

149. Rosen, G., 1993, op. cit.

150. 最终，南加州的空气污染水平将由于几个因素而下降，所有这些因素在很大程度上都不受公共卫生当局的影响。钢铁生产向海外转移，石油工业在联邦政府的压力下降低了汽油中的铅和硫含量，汽车变得更省油。根据 1970 年的《清洁空气法案》，国会授予环保署强大的监管权力，用以监督和对汽车、石化行业施压。20 世纪 90 年代，洛杉矶郡开始实施法律，要求在 21 世纪逐步淘汰所有化石燃料驱动的汽车。

151. Jordan, P. D., 1953, op. cit.

152. Ibid.

153. Venereal（性病）一词在 20 世纪 70 年代从公共卫生术语中消失，取而代之的是 STD（性传播疾病）一词。Venereal 这个词来源于拉丁语 venereus（性病），或翻译成“维纳斯”，专门指异性性交。到了 20 世纪 70 年代，美国几乎所有性传播疾病的发病率最高的不是异性恋者，而是男同性恋者。因此，公共卫生领导人不再使用 venereal（性病）这种限制性的表述，而是用更广义的术语来代替。

154. U.S. Bureau of the Census, 1976, op. cit.

155. 根据哈佛大学医学历史学家艾伦·勃兰特的说法，性疾病被定义为“一种独特的罪恶的疾病……道德沦丧。不良行为被认为是导致性病的起因。这些假设在心理学上可能是强大的，在某些情况下，它们可能会影响行为，但只要它们占主导地位，只要认为这种疾病等同于罪恶，就不可能有灵丹妙药去治疗它。”

156. 这种可悲的状况持续了整个 20 世纪，并在几十年内限制了性病控制项目的发展。例如，到 20 世纪 90 年代，在道德至上的美国社会，淋病发病率达到了 150/10 万人。相比之下，在性自由更开放、道德观念不那么重的瑞典社会，这一比率只有 3/10 万人，比美国低 50 倍。

157. Brandt, A. M., 1985, op. cit.

158. For further information on the Tuskegee syphilis experiment and its ramifications, see Annas, G. J. and Grodin, M. A.,"Apology is not enough." *Boston Globe* (May 18, 1997): Focus C-1; Bowman, J. E., Corbie Smith, G, Lurie, P., Wolfe, S. M., Caplan, A. L., Annas G. J., Fairchild, A. L., and Bayer, R., Letters in response to "Tuskegee as metaphor." *Science* 285 (1999): 47-50; Brandt, A. M., "Racism and research: The case of the Tuskegee syphilis study." In Leavitt, J. W. and Numbers, R. L., 1985, op. cit.; Clinton, W. J., "Apology." Delivered May 16, 1997, at Tuskegee University, Alabama; U.S. Department of Health Education and Welfare, *Final Report of the Tuskegee Syphilis StudyAd Hoc Advisory Panel*. Washington, D.C.: Government Printing Office, 1973; etc..

159. 1997 年 5 月 16 日，威廉·杰斐逊·克林顿总统为美国公共卫生署的梅毒实验向全国道歉。克林顿总统在塔斯基吉大学发表的道歉信中说："这项研究的 8 名幸存者与不久前的一个时代有着鲜活的联系，许多美国人不愿去回忆，但我们不敢忘记。我们的国家辜负了自己的理想，辜负了人民对我们的信任，而信任正是我们民主的基础。道歉是第一步，我们还需要做更多的工作来确保医学研究实践是健全且合乎道德的，同时要促进研究人员与社区有更紧密的合作。”

160. Garrett, L., 1994, op. cit.

161. U.S. Bureau of the Census, 1976, op. cit.

162. Garrett, L., 1994, op. cit.

163. U.S. Bureau of the Census, 1976, op. cit.

164. Ryan, F., 1993, op. cit.

165. 第二次世界大战期间，美国军方的另一项创新是使用氯喹治疗疟疾，再加上滴滴涕和 2, 4-D 杀虫剂消灭携带病毒的蚊子和虱子。这两种技术最初都被证明其与青霉素一样，奇迹般地获得了成功，并立即被广泛地用于民用领域。在疟疾肆虐的南部各州，杀虫剂和氯喹的双重打击取得了显著的效果。到 1952 年，美国公共卫生署宣布这种疾病在北美已经根除。

166. Stevens, R., 1989, op. cit.

167. 1946 年，美国妇女生育了 340 万名婴儿；1947 年、1948 年、1949 年、1950 年和 1951 年，每年又各生育了 380 万名婴儿；1952 年，大约 390 万美国人出生；1954—1964 年间，每年又有 400 万美国婴儿出生。

168. Stevens, R., 1989, op. cit.

169. Weiss, L. D., 1997, op. cit.

170. Stevens, R., 1989, op. cit.

171. 20 世纪 30 年代的工会斗争在战后的 40 年代得到了巩固，形成了几个非常强大的工会组织，吸收或几乎消灭了较小的劳工组织。美国劳联 - 产联、卡车司机工会、国际劳工组织和其他大型工会的主要诉求不是对工人的控制权，而是更高的工资、更长的带薪假期、工作安全保障、每周工作 40 小时以及包括养老金和医疗保险在内的相关福利。1950 年，1500 万名美国工人成为工会成员，到 1960 年，这个数字超过了 1700 万。

172. 这个数字来自先前引用的 1976 年公布的美国人口普查数据。数据显示，1928

年至 1940 年间，美国公共和私人的医疗支出总额仅增加了 300 美元，1940 年至 1945 年期间增加了约 150 万美元。1948 年，医疗支出总额达到 106 亿美元，其中 1/3 是医院护理费用。（1929 年，医院护理仅占全国 36 亿美元卫生支出的 1/6。）

到 1955 年，美国人在健康方面的支出为 177 亿美元，其中 1/3（59 亿美元）用于医疗支出。1960 年，他们又把 1/3（差不多是 91 亿美元）的健康花费用在了医院。1970 年，健康支出超过了 715 亿美元，其中近 40% 用于医院。（这些住院数字不包括疗养院、长期护理或医生服务和药品。）

173. See U. S. Congressional Budget Office, *Containing Medical Care Costs Through Market Forces*. Washington, D.C.: Government Printing Office, 1982.

174. 1940 年，美国个人医疗支出的 29 亿美元几乎全部是由患者个人或其家庭自掏腰包支付的。1948 年，68 亿美元的个人健康保险费用，约有 10% 是由私人保险支付的。到 1950 年，私人保险承担了 14% 的费用，到了 1960 年，这一比例将达到 38%。1970 年，个人医疗费用的 2/3 由私人保险支付。

175. Stevens, R., 1989, op. cit.

176. Jones, L., *Great Expectations: America and the Baby Boom Generation*. New York: Coward, McCann & Geoghegan, 1980.

177. 根据 1917 年的“琼斯法案”，波多黎各人有权获得美国公民身份，并可以在美国自由居住。20 世纪 40 年代，该市的结核病发病率上升，部分原因是移民的拥入。然而，由于卫生部向贫困的结核病患者免费发放抗生素，纽约的结核病死亡率从 1941 年的 44. 8/1 万人下降到 1948 年的 35. 7/1 万人。但是，1948 年，曼哈顿的发病率超过了 200/10 万人，单单死亡人数的下降并不值得庆祝。来自波多黎各和其他加勒比国家的移民中该病的发病率最高，接近 400/10 万人。1948 年，美国本土出生的非裔美国人的这一比例最低，为 176/1 万人。

178. New York Department of Health, 1949, op. cit.

179. Leavitt, J. W.,“Be safe. Be sure. New York City' s experience with epidemic small-pox.” In Rosner, D., 1995, op. cit; and Duffy, J., 1968, op. cit.

180. New York Department of Health, 1949, op. cit.

181. See U.S. Census Bureau, 1976, op. cit; and Smith, J. S., 1990, op. cit.

182. See Robin Marantz Henig's account of the Nobel-winning and subsequent research by Weller, Enders, and Robbins in her previously cited 1997 book.

183. 公共卫生研究所成立于 1941 年，由各种慈善机构和纽约市卫生局共同资助。第一任主任托马斯·里弗斯博士是当时最著名的病毒学家之一。最初，该市每年给公共卫生研究所资助 10 万美元，这在 1941 年是一笔不小的数目。后来，拉瓜迪亚市长又将这一数字翻了一番，到 1945 年，公共卫生研究所已经成为美国乃至全世界最重要的研究中心。

184. 脊髓灰质炎先锋儿童们被赋予英雄地位，并得到了媒体的大量报道。他们中的许多人至今仍自豪地展示着他们的脊髓灰质炎先锋徽章。

185. For details about the travails of the polio clinical trials, see Smith, J. S., 1990, op. cit.

186. 同上。1954 年，美国全国脊髓灰质炎发病率为 23. 9/10 万人。1955 年发病率下降了 27%，到 1957 年下降到只有 3. 2/10 万人。

187. 医学研究所通过全面分析后发现，首次使用萨宾口服疫苗后感染麻痹性脊髓灰质炎的风险为 1∶52 万，随后再增强一次，感染率降为 1∶1230 万。

188. Nickum, C., “Malaria transmitted by hypodermic syringe.” *Journal of the American Medical Association* 100 (1933): 1401-1402.

189. Halpern, M., "Malaria among drug addicts in New York City; epidemic of aestivoautumnal and quartan malaria by use of contaminated hypodermic syringes." *Public Health Reports* 49 (1934): 421-423.

190. Capps, R. B., Sborov, V., and Scheifly, C. H., "Syringe-transmitted epidemic of infectious hepatitis, with observations regarding incidence and nature of infectious donors." *Journal of the American Medical Association* 136 (1948): 819-824; Darmady, E. M. and Hardwick, C., "Syringe-transmitted hepatitis." *Lancet* 2 (1945): 106; Findlay, G. M., "Infective hepatitis in West Africa; syringe-transmitted hepatitis." *Monthly Bulletin Min. Health and Public Health Lab Service* 7 (1948): 32-39; Hughes, R. R., "Post-penicillin jaundice." *British Medical Journal* 2 (1946): 685-688; etc..

191. Garrod, L. P., "Nature of meningitis following spinal anesthesia and its prevention." *British Medical Bulletin* 4 (1946): 106-108; Harris, R. C., Buxbaum, L., and Appelbaum, E., "Secondary *Bacillus pscocyaneus* infection in meningitis following intra-thecal penillin therapy." *Journal of Laboratory and Clinical Medicine* 3 (1946): 1113-1120; Harturg, K., "Meningitis reactions caused by syringe transmitted tuberculin during therapy of tuberculosis meningitis." *Deutsche Med. Wchnschr.* 80 (1955): 195-196; and Pestel, M., "Tuberculosis transmitted by syringe." *Presse Méd.* 61 (1953): 551.

192. Baer, M. H., Fancher, J., et al., "Are organisms introduced into vials containing medication when air is injected?" *Nursing Research* 2 (1953): 23-32; Christol, D., "Transmission of infections by contaminated syringes." *Presse Méd.*57 (1949): 1109-1112; and Taylor, E. M. and Maloney, P. J., "Sterilization of plastic syringes by formalin vapor." *Canadian Medical Association Journal* 61 (1949): 621-622.

193. McCloskey, B. P., "Report of an investigation into an outbreak of poliomyelitis in a small town remote from Melbourne." *Medical Journal of Australia* 1 (1951): 612-613.

194. Hertzberger, E., "Mass vaccination and mobile syringe service in relation to problem of serum hepatitis." *Nederl. Tidijschr. Genseek*. 97 (1953): 1906-1909; and Gross, W. O., "Pure vaccine dose in spite of using one common syringe; new construction for prevention of inoculation hepatitis and poliomyelitis." *Deutsche Med. Wchnschr*. 79 (1954): 829-831.

195. Guyer, B., Bisong, A., et al., "Injections and paralytic poliomyelitis in tropical Africa." *Bulletin of the World Health Organization* 58 (1980): 285-291; Wyatt, H., "Provocation poliomyelitis; neglected clinical observations from 1914 to 1950." *Bulletin Hist. Med*. 55 (1981): 543-557; and Wyatt, H. V., "The popularity of injecting in the Third World: Origins and consequences for poliomyelitis." *Social Science and Medicine* 19 (1984): 911-915.

196. Garrett, L., 1994, op. cit.

197. Jezek, Z., Arita, I., et al.,"Four generations of probable person-to-person transmission of human monkeypox." *Journal of Epidemiology* 123 (1986): 1004-1012.

198. Hooper, E., *The River*. New York: Random House, 1999; Mann, J. M., Francis, H., et al., "HIV seroprevalence in pediatric patients 2-14 years of age." *Pediatrics* 78 (1986): 673-677; and Mann, J, M., Francis, H., et al., "HIV seroprevalence among hospital workers in Kinshasa, Zaire." *Journal of the American Medical Association* 256 (1986): 3099-3102.

199. Institute of Medicine, *The Children's Vaccine Initiative: Achieving the Vision*. Washington, D.C.: National Academy Press, 1993; and Institute of Medicine, *Adverse Events Associated with Childhood Vaccines*, 1993, op. cit.

200. World Bank. *World Development Report 1993: Investing in Health*. New York: Oxford University Press, 1993.

201. 1947 年，杜鲁门推动通过《国家安全法案》，成立了两个重要机构：国家安全委员会和中央情报局。

202. 1952 年，美国在太平洋比基尼环礁成功引爆了第一枚氢弹；9 个月后，苏联在西伯利亚也成功地引爆了氢弹。

203. Halberstam, D., *The Fifties*. New York: Villard Books, 1993.

204. The best source of information regarding Chargoff's numbers, DNA, and the basis of modern biology is Watson, J. D., Hopkins, N. H., Roberts, J. W., et al., *Molecular Biology of the Gene*. Fourth edition. Menlo Park: Benjamin/Cummings, 1987.

205. Upton, A. C.,"Radiation Carcinogenesis." In Holland, J. F. and Frei, E., *Cancer Medicine*. Second edition. Philadelphia: Lea and Freberger, 1982.

206. 在 20 世纪 70 年代末和 80 年代，作者 3 次采访了莱纳斯和艾娃・海伦・鲍林，并出席了鲍林在这些事件发生 30 年后发表的几次演讲，演讲中反思了有关核辐射的斗争。在 1981—1988 年间，作者还曾 3 次采访了爱德华・泰勒，当时他是国家公共广播电台的一名记者。

207. Teller often said this in interviews at the time. See Rhodes, R., *The Making of the Atomic Bomb*. New York: Simon and Schuster, 1986.

208. 托茨科伊附近的士兵和平民不是死于爆炸，就是死于辐射病和癌症（更慢一些）。

209. In Rhodes, R., 1986, op. cit。1946—1962 年，美国进行了 299 次核武器的地面试验。在这些试验中，有 20 多万平民和美国军事人员直接暴露在辐射之下。在那些年里，苏联也进行了大致相同数量的地面试验，而法国、英国等国家则较少。这些国家的政府都不允许对成千上万暴露在核武器辐射下的人身体状况进行独立医疗评估。国际原子能机构在美国和其他核国家所做的研究细节都被以涉及国家安全为由列为机密。

210. 1962 年，《新英格兰医学杂志》发表了一篇具有里程碑意义的文章，对美国的医生和护士产生了深远的影响。《华尔街日报》利用美国国会原子能联合委员会对核战争影响的研究，用来作为对波士顿遭受核攻击的一个详尽假设性描述的基础。读过这篇文章的医生都无法能想象任何一个城市如果发生这样的灾难，其医疗服务该如何应对。

211. Patterson, J. T., *Great Expectations: The United States, 1945-1974*. New York: Oxford University Press, 1996.

212. See U.S. Arms Control and Disarmament Agency. *Effects of Nuclear War*. Washington, D.C.: Government Printing Office, 1979; Goen, R. L., Brown, S. L., Clark, E. D., et al., Stanford Research Institute. *Analysis of National Entity Survival*. Sponsored by the Office of Civil Defense (SRI 7979-007), November, 1967; Mitchell, H. H., The Rand Corporation. *Guidelines for the Control of Communicable Disease in the Postattack Environment*. Sponsored by the Atomic Energy Commission (RM-5090-TAB), August, 1966; etc..

213. Garrett, L., "Facilities in city did tests in 1950s." *Newsday* (December 19, 1993): Al.

214. National Research Council, *A Review of the Department of Energy Clasification Policy and Practice*. Washington, D.C.: National Academy of Sciences, 1995; and National Academy of Sciences, *Finding the Balance: National Security and Scientific Openness*. Washington, D.C.: National Academy of Sciences, 1999.

215. 必须指出的是，美国和苏联的医生组织分别在 20 世纪 70 年代和 80 年代成立，目的是表达因核战争对公众健康影响的恐惧的共同关切。其中最主要的是 1985 年获得诺贝尔和平奖的国际防止核战争医生组织。苏联的乔治・基什蒂亚科夫斯基博士、叶夫根尼・查佐夫博士和美国的伯纳德・劳恩博士等人共享这一荣誉。

216. 1982 年，世界卫生组织根据其掌握的有限且有缺陷的资料估计，美国和苏联之间的热核交换将通过辐射、传染病和饥饿直接和间接地杀死 20 亿人。20 世纪 80 年代后期，一群科学家、物理学家、大气研究人员和火山学家提出了核探测器假说，这一估计也被向上调整。在他们的设想中，10 万吨以上的炸弹爆炸将引发冰河世纪，几乎没有物种能存活下来。

217. 1961 年，马奥尼的继任者利昂娜·鲍姆加特纳博士阐述了她对核辐射尘降物问题及其对纽约人影响的立场："人们普遍认识到原子弹研制过程中电离辐射的潜在危害。当一些人和团体试图引起公众对放射性尘降物问题的兴趣和关注时，也有一些人和团体试图将这种危险降到最低。他们的态度代表了他们的观点，他们认为现在情况非常清楚，各种形式的沉降物辐射问题是我们必须学会应付的问题，我们别无选择。

"公众对辐射尘降物的讨论确实引起了一些人的注意，事实上还有其他形式的辐射构成了公共卫生问题……这些人觉得，当人们受到的辐射总量增加时，采取措施减少可以控制的辐射量，既是常识，也是良好的公共卫生实践。"

218. American Public Health Association, *Study of the Department of Health, City of New York, for the Mayor's Committee on Management Survey*. Washington, D.C, 1952.

219. 1949 年在美国几乎没有人有电视机。但是到 1952 年，大约 1520 万美国人拥有电视机，到 1955 年，这个数字已经增长到 3200 万。这对新闻、舆论和信息产生了深远的影响。

220. 到 20 世纪 90 年代，美国人平均每天看 4 小时电视，并将电视列为购物和投票决定的头号工具。

221. Duffy, J., 1968, op. cit.

222. New York City Department of Health. *Report of the Department of Health, the City of New York for the Years 1955-56*. New York, 1957.

223. Ibid.

224. Institute of Medicine, *Treating Drug Problems*. Washington, D.C.: National Academy of Sciences, 1990.

225. Baumgartner, L., in New York City Department of Health, 1961, op. cit.

226. Duke, S. B. and Gross, A. C., *America's Longest War: Rethinking Our Tragic Crusade Against Drugs*. New York: G. P. Putnam's Sons, 1993.

227. Gray, M., 1988, op. cit.

228. Patterson, J. T., 1996, op. cit.

229. 在 20 世纪 50 年代早期，全国有色人种促进会诉诸法庭，要求获得教育、工作和住房的平等权利。在最具戏剧性的"布朗诉教育委员会案"中，最高法院裁定废除美国公立学校的种族隔离。法院认为，种族隔离会产生一种关于社会地位的自卑感，这种自卑感可能会以一种永远不可能消除的方式影响他们的心灵和思想。随后，一系列具有里程碑意义的法律裁决相继出台，推翻了自内战以来美国从饮水机到公墓等一切事物都实行种族隔离的"吉姆·克劳法"。长达一个世纪的合法的种族隔离制度正在被推翻。

230. See Williams, J., *Eyes on the Prize: America's Civil Rights Years, 1954-1965*. New York: Viking, 1987.

231. Cited in Dickstein, M., *Gates of Eden*. Cambridge, Mass: Harvard University Press, 1997.

232. Smith, D. B., 1999, op. cit.

233. Ibid.

234. 关于这一时期医院和医疗机构的法律主张和种族主义政策的详细历史参见

Smith, D. B., 1999, op. cit。

235. 同上。然而，黑人医生意识到，尽管这是有限的，卫生教育和福利部代表他们唯一一次上诉法院。美国医学会一贯捍卫其南方成员的白人特权，只勉强接纳非裔美国人加入其兄弟会。它也没有撤销那些拒绝黑人医生加入的各州分会章程，在1966年前都没有任何改善行动。1989年，也就是亚伯拉罕·林肯签署《解放黑人奴隶宣言》120多年后，美国医学会才认可黑人医生为废除卫生系统和美国医学会的隔离制度而斗争的勇气。

236. Johnson, L. B., "Address Before a Joint Session of Congress." November 27, 1963.

237. *Simkins v. Moses H. Cone Memorial Hospital*. 323 F 2d. 959, 970 n.23 (1963).

238. Ibid.

239. Walen, C. and Walen, B., *The Longest Debate: A Legislative History of the 1964 Civil Rights Act*. Washington, D.C.: Seven Locks Press, 1985.

240. 美国对越南的介入可以追溯到杜鲁门政府时期，杜鲁门政府从1947年开始为法国在越南殖民地的反共活动提供资金和军事顾问。1961年，美国顾问在越南冲突中扮演了7年秘密角色，肯尼迪下令秘密升级。1963年，南越总统吴廷琰遇刺，肯尼迪下令派遣8000名士兵进入越南，当时仍被称为"顾问"的特种部队，从技术上讲，并没有处于战争状态。

约翰逊执政期间，战争不断升级，特别是在1965年年初美军驻扎越南的基地发生炸弹爆炸事件之后。到了1965年12月，在越南的美军有18.4万人，到1966年年底总数达到45万，1967年达到50万。到1968年年初，估计有13万美军人员在战斗中死亡、受伤或失踪。

到1967年11月，林登·约翰逊在全国民意调查中的支持率还不到26%，几乎没有美国人相信政府或五角大楼已经有了获胜的战略。1968年3月3日，彻底筋疲力尽、落败的林登·约翰逊宣布，他将在任期结束时辞职，不再寻求连任。在尼克松政府的领导下战争仍在继续，并于1975年5月1日结束。战败的南越领导人和美国人争先恐后地登上美国驻西贡大使馆楼顶，登上直升机，这是他们能逃离不断推进的民族解放军的唯一手段。

241. Goodwin, D. K., *Lyndon Johnson and the American Dream*. New York: Harper and Row, 1976.

242. Numbers, R. L., "The third party: Health insurance in America." In Leavitt, J. W. and Numbers, R. L., 1985, op. cit.

243. 这个词由美国医学会发明，但在20世纪早期由基督教会科学家广泛推广。在加州，医生对竞争的反对和中产阶级对"共产主义医学"的厌恶在20世纪30年代大萧条来袭时可能达到了顶峰，当时大萧条来袭，克恩郡的中产阶级居民拥入了公立医院，私人医院的就诊人数直线下降。医生们高呼反对不公平竞争，当地反"社会化医疗"势力宣称，克恩郡实际上已经建立了全民医疗保健系统。1934年，加州最高法院裁定，全州的郡医院只能为贫困的病人提供医疗服务。换句话说，法院认为公立医院不适合中产阶级。这一裁决在近40年的时间里没有受到挑战，在20世纪剩下的时间里，加州的医疗发生了根本性的扭曲。

244. 1904年，比格斯写道："据估计，在这个国家，每一条生命的平均价值不低于2000美元；每个人在20岁时的生活成本至少是这个数目。与1886年相同情况下因结核病而死亡的人数相比，去年一年挽救了6000人，意味着这座城市节省了价值1200万美元的生命价值。如果我们把这些人长期患病期间的疾病费用、服务和工资损失加在一起，按平均每年至少6个月，那么我们至少要另外加上300美元，总计180万美元的成本支出，或者说，与1886年相比，1902年期间，这座城市的总共节省了将近1400万美元。1902

年预算委员拨付给卫生部的经费总额为984391.48美元。毫无疑问，我认为，一个国家、城市或社区的任何支出，在健康、幸福和繁荣方面给社区带来的回报，都比不上其公共卫生管理所带来的回报。这样的开支所带来的回报，不是3%、5%，甚至不是10%，而是100%、500%、1000%。"

这是一个经典的公共卫生成本效益理论，这种货币论后来成为所有政府卫生项目的重要组成部分，但在80年前就已出现。

245. McKeown, T., 1979, op. cit.

246. All these life expectancy data come from U.S. Bureau of the Census, 1976, op. cit.

247. 1970年，男性出生时的平均预期寿命为59.9岁，60岁的美国人的剩余寿命男性平均为31.9岁，女性为38.3岁。1995年，男性出生时平均预期寿命为72.5岁，女性为78.9岁。自1970年以来，男性的寿命增加了11.7年，女性增加了13.7年。

248. Evans, R. G. and Stoddart, G. L., "Producing health, consuming health care." In Evans, R. G., Barer, M. L., and Marmor, T. R., *Why Are Some People Healthy and Others Not?* New York: Aldine de Gruyter, 1994.

249. Dr. Leona Baumgartner, New York City Commissioner of Health, 1961, in Baumgartner, L., 1961, op. cit.

250. 这个问题今天仍有很大争议。随着世界面临肺结核疫情的复苏，特别是在俄罗斯，关键是要了解抗生素与环境因素（住房、营养等）在控制结核病方面的重要作用。人们提出了许多说法，包括疗养院、营养和住房改善，到底是什么因素导致20世纪上半叶结核病发病率下降，目前还没有达成共识。

251. See Garrett, L., 1994, op. cit; and Webster, R. G., "Influenza." In Morse, S. S., *Emerging Viruses*. New York: Oxford University Press, 1993.

252. Dubos, R., 1961, op. cit.

253. 描述这种困境的一种方法是问："1965年后社会的大规模医疗化是否会明显促进人群的健康，从而大大超出了1900年以来的水平？"

254. 确实会出现一些这样的联系，因为他们重叠的利益使得医疗补助、医疗保险和其他扶贫项目在地方层面上有了合理的联系。但这只是偶然事件，并不是顶层设计。

255. Gornick, M., "Ten Years of Medicare: Impact on the Covered Population." *Social Security Bulletin* 39 (July 1976): 19.

256. Starr, P., 1982, op. cit.

257. Matusow, A., *The Unraveling of America: A History of Liberalism in the 1960s*. New York: Harper and Row, 1964.

258. Stevens, R., 1989, op. cit.

259. 从1964年到1981年，某些手术的平均费用增加如下：

手术 / 疾病	费用增加百分比
乳腺癌	324
分娩	313
心肌梗死	420
阑尾炎	350

See Scitovsky, A. A. and McCall, N.,"Changes in the Cost of Treatment of Selected Illnesses, 1951-1964-1971." *Health Policy Program, Palo Alto Medical Research Program*, 10 (August 1975): 17.

260. Smith, D. B., 1999, op. cit.

261. U.S. Census of Housing, 1966; *Los Angeles Times*. Marketing Research Department. *Market*

Data: Los Angeles Marketing Area, 1969; U.S. Bureau of the Census. "Characteristics of the South and of East Los Angeles Areas, November 1965." *Current Population Reports*. Series P-23. No.18. Washington, D.C., 1966.

262. 自二战以来，这两个社区的人口密度都在稳步增加，非裔美国人从南部移居到洛杉矶，西班牙裔从墨西哥流入。人口最稠密的地区瓦茨每 2.6 平方千米有 1.4 万名居民，而该郡的平均人口为每 2.6 平方千米 1744 人。

263. 这些数据以及随后的洛杉矶健康统计数据均来自梅里尔。

264. 同上。

265. Wite, R., 1991,op. cit.

266. 司机是 21 岁的马奎特·弗莱。他在家门口被洛杉矶警察局的警察拦下，弗莱的家人和警察大吵了一架。警察逮捕了他们全家，这引起了邻居们的集体骚乱。

267. 同上。据估计，有 3 万名市民参与了暴乱，另有 6 万人在一旁观望，他们经常高喊："烧吧，宝贝，烧吧！"，叫嚷鼓动暴徒。……从洛杉矶时报的现场记者到约翰逊总统，没有人能在未意识到美国的某些事情是非常非常错误的情况下看到愤怒的宣泄。参考洛杉矶骚乱事件的州长委员会：《城市的暴力——是结束还是开始？》，萨克拉门托，1965 年。瓦茨骚乱迫使各级政府进行了一段时间的反省和重新评估。对于加州的白人选民来说，骚乱，加上该州大学校园的广泛骚乱，似乎迫切需要一个强硬的回应。1966 年，选民们不再支持自由党现任州长帕特·布朗，转而支持极端保守的前电影明星罗纳德·里根。

268. For more details on Los Angeles County government, see Abernathy, B. and White, A., "The Invisible Growth Machine." *Los Angeles Times* West (May 28, 1972): 7-15.

269. 据艾伯纳西和怀特的说法，1972 年监管机构的预算为 27 亿美元。可供他们使用的有 7.2 万名郡政府雇员、768 栋建筑（还有 300 栋正在规划中）、约 18 千米长的海滨房产，以及世界上最大的郡政府监狱（每年关押 20 万犯人），监狱配备着世界上最大的郡政府警察部队（4553 名警官）。

270. 从 1913 年到 1972 年，只有 20 名男性（没有女性）担任洛杉矶郡监督员。

271. Merrill, M. H., 1972, op. cit.

272. Ibid.

273. 虽然急诊室危机最初出现在洛杉矶，但到 20 世纪 80 年代末，这已经成为一个全国性的问题，给许多城市的公立医院造成了致命的财政负担。1995 年，美国已有 5700 个急诊室，每年治疗 9000 万人。到目前为止，其中大部分的急诊室都是公共资助的设施。参见 Weis, L. D., 1997, op. cit.。

274. 1968 年，该郡花费了 2.15 亿美元用于医院护理和维护，2300 万美元用于公共卫生项目，1600 万美元用于精神健康项目。

275. 在州立机构关闭之前，洛杉矶贫困精神病患者的人数就一直在增长。1963 年和 1968 年，分别有 79133 名和 56013 名精神病患者到郡医院就诊。

276. Merrill, M. H., 1972, op. cit.

277. Brandt, A. M., 1987, op. cit.

278. 出自 1948 年心理学家阿尔弗雷德·金赛关于美国性行为的几份颇具争议的报告中的第一篇。金赛发现，在他当年采访的所有大学生中，近一半的人有婚前性行为。1953 年，金赛发表了一份关于大学女性的类似报告，其中 20% 的女性有过婚前性行为。到 1968 年，男性和女性的这一比例分别达到 55% 和 44%。

279. For examples, see Friedan, B., *The Feminine Mystique*. New York: Norton, 1963; Gitlin, T., *The Sixties: Years of Hope, Days of Rage*, New York: Bantam Books, 1987; Millet, K., *Sexual Politics*.

New York: Simon & Schuster, 1990; Greer, G., *The Female Eunuch*. New York: McGraw-Hill, 1971.

280. Garrett, L., 1994, op. cit.

281. Minnesota Department of Health, *Healthy People: The Minnesota Experience*. Minneapolis: Minnesota Center for Health Statistics, 1982.

282. 我在其他地方写了大量关于艾滋病暴发之前的性病趋势的文章。

283. Carson, R., *Silent Spring*. Boston: Houghton Mifflin, 1962.

284. 环境保护局（EPA，创建于1970年）、食品药品监督管理局（FDA）、职业安全与健康管理局（OSHA）、国家职业安全卫生研究所（NIOSH）、疾病控制与预防中心（CDC）和国家癌症研究所（NCI）。

285. U.S. Bureau of the Census, 1976, op. cit.

286. Mullan, F., 1989, op. cit.

287. U.S. Surgeon General's Advisory Committee on Smoking and Health, *Smoking and Health: Report of the Advisory Committee to the Surgeon General of the Public Health Service*. PHS No.1103. Washington, D.C.: Government Printing Office, 1964.

288. Hilts, P., *Smokescreen: The Truth Behind the Tobacco Industry Cover-Up*. Reading, Mass: Addison-Wesley, 1996; Kluger, R., *Ashes to Ashes: America's Hundred- Year Cigarette War, the Public Health and the Unabashed Triumph of Philip Morris*. New York: Alfred A. Knopf, 1996; and Orey, M., *Assuming the Risk: The Mavericks, the Lawyers and the Whistle-Blowers Who Beat Big Tobacco*. Boston: Little, Brown, 1999.

到20世纪60年代中期，美国1/2以上的男性和1/3的女性是吸烟的。

289. 例如，拉里·阿格兰1977年的畅销书《癌症的联系》(纽约：米夫林出版公司）中没有提到烟草或吸烟，而是将美国90%的癌症发病率归因于环境和职业污染物。

1973年，化学家珍妮·斯特尔曼和内科医生苏珊·多姆更好地阐述了香烟与污染的两难处境。参见 Stellman, J. M. and Daum, S. M., *Work Is Dangerous to Your Health*. New York: Vintage, 1973。

290. Koop, C. E., *Koop: The Memoirs of America's Family Doctor*. New York: Random House, 1991.

291. 20世纪80年代，加州和马萨诸塞州运用麦迪逊大道的策略，率先发起了最成功的禁烟运动。这两个州都对烟草征收重税，并用这些收入购买电视黄金时间和广告牌空间，制作十分复杂、常常具有讽刺意味的广告。事实证明，广告宣传活动有效，使这两个州的吸烟率远低于美国其他州，同时，每年青少年中新吸烟者的人数也减少了。

292. 关于烟草上瘾的一个非常容易理解的生物学阐述，参见 Goldstein, A., *Addiction: From Biology to Drug Policy*. New York: W. H. Freeman, 1994。

293. Koop, C. E., 1991, op. cit.

294. Centers for Disease Control and Prevention, "Cigarette smoking- attributable mortality and years of potential life lost-United States, 1990." *Morbidity and Mortality Weekly Report* 42 (1993): 645-649。美国疾病预防控制中心还估计，如果1990年的吸烟状况一直持续，1978年至1995年出生的这一代人最终将有500万人因吸烟而死亡；每年将造成500亿美元的医疗费用，并损失14亿美元的生产力和其他间接成本。

295. U.S. Department of Health and Human Services, *Healthy People 2010 Objectives: Draft for Public Comment*. Washington, D.C.: Office of Public Health and Science, 1998.

296. Office of Smoking and Health, *Reducing the Health Consequences of Smoking: 25 Years of Progress. A Report to the Surgeon General*. DHHS Pub. No. 89-8411. Washington, D.C.: U.S.

Department of Health and Human Services, 1989.

297. U.S. Public Health Service, *Healthy People 2000*. Washington, D.C.: U.S. Department of Health and Human Services, 1990.

298. Heuper, W. C., *Occupational and Environmental Cancers of the Urinary System*. New Haven: Yale University Press, 1969。杜邦公司在 1976 年承认，2000 名染料工人中有 17%（339 人）在 1919 年至 1955 年间使用过这两种化学物质，结果患上了膀胱癌。无论如何，这是一个惊人而悲惨的癌症发病率。

299. 由于既没有廉价可靠的方法来测量污染物的含量，也没有办法测量通常更致命的化学分解产品的含量，州政府和联邦监管机构一直在研究无牙牙龈。根据《美国有毒化学品排放清单》，在美国环保署成立大约 18 年后，每年仍有 118 吨有毒化学物质被排放到环境中，其中约 11 吨的化合物被列为人类致癌物。101 个地点（包括洛杉矶郡和纽约大都会）的空气质量达不到国家空气污染控制标准，碳氧化物和臭氧含量通常会超过允许的范围。美国肺脏协会得出的结论是，在美国，空气污染每年造成多达 12 万人的过早死亡，并造成 500 亿美元的医疗费用。空气污染被认为是导致整个 20 世纪后期美国哮喘病流行的主要原因，儿童哮喘住院率从 1970 年的 180/10 万人上升到 1987 年的 284/10 万人。

300. For examples of various positions, see Agran L., 1977, op. cit.; Arrow, K. J., Cropper, M. L., Eado, G. C., et al., "Is there a role for benefit-cost analysis in environmental, health and safety regulation?" *Science* 272 (1996): 221-222; Burke, T. A., Shalauta, N. M., and Tran, N. L., "Strengthening the role of public health in environmental policy." *Policy Studies Journal* 23 (1995): 76-85; Centers for Disease Control and Prevention,"Public health focus: Effectiveness of disease and injury prevention." *Morbidity and Mortality Weekly Report* 46 (1997): 73-76; etc..

301. U.S. Department of Health and Human Services, *Healthy People 2000*, 1990, op. cit.

302. 到 1964 年，食品药品监督管理局就收到 37 例死亡报告。到 1968 年，食品药品监督管理局每年都收到 20~40 例死亡报告。1968 年，食品药品监督管理局命令瑟尔和其他避孕药生产商在避孕药的包装内贴上警告：“警惕血栓性疾病的早期表现，”警告同时详细说明了明确的风险。

303. Murad, F. and Kuret, J. A., "Estrogens and progestins." In Gilman, A. G., Rall, T. W., Nies, A. S., et al., *The Pharmacological Basis of Therapeutics*. Eighth edition. New York: Pergamon Press, 1990.

304. For details on the DES saga, see Dutton, D. B., 1988, op. cit.; Institute of Medicine, *Drug Efficacy Study*. Washington, D.C: National Academy Press, 1967; Henig, R. M., 1997, op. cit; Meyers, R., DES: *The Bitter Pill*. New York: Putnam, 1983; and Subcommittee of the Committee on Government Operations. House of Representatives.92nd Cong, lst Sess. November 11, 1971.

305. Herbst, A. L., Ullfelder, H., and Poskanzer, D. C.,"Adenocarcinoma of the vagina." *New England Journal of Medicine* 284 (1971): 878-881.

306. 到 1998 年，该公司只建议在两种情况下使用己烯雌酚：乳腺癌和前列腺癌的治疗，还特别警告说：“己烯雌酚不得以任何目的而用于孕妇，它的使用可能会对胎儿造成严重伤害。”

307. Dutton, D. B., *Worse Than the Disease: Pitfalls of Medical Progress*. New York: Cambridge University Press, 1988。达顿指出：“己烯雌酚事件引发了许多大事件的讨论，比如关于医学在社会中的角色以及监管保障的局限性等。它揭示了一种根深蒂固的乐观主义模式，即医学科学在解决人们所认同的既定社会需求方面的益处，这种文化观点被医生、农民、科学家和女大学生等不同群体所认同。笼罩在己烯雌酚周围的乐观情绪亦是如此强烈，以至于人们几乎是故意无视大量的风险证据。”

食品药品监督管理局似乎也在对人工甜味剂的监管上有所欠缺。1969 年，仅仅根据实验动物的研究，它发现甜蜜素是致癌物质，并禁止在美国销售。但在 1977 年，当面对实验室检测出的下一种大甜味剂糖精具有致癌性的更有力证据时，食品药品监督管理局回应了公众对这种非热量甜味剂的支持，并允许其继续在市场上销售。

308. Patterson, J. T, 1996, op. cit.

309. "Nixon proposals vs. 'Health Security': The issues shape up." *Hospital Practice* (April 1971): 22-38.

310. Fein, R., "What direction for national health insurance?" *Hospital Practice* (August 1970): 67-72.

311. "Nixon proposals vs. 'Health Security': The issues shape up," 1971, op. cit.

312. Starr, P., 1982, op. cit.

313. For a thumbnail history of HMOs, see Mayer, T. R. and Mayer, G. G., "HMOs: Origins and development." *New England Journal of Medicine* 312 (1985): 590-594.

314. 康涅狄格州民主党参议员阿伯·里比科夫和路易斯安那州保守派民主党人罗素·朗提出了 1973 年灾难性医疗保险和医疗援助重组法案。它得到了尼克松总统竞选对手、南达科他州民主党参议员乔治·麦戈文的支持。

315. 医疗信贷计划，提供医疗保健券，让消费者可以到私人医生那里消费。

316. 美国心脏病协会希望延长《希尔－伯顿法案》的有效期，并取消劳埃德－伯顿法案修正案的条款。这些规定要求受援国的医疗设施向贫困病人提供免费护理，这些病人至少占病人总数的 5%。

317. Mayer, T. R. and Mayer, G. G., 1985, op. cit.

318. For a sense of the changes then under way see "Administration seeks to shift Medicare cuts to elderly." *Hospital Practice* (March 1973): 182-187; "Auditing ambulatory care." *Hospital Practice* (June 1974): 155-160; Gold, M. R. and Rosenberg, R. G., "Use of emergency room services by the population of a neighborhood health center." *Health Services Reports* 89 (1974): 65-70; "Kennedy-Mills: A new pairing on the health insurance front." *Hospital Practice* (June 1974): 176-184; etc..

319. Rogers, D. E. and Blendon, R. J., "The changing American health scene: Sometimes things get better." *Journal of the American Medical Association* 237 (1977): 1710-1714.

320. As quoted in Baum, D., *Smoke and Mirrors: The War on Drugs and the Politics of Failure*. Boston: Little, Brown, 1996.

321. Ibid.

322. lbid.

323. National Commission on Marijuana and Drug Abuse, *Evaluating the Social Impact of Drug Dependence*. Washington, D.C., 1972.

324. 1989 年，卡托研究所的詹姆斯·奥斯特洛夫斯基估计，自 1969 年以来，每年都有以下情况发生：

药物	使用人数	每年的死亡人数	死亡率（/10 万人）
烟草	6000 万	390000	650
酒精	1 亿	150000	150
海洛因	50 万	400	80
可卡因	500 万	200	4

See: Duke, S. B. and Gross, A. C., 1993, op. cit.

对毒品使用率的不同估计表明，1955 年海洛因使用者的人数约为 5000 人，1987 年的总数为 150 万人。这些数字表明尼克松的禁毒战争政策已经彻底失败。参见 Institute of Medicine, *Treating Drug Problems*. Vol. I. Washington, D.C.: National Academy Press, 1990。

325. Payne, L., Royce, K., Greene, B., et al., *The Heroin Trail*. New York: Holt, Rinehart and Winston, 1974.

326. Duke, S. B. and Gross, A. C., 1994, op. cit.

327. 几乎没有数据支持这个想法。事实上，海洛因使用者并不比社会其他人更容易犯罪，而且往往比他们居住社区的其他成年人更不容易犯重罪。

328. 最终，特别行动办公室与 1973 年成立的国家药物滥用研究所相衔接。

329. Massing, M, *The Fix: Under the Nixon Administration America Had an Effective Drug Policy. WE SHOULD RESTORE IT. (Nixon Was Right)*. New York: Simon and Schuster, 1998.

330. 由于作者和其他人在其他地方详细介绍了这些新出现的疾病问题，这里的介绍就没有这么深入。有关 1960—1990 年间传染病问题的更多信息，请查阅 Biddle, W., *A Field Guide to Germs*. New York: Henry Holt, 1995; Centers for Disease Control and Prevention. *CDC and the Smallpox Crusade*. Washington, D.C.: U.S. Department of Health and Human Services, 1987; Fenner, F., Hendersen, D. A., Arita, I., et al., *Smallpox and Its Eradication*. Geneva, World Health Organization, 1988; Foege, W. H., "Alexander D. Langmuir—his impact on public health." *American Journal of Epidemiology* 144 (1996): S11-S15; Garrett, L., 1994, op. cit,; etc 等。

331. This is, of course, described in greater detail in Chapter 2 of this book and in the chapter entitled "Yambuku" in Garrett, L., 1994, op. cit.

332. For more about smallpox eradication, see Chapter 5 of this book and the smallpox selections cited above.

333. Neustadt, R. E. and Fineberg, H. V., *The Swine Flu Affair: Decision-Making on a Slippery Slope*. Washington, D.C.: U.S. Department of Health, Education and Welfare, 1978.

334. 美国疾病预防控制中心无法知道 1976 年的病毒是否确实与 1918 年的病毒相似，因为他们没有这种旧病毒的样本可以用来与新的流感病毒样本相比较。但由于两种流感都在感染者体内引起了针对猪抗原的抗体反应，因此两者之间存在令人担忧的猪流感联系。专家认为由猪引起的流感病毒株对人类是最危险的。

335. 格林 - 巴利综合征是一种人类对神经紊乱知之甚少的疾病，它会导致神经系统的炎症、瘫痪、疼痛和其他神经系统症状。没人知道格林 - 巴利综合征发生的原因，但通过检查成千上万的医疗记录发现一直有一定数量的人患该病，奥斯特霍尔姆确定，明尼苏达州疫苗接种者中患格林 - 巴利病的例数比拒绝接种流感疫苗的人相比稍多，其差别是每 100 万接种过疫苗的明尼苏达人会增加 9. 7 例格林 - 巴利综合征病例。

336. See Bloom, B. R., "The United States needs a national vaccine authority." *Science* 265 (1994): 1377-1380; Citizens Against Government Waste, *An Ounce of Prevention: Why Congress Should Repeal the Vaccines for Children Program*. Washington, D.C.: Citizens Against Government Waste, 1994; Cohen, J., "Bumps on the vaccine road." *Science* 265 (1994): 1371-1375; Douglas, G. R., "The Children's Vaccine Initiative: Will it work?" *Journal of Infectious Diseases* 168 (1993): 269-274; Gibbons, A, "Children's Vaccine Initiative stumbles." *Science* 265 (1994): 1376-1377; etc..

337. Hilleman, M., Presentation to the Institute of Medicine, October 6, 1995.

337. 1987 年，美国国家科学院召开了一次高层会议，讨论开发艾滋病病毒疫苗的战略。11 年前的猪流感惨败的阴影笼罩着这次会议，科学家们争论如何完成一项看起来不可能完成的任务，即生产出一种安全的、百分之百有效的反转录病毒疫苗。

与索尔克在1950年对付小儿麻痹症的能力相比，1987年的遗传学和分子生物学能力要强得多。

默克制药公司的莫里斯·希勒曼说："我相信你可以通过基因工程来改造任何东西。""但谁会承担责任呢？谁能保证一种（病毒）疫苗不会在病人体内重组？这是法律问题。科学技术是好的，但提供安全的可能性是不可逾越的。"

339. 流感是一种鸟类病毒，通常在迁徙的水禽身上发现。这种适应于禽类的病毒很少会传染给人类，而且就目前所知，它永远不会在人与人之间传播。人类流行病涉及一种中间物种，常见的中间物种是猪，禽流感在猪体内繁殖并变异成适合哺乳动物的形式。

340. 对世界卫生组织、国家过敏症和传染病研究所（世界卫生组织、国立变态反应与传染病研究所）会议的评论，"大流行性流感：面对再次出现的威胁面对再次出现的威胁"，1995年12月11日至13日，马里兰州，贝塞斯达。

341. 在1991年之前，美国军方自己就有一个庞大的流感监测网络，利用军队在偏远地区的部署对新出现的流感毒株进行采样。这是对世界卫生组织文职系统的有力补充。但在苏联解体后，国会下令对国防部进行了几轮预算削减。根据美国陆军的说法，到1999年，军事流感网络已经逐渐被淘汰，甚至是不复存在。

342. Meltzer, M. and Cox, N., Data presented at the First International Conference on Emerging Diseases, Atlanta, Georgia, March 8, 1998. Kolata, G. *Flu*. New York: Farrar, Straus Giroux, 1999.

343. Patriarca, P., Comments to the WHO/NIAID meeting, 1995, op. cit.

344. Dowdle, W., Comments to the WHO/NIAID meeting, 1995, op. cit.

345. This is described in greater detail in Garrett, L., 1994, op. cit.

346. Centers for Disease Control and Prevention. *Summary of Notifiable Diseases, United States, 1997*. Atlanta: U.S. Department of Health and Human Services, CDC, 1997.

347. Carter, J., *Keeping Faith: Memories of a President*. New York: Bantam, 1982.

348. 具体情况如下：凌晨4点，反应堆冷却系统的一台水泵关闭，反应堆继续满功率运转。这使得过热的水在系统中积聚，产生爆炸压力。一个自动压力释放器排出了放射性蒸汽并关闭了反应堆。在这种情况下，压力表没能关闭。放射性蒸汽和水继续从系统中涌出。备用冷却开关未能自动打开以抵消蒸汽压力，但控制面板读数错误，从而指示正在进行冷却。由于核心反应堆仍然过热，另一个应急系统向核心注入了冷却剂，但电厂工程师误解了情况，关闭了备用冷却器泵。蒸汽喷出，主燃料棒破裂。熔毁开始，放射性气体被排放到核电站外的空气中。

349. 吉米·卡特的背景和能源危机进一步加剧了人们的怀疑。卡特在美国海军服役期间曾在一艘核潜艇上担任工程师，并支持核电工业。而持续的能源危机促使国会对核工业进行特别考虑。

350. Booth, W.,"Postmortem on Three Mile Island." *Science* 238 (December 4, 1987); Del Tredici, R., *The People of Three Mile Island*. San Francisco: Sierra Club Books, 1980; Gray, M., "What really happened at Three Mile Island." *Rolling Stone* (May 17, 1979); May, J. *Nuclear Age*. New York: Pantheon Books, 1989; Stephens, M., *Three Mile Island*. New York: Junction Books, 1980; and Torrey, L., "The week they almost lost Pennsylvania." *New Scientist* (April 4, 1979).

351. 美国长期盟友伊朗国王抵达美国接受治疗几天后，他在伊朗的统治被推翻，学生武装分子占领了美国大使馆，将所有工作人员扣为人质。以阿亚图拉·霍梅尼为代表的伊朗新政府全力支持学生运动，人质在1979年剩余时间和1980年全年都被囚禁在使馆内。1980年9月22日，萨达姆·侯赛因领导的伊拉克政府入侵伊朗，引发了20世纪最血腥的中东冲突。可能是因为这场战争让伊朗忙得不可开交，伊朗同意释放美国人质。在罗纳德·里根就职的那天，人质被释放了，以最后的羞辱姿态夺取了卡特的荣誉。

由于伊朗和伊拉克的紧张局势，石油定价和供应危机在卡特执政时期进一步恶化，最终导致了通货膨胀。

352. Carter, J., 1982, op. cit.

353. Ibid.

354. Starr, P., 1982, op. cit.

355. "It's time to operate." *Fortune* 81 (1970): 79.

356. Folland, S., Goodman, A. C., and Stano, M., *The Economics of Health and Health Care*. New York: Macmillan, 1993.

357. Feldman, R., "Competition among physicians, revisited." *Journal of Health, Politics, Policy and Law* 13 (1988): 239-261; McMenamin, P., "A crime storm from Medicare Part B." *Health Affairs* (Winter 1988): 94-101; and Rice, T. H., "The impact of changing Medicare reimbursement rates on physician-induced demand." *Medical Care* 21 (1983): 803-815.

358. Cooper, B. and Rice, D., *The Economic Cost of Illness Revisited*. Washington, D.C.: National Center for Health Statistics, U.S. Public Health Service, HEW, 1976.

359. Source: Health Care Financing Administration.

360. Ibid.

361. 多萝西·赖斯在 1983 年 6 月 10 日的一次采访中向我提供了一些资料。她的数据如下：

覆盖百分比	1950 年	1960 年	1970 年	1980 年
来自慈善机构和企业	2.9	2.3	1.6	1.4
来自政府	22.4	21.8	34.4	40.4
从私人健康保险	9.1	21.1	24.1	26.2
直接付现	65.5	54.9	40.0	32.0

362. 早在 1970 年，一些医院就开始向医疗保险公司和私人保险公司收取每天 500 美元的病房费。虽然这些都是重症监护病房，但在 1970 年，这笔钱可以在曼哈顿最豪华的酒店租下一整层楼，包括服务员和客房服务，还可以饱览中央公园的全景。

363. Krant, M. J., "The organized care of the dying patient." *Hospital Practice* (January 1972): 101-108. By 1965 nearly half of all deaths were occurring in hospitals, compared to a third in 1937. Scitovsky, A. A., "'The high cost of dying': What do the data show?" *Milbank Quarterly* 62 (1984): 591-608. Within just two years of its enactment, the 5 percent of Medicare recipients who died were absorbing 22 percent of all the program's expenditures. Piro, P. A. and Lutins, T., "Utilization and reimbursement under Medicare for persons who died in 1967 and 1968." *Health Insurance Statistics*. Pub. No. SSA-74-11702. Washington, .D.C: U.S. Department of Health, Education and Welfare, October 17, 1969. A 1978 study got similar results: 5.9 percent of the Medicare population, mostly terminally ill patients, that year absorbed 27.9 percent of the agency's health expenditures. Lubitz, J. and Prihoda, R., "The use and costs of Medicare services in the last two years of life." *Health Care Financing Review* 5 (1984): 117-131.

364. "Can 'health maintenance' plan brake runaway Medi-costs?" *Hospital Practice* (May 1970): 19-28.

365. Carter, J., 1982, op. cit.

366. 哈佛大学公共卫生学院的经济学家威廉·萧表示，每年影响公众舆论和国会对卫生政策的支出总额约为 1600 万美元。这些钱来自那些拥有大量雇员参加医疗保险的大雇主（如 IBM、通用汽车公司、通用电器公司等）、小企业组织、劳工组织、保险业、美国市场营销协会、美国医院协会和制药行业。

367. These were published by HEW as *Objectives for the Nation* (1979), *The Surgeon General's Report on Health Promotion and Disease Prevention* (1979), and *Objectives for the Nation* (1980).

368. The Valentine Brothers, "Money's Too Tight (to mention)," 1973. Adapted by Simply Red, 1988. BMI.

369. McBeath, W. H., Opening remarks, annual meeting of the American Public Health Association. New York, October 1, 1990.

370. Reagan, R., *Speaking My Mind*. New York: Simon and Schuster, 1989.

371. Center for Health Statistics, *Health Data Summaries for California Counties 1980.* Sacramento: Department of Health Services, State of California, 1981; Centers for Disease Control and Prevention, "Motor-vehicle safety: A 20th century public health achievement." *Morbidity and Mortality Weekly Report* 48 (1999): 369-374.

372. 1980 年，共有 119681 例分娩和 68018 例堕胎，这意味着 36% 的怀孕被终止。虽然无法找到堕胎的种族分类，但总的来说，加州白人女性的堕胎率最高。

373. Janis, J. M. and Walker, A., "An approach to monitoring the health status of Los Angeles County residents." Los Angeles: UCLA School of Public Health, April 1983; Center for Human Statistics, *Health Data Summaries for California Counties*. Sacramento: California State Department of Health. For the years 1960, 1970, 1980, 1982, 1983.

374. 1980 年，5.2% 的白人婴儿出生时体重低于 2500 克（或 5.5 磅），12% 的非裔美国婴儿出生时体重低于 2500 克（或 5.5 磅）。

375. U.S. Bureau of the Census, *World Population Profile: 1994*. Washington, D.C.: U.S. Department of Commerce, 1994.

376. 洛杉矶将继续难以让孩子们充分接种疫苗。1982 年，大约 21% 的幼儿园学生没有完全免疫。到 1985 年，这一数字下降到 15.1%，这在很大程度上要归功于西班牙的大规模疫苗接种运动。1987 年，只有大约 11% 的幼儿园儿童接种疫苗不足。

然后这个数字停滞不前，数年来一直保持在 11%~12% 的水平。

377. 世界卫生组织，《1984 年世界卫生报告》。日内瓦，世界卫生组织，1984 年。

378. 20 年来，洛杉矶的淋病发病率一直高于全州其他地区和美国的其他州。到 1980 年，洛杉矶郡的淋病发病率为 683.7/10 万人。加州的是 574.1/10 万人。美国总体的发病率是 443.3/10 万人。梅毒发病率呈现出一种更为多变的趋势，但洛杉矶的梅毒发病率在过去 20 年里总体呈上升趋势，同时，其发病率一直高于加州和全国平均水平。

379. 1979 年，该郡获得了 11 亿美元的医疗保险资金（当年每个医疗保险客户平均为 1552 美元），每月处理了 942486 起医疗保险案件，向州政府开列约 12 亿美元。到 1981 年，该郡的医疗保险收入跃升至 16 亿美元，平均每人 2175 美元。加州医保报销 15 亿美元，平均每位客户 3012 美元。

380. 在里根总统任期内，他的家乡加州作为最大的军事合同承接方而变得繁荣起来，平均年收入 1000 亿美元。到 1983 年，加州的国防合同总额将超过 80 亿美元，其中大部分支付给了洛杉矶郡的工人。

381. Savage, J. D., *Balanced Budgets and American Politics*. Ithaca: Cormell University Press, 1988.

382. Reagan, R., 1989, op. cit.

383. Ginzberg, E., *Tomorrow's Hospital: A Look to the Twenty-first Century*. New Haven: Yale University Press, 1996.

384. Savage, J. D., 1988, op. cit.

385. 部队为医学生提供了两种诱人的选择。那些在完成学业后签约在部队工作的人得到了联邦政府的医学教育补助，同时，学生在部队服役也是军队推迟征兵的理由。

386. Ambler, M., "Taking care of our own: Training Indians to heal Indians." *Tribal College* 5 (1994): 10-16.

387. Associated Press, "U.S. refines rules for Indian Service." October 4, 1987.

388. United Press International, "Report tells of poor doctoring for the Indians." October 7, 1987.

389. 这在一定程度上代表了一种转变，因为越来越多的人去社区经营的诊所，而不是待在印第安人卫生服务体系的医院里。

390. 1987 年 9 月至 11 月，作者在新墨西哥州、亚利桑那州、洛杉矶和华盛顿特区对印第安人卫生服务体系和纳瓦霍族卫生专家进行了采访。

391. Cannon, L., *President Reagan: The Role ofa Lifetime*. New York: Simon and Schuster, 1991.

392. 有趣的是，在这些问题上，里根的做法与民意调查显示的明确的公众意见相反。例如，美国医学会发起的一项民意调查中问道："如果政府减少对医疗卫生行业的监管，在你看来，医疗质量可能会发生什么变化？"两年多来的调查结果是：

受访者中认为会变化的比例（%）	1979 年	1981 年
大大改善	5	3
有所改善	13	19
没有变化	25	20
显著下降	11	10
有所下降	29	33
不知道	17	15

更能说明问题的是美国人对国家医疗保险的看法。《纽约时报》和哥伦比亚广播公司进行了一项长达 5 年的民意调查："你赞成还是反对：国家医疗保险由税收资助，并支付大多数种类的医疗卫生费用？"而他们的回答是：

	1976 年 8 月	1977 年 7 月	1980 年 2 月	1980 年 3 月	1981 年 4 月
赞同的比例	49	60	50	46	52
反对的比例	39	33	41	43	37
没有意见	9	7	9	11	11

See: Shapiro, R. Y. and Young, J. T., "The polls: Medical care in the United States." *Public Opinion Quarterly* 50 (1986):418-428.

393. Nathan, R. P. and Omenn, G. S., "What's behind those block grants in health?" *New England Journal of Medicine* 306 (1982): 1057-1060; and Brooks, E. F., DeFriese, G. H., Miller, C. A., et al., "A survey of local public health departments and their directors." *American Journal of Public Health* 67 (1977): 931-939.

394. Miller, C. A., Brooks, E. F., DeFriese, G. H., et al., 1977, op. cit.

395. Association of State and Territorial Health Oficials, *Inventory of Programs and Expenditures*. Washington, D.C.: National Public Health Reporting System, HEW, for the years 1974, 1776, 1978, 1980, 1981, and 1982.

396. Beyle, T. L. and Dusenbury, P. J., "Health and Human Services block grants: The state and local dimension." *State Government SSI* (1982): 2-13.

397. DeFriese, G. H., Hetherington, J. S., Brooks, E. F., et al., "The program implications of administrative relationships between local health departments and state and local government." *American Journal of Public Health* 71 (1981): 1109-1115; Gilbert, B., Moos, M. K., and Miller, C. A., "State-level decision making for public health: The status of boards of health." *Journal of Public Health Policy* 3 (1982) 51-61; Institute of Medicine, *The Future of Public Health*. Washington, D.C.: National Academy Press, 1988; etc..

398. Iglehart, J. K., "Medical care of the poor—a growing health problem." *New England Journal of Medicine* 313 (1985): 59-64.

399. Joe. T. C. W., "Arbitrary access to care: the case for reforming Medicaid eligibility." *Health Affairs* 4 (1985): 59-74.

400. Ginzberg, E., 1996, op. cit.

401. Stevens, R., op. cit, 1999.

402. Ibid.

403. Muñoz, E., Laughlin, A., Regan, D. M., et al., "The financial effects of emergency department-generated admissions under prospective payment systems." *Journal of the American Medical Association* 254 (1985): 1763-1771; Norton, E. C. and Staiger D. O.,"How hospital ownership affects access to care for the uninsured." *RAND Journal of Economics* 25 (1994): 171-185; and Stern, R. S. and Epstein, A. M., "Institutional responses to prospective paymnent based on Diagnosis-Related Groups." *New England Journal of Medicine* 312 (1985): 621-627.

404. Wennenberg, J. E., McPherson, K., and Caper, P., "Will payment based on Diagnosis-Related Groups control hospital costs?" *New England Journal of Medicine* 311 (1984): 295-300.

405. Dentzer, S., Hager, M., Zuckerman, S., et al,"Hospitals take the cure." *Newsweek* (July 2, 1984): 56-65.

406. 斯蒂芬·肖特尔和爱德华·休斯集中研究了16种医保患者接受的常见手术（例如，乳房切除术、紧急心脏复苏术、冠状动脉搭桥手术和髋关节置换术），并观察了在全国不同医疗机构接受过这些手术的患者的死亡率。所有手术加起来，平均死亡率为11%；但在一些医疗机构中只有6.5%的死亡率，而在另外一些机构中，死亡率高达15.5%。研究发现，死亡率遵循地理格局，最高的死亡率出现在监管最少、竞争最激烈的医疗市场。

407. Wikler, D., "Who should be blamed for being sick?" *Health Education Quarterly* 14 (1987): 11-25.

408. Davis, K. and Rowland, D., "Uninsured and underserved: inequalities in health care in the United States." *Milbank Quarterly* 61 (1983): 149-176.

409. Farley, P. J., "Who are the underinsured?" *Milbank Quarterly* 63 (1985): 476-503.

410. 根据不同的经济假设，国会预算办公室预测了2000年和2002年的三种情形：

	2000年	2002年
最好的情况	4260万未参保	4380万未参保
中间状态	4610万未参保	4870万未参保
最差的情况	5880万未参保	6680万未参保

See: Schroeder, S., "The medically uninsured — will they always be with us?" *New England Journal of Medicine* 334 (1996): 1130-1133.

411. U.S. Public Health Service, *U.S. Immunization Survey*. Washington, D.C.: Centers for Disease Control, GPO, 1978.

412. Interview with the author, 1984.

413. Lurie, N., Ward, N., B., Shapiro, M. F., et al., "Termination from Medi-Cal—does it affect health?"

New England Journal of Medicine 311 (1984): 480-484.

414. Interview with the author, International Cancer Congress, Seattle, September 1981.

415. Burkitt, D. P.,"Etiology and prevention of colorectal cancer." *Hospital Practice* (February 1984): 67-77.

416. Interview with the author, International Cancer Congress, Seattle, September 1981.

417. Bielke, E., "Dietary vitamin A and human lung cancer." *International Journal of Cancer* 15 (1975): 561; Greenwald, P., "Manipulation of nutrients to prevent cancer." *Hospital Practice* (May 1984): 119-134; Mettlin, C., Graham, S., and Swanson, M., "Vitamin A and lung cancer." *Journal of the National Cancer Institute* 62 (1979): 1435; Peto, R., "Can dietary betacarotene materially reduce human cancer rates?" *Nature* 290 (1981): 201; Wald, N., "Low serum-vitamin-A and subsequent risk of cancer: Preliminary results of a prospective study." *Lancet* 2 (1980): 813; etc..

418. For examples of the thinking about viruses, oncogenes, and carcinogenesis during the early 1980s, see Baltimore, D., "Retroviruses and cancer." *Hospital Practice* (January 1978): 49-57; Bishop, J. M., "Enemies within: The genesis of retrovirus oncogenes." *Cell* 23 (1981): 5-6; Bishop, J. M., "The molecular biology of RNA tumor viruses: A physician's guide." *New England Journal of Medicine* 303 (1980): 675-682; Bishop, J. M., "The molecular genetics of cancer." *Science* 235 (1987): 305-311; Bishop, J. M., "Oncogenes." *Scientific American* 246 (1982): 80-92; etc..

419. National Research Council, *Diet and Nutrition*. Washington, D.C.: National Academy Press, 1982.

420. Wynder, E. L., Hall, N. E. L., and Polansky, M., "Epidemiology of coffee and pancreatic cancer." *Cancer Research* 43 (1983): 3900-3906; "Decaffinating and cancer." *San Francisco Chronicle* (June 18, 1982): A6.

421. Stolberg, S. G., "Fiber does not help prevent colon cancer, study finds." *New York Times* (January 21, 1999): A14.

422. Holmes, M. D., "No apparent relationships between total fat intake or consumption of certain types of fat and breast cancer risk." *Journal of the American Medical Association* 281 (1999): 914-920.

423. Rehak, M., "To drink or not to drink." *New York Times Sunday Magazine* (March 14, 1999): 20.

424. Marmot, M. G., "From alcohol and breast cancer to beef and BSE- improving our communication of risk." Editorial. *American Journal of Public Health* 86 (1996): 921-923.

425. Marmot, M. G. and Mustard, J. F., "Coronary heart disease from a population perspective." In Evans, R. G., et al., 1994, op. cit.

426. 美国心脏协会，《心脏病和中风的统计数据更新版》，达拉斯：美国心脏协会，1999 年。苏联和华沙条约的国家都没有遵循相同的模式。在那里，二战后心脏病的激增更不易察觉，部分原因是，在 20 世纪 30 年代，这些国家的心脏病发病率已经很高了，而 20 世纪 80 年代因烟草使用量激增，膳食中的脂肪含量没有改变而继续攀升。1991 年苏联解体后，男性心脏病死亡率急剧上升。见本书第三章。

427. Kochanek, K. D., Maurer, J. D., Rosenberg, H. M., "Why did black life expectancy decline from 1984 through 1989 in the United States?" *American Journal of Public Health* 84 (1994): 938-944.

例如，在 1976—1980 年间，43. 9% 的白人男性成年人患有高血压，而非裔男性的这一比例为 48. 7%。到 1994 年，白人男性高血压患病率下降到 24. 4%，非裔男性为 35%。女性差异性更明显。1976—1980 年间，白人女性的患病率为 32. 1%，到 1994 年为 19. 3%。非裔女性从 47 岁开始。6% 的患病率为 34. 2%，但是当西班牙裔和亚裔被输入数据库时，很明显二者的区别不仅仅是非裔和白人。亚裔的高血压发病率一直很低，在 1970-1994

年间，西班牙裔人的高血压患病率在男性和女性中都保持在22%到25%之间，随着时间的推移没有明显的变化。（资料来源：美国心脏病协会，1999年，同前文。）

一些人把这个问题归咎于贫困，但当非裔和西班牙裔的人口比例与社会经济地位相匹配时，这种差别似乎就消失了：所有阶层的非裔都有较高的高血压发病率。非裔、白人获得医疗保健的机会明显较差，但非裔与西班牙裔人相比不一定如此。有证据表明，非裔不太可能接受积极的治疗，如心脏搭桥手术或移植，这可能会影响他们的死亡率。但这并不能解释高血压的高发病率。也有人寻求基因原因，但都没有满意的答案。

从公共卫生的角度来看，由于缺乏对这种差距根源的明确认识，预防工作就无的放矢：若不知道为什么美国非裔心脏病多，那要如何才能确定是否最好将稀缺资源和公共卫生公信力集中投放于饮食、压力、肥胖，运动干预方面，还是其他导致非裔美国人社区的行为改变因素？

See: Bhopal, R. and Donaldson, L., "White, European, Western, Caucasian or what? Inappropriate labeling in research on race, ethnicity, and health." *American Journal of Public Health* 88 (1998): 1303-1307; Blendon, R. J., Aiken, L. H., Freeman, H. E., et al, "Access to medical care for black and white Americans." *Journal of the American Medical Association* 261 (1989): 278-281; Centers for Disease Control and Prevention, "Health beliefs and compliance with prescribed medication for hypertension among black women—New Orleans, 1985-86." *Morbidity and Mortality Weekly Report* 39 (1990): 701-704; etc..

428. 低密度脂蛋白胆固醇（LDL）在20世纪70年代末80年代初被证明了能够附着在血管和动脉的内壁上，形成斑块。这些斑块，除非被高密度脂蛋白（“好”胆固醇）“清理”掉，否则随着越来越多的低密度脂蛋白胆固醇进入血流，这些斑块会随着时间的推移而增长，而血液中的低密度脂蛋白胆固醇是由肝脏通过摄入饱和脂肪而产生的。最终，血管壁会变厚，为血流提供的空间会变小。然后，人就会患动脉粥样硬化，或者说“动脉硬化”，这样一来，心脏病或脑卒中的风险就非常高。

429. Brody, J. E, *Jane Brody's Good Food Book*. New York: W. W. Norton, 1985; Brody, J. E, *Jane Brody's Nutrition Book*. New York: W. W. Norton, 1981; Butrum, R. R。, Clifford, C. K., and Lanza, E.,"NCI Dietary Guidelines: Rationale." *American Journal of Clinical Nutrition* 48, Supplement (1988): 888-895; U.S. Departments of Agriculture and Health and Human Services, *Dietary Guidelines for Americans*. Washington, D.C.: U.S. Departments of Agriculture and Health and Human Services, 1985; U.S. Food and Drug Administration, Division of Consumer Studies, *Health and Dietary Survey* (1988), unpublished; Life Sciences Research Office, Federation of American Societies for Experimental Biology, *Physiologic Effects and Health Consequences of Dietary Fiber*. Bethesda: Federation of American Societies for Experimental Biology, 1987; etc..

430. 1980年的数据分类如下：

人群（20岁以上）	超重百分比
低收入女性	37%
非裔美国女性	44%
墨西哥裔美国女性	39%
波多黎各女性	37%
美洲印第安人，男女合计	高达75%
所有种族男性合计	24%

来源：Centers for Disease Control, *National Health and Nutrition Examination Survey*. Washington, D.C: U.S. Department of Health and Human Services, yearly 1970-1980.

在20世纪80年代和90年代，美国经济和文化的变化使家庭做饭的时间减少，因此他们会更多地去餐馆或快餐连锁店就餐，那里的食物通常含有更多的脂肪。在外就餐的平均热量中38%以脂肪形式存在13%来自饱和脂肪。

431. 例如，一个人的总胆固醇水平可能是 220，这并不好。但是如果其中 35% 或更多的是由高密度脂蛋白（HDL）而不是令人担忧的低密度脂蛋白（LDL）构成的话，医生就不会建议进行疾病干预。还有许多其他膳食中存在的化学物质，如甘油三酯、烟酸、咖啡因、酒精、apo-B 脂蛋白、雌激素、钙，这些也都是是否患心脏病的独立风险因素。甚至有一些家庭，不管他们吃什么食物，似乎都对体重增加和胆固醇积聚有抵抗力。

432. Callahan, D., *False Hopes: America's Quest for Perfect Health Is a Recipe for Failure*. New York: Simon & Schuster, 1998.

433. 关于预防带来的健康改善的经济学价值，哈佛大学的大卫·卡特和伊丽莎白·理查森表述如下："我们将'健康资本'定义为与个人健康相关的当前和未来效用的贴现价值。我们使用疾病死亡率和发病率的数据，以经验性的方式来衡量卫生资本。据估计，在 1970 年至 1990 年间，出生时的健康资本增加了大约 10 万美元，而 65 岁时则增加了大约 16 万美元。老年人健康资本的大幅增加，是因为老年人的健康改善大多数是由于心血管疾病死亡率的降低导致的……"

See: Cutter, D. M. and Richardson, E., *Measuring the Health of the United States Population*. Washington, D.C.: Brookings Institute, Brookings Papers on Economic Activity, Microeconomic Edition, 1997.

434. Kindig D. A., *Purchasing Population Health: Paying for Results*. Ann Arbor: University of Michigan Press, 1997.

435. GISSI-Prevenzione Investigators, "Dietary supplementation with n-3 polyunsaturated fatty acids and vitamin E after myocardial infarction: Results of the GISSI-Preventione trial." *Lancet* 354 (1999): 447-455.

事实证明，鱼类中的 ω-3 脂肪酸并没有像先前所想的那样降低乳腺癌的风险。参见 Holmes, M. D., "Lower fat consumption not associated with decreased breast cancer risk." *Journal of the American Medical Association* 281 (1999): 914 920。

436. 有些鱼看起来对心脏是有帮助的，例如鲑鱼。其他种类的鱼似乎没什么好处，例如金枪鱼。至少根据 20 世纪 90 年代的研究，关键的仍在于 ω-3 脂肪酸。列表仍在扩充。

437. 作者将在此处仅仅是提出一个关于中毒性休克综合征的肤浅观点，关于出现该病的详细分析参见："Feminine Hygiene" in Garrett, L., 1994, op. cit。

438. Centers for Disease Control,"Update: Toxic Shock Syndrome in the United States." *Journal of the American Medical Association* 20 (1983); 1017; Institute of Medicine, *Toxic Shock Syndrome: Assessment of Current Information and Future Research Needs*. Washington, D.C.: National Academy Press, 1982; Schlievert, P. M., Shands, K. M., Dan, B. B., et al., "Identification and characterization of an exotoxin from Staphylococcus aureus associated with Toxic-Shock Syndrome." *Journal of Infectious Diseases* 143 (1981): 509-516; and Schlievert, P. M., Bettin, K. M., and Watson, D. W., "Purification and characterization of Group A streptococcal pyrogenic exotoxin Type C." *Infection and Immunology* 16 (1977): 673-679.

439. 1982 年，35 岁的男性或女性的平均额外预期寿命如下：

	额外预期寿命	
	男性，35 岁	女性，35 岁
明尼苏达州	41.4	47.2
美国	37.7	44.4
丹麦	38.8	44.1
芬兰	35.2	42.8
挪威	39.5	45.1
瑞典	39.6	45.3
波兰	35.4	42.4
德意志民主共和国	36.8	41.3

	额外预期寿命	
	男性，35 岁	女性，35 岁
德意志联邦共和国	37.2	43.0
加拿大	38.5	45.1
日本	40.3	45.0

资料来源：明尼苏达州卫生局。

440. Minnesota Planning, *Line Item*. St. Paul: Minnesota Planning, December 1994.

441. 1968 年，明尼苏达州卫生厅的预算为 4110256 美元，其中 1794124 美元来自地方和州，2316132 美元来自联邦政府。

442. 1985 年，明尼苏达州和地方对卫生厅预算的投入总额为 30750200 美元，联邦政府对其的投入是 38206500 美元。

443. 1998 年，明尼苏达州卫生厅的财政收入中，来自州和地方的是 120321297 美元，107280502 美元来自联邦政府。然而，即使是慷慨的明尼苏达州人在努力弥补华盛顿做出的变化，卫生厅在里根时代还是受到了影响。从 1980 年到 1983 年，该部门解雇了 17% 的全职员工，直到 1987 年，员工配置才恢复到 1980 年的水平。

444. White, K. E., Hedberg, C. W., Edmonson, L. M., et al.,"An outbreak of Giardiasis in a nursing home with evidence for multiple modes of transmission." *Journal of Infectious Diseases* 160 (1989): 298-304.

445. MacDonald, K. L., White, K. A., Heiser, J., et al., "Evaluation of a sick child day care program: lack of detected increased risk of subsequent infections." *Pediatric Infectious Disease Journal* 9 (1990): 15-20.

446. 1993 年，在华盛顿州那家快餐连锁店出售的汉堡包中发现了大肠杆菌，人称"盒子里的杰克虫病"。疫情在美国各地都有发生，但"盒子里的杰克"与这种流行病并没有特别的联系。在华盛顿州、爱达荷州、内华达州和加利福尼亚州暴发的疫情中，超过 700 名儿童感染了该病，其中 178 人住院治疗，4 人死亡。华盛顿州卫生当局确定，所有四个州的病例都与同一个汉堡供应商有关。令人震惊的是，在未煮熟的汉堡包馅饼中发现，仅仅 14 种大肠杆菌 0157：H7 细菌就足以引起溶血性尿毒症综合征。参见 Swerdlow, D., 1994, op. cit.; and "The emergence of Escherichia coli 0157：H7 infection in the United States." Editorial. *Journal of the American Medical Association* 269 (1993): 2264-2266。

447. Swerdlow, D., Comments to the USDA, E coli 0157 Conference. Washington, D.C., July 11-13, 1994.

448. Belongia, E. A., MacDonald, K. L., White, K. E., et al.,"Outbreak of *Escherichia coli* 0157：H7 colitis associated with precooked hamburgers." Twenty-ninth Interscience Conference on Antimicrobial Agents and Chemotherapy, Houston, Texas, September 17-20, 1989; Belongia, E. A., MacDonald, K. L., Blaser, M. T., et al., "Outbreak of *Escherichia coli* 0157：H7 in a day care center: Patterns of transmission and control methods." Twenty-ninth Interscience Conference on Antimicrobial Agents and Chemotherapy, Houston, Texas, September 17-20, 1989; Griffin, P. M. and Tauxe, R. V., "The epidemiology of infections caused by *Escherichia coli* 0157：H7, other enterohemorrhagic E. coli, and the associated hemolytic uremic syndrome." *Epidermiologic Reviews* 13 (1991): 60-98; etc..

449. 1996 年，日本遭受一场涉及 1 万个病例的大规模流行病，导致全国各地的学校关闭。经过数年的调查，美国和日本的研究人员确定，疫情起源于爱达荷州的一家萝卜种子农场。农场用感染了大肠杆菌的动物牛粪给萝卜施肥，萝卜种子被卖给日本的种植者。种子中含有休眠的大肠杆菌，它很容易定植于从种子中生长出来的芽。由于日本萝卜是生吃的，所以这些芽中的大肠杆菌比未煮熟的汉堡中的大肠杆菌更危险。

See: Brever, T, Shapiro, R., Hall, W., et al., "*Escherichia coli* 0157 : H7 first linked to consumption of alfalfa sprouts." First International Conference on Emerging Infectious diseases, Atlanta, March 8-11, 1998; Efron, S., "Food poisoning outbreak causes alarm." *Los Angeles Times* (July 23, 1996): A1; Garett, L,, "Mutant superbug strikes in Japan." *Newsday* (July 24, 1996): A4; Garett, L., "Superbug raging in Japan; experts baffled." *Newsday* (July 26, 1996): A20; Garett, L., "U.S. to aid Japan on *E. coli*." *Newsday* (July 27, 1996): A7; Garrett, L., "Unsolved mystery plagues Japan." *Newsday* (July 26, 1996): A20; Gutierrez, E. and Netley, G., "Japanese *Escherichia coli* outbreak is still puzzling health officials." *Lancet* 348 (1996): 540; etc..

450. Cannon, L., 1991, op. cit.

451. Address to the annual National Gay and Lesbian Health Conference. Washington, D.C, July 25, 1988, and interview comments afterward.

452. 如详细列出一长串导致研制艾滋病病毒疫苗彻底失败的原因清单，例如挫折、金钱问题、政治阴谋和智力障碍等，已超出了这本书的范围。尽管当局多年来对公众和华尔街发表了许多高度乐观的声明，但到20世纪末，没有人手中有一种产品能像索尔克的疫苗对小儿麻痹症的治疗作用那样，为艾滋病病毒带来希望。原因详见 Cohen, J., "Glimmers of hope from the bottom of the well." *Science* 285 (1999): 656-657; Cohen, J., *Shots in the Dark: The Wayward Search for an AIDS Vaccine*, to be published in 2000, manuscript shared by author; Institute of Medicine, *The Potential Value of Research Consortia in the Development of Drugs and Vaccines Against HIV Infection and AIDS*. Washington, D.C: National Academy Press, 1988; and various authors,"AIDS: The Unanswered Questions." *Science* 260 (1993): 1219-1293。

453. Institute of Medicine, *Confronting AIDS*. Washington, D.C. National Academy Press, 1988; Mann, J. M., Tarantola, D. J., and Netter, T. W., editors, *AIDS in the World*. Cambridge, Mass4 Harvard University Press, 1992; National Research Council, *AIDS: The Second Decade*. Washington, D.C. National Academy Press, 1990; National Research Council, *AIDS: Sexual Behavior and Intravenous Drug Use*. Washington, D.C.: National Academy Press, 1989; Nichols, E. K., *Mobilizing Against AIDS*. Washington, D.C.: National Academy Press, 1986; Sepulveda, J., Fineberg, H., and Mann, J. M., editors, *AIDS: Prevention Through Education*. Boston: published privately by computer, 1986.

454. Institute of Medicine, *Contronting AIDS*, 1988, op. cit.

455. 尤其是血库和血液制品行业阻碍了净化血液供应，使成千上万的美国人因输血或使用血液因子而感染。一旦他们意识到他们必须得让步，否则将面临巨大的诉讼。这个行业有两种姿态：首先，它谨慎地出口未经过滤的血液制品，在日本和其他国家引发了艾滋病病毒的流行；其次，同意“自愿”筛查工作，但反对一切形式的法定筛查。里根食品药品监督管理局允许这样做，而强制筛查却是直到疫情首次被确认后才开始实施。

456. See National Center for Health Statistics, "AIDS knowledge and attitudes for May and June 1988." *Advancedata* 160 (1988): 1-5; and Garrett, L., in Sepulveda, J., et al., editors, 1989, op. cit.

457. 例如，许多活动人士认为，有关艾滋病的会议不应在那些有歧视艾滋病病毒阳性者的移民政策的国家举办。直到人们清楚地认识到这将美国，还有几乎所有亚洲和非洲国家以及欧洲大部分地区排除在外之前，这一立场都被称赞并得到了著名公共卫生领导人的支持。这迫使会议组织者在瑞典、瑞士、日本等出访费用极高的国家召开会议。对于发展中国家的人，因费用问题被拒之门外，这仅仅安抚了来自美国、加拿大和西欧的少数活动家。尽管各国没有改变他们的政策，最终艾滋病会议在世界各地举行，而不管移民政策如何。

458. Comments made at the American Blood Bank Meeting, Washington, D.C., November 1985.

459. 根据他们所能获得的数据，美国疾病预防控制中心认为，感染艾滋病病毒的人平均有45%的概率会死亡，而死亡会在感染两年后发生。根据报告的艾滋病病例，柯伦的研究小组还认为，男同性恋是风险最大的群体，注射毒品者及其性伴侣在艾滋病病毒感染者中所占比例不到10%。他们估计全美国每10万人中有0.1人感染艾滋病，但是每10万旧金山男同性恋者中就有1000人感染艾滋病。

460. Curran, J., "Summary of meeting on AIDS and the bathhouses, with medical experts and representatives of the S. F. medical community." San Francisco, September 25, 1984, unpublished.

461. 莫斯在高级法院发表讲话，此前该市采取行动试图通过关闭同性恋浴室来遏制艾滋病病毒的传播。

462. 1988年1月6日，州长库莫下令全州所有的产前治疗场所鼓励孕妇接受艾滋病病毒检测。在全州强制对新生儿进行匿名筛查后发现，1987年，有1%的人出生时艾滋病病毒呈阳性。

463. Carroll, M., "To combat AIDS, New York may order bathhouses shut." *New York Times* (October 25, 1985): B1.

464. 1983年至1988年，由于艾滋病，纽约市的死亡率增加了5%。1988年，该市有3739人死于该病。这只是个开始。截至1989年11月，自艾滋病开始流行以来，纽约市报告了大约2.22万例艾滋病病例，艾滋病是30至49岁男子和20至39岁妇女的主要死因。

See: Smith, P. F., Mikl, J., Hyde, S., et al., "The AIDS epidemic in New York State." *American Journal of Public Health* 815 (1991): 54-60.

465. Kramer, L., *Report from the Holocaust*. New York: St. Martins, 1994; Nussbaum, B., *Good Intentions*. New York: Atlantic Monthly Press, 1990; and Shilts, R., *And the Band Played On*. New York: St. Martins, 1986.

466. New York State Department of Health. *AIDS in New York State*. Albany: New York State Department of Health, 1989.

467. Centers for Disease Control and Prevention, "Update: Reducing HIV transmission in intravenous-drug users not in drug treatment—United States." *Morbidity and Mortality Weekly Report* 39 (1990): 529-538; U.S. General Accounting Office, *Needle Exchange Programs: Research Suggests Promise as an AIDS Prevention Strategy*. GAO/HRD-93-60. Washington, D.C.: House of Representatives, 1993; Kaiser Family Foundation, *Needle and Syringe Availability and Exchange for HIV Prevention*. Menlo Park: Kaiser Family Foundation, 1992; etc..

468. "Let's move quickly in battling AIDS." Editorial. *USA Today* (March 3, 1988): 10A.

469. Hahn, R. A., Onorato, I. M., Jones, S., et al., "Prevalence of HIV infection among intravenous drug users in the United States." *Journal of the American Medical Association* 261 (1989): 2677-2684; and Wysowski, D. K., Schober, S. E., Wise, R. P., et al.,"Mortality attributed to misuse of psychoactive drugs, 1979-1988." *Public Health Reports* 108 (1993): 565-570.

470. 以纽约市为例，1988年，进入治疗中心的注射吸毒者中有38.5%是艾滋病病毒阳性，44%承认共用针头的人感染了艾滋病病毒。总的来说，到那时纽约市估计有23.5万艾滋病病毒感染者，其中至少1/3是通过共用针头而感染的。

471. Reagan, R., "Remarks on signing Executive Order 12368, concerning drug abuse policy functions." White House, June 24, 1982.

472. Gray, M., 1998, op. cit.

473. 代替正当程序和刑事诉讼，联邦和地方机构可以通过没收个人的土地和个人车辆或资产来迫使供应商倒闭。而机构可以出售这些物品，以资助进一步的警察行动，所有这些都没有审判或实际证据证明这些人是非法的毒品制造商或供应商。

474. Wysowski, D. K., et al., 1993, op. cit.

475. Baum, D., 1996, op. cit.

476. Davidson, J., "Cries for help." *Wall Street Journal* (September 4, 1990): Al.

477. Institute of Medicine, ibid.

478. New York Academy of Sciences, *Statement on AIDS Initiatives in Drug Treatment, Services in New York City*. New York City: Academy of Sciences, May 30, 1991.

479. Duke, S. B. and Gross, A. C., *America's Largest War: Rethinking Our Tragic Crusade Against Drugs*. New York: Putnam Books, 1994.

480. Levine, D. B. and Sobel, J. D., *Infections in Intravenous Drug Abusers*. New York: Oxford University Press, 1991; and Institute of Medicine, *Treating Drug Problems*. Vol. I. Washington, D.C.: National Academy Press, 1990.

481. 价格更昂贵的大麻很可能被提炼出高浓度的四氢大麻酚，这意味着大多数吸食者可能会大量吸入这种物质，哪怕他们的吸食量很小。

482. 所有可卡因的价格都已骤降，其原因主要是拉美的供应量大幅上升。1979 年，一克纯可卡因的价格是 780 美元，到 1987 年就跌至 142 美元。参见 Trebach, A. S. and Zeese, K. B., editors, *The Great Issues of Drug Policy*. Washington, D.C.: Drug Policy Foundation, 1990。

483. Duster, T., "Pattern, purpose, and race in the drug war." In Reinarman, C. and Levine, H. G., editors, *Crack in America*. Berkeley: University of California Press, 1997; Baum, D., 1996, op. cit; Gray, M., 1998, op. cit; and Massing, M., 1998, op. cit.

484. Kozel, N. J. and Adams, E. H., "Epidemiology of drug abuse: An overview." *Science* 234 (1986): 970-974.

485. Institute of Medicine, *Homelessness, Health, and Human Needs*. Washington, D.C.: National Academy Press, 1988.

486. Wallace, D. and Wallace, R., *A Plague on Your House: How New York Was Burned Down and National Public Health Crumbled*. New York: Verso, 1998.

487. Bourgois, P., "In Search of Horatio Alger." In Reinarman, C. and Levine, H. G., 1997, op. cit.; Myers, S. L., "Crime, entrepreneurship, and labor force withdrawal." *Contemporary Policy Issues* X (1992): 84-97; and Prothrow-Stith, D., *Deadly Consequences*. New York: HarperCollins, 1991.

488. *National Household Survey on Drug Abuse*, 1985. Washington, D.C.: National Institute on Drug Abuse, 1986.

489. Kleiman, M. A. R., 1992, op. cit; and Reinarman, C. and Levine, H. G., "The crack attack." In Reinarman, C. and Levine, H. G., 1997, op. cit.

490. Reinarman, C. and Levine, H. G., 1997, op. cit.

491. Minnesota § 152.025 statute.

492. 该案例详见 Glasser, I. and Segal, L.,"Civil rights and liberties." In Reinarman, C. and Levine, H. G., 1997, op. cit.

493.

1985—1995 年间明尼苏达州所有年龄段的被捕人数情况

涉嫌犯罪	1985			1990			1995		
	白人	非裔	共计	白人	非裔	共计	白人	非裔	共计
凶杀	41	26	76	43	60	139	73	106	216
强奸	282	122	435	313	179	546	724	249	1047
抢劫	342	360	784	320	596	1048	459	954	1514
严重袭击	1623	727	2641	2335	1054	3819	2431	1392	4326

涉嫌犯罪	1985			1990			1995		
	白人	非裔	共计	白人	非裔	共计	白人	非裔	共计
入室盗窃	3922	500	4718	3442	558	4366	3399	588	4295
盗窃	18417	2959	22831	19775	3797	25193	19384	5084	26451
武器携带	1130	223	1411	1052	377	1526	1868	1053	3122
嫖娼	518	343	918	699	723	1513	463	402	946
毒品	4765	459	5372	5266	1825	7307	10855	3665	15058
家庭／子女	267	22	312	363	58	445	619	137	808
共计	121553	14985	144235	148928	22940	181887	179582	36796	231049
被逮捕的白人（%）	84			81.9			77.7		
被逮捕的非裔美国人（%）		10.4			12.6			15.9	
占非裔美国人的比例（%）		1.8			2.4			2.8	

数据来源：明尼苏达州规划与刑事司法统计分析中心。

494. Duffy, M. and Goodgame, D., *Marching in Place: The Status Quo Presidency of George Bush*. New York: Simon & Schuster, 1992.

495.《华盛顿邮报》公布了这次逮捕的细节，正是这次逮捕导致了这个袋子落入布什总统手中。少年基思·杰克逊被缉毒局特工从哥伦比亚特区的另一边引诱到拉斐特公园，他们买下了这些快克毒品，并以此罪名逮捕了杰克逊，这样布什就可以说，白宫对面的公园是毒贩的天堂。事实并非如此。参见 Isikoff, M., "Drug buy set up for Bush speech: DEA lured seller to Lafayette Park." Washington Post (September 22, 1989): A1。

496. National Criminal Justice Commission. Donziger, S. R., editor, *The Real War on Crime*. New York: Harper Perennial, 1996.

497. 国家刑事司法委员会（同上）注意到以下令人吃惊的问题：

1993 年，平均每三名 20 至 29 岁的非裔男子中就有一人在监狱、监禁或假释中。

1991 年，洛杉矶 20—29 岁的非裔美国人中有 1/3 在狱中。

在 1991 年的任一天，巴尔的摩 56% 的 18—35 岁的非裔和华盛顿特区 42% 的同龄人都受到刑事司法的监督。

1991 年，美国国会大厦每三个 18—21 岁的非裔就有一个被捕并被起诉。

在 1989 年的任一天，美国每四个 20—29 岁的非裔美国人中就有一个要么坐牢，要么被假释。

1991 年，丹佛警察局编制了一份“可疑团伙成员”的名单，其中包括社区中每三名男性中有两人的名字是非裔美国人，年龄在 12 至 24 岁之间。名单上共有 5500 人，不过据说当地帮派成员不超过 250 人。

498. 尽管在科学数据中被彻底否定，但仍有人断言被捕者的“先天性”。然而，几乎所有增加的逮捕都是针对非暴力犯罪，如持有毒品或毒品用具、向卧底特工出售毒品、旨在获取毒品现金的小型非武装抢劫。例如，在这段时间里，纽约市发生了一连串的汽车破窗盗窃事件，其中一辆车的车窗被砸碎，音响系统从仪表板上被扯下卖掉或换了一管可卡因。

499. Trebach, A. S. and Zeese, K. B., editors. *The Great Issues of Drug Policy*. Washington, D.C.: Drug Policy Foundation, 1990.

500. Baum, D., 1996, op. cit.

501. Tonry, M., *Malignant Neglect*. New York: Oxford University Press, 1995; and Glasser I. and

Siegal, L., 1997, op. cit.

502. Free, M. D., *African Americans and the Criminal Justice System*. New York: Garland, 1996.

503. 这些评论是洛杉矶警察局局长达丽尔·盖茨和禁毒沙皇贝内特在1989年正式发表的。

504. 在这一节中，这些和其他科学家的引文来自作者1989年的采访。

505. 20世纪90年代初，科学界对可卡因、快克对人体影响的进一步认识的例子包括："据说可卡因治疗会导致偏执。"

506. Chasnoff, I. J., "Drug use in pregnancy." *New York State Journal of Medicine* (May 1989): 255; Handler, A., Kistin, N., Davis, F., et al., "Cocaine use during pregnancy: Perinatal outcomes." *American Journal of Epidemiology* 133 (1991): 818-824; Kaye, K, Elkind, L., Goldberg, D., et al., "Birth outcomes for infants of drug abusing mothers." *New York State Journal of Medicine* (May 1989): 256-261; Morgan, J. P. and Zimmer, L., "The social pharmacology of smokeable cocaine." In Reinarman, C. and Levine H. G., 1997, op. cit; Siegal, L., "The pregnancy police fight the War on Drugs." In Reinarman, C. and Levine H. G., 1997, op. cit; Toufexis, A., "Innocent victims." *Time* magazine (May 13, 1991): 56-63; etc...

507. Donziger, S. R., 1996, op. cit; Nadelman, E. A., "Drug prohibition in the United States: Costs, consequences, and alternatives." *Science* 245 (1989): 939-946; and Trebach, A. S. and Zeese, K. B., 1990, op. cit.

508. Joseph, S. C., "A methadone clone for cocaine." *New York Times* (January 11, 1989): Op-Ed. A:17.

由于可卡因成瘾"崩溃"带来的痛苦，几乎所有的快克吸食者都在使用能够缓解他们情绪低谷的药物：酒精、镇静剂、安眠酮、大麻和海洛因。结果，哈佛大学的斯科特·卢卡斯说，可卡因治疗"一团糟"，事实上包括同时治疗好几个瘾，每一个都改变了大脑的化学成分。

所有的精神活性药物都是通过作用于大脑中调节睡眠、梦境和视觉刺激的各种受体来发挥作用的。许多科学家认为可卡因攻击多巴胺受体，但有证据表明其他受体，特别是血清素，可能是目标。

尽管目标仍然是个谜，科学家们正在尝试各种多巴胺或血清素相关的药物来治疗可卡因成瘾。有些药物，如卡马西平，通常用于治疗癫痫。美国加州斯克里普斯诊所和马里兰大学的研究人员鼓吹溴隐亭是用来治疗帕金森氏症的。

杰弗里·罗斯坎发现抗抑郁药丙咪嗪有助于减少一些人对可卡因的渴求，并看到了它的化学表亲——地昔帕明的前景。

1989年，耶鲁大学的弗兰克·加温发表了《使用三氟噻吨癸酸酯的惊人成功》。加温在巴哈马治疗了10名快克使用者，他说除了一人以外，其他人都能降低依赖。五个月后，其中四个人能保持不吸食可卡因。然而，这项研究的规模很小，而且治疗组的成功率并没有与未经治疗的对照组进行比较。

509. Goldstein, P. J., Brownstein, H. H., Ryan, P. J., et al., "Crack and homicide in New York City." In Reinarman, C. and Levine, H. G., 1997, op. cit.

510. Glasser, I. and Siegel, L., 1997, op. cit.

511. 警察局长李·布朗下令开始一项缉毒计划，在这个计划下，警察和社区代表举行会议并协调他们的活动。特别行动小组被要求在实施有计划的突袭行动之前告诉缉毒者：一些社区成员只是向目标毒贩提供情报。1993年，一些地区的警察已经彻底腐败了。内部审查将导致数十人被捕和更多的纽约警察局官员被解雇，尤其是那些在哈莱姆区和东布鲁克林区工作的警察。

丁金斯还增加了 1 万个可供可卡因使用者使用的治疗名额，但这远远低于纽约所需的 10 万个治疗名额。而且成功率非常低，因为大多数“治疗”只持续 7 天，而且没有提供远离吸毒环境的住房。

512. Scott, J.,“L. A.'s battle against AIDS.” *Los Angeles Times* (February 26, 1988): Part II, 1.

513. 毫不奇怪，许多黑人社区开始提到种族灭绝：这是一个意图导致边缘化群体死亡率上升的阴险计划吗？这是否是一个意图侵蚀支持强大黑人社区发展的传统价值观和文化的计划？当前毒品政策的预期结果是这些边缘化群体从经济生活的生产领域退出、自我挫败和自我毁灭吗？为什么边缘化人口中的年轻男性以惊人的速度相互残杀，以致人口的繁殖能力被有效地消除了？

“哪个国际公认的术语最能描述这一过程？”毒品政策基金会提出疑问。也许，答案是：“种族灭绝。”

See: Trebach, A. S. and Zeese K. B., editors, 1990, op. cit..

514. Booth, R. E., Walters, J. K., Chitwood, D. D., et al.,“HIV risk-related sex behaviors among injection drug users, crack smokers, and injection drug users who smoke crack.” *American Journal of Public Health* 83 (1993): 1144-1148; Diaz, T. and Chu, S. Y., “Crack cocaine use and sexual behavior among people with AIDS.” *Journal of the American Medical Association* 269 (1993): 2845-2846; Fullilove, R. E., Fullilove, M. T., Bowser, B. P., et al., “Risk of sexually transmitted disease among black adolescent crack users in Oakland and San Francisco, Calif.” *Journal of the American Medical Association* 263 (1990): 851-855; Knox, R. A., “AIDS experts track the cocaine connection.” *The Boston Globe* (June 14 1988): A5; etc..

515. Chaisson, R. E., Bacchetti, P., Osmond, D., et al., “Cocaine use and HIV infection in intravenous drug users in San Francisco.” *Journal of the American Medical Association* 261 (1989): 561-565; Garrett, L., “New AIDS cocaine connection.” *Newsday* (January 27, 1989): A3; and Lambert, B., “AIDS peril grows for cocaine users,” *New York Times* (November 28, 1988): Al5.

516. Centers for Disease Control and Prevention. *On the Front Lines: Fighting HIV/AIDS in African-American Communities*. U.S. Department of Health and Human Services, August, 1999.

517. Hertzman, C., Frank, J., and Evans, R. G., “Heterogeneities in health status.” In Evans, R. G., et al., 1994, op. cit.

518. Callahan, D., 1998, op. cit.

519. 25% 的病例和死亡都是太小而无免疫力的婴儿，因此，如果他们的邻居或兄弟姐妹患了麻疹，这些婴儿在接触病毒时是毫无防御能力的。

520. LeBaron, C. W., et al., 1996, op. cit.

521. Centers for Disease Control and Prevention, “Physician vaccination referral practices and vaccines for children—New York, 1994.” *Morbidity and Mortality Weekly Report* 44 (1995): 3-6; Dietz, V., Zell, E., Eddins, D., et al.,“Vaccination coverage in the USA.” *Lancet* 344 (1994): 1439-1440; Institute of Medicine, *Adverse Events Associated with Childhood Vaccines*. Washington, D.C.: National Academy Press, 1993; Manning, A., “Kids in USA get 21 shots before start of lst grade.” *USA Today* (August 3, 1999): A1; etc..

522. Centers for Disease Control and Prevention, “National, state, and urban area vaccination coverage levels among children aged 19-35 months—United States, January-December 1995.” *Morbidity and Mortality Weekly Report* 46 (1997): 176-182.

523. Centers for Disease Control and Prevention, “Summary of notifiable diseases, United States 1997.” *Morbidity and Mortality Weekly Report* 46 (1997): full issue #54.

524. Centers for Disease Control and Prevention,“Epidemiology of measles—United

States, 1998." *Morbidity and Mortality Weekly Report* 48 (1999): 749-753.

525. 在大多数情况下，生病的人没有接种疫苗，或者仅仅接种了3种疫苗中的1种。或者受害人是家里有携带者的婴儿，又或者是接触较大龄儿童病例。更糟的是，有迹象表明，1种百日咳疫苗的保护效果并不理想。

See: Centers For Disease Control and Prevention,"Resurgence of pertussis—United States, 1993." *Morbidity and Mortality Weekly Report* 42 (1993) 952-965; and Christie, C, D. C, I. Marx, M. L., Marchant, C. D., et al., "The 1993 epidemic of pertussis in Cincinnati." *New England Journal of Medicine* 331 (1994): 16-21.

526. 事实上，1992年，卫生部部长唐娜·沙拉拉曾恳求医生认真对待儿童免疫。她说，"现在是每个医疗保健提供者展示他们对儿童健康的承诺程度的时候了"。她承认只有44%的美国儿童全程接种了疫苗。参见 Shalala, D. E., "Giving pediatric immunizations the priority they deserve." *Journal of the American Medical Association* 269 (1993): 1844-1845。

然而，由于推荐的疫苗清单越来越长，医生们也感到焦虑，并对此表示反对。数百万的父母也一样。当州卫生部门试图通过追踪哪些儿童接种了疫苗并向健忘的父母邮寄提醒信的方式来补救这种情况时，他们直接进入了基督教联盟。基督教联盟认为，这种记录就是"大哥大式"政府侵入私人生活的一个例子。

See: "Big shots." *The Economist* (May 9, 1998): 63; Gilbert, S., "New study supports effectiveness of little used chickenpox vaccine." *New York Times* (November 4, 1997): B8; Keusch, G. T. and Cash, R. A., "A vaccine against rotavirus-when is too much too much?" *New England Journal of Medicine* 337 (1997): 1228-1229; Pollak M., "Doctors Fighting Backlash Over Vaccines." *New York Times* (April 27, 1999): F7; and "Rash worries." *The Economist* (April 11, 1998): 63-64.

527. 关于波斯湾冲突、沙漠风暴行动和生物战的深入探讨，见本书第五章。

528. Duffy, M. and Goodgame, D., 1992, op. cit.

529. Ibid.

530. Salive, M. E., Vlahov, D., and Brewer, T. F., "Coinfection with tuberculosis and HIV-1 in male prison inmates." *Public Health Reports* 105 (1990): 307-310.

531. 关于1989—1992年结核病死灰复燃的详细资料，见 Garrett, L., 1994, op. cit, the chapter entitled "Thirdworldization"。细节此处不再重复。

532. 在1992年4月2日的国会听证会上，纽约国会议员泰德·韦斯请疾病预防控制中心主任威廉·罗珀博士详细说明最近的结核病预算。罗珀总结如下：

年份	疾控中心要求的预算（单位：百万美元）	实际获得的拨款（单位：百万美元）
1998	5	4
1989	25	7
1990	29	7
1991	34	8
1992	35	12

1992年，国家过敏症和传染病研究所主任安东尼·福奇在听证会上告诉韦斯，美国国立卫生研究院结核病研究的整个预算是510万美元，但随着抗药性结核病流行的展开，他要求为当年的预算增加410万美元。1993年，福奇要求预算增加到3300万美元。

533. 除非另有说明，否则本节所有未在《逼近的瘟疫》一书或本书书目引文中涉及的细节都是基于作者的报告和访谈。其他的参见 Annas, G. J., "The impact of health policies on human rights: AIDS and TB control." In Mann, J. M., et al., 1999, op. cit.; Centers for Disease Control and Prevention, "Tuberculosis elimination revisited: Obstacles, opportunities, and a renewed commitment." *Morbidity and Mortality Weekly Report* 48: (1999): RR-9 (special issue); Centers for Disease Control and Prevention, "Tuberculosis outbreaks in prison housing units for HIV-infected inmates in California, 1995-1996." *Morbidity and Mortality Weekly Report* 48 (1999): 79-82; Farmer, P., *Infections and Inequalities: The Modern Plagues*. Berkeley: University of California Press, 1999; 等。

534. Belkin, L., "A brutal cure." *New York Times Sunday Magazine* (May 30, 1999): 34-39; and Sachs, S., "90 asylum seekers at center are infected by man with TB." *New York Times* (July 31, 1995): B5.X

535. Dye, C., Garnett, G. P., Sleeman, K., et al., "Prospects for worldwide tuberculosis control under the WHO DOTs strategy." *Lancet* 352 (1998): 1886-1891。1998 年，世界卫生组织正式接到全世界 381 万例活动性肺结核病例报告，85% 的国家提交了报告。这无疑严重低估了活动性肺结核病例。因为在 1998 年，几乎没有国家建立准确的结核病监测和报告系统，而且大多数国家都出于政治和经济原因低报其流行病的规模。戴伊的研究小组估计，当年全球真正的结核病负担是 796 万新病例加上 1620 万慢性结核病患者，其中 187 万人死亡。他们估计，每年全球病例死亡率占所有活动性肺结核病例的 23%，其中死亡率最高的国家是艾滋病大规模流行的国家。

536. 仅仅 5 年后，汉伯格有限的权力和对公共卫生当局的全面限制面临了有趣的新律法和伦理困境：基因和犯罪。美国专注于所谓的暴力谋杀，这种谋杀通常针对的是同学或同事。对这类谋杀的研究表明，几乎所有的谋杀都是由有长期精神病史的人所犯下的。也许其中 1/3 的人被诊断为精神分裂症患者，而他们已经停止服药。

这就模糊了公共卫生和执法部门之间的界限，研究人员正在快速确定导致这种精神疾病的基因。在千禧年的地平线上，有人认为应强制治疗所有经基因检测鉴定为精神分裂症和精神病的患者，将其视为“公共卫生”问题，从而保护广大民众免遭杀害。

See: Goodstein, L. and Glaberson, W., "The well-marked road to homicidal rage." *New York Times* (April 10, 2000):A1.

537. 在纽约市和全国范围内，对结核病起遏制作用的是用于艾滋病病毒治疗的鸡尾酒疗法。鸡尾酒疗法于 1996 年推出，极大地提高了大多数服用该药的艾滋病患者的健康水平，使他们不易感染结核病。

538. 在科罗拉多州立大学进行的实验室研究中，科学家们用田纳西菌感染了老鼠，与感染了来自纽约的 W 系菌株的小鼠的反应进行比较。在 10 天内，感染组小鼠肺部培养出 103 株杆菌。同时，田纳西州感染结核病的老鼠体内的微生物数量增加了 1000 倍。

疾病预防控制中心的桑德拉·瓦尔薇指出，在实验室培养皿中培养新的结核杆菌时，同样以惊人的速度增长，她说“实验室工作人员说他们从来没有见过这样的情况。”

539. 更难治疗的是在美国各地医院内暴发的一系列 W 系病毒，这种病毒通过反复使用检查病人肺部的被污染的支气管镜传播。

540. For summaries, see Morse, S., 1993, op. cit.

541. For more details see: Henig, R. M., 1993, op. cit; and Garrett, L., 1994, op. cit.

542. Institute of Medicine, 1988, op. cit.

543. 报告总结说，“公共卫生面临的困境是在继续努力遏制长期存在的问题的同时，如何应对新的挑战。公共卫生领导人没能弄明白公共卫生必须面对的两个方面的问题。很多时候，政治领导人在没有充分考虑健全计划的知识背景下，匆忙推动各种应对健康危机的短期‘解决方案’，公众对此感到困惑。其结果是在缺乏合格专业人员的一致性指导下，利益和项目被分割、新机构之间组织混乱、善意但不平衡的政府拨款。”

544. Weiss, L. D., *Private Medicine and Public Health*. Boulder: Westview Press, 1997.

545. Ibid.

546. Robert Wood Johnson Foundation, *Access to Health Care in the United States: Results of a 1986 Survey*. Special Report No.2. New York: Robert Wood Johnson Foundation, 1987; and Robert Wood Johnson Foundation, *Announcing the Health Care for the Uninsured Program*. New York: Robert Wood Johnson Foundation, 1985.

547. Annas, G. J., "Back to the future: The IOM report reconsidered." *American Journal of Public Health* 81 (1991): 835-837.

548. Pickett, G., "The future of health departments: The governmental presence." *Annual Review of Public Health* 1 (1980): 297-321. Roper, W. L., Baker, E. L., Dyal, W. W., et al., "Strengthening the public health system." *Public Health Reports* 107 (1992): 609-615.

549. 报告指出，根据《健康美国 1990》中制定的目标，与截至当时实际实现的情况相比，数据如下：

生命阶段	1990 年的目标	1990 年实际实现的情况
婴儿	死亡率降低 35%	死亡率降低 28%
儿童	死亡率降低 20%	死亡率降低 21%
青少年	死亡率降低 20%	死亡率降低 13%
成人	死亡率降低 25%	死亡率降低 21%
老年人	限制活动天数减少 20%	限制活动天数减少 17%

See: U.S. Public Health Service, *Healthy People 2000*. Washington, D.C.: U.S. Department of Health and Human Services, 1990.

550. 他的言论后来发表了。

551. Navarro, V., "The future of public health in health care reform." *American Journal of Public Health* 84 (1994): 729-730.

552. Baker, E. L, Melton, R. J., Stange, P. V., et al., "Health reform and the health of the public." *Journal of the American Medical Association* 272 (1994): 1276-1282; and Roper, W. L., Baker, E. L., Dyal, W. W., et al.,"Strengthening the public health system." *Public Health Reports* 107 (1992): 609-616.

553. 伤残调整寿命年分析向世界银行表明，一个国家越贫穷，其疾病造成的财政负担就越大，反之，减少疾病发病率的公共卫生干预措施的预期经济影响就越大。撒哈拉以南非洲是世界上最贫穷的地区，据世界银行计算，1990 年每 1000 人每年损失近 600 伤残调整生命年，这意味着疾病导致生产力的巨大损失。在印度，每年的死亡人数约为每 1000 人 320 伤残调整生命年，而在富裕的工业化国家，这一数字只有 100 多。

世界卫生组织的全球疾病和伤害负担系列是由哈佛大学公共卫生学院的克里斯托弗·默里、世界卫生组织的艾伦·洛佩兹和世界银行行长贾米森进行的一项重大成本分析。该系列旨在评估目前和未来（到 2020 年）所有可能的疾病和伤害、预防努力、治疗、社会生产力损失以及疾病发生率的比较成本。这是迄今为止所进行的最大规模的努力，而且从定义上讲，几乎也是极具争议的。毕竟，这些研究都是从现有的数据和假设开始的，这些数据和假设都不够完美，有待解释。

"'全球疾病负担'系列报告的出版标志着卫生成果向一个新时代的过渡，在这个时代，这些书卷为严谨、全面和内部一致性确立了更高的标准。"贾米森在该系列书籍的第三卷中写道。

554. 例如，据世界银行计算，1975 年至 1990 年间，美国通过大规模免疫接种根除小儿麻痹症的总费用为2.2亿美元，使22万儿童免于这种疾病，为全国节省了高达13亿美元的医疗费用，甚至还节省了更多的伤残调整寿命年。

555. Johnson, H., *Divided We Fall: Gambling with History in the Nineties*. New York: W. W. Norton, 1994.

556. Ibid. See also Castro, J., "Condition: Critical." *Time* magazine (November 25, 1991): 34-42; Easterbrook, G., "The revolution in medicine." *Newsweek* (July 26, 1987): 40-74; Friedman, E., "Problems plaguing public hospitals: Uninsured patient transfers, tight funds, mismanagement, and misperception." *Journal of the American Medical Association* 257 (1987): 1850-1857; "The healthy option." *The Economist* (February 8, 1992): 14-15; Walton, S., "For-profit health care facilties: Higher costs, comparable care." *News Report* XXXVI (1986): 410; etc..

557. Imershein, A. W., Rond, P. C., and Mathis, M. P., "Restructuring patterns of elite dominance and the formation of state policy in health care." *American Journal of Sociology* 97 (1992): 970-993.

558. U.S. Bureau of the Census, *Census Brief: Children Without Health Insurance*. CENBR/98-1. Washington, D.C.: U.S. Bureau of the Census, March 1998; Davis, K., Rowland, D., Altman, D., et al., "Health insurance: The size and shape of the problem." *Inquiry* 32 (1995): 196-203; Lewis, K., Ellwood, M., and Czajka, J. L., *Counting the Uninsured: A Review of the Literature*. Washington, D.C.: The Urban Institute, 1998; and Swartz, K., Marcotte, J., and McBride, T. D., "Personal characteristics and spells without health insurance." *Inquiry* 30 (1993): 64-76.

559. Evans, R. G. and Stoddart, G. L., "Producing health, consuming health care." In Evans, R. G., et al., 1994, op. cit.

560. 此外，未参保人员的负担并没有在社会上平均分配。

561. Hay, J. W., Osmond, D. H, and Jacobson, M. A,"Projecting the medical costs of AIDS and ARC in the United States." *Journal of Acquired Immune Deficiency Syndrome* 1 (1988): 466-485.

与疾病预防控制中心预测的160亿美元相比，这是一个适度的增长。到1999年，美国与艾滋病相关的医疗支出达到69亿美元，由医疗补助、瑞安·怀特艾滋病基金、社会保障和医疗保险支付。联邦政府在1999财政年度还支出了以下费用：

艾滋病研究	$18亿
艾滋病预防	$7.7亿
国际援助	$1.4亿
治疗及患者支持	$69亿
共计	**$97170亿**

这高于联邦艾滋病支出总额，如下所示：

1995财政年	$67.18亿
1996财政年	$7265亿
1997财政年	$8144亿
1998财政年	$87.27亿

上述数据不包括私人或国家补贴的治疗、研究、药物开发、病人援助、住院等方面的补贴支出（保险或其他）。

562. Franks, P., Clancy, C. M., and Gold, M. R., "Health insurance and mortality." *Journal of the American Medical Association* 270 (1993): 737-741.

然而，在前24个工业化国家中，只有土耳其政府在国民健康成本中所占比例低于美国。挪威95%的医疗费用由政府承担，挪威人的婴儿死亡率是世界上最低的（1994年每1000个婴儿中有4个），预期寿命最高（1993年出生的婴儿预期寿命为78岁）。尽管挪威政府在卫生方面投入了大量资金，但挪威人的生活水平仍然很高，人均国民生产总值每年为 26390 美元。可比拟美国数据：婴儿死亡率为 8‰；预期寿命为 77 岁；人均国民生产总值为 25880 美元。这些是世界银行根据世界银行的年度世界发展报告所作的估计。

1990 年，美国 40% 以上的医疗费用由政府承担。

563. Evans, R. G., "Health care as a threat to our health." *Daedalus* (Fall 1994):21-42.

564. Lavis, J. N. and Stoddart, G. L., "Can we have too much health care?" *Daedalus* (Fall 1994): 43-60.

565. Reagan, M. D., *The Accidental System: Health Care Policy in America*. Boulder: Westview Press, 1999.

566. 尽管民意调查显示，到 1991 年，68% 的美国选民说他们"更喜欢加拿大的制度"而不是美国的制度。路易斯·哈里斯和他的同事在 1991 年 11 月对这些结果进行了一次民意调查。

567. Jacobs, L. R., Shapiro, R. Y., and Schulman, E. C.,"The polls—poll trends: Medical care in the United States- an update," *Public Opinion Quarterly* 57 (1993): 394-427.

568. Ibid.

569. Ibid.

570. Blendon, R. J., Altman, D. E., Benson, J. M., et al., "The implications of the 1992 presidential election for health care reform." *Journal of the American Medical Association* 268 (1992): 3371-3375.

571. Ginzberg, E., 1996, op. cit. .

572. Sen, A., *Development as Freedom*. New York: Alfred A. Knopf, 1999.

573. Jones, S., Cohodes, D. M., and Scheil, B., "The risks of ignoring insurance risk management." *Health Affairs* (Spring 1994): 108-122; Oliver, T. R. and Dowell, E. B., "Interest groups and health reform: Lessons from California." *Health Affairs* (Spring 1994): 120-130; and Rubin, A. J., "Reinvention of health care is key to Clinton overhaul." *Congressional Quarterly* (March 13, 1993): 595-600.

574. Freeman, P. and Robbins A., "National health care reform minus public health: A formula for failure." *Journal of Public Health Policy* 15 (1994): 261-282.

575. "Warning: Doctors can damage your wealth." *The Economist* (October 20, 1990):19-20.

576. Aaron, H. J. and Schwartz, W. B., "The painful prescription: Rationing health care." *The Brookings Institute, Studies in Social Economics Series*. Washington, D.C.: Brookings Institute, 1984; Feldstein, P. J., Health Care Economics. Fourth edition. Albany: Delmar Publishing, 1993.

577. Gordon, L., "Public health is more important than health care." *Journal of Public Health Policy* 14 (1993): 261-264.

578. Gordon, R. L., Gerzoff, R. B., and Richards, T. B., "Determinants of U.S. local health department expenditures, 1992 through 1993." *American Journal of Public Health* 87 (1997): 91-95; Halverson, P. K., Miller, C. A., Fried, B. J, et al., "Performing public health functions: The perceived contribution of public health and other community agencies." *Journal of Health and Human Services Administration* (Winter 1996): 288-303; Mays, G. P., Halverson, P. K, and Miller, C. A., "Assessing the performance of local public health systems: A survey of state health agency efforts." *Journal of Public Health Management Practice* 4 (1998): 63-78; etc..

579. Osterholm, M. T., "A survey of public health infectious disease surveillance in the United States, 1992," unpublished data provided by the author.

580. Dowdle, W. R., "The future of the public health laboratory." *Annual Review of Public Health* 14 (1993): 649-664.

581. Holland, E. J, Mahanti, R. L., Belongia, E. A., et al., "Ocular involvement in an outbreak of Herpes gladiatorum." *American Journal of Ophthalmology* 114 (1992): 680-684.

582. Hedberg, C. W., David, M. J. White, K. E., et al.,"Role of egg consumption in sporadic *Salmonella enteriditis and Salmonella typhirium* infections in Minnesota." *Journal of Infectious Diseases* 167 (1993): 107-111; Hedberg, C. W., White, K. E., Johnson, J. A., et al., "An outbreak of *Salmonella enteritidis* infection at a fast-food restaurant: Implications for foodhandler-associated transmission." *Journal of Infectious Diseases* 164 (1991): 1135-1140; and Hedberg, C. W., Korlath, J. A., D'Aoust, J. Y., et al., "A multistate outbreak of *Salmonella javiana* and *Salmonella oranienburg* infections due to consumption of contaminated cheese." *Journal of the American Medical Association* 268 (1992): 3203-3207.

583. Hedberg, C. W., Levine, W. C., White, K. E, et al., "An international foodborne outbreak of shigellosis associated with a commercial airline." *Journal of the American Medical Association* 268 (1992): 3203-3212; and Wood, R. C., MacDonald, K. L., Osterholm, M. T., "*Campylobacter* enteritis outbreaks associated with drinking raw milk during youth activities." *Journal of the American Medical Association* 268 (1992): 3228-3230.

584. MacDonald, K. L., Mills, W. A., Wood R. C., et al., "Evolution of clinical and laboratory aspects of antibody tests for detection of hepatitis C virus infection in blood donors and recipients from a low-risk population." *Transfusion* 34 (1994): 202-208; and Wood, R. C., MacDonald, K. L., White, K. E., et al., "Risk factors for lack of detectable antibody following hepatitis B vaccination of Minnesota health care workers." *Journal of the American Medical Association* 270 (1993): 2935-2939.

585. Ehresmann, K. R., Hedberg, C. W., Grimm, M. B., et al., "An outbreak of measles at an international sporting event with airborne transmission in a domed stadium." *Journal of Infectious Diseases* 171 (1995): 679-683.

586. Institute of Medicine, *Emerging Infections: Microbial Threats to Health in the United States*. Washington, D.C.: National Academy Press, 1992.

587. Centers for Disease Control and Prevention, *Addressing Emerging Infectious Disease Threats: A Prevention Strategy for the United States*. Washington, D.C.: U.S. Department of Health and Human Services, 1994. This report was updated in 1998 as Centers for Disease Control Prevention,"Preventing emerging infectious diseases: A strategy for the twenty-first century." *Morbidity and Mortality Weekly Report* 47 (RR-15) (September 11, 1998): 1-14.

588. 见本书第五章。

589. Homer-Dixon, T. F., "Environmental scarcities and violent conflict: Evidence from cases." *International Security* 19 (1994): 5-40; Homer-Dixon, T. F., "On the threshold: Environmental changes as causes of acute conflict." *International Security* 16 (1991):76-116; Huntington, S. P., *The Clash of Civilizations and Remaking of World Order*. New York: Simon& Schuster, 1996; Kennedy, P., *Preparing for the Twenty-First Century*. New York: Vintage, 1994.

See also Fiedler, D. P., "Microbialpolitik: Infectious diseases and international relations." *International Law Review* 14 (1998): 2-21; Garrett, L., "The return of infectious diseases." *Foreign Affairs* 75 (1996): 66-79; Hammond, A., *Which New World? Scenarios for the 21st Century*. Washington, D.C.: Shearwater, 1998; Institute of Medicine, *Vital Interests in Global*

Health. Washington, D.C., National Academy Press, 1997; etc..

590. 许多生物学家发现环境问题与疾病的发生有直接关系，这种联系是由于臭氧层减弱而导致的气候变化。他们说，气候的变化有利于致病的昆虫和藻类的生长。

See: Epstein, P. R., "Climate and health." *Science* 285 (1999): 347-348; Garfield, R., "Malaria control in Nicaragua: Social and political influences on disease transmission and control activities." *Lancet* 354 (1999): 414-418; Linthicum, K. J., Anyamba, A, Tucker, C. J., et al., "Climate and satellite indicators to forecast Rift Valley Fever epidemics in Kenya." *Science* 285 (1999): 397-398; etc..

591. "Disease fights back." *The Economist* (May 20, 1995): 79-81; and MacKenzie, D., "Can we afford not to track deadly viruses?" *New Scientist* (May 20, 1995): 4.

592. Working Group on Emerging and Re-emerging Infectious Diseases, *Global Microbial Threats in the 1990s*. Washington, D.C.: NSTC Committee on International Science, Engineering and Technology (CISET), 1995.

593. Garrett, L., "A call to arms against new infectious diseases." *Newsday* (July 26, 1995): A25.

594. Ibid.

595. Skocpol, T., *Boomerang*. New York: W. W. Norton, 1996.

596. 该计划的基本策略是要求所有美国雇主为员工提供医疗保险。小企业、失业者和自营职业者将获得联邦补贴，以抵消他们的保险费用。保险将由区域卫生联盟购买，该联盟由医疗保健提供者、卫生保健组织、医生等组成。这些联盟将以社区为基础，由董事会管理，董事会成员包括政府、公民和雇主的代表。这些联盟将协商医院和医生的报销比例，并为这些基金制定当地的质量标准。

597. See: "Got it? An OMB version of a new health-care system." *Medical World News* (September, 1993): 21; "Health-care debate takes off." *Congressional Quarterly Almanac* (1993): 335-347; Johnson, H., 1994, op. cit.; and Peterson, M. A., "How health policy information is used in Congress." In Mann, J. E. and Ornstein, N. J., editors, *How Congress Shapes Health Policy*. Washington, D.C. Brookings Institute Press, 1995.

598. "Appropriations process tough on public health." *The Nation's Health* (August 1995): 1; Centers for Disease Control and Prevention, "CDC's national profile of local boards of health, September 1997." *Morbidity and Mortality Weekly Report* 47 (1997): 573-574; Gordon, R. L., Baker, E. L, Roper, W. L., et al., "Prevention and the reforming U.S. health care system: Changing roles of responsibilities for public health." *Annual Review of Public Health* 17 (1996): 489-509; etc..

599. Carlson, M., "Another dose of Harry and Louise." *Time* magazine (November 4, 1997): 34; and Ellis, D., "Band-aids to patch up health care." *Time* magazine (February 17, 1992): 20-22.

600. Derthick, M., "Whither federalism?" *The Future of the Public Sector* 2 (June 1996): 1-4. Published by the Urban Institute, Washington, D.C.

601. Meacham J., "Defiance in the Sun Belt. *Newsweek* (April 24, 1995): 33.

602. Callahan, D., 1998, op. cit.

603. Blumenthal, D., "Health care reform at the close of the twentieth century." *New England Journal of Medicine* 340 (1999): 1916-1920.

604. 1994 年对俄克拉荷马人的一项调查显示，只有那些有强烈健康需求的公民才倾向于反对全民健康等同于大政府的观点，这是不好的。那些缺乏医疗保险的俄克拉荷马州穷人更倾向于全民医疗。然而，大多数人发现他们自己的健康需求在 1994 年得到了很好的满足，他们认为没有必要支持大政府。

605. Budetti, P. P, "Health reform for the 2lst century?" *Journal of the American Medical Association* 277 (1997): 193-198; and Skolnick, A. A., "Democrats drop universal coverage." *Journal of the American Medical Association* 276 (1996): 931.

606. Mullan, F., "Federal public health, semi-reinvented." *American Journal of Public Health* 87 (1997): 21-24.

607. Pear, R., "More Americans were uninsured in 1998, U.S. says." *New York Times* (October 4, 1999): Al.

608. Kuttner, R., "The American health care system." *New England Journal of Medicine* 340 (1999): 248-252.

609. Marquis, M. S. and Long, S. H., "Federalism and health system reform." *Journal of the American Medical Association* 278 (1997): 514-517.

610. Gordon, R. L., Baker, E. L., Roper, W. L., et al., "Prevention and the reforming U.S. health care system: Changing roles and responsibilities for public health." *Annual Review of Public Health* 17 (1996): 489-509; Lasker, R. D., *Medicine and Public Health: The Power of Collaboration*. New York: Academy of Medicine, 1997; Lasker R. D., Abramson, D. M., and Freedman, G. R., *Pocket Guide to Cases of Medicine and Public Health Collaboration*. New York: Academy of Medicine, 1998; Loeppke, R. R.,"Prevention and managed care: The next generation." *Journal of Occupational and Environmental Medicine* 37 (1995): 558-562; etc..

611. Johnson, H., 1994, op. cit.

612. Ibid.

613. 关于这起事件的描述，参见 Ayers, B. D., "In California uncertainty chills illegal aliens." *New York Times* (November 21, 1994): A10; Cheevers, J., "County seeks private takeover of clinics." *Los Angeles Times* (August 18, 1995): B1; Church, G. J., "Teaching hospitals in crisis." *Time* magazine (July 17, 1995): 40-43; Clark, F., "Maybe, the county's sky is falling." *LACMA Physician* (August 14, 1995): 16-24; Garrett, L., "LA. hemorrhage." *Newsday* (September 12, 1995): A12; 等。

614. Reed, S. R., Chief Administrative Officer, *1995-96 Proposed County Budget*. Memo to the Board of Supervisors of the County of Los Angeles, June 20, 1995.

615. UCLA Center for Health Policy Research. *At Risk: Los Angeles County, the Health of its People and its Health System*. A briefng document prepared for the Health and Mental Health Advocacy Coalition, October 21, 1994.

另一个问题是，在 20 世纪 90 年代，洛杉矶为他们的工人提供医疗保险的雇主不到一半。事实上，洛杉矶所有没有医疗保险的人中有 87% 是有就业的。

616. UCLA Center for Health Policy Research, 1994, op. cit.

617. 1995 年 9 月，作者的访谈记录。除特别引用外，洛杉矶部分的所有引文均来自作者访谈。

618. 事实上，拉丁美洲和南加州大学的医疗中心在最近的洛杉矶地震中已经遭受了相当大的破坏，预计修复工作将花费数百万美元。

619. 美国南加州大学医学教授史蒂夫·阿斯克说，将洛杉矶郡的医疗保健状况与他在厄瓜多尔当医生的经历相比较："就像华尔街国际货币基金组织说政府必须平衡预算一样，洛杉矶郡也要平衡预算。与厄瓜多尔一样，在削减预算的时候公共卫生总是首当其冲。联邦政府和州政府和20世纪80年代的国际捐赠者一样，宣扬着强烈的爱，但似乎不太可能出手相救。”

620. 根据郡预算报告，卫生部门1990年的收入细分如下：13.1%来自郡税；14.0%来自各种来源的特别补助金；23.9%来自联邦政府；48.9%来自州政府。但是到了1994年至1995年，情况发生了巨大的变化：郡税只贡献了6.25%，外部补助金占了7.65%；州政府的贡献下降到了21.5%；联邦政府的资金占了卫生部门收入的64.5%。州和郡捐款的急剧下降主要是由于南加州航空航天业几乎完全崩溃而导致的严重衰退。郡医院遭受了额外的打击，因为1991年之后，他们失去了大量的加利福尼亚州医疗援助计划客户和公共设施。由于1991年之前，政府对医疗机构的补偿非常低，私人医生和医院拒绝为加利福尼亚州医疗援助患者提供护理。然而，1991年之后，加州提高了报销率，使得私立医院和医疗保健组织积极招募国家资助的病人。1991年以前，在拉丁美洲和南加州大学医疗中心和其他公立医院接受治疗的患者中，有一半得到了加利福尼亚州医疗援助补偿，这并不是很大的补偿，但这是有意义的。到1995年，这些病人大多转移到私营部门，拉丁美洲和南加州大学的病人绝大多数没有保险。

See: Friedman, E., "California public hospitals: The buck has stopped." *Journal of the American Medical Association* 277 (1997): 577-581.

621. 但雅罗斯拉夫斯基对他指责的第二个目标——威尔逊州长和共和党控制的州议会——仍然特别的蔑视。他们一起，不停地阻止所有试图拯救该郡的努力，要么征收烟酒税，或者从洛杉矶地铁建设基金中挪用了7500万美元。

然而，雅罗斯拉夫斯基党的大多数成员，包括自由党领袖格洛丽亚·莫利纳在内，都反对这两种获取收入的途径。洛杉矶拥有全美最糟糕的大城市公共交通系统，它急于完成耗资数十亿美元的地铁系统。强大的酒业和烟草业也努力游说，成功地将加州的所谓罪恶税保持在全国最低水平。

在如何处理洛杉矶县的公共卫生危机问题上，加州民主党内部没有达成一致意见。州议会中的一些人希望一位菲利克斯·罗哈廷式的企业高管来领导一个控制委员会，类似科赫政府时期拯救纽约市的那个高管，从监管者手中夺回所有郡财政的控制权。

See: Seley, J., "The state withers away." *LA Weekly* (August 18, 1995): 31.

622. 对1994年至1996年在洛杉矶病人中发现的结核菌菌株进行的基因分析表明，大多数病例均涉及在该郡无家可归者中传播的新感染者，特别是贫民区男性。

See: Barnes, P. F., Yang, Z., Preston-Martin, S., et al., "Patterns of tuberculosis transmission in central Los Angeles." *Journal of the Medical Association* 278 (1997): 1159-1163.

623. Disease Control Programs, *1992 Communicable Disease Morbidity Report*. County of Los Angeles Department of Health Services, 1993; and Fanin, S., *Report: Toward the Future of Disease Control in Los Angeles County*. Memo to Mark Finucane, Department of Health Services, Los Angeles County, April 10, 1996.

624. 资料来源于怀特纪念医院首席执行官贝丝·扎卡里，1995年。

625. Halfon, N., Wood, D. L., Valdez, B., et al., "Medicaid enrollment and health services access by Latino children in inner-city Los Angeles." *Journal of the American Medical Association* 277 (1997): 636-641.

626. Commonwealth Fund. *U.S. Minority Health: A Chartbook*. New York: Commonwealth Fund, 1999.

基金提到以下情况：

> 在美国18岁以上的所有拉美裔人中，46%没有正规医生（相比之下，非裔是

39% 和白人是 26%)。

53% 的拉美裔人把公立医院急诊室作为他们主要的医疗保健来源（相比之下，非裔是 47% 和白人是 30%)。

56% 的拉美裔没有任何形式的医疗保险（亚裔是 48%，非裔是 38%，白人是 35%)。

在没有保险的拉美裔中，44% 非美国公民，16% 出生在美国。

627. 美国工薪阶层健康保险未来专责小组，“无福利工作：西班牙裔美国人面临的健康保险危机”，纽约：联邦基金，2000 年。

628. 当斯威尼成为美国最大的劳工联合会负责人时，克林顿无疑松了一口气，因为 1995 年他听取了当时的服务雇员国际联盟领导人的意见。

629. Department of Health Services, *Medicaid Demonstration Project for Los Angeles County*. Los Angeles: Department of Health Services, 1996.

630. 1999 年 7 月 29 日，加州新当选州长、民主党人格雷・戴维斯与美国上诉法院达成协议，宣布第 187 号提案的大部分条款无效。

631. 在示范项目的头几个月里，情况发生了变化。国家的最高卫生领导人辞职了。成千上万的员工要么被解雇，要么因为害怕裁员而辞职，要么被调到地位较低、薪酬较低的职位。到 1995 年 12 月，卫生服务部失去了 6% 的雇员，又裁减了 15% 到 20%。年工资减少了 1.38 亿美元。士气崩溃了，病人的护理受到了影响。

632. 纽约市市长朱利安尼正试图出售该市的公立医院，将对穷人的照顾转移到私营部门。到 2000 年，他仍努力为老化、破旧的设施寻找买家，但没有成功。

633. Reed, S. R., *1996-97 Proposed County Budget*. Report for the Los Angeles County Board of Supervisors, April 25, 1996.

里德的所有激进建议都在 1996 年 10 月 1 日示范项目一周年前实施了。它们只是通往长期偿付能力阶梯上的一个痛苦的一步。到 1997 年年中，又有 16 家社区卫生院被卖掉，这个庞大的郡只有 22 家诊所和 5 家医院了。

里德 1996—1997 年的拟议预算使未来看起来不祥。即使有了白宫的救助和如此多的大规模削减，洛杉矶仍然面临着持续的债务危机，这源于经济学家所称的“结构性缺口”——通胀调整后的成本与实际房地产税收入之间的差距。加州的差距是由永久性的收入不足造成的，这是 13 号提议的历史遗留问题。预算办公室估计 1996 年会超支 10 亿美元。

我们再次建议，里德警告称，财政上最明智的做法与实际操作可行的做法之间的折中方案，最为恰当。“我们预测，在未来几年里，一般郡的收入几乎没有增加，而且我们很可能会经历收入下降，特别是在联邦政府层面。”同上

634. 例如，20 年前，当该郡只有 700 万居民时，有 100 名医生在工作，他们是当地公共卫生官员，负责发现所在地区的疾病问题。1996 年，这个人口多得多的郡只有 14 名这样的地区卫生官员。

根据国土安全部的文件，在 1995 年 10 月之后，对公众健康的影响在其他地区也越来越严重。其中最令人担忧的是，与 1995 年 1 月相比，性病门诊就诊人数锐减 55.8%，结核病门诊就诊人数下降 68%，儿童接种疫苗就诊人数下降 58.2%。美国国土安全部 5 月 13 日的一份备忘录说：“免疫计划估计，我们从免疫诊所每年约 25% 的出生人口下降到 10% 的低水平。”

此外，备忘录还说：“今年报告的结核病新病例数下降了 44%。这不太可能是因为新发结核病病例的实际减少，但可能反映了诊断延迟、病例确认时间滞后，或是患者注意力的延迟。长期的影响将是更多的感染和更多的疾病。”

635. Cornwell, E. E., et al., 1996, op. cit.

636. Ginzberg, E., 1996, op. cit.; Glied, S., Sparer, M., and Brown, L., "Comment: Containing state health care expenditures—the competition VS. regulation debate." *American Journal of Public Health* 85 (1995): 1347-1349; and ,Reagan, M. D., 1999, op. cit.

637. 最大的政府医疗机构是位于西洛杉矶的大型退伍军人管理机构。弗吉尼亚大学的建筑群使韦斯特伍德的所有其他建筑相形见绌，是邻近加州大学洛杉矶分校的主要教学和研究资源。1999 年，美国卫生和公共服务部撤销了美国国立卫生研究院在洛杉矶弗吉尼亚综合医院资助的 1000 多个临床研究项目，发现了在使用人体研究对象方面存在的系统性伦理违规和不当行为。这对该郡、加州大学洛杉矶分校和弗吉尼亚大学都是一个沉重的打击。

See: Cohen, J., "Research shutdown roils Los Angeles VA." *Science* 284 (1999): 18-21.

638. 以下是奥斯特霍尔姆团队发现的一些神秘传染病死亡案例，详见 1998 年 11 月 13 日明尼苏达州卫生厅提交给美国疾病预防控制中心并提供给作者的“新发传染病计划非竞争性持续资助申请”。

70 号病例：11 月 10 日，4 岁儿童出现病毒性胃肠炎症状，11 月 21 日返回，出现嗜睡、呕吐、脱水、喉咙痛和头痛，被送回家吃抗生素。母亲第二天早上发现她没有反应，到达急诊室时死亡。因吸入胃内容物导致气道阻塞而死亡。

73 号病例：37 岁男性，去年有免疫抑制的证据，但原因不明。死于严重感染，原因不明。

88 号病例：9 岁女性，从营地返回后一天在家中被发现死亡。死亡前一天抱怨疲劳，但没有其他症状。尸检发现脑水肿，疑似脑膜炎，但所有培养及病毒研究均为阴性。心脏病理学家认为可能的死因是病毒性心肌炎。

18 号病例：28 岁女性，商店里晕倒。心脏骤停，无法复苏，在急诊室死亡。死亡前几周去墨西哥旅行，后出现胃肠道症状。经尸检，死于急性淋巴细胞性心肌炎。

50 号案例：30 岁女性，被发现死亡。死亡前一天出现呼吸困难、恶心和呕吐。尸检认为死于葡萄球菌肺炎和中毒性休克综合征。

报告中详述的 89 起此类案例中，有 5 起发生在 1995 年、1996 年或 1997 年。

639. Minnesota Department of Health, "Distribution of insurance coverage in Minnesota." *Issue Brief 96-07* (1997) (www.health.state.mm).

640. "Minnesota's job market: Land of 1,000 opportunities." *The Economist* (May 29, 1999): 24-25.

641. 作者于 1999 年 1 月在明尼阿波利斯和圣保罗进行了这个和其他明尼苏达州的访问。

642. Osterholm, M., Speech before the Infectious Disease Society of America, San Francisco, September 13, 1997.

643. 1999 年，美国疾病预防控制中心将以下食物微生物列为过去十年在美国食品供应中新发现的微生物：

大肠弯曲杆菌
空肠弯曲杆菌
胎儿弯曲杆菌
隐孢子虫
卡叶环孢菌
大肠杆菌 0157：H7
单核细胞增生李斯特菌

诺瓦克样病毒
黑穗病
肠炎沙门氏菌
DT104 型鼠伤寒沙门菌
非 01 号霍乱弧菌
创伤弧菌
副溶血性弧菌
小肠结肠炎耶尔森菌

See: Centers for Disease Control and Prevention, "Safer and healthier foods." *Morbidity and Mortality Weekly Report* 48 (1999): 905-913.

644. 以下是他们的一些发现：

耐药菌株的百分比

抗生素	1995 年（总数 =148）	1996 年（总数 =139）	1997 年（总数 =128）	1998 年 1—6 月（总数 =68）
	沙门氏菌			
氨苄西林	11	21	21	14
氯霉素	7	9	12	9
环丙沙星	0	0	0	0
四环素	16	20	22	31
甲氧苄啶 - 磺胺甲噁唑	3	2	3	12
两种或两种以上的药物	11	14	17	24
	志贺氏菌			
氨苄西林	81	75	69	89
氯霉素	15	16	19	17
环丙沙星	0	0	0	0
四环素	38	47	59	72
甲氧苄啶 - 磺胺甲噁唑	42	47	44	83
两种或两种以上的药物	48	47	59	93

数据来源：1997 年 9 月 13 日奥斯特霍尔姆的演讲。

耐药大肠杆菌 0157：H7 几乎仍然不存在（1997 年的菌株中有 3% 被认定含有四环素），但这并没有临床意义，因为抗生素治疗是不明智的，因为细菌应激会导致微生物释放毒素，从而加剧疾病，增加病人的死亡。

645. 文图拉非常坦率，或者说不那么圆滑，他的评论（包括："有组织的宗教是一种假象，对于那些人多力量大的弱智者来说，是一种拐杖"）、公开支持同性恋者参军、支持卖淫和所有非法毒品（包括海洛因）合法化、憎恶"胖子"等招致了他所在的改革党的愤怒，但也得到了许多美国人的钦佩。

646.

1990—1997 年明尼苏达州人口结构的变化

年龄段	1990—1997 年的百分比变化			
	总计	白人	非裔	所有少数裔
5 岁以下	-7.6	-9.3	5.0	14.3
5—9 岁	-0.2	-3.1	45.4	35.1
10—14 岁	15.9	13.0	46.0	49.9
15—19 岁	20.0	19.8	14.6	22.8
20—24 岁	-7.6	-9.4	-0.7	17.0

年龄段	1990—1997 年的百分比变化			
	总计	白人	非裔	所有少数裔
25—29 岁	-18.6	-21.0	0.2	18.2
30—34 岁	-9.0	-10.4	7.8	19.9
35—39 岁	15.8	14.4	51.4	46.5
40—44 岁	24.9	23.5	67.7	56.1
45—49 岁	39.0	37.6	85.9	78.0
50—54 岁	34.1	33.4	50.0	55.6
55—59 岁	16.4	15.6	33.6	38.8
60—64 岁	-2.8	-3.5	3.3	25.7
65—69 岁	-3.1	-3.7	9.5	22.8
70—74 岁	3.1	2.8	-2.2	23.3
75—79 岁	7.8	7.8	-24.2	7.9
80—84 岁	15.8	16.5	-50.9	-17.7
85 岁以上	15.2	16.5	-63.4	-34.7
总计	6.8	5.5	22.1	30.3

来源：明尼苏达州人口中心，1997 年。

647. Liska, D. W., Brennan, N. J., and Brueu, B. K., *State-Level Databook on Health Care Access and Financing*. Third edition. Washington, D.C.: Urban Institute, 1998。在美国，只有威斯康星州的非裔美国人和白人婴儿死亡率的差距比它的邻州明尼苏达州更大。

648. 根据明尼苏达州卫生厅的数据，差异如下：

1989—1993 年按年龄调整的过早死亡率

单位：/10 万人

死因	非裔美国人	美洲印第安人	白人
伤害、意外	n/a	85.6	26.5
凶杀	35.7	30.2	1.9
自杀	n/a	19.6	11.2
脑卒中	44.7	n/a	25.1
糖尿病	80.3	129.2	33.0
肝硬化	11.0	35.5	5.3

来　源：*Healthy Minnesotans: Public Health Improvement Goals 2004*. Minneapolis: Minnesota Department of Health, 1998。

649. Heithoff, K. B., Berne, E. Q., Christenson, R., et al., *Minnesota Policy Blueprint: Health*. St. Paul: Center of the American Experiment, 1998.

650. Centers for Disease Control and Prevention, "CDC data provides most complete estimate to date on food-borne disease in the United States." Press Release, Department of Health and Human Services, September 16, 1999 (www.hhs.gov).

651. "Government and private sectors join forces for food safety." *Prevention Report* 12 (issue 4) (1998): 1-5.

652. 美国农业部向《纽约时报》提供了以下数据：

食物	年进口数量，单位：百万磅	进口品占美国市场的百分比
黄瓜	700	41.0
西瓜	500	8.8
葡萄柚	30	1.4
猕猴桃	50	54.8
木瓜	35	63.7

食物	年进口数量，单位：百万磅	进口品占美国市场的百分比
草莓	34	5.3
杧果	300	97.4
洋葱	600	6.2
甜椒	375	19.4
芦笋	100	40.0
葡萄	750	30.7
哈密瓜	700	23.2

See: Gerth, J. and Weiner, T., "Imports swamp U.S. food-safety efforts." *New York Times* (September 29, 1997): Al.

653. Details on *Cyclospora* come from multiple soures, including Layton, M., Speech to the Infectious Diseases Society of America, San Francisco, September 15, 1997; and Sterling, C. R. and Ortega, Y. R., "*Cyclospora*: An enigma worth unraveling." *Emerging Infectious Diseases* 5 (1999): 48-53.

654. 1997 年，奥斯特霍尔姆的研究小组报告了一起在儿童中暴发的隐孢子虫病，那是在 7 月的温暖日子里，这些孩子去明尼苏达动物园，在一个刚装修完的喷泉里或在其周围玩耍。结果后来发现，喷泉里含有被污染的水。可污染源从未得到证实。

655. Ford, T. E. and Colwell, R. R., *A Global Decline in Microbiological Safety of Water: A Call for Action*. Washington, D.C.: American Academy of Microbiology, 1996.

656. Ibid.

657. Centers for Disease Control and Prevention, "Surveillance for waterborne-disease outbreaks—U.S., 1995-96." *Morbidity and Mortality Weekly Report* 47 (No, SS-5) (December 11, 1998): 1-34.

658. See also Meinhardt, P. L., Casemore, D. P., and Miller, K. B., "Epidemiological aspects of human cryptosporidiosis and the role of waterborne transmission." *Epidemiologic Reviews* 18 (1996): 118-136.

659. Cole, W., "Do water filters work?" *Time* magazine (June 10, 1996): 70.

660. Natural Resources Defense Council, *Think Before You Drink*. Washington, D.C.: Natural Resources Defense Council, 1993.

661. Abelson, P. H., "Chlorine and organochlorine compounds." *Science* 265 (1994): 1155; Amato, I., "The crusade to ban chlorine." *Garbage* (Summer 1994): 30-39; Cantor, K. P., Lynch, C. F., Hildesheim M. E., et al., "Drinking water source and chlorination byproducts in Iowa. III. Risk of brain cancer." *American Journal of Epidemiology* 150 (1999): 552-560; Cantor, K. P., "Water chlorination, mutagenicity, and cancer epidemiology." *American Journal of Public Health* 84 (1994): 1121-1123; etc..

662. See Garrett, L., 1994, op. cit; and Levy, S. B., *The Antibiotic Paradox: How Miracle Drugs are Destroying the Miracle*. New York: Plenum, 1992.

663. Cheevers, J., "Drug-resistant bacteria pose an increasing threat." *Los Angeles Times* (March 25, 1999): A1; Leslie, J., "Unsanitary behavior." *Mother Jones* (July 1997): 28-30; Woodward, T. E., "Will antibiotics become obsolete?" *American Journal of Medicine* 65 (1978): 397-398.

664. Amábile, C. F。, Cardenas-Garcia, M., Ludgar, M., "Antibiotic resistance." *American Scientist* (July 1995); Craig, L. F. and Hughes, J. M., "Trends in antimicrobial drug prescribing among office-based physicians in the United States." *Journal of the American Medical Association* 273

(1995): 214-219; Westh, H., "Influence of erythromycin consumption on erythromycin resistance in Staphylococcus aureus in Denmark." *Alliance for the Prudent Use of Antibiotics* (APUA) *Newsletter* (Spring 1995) (Boston); and Wise, R., "Global paradox." *Lancet* 348 (1996): 282.

665. *Report of Joint Committee on the Use of Antibiotics in Animal Husbandry and Veterinary Medicine* (Swann Committee). London: Her Majesty' s Stationery Office, September 1969.

666. 例如，20 世纪 90 年代家畜（禽）和人类的抗生素使用率如下：

年份	国家	抗生素使用对象（人类或牲畜）	使用量
1994	丹麦	万古霉素 / 人类 阿伏帕星 / 牲畜	24 千克 2.4 万千克
1992—1996	澳大利亚	万古霉素 / 人类 阿伏帕星 / 牲畜	582 千克 62642 千克
1990—1999	美国	多种抗生素 杀虫剂 / 果树	136 万千克
1990—1999	美国	多种抗生素 / 牲畜	9072 万千克
1990—1999	荷兰	多种抗生素 / 牲畜	600 万千克

万古霉素是当所有其他药物都不能治愈人类肠球菌、链球菌或葡萄球菌感染时使用的最后一种药物。阿伏帕星（阿伏霉素）是它的临床同类药，用作家畜生长促进剂。阿伏帕星的耐药性与万古霉素的耐药性相同。参见 Grady, D., "A move to limit antibiotic use in animal feed." *New York Times* (March 18, 1999): A1; Institute of Medicine, *Antimicrobial Resistance: Issues and Options*. Washington, D.C.: National Academy of Science, 1998; van den Bogaard, A. E. and Stobberingh, E. E., "Time to ban all antibiotics as animal growth-promoting agents?" *Lancet* 348 (1996): 619; and Witte, W., 1998, op. cit。

667. Even wild animals never treated directly with antibiotic-laced feeds had acquired drug-resistant bacteria by 1999. See Gilliver, M. A., Bennett, M., Begon, M., et al.,"Antibiotic resistance found in wild rodents." *Nature* 401 (1999): 233.

668. See, for example, Das, I., Fraise, A., and Wise, R., "Are glycopeptide-resistant enterococci in animals a threat to human beings?" *Lancet* 349 (1997): 997-998; Ike, Y., Tanimoto, K., Ozawa, Y., et al., "Vancomycin-resistant enterococci in imported chickens in Japan." *Lancet* 353 (1999): 1854; van den Bogaard, A. E. and Stobberingh, E. E., "Contamination of animal feed by multiresistant enterococci." *Lancet* 354 (1999): 163; etc..

669. 例如，人类使用的关键抗生素万古霉素通过抑制粪肠球菌和肺炎链球菌等细菌的细胞壁合成而受到攻击。一种家畜生长促进剂——阿沃帕金，对细菌细胞也有同样的作用。因此，如果一个链球菌在阿伏帕金喂养的奶牛体内发生突变，在化学物质的作用下能够形成细胞壁，那么面对万古霉素，它也能够保持细胞壁的完整性。

670. For a much longer discussion of these points, see "Revenge of the Germs," in Garrtt, L., 1994, op. cit.

671. Institute of Medicine, *Antimicrobial Resistance: Issues and Options*, 1998, op. cit.

672. 美国医学研究所的报告估计，美国医院每年使用 1.9 亿剂抗生素，医生每年还要额外开 1.45 亿个疗程（足够几天）的抗生素治疗。兽医和牲畜对这些药物的使用也非常巨大，美国每年使用约 1814369.48 千克抗生素治疗动物疾病，至少约 7257478 千克用作生长促进剂。

673. 除非另有说明，本节中的文段和其他引文均取自 1998 年 5 月作者的访谈记录。

674. American Society for Microbiology, *Report of the ASM Task Force on Antibiotic Resistance*. Washington, D.C.: American Society for Microbiology, 1995; *Report of the WHO Meeting on the Medical Impact of the Use of Antimicrobial Drugs in Food Animals, Berlin, 13-17 October 1997*. Geneva: World Health Organization, 1998.

675. Pantosti, A., Del Grosso, M., Tagliabue, W., et al., "Decrease of vancomycin-resistant enterococci in poultry meat after avoparcin ban." *Lancet* 354 (1999): 741-742.

676. Grady, D., 1999, op. cit.

677. 汉伯格在全市范围内发起了一项运动，该市报告婴儿死亡率急剧下降，平均每 1000 名活产婴儿中有 7.1 人死亡。即使是传统的高婴儿死亡率社区，如哈莱姆区和东布鲁克林区，也出现了根本性的改善，达到了从哈莱姆区中部的 6.6/1000 人到莫特哈文的 8.6/1000 人。成功的关键是一个城市资助的儿童和孕妇保险推广计划。

更令人震惊的是汉伯格在 1997 年儿童疫苗接种率方面取得的成就，纽约市在全国排名第二，对 81% 的 5 岁儿童进行了全面免疫接种。关键还是要大力推广，再加上城市补贴的儿童保险。

678. Miller, J., "With crisis in mind, center opens." *New York Times* (June 8, 1999): B3.

679. Thorpe, K. E., *Current Population Survey*. Tabulations prepared for the United Hospital Fund, New York City, 1997.

680. 没有保险的纽约市居民被拒绝医疗保健的可能性是他们的私人保险人的 3 倍。75% 的未参保中年男性从未做过前列腺检查，58% 的女性没有做过乳房 X 光检查。

城市研究所回顾了 1994—1996 年纽约州的现有人口统计数据与美国整体的对比，并对其进行了如下评估：

	纽约	美国
西班牙裔百分比	13.3	10.7
非裔百分比（非西班牙裔）	15.2	12.5
非公民移民百分比	17.5	9.3
人均收入	27678 美元	23208 美元
失业率百分比	6.2	5.4
贫困线以下百分比	15.9	14.3
未投保百分比	16.8	15.5
医疗补助百分比	14.7	12.2
婴儿死亡率（每 1000 名新生儿）	7.8	7.6
过早死亡率（每 1000 人损失岁数）	60.3	54.4
每 10 万人中的暴力犯罪数（1995 年）	841.9	684.6
每 10 万人中艾滋病病例数（1995 年）	68.4	27.8

来源：Holahan, J., Evans, A., Liu, K., et al., *Health Policy for Low-Income People in New York*. Washington, D.C.: Urban Institute, 1997.

681. Markon, J., "Medicaid cutbacks criticized." *Newsday* (January 28, 1999): A42.

682. Cantor, J., Haslanger, K., Tassi, A., et al., *Health Care in New York City: Service Providers' Response to an Emerging Market*. Washington, D.C.: Urban Institute, 1998.

683. Lagnado, L., "New York study could stoke hospital debate." *Wall Street Journal* (January 25, 1999): B1.

684. Lonks, J. R., Durkin, M. R., Meyerhoff, A. N., et al., "Meningitis due to ceftriaxone-resistant Streptococcus pneumoniae." *New England Journal of Medicine* 332 (1995): 893-894.

685. Centers for Disease Control and Prevention, "Surveillance for penicillin-nonsusceptible Streptococcus pneumoniae—New York City, 1995." *Mortality and Morbidity Weekly Report* 46 (1997): 297-299.

在全国范围内，疾病预防控制中心发现不可能复制这种监测方法——在美国只有少数社区有足够的财力监测青霉素耐药链球菌，纽约市就是这样做的。疾病预防控制中心粗略估计，在美国，每年链球菌引起3000例脑膜炎、5万例血液中毒、50万例肺炎、700万儿童耳部感染。肺炎对65岁以上的人非常危险：有40%的人死于感染。脑膜炎感染对6%的受感染儿童和1/3的中枢神经系统感染的成年人是致命的。

686. Ploy, M. C., Grelaud, C., Martin, C., et al., "First clinical isolate of vancomycin-intermediate *Staphylococcus aureus* in a French hospital." *Lancet* 351 (1998): 1212.

687. Centers for Disease Control and Prevention, "Reduced susceptibility of *Staphylococcus aureus* to vancomycin—Japan, 1996." *Mortality and Morbidity Weekly Report* 46 (1997): 624-635; Hiramatsu, K., "The emergence of *Staphylococcus aureus* with reduced susceptibility to vancomycin in Japan." *American Journal of Medicine* 104 (1998): 7S-10S; and Hiramatsu, K, Hanaki, H., Ino, K., et al., "Methicillin-resistant *Staphylococcus aureus* clinical strain with reduced vancomycin susceptibility." *Journal of Antimicrobial Chemotherapy* 40 (1997): 135-136.

688. Centers for Disease Control and Prevention, "Update: *Staphylococcus aureus* with reduced susceptibility to vancomycin—United States, 1997." *Mortality and Morbidity Weekly Report* 46 (1997): 813-815; Gorman, C., "Germ Warfare." *Time* magazine (September 1, 1997): 65; Smith, T. L., Pearson, M. L., Wilcox, K. R., et al., "Emergence of vancomycin resistance in *Staphylococcus aureus*." *New England Journal of Medicine* 340 (1999): 493-501; and Waldvogel, F. A., "New resistance in *Staphylococcus aureus*." *New England Journal of Medicine* 340 (1999): 556-557.

689. Rotun, S. S., McMath, V., Schoonmaker, D. J., et al., "*Staphylococcus aureus* with reduced susceptibility to vancomycin isolated from a patient with fatal bacteremia." *Emerging Infectious Diseases* 5 (1999): 147-149.

690. Chuard, C., Vaudaux, P., Waldvogel, F. A., et al., "Susceptibility of *Staphylococcus aureus* growing on fibronectin-coated surfaces to bactericidal antibiotics." *Antimicrobial Agents and Chemotherapy* 37 (1993): 625-632.

691. Sieradzki, K., Roberts, R. B., Haber, S. W., et al., "The development of vancomycin resistance in a patient with methicllin-resistant *Staphylococcus aureus* infection." *New England Journal of Medicine* 340 (1999): 517-523.

692. Waldvogel, F. A., 1999, op. cit.

693. See also Ariza, J., Pujol, M., Cabo, J., et al., "Vancomycin in surgical infections due to methicillin-resistant *Staphylococcus aureus* with heterogenous resistance to vancomycin." *Lancet* 353 (1999): 1587-1588; Collignon, P., Gosbell, I., Vickery, A., et al., "Community-acquired methicillin-resistant *Staphylococcus aureus* in Australia." *Lancet* 352 (1998): 145; Howe, R. A., Bowker, K. E., Walsh, T. R., et al., and Lessing, M. P. A. and Rafferty, M. J., Letters. *Lancet* 351 (1998): 601-602; and Morris, K., "Antibiotic resistance hogs the limelight." *Lancet* 349 (1997): 1674.

694. Cefai, C., Ashurst, S., and Owens, C., "Human carriage of methicillin-resistant *Staphylococcus aureus* linked with pet dog." *Lancet* 344 (1994): 539-540; Pate, K. R., Nolan, R. L., Bannerman, T. L., et al., "Methicillin-resistant *Staphylococcus aureus* in the community." *Lancet* 346 (1995): 978; Rosenberg, J., "Methicillin-resistant *Staphylococcus aureus* (MRSA) in the community: Who's watching?" *Lancet* 346 (1995): 132-133; and Rossi, T., Laine, J., Eerola, E., et al., "Denture carriage of methicillin-resistant *Staphylococcus aureus*." *Lancet* 345 (1995): 1577.

695. Centers for Disease Control and Prevention, "Four pediatric deaths from community-acquired methicillin-resistant *Staphylococcus aureus*-Minnesota and North Dakota, 1997-1999." *Mortality and Morbidity Weekly Report* 48 (1999): 707-710.

696. "CDC reports on drug resistant staph." *Associated Press* (August 20, 1999); and Stolberg, S. G., "After 4 deaths, scientists fear germ's threat." *New York Times* (August 20, 1999): A17.

697. Brown, P. and Lerner, S., "Community-acquired pneumonia." *Lancet* 352 (1998): 1295-1302; and Holmes, A., Jacklin, A., Impallomeni, M., et al., "Community-acquired pneumonia." *Lancet* 353 (1999): 1528-1529.

698. Novak, R., Henriques, B., Charpentier, E., et al., "Emergence of vancomycin tolerance in *Streptococcus pneumoniae*." *Nature* 399 (1999): 590-593.

699. 另一个灾难性的社区公共卫生问题的医院感染是丙型肝炎，它很容易通过非消毒针头、输血和不规范的医疗操作传播。到 1999 年，美国疾病预防控制中心估计超过 400 万美国人感染了这种病毒，人们面临死于肝硬化或肝癌的严重风险。

700. Centers for Disease Control and Prevention, National Center for HIV, STD, and TB Prevention, *HIV/AIDS Surveillance Report*. Year-end edition. Vol. 10 (No. 2) (December 1998).

701. 1999 年 8 月 30 日，美国疾病预防控制中心在乔治亚州亚特兰大举行的全国艾滋病预防大会上提供的数据。

702. 数据来自美国国家人口统计网（www.hhs.gov）。当然，状况改善并不一致。1998 年，感染艾滋病病毒的白人比非洲裔美国人存活率高出 10 倍，非裔占当年艾滋病死亡人数的一半。从 1996 年到 1998 年，白人艾滋病死亡率下降了 73%，而非裔的艾滋病死亡率下降了 52%。这些年来，西班牙裔艾滋病死亡率下降了 63%。同上

从 1995 年到 1998 年，纽约市艾滋病死亡率下降了 88%。但是在 1998 年纽约市，与艾滋病病毒阳性的白人男性相比，艾滋病阳性妇女死于艾滋病的可能性仍然高出 34%，非洲裔美国人死于艾滋病的可能性高出 150%。1999 年 8 月 30 日，在乔治亚州亚特兰大全国艾滋病病毒预防会议上的发言中说道："纽约市按性别和种族划分的艾滋病死亡率的差异性下降"。"在纽约的注射毒品使用者中，艾滋病病毒血清流行率从 1990 年的 27.2% 骤降到 1998 年的 4.3%，主要是因为纯海洛因在 1990 年代末变得非常便宜，而且很容易买到，使用者可以用鼻涕而不是注射毒品。而且针头交换项目在注射毒品使用者中越来越受欢迎，因此共用针头的数量也越来越少。"

703. Centers for Disease Control and Prevention, "Primary and secondary syphilis." *Morbidity and Mortality Weekly Report* 48 (1999): 873-878.

704. Comments at a press conference, National HIV Prevention Conference, Atlanta, Georgia, August 30, 1999.

705. 这些数字来自瑞士日内瓦的联合国艾滋病规划署 1998 年和 1999 年年度报告。根据联合国艾滋病规划署的资料，到 1998 年年底，这一流行病的传播情况如下：

艾滋病病毒携带者 / 艾滋病患者	3340 万
1998 年新感染艾滋病病毒	580 万
1998 年因艾滋病病毒 / 艾滋病死亡	250 万
自 1979 年以来累计艾滋病病毒 / 艾滋病死亡人数	1390 万

706. Gao, F., Bailes, E., Robertson, D. L., et al., "Origin of HIV-1 in the chimpanzee *Pan troglodytes troglodytes*." *Nature* 397 (1999): 436-441; and Weiss, R. A. and Wrangham, R. W.,

"From *Pan* to pandemic." *Nature* 397 (1999): 385-386.

707. Cowley, G., "Is AIDS forever?" *Newsweek* (July 6, 1998): 60-61; DeCock, K., Presentation to the Human Retrovirus Conference. Chicago, Illinois, February 1, 1998; and Garrett, L., "Staggering trend: HIV pandemic worsening among Africa, Asia youth." *Newsday* (November 24, 1998): A7.

708. Baltimore, Miami, New Orleans, Houston, Denver, and Los Angeles.

709. Baltimore, Dallas, Los Angeles, Miami, New York City, San Francisco, and Seattle.

710. 这些研究是 1999 年 8 月 30 日在乔治亚州亚特兰大，由美国疾病预防控制中心在全国艾滋病预防大会上公布的。

711. Garrett, L., "The uncounted: New estimates show tens of thousands of New Yorkers may be unknowingly infected with HIV." *Newsday* (August 18, 1998): C1.

712. 此部分刊登在 1999 年 3 月的《绅士》杂志上。应家属要求，姓氏已被隐去。

713. Brown, D., "Triple-drug therapies are changing patterns, costs of AIDS treatment." *Washington Post* (January 27, 1997): A4; Dunlap, D. W., "Hype, hope and hurt on the AIDS front lines." *New York Times* (February 2, 1997): E3; Garrett, L., "A home run: Detectable traces of HIV gone from patients' bodies in short-term clinical trials." *Newsday* (January 30, 1996): A5; and Martone, W. J. and Phair, J. P., "HIV protease inhibitors: When and how they should be used." *Infections in Medicine* Supplement.1996.

714. Garrett, L., "Miracle Backlash." *Newsday* (December 17, 1996): B19; and Garrett, L., "New AIDS cocktails: What we fear—experts say resistance could develop." *Newsday* (July 2, 1996): B19.

显然，这场革命也发生在生活在贫穷国家的数百万艾滋病病毒阳性者身上，在这些国家，病人不可能用上每年花费 1 万至 6 万美元的鸡尾酒疗法。非洲疫情最严重的国家人均医疗保健支出每年都不到 5 美元，在这些国家，15 至 49 岁的男女中，艾滋病病毒阳性率为 20%~26%。事实上，1998 年夏天，发展中国家的代表在日内瓦召开的国际艾滋病大会上要求用人们负担得起的鸡尾酒疗法，而西方研究人员开始对其长期有效性和安全性产生怀疑。这是一个具有讽刺意味的转折。

到 1996 年年底，美国艾滋病病毒的直接治疗费用超过了 51 亿美元。到 1997 年年中，仅在那一年的 6 个月里，花费就超过了 67 亿美元，平均每个病人 2 万美元。参见 Bozette, S. A., Berry, S. R., Duan, N., et al., "The care of HIV-infected adults in the United States." *New England Journal of Medicine* 339 (1998): 1897-1904。

715. Garrett, L., "AIDS drugs fading: New prevention approach sought." *Newsday*(August 31, 1999): A4; and Wainberg, M. A. and Friedland, G., "Public health implications of antiretroviral therapy and HIV drug resistance." *Journal of the American Medical Association* 279 (1998): 1977-1983.

716. 例如，1994 年在纽约市有将近 7000 人死于艾滋病。到 1996 年年底，这一数字已经下降到 5000 人。而 1998 年的粗略数据显示，詹姆斯的死亡可能只是 3500 人中的一例。美国大多数主要城市也出现了类似的趋势。全国艾滋病死亡率在 1996—1997 年间惊人地下降了的 47%。

欧洲有一个更为戏剧性的趋势：1994 年至 1998 年，艾滋病患者的死亡率惊人地下降了 80%。在欧洲取得更大成功的原因可能是更广泛地获得医疗保健（有 4300 多万美国人没有保险，而西欧几乎普及了医疗保健），以及 1980—1995 年间在使用实验性抗艾滋病病毒药物方面更为保守。（后者可以解释欧洲和美国艾滋病患者的多重耐药率相对较低。）

717. 1998 年 11 月，作者的访谈记录。

718. 这些和其他关于鸡尾酒疗法的评论都是在 1998 年和 1999 年的采访中收集到的，除非另有说明。

719. Barr, M., "Now what? Maverick researcher Dr. Steven Miles explains why the next great drug isn't coming and what we can do to redeem the dream of a cure." *POZ* (October 1999): 60-63; Cooper, D. A. and Emery, S., "Therapeutic strategies for HIV infection—time to think hard." *New England Journal of Medicine* 339 (1998): 1319-1320; and Garrett, L., "AIDS after the 'cure' : Amid setbacks search for new hope." *Newsday* (June 14, 1998): A7.

720. 1998 年 10 月，作者的访谈记录。

721. Finzi, D., Harmankova, M., Pierson, T., et al., "Identification of a reservoir for HIV-1 in patients on highly active antiretroviral therapy." *Science* 278 (1997): 1295-1300; Grossman, Z., Feinberg, M. B., and Paul, W. E., "Multiple modes of cellular activation and virus transmission in HIV infection: A role for chronically and latently infected cells in sustaining viral replication." *Proceedings of the National Academy of Sciences* 95 (1998): 1-6; Paul, W. E. and Grossman, Z., "Ongoing HIV dissemination during HAART." Nature Medicine 5 (1999): 1099-1104; etc..

722. "Abnormal fat distribution and use of protease inhibitors." Various letters in *Lancet* 351 (1998): 1735-1737; Carr, A., Sarnaras, K., Thorisdotter, A., et al.,"Diagnosis, prediction, and natural course of HIV-1 protease-inhibitor-associated lipodistrophy, hyperlipidaemia, and diabetes mellitus: a cohort study." *Lancet* 353 (1999): 2093-2099; Carr, A., Sarnaras, K, Chisholm, D. J., et al., "Pathogenesis of HIV-1 protease inhibitor-associated peripheral lipodystrophy, hyperlipidaemia, and insulin resistance." *Lancet* 351 (1998): 1881-1883; etc..

723. Carr, A. and Cooper, D. A., "Gap between biology and reality in AIDS." *Lancet* 352 (1998): siv16-siv17; Gazzard, B. and Moyle, G., "1998 revision to the British HIV Association guidelines for antiretroviral treatment of HIV seropositive individuals." *Lancet* 352 (1998): 314-316; Goldstein, R., "Climb every mountain: The art of selling HIV drugs." *POZ* (October 1998): 64-67; Louis Harris and Associates, Inc., *National HIV/AIDS Treatment Survey*. Washington, D.C.: Johns Hopkins University and UCSF, June 13, 1998. Offfce of AIDS Research, *Adherence to New HIV Therapies: A Research Conference*. Washington, D.C., November 21-21, 1997; etc..

更糟糕的是，鸡尾酒疗法失败，就时间而言对个别患者，似乎是一个不可预测的随机事件。但从长远来看，这是一个不可避免的事件。

724. 1999 年，对预防性药物的需求有所缓解，因为医生发现对鸡尾酒疗法反应良好的患者往往有足够强的免疫系统来控制这些病菌。

725. Condra, J. H., "Resisting resistance: Maximizing the durability of antiretroviral therapy." *Annals ofInternal Medicine* 128 (1998): 951-954; Durant, J., Clevenbergh, P., Halfon, P., et al., "Drug-resistance genotyping in HIV-1 therapy: The VIRADAPT randomized controlled trial." *Lancet* 353 (1999): 2195-2199; Hirsch, M. S., Conway, B., D'Aguilla, R. T., et al., "Antiretroviral drug resistance testing in adults with HIV infection." *Journal of the American Medical Association* 279 (1998): 1984-1991; etc..

726. 鸡尾酒疗法药物随着时间的推移会失去效力，这种看似神秘的趋势的一个解释是简单的人体生理学。每天服用 5 到 10 种甚至是轻微毒性药物的人，都会使他的肝脏、肾脏、肠道和肠道受到真正的打击。随着时间的推移，这些重要器官吸收和处理药物的能力下降，因此抗病毒药物永远无法到达目标。病人可能会遵从医生的医嘱，但肝脏或十二指肠则不然。

727. Coombs, R. W., Speck, C. E., Hughes, J. P., et al., "Association between culturable human immunodeficiency virus type 1 (HIV-1) in semen and HIV-1 RNA levels in semen and blood: Evidence for compartmentalization of HIV-1 between semen and blood." *Journal of Infectious Diseases* 177 (1998): 320-330; Dyer, J. R., Kazembe, P., Vernazza, P. L., et al., "High levels of human immunodeficiency virus type 1 in blood and semen of seropositive men in sub-Saharan Africa." *Journal of Infectious Diseases* 177 (1998): 1742-1746; etc..

728. 1999 年 1 月，作者的访谈记录。

729. 这种失谐的酶联免疫吸附测定法于 1998 年发明，1999 年在美国少数几个卫生部门投入使用，这是第一次让各机构看到它们的艾滋病疫情。他们所看到的往往掩盖了长期以来关于谁感染了艾滋病病毒的假设，并揭示了艾滋病预防策略的严重缺陷。

730. 标准的艾滋病病毒酶联免疫吸附测定法检测血液中是否存在抗病毒抗体。精细的、高度调整的酶联免疫吸附测定法可以在免疫系统对病毒产生完全反应之前，在感染的最初几天甚至可以检测到极少量的抗体。失谐的酶联免疫吸附测定法则恰恰相反，只发现了感染后 3 到 5 个月出现的大量抗体。通过同时使用标准和失谐酶联免疫吸附测定法，实验室技术人员可以判断个体可能处于哪一阶段感染。

731. McFarland, W., 1999, op. cit.

732. Altman, L. K., "New York study finds gay men using safer sex." *New York Times* (August 28, 1999): A1.

733. Centers for Disease Control and Prevention, "Increases in unsafe sex and rectal gonorrhea among men who have sex with men—San Francisco, California, 1994-1997." *Morbidity and Mortality Weekly Report* 48 (1999): 45-48; Centers for Disease Control and Prevention, "New data show decline in AIDS deaths slowing down." Press release. Atlanta, Georgia, August 30, 1999; Handsfield, H. H, "Resurgence of syphilis and gonorrhea in men who have sex with men, Seattle-King County, Washington." *Morbidity and Mortality Weekly Report* 48 (1999): 773-777; and San Francisco Department of Public Health. *San Francisco Monthly STD Report*. June 1999.

734. New York City Department of Health, "Increased rates of hepatitis A among men who have sex with men." Memo. New York City: Bureau of Communicable Disease, July 13, 1998.

735. Osmond, D., Charlebois, E., Page-Shafer, K., et al.,"Increasing risk behavior has not led to higher HIV incidence rates in the San Francisco Young Men's Health Study: 1993-1998." Twelfth International Conference on AIDS, Geneva, June 28-July 3, 1998.

736. Ekstrand, M. L., Stall, R. D., Paul, J. P., et al., "Gay men report high rates of unprotected anal sex with partners of unknown or discordant HIV status." *AIDS* 13 (1999): 1525-1533.

737. Elovich, R., "Beyond Condoms." *POZ* (June 1999): 86-91; Gendin, S., "They shoot barebackers, don't they?" *POZ* (February 1999): 48-71; Rotello, G., *Sexual Ecology: AIDS and the Destiny of Gay Men*. New York: Dutton, 1996; Rotello, G., "The Twilight of AIDS?" *The Nation* (1996) (www.thenation.com); Scarce, M., "Life after latex." *POZ* (June 1999): 92-93; Sheon, N. and Plant, A., "Protease dis-inhibitors? The gay bareback phenomenon." *HIVInSite* (1997) (www.hivinsite.ucsf.edu); and Vittingoff, E., Douglas, J., Judson, F., et al., "Pre-contact risk of human immunodeficiency virus transmission between male sexual partners." *American Journal of Epidemiology* 150 (1999): 306-311.

738. Nieves, E., "Privacy questions raised in cases of syphilis linked to chat room." *New York Times* (August 25, 1999): A1. One controversial old approach was also revisited: In 1999 the question of reopening San Francisco's bathhouses was revived by the gay community. Coates, T. J., Acree, M., Stall, R., et al., "Men who have sex with men in public places are more likely to have unprotected anal intercourse." Abstract # Mo.D.492. Eleventh International Conference on AIDS, Vancouver, July 1996; Elwood, W. N. and Williams, M. L., "Strategic Silence: Gay men and the use of bathhouse communication rules for unprotected anal sex." *AIDS Weekly Plus* (February 8, 1999); etc..

739. Boden, D., Hurley, A., Zhang, L., et al., "HIV-1 drug resistance in newly infected individuals." *Journal of the American Medical Association* 282 (1999): 1135-1141; Cohen,O. J. and Fauci, A. S., "Transmission of drug- resistant strains of HIV-1: Unfortunate, but inevitable." *Lancet* 354 (1999): 697-698; Garrett, L., "New, deadly HIV?" *Newsday* (September 22, 1999): A3; Little, S. J., Daar, E. S., D'Aquila, R. T., et al., "Reduced antiretroviral drug susceptibility among patients with primary HIV infection." *Journal of the American Medical Association* 282 (1999): 1142-1149; etc..

740. 曼哈顿亚伦钻石艾滋病研究中心的马丁·马科维茨博士领导了一个由纽约市和洛杉矶研究人员组成的研究小组，他们分析了平均感染时间不到两个月的 77 名男性和 3 名女性中发现的艾滋病病毒。这意味着科学家们能够从病人的血液中恢复出与他们体内携带已知突变的病毒株相同的病毒株，这些变异使抗逆转录病毒药物产生抗药性。甚至更多的患者 —— 26.8% 的患者携带的病毒能够在装满各种抗艾滋病药物的试管中生长。这意味着艾滋病病毒中存在着比科学家迄今所能确定的更多的抗药性基因类型。最关键的是，3.8% 的人有多药耐药性 —— 个体内毒株对全套鸡尾酒疗法药物的敏感性比正常人低 1000 倍。

马科维茨坚持说："在任何生物体中，16% 的耐药性作用都是非常显著的。不应认为耐药性的传播微不足道。"

另一个研究小组分析了 129 名男性和 10 名女性感染 12 个月内的病毒。这些人于 1989—1998 年间在圣地亚哥、洛杉矶、丹佛、达拉斯或波士顿被感染。在这个群体中，26% 的人携带耐药病毒，2% 的人有高度多重耐药菌株。

日内瓦大学医院研究员卢克·佩林博士在对 82 名新感染的法国和瑞士患者的研究基础上发表了类似的发现。记住，鸡尾酒疗法在这些国家的广泛使用时间比美国少了大约一年，有趣的是，佩林的抗药性药物库仅占这些患者的 11%。但其中 4.3% 的人感染了艾滋病病毒，这些艾滋病病毒对最新一类药物有抗药性，而对最古老的药物齐多夫定的耐药率为 9%。1998 年，一名具有高度多重抗药性的艾滋病患者被感染。

佩林写道，这一发现对"鸡尾酒疗法的管理构成了严重威胁"。他主张将所有艾滋病患者的耐药性检测作为一个路径问题。

741. Centers for Disease Control and Prevention, "Monitoring Hospital-Acquired Infections to Promote Patient Safety—United States, 1990-1999." *Morbidity and Mortality Weekly Report* 49 (2000): 149-153.

742. Murray, B., "Vancomycin-Resistant Enterococcal Infections." *New England Journal of Medicine* 342 (2000): 710-721.

743. Centers for Disease Control and Prevention, "*Staphylococcus aureus* with reduced susceptibility to vancomycin—llinois, 1999." *Morbidity and Mortality Weekly Report*. 48 (2000): 1165-1167.

744. National Intelligence Council. "The global infections disease threat and implications for the United States." Released on the Internet in January, 2000, at http://www.cia.gov/cia/publications/nie/report/nie99-17d.html.

745. Chemical and Biological Arms Control Institute and CSIS International Security Program, "Contagion and conflict: Health as a global security challenge." Center for Strategic and International Studies. Washington D.C., 2000.

746. The Commonwealth Fund, "U.S. minority health: A chartbook." New York: The Commonwealth Fund, 1999.

747. 差别真的很惊人：1998 年全市的死亡率是 8. 3/1000 人。在哈林区中部，这一比例为 12. 3/1000 人。城市心脏病死亡率为 348/1000 人，哈林区为 359. 4/1000 人。癌症死亡率更高：全市每 1000 人中有 197. 4 人死于癌症，而哈林区为 280. 6/1000 人。哈林区的艾滋病病毒感染率是城市平均水平的 3 倍（72. 7/1000 人比 27/1000 人）。在哈林区，肺炎死亡人数几乎翻了一番（每 1000 人中有 61. 5 人死于肺炎，而全市只有 36. 6/1000 人死于肺炎）。糖尿病死亡人数增加了一倍（哈林区为 42. 4/1000 人，全市为 21. 1/1000 人）。

748. Senior, K., "Worrying trend in hypertension described for USA." *Lancet* 354 (1999): 747.

749. Reuters, "U.S. health care can kill, study says." *San Francisco Chronicle* (October 21, 1997): A3.

750. Edmonson, M. B., Stoddard, J. L., Owens, L. M., "Hospital readmission with feeding related problems after early postpartum discharge of normal newborns." *Journal of the American Medical Association* 278 (1997): 299-303.

751. Mays, G. P., Miller, C. A., Halverson, P. K., et al., "Performing essential public health services in the nation's most populous communities: Who contributes?" In press, 2000.

第五章

1. Fenn, E. A., "Biological warfare, circa 1750." *New York Times* (April 11, 1998):A1l.

2. 奥斯特霍尔姆和其他人面临的部分问题是机构内部缺乏科学的专业知识。例如，国务院实际上没有一个真正具有科学技术专长的工作人员。

1998 年，克林顿总统任命肯尼思·伯纳德博士为国家安全委员会成员，这标志着第一次有科学和医学专业知识的人加入了这个重要的咨询小组。美国国家情报委员会主席约翰甘农公开向大学科学家寻求这种专门知识。例如，在 1998 年斯坦福大学的一次演讲中，他说："当我看到这些杰出的听众时，在他们身上我能发现我们所需要吸引的人才，去为我国抵御日益增长的生物战威胁做出贡献。"

3. 1997 年 9 月 13 日，亨德森在旧金山举行的美国感染病学会会议上发表演讲。

4. A brilliant account of these events can be found in Remnick, D., *Resurrection: The Struggle for a New Russia*. New York: Random House, 1997.

5. Much of Henderson's thesis later appeared in print: Henderson, D. A., "Bio-terrorism as a public health threat." *Emerging Infectious Diseases* 4 (1998): 488-94.

6. Henderson, D. A., "Biological terrorism." International Conference on Emerging and Infectious Diseases. Centers for Disease Control and Prevention, Atlanta, Georgia, March 10, 1998.

7. Lederberg, J., Speech to the International Conference on Emerging and Infectious Diseases, Atlanta, Georgia, March 8, 1998.

8. Lillibridge, S.,"Public health preparedness and response roles for CDC related to bioterrorism." International Conference on Emerging and Infectious Diseases, Atlanta, Georgia, March 10, 1998.

9. 这篇报道来自大量采访和纸质材料。欲了解更多详情，请读者参阅 Falkenrath, R. A., Newmann, R. D., and Thayer, B. A., *America's Achilles' Heel: Nuclear, Biological and Chemical Terrorism and Covert Attack*. Boston: Massachusetts Institute of Technology Press, 1998; Hoffman, B., *Inside Terrorism*. New York: Columbia University Press, 1998; Schweitzer, G. E., and Dorsch, C. C., *Superterrorism: Assassins, Mobsters, and Weapons of Mass Destruction*. New York: Kluwer Academic, 1998; Stern, J., *The Ultimate Terrorists*. Cambridge, Mass.: Harvard University Press, 1999; and Taylor, R., "All fall down." *New Scientist* (May 11, 1996). New York psychiatrist Robert Jay Lifton offers a chilling account of how the Aum Shinrikyo cult members saw their mission and rationalized their deeds. From 1995 to 1997 Lift on interviewed dozens of cult members, obtaining further details not only of their actions but also of their collective psychology. See Lifton, R. J., *Destroying the World to Save It: Aum Shinrikyo, Apocalyptic Violence, and the New Global Terrorism*. Metropolitan Books, New York, 1999。

10. 关于奥姆真理教及其活动的细节有很多来源。除访谈外，还参考了以下来源："Congress probes Japanese cult." Military Newswire, 1996; Henderson, D. A., 1998, op. cit; NSTC Committee on International Science and (CISET) Working Group on Emerging and Re-Emerging Infectious Diseases."Global microbial threats in the 1990s." The White House, 1996; "Japanese cult member gets life." Associated Press, May 26, 1998;"Japanese guru will hear litany of nerve-gas victims." Associated Press (April 20, 1996); Lewthwaite, G. A., "Terrorist attacks in US expected." *Baltimore Sun* (November 1, 1995): A1; Morita, H., Yanagisawa, N., Nakajima, T., et al., "Sarin poisoning in Matsumoto, Japan." *Lancet* 346 (1995): 290-93; 等。

11. 1998 年，一些当局确信奥姆真理教不仅继续存在，而且当时还在积极招募新成员。

12. 一年前，1994 年 6 月 27 日，奥姆真理教进行了第一次成功的袭击，在日本中部城市松本释放了沙林毒气。这一次，邪教分子在晚上释放了毒气，当时大多数松村人都在家里。那天晚上 11 点，毒气泄漏大约 2 小时后，救护车呼叫着蜂拥而至。在最初的几小时内，7 人死亡，58 人住院治疗，共有 600 人寻求治疗。伤者中有许多救援人员和消防员在 4 小时内赶到现场。在袭击发生 3 周后，大多数暴露在毒气中的幸存者仍然生病，并且在数月后脑部扫描读数异常，显示出癫痫类型的紊乱。

尽管日本当局做出了很大的努力，但还是花了三个多月的时间才确定这些死伤的化学原因。直到东京地铁袭击后，奥姆真理教才被认为是松本杀人案的罪魁祸首。

13. 美国参议院顾问约翰 • 索普科对新科学家罗伯特 • 泰勒说："奥姆基金的行为导致了非常可怕的后果，将诸如戴维支部等团体的宗教狂热、美国民兵运动的反政府议程和奇爱医生的技术诀窍都集结到了一起。

14. Offce of Technology Assessment. *Technology Against Terrorism: The Federal Effort*. Washington, D.C., 1993.

15. 关于《禁止生物毒素和武器公约》限制的客观评论可以参阅 Johnson, S. E, editor. *The Niche Threat: Deterring the Use of Chemical and Biological Weapons*. Washington, D.C.: National Defense University Press, 1997; Kadlec, R. P., Zelicoff, A. P., and Vrtis, A. M., "Biological weapons control: Prospects and implications for the future." *Journal of the American Medical Association* 278 (1977):351-56; MacKenzie, D., "Biological weapons treaty needs teeth." *Los Angeles Times* (March 23, 1998): A11; Pearson, G. S., "The complementary role of environmental and security biological control regimes in the 21st century." *Journal of the*

American Medical Association 278 (1997): 369-72; 等。

16. 我和《新闻日报》记者蒂姆・菲尔普斯、苏珊・萨克斯、大卫・费尔斯通、罗恩・豪威尔、乔希・弗里德曼和帕特・斯洛扬等人，为《新闻日报》报道了海湾战争，斯洛扬获得普利策奖，他揭露了盟军军事行动的负面影响。这里的一些细节来自我在《新闻日报》同事们的报道。此外还有："Memopack: The gulf crisis." Nicosia, Cyprus: Memopacks Publishing Company, 1991; and Matar, F., *Saddam Hussein: A Biography*. London: Highlight, 1990。

17. Matar, F., 1990, ibid (English-language edition), 59.

18. 两伊战争始于1980年两国外交关系紧张时期。时任伊拉克总统的侯赛因宣布，他将单方面终止维持伊伊和平的阿尔及尔协议。在谈到伊朗领导人霍梅尼时，侯赛因宣布，伊朗人"抱有幻想，认为他可以占领这个给予他14年款待的国家。如果他愿意的话，他可以通过兄弟情谊来征服它，但他不能把他的种族主义扩展到这个国家的一丁点儿土地上。霍梅尼知道，他只能越过阿拉伯湾越过伊拉克烈士的尸体。"参见Matar, F., 1990, ibid, 135。

19. 没有人真正知道在伊朗和伊拉克战争中有多少人受伤或死亡。两个政府都认为公布真实数字不符合他们的利益。文中引用的数字来自美国情报部门的估计。但这些肯定是保守的。据估计，仅伊拉尼人的死亡人数就高达100万人，其中包括所有18至30岁男子中20%的死亡人数。另有估计25万伊拉尼人死亡、10万伊拉克人死亡。伊拉克国防部声称有100万伊朗人丧生，300万人受伤致残。不管是什么情况，这个屠杀是极其可怕的。在德黑兰，它被用著名的烈士喷泉具体化了，喷泉里流淌着人类的鲜血。

20. 联合国，"秘书长派往调查伊朗伊斯兰共和国和伊拉克之间冲突中使用化学武器指控的特派团的报告"。

21. Sidell, F. R. and Franz, D. R., "Overview: Defense against the effects of chemical and biological warfare agents." In Zajtchuk, R., op. cit.

22. Manngold, T. and Goldberg, J., *Plague Wars: The Terrifying Reality of Biological Warfare*. New York, St. Martin's Press, 1999.

23. 两起事件似乎推动伊拉克朝着生化战的方向发展。1981年，以色列空军轰炸并摧毁了伊拉克的奥西里克核反应堆，这是法国政府赠送的礼物。以色列声称，侯赛因政府在那里拥有武器级核材料并制造原子弹。以色列在这类问题上的可信度因其1990年承认其拥有一个化学武器计划而受到玷污，该计划的细节尚未公布。

有趣的是，公开记录中没有证据表明联合国剥夺了对公认的以色列化学武器的检查权，尽管使用这些武器至少会违反以色列加入的两项国际条约。此外，情报来源同意以色列拥有生物武器能力，并可能储存了一些攻击性生物制剂。但以色列从未被联合国或任何西方国家政府强迫提供其生化工作的报告或接受联合国安理会的检查。

尽管西方军事专家确信以色列的说法被夸大了，但他们当时毫不怀疑侯赛因确实在试图使伊拉克成为一个核国家。

24. George, A., "Saddam bought germ warfare chemicals in UK." *Evening Standard* (London) (July 11, 1995): 23; Butcher, T., "Iraq crisis: Germ warfare 'jelly' sold to Iraq until 1996." *The Daily Telegraph* (London) (February 19, 1998): 19; Beal, C., "How to spot a killer cloud." *New Scientist* (April 8, 1995): 24; and Bone, J., "Chemical agents." *The Times* (London) (December 13, 1997), Features.

25. Tucker, J. B., "Hide-and-seek, Iraqi style." *New York Times*, Op Ed page (November 22, 1997).

26. Zilinskas, R. A., "Iraq's biological weapons: The past as future?" *Journal of the American Medical Association* 278 (1997): 418-24.

27. Regis, E., *The Biology of Doom: The History of America's Secret Germ Warfare Project*. New York, Henry Holt and Company, 1999.

28. Scientific and Technical Advisory Section, U.S. Armed Forces, Pacific,"Biological warfare." Vol.5 (1945).

29. Smart, J. K., "History of chemical and biological warfare: An American perspective." In Zajtchuk, R, op. cit., 9-86.

30. Cole, L. A., "The worry: Germ warfare. The target: US." *New York Times* (January 25, 1994): A19; and Hersh, S. M., *Chemical and Biological Warfare: America's Hidden Arsenal*. New York: Doubleday and Company, 1969. Regis, E., 1999, op. cit.

31. 关于美国在朝鲜使用生化武器详尽的、令人毛骨悚然的报道，请参见 Endicott, S. and Hagerman, E., *The United States and Biological Warfare: Secrets from the Early Cold War and Korea*. Bloomington, Indiana: Indiana University Press, 1998。

以下几点特别有启发性：美国在朝鲜的作用，揭示了一种军事文化，允许军队在朝鲜境内采取焦土战术、纵火、全面战争战略，甚至纵容战争罪行。在促进这种文化的因素中，突出的是一种道德上的自信，这在里奇维将军给他的部队的信中得到了体现……他暗示全能者站在美国军队一边。这种确信助长了道德上的盲目性，需要最大限度的保密和欺骗，以防止具有根深蒂固的民主文化的美国人民了解到违反道德观念的可疑活动。

32. For a litany see Broad, W. J. and Miller, J., "Once he devised germ weapons; now he defends against them." *New York Times* (November 3, 1998): F1.

33. Nixon, R. M., Speech to the Nation, November 1969.

34. 尽管有相反的指控，但我找不到任何证据证明美国在美越战争期间在中南半岛使用了生物武器。有关黄雨事件和苏联在老挝和阿富汗使用真菌毒素的详细信息，请参阅 Cole, L. A., *The Eleventh Plague: The Politics of Biological and Chemical Warfare*. New York: W. H. Freeman & Company, 1997; 179-81; Ember, L. R., "Yellow Rain." *Chemical and Engineering News* 62 (1984): 8-34; Marshall, E., "The apology of yellow rain." *Science* 221 (1983): 242; Marshall, E., "Yellow rain evidence slowly whittled away." *Science* 233 (1986): 18-19; Mirocha, C. J., "Hazards of scientific investigation: Analysis of samples implicated in biological warfare." *Journal of Toxicology—Toxin Reviews* 1 (1982): 199-203; Nowicke, J. W. and Meselson, M., "Yellow rain—a palynological analysis." *Nature* 309 (1984): 205-07; 等。

35. Zilinskas, R., op. cit.

36. "透明度"是国家安全领域的经典术语。它指的是一个国家愿意将其武器计划交给关注条约核查或国际安全问题的外人。任何武器条约都必须允许外部人员核实参与国提出的声明 —— 只有当某个国家使其计划透明化时，这一过程才能完成。例如，如果一方撒谎、隐藏武器、拒绝检查或以其他方式混淆，就不可能执行核武器条约。伊拉克缺乏透明度本身就构成了违反条约的行为，即使伊拉克没有隐瞒任何事情。

然而，应当指出，伊拉克和利比亚都没有签署生物武器公约。

37. Bodansk, Y., "The Iraqi WMD challenge—Myths and reality." Task Force on Terrorism and Unconventional Warfare. U.S. House of Representatives, February 10, 1998.

38. 一个月后，英国首相托尼布莱尔下令英国所有的航空和海港处于全面戒备状态，因为有消息称伊拉克特工正在向联合王国走私含有炭疽的各种伪装产品。虽然没有发现这样的污染物，但与华盛顿一样，伦敦出现了一种新的生物武器担忧情绪。在巴格达逮捕了被认为是伊拉克生物武器计划策划者的微生物学家纳西尔·欣达维之后，英国发出了警报。联合国安理会的核查人员推测，逮捕欣达维是为了让这位科学家远离调查人员。

39. Sloyan, P., "The attack on Iraq." *Newsday* (December 17, 1998): A3.

40. Crossette, B., "Iraq still trying to conceal arms programs, report says." *New York Times* (January 27, 1999): A8; and Broad, W. J. and Miller, J., "The hunt for germs and poisons." *New York Times* (December 20, 1998): Section 4,1.

41. Crossette, B., "Iraq suspected of secret germ war effort." *New York Times* (February 8, 2000): A14.

42. Monath, T. P. and Gordon, L. K, "Strengthening the Biological Weapons Convention." *Science* 282 (1998): 1423-24; Roberts, B., "New challenges and new policy priorities for the 1990s." In Roberts, B., 1993, op. cit; and "Bioweapon threat seen rising but treaty talks far from results." Daniel J. Denoon's Insider Newsfile, December 28, 1998.

43. Roberts, B., "Between panic and complacency: Calibrating the chemical and biological warfare problem." In Johnson, S. E., 1997, op. cit.

44. Mangold, T. and Goldberg, J., 1999, op. cit.

45. Schweitzer, G. E. and Dorsch, C. G., 1998, op. cit.

46. 有许多媒体报道沃尔科夫的声明和佐证。最中肯的是英格伦的报道，详见：Englund, W., "New questions raised about '79 Russian anthrax outbreak." Baltimore Sun (February 20, 1998): A8.

47. 未经治疗的肺炎炭疽通常有 90% 的致死率。即使很快诊断出来，抗生素治疗也很棘手，死亡率可能达到 10% 到 20%。

48. Abramova, F. A., Grinberg, L. V., Yampolskaya, O. V., et al., "Pathology of inhalation anthrax in 42 cases from the Svendlovsk outbreak of 1979." *Proceedings of the National Academy of Sciences* 90 (1993): 2291-94. Please note that Yekaterinburg was in Soviet times called Sverdlovsk. References may be coded under that name. See also Guillemin, J., *Anthrax: The Investigation of a Deadly Outbreak*. Berkeley, University of California Press (1999).

49. 阿瑟·弗里德兰德上校，美国陆军传染病医学研究所，位于马里兰州德特里克堡。

50. 亨德森指出，第二次世界大战期间，英国军方曾在格鲁纳德岛进行炭疽实验。55 年后，格鲁纳德的土壤仍然有毒，充满了可能致命的炭疽孢子。

51. 但有关销毁剩余天花种群的重大辩论仍然存在。关于这场辩论的关键部分，参见 National Academy of Sciences, *Assessment of Future Scientific Needs for Live Variola Virus*. Washington, D.C.: National Academy Press, March 15, 1999; and Garett, L., "Smallpox as tool adds to destruction debate," *Newsday* (March 16, 1999); A18; Shalala, D. E., "Smallpox: Setting the research agenda," *Science* (1999) 285: 1011。

52. Commission to Assess the Organization of the Federal Government to Combat the Proliferation of Weapons of Mass Destruction, *Combating Proliferation of Weapons of Mass Destruction* (1999), 104th Congress, Washington, D.C., Government Printing Office.

53. Broad, W. I. and Miller J., "Government report says 3 nations hide stocks of smallpox," *New York Times* (June 13, 1999): A1.

54. Wirth, T., Speech to the CISET Conference on Emerging Diseases, U.S. State Department, Washington, D.C., July 25, 1995.

55. Downie, A. W., "Smallpox," in Mudd, S., (edit.) *Infectious Agents and Host Reactions*. New York, W. B. Saunders, 1970.

56. 有关病媒和生物制剂的资料是在 1997 年 3 月的一次实地视察中获得的。见 Adams, J., "Iran: Russia helps Iran's bio-warfare." *Reuters* (August 27, 1995); Adams, J., "Russia: Scientists make doomsday toxin." *Reuters* (October 1, 1995); Adams, J., "Russia: Yeltsin clones plague plants." *Reuters* (April 10, 1994); Alibek, K., "Russia's deadly expertise." *New York Times* (March 27, 1998): A19; Bases, D., "Russian doctors set aside pride to learn in U.S." *Reuters* (March 17, 1998); 等。

57. Yergin, D. and Gustafson, T., *Russia 2010 and What It Means for the World*. New York: Vintage Books, 1995.

58. 1998 年，亚历山大列别德当选为俄罗斯克拉斯诺亚尔斯克州州长，该州含有许多前生物武器设施。克拉斯诺亚尔斯克可能是俄罗斯所有国家中最富有的，因为其境内拥有世界上最大的黄金、白银、高品位煤炭、石油、钻石和贵重矿物储量。

59. Office of Technology Assessment, 1993, op. cit.

60. 乔治敦大学的苏联健康专家默里•费什巴赫认为沃兹罗日杰尼耶岛是地球上最危险的地方之一。该岛曾经由苏联军方控制，现在横跨哈萨克斯坦和乌兹别克斯坦的咸海领土，这两个国家都没有能够保卫沃兹罗日杰尼耶的武装力量。此外，由于苏联空洞的水政策和污染，咸海正在迅速缩小。20 年前，沃兹罗日杰尼耶很容易守卫，因为乘船到达该岛需要几个小时。今天，驾驶一辆高底盘的汽车穿过"湖"就可以到达离"岛"很近的地方。费什巴赫说，1976 年以来，岛附近发生了几起野生鱼类和动物大量死亡事件，这可能是生物武器暴露的结果。参见 Feshbach, M., 1995, op. cit。

61. 1998 年和 1999 年，作者的访谈记录。

62. 阿利贝克令人毛骨悚然的自传出版于 1999 年，书中详细介绍了生物制剂和苏联的军事生物武器计划。参见 Alibek, K. and Handelman, S., *Biohazard*. New York, Random House, 1999。

63. 帕什尼克的信息与十年前英国情报部门在保加利亚叛逃者格奥尔基•马尔科夫遇刺后获得的证据相吻合。马尔科夫站在伦敦的一个街角等公共汽车，这时一个失明男人走了过来，手里拿着一把极不寻常的雨伞。这名男子是克格勃特工，有一个装满高压气体的小罐子，装在雨伞里的致命生物毒素蓖麻毒素小球上。该罐的一端连接到弹簧锁系统，通过点击伞柄附近的按钮触发。在伞的另一端，尖端被钻孔，形成了一个枪管，用来推动致命的弹丸。克格勃特工径直走到马尔科夫跟前，用雨伞拍了拍这位天真的保加利亚人，然后消失在英国人群中。马尔科夫死了，但另一名保加利亚叛逃者弗拉基米尔•科斯托夫在一个类似的装置的作用下幸存下来。科斯托夫在一个寒冷的冬日从巴黎地铁站出来。突然，他感到一阵疼痛，然后看见一个人拿着雨伞跑开了。法国医生成功地从科斯托夫的背部取出了弹丸，他活了下来，可能是因为他厚重的冬衣减缓了弹丸进入他的身体，阻止了蓖麻毒素进入他的血液。美国情报部门称，至少还有六起此类蓖麻毒素暗杀事件，其中一起发生在弗吉尼亚的购物中心。

64. Kudoyarova-Zubavichene, N. M., Chepurnov, A. A., Sergeyev, N. N., et al., "Preparation and use of Hyperimmune serum for therapy of filoviruses"; and Ryabchikova, E., Kolesnikova, L., Netesov, S. Y., et al., "An analysis of filovirus pathogenesis on animal models". 这两个报告都是在 1996 年 9 月 4 日至 7 日在比利时安特卫普举行的埃博拉病毒研究国际学术讨论会上的演讲。

65. 如第三章所述，维克多的埃琳娜•里亚布科娃还进行了大量研究，比较了各种动物对埃博拉感染的反应，包括恒河猴、狒狒、非洲绿猴和豚鼠。通过将病毒传给一代又一代的豚鼠，她成功地增加了病毒的毒性，最终形成了一种埃博拉病毒，八代之后，对豚鼠100%致命。这项研究除了是一项有趣的病毒学研究之外，还可能表明生物制剂正在试图确定如何使埃博拉病毒对人类更加致命。

66. 阿利贝克坚持认为，旧的生物制药和军事生物武器项目的一些内容今天仍在继续。他声称，他的前任老板们继续进行病原体的基因工程。他甚至声称这些俄罗斯科学家在弗吉尼亚州至少有一次企图暗杀他。参见 Alibek, K. and Handlemas, S., op. cit., 1999。

67. 细心的读者会注意到，生物武器计划机构和俄罗斯卫生部的生物武器计划的人员估计在大约1万人的范围内。看来，即使是那些在这些项目中担任领导职务的俄罗斯人也无法准确地回忆起生物战争机器中有多少人。

68. 据《纽约时报》的一篇有争议的报道，一些顶尖的生物制药科学家已经出现在伊朗。参见 Miller, J. and Broad, W. J., "Bio-weapons in mind, Iranians lure needy ex-Soviet scientists." *New York Times* (December 8, 1998): Al; Broad, W. J., "Iranian denies seeking biological arms in Russian." *New York Times* (December 12, 1998): A3; and Miller, J., "Russian biologist denies work in Iran on germ weapons." *New York Times* (January 19, 1997): A7。

69. Miller, J., "Bombs-to-plowshares program criticized." *New York Times* (February 22, 1999): A8; Stout, D., "U.S. imposes sanctions on tech labs in Russia." *New York Times* (January 13, 1999): A7; and Miller, J. and Broad, W. J., "Germ weapons: In Soviet past or in the new Russia's future?" *New York Times* (December 28, 1998): Al.

70. Pomerantsev, A. P., Staritsin, N. A., et al., 1997, op. cit.

71. 正如这篇论文的作者所写："炭疽杆菌菌株获得溶血特性可以使它们通过穿透'人类'宿主细胞而逃避宿主免疫。"作者接着说，这构成了一次进化上的飞跃。

72. 炭疽专家小组在1999年8月份写道："我们的医疗系统是否能够在大规模接触致病性内生孢子的情况下提供适当的预防和治疗仍然是不确定的，甚至是令人怀疑的。"参见 Dixon, T. C, Meselson, M., Guillemin, J., and Hanna, P. C., "Anthrax," *The New England Journal of Medicine* (1999) 341: 815-26。

73. Bielecki, J., Youngman, P., Conelly, P., and Portnoy, D. A., "Bacillus subtilis expressing a haemolysin gene from Listeria monocytogenes can grow in mammalian cells." *Nature* (1990) 345: 175-76.

74. 关于限制此类访问的可能方法及其对科学的有害影响的讨论，参见 Roberts, B., "Export controls and biological weapons: New roles, new challenges." *Critical Reviews in Microbiology* 24 (1998): 235-54。

75. 根据作者1999年3月对负责卫生事务的助理国防部长苏·贝利博士的采访。

76. 1999年3月作者对托德海军少尉的采访。

77. 一些海湾战争退伍军人坚持认为，在海湾战争期间，他们接种的炭疽疫苗中含有角鲨烯，这是海湾战争综合征的基础。战争期间负责疫苗研发的退役陆军上将菲利普·罗素坚决否认使用了角鲨烯。杜兰大学病毒学家罗伯特·加里声称，他确实可以测量海湾战争综合征患者的抗角鲨烯抗体反应。大多数免疫学家对此持怀疑态度，因为角鲨烯是一种脂肪，免疫系统不会产生针对纯脂肪分子的抗体。

78. 1999年3月作者对大卫·罗斯曼的采访。

79. 这种怀疑的唯一先例是越战中使用橙剂，后来，这种除草剂与越南退伍军人、越南平民及其子女的健康状况有很大关系。然而，在奥兰治特工案中，政府和医学界对数据的解释存在分歧，那些怀疑国防部官方安全声明的人在商业圈得到了广泛支持。对炭疽疫苗的抗议并非如此。

80. Inglesby, T. V., Stephenson G., et al.,"Medical response to anthrax attack," *Journal of the American Medical Association* (1999) 281: 1735-45.

81. 这份名单出现过许多地方，引自各种来源。具体见 Office of Technology Assessment, August 1993, op. cit.

82. 20 世纪 90 年代，朝鲜形成了复杂的生物武器联盟。朝鲜最赚钱的出口产品是飞毛腿导弹，在某些情况下，飞毛腿导弹还可以用来运载化学武器或生物武器。朝鲜的买家包括埃及、古巴、伊朗、叙利亚、伊拉克和利比亚。（See: Grubb, J., "Nonproliferation 'progress' in Korea: Next steps." Conference on Arms Control and Verification Technology, Williamsburg, Virginia, June 1-4, 1992.）1998 年 8 月 31 日，平壤成功地发射了一枚弹道导弹，从朝鲜飞过日本北部，进入太平洋，距离将近 1500 英里。所有对朝鲜导弹先进性的怀疑都烟消云散了。西方和日本军事专家认为，朝鲜国防研究院和医学院在不同的发展阶段都有基于一系列恐怖袭击的武器：炭疽、霍乱、鼠疫、天花和黄热病。如果说自 20 世纪 60 年代以来朝鲜一直在使用天花武器的指控是真实的，政府设了一个巨大的骗局，据报道大约在那时已完全消除了该病毒的所有样本。

北约在 1997 年得出结论，利比亚拥有可携带生物武器的中程弹道导弹。此外，该机构推测利比亚和伊拉克在 1997 年 5 月签署了一项生物战技术防御协议。代号为"伊本哈扬"的项目据称包括的黎波里郊外的一个由利比亚国防部运营的大型实验室，（这些指控是在恐怖主义和非常规战争特别工作组作证时提出的，1998 年 2 月 10 日，同前所述。）这些说法至少不能得到独立的证实或否认，至少不能公开。伊拉克和利比亚都否认北约的说法。

因此，北约指认的名单会越来越长。

83. 通常公开提供的有关国际恐怖分子在 1999 年已经从事制造生物炸弹的指控的证据是战略性的，而不是具体的。人们关注的武器装备和杀伤率问题都在稳步上升。20 世纪 90 年代，纽约世贸中心和美国驻内罗毕和达累斯萨拉姆的大使馆遭到轰炸，情报人士说，这是一种升级信号。

他们指出的另一个因素是意图采取恐怖手段的国际组织数量普遍增加。兰德公司估计，例如，1968 年世界上有 11 个这样的组织；1978 年有 55 个，此后稳步增长。（See: Hoffman, B., 1998, op. cit.）格伦 • 肖恩对 1997 年的预测更令人吃惊：全世界有 1000 个恐怖组织。（See: Schoen, G., "Understanding contemporary terrorism." Georgetown University, 1997, and Schweitzer, G. E. and Dorsch, C. G., 1998, op. cit.）尽管缺乏公开资料，但不受任何政府控制的获取武器化微生物的幽灵组织吸引了大多数政治圈的关注，有确凿证据表明，这样的组织都在考虑采取这种可怕策略来达到其政治目的。考虑到 1998 年在白宫、美国国防部和欧洲各国发生的突然紧急情况，必须假定情报机构收集的秘密情报确实指向了恐怖组织的此类活动和意图。

84. Office of Technology Assessment, August 1993, op. cit, 40.

85. Landau, M., "How the cholera bacterium got its virulence." *Focus*, Harvard Medical School, July 19, 1996, 1.

86. Valdivia, R. H. and Falkow, S., "Fluorescence-based isolation of bacterial genes expressed within host cells." *Science* 277 (1997): 2007-11.

87. 毒力遗传学研究的一些进一步的例子包括：Cotter, P. A. and Miler, J. F., "Triggering bacterial virulence." *Science* 273 (1996): 1183-84; Grady. D., "Quick-change pathogens gain an evolutionary edge." *Science* 274 (1996): 1081; George, K. M., Chatterjee, D., Gunawardana, G., et al., "Mycolactone: A polyketide toxin from *My-cobacterium ulcerans* required for virulence." *Science* 283 (1999): 854-57; Hensel, M., Shea, J. E., Gleeson, C., et al., "Simultaneous identification of bacterial virulence genes by negative selection." *Science* 269 (1995): 400-03; Le Clere, J. E., Li, B., Payne, W. L., et al., "High mutation frequencies among *Esherichia coli* and Salmonella pathogens." *Science* 274 (1996): 1208-11; etc..

88. Duesberg, N. S., Webb, C. P., Leppla, S. H., et al., "Proteolytic inactivation of MAP-kinase-kinase by anthrax lethal factor." *Science* 280 (1998): 734.

89. 从 1975 年到 1991 年，在美国获得生物学博士学位的人数增加了 30%，达到每年 5700 人。到 20 世纪 90 年代，美国雇用了大约 6 万名生物学家。美国和欧洲的生物技术公司数量从 1975 年的零增加到 1992 年的 1800 多家。

90. 到 20 世纪 90 年代末，科学工具被开发出来，可能允许针对特定人群的微生物进行基因靶向，并找到将可接触传播的媒介（如艾滋病病毒）转化为空气传播媒介（如流感）的方法。参见 Taylor, R.,"All fall down," op. cit。

91. Note Nass, M., "Biological warfare." *Lancet* 352 (1998): 491.

92. 此外，"在一些国家寻求通过集体安全行动执行准则的时候，这种战略似乎越来越有可能。对前者来说，生物武器可能被认为有助于在干预力量最脆弱的时候削弱入侵的前沿，或者在主要大国内部制造反对干预的政治反弹。在没有战争的情况下，生物武器可能被认为没有那么有用；核武器继续比生物武器更基本地根据观念运作，特别是鉴于后者的非法地位。但是，一个国家挥舞生物武器作为最后手段，或威胁在恐怖袭击中释放生物武器，将在危机时期获得重要的筹码。这些国家的领导人也可能认为，威胁或实际使用生物武器比使用核武器更不可能激起更强大的对手作出有力的反击。"参见 Roberts, B., "Contolling the proliferation of biological weapons.." *The Nonproliferation Review*, ISSN 1073-6700, Monetary Institute of International Studies, 1994, 55-60。

93. Wright, R., "Be very afraid." *The New Republic* (May 1, 1995): 19-27.

核武器生产需要获得浓缩钚（国际上戒备森严）和价值数百万美元、配备有高技术人员的工厂。这样的氢弹生产能力耗资 20 亿至 200 亿美元，极难隐瞒。例如，多年来人们都知道印度和巴基斯坦研制了这种武器，但直到 1998 年两国公开测试其大规模毁灭性武器，才得到国际承认。核武器一旦投入使用，就会释放出持续数百万年的杀伤力，而这种杀伤力在最初的爆炸后持续很长一段时间。多种核武器的使用对全球的影响是如此可怕，所以它们的使用就是世界末日。

与核武器一样，生物制品的影响范围可能远远超过最初暴露地点的人口规模。某些生物的 0.001 微克足以杀死一个人。一个巧妙的释放出的重量不超过一把回形针可能会杀死数千人。随着传染病的蔓延，杀戮将持续数周，甚至数月。

生物制品比化学制品或核制品便宜得多，也更容易开发。不到 1000 万美元的价格，一个巨大的杀手武器库就可以制造并储存，而这些武器库是在显然正常的医疗实验室里生产的。参见 Estimate from the ffice of Technology Assessment, 1993, op. cit。

94. 用纳恩的话说，这种流氓袭击的目标很可能是平民：国家地标性标志、密集的经济活动中心、城市或公共交通的十字路口、商用飞机、国家游行、吸引国际观众的体育赛事。例如，20 世纪 90 年代在奥运会期间，在纽约和以色列的国际机场内，有 103 个被恐怖分子袭击过的地方，如：纽约、拉康，以色列竞争、斯里兰卡泰米尔民族主义者攻击的佛教圣地和美国各地的堕胎诊所、阿根廷的犹太文化中心、利雅得的沙特国民警卫队训练总部、美国驻巴基斯坦领事馆官员以及俄勒冈州巴格温・什雷・拉吉内什邪教的反对者。参见 Hoffman, B., "Terrorism today and tomorrow." In *Inside Terrorism*, 1998, op. cit。

95. Mayer, T. N., "The biological weapon: A poor nation's weapon of mass destruction." At www.cdsar.af.mil/battle/chp8.html.

96. Henderson, D. A., "The looming threat of bioterrorism," *Science* (1999) 283: 1279-82.

97. 尽管截至 1998 年，有 1200 万剂被储存在美国疾病预防控制中心的冰箱里，但有几批产品的质量被认为是高度可疑的。有可能只有不到 500 万剂的剂量能保持有效的免疫原性。参见 Breman, J. G. and Henderson, D. A., "Poxvirus dilemmas—Monkeypox, smallpox, and biological terrorism." *Lancet* (August 20, 1998): 556-59。

98. Garret, L., "Smallpox vaccine tainted." *Newsday* (April 13, 1999) A6; Altman, L. K., Broad, W. J., and Miller J., "Smallpox: the once and future scourge?" *New York Times* (June 15, 1999): F1.

99. 尽管亨德森认为美国和其他可能成为生物炸弹袭击目标的国家重建疫苗储备是明智之举，但他的首要立场是"所有已知的天花病毒库存应尽快销毁"，包括在向量和疾病预防控制中心确认的样本。

100. 关于这项美国决定背后更佳的政治描述，见 Broad, W. J. and Miller, J., "Germ defense plan in peril as its flaws are revealed." *New York Times* (August 7, 1998): Al.

101. Appropriations Hearing on Epidemics and Bioterrorism, U.S. Senate Committee on Appropriations, Subcommittee on Labor, Health and Human Services, June 2, 1998.

102. Kaufman, A. F., Meltzer, M. I., and Schmid, G. P., "The economic impact of a bioterrorist attack: Are prevention and postattack intervention programs justifiable?" *Emerging Infectious Diseases* 3 (1997): 83-94.

103. 1984 年，一个名为"红军派"的欧洲革命组织在巴黎创建了一个安全屋。公寓的厨房和浴室里都摆满了实验室设备，烧瓶里装着肉毒梭菌。尽管欧洲的多个警察和情报机构进行了大规模的监视和渗透，但当局不知道红军派正在进入生物恐怖活动——直到大批巴黎人出现在当地医院，当局才会知道。幸运的是，一次巧合的逮捕阻止了欧洲第一次现代生物炸弹袭击事件的发生。

104. Staten's organization and database may be accessed at www.emergency.com.

105. Layton, M., "Bioterrorism preparedness: The local public health perspective." International Conference on Emerging and Infectious Diseases, Atlanta, March 10, 1998.

106. Williams, A., "As the war with terrorists heats up, many experts believe Manhattan could be Ground Zero for bioweapons attack." *New York* (November 16, 1998): 29-35.

107. See: Hauer, J., Comments at the National Symposium on Medical and Public Health Response to Bioterrorism, Crystal Gateway Marriott, February 16-17, 1999.

108. United States Senate Committee on Appropriations, 1998, op. cit.

109. 1998 年秋季，国防部长威廉·科恩宣布了简化应对生物恐怖袭击指挥系统的计划。根据该计划，联邦调查局主导国内生物恐怖袭击的应对处置。

110. Thomas-Lester, A. and Wilgoren, D., "In the B'nai B'rith building, some waited in fear, others prayed." *Washington Post* (April 25, 1997): A20; "Doomsday scene as chemical bomb alert hits Washington." *Daily Mail* (London) (April 25, 1997): 7; "FBI probes 'terrorist matter' at B'nai B'rith headquarters." *The Patriot Ledger* (Quincy, Mass.) (April 25, 1997): 3.

111. Garrett, L., "Germ terror: Is U.S. ready?" *Newsday* (April 6, 1998): 1.

112. For a startling look at the federal response scenario, see the "Timeline for response to incidents involving weapons of mass destruction," in Fincher, L. L,"Strengthening the local response to domestic terrorism." United States Senate Committee on Appropriations, Subcommittee on Labor,

Health and Human Services, Education and Related Agencies, June 2, 1998.

113. Skeels, M., "Firsthand experience and perspective of a state health department." International Conference on Emerging Infectious Diseases, March 10, 1998, Atlanta; and Torok, T. J, Tauxe, R. V., Wire, R. P., et al., "Large community outbreak of salmonellosis caused by intentional contamination of restaurant salad bars." *Journal of the American Medical Association* 278 (1997): 379-95.

114. Fester, U., *Silent Death*. 2nd Edition. Port Townsend, Wash.: Loompanics Unlimited, 1989.

115. 1998 年，作者的访谈记录。

116. Saxon, K., *Poor Man's James Bond*, Vols. 1 and 2. El Dorado, Ariz: Desert Publications, 1992.

117. 南方贫困法律中心。

118. For more details see Hoffman, B., 1998, op. cit.

119. Hutchkinson, M., *The Poisoner's Handbook*. Port Townsend, Wash.: Loompanics Unlimited, 1988.

120. Vinch, C., "Services Complete Chemical Suit Check." *European Stars and Stripes* (April 6, 2000): 4.

121. See also Alper J., "From the bioweapons trenches, new tools for battling microbes," *Science* (1999) 284: 1754-55; and Belgrader, P., Bennett, W., Hadley, D., et al., "PCR detection of bacteria in seven minutes." *Science* (1999) 284: 449-50.

122. Graham, B., "Approval sought for permanent task force to coordinate military's response to chemical or biological attack." *Washington Post* (February 2, 1999): A1.

123. 比尔·克林顿总统关于在 21 世纪维护美国安全的讲话。

124. Garrett, L., "Plan to fight new terrorism." *Newsday* (January 23, 1998); A4.

125. 白宫新闻秘书办公室。

126. Stern, J., "Anthrax incidents: Hoaxes and threats." National Symposium on Medical and Public Response to Bioterrorism, February 16, 1999.

127. Centers for Disease Control and Prevention. "Bioterrorism alleging use of anthrax and interim guidelines for management — United States, 1998." *Morbidity and Mortality Weekly Report* 48 (1999): 69-74. Sanchez, R.,"Calif. anthrax threats spawn costly wave of fear." *Washington Post* (January 11, 1999): A1.

128. Danzig, R., "The next superweapon: Panic." *New York Times* (November 15, 1998): WK15.

129. See FBI agent Randall Murch's remarks at the International Conference on Emerging and Infectious Diseases, Centers for Disease Control and Prevention, Atlanta, Ga, March 10, 1998.

130. 1999 年 2 月，在水晶城的演习中，天花场景就是一个明显的例子。一旦某医院的疾病原因被查明，联邦调查局就会隔离整个医院，把所有病人和相关人员都带走并进行询问调查。但扮演州卫生官员角色的奥斯特霍尔姆说，这样做将引发全市的恐慌，全国电视会争相报道，并导致该地区人口外流，其中肯定会有一些人受到感染，并将疾病带到其他地方。

131. 国家研究委员会在其 1998 年 12 月的报告中努力解决了这一难题。

132. Cohen, H. W., Gould, R. M., and Sidel, V. W., "Bioterrorism initiatives: Public health in reverse?" *American Journal of Public Health* (1999) 89: 1629-30.

133. See Malakoff, D., "DOE lab exchanges targeted in wake of espionage claims." (1999) *Science* 283: 1986-87; and National Academy of Sciences, *Finding the Balance: National Security and Scientific Openness* (1999), National Academy Press, Washington, D.C.; and Garett, L., "For biologists, a big chil?" *Newsday* (August 2, 1999): A8; and *Arms Control Today*, special section on the Cox Report (April/May 1999); 29: 17-37.

第六章

1. Sen, A. *Development as Freedom*. New York: Knopf, 1999.

2. Farmer, P., *Infections and Inequalities: The Modern Plague*. Berkeley: University of California Press, 1999.

3. Evans, R. G., Hodge, M., and Pless, I. B., "If not genetics, then what?" In Evans, R. G., Barrer, M. L., and Marmor, T. R., *Why Are Some People Healthy and Others Not?* New York: Aldine De Gruyter, 1994.

4. 根据肯尼迪对 21 世纪经济的论证和预测。

5. 世界卫生组织。

6. 联合国儿童基金会。

7. Hale, S., Howden-Chapman, P., Salmond, C., et al., "National infant mortality rates in relation to gross national product and distribution of income." *Lancet* 354 (1999): 2047. And Bloom, D. E. and Canning D., "The health and wealth of nations." *Science* 287 (2000): 1207-09. And Sen, A., "Economics and health." *Lancet* 354 (2000): siv 20.

8. U.S. Bureau of the Census."Health insurance coverage, 1997." Washington, D.C.: Government Printing Office, September 1998: 60-202°d Pear, R., "Government lags in steps to widen health coverage." *New York Times* (August 9, 1998): Al.

9. Pear, R., "More Americans were uninsured in 1998, U.S. says." *New York Times* (October 4, 1999): Al.

10. Lashoff, J. C., "A new public health—or a return to our roots." Commencement Address, School of Public Health, University of California, Los Angeles, 1991.

11. Rowland, D., Feder, J., and Keenan, P. S., "Uninsured in America: The causes and consequences." In *The Future U.S. Healthcare System: Who Will Care for the Poor and Uninsured?* S. H. Altman et al, eds. Chicago: Health Administration Press, 1998.

12. Kaiser/Commonwealth Health Insurance Survey, 1997.

13. 即使在有保险的家庭中，自付费用也大幅上升，因为医疗保险的支付额度削减了 1150 亿美元，医药费用仅在一年内（1997—1998 年）就猛增了 17%，雇主寻求更为便宜可控的医保方案。

14. Blendon, R. J., and Donelan, K., "1998 Commonwealth Fund International Health Policy Survey." Commonwealth Fund, New York, October 1998.

15. Anderson, G. F. "Multinational comparisons of health care: Expenditures, coverage, and outcomes." New York: The Commonwealth Fund, October 1998.

研究结果如下：

国家	政府承保的人口百分比	1997年人均支出（单位：美元）	医保支出占国内生产总值百分比		百分比变化
			1960	1997	
美国	32.9	4090	5.2	13.6	8.4
德国	92.2	2339	4.8	10.4	5.6
法国	99.5	2051	4.2	9.6	5.4
日本	100	1741	3.0	7.3	4.3
加拿大	100	2095	5.5	9.3	3.8
经合组织中位数*	100	1747	3.9	7.6	3.7
澳大利亚	100	1805	4.9	8.3	3.4
新西兰	100	1352	4.3	7.6	3.3
英国	100	1347	3.9	6.7	2.8

*经合组织：即经济合作与发展组织，由29个国家组成的工业化国家联盟。美国人均医疗支出为经合组织中位数的134%。

16. Anderson, G. F., ibid.

预期寿命如下：

国家	1960	1996	百分比变化
日本	67.8	80.3	12.6
加拿大	71.4	78.5	7.1
澳大利亚	70.9	78.2	7.3
法国	70.3	78.1	7.8
经合组织中位数	70.1	77.2	7.1
新西兰	71.3	77.1	5.7
英国	71.3	76.9	5.6
德国	69.9	76.8	6.9
美国	69.7	76.1	6.4

17. Evans, R. G., and Stoddart, G. L. “Producing health, consuming health care.” In Evans, R. G., Barrer, M. L., and Marmor, T. R., 1994, op. cit.

18. McCarthy, M., “U.S. maternal death rates are on the rise.” *Lancet* 348 (1996): 394.

19. UNICEF. *The State of the World's Children*, 1998. Oxford University Press: New York, 1998.

20. Children's Defense Fund. *The State of America's Children*. Yearbook 1998. Beacon Press: Boston, 1998.

21. “Too many or too few.” *The Economist* (September 25, 1999): 19.

22. 持异见者看法不一，他们预测20世纪的人口会大幅增加。

23. Iglehart, J. K., “The American health care system.” *New England Journal of Medicine* 340 (1999): 327-32.

24. 1998年，医疗保险已经消耗了美国国内生产总值的2.7%，而到2025年，它将消耗至少5.3%的国内生产总值。

25. World Health Organization. “Population aging—a public health challenge.” Fact Sheet No.135. World Health Organization, Geneva, September 1998.

26. 世界卫生组织做出了如下预测：

· 到2020年，每4个欧洲人中就有1个是老年人。

· 2020年，近1/3的日本人和瑞士人将成为老年人。

· 23%的北美洲人和12%的拉丁美洲人将是老年人。

· 主要发展中国家的老年人口将包括中国 2.3 亿、印度 1.42 亿、印度尼西亚 2900 万、巴基斯坦 1800 万和巴西 2700 万。

· 到 2020 年，非洲和亚洲大部分地区的老年人口比例将增加 768 倍。

数据来源同上。

27. Population Health and Nutrition Department. *Population in Developing Countries*. The World Bank, Washington, D.C., 1998.

28. U.S. Department of Health and Human services. "BBA expected to restrain public-sector health spending while private sector health spending increases." U.S. Health Care Financing Agency, Office of the Actuary, September 14, 1998.

29. 即使是由雇主承保的美国人，他们的保险费在一年内（1998—1999 年）也增加了 4% 至 9%，保险费飞涨。

30. Uchitelle, L., "Devising new math to define poverty." *New York Times* (October 18, 1999): A1.

31. Stevenson, R. W., "Fed reports family gains from economy." *New York Times* (January 19, 1999): C1.

32. Children's Defense Fund, 1998, op. cit.

所谓的贫富差距，自 1980 年以来一直在扩大。那一年，美国前 20% 富有的人消费了全国总财富的 42. 7%；到 1990 年，美国前 20% 富有的人消耗了 44. 3% 的全国总财富；到 1999 年，他们消耗了 50. 4%，而美国最贫穷的后 20% 人群只消耗了 4. 2%。

细目如下：

消费占美国总收入的百分比

年份	美国最穷的人群，后 20%	美国最富的人群，前 20%
1950	4. 5	42. 7
1960	4. 8	41. 3
1970	5. 4	40. 9
1977	5. 7	44. 2
1980	5. 1	41. 6
1990	4. 6	44. 3
1999	4. 2	50. 4

更确切地说，1999 年，美国前 1% 的富豪拥有的财富比最底层 1 亿人拥有的总和还要多。自 1977 年以来，这一比例翻了 1 倍多。是的，美国在 2000 年是一个非常富裕的国家，人均国内生产总值排在卢森堡之后，位居世界第二位。但这只是一个平均水平，并没有关注到贫富差距的扩大，大多数美国人的生活并没有达到位居世界首富的水准。

例如，纽约市在 20 世纪 90 年代末转变为一个家庭友好型娱乐新城，整个社区遍布时尚的大型购物中心。1998 年，它被列为世界上生活成本第 7 高的大都市，而纽约房地产市场是世界上通货膨胀最快的城市之一。（根据 1998 年 6 月 20 日的《经济学人》，生活成本指数从最高到最低的城市依次是：东京、香港、伦敦、莫斯科、特拉维夫、北京、纽约、新加坡、台北、布宜诺斯艾利斯、圣保罗、雅典。）

但这样的数字掩盖了纽约下层社会的现实，1999 年，纽约生活在贫困线以下的城市人口比例是美国最大的。每 4 个纽约人中就有 1 个低于四口之家年收入 16665 美元的低保线。该市失业率为 6. 9%，而全国失业率为 4. 5%。此外，联邦和地方福利和医疗补助准入法的变化迫使更多纽约穷人失去政府服务：从 1996 年到 1998 年，能够接受医疗补助的纽约穷人人数下降了 14%，能够领取食品券的人数下降了 16. 6%。

这些日益庞大的穷人队伍从何而来？ 1989 年到 1998 年，纽约市的中产阶级占总人口的比例从 35% 下降到仅占 29%。

33. From Wolfe, A., "The politics of inequality." *New York Times* (September 22, 1999): A27.

1999 年夏天出版的《经济学人》中有这么一段话:"很久以前的某个阿拉伯之夜，给苏丹支付的报酬都是用跟他们体重等同的黄金来结算。" 如今，这样的薪酬方式会让典型的美国大公司老板非常失望，老板们更喜欢以股票期权的形式获得报酬，而股票期权的价值远远高于单纯的金属。我们可以善意地忽略丰盛的董事会午餐，让老板们上秤去称一下体重，大概 90 千克左右的话，按现在每 28 克黄金价格约为 258 美元来计算，美国前 200 强企业的首席执行官平均每人拿回家的黄金价值超过 75 万美元。但事实上，1998 年，他们通过行使高管股票期权，获得了 830 万美元的税前利润，这使得他有权在如今风险重重的市场上，以固定价格购买公司固定数量的股票。到 1998 年年底，他们在股票期权方面未套现的收入，总额也接近 5000 万美元。

1998 年，美国前 200 强企业的首席执行官中，有半数通过这种股票期权获得超过 3100 万美元的收入，相当于美国人均收入的近 350 倍。一些高管因为管理运营那些实际上正在亏损、陷入债务或股市表现不佳的公司，每年获得了超过 2 亿美元的个人收入。

34. Miringoff, M. L., *The Index of Social Health*. Fordham University, New York, 1995.

35. World Bank, *World Development Report 1999*. The World Bank, Washington, D.C, 1999.

世界国内生产总值

地区 / 国家	百分位数
亚洲	26.5
美国	20.4
欧盟	19.8
拉美地区	8.8
其他发展中经济体	8.0
日本	7.7
苏联	4.8
其他发达经济体	4.0

36. 世界银行《1997 年世界发展报告》提供的估计数据:

贫富差距——收入分配

国家（按经济排名）	数据收集年份	在全国总收入中的百分比占比			前 10% 的人是否控制着超过 30% 的国家财富
		最贫穷的后 10%	最贫穷的后 20%	最富有的前 10%	
莫桑比克	1993	2.9	6.9	30.2	√
埃塞俄比亚	1993	2.9	6.9	30.2	√
坦桑尼亚	1993	2.9	6.9	30.2	√
布隆迪	1993	2.9	6.9	30.2	√
马拉维	1993	2.9	6.9	30.2	√
卢旺达	1985	4.2	9.7	24.2	
尼泊尔	1996	3.2	7.6	29.8	
尼日尔	1992	3.0	7.5	29.3	
马达加斯加	1993	2.3	5.8	34.9	√
越南	1993	3.5	7.8	29.0	
孟加拉国	1992	4.1	9.4	23.7	
乌干达	1993	3.0	6.8	33.4	√

国家（按经济排名）	数据收集年份	在全国总收入中的百分比占比			前 10% 的人是否控制着超过 30% 的国家财富
		最贫穷的后 10%	最贫穷的后 20%	最富有的前 10%	
几内亚比绍	1991	0.1	2.1	42.4	√
尼日利亚	1993	1.3	4.0	31.3	√
肯尼亚	1992	1.2	3.4	37.7	√
印度	1992	3.7	8.5	28.4	
老挝	1992	4.2	9.6	26.4	
尼加拉瓜	1993	1.6	4.2	39.8	√
加纳	1992	3.4	7.9	27.3	
赞比亚	1993	1.5	3.9	31.3	√
巴基斯坦	1991	3.4	8.4	25.2	
毛里塔尼亚	1988	0.7	3.6	30.4	√
津巴布韦	1990	1.8	4.0	46.9	√
几内亚	1991	0.9	3.0	31.7	√
洪都拉斯	1992	1.5	3.8	41.9	√
塞内加尔	1991	1.4	3.5	42.8	√
中国	1995	2.2	5.5	30.9	√
象牙海岸	1988	2.8	6.8	28.5	
斯里兰卡	1990	3.8	8.9	25.2	
莱索托	1987	0.9	2.8	43.4	√
埃及	1991	3.9	8.7	26.7	
玻利维亚	1990	2.3	5.6	31.7	√
摩尔多瓦*	1992	2.7	6.9	25.8	
印度尼西亚	1993	3.9	8.7	25.6	
菲律宾	1988	2.8	6.5	32.1	√
摩洛哥	1991	2.8	6.6	30.5	√
保加利亚*	1992	3.3	8.3	24.7	
哈萨克斯坦*	1993	3.1	7.5	24.9	
危地马拉	1989	0.6	2.1	46.6	√
厄瓜多尔	1994	2.3	5.4	37.6	√
多米尼加共和国	1989	1.6	4.2	39.6	√
罗马尼亚*	1992	3.8	9.2	20.2	
约旦	1991	2.4	5.9	34.7	√
牙买加	1991	2.4	5.8	31.9	√
阿尔及利亚	1988	2.8	6.9	31.5	√
乌克兰*	1992	4.1	9.5	20.8	
突尼斯	1990	2.3	5.9	30.7	√
立陶宛*	1993	3.4	8.1	28.0	
哥伦比亚	1991	1.3	3.6	39.5	√
白俄罗斯*	1993	4.9	11.1	19.4	
俄罗斯*	1993	1.2	3.7	38.7	√
拉脱维亚*	1993	4.3	9.6	22.1	
秘鲁	1994	1.9	4.9	34.3	√
哥斯达黎加	1989	1.2	4.0	34.1	√
泰国	1992	2.5	5.6	37.1	√
巴拿马	1989	0.5	2.0	42.2	√
波兰*	1992	4.0	9.3	22.1	
爱沙尼亚*	1993	2.4	6.6	31.3	√

国家（按经济排名）	数据收集年份	在全国总收入中的百分比占比			前 10% 的人是否控制着超过 30% 的国家财富
		最贫穷的后 10%	最贫穷的后 20%	最富有的前 10%	
斯洛伐克共和国*	1992	5.1	11.9	18.2	
委内瑞拉	1990	1.4	3.6	42.7	√
南非	1993	1.4	3.3	47.3	√
墨西哥	1992	1.6	4.1	39.2	
巴西	1989	0.7	2.1	51.3	√
捷克共和国	1993	4.6	10.5	23.5	
马来西亚	1989	1.9	4.6	37.9	√
匈牙利*	1993	4.0	9.5	22.6	
智利	1994	1.4	3.5	46.1	√
斯洛文尼亚	1993	4.1	9.5	23.8	
西班牙	1988	8.3	13.7	21.8	
新西兰	1982	—	5.1	28.7	
以色列	1979	—	6.0	23.5	
英国	1988	—	4.6	27.8	
澳大利亚	1985	—	4.4	25.8	
意大利	1986	—	6.8	25.3	
加拿大	1987	—	5.7	24.1	
芬兰	1981	—	6.3	21.7	
瑞典	1981	—	8.0	20.8	
荷兰	1988	—	8.2	21.9	
比利时	1979	—	7.9	21.5	
法国	1979	—	5.6	26.1	
新加坡	1983	—	5.1	33.5	√
美国	1985	—	4.7	25.0	
德国*	1988	—	7.0	24.4	
丹麦	1981	—	5.4	22.3	
挪威	1979	—	6.2	21.2	
日本	1979	—	8.7	22.4	
瑞士	1982	—	5.2	29.8	
美国**	1977	5.7	17.2	44.2	√
美国**	1999	4.2	13.9	50.4	√

*注：这些数字大多没有反映苏联和华约垮台的影响，自 1991 年以来，各地区在苏联解体后的财富差距显著扩大。

** 资料来源：美国国会预算办公室，1999 年。根据国会预算办公室 1999 年的数据，美国收入最高的 1% 的人控制着 12.9% 的国家财富。

37. Keegan, V., "Highway robbery by the super-rich." *The Guardian* (July 22, 1996): 16.

38. "Numbers." *Time* (July 26, 1999): 17.

39. See, for example, Bauman, Z., *Globalization: The Human Consequences*. New York: Columbia University Press, 1998.

40. For example, see The World Bank. *From Plan to Market, World Development Report 1996*. The World Bank, Washington, D.C., 1996; and "A global war against bribery." *The Economist* (January 16, 1999): 22-24.

41. 为了表达这种差异，《经济学人》询问了30个样本城市的普通工人，看他们要工作多少分钟才能挣到足够的钱买一个巨无霸汉堡。1997年，东京、香港或纽约市的工人只需不到20分钟的低强度工作就可以轻松拿下一个巨无霸汉堡包；而在另一端，马尼拉要80分钟、布达佩斯要90分钟、雅加达和莫斯科要100分钟，加拉加斯甚至要近2小时。显然，对于那些生活在普通工人每天收入不到1美元的国家的人来说，他们需要工作好几天才能得以享用夹在面包、蔬菜和奶酪之间的肉饼。

42. Miller, J., "Globalization widening rich-poor gap, U.N. report says." *New York Times* (July 13, 1999): A8.

43. For an excellent summary, see *The Economist* special supplement section, "The world economy: On the edge." (September 5, 1998). Using J. P., Morgan estimates *The Economist* presented the following pie chart of world gross domestic product: Ramonet, I., "The politics of hunger." *World Press Review* (February 1999): 47; E. M., "Research 'must aid fight against poverty.'" *Nature* 400 (1999): 9; etc..

44. 见第551—557页表格“各国经济反弹抽样调查数据”。

45. 诺贝尔经济学奖得主阿马蒂亚·森认为，识字，特别是母亲是否识字是影响社会福祉的关键。联合国儿童基金会同意这一点，几十年来，儿童基金会发现母亲的教育水平与子女的健康之间存在联系。因此，尽管苏联解体对大草原、西伯利亚或东欧的家庭来说是可怕的，但他们超过95%的男性和女性识字率使他们在保护青少年健康方面处于比印度等国更好的状况。森认为，事实上，印度成人识字率只有50%，母亲只有1/3，比大多数撒哈拉以南非洲国家更糟糕。印度喀拉拉邦的情况就印证了此观点。喀拉拉邦是一个以基督教徒为主要人口的地区，男女的识字率都在90%以上，在那里，人口的预期寿命是72岁，而印度人口的平均寿命只有62岁。

46. 医疗支出（占国民生产总值的百分比）与婴儿死亡率密切相关，在支出超过国民生产总值8%之后，这种关联在统计学上变得模糊。但是，那些在国防或公路而非医疗卫生上花费巨资的国家却遭受了苦难，孩子们为此付出了生命。当医疗支出超过国民生产总值4%后，婴儿死亡率会出现下降。

47. Public Health Service. *Healthy People 2000: National Health Promotion and Disease Prevention Objectives*. Conference edition. Department of Health and Human Services, Washington, D.C., 1990.

48. 报告第4页的表格最能说明问题，表格如下：

1990年的生命阶段目标

（对比1987年）

生命阶段	1990年目标	1987年实际状况
婴儿	死亡率降低35%	降低了28%
儿童	死亡率降低20%	降低了21%
青少年	死亡率降低20%	降低了13%
成人	死亡率降低25%	降低了21%
老年人	受限制的活动天数减少20%	降低了17%

49. 报告指出：

然而，20世纪90年代的健康战略必须把重点放在预防性服务领域，在这一领域里，无论是私立还是公立医疗部门的医务人员都应负起最大责任。这些服务应该面向所有美国人，这样就可以为健康战略的实施提供基础保障，以实现全民健康目标。开放预防性服务不仅仅涉及这项服务本身，而是应该将其与初级卫生保健紧密结合。大约有18%的美国人和31%没有商业或公共医疗保险的人并不能获得初级卫生保健服务，因此，跟踪今后十年获得预防性服务的进展情况，必须重点关注初级卫生保健来源和保险覆盖人数的增加，特别是要注意扩大健康保险和卫生保健体系，以涵盖预防性服务，如免疫接种、筛查、病人教育和咨询。

50. Public Health Service. *Healthy People 2010 Objectives*. Department ofHealth and Human Services, Washington, D.C., 1998.

51. For biting comments on this matter, see Haerlin, B., and Parr, D., "How to restore public trust in science." *Nature* 400 (1999): 499.

52. Centers for Disease Control and Prevention. "Public opinion about public health—United States, 1999." *Morbidity and Mortality Weekly Report* 49 (2000): 258-60.

53. "1970 年至 1980 年间，联邦政府的社会监管机构从 12 个增加到 18 个，其预算从 14 亿美元增加到 75 亿美元。在同一个十年里，联邦法规几乎翻了一番，从 5.4 万页增加到近 10 万页。"卢・卡诺写道。

54. "The future of the state: A survey of the world economy." *The Economist* (September 20, 1997): 5-48.

55. Bodenheimer, T., "The American health care system: Physicians and the changing marketplace." *New England Journal of Medicine* 340 (1999): 584-88; Lewis, C. E., Prout, D. M., Chalmers, E. P., et al., "How satisfying is the practice of internal medicine? A national survey!" *Annals of Internal Medicine* 114 (1991): 1-22; Louis Harris and Associates. *Survey of Physician Experiences with Managed Care*. Conducted for The Commonwealth Fund, New York, 1996; and Zuger, A., "A bad year for A.MA, doctors debate its prognosis." *New York Times* (December 2, 1997): B11.

56. Task Force on the Future of Health Insurance for Working Americans. *Can't Afford to Get Sick: A Reality for Millions of Working Americans*. The Commonwealth Fund, New York, 1999.

57. Interview with the author, December 1998.

58. 20 世纪下半叶，心脏病死亡人数已经显著下降，这不是《星际迷航》的干预措施在起效，而是由于与吸烟、锻炼和饮食有关的经典公共卫生措施作用的结果。1950 年，每 10 万美国人中就有 307.4 人死于心脏病。到 1996 年，死亡率下降到 134.6/10 万人（按年龄调整后的数字）。

癌症死亡率在 1992 年首次开始下降，这主要是由于美国的吸烟率和与之相关的肺癌死亡率都在下降。1998 年，大约 50 万美国人死于癌症，主要是肺癌（16 万人）、结肠癌（5.5 万人）、乳腺癌（4.4 万人）和前列腺癌（3.9 万人）。

59. Service, R. F., "Borrowing from biology to power the petite." *Science* 283 (1999): 27-28.

60. See, for example, Dickson, D., "Ventner's Drosophila 'success' set to boost human genome efforts." *Nature* 401 (1999): 729; "Genome prospecting." Special issue. Science 286 (1999): 443-31; Normille, D., and Pennisi, E., "Team wrapping up sequence of first human chromosome." *Science* 285 (1999): 2038-39; "Special issue: The future of medicine." *Time* (January 11, 1999); etc..

61. Strauss, E., "New ways to probe the molecules of life." *Science* 282 (1998): 1406-07; and Friedmann, T., *The Development of Human Gene Therapy*. Cold Spring Harbor, N.Y.: Cold

Spring Harbor Press, 1999.

62. 1998 年 12 月，作者的访谈记录。

63. Editorial, "The promise of proteomics." *Nature* 402 (1999): 703. And Abbott, A., "A post-genomic challenge: Learning to read patterns of protein synthesis." *Nature* 402 (1999): 715-20. And Sander, C., "Genomic medicine and the future of health care." *Science* 287 (2000): 1977-78.

64. 1998 年 12 月，作者的访谈记录。

65. 要取得基因组、蛋白质革命成功，需要解决大量的技术和伦理问题，这超出了本书的范围。

66. 1998 年 11 月，作者的访谈记录。

67. Fisher, L. M., "The race to cash in on the genetic code." *New York Times* (August 29, 1999): BU-1.

68. Fisher, L. M., "The science of holding the stake." *New York Times* (February 13, 1999): B8; and Wade, N., "10 drug makers join in drive to find diseases' genetic roots." *New York Times* (April 15, 1999): A27.

69. 美国国家癌症研究所的克劳斯纳和托比亚斯一样，预言了癌症手术治疗方法的终结。外科手术甚至可能失去它在治疗其他疾病方面的优势，如烧伤、脊髓损伤和脑损伤。1998 年，科学家们通过克隆正常的成年细胞或干细胞成功培植出了一批健康细胞。研究人员还证明，与先前的观点相反，神经元可以在成人大脑中生长和再生。

因此，乐观主义者预测，在未来，烧伤和脊髓损伤可能会通过在受伤部位直接植入适当的干细胞来治疗。

哈佛大学研究未来医疗保健的经济学家胡安·恩兹克斯，更是脱离外科手术看到了营养药品的前景。"我们将在药品和食品之间架起一座桥梁，"恩兹克斯说，"当你去杂货店时，你会发现买药的队伍越排越长。当你去药店时，你会看到食品区越来越大。将来，我们会看到这些产业合并，而营养药学是营养和药学的结合。"

到 1999 年，科学家们已经开发出一种含有乙肝疫苗的土豆和携带疟疾疫苗碎片的香蕉。恩兹克斯认为，在未来，消费者只要将把他们的基因卡插入超市电脑，就可以得到他们应该采购的食品建议。他声称，这项预防医学的高科技将与其他干预措施一起，消除癌症、心脏病和疫苗可预防的感染。

70. "The new alchemy." *The Economist* (January 22, 2000): 61-62.

71. Langreth, R., and Lipin, S., "AHP, Warner-Lambert discuss merger." *Wall Street Journal* (November 3, 1999): A3.

72. Zeisel, S. H., "Regulation of 'Nutraceuticals'." *Science* 285 (1999): 1853-55.

73. 1998 年 11 月，作者的访谈记录。

74. Tanouye, E., "Hard to swallow, America s soaring drug costs." *Wall Street Journal* (November 16, 1998): A1.

75. 那些希望改革医药市场的人应该注意到，许多美国人、加拿大人和西欧人在这些公司持续盈利扩张中所获得的巨大利益。具有极大讽刺意味的是，到 2000 年，许多金融顾问都在力劝四五十岁的人购买制药公司的股票，以对冲政府为老年人提供的服务面临萎缩或崩溃的窘境，如加拿大和欧洲全民普惠的医疗保险和国家医疗体系。考虑到药品价格上涨是导致医疗行业成本控制崩溃的一个关键因素，中产阶级投资者在计划如何使用退休金时，被建议要更多地用于确保自身身体的综合健康状况良好，这才最靠谱的。

76. 来自华盛顿特区国家卫生保健管理研究所发布的年度报告。

77. 1997 年至 1998 年间，全球药品销售前三的国家如下表：

美国	995 亿美元
日本	388 亿美元
德国	182 亿美元

就制药公司在世界市场的销售额而言，细分为：

排名	公司名称	所在国家	销售额（单位：亿美元）
1	诺华	瑞士	106. 4
2	默克	美国	106. 3
3	葛兰素威康	英国	105. 4
4	辉瑞	美国	99. 1
5	百时美施贵宝	美国	97. 9
6	强生	美国	90. 2
7	美国家用产品集团	美国	78. 1
8	罗氏控股	瑞士	76. 2
9	伊利柳	美国	73. 6
10	史克必成	英国	73. 5

See: Morrow, D. J., "Worldwide drug sales up 7% in '98." *New York Times* (March 23, 1999): C5.

78. Tanouye, E., 1998, op. cit. In this excellent *Wall Street Journal* analysis the reporter notes that the U.S. market was driving not only profits but also *all* industry research and development plans.

79. 20 世纪末，医疗保险提供商和健康维护组织报告说，药费已经超过了住院治疗的总开支……并预计这一数字将在 21 世纪头十年急剧上升。例如，在美国，政府估计药品的公共支出总额将从 1998 年的 743 亿美元猛增至 2007 年的 1711 亿美元。药品在卫生支出中所占的比例，在 1980 年仅占 4. 9%，1998 年为 6. 5%，到 2007 年将达到 8%。.

80. Armstrong, K., Schwartz, J. S., and Asch, D. A. "Direct sale of Sildenafl (Viagra) to consumers over the Internet." *New England Journal of Medicine* 341 (1999): 1389-92; Ostrom, C. M., "Internet medicine opens can of worms: Tremendous potential good—and harm." *Seattle Times* (May 12, 1999): A1; and Stolberg, S. G., "The boom in medications brings rise in fatal risks." *New York Times* (June 3, 1999): A1.

81. Murray, C. J., and Lopez, A. D., *The Global Burden of Disease*. Geneva: World Health Organization, 1996.

82. See: Murray, C. J. L., and Lopez, A. D., "Global mortality, disability, and the contribution of risk factors: Global Burden of Disease study." *Lancet* 349 (1997): 1436-42; and "Spirit of the age." *The Economist* (December 19, 1999): 113-17.

83. Tanouye, E., 1998, op. cit.

84. Trouiller, P., "R & D drug development trends." Conference on Drugs for Communicable Disease, Paris, October 14-15, 1999; and Silverstein, K., "Millions for Viagra, pennies for diseases of the poor." *The Nation* (July 19, 1999): 13-19.

85. Ibid.

86. Bale, H., and Kettler, H. E., "Industry's role in meeting the need for CDC-specifc medicines." Conference on Drugs for Communicable Diseases, Paris, October 14-15, 1999.

87. Given by the pharmaceutical Research and Manufacturers of America.

88. 据美国制药研究机构和制造商提供的资料。

89. Wunsch, H., "Expert warns of possible poliomyclitis vaccine shortfall in 2000." *Lancet* 355 (2000): 728. And Associated Press. "Vaccine price prompts shift." *New York Times* (February 17, 2000): A23. And Pecoul, B., Chirac, P., Trouiller, P., and Pinel J., "Access to essential drugs in poor countries: A lost battle?" *Journal of the American Medical Association* 281 (1999): 361-67. And Yudkin, J. S., "Insulin for the world's poorest countries." *Lancet* 355 (2000): 919-21. And Silverstein, K., "Millions for Viagra, pennies for diseases of the poor." *The Nation* (July 19, 1999): 13-19.

90. 1999 年 1 月，作者的访谈记录。

91. Aventin, L., "Trade agreements and public health: Role of WHO." *Lancet* 355 (2000): 580.

92. Price, D., Pollock, A. M., and Shaoul, J., "How the World Trade Organization is shaping domestic policies in health care." *Lancet* 354 (1999): 1889-92.

93. 据斯德哥尔摩国际和平研究所统计，1991 年后国防开支总体在下降，1988 年至 1998 年的下降幅度为 30%。超过 1/3 的国防总开支减少是在美国（1997 年为 2590 亿美元）。排在第二位的是日本，只花了 500 亿美元。排名前 20 位的发展中国家有沙特阿拉伯（190 亿美元）、韩国（180 亿美元）、巴西（160 亿美元）和印度（110 亿美元）。

94. 在这一点上的记录好坏参半，但世界卫生专家的普遍共识是，从长远来看，药物捐赠并不奏效，例如河盲症、血吸虫病、疟疾、沙眼和丝虫病。自 1974 年至 1999 年间，药品制造商都向世界卫生组织提供一种治疗性或预防性产品用于上述每一种疾病的治疗。这些产品要么是免费提供，要么是非常廉价。药品的分配任务则交给了世界卫生组织和相关地方政府，结果显然好坏参半，河盲的治疗被证明是最成功的。默克制药公司在 20 世纪 70 年代早期开发了一种名为伊维菌素的兽药。当这种药物被证明可以完全治愈由盘尾丝虫感染导致的寄生虫病后，1974 年，世界卫生组织与默克公司达成了一项具有里程碑意义的协议，即允许默克公司提高伊维菌素作为兽药的盈利，以此抵消公司免费向世界卫生组织捐赠供人类使用该药的成本。1999 年，在世界银行资助下，历经 25 年的艰辛，西非国家坚持把药物送到了该地区受灾最严重的偏远农村，几乎消除了河盲症。遗憾的是，即使坚持了 25 年的努力，这项工作在 2000 年还没有结束。

其他项目的成功率要低得多。失败是由许多因素造成的。不过，毫无疑问的一点是，所有这些因素都与受影响地区本身的公共卫生和初级卫生保健质量低下有关。靠捐赠药物的方式来消除病患是治标不治本。例如，在埃及，捐赠的吡喹酮不能彻底消灭血吸虫病，除非尼罗河及其支流的寄生虫生命周期也被打乱，进而在整个大环境中消灭血吸虫。其他药物捐赠项目在短时间内确实降低了疾病的发病率，但当治疗费用或公共卫生基础设施等基本需求无法得到保证时，这些项目就变得不可持续了。疾病随即卷土重来。

最后，并非所有制药公司的慈善都是慷慨无私的。例如，世界卫生组织发现，在 1999 年科索沃难民危机期间，阿尔巴尼亚卫生部收到的 108 批捐赠药品中，有"大约 50% 的捐赠只提供了商品名，且其中有许多药品是当地卫生专业人员所不熟悉的；另外，只有 56% 的产品标注了保质期信息，其中约 41% 的药品剩余保质期不到一年，还有 18% 的医药捐赠品中有小包装的免费样品或是退回药店的药品。"

95. Zuger, A., "Type of penicillin is in critical supply." *New York Times* (October 29, 1999): A20.

96. Rosamond, J. and Allsop, A., "Harnessing the power of the genome in the search for new antibiotics." *Science* 287 (2000): 1973-76.

97. World Health Organization. "Removing obstacles to health development." World

Health Organization, Geneva, June 17, 1999.

98. UNAIDS. "UN leaders call AIDS in Africa a massive development catastrophe." Lusaka, Zambia, September 13, 1999.

99. 1999 年 1 月，作者的访谈记录。

100. 1999 年 1 月，作者的访谈记录。

101. National Intelligence Council. "The global infectious disease threat and its implications for the United States." Central Intelligence Agency (January 2000): NIE-99-17D.

102. Balter, M., "French-led therapy fund kicks off in Africa." *Science* 284 (1999): 1101; Dowell, W., "Ethics and AIDS drugs." *Time* (July 12, 1999): 49; and Mabry, M., "No money, no meds." *Newsweek* (July 12, 1999): 32-33。虽然许多发展中国家确实有足够的基础设施，能够适当地分发延长生命的药物，用于治疗艾滋病患者的机会性感染，如结核病、肺孢子虫肺炎和隐球菌性脑膜炎。但他们也直截了当地反对与贸易有关的知识产权、专利法以及定价不平等。见：Wilson, D., Cawthorne, P., Ford, N., and Aongsonwang, S., "Global trade and access to medicines: AIDS treatments in Thailand." *Lancet* 354 (1999): 1893-95。

103. Fisher, I., "Malaria, a swamp dweller finds a hidden home." *New York Times* (July 21, 1999): A4; White, N. J., Nosten, F., Looareesuwan, S., et al., "Averting a malaria disaster." and Letters in response. *Lancet* 353 (1999): 1965-67 and 354 (1999): 1389-90.

104. Attaran, A., "Respective public and private sector contributions to the development of new drugs." Drugs for Communicable Diseases Conference, Paris, October 14-15, 1999; Helenport, J. P."The development and registration of artemisinin derivatives, a triangular development." Drugs for Communicable Diseases Conference, Paris, October 14-15, 1999; Jomaa, H., Wiesner, J., Sanderbrand, S, et al."Inhibitors of the nonelevating pathway of Isoprenoid Isoprenoid biosynthesis as antimalarial drugs." *Science* 285 (1999): 1573-76;etc..

105. Centers for Disease Control and Prevention."Primary multidrug- resistant tuberculosis—Ivanovo Oblast, Russia, 1999." *Morbidity and Mortality Weekly Report* 48 (1999): 661-64.

106. Kim, J. Y., Farmer, P., and Dahl, O., Letter to Partners in Health, September 18, 1997.

107. Rifampicin, isoniazid, pyrazinamide, and either ethambutol. or streptomycin. Either rifampicin or ethambutol combined with isoniazid. Murray, C. J. L., "Results of directly observed short-course chemotherapy in 112,842 Chinese patients with smear-positive tuberculosis." *Lancet* 347 (1996): 358-62.

108. Blanc, D. C., "Incentives and disincentives for new anti-tuberculosis drug development." World Health Organization, Geneva, November 1998.

109. World Health Organization. *The World Health Report 1998*. World Health Organization, Geneva, 1998.

110. Centers for Disease Control and Prevention."Tuberculosis elimination revisited: Obstacles, opportunities, and a renewed commitment." *Morbidity and Mortality Weekly Report* 48 (Supplement) (1999):RR-9.

111. Program in Infectious Disease and Social Change. *The Global Impact of Drug-Resistant Tuberculosis*. Open Society, New York, 1999. (Available in full on-line at www.opensociety.com.)

112. MRSA：耐甲氧西林金黄色葡萄球菌，VRE：耐万古霉素肠球菌，VISA：万古霉素不敏感金黄色葡萄球菌。

113. 1998 年，作者的访谈记录。

114. Bloom, B. R., Bloom, D. E., Cohen, J. E., et al.,"Investing in the World Health Organization." *Science* 284 (1999): 911; "Smokescreens." *The Economist* (March 14, 1998):91-92; "WHO steps closer to its responsibilities." *Nature* 398 (1999): 175; "WHO: Where there is no vision, the people perish." *Lancet* 350 (1997): 749.

115. Brundtland, G. H., "WHO—The road ahead." Speech to the World Health Organization Executive Board, Geneva, January 24, 1999; and World Health Organization. *The World Health Report 1999*. World Health Organization, Geneva, 1999.

116. 1996 年 9 月，作者的访谈记录。

117. See previously cited Murray, C. J. L., references and Garrett, L., "The future of death." *Newsday* (October 8, 1996): B21.

118. See also: "From what will we die in 2020?" *Lancet* 349 (1997): 1263; Husten, L., "Global epidemic of cardiovascular disease predicted." *Lancet* 352 (1998); 1530; Lee, W. C., "Quantifying the future impact of disease on society: Life table-based measures of potential life lost." *American Journal of Public Health* 87 (1997): 1456-60; Murray, C. J. L., and Lopez, A. D., "Alternative projections of mortality and disability by cause 1990-2020: Global Burden of Disease Study." *Lancet* 349 (1997): 1498-1504; etc..

119. Armstrong, G. L., Conn, L. A., and Pinner, R. W., "Trends in infectious disease mortality in the United States during the 20th century." *Journal of the American Medical Association* 281 (1999): 61-66. See also McGinnis, J. M., and Foege, W. H., "Actual causes of death in the United States." *Journal of the American Medical Association* 170 (1993): 2207-12.

120. National Intelligence Council, op. cit, 2000.

121. World Health Organization. *Removing Obstacles to Healthy Development*. World Health Organization, Geneva, June 17, 1999.

122. De Kruif, P., 1936, op. cit.

123. Nadis, S., "U.S. concern grows over secrecy clauses." *Nature* 398 (1999): 359; Cimons, M., and Jacobs, P., "Biotech battlefield: Profits Vs. public." *Los Angeles Times* (February 21, 1999): Al

124. Reich, M. R., "The global drug gap." *Science* 287 (2000): 1979-81; Enserink, M., "Group urges action on Third World drugs." *Science* 287 (2000): 1571; Kasper, T. "Global patent police block cost-reduction efforts." *Treatment Issues* 13 (1999): 1-2; Orbinski, J., "Speech on acceptance of the 1999 Nobel Peace Prize." Médecins Sans Frontières, Oslo, December 14, 1999.

出版说明及特别致谢

本书英文版出版于 2000 年，作者的叙述都是在当时的语境下进行的，书中的数据也是作者搜集汇总的截至当时的数据。特此说明。

在本书中文版出版过程中，我们得到了新华社驻美国华盛顿记者周舟以及中国疾病预防控制中心胡小琪研究员等友人的帮助和支持，特此致谢！

国际文化出版公司

2021 年 5 月